日本古典文學大系
72

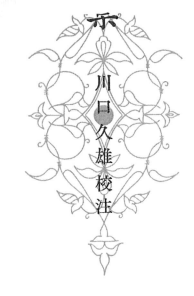

菅家文草　菅家後集

川口久雄校注

岩波書店刊行

監修者

高木市之助
西尾實
久松潛一
麻生磯次
時枝誠記

題字　柳田泰雲

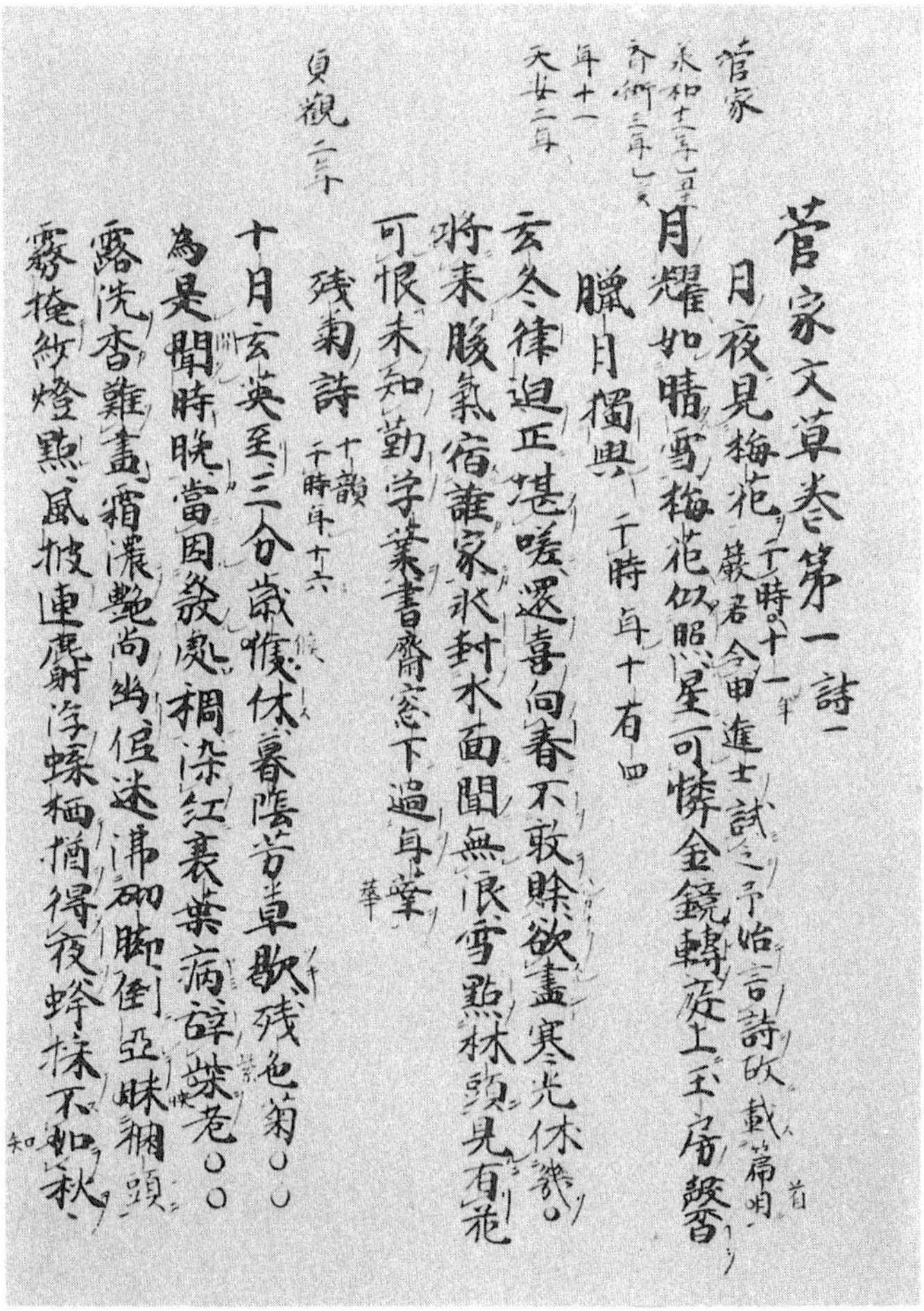

菅家文草巻第一　詩一

月夜見梅花　于時年十一、嚴君令田進士試之、予始言詩、故載篇首

月耀如晴雪、梅花似照星、可憐金鏡轉、庭上玉房馨

臘月獨興　于時年十有四

玄冬律迫正堪嗟、還喜向春不敢賖、欲盡寒光休幾處、

將來暖氣宿誰家、氷封水面聞無浪、雪點林頭見有花、

可恨未知勤學業、書齋窗下過年華

殘菊詩　十韻　于時年十六

十月玄英至、三分歳候休、暮陰芳草歇、殘色菊〇〇

為是開時晩、當因發處稠、染紅衰葉病、辭紫老〇〇

露洗香難盡、霜濃艶尚幽、低迷沸砌腳、倒亞映欄頭、

霧掩紗燈點、風披匣麝浮、螺栖猶得夜、蜂採不知秋、

菅家
承和十二年乙丑
斉衡二年乙亥
年十一
天安二年
貞観二年

菅家文草　藤井懶齋本

目次

作品目次

〔　〕にくくるものは、長文の題、散文の小序などを便宜上校注者が短縮したもの、もしくは題に補い加えたものである。

詩篇

菅家文草巻第一　詩一

菅家文草巻第二 詩二

菅家文草巻第三　詩三

菅家文草巻第四　詩四

菅家文草巻第五　詩五

菅家文草巻第六　詩六

菅家後集

散文篇

菅家文草巻第七　賦　銘　賛　祭文　記　序　書序　議

賦

銘

賛

祭文

記

序

書序

議

菅家文草巻第八　策問　対策　詔勅　太上天皇贈二答天子一文。附二中宮状一。

策問

対策

詔勅

太上天皇贈二答天子一文。附二中宮状一。

菅家文草巻第九　奏状

奏　状

菅家文草巻第十　表状　牒状

表状

牒状

菅家文草巻第十一　願文上

願文上

菅家文草巻第十二　願文下　呪願文

願文下

呪願文

〈貞享板本増補分〉

奏状

参考附載

解説

一　序

旅の愁えをさそう雲井の雁がねよ
樹はだにしがみつくひぐらし蟬のさえた鳴き声よ
わたしはある日、匂やかな蘭が秋風に吹きそこなわれるのを見た
わたしは九たび、月の中の桂の花がまどかに咲きみちるのを見た
室を掃って磬をかけると心が安らぐ
門をとざしたままかけがねをはずすさえものうい
わたしはびっこで、そのうえつながれている牝羊
わたしは瘡の出た、しかも手なえになった雀の子
つながれた羊はせめて垣根の外をあこがれる
手なえの雀はこっそり戸口も歩いてみるのだ　〔菅家後集、四四「叙意一百韻〈五言〉」〕

道真をがんじがらめに掩うている幾重もの先入主をとり去って、その配所生活をよんだ詩をとり出し、素直に現代語の光をあててみると、そこに切ない抒情のしらべ、感情移入のひびき、象徴詩のかげりを発見しておどろく、思いがけない一つの新鮮な美しさである。

道真ほどにこの列島社会の歴史の時間を通じて、人人の心にふれた人間もすくない。「ここはどこの細道じゃ、天神

さまの細道じゃ、どうぞ通して下しゃんせ…」とわらべ歌にうたわれ、梅鉢の紋をつけた衣冠束帯姿、土の匂いの中から王朝の夢が匂う素朴な天神人形は子供たちに親しまれたものだ。不思議なことに、今日でさえ受験シーズンを迎えると、学業成就祈願の生徒たちで天神の境内がにぎわうという。だが、そういう呪術の花園の故に、今日では道真には何か季節はずれのものといった先入感がつきまとうことを否めない。

わたしはこのしごとを進めていたある日、伏見宮家本「紀家集」残巻と文草の詩とを比較校合する作業をしていた。道真の親友、紀長谷雄の家集を、道真の死後十七年目の延喜十九年に名儒大江朝綱が手づから写した貴重な古鈔本のなかに、道真の雲林院詩があり、それはまごうかたなく文草の作品と一致するではないか。そして今日に伝存する「菅家文草」という詩集は、信ぜられないくらいに道真の自筆原稿にちかい、いきのいい、ゆがめられていない姿をもつものであることを知った。今日から千六十年前の詩人のいぶきは、まことにさながらに今日に伝えられているのである。もちろん道真の真の書蹟はしのぶによしもない。当時の芸術作品で、たとえ今日に残りえたとしても、絵画は変色し、彫刻は風化して、すっかりもとの姿を更えているに違いない。ひとり文学作品のみ、作者自筆に近いものが伝わりえたとするならば、そして正しい解釈作業がなされさえすれば、作者そのもののいぶき、といき、肉声さえさながらにききうるはずではないか。私は文草におけるかかる比類なき事実に思いいたって、突然に眼の皮がはらりと落ちる思いがした。文草・後集ともに、もちろんいくらかテクストークリティクの対象として検討を要すべきところがないではない。しかし著者自筆の真を遠くはへだたらないと推定せられる姿で、詩五一四篇・散文一六一篇の巨大な量の個人の全集が今日に伝わっていること、それだけでも稀有なことといわなければならない。

二　道真の出自

道真は、承和十二年(八四五)のある日、是善の三男として京で生れた。母は伴(とも)氏、その実家で生れたかもしれない。今の烏丸下立売の菅原院天満宮で生れたという俗説は、是善の家がそこにあったという旧記にもとづくだけで確証はない。

父是善はこのとき三十四歳、文章博士に就任した年であった。

祖父の清公は三年前に七十二歳で死んでいるから、この大唐国にも留学した弘仁・承和期の大儒は、道真という孫の顔もみないで死んだわけだ。入唐巡礼僧円仁は七年間の中国旅行を終えてこの年帰朝した。海彼の国では、会昌の破仏の嵐がふきすさんでいた。西北辺境のオアシス都市敦煌の石窟寺院では、吐蕃の支配を脱して、張氏の治下で絵解や変文のめざましい隆盛期に入りかける。中唐の詩人白居易は、この翌年「洛陽の春をみるためなら」何でも与えようといって、追放さきで七十五歳の生涯を終ったし、江南の詩僧禅月が呱呱の声をあげたのもこの前後である。唐の滅びたあと、地獄のような五代の動乱社会に生きた波瀾の詩僧と、列島帝国の王朝社会の政治謀略に呻吟した悲劇の詩人とは、ほぼ同時代人であった。

菅原氏の祖先は土師氏、そのはじめは埴輪を作って殉死にかえようとした人道主義者野見宿祢だという。彼は大陸社会につとに葬礼に際して明器陶俑が副葬される風習を何らかのついでに知っていて、それを学んだのかもしれない。土師という氏も土俑をつくり、陵墓を管理することにかかわりがあるかもしれない。菅原はその土師氏が住んだ大和国添下郡の里の名である。天武朝にこの氏から大唐学生甥が出ており、以後、入唐の人が代代出ている。土師古人は桓武朝の侍読となり、大学頭・文章博士となり、菅原朝臣の姓を与えられる。古人は清貧の学者気質だったとみえ、「儒行世に高く、人と同ぜず、家に余財なく、諸児寒苦す」とある。この古人の男四人はいずれも奨学金で成長する。その四男が清公である。清公は延暦二十三年遣唐判官として一船の長となって最澄と同船して明州に渡海した。一年後に帰朝して大学頭・文章博士を歴任し、文選・後漢書の侍読となり、また宮廷の装飾調度や朝儀や舞踏や装束に唐様式をとり入れることを主唱した、ハイカラな進歩的文化人であった。同時に文章院を設立して、大学西曹の祖となり、また「令義解」の撰進に参加し、勅撰漢詩集に作品をのこす。彼は明経道より紀伝道に大きく檝をうごかした一人であったともいえよう。

清公に四子があり、第三子善主、第四子是善。道真の伯父善主は遣唐判官として承和五年入唐した。道真を含めて、遣唐の役に任ぜられる家柄も固定してきていたかに思われる。円仁の「入唐求法巡礼行記」によると、この時善主は第四船の長として渡海している。是善は善主に九つちがいの弟。文章博士・東宮学士・大学頭を歴任、参議となったので世に菅相公という。王朝漢文学の黄金時代をかざる小野篁・春澄善縄・大江音人らと相許す学儒、彼の行実の一一は小著「平安朝日本漢文学史の研究」(二一―三頁)を参照されたい。「藻思華贍、声価尤も高く、天性事少く、吟詩を楽しむ、最も仏道を崇び、人と物とを仁愛す」とあるように、彼の作品には華麗な措辞、想像力豊かな発想、神仙的傾斜と仏教への帰依が同居していて、後の菅三品的様式の綺靡頽廃のかげがすでにきざしはじめている。元慶四年、道真三十六歳のとき、わが子が文章博士となって順調に昇進したものの、ライバルが多く、学閥の抗争渦巻くなかで奮闘するすがたに、かつ喜びかつ憂えつつ六十九歳で死んだ。道真は父を失って、「我に父母なく兄弟なし」と訴えてなげいた。

道真の母は伴氏の女、もとの大伴氏、淳和の諱を避けて大を除いて伴朝臣と称した。氏長者は国道、参議にもなった家柄だが、国道の子伴善男が、道真の二十二歳のときに応天門放火事件をおこして追放された。勅撰詩集に姫大伴氏というものが見えるが、この女性漢詩人とのかかわりは明らかでない。彼女が道真を生んだ年は、是善の十歳下とすれば二十四歳あたりであったであろうか。

三　道真の生涯の素描

道真は幼名を阿古(阿呼とも)とよんだ。三男だったとみえて字は唐風に菅三とよぶ。道真は「ミチザネ」とよむが、「拾遺抄」古鈔本に「ミチマサ」と訓んでいるからそれによるべきか。これは諱で、いわば実名である。所拠は不明だが、「後漢書」における名儒劉向の子の移書に「同門に党して道の真を妬む」(巻三十六)とあり、彼はこれを引用して自分の名前にかけてしゃれをいっているから、「道芸の真」という意味でつけたのかもしれない。自ら唐風に菅道真とよぶこともある。後世には菅贈大相国とか、菅丞相(戯劇ではカンショウジョウ)とか、単に菅家とか菅ともよばれる。

道真は幼年ひ弱い体質であったらしい。母の伴氏が貞観十四年(八七二)に死んだが、臨終の日、その死床にあった父是善が道真にいった、「お前は幼いとき、大病にかかって危いという時があった。私は観音像を造る誓いを立ててお前の病気のよくなるのを祈ったのだ」と。彼の二十八歳のときであった。

ところで彼の生涯を見渡すには、便宜上何らか時期区分をしてみるのも一方法であろう。私は一応、(1)少年時代、(2)修業時代、(3)新進官僚、(4)文章博士、(5)讃州時代、(6)宰相時代、(7)丞相時代、(8)太宰謫居と区分してみた。作品の面からみると、(1)—(3)は文草巻一、(4)は巻二、(5)は巻三・四、(6)は巻五、(7)は巻六、(8)は後集となる。だいたいのめやすである。図式化に過ぎるのは本意でないから、弾力的に考えたいと思う。

1　少年時代（承和十二—天安三年）〔一歳—十五歳〕

道真ははやくより読書をしこまれた。後年わが子に四歳から読書させ、阿満（あまろ）という子に七歳の時駱賓王の「古意篇」「帝京篇」という長句を諳誦させていることは一つの参考になる。七歳ころから読書、九歳ころ詩をつくりはじめ、十三、四のころ元服というのが、当時学者の家に生れた子供の教育方針であった。十一歳の時、父は門人の島田忠臣（しまだのただおみ）に指導させて文草巻頭の詩を作らせた。忠臣は時に二十九歳の文章生、後にその娘を嫁がせて岳父となる人物である。十四歳、今日の中学二年生の時の作品は公任の朗詠に出ているが、その落句に「恨むべし学業に勤むことを知らずして　書斎の窓の下に年華を過さむことを」とある。せっせと勉強していたのである。十五歳のある日、元服、貴族社会では初冠（ういこうぶり）の夜に婿取りが行われ、女の家に泊りに行った。忠臣の娘宣来子（のぶきこ）との恋愛や結婚のことは、作品にかげもうつっていないが、この年には彼女は十歳になっていたろうことは、長男高視（たかみ）の出生から考えられる。みずら（ゆ）に結った童姿の愛児が、髪をそぎ、初冠し、はれの成年式を迎える、母はかみあげをして様子のかわったわが子の晴れ姿を期待と不安の念で見守る、彼女が、

久方の月の桂もをるばかり家の風をも吹かせてしがな　（北野克氏所蔵本「拾遺和歌集」巻八、雑上）

とよんだのはこの夜であった。

2　修業時代（貞観二—十二年）〔十六歳—二十六歳〕

彼は宣風坊の自邸の書斎―菅家廊下で文才をみがいて、「大学の道」―紀伝道の大学コースをわきめもふらずに歩きはじめる。「菅三」の号もこのころつけられる。「まめやかにざえふかき」家庭教師忠臣が指導にあたる。寮試の前には、父が自ら出題して摸擬テストもした。この答案さえ、珍しくも文草に出ている。文章生試は見事パス、登科して文章生給を賜わる、十八歳、異数のことである。貞観九年、文章生二十人のうちから、彼とほか一名だけえらばれて得業生となる。進士より秀才へ躍進したのである。正六位下、下野権少掾という遙授の外官に任ずる。最高国家試験たる方略試をうける受験準備に入る。文草巻一のこの前後にやや錯簡があるらしく、年時の推定が困難だが、王度なる中国学者が外人招聘教授のような資格で、漢音直読で論語などの講義をしたらしい。受講した道真は相当中国音にも達したかと思われる。貞観十二年(八七〇)、二十六歳の三月、方略試をうけた。試験官は少内記都良香、問題は「氏族について」「地震について」論述せよという。及落すれすれ、中の上の成績でからくも合格した。文章生として受験勉強中に弟の連聡が夭折して祭文を作り、また天台座主安慧に代って円仁の「顕揚大戒論」の序文を草した。

3　新進官僚(貞観十三―十八年)(二十七歳―三十二歳)

渉外事務担当の玄蕃助、外交文書の起草なども任とする少内記の役で、官僚生活をスタートする。折しも渤海客使楊成規らが加賀に着岸したので、彼は存問渤海客使となる。客使が京に入る前後、彼の母がみまかったので、存問の役は解かれるが、客使に与える勅書を起草したのは彼である。貞観十六年(八七四)従五位下、兵部少輔、一カ月後に民部少輔に転ずる。いよいよ少壮官僚としての首途である。冬の朝、口に一盃の酒を含み、革ジャンパーを着、うさぎ馬に鞭うって、宣風坊から朱雀大路を北上、民部省に通勤して、せっせと案文を草し、地方政務財務関係の煩瑣な事務をてきぱき処理した。「早衙」の詩(巻一、七四)はそうした生活の一こまを描写している。後年讃岐に出向して地方政治の実践にたずさわる基礎はこの時できたわけだが、作詩属文から遠ざかる毎日、彼の散文の中に典拠や陰影をともなわない明晰な平淡な記録体の側面があるのは、こうした実用本位の案牘を事とした生活体験の影響もあろうか。在任中、休暇をえて越前の敦賀の津に気比参詣の旅行を試みた。渤海の船も来る日本海の要津をも見ておきたかったのであろう。在任二年目の夏、大極殿が炎上した、一つのショックだったであろう。

4　文章博士（元慶元―九年）〔三十三歳―四十一歳〕

大極殿の再建工事が進行しているころ、三ヵ年の民部少輔の任から、式部少輔に転じ、ついで文章博士を兼ねる。民政財政の激務から解放されて、文官任用や典礼を司る式部省に転じたことは、彼の古典学の智識を活用する場であって、ここに儒家にふさわしい二つの要職を占めて、菅家の御曹子として父祖の期待を一応みたしえたのである。三十三歳であった。

文人社会の前面にのりだしてくると共に、学閥抗争の激流、嫉視と反目、中傷と讒誣の渦巻に投げこまれる。都良香・橘広相・三善清行・島田忠臣・藤原佐世・巨勢文雄・紀長谷雄・大蔵善行ら、錚錚たる学儒がひしめきならぶ文人社会、そのあるものとは親しくとも、多くははげしいライバルである。「南面することわづかに三日、耳に誹謗の声を聞けり」〔巻二、八七「博士難」〕という古調の長句には、いつの世の学者や教官仲間にもありがちな悩み、試験制度の矛盾、学位獲得の情実をさながらに描き出す。学界では、公私にわたり空転した論義がばかみたいに横行し、さもなければ酔舞・狂歌・罵辱・凌轢（りょうれき）、学力不足で落第したものは逆に試験官を無能よばわりして中傷してあるく。例えば匿詩事件のような不可解なことがらがもち上って、大納言冬緒を落首でそしったという思いもよらない嫌疑が彼にかかる。その落首の詩が上手にできているから道真にちがいないというばかげた理由からである。彼は「天神地祇よ！」とよびかけて無実の嫌疑を天道に訴えている〔巻二、九八「有レ所レ思」〕。その翌年渤海客使裴頲がきて酬唱したが、その時の道真の作品に対しては、あまりできがよくないといって世評はからい点をつける。そこで彼は「詩情怨」〔巻二、一一八〕の十韻を作って、その余憤をぶちまける。

去年作られた落首の詩はうまいといって世間が驚いた
今年客使と酬唱した詩はまずいといって人はそしる
名を出せば道真の詩はまずいといい、名をかくせばうまい詩だから道真にちがいないという

はたして去年の作がうまく、今年の作がおとるのであろうか？〔巻二、一一八「詩情怨」〕

彼はこの中傷に打撃をうけて、すんでのことに出家してしまうところであったとのちに告白している。こうして文人社会の内部危機が進行すると同時に、学問尊重、適材適所のいわゆる「用賢」の考えをつきくずす外部的危機も進行していた。承和の変に続く応天門の変は彼の二十二歳のときだった。摂関体制が徐徐に形を整え、律令制のゆるみが進み、文人は漸次うき上る。うっかりすれば阿衡事件における広相失脚にみると同じ状況におかれ、非藤原氏文章博士として迫害圧迫が加わってきたはずであった。元慶四年(八八〇)八月、慈父是善は疾風怒濤の中に孤立奮闘する息子の姿をみながら、吉祥悔過(きちじょうけか)の法会を営み続けることを嘱してみまかる。

弟子、父なく何をか恃(たの)まむ、母なく何をか怙(たの)まむ。天を怨みず、人を尤(とが)めず。身の数奇なる、夙(つと)に孤露となりぬ。

南無観世音菩薩！〔巻十一、六五〇「吉祥院法華会願文」〕

元慶七年(八八三)、前述の客使を迎えて、彼は着岸地の渉外事務のために加賀権守となり、夏、京に客使を迎えて岳父と共に接待し、酬唱詩をのこした。「鴻臚贈答詩序」〔巻七、五五五〕はそのときの酬唱詩集の序である。匿詩事件で苦しんでいるころ、一子阿満が早死にした。身長三尺、七歳だった。次いでその弟の幼児もまた死んだ。その死病に苦しむさまを描き、死後生前のかたみをみて慟哭する詩〔巻二、一一七「夢阿満」〕は悲痛を極める。日本文学の中でも稀有な彫りの深い哀傷文学である。かと思うとその反面、彼の美文主義の極致ともいうべき妖艶な散文「春娃気力なし」の詩序〔巻二、一四八〕をも、その前後に書いた。

5　讃州時代〔仁和二―寛平二年〕〔四十二歳―四十六歳〕

仁和二年(八八六)正月二日、関白基経の長子、十六歳の時平の華やかな元服の式が仁寿殿であげられ、光孝天皇が初冠をかぶらせた。その二週間後の除目に二十八人の高官たちの人事異動が発令された。式部少輔・文章博士・加賀権守の三官を止めて讃岐守に転出を命ぜられた道真の背後には、一種の政略的な匂いがある。発令一週間後の内宴には官妓があえかな柳花怨の舞を奏した。こうした唐風な魅惑の世界から遮断されて、南海道の風煙におもむかなければならない。

彼は基経のはげましのことばにも嗚咽したまま声が出なかった。やがて瀬戸の早潮をわたって、任地の国府庁での生活がはじまる。思いがけない南海の自然にふれて、その風光を享受する反面、望郷の旅愁にかられて田舎の生活をにくむ。赴任後半年、重陽の節を迎えて、府衙でささやかな宴を催した、

盃を停めては且く論ふ　租を輸す法
筆を走せては　ただ書く　訴へを弁ふる文
十八にして登科し　初めて宴に侍りけり
今年は独りい対ふなり　海の辺なる雲　〔巻三、一九七〕

この冬に、傑作「寒早十首」〔巻三、二〇〇—二〇九〕の連作作品、「路に白頭の翁に遇ふ」〔巻三、二二一〕の対話体の白話詩などが作られた。受領としての在地の生活体験は彼の人間形成に振幅をもたらした。それは白氏文集のはばひろい行動的世界を体認する契機でもあり、彼をして諷喩意識にめざめさせる経験でもあった。寒早十首の如きは西鶴以前における金銭を主題とした珍しい文学として注目したい。

仁和三年秋、彼は暇を乞い、一旦帰京、京の留守宅では妻子が鶴首して迎えた。光孝天皇の諒闇で静かな京の正月であった。春の訪れとともに帰任。その三月二十六日は赴任三年目、

生衣は家人を待ちて著むとす
宿醸は邑老を招きて酣なるべし　〔巻四、二五二〕

の名句はこの日作られた。老鶯や新蟬を府衙の南方、滝の宮の綾川渓谷できいた、その時の詩の中に「時を失へる臣」「愛を移されたる妾」ということばは暗示的である。後人は、道真が当時の受領のならいとして妻子を都におき、滝の宮に一女を囲ったという俗説をつくり口碑としている。しかしそれを確めるよすがはない。彼は国分尼寺なる法華寺の白牡丹を見に出かけたり、国分寺前の蓮池に蓮をうえて雨を祈ったりしている。この蓮池の唱導体の長詩と、城山の神を祭る文とはこの夏の旱魃に際して作られたもの、「八十九郷、二十万口の若き、一郷も損することなく、一口も愁へな

からませば」〔巻七、五三五〕という祭文は真情が溢れている。このころ阿衡事件で京に騒ぎがあった。十月前後ひそかに帰京して、事件のなりゆきに関心を示した。太政大臣基経を諫める書〔付載、六七六「奉㆓昭宣公㆒書」〕は切切の名文と称せられる。歳暮の仏名懺悔会の長詩も唱導体の名調子である。

仁和五年四月、改元して寛平という。任期最後の年である。春の日永をもてあまして、「日の長きに苦しむ」〔巻四、二九二〕という詩では、若い時は勉強に、三十代は京の役所で時間を忘れたが、今や五十にちかくして、この日日の何という手もちぶさたぞとなげいている。冬の夜、ねむられぬままに、京の宣風坊の庭の竹林の映像に、七月嫁にやった娘が生んだという外孫の姿がオーバーラップする。翌寛平二年の春、彼は「交替式」の規定にもかかわらず、後任の分付受領するを待たず、解由(げゆ)をもえないで、さっさと帰京している。功過を気にする彼にしては珍しいことである。このころ気持も平静でなく、からだの工合もわるかったかして、一詩をものこしていない。こうして讃岐に四年、客愁と望郷の念に駆られ続けて、今や中央文壇にカムバックしてきた、九州小倉より帰東した陸軍軍医森鷗外のように。

6 宰相時代（寛平二―九年）〔四十六歳―五十三歳〕

寛平二年（八九〇）五月に広相が死に、翌年一月に基経が死んで、世の中が一回転する。四年前二十一歳で即位した宇多天皇の前に、二十一歳の参議時平がまかり出てくる。ほとんど時を同じくして道真は式部少輔・蔵人頭・左中弁という風に補せられる。「寵光の中に暫く傷める翅を全くし、恩沢の下に久しく枯れたる鱗を養はむ」という蔵人頭の辞状〔巻九、六〇〇〕をよむと、逆にこの人事に若い帝皇の意志が動いていることが感ぜられる。次いで翌年には従四位下、左京大夫を兼ね、群書治要を侍読する。寛平五年ついに彼は、参議・式部大輔に任じ左大弁に転じ、勘解由長官・春宮亮の兼補と急テムポの躍進ぶりである。基経なき後の政界の力関係を反映すると考えざるをえない。文学の方でも、彼は水をえた魚のように、めざましい作品活動を展開する。この上り坂にあって、いたましい唯一のことは、彼の師であり詩友であり時に同僚であり、不断に彼の理解者激励者であり、是善なきあと慈父にも似た文人忠臣の死である。「これより春風秋月の下(もと)、詩人の名のみ在(あ)りて実はなかるべし」〔巻五、三四七「哭㆓田詩伯㆒」〕といって、真の詩人を失ったことを歎いた。このころ「仮中書レ懐詩」〔巻五、三六〇〕の長詩の中で、ひるは庭の手入れ、夜に入っては書庫の蔵書をかぞえ、「要須(えうす)は見るに随ひて取り、散出は次(ついで)に依りて加ふ」――重要なものはメモにとり、散佚は補充するという整理作業にふれているが、あるいは「類聚国史」の撰修のことにかかわりがあろうか。「書斎記」〔巻七、五三六〕でも短札―カードは抄出の稿草であり、学問というものはカード作りが大切で、抄出作業は原稿作製のもとだといっているのも、類聚国史のしごとにかかわりがありそうだ。その撰進は寛平四年だった。

寛平六年、五十歳の八月二十一日、彼は遣唐大使、長谷雄が副使に任ぜられた。古今集に、この時遣唐判官に任ぜられた藤原ただふさの「なよ竹のよながき上に初霜のおきゐてものをおもふころかな」という述懐歌をのせる。渡海の危険、海彼の国情に対する不安は、一行に参加する人人をして夜も眠られぬくらいに心配させた。ところが不思議なことにこの四十日後に派遣を停止したと日本紀略にみえる。道真は任命の一ヵ月前に在唐僧中瓘のために太政官牒〔巻十、六三三〕を書いて、唐国凋弊の内情を通報してきた留学僧に沙金を報償として送っている。彼はこの牒状の中で、近年災害が続いて、船や物糧の準備がならぬが、朝議がきまって使者を出そうということになった。しかし弁整のうちに延引しがちだと妙ないいわけをしている。そして九月十四日に遣唐使を出そうかやめようか再審議を要請する奏状〔巻九、六〇二〕を書いた。停止はその二週間後である。

翌寛平七年五月、裴頲はふたたび渤海客使として来朝、道真・長谷雄はうちつれて鴻臚館を訪れて十二年前の旧交をあたためる。裴頲も道真もすでに白髪、この次の十二年目の再会はもはやおぼつかない、

去るひとも留るひとも相贈るはみな名ある貨(たから)ならむに
君は是れ詞の珠なれども我は涙の珠なるものを　〔巻五、四二五〕

遣唐使停止、渡海入唐を断念していた道真の感傷がみられなくもない。

さて官位の昇進はピッチをましてくる。この年、中納言、従三位、春宮権大夫。ついに父祖の官位をこえる。翌年には清行の「意見封事」にも匹敵する地方政治の論策、検税使の可否を再審する奏状〔巻九、六〇一〕を書く。讃州時代の受領

体験が生かされている。同年民部卿を兼ね、長女衍子が入内する。寛平九年六月に権大納言・右大将に任じた。右大臣源能有の死に際しての人事異動であり、時平もこの時大納言・左大将になった。三十一歳の壮齢の宇多天皇が十三歳の敦仁親王に譲位したのが翌七月、彼は正三位に進んでついに時平と雁行、即位と共に東宮権大夫から転じて、中宮大夫を兼ねる。政治権力のピラミダルな地位に接近すると共に、危機がひそかにしのびよってくる。この宰相時代、彼は応製侍宴詩を多く作る、艶冶な美文主義による美意識の表出は洗練を極めるのである。

7 丞相時代（昌泰元―三年）〔五十四歳―五十六歳〕

寛平十年（八九八）四月、昌泰と改元。その年十月上皇は片野で鷹狩を楽しみ、宮滝に遊覧した。道真は長谷雄とともに随行した〔付載六七八、長谷雄「競狩記」・付載六八〇、道真「宮滝御幸記略」〕。

道真のめざましい栄進は、文章博士時代より以上に同僚納言たちの反感を買ったらしい。彼らは外記庁にも出仕をサボタージュして審議をボイコットした。思いあまって上皇に諸納言の怠りをいさめてほしいという申文〔巻九、六〇六〕を書いたりした事実は、漸く風あたり強く孤立して行く喬木の運命を告げるもの。彼一人がこのたびの譲位と新帝の践祚という国家の重大な枢機にあずかり、他の臣僚がさしおかれたということは、反対派の人人に想像以上の危険感を与えたのであろう。

翌昌泰二年二月、時平は左大臣に、道真は右大臣に任ぜられた。彼は右大臣の辞状を三度も上った。「人心すでに縦容（しょうよう）せず。鬼瞰（きかん）必ず睚眦（がいさい）を加へむ」〔第一表、巻十、六二九〕といい、「人たれか彼の盈溢（えいいつ）を恕（ゆる）さむ。顚覆（てんぷく）は流電よりも急（すみやか）に…」〔第三表、巻十、六三二〕という彼の切迫した口吻はまことにただならぬものが感ぜられる。この半年後、宇多上皇は東寺に灌頂をうけ、仁和寺に落飾した。前年の譲位は国家のため、今日の出家は菩提のためだと声明したが、行実をみると、政情がうるさくなって、むしろより自由な立場を享受するためであったとみられる。

翌年八月、道真は自家の詩文集たる「菅家文草」十二巻に、祖父清公の集たる「菅家集」六巻、父是善の集たる「菅相公集」十巻を添えて十六歳の新帝に献上した。帝は平生、文集七十巻を愛読していたが、この菅家の集をみるとまさに白氏の詩篇にまさるものがあるから、文集は文匣の奥にしまいこんでしまおうという詩をよんで酬いられた。これから六ヵ月後に、彼の追放がもち上り、静かなクーデターが断行される。文字通り道真一代の栄光の、最後の記念碑となったのである。この年正月、「北野縁起」によると、天皇は朱雀院に幸し、先帝とはかって、左右大臣がせり合って政治をとるのは世人にとってこまろうから、道真一人に任せるために太政大臣に任じようかという相談があったが、彼は固辞してうけなかったという伝説を伝える。犢牛のごとくこれを重視する人もあるが、おそらく後世のつくりごとであろう。三善清行はこの十月、彼に辞職勧告書を送る。学者出身で大臣になったものは吉備真備以外にない、明年は辛酉変革の年だから、今のうちに足るを知って勇退し、山野に自適せよという親切な諫言とも、おためごかしのおどしともとれる忠告を送った。危機が近づいていることを知らないではなかったであろう、しかし彼は平素心を許さない清行の言ゆえにこれを黙殺して、破局に直面する。

8 太宰謫居（延喜元―三年）〔五十七歳―五十九歳〕

昌泰四年（九〇一）辛酉正月七日、時平・道真は同時に従二位に叙せられる。十六日に踏歌の節会、主上御覧がある、例年のしきたりのごとく。――その十日後、突如として道真追放の宣命が発せられる。理由は止足の分を知らず、専権の心があり、宇多法皇にへつらい惑わして、父子の志を離間し、斉世親王のことを匂わして兄弟の愛を破ったという。時平は大納言源光を味方にひきいれて、道真が醍醐天皇を廃し、皇弟で彼の女婿たる斉世親王を立てようと企んでいて、すでに法皇の同意をえていると讒した。思慮の熟しない十七歳の醍醐天皇は不安におびえ、父帝に相談するいとまもなく、このクーデターを断行することにふみきった。扶桑略記の延喜元年七月条の記事によると、清貫が宇佐奉幣使として西下、道真らの情況をうかがったときの復命に、道真は自ら謀反をはからないが、善朝臣の誘引をことわりきれなかったといって、窮れるすがたで理に伏する様子だったと報告し、暗に彼が自分の有罪を認めた口吻を伝えるが、井上哲次郎がいうように、これはためにするでっち上げで、廃立をはかったという事は無実であったにちがいない。頼山陽はこの事件の根本は父と子の争い――仁和寺の法皇と、年若い延喜帝との無言の対立感情、父帝の寵臣たる道真が、新帝に一種の圧迫感を与えたことが根本だという見方をしている（「日本政記」巻二）ことは注意すべきであろう。

法皇は即日馳せて参内し、この非をとどめようとしたが、左右の陣は警戒体制をかためて法皇を拒否したという。扶桑略記の伝えるところによると、法皇は草座を陣の侍従所西門にしいて終日坐したが、左大弁紀長谷雄が門前に侍しただけで、陣の兵士どもは椅子から下りなかったので、ついに還御した。道真は即日近衛十人に護送されて摂津に向ったとある。（紀略によると、五日後の三十日に法皇が左衛門陣に行って、ついに通夜したことになっており、翌一日、道真は配所に向ったとある。）太政官符によれば、左衛門少尉善友益友が左右兵衛二人を率い、領送使として彼を具して西に送った。山城摂津以下路次の国国は、食糧や伝馬を給してはいけないという苛酷極まる指令だった。「郵亭余ること五十、程里三千に半せり」（後集、四八四）――千五百里、都から鎮西までの行路を詩によんでいる。駅亭や港津につくたびに、群衆はみち一ぱいになって物珍しげに一行をのぞきにくる。胸はむかついて嘔吐し、虚労して脚はなえる。京より淀に出て道明寺の伯母覚寿尼を訪ねて暇乞いし、難波より舟行、須磨・明石を経て淡路の西浦に寄り、讃岐の海を西行、鞆、宮市を経て博多津に上陸したと後世絵解き講釈や伝説・口碑がつたえるが、一方、明石に綱曳天神、播磨に曾根天神、尾道に御袖天神、防府に松崎天神、伊予に綱敷天神、豊前に浜宮天神、博多に綱敷天神などがまつられるに至って、それが路次だったという。讃岐には、旧知が流されて行く海上の道真に会いに行ったという口碑もあるが、「叙意一百韻」（後集、四八四）をよむとどうも陸路描写が多い。

配所の官舎は修理しなければ住めない無人のあばら屋、井戸はつまり、垣根はやぶれたまま、あくどい商人ややくざや群盗が横行し、米塩もとだえがち、農夫も官を憚かって近よらない。

　痩せては雌を失へる鶴に同し
　飢ゑては雛を嚇す鳶に類へり　（後集、四八四）

妻と年長の女子は家に残され、わずかに幼い男女児二人同行を許された。長男は土左に、二男は駿河に、三男は飛騨に、四男は播磨へ流され、勅使が馬を駆ってつれ去り、父子は一時に五所にちりぢりになった。庭さきにくる雀の子、軒ばに遊ぶ燕のひな、彼らの親鳥たちはせっせと米粒をひなに運んでくるのに、かれらはささやかな小鳥たち、わたしは儒者ではないか、だがかれら鳥たちの慈悲の多さにくらべて、わたしは何というざまだ！

口に言ふこと能はず　眼の中なる血
俯し仰ぐ　天神と地祇とを
東に行き西に行き　雲眇々
二月三月　日遅々　〔後集、四七七〕

キリストは人間の原罪をせおって十字架につき、維摩は衆生病むが故に自らも病んだ。道真は人間社会の有為転変そのものに苦しんだ。同行した二人の幼な子もおそらく栄養失調で死んでしまう。まことに死にまさる業苦、どん底の人間の姿の典型、牢獄からの悲痛を極める遺言詩集だ。鐘の声をきいても、自分ひとりに抜苦の声もとどかぬかとうめく。
陰惨を極めるどん底の生活にも、どうかすると静かな観念の朝夕があり、漸く諦念に澄む心境もうたわれる。東山の遠寺の幽かな風景――心の澄むパースペクティフ。シューベルトの「冬の旅」のくらさ。人生に絶望し、死の深淵を前にして、道真の魂は仰向けに、横に、うつ伏せに、輾転反側する。どうしてもその苦しさからのがれられない。ただ観音のみが安息であった。イザヤ書には「走れ、我汝らを負わん、我汝らを導かん」とあるが、彼もまた天道に無実を叫び、荘子の哲学に救いをさがすが、最後には仏に導かれて死んで行った。彼は超人間でなく、弱い、いかにも人間らしい人間だった。最後まで京に帰る希望を捨てなかった。「謫居春雪」〔後集、五一四〕には都府の城や左右の墎いっぱいにふりつもった春の淡雪に、早春の梅花の映像を思い描きながら、自分を蘇武や燕丹に比してやきつく望郷のおもいをうたいあげる――それが絶筆であった。京を出てから二年、延喜三年（九〇三）二月二十五日、五十九歳であった。

四　道真の生活と人物

道真は、文章得業生のころは勉強にいそがしく、妻子となれむつぶひまもなかったと述懐しているから、彼は二十三歳のころ、すでに結婚して子どももうけていたわけである。妻の宣来子は前述の如く五歳年少、師の娘で賢夫人だった。讃州や太宰府時代も、彼女は京に留守し、時に身のまわりの品を送ったことがわずかにうかがわれるだけである。彼の作品からは妻へのかかわり——恋愛はもちろん、結婚のことも、夫婦や家庭生活のこともほとんど片鱗さえもみえない。それに反して主上や上官や岳父や門弟子や下僚や、さらに子どもや外孫のことまで、たてのつながりの関係はしきりに見える。

今日のサラリーマンにとって、転任による子どもの教育問題は切実だが、それと同じことを彼は千年前に悩んでいる。器量のわるい女の子、勉強のできない男の子、男の子の元服、女の子の成年式——子どものことを思うと、遠い讃岐への転任は悲しくつらいという〔巻四、三六〇「言」子」〕。太宰府生活に同行した少男女を慰める詩〔後集、四八三〕になるといっそう哀切を極める。前田家本「菅家伝」によると、「子、男女二十三人有り」としるすが、尊卑分脈の菅原氏系図では、高視以下男子十一人、寧子以下女子三人、計十四人をしるす。そのほか夭折した阿満という男の子とその弟、西府で失せた少男がいる。讃州の滝の宮には彼の別荘みたいなものがあったというが、前述の如くそこに一女を愛して囲ったという口碑がある。昔は受領は家族を京において、任地で部内の女子を多く娶って妻妾としたことが流行したとみえ、「類聚三代格」牧宰事にはそうしたことを禁断する勅書も出ている。道真にも何人かの側室があったかと思われるが、後年天神の神格化の過程で一切の資料は抹殺されでもしたのであろうか。謫居生活の時、京の留守の妻からのたよりだけが強い慰めであったようである。

彼の住居は「拾芥抄」の東京図によると、二カ所——紅梅殿と天神御所と出ている。紅梅殿は五条坊門北、町尻西、綾小路南、西洞院東の一保で、配謫を告げる勅使がきて、宣命をよみあげ、あわただしく彼を連れ去ったのはここからだといわれる。天神御所は高辻北、西洞院東とあるから、五条坊門の通りを隔てて南にさがる隣りの保である。「書斎記」〔巻七、五二六〕に描写される宣風坊の菅家廊下のあったところは、おそらくこの紅梅殿の地であったであろう。流謫後、ここの西門の木は人が移植し、北地の園は借り手がはいりこんで寄居したのである。その他、城南の地に父祖以来の荘宅のようなものがあり、大和国高市郡に山荘もあった。三条壬生にも彼のすんだ所というものがあったといわれるが、たしかでない。

彼の住んだ配謫の官舎は「都府の南館」、府の右郭十条一坊のあたり、今の通古賀(とおのこが)の東郊、榎寺(えのきでら)の天神旅所の地といわれる。建久本北野天神記によれば、四堂に葬ろうとしたが、棺をひく牛車が途中で動かなくなり、そこに墓所を点じて葬った。これが安楽寺聖廟、今の太宰府天満宮だという。

彼は幼時大病をわずらったこともあるといい、丈夫なたちではなかった。身長がひくかったといわれる。多くの画像のうち、京都の北野神社所蔵の肖像が比較的真にちかいかといわれるが、たしかめるよしもない。酒を嗜む方ではないが、さりとて全く嫌いというのでもない。四十五歳にして白髪がめだち、髪も薄くなった。ひげもはやさない。追放以後のショックは一度に宿痾を激発させる。頭瘡の皮膚病、足なえのびっこ、ひどい脚気、胃病であったか、吐き気を催す、腹が冷えるので温石であたためなければならない、虚労と不眠症になやむという状態であった。流謫という異常な限界状況であったからやむをえないが、しかし若年に猛勉強をし、かなり激職たる吏僚の事務もやりとげ、また教育者として多くに教え、修史のしごともやってのけ、政治家として勤めたことからみると、かなり頑張りのきく努力型、毛なみのいい三代目、秀才型の人物であったとみられる。前田家本の「菅家伝」によると、「風度精爽、音声多く朗らなり。性(ひととなり)酒を嗜まず、投壺(とうこ)(つぼなげ、投げ矢の遊戯)を能くせり」とある。讃州時代、六斎(ろくさい)の日〔巻四、二六九「斎日之作」〕に、慚愧にたえないことは学者としても中途はんぱ、役人としても中途はんぱなことだと告白している。彼が文章博士時代、世間は腐儒、えせ学者どもが軽軽しく自説を転換し、懸河の弁でまくしたてるのを歓迎すると苦苦しくいっているが、その口うらをとると、彼はどうやら思索する型、吶弁型の人物であったのであろうか。「有レ所レ思」〔巻二、九八〕や「書斎記」〔巻七、五二六〕をよんだだけでも、一つの人間のタイプ——派閥で動くボス型でなく、誠実な真面目な考える人、解放的な清濁あわせのむ態度でなく、世俗の毀誉を気にし、どちらかというと人間嫌いのくせに名利から離れられない我執の念も相当な人間像がうかがわれる。調和的たろうとつとめる孤立型の人物、抵抗的よりも諦念的で、むしろ能動的でなく受動的、容易に人に許さないところもあり、多情多恨、事に当って相当感情に動かされる神経質の傾向がある。渤海の客使とよみかわした詩にしても、少少涙が過剰である。過度の感傷は彼の性格の一傾向である。彼は讃岐守時代、保則や興行や滋実のように良二千石として在地民衆生活の中に泥んこになって入って行くということをしない。地方に擡頭する有力農民や土豪や郡司や国衙の下僚たちのボスグループに身をもって対決しようなどという姿勢は示さない。同僚は詩作に苦吟する国守を目して、痴人とか狂士といったと自ら告白している。功過を気にしながら交替も待たずに帰京し、そうしながら、またそのことを気にするというたちであった。他人のうわさに神経をとがらせ、厭世的なところもあり、詩には悲しみのかげをおび易い。樗牛はバーンズ・バイロン・キーツに比し、屈原の人物と比較しているが、要するにいわばハムレット型の詩人的気質を感じさせる。より少く現実的実践的であり、より多く理想主義的である。昔も今も、西にも東にもそうした人間はいるのだ。そこに道真的人間類型のもつ一つの古典性があるともいえよう。

彼は教育者として注意すべき人物である。菅家廊下の門弟子たちの受験や及第について細心周到な心づかいをしているし、讃岐赴任もあとにのこす学生のことを思って去りかねている。讃岐でも学校をおこし、国学に力をそそぎ、府の聖廟の釈奠を行ったりして、まことに活動的である。わざわざ讃岐に訪れてくる門弟もいた。菅家伝に「門徒数百、さながら朝野に満てり。其の名を顕はせるひとは、藤原道明・藤原扶幹・橘澄清・藤原邦基ら、みな納言に登れり。橘公統・平篤行・藤原博文ら、対冊して科に及べり。その余は載するに遑あるべからず」という。

彼は琴も学んだが、勉強のためにやめた。また書は王羲之の蘭亭序を学んで能書であったという。古来弘法・天神・道風を三聖とする説があるから、名筆であったと思われるが、小杉榲邨が指摘するまでもなく、今日伝道真筆といわれるものはすべて確実でない。また太宰府に伝道真筆宇多天皇像、近江来迎寺に伝道真作十一面観音の巨像があるが、いずれも確実でない。「国史眼」に「画に巧なり」といい、「本朝画史」に道真自画像ありとし、「筆勢非凡、威儀仰ぐべし」というが、道真神格化の余波に過ぎないであろう。

讃岐の生活体験――村の故老と酒をくみかわし、漁樵や農人をはじめ行商人や隠栖の処士や浮浪の窮民たちにじかに接したことは彼の人間に振幅を与え、白氏文集を貫く諷喩精神を体認せしめ、詩人としての彼に、政治家としての彼より以上にプラスした。しかるにもかかわらず西府に左遷させられて以後、袋小路に追いつめられたように、悲しみと憤りに我れと我が寿命を縮めるような閉鎖的生活に終始する。文集を学びながら、どうして白楽天の謫居生活の態度を学ばなかったのであろうか。どうして一時の冤罪として気にかけず、鎮西の地域において自活、僧侶たちと交りもしたが、さらに自ら道を説き、著述に従うというような積極的活動をしなかったか、心機一転することができなかったかと、その意志の弱きを惜しまざるをえない。

五　道真の教養とその時代・社会

病気をなおす医学書たる百一方と、老子の道徳経と、白氏の文集と、班固の前漢書――これが讃州へ携えて行った書物。これに文選と史記と後漢書と春秋と荘子とを加えると、ほぼ彼の座右の書の輪廓が出てくる。「人遠く水くさきよきところをさまよひありきたるばかり、心なぐさむことはあらじ」と「つれづれ草」の作者はいうが、勤務が忙しくそういう余裕がない宰相時代の日日、彼を慰めたものは文選三十巻、ことにその古詩の世界であった。六朝の詩人たちの風雅生活の追体験がわずかに彼を慰める。彼らの玄学神仙への傾斜はそのまま彼にも反映して老荘への愛好となる。白氏文集に対しては一世代前の大陸の詩人の文学として、今日の日本人がジイドやヘミングウェイの作品にもつよりももっとちかい距離と親近感をもって、愛読したと思われる。道真より四世紀半ほど後に出た兼好が「文は文選のあはれなる巻々、白氏文集、老子の詞、南華の篇」(つれづれ草)と列挙するところは正に道真の愛読書を代弁しているようである。

彼は稽古の学として三史の学に通じ、史書について評論もしている(巻一、九、詩序)。晩年「春秋」を研究し、自ら史書の撰修・類聚にも精力を傾けたが、さらに孝経の注、文選序注も書き、文選・文集に道真点というものがあったと伝えられる。流謫の地に携えて行って、愛誦抄出して愁えを忘れるよすがとなったものは「白氏洛中集」十巻であった。ことに菅家後集における代表的傑作たる「詠二楽天北窓三友詩一」(四七七)、「不レ出レ門」(四七八)、「叙意一百韻」(四八四)の如きは形式・内容において文集の投影が色濃い。

道真が生きた時代は、藤原氏が独裁的な摂関権力を強化して、律令体制の安定を次第につき崩し、変質せしめて行こうとする過程の時にあたる。承和の変にはじまり、応天門の変に続き、阿衡問題にくすぶり、道真追放のクーデターに展開し、曲折波瀾をへて安和の変にいたってついに摂関政治体制を確立して行く。かかる藤原権力を代表するものは、道真の少年時代においては良房、壮年時代においては基経、晩年においては時平であり、道真の人間形成はこれらの権力者群像といいなみがたくかかわり合う。

中央におけるかかる政治的変質のうごきは、同時に敏感に地方にひびき合って、国司官人の地方支配機構にひびが入って行く。受領が律令制的な支配を守ろうとしても王臣家や寺社の荘園が拡大して行き、在地の土豪、有力農民たちは郡司もしくは京の権門と結託して、漸く殷富の百姓にのし上り、その結果は一般農民の困窮と零落に拍車をかけ、脱税・逃亡・浮浪もしくは移住となってあらわれてくる。受領は中央・地方のかような矛盾にはさまれながら、なおかつ良二千石としてゆるみかけていても律令制を維持し民政を安定するために努力すべきであったが、「たふるる処に土をつかむ」ように私腹をこやすことだけを考える輩もすくなくなかった。道真はかような在地の社会機構にじかに触れて、漢書・後漢書の儒林・循吏伝の人人を範型としつつ、自ら地方官としての思索と実践を体験するのである。

中央平安政府の官僚としてであれ、出先の地方長官としてであれ、道真は律令制の骨格たる儒教の政教倫理と、古典としての史伝文章の学識教養とによって出身登用され、昇進した。用賢というテーゼが生きるためには、律令の機構が正常に作動していなければならない。彼は摂関家のために代弁をつとめ、多くの奏状・願文の代作をする。しかし阿衡事件が象徴するように、中国古典の断章取義の方法を操作して詔勅や奏状を作る技術が身についていても、それはもはや紀伝道出身官人のよりどころとするに足る武器でなくなってきている。宇多天皇が、藤原氏の直接のかかわりから離れて、二十一歳で践祚し、次いで四年後に太政大臣基経が死ぬと、摂関政治進行過程に一種の穴があいて、寛平親政という時期が思いがけなく、口をひらく。道真のめざましい昇進は、この前後寛平期の社会不安を背景に、主として若い宇多天皇の彼の学識文才に対する過度な信頼傾倒によるもの、その学識文才はすでに時代や社会の歯車とかみあわなくなっているところがあるにもかかわらず――ここに最初から危険が伏在する。しかもこの宇多院という帝王は、極めて文化主義的であり、遊幸・狩猟に意欲を示し、作文風雅の詩宴を好み、中国南北朝の貴族サロンを憧憬し、嵯峨・仁明朝の風雅な宮廷サロンを再興しようとした。その上難局に面すればさっと譲位し、自由が制限されると見ればさっと出家するといったところがある。その輔翼たる道真は、一方では儒教の政教理念でこの主君の行き過ぎを牽制しなければならなかったが、他方では老荘談玄や仏事作善を媒介に主君の行動に調子を合わせなければならない、その果てには彼は後宮サロンにさえ出入し、漢文学のわくをこえて和歌的な世界にさえもリーダーシップの姿勢をとらざるをえない。彼が文選を愛し、老荘に傾倒し、山林幽居の嗜好を示し、極度に華麗艶冶な六朝ごのみの装飾主義美文を創ることに精力を傾けるという姿勢の背後に、荘園経済に基礎をおいた過度な宮廷貴族の消費生活があり、宇多院の近臣ならびにその後宮を中心とするグループがあり、和歌の風流に熱中し、その果てに「所々の山ふみ」をさえした風雅頽廃の生活、快楽主義の追求という要素もあることを見のがしえない。

桓武・嵯峨以来の半島王族系の血をひいたといわれる好色の風潮は、宇多・醍醐朝の宮廷にも瀰漫していたといわれる。伊勢の御・桂の皇女・京極の御息所・陽成院母后高子・本院の侍従などの後宮女性、業平・平仲・季縄をはじめ、いみじき色好みの元良親王、落堕した浄蔵、叔父の妻を盗んだ時平たちの奔放な生活も、背景にうかび上ってくる。周易を学んだ宇多天皇は、一方において遊女白女の母子を召したり、仲平と時平とが争った浮き名の高い伊勢の御を召して皇子を生ませたり、さらにわが子醍醐の后たるべき京極の御息所を召して、月夜の河原院で源融の霊に悩まされたりして、大和物語や今昔・江談の説話の世界の好話題としてもてはやされる。宇多の「女御五人、御子廿人」、醍醐の「后・女御・更衣等廿一人、男女御子卅六人」(愚管抄)といわれる。「寛平后宮歌合」をはじめ、「古今集」撰進前夜の和歌サロンの盛行、「句題和歌」「新撰万葉」の撰進、伊勢物語や大和物語・平仲物語、さては今昔物語集、本朝世俗部や古本説話集に説話として語りつがれるところの好色追求、恋愛讃美の世界に通ずるものとわかちがたく、道真の人間ならびに文学も形成される。彼の人間における涙の過剰、感傷性の過多、彼の文学における意外なほどの耽美的傾向は、こうした社会的背景を勘定に入れて考えられなければならないであろう。

六　菅家文草・菅家後集の成立

昌泰三年(九〇〇)八月、道真は菅家の家集を年若い醍醐天皇に献上した。家集を進献する奏状(貞享板本増補分、六七四)にそのいきさつがしるされる。合計二十八巻の菅家三代集のうち、「菅家文草　十二巻 道真集」とあるものが、現存本そのもので、現存本は進献当時の原型を甚だしく損しないで今日に伝わったものと考えてだいたいまちがいないであろう。編纂の材料となったものを列挙してみると、次の如くである。

(1)「鴻臚贈答詩」一巻。元慶七年(八八三)、渤海客使裴頲が来朝したときにおける、彼我の贈答詩集。道真・忠臣ら接待官五人と客使とが半月間の滞在中に酬和した作品、五九首。面対即席のほかは詩を作らず、稿草を準備しないで、対等の条件で唱和するということにした。「五言七言六韻四韻、黙記して篇を畢へ、文に点を加へざりき」と序(巻七、五五五)にいう。この中の彼の作品は文草巻二に収められている。

(2)「讃州客中詩」二巻。醍醐天皇が東宮のとき、令に応じて、巻子本二軸に写しとって進献した。文草巻三・巻四がこれに当るであろう。

(3)「昌泰初年進献文草」。昌泰初年、醍醐天皇が即位のあと、侍臣のある人が勧めて、文草のいくらかを進献した。おそらく寛平期の応製・雑詠を中心とするもの、文草巻五に当るであろうか。

(4)「元慶以往藁草」。讃州赴任中、留守の宣風坊の書斎が雨もりのために蔵書がひどく損したが、なかでも彼の以前からの文草がひどい被害をうけた。巻子一軸みな腐爛したものもあれば、一部分が欠損して字が消滅したところもある。加賀介平有直という奇特な人がいて、自らは詩を作らないが、ひろく「天下の詩賦雑文」を写し貯めている蒐集家。あるいは彼の作品集も写しているかもしれないと聞いて、問い合わせてみると、数日後に詩と散文とを数百篇写して贈ってきた。これが文草巻一・巻二および巻七以下の資料となったものであろう。彼の詩文は在世中に、はやくも市井にもてはやされて写し伝えられていたことがわかり、白居易のことも思いあわせられて興味がある。

彼はこれらの資料をあつめて、手許の敗冊・残巻や反故・懐紙などによって校正し、補綴整理し、さらに寛平八年以来昌泰三年内宴応製以前の詩(これが巻六に当るであろう)ならびに前後の雑文を集成し、十二巻、首尾を整えて奉ったのである。これによって成立の事情が明らかになると同時に、現存本にも例えば巻一・巻二の一部に年次が前後していたり、多少の混乱のあとがみられることも、必ずしも後世伝写の誤りとのみに帰せられないかと思われるふしのあることも明らかになる。とまれこれほど一家集の成立のあとがはっきりたどられる例は、他の詩集にみられないところである。

次に「菅家後集」一巻。「五言 自詠」(四七六)にはじまり、「謫居春雪」(五一四)に終る太宰府流謫時代の作品のみを集め、延喜三年正月のころ、死の近きを知って、箱におさめて紀長谷雄のもとに送るように遺言したものだという。通憲入道書目にも「菅家後集　一局」とある。元永二年(一一一九)に「少内記藤原某」(おそらく広兼)が写し、文草十二巻と後集とにもれた作品七首その他を補って巻首に添え、文草巻十二に続けて、「菅家後草　巻十三」と題し、文草と共にその十二年後の天承元年に北野聖廟に進納したのが、今日の流布板本である。「西府新詩」とよぶのも後人の命名である。

七　道真の詩の世界(一)

菅家文草の詩五一四首。まずその表現形態を表示して考えてみる。

左記の表において、五言・七言の計に着目すると、初期は五言が比較的多いが、次第に七言が圧倒的に多くなり、後集になって再び五言詩の勢力を恢復する。しかし全体の比率は一対四である。つぎに絶句と律詩との計に着目すると、五絶・五律の比は一対八、七絶・七律の比は九対一〇、五絶はすくないが、七絶は七律にほぼ匹敵する。ことに晩年昌泰・延喜において七絶が七律を上廻ることは「詩情委頓、忝しく絶句を上る」(巻五、四二七)と告白することを裏づける。

菅家文草	時期区分	五言 絶句	五言 律詩	五言 六韻	五言 八韻	五言 十韻	五言 その他〔十二・十四・十六・廿・四十・五十・百韻〕	五言 計	七言 絶句	七言 律詩	七言 六韻	七言 八韻	七言 十韻	七言 その他〔五更転・五韻・十四・十八・廿・廿二・廿四・廿八韻〕	七言 計	雑言	合計（うち詩序を伴うもの）（うち扶桑集所収）
巻一	A 前期得意時代 Ⅰ 貞観	四	一〇	五	一	二	一	二三	二一	二九	一		一	一	五三		七六（六）（一三）
巻二	A 前期得意時代 Ⅱ 元慶		二四	一			一	二六	三一	四一	二	三	一	二	八〇		一〇六（四）（一四）
巻三	B 讃州客意 Ⅲ 仁和	一	一四				二	一七	一九	二三				一	四二	〔廿七韻〕一	六〇（五）
巻四	B 讃州客意 Ⅲ 仁和		六	一	三	一	二	一三	三五	四二	一			二	八〇		九三（一三）
巻五	C 後期得意時代 Ⅳ 寛平	一	一七				二	二〇	三〇	四二			一	一	七四		九四（九）
巻六	C 後期得意時代 Ⅴ 昌泰		一		一			二	二〇	一三	二		二		三七		三九（三）
菅家後集	D 太宰謫居 Ⅵ 延喜	三	三		一	一	四	一二	一七〔3〕	一四〔4〕	一			二	三四		四六〔7〕
合計		九	七五	七	六	四	一二	一一三	一七三	二〇三	七	三	五	九	四〇〇	一	五一四（二二）（四五）

（〔 〕内は後集増補本所収増補作品数）

彼の創作力の衰えを物語ると共に、後世の一般的傾向を予見せしめる。七絶五首の五更転形式のもの、漁夫詞と題するもの、…歌と名づけるもの、雑言二十七韻、速吟即興の連作群、四十韻・五十韻・百韻などの長詩もあり多様であり、ことに百韻はすこぶる注意すべき作品であるが、中心をなすものは七言詩、ことに七律であり、ここに唐代宮廷詩の風気を反映するとみる。

彼の作品を創作動機からみると、(1)侍宴応製と歳時饗宴などの詩と、(2)贈答・酬和の作と、(3)哀傷・告別の作と、(4)風露月雪につけ、喜怒哀楽につけ、自(おのずか)らに感興を催して作った自由な独吟・口号・戯作の詩と、(5)屏風絵の題画詩と、(6)即興速吟の詠物の連作詩と、(7)勧化唱導のための作品などにわけられるであろうか。

(1)は内宴と重陽の節における公的なはれの応製詩と、子の日・寒食・三月尽・春秋釈奠・仲秋翫月・残菊などの年中行事にかかわる公式・非公式の詩宴・作文会の作とがある。主として七言形式の題詠で、雕虫篆刻(ちょうちゅうてんこく)の技巧をこらした作品が多い。(2)(3)(4)はその場の感動の高まりに応じて種種であり、自然な創作衝動にもとづく平明な自由詠が多い。(2)のうちでも前後二回の外国使臣との酬唱には、公式のやりとりもあるが、私的な相聞往来もあって、興味深い。ことに(3)は主体的感動をもりあげた珠玉の佳什が多い。ことに愛児の早逝を悼む作は、岳父を失ったときの作と共に悲痛を極める。(4)はことに博士難・有所思・詩情怨・白毛歎・読楽天北窓三友詩・叙意一百韻の如き長篇は、秋日山行・舟中作などの紀行詩と共に述懐自照の傑作であると思われ、新しく注目し直さなければならないかと思う。(5)の屏風図詩も注意すべきもの。平正範の相国基経五十算賀屏風図詩五首・讃州僧房屏風図詩四首・讃州旅館画図屏風松下道士讃六首・右金吾源亜相の源大納言能有五十算賀屏風図詩五首・近院山水障子詩六首などの中には巨勢金岡の絵様をうかがわせるに足る貴重な資料的意義もある。(6)には右親衛平将軍河西別荘での山家晩秋の連作四首、諸進士及第の賀詩十首、阿州平刺史と共に河西小荘での晩秋二十詠、寒早の連作十首、冬夜九詠九首、釈逍遙遊三首、暮春一時十首の詠物詩十首、当時二十物の詠物十七首など各種があり、唐詩壇における九詠詩・一日百首・各種詠物詩などの流行の風潮を反映した即興即詠の連作などは注意すべく、わが中世ことに新古今時代に盛行した百首和歌の流行ともかかわりなしとしない。

(7)唱導体の願文・表白・縁起については後述するが、詩にも民衆に対して勧化することを目的とした唱導誘俗の作品、例えば国分寺蓮池詩や懺悔会作などの長篇がある。これは注意すべき一特色である。

外国使節との酬和連作には、新来の異邦人とのびのびと交歓し、時にしゃれやユーモアをまじえつつ、一種の四海同胞の意識、国際的な文化思慕の感覚が投影する。会話よりもむしろ詩において自由に真情を通じ合おうとしたことは、江戸時代新井白石が外国使節と酬唱した詩にも共通にみられるところ。

帰らめや　浪は白くまた山は青きを
恨むらくは　界(さかひ)の上の亭(ほとり)を追ひ尋ねざることを
腸は断ゆ　前程相送る日
眼(まなこ)は穿(うが)つ　後の紀(としまろ)転び来らむ星
征帆は繋(つな)がむとす　孤雲の影
客館　争(いか)でか容(ゆる)さむ　数日の局(たむろ)
惜別　何為(す)れぞ遙に夜に入る
落つる涙の　人に聴(き)かるるを嫌ふに縁(よ)りてならむ　〔巻二、一二「夏夜於二鴻臚館一餞二北客帰一レ郷」〕

客使裴頲は彼の詩をみて「菅礼部(くわんれいほう)の詩は白楽天に似たり」とたたえた。内教坊の妓女一四八人を動員した大がかりな歓迎舞踏会、北地寒沙の蕃使に対する接待ぶりに、彼らを大唐文化に陸続きにつらなる国と意識する反面、わが国文化をおし出して誇示しようとする意識もみられなくはない。

彼が讃岐時代の「薄命篇」と自ら名づける無常偈は蓮池にちなむ唱導詩で、祈雨の願いをこめた讃文の趣をもち、「懺悔会作」と題する長詩も民衆に説経教化(せつきようきようげ)する口吻なしとしない。

課税より逋逃(ほたう)すれば　冥司録(みやうじしる)さむ
公私を欺詐(きさ)すれば　獄卒瞋(ごくそちいか)らむ

漁叟の暗に傷くるも　昔の兄弟
猟師の好みて殺せるも　旧の君親
風に在りて濫訴すれば　犂なして耕す舌
俗に習ひて狂言すれば　湯もて爛らす脣　〔巻四、二九「懺悔会作、三百八言〕

和泉式部もショックをうけた仏名会の地獄変、六道変相の蹬画の絵解きの唱導にかかわるかもしれない。「八月十五夕待レ月」〔巻一、三九〕の五首の連作は仏法的内容ではないが、周知のごとく敦煌曲子における五更転の形式と似ている。さらに詩余すなわち民謡調の詞のごときもの、雑言などもあり、また対話問答をはさみこむ長詩もあり、自然用語が俗語的な口語調になる。例えば「路遇二白頭翁一」〔巻三、三二〕の雑言詩では、

(1)路でしらがの爺さんにあった、彼のいうことに、「わしは九十八、妻もなく子もなく田畑もなく商売もない、わしがものとては柏櫃のなかの竹籠だけじゃ」。

(2)そこでわたしは詰って問うた、「爺さん、元気な紅ら顔はどんな方術のせいかしらん？　からだの工合、気のもちようを、一つ仔細に陳ねてたもれ！」。

(3)爺さん杖を捨てて私の馬前でとっくりお辞儀をしてねんごろに語り出す。「国つ守さま、わしが因縁をひとつきいて下され。〈中略〉……というわけで衣も食も足りて、顔色は桃の花のようでござりまする」。

(4)わたしは爺さんののべたてることをきいて、帰らしてからとっくり考えてみた。

というように四段編成、段毎に換韻し、平俗な会話のことばを七言詩にたたみあげて行く。「具陳述！」「請曰叙因縁」「我聞白頭口陳詞」など、これまでの古典詩の措辞にかつてなかったもの、三羅たち晩唐詩の粗卑浅俗の風体にあらずんば、敦煌白話詩や敦煌曲子、敦煌変文・講経文にみえる白話的な唱導のきまり文句に通い合うところのもの。寛平時代の奥州刺史餞送古調詩〔巻五、三五七〕では、

相公君を送る　君知るや不や。我がために君聞け　本因を説かむ「……

相公の君を送りて　説ふこと是の如し。更に我が意をもて君がために陳ねむ「……のごとく、二段編成で会話体にしたてる。七絶四首を藺笠の爺さんと問答する形式にはめこむもの〔巻三、二三九「代翁答之」〕、七絶二首を月に問いかけ、月が答える対話形式にしたてたもの〔後集、五〇「問秋月」〕などがあり、言葉の魔術師とさえ考えられる雕心鏤骨の律体の応製詩人の意外な他の一面といえよう。

宇津保物語などに庶民的世界や地方生活の姿が描かれるが、源氏・枕の国語文学の世界に多くみることのできない庶民生活の人間像が豊富に描かれることは興味深い。「窮まれる大学の衆」――大学寮の学生・進士たちの群像が生き生きと浮彫りされる。五十に手のとどく老書生、十三回試場に出場する浪人学生、大学内に寄留し続けた三十六歳の居候学生、孤児で飢えにさらされる学生、やっと及第して老いた親を喜ばす困窮学生、将相の家柄の公達学生など多様な生活像を一つ一つ克明に子弟愛・教育愛をもって描きわける〔巻二、一二九—一三八〕。宇津保における藤英的人間の造型である。京都を離れた地方生活では、一層このことはきわだつ。讃州時代、客愁望郷の悲哀の心象にとらええた新しい世界の発見である。同じ漢詩人であり、地方官生活が長かったにもかかわらず、忠臣の田氏家集にもみることのできない要素であり、道真の詩人としての幅の広さを示すもの。〔福本和夫「書味真髄」の図版73「道真の寒早十首」参照〕

寒さがいち早くこたえるのは誰か。
それは塩商人だ。
海の潮を煮ることは手のうちのしごとだが、
潮やく煙にむせながら我れを忘れて立ち働くのだが、
日照りが続けば生産はあがるが、塩の値段はさがる。
一帯の風土は製塩に適して商人を貧乏にはしないのだが、
ただ訴えたいと思うことは、豪民のボスが専売して塩利を独占しようとすることだ。
塩商人はかわいそうに塩積出しの埠頭で税関の役人にぺこぺこお辞儀をしている　〔巻三、二〇八「寒早十首」其九〕

土豪の悪徳商人が官人と結託して塩利をむさぼり、零細商人を圧迫しているからくりを冷徹に見抜いて描写する。そのほか本籍地から逃散した難民、税金のこわさに逃げ出してやぶれたぼろをまとい掘立小屋の中で泣く子と飢えた妻をあとさきにする乞食の浮浪者、あわれなみなし子、やもめぐらしの老いた貧乏人、病気にせめられる困窮薬草作り、痩せ馬のしりをひっぱたく駅亭の人、雇傭にあぶれる海上労働者、零細漁民、山村の木こりたち——崩壊しかける律令制のゆるみに乗じて、ガタの来た地方政治のメカニズムから出てくる悲惨な犠牲者の百姓たちの生活相を、冬の寒さと税吏の追求とを前にする怖れと愁えにおいて、すぐれた詩人の感覚をもって、生生しい現実感で、フラッシュバックの手法で次次と映し出す。仁和期の職人尽しであり、平安社会における「貧窮問答歌」である。（後世庶民に滲透した天神信仰というものは、彼のこうした人間への温かさ、人道主義的な愛といったものが案外一つの要素をなしているかもわからない。）「舟行五事」〔巻三、二三六〕の連作群の如きも、今昔物語集、本朝世俗部の世界に通ずるもの、しかも政治の反省にしようとする諷喩意識から形象される。彼の非凡な感受性の鋭敏さと振幅とを物語るものであろう。

鎮西謫居の生活においては、それら庶民層の生活描写は、一種の非情な惨酷さを加える。太宰府の街頭を殺し屋や群盗が肩をならべて歩いて行く、相手をだまして商いする塩売り、布を銭にして商う悪徳商人、釣りに余念のない官人、竹むしろで舷をたたく舟子、あくどい利をむさぼる米商人、ひどい綿を納めて没収せられる綿作り、悪臭をはなつ魚市場、音程の狂った琴をひく門づけ〔後集、四八四「叙意一百韻」〕——どうしようもない十世紀初頭、北九州街頭の庶民群像。彼はともすれば人間への信頼さえ失いかけようとするが、さらにこれら庶民層をつきぬけて、一種の社会外の社会の人間像を凝視しようとする。同伴したあわれなわが男女の幼子を慰めようとする詩〔後集、四八三「慰二少男女一」〕では、京の街をさすろう博奕（ばくち）うち、南淵大納言の子内蔵介のなれの果て。かちはだしで琴を弾（ひ）いて食を乞う妓女、参議で弁をかねた藤相公の娘のなれの果て。倨傲豪奢を極め、黄金も土砂のようだった貴族の子女——南助（なんすけ）・弁（べん）の御（ご）のあわれな姿を造型する。また「口に盈（み）てて氷雪を含む、身を繞（めぐ）りて紘矢を帯びたり」〔後集、四八六「哭二奥州藤使君一」〕ところの、東国の土にまみれて生きる奥州刺史藤原滋実にみる、新しい時代を予感せしめる在地の人間像を共感と愛惜の情をもって描く。彼の農民認識には一種の限界を免れないが、こういう新しいタイプの人間を、古代律令制社会の矛盾と頽廃とに絶望した九州の地で、刮目して描写しているところは注目せられていい。

八　道真の詩の世界(二)

道真詩の世界に、思いがけない一種の新鮮さがある。そこには日本文学の特質を批判分析するための重要ないくつかの手がかりが含まれているように思われる。そういう問題契機をもつという意味からだけでも、道真詩は新しくかつ興味深い。

日本社会の特質として自閉的性格、島国であったという地理的限定からくる歴史展開における純粋培養型の性格、モンスーン地域の湿潤な風土から規定せられる感情的洗練というよりも感傷の過剰という文化的特質、といったことがいわれるが、これはとりも直さず日本文学の性格につらなるであろう。源氏や今昔や平家や謡曲というふうに、一つの価値としての古典的な作品がつぎつぎに生れてくるが、それらを形成するための文学的な地盤・環境・背景といったものが前提としてなければならない。そういう前提条件たるべき資料を、道真の文学こそ典型的にかつ豊富に与えてくれるように思う。われわれは江戸の鎖国社会の庶民の間に異常に発達した天神信仰のゆえに、かえって「去年の今夜」とか「こちふかば」というような作品を手垢のついたものとして、西欧的近代の感覚からは季節はずれのものとしてみてきたように思われる。しかし人間としての道真の文学そのものを熟視すると、意外に新しい感覚にふれておどろくのである。

何よりもすぐれた抒情詩の達成がある。振幅のはげしい劇的な人間の告白がある。王朝を力いっぱいに生きた人間の生涯にわたる日常生活の記録と生活感覚の軌跡がある。わが歴史の曙から九世紀半ばにいたるこの列島社会にうえつけられた文化教養の総量が凝縮して彼の上に結晶する。同時に彼以後の日本文学の流れの一つの源泉とさえみられるような多様さ豊富さがある。たとえば、つれづれ草の二十一段「万のことは月みるにこそなぐさむものなれ」にはじまる日本的美意識の性格の諸相を解く鍵はこの道真詩の中にそっくりあるように思われる。何よりも個人の家集として十三巻の巨大な量の詩・散文がさながらのこったということだけでも稀有にちかいことではないか。

「本朝、延暦・大同の昔は和漢その芳躅を同じくし、延喜・天暦の比は和漢その閫域を異にす」(異制庭訓往来)と書道史について論ぜられることは、平安漢詩についてもそのままいえることである。大江匡房はわが国の詩の展開のあとについて「我が朝は弘仁・承和に起り、貞観・延喜に盛んに、承平・天暦に中興し、長保・寛弘に再び昌んなり」(詩境記)といって、日本漢詩は弘仁・承和期すなわち勅撰三詩集の作品をもって芸術作品としての評価にたえるものを形成し、貞観・延喜すなわち道真の活躍した時代に盛んになったとみる、すなわち九世紀後半寛平前後が漢詩の黄金時代だという認識である。そして延喜をさかいとして十世紀以後明らかに転回して行く。道真詩はこの転回前夜の複雑な諸要素をあわせ含むのである。

道真詩の中には、中国古典詩にみる古代人的な佶屈な強烈な意志を伴った中国語本来の孤立語的なリズム感覚がよりすくなくなり、優美な流麗な情緒とか気分とかいわれる湿度をおびた日本的感覚が、膠着語的リズムでより多くあらわれてくる。しかも唐詩のもつきびしい格律、整いすぎた様式は破壊されて、古典語の洗練のかわりに、素朴な民衆の日常語が白話詩・唱導詩の傾斜をもってあらわれたり、自由な長短句の錯雑する雑言体が詩余的な詞的な傾斜をもってあらわれたりする。何よりも「和漢その閫域を異にする」ところの一種の日本的なゆがみと日本的生活感情がいろ濃く出てくる。それは中国文学の専門家からは「和習」といわれてきたところのものであるが、それなりに日本漢詩としての語法体系を展開して行くことも否めないし、もともと日本漢文学は最初から多かれ少なかれこうした日本化した日本的漢文であったのである。(拙著「平安朝日本漢文学史の研究」増訂版三〇一―三〇四頁参照。)

道真詩の世界は大きくわけて、きらびやかな美しい世界と、平淡なさびしい世界とにわけられる。過剰なばかりの装飾をともなった典故を鏤ばめた官能的な芸術美の世界と、さらさらと平明に現実を直叙しようとする人生的な自然美の世界とである。彼の生涯についていえば、前者は宮廷に勤務していた得意時代、後者は讃州ならびに鎮西の失意時代にことにあらわれる。

　　雙鬟(さうくわん)且(かつ)がつ理(り)して　春の雲軟(やはらか)なり
　　片黛(へんたい)纔(わづか)に成(な)りて　暁の月纖(ほそ)し　〔巻五、三六五・文粋九・和漢朗詠巻下、妓女、七一三〕

この「粧(よそほひ)を催(もよほ)す」詩は、巻二、一四八の作品とともに内宴応製の作。文選の洛神・高唐の賦以来の艶冶な夢とあえかな映像、膳を羞(すす)め酒を羞める桂殿の姫娘――殿上の侍女たち。舞を奏し歌を奏する梨園の弟子――教坊の舞妓たち。それは正倉院の鳥毛立女屛風絵や西域トルファン出土の初唐胡服の美女図の匂やかな映像に通うもの。左右の髪をわがねて鳳形の飾りのある釵(かんざし)をさしあえぬ春の雲なすゆたかな髪の感触、紅粉(ほほに)もさしあえず黛(まゆずみ)を有明の月がたに描きかけた面ざしのあでやかさ。まさに宇多院を中心とする寛平期の官能追求の耽美の風潮を反映する。六朝の艶体・宮体をうけつぎ、初唐の応製綺靡をうけついで日本的に開花した妖艶美の極致である。

　南海失意の作と西府流謫の作は、これと反対にさびしい平淡美につらぬかれる。都の内宴の教坊の舞姫のイメージをうかべてやきつく望郷の感傷を媒介にしながら、南海の風煙を写実的にうたいあげる。あるいは去年の今夜重陽秋思の詩宴の華麗な思い出を媒介にしながら、幽憤断腸の感情を直叙する。四六の虚飾や雕虫の技巧は姿を消し、つぶやきそのものがうち出される。流刑地における悲しい玩具、牢獄からの遺言詩集、真の詩の美しさはかくして後集に極まり、日本漢詩はここに至ってはじめて抒情詩の生命の炎をしずかにもえたたせる。このような抒情詩的な達成をとげた文学エネルギーは、その後仮名文学に、和歌や日記や物語の世界に、移調されてうけつがれるようである。まことに垣内松三教授がかつて「新しい抒情詩の生れる時は、新しい文化意識の生れる時である」といわれたのも故なしとしない。

　彼は詩を道徳のしもべとも、政治の道具とも考えない。純粋に一つの価値として認識している。しかし彼の本性は詩人であったが、大学寮や菅家廊下の指導者として、また文章博士や侍読として、つまり学儒として生きた。また外官の吏僚として、参議・右大臣の政治家として生きた。したがって彼の作品には六朝的芸術主義の一面とともに、詩経以来の「人の病を救済し、時の闕を裨補する」という倫理的政教意識がたえず投射している。いいかえれば「風雪に嘲(たわ)むれ花草を弄ぶ」といった高踏的な芸術主義と、「君のため、民のため」にしてやまない諷喩意識——人生的な実践意識とが綯い合う傾向を示すことが多い。きらびやかな応製詩の間に、一種の批判がちらりとひらめく場合もあった。そして風雪の果て、後集の作品に至って、彼は政治から解放され、社会から隔絶された孤独の時間において、真の詩人を恢復し、せまりくる死と戦いながら、人生を凝視した真の詩を造型したのであった。

九　道真の散文の世界

道真の散文におけるしごとは、摂関体制移行の過程において、律令主義の載道意識をもりこむ努力の記念碑的な達成であったとともに、それ以後の芸術主義美学の源流となる。七世紀に唐律がつくられて以来二世紀間、それは唐帝国の規範となったように、八世紀初頭大宝律令がつくられて二世紀間、これはわが古代王朝の規範となった。この律令機構を支える骨格となるべきは明経道であったが、やがて文章道がこれに代る地位を獲得して行ったことは、律令制の変質、摂関体制の進行とかかわりなしとしない。道真が文章道の旗手として、多くの公私にわたる散文を書いたが、そこには日本漢文のもつ多くの問題を含み、それ以後の日本漢文の展開・変容のすべての萌芽を含む。

彼の散文は主として文草巻七より巻十二に収められる。ただし詩序二十二篇は巻一から巻六に詩と共に収められる。

〔巻七〕　賦 四篇　銘 三篇　賛 十二首　祭文 二篇　記 三篇　序 二十二篇(詩序の題のみ)　書序 五篇　議 二篇。

〔巻八〕　策問 八条　対策 二条　詔勅 九篇　太上天皇贈答天子文附中宮状 六篇。

〔巻九〕　奏状 二十七篇。

〔巻十〕　表状 二十三篇　牒状 三篇。

〔巻十一〕　願文 十七篇。

〔巻十二〕　願文 十六篇　呪願文 五篇。

その他後集増補本に奏状 二篇、類聚三代格に官符 一篇、政事要略に書 一篇がある。その他本朝文集にある大安寺縁起・

長谷寺縁起の二篇、さらに興福寺維摩会縁起一篇も道真作といわれるが、確証はない。彼は少年の時すでに文名があり、十五歳の時「為二刑部福主一四十賀願文」〔巻十一、六三六〕を作り、二十二歳の時父に代って「顕揚大戒論序」〔巻七、五五二〕を作った。その他天皇・皇太后・皇后・諸親王をはじめ、藤原良房・基経ら以下多くの人人のために代作したものがおびただしい。

道真の散文は大きく二つの方向にわけられるかと思う。一つは経世済民的な論策、時務実用的な散文の方向、他は芸術的意識をもりこんだ散文の方向である。この後者にも極度に技巧をこらした藻飾儀礼の散文と、自由な平明な態度でさらさらと叙述した消閑逸興の散文とがある。

彼の散文の特質はまずスタイリストであったことにある。「何を」叙述するかという方向よりも「如何に」美しく効果的に表現するかという方向により強い関心がはらわれた。これは中国古代文芸の根本的傾向であり、ことにわが国上代漢文学の規模となったところの六朝散文の顕著な特質である。道真においては近江朝以来、平安初頭以来の伝統をうけてことに顕著な傾向であった。このことは彼の対策の試に際して、問頭（試験出題判定官）たる都良香がはっきり指摘するところ、その判定文は「都氏文集」に出ているが、論理的な分析、道理にもとづく思考に欠けるところがあるが、「ただし詞章を織りなして、その体（すがた）は観つべし」――スタイルは文句はない、内容もまず通ずるから「中之上」と判定するという。彼が若い時編した「治要策苑」の序〔巻七、五五三〕によると、散文の目標は政治的実践に役立つものであると同時に「章句」すなわち文章のスタイルとしてもすぐれたものでなければならないという思想が見えており、文章道の立場からこのような両要素の止揚につとめていることがみられる。しかし彼は生涯文人学儒として、頽廃に傾斜しかける平安宮廷と都市貴族生活の雰囲気にふさわしい四六の系統の美文を作り続けた。讃岐にいる時、京から人がきてわざわざ願文を依頼した。彼は夜ふけ臥床にあって目をつぶり口授筆記せしめたりしているほど、機械的とさえ思われるほど熟達している。しかしこの技巧の過剰は、のべようとする真実から遠ざかり、事柄から浮き上る危険を伴いやすい。いわば過度の装飾や技巧はつまらないもの、無意味なものということが、次第に意識されて、かかる修辞的な鎧（よろい）をすて去り、事実に即した内容本位のすぐれた平淡な散文作品を作るようになり、ここに新しい散文精神の方向の道をひらく。このことは中唐における韓柳、つづいて元白にみられるいわゆる古文運動――一種の文学革命の風気の遠いこだまであるかもしれない。同時にわが国語散文文学の展開の口火を点ずる意味をもになう重要な意味をもつかと考えられる。

道真は賦の作家としても重要な作家である。漢魏六朝の賦作品の伝統にのっとると共に、それを日本化した風体において変容せしめた。「未ㇾ旦求ㇾ衣賦」(巻七、五一六)は秋夜思政何道済民を、「清風戒ㇾ寒賦」(巻七、五一七)は霜降之後戒寒為備を、「重陽細雨賦」(巻七、五一八)は秋徳在陰を韻字とするように、自然の風物を布陳しつつ、そこに倫理的思惟、政教的意識をおりこもうとする。

賦とともに、もう一つの儀礼的アクセサリーの典型は、晴れの曲宴作文における詩序というジャンルである。七律の応製詩と相伴って、得意時代の詩序二十二篇、詩宴や作文会に参加した詩人たちを代表して作ったもの、平仄の法則と四六の体式をくびきとして、よそおいたてられたもの、一種の耽美主義と礼教主義との奇妙な混合、厳粛な華麗さ、端正な頽廃ともいうべき様式特徴を示す。正しく当年宮廷生活の雰囲気の反映、例えば仁和元年四十一歳の詩人の官能的な情熱と繊細な感覚が、夢みるような幽玄美に凝って、内宴の舞姫の映像を造型する。

羅綺の重衣たる　情なきことを機婦に妬み
管絃の長曲に在る　闋(を)へざることを伶人に怒る
変態繽紛(ひんぷん)として　神なり　また神なり。新声婉転として　夢なるか　夢にあらざるか
(巻二、一四八「春娃(しゅんわ)気力なし」詩序・和漢朗詠巻下、管絃、四六〇)

王朝社会を通じて、妖艶な美文の頂点に立つものの一つといっても過言ではあるまい。

奏状すなわち申し文(ぶみ)は、彼が代作した多くの詔勅・表牒とともに、彼の政治的思考の表現であり、時務的な散文である。すべて二十七篇、なかでも、寛平八年検税使についての奏状(巻九、六〇二)は装飾の意識をかなぐりすてた記録体散文で、讃州時代の刺史としての体験をもとにした理財経世の意見を吐露したもの。民間の余剰農産物の吸上げ案に抵抗し

て「良吏非常の儲(もうけ)」をまで奪うべきでないことを主張する。論理明快、清行の意見封事の論策に匹敵する。

奏状にちかいもので、彼の政治的思考と情熱を吐露したものに、阿衡事件の大詰にちかいころ、基経に送った「奉二昭宣公一書」〔付載、六七八〕がある。これは文草には憚るところがあってか収められないが、事件は事実をすなおに直叙することから遠ざかって、中国の典故を断章取義によって引用したことによっておこった不幸な事件であり、文章道の文才をもって立身のよりどころとした当年の官人にとっては笑ってすまされることでなかった。断章取義の方法によって「聖賢を筆頭に弄し、経典を紙上に破る」ことは、作文の常套手段。彼は広相を弁護することにおいて、儒教古典を指導理念として立つ当年の学儒官人層自体を弁護し、基経に対して堂堂の意見を臆するところなくいい放っている。

次に彼の願文は三十三篇、質量ともに後の匡房の「江都督納言願文集」に匹敵する。これは多く四六文による追福作善(さぜん)の仏教儀礼のメッセージである。多くは彼の名声を慕って代作を依頼された唱導・表白であり、世間無常の詠歎や死の悲しみを主体的感動をもってうったえる。おそらく法会の席上、ふし博士(はかせ)をもって訓み下して表白せられたもので、報恩や孝養や慈愛や供養の真情が諷誦演変されたものであろう。切切の至情が、四六の形式をつき破って、自らなる感動をたたえた名文をなすものもある。清和女御が、自分を育ててくれた祖母を失って孤独になったなげきを訴える願文〔巻十二、六六〇〕は既述の「吉祥院法華会願文」〔巻十一、六五〇〕とともに哀切を極める。

彼の新しい散文精神は記において最もよく発揮される。記は事実を叙述することをたてまえとして、当為的な議論をおりこまない。平仄に拘わらない自由な散文である。記は唐代に新しくおこったジャンルであり、韓柳が新しく創造した古文は、記の体式においてその真面目を発揮した。記は良香の「富士山記」などを先蹤とするが、道真の「書斎記」〔巻七、五二六〕や「左相撲司標所記」〔巻七、五二七〕において注目すべき散文の世界を開拓したと思う。宣風坊の道真邸内、方丈の一小局は書斎と書庫と来客の応接をかねる。書斎に刀筆や短札(カード用紙)がおかれる。無用の俗客がきてそれらを弄ぶ、ナイフは誤写したとき削りとるためのもの、カードは類聚作業のためぬき書きするためのもの、著述の大切な材料だ。それをもち出したり破りすてたりする、こまったものだと、菅家廊下の研究室に出入する心ない学生に対して淡淡と好悪をぶちまける、これが書斎記の散文である。「標所記」は相撲の節会の標屋の作り物の描写。高さ八メートルの須弥山を中心に、「述異記」の王質朽斧の故事(「かげろふ日記」にも引かれる)や「神仙伝」の淮南王劉安の説話(壬生忠岑の長歌にもうたわれる)などの場面が、多くの人形や動物・山形・雲形の作り物をもって構成される。当年唐絵の屏風絵の世界をさながらに類推させる。殿中の内竪が筥に主上の便をとって、慌てて出てきた拍子に、「着けし冠い、籬に触れて糞の中に落ちぬ。細工ら相聚りて洗ひ濯き、調へ熨す。鬢を理め纓を飛す。風骨前に倍して、敢へて咲ふひとなかりき。公に勤しむ費に、此の小き過ありし」と軽く余波をあげ、小さい滑稽を点じている。委曲をつくす写実的描写のあいに、柔軟な自由な白描のタッチで、うすにがいヒューモアをおりこむ——これは土左日記の散文世界の気分にちかいものではなかろうか。平明な海路描写のなかに軽いおかしみとひそかな涙をちりばめた貫之の散文は、道真の書斎記や標所記、長谷雄の「賜飲記」や「競狩記」(付載、六〇八)の散文の世界と、すぐとなり合うもののように感ぜざるをえないのである。

要するに彼の散文の新しい開拓は、四六文の無意味にちかい技巧をのりこえて、自由な平明な、実用的な写実的な、庶民の日常生活の世界にかかわり合うところの散文精神を発見し、展開しえた。彼の漢文で書かれたこれらの散文を和文脈の多い当年の訓読語法で訓み下してみよ。延喜以後の国語文学のめざましい新しい開花、延喜・天暦の一種のわが国における文学変革というものが、決して突如として偶然におこったものでないことが、明らかに証たてられると、私は信ずる。

一〇　道真における学問と思想

遣唐使派遣停止は日本文化の展開やその特質を考える上で、江戸時代における家光の切支丹禁制と鎖国ならびに昭和期における満州事変より太平洋戦争終末に至る自閉現象とあい並んで重要な徴標だといわれる。何故に遣唐使を停止したか、歴史の専門領域の課題であり、問題はその専門学者に問われなければならない。坂本太郎博士によれば、日本文化が発達してもはや唐から求めることの意義がなくなったからとか、唐末の騒乱によって唐国内の旅行が危険になったからという理由は皮相の観察でしかないといわれる。事実唐書によればこの時は昭宗の乾寧元年にあたり、内に宦官の乱あり、外に強い藩鎮の擡頭があって難局に立っていた。一方菅原家は祖父や伯父に海外渡航者が居り、後世に書かれた伝記によると、道真も少年のころから入唐を志していた。出身の後、大使に任ぜられたのは本意であり、早く渡海しようと志したが、副使紀長谷雄がいささか相語ることがあって遅怠しているうちに、彼は大臣に昇進してついに素志を遂げることができなかったのだといって、その責を副使にぬりつけようとした説も出た。道真が遣唐大使の肩書を寛平九年まで保持し、長谷雄は延喜二年まで保持していることに着目して、この任命は形だけのもので、入唐は最初から考えられていなかったのだという説もある。また政権に近づくために遣唐使として入唐することはプラスにならないと判断したためかという説もある。遣唐使の進止について議定することを請う奏状〔巻九、六〇一〕などをよむと、やはり航海の危険、唐末の争乱に不安をいだいた一種の退嬰消極の気分のあったことを否みえない。また前述の宇多朝の耽美享楽的な風潮も考え合わされなければなるまい。

この停止以来、十世紀以降日本にはそれなりの平和が続き、日本化の現象が進行して、国風文化の創造円熟がもたらされる。平安京の王朝宮廷文化は特異な繊細な感覚と感情の洗練をとげつつ、やがて源氏物語という長篇物語の形において、物のあわれの散文世界を形成する。散文が真の小説を形成するのは西欧世界では十八世紀を待たねばならないことを考えると、かような散文的達成は世界文学史の上でも注意すべきことであるが、その物のあわれ的世界ははじめから自閉されており、やがて頽廃解体せざるをえない。そのはてに平安院政社会は世界にほこりうる説話画と説話文学の生命的な爆発的な展開をもたらす。東国武士団による政治変革のエネルギーと、五山禅林僧団による文化的なエネルギーがやがてそのあとをうけて、わが中世的世界を形成して行くのであるが、道真による公式外交の停止は清盛による対宋貿易の開始の時まで、日本列島内に一つの特色ある文化を純粋に培養したともいえるであろうか。このことは外側からみると、ひとり道真の外交停止という個人プレイの問題ではなく、やはり唐帝国の崩壊という東アジア世界の大事件の余波をうけた周辺諸民族一連の動向とつながっているところがあり、道真以後の国風文化の形成、仮名文学の展開という現象も、より大きい世界史的な把握から漢字文化圏における動向として、解釈されるようになるであろう。こういう歴史の過渡期において、唐文化の枠を咀嚼しえて、日本漢文学史の上に記念碑的な作品群をのこし、同時に国風文学のさきがけに火を点じた道真の意味は、やはり過小に評価されるべきではないであろう。そして道真の和魂漢才という考えは、後述の如く、はるか後世の附会に過ぎないが、斜陽ともいうべき唐文化につながる「漢才」の残照によって、「大和魂」の世界に物のあわれという匂やかなほのかな光を点じだした道真の文学は、ある意味において藤原文化、平安文学の性格とふかくかかわり合うところありと考えざるをえない。道真におけるすぐれた人間性の反面にある、冒険精神の不足といったものが、もしこの遣唐使派遣停止の一つの要素につながるとすれば、彼の人と文学はまたそれ以後の平安文学の性格にもかかわりうるのであるかもしれない。

ここで道真は歴史についてどういう関心をもったかについて考えておくのも無駄ではあるまい。彼は父についで「文徳天皇実録」の完成に力をつくし、その序を書く、また源能有や大蔵善行らと共に「三代実録」の編修に力をつくした。道真亡きあと正史はついに再び編修の実を見ない。律令制を支える骨格として正史を編修するというしごとは、道真らの官人学儒の手によってこそ推進せしめられるものであったことがさながらによく示される事実である。しかしこうした正史編修もさることながら、彼にとってはこれまでの正史を分解整理し、部類して後世の規範にしようとする意識が、より強いようである。このことは「蘇冕会要」や「続会要」といった中国部類書などを参考にして編纂されたかと思われる「類聚国史」二百巻、目二巻、帝王系図三巻の浩瀚な編集事業においてみることができる。彼の歴史認識は歴史そのもの、人間そのものを伝することによってその可能性に関心を集中するよりも、修史の遺産を整理し、これにナムバーをつけてプログラムすること、人間のおかれた状況、政治を実践するための慣例といったものに関心をむけるかに見える。司馬遷にみる史伝への情熱、韓愈にみる人間への追求というよりも、起居注的な性格のもの、平安王朝社会に特有な日記的認識というようなものへの道をひらいたかにみえる。

まがりなりにも律令制が生き太政官体制が自主的な力を発揮していた社会では、学儒・文人はその学問・文才を通して政治的実践に結びつく希望をもちえた。「すぐれた王」は、儒教を骨格とする学問、三史を基本とする文章道の教養をもって、自らをあやまりなく導いてくれる「かしこい臣僚」を見出して登用すべきであった。ところが摂関体制の進行過程において、次第にかかる「求賢」「用賢」の道は歪められ、閉ざされざるをえない。ここに学儒文人はその本質的機能を失い、「文人相軽」んじながら、新しい支配権力たる摂関貴族に追随して、曲学阿世の御用学者となるか、もしくは異常に脚光をあびるに至った後宮社会に出入して、その女性的な歌合的な文化圏において何らかのはたらきをするか、もしくは風雪月露の風雅に生きて応教詩人たるに終るか、ないしは歴史的倫理的批判を捨てて、日記を規範として伝統を墨守しようとする有職家に転進するかであった。名を正し義を明らかにする意識は今や日記的意識にかわり、政治や人間への批判は風月や花鳥の詠歎に席をゆずる。こうした日記的認識は王朝後期における歴史認識の方法であり、こうした情趣への傾斜は自閉社会における生活の傾向であった。彼が生きた社会はまさにこのような変質転回の時期であった。四面に通儒がひしめき、猜疑讒謗の渦巻く文人社会において、彼は「明神の玄鑑」をたよりに、正面きってあえて文章道の所信を貫こうとした。そこに彼が「危殆の士」と批判されたゆえんがある。

彼の学問・思想の中核をなすものはいうまでもなく儒教主義である。儒教における三綱五常の倫理、なかでも孝は百行の本だとする家族的モラルから、これを廓大して主君に対して忠たれという倫理に展開する。そのいきさつは「釈奠孝経序」(巻一、六)に図式的な明快さで描かれる。しかし「用賢」が生きていた君臣関係においてこそ、こういう倫理体系ははたらくが、この君臣関係がゆらぐときは、この倫理観念も動揺せざるをえない。宇多法皇は「山ぶみ」をする余裕はあっても、ついに西府の謫地に呻吟する彼を顧みることをしない。懊悩のなかにも、このモラルにすがり、希望を失うまいとするが、ついには観音信仰のみが最後のよりどころであったようである。

彼の生きた社会が不安と矛盾をかかえた社会であったためであろうか、ないしは六朝から唐代にかけての大陸の思想の反映であろうか、彼には一方では道教主義の要素もかなり色濃い。一世代前の春澄善縄に老荘玄学の傾向が強く、都良香に神仙策を課したことは周知のところ、また同時代にも滋野安城のような老荘学者もいたが、道真の内部にも儒教だけでみたされないものがあり、老荘に傾倒する傾向も顕著である。讃州より帰京したときは「荘子」を愛読した。彼の風雅追求の背後に、荘子の逍遥遊や養生主の思想や、揚雄の「解嘲」の哲学がある。鎮西配謫の苦しみの中にも屈原や賈誼や元稹や白居易たち、配謫流竄の生活に呻吟し諦念した人人のあしあとを学んで慰めとしたらしい。道仏習合は中唐社会の傾向だが、限界状況におかれた西府にあって、彼を支えたものは仏教信仰とともに斉物論や寓言篇にみるような、常識を裏がえしにする老荘の哲学的諦念であったようである。

彼における仏教研究は、円仁の顕揚大戒論の序にみるように天台系であり、教学について浅からぬ理会があった。その信仰のあとをみると、法華会・吉祥悔過を修し、生涯を通じて弥陀と観音、ことに危機にあって前述のごとく観世音信仰に深く帰依した。趣味生活においても仏教的色彩をおびていることは、白楽天と軌を一にする。世間無常、念仏往生の浄土教的な傾向をもち、どうかすると出家したいという誘惑にさえかかることもあった。公的生活においては、仁王会願文・呪願文にみるように、現実社会の危機認識から、仁王般若の霊験にすがろうという現世祈禱の意識がめだつ。

彼の内部には神道的意識は稀薄である。しかし「唐ごころ」に傾倒した彼としては、反動的な固有信仰にも背をむけず、「類聚国史」の劈頭に神祇部を出し、かつ祭文を草して哀悼の誠をこめる。なかでも祈雨の願をこめた「祭ニ城山神一文」〔巻七、五二五〕は有名である。彼が絶体絶命と意識されるような苦境に立って、「天神地祇」とか「天道」とかに訴える。「天神」というのは、彼が最後によびかけた神であったと共に、自らがその神になった。伝道真作と称せられる「長谷寺縁起文」が、もし疑いのないものであれば、本地垂迹的な思想も認められるわけであり、同じく彼の作と伝えられる「維摩会縁起」や「観音講式」にも仏教と神道との習合的傾向が認められる。後世、道真は庶民的な天神信仰の対象として神格化され、天満自在天神として神仏習合的俗信の対象となるのもその基盤がこういうところにあるのであろう。またその思想に後世和魂漢才のレッテルをはるにいたるのも、彼の各種の思想に対する調和融合の折衷主義的な姿勢を物語るのかもしれない。

二　菅家文草・菅家後集の諸本

I　まず「菅家文草」の現存諸伝本ならびに刊本についてみる。

(1)　前田家甲本　写本三冊（高辻本摸写本）

仮表紙大型。延宝八年六月十五日、松雲公家臣水上善八郎・有沢弥三郎・原田甚内書写校合。毎半葉八行二十一字詰。折本目録三帖添加。第一帖表紙に、

是ハ自前家本若閉違有之哉、見合のため、又ハ家本落て無之候哉、旁為考如此也。家本トハ高辻黄門卿家本、不違毫厘所写本也。又後年五条東坊城ノ蔵古本ヲ以考異以朱藍可附之者也。其後以清書可奉収　菅廟者乎。

弘文書院蔵本之写、羅山弘文両印有、数遍校合手自一巻々之首尾見合、無相違者也

と松雲公前田綱紀(つなのり)の朱筆手識がある。第一冊（巻一―四）墨付九十二丁、問題のある本文の箇所は一一虫くいの痕まで正確に写し、前田本三宝絵と書写態度が共通し、原本たる高辻本の姿を忠実にとどめる善本。第二冊（巻五―八）・第三冊（巻九―十二）。第三冊の奥に、次の識語がある。

右菅家文草一十二巻以高辻黄門家蔵之本不違一字所摹謄也

于時延宝八年秋七月朔旦　　正四品権中将菅綱利謹識

(2)　前田家乙本　写本六冊（甲本の副本）

白表紙大型。延宝八年十月十二日、松雲公家臣山本孫八郎・古市弥八郎・山本佐五左衛門・隠岐天兵衛・有沢弥三郎・馬場源七郎・原田甚内・原清右衛門らが、前記甲本をもとに書写校合をし、三校までとって、清書本の定本を作製するための台本としたもの。表紙に「以高辻黄門家本謄写之」「副本」とするす。二巻毎一冊、第一冊奥に二丁の脱葉があり、甲本の虫くいなどなく、問題のある文字はすべて空白にし、附箋して書き出してある。十行書写。

(3)　前田家丙本　写本三冊（乙本の清書本）

茶色表紙大型。同じく延宝八、九年ころの書写。謹厳な清書本の体裁であるが、難字・異体字・問題のある文字は空白にしている。慎重に過ぎて資料的価値は減じている。八行二十一字詰。

(4) 内閣文庫所蔵林道春手校本　写本三冊

茶色表紙、十二行二十一字詰。浅草文庫・林氏蔵書・昌平坂学問所等の印記を捺す。第三冊巻尾に「道春氏」と朱筆の手識がある。巻六まで朱の頭注があり、「扶十二」とか「昭宣公歟」とか「貞観十五」のごとき勘注で、やがて板本にうけつがれるところである。本文は高辻本系であるが、前田家甲本ほどに古色を存しない。

(5) 前田家丁本　写本十二冊(薄青表紙本)

前記の三冊(1)―(3)はいずれも高辻本の系統であるが、本書は道春本系統の写しで、「扶十」などの注をも墨でしるす。文粋と重複する作品に声点・ヲコト点・傍訓等をさす。梅花文薄青表紙中型。九行十九字詰。広兼の奥書は巻二・四だけ。

(6) 内閣文庫所蔵藍表紙本　写本六冊

墨界、毎半葉八行十七字詰。紅葉山本・太政官文庫等の印記。広兼本の系統であるが、巻二の奥の天承の奥書などがない。脱字空白も多く、「慶長写」とはみられない。前田家乙本とかかわりがあろうか。

(7) 穂久邇文庫本　写本六冊

朱表紙大型。近世初期写。脇坂安元旧蔵。慶大本本朝続文粋と同体裁。八行十九字詰。広兼本の写しで、書入などない。

(8) 彰考館本　写本六冊

薄黄色表紙。八行二十一字詰。これも広兼本の写しで、書入などはない。戦災前に一見したが、戦後の存否は詳かにしない。

(9) 蓬左文庫本　尾州家に駿河御譲本があるはずであるが、未見。

(10) 叡山文庫本　近世期写、広兼本の系統。阿部隆一氏指教。未見。

(11) 京都大学本　巻四写本一冊　未見。

(12) 多和文庫本　写本三冊　未見。

(13) 筆者架蔵藤井懶斎旧蔵本　写本三冊

青表紙中型。第一冊(巻一―四)・第二冊(巻五―八)、各冊奥に、

明暦二年丙申六月写之　　　懶斎

の手識があり、第三冊(巻九―十二)の奥に、本文奥(六一六・七巻)に掲げたように、明暦二年六月十六日、懶斎亀蔵が、大和国郡山の寓居でしるした手識がある。懶斎は筑後の人、真名部忠庵、医を以て久留米侯に仕えたが、のち官を辞して京に入り、儒を山崎闇斎に学び、儒を業として、洛外鳴滝に隠栖した。識語によれば彼は第三冊の古写本のみを一冊所持していたが、加賀藩儒室鳩巣と親交があった彼は、「菅氏雲公之本」(加賀松雲公の本をさす)を借りて上中の二冊を写して、完冊として、これを子孫にのこして、籯金にかえたいというのである。明暦二年(一六五六)は、綱紀が前田家本の奥書にみえる延宝八年の二十四年前で、書写も古く、広兼本の古い姿を前田家甲本と共によく存している。巻一に傍訓返点を加え、巻七・八・九・十に朱でヲコト点を加える。

以上の古写本はいずれも広兼本の系統であって、別系統の異本というものは菅家文草には存在しない。広兼本は巻二・四・六・八・十・十二の各巻に奥書を有するところをみると巻子本六軸もしくは冊子本六冊が原の姿であったかもしれない。奥書は本文のそれぞれの巻尾に掲げておいたが、保安五年(一一二四)二月から閏二月にかけて、散位藤原広兼が書写比校し、次いでその七年後の天承元年八月八日に北野の天神聖廟に進納した。この時文草十二巻に後集一巻を加えて、十三巻編成とし、宮寺の権上座の勝暹大法師を通じて、宮寺政所の留守円真大法師をして触れさせ、従五位下広兼が今生の望がたえたので、これらに菅相公御集一巻を加えて聖廟に奉納して、来世の化導を祈ったのである。広兼という人物についてはそれ以上詳かにしない。

高辻家は道真の子高視の五代の孫大学頭是綱を祖とする。この広兼本の系統の古本が高辻家に伝存し、高辻権大納言豊長の時になって、前田家からの請いによって、謄写してこれを前田家にわけたものらしい。

次に板本の書入本として注意すべきものに、次のごときがある。

(1) 静嘉堂本(狩谷棭斎の校正書入がある)

(2) 無窮会本(井上頼圀の書入本)

(3) 足利学校本(書入本。長沢規矩也氏指教。未見。)

(4) 内閣文庫本(「天保二年四月吉日　藤原友堯蔵書」の奥書があり、友堯が日本詩紀等により校合書入している。)

刊本は大別して寛文版系と元禄改正版系とにわけられる。

(1) 寛文版系

(イ) 寛文七年刊本　六冊もしくは十二冊

書陵部三部(谷森本・徳山本・渡辺本)・静嘉堂・内閣文庫・東京教育大等所蔵。これらにも保安・天承の奥書のあるものと、それらのないものとがある。

(ロ) 貞享四年刊菅家後集附録本　七冊もしくは十三冊

内閣文庫・上野旧帝国図書館・無窮会神習文庫・神宮文庫・金沢大学等所蔵。これは後集が附録されているだけで文草は(イ)と同一。元禄以後の改正版本系とちがい、本文に古色を存する。

(2) 元禄版系

(ハ) 元禄十三年刊本十二冊

これは改正版で、元禄十三年水戸の儒臣中村顧言の跋のあるもの、神宮文庫・山岸文庫・国会図書館・内閣文庫・尊経閣・私架蔵等所蔵。跋が巻一首部に出ているものもある。

(ニ) 天保七年刊本　東大・石川謙蔵本等。未見。

(ホ) 弘化三年刊本　六冊　東大・天理大古義堂本等。未見。

(ヘ) 無刊記刊本　六冊　私架蔵本等。

京都の学儒福春洞慮庵の蔵書に文草の古点本があったので、書肆野田某が寛文七年に刊行した。次いでその二十年後の貞享四年に、大森政成というものが菅家後集の善本をえたので、黒川道祐の跋をえて洛南の書肆が文草板本に後集一冊を添えて刊行した。そのころ加賀藩侯前田綱紀(つなのり)や水戸藩侯徳川光圀らも菅家文草の校訂求書の事業を進めていたが、綱紀は高辻黄門家の古本をえて謄写し定本作製のしごとを進めたのに対し、西山公は一善本を某所にえたのでこれによって寛文七年版を全面的に校訂改正して、中村顧言の跋をつけて元禄十三年に改正本を刊行した。これは寛文板をつかいながら、部分的にさしかえ訂正したのであるが、その所拠の「一善本」と称するものが文字通りのものでなかったとみえて、本文はかえって改竄のあとがめだち、原典批判の上から価値がひくくなっているのは惜しむべきである。松雲公は享保三年に元禄十三年顧言跋本が新鐫されたのを購入したが、新銀で十一朱もし、従来に比してあまりに高価だとなげいて二部を買って、江戸の書肆に質問している。出雲寺和泉掾は虫喰はあるが書入朱点の古写本でも新銀十三朱ばかりだったのにといい、須原屋茂兵衛は新銀十朱位で出来そうなものだといっている。そして顧言の跋が巻一首部にあるのを巻尾に移して製本し直させたりしている。西山公と松雲公との親しいなかに微妙な対立の感情がうかがえるようである(尊経閣所蔵「桑華書志」参看)。文草の活版本は「北野文叢」本(明治四十三年刊)と国書刊行会刊「日本詩紀」(詩のみ。明治四十四年刊)・改定増補国史大系本「本朝文集」(散文のみ。昭和十三年刊)等に過ぎず、本大系本は北野文叢本に次ぐものである。

Ⅱ　次に「菅家後集」の伝写本・刊本についてみる。

(1)　前田家甲本　写本一冊

仮表紙大型。表紙に「菅家後集」と題し、右下に尊経閣故永山近彰翁の「此本係影抄凡七八百年前古本者尤可貴重」という手識がある。「離家三四月」の五言自詠にはじまり、「謫居春雪」の七言絶句に終る。毎八葉八行、詩は二段もしくは三段に写す。この体式は同じく尊経閣の平安期古鈔「本朝麗藻」のすがたと共通である。全巻に古色ある訓点をさし、形態・本文・訓点ともに「七八百年前」の古色をさながらに伝えて忠実に影写してある。奥に「西府新詩一巻今号後集云々」の後語、ならびに御託宣詩三首を附載する。現存最高の善本。

(2)　前田家乙本　写本一冊

高辻家本の摸写本で、前田家の「法性寺入道殿御集」の古鈔本と同じ体式の写本で、これも古色がある。無点。高辻豊長が、子長量に命じて写させ進献したもの。奥書は次の通りである。

菅家後集寄附之意趣者、賀州大守羽林菅原綱利朝臣、連々依為尊望、老眼霧中難看遂書功、命愚息拾遺長量、令摸写畢。他見憚多端。　延宝第八玄冬晦　菅儒竜作豊長

(3)　前田家丙本　写本一冊

茶表紙、「金匱異書戌第十十一十二、古珍書四ノ卅五」と注する。八行書写。前田家甲本の清書本である。

(4)　前田家丁本　写本一冊

「古珍書四ノ卅五」と注する。これは「見右丞相献家集　御製」の七律よりはじまり、前田家甲本の原型本系の全文を収め、末

に奏状等を附載し、「示勅使」の七絶で終る、いわば増補本系とみるべきもの、貞享四年板本ならびに類従本系の原本ともみるべきもので、元永二年三月二十八日少内記藤(花押)の書写識語および天承元年八月八日藤原広兼の進納奥書を有する。朱筆にてヲコト点をさす、八行書写の善本である。

(5) 内閣文庫本　写本一冊

藍表紙、八行。前述文草書写本(6)に添えられた一冊。慶長写といわれているが、それほど古くない。広兼増補本の系統。

(6) 彰考館本　写本一冊

近世中期写。薄黄表紙。前掲文草写本(8)と同装同大。返点・送仮名・イ本との校合書入がある。

(7) 静嘉堂所蔵松井簡治博士本　写本一冊

青表紙、十行二十字詰。無点。傍訓などない。奥に「右菅家後集予所蔵古本写之得一搢紳家秘本対照訂正」としるす。「堀三義図書印」の印記を捺す。

(8) 島原文庫本　写本一冊　未見。

(9) 大島贄川文庫本　写本一冊

金沢市立図書館寄託大島文庫本。近世中期写。大型本。貞享四年大森太右衛門刊記板本の転写本。朱筆で「右以群書類従本一校
　庚午六月善識」と奥書する。全巻に校異、勘注を頭注して見識を示す。

刊本は貞享四年刊一冊があり、これは前述の如く大森政成が一善本(広兼献納本系)をえて黒川道祐の跋をつけて刊行した本で八行墨界、訓点・返点および鎌倉本との校合をつけて刊行したもの。この鎌倉本は西山公が後集の二善本を京都と鎌倉でえたというものの一であろう。神宮文庫・国会図書館・内閣文庫・彰考館・東京教育大・金沢大・私架蔵その他各所に多くある。弘化三年版・無刊記版等もある。独立して一冊となっているものもあるが、菅家文草巻十三として扱われ、文草刊本の附属として、同装同大のものが多い。

別に群書類従本(文筆部、巻一三一、これは前田家甲本の原型本をとる)・新校群書類従本(これは原型本系に異本(増補本系)をもって増補したもの)・北野文叢本(巻七)・日本詩紀(巻二十三)その他日本精神文化大系本・昭和十一年松平静刊本・昭和二十八年清藤鶴美刊本等

活版刊行されたものもすくなくない。

一二　道真の影響とその研究

文草の作品は田氏家集・紀家集などとかかわりが多く、また日観集・扶桑集・本朝文粋・和漢朗詠集・新撰朗詠集等に多く収録されたが、今日惜しむらくは「日観集」は全部佚し、「紀家集」「扶桑集」は残巻がわずかに存し大部分佚しているため、詩の校訂資料は比較的すくない。彼の詩文は源氏・大鏡の類をはじめ、平家や太平記等の軍記物、江談や古今著聞等の説話文学に断片的に引用せられ、ことに縁起絵詞に絵とともに多く引用せられた。その散文の摘句や詩の佳句は、朗詠を媒介にして、翻訳和歌に、謡曲に宴曲に江戸の俗曲類に変容してとり入れられ、後世の文学に多くの影響を与えた。例えば前掲の「露応別涙珠空落云々」〔巻五、三四六〕の句は「枕草子」に細殿の口で殿上人たちが「明けはてぬなり、帰りなん」といったとき、頭中将が「露は涙の別れなるべし云々」の句を朗詠にうち誦して、当意即妙の会話の代用としており、「春之暮月、月之三朝。天酔于花云々」〔巻五、三四二〕の詩序の四六文の摘句は、「公任朗詠」を媒介として、常磐津「四天王山入」の詞章「尋ねてここへ雪道の、ふぶきをふせぐ酒きげん、ゑうたとさ〳〵、天も花に酔うたとさ」というふうに融けこんでいる。

彼の孫、菅三品文時をはじめ、菅家の子孫たちによって王朝漢文学の道統は維持されたが、同時に江都督匡房をはじめ江家の人人も彼を文道の大祖として崇敬した。北野聖廟・吉祥院聖廟もしくは西府安楽寺聖廟の宝前での法楽作文は江以言・高積善・江匡房・同敦基らによってはじまり、寛弘期以後聖廟法楽の作文・和歌会の道をひらき、中世以後和歌会はもちろん、連歌や能楽や俳諧の興行は天神社を中心として発達したとも考えられる面がある。なかんずく中世五山禅林の詩僧たちにも、道真崇拝の気風はうけつがれ、ついに崇敬のあまり、道真渡唐参禅の伝説を生み、仙冠道服をつけ袈裟嚢をかけ梅花一枝をもつ風流瀟洒な渡唐天神像も描かれるにいたる。江戸時代の文芸復興の曙を迎えるとともに、先ず林道春は文草を校訂し、「本朝神社考」の研究をする。ついで水戸西山公光圀・加賀松雲公綱紀によって道真研究と校訂作業はうけつがれて大いに前進した。また室鳩巣・僧契沖・貝原益軒・塙保己一・平田篤胤・杉田玄白ら江戸期の錚錚たる漢学・国学・蘭学の学者が、道真の霊に誓って自らの学業成就を誓ったという。その他藤樹・仁斎・白石・南郭・平洲・茶山・山陽・淡窓・星巌・息軒らをはじめ、「菅神頌徳詩」(天保三年。佐藤坦序)に収められる多くの詩人が、道真讃頌の作品をのこした。明治期においてもドイツ哲学を紹介し、西欧哲学と東洋哲学の調和を体系化しようと志した井上哲次郎や、ニイチェを輸入し、東西比較哲学を志した高山樗牛が、ひとしく道真に注目し、伝記を研究し、人物を評論した。日本の文化的伝統は、ある意味において、いくぶんかは、道真の人と文学、死後の菅公崇拝とに深くかかわるところがあるとみるべきであろう。

道真が、道真以後のわが国の学問や文化に結び付く契機に、彼の和魂漢才説がある。「菅家遺誡」(流布板本・続類従巻九四六)は、明らかに室町期の偽作であり、ことにその巻一の尾部の二則、

一、凡神国一世無窮之玄妙者、不レ可ニ敢而窺知一、雖レ学ニ漢土三代周孔之聖経一、革命之国風、深可ニ加思慮一者也。

一、凡国学所レ要、雖レ欲下論渉ニ古今一究中天人上、其自レ非ニ和魂漢才一、不レ能レ闞ニ其閫奥一矣。

という文句は、内容からみても文体からみても、明らかに道真のものでなく、近世人のさかしらな竄入である。これは黒川春村らについで、土田杏村・加藤仁平が研究して明らかにした。和魂漢才ということは道真は一言もいっていない。かえって道真の文学的エネルギーを一世紀の後にある意味でうけついだかと思われる紫式部が、その作品「源氏物語」において「なほざえをもととしてこそやまとたましひの世にもちゐらるるかたもつようはべらめ」(乙女巻。飛鳥井雅康筆本)ということばあたりが、その思想の源流かと思われ、さらに桃裕行教授が指摘されるように、それ以後拾遺集・大鏡・今昔物語集などに「やまとだましい」と「からざえ」とが論ぜられるのである。しかしそれにも拘わらず、彼の生涯および作品や、しごとの全体からくるものを一言にしてつかめば、和魂漢才ということばが案外ぴったりくるように思うのは私一人ではあるまい。この列島社会にいて、大陸文化を受容し、これを消化せんとする姿勢は、時代をとわず、わが国知識人の姿勢でなければならない。五山の禅僧や、江戸の学儒や蘭学者、明治の西欧哲学紹介者が、海彼との、

もしくは東西間の文化比較を志すとともに、一方その範型として道真の人間像を思い描いたのも決して偶然ではないであろう。

興福寺寛建法師が入唐巡礼にあたって、わが国文人の文筆を携えたいと請うたので、「菅大臣・紀中納言・橘贈中納言・都良香等九巻、菅氏・紀氏各三巻、橘氏二巻、都氏一巻」(扶桑略記。延長四年(九二六))を撰して与えたことがみえる。寛建持参の「菅氏家集三巻」というものはけだし文草・後集からの抄出秀逸選といった性格のものであったであろう。前田松雲公綱紀も文草の校訂事業を進めるとともに抄出佳作選といったものを編纂した。それは「松雲公採集遺篇類纂」巻一七七、詩歌部二に収められる。文草は墨付十一丁、後集は六丁、秋日山行二十韻以下集中の秀作を抄出したもの。もと尊経閣蔵書、森田平次編纂の「松雲公遺稿古文類纂」所収、いま金沢市立図書館の加越能文庫に存する。

文草・後集の本文は、前田家が綱紀の命により蒐書校訂を行った延宝のころ、水戸家が同じく光圀の命により善本をもとめ校訂を集め、元禄の校訂本の刊行と同時に一方、「本朝詩集」「本朝文集」の編輯をなしとげ、文草・後集の詩と散文とをそれぞれ収めた。その後市河寛斎(文政三年(一八二〇)没。年七十二)は「日本詩紀」五十巻を編し、その巻十六より巻二十二に文草・後集の詩のみを校訂して収め、魚山普賢院宗淵(安政六年(一八五九)没。年七十四)は「北野文叢」百巻を編し、その巻一より巻七に文草・後集の全作品を収めた。

文草・後集の作品そのものについての研究は、天神信仰や道真崇拝の盛行のかげにおおわれて、羅山によって着手され、光圀はじめ水府の学士により、綱紀をはじめ賀州の学士によっておこなわれたほか、あまりみるべきものがない。わずかに宗淵が文筆作品の一部を部類抄出して、散文は「作文大体」によって章句にわけて韻声を注し、詩は全言について平他を注したところの「神藻扶粋抄」(天保十五年編。北野文叢巻八五所収)、同じく宗淵が朗詠や新撰朗詠や新古今や物語類、講式類等に引かれて朗誦された作品をあつめて部類した「神詠朗鏡抄」(北野文叢巻八六所収)、また宗淵のもとめによって大僧都慈本が本文の詩にも文にも句末に平仄の点をつけ、和訓の誤りを訂するついでに、心にうかぶ典故を頭注したものを集めた「菅家文草私記」(北野文叢巻八七所収)があるくらいである。林道春が「扶十」とか人名や年時を頭注したのも一種の研究といえようか。また至徳三年（一三八六）西山上衍院における法談を筆記した「大戒指南抄」も、道真の顕揚大戒論序の注釈といえようか。和漢朗詠の注釈に、一部の詩や摘句が早くから注釈されたが、大正年間に入って、柿村重松が名著「本朝文粋注釈」をあらわして、その中に文粋所収の菅家文草散文作品を注釈したことは劃期的なことであった。

道真の人および作品の研究は、前田家尊経閣所蔵「菅家伝」あたりからはじまったと考えてもよかろう。これは前田綱紀が天下に遺書を博捜した際に、元禄二年家臣山本孫八郎が鎌倉において発見した古鈔本である。綱紀はよほどうれしかったとみえて、自ら採訪のいきさつをしるして「菅末葉綱紀謹而記之」と手識した。「本朝書籍目録」人々伝の部に「菅家　一巻」としるすが、本書がここに著録される伝と同じものかどうか慎重に考究しようとしている。内容は注意すべきものであるから左にその全文をしるしておく。（（　）内は原本の旁注。返点は私にほどこす。）

証本
菅　家（史中）　伝（伝）　一巻　　綱紀拝書

此書ノ雑記者、分レ之入二経之中一、為号二聖廟雑記一、

這御伝ハ鎌倉荏柄天神別当一乗院所持也。先住ノ時ゟ之蔵書也。何ノ時分ゟ有之かハ、院主も不覚知云〻。己巳秋、山本孫八郎、取次にて入披見。此末ニ雑記有之、別ニ写之。始終同筆也。暦之裏ニ写之。字形筆跡、古書無紛。但筆力柔和、是少疑有斗ニメ、字画以下十ニ九ハ慥ニ古本ナルベシ。指而偽メ書タル𪜈ミヘズ。大略上世ノ書ナルベシ。然共日本書目ノ御伝タルヤ否ヤハ木順老へも尋候へども、難決。文躰ハ無疑古人ノ筆力ニメ、唯其事簡略、是ヲ以目六ノ御伝とハ難究而已也。雖然目六ノ御伝、不見来内ハ以此可為御伝。若又証本出来ラバ此本ハ御伝略とメ並ニ存スベキ歟。兎角ニ疑敷所無之上ハ文庫へ可収之。仍揚写メ再校早。于時己巳八月下旬。

菅末葉綱紀謹而記之

北野天神御伝并御詫宣等

右大臣兼右近衛大将贈正二位菅原卿者、左京大夫従三位清公朝臣孫、参議従三位行〈无イ本〉刑部卿兼近江権守是善卿

第三子也。母伴氏。大臣年十一、始言レ詩、遂工二属文一、博貫二百家一。貞観四年、為二文章生一、時年十八、世以為レ早。九年為二得業生一、任二下野権少掾一。十二年春、詣二少内記都良香亭一、遇二門生弓射之戯一。良香引入、令二試射一之。大臣二発二中、良香異之曰、射策中レ鵠之徴也。其後不レ幾、対策及第。十三年二月、任二玄(ママ)番助一、遷二少内記一。十四年、為二存問勃海客使一、丁二母憂一、停二使職一。十六年正月、叙二位従五位下一、任二兵部少輔一、遷二民部少輔一。元慶元年、為二式部少輔一、三年正月、超二問顕〈頭歟〉都〔良〕香一、叙二従五位上一、以二累代儒〈後イ〉胤一也。月余兼二文章博士加賀権守一、十一月、代二巨勢文雄一、講二後〈无イ本〉漢書一。七年渤海入覲使裴頲等来朝、俳〈仮イ〉行二治部輔事一、号二礼部侍郎一。八年親表〈喪イ〉解職、詔以二本官一起之。仁和二年、出為二讃岐守一。在レ任有レ迹、吏人愛之。三年、進二正五位下一。寛平二年、罷レ秩〈秩イ〉帰レ洛。三年二〈三イ〉月、初昇殿。数日為二蔵人頭一。累レ表辞謝、遂不レ許之。三月任二式部少輔兼左中弁一。四年投二従四位下一、遷二左京大夫一。奉二勅清涼殿一、侍二読群書始(治)要一。五年二月、拝二参議一。頃之兼二左大弁式部権大輔一。三月、兼二勘解由長官一。于時元〈先イ〉年都〈鄭イ〉奉レ勅授二礼記文王世子篇一。四月、立為二皇子一。其日兼二春宮亮一。六年八月、為二遣唐大使一。十月、□〈門イ〉徒設二法会於吉祥院一、賀二大臣五十算一。忽有二一人一、着二褐脛巾一携二沙金願文一、直至二堂前一、置二之案上一、不レ陳二由緒一、点尓退去。其文曰、伝聞、菅家門客、共賀二知命之年一。弟子雖レ削レ跡、人聞〈間イ〉無名世上而数(ママ)化淳教之風多改〈无イ本〉蒼昧之過。古人有レ言、無二徳不レ報、無二言不レ酬。深感二彼義一、欲レ罷不レ能。故福田之地、検二〈捨歟〉此沙金一。々以表二中紙〈誠〉之不レ軽。沙須次祈二上寿之無レ涯。莫レ疑二其人一、可レ求二其志一。遠居二北〈此歟〉闕之北水一、遙増二南向之和南一。于時少僧都勝延、為二此会講師一。讃嘆以為二天子所レ修也。十二月、兼二侍従一。七年正月、兼二近江守一。遣唐大使左大弁式部権大輔侍従春宮亮如レ故。今年渤海大使裴頲重来朝。別奉レ勅与二式部少輔紀長谷雄一、到二鴻臚館一、聊命二詩酒一、唱和往復、遠及二数篇一。日暮賦二餞別詩一。門生十人、着二麴塵衣一、従二其後一焉。後代別学生能属レ文者、十人預二餞客之座一、自レ此之始也。十月為二中納言一、叙二従三位一。十一月、兼二春宮権大夫一。八年、兼二民部卿一。遣唐大使左大弁春宮権大夫侍従如レ故。九年六月、転二権大納言一。即日兼二右近衛大将一。上表譲二大将一。不レ許之。十月、天皇禅二位于皇太子一。詔与二大納言藤原朝臣時平一、輔二導幼主一。摂二籙万機一間、即位之日、叙二正三位一。

数日兼㆓中宮大夫㆒。昌泰二年二月、為㆓右大臣㆒。大将如㆑故。三〈上歟〉表辞㆑職。勅答不㆑許。三月、授㆓橘室嶋田宣来子(ママ)従五位下㆒。右少弁藤原如道、為㆓勅使㆒、就㆓於東五条第㆒、給㆓位記㆒。于時大臣長女寛平太上天皇女御、賀㆓母氏五十之算㆒。太上天皇、幸㆓于其第㆒、故有㆓此授㆒焉。三年十月、重表辞㆓大将職㆒。優詔不㆑許。延喜元年正月授㆓位従二位㆒。左㆓遷大宰権帥(ママ)㆒。大臣在㆓西府㆒、念仏読経為㆑事。其余時々翫㆓筆硯㆒而已。三年正月、寝疾錦篤遺言曰、余見外国得死者女帰㆓骸骨於故郷㆒、依㆑有㆑所㆑思、不㆑願㆓此事㆒。又吉祥院十月法花会、累代家事、縦雖㆑加㆓結慎㆒、勿㆑絶之。天道場実、汝等還終不㆑晩。淳義雖㆔齢過㆓五十㆒、猶思㆑遂㆑葉〈業歟〉、唯可㆑労㆓文章㆒。勿㆔女要㆓及第㆒。二月廿五日薨、時年五十九。延長元年十月、有㆑詔復㆓本官㆒、贈㆓正二位㆒。昔参議橘広相、草㆑詔戴㆓阿衡之文㆒、朝家咸論㆓其義㆒。諸儒或執㆓異論㆒。大臣講㆓〔大臣講〕(三字誤写)其義㆒、無㆑害㆓於文㆒。広相門〈聞イ〉而悦〈説イ〉之。薨後数日、大臣夢、広相来謝㆓阿衡之事㆒、授以㆓三金笏㆒。大臣以為登㆓三公之家(象歟)㆒也。寛平中、奉㆑勅修㆓分蹤国史百巻㆒、伝㆓于世㆒焉。

先帝宸位之日、〈於大〉求㆓〈无イ本〉臣讃州客中詩㆒、写㆓取二巻㆒、啓進之。昌泰末上表、献㆓祖父集六巻祖父集十巻文章〈草イ〉十二巻㆒。天皇覧之、賦㆑詩曰、門風自㆑古是儒林。今日文花皆書〈尽歟〉金。唯詠㆓一聯㆒知㆓気味㆒。况連㆓三代㆒飽㆓清吟㆒。琢磨寒玉老〈声〉々麗。裁製余霞霑无匂。々侵更有㆔蒙〈菅イ〉家勝㆓白様㆒。従㆑茲抛却連〈匣イ〉塵深。又西府新詩一巻、今号㆓後集㆒。臨薨封職(緘)送㆓中納言紀長谷雄㆒。長谷雄見之、仰㆑天而歎息。大臣藻思絶妙、天下無㆑雙。雖㆑居㆓卿相之位㆒、不㆑抛㆓花月之遊㆒。凡厥文章、多在㆓人口㆒。後代言㆓文章㆒者、莫㆑不㆑講㆓(称)菅家㆒矣。訾祖父門人、若其請㆑益之処、曰㆓菅家廊下㆒。至㆓大臣時㆒、其名彌盛。大臣風度精爽、音声多朗。性不㆑嗜㆑酒、能投壺以知□善射、礼微之辞而不㆑預矣。門徒数百、充満㆓朝野㆒。其顕㆑名者、藤原道明、藤原幹扶(疑扶幹)、橘澄清、藤原拝基(疑邦基)、皆登㆓納言㆒。橘公統、平篤行、藤原厚(衍)博文、対冊及㆑科。其余不㆑可㆑遑㆑載。子有㆓男女廿三人㆒、長子高視、博学給(治)聞、文花承㆑家。補㆓文章得業生㆒、未㆑及㆓成業㆒、俄叙㆓従五位下㆒、為㆓大学頭兼右少弁㆒。左転㆓土左介㆒、延喜六年冬、有〈尋イ〉㆑詔徵之、授以㆓本官㆒、進㆓爵一階㆒、年三十九年。庶子淳茂、継㆑業位至㆓正五化〈位歟〉下右中弁文章博士㆒。景行、兼茂、淑(茂歟)、並爵為㆓五品㆒、官二千石、皆継㆓踵子(于)世㆒矣。長女従四位下衍子、為㆓寛平女御㆒。太上天皇出家之後、落鬘(髪)為レ尼。中女従五位上寧子、歴二典侍尚侍尚膳一。孫在躬挙二秀才一、対冊。自二清公一在躬伝レ業五代焉。

　延喜廿三年四月　日、蔵人修理亮源公忠、内裏宿直夜、夢中、菅御殿門、奉二書文於帝釈宮一給。纔所存一行許也云々。伝二業於家一、已答二揚レ名之孝一。戴二見於国一、未レ封二致レ身之忠一。獲二罪王一、未レ照二尭日一。

右は巻尾に延喜二十三年蔵人源公忠の夢想をしるして、天暦元年の夢想託宣をしるさない。また孫でも在躬のみをしるして、雅規・文時に及ばず、また在躬の子輔正をしるさないから、延喜・延長を去る遠からぬころ、おそらく天暦以前の成立であろう。つぎに道真六世の孫菅原陳経が文草・後集ないし菅原本系帳・家記等によって編した「菅家御伝記」、道真より八、九代にあたる菅原為長が道真の詩歌を抄出して撰したという「北野縁起」、加賀国江沼郡三谷村檜屋天神神官で夢窓国師の弟子となった相国寺僧果庵が諸書を抄出して撰した「梅城録」などを経て、江戸時代において竹洞野節の「菅神年譜略」、桑原優婆塞梅性の「菅家聖廟略伝」ほか、おびただしく道真関係の書物が出たが、それらを集大成した人物は仏教唱導文学研究においても「魚山叢書」の編輯を以て忘れることのできない大原の魚山普賢院宗淵で、彼の編輯した「北野文叢」百巻、ならびにそれらから粋を抜いて編したといわれる「北野藁草」十四巻は道真の人と作品研究の江戸末期における記念碑的業績である。北野文叢は文草・後集・「菅家万葉」をはじめ、「大安寺縁起」「長谷寺縁起」、さらに道真撰と仮托せられる「十二月往来」「菅家遺誡」等を網羅し、天暦元年以後の託宣、道賢冥途記・最鎮記文や、天神講式・天神記・天神縁起の数を尽して博捜列挙し、系図・年譜・伝記等をあげ、類聚国史・扶桑略記をはじめ古典関係資料を抄出し、前掲の神藻扶粋抄・神詠朗鏡抄・文草私記等を収め、北野法楽歌合・法楽連歌作品をあつめ、さらに田氏家集その他の遺文をあつめている。北野藁草は巻一は道真以前、巻二―六は道真の生涯、巻七―九は道真歿後、巻十は渡唐天神、それに「北野藁草図書」四巻が附載される。宗淵は文政初年から比叡・大原その他名門の蔵書を訪ね、鎌倉・江戸より中部地方、天保初年から近畿・中国地方を訪書し、天保十一年筆生二人を従え太宰府に至り同十三年安楽寺に奉賽し、実に前後三十年南船北馬してこの二大編輯をなしとげたのである。その研究態度には時に玉石をまじえて批判の余地もあるが、丹念忠実に資料をあつめている博捜の周到さはおどろくべきものがある。その他江戸後期には杉坂尚庸の「菅家御伝記拾遺抄」や、平田篤胤の「天満宮御伝記略」や、玉田永教の「菅家世系録」など数多くの伝記研究の書も出た。

明治以後になって、最も注意すべきは「大日本史料」第一編、宇多天皇・醍醐天皇（大正11―14）の編纂ならびに刊行であって、その中にきびしい道真研究が織りこまれるが、一方民間においても、北野会で演説した大隈重信から、今日、国内を巡回して菅公画像展を開催する菅原通済氏にいたるまで、依然として道真の顕彰と崇拝は根強く生きる。学問的な研究としては、井上哲次郎の「菅公小伝」（明治33）に次いで、高桑駒吉編「菅公論纂」（明治35）が出て、重野安繹・星野恒・井上哲次郎・三上参次・萩野由之・松本愛重・田中義成・吉田東伍・久米邦武・佐佐木信綱らの碩学がこぞって論文を執筆している。このころ日本主義の唱導より史伝の研究に転じた高山樗牛が「菅公伝」（明治33）を執筆して道真の人間像に犀利な批判の照明を与えたが、やはり明治的限界を免かれない。「北野誌」三冊（明治43）が北野神社より刊行されると共に、文学史的に道真の漢詩文作品を正面きって論じたのは藤岡作太郎の「国文学全史、平安朝篇」（明治38序、大正12刊）であった。久保得二は批判的に後集を論じ（昭和6　新校群書類従第六巻菅家後集解題）、西田直次郎は「北野天満宮御略伝」（昭和3　京都北野会刊）を編し、井上哲次郎は昭和期にいたっても「菅原道真」（昭和11　日本教育家文庫所収）を刊行し、徳富蘇峰も「国史随想」（昭和23　宝雲舎刊）を出して道真を論じた。また筧克彦の「偉聖菅原道真公」（昭和19稿、同34刊）のような傾向性の強い評論も出た。しかしながら真に天神崇拝なる魔術の園から解放されて、人間道真とその文学を直視する科学的研究が出てきたのは戦後からであった。

先ず桃裕行「上代学制の研究」（昭和22）・竹内理三「律令制と貴族政権――Ⅱ貴族政権の構造」（昭和28）・石母田正「古代末期政治史序説」（昭和31）等が出て道真の時代・社会の研究が進展し、坂本太郎「菅原道真」（昭和37　人物叢書。桃裕行「道真と仮託の書――『菅家遺誡』と『紅梅殿図』――」を附録する）・同「菅公と酒」（昭和36　史学文学）・同「菅原道真と遣唐使」（昭和37　歴史教育）・同「藤原良房と基経」（昭和39　高柳光寿博士古稀記念論文集）・竜粛「寛平の遣唐使」（昭和37　「平安時代」所収）・林屋辰三郎「天神信仰の遍歴」（昭和39）・弥永貞三「菅原道真の前半生――讃岐時代を中心に」（昭和36）・同「仁和二年の内宴」（昭和37　坂本太郎博士還暦記念論文集）・同「菅原道真」（昭和41　「人物日本の歴史3」所収）・目崎徳衛「藤原基経」（昭和40　「平安王朝――その実力者たち」所収）・阿部猛「菅原道真と藤原時平」（同上）等が出て道真およびその周辺に科学的分析が行きとどくにいたる。なかんずく坂本博士の「菅原道真」はこの方面の最も注意すべき専門書であって、道真の人物に照明をあてて、これまでの学的成果が見事に凝縮されている。一方文学の面からは藤岡作太郎の後をうけて柿村重松「本朝文粋註釈下」附録「道真の伝の研究」（大正11）が出、「日本文学大辞典」（昭和7―9）に「道真」「菅家文草」等を山岸徳平博士が執筆し、「平安朝文学史（上）」（昭和12）において五十嵐博士が道真を評論する。また柿村重松「上代日本漢文学史」（昭和22）に続く平安朝の分が未刊であり、金子彦二郎「平安時代文学と白氏文集――道真の文学研究篇第一冊」（昭和23）に引き続く道真研究の本論が未刊であるのは惜しむべきである。これらのあとをうけて、戦後、道真の文学の重要性に着目して「道真及び道真以後」という課題を追求したのが、秋山虔氏で、氏に「古代官人の文学思想」（昭和30）・「菅原道真論の断章」（昭和32）・「菅原道真の位置」（昭和41）などがある。ついで「図説日本文化史大系(4)」（昭和33）の「漢文学」、「平安朝日本漢文学史の研究（上）」（昭和34）の第八章「菅原道真の作品および思想の特質」その他において、筆者が道真の文学を扱った。ついで大野実之助「詩篇から観た菅原道真」「表現形式から観た道真の詩」（昭和37）・大曾根章介「書斎記雑考」（昭和37）等が出、また伊藤博之「風狂の文学」（昭和40）は道真の文学を風狂としてとらえた。目加田さくを「物語作家圏の研究」（昭和39）・金原理「嶋田忠臣伝考」（昭和40）は道真研究の上に見落せないもの。なお源豊宗編「北野天神縁起」（昭和34　「日本絵巻物全集8」所収）は縁起絵巻の研究に劃期的なもの、同巻掲載の諸家論文は、菅原通済編「菅公」（昭和40）所載の三山進「天神画像考」・白畑よし「北野天神縁起絵について」と共にみのがせない。〔追記　明治になって最も早い研究に星野恒の「菅家伝考」（明治25稿、「史学叢説」第一集、明治42刊）と「荏柄天神縁起」（同上）とがある。〕

一三　結び、文学史的地位

道真は裴頲が二度目に来朝したとき、大臣になったかと客使に質問して自ら揚雄の「解嘲」を引いている。「黙々たるものは存し、位極まるものは宗危し」(漢書、揚雄伝)――出る杭はうたれるぞという警告を外国の友人に与えているが、彼はあえて学儒の身をもって政権に近づくタブーを犯し、自ら揚雄の戒めにそむいて、亡びの道に直進した。進歩主義もしくは入唐留学の才子で不遇の運命にみまわれた例としては、長屋王・藤原宇合・釈道慈・釈玄昉らがある。十七年間在唐した吉備真備も一旦藤原氏の忌諱にふれたが、細心の配慮をして右大臣となり、その生を全うしたのは例外である。高明や伊周の例もあるが、これら多くのなかで道真のみが大きくクローズアップされてくるのは、詩人としての姿勢を守り通したためであろうか。

彼の死後、道真はまず怨霊神として平安の人人の心胆を寒からしめる。時平一族が暴雷にうたれて死ぬという発想は、あるいは中国の講釈あたりの投影があるかもしれない。金の院本に「蔡伯喈」があり、宋の南詞に「蔡中郎――趙貞女蔡二郎」の戯文があり、蔡が天雷に打たれて死ぬところ筋が似ている。また醍醐天皇も現世では十善の帝皇であるが、死後地獄に堕ちて苦しむという筋も、やはり仏教説話の講釈からくるもので、中国社会に盛行した変文講釈の投影もあろう。天神信仰は火雷神とともに、もとは農耕神だったらしいが、これに道真の怨霊神が結びついて、尊意神変説話となり、日蔵地獄めぐり説話となって、天慶以来流布して行く。ことに金峯山浄土の蔵王菩薩の導きによって、ヴィルジリオに導かれたダンテのように、延喜のはじめに生れた僧道賢(日蔵上人)が地獄をめぐって、鉄窟苦所において道真を遠流した悪報によって苦しむ延喜王(醍醐天皇)を発見するという発想は、明君といわれながら在位中の罪によって地獄に堕ちて苦しむ唐の太宗のことを講釈した敦煌変文の一種「唐太宗入冥記」(ロンドン本二六三〇・レニングラード本一四八五)と共通する要素が多く、「東方の地獄篇」として、王朝の宮廷貴族に深刻な衝撃を与え、唱導されると共に、天神の怒りの宥恕を求める供養が行われるにいたるのである。火雷天神の御霊会や北野天神会なども天暦以来行われ、菅丞相の霊は十六万八千の眷族をひきいる太政威徳天とか大自在天神というようないかめしいものになる。寛建の入宋により、彼の詩は宋人も口ずさんだと信ぜられ、入唐の志を遂げなかった宿執はついに中世に入ると、聖一国師を媒介に、彼は杭州の径山(きんざん)の無準すなわち仏鑑禅師のもとに渡宋参禅したという伝説をうむに至る。南山吉野を神仙郷だとする考えや、修験道や本地垂迹の思想的背景のもとに仏伝・太子伝説話も投影して「北野天神縁起」の絵ときが、ひろく唱導され、神仏混淆的な天神信仰をあまねく伝播せしめ、ついに日本国中に菅原社・天神社がみち溢れるに至る。それは中国において「伍員(ごうん)吹簫」の戯劇がもてはやされ、伍員廟がいたるところにまつられるのと似ている。江戸封建社会では儒教イデオロギーを鼓吹するため彼は一種の誠忠の人物としてたたえられ、また手習の神、学問の神として、寺子屋教育の理想像として偶像化され、庶民社会において想像以上の呪術的な信仰の対象となって行った。今日、入学試験合格の神さまとして受験期の少年たちにさえ威力の片鱗を示すのも故なしとしない。彼自身対外外交を停止する契機をなし、その後、五山天竜寺船などによる元明との大陸交通があり、切支丹が入ってきたにもかかわらず、江戸鎖国社会は天神信仰を文字通り純粋に培養した。明治の絶対主義的傾斜の中で、道真という存在は依然としてわが島国的な自閉的性格とかかわり深く存在しつづける。しかし最も大切なことは、道真の文学そのものは、かかる一種の呪術の花園における存在としての季節はずれの古めかしさと本質的に何らかかわりのないということである。

彼が日本人でありながら中国古典語によって詩を書いたということは、ローマ人がギリシャ語の詩をかき、イギリス人がラテン語の詩をかくということとパラレルだといえるかもしれない。「楽園喪失」「楽園恢復」という宗教叙事詩を書いた十七世紀の英詩人ジョン－ミルトンはラテン語でローマ人の手になるかとまごうばかりのラテン詩を書いたといわれる。博識で、散文の宣伝文や政治書もかき、母国語の詩も書いたところも、道真と似ている。官能的な魅惑にも敏感でありながら、純粋で厳しく、孤独で冥想を愛したミルトンの憂愁をたたえた性格も道真に通ずるところがある。一六六五年共和制が壊滅したころ、失明したミルトンはうすくらがりの心象の世界で、地獄の幽暗を詩に書いた。西府に流され、どん底の生活で死をみつめながら詩を書いた道真と似ないでもない。ミルトンはラテン系の表現形式によって、新しい英語文語文を開拓し、新しい英文学の時代を導いたといわれるのは、奇しくも道真が新しい和歌・和文の世界に新風をもたらし、延喜・天暦の文学変革の気運を導いたことと相通ずるように思う。福原麟太郎博士はエリオットを引いて、ことばの大切さ、ことばの修練を経て「とらえ得なかったものをとらえ、作り得なかった形を作ってゆく。文学というのはそれだ」(「文学と文明」)といわれる。道真は晴れのとき、おおやけのときには、これまでの日本文学にみることのできなかった繊細妖艶を極めた美の世界をことばで構築してみせた。わたくしのとき、ひとりのときには、人間の奥底にひそむやむにやまれぬ名付けがたいものに肉迫して、これに表現を与えた。彼は十世紀の列島社会において、言葉の真の意味で文学したひとりの人間といえよう。彼はわが文学史の上で、和漢ふたつの領域に出入した、まれにみることばの魔術師であり、ことばとの格闘者であった。彼の作品における和習そのものが、ある意味ではかかる道筋の軌跡ともいえよう。彼は日本人の言語表現の能力の振幅をひろげ、多様さと豊富さとをもたらした。感情の微妙さ、繊細な顫動とてりかげりを自由に表現する技術と語法とをきりひらいた。彼の作品が千年の風雪にたえて生きのこりえたのも、あながち天神信仰のせいばかりではあるまい。

大陸の異質な文化の重圧にたえて、東海の島国に自国文化を形成してきたわが古代にあって、巨大な中国古典遺産をたとえひきうつしにせよ、継承することが、後進文化圏としてのおのれを展開させるみちであった。原型とはやや次元を異にし、変容されたものではあっても、異質な文化的重圧はかくしてのみのりこえられるべきであった。言語・文学の面についていえば、漢文という古典の言語・文学の形式が日本化して日本漢文を形成する過程において、同時に日本語および日本文学の形式に影響を与えずにはやまなかった。すなわち日本語を洗練し豊富にし、また日本文学に芸術的生命をふきこみ、それ以後の展開を可能ならしめた。古今の真名序から仮名序の散文が、寛平期の漢文の散文形式から、延喜・天暦期の日本語の散文が生れでてくる。きくところによれば、ちょうどラテン系の諸形式から、ヨーロッパ・バロック文学が生れてくるように。源氏や枕の文体さえも、このような漢文系の形式と内容との影響をうけて形成されることが分析されつつある。そしてかような道筋は、明治において西欧という異質文化の重圧をうけた際に、奇しくも同じ足跡をたどろうとして現に苦闘しつつあるのである。こういう意味において、わが国の精神文化の形成を考える上において、道真において典型的にみられる漢文学の受容と日本漢文の形成は今日においても無意味ではあるまい。

道真の詩を虚心によめば、そこにいつの時代にもかかわらぬ人間のかなしみ、人間の勁さと弱さ、この四季のうつりかわりのみずみずしさ、島国の自然の美しさが浮彫りされる。大和物語にみる恋愛追求の人間模様を背景に、平和な平安宮廷生活にくりひろげられる妖艶美を極めたきらびやかな文学精神の反面に、愛児を失い、両親を先立たせて慟哭する赤裸な人間性を吐露した作品、転任を余儀なくされる役人生活の憂鬱、学者同志の嫉視反目のなかにあえぐ研究者のなやみ、教育者として学生を指導する喜びと悩み。最後に西府の謫所で呻吟するどん底人間の悲しみの告白――一人の人間の生涯の歴史が、彫り深く、あざやかな陰影をもって、かくも劇的に自照された例ありや。真の抒情詩としての生命的な達成がここにみられる。私は道真に対する新しい関心と批判がよびおこされることを信ずる。

菅原道真年表

一、詩作品・散文作品のうちには、必ずしも年次の確定しがたいものがあり、特に存疑のものには ? をつけて、しばらく措定しておいた。これらについてはなお十分に検証したい。
一、下段、時事の項のうち ▼ は中国における事がらを示す。

西紀	日本年紀	年齢	道真行跡	詩作品	散文作品	計	天皇	摂関太政大臣	時事
845	承和12	1	○京都に生れる。				仁明		▽父菅原是善(34)この年文章博士に任ずる。▼会昌五年5・15円仁破仏の長安を脱出帰国する。この月白氏文集七十五巻成る。
846	13	2							▼会昌六年八月白居易(75)卒。
847	14	3							▽10・2円仁、唐人四十二人と共に帰り到る。▽10・26有智子内親王(41)薨。▽十二月入唐求法巡礼行記成る。▽この年橘氏学館院を建てる。
848	承和15 (6・13) 嘉祥1	4							▼敦煌莫高窟、吐蕃の支配を脱して張氏治下の活動期に入る。
849	2	5							▽3・26興福寺大法師宝算四十賀長歌を上る。▽5・2渤海客使王文矩入京。
850	3	6	○このころ、夫人島田宣来子生れる。				文(4・17)		▽3・21仁明天皇(41)崩。▽3・28良岑宗貞(遍昭)出家。▽円珍入唐のため京都を発する。
851	嘉祥4 (4・28) 仁寿1	7							
852	2	8							▽2・8滋野貞主(68)卒。▽12・22小野篁(51)卒。
853	3	9							▽2・14藤原関雄(49)卒。▼十二月、円珍、天台山国清寺で円載に会う。
854	仁寿4 (11・30) 斉衡1	10							▽10・20善縄・是善・音人が蔵人所で重陽詩を評する。

855	斉衡2	11	○島田忠臣の指導のもとに「月の夜に梅花を見る」詩を作る。	1		1 (詩) (0) (文散)	▽2・17右大臣良房・参議伴善男らに勅して国史(続日本後紀)を編修させる。
856	3	12					▽11・3春澄善縄が晋書を進講する。▼張義潮沙州に戦う。
857	斉衡4 (2・21) 天安1	13					▽2・19藤原良房太政大臣となる。▽8・29是善後漢書を講じはじめる。
858	2	14	○十二月、「臘月に独り興ず」の詩を作る。	2		1 (0)	▽3・15滋野安成老荘を進講する。▽8・27文徳天皇(32)崩。▽11・7清和天皇(9)即位。藤原良房摂政。▽西大寺本金光明最勝王経古点はこの年以前。
859	天安3 (4・15) 貞観1	15	○刑部福主のため四十の賀の願文を作る。○この年元服。		636	0 (1)	▽神楽譜撰定せられる。▽5・10渤海国使の啓牒・信物を進献する。
860	2	16	○十月、「残菊の詩」十韻を作る。	3		1 (0)	▼このころ李商隠歿。▽2・25真済(61)寂。▽貞観・延喜のころ竹取物語成るか。
861	3	17	○文章生の試に応ずるため、父是善が毎月試験準備のために七言十韻詩を課する。	4〜7		4 (0)	▽1・20出雲国渤海客使李居正出雲に来着。▽6・16始めて長慶宣明暦を頒布する。▽8・16大春日雄継が論語を進講する。
862	4	18	○4・14文章生の省試に応じて「当時瑞物賛六首」〈五二二〉の答案を書く。○5・17及第して文章生給料に補せられる。○9・9はじめて殿上重陽の詩宴に侍して応製詩を上る。	8	522	1 (1)	▽7・23唐商人李延孝ら四十三人九州に来着。▽七月、高岳親王求法のため入唐。
863	5	19	○12・13源能有の先妣伴氏の周忌法会願文を代作することを依頼される。		637	0 (1)	▽5・20神泉苑に御霊会を修し橘逸勢らの霊をまつる。
864	6	20	○8・15七年来、是善門弟に後漢書を講じて、この日竟宴作文会を行い、詠史詩を作る。同日、大枝豊岑らのために先妣周忌法会願文を草する。○十月、連聡(弟か)城南にみまかる。	9 10	529 638	2 (2)	▽1・1天皇(15)元服。▽1・14円仁(71)寂。▽2・25良房染殿第に花見行幸。
865	7	21	○8・3仁明天皇女御貞子の周忌法会の願文を草する。○9・25父是善に代って、連聡の霊を祭る文を作る〈五二四〉。	11〜13	524 639	3 (2)	▽5・16諸国に介・掾を置く。▽7・27唐商人李延孝ら六十三人九

徳 │ (11・7) 清

(11・7) 良 房 摂 政

(2・19) 良 房 太 政

866	貞観8	22	○秋、応天門事件を諷して「秋夜。離合」の詩を作る〈三〉。○11・25安慧のために顕揚大戒論の序を草する。○11・29大納言藤原氏宗のために右大将を辞する上表文を草する。	17 18 20〜22?	551 583 610	5(3)	州に来着。▽閏3・1良房染殿第に花見行幸。▽閏3・10応天門炎上。▽8・3応天門炎上について伴善男の放火発覚。▽9・22伴善男ら遠流。
867	9	23	○1・7文章得業生に補する。○2・7仲春釈奠序を作る。○2・29正六位下に叙し、下野権少掾に任ずる。○9・10雲林院常康親王のために洞中小集序を草する。	15? 24〜26 28 29 40	531 552	7(2)	▽10・4琵琶の名手藤原貞敏卒。▽10・10右大臣藤原良相(57)薨。▽この年是善文章博士を止める。
868	10	24	○春の暇日に忠臣らと小飲する。○史記の竟宴に詠史詩を作る。○巨勢金岡に絵を誂える。○8・15十五夜月台作文に陪する。○8・27惟喬親王のために先妣紀氏の追福願文を草する。○王度の囲碁をみる。	14? 16? 27 30〜36 48 49	530 532 533 640 641	12(5)	▽2・18参議藤原良縄(55)卒。▽閏12・20新定内外交替式(貞観交替式)を公布する。
869	11	25	○中国人王度、論語講義。竟宴の詩をよむ。○大外記菅原氏の死をいたむ詩を作る。○9・25安倍宗行のために法華会を修する願文を草する。	19 41〜47	642	8(1)	▽8・14良房・善縄ら続日本後紀を撰進する。▽9・7新撰貞観格を公布する。
870	12	26	○3・23文章得業生方略試を受験する。○4・12右大臣藤原氏宗のため左大将の辞状を草する。○5・17都良香が道真の対策を及第と判定する。○9・11正六位上に叙せられる。○冬、御船弘方文章生に登科を賀する詩を作る。	23? 37〜39 50〜 60	534 566 567 584	15(4)	▽2・19春澄善縄(74)卒。
871	13	27	○1・29玄蕃助に任ずる。○3・2少内記に任ずる。○4・14太政大臣良房のため年官随身を謝する表を草する。○夏、漢書竟宴、詠史詩を作る。○12・16温明殿女御源厳子のために尚侍全姫六十賀の願文を草する。	61〜65	611 612 613 643	5(4)	▽10・22貞観式を公布する。▽12・11渤海客使加賀国に来着。▽この年、時平生れる。
872	14	28	○1・6存問渤海客使に任ずる。○1・14母伴氏の喪により解官。○5・24渤海客使楊成規に託して、渤海国王に答える就書を草する。○大学助教善淵永貞のために解官を請う表を草する。○10・13右大臣基経右大臣の官を謝する表を草する。		569 570 585? 586? 614 615	0(6)	▽2・7右大臣藤原氏宗(65)薨。▽5・15渤海大使楊成規ら入京。▽8・25藤原基経右大臣に任ずる。▽9・2太政大臣藤原良房(69)薨。
873	15	29	○4・16左大臣源融に答える勅を草する。○5・18藤原清瀬のために家地を雲林院に施入する願文を草する。○9・2右大臣基経のために水田を興福寺に施入する願文を草する。○11・13封禄復旧の詔を草する。○治要策苑の序を草する。	66?	553 568 571 644 645	1(5)	
874	16	30	○1・7従五位下に叙爵する。○1・15兵部少輔に任ずる。○右大臣基経の東斎に陪して詩を賦する。○2・29民部少輔に転ずる。○10・19惟喬親王のため封戸を辞す	67〜69	616 617 618 646	3(4)	

和

基 (11・29) ｜ 政 摂 房 良 (8・19)

(9・2) 臣 大

西暦	年号	年齢	事績	作品番号	作品番号	件数	摂関	事項
875	貞観17	31	○4・25是善群書治要進講、竟宴。○吉祥院鐘銘回文を作る。○忠良親王のために式部卿の職を辞することを請う上表を草する。	70?	521 619	1(2)	経 摂 政	▽1・28冷然院炎上、図書灰燼となる。▽4・23橘広相皇太子のために千字文進講。▽4・28大江音人が史記を進講。▽4・10大極殿焼失。▽11・29清和天皇譲位。▽12・26渤海使ら百五人出雲国に来着。
876	18	32	○4・23陸奥守安倍貞行のために華山寺法華講会願文を草する。○秋、越前国気比神宮に参詣する。○九月、中納言南淵年名のために右大臣基経四十賀の法会願文を草する。○12・5右大臣のために摂政を停止することを請う上表を草する。○この年長男高視生る。	72〜76	589? 620 647 648	5(4)		
877	貞観19（4・16）元慶1	33	○1・15式部少輔に任ずる。○閏2・10藤原山陰のために右大弁を辞することを請う上表を草する。○三月、南淵年名、小野山荘にて是善らを招いて尚歯会を行う。○4・8年名のために大納言致仕表を草する。○10・18文章博士を兼ねる。	77 78	587 621	2(2)	陽 (1・3)	▽1・3陽成天皇(9)即位。▽4・8南淵年名(71)卒。▽4・18渤海国王啓駈駅上奏する。▽6・25渤海国使出雲より帰国。▽11・3大江音人(67)薨。
878	2	34	○島田忠臣太宰少弐を罷めて帰京するのを迎える。	71 79 80	535 588? 590?	3(3)		▽2・25善淵愛成日本書紀進講。▽3・29秋田の蝦夷反乱、藤原保則、小野春風討伐する。▽8・25広相皇弟のために蒙求を始めて進講する。
879	3	35	○1・7従五位上に叙す。○3・24清和上皇の勅により清和院法華経講会願文を草する。○5・8元慶寺鐘銘を作る。○10・8大極殿落成を賀する詩を作る。○11・1基経らが朔旦冬至を賀するに答える詔を草する。○11・13文徳天皇実録序を草する。	81 82 84 89?	519 554 556 572 577 622 623 634 649	4(9)		▽2・25都良香(46)卒。▽5・8清和上皇落飾。▽10・8大極殿竣工。▽11・13基経・是善ら日本文徳実録を撰進する。▽このころ都氏文集成る。
880	4	36	○朝議により大学学生に授業する。○高岳五常・三善清行らに問策を課する。○8・30父是善(69)を失う。以後菅家廊下を主宰する。	83?	558? 559? 560? 561? 562? 563? 591 592 624	1(9)	基 (11・8)／経 基 (12・4)	▽5・28在原業平(56)卒。▽12・4清和太上皇(31)崩。
881	5	37	○4・4後漢書を進講し終る。○10・21亡父周忌により吉祥院法華会を修する〈六五〇〉。○11・16清和太上皇の周忌願文を草する〈六五一〉。○在原行平を迎えて大学北堂澆章宴を行う。		650 651	0(2)		▽10・13去年高岳親王マラッカ海峡にて薨去の報いたる。
882	6	38	○博士難〈八七〉の作あり。○春、後漢書竟宴。○夏、藤大納言冬緒匿詩事件の嫌疑を蒙る。○8・1左相撲司標所記〈六二七〉の作あり。○基経の近習、忠臣の弟良臣卒。	86 87 90 91 93〜99	520 527 593 625 626 627 628 652 653	11(9)		▽1・7陽成天皇(13)元服。▽2・28天皇闘雞御覧。▽8・29日本紀竟宴。和歌。

883	元慶7	39	○1・11加賀権守(遙任)を兼ねる。○春、基経客亭の作文会に参加する。○4・28—5・12渤海客使裴頲一行入京、忠臣・長谷雄らと共に接待し鴻臚贈答詩〈一〇四—一一三・五五五〉を作る。○6・3秀才課試について奏請する〈五九四〉。○菅家廊下を新築する〈一一四〉。○子阿満(7)とその弟ともに夭折する〈一一七〉。○詩情怨〈一一八〉の作あり。○晩秋、平正範の河西別荘に遊ぶ。	88 92 100〜126	536 555 594 595 596 635 654	29(7)	成			▽2・21林邑楽人百七人大安寺にて調習。▽十一月、陽成天皇乱行あり。
884	8	40	○菅家廊下の諸進士十人及第する。○勧学院漢書竟宴〈一四五〉。○基経の書斎において孝経竟宴〈一四六〉。	127〜147	557 597 598 655 656 657	21(6)	(2・23)	経	太	▽5・9諸道博士に太政大臣職掌有無を勘申させる。▽6・5基経に関白の詔下る。
885	元慶9(2・21)仁和1	41	○1・21春娃気力なしの内宴詩序〈一四八〉を作る。○改元以後、基経書斎にて世説新書を講読し始める。○9・26河西の阿波守平某の荘に遊ぶ。○冬、基経五十算賀屏風図詩〈一七四〉を作る。	85? 148〜182	537 538 658 669	36(4)	光			
886	2	42	○1・16讃岐守に任ずる(式部少輔・文章博士・加賀権守を止める)。○3・26讃岐に着任する。○4・7府内巡視。○秋、はじめて白髪を見つける。○十月、「寒早十首」の連作あり。	183〜213	659 660 662	31(3)			政	▽1・2時平(16)元服。▽六月、辺備を厳しくする。▽この年美濃国班田。
887	3	43	○2・3讃州州廟にて釈奠を行う。○三月、松山館に遊ぶ。○秋、暇を乞うて帰京する。「舟行五事」の連作あり。○11・17正五位下に叙する。○京都の自邸で越年する。	214〜240	661	27(1)	孝	関	大	▽4・13、6・2貢調絹の粗悪により讃岐も勅譴を受ける。▽8・26光孝天皇(58)崩。▽11・17宇多天皇(21)即位。
888	4	44	○春、讃岐に帰任する。○法華寺に遊ぶ。○夏に入り雨ふらず、国分寺蓮池詩〈二六二〉を作る。○5・6城山神を祭って雨を祈る〈五二五〉。○秋、文室時実讃岐に来訪。○阿衡問題について基経を諫める、十月ころしばらく上京する。	241〜279	515 525 676	39(3)	(11・17)	白		▽六月、橘広相の阿衡問題紛糾。▽巨勢金岡御所の詩人像障子絵をかく。▽10・6基経の女温子入内。
889	仁和5(4・27)寛平1	45	○春、「日の長きに苦しむ」〈二九二〉の作あり。○冬、「冬夜九詠」の連作あり。○讃岐の僧房屏風図に題する詩を作る。	280〜322	523?	43(1)			臣	▽このころ寛平御時后宮歌合、在民部卿家歌合なり、寛平御時菊合行われる。
890	2	46	○春、交替解由をまたずに秩満ちて帰京する。○脚疾と頭瘡を病んで閑居する。○閏9・12禁中で未旦求衣賦と霜菊詩を作る。○閑居玄談の余暇に逍遥遊三章を釈く詩を作る〈三三三—三三五〉。	323〜339	516 517 528 539 550 573 574	17(7)	宇	(12・14)		▽1・19僧正遍照(75)寂。▽5・16橘広相(53)薨。▽10・30基経病のため大赦を行う。ついで関白を辞する。
891	3	47	○3・9式部少輔に任ずる。○3・29蔵人頭に補せられる。○4・11左中弁を兼ねる。○4・18禁色の衣服を聴許せられる。○秋、七月頃、岳父忠臣(64)を失う。○参議時平が宣風坊臨水亭における宴に参加する。	340〜344 346〜355	540 541 599 600	15(4)			(1・13)	▽1・13基経(56)薨。▽3・19時平(21)参議に任ずる。▽10・29円珍(78)寂。▽12・29侍医菅原善綱名論要抄三巻を奉る。▽藤原佐世陸奥守赴任。日本国見在書目録この

892	寛平4	48	○1・7従四位下に叙する。○5・1三代実録の撰修にあずかる。○5・10類聚国史を撰進する。○五月、秀才小野美材に策問を課する。○12・5左京大夫を兼ねる。○この年群書治要侍読。	345 356〜363	542 564 565 663 664	9(5)	多	頃成る。▽1・8渤海客使出雲に来着。▽3・5巨勢文雄(69)卒。▽4・28藤原保則(68)参議に任ずる。▽5・1勅して源能有らに国史(三代実録)を編纂せしめる。▽僧昌住新撰字鏡成る。
893	5	49	○1・11子日宴に催粧詩序〈三六五〉を作る。○2・16参議に任じ式部大輔を兼ねる。時平より玉帯を贈られる。○2・22左大弁に転ずる。○3・15勘解由長官を兼ねる。○4・1春宮亮を兼ねる。○7・1書斎記なる。○9・25新撰万葉集なる。○十一月、漢書竟宴。○冬、竜門寺に遊ぶ	364〜375	526 543 665 670	12(4)		▽4・2敦仁親王(9)立太子。▽5・11新羅賊来侵。▽7・19在原行平(76)歿。▽この年群飲を禁ずる。
894	6	50	○7・22在唐僧中瓘に対する太政官返牒を草する。○8・21遣唐大使を兼ねる。○9・14諸公卿が遣唐使の進止を審議決定せんことを乞う奏状を奉る。○9・30遣唐使を停止する。○12・15侍従を兼ねる。	376〜381	518? 544 545 601 633	6(5)		▽4・25大江千里勅をうけて句題和歌を撰進する。▽五月、渤海客使裴頲入朝。▽12・29渤海客徒伯者に来着。
895	7	51	○1・11近江守を兼ねる。○3・26詠物即詠の作あり。○春、大納言源能有五十算屏風図詩を賦す。○5・7裴頲大使入京、長谷雄と共に鴻臚館に接待して酬和詩を賦す〈四一九―四三五〉。○10・17臨時仁王会呪願文を草する。	382〜429	546 671	48(2)		▽4・21藤原保則(71)卒。▽8・25源融(左大臣、74)薨。
896	8	52	○10・26中納言に任じ、従三位に叙し、時平と相並ぶ。○11・13春宮権大夫を兼ねる。○閏1・6雲林院行幸北野遊覧に陪従して詩を賦す。○7・5検税使の可否について審議すべきことを乞う奏状を上る。○8・28民部卿を兼ねる。○秋、北堂文選竟宴。	430〜437 677	666 547 575 576 602 603 604	9(7)		▽9・22皇太后藤原高子を廃する。
897	9	53	○11・26長女衍子入内女御となる。○3・19臨時仁王会呪願文を草する。○6・19権大納言に任じ右大将を兼ねる(時平は同日大納言左大将となる)。○7・13正三位に叙する。○7・26中宮大夫を兼ねる。○七月、藤原菅根を大内記に推薦する奏状を上る。	438〜444	548 605 667 668 672	7(5)	(7・13)	▽2・20惟喬親王(54)薨。▽6・8源能有(53)薨。▽7・3宇多天皇(31)譲位、醍醐天皇(13)践祚。同日寛平御遺誡を新帝に授ける。▽秋、上皇某河遊覧。▽この年藤原佐世卒。
898	寛平10(4・26)昌泰1	54	○6・26臨時仁王会呪願文を草する。○9・4諸納言が、外記庁に出仕すべきことを宇多上皇に請う奏状を上る〈六〇六〉。○10・20―11・1宇多上皇に扈従して片野競狩、宮滝遊覧の記を作る。	445〜451 680 680	582 606 607 673 680	9(5)	醍	▽2・28紀長谷雄群書治要進講。▽秋、上皇雲林院御幸。
899	2	55	○2・14右大臣に任じ右大将を兼ねる(同日、時平左大臣	452〜467	549 578 579 580 581 608	16(10)		▽10・24宇多上皇僧都益信によっ

	900	901	902	903
	昌泰3	昌泰4（7・15）延喜1	2	延喜3
	56	57	58	59
左大将）。○2・27―3・28三度右大臣辞表を上る。○三月、嫡室島田宣来子に従五位下を授けられる。○4・5文章生外国赴任を餞送する。	○2・6右大将辞状を上る。○8・16菅家三代集二十八巻を奏進する。○9・10九日後朝秋思の応製詩を上る。○10・11文章博士三善清行、道真に勇退を勧告する。	○1・7従二位に叙する（時平も従二位に叙する）。○1・25太宰員外の帥に左遷せられる。○2・1京都を発して謫所を指す。○夏、「楽天北窓三友詩を詠む」の作あり。○9・10「去年今夜」の詩を詠ずる。○9・22陸奥守藤原滋実の死を悼む。○十月、叙意一百韻の作あり。	○春、式部卿本康親王の訃をきく。○山僧杖を贈り、通事李彦環竹牀子を贈る。○大内記小野美材の訃をきく。	○一月、「謫居春雪」の詩〈五一四〉を詠ずる。○2・25太宰府の謫所で薨ずる。
	468〜475	476〜493	494〜513	514
629 630 631 632	609 674 675			
	8（3）	18（0）	20（0）	1（0）
	醐			
て仁和寺で落飾する。▽11・24法皇東大寺で受戒する。	▽3・12藤原高藤（63）薨。▽4・1皇太后班子女王（68）崩。▽4・25重ねて群飲を禁ずる。▽5・23太皇太后藤原明子（73）崩。▽10・21三善清行明年辛酉革命の議を上る。▽昌泰中、新撰字鏡成る。	▽2・22清行、革命改元を奏上する。▽8・2左大臣時平ら三代実録・延喜格を撰進する。▽大蔵善行七十の算賀を行う。▽この年清行意見封事十二条を上る。	▽2・20仁王会を修する。▽3・13臨時御厨停止以下諸政刷新の諸官符を下す。	▽菅家後集成る。▽このころ伊勢物語成るか。

菅原道真の家族

〔*は文章博士となった人。ゴシック体は文章・後集に見える人。〕

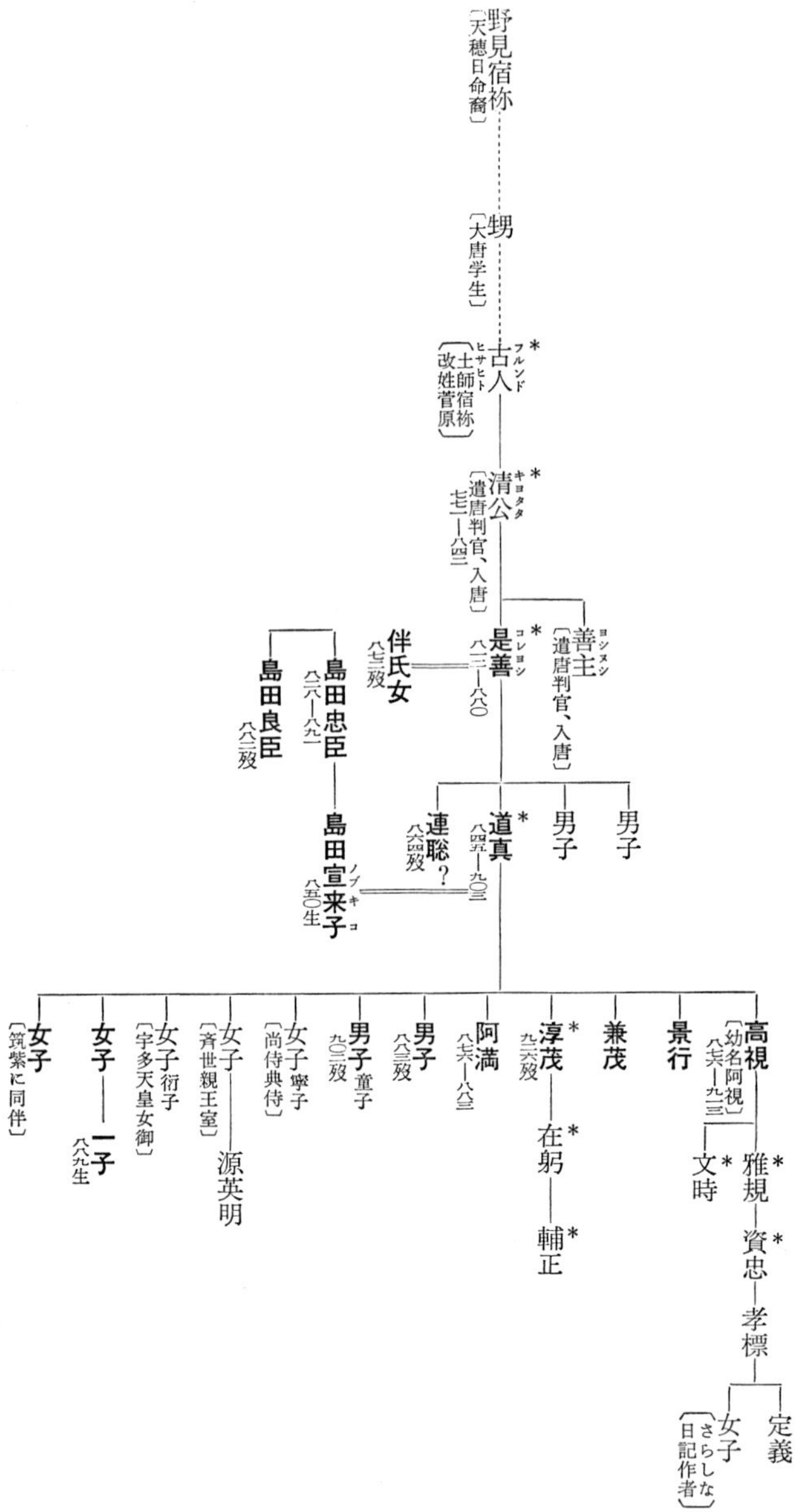

参考地図

一、道真当時の慣用地名は明朝体の文字を用いて示す。
一、現行の地名で参考にそえたものは細ゴシック体の文字を用いて示す。
一、道真の歩いたと推察せられる経路には――線をひいて示したが、これはさらに検証を要するものであり、しばらく通説によったのである。ことに博多・太宰府間の路筋については現地でも二説があり、両路筋を示しておいた。

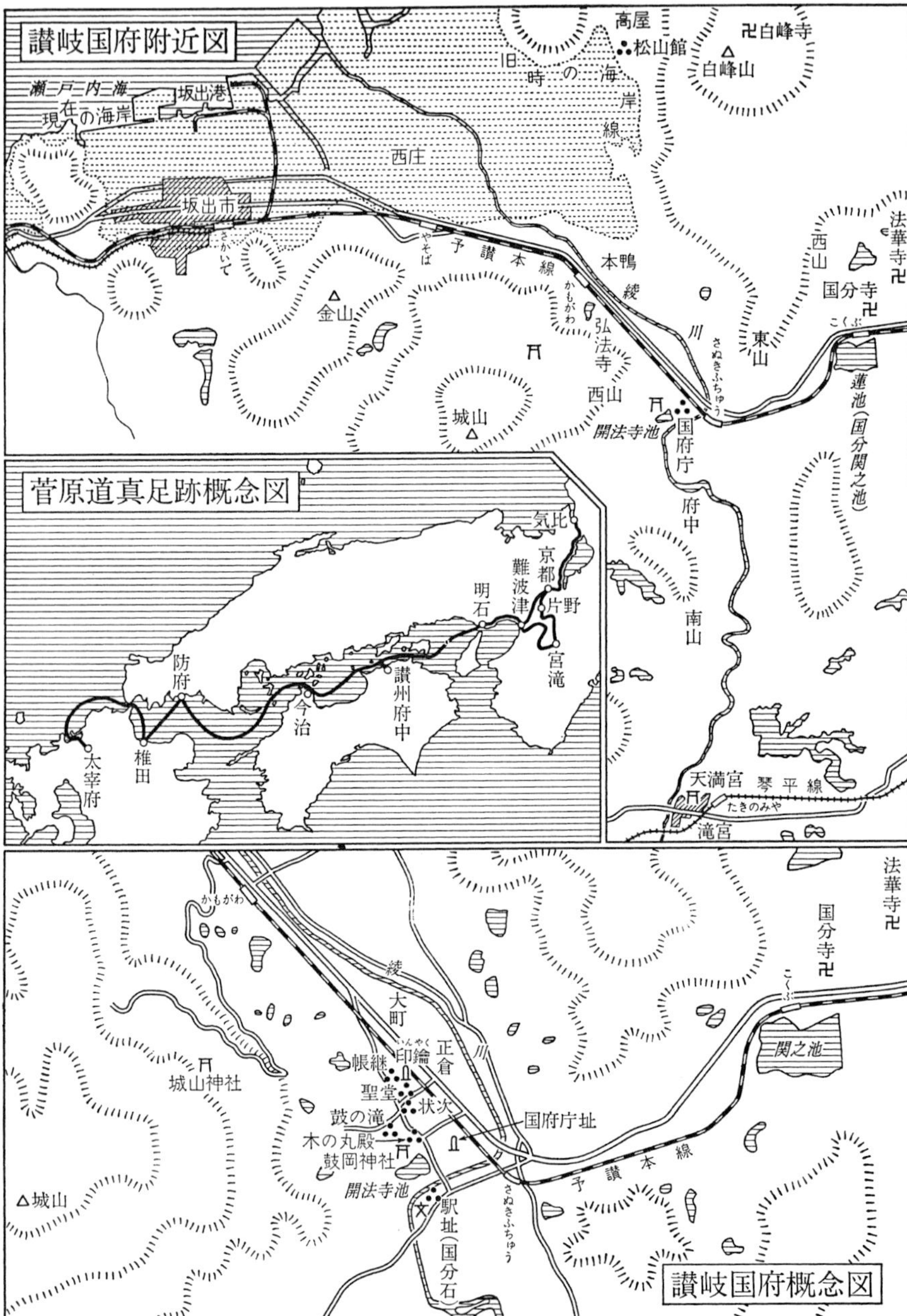
讃岐国府附近図
瀬戸内海
現在の海岸
坂出港
坂出市
さかいで
西庄
旧時の海岸線
高屋
松山館
白峰寺
白峰山
やそば
予讃本線
本鴨
かもがわ
綾川
金山
弘法寺
西山
城山
開法寺池
国府庁
さぬきふちゅう
東山
西山
国分寺
法華寺
こくぶ
蓮池(国分関之池)
府中
南山
天満宮
琴平線
たきのみや
滝宮
菅原道真足跡概念図
気比
京都
難波津
片野
明石
宮滝
防府
讃州府中
今治
太宰府
椎田
かもがわ
綾川
大町
いんやく
印鑰
正倉
帳継
聖堂
状次
鼓の滝
木の丸殿
鼓岡神社
国府庁址
城山神社
城山
開法寺池
駅址(国分石)
さぬきふちゅう
予讃本線
こくぶ
関之池
国分寺
法華寺
讃岐国府概念図

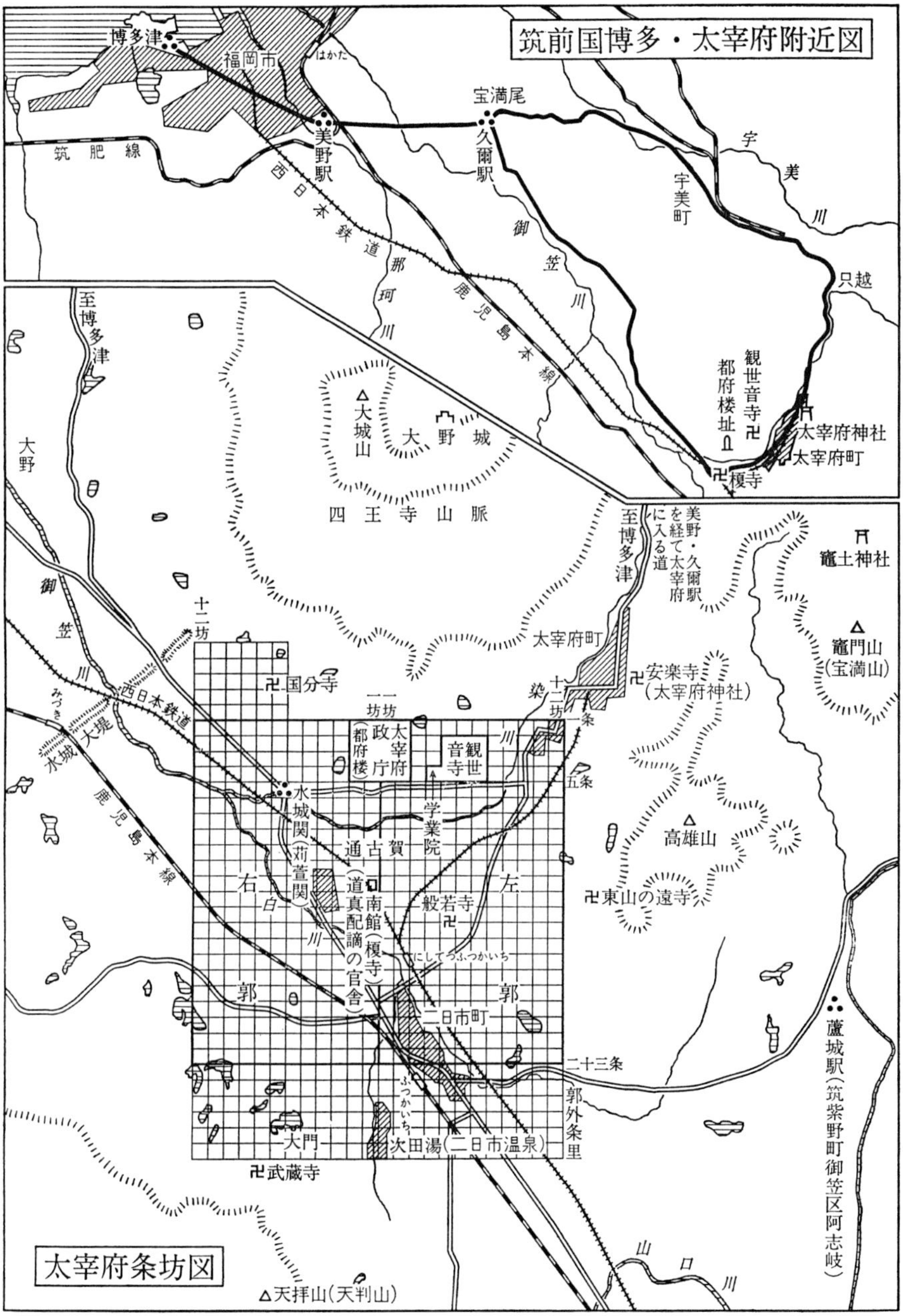
筑前国博多・太宰府附近図
博多津
福岡市
はかた
宝満尾
美野駅
久爾駅
筑肥線
西日本鉄道
鹿児島本線
那珂川
御笠川
宇美町
宇美川
只越
観世音寺
都府楼址
太宰府神社
太宰府町
榎寺
至博多津
大野
大城山
大野城
四王寺山脈
至博多津
美野・久爾駅を経て太宰府に入る道
竈土神社
竈門山（宝満山）
太宰府町
安楽寺（太宰府神社）
十二坊
国分寺
一坊
一坊
太宰府政庁（都府楼）
観世音寺
染川
十二坊
一条
五条
水城大堤
みづき
西日本鉄道
御笠川
水城関（苅萱関）
学業院
通古賀
高雄山
右郭
左郭
白川
道真配謫の官舎（南館（榎寺））
般若寺
東山の遠寺
にしてうふつかいち
二日市町
二十三条
郭外条里
ふつかいち
大門
次田湯（二日市温泉）
武蔵寺
蘆城駅（筑紫野町御笠区阿志岐）
山口川
太宰府条坊図
天拝山（天判山）

凡例

一、菅家文草は、明暦二年藤井懶斎奥書三冊青表紙本(校注者架蔵)を底本とする。底本は加賀松雲公が家臣に命じて菅家文草の校訂作業を行わしめた延宝八年より二十四年前に、室鳩巣を通じて「菅氏雲公之本」を借りて補写した鈔本で、古様を存する善本と認められる。寛文七年板本・元禄十三年改正板本・日本詩紀本・北野藁草本・本朝文集本等によって対校した。

一、菅家後集は、前田家尊経閣所蔵甲本を底本とする。底本は松雲公が七、八百年前の古鈔本を忠実に抄写せしめた本で、貞享四年板本に水戸西山公が捜索しえて対校に用いた、いわゆる「鎌倉本」の原本の姿を忠実に伝え、古訓点もつけられており、善本と認められる。底本は後集の原型本と推定せられるが、これに増補された系統の元永二年奥書の広兼本系である前田家丁本・貞享四年板黒川道祐跋本・新校群書類従本・日本詩紀本・北野藁草本等によって増補かつ対校した。

一、本文を校注するにあたり、できるだけ読みやすくなるように、次のような処置をした。

(1) 菅家文草・菅家後集の作品を詩篇および散文篇に二大別し、詩篇には文草巻一—巻六ならびに後集原型本(前田家甲本)を収め、散文篇には文草巻七—巻十二ならびに後集増補本(貞享板本)の増補部分を収め、さらに「奉昭宣公書」以下五篇を参考のために付載した。

(2) 文草巻一—巻六ならびに後集の詩には一首ごとに一連の番号をうった。連作作品のごときには一群の作品に一つの番号をうつこともある。御製や道真作として問題のある作品は一連番号からはずし、首に*を付けた。

(3) 詩篇(時に詩序をともなうこともある)は、詩を白文で出し、その下方に訓み下しをつけた。ただし詩序などには訓み下しをつけず、返り点・傍訓・送り仮名をほどこした。題には多く白文に返り点だけをつけ、訓み下しは頭注に掲出し、題下の分注は〈　〉でくくった。本文の分注は一字下げて小活字で出した。

(4) 詩篇の校異のうち重要と思われるものだけは頭注(または補注)にしるした。

(5) 散文篇は二段組とし、詩にひきつづく一連番号をつけ、頭注はつけない。全文に句読点・返り点をほどこしたが、便宜上重要な代表的作品にのみ、比較的詳しく送り仮名・傍訓等をほどこした。校異は多く割愛したが、一部重要と思われるもののみ（　）にくくり、真名体をもって本文中に挿入した。また〔　〕の中に人名を注し、文末に簡単な解説を添えた。

(6) 散文篇の本文は、厳密には押韻や構成の配慮にもとづいて慎重に改行すべきであるが、今は単に印刷の都合から便宜に従ったところがある。

(7) 本文においては、底本の漢字の古体・異体・俗体などは、次の例のごとく通行のいわゆる正字体に改めた。

〔例〕　竸→競　枽→葉　刕→州　䰟→魂　枩→松　郍→那　仾→低　𩵋→魚　㝡→最
狼→養　叫→叫　㪅→更　腳→脚　湏→須　俻→備　筞→策　虵→蛇　勑→勅
骩→骸　宴→宴　鴈→雁　䘑→脈　寑→寝　迴→廻　体・躰→體　鸎・鸎→鶯

(8) ただし底本に出てくる次の古体は、これを今日の通行のいわゆる正字体〈(　)内に示したもの〉に改めなかった。

〔例〕　号―(號)　弁―(辨)　万―(萬)　况―(況)　尒―(爾)　无―(無)　凉―(涼)　飡―(飧)

(9) 底本には、朗詠その他に、摘句・佳句として抄出されるものには、対句のはじめに朱筆で合点がほどこされているので、白文の本文に〽のしるしをつけてこれを示した。

一、本文の漢詩および散文の訓みにあたっては、小林芳規氏の全面的な協力によって、次のような方針でのぞんだ。

(1) 平安初期なかんずく寛平期の訓法によって訓みを試みることはかなり困難なしごとである。当時においても漢籍と仏典との訓法に差があったと考えられ、道真の作品に対しては博士家の漢籍の訓法に従うべきものと考えて、それによったが、詩の中にも仏事・唱導的作品もあれば、散文の中にも願文・表白類もあり、仏典の訓法によるべきものもあったにちがいないので、それらには仏家の音訓を用いた。漢籍の平安前期訓点資料としては、周易抄（寛平年間）・古文尚書延喜頃点（岩崎本・九条本・神田本）・毛詩平安中期点（東洋文庫蔵）・漢書周勃伝（大明王院蔵、延喜―天暦点）・漢書揚雄伝（天暦二年点）等がある。仏典の平安前期訓点資料の中の主要なものとしては、聖語蔵願経四分律古点（大矢透）・成実論天長五年点・観弥勒上生経賛平安初期点（中田祝夫・築島裕）・西大寺本金光明最勝王経古点（春日政治）・大智度論天安二年点（大坪併治）・東大寺本・聖語蔵本地蔵十輪経元慶七年点（中田祝夫）・智恩院大唐三蔵玄奘法師表啓古点（吉沢義則・遠藤嘉基・中田祝夫・山田忠雄・築島裕）・小川本願経四分律古点（大坪併治）等があり、時代は下るが、西大寺本不空羂索神呪経寛徳点（小林芳規）・竜光院本妙法蓮華経古点（大坪併治）・興福寺本大慈恩寺三蔵法師伝古点（築島裕）等がある。これらの（　）内に示した諸家の貴重な研究成果を参照した。従って例えば仏典では「ムト欲（オモ）フ」と訓むところは、漢籍では「マク欲（ホ）リス・ムコトヲ欲（ホ）リス」と訓み、「悉（コトゴト）ク」と訓むところは「悉（コトゴト）クニ」と訓み、句末の助字「之」や「則」は仏典では「コレ」「スナハチ」と訓み、漢籍では不読字の扱いとする。このように区別して訓んだことが知られる。また「也」「之」「諸」「於」「以」なども不読であった。その他多くの点についても区別があるので、それらに留意して訓み下した。

(2) 次に漢籍・仏典を通じて平安初期訓と平安中期訓ではかなりのちがいがあり、まして後世の訓、江戸時代の訓法などとは大きなちがいがある。例えば後世の再読字、当・将・応・未・須などは訓点に再読の例がないし、雖・耳・以・勿・莫などには後世と異なる訓法がある。また助動詞や助詞を補って、かなり和文脈を色濃くとり入れており、また対句の前句末が終止形で結ばれる場合が多い。また字音語によって音読されるよりも和訓によって訓読されることが多いし、況の呼応、曰・豈・寧・蓋などの呼応が後世とちがう。これらにわたってあたう限り平安初期の古訓に近づくべく努力した。〔小林芳規「漢文訓読史研究の一試論」（国語学55　昭和38）・同「神田本白氏文集の訓の類別」（国語と国文学40―1　昭和38）・同「漢籍訓読語の特徴」（訓点語と訓点資料29　昭和39）・同「金沢文庫本春秋経伝集解における平安初期漢籍訓読語の残存」(訓点語と訓点資料25　昭和39)・同「老子経の古訓法」(漢文教室69　昭和39)・同「九条本文選に残存せる上代訓読語」(訓点語と訓点資料32　昭和41)・同「訓読語法に基く訓点資料の分類」(訓点語と訓点資料33　昭和41)・同「漢文訓読史研究上の一応用面―伝菅原道真訓点の検討―」(国文学攷40　昭和41)等参照〕。

(3)　単語の訓みについても、なるべく当時にちかい文献の徴証をえて、例えば新撰字鏡・和名類聚抄等の字書や、その他の訓点資料の訓を参考にした。例えば、訴―ウルタフ、恰―アタカタモの類である。これらの資料で不足のところは、観智院本・書陵部本・蓮成院本類聚名義抄、前田家本・黒川本色葉字類抄その他字鏡集等後世の訓辞書や、訓点資料を参考にした。また用言の如きも古い用法によった。例えば「垂(た)れたり」「恐(おそ)れて」「稠(きび)しき」は古活用に従って、「垂(た)りたり」「恐(おそ)りて」「稠(きび)き」と訓じた。厳密にいえば、一語一語について当時に近い文献に迫って決めて行くべきであるが、時間と資料の制約ではたしえないことを心残りとする。

(4)　字音仮名遣いも当時の表記によったから、いわゆる歴史的仮名遣いと違ってくるものもある。例えば水(すい)・涙(るい)・忠(ちう)・毛(ぼう)・花月(くわぐゑつ)・垂決(すいくゑつ)・双亀(さうくゐ)・南郡(なむくゐん)・源流(ぐゑんりう)・陶元亮(たうぐゑんりやう)の如きである。〔築島裕「長承本蒙求字音点」(訓点語と訓点資料10・11　昭和33・34)参照〕。

(5)　当時は撥音にmとnとの二種が表記上区別されてあるから、本書でも、m(む)とn(ん)とに区別することにした。例えば「三年(さむねん)」「謹(つつし)むで」の類である。

(6)　字音語には漢音と呉音とあり、博士家である道真は当然漢音でよんだにちがいないが、仏家の唱導・表白に用いられた作品には呉音を用いた。例えば発心(ほつしむ)・心馬(しむめ)・擁護(をうご)・廻向(ゑかう)・西方(さいはう)の色相(しきさう)・蓮華(れんぐゑ)の妙法(めうほふ)の類である。

(7)　音便については寛平ころ一般論としてはイ音便・ウ音便・撥音便・促音便はあったと認められるが、どの単語が音便形をとるかは、厳密には個個の語ごとに決めて行かねばならない。今、時間的資料的に困難があるので、多くの場合、音便形をとらなかった。例えば「書きて」「在りて」とよみ、「書いて」「在つて」とはよまなかった。

(8) 語の清濁については、当時の例で判明する限りはそれに従った。例えば、冷し・濯く・侍中・相国・銀・路次の如きは、清音で訓んだ。〔小林芳規「漢籍の古点本に用ゐられた濁音符」(広島大学文学部紀要、昭和40)参照〕。

(9) 源氏物語以下、物語その他の文学作品、中世以後の軍記物や縁起類に道真作品の訓み下しの断片があり、江談抄や本朝文粋金沢文庫本・和漢朗詠集・新撰朗詠集古点本等に道真作品の古訓資料が残存している。いずれも和文脈の濃い訓法であった。これらの例にならい、また前田家甲本後集の古訓により、なるべく助詞「が・の・い・し・は・も・を・て・のみ・すら・して」等をよみ添え、助動詞「なり・たり・る・しむ・き・つ・ぬ・り・む・まく・まし(ませ)」等をよみ添えた。

(10) このようにして、例えば「これ開く時の晩きがためになり、当に発く処の稠きに因るならむ」(巻一-三)・「橋を結ばむことを恐りては鵲の翅を傷らむことを思ふ、駕を催さむことを嫌ひては鶏の声を唖ならしめまく欲りす」(巻五-三四六)と訓んだ。「是れ開く時の晩きが為なり、当に発く処の稠しきに因るべし」・「結橋を恐れては鵲翅を傷めんことを思ひ、催駕を嫌うては鶏声を唖にせんと欲す」という後世の訓みとは面目を改めている、もとづくところあるによるのである。

(11) さらに日本紀の古訓や博士家の師説ことに法家文書の訓みなども重要な参考資料になるべきであるが、ことにこれらについての私の理解が浅薄で、意の如くに利用できなかったことが心残りである。

一、次の用意によって、頭注・補注をほどこした。

(1) 頭注は、見開きに収まる程度に、はしおって簡潔をむねとしてほどこすことにつとめたが、毎行難解の語句にみちており、やむなくはみ出たところは補注にまわさざるをえなかった。

(2) 頭注・補注は、新字体・新仮名遣いとしたが、古典の本文を引用する場合は歴史的仮名遣いにより、訓み下して引用することをたてまえとした。ただし便宜上原文のままに引くこともあり、その場合は、中国文学研究の専門家には違和感があろうが、返り点だけをつけて引くこともある。すべてスペースの制約によるところ、不統一をせめ給うなかれ。

(3) 語釈は、前後の語句の通解を旨とし、語の穿鑿はその結論を示すにとどめ、考証の過程は多く省略した。

(4) 頭注は、はじめに題の訓み下しをかかげる。〈 〉内は原本の小字もしくは分注を示す。次に題の語意や、作品成立のいきさつを説明するが、その際には三代実録や日本紀略や公卿補任などの資料を引いて考証することが多い。その次に訓み下し文につけた注番号一、二、に従って単語の語釈もしくは語句の通解、一句もしくは二句の大意。次に出典・典拠をかかげ、要すれば校異を示し、訓法の根拠を示すこともある。終りに▽じるしをつけて、余説・考証・鑑賞批評・後年の影響などについてのべることもある。

(5) 引用文献の略号はおよそ次のとおりである。

文粋—本朝文粋　文集—白氏文集　和名抄—和名類聚抄　紀略—日本紀略　略記—扶桑略記
補任—公卿補任　分脈—尊卑分脈　藁草—北野藁草　詩紀—日本詩紀　文叢—北野文叢

一、注釈・訓読には近刊の諸橋轍次「大漢和辞典」(昭和34)、斯波六郎「文選索引」(昭和34)、入矢義高「敦煌変文集口語語彙索引」(昭和36)、斯波六郎・花房英樹「文選」(筑摩書房、世界文学大系70　昭和38)、花房英樹「白氏文集の批判的研究」(昭和35)、同「元稹作品編次表」(昭和33)、同「劉禹錫作品編次表」(昭和33)、同「元白唱和集」(昭和35)、同「元稹連語索引」(昭和36)および波多野太郎「中国白話研究資料叢刊」(昭和36続刊)等の戦後のめさめるばかりの成果の学恩を蒙った。ことに諸橋辞典と斯波文選索引と花房文集作品編次表は、民国の十三経索引・宋の紹興刊影印本芸文類聚・六国史索引(昭和38)・類聚名義抄索引(昭和30)・色葉字類抄索引(昭和39)などとともに座右の書として大いに利用させていただいた。ただし、辞典だけでは問題があるところは、できるだけ原典にあたることにつとめたが、時間と資料の制約から力及ばぬところもすくなくない。たとえば後世のものと知りつつ淵鑑類函や佩文韻府などで間に合わせたこともある。

一、本書巻頭の解説は専ら文草と後集との作品にかかわって叙べるにとどめた。道真の全著作については、拙著「平安朝日本漢文学史の研究」の第八章その他のところで触れてある。

一、本書の完成のために多くの師友からの協力援助をえた。諸伝本については前田家尊経閣・内閣文庫・水戸彰考館当局、および反町茂雄氏・酒井宇吉氏をはじめ、諸文庫・図書館の配慮と便宜を受けた。また諸橋轍次・神田喜一郎・山岸徳平・吉川幸次郎・小川環樹・内野熊一郎の諸博士、ならびに京大人文科学研究所所員各位より多くの学恩をめぐまれたが、ことにこのしごとのために同研究所の入矢・花房両教授ならびに広島大の小林助教授からは一方ならぬ芳情と援助とを辱うした。さらに桃裕行教授をはじめ、太田晶二郎・藤川正数・高瀬允・森野宗明諸氏の協力をえたところもすくなくない。また秋山光和・秋山虔・山田琢・鈴木直治・弥永貞三・岡村繁・松浦友久・水原渭江・谷川英則・柳田征司氏各位の学恩を蒙ったところもある。ことに入矢義高教授・花房英樹教授・小林芳規助教授よりは専門の立場より貴重な時間を割いて特に有益な多くの教示を得て、删補することが多かったが、不敏にしてこれを十分に生かしえなかったことを後悔するとともに、御教示のすべてに必ずしも従わなかったことをしるして、責任の所在を明らかにしておきたい。讃州・太宰府について近石泰秋・倉田貞美・目加田さくを各教授ならびに西高辻宮司の指教をうけた。また金沢大法文学部国文科の学生諸君から、ことに家族から多大の援助協力をうけた。以上あらあらしるしてあつく感謝をささげる。何分にもはじめて鍬を入れたところが多く、今後も訂補して行きたいと思うので、大方の指教を仰げれば幸である。

詩篇

菅家文草　巻第一―第六

菅家後集

菅家文草巻第一☆　詩一

1　月夜見二梅花一。　于レ時年十一。厳君令二田進士試一レ之、予始言レ詩。故載二篇首一。

月耀如晴雪　一月の耀くは晴れたる雪の如し
梅花似照星　二梅花は照れる星に似たり
可憐金鏡轉　三憐れぶべし　四金鏡の轉きて
庭上玉房馨　庭上に五玉房の馨れることを

2　臘月獨興。　于レ時年十有四。

玄冬律迫正堪嗟　一玄冬　律迫めて　正に嗟くに二堪へたり
還喜向春不敢賒　三還りては喜ぶ　春に向なむとして敢へて賒ならざることを
欲盡寒光休幾處　四盡きなむと欲る寒光　幾ばくの處にか休はむ

☆昌泰三年に自家集を進献した時自ら命名した書名。「菅家」は江家に対して文章紀伝の家を誇示する概がある が、「文草」は文筆即ち詩文の草案の義で、「文藻」というよりも謙退の意がある。「詩一」は巻七以下の賦に対していう。

1「月の夜に梅花を見る。〈時に年十一。厳君田進士（でんしんし）をして試（こころ）みしめ、予（われ）始めて詩を言へりき。かるがゆゑに篇の首（はじめ）に載するなり〉」。厳君は、父菅原是善。田進士は、文章生島田忠臣。是善の門人で、少年道真の指導にあたった。斉衡二年の作。↓補一。

一月のかがやく光は晴れた日の雪のように明るい。↓補二。二月夜の梅の花は空に照る星かげに似ている。↓補三。三梁の鮑泉の「詠二梅花一」詩に「憐（あは）れぶべし階下の梅、飄蕩風に逐（した）うて廻る」。四月の異名。杜牧の月詩に「仙桂茂れる時金鏡の暁」。五玉なす房（はなぶさ）。三・四句は、すばらしいことだ、空には黄金の鏡のように月の光がくるめき地上の園には白玉の花房から梅の香がかおってくるの意。↓補四。

2「臘月（らふぐゑつ）に独り興ず。〈時に年十有四〉」。底本「天安二年」と朱にて頭注。天安二年十二月。↓補一。

一冬の暦日ものこりがごく少なくなってきて。玄冬は、冬の異称。冬の神を「玄冥」、冬に配する北方を「玄天」という。律は、度・ほどの意。二（はかなく年月が経過することに対して、いくら嘆いても）嘆ききれないことだ。↓補二。三だが一方では、春になろうとして、春がすぐ目前にきていることをかえって喜ぶ。四冬もようやく尽きようとするが、その寒い日光（ひかげ）は（来年まで）幾か所で休息するのであろうか。処字、底本欠、いま藁草により補。↓補三。五やがて春の暖かい気候がやってくるであろ

将來暖氣宿誰家　　　　五来りなむとする暖氣　誰が家にか宿らむ
氷封水面聞無浪　　　　六氷は水面を封じて　聞くに浪なし
雪點林頭見有花　　　　雪は林頭に點じて　見るに花あり
可恨未知勤學業　　　　恨むべし　學業に勤むことを知らずして
書齋窓下過年華　　　　書齋の窓の下に七年華を過さむことを

3 殘菊詩。十韻、于時年十六。

十月玄英至　　　　十月　一玄英　至る
三分歲候休　　　　二三分　歲候　休す
暮陰芳草歇　　　　三暮陰　芳草　歇く
殘色菊花周　　　　四殘色　菊花　周し
爲是開時晩　　　　五これ開く時の晩きがためになり
當因發處稠　　　　六當に發く處の稠きに因るならむ
染紅衰葉病　　　　七紅に染みて　衰葉　病けたり
辭紫老莖惆　　　　八紫を辭して　老莖　惆ふ

うが、それは誰の家で逗留しているのであろうか。→補四。六 氷がとじこめて浪もたたない池の面。雪が降りかかって花咲いたような林の梢。和漢朗詠、巻上、冬、氷(本大系〔七三〕三八四)に出。
七 年月。華は、光の義。「年光」というに同じい。七・八句は、学業に精を出そうともしないで、書斎の北窓の下で、うかうかと、むだに年月を過ごすのは遺憾なことだの意。→補五。

3 「残菊の詩。〈十韻、時に年十六〉」。貞観二年(八六〇)十月の作。三五六・四五一・四八一にも残菊の詩がある。残菊を賞するというのは唐詩にもみられる。→三五六注2。

一 冬のこと。爾雅、釈天に「冬を玄英となす」、注に「気黒くして清英なり」とある。二 一年のうちのこり十分の三の時候は、陽気がすべて下に伏して衰え休む季節である。三分は、十分の三。歳候は、時候のこと。三 陽気が去って、夕かげりのような中に芳ばしい草はすべて枯れはててしまった。→補一。四 すでに九月が過ぎて、菊の花は今やことごとく凋(しぼ)れ、すがれた色に咲き残っている。「花周」、底本・板本欠、いま詩紀・文叢により補。→補二。五 (菊は九月に開くもので、残色が十月になお著しいのは、他の花に比して) 花が開く時候が遅いからである。タメニナリの訓は、春日政治「最勝王経古点の研究」(二七五頁)による。六 花が密生して開くによるのであろう。稠は、密の義。「稠し」は、古くはク活用。春日政治「金光明最勝王経古点の研究」(一四五頁)参照。七 菊の枯れかかった葉はみどりから紅がかってくる。「病」は、草木の衰えしおれること。カシクと訓むのは、観智院本類聚名義抄・前田家本色葉字類抄による。八 紫の茎も色がなくなって、茎も老いたことを悲しんでいる。「茎惆」、底本・板本欠、

露洗香難盡　九露洗へども　香盡きがたし

霜濃艶尙幽　一〇霜濃けれども　艶なほし幽なり

低迷凴砌脚　一一低れ迷ひては　砌の脚に凴る

倒亞映欄頭　一二倒れ亞れては　欄の頭に映る

霧掩紗燈點　一三霧掩ひて　紗燈點ず

風披匣麝浮　一四風披きて　匣麝浮ぶ

蝶栖猶得夜　一五蝶は栖みて　なほし夜を得たり

蜂採不知秋　一六蜂は採りて　秋を知らず

已謝陶家酒　一七已に陶家の酒を謝せり

將隨酈水流　一八將に酈水の流れに隨はむ

愛看寒暑急　一九愛みて看る　寒暑急なるときに

秉燭豈春遊　二〇燭を秉る　豈春の遊びのみならむや

4　賦ニ得赤虹篇一、一首。　七言十韻、自レ此以下四首、臨レ應ニ進士擧一、家君毎レ日試之。雖レ有ニ數十首一、採ニ其頗可レ觀留之。

陰陽燮理自多功　一陰陽燮ぎ理りて　自らに功多し

いま詩紀・文叢により補。→補三。九 白露が幾朝もおいて菊の花を洗っても、その香は洗い流されない。一〇 霜が厚く降りおくようになっても、菊の花のなまめかしさはやはりかすかにほのめく。一一 菊の花が頭をたれて、砌（みぎり）石のところによりかかろうかどうしようかと迷うている様子である。一二 菊の花が倒れて垂れかかって、欄干のあたりに見えがくれする。映は、掩映・隠映の意。一三 霧が紗（しろきぬ）をはった行燈（あんどう）をすっぽり掩うて、その燈の火がぼうとともっているようなありさまだ。枯れ草の中に一点の黄花が咲き残っている形容。

一四 風が麝香（じゃこう）の入ったくしげの小匣（こばこ）のふたをひらいて、そのかぐわしい匂いをまきちらすようだ。一五 蝶は残菊の花にすんで夜のふしどとしている。一六 蜂は残菊の蘂から蜜を採って、すでに秋が過ぎ去ったことも知らぬげである。底本「不如秋」と書いて「如」をみせけちにする。一七（九月九日、陶淵明の家に王弘が酒を贈ったというが、）その重陽の菊花酒もすでに時すぎてしまった。芸文類聚、歳時部所引続晋陽秋の説話。一八（陶家の酒は時すぎたが、）酈県の菊川の流れにしたがって、下寿でもいいから長生したいものだ。→補四。一九 冬の日あしが短く早く暮れ易い、そのあわただしい日かげに残菊の花をいつくしみ見守ることの楽しさよ。二〇 古人は昼だけでは足りないで燭をとって夜遊ぶといったが、どうして春の夜遊に限るであろうか。（秋の短日に残菊を翫んで燭をとって昼につぎたいと思う。）→補五。

4 「赤虹の篇を賦し得たり、一首。（七言十韻、此れより以下四首は、進士の挙に応ずるに臨みて、家君日毎に試せり。数十首有りといへども、其の頗（やや）観つべきものを採りて留むるなりこ」。賦得は、六朝・初唐詩に例が多い。数人が共通の大題の下にそれぞれ小題を分けて詩を作ること。斯波六郎博士に論がある。↓補一。
一「燮(せ)」は、「爕」とも書く。「燮」の俗字。燮理は、和らげ治めること。書経、周官に「燮三理陰陽こ」、孔安国伝に「和理也」。一句は、陰陽がうまく調和すると、自然に徳をもたらすの意。
二 陰晴の気象が、雲雨を裁断して、赤い虹を天に望むことができる。三 雨後の空にはるけくも虹の橋をかける。悠悠は、はてなくはるかな形容。四 眇眇は、はるかなさま。夕方に出る虹だから東天に出るのである。五 暑さ涼しさの時候の推移にはきまりがあるけれども、また同時に進退伸縮の変化もある。盈縮は、みちるとちぢむと、余ることとかけること。↓補二。六 天気の陰陽表裏には人為の私心はなくて、前後始終をわきまえている。七 十月にこの赤虹を看取する時には、赤い仙雪が降るかと誤たれる。
八 春にこの赤虹を見る場合は美しい紅の桃の花が咲いたかといぶかる。九 空にかかる虹は、雪の降りつんだちまたに錦をさらして、星たちの形を織りちりばめたかと誤たれる。一〇 渡り鳥の雲居の空遠く渡り行く路にかかった、宇宙の神が営んで架けた浮橋かと思われる。一一 千丈もの堂堂たる色模様のはたぼこが流れはためいて、水底にかげをうつしているおもむき。
一二 一すじの赤い色に染めた大旗が風にひらめいて空中にかかっているおもむき。一三 青空に電光(いなびかり)がかげをとどめているのかとはじめは疑ってもみた。一四 南海のはて遠くにある炎洲の国に暴風がおこっているのではないかとかたりだす。一五 赤虹の遠い姿は火中の刀剣のように、つながって空にかかっている。「火剣」、底本欠、いま詩紀・藁草により補。↓補三。

氣象裁成望赤虹
擧眼悠々宜雨後
廻頭眇々在天東
炎涼有序知盈縮
表裏无私弁始終
十月取時仙雪絳
三春見處夭桃紅
雪衢暴錦星辰織
鳥路成橋造化工
千丈綵幢穿水底
一條朱旆掛空中
初疑碧落留飛電
漸談炎洲颺暴風
遠影嬋娟猶火劍
輕形曲橈便彤弓
如今尙是樞星散

二 氣象(きしやう)　裁(つく)り成(な)して　赤虹(せきこう)を望(のぞ)む
眼(まなこ)を擧(あ)ぐれば　三 悠悠(いういう)として雨(あめ)の後(のち)に宜(よろ)し
頭(かむべ)を廻(めぐら)せば　四 眇眇(べうべう)として天(てん)の東(ひむがし)に在(あ)り
五 炎涼(えむりやう)　序有(つきてあ)り　盈縮(えいしゆく)を知(し)る
六 表裏(へうり)　私(わたくし)なし　始終(しじゆう)を弁(わきま)ふ
七 十月(しふぐゑつ)　取(と)る時(とき)に　仙雪(せんせつ)絳(あか)し
八 三春(さむしゆん)　見(み)る處(ところ)　夭桃(えうたう)紅(くれなゐ)なり
九 雪衢(せつく)　錦(にしき)を暴(さら)して　星辰(せいしん)織(お)る
一〇 鳥路(てうろ)　橋(はし)を成(な)して　造化工(ざうくわたくみ)なり
一一 千丈(せんぢやう)の綵幢(さいたう)　水底(すいてい)を穿(うが)ち
一二 一條(いつでう)の朱旆(しゆはい)　空中(くうちう)に掛(かか)る
一三 初(はじ)めは疑(うたが)ふ　碧落(へきらく)に飛電(ひでん)を留(とど)むるかと
一四 漸(やうや)くに談(かた)らふ　炎洲(えむしう)に暴風(ばうふう)を颺(あ)ぐるかと
一五 遠(とほ)き影(かげ)は嬋娟(せんけん)としてなほし火劍(くわけむ)のごとし
一六 輕(かろ)き形(かたち)は曲橈(くゐよくだう)して便(すなは)ち彤弓(とうきゆう)なせり
一七 如今(いま)　なほし是(ここ)に樞星散(すうせいさん)ず

宿昔何令貫日忽
問著先爲黃玉寶
刻文當使孔丘通

一八宿昔　何ぞ日を貫きて忽がしめけむや
一九問著ふらくは　先づ黃玉の寶となりて
刻文　孔丘をして通ぜしむべかりしことを

賦ニ得詠レ青、一首。十韻、泥字、擬作。

正色重冥定
生民万里睇
寄書仙鳥止
干呂瑞雲低
馬倦經丘岳
車疲過坂泥
雨晴山頂遠
春暮草頭齊
井記鳧張翅
田看鶴作蹊

一正色　二重冥　定る
三生民　万里　睇る
四書を寄せむとして　仙鳥　止る
五呂に干れむとして　瑞雲　低れり
六馬倦みて　丘岳を經
車疲れて　坂の泥を過きる
雨晴れて　七山頂　遠し
春暮れて　八草頭　齊し
九井には鳧の翅を張るを記す
田には鶴の蹊を作すを看る

一六 その軽やかにまがりたわんで弧状に大空にかかる形は、赤色を塗った弓のようだ。白虎通に「虹は天の弓なり」。一七 今日ただ今でも、ここに枢星(北極星の中心になる星)が散じて、虹となって出現するのである。↓補四。一八 昔、空にあらわれた白虹は、どうして荊軻をしてはやらせて事を失敗させたのであろうか。「日忽」、底本欠、いま補。文叢「日忽」に作るは非。↓補五。一九 赤い虹よ、お前が黄玉に化し、その上に文字を刻んで孔子に何を読ませようとしたのか、問いただしたいものである。「著」は、「問」という動詞に接する助字。↓補六。

「青を詠ず」といふことを賦し得たり、一首。〈十韻、泥の字、擬して作る〉。扶桑集十に出。

一 正しい色。青・黄・赤・白・黒の五色で間色に対する。二 重溟は、海のことであるが、青冥即ち青空のことをいうのであろう。一句は、正色の一である青い色は、大空の色によって定まっているの意。三 人間たちはどこでも万里に連なる空の青をみることができる。四 西王母の消息を伝えようとして仙郷の使の青鳥が飛んで来てとまる。西王母の山に三青鳥が居て、王母の使として消息を伝えるということは、山海経にみえる。五 わが君の徳をたたえるために、律呂の調子にふれようとして、瑞祥たる青雲が低くたれる。呂は、律呂の調子。干は、触れる意。低字、底本欠、いま詩紀・文叢により補。↓補一。六 馬は、青驄(せいそう)(白黒のまだら毛の馬)をいうか。青泥にかけるか、ヨキルは、清音。↓補二。七 青青とみえる遠山をいう。蒼嶺・青嶂のこと。八 青草をいう。斉字、底本欠、いま詩紀・文叢により補。九 青鳧(せいふ)と青鶴のことであろうか。この一聯、意未詳。

水衣苔自織　　一〇水衣　苔　自らに織る
天鑑霧无迷　　一一天鑑　霧　迷ふことなし
髣髴佳人家　　一二髣髴たり　佳人の家
潺湲道士溪　　一三潺湲たり　道士の溪
鋪蒲今未奏　　一四蒲を鋪けども　今　奏せず
紋竹古應稽　　一五竹を紋にすること　古　稽ふべし
故意霞猶聳　　一六故意　霞　なほし聳え
新名石欲題　　一七新名　石　題せむことを欲りす
明經如拾芥　　一八經を明むること　芥を拾ふが如し
廻眼好提撕　　一九眼を廻すこと　提撕するに好し

6　賦ニ得躬桑一、一首。六十字、題中韻。

宮闈修內禮　　一宮闈　內禮を修む
春事記躬桑　　二春事　躬桑を記す
候節時无誤　　三節を候ちて　時　誤つことなし

一〇 青いこけ。青苔・青蘚のこと。 一一 天がみそなわしていて、霧の中でも迷うことがない。題とのかかわりが明らかでないが、青霧をいうか。天鑑は、上帝の監視。 一二 ほのかに青楼の中にみえる青蛾の美人をいう。家字、底本冢字に作る。慈本いう「家当レ作レ宅」。「髣髴、ホノメク・ホノカニ」(類聚名義抄)。 一三 青澗・青渓のこと。潺湲は、水の流れる形容。 一四 青い蒲をしいて席をつくり、その上に伏して諫を奏進するならわしだというがまだ誰も奏しない。(奏する必要もないほど君の治政が善い。) 漢書、史丹の伝の、帝の寝所に入って青蒲に伏して忠諫した故事による。 一五 緑竹が青青としていたのに、舜を失って娥皇・女英の二妃が涙をこぼしたので、竹が斑(まだら)の紋の竹に変じたという、その故事を参考にしてほしい。張華の博物志や古列女伝に出。わが唐物語にも出。紋字、底本傍注による。あるいは斑字を誤写したか。 一六 青い霞のように高い青雲の志、もとよりの宿望は、高くそびえている。文選の江淹の恨賦に「青霞の奇意を鬱(かさ)んにし、脩(なが)き夜の暘(あ)けざるに入る」とあるによる。青霞は、晴霞・青雲の意。わがいわゆる「かすみ」ではない。 一七 忠烈な志の士の名を青石に題して、後世に伝えたいと思う。文集、新楽府、青石による。 一八 経書に明らかに通じて、青紫の服(卿大夫の服)を獲得することは地上におちている芥(あくた)を拾うように易しいことだ。漢書、夏侯勝の伝にみえる拾芥の故事による。 一九 白眼をめぐらしうごかして、青眼でもって人に対することは、後進を警しめて指導するによろしい。晋書、阮籍の伝にある青眼白眼の故事による。

6 「躬桑(きゅうさう)を賦することを得たり、一首。〈六十字、題中に韻あり〉」。↓補。

齋心採不遑
鉤留枝掛月
粉落葉凝霜
擧手頻鳴珮
低頭更滿筐
和風桃李質
暖氣綺羅粧
願助飢蠶養
成功供廟堂

四 心を齋みて　採むこと遑あらず
五 鉤　留りて　枝　月を掛く
六 粉　落ちて　葉　霜を凝す
七 手を擧げては　頻に珮を鳴す
八 頭を低れては　更に筐に滿す
九 和風　桃李の質
暖氣　綺羅の粧ひ
一〇 願はくは　飢蠶の養ひを助けて
功を成して廟堂に供へむことを

7　賦二得折楊柳一、一首。六十字、題中韻。

佳人芳意苦
楊柳先攀折
應手麴塵輕
候顏青眼潔

一 佳人　芳意　苦なり
二 楊柳　先づ攀き折る
三 手に應じては　麴塵　輕し
顏を候ひては　青眼　潔し

一 后妃たちは、つねは宮廷の大奥深くに居て、后妃としての礼を修めるけれども。閫は、王宮の門。二 春になるとみずから桑の畑に出て桑をつんで、率先して養蚕の事を勧めることが古典にしるされる。三（時節はまさに晩春の月で、）養蚕の時期をうかがって、誤ることなく行う。「无誤」、底本「无談」に作り、板本「無誤」に作る。四 謹慎斎戒して、桑を摘むのに暇もなく、忙しい。五 手鉤(てかぎ)で桑を摘みとっていると、その鉤が枝にひっかかって、桑の枝に新月がかかるかと思われる。鉤は、曲がった金属のもの。かぎ・かまの類。梁の元帝の詩に「落月似レ懸レ鉤」。六 桑の花粉が葉にこぼれおちると、葉に霜が凝り結んだかと思う。凝字、底本凝字に作る。その書体は「疑」ともよめる。七 手をあげて桑を摘むごとに、后たちの珮(おびだま)がさらさらと鳴る。八 うつむいてみては、また桑を摘んでかごにいっぱいにする。九 うららかな春風に桑摘む后たちは桃李の花咲くような姿である。暖かな陽気に后たちはあや織りのうすものをきて、よそおいをこらしている。一〇 願わくは、飢える蚕にどっさり桑を食べさせて、立派に繭をつくらせて、祖先の廟堂にお供えものとしよう。

7 「折楊柳を賦すること得たり、一首。〈六十字、題中に韻あり〉」。→補一。

一 美人が（春の訪れとともに）恋人を思慕する気持がいっそう切なくなる。二 芽ぐんできた楊柳の枝を（贈りものにするため）ひき折ってみる。→補二。三 手でひき折ると同時に、楊柳の黄に青みを帯びた花の花粉が軽くあがり、折られた楊柳の枝は、美しい青眼をもって彼女の顔をうかがう様子である。ウカカフは、清音。青眼は、親愛を示す表情。「白眼」に対する。→五注一九。「眼潔」、底本欠、いま詩紀により補。

涙迷枝上露
粧誤絮中雪
纎指柔英斷
低眉濃黛刷
葉遮鬢更亂
絲剪腸倶絕
若有入羌音
誰堪行子別

四涙は迷ふ　枝の上の露
粧ひは誤る　絮の中の雪
五纎き指　柔なる英を斷つ
六低れる眉　濃き黛を刷ふ
七葉は　遮りて鬢　更に亂る
八絲　剪れて腸　倶に絕ゆ
九若し　羌に入る音れあらば
誰か　行子の別れに堪へむ

8　九日侍レ宴、同賦二鴻雁來賓一、各探二一字一、得レ葦、應レ製。自レ此以下十九首、進士及第之作。

稚羽晩鴻賓
寒聲驚鳳扆
帛書誰係足
黄口自銜尾
畏月是孤弦

一稚羽　鴻賓　晩し
二寒聲　鳳扆を驚す
三帛書　誰か足に係くる
四黄口　自ら尾を銜く
五月を畏る　これ孤弦ならむかと

四（美しい女人の顔をうかがうと）涙がひとつぶ、青柳の枝に結ぶ露かと疑われる。彼女のあでやかな化粧は、柳絮（りゅうじょ　柳の花）の中の白雪かとあやまたれる。↓補三。五折りとった青柳の枝は、さながら佳人の細くあえかな指のようで、柔らかな柳絮の花房を断ちきる。六またひき折った青柳の枝は、春愁のためにひそめてたれた佳人の眉のごとく、彼女の濃いまゆずみをきよくかいつくろうようだ。刷字、底本欠、いま詩紀により補。七柳の葉が、女の面を遮って、女の鬢（わげ）に結った髪が、よけいに乱れる。八青柳の糸は細くて、きれ易いが、女も腸断の思いである。↓補四。九（こういうおりに、）若し思う人から、はるか西方の胡地の境に入るという便りがとどいたならば、旅にある人との別離の思いに堪えられる人があろうか。羌は、西方突厥や回紇などの胡族又はその胡地をさす。

8「九日、宴に侍（はべ）りて、同じく「鴻雁来賓す」といふことを賦す、各一字を探（さぐ）り、葦を得たり、製に応（こた）へまつる。（此れより以下十九首、進士及第の作）」。↓補一。

一鴻雁は、まだ幼鳥で翅も稚く、来賓するのもおそい。二九月になってやっと寒げな啼き声をたてて渡り来て、その声は帝座を驚かせる。斧の形などをぬいとりして飾ったついたてを、「扆」という。鳳扆は、そういう屏風をめぐらした天子の座。三その雁の足に、（蘇武でなければ）誰がいったいうすぎぬに書いた手紙を結びつけてかけたりするであろうか。史記の蘇武の故事による。四幼鳥の雁は黄色の嘴で、自分の尾羽をついばむ。尾字、底本欠、いま詩紀・文叢により補。五九月九日の上絃の半月が空にかかっているのをみて、自分を射る弓の絃かと畏れる。↓補二。六江を渡って行くのは一葦のよ

渡江非一葦
先鳴何處客
在後時无幾

六 江を渡る 一葦のみにあらじ
七 先に鳴く 何れの處よりの客ぞ
八 後に在る 時に幾きこともなからむ

9 八月十五夜、嚴閣尚書、授二後漢書一畢。各詠レ史、得二黃憲一。幷レ序。

若夫[1]詘レ中扶レ一、[2]天度之起可レ知。[3]記レ事籠レ群、日官之用爰立。故[4]堯舜盛矣、尚書者隆平之典。[5]周道衰焉、春秋者撥レ亂之法。[6]司馬遷之修二史記一、君擧無レ遺。[7]班孟堅之就二漢書一、國經終建。[8]逮二于洛陽帝里一、劉嬰暫據二宮城一。[9]建武王春、更始纔偸二甲子一。[10]遂撫二運於堯胤一、垂二德於火方一。[11]靚二我風雲一、安二我社稷一者、斯乃光武中興之主也。雖四則[12]顯宗祗承、使三後之言レ事者、爭先二永平之政一、然而[13]孝安屬當、令二天之厭レ德者一、遂至二王度之粃一。嗟虖、[14]四百之年、[15]圖書絕二筆於孝獻一。[16]桓靈之弊、禮樂墜二文於山陽一。[17]諸葛亮所謂親二小人一、遠二賢士一、是所二以後漢傾頽一者也。於是、[18]順陽范蔚宗、[19]修二紀傳一而繫二日月一、[20]亘唐太子賢、[21]通二注解一以振二膏肓一。[22]南陽故事、[23]雖二百代一而可レ知。[24]東觀群言、[25]成二一時之茂典一。[26]易曰、觀二乎人文一、以

うな小舟だけではない。(空を南へと雁の列が河海を渡る。)↓補三。七 雁の列の先頭にあって啼くのは、いったいどこからきた賓客であろうか。八 存疑。幾字、底本欠、いま詩紀・文叢により補。↓補四。

9 「八月十五夜、厳閣尚書、後漢書を授け畢んぬ。各史を詠(えい)じて、黄憲を得たり。〈序を幷(あは)せたり〉」。↓補一。

1 「詘中扶一」は、未詳。↓補二。 2 一昼一夜、天が動く単位を天の一度といい、暦の一日という。↓補三。 3 日月の起居の諸事をしるしつけるところに史官の役目がある。天子のそばにいる史官を「日官」という。 4 ↓補四。 5 ↓補五。 6 ↓補六。 7 ↓補七。 8 ↓補八。 9 ↓補九。 10 ↓補一〇。 11 ↓補一一。 12 永平は、顕宗明帝の年号。↓補一二。 13 ↓補一三。 14 前漢・後漢通じておよそ四百年。 15 ↓補一四。 16 ↓補一五。 17 ↓補一六。 18 范曄、字は蔚宗。↓補一七。 19 日の事件を記録し、日月の次第に編次すること。修字、底本終字に作る、いま文粋による。 20 ↓補一八。 21 ↓補一九。 22 光武帝は南陽の蔡陽の人であった。南陽の故事は後漢の歴史を指す。 23 ↓補二〇。 24 後漢の王室の記録所を「東観」という。東観漢記は、後漢書の別名。 25 一代の大典となった。 26 易経、象伝に出。↓補二一。 27 ↓補二二。 28 芸は、香草。紙魚(しみ)の防除に役たつ。芸閣は、蔵書館のこと。↓補二三。 29 ↓補二四。 30 考えてみるに、そもそもという意。語を改めて論を展開する発語の辞。↓補二五。 31 紀伝の学につとめるもの。↓補二六。 32 籍は、名籍・名簿。通引とは、名簿に登録して門を出入すること。紀伝道の学生や文人たち

化二成天下一者、文之謂哉。[27]嚴君知二斯文之直筆一、味二斯文之良吏一、[28]遂引二諸生一、校二授芸閣一。蓋[29]仲尼閑居、曾子侍坐。思レ道之事、自レ古存。[30]觀其人之吐二[31]白鳳一者、[32]通二引籍一以先來、世之踏二[33]青雲一者、待二[34]撞鐘一而競至。肩昇二[35]汗簡一、手執二[36]韋編一。或不レ覺二[37]暴雨之漂流一、或不レ知二[38]坑岸之顚墜一、豈唯[39]士安高尚、時人號爲二書淫一。[40]元凱多才、獨自稱レ有二傳癖一而已。屬至二貞觀六年甲申歳、八月十五日一、[41]訓說雲披、[42]童蒙霧散。[43]三冬用足、[44]百篇功成。知二[45]籯金之假珍一、感二[46]琢玉之眞器一。[47]稽古之力、不レ可二較量一。於是[48]赤帝之史、倚二席於[49]白帝秋一。[50]三千之徒、式宴二于三五之日一。[51]嚴涼景氣、方醉二上界之煙霞一。[52]滿月光暉、咸陳二中庭之玉帛一。[53]數盃快飲、一曲高吟。不レ可三必趁二瑤池一。[54]不レ可三必臨二梓澤一。遊宴之盛、亦復如レ是。[55]子墨客卿、翰林主人、請[56]各〻分レ史、以詠二風流一云[57]尒。

黃生未免在人間
千頃汪〻一水閑
逆旅初知師表相
高才更見禮容顏
陳蕃印綬慙先佩

一　黃生　免れず　人間に在ることを
二　千頃　汪汪として一水閑なり
三　逆旅　初めて知る　師表の相
四　高才　更めて見る　禮容の顏
五　陳蕃が印綬　先づ佩びむことを慙づ

が、講堂に参集する意。**33**「青雲の士」をいう。「閭巷の人」に対して「朝貴の士」をいう。ここは文学に志す学生や官人たち。**34** 開講の時刻に鐘をつきならしたのであろう。↓補二七。**35** 書籍のこと。青竹の簡を火にあぶり、汗を出させて乾燥させて経書を写した。これを「汗簡」といい、「殺青」ともいう。**36** 書物のこと。↓補二八。**37** ↓補二九。**38** ↓補三〇。**39** 皇甫謐、字は士安。典籍を耽読して寝食を忘れた。時の人は書淫とあだなした。晋書、皇甫謐の伝に出。**40** 杜預、字は元凱。↓補三一。**41** 文字・文章の読みや意味をとき明かすこと。↓補三二。**42** ↓補三三。**43** ↓補三四。**44**「百篇」、文粋「百遍」に作る。「篇」に作るは非。「読書百遍、義自ら通ず」という古諺による。**45** 籯は、竹製のかご。↓補三五。**46** 仮は、大の義。仮珍は、大きい珍宝。後漢書の内容の真価が大きいことを喩える。**47** ↓補三六。**48** 赤帝は、後漢の天子の意。史記、高祖本紀に、高祖を老婆が赤帝の子と称したことがみえる。**49** 白帝は、秋を司る神。「白精の君」とも。**50** 孔子は弟子三千に詩書礼楽を教えたという。史記、孔子世家に出。↓補三七。**51** ↓補三八。**52** ↓補三九。**53** ↓補四〇。**54** ↓補四一。**55** 墨のお客人。筆の亭主どの。墨と筆とを擬人化して問答対話させる揚雄の長楊賦の二人物。子は、男子の通称。翰は、筆。翰林は、筆の多いこと、転じて、翰林学士は、文章博士の唐名。ここは、当日参会の主客一同、即ち学生・文人・博士たちをさす。**56**「風流を詠ず」とは、詩賦を作ること。↓補四二。**57** ↓補四三。

一 黃憲は（がんらい神仙的な存在と考えられるが）、かりに人間世界の存在として現れること

郭泰車鑾歎早還
僅就京師公府辟
徴君豈出白雲山

[六]郭泰が車鑾　早く還らむことを歎ず
僅に京師　[七]公府の辟に就きしくのみ
[八]徴君　豈　[九]白雲山より出でめや

10　重陽侍ㇾ宴、賦㆔景美㆓秋稼㆒、應ㇾ製。

万里如雲稼
重陽就日晴
吹金風冷簸
滴玉露清瑩
靄ゝ皆和氣
離ゝ半旅生
綺疇無數畝
銅雀第三鳴
遠擧廻頭望
長期鼓腹聲

[一]万里　雲の如くなる稼
重陽　日の晴るるに[二]就く
[三]金を吹きて風　冷に簸る
[四]玉を滴てて露　清らに瑩く
[五]靄靄たるは　皆　和氣
[六]離離たるは　半　[七]旅生
[八]綺疇　無數の畝
[九]銅雀　第三鳴
[一〇]遠く擧げて頭を廻して望む
[一一]長く期す　腹を鼓うつ聲を

となったのだ。↓補四四。二千頃は、約三十三万アールの広さ。六尺平方が一歩、百歩が一畝、百畝が一頃である。汪汪は、水の広く深いさまの形容。↓補四五。三↓補四六。四↓補四七。五↓補四八。六郭泰、字は林宗。車鑾は、車駕。「早く還らむことを歎ず」は、林宗が袁閎をたずねたが一泊もしないで辞したが、黄生をたずね、日を累ねてやっと還ったとあることをさす。「早還」、底本欠、いま詩紀・文叢により補。七在野の賢才をめし出すこと。↓補四九。八召されても仕官しない隠士の美称。九西王母の白雲謡にうたわれた崑崙山の白雲郷をさすであろう。七・八句は、黄憲はわずかに公府の辟についたというだけのことであって、そのことは彼が白雲郷を出て、人間(じんかん)の人となったということではない(彼は依然として本来神仙だったのだ)の意。首句と対応する。

10「重陽、宴に侍(はむ)りて、「景(ひかり)秋の稼(たなつもの)に美(はる)し」といふことを賦す、製に応(こた)へまつる」。扶桑集五に出。↓補一。一国中、万里の果て遠くまで秋の見事な収穫物が雲のごとくみちている。禾の秀でたる実を「稼」という。稲もしくは五穀の総称。たなつもの。↓補二。二(日が晴れるという)状態になっていること。たとえば陶淵明の帰去来辞に「三逕(さんけい)荒に就く」と同様の語法。三金風即ち秋風がひんやり吹きすぎて金粉を簸(ひ)るかと思われる。金は、西方、秋の気。「簸る」とは、箕(き)で穀物をふるって糠(ぬか)やもみがらを去ること。四白露がさやかに清くかがやいて、玉を滴(した)らすかと思われる。↓補三。五雲気がたなびくさま。六禾穂の垂れさがるさま。七禾の種をまかないで生い育ったもの。一句は、まかないで、なかばこぼれおいた稲の穂ま

願因秋景美
將見海陵盈

願はくは秋の景の美しきに因りて
一二海陵の盈つることを見むことを

11 翫二梅華一、各分二一字一。探得二勝字一。

梅樹花開剪白繒
春情勾引得相仍
狂風第一吹狼藉
叱ゝ忩ゝ意不勝

一梅樹　花開きて　白き繒を剪る
二春情　勾引されて　相仍ること得たり
三狂風第一　吹きて四狼藉ならませば
五叱叱六忩忩　七意　勝へざらまし

12 八月十五夜、月亭遇レ雨待レ月。探レ韻得レ无。

月暗雲重事不須
天從人望豈欺誣
夜深纔有微光透
珍重猶勝到曉無

一月暗く雲重れども　事須たず
二天は人の望みに従ふ　豈欺き誣ひめや
三夜深けて纔に微光の透ること有り
四珍重す　なほし曉に到るまで無きに勝れり

で重げに実を垂れるの意。豊年のめでたいしるし。八美しくいろどられた田圃。豊穣の田園。九銅雀が三鳴すれば天下は豊年である。銅雀は、銅製の鳳凰。→補四。一〇九日登高、国見(くにみ)をすることをいうのであろう。「挙ぐ」は、挙目の意。一一腹つづみをうって豊作と平和とを祝福する。鼓腹撃壌。「長く期す」は、その声が長く続くことを期待すること。

一二海陵の倉のこと。江蘇省の海陵、漢の呉王濞(び)が、米粟の倉を建てて多く貯えた。転じて穀物の貯えの多いこと。十一・十二句は、秋日和の美しい光が照り続くので、諸国の官倉(みやけ)に米がみちるのをみることができようの意。

11「梅華を翫ぶ、各一字を分つ。〈探(さ)りて勝字を得たり〉」。→補一。

一梅の花は白いかとりのきぬを剪ったように的礫(てきれき)として鮮明に咲いている。二その剪ったかとりのきぬが、春の情(こころ)をひきみちびいて、梅の花の方につれて行ってよりあうようにする。勾引は、ひきみちびくこと。「拘引」に同じい。→補二。三勢のはげしい風。春一番の風。いわゆる春先のフェーン現象の暖風をいうのであろう。四とりみだすこと。狼の草をしいて寝たあとが乱れていることからいう。一句は、白梅の花が風に吹きいためられて、目もあてられなくなるようなことがあればの意。五叱る声の形容。「ちぇっ」というようなことば。六心が落ちつかずあわただしいさま。七勝は、任・堪と同義。ここは、とても梅を惜しむ心のいたみに堪えられないであろうの意。

12「八月十五夜、月亭に雨に遇ひて月を待つ。〈韻を探りて无を得たり〉」。上平声七虞の須・誣・無の韻字を用いる。

一月は暗く雲が幾重にもかさなっているが、

13　秋風詞。題中韻。

寒蟬驚爽序
晩虎嘯涼風
扇謝三秋月
蘭傷九畹叢
冷聞天籟外
幽想土嚢中
水擺輕波白
林翻落葉紅
蕭條爲教令
慘懍混雌雄
一箇青蘋末
凄其万不同

一寒蟬(かんせむ)　二爽序(さうじよ)に驚(おどろ)く
三晩虎(ばんこ)　涼風(りやうふう)に嘯(うそぶ)く
四扇(あふぎ)は　謝(かたちがひ)す　三秋(さむしう)の月(つき)
蘭(らん)は傷(いた)ぶ　五九畹(きうゑん)の叢(くさむら)
六冷(すさま)しく聞(き)く　天籟(てんらい)の外(そと)
七幽(はるか)に想(おも)ふ　土嚢(どなう)の中(なか)
八水(みづ)は擺(ひら)きて輕(かろ)き波白(なみしろ)し
林(はやし)は翻(ひるがへ)りて落(お)つる葉(は)紅(くれなゐ)なり
九蕭條(せうでう)として　教令(けうれい)を爲(な)す
一〇慘懍(さむりつ)して　一一雌雄(しゆう)を混(まじ)ふ
一二一箇(いつこ)　青蘋(せいひん)の末(すゑ)
凄其(せいき)として　万(よろづ)　同(おや)じからず

仲秋名月の詩宴を遅くするわけにも行かない。正字通に「須、遅緩也」。二天は人人の熱心に望むところに従うものであって、どうして人人の期待を裏切ったりごまかしたりするであろうか。↓補一。三夜がふけてから、やっと月の光が雲を透してぼっと明からんできた。纔は、やっと・はじめての意。「才」に同じい。四これはありがたい、おかげでやはり夜明けになるまで夜通し月がないよりもましだ。珍重は、多謝・難得・幸虧の義。唐代の俗語。↓補二。

13「秋風詞。〈題中に韻をとる〉」。↓補一。

一ひぐらしの異名。↓補二。二「爽」は、「霜」に通ずる。霜序は、晩秋。礼記、月令に「季秋、是月や、霜始めて降る」。三晩虎は、老虎。涼風は、補注二参照。↓補三。四夏につかった扇も、秋になると用いなくなって、すててしまう。三秋は、秋の三カ月。↓補四。五畹は、十二畝または三十畝。↓補五。六大空を吹き渡る秋風のひびきをすさまじく聞く。七秋風が吹いて土の穴のところで怒号を発するというが、そういう大穴をはるかに想いやる。文選の宋玉の風賦に「盛んに土嚢の口に怒る」とあり、注に「土嚢は大穴なり」とあるによる。八水は秋風をうけてさっと撥(らひ)く。揺らぎ動く。九ものさびしい秋風の季節には、秋なすべき月令歳時の行事がある。教令は、時節によってなすべき事柄の規定。↓補六。一〇秋風が寒く、人をして戦慄せしめる。一一風には大王の雄風と、庶人の雌風とある。雄風は、人の体を健康にするすがしい風。雌風は、人に病をもたらす風。文選の宋玉の風賦による。一二青いうきくさの藻の一つの葉末をふきすぎる秋風も、雄風あり、雌風ありで、万事不同だ。凄其は、寒くすさまじい秋風の形容。「其」は、助辞。↓補七。

14　仲春釋奠、禮畢、王公會二都堂一、聽レ講二禮記一。

禮畢還聞禮　一禮畢りて　また禮を聞く
威儀得再成　二威儀　再び成ること得たり
客臺皆舊構　三客臺　みな舊構
粉澤更新情　四粉澤　さらに新情
屈膝羊知母　五膝を屈めて羊し母を知る
申行雁有兄　六行を申べて雁い兄有り
尼丘千万仞　七尼丘　千万仞
高仰欲揚名　八高く仰ぎて名を揚げまく欲りす

15　奉レ和下安秀才代二無名先生一、寄中矜伐公子上。　次レ韻。

迎來至道欲相仍　一迎へ來りて道に至り相仍らむと欲す
豈意龍門有李膺　豈意はめや　二龍門に李膺有らむとは
乍見浮雲風處破　三乍ちに見る　浮べる雲の風處に破るることを

14　「仲春釈奠(しゃくでん)、礼畢りて、王公都堂に会して、礼記を講ずるを聴く」。↓補一。
一 孔子ならびに十哲の影供をする釈奠の礼儀が終ってから、また礼記の講書を聞く。二 先聖たる孔宣父に事える厳正な作法振舞を再度とりつくろうことができた。「礼」を重ね用いる一種のしゃれ。三 大学寮の中の釈奠の儀式をとり行う客殿をはじめ、ことごとく昔からの遺構のままであるが。四 丹青をいろどり、光沢かがやく都堂院は眼をみはるような新鮮な感動を催させる。五 羊は母羊の恩を知って、膝をかがめ、跪(ひざまず)いて乳をのむという。↓補二。六 雁は飛ぶときは年歯の順序を守るという。礼記、王制に「父の歯(よはひ)には随行し、兄の歯には雁行す」。七 尼は、仲尼。丘は、その字。孔子の学徳の高大を山に喩えていう。八 論語、子罕の「之を仰げば弥高し」の句による。

15　「安秀才の「無名先生に代りて、矜伐(きょうばつ)公子に寄する」といふに和し奉る。〈韻を次(つ)ぐ〉」。↓補一。
一 公子を文章院に迎えて、紀伝道をともに学んで切磋琢磨しようと思ったという意味であろうか。二 ↓補二。三 三・四句、意をとりにくい。矜伐公子の虚名が、浮雲のようで、風吹けば摧け破れるの意か。この公子は、藤原氏出身の、「書斎記」(五二六)でけむたがられるていの秀才進士の一人か。渭水を飲んで雲とともに昇天したはずの竜が、雲が破れて落ちる意を寓するか。四 ↓補三。五 天地自然の時節が運行して寒くもなり、また暖かい季節ともなる。後漢書、李膺の伝に「宦官多く懼れて、帝に請うて天の時を以て、宜しく赦すべしといふ」。六 人間の世の中の俗事万般は、何一つ期待通りになるものはなく、それぞれの運をせおい、何とかして運

何嫌捕影日中昇
天時有運寒爲暖
世事無期負且乘
公子先生何善惡
縱雖知勸未知懲

四何ぞ嫌はむ　影を捕へて日中に昇らむことを
五天の時い　運ること有り　寒　暖となる
六世事　期すること無し　負ひて且乘る
七公子　先生　何れか善く惡しき
八縱ひ勸むることを知るとも　懲むることを知らず

16　和二春十一兄老生吟一見レ寄。次レ韻。

和君千里一朝程
怪我蕃籬羽翼生
劍戟誰嫌隨後伏
糠粃自愧在前行
豈非大鳥三年擧
應是飛丹九轉成
莫道登科遲速事
以詩爲伯義爲兄

一和す　君が千里一朝程
怪しぶ　二我が蕃籬に羽翼の生ることを
三劍戟　誰か嫌はむ　後に隨ひて伏せむことを
四糠粃　自ら愧づ　前に在りて行かむことを
豈　五大鳥　六三年にして擧るにあらざらむや
これ　七飛丹　八九轉して成れるなるべし
九道ふこと莫　登科　遲速の事
一〇詩を以ては伯たり　義は兄たり

に乘るまでだ。易経、解に「六三、負且乘」とあるによる。七ほこりたかぶる公達よ、それに書を寄せて諫めようとする無名先生よ、何れが是か、何れが非か。八こうしたらいいと勧めることができても、懲らしめ戒しめるということはできそうにもない。

16「春十一兄老生い吟じて寄せらるるに和す。〈韻を次ぐ〉」。→補一。

一春十一兄の「千里一朝程」という詩に和して次韻の詩を作る。→補二。二文章院の別曹(菅家廊下)に学んでいたもので、帰京してわが垣根のほとりに、有力な羽翼を生じたことをいうのであろうか。史記、留侯世家に「羽翼已に成る」。蕃籬は、かきね。三つるぎとほこの武器は後方に随って鞘の中におさまっているのを誰しも好む。「剣戟後伏」には典故があるであろうが、索出しえない。四ぬかやしいなは箕(み)で簸(ひ)れば前方にひらひらと舞いたつ。三・四句は、才能の鋭い君が登科せず後方にかくれ、才の薄いものが登科して得意の官に任じていることを諷するのであろう。→補三。五大鳥は、荘子、逍遥遊にいうところの鵬で、「南冥を翔ぶや、水を撃つこと三千里、六月を以て息(い)ふ」という。六三年目に空にとび立つ。三年目ごとに官吏の賢能をテストして挙用すること。周礼、地官、司徒郷大夫の条にみえる。→補四。七→一五注三〇。八九回煉(ね)った丹薬。→補五。九登科は人によって早いおそいはあるが、そういうことに拘泥するな。登科は、進士の試験に合格すること。ここは文章生が外国してから、科挙によって文章得業生となり、対策及第の機会をうることをいう。→補六。一〇文芸の世界ではすでに伯父ともいうべきであり、年齢・交情においては私の義兄である。

17　入㆑夏満㆑旬、過㆓藤郎中亭㆒、聊命㆓紙筆㆒。

不畏今朝夏日長　一畏りず　今朝　夏の日の長きことを
偸言出得舊芬芳　偸に言ふ　二舊の芬芳を出づること得たりと
禮成無厭來修刺　三禮成りて厭ふことなし　來りて刺を修むることを
酒熟應歡引入堂　四酒熟して歡ぶべし　引きて堂に入ることを
笑傲松喬知耳熱　五松喬を笑傲して　六耳　熱することを知る
愛嘲風月欲心狂　七風月を愛嘲して心　狂れむとす
主人莫怪還先早　主人怪しぶこと莫　還ることの先づ早きことを
爲是初來自遠方　これ初めて遠方より來れるがためになり

18　會㆔安秀才餞㆓舍兄防州㆒。　探得㆓隅字㆒。

兄友弟恭不道無　一兄は友に弟は恭にして道なきにあらざれども
勤王自與恒親疎　二王に勤むことは　自らに恒に親しきひとと疎なるなり
一廻告別腸千斷　一廻　別れを告げて腸　千たび斷ゆ

17　「夏に入りて旬に満つ、藤郎中の亭を過ぎ、聊(いささ)かに紙と筆とを命(め)しき」。↓補一。

一「畏り」は、上二段活用の未然形。四段活用は、後世。二夏になって、すでに春の匂い、かぐわしい花の香気をぬけ出た。三大学寮に入学する学生たちが籩豆(へんとう)束脩の礼を以て、来て名刺をさしだすことを歓迎するという意であろうか。呉志、歩騭の伝に「刺を修め瓜を奉る」。四存疑。↓補二。五赤松子と王子喬。赤松子は、神農の時の雨師(一種のツアウブラー)。王子喬は、周の霊王の太子。ともに長生不老の神仙。六笑いおごる。笑いとばす。一句は、赤松子や王子喬のごとき神仙を笑いとばして、意気あがれば耳たぶもあつく熱してくるの意。文選の揚惲の報孫会宗書に「酒後に耳熱し、天を仰いで缶(ほとき)を拊(う)つ」。文集にも「耳熱」の語は見える。七風流韻事を愛し嘲(あざけ)って、心ものの狂おしくなる。以上二句、青春の疾風怒濤を感じさせる句である。「狂」の訓は、「狂(タフレタル)兕」(猿投神社蔵文選弘安点巻一)。

18　「安秀才の、舎兄防州を餞(はなむけ)するに会す。〈探りて隅字を得たり〉」。安秀才は、安倍興行。↓一五補一。舎兄は、興行の兄には貞行・宗行・清行らがいるが、そのうちの一人であろう。防州は、周防の国守。探韻の作文の別宴を催したのである。無・疎・隅が上平声七虞の韻である。

一兄は弟を親愛し、弟は兄を敬重して、そこにおのずから兄弟の道があるのではあるが。安倍興行兄弟の友情をほめる。二この一句、意未詳。あるいは、王事をつつしみはげまんがためには、肉親のもとをも離れることも当然のことだの意か。恒・親・疎の三字、韻字に強いられた語法だと思うが、解しがたい。しばらく上のように

我助君情獨向隅

我れ 君が情の獨り隅に向ふを助く

19 侍二廊下一、吟詠送レ日。

良辰誰擲度

良辰 誰か擲ち度らむ

益者忽相尋

益者 忽ちに相尋ぬ

逮從新蘭室

新しき蘭室に逮び從ひぬ

存來舊竹林

舊き竹林を存ね來れり

數盃仍許醉

數盃 仍し醉ふことを許す

微詠自知音

微詠 自らに音を知る

易失還難得

失ひ易くしてまた得がたし

愁看欲晩陰

愁へて看れば 晩陰ならむとす

20 感二源皇子養二白鷄雛一、聊敘二一絶一。

冶氷殘片雪孤團

冶くる氷の殘れる片か 雪の孤つの團なるか

解する。あるいは、勤王は、ここでは兄の防州赴任をさし、兄が兄弟の親愛の私情を絶して任地に向かうという意か。王事に勤めることは、自然親しい人とも別離して、疎遠にならざるをえないの意か。三 安秀才が兄との別れを悲しんで、ひとり隅に向かって涙をおさえる、私はそれを妨げずにそっとしておこう。文選の潘岳の笙賦に「衆堂に満ちて酒を飲めり、独り隅に向ひて涙を掩ふ」とあり、説苑・韓詩外伝が出典。

19 「廊下に侍(はべ)りて、吟詠して日を送る」。廊下は、是善を師主とする菅家の廊下であろう。この時、父是善五十八歳。

一 このよい時節を空しく捨てておいて経過していいであろうか。良辰は、よい時節。北斉書、段栄の伝に「良辰美景、未だ嘗つて虚しく棄てず」。二 益友が廊下を訪れてきた。益者は、自分に利益をもたらすもの。三 蘭の香(か)りのする室。佳人美女の居室をいうが、ここは廊下を賞めていう。四 及ぶ。与(く)する。一句は、その友人と一緒に廊下に侍するという意。五 昔の七賢が清談したという竹林をたずねてねぎらう。存は、労問省視の義。存問の意。「来」は、助辞。六 数盃の酒で以前と同じように酔っぱらう。七 微かな声で詠じてみて、自然に音律をさとる。八 青春の時は得がたく、失いやすいものだ。史記、斉世家に「逆旅の人曰く、吾聞く、時は得がたく、失ひ易し」とあるによる。九 酒を傾け、微吟して、興がわいたが、やがて楽しみがつきて、一抹の愁えがやってきて、外も夕かげりになろうとしている。看字、板本著字に作る。

20 「源皇子の白鶏雛を養ふに感じて、聊(いさ)かに一絶を叙(の)づ」。→補一。

一 とけた氷のきれはし。「冶(や)」は、もとは氷釈の義。二 雪のまるい一かたまり。

怪問鷄雛子細看　三怪しび問ひて鷄の雛をし子細に看る
養得恩容交杵臼　四養ふこと得て恩容　杵臼に交る
因君一到五雲端　五君に因りて一たび五雲の端に到る

21 秋夜。離合。

班來年事晩　一班ち來りて　二年事晩し
刀氣夜風威　三刀氣　夜の風威し
念得秋多怨　念ずること得たり　秋の怨ひ多きことを
心王爲我非　四心王　我がために非なり

22 奉レ和ニ執金吾相公彈レ琴之什一。

見說秋堂事　一見說く　二秋堂の事
金吾撫玉琴　三金吾　玉琴を撫づ
古人看有象　四古人　看るに象あり

三 とけかかった一塊の氷片か、しら雪のまるい団子かしらと、目を疑って、つくづくとみると、白いひよこだった。杜甫の九日藍田崔氏荘詩に「酔つて茱萸を把つて子細に看る」とある。四 かの杵臼が、昔、程嬰(ていえい)とともに主君の遺孤を守って、命を捨てたそのゆかしい恩容にも似て、源皇子はひよこを大切に養い育てられることだ。↓補二。五 やさしい白いひよこをみていると、私は夢見心地に神仙の国に遊ぶかと思われる。五雲は、五色の雲。仙女の遊ぶ天上の仙界。入矢氏いう、なぜ白鶏雛から五雲が導き出されるか未詳。

21 「秋夜。離合(りがう)」。離合は、文字の組み合わせによる一種の言語遊戯。↓補一。

一 班は、本の字は「班」。説文に「班は瑞玉を分つに玨刀(かくたう)を以てす」とある。ものをたちきって、それぞれわけること。二 年齢の意。↓補二。三 夜の風が、刀で刺すようにきびしくはげしい。刀気は、伴氏の斬罪に処せられそうなことにかかわりがあるか。四 仏教語で、心の意。心を王に喩える。涅槃経に「頭を殿堂となせば、心王中に居る」。▽↓補三。

22 「執金吾相公の琴を弾ずる什(じふ)に和し奉る」。什字、板本作字に作る。↓補一。

一 見説は、「聞説」と同意。「いふならく」「きくならく」「みるならく」は、いずれも同意。馬氏文通、受動字に「見説は聞説なり、疑ふらくは唐代の方言たり」。二 秋色深い家のこと。「秋堂の事」は、大学の北堂(文章院)の秋季の行事をさすか。↓補二。三 衛門督が玉琴を弾奏する。四 その弾奏の姿をみると、古の名人のおもかげがある。五 その弾奏の新しい調べをきくと、曲にみだれたところがない。六 絶壁なす峡の谷川の水が涸れて、玉のような飛泉の水がかすか

新調聴無淫
峡断玉泉咽
鳥寒五夜深
吟君相感句
如遇舊知音

五 新調 聴くに淫るることなし
六 峡 断えて玉泉 咽び
七 鳥 寒くして五夜 深し
君が相感ずる句を吟ずれば
八 舊の知音に遇へらむが如し

23 仲春釋奠、聽㆑講㆓論語㆒。

聖教非唯一
孤源引万流
珠従洙水出
轄自孔門投
問道誰為遠
趨庭莫暫留
此間鑽仰事
遙望魯尼丘

一 聖教 ただ一つのみにあらず
二 孤つの源より万の流れを引く
三 珠は洙水より出づ
四 轄は孔門より投ず
五 道を問ふこと 誰か遠しと為さむ
六 庭に趨りて暫くも留ることなかりき
此の間 七 鑽仰の事
遙に望む 魯の尼丘 八

に咽(むせ)び泣くようにきこえる。四・五句は、弾琴の曲調の形容。↓補三。七 五更の夜深けて、鳥が寒夜の空に鳴くかときこえる。八 真の心の友人にあったかのように思う。知音は、伯牙と鍾子期の絶絃説話にもとづく語で、転じて真に心の通い合う友をいう。

23 「仲春釈奠、論語を講ずるを聴く」。↓補。一 儒教の経典は論語ただ一書のみではないが。二 この論語の一書が源となって、儒家万流の教えが形成された。三 珠は、孔子の教えを喩えていう。たとえば、論語を「円珠教」といって、明珠に喩える。洙水は、曲阜県の北より出て南流して泗水に注ぐ。孔子の生地と終焉の地が、この流域にある。四 論語の書によって孔子の学問にひき入れて、よその教えに入りこまないようにする意。轄字、板本鎋字に作る。投轄は、車軸の末端にさし入れる轄(くさび)を井中に投じて、客の車が帰れないようにひきとめること。今日ならばマイカーの鍵をとりあげて客をひきとめること。漢書の陳遵という酒のみの伝にある故事。五 道をこの論語について尋ね問えばい い、決して遠くにあるのではない。孟子、離婁上に「道は邇(ちか)きに在り」。六 孔子が庭をはしり過ぎた我が子鯉をひきとめて、次次に詩を学んだか、礼を学んだかと催促して学を勧めてやまなかった。論語、季氏参照。七 論語、子罕に「顔淵喟然として歎じて曰く、之を仰げば弥(いよ)高く、之を鑽(き)れば弥堅し」。八「尼山」ともいう。山東省曲阜県にある。孔子は、この山に祈って生れたので、その名を丘とし、字を仲尼とした(史記、孔子世家)。七・八句は、釈奠に論語を聴講して、孔子の徳の高大を鑽仰するの意。

24 「同門の故人の、各(おのおの)緋(あけ)のころもを著(き)て、出でて宰(みこともち)となるに餞(はなむけ)して別る。〈探(さぐ)りて夢を得たり〉」。↓補一。

一 三竜は、同門即ち文章院西曹の出身で五位に任じた三人のすぐれた人物をさすであろう。↓補二。二 竜の縁によって「一水」というが、ここは同門の意。三 心中千万の誠の心をのべて感謝しなかったことが残念だ。当時は、同門に学んだ螢雪時代の日日。謝は、感謝の意。↓補三。四 遠く別れ去ったあとに、ああも話し、こうも語り合っておけばよかったと思って、夜毎夢でなやまされることであろう。↓補四。

25 「雨を喜ぶ詩。〈竜を以て韻となす。八十字を限る。句毎に漢代の良吏の名を用ゐる〉」。

よみこまれている氏名を各注末に記す。↓補一。

一 久しぶりの雨だという名をひろく伝えて、千里をしめらせる。博字、底本以下伝字に作る、いま意改。朱博(漢書八十三)。二 天からの慈恩の雨とばかりに九重の天から降ってくる。薛宣(漢書八十三)。三 雨がおだやかに降って、何というありがたいおしめりだろう。児寛(漢書五十八)。↓補二。四 黒黒とした雨雲が、いくつもいくつも奇峰の形をして空にたたなわっている。汲黯(漢書五十)。五 こういう雨は豊年をもたらす瑞兆だとそらんじて知っている。諸葛豊(漢書七十七)の一字。六 雨が降って、村村は眉をのべて喜ぶ。朱邑(漢書八十九)。↓補三。七 このよいめでたい時節に、めぐみ深い政治を行う。令辰は、「佳辰」に同じい。王城(漢書八十九)。八 雨がしとどに降って、お百姓たちの生活を育成する。旁午は、雨が縦横に乱れ降るさま。蕭育(漢書七十八)。九 歩は、六尺、武は、半歩即ち三尺。歩武で、わずかなへだたり。何武(漢書七十八)。一〇 「甘雨」「膏雨」に同じく、

24 餞ニ別同門故人各著レ緋出宰一。探得レ夢。

同門告別泣春風　同門　別れを告げて春風に泣く
人道三龍一水中　人は道ふ　三龍一水の中と
悔不當時千万謝　悔ゆらくは當時　千万謝せざりしことを
應煩別後夜來夢　別後　夜來夢みることを煩すべし

25 喜レ雨詩。以レ龍爲レ韻。限ニ八十字一。毎レ句用ニ漢代良吏名一。

博号霑千里　号を博くして千里を霑す
宣恩出九重　恩みを宣べて九重より出づ
雨寛何霑澤　雨　寛にして何の霑澤ぞ
雲黯幾奇峯　雲　黯くして幾ばくの奇峯ぞ
暗記年豐瑞　暗に記す　年豐の瑞を
先知井邑雍　先づ知る　井邑の雍ぐことを
令辰成德政　令辰　德政を成す

旁午育耕農
歩武甘膏滿
含弘渙汗濃
延年秋可待
廣漢霽猶慵
欲遂聽銅雀
誰尊醮土龍
田翁歸去處
佇立盛時邕

八旁午 耕農を育む
九歩武 一〇甘膏滿てり
一一含弘 一二渙汗として濃なり
一三延年 秋を待ちつべし
一四廣漢 霽るるもなほし慵し
一五遂に銅雀を聽かまく欲りす
一六誰か土龍を醮ることを尊ばむ
一七田翁 歸り去る處
佇立して 一八時邕を盛しなむ

26 賀二宮田兩才子入學一。

曲出於宮玉出田
陽春明月孔門前
前程占得揚名處
聲價遏雲城復連

一曲は宮より出で 玉は田より出づ
二陽春 明月 孔門の前
前程 名を揚ぐる處を占むること得たり三
四聲價 雲を遏め 五城をも復連なぬるならむ

時を得て降った雨は万物を滋養するからいう。一句は、歩武尺寸の間にも甘雨があまねくみちわたるの意。一一万物を含みいれる、広大な徳。公孫弘(漢書五十八)の一字。↓補四。一二流布するさま。一句は、雨のもたらす広大なめぐみはじわじわとして万物にこまやかにしみこんで行くの意。渙字、一本涙字に作るは非。一三長生きをして、雨にうるおうて、豊年になる秋を待ったらいい。杜延年(漢書六十)。↓補五。一四農事を思い、豊年を期するために、大空が霽れるよりも雨が降ってくれる方が好もしい。空が霽れて雨が降りやむのがいやだ。趙広漢(漢書七十六)。↓補六。一五豊年のしるしたる双銅雀が鳴るのをききたいものだ。龔遂(漢書八十九)。↓補七。一六雨が降って来たから、土竜をまつることもいらない。王尊(漢書七十六)。↓補八。一七田翁即ち農夫が帰り去るところ。尹翁帰(漢書七十六)の一字。一八太平のさま。盛は、嘉みする意。馮立(漢書七十九)。↓補九。

26「宮・田両才子が入学を賀す」。↓補一。
一宮才子・田才子はやがてすばらしい曲を出し、玉を出すことであろう。↓補二。二陽春の曲にも比すべき宮才子、明月の珠にも比すべき田才子が、ともに大学に入学した。二月十五日に入学したとの意にもかけるであろう。孔門は、孔子の家の門が原意であるが、ここは大学寮の北堂、孔子の画像をまつったところを指すであろう。↓補三。三(文章生として成業をめざすか、文章得業生として大業出身をめざすかのちがいがあっても)何れも前途に名をあげることの約束された地位を占めることができたのだ。四宮才子の音曲の才は行く雲をとどめるくらいにすばらしい。↓補四。五田才子の才のすばらしさは連城の璧のようだ。↓補五。

27 早春侍二内宴一、同賦レ無二物不一レ逢レ春、應レ製。幷レ序。自レ此以下、秀才作。

臣聞、春者、一年之驚[1]策、四時之光彩也。時是鶯花、人皆鳧藻[2]。君王遊豫[3]、其不レ悦乎。故一聯樂韻[4]、非二勅喚一不レ得レ發二其聲一、數輩詩臣、非二詔旨一不レ得レ言二其志一。謂二之内宴[5]一、其事可レ知。觀夫天文建レ寅[6]、帝德秀午[7]。天以[8]レ春爲レ化、帝以[9]レ惠爲レ和。惠化[10]一レ時、煦嫗[11]何甚。乃知四海之大也、何處有二陰勝[12]之愁一。庶類之多也、何物有二寒餘[13]之色一。一草一木、光華揭焉[14]。惟夏惟夷[15]、娛樂至矣。臣地是遊鈞[16]、身同レ挾レ纊[17]。視聽失レ所[18]、豈敢多言。伏敍[19]二人之有一レ慶、兼賦二万物之逢一レ春云尒[20]。謹序。

寒光早退更無餘
万物逢春渙汗初
問著林前鶯語報
看過水上浪文書
詩臣膽露言行樂
女妓粧成舞步虛

一 寒光早く退きて更に餘りなし
二 万物春に逢ふ 渙汗の初め
三 問著す 林前 鶯語の報ぐること
四 看過す 水上 浪文の書
五 詩臣 膽露れて行樂を言ふ
六 女妓 粧ひ成りて歩虛を舞ふ

27「早春、内宴に侍(はべ)りて、同じく「物として春に逢はずといふこと無し」といふことを賦す、製に応(こた)へまつる。〈序を幷せたり。此れより以下、秀才のときの作〉」。↓補一。

1 馬を驚かすむち。春が一年の運行のはじめということを、馬の歩みに喩える。 2 よろこびはしゃぐ。↓補二。 3 遊もあそぶ、豫もまたあそぶ意。↓補三。 4 内教坊の一曲の奏楽のひびき。 5 弘仁四年にはじまる、唐の太宗の旧風をつぐ宮中行事。正月二十一・二・三日の三日間のうちの子の日に、仁寿殿で文人を会して詩宴を催し、若菜のあつものを賜い、女楽を奏する。 6 天文の上で北斗星が寅を指さす時、即ち孟春正月のこと。↓補四。 7 縦になり横になっていりまじること。分布してゆきわたること。↓三五注八。 8 ↓補五。 9 ↓補六。 10 恵は、君のめぐみ。化は、天の化育。 11 母が大事に子を愛育するように、温めはぐくむ。↓補七。 12「陽勝」に対する。日が南に退いて、昼が短くなって、陰がまさると涼寒をもたらすという。漢書、天文志参照。 13 寒い冬の名残り。 14 いちじるしいさま。揭は、高く挙げること。 15 夏は、華夏・中夏の意。中国のこと。夷は、海外の四夷。↓補八。 16 未詳。↓補九。 17 ↓補一〇。 18 ↓補一一。 19 ↓補一二。 20「云尒、イフコトシカリ」(観智院本類聚名義抄)による。

一 寒い冬の日かげがすでに退いて、もう余寒のけしきもない。 二 万物が春にめぐりあいそめて、じわじわと春のめぐみがあまねくしみこんでいく。↓三五注一二。 三 林のほとりに鶯がきて鳴きつげる声に、春がきたかと問いかけてみる。「著」は、「問」という動詞に添う語助。 四 みすごしていたが、春風が吹くともなく訪れて、池

侍宴雖知多許事
一年一日忝仙居

宴に侍りて　七多許の事を知れども
八一年一日　仙居を忝くす

28　仲春釋奠、聽講孝經、同賦資事父事君。幷序。

仲春之月、初丁[1]大昕[2]、有事于孔廟[3]。蓋[4]釋奠也。籩豆[5]之事則有司存之。苾芬[6]之儀則鬼神享之。禮云禮云[7]、可名目以言矣。於是圓冠[8]搢節、博帶[9]摳衣。命夫君子之儒[10]、稽其古文之典[11]。立言[12]在簡、憲章于魯堂之中。敷說[13]如流、擬議于洙水之上。故能志於道[14]、據於德、擁經、猶有三千[15]。芸其草[16]、修其書、去聖曾未咫尺。夫孝[17]事親之名、經爲書之号。謂之義[18]者、旁觀地理。謂之行者、俯察人文。是以膺籙[19]受圖之貴、非孝無以約[20]左龍。啜菽[21]飲水之卑、非孝無以據[22]懸象。至如子諒[23]之心、孫謀[24]之詠、求[25]之於百行、不如此一經。觀其[26]一草一木、不伐勾甲於和風之前。乃父乃兄[27]、無虧[28]燕毛於觀學[29]之後。濟ゝ焉[30]、鏘ゝ焉[31]。孝治之世、其猶鏡谷[32]乎。況亦資[33]慈父、以事聖君。君父之敬可同。孝子[34]之門、必有忠臣。臣子之道、何異。然則

の面に波紋を描いている。五 文人詩臣たちは感激のあまり楽しいという心からの感動をあらわす。「露胆披誠」という語はしばしば用いられる。六 内教坊の妓女たちは心をこめた化粧もできあがって、神仙の曲を舞う。↓補一三。七 多許は、呉の地方の方言で、衆多の意ともいう。↓補一四。八 内宴の日に文人として年に一度内裏の仁寿殿に召されることをいう。仙居は、九重の奥深い宮殿を神仙のすみかに喩える。「仙居」、板本「仙君」に作る。

28 「仲春釈奠、孝経を講ずるを聴く、同じく「父に事(つか)ふるに資(と)りて君に事ふ」といふことを賦す。〈序を幷せたり〉」。父字の上の事字、底本脱、いま文粋により補。↓補一。

1 二月上旬の初めの丁の日。 2 大は、初。昕は、明。大昕は、夜明け。↓補二。 3 大学寮にあって、十哲の影と共に孔子の影像をまつる廟。 4 釈奠は、釈采奠幣の意。孔子の影にそなえる供えもの。転じて孔子をまつり礼する儀式。↓補三。 5 籩は、竹製の高坏(たかつき)。果実乾肉をもる。豆は、木製の礼器、菹(よし 塩づけの野菜)・醢(いかししびしお)をもる。↓補四。 6 こうばしいかおりのあるさま。↓補五。 7 ↓補六。 8 ↓補七。 9 ↓補八。 10 ↓補九。 11 ↓補一〇。 12 魯堂は、魯国の孔子の廟堂。↓補一一。 13 洙水は、孔子の生地を流れる川。↓補一二。 14 ↓補一三。 15 孔子が詩書礼楽を教えた弟子は三千人。史記、孔子世家参照。 16 咫は、周制の八寸、大指と小指を張った長さ。尺は、一尺。咫尺は、近い距離のこと。↓補一四。 17 言を改めて、語を発(おこ)す。「孝経」というタイトルを開題する。説経の口吻。 18 ↓補一五。 19 天子が即位して国政を執ること。↓補一六。 20 左に青竜の剣、

揚レ名之義[35]、可レ請二益於北闕之臣一。形レ國之儀[36]、豈失二問於南垓之子一。[37] 願錄二三綱之無一レ爽[38]、將レ敍二五教之在一レ寬[39]云尒。謹序。

懷忠偏得意　　一 忠を懷ひて偏に意を得たり
至孝自成人　　二 至孝 自らに人と成る
換白何輕死　　三 白に換へて何ぞ死を輕むぜむ
含丹在顯親　　四 丹を含みて親を顯すに在り
王生猶有母　　五 王生なほし母有り
曾子豈非臣　　六 曾子豈臣に非ざらむや
若向公庭論　　七 若し公庭に向ひて論ぜば
應知兩取身　　知るべし兩つながら身に取ることを

29 詠二瞿麥花一呈二諸賢一。

錦窠寸截裛繁華　　一 錦窠 寸截して繁き華ぞ裛しき
不道優曇在釋家　　二 優曇 釋家に在りと道はずあれ
仁智何唯山水樂　　三 仁智 何ぞただに山水の樂しびのみならむや

右に白虎の刀をおく。これを約するというのは、刀剣を用いることがいらぬことで、天下の平和なこと。21 貧士の生活をいう。↓補一七。22 空にかかる大きな形、即ち日月。「日月(懸象)に拠る」とは、日月に比すべき君に仕えること。↓補一八。23 子としての誠の心。↓補一九。24 孫へのこす謀(はかりごと)。↓補二〇。25 ↓補二一。26 勾甲は、まがりかがまって生じた草木の芽のさや。↓補二二。27 ↓補二三。28 ↓補二四。29 観は、「勧」に通ず。観字、板本・文粋勧字に作る。ここは講経の意。30 ↓補二五。31 ↓補二六。32 ↓補二七。33 ↓補二八。34 ↓補二九。35 請益は、師について重ねて増益して質問する意。北闕は、帝城の北。↓補三〇。36 ↓補三一。37 ↓補三二。38 白虎通、三綱六紀参照。↓補三三。39 五つの倫理。↓補三四。

一 かねてより君に忠たろうという志をいだいていたが、今日の講義をきいて、まことに私の心に適(かな)うものがあった。二 子供が親に対して孝を極め尽せば、自然に成人して君に対して忠臣たりうるのだということをさとった。三 わが物を白金砂の霊に換えても、つとめて長生をはかり、決して軽軽しく死んだりしない。↓補三五。四 煉丹の霊薬をたずね服しても長生をはかり、立身出世して親の名をあらわすことが孝の終極である。五 ↓補三六。六 曾子は臣でないことはなかったが、どこにも仕えはしなかった。臣は、広義では、人民の意。↓補三七。七 もし孝道ということを、朝廷に仕えるものの立場から論ずるならば、君に対して忠、親に対して孝のふたつながら身に体しなければならない。

29 「瞿麦花を詠じて、諸賢に呈す」。↓補一。
一 窠文のある錦を一寸きざみにきったよう

に、群がり咲く花が香ばしい匂いをはなつ。錦窠は、錦に格子(こう)形・枡(ます)形の模様のあること。裛は、香が衣にしみわたる意。→補二。二 三千年に一度花ひらくという優曇華(うどんげ)のすばらしい花があると仏教ではいっているが、このなでしこの美しさがあれば十分ではないか。三 論語、雍也に「知者は水を楽しみ、仁者は山を楽しむ」とあるが、仁者知者は、山水を楽しむばかりでいいものであろうか。四 一むらのなでしこの花。→補三。

30 「戊子(つちのえね)の歳、八月十五日夜、月台に陪(はべ)り、各一字を分つ。〈探りて登を得たり〉」。貞観十年(八六八)歳次戊子。→補一。

一 八月十五夜に月の宴に陪するというシュチュエイションに身を置くこと。二 秋の清涼の気と名月の情趣とが、同じく凝り集ってすばらしい気分である。一種は、同じい・同じくの意。→補二。三 一輪。万戸の「万」と意対。李白の詩に「長安一片の月、万戸衣を擣つ声」。四 まっ先にここの台上に登って月見をする。→補三。

31 「王度が碁を囲(かこ)むを観て、人に献呈す」。→補一。

一 死生は、碁についていう。碁には勝負の心、活殺の手、出没死生の変がある。二 碁の筋、ルートを争って、やれ死んだ、やれ生きたとしきりに言う。→補二。三 碁をうつことはそっちのけにしておいて、もっぱら口でまくしたてる。→補三。四 何度でも痛烈に相嘲弄してちっともはじるところがない。殷勤は、委曲を尽すこと。「慇懃」に同じい。再三の意。しばしば重ねてなすさま。ねんごろの意とは限らない。五 私の家には先祖の王氏の碁の虎の巻があるのだからねとすずろに言いちらしたりする。「当家」は、日本語。六 →補四。

願君好愛一叢華　　願はくは君　好むで一叢の華を愛せむことを

30 戊子之歲、八月十五日夜、陪二月臺一、各分二一字一。探得レ登。

詩人遇境感何勝　　詩人　境に遇ひて感　何ぞ勝へむ
秋氣風情一種凝　　秋氣　風情　一種に凝る
明月孤輪家万戸　　明月　孤輪　家　万戸
此間臺上是先登　　此の間　臺上これ先登

31 観二王度圍レ碁、獻二呈人一。

一死一生爭道頻　　一死一生　道を爭ふこと頻なり
手談厭却口談人　　手談　厭却す　口談の人
殷勤不愧相嘲哢　　殷勤に愧ぢず　相嘲哢することを
漫說當家有積薪　　漫しく說く　當家に積薪有りと
世有二大唐王積薪碁經一卷一、故云。　　世に大唐の王積薪が碁經一卷有り、故に云ふ。

32　春日假景、尋二訪故人一。

一席將迎能幾人
因君記得惜殘春
餘花落處爭移榻
宿釀開時且漉巾
軟脚和風知有舊
怡顏假景既如新
傷心獨有王戎在
向竹還慙格物身

一一席　迎へむとして　幾人をか能くせむ
二君に因りて記すること得たり　殘春を惜むことを
三餘花落つる處　爭ひて四榻を移す
五宿釀　開く時　且く巾を六漉す
七脚を軟ふ和風　舊あることを知る
八顏を怡ばしむる假景　既に新なるが如し
九傷心　獨り一〇王戎が在る有り
一一竹に向ひて還りて慙づ　格物の身

33　陪二寒食宴一、雨中卽事、各分二一字一。得レ朝。

待來寒食路遙ゝ
自一陽生百五朝
天愍子推嫌擧火

一待ち來る寒食　路　遙遙なり
二一陽生じてよりこのかた　百五朝
三天は子推を愍れびて火を擧ぐることを嫌へり

32　「春日仮景に、故人を尋ね訪ふ」。仮字、板本暇字に作る。仮は、「暇」に通ず。暇景は、暇日・ひま・いとまの意。「故人」、一本「友人」に作る。↓補一。

一 友人の家で会席をひらくにしても、幾人の来客を迎え入れることができるのであるか。二 うっかり徂く春を惜しむことを忘れるところだったが、君のパーティーのおかげで忘れずにすんだ。記得は、おもいおこす意。三 のこりの花。↓補二。四 牀。こしかけ。細長く低い寝台状のこしかけ。坐ったりねたりする木製のソファ。五 去年の冬から醸(かも)した酒。↓補三。六 布で濁酒を漉す。漉巾は、陶淵明の故事から出る。杜甫にも「陶家漉レ酒巾」とある。七 春風よ、御苦労様でしたと慰労の歓迎宴をひらけば、春風にとって昔なじみの連中ばかりではないか。軟脚は、遠方から帰還したものに対して親友が歓迎の宴をひらくこと。底本、ナンキヤクノと訓む。↓補四。八 休日だといって嬉しそうにしている人たちの顔色をみると、みんな思いがけず新しい顔ぶれのように思われる。怡顔は、顔色をよろこばすこと。九 ↓補五。一〇 晋の涼州刺史渾の子で、渾の友人阮籍が、王戎を愛して交わり、竹林の七賢の一とたたえられる（晋書、四十二・蒙求開巻、王戎簡要）。一一 友人は神彩秀徹、王戎に比すべきであるが、自分は格物窮理の身であって、竹林に遊んだ阮籍たりえないことがはずかしい。「格物の身」は、儒者として学ぶ身の意。↓補六。

33　「寒食(かんしょく)の宴に陪(はべ)り、雨中の即事、各一字を分つ。〈朝を得たり〉」。↓補。

一 冬をこして寒食の今日に至るにははるばるとした路であった。二 今日は一陽生ずといわれる冬至から数えてちょうど百五日目。朝は、唐

柳烟桃焰雨中消　　柳の烟 桃の焰 雨中に消たしむ

34 史記竟宴、詠レ史得二司馬相如一。

犬子猶司馬　　犬子なほし司馬たり
相如有舊聞　　相如 舊よりの聞え有り
官嫌爲武騎　　官は 武騎たることを嫌ふ
曲喜得文君　　曲は文君を得たることを喜ぶ
苦諫長楊獵　　苦に諫む 長楊の獵
多勞廣澤軍　　多く勞る 廣澤の軍
大人今可用　　大人 今用ゐるべし
何處不淩雲　　何れの處にか 雲を淩がざらむ

35 寄二巨先生一乞二畫圖一。于レ時先生爲二神泉苑監一、適許二遊覽一。仍獻乞之。

先生幸許禁闈遊　　先生 幸に禁闈に遊ぶことを許さる

代では「日」と同じ意味に用いられる。「自一陽生」は、七言詩のリズムにあわない句法。三 晋の烈士介子推の死を、天もあわれんでか、火を挙げることを禁ずるので。四 清明節前二日、柳暗花明、柳は烟のごとく花は焰のごとくであるが、火を挙げることを禁ずるために天も火を消そうとてか、柳や花に雨がふりそそぐ。柳烟は、柳の若芽がもやのごとくみえることをいう。

34 「史記竟宴、史を詠(ゑい)じて司馬相如を得たり」。田氏家集巻下に「史記竟宴、詠史詩」があり、毛遂を詠む。

一 司馬相如の幼名。少年時代読書を好み、撃剣を学んだので、その親が犬子と愛称した(史記、司馬相如列伝)。二 「司馬相如字は長卿」(史記、司馬相如列伝)とある。一種のしゃれで、犬の子でありながら馬を司るというおかしみ。三 相如は七経を文翁に学んで、藺相如を慕って自ら相如と名づけた。少年時代より声名があった。四 楚の孝景帝に事えて、武騎常侍となり、六百石を食んだ。しかし景帝は辞賦を好まなかったので、去って梁の孝王に従った。五 →補一。六 秦の旧宮。→補二。七 楚の平原広沢に勢子(せこ)をはなって、むだな遊戯のために多くの軍を役した。相如は「子虚賦」を作って、広沢の猟のことを諷し、勢子たちをいたわった。八 相如は大人物で、はじめ文君の父からさえ忌諱せられたが、やがて天子は彼を中郎将に昇進せしめ、故里の蜀に至るや、太守以下が郊迎した。「用ゐる」は、上一段活用。→補三。

35 「巨先生に寄せて、画図を乞ふ。〈時に先生、神泉苑の監(げん)となり、適(たまたま)遊覧することを許されぬ。仍りて献(まつ)りて乞ふ〉」。巨先生は、巨勢金岡。→補一。

一 二十四歳の道真、その春に対策及第したば

更恐時光不暫留　　更に恐るらくは　三時光の暫くも留らざることを
山水從來無擔去　　四山水　從來　擔ひ去ることなかりき
願憑君得寫風流　　五願はくは　君に憑へて風流を寫さむこと得しめたまへ

36　山陰亭、冬夜待レ月。

高齋待月ゝ何淹　　一高齋に月を待てば　月何ぞ淹しき
不畏風霜幾撥簾　　畏りず　二風霜の幾たびか簾を撥ふことを
海伯應慵投老蚌　　三海伯は　老いし蚌を投ぐるに慵かるべし
山神欲惜放寒蟾　　四山神は　寒いたる蟾を放つを惜まく欲りせり
消殘砌雪心猶誤　　五消え殘る砌の雪に心はなほし誤つ
挑盡窗燈眼更嫌　　六挑げ盡す窗の燈に眼は更に嫌ふ
珍重東頭光數尺　　七珍重す　東の頭より光ること數尺
如无如有獨纖ゝ　　八なきが如く有るが如く　獨り纖纖たり

かりの青年にとっては、金岡は鬱然たる大家先生であった。二 闈は、宮中の門、特にくぐりの小門。禁闈は、「禁裡」に同じ。ここは宮中の禁苑である神泉苑をさす。底本、闈字に「園」と傍注する。

三 その時の光景。時節の風光。↓補二。四 昔からこのかた、山水はこれまで誰も肩になって、もって行ったものが居ない。五 どうか巨勢先生にたのんで、この山水の風流を写し出して、今日のこの風光を描きとどめてほしいものだ。馮君は、あなたにたのむ意。風流は、人工の庭園がつくり出した見事な山水をいう。↓補三。

36 「山陰亭にして、冬の夜月を待つ」。↓補一。

一 高大な書斎。自分の住む山陰亭を「高斎」というのは、尊大からでなく、梁の簡文帝のサロンに庾肩吾ら十学士を集めて高斎学士と呼んだ故事による。二 霜気を含んだ冬の夜風。この言表の背後に、当時詩人無用論などが横行した社会風潮のきびしさが菅家廊下に及んだことをも諷している。三 月が出ないので海中の水神は、老いて真珠を胎(はら)まなくなった蚌(はまぐり)を海中に投じようという気にもならない。↓補二。四 山神は月が面をあらわすとともに月中の蟾蜍(ひきがえる)がとびだすのを惜しがるようだ。姮娥が西王母から不死の薬を盗み出して、月中ににげこんでひきがえるに化したという故事(後漢書、天文志の注)による。三・四句は、月が出ようとして出ないことを典故によって美しく表現する。コイタルヒキの訓は、「寒鵐(古伊太流止比)」(和名抄・類聚名義抄)による。五 亭下の砌(みぎり)石のほとりの残雪の白さに、月が出たのかとあやしむ。六 夜深けて挑げ挑げてもう油がきれかかった燈の光をともした窓のあかりに、月がさしでたのかと疑う。文集、長

37　七月六日文會。

秋來六日未全秋
白露如珠月似鉤
一感流年心最苦
不因詩酒不消愁

一秋來りて六日　全き秋ならず
二白露は珠の如く　三月は鉤に似たり
四一たび流年に感じて　心最も苦しぶ
五詩酒に因らずは　愁へを消たざらまし

38　停レ習レ彈レ琴。

偏信琴書學者資
三餘窓下七條絲
專心不利徒尋譜
用手多迷數問師
斷峽都無秋水韻
寒烏未有夜啼悲
知音皆道空消日

偏に信ず　一琴と書とは學者の資けなることを
二三餘の窓の下　三七條の絲
四心を專にすれども利あらず　徒に譜を尋ぬ
五手を用ゐれば迷ふこと多し　數師に問ふ
六斷峽　都く秋水の韻きなし
七寒烏　夜啼の悲しびあらず
八知音はみな道ふ　空しく日を消すなりと

恨歌に「孤燈挑尽未レ成レ眠」。嫌は、七注七参照。七何とまあありがたい！　の意。↓三注四。八纖(やほそ)かな月があるかなきかにうっすらと光をさしそめる。鮑照の翫月詩に「纖纖如二玉鉤一」(文選)とある。

37　「七月六日の文会」。おそらく貞観十二年(八七〇)七夕前夜。文字、板本夕字に作る。

一七月六日は秋がきて六日目。残暑のころで、まだすっかり秋になっていない。七月は、初秋。二↓補一。三月は鈎針のようにほそやかだ。起承の二句、新撰朗詠、早秋部に出。↓補二。四七月六日の月をみて、ひたすらにしみじみと一年の過ぎ去ることのあわただしさを思う。流年は、すぎ去る年月。「流光」とも。五今宵の宴(うたげ)の詩酒によらなければ、このゆく年月の感慨をまぎらわせないであろう。↓補三。

38　「琴を弾(ひ)くことを習ふことを停(と)む」。音楽のレッスンをやめて、家学の勉強に専念しようと決心した詩。

一琴と書とは心を娯(たの)しませるばかりでなく、学問のたすけとなる。琴書は、琴を弾くことと書を読むことと。これを琴経とか、琴操とか当時わが国に将来されていた弾琴用手法などの書物とみてはならない。白氏六帖、琴部に「左琴右書」。二冬は歳の余り、夜は日の余り、陰雨は時の余りで、学問をするにはこの余りの時間を活用すれば足るという(魏略)。「三余の窓の下」とは、山陰亭の書斎の中を意味する。三七絃琴。四一向専念に琴を弾くことに努力するけれどもうまく行かず、ただもう譜面と首ぴきだ。五琴を弾く手をいろいろと工夫するが、迷うことばかりで、一一先生に尋ねるしまつ。六琴曲に三峡流泉の曲があるが、私が弾くと三峡流泉はおろか、断崖に秋の水が涸れて、ちろちろ流れ落ちるひびきすらない。↓補。七琴曲に「烏夜啼」があるけれども、私の弾く琴の音はこごえた鳥が啼くようであっても、とても夜の啼き声の悲しげな調子にはならない。八音楽をききわける目利きは、私の琴はとても見込みがない、むだな時間の浪費だという。九菅家伝統の紀伝の家風を守って詩を作ることが一番自分には都合がいいようだ。

39「八月十五の夕に、月を待つ。席上にして各一字を分つ。〈疎を得たり〉」。貞観十二年(八七〇)の作であろう。定格聯章の様式。↓補。

(1) 一時は一更(午後六時)、月を待つ君よ、月のぐあいは如何ですか。夜を五等分して一更(初更)から、五更に至る。一更は、午後六時。二更は、八時二十四分。三更は、十時四十八分。四更は、午前一時十二分。五更は、三時三十六分。夜明けが午前六時。更は、さらに五等分して、一点・二点…というふうに呼んだ。わが国では、続紀によると、天平十八年からこの時刻法がみえる。二秋の空ははるかに遠く、月の歩みものろのろしているようですよ。↓補一。三それで東の方角に向かってはまだかまだかと何度でもいいつづけます。↓補二。四白雲がまことに親密にびっしりたちこめているけれども、心は逆に疎遠なうとましい気持である。親密と疎遠との対比をきかしたしゃれ。

(2) 一時は二更(八時半)、月を待つ君よ、月は如何ですか。二大きな金の輪が、青い夜空を渡り行く姿も見えない。仲秋の名月を「金輪」とみたてる。三雨脚がさらさらと降りつづけ、雲はむらむらとなみよろう。四秋の風は(我がために雨雲を吹き払ってくれない)、私からそむいて、私をうとんじているらしい。風など私には疎遠であってほしい。

豈若家風便詠詩
九豈家風の詩を詠ずるに便りあるに若かめや

39 八月十五夕、待ㇾ月。席上各分㆓一字㆒。得ㇾ疎。

(1)
一更待月事何如
疑是遙旻月歩徐
爲向東頭千万報
白雲雖密意猶疎

一一更 月を待つ 事何如
二疑はくはこれ遙なる旻に月の歩びの徐きならむか
三爲に東の頭に向ひて千たび万たび報ぐ
四白雲は密しといへども意はなほし疎なり

(2)
二更待月事何如
不見金輪度碧虚
雨脚忩々雲蔟々
秋風爲我可乖疎

一二更 月を待つ 事何如
二金輪の碧虚を度ることを見ず
三雨脚忩忩 雲蔟蔟
四秋風 我がために乖き疎むずるなるべし

(3)
三更待月事何如
目倦心疲望裏疎

一三更 月を待つ 事何如
二目倦み 心疲れて 望みの裏疎なり

(3) 一今や三更(午後十時半)、月を待つ君よ、月は如何。二月の出を待ちあぐんで、目もつかれ、心もあきて、私の視界(視線)の中に月があらわれてこなくてうとましくなった。三酒は十分にまわり、詩は何十遍も詠じた。四月よ、どうして私の閑居を照らしてくれないのか。「来」は、ほとんど意味のない襯字だという。

(4) 一もう四更(午前一時)になりましたよ、月をお待ちになって。どうです、月が出ましたか。二時の鐘が何度か鳴りつぎ、時刻はどんどんうつるのに(月はまだ出ない)、まことにじれったいことだ。鐘漏は、漏刻(時間)をつげる鐘の音。三よしんば(月がその全い姿をあらわさないで)ほんのちょっぴりでも月のさやかな光が雲を透してさしてくれるだけでも。縱使は、「縦令」と同じ。「たとひ・よしんば・よしゃ」などとよむ。仮定の辞。四意未詳。「甚簷」、底本「甚簾」に作る、しばらく板本による。↓補。

(5) 一五更(午前三時半)になった、月をお待ちになって。どうです、月は出ましたか。二どうも天界の様子と人間の気持とがくいちがって、しっくりかみ合わない。(談合してつきあわせることが疎(おろそ)かだ。)物色は、森羅万象。ここは月の様子にかかわりのある雲・雨などの自然現象。入矢氏いう、「計会」は唐代の俗語。三もはや恨んだとてしようがない、雲深いままに天はすでに暁になっている。四(暗い雨ふりのおかげで月はとうとうみえずじまいだが)陰雨は時の余というから、三余の時を得たと思って心を慰めることとしよう。

40 「九日宴に侍(はべ)りて、「山人(せんにん)茱萸(しゆゆ)の杖を献(たてまつ)る」といふことを賦す、製に応(こた)へまつる」。↓補一。

一仙人は茱萸の杖を肩にかついで内裏に入る。

酒是十巡詩百詠　三酒はこれ十たび巡り詩は百たび詠ず
怪來不照我閑居　四怪來まくは　我が閑居を照さざること

(4)
四更待月事何如　一四更　月を待つ　事何如
鐘漏頻移意有餘　二鐘漏　頻に移りて意　餘り有り
縱使清光纔透出　三縱使　清光　纔に透り出づとも
當勝徹夜甚簷疎　四當に徹夜甚簷の疎きに勝らむ

(5)
五更待月事何如　一五更　月を待つ　事何如
物色人情計會疎　二物色と人情と計會すること疎なり
不恨雲中天已曉　三恨みず　雲中天已に曉になれることを
應知陰雨我三餘　四知るべし　陰と雨とは我が三餘なりといふことを

40 九日侍㆑宴、賦㆔山人獻㆓茱萸杖㆒、應㆑製。

萸杖肩舁入九重　一萸杖　肩に舁けて　九重に入る

煙霞莫笑至尊供
南山出處荷衣壞
北闕來時菊酒逢
靈壽應慙恩賜孔
葛陂欲謝化爲龍
插頭繫臂皆無力
願助仙行趁赤松

二煙霞　笑ふことな　至尊に供へまつらむ
三南山を出づる處　荷衣は壞る
四北闕に來る時　菊酒に逢ふ
五靈壽　六慙づべし　七恩しびて孔れることを賜ふ
八葛陂　謝せまく欲りす　化して龍と爲ることを
九頭に插み臂に繫くる　みな力なし
一〇願はくは仙行を助けて赤松を趁ひてむ

41　仲春釋奠、聽レ講ニ毛詩一、同賦ニ發レ言爲レ詩。

舉手斟王澤
形言見國風
嘉魚因孔至
洙水待春通
諫盡文章下
情攄諷詠中

一手を擧げて王澤を斟む
二言に形して國風を見す
三嘉魚　孔に因りて至る
四洙水　春を待ちて通ふ
五諫めは文章の下に盡す
六情は諷詠の中に攄ぶ

二宮中に茱萸の杖を献ずるというような俗人のまね事を仙人がするから、煙霞よ、笑うことなかれ。→補二。三仙人は南山の巌石の間から出てきて、着ている蓮の葉で編んだ衣もやぶれる。南山は、「終南山」の略。長安の南藍田県に連なる。→補三。四禁裏に参内して、重陽の宴に陪して菊酒の会に逢う。五人間を超越した長寿のこと。南山の寿の縁でいう。→補四。六→補五。七「恩賜孔」、訓・義ともに存疑。用字に無理があるのであろう。→補六。八仙人の献ずる茱萸の杖に対して感謝したいと思う、それを水中に投ずれば化して竜となるかもしれないから。葛陂は、河南省新蔡県にある湖沼。方数十里、水中に霊ありという。昔費長房が杖を陂中に投じて、竜に変じたという(水経、汝水注)。九茱萸を頭髪にはさんでかざしとしたり、袋に茱萸を盛ってうでにかけたりしても、あまり効果がない。→補七。一〇この仙人の献じた茱萸の杖こそ仙人の修行に最も霊験がある、願わくはこれによって赤松子のあとを追うて、不老長生を得たまわんことを。赤松子は、神農氏の時の雨師。崑崙山に入って仙人となるという。→補八。

41「仲春釈奠、毛詩を講ずるを聴く、同じく「言に発するを詩と為す」といふことを賦す」。講書のテキストの順序からみて、これは貞観十一年二月九日丁酉の釈奠(三代実録)であろう。→補一。
一手でさかずきをすすめて、王のめぐみを斟(く)みとる。儀礼の注に「発ニ酒端一曰レ挙」。→補二。二心にある感動を言葉に表現して、(詩経の)国風の詩となった。国は、十五国の総称。風は、諸侯の詩。三丙穴魚、いわなの類という。鯉に似て鱒のうろこをもち、肉が美味、沔南

頌聲猶不寢　　七頌聲 なほし寢まず
將發太平功　　將に太平の功を發かむ

42　團坐言レ懷。

暗將年事幾蹉跎　　一暗に年事を將りて幾たびか蹉跎たる
若不團居欲奈何　　二若し團居せずは 奈何にかせむ
酒爲忘憂盃有數　　三酒は憂へを忘るるがためにして 盃 數有り
詩緣敍志帋猶多　　四詩は志を敍ぶるに緣りて 帋なほし多し
自慙少日徒廻轂　　自ら慙づらくは 少き日 五徒に轂を廻せしことを
偏恨夕陽不用戈　　六偏に恨むらくは 夕陽に戈を用ゐざりしことを
我意君情今夜盡　　我が意と君が情と 今夜盡しぬ
曉天歸處莫空過　　七曉天 歸る處 空しく過さむこと莫

43　王度讀ニ論語一竟。聊命ニ盃酌一。

(べん)の丙穴に出るという。→補三。四 洙水は春になると氷がとけて通ずるように、洙泗の学も、この仲春の釈奠を迎えて、難義が通ずるという意。洙水は、三三注三参照。「洙泗の学」は、孔子の教え。五 それとなく諫止するために文章をこらして諷刺する。→補四。六 情性を吟詠のなかに叙述して諷刺する。→補五。七 功徳をほめたたえる声はやまず、平和に治まる御代の成功をなおも謳歌しようとする。頌声は、太平を謳歌し、治政をほめたたえて歌頌する声。→補六。

42 「団坐(まど)して懐(おも)ひを言ふ」。→補一。

一 いつのまにか年月をおくってしまって、いくどもつまずいたことだ。「蹉跎たり」は、つまずいて時を失うさま。→補二。二 もし友人諸君と、団居することがなければ、(今宵一夜を)どうしたらいいであろうか。三 酒は悶えを散じ、憂いを忘れる最上のものだ、幾盃(いくさかずき)、盃を重ねて下さい。→補三。四 詩は思うところの志を表現する最良の手段だ、紙はどっさりまだあるからもっと作って下さい。→補四。五 轂(こしき)は、車輪の中軸で輻の集るところ。「轂を廻す」は、車に物を多く載せて、利を逐うこと。漢書、貨殖の伝に「転轂百数」とある。ここは、若い時に、いたずらにかけまわって何の役にもたたないことに力を費したことをいう。六 戈を以て夕日をさしまねいたりし(て、緊張した時間をもっ)たこともないのが残念である。→補五。七 明朝、菅家廊下より君の家へ帰りついたときから、時間を空費しないではげみたまえ。

43 「王度、論語を読み竟(は)りぬ。聊かに盃酌を命じぬ」。王度の囲碁のこと、三題注・補一参照。→補一。

一 円転窮りない明珠にも比すべき論語を、王度は中国音で一読過し終った。わが博士家では、

圓珠初一轉　一圓珠　初めて一たび轉む
舞象遂丁年　二舞象　遂に丁年となりぬ
自此窮墳典　三此れより墳典を窮めば
何唯二十篇　四何ぞただに二十篇のみならむや

44　花下餞㆔諸同門出㆓外吏㆒、各分㆓一字㆒。探得㆑轅。

送客何先點涙痕　一客を送りて何ぞ先づ涙痕を點ずる
應緣別後不同門　二別後に門を同じくせざるに緣るなるべし
今朝記得歸來日　三今朝　記すこと得たり　四歸來りなむ日
万里程間一折轅　万里程の間　一たび轅を折かれなむことを

45　晩春、同門會飲、翫㆓庭上殘華㆒。

榮枯物我自應知　一榮枯物我　自らに知るべし
春晩殘花幾許枝　二春晩れて殘花　幾許の枝ぞ

論語を「円珠教」といった。↓補二。二 子供が習っていた文王の楽、周公の詩の舞も、(王度の中国音による講読によって) 今や一人前の武舞となった。舞象は、童舞で、文王の武功を象(かたど)り、周公がその詩を作った武舞の一種。丁年は、二十一歳をさす。↓補三。三 これから(この王度の読んだ方法によって)古の聖帝の古典の研究を窮めつくすならば。墳典は、三皇五帝の旧辞。四 ただ論語二十篇を読んだだけの功徳に終らないだろう。

44 「花の下に、諸(もろもろ)の同門の外吏に出づるに餞(はなむけ)し、各一字を分つ。〈探りて轅を得たり〉」。三代実録、貞観十一年二月十六日条に、少外記島田忠臣が因幡権介に転任するなどの除目がみえる。この時の送別詩宴であろう。↓補一。

一 賓客を見送るにあたって、どうして先ず涙が頬を伝ってぬらすのであろうか。二 一旦別れたあとは、今後門を同じくして紀伝文章の道を学ぶことがないのを悲しむからであろう。三 心にきざむ。思い出すこと。おぼえておくこと。「得」は、助字。四 地方官の任を終って、さあ帰ろうとするおり、万里の里程に旅立とうとするおりに、(諸君は)きっと州民たちから慕われて、轅をもくじいてその別れを引きとどめられるであろう。「帰来」の「来」は、助辞。↓補二。

45 「晩春に、同門のひと会飲して、庭上の残華を翫ぶ」。↓補。

一 栄枯盛衰の運命、他物と自我との存在。この自然の理を知るべきである。二 時は暮春、どれほどの枝に花が咲きのこっているであろうか。三 会飲する人人はみな同門同窓の士、各深切な友情の持主である。四 啼きかわす鳥は、羽をならべるつがい鳥でありながら、夜のねぐらを

人有同門芳意篤
鳥無比翼暮棲移
攀時醉裏何遊手
落處盃中莫濫吹
一道馨香今日盡
明朝眉目爲誰施

三人は同門　芳意の篤きこと有り
四鳥は比翼　暮の棲を移すことなし
五攀く時　醉裏　何ぞ手を遊ばしむる
六落つる處　盃中　濫に吹くこと莫
七一道の馨香　今日盡しぬ
八明朝の眉目　誰がためにか施さむ

46　過二尾州滋司馬文亭一、感二舍弟四郎壁書彈琴妙一、聊敍レ所レ懷、獻以呈寄。

偶尋文閣共閑居
左見彈琴右見書
昨夜歡逢春晚盡
今朝苦念夏來初
高看壁上雲栖鳳
快聽絃中水聳魚

偶　文閣を尋ぬれば一共に閑居せり
二左に　琴を彈くを見　右には書を見る
昨夜　三逢へりしを歡ぶれば　四春晩れ盡きぬ
今朝　苦に念ふ　夏の來る初め
五高く看る　壁上　雲　鳳を栖ましむることを
六快く聽く　絃中　水　魚を聳くることを

かえるようなことをしないなかまだ。五 酔っぱらったいきおいで、つい花の枝をひき折って、手のすさみにするのであろうか。「遊手」、存疑。遊手は、文集では、一定の職をもたぬ者のこと。手字、底本乎字に作る。六 くみかわす酒盃の中に花がこぼれ散るのを、むやみに(菊花酒のように)吹きめさるな。七 咲きのこる花のひとすじの匂いは、今日を限りに最後のかおりをはなっている。一道には、同門の意をもこめる。八 明朝からはもはや誰のために眉目容色をとりつくろうことがあろう。花の心持をいいつつ、亭主(作者)の来客に対する心情を披瀝する。

46 「尾州滋司馬が文亭を過ぎて、舎弟四郎の壁書と弾琴の妙とに感じて、聊かに懐ふ所を叙ぶ、献じて呈寄す」。「司馬」の右に、底本「良幹」と朱注する。尾州滋司馬は、尾張掾滋野朝臣良幹。彼の書斎に立ち寄って、その舎弟四郎の壁に書いた筆跡と弾琴の手腕のすぐれているのに感嘆して贈った詩。

一 良幹とその弟の四郎の君と共に。二 書斎の中で、四郎の君が琴をひくのを見、またその壁書をも同時に見た。キムノコトの訓は、「琴、キノコト・キム」(類聚名義抄・宇津保物語)による。↓補一。三 「歓会」に同じ。「歓ぶ」は、上二段活用。四 恐らく貞観十一年三月晦日の夜。五 壁上高く書かれた筆跡は、雲の上に鳳凰を栖まわせているのではないかと怪しまれるほど見事であった。↓補二。六 琴の絃が快く弾奏されて、その楽の響きは、水中に潜んでいる魚たちをも水面にそばたてさせるかときかれた。↓補三。七 とっくりと考えてみると、壁書の芸も弾琴の技も、(無用に似て大いに有用であること)一一譬えてみることができそうだ。八 人民百姓も百日の労のあと、一日の楽しい祭によって永の

一ゝ商量相況得　張爲不弛蔡無如

一一商量すれば相況ぶること得む　張りて弛ばざることを爲さば　蔡も如くこと無けむ

47　哭二菅外史一、奉レ寄二安著作郎一。

酷悲穿眼復消魂　皆道希顏是妄言　少日垂帷疲蠹簡　當年對策落龍門　青衫未換名無謚　白髮空生祭有孫　命矣皇天相與奪　高才不過傳先存

酷だ悲しびて　眼を穿ち復魂を消つ
みな道ふ　顏を希まむ　是れ妄言なりと
少日　帷を垂りて　蠹簡に疲る
當年　策に對へて　龍門より落つ
青衫　換へず　名に謚なし
白髮空しく生じて　祭に孫有り
命なるかな　皇天　相與奪す
高才　傳の先づ存するに過ぎず

48　九日侍レ宴、同賦レ喜レ晴、應レ製。幷レ序。

苦労も解放されるようなもので、弓を張りっぱなしにして、弛めることを知らなければ、草莽（そう）の民百姓も更にましになるものでない。蔡は、草莽・草芥・くさむら。礼記、雑記下に、子貢が民の蜡（さ）という祭をみたとき、孔子が「張りて弛ばざれば、文武も能はざるなり、弛びて張らざれば、文武も為さざるなり、一張一弛、文武の道なり」といったとある。

47　「菅外史を哭して、安著作郎に寄せ奉る」。→補一。

一　涙を落し尽して眼窩に穴のあく形。二　気を失って、がっかりする。三　世間では顔淵のようになりたいというものは、顔淵の仲間だということは妄言（でたらめ）だといっているが。（菅外史が希顔の徒で、はたして顔のように不幸のうちに命を終った。）「顔を希む」は、顔淵のようになろうと希望すること。→補二。四　若年の時には、とばりを垂れおろして勉強して、むしの入った古い書籍の間で疲れるほど精を出した。→補三。五　そのかみ対策の試をうけて、何度も進士の試験に落第した。登科即ち科挙の試に合格することを「竜門に登る」という。六　微官のままで青衫の衣をとり換えることもなく、死んでも謚（おくりな）を与えられることもない。青衫は、青い色のひとえのきもの。転じて身分の低いもの。→補四。七（菅外史は生きて白髪の生いるまでになったが、今やみまかって）その白髪になるまでの努力も空しく、葬（はふ）りの場（にわ）に孫が参列するのもあわれだ。八　天命であろうか、まあ。九　天の主宰神は、人間に対して、（生殺）与奪の力をもっているようである。（天は彼に才能を与えたが、官位を与えなかったの意。）一〇　菅外史は、すぐれた才覚の持主であったにも拘わらず、（身先ず死して）その伝がひとり存

臣聞、[1]為レ雨為レ露、天以降レ成レ歳之靡レ違。[2]乍陰乍陽、人以仰レ授レ時之由レ運。洎下于[3]黄落開レ候、[4]辰角麗レ天以垂レ文、清風戒レ寒、雨畢隨レ政而設上レ教、彼[5]輿蓋之攸二[6]覆載一、[7]自然當レ晴以既彼晴、[8]車書之所二祇承一、詎不二一喜而重喜一者乎。[9]我皇駈二人[10]壽域一、翫二風光一以遇二[11]淒涼一、導二物[12]福庭一、推二日月一而得二[13]長久一。[14]菊華一束、聖主助二彭祖之仙術一也。[15]荃宰千季、群臣效二華封之舊詞一也。於是[16]繡衣之子、謝二曉夢於往時一、白頭之公、報二秋晴於今日一。[17]遊氣高褰、[18]叡哲玄覽。[19]頒二寰寓一以二高仰一、[20]賜二侍臣一以二遠瞻一。故[21]天下之傾レ首者、皆是唐堯就レ日之民、天下之屬レ心者、孰非二樂廣披レ霧之士一。[22]風塵永斷、耳目倶清。請[23]歌二聖代之明時一、將レ接二頌臣之朗詠一云尒。

重陽資飯宴
四望喜秋晴
不是金飈拂
應縁玉燭明
無爲玄聖化
有慶兆民情

一重陽　飯宴を資へたまふ
二四望　秋晴を喜びたり
三是れ金飈の拂ふにあらず
四玉燭の明なるに縁るべし
五無爲なり　玄聖の化
六慶び有り　兆民の情

するに過ぎない。

48 「九日宴に侍(はべ)りて、同じく「晴を喜ぶ」といふことを賦す、製に応へまつる。〈序を幷せたり〉」。文粋八・扶桑集一に出。↓補一。1 ↓補二。2 ↓補三。3 ↓補四。4 ↓補五。5 輿は、こし。万物をのせる大地をいう。蓋は、きぬがさ。万象を覆うている大空をいう。6 ↓補六。7 ↓補七。8 〔 〕祇承は、天子の王化をつつしみうけること。↓補八。9 清和天皇、時に十九歳。10 長寿の地域。(重陽菊酒の宴を催して)人を長生きする国に駆り導くというのである。11 凄凄たる涼風。12 不老長生の幸福な場所。天台山賦に「不死の福庭を尋ぬ」。13 老子に「天長地久」の語がある。↓補九。14 彭祖は、七百歳、長寿の人。荘子、逍遙遊に出。↓補一〇。15 荃は、香草で、君に喩える。荃宰千季は、わが君の寿が千歳である意。↓補一一。16 ↓補一二。17 ↓補一三。18 ↓補一四。19 ↓補一五。20 ↓補一六。21 ↓補一七。22 ↓補一八。23 ↓補一九。

一 九月九日、重陽の節に、(群臣を召して)宴会を催す。「飯」は、「飫」と同字。飫は、宴会の食事。資は、給するの義。二 雨が霽れ上がって、どちらをみてもすっきりした嬉しい秋晴れである。三 これは秋風が雨雲を吹き払ったためではない。四 四時の気候が調和して万物が玉の燭のように明らかに光りかがやくためであろう。↓補二〇。五 わが天皇のめぐみの深さは、人為をこえて、深遠偉大な徳化であって。(玉燭の調和するのも、その幽玄なる聖霊のしからしめるところである。)「無為」は、老子の語。六 (四時が調和し、寒暑が順当であれば、豊年疑いなく、)万民はことごとく平和を謳歌する。七 菊花酒を祝って、侍臣一同こぞって万歳を

獻壽黄華酒　　壽きことを獻る　黄華の酒
爭呼万歳聲　　爭ひ呼ぶ　万歳の聲

49　晩冬過二文郎中一、翫二庭前早梅一。幷レ序。

1日者、朝家有レ令、禁レ飲レ酒。令行之後、無二犯之者一。2若不下追二訪故人一、存中慰親友上、更無下快飲二盃酒一、縱賦中詩章上。3夫故人未二必親友一、親友未二必故人一。兼之者、文郎中也。4詩家未二必酒敵一、酒敵未二必詩家一。兼之者、文郎中也。5我黨五六人、6適遇二郎中之暇景一、聊敍二詩酒之歡娯一。7推レ歩年華一、嚴冬已晩。8具二瞻庭實一、梅樹在レ前。嗟乎、9時之難レ得、不レ可レ不レ惜。物之易レ衰、不レ可レ不レ愛。既有二10故人之匀會一、盍レ賦二芳樹之早華一。庶幾11使二故人之締レ交者一、知三12孔門之有二此風一云尒。

一年何物始終來　　一一年　何物か始終して來る
請見寒中有早梅　　二請ふ見よ　寒中　早梅有ることを
更使此間芳意篤　　三更に此の間をして芳意篤からしめむは
應緣相接故人盃　　四故人の盃に相接するに緣るべし

呼んで君に不老長寿を献じたい。黄華は、菊の異名。→補二一。

49 「晩冬に、文郎中を過ぎて、庭前の早梅を翫ぶ。〈序を幷せたり〉」。→補一。

1 さきごろ、太政官から禁制の令が出て、酒を飲むことを禁ぜられた。→補二・三補一。 2 (禁令は宴集群飲して節度を失って酔乱することを戒しめるのであるから) 若し昔なじみを訪問したり、親友を見舞ったりするのでなければ、自由に酒を飲んだり、詩文を作って興じたりすることもできないのである。→補三。 3 旧知は必ずしも親友ではない。親友は必ずしも旧知に限らない。しかし私にとって、この両者を兼ねるものは文室氏だ。→補四。 4 また詩人は必ずしも酒の相棒となるわけでなく、酒の相棒が詩人と限ったこともない。しかし文室氏はまさしくこの両資格を兼ねている。 5 我が仲間の者ども。菅家廊下の同門たちか。 6 ちょうど文室氏の休暇の日に行きあって、詩酒の小宴をひらいて楽しい交歓をつくそうと思う。 7 暦をくって月日をかぞえてみると。 8 庭さきの植えこみをつぶさに眺めてみれば。 9 →補五。 10 旧知が相会して、韻会(詩文の会)を催す。→補六。 11 →補七。 12 孔子の流れをくむ儒士の徒の間にも、こういう風流を楽しむことがあることを知らせたい。→補八。

一 一年の間、しょっちゅう何者かが相ついでおとずれてくるが(年頭第一に先ず何がやってくるのであろうか)。 二 寒中に、いちはやく春を迎えてひらく早梅の花をみよ。(これこそ年頭に来るものだ。) 三 (庭さきにいちはやくひらく梅の花は、自らかおるだけでなく、) 更に仲間たちの友情をいっそうこまやかに、あつくするようだ。 四 (それは梅花を賞翫することに) ひきつづけて、旧知の酒盃に接するからであろう。「接」が、セツとなるのは、鎌倉時代以後。

50 「王大夫の対策及第を賀する作に和し奉る。〈韻を次ぐ〉」。→補一。

一 平和に治まる御代に行われる式部省の対策の試は、天下の注目するところ、その成績や判定についての評判はただならぬものがある。明時は、明らかに治まっている御代。昭代・聖世。二 父祖の業をうけついで、その(紀伝文章の道の)任務を負担して、外(ほか)の道にはみだしたりはしない。→補二。三 対策の試の場から、空しく帰宅して、いたずらに勉強ばかりして白髪頭の年よりになってしまうことを、幸にも免かれた。当時及第者は少なく、落第者が多く、その判定は峻厳を極めた。四 対策及第したからとて、立身出世して目をみはる高位顕官に列しようというような期待はない。「青雲に在る」は、及第して立身すること。五 君は、我が及第を賀して詩文を贈られた。私は感激の情をもって、君の新しい章句を味読する。→補三。六 そして改めて眼を拭って、(都の言道の)きびしい評定文を読んで、眠りからさめたような思いをする。→補四。七 見事に成功して、対策の省試の困難さをすべておさめて突破し及第したなどとは言わないで下さい。管領は、困難を克服して栄誉を受領する意。八 わずかに虫のくった桂の一枝を折ったようなもので、(対策の判がいい成績でなかったことを)父にことわる。家君は、父の敬称。→補五。九 この度の対策の試においては、諸儒の評定は厳格をきわめ、病累や格律に違反することをどしどし指摘して呵責せられた。そこで「一枝の蠹桂」というのである。→補六。

51 「「麦秋至る」といふことを賦し得たり、一首。〈安・寛・寒・竿・壇・端を勒す〉」。

50 奉レ和下王大夫賀二對策及第一之作上。 次レ韻。

明時對策有名聞　　一 明時の對策 名聞有り
負擔箕裘不外分　　二 箕裘を負擔して外に分たず
幸免空歸爲白首　　三 幸に免る 空しく歸りて白首と爲らむことを
無期上列在青雲　　四 期すること無し 上に列りて青雲に在らむことを
含情若讀新章句　　五 情を含みて若しくは讀む 新章句
拭眼驚看舊判文　　六 眼を拭ひて驚き看る 舊判文
莫道成功能管領　　七 道ふこと莫 成功 能く管領すと
一枝蠹桂謝家君　　八 一枝の蠹桂 家君に謝す
諸儒評判、詩訶甚深。故云。　　九 諸の儒の評判、詩訶甚だ深し。故に云ふ。

51 賦二得麥秋至一、一首。 勒二安寛寒竿壇端一。

歩暦春王去　　一 暦を歩すれば 春王去りぬ

乘時夏令安　二時に乗ずれば　夏の令安なり
麥田千畝遠　三麥田　千畝遠し
秋色兩岐寬　四秋色　兩岐寬なり
欲擧先登穀　五先づ登る穀を擧らむことを欲りす
非逢暮律寒　六暮律の寒きに逢ふこと非ず
候占收繭稅　七候は繭の稅を收めむことを占す
人趁守鷄竿　八人は鷄の竿を守らむことを趁む
錄舊排囚戸　九舊を錄して囚戸を排く
羞新肅廟壇　一〇新を羞めて廟壇に肅む
自此多稼瑞　一一此れより稼瑞　多し
將望碧雲端　一二望まむとす　碧雲端

52　五月、長齋畢、書レ懷簡ニ諸同舍一。

問君十五日來心　一君に問ふ　十五日よりこのかたの心
隨喜無聊也不婬　二隨喜無聊　也婬せず

賦得は、四題注参照。↓補一。

一暦日を推歩してかぞえてみると、すでに春の季節は去ってしまっている。春王は、「春王正月」と左伝などにみえ、王の治めている天下の春の意。班固の東都賦に「春王三朝、漢京に会同す」とあるによる。

二孟夏になったのであるから、その夏の季節に乗って、夏のしきたりを行えば万事安らかに治められる。「乗時」、底本「垂時」に作り、板本「垂貶」に作る。↓補二。三麦のはたけは見渡すかぎり、何千畝と遠く広くつらなる。四麦の穂はふたまたにわかれてたっぷりとみのりが豊かである。↓補三。五麦の初穂をそなえて、神をまつろうと思う。↓補四。六（晩秋に米の初穂を神に供えるときは、やがて寒さが訪れるが）麦の秋には、年の暮れの寒気に逢うことがない。七初夏の候は、昔后妃たちが、内外の命婦たちに繭を税として支給する桑の分量に応じて収めさせる時節であった。↓補五。八↓九補二九。九旧悪を記録にとどめて、囚人のいる獄屋をひらいて、小罪薄刑の人に寛仁なるとりはからいをして解放する。↓補六。一〇新しくみのった麦をおそなえして、これを祖先の廟の祭壇にすすめる。↓補七。一一（天子がこうして月令にのっとって、政治を行うときは）天はその治政を賞でて、嘉禾瑞草を多く生い出でしめるであろう。一二雲際遠くに神仙郷をも望見することも不可能ではないであろう。李白の秋思詩に「海上碧雲断え、単于秋色来る」、高適の信安王幕府詩に「雲端に碣石を臨む」。

52「五月、長斎畢りて、懐ひを書して諸同舎に簡(ふみ)す」。貞観十二年の作。↓補一。

一この長精進の十五日このかたの気持は如何であったであろうか。二長斎中の法事に随喜の

初廢聲ゝ聞般若
暫停念ゝ貴觀音
慇懃欲趁花間醉
約略應容月下吟
爲向香爐經案導
涼風寒露更相尋

三初め聲聲を廢して般若を聞く
四暫く念念を停めて觀音を貴ぶ
五慇懃に趁めまく欲りす　花の間の醉ひ
六約略に容すべし　月の下の吟
七爲に香爐　經案に向ひて導ふ
八涼風寒露　更に相尋ねむと

53 長齋畢、聊言レ懷寄ニ諸才子一、訓答頻來、吟詠有レ感、更因ニ本韻一、重以戲之。

我今苦行最甘心
爲悔生ゝ殺盜婬
梵錄先添新發意
書齋更覓舊知音
嗟來白日馳輪轉
放得炎風避暑吟

一我いま苦行　最も甘心す
二生生の三殺盜婬を悔ゆるが爲なり
四梵錄　先づ添ふ　新發意
五書齋　更覓む　舊知音
六嗟來かくは　白日の輪を馳り轉すこと
七放得に炎き風をふかしめて暑を避けて吟ぜむ

心を生じて、それ以外の楽しみを求めず、女性にも接しなかった。→補二。三声を出すことをやめて、静寂のうちに、般若経の読経をきく。→補三。四しばらく念念に雑念のおこるのを停止して、専心に観世音菩薩に帰依渇仰する。→補四。五(今や長精進が終ったから)としみ(精進おとし)のもうけをして、花下に酒宴をひらいて諸君とねんごろに交歓したいと思う。六諸君と月下に放吟高歌しても、たいがいのところはゆるしてもらえるであろう。七そこで、長斎の仏事を営んだところの香炉や、経机に向かってつぶやくには。「導」は、「道」の俗字。→補五。八涼しい風が吹き、寒露がおき結ぶ秋の季節になったら、また尋ねてお前さんたち(仏具)に再会して禅を修め斎を営もうと。→補六。

53 「長斎畢りて、聊かに懐ひを言ひて諸才子に寄す、訓答頻(しき)に来りて、吟詠感有り、更に本韻に因りて、重ねて戯る」。→補一。一私はこの長精進の苦行も、心に楽しんで苦しいとも感じなかった。→補二。二流転輪廻していくたびも生をかえること。三五戒のうちの三戒。一・二句は、長斎を勤行して、殺生・偸盗・邪淫の戒を生生世世くり返し、わが身が犯してきたことを懺悔するの意。→補三。四仏家の名録に、まず新発意(ぼち)として名前を添え加えよう。新発意は、新たに発心したもので、仏家と在家とにかかわらない。五書斎にかえって、またあらためて旧来の友人をもとめる。六太陽が、その光輪を急速に転回して、時間がすみやかに経過することを嗟嘆する。「来」は、軽く添わる助辞。→補四。七(真夏になったので)炎熱の風はかってに吹かせて、私どもは避暑吟の詩をうたおう。放炎風は、炎風が吹きまくるままにさせておく、勝手に吹かせておくこと。

歸著葷腥應宴樂　八葷腥に歸著して宴樂すべし
世間何處擬先尋　九世間　何れの處にか　先づ尋ねむと擬す

54　翫二秋花一。東宮侍中局、小宴之作。

秋花得地在春宮　一秋花　地を得て　春宮に在り
万歳將看一箇叢　二万歳　看むとす　一箇の叢
素片還慙芳意素　三素片　還りて慙づ　芳意の素き
紅房溫對醉顔紅　四紅房　溫に對す　醉顔の紅
馨香畏減凄凉雨　五馨香　減たむことを畏る　凄凉たる雨
氣色嫌傷晩暮風　六氣色　傷むことを嫌ふ　晩暮の風
欲惣繁華供殿下　七繁華を惣べて　殿下に供へまく欲りする
不知何處路相通　知らず　何れの處にか　路相通へる

55　仲秋釋奠、聽レ講二周易一、賦二鳴鶴在一レ陰。

放得は、不審。→七六注六。
八　とどのつまりは、なまぐさい野菜や生肉をたべる生活にもどって、（精進おとしの）さかもりをして楽しもう。葷は、臭気のある菜。腥は、なまぐさい生肉。九　世間の何処に、その御馳走を求め尋ねようか。（真にそう思って詠んでいるわけではない、戯作と自ら言うゆえんである。）→補五。

54「秋花を翫ぶ。〈東宮侍中の局にて、小宴の作〉」。→補一。
一　秋菊の花が、ところ得顔に、東宮御所の庭に咲いている。秋花は、菊をさすであろう。「秋花」に「春宮」を対する。春宮は、東宮のこと。→四八注二一。二　うえこみのくさむらに御子万歳の寿を象徴する秋菊の花を見守りたい。三　白菊のはなびらのけだかい白さには、はずかしいことだが、わが君にささげる芳情のまごころの白さはとても及ばない。→補二。四　紅色の花房（ぶさ）に、宴の酒に酔った赤い顔で、暖かに対して見る。五　よいかおりも、ものさびしい秋の雨に減りはしないかと恐れる。六　秋の夕風が吹いて、菊の端麗な姿もいたみはしないかと気にかかる。七　このにぎやかに栄えひらく菊の花をすべて東宮殿下（時に三歳）にさしあげたいと思うけれども、大奥のことはおそれ多く、どこから入って行けば殿下のところに路が通じているのか、知らない。

55「仲秋釈奠、周易を講ずるを聴く、「鳴鶴陰に在り」といふことを賦す」。三代実録に「貞観十二年八月七日丁亥、釈奠如レ常」とある。詩題は、易経、繋辞上に「鳴鶴在レ陰、其子和レ之」とあるによる。鳴鶴が幽陰のところにあっても、鳴けば、その子は遠いところにいても鳴く、これは同類が相感応して和鳴するの意。

暗知鳴鶴驚秋氣
一叫先穿數片雲
縱使清聲千万和
不用十翼豈高聞

一 暗(あむ)に知(し)る　鳴鶴(めいくわく)の秋氣(しうき)に驚(おどろ)くことを
二 一(ひと)たび叫(な)きて先(ま)づ穿(うが)つ　數片(すへん)の雲(くも)
三 縱使(たとひ)　清(す)める聲(こゑ)に千万和(せんまんくわ)すとも
四 十翼(じふよく)を用(も)ちてせずは　豈(あに)　高(たか)く聞(きこ)えめや

56　九日侍宴、同賦ニ天錫レ難レ老、應レ製。幷レ序。

臣聞、[1]精誠感致、欽若之機自齊。[2]冥報來臻、孔照之鑑無レ掩。蓋[3]五緯連レ珠、二離合レ璧、則[4]躔次頻謝、[5]孰謂ニ長生一。[6]雲膚爛レ紫、[7]露液流レ甘、則[8]氣色難レ留、[9]未レ期ニ久視一。豈若[10]聖化旁達、天居既成ニ一葦之程一、[11]皇明遠覃、司命不レ換ニ三科之算一。[12]猗歟[13]穰々景福、[14]駈ニ老彭一以列ニ周行一、[15]濟々風猷、[16]趁ニ龜鶴一以朝ニ[17]魏闕一。[18]紅桃在レ面、非レ藏ニ春色於形容一。白雪呈レ肌、寧結ニ寒光於腰體一。[19]彼紫府黄庭之遊、熊[20]經鳥申之戲、[21]說在ニ方外一、誠爲ニ[22]瑑焉一。故肉飡空設、遂可レ無ニ勤養之勞一。[23]鳩杖舊在、誰見レ有ニ扶持之用一。況乎重陽慶節、九日優遊、[24]侍レ宴者得ニ道於登レ高、合レ歡者歸ニ心於避レ惡。[25]霓裳一曲、鈞天夢裏之音。[26]露酌數行、仙窟掌中之

一 鶴が幽陰のところに居て、秋のけはいに驚いて鳴くらしい。二 その鳴く一声は、空行く幾きれの雲を貫いてきこえる。三 たといその清んだ鳴き声に、千万の鶴が和して鳴こうとも。四 孔子が述作したところの十翼がなければ、どうして鳴鶴の声も天高くきこえようか。（周易の奥深い真理もどうして解明できようかの意。）十翼は、孔子が述作したと、史記・漢書が伝えるところの易の注釈。易経の羽翼となるものの十伝、即ち上象・下象・上象・下象・上繋辞・下繋辞・文言・説卦・序卦・雑卦のこと。

56 「九日、宴に侍(はむべ)りて、同じく「天老い難きを錫(たま)ふ」といふことを賦す、製に応(こた)へまつる。〈序を幷せたり〉」。貞観十二年九月。文粋九・扶桑集九に出。↓補一。

1 ↓補二。 2 ↓補三。 3 五緯は、右旋する五星の名。二離は、天にかかる二つの日月。↓補四。 4 ↓補五。 5 ↓補六。 6 ↓補七。 7 ↓補八。 8 ↓補九。 9 ↓補一〇。 10 天居は、最も明るい太一星の常居。「紫微宮」ともいう。一葦は、一本の葦でなく、一束にしていかだのようにして河を渡るに用いる。「天居」、底本「天久居」に作る、いま文粋による。↓補一一。 11 聖皇の明徳が遠く及んで、天人感合して、定命の寿を全うする。↓補一二。 12 嘆美の感投詞。 13 穣穣は、多い形容。景福は、大いなる幸福。 14 老は、老子。彭は、彭祖。ともに長寿者。 15 済済は、衆盛の形容。風猷は、高潔なる風格。 16 亀鶴は、長寿者の喩。↓補一三。 17 王宮をいう。魏魏として高大であるから「魏闕」という。 18 ↓補一四。 19 紫府は、紫府宮で神仙女のすまい。黄庭は、黄老君のすまい。ともに神仙方術の世界。 20 ↓補一五。 21 方外は、常識外の世界。瑑

飲。[27]臣等不レ知不レ識、帝力何施。[28]優哉游哉、神交斯在。[29]非レ頌二天錫之遐齢一、無レ叙二人君之至徳一云尓。謹序。

明王開壽域
不老自蒼天
駐采非因道
輕身豈學仙
鶴毛無一片
鮐背可千年
已識皇恩洽
將編雅頌傳

一明王　壽域を開く
二不老　蒼天よりす
三采を駐むること　道に因るに非ず
四身を輕むずること　豈仙を學ばめや
五鶴毛　一片だに無きも
六鮐背　千年なるべし
已に識る　皇恩の洽きことを
七將に雅頌の傳を編まむ

57　冬日、賀二船進士登科一、兼感二流年一。

苦惜分陰貢士家
登科自此甚寛賖
題名已舊前春牓

一苦に分陰を惜めりき　貢士の家
二登科　此れより甚だ寛賖ならむ
三名を題して已に舊りにたり　前の春の牓

焉は、徴徴。いうに足らぬことの形容。22 ↓補一六。23 ↓補一七。24 ↓補一八。25 ↓補一九。26 ↓補二〇。27 ↓補二一。28 ↓補二二。29 ↓補二三。

一 聖明なるわが君は、（重陽の節にあたって、菊酒を賜い、）長寿の国にいたる通路をひらき給うた。西域記に「颿(たやす)く寿域に驅る」。二 （宴に侍するものひとしく）蒼天より不老長生の寿を賜わった。詩経、王風に「悠悠たる蒼天」。三 （菊花酒を飲んで、）若やいだ色つやを失わないで保つのは、仙道に因るわけではない。四 （菊花酒に酔って）身も軽くなる、（羽化登仙する思いであるが、）別に方術を学んだわけでもない。五 （王子晋は白鶴に乗じて登仙したというが、）私には別に鶴の羽毛一片だにない。王子喬、名は晋。彼のことは列仙伝上に出。六 （しかし今日の宴に陪しただけで）千年の長寿を得るであろう。鮐背は、老人のこと。人が老いると、背に鮐(ふぐ)のようなしみを生ずるためにいう。七 （わが君の皇恩の広大なことをたたえるために、）雅（正楽の歌）頌（祖先の功徳をたたえる歌）の詩に対して、その義解の伝を編みたいと思う。

57 「冬の日に、船進士が登科を賀して、兼ねて流年を感ず」。↓補一。

一 （今までは）文章生たる君の家では、一寸の光陰をも惜しんで（勉強して）いた。分陰は、一分(ぶ)の光陰・しばらくの時間。貢士は、文章生の唐名。二 文章生の省試に及第してこれからはのんびりしてゆったりするであろう。貢士は、文章生もしくは擬文章生が、科挙即ち省試に及第して文章得業生になること。↓補一・一三注二。三 （文章院の曹司に、）先年の春からの君の文章生の名札（牌牓）がかけられたままに年旧り

就賀難留晩日車
席上傳看紅桂杪
盃中勸得綠梨花
君功我業先成後
不恨三冬景易斜
予對策及第之日、進士得レ預二登科一。

四 賀に就かむとして留め難し　晩日の車
五 席上傳へ看る　紅桂の杪
六 盃中勸むること得たり　綠梨の花
七 君が功と我が業と先づ成りにし後
八 恨みず　三冬景斜なり易きことを
九 予れ對策及第の日、進士登科に預ること得たりしなり。

58 冬至日、書レ懷奉レ呈二田別駕一。

禮具誰羞履襪疎
千門共幸一陽舒
風光不弁微和屬
夜漏猶嫌冷夢餘
稱舊秀才春去後
喚前司馬歳來初
正元駕覺殊今日

一 禮具誰か羞ぢむ　履襪の疎なることを
二 千門共に幸とす　一陽の舒ぶることを
三 風光弁へず　微和の屬することを
四 夜漏なほし嫌ふ　冷夢の餘ることを
五 舊の秀才と稱せらる　春の去にしより後
六 前の司馬と喚ばれむ　歳の來らむ初め
七 正元駕覺　今日に殊ならむ

ていたのであった。四（今や晴れの及第をしたので）その祝賀の宴に就こうとして、夕方、車をはしらせるのをとどめることはできない。五 その宴席の場において、紅桂の枝というものをとり伝えてみた。紅桂は、樒（しきみ）のことだという。→補三。六 君に酒杯を勧めて、緑色の酒（梨の花さながらのうすみどりの酒）をつぐ。勧得、不審。→補四。七 君が登科の功を成しとげ、私が対策及第の業を成しとげたあと。八（今ではもうはげしい勉強をする必要もないから）冬の日かげが、早く斜めになり易くても、ちっともそれを恨みに思わなくなった。九 道真が対策及第したのは貞観十二年三月二十三日、一階加叙せられたのは同年九月十一日。省試も同じく三月に行われたのであろう。

58 「冬至の日、懐（おも）ひを書（しる）して、田別駕（でんべつが）に呈し奉る」。→補一。

一 冬至の日は天をまつったりするために、礼器をととのえるけれども、この日ばかりは履（くつ）と襪（したうず）の粗末なものも堂堂たる礼具として誰もはじないですすめる。→補二。二 どこの家でも、冬至になって、陽気がはじめて萌（きざ）してのびてくることを祝福する。→補三。三 冬至になっても、四面の風光は依然として冬景色のままで、春ののどけさがつづいてくるけはいをも知らぬげである。微和は、少しのどかなこと。陶潜の擬古詩に「春風微和を扇ぐ」とある。四 夜の時刻が最も長く、冷（すさま）じい夢からさめてもなお夜はあけない。五（今年をふりかえってみると）春三月尽のころに、文章得業生から対策及第して、それから以後はもとの秀才とよばれるようになった。秀才は、文章得業生の唐名。六 新しい歳の除目にはもっと栄転して、前の（下野権少）掾とよばれたい。司馬は、掾の唐名。道真は貞観九年二月二十九日に下野権少掾に任じていた。七 駕覚、語意未詳。→補四。八 再拝してあなたの手書の手紙をいただきたい。九 外国の官にかりに任じ、(下野権少掾に任じたが、)今や満期になってその官を辞退しよう。儒学の学生の本来のしごとは、礼を行い、経を執ることで、私はこの二つのことをもとからしてきたのであった。

59 「近ころ、冬至書懐詩を以て、田別駕に呈し奉りき。詶答の中に、「恐らくは冬の雷となりて蟄促(ちつそく)を開かむこと」といふ句有り。吟翫畢らざるに、重ねて一封を寄せられし、叙に云はく、「詩去(もいて)て、須臾(しばらく)に天南に、雷鳴一声、睡りを撃ち、夢を覚(さま)せり、感有りて更に本韻を用ゐしなり」といへり。予(われ)読むことを止めて驚愕す。已(すで)に天と人と相応(あひこた)ふることを悟る、即ちまた本韻を以て、重ねて呈す」。→補一。

一 上天ははるかにきわまりないけれども、よく人と感応して、疎略なりとはいえない。→補二。二 十二月の晦日に、冬中地にかくれていた雷が声を発したというが、(こういう感応があるとは、)天はわが願いに対してははなはだ寛大であると思わざるをえない。三 雷の声が百里の広さにひびきわたって、はてしなく聞える。百里は、一県宰の治めるところ。ここは、但馬国中にひびきわたったことをいうのであろう。「君は憐れぶ」は、その雷震の声に君は感嘆するの意。無外は、遠方のところ・はてしないところの意。→補三。四 城をいくつもつらねて、電光がいっせいに照らしてまだ余りがある。「我は利す」とは、私はそれをよろしとして喜ぶという意。趙王の連城の璧(へき)の連想もあろう。五 勉学にはげみ、詩をあげつらい作ることは、

再拜當煩手上書
權ニ任外官一、滿レ年抛レ笏。儒生故事、行レ禮執レ經。余兩有之。故聯ニ此句一。

八 再拜 當に手上の書を煩さむ
九 外官に權任せられて、年を滿てて笏を抛たむ。儒生の故事、禮を行ひ經を執る。余れ兩つながら有りき。故に此の句を聯ぬるなり。

59

近以ニ冬至書懷詩一、奉レ呈ニ田別駕一。詶答中、有下恐作ニ冬雷一開ニ蟄促一之句上。吟翫未レ畢、重寄ニ一封一、敍云、詩去須臾天南雷鳴一聲、擊レ睡覺レ夢、有レ感更用ニ本韻一。予止レ讀驚愕。已悟ニ天人相應一、卽又以ニ本韻一、重以呈之。

感徹悠ゝ不道疎
雷聲在晦甚寬舒
君憐百里聞無外
我利連城照有餘
强學言詩知是本
偸閑顯志愧爲初
恩容唱和驚天意
願遂編成數卷書

一 感徹ること悠悠とあり　疎なりと道はず
二 雷聲　晦に在り　甚だ寬舒なり
三 君は憐れぶ　百里聞きて外なきことを
四 我は利す　連城照して餘りあることを
五 學を强め詩を言ふことは是れ本なりと知んぬ
六 閑を偸み志を顯すことは初めたることを愧づ
七 恩容　唱和　天の意を驚せり
八 願はくは　遂に編成せむことを　數卷の書

文章道の根本である。言詩は、史記、儒林の伝に「言二詩于魯一」とある。六 閑暇をみつけては志を言うために書物をかきあらわすことは、はずかしいことだが、はじめてである。顕志は、文選の傅毅の舞賦に出。七 あなたの恩容、あなたの唱和の詩は、上天の心をうちおどろかしたのである。八 私はできたら数巻の書を編述したいものであると思う。入矢氏いう、「遂」の字は破格。

60 「残燈、風の韻」。↓補一。

一 ぽつりと一点きえ残っているともしびは、一晩中をともっていたもの。五夜は、「五更」ともいう。一夜を五分していう。「五夜通ず」は、単に通夜の意と同じい。「一点」「五夜」は、数字をあしらって、二句の「分分」「寸心」をあしらっているのに対する。二 ぽつんぽつんと蠟燭の蠟が涙がこぼれるように落ちる、心のなかに。↓補二。三 もえつきそうな余光はかげもかすかで、そっとそれをかきたてる。四 蘆でつくった簾を争っておろして、風が吹いて消しやしないかとおそれる。

61 「懐(おも)ひを書して、安才子に寄す」。↓補一。

一 肩にかついでもち運びをする。二 范曄(はんよう)の撰した後漢書一百篇。篇は、巻ともいう。↓補二。三 朝早く、日の出前に、君は百巻の後漢書をせおって、大学寮の門にあらわれる。四 若し(試に及第して立身し、)名をあげ、俸禄をとる身になりたいとねがわないのであるならば。五 暦の末に、数行の余日がまだ残っていることなんかに頓着しないであろうに。↓補三。六 歳暮のこと。莫は、日ぐれの意。「暮」と「莫」は通じ合う。七 学生が大学寮の試に応じて、擬文章生の資格をうること。↓補四。

60 殘燈、風韻。

一點殘燈五夜通
分〻落涙寸心中
餘光不力扶持擧
競下蘆簾恐見風

一 一點の殘燈　五夜通ず
二 分分落涙す　寸心の中
三 餘光力あらず　扶け持ちて擧ぐ
四 競ひて蘆簾を下して風を見むかと恐る

61 書レ懐、寄二安才子一。

肩舁范漢百篇書
大學門前日出初
若不揚名資祿養
何愁曆尾數行餘
君、有下歳莫暫停二寮試一之嗟上。

一 肩舁す　二 范漢百篇の書
三 大學門前　日の出づる初め
四 若し名を揚げ祿養を資けずは
五 何ぞ愁へむ　曆尾に數行の餘ることを
君、六 歳莫に暫く七 寮試を停らるる嗟き有り。

62　同舍、小飮。

舍不過方丈　舍は方丈に過ぎず
酒將及數盃　酒　數盃に及ばむとす
夜更留不駐　夜更け留むれども駐らず
好去待時來　好し去れ　時を待ちて來れ
秀才早去。故有㆓此句㆒。　秀才早く去る。故に此の句有り。

63　漢書竟宴、詠㆑史得㆓司馬遷㆒。

少日纔知誦古文　少かりし日　纔に古文を誦むことを知れり
何圖祖業得相分　何ぞ圖らむ　祖業　相分るること得ることを
毎思劉向稱良史　毎に思ふ　劉向が良史と稱することを
再拜龍門一片雲　再拜す　龍門一片の雲

62「同舍、小飮」。舎を同じくする学友たちと浅酌した時の作。
一 舎は、一丈四方の狭い家。菅家廊下を指すであろうか。二 夜がふけたので、同舎の文章得業生たちをひきとどめようとしても、とどめられない。夜の時間の過ぎるのをとどめられないとも解しえられる。三 機嫌よく去りたまえ。今夜はこれでよしとして、都合のいい時を見てまた来たまえ。文章得業生たちが、対策及第する日を期待する心もあろう。好去は、去りゆくものに対して安慰することば。唐代俗語。↓補。

63「漢書の竟宴に、史を詠じて司馬遷を得たり」。↓補一。
一 司馬遷は、少年の時には、ようやく古文で書かれた書物を読むことができた。古文は、先秦の文字。鐘鼎文・簡策の漆書文字(蝌蚪文)・碑碣の大篆・亀甲獣骨文字など。↓補二。
二 意外なことには司馬遷の先祖はそれぞれ諸国に分散して、それぞれ業を異にしたのであった。↓補三。三 かの劉向は、司馬遷の史記は、誠に良い史書だとほめたたえた。劉向は、前漢の学者。人となり誠忠、しばしば諫を上る。「列女伝」「新序」「説苑」等の著がある。↓補四。四 かの司馬遷が生れたという竜門(山と思うはるかかなた)を再拝すれば、一片の雲が浮かんでいる。竜門は、禹の鑿(ほ)った竜門。竜門山はその東、秦州竜門県の北に在る。黄河のほとり。ここは、菅家廊下を「登竜門」というにちなむ。↓補五。

64「八月十五夜、月の前に旧(むかし)を話(ものがたり)す、各一字を分つ。〈探りて心を得たり〉」。
一 秋の月はただ白く冴えて、今も昔も同じ色に照っている。二 ただひとすじの月の光色は澄

64 八月十五夜、月前話レ舊、各分二一字一。探得レ心。

秋月不知有古今　秋月 古今有ることを知らず
一條光色五更深　一條の光色 五更深し
欲談二十餘年事　二十餘年の事を談せまく欲りす
珍重當初傾蓋心　珍重す 當初 蓋を傾けし心

65 謁二河州藤員外刺史一、聊叙レ所レ懷、敬以奉レ呈。

君居便近望階墀　君が居 便ち近くして 階墀を望む
請謁猶愁寸歩遲　請謁 なほし愁ふ 寸歩の遲きことを
案譜江流親不隔　譜を案ずるに 江流 親み隔てず
刺史適生二于大江氏一。江菅兩氏、元是一族。故云。　刺史 適大江氏に生る。江菅兩氏、元是れ一族なり。故に云ふ。
同門孔聖道無欺　門を同じくして孔聖 道欺ること無し
刺史問二道於橘侍郎一、亦復一門冠首者也。　刺史道を橘侍郎に問ふ、亦復一門の冠首なる者なり。

んで、五更の夜も深けわたった。五更は、戌夜、午前四時。ここは単に深更の称。光字、一本花字に作る。三 物心ついて二十何年のことを思い出して、昔物語をしようと思う。→補一。四 かたじけなや！ あの当時、貴君たちと初めて会して、車の蓋を傾けて、旧知のように相親しんで交遊したことであったなあ。(何となつかしいことだろう。)→補二。

65 「河州の藤員外の刺史に謁す、聊かに懐ふ所を叙して、敬(つつ)みて呈し奉る」。河州藤員外刺史は、河内権守藤原某。何人か、なお尋ねたい。

一 あなたの住居はすぐ目の前で、庭や石のきざはしさえも見えるほど。階は、堂にのぼるだんだんの道。墀は、石を敷いた庭。二 お目にかかろうと思って、参上するとき、(その石段をのぼるのに)一歩一歩とあゆみも遅くなるのが気にかかる。請謁は、貴人に面会をこうこと。三 系譜をくりひろげてみると、(あなたはもとは大江氏の生れ。) 大江氏と菅原氏とは(そのもとはともに土師(はじ)氏の出で、) 同じ系統の流れに属しているから隔てない親しみがある。→補一。四 (あなたは橘広相に学ばれたが、広相は菅原是善の門人であり、つまり)あなたと私とは同門のよしみであって、ひとしく聖人孔子の道を正しくうけつたえるものである。欺は、欺負の意。アナヅルの訓は、「欺、アナツル」(類聚名義抄)による。→補二。五 橘広相。→補三。六 庭さきには花が咲きみちて、時も満月のおりだから、春の花見の夜遊の宴をにぎやかに楽しまれなさるであろう。七 (花見の夜宴を遊ばされるときに、碁などしていたのでは)かならずや長く客をうっちゃっておいてあなたが失礼されるはずであるが。八 私は、日日にやってきて碁のお相手をすることを嫌わないのである。

66 「早春、宴に仁寿殿に侍(はべ)りて、同じく「春雪早梅に映ず」といふことを賦す、製に応(こた)へまつる」。扶桑集十二に出。→補一。

一 (春のあわ)雪のひとひらと、梅のほころびる花びらと、どうかするとまるでひとつで、みわけがつきにくい。一般は、一様・同様の意。

二 第一の梅の幹を支えるそえ木は、(早春の今、花かとみまがう春雪をかぶった梅をみて喜んでいる。)やがて春がたけて、ほんものの花が咲く、その時の楽しみを待っている。→補二。

三 氷のようにさやかに白い絹を寸ごとにたちきったような春の雪が、ふわりと梅の花にふりかかって、軽い化粧をほどこした花の顔にいりまざる。紈は、素・しらぎぬ。氷は、潔白を喩える。混は、混淆・混合の意。

四 仙郷から玉のかけらが舞いおちてきたように、春の雪が梅の花にふりかかって、梅の花のあえかななまめかしい色がいっそうゆたかにひきたつ。軟は、繊脆(せんぜい)の意。→補三。

五 紅梅の鶏の舌のような紅いはなびら、風が吹いて雪を散らすとやっとあらわれる。→補四。

六 梅の木の枝にふりかかった雪は、おりたった鶴の毛のようで、おりからの夕陽に向かってさむざむと映えている。→補五。

七 聖明な天子が、(紅梅と鶏舌、春雪と鶴毛との)真偽を弁別したいならば、どうか宮中の女官につくづくと観察させていただきたい。宮人は、宮中の奥向きに仕える女房・宮女。

67 「早春に、右丞相の東斎に陪(はべ)りて、同じく「東風梅を粧(よそほ)はしむ」といふことを賦す、各一字を分つ。(探りて迎字を得たり)」。扶桑集十二に出。→補一。

一 春風が吹いてきて、初生児はだれかとおっかけてきてたずねる。頭生は、はじめての子供。

春遊莫棄開花處
夜宴當饒月滿時
若會長拋疎客禮
何嫌日到敵圍碁

刺史面許㆔對敵㆓圍碁㆒。故有㆓此興㆒。

六 春遊 棄つること莫 花の開くる處
夜宴 當に饒ならむ 月の滿つる時
七 若し會ず長く拋たば客禮を疎にせむ
八 何ぞ嫌はむ 日に到りて圍碁に敵らむことを

刺史面圍碁に對ひ敵らむことを許さる。故に此の興有り。

66 早春侍㆓宴仁壽殿㆒、同賦㆔春雪映㆓早梅㆒、應ㇾ製。

雪片花顔時一般
上番梅楥待追歡
氷紈寸截輕粧混
玉屑添來軟色寛
鷄舌纔因風力散
鶴毛獨向夕陽寒
明王若可分眞僞
願使宮人子細看

一 雪片花顔 時に一般
二 上番の梅楥 追歡を待つ
三 氷紈 寸に截りて 輕き粧ひ混けたり
四 玉屑 添へ來りて 軟なる色寛なり
五 鷄舌 纔に風力に因りて散ず
六 鶴毛 獨り夕陽に向ひて寒し
七 明王 若し眞僞を分つ可くは
願はくは 宮人をして子細に看しめよ

俗語。二そこで梅は美しい化粧をして、木めぐりいっぱいに花をほころばせて、春風の御入来を迎える。梅粧は、婦人の額上に梅花を貼りつける化粧法。「梅花妝」ともいう。宋の武帝の女、寿陽公主の故事による。「為」の用法は和習。→五三補五。三(梅がゆたかに匂う、)いったい春風はどこの家からこのようにすばらしい麝香にもにた香剤をぬすみだしてきたのであろう。香剤は、まぜて調合した香の薬剤。→補二。四(梅が的皪と咲いている、)いったい春風はどこの彩色をした高楼から、美しい紅玉の宝石を送りとどけてきたのであろう。粉楼は、粉壁彩瓦の美しい高楼のこと。「将」は、語助にすぎない。五春風は暖かな火を吹いて、梅の枝の結ぼれたつぼみをひのしで暖めてしきりにのしひろげる。熨字、諸本慰字に作る、いま意改。六その上に、鋭く冷たい霜の刀で、裁ちきり、どうやら梅の花の衣裳をつくりあげる。七(梅の花がすばらしい衣裳を身にまとって咲く、)しかしあの装束は、べつだん少女を労働させてしらぎぬを裂いて裁縫させたものではない。(春風がしたしわざである。)→補三。八春一番の早い鶯がきて、美しい梅の花に巣をひとり占めして鳴くのを(春風が)妬んだって、無理もない。九草木がしげり、百花がいろいろに咲き合うという春のさかりの時節にはまだまだ早い。一〇天の号令である風もゆるやかにのどかに吹いて、五日間の一候(十五日間の一気)と、春のさかりにはまだ間がある。→補四。一一梅の花をみると、白くかがやく花蘂がより集っているが、それは真白にかがやく塩によく似ている。一二ちょうど大臣が羹を和するために塩梅(塩と酢)を以て調理するように、天子をたすけて天下を治めようと思われるからであろう。→補五。

67

早春、陪㆓右丞相東齋㆒、同賦㆓東風粧㆒㆑梅。各分㆓一字㆒。 探得㆓迎字㆒。

春風便逐問頭生
爲翫梅粧繞樹迎
偸得誰家香劑麝
送將何處粉樓瓊
先吹煖火頻溫熨
更作霜刀且剪成
裂素誰容勞少女
占巣莫怪妬初鶯
繁華太早千般色
号令猶閑五日程
好是銀鹽多結蘂
應緣丞相欲和羹

一春風　便ち逐ひて頭生を問ふ
二爲に梅粧を翫び　樹を繞して迎ふ
三誰が家の香劑の麝をか偸むこと得たる
四何れの處の粉樓の瓊をか送將れる
五先づ煖火を吹きて頻に溫め熨す
六更に霜刀を作して且く剪りて成る
七素を裂きて誰か容さむ　少女を勞めしむることを
八巣を占めて怪しぶこと莫　初鶯を妬むことを
九繁華太だ早し　千般の色
一〇号令なほし閑なり　五日程
一一好是し　銀鹽多く蘂を結ぶ
一二丞相の羹を和せむことを欲りするに緣るべし

68 書齋雨日、獨對二梅花一。

點檢窗頭數箇梅
花時不記幾年開
宮門雪映春遊後
相府風粧夜飲來

今年內宴有レ勅。賦二春雪映二早梅一。內宴後朝、右丞相招二詩客五六人一、賦二東風粧レ梅。余雖二不才一、侍二此兩宴一、故云。

紙障猶卑依樹立
蘆簾暫撥引香廻
書齋對雨閑無事
兵部侍郎興猶催

一點檢す　窓頭　數箇の梅を
二花の時　記さず　幾ばくの年か開きたる
三宮門　雪は映ず　春遊の後
四相府　風は粧ふ　夜飲したるより

今年內宴に　勅有り。「春雪早梅に映ず」といふことを賦す。內宴の後朝、右丞相、詩客五六人を招き、「東風梅を粧ふ」といふことを賦す。余れ不才なれども、此の兩宴に侍り、故に云ふ。

五紙障　なほし卑くして樹に依りて立つ
六蘆簾　暫く撥げて香を引きて廻す
書齋　雨に對へば閑にして事なし
七兵部侍郎　興なほし催す

68「書斎にして雨ふる日、独り梅花に対(むか)ふ」。貞観十六年一月下旬から二月にかけての作。

一 書斎の窓のほとりに咲く数本の梅の木を一一あらためて(花の咲き工合を)しらべてみる。二 花の咲く時になって、幾年前から花が開くかと考えてもおぼえていない。この句、意やや明らかでない。三 早春、宮中の内宴に陪して、「春雪早梅に映ず」という詩を賦したが、はたして春雪が宮門の梅に映って咲いたことだ。→六六。四 右相府の後朝夜飲に招かれて、「東風梅を粧ふ」という詩を賦したが、それから春風が梅花を美しく化粧して咲かせたことだ。相府は、宰相の官舎。大臣の唐名。→六七。五 わが書斎にめぐらす紙障(屏風・衝立の類)は、たけが低いけれども、それでもやはり梅の木がみえるようにと心づかいして立てる。六 わが書斎にめぐらす蘆簾をば、しばらくでもまきあげて、梅の花から香が流れてくるようにと心しらいをする。七 兵部少輔となった私は、(家にのんびりしておれば、雨は降っているけれども、梅の花をながめて、)やはり興を催すことである。→補。

69「戸部侍郎(こほう)を拝して、聊かに懐ふ所を書して、田外史に呈す」。道真は、貞観十六年(八七四)二月二十九日に、兵部少輔より民部少輔に遷任された。田外史は、島田忠臣の弟、大外記島田良臣であろう。良臣は、元慶期に「文徳実録」の編修にあずかり、早世して、「外史大夫詩巻」をのこした。道真室の兄弟である。→六六補。

一 民部少輔は、はなはだいそがしい役目だときいている。民部省は、諸国の戸籍・人口・賦役・山川橋梁・田畑等を管轄する。長官たる卿

69　拝二戸部侍郎一、聊書レ所レ懐、呈二田外史一。

聞説劇官戸部郎
人臣何簡職閑忙
偸居史局三年去
忝入兵曹一月強
余貞観十三年、為二内史一。今年正月遷二兵部侍郎一。二月遷二任戸部一。
案牘初慙従政理
風雲暫謝属文章
知君近侍公卿議
功過昇降報莫忘
外史侍二近仗頭安一、毎有二公議一、終日祗候。故云。

一 聞説く　劇官　戸部郎
二 人臣　何ぞ簡ばむ職の閑と忙とを
三 偸に史局に居ること　三年にして去んぬ
四 忝く兵曹に入りてより　一月強ならくのみ
余、貞観十三年、内史となり、今年正月、兵部侍郎に遷る。二月、戸部に遷任せらる。
五 案牘　初めて慙づ　政理に従ふことを
六 風雲　暫く謝せむ　文章を属することを
七 知んぬ　君が近く公卿の議に侍りしを
八 功過昇降　報げて忘るることな
外史近九仗頭安に侍りて、毎に公議有りて、終日に祗候す。故に云ふ。

一人、次官たる大輔・少輔各一(職員令)。もとの内務次官の役目。二 人臣たるものは、自分で職官をいそがしいとか、ひまだからといって、かってにえらぶというようなことができようか。三 私は(貞観十三年三月に少内記に任じてより)中務省の史局に居たことが三年で(貞観十六年一月に)そこを去った。内記は、詔勅を起草し、宮中の記録を整理する役目。四 次いで兵部少輔として兵部省に職を忝くしてからは、わずかに一カ月少少に過ぎない。ことし貞観十六年一月十五日に任じて、二月二十九日に遷任。兵曹は、兵部省の役所。軍務兵事をつかさどるところ。五 民部省の役所に入って、おびただしい地方からの公務上の文書類ととりくんで、政務を処理するのは、何しろはじめての経験で、はずかしいことである。六 (そこで)風雲月露に触発せられて、詩文を作ったりすることから、しばらくとおざかろうと思う。七 君は(大外記として、納言の左右に近侍して)、公卿の閣議にも近く侍する身分であるから。八 政務の功過(てがらとあやまち、勤務評定)や、人事の昇降(昇任や左降)のことなどの消息を忘れずに知らせていただきたいものだ。律令制官人の小心翼翼たる姿がうつしだされている。過字、底本遇字に作る、いま板本による。九 近仗頭安は、誤りがあろう。安字、藁草案字に作る。仗字、詩紀伏字に作る。云字、藁草欠。この分注は写し誤りがあるとみえて解しがたい。藁草により「仗頭の案」とみ、「侍近」は、「近侍」の誤りとみて、試みに解すれば、「仗」は宮中の警護兵、内廊閤外に立てる。「仗頭」はそれらのいるあたりの意か。

70　九日侍レ宴、同賦ニ紅蘭受レ露一、應レ製。

芳蘭裛露恐傷風
好是餘清洗碎紅
鶴驚寒更三轉後
蜂喧晩歩十廻中
珠團滿袖羅文解
玉酒添香盞底空
臣幸著緋恩澤渥
自咍曉滴在秋叢

[一]芳蘭　露を裛りて　風に傷れむかと恐る
[二]好是し　餘清　碎紅を洗ふ
[三]鶴は驚く　寒更三轉の後
[四]蜂は喧し　晩歩十廻の中
[五]珠團　袖に滿ちて羅文解く
[六]玉酒　香を添へて盞底空し
[七]臣幸に緋を著て恩澤渥し
[八]自ら咍はくは　曉滴の秋叢に在ることを

71　九日侍レ宴、同賦レ吹ニ華酒一、應レ製。

恩容九日醉顔酣
酒湛兼清菊採甘
把盞無嫌斟分十

[一]恩容九日　醉顔酣なり
酒は[二]兼清を湛へ　[三]菊は甘を採る
盞を把り　嫌ふこと無く[四]分十を斟む

70「九日、宴に侍(はべ)りて、同じく「紅蘭露を受く」といふことを賦す、製に応(こた)へまつる」。底本・板本・藁草「貞観十五」と注するが、類聚国史によると、貞観十五年九月九日は重陽の節停止とあり、十六年もまた停止。おそらく貞観十七年九月九日であろう。↓補一。
一 芳しい香をはなつ蘭の花が露を含んで、秋風が吹きやぶりはしないかと恐れる。↓補二。
二 清い露の余滴が、蘭の花のこまやかな紅の色を洗うのはよろしい。↓補三。
三 秋の夜寒(よさむ)に三更を過ぎて霜が蘭にふると鶴は時を知ってなきたてる。淮南子、説山訓に「鶴夜半を知る」、注に「鶴は夜半に鳴く」。
四 秋の夕陽が蘭にさすと、蜂は花のめぐりを幾めぐりして翅音がやかましい。
五 紅蘭に珠のような露の玉が凝って袂にみちるが、露だからその袖の羅(うすもの)の文様がはかなく解けるようだ。
六 紅蘭に玉の酒のように芳しくたたえられるが、露だから、酒盃の底がないと同じい。
七 私は幸にも優渥な恩(めぐみ)の露を辱うして、緋衣(あけのころも)を着る身の上である。緋(あけ)は、五位の官人の服の色。
八 重陽の後朝の暁の露の玉は、私の上にあるはずだのに、却って秋蘭の叢(くさむら)に結ばれるとはおかしいことだ。緋衣をつけて恩沢をうける自分を、紅蘭露を受ける姿に見立てる。

71「九日、宴に侍りて、同じく「華酒を吹く」といふことを賦す、製に応へまつる」。類聚国史によって検するに、元慶二年九月九日の作であろう。詩題は、重陽の菊花酒を吹いて菊を吹きまろばして飲むこと。扶桑集十に出。
一 なさけ深い姿。陽成天皇をさす。時に九歳。
二 清酒の名。↓補一。
三 菊にはいろいろの味があるが、甘味のものをえらびとる。↓補二。
四「十分」ということばの詩的表現。白居易の

吹花乍到唱遅三
脣頭泛色金猶點
口上餘香麝半含
暮景雙行多得力
松喬更向小臣慙

五花を吹き　乍に到れば　六遅三を唱ふ
脣頭　七色を泛べて　八金なほし點ず
口上　九香を餘して　一〇麝半含む
一一暮景　雙び行けば　一二多くは力を得たり
一三松喬も更に小臣に向ひて慙づ

72　傷二安才子一。

誰疑世俗是風波
叫著蒼天痛奈何
已斷平生相教授
爲君西向誦彌陀

誰か疑はむ　一世俗　是れ風波なりといふことを
二蒼天に叫著りて　痛ぶこと奈何ぞ
三已に斷ちつ　平生相教授することを
四君が爲に西に向ひて彌陀を誦す

73　雪中早衙。

風送宮鐘曉漏聞

一風は宮鐘を送りて　曉漏聞ゆ

「和二春深一」詩に「十分なり杯裏の物」とあり、盃いっぱいに盛った酒のこと。五 酒に泛べた菊花を吹く、重陽の節のしきたり。唐、中宗の詔に「菊蘂を觴(さかづき)に浮ぶる日」とある。六 分十と同様に、「三遅」の詩的表現。江談抄にも引用する「酒式」に、「一遅・二遅・三遅」とあり、西宮記によると、酒が十巡以後におくれて来席したのを「三遅」というとある。一句は、席におくれてやってくるやいなや菊花酒の花を吹くと、たちまちに三遅三遅と人人が唱えるの意。↓補三。七 酔いの気色。八 黄金を点じたようにぽっと酔色をあらわす。九 酒の芳香。一〇 麝香を口中になかば含みかけたようだ。一一 夕方の光の中を、同僚とともにならび行く意か。夕日の我が陰影と我が身とならび行く意か。明らかでない。一二 長寿をちぎる菊花酒を十分にいただいて元気を得た。入矢氏いう、唐代語の「得力」は、意全く異なる。一三 松喬のたぐいの神仙さえも、私に対して顔まけするであろう。松喬は、赤松子と王子喬。「更に」は、なおもの意に用いるか。↓補四。

72 「安才子を傷ぶ」。↓補一。
一 俗世間は風波常ないものである。二 蒼天を仰いで、天道に自分の苦痛を叫び訴える。詩経、王風、黍離に「悠悠たる蒼天、此れ何人ぞや」。「著」は、動詞の後に接する語助のことば。↓補二・三七注三・七五注三七。三 これまで常日頃、お互いに教え合い切磋琢磨したことも、これからかなわなくなった。四 君の冥福を祈るために、西方の極楽浄土の方に向かって阿弥陀仏の名号を念誦(ねんじゆ)する。↓補三。

73 「雪中、早衙(きうが)」。↓補一。
一 風に乗じて、宮中で夜明けの漏刻をしらせる鐘の声がきこえてくる。↓補二。

催行路上雪紛ゝ
稱身著得裘三尺
宜口溫來酒二分
怪問寒童懷軟絮
驚看疲馬蹈浮雲
衙頭未有須臾息
呵手千廻著案文

二行を催す路上　雪紛紛たり
三身に稱ひて著ること得たり　裘三尺
四口に宜ひて溫め來る　酒二分
五怪しびて問ふ　寒いたる童の軟なる絮を懷くかと
六驚きて看る　疲れたる馬の浮べる雲を蹈むかと
七衙頭には有らず　須臾も息はむこと
八手を呵みて千廻　案文を著す

74　早衙。

廻燈束帶早衙初
不倦街頭策蹇驢
曉鼓鼕鼕何處到
南爲吏部北尙書

一燈を廻して二束帶す　早衙の初め
三倦まず　街頭に蹇へたる驢を策つことを
四曉の鼓は鼕鼕として　五何れの處にか到る
南は吏部にして　北は尙書

二 私宅から(民部省の)役所に出勤しようとして急いで行く途上に、雪がちらちらと舞う。三 当時、民部少輔。その官にふさわしい防寒の服装、そして三尺の革ジャンパーを身につけ、騎馬で出勤したのであろう。四 早朝出勤の前に、身体をあたためるために、適量のアルコールを一杯あおってきたのである。五 寒そうなかっこうの童子が袖に雪を真白につけているのをみて、やわらかい綿でも袖につけているかとあやしんでたずねてみる。宣風坊五条を西に、朱雀の大通りを北に、家から内裏の役所に急ぐ途中、馬上から雪の町の風景を寸描する。六 疲れた馬が雪の路上に歩調をみだすのをみて、浮雲を踏んでいるのであろうかと、はっと驚いてまじまじとみる。七 民部省の役所のなかでは、しばらくの間も休息するようなこともない。八 (寒さにこごえる)筆もつ手をしかりつけて、何度も何度も、公用の解文の草案を書きつけるのだ。

74 「早衙」。↓七三補一。

一 燈のむきをかえて、光を明るくすることを「廻燈」という。「背燈」に対することば。文集、琵琶行に「酒を添へ燈を廻して重ねて宴を開く」。立冬のころとすれば、卯の三刻に開門、それよりおくれて卯の四刻に日が出たから、まだ暗いうちから自宅の燈火のもとで出勤の準備をしなければならなかった(延喜式、陰陽寮、諸門を開閉する鼓を撃つ条)。二 朝服をきて、制定された帯をしめること。三 宣風坊より朱雀大路の街頭を、馬に絶えず鞭をあてながら進む。↓補一。四 (役所についたころに)暁の時刻を告げる鼓の音がどんどんとひびいてくる。↓補二。五 太鼓の音がどこにひびいてくるかといえば、それは吏部即ち式部省を南にし、尚書即ち中務省を北にするところ。↓補三。▽↓補四。

75　秋日山行二十韻。　于ㇾ時祈ㇾ神向二越州社一。

行〻山不盡　一行(ゆ)きに行(ゆ)きて山(やま)盡(つ)きず
念〻意無聊　二念念(ねむねむ)に意聊(こころたのも)しげなし
歩暦三秋暮　三暦(こよみ)を歩(お)す　三秋(さむしう)の暮(くれ)
離家五日朝　四家(いへ)を離(はな)る　五日(ごにち)の朝(あした)
白雲何澗口　五白雲(はくうん)は　何(いづ)くの澗口(かんこう)なる
紅樹幾巖腰　六紅樹(こうじゆ)は　幾(いく)ばくの巖腰(がんえう)ぞ
毎有凉氛到　七凉氛(りやうふん)の到(いた)ること有(あ)る毎(ごと)に
空令旅思焦　八空(むな)しく旅(たび)の思(おも)ひを焦(こが)れしむ
整粧寒蓐食　九粧(よそほ)ひを整(ととの)へて寒(さむ)き蓐(ねどころ)に食(しよく)す
催駕曉燈挑　一〇駕(のりもの)を催(もよほ)して曉(あかつき)の燈(ともしび)を挑(かか)ぐ
委曲斜穿路　一一委曲(ゐくゐよく)　斜(なな)めに路(みち)を穿(うが)つ
傾邪聳構橋　一二傾邪(けいじや)　聳(そび)きて橋(はし)を構(かま)ふ
地危常轉石　一三地(ち)危(あやふ)くして常(つね)に石(いし)を轉(まろば)す
天近暫摩霄　一四天(てん)近(ちか)くして暫(しばら)く霄(そら)を摩(な)づ

75「秋日、山行二十韻。〈時に神に祈らむとて越州の社に向へり〉」。→補一。
一 行きに行く。湖西を北上し、江北より若狭への山越しの路を旅を続けたのであろうと思われる。古詩十九首に「行きに行きて重ねて行きに行く。君と生きながら別離す」。参考、「在リト在ル」。二 旅の日日は思うごとに何かわびしい。聊は、楽しむ・頼むという意。楚辞、九思に「心煩憒兮意無聊」。三 暦を推しはかれば晩秋九月。日月が天を運(めぐ)るのは人の歩行みたいだということから、天文を按じて日月の暦を推算することを「歩暦」という。四 京の家を離れて五日の朝を重ねた。五 何処の谷のほらから、あの白雲は湧き出すのであろう。六 紅葉の樹樹が幾群(いくむら)の岩が根にすがり生(は)えていることであろう。七 うすら寒い天気。秋の肌寒さ。到字、底本・板本判字に作る、いま詩紀による。八 わけもなく何かこがれるようにあだに旅愁におそわれる。九 朝の装束を整えて、うすら寒いねどこのしとねの上で食事をする。蓐は、草を敷いてねどことしたものが原義。旅亭を朝出発する時の描写。一〇 車馬の準備をいそがせて、暁闇の中を燈火をかきたてる。一一 山腹を路は紆余曲折する。こまかに幾まがりする、いわゆる九十九折(つづらおり)の山路。一二 川にかかっている橋でなく、山中の谷間にかかっているかけ橋のことであろう。傾邪は、一方が高くかたよって傾斜している意。「聳く」は、谷間の空間にかかっていることをいうのである。板本「傾□邪聳橋」に作る。一三 谷ぞいの崖みちは常に落石の危険がある。一四 山深くわけ入ると、天も近いのか、どうかすると、雲脚をなでさする。摩霄は、天に迫る意。摩天と同意。文集に「此れより霄を摩し去ること晩きに非ず」とある。

未省人身換
宛如世界超
疲驂嘶布水
老僕困綿嶠
指過僧持錫
逢迎客採樵
低頭臨邑里
擧手謝塵囂
戸牖棊千峙
江湖帶一條
薜蘿新衲結
楡莢古錢銷
解渇流泉漱
承溫落葉燒
煙嵐心慘ゝ
骨髓氣蕭ゝ

一五人の身の換りしことを省ざれども
宛も世界を超ゆるが如し
一六疲れにたる驂は　一七布水に嘶く
老いにたる僕は　一八綿嶠に困しぶ
一九指過するに　僧は錫を持す
二〇逢迎すれば　客は樵を採る
二一頭を低れて邑里に臨む
二二手を擧げて塵囂を謝す
二三戸牖　棊千たび峙てり
二四江湖　帶一條なせり
二五薜蘿　二六新衲結べり
二七楡莢　古錢銷つ
渇きを解かむとして流泉に漱く
溫きを承けむとして落葉を燒く
二八煙嵐　心慘慘たり
二九骨髓　氣蕭蕭たり

一五 人間の身が、よその世界の身に転換したとは見えないが、まるで娑婆の人界(かい)を超出して、他の世界に入りこんだようだ。「宛も」は、さながらに・まるきりの意。類聚名義抄はアタカモ。「如し」と呼応。一六 疲れたそえ馬。驂は、四頭だての馬車の外側の両馬であるが、ここは単に乗用馬の意。一七 布を曳きさらしたような水。瀑布。一八 綿をひきわたした山の岨路(みち)。一九 僧は錫をもって道を指さし示して過ぎる。二〇 山路に行き逢えば、相手は木をきりながら挨拶する。二一 頭(かしら)を低くして、(峠のみちからふもとの)村里をみおろす。臨は、高いところから低いところをみおろすこと。「低頭」と「臨」との語感にいささかずれがあるので解しにくい。二二 ごたごたしてさわがしい町筋は、手を挙げてさっさと御免を蒙って過ぎる。二三 町なみの家家の戸口や窓口が、棊子(ごし)を無数に対峙(たいじ)したように散らばっていた。二四 ひろびろとした大湖は一筋の帯のように水が光っていた。琵琶湖をいうのであろう。二五 薜茘(れい)と女蘿(じょら)。まさきのかずらとつたかずら。二六 新しいころも。隠者もしくは僧の衣。楚辞、九歌、山鬼に、山鬼は形はないが、薜蘿を身にまとっていると見立てる。「人山阿(あ)に有るがごとし、薜茘を被(き)、女蘿を帯とす」による句。二七 楡(にれ)の葉が生じない先に枝条の間に生ずる莢(さや)。秦の半両銭が重かったので、漢になると小銭が出まわったが、その形が楡莢のようだったので、楡莢銭と名づけた。漢書、食貨志の「秦銭重くして用ひ難きがために、更に楡莢銭を鋳る」による句。二十五・二十六句は、まさきのかずらとつたかずらが生いしげって新しい僧衣を織りなすかとみえ、古銭とも見まがう楡の莢もすでに時過ぎて見ら

豈趁飛丹術
非求束帛招
拝神趨社廟
齋幣拂災祆
日脚光陰走
年華物色凋
風驅應達旦
月送自通霄
問著程多計
初知向後遙

豈に三〇飛丹の術を趁はめや
三一束帛の招きを求むるに非ず
三二神を拝せむとて　社廟に趨く
三三幣を齋むで　災祆を拂ふ
三四日脚　光陰走り
三五年華　物色凋む
三六風は驅りて旦に達るならむ
月は送りて自らに通霄なり
問ふ三七著くは　程多計ぞ
初めて知る　三八向後遙なることを

76　海上月夜。于レ時祈レ神到ニ越州一。

秋風海上宿蘆花
況復蕭々客望賒
語笑心期聲鬧浪

76　海上の月夜。時に神に祈らむとて、越州に到りぬ。

秋風の海上　一蘆花に宿る
況復むや二蕭蕭として客の望みの賒なるはや
三語笑心に期す　聲の浪に鬧がむことを

れなくなったの意。山路の景をのべる。
二八 秋霧と山の嵐気。 二九 骨の髄まで秋の粛殺の気がしみとおる。 三〇 山を行くのは道家神仙の煉丹の術を求めようというわけではない。飛丹は、道士の丹薬。南史、陶景弘の伝に「帝黄金・朱砂・曾青・雄黄等を給ひ、飛丹を合さしむ、色霜雪の如し、之を服すれば体軽し、帝飛丹を服して験有り」。 三一 私の今般の旅行は、私の学問を売物にして、弟子を招き寄せようというためでもない。束帛は、一束にたばねた帛。聘問(へいもん)の礼物。 三二 越前国敦賀郡の敦賀の津にある気比神宮に参詣して、気比大神(けひのおおかみ)を拝しようという目的である。 三三 災禍をはらい去るためにみてぐらを斎(い)い進(まつ)つろうと思う。(幣帛(へいはく)を奉納したいためである。)朝廷から奉納使として気比神宮に派遣せられた例が延喜式にみえる。道真も式部少輔として奉幣使として赴いたか。 三四 秋の日の脚は短くて、たちまち暮れ易い。 三五 晩秋になって、一年の歳月も暮れ近く、すべての風物は凋みかける。 三六 風は夜もすがら吹きすさんで、そのまま夜明けまで立ち騒ぐらしい。月は旅人を見送って、夜通し照らしている。宿について一晩中まんじりともせずに、この二十韻を作ったらしい。ナラムの訓は、「応、ナラム」(節用文字)による。→補二。 三七 いったい旅程はいくらばかりなのか、ききたいものだ。「著」は、動詞に接する助辞。 三八 これから先もなお(敦賀の津まで)はるかであることを。「向後」の訓は、「向後、キヤウコウ、将来分」(色葉字類抄)による。入矢氏いう、唐代の俗語。→補三。

76 「海上(かいしやう)の月夜。(時に神に祈らむとて越州に到りぬ)」。敦賀の津に到着して、月下の敦賀湾を大観して詠んだ詩。扶桑集四に出。

詩篇口号指書沙
行遲淺草潮痕沒
坐久深更月影斜
若放往來憐勝境
越州買得一儒家

四詩篇口号して　指もて沙に書く
五行くこと遲くして　淺草は潮の痕に沒る
坐ること久しくして　深更に月の影ぞ斜なる
六若し往來して勝境を憐ればしめましかば
七越州　買ふこと得なまし一の儒家を

一海浜のほとり。海岸。二（蘆荻の花咲くほとりの旅宿の趣もただならぬが、）それに加えて旅亭からの眺望のものさびしくはるばるとかぎりないすばらしさは筆舌にあらわしえないことだ。→補一。三海の岸近く談笑すると、その声が静かな海面（うみ）にひびいて行ってきっと浪立たすであろうと思う。

四一篇の詩を即興的に作りながら、指でもって白い砂の上に書きつけてみる。口号は、即興詩を作ること。→補二。五ゆっくりゆっくり歩いているうちに、たけの短い草が、さしてきた潮にかくれてしまう。→補三。六若し自由勝手に往来して、景勝の地を心ゆくまで鑑賞することが、万一ゆるされるならば。「放」は、ホシキママニと訓んでもいいが、アハレバシメと訓むことで「放」の機能ははたされている。→五三注七。七この越前の国は一人の儒家を買いこむことになるだろうよ。

菅家文草卷第一　詩一

序六首

詠史得黃憲
無物不逢春
資父事君
九日喜晴
文郎中庭前早梅
天錫難老

77　早春、侍₂宴仁壽殿₁、同賦ㇾ認ㇾ春、應ㇾ製。　自ㇾ此以下百六首、吏部侍郎之作。

認得年芳第一科
先從禁籞遍經過
和風附外排山水
暖氣留中屬綺羅
鳥語還嫌簧在舌
華容不放錦成窠
今朝莫道春深淺
偏愛吹噓長養多

認め得たり　年芳の第一科
先づ禁籞よりして經過すること遍し
和風　外に附きて　山水を排く
暖氣　中に留りて　綺羅に屬る
鳥の語りは還りて　簧の舌に在るかと嫌ふ
華の容は　錦をして窠を成さしめず
今朝道ふことな　春の深淺
偏に愛す　吹噓長養多からむことを

77 「早春に、宴に仁寿殿(じじゆうでん)に侍(はべ)りて、同じく「春を認む」といふことを賦す、製に応(こた)へまつる。〈此れより以下百六首、吏部侍郎のときの作〉」。底本「貞観十九」と朱注。↓補一。

一 春の美しい花。春の百花のさきがけをなす梅の花をさす。↓補二。二 禁園のかこい。籞は、いけす。三 通り過ぎること。一・二句は、春のさきがけをなす梅の花の咲いているのを、先ず禁園の中にみつけることができ、かこいにそうてあまねく春の香気を尋ねてへめぐってみたの意。四 御殿の外にはなごやかな春風が吹いて、山水の景がうちひらけている。五 御殿の中に春の暖気がこもって、宮女たちの美しいきものに春めいた気分がまつわりついている。綺羅は、あやぎぬとうすぎぬ。ここは内宴の女楽を奏進する宮女の美しい衣裳のこと。六 ふえ。笙・竽の類。七 うたがわしいこと。礼記、坊記の「使₂民無ㇾ嫌」の注に「嫌、嫌疑也」。一句は、(梅花にくる)鶯のなき声の美しいことは、しょうのふえでも舌につけているのかと思われるほどであるの意。八 (鶯のなく)梅の花のすがたは、(早春、万花のさきがけであって、)まだ百花繚乱の錦繡あやなす景色を現出するにいたらない。窠は、ますがた(格子形)。錦のます形の目もあやな模様をひろげたさまが、「錦の窠を成す」である。范大成の「題₂錦亭₁」詩に「手開₂花径₁錦成ㇾ窠」。九 息を吹き出す。↓補三。一〇 そだて養うこと。七・八句は、今朝は春がまだ浅いとかもう深まったとかいうようなことはいわないで、ひたすらに春の和気が息を吹き出して、万物をできるだけ多くそだて養うことを愛しようの意。↓補四。

78「暮春に、南亜相(なむあしやう)の山荘の尚歯会(しやうしくわい)を見る」。↓補一。

一 よわいを尚(とう)ぶ雅宴の席。↓補二。 二 仙人のすんでいるところ。仙洞の中。一・二句は、もの静かな山荘で開かれた尚歯会の席に(父是善に)ついて来てみると、まるで藐姑射(やはこ)の山の中で、仙人たちに遇ったような感じがするの意。 三 (三月は)まだ春の月だから、暮春の風光を愛惜して、楽しむことができた。風光は、風に光がゆれて、山川の景観が生き生きすること。「惜しぶ」は、愛(お)しむ。(徂く春を)愛惜する意。青陽は、春。↓補三。 四 会昌五年(八四五)、白楽天が履道坊に胡杲・盧真ら六人を招いて催した遊宴の故事のあとを追慕して、(晩春、小野の山荘で)尚歯会を開くのである。 五 静かなところをえらんで座をしめるけれども、それだからといって、(鳥も鳴かない)陰影のない木の下にはよらない。 六 やかましいところはきらいだけれども、それでもせせらぎの音がきこえる飛泉(谷川)のほとりがすきである。「喧(かまびす)し」は、古くはク活用。 七 花のかおりの匂い合う酒をほんの浅く酌んで飲む。↓補四。 八 葛天氏の歌。一句は、葛天氏の作曲した歌曲を琴絃にのせて一曲をひそかに聞くの意。↓補五。 九 杖をとって、老人が酔って出てくるのを支えてたすけながら、そのお供をしようとする。車をとめて、山荘から下りてぐるりとめぐって来る客をしばらく待つ。↓補六。 一〇 わが父(是善)をみるたびに涙が出てたえられない。これでは尚歯会が、年の若い者を悩ますことになるのも当然であろう。↓補七。 一一 厳君の参議。↓補八。

79「早春に、宴に仁寿殿に侍(はべ)りて、同じく「春暖(あたたか)なり」といふことを賦す、製に応(こた)へまつる。〈序を幷せたり〉」。文粋八・扶桑

78 暮春、見㆓南亞相山莊尙齒會㆒。

逮從幽莊尙齒筵
宛如洞裏遇群仙
風光惜得青陽月
遊宴追尋白樂天
占靜不依無影樹
避喧猶愛有聲泉
三分淺酌花香酒
一曲偷聞葛調絃
撫杖將供扶醉出
留車且待下山旋
毎看吾老誰勝涙
此會當爲惱少年

嚴閤相公、在㆓七人中㆒。故云。

幽莊に尙齒の筵に從ふに逮びて
宛も洞裏に群仙に遇へらむが如し
風光 惜しぶこと得たり 青陽の月
遊宴 追ひて尋ぬ 白樂天
靜なることを占めては依らず 影無き樹
喧きを避けてはなほし愛す 聲有る泉
三分 淺く酌む 花香の酒
一曲 偸に聞く 葛調の絃
杖を撫りて 將に醉ひを扶けて出づるに供してむ
車を留めて 且く山を下りて旋らむことを待つ
吾が老を看る每に 誰か涙に勝へむ
此の會 當爲に少年を惱すべし

嚴閤相公、七人の中に在り。故に云ふ。

79 早春、侍二宴仁壽殿一、同賦二春暖一、應レ製。并レ序。

春之爲レ氣也、霏[1]霏焉、漠[2]漠焉。鴦[3]瓦雪銷、見二天下之皆就一レ暖、鳳[4]池氷冶[5]、知二天下之不一レ受レ寒。時也翠[6]幌高開、珠[7]簾競撥[8]。留二万[9]機於一日一、翫[10]二三春於二旬一。非二彼[11]恩容侍臣、勅[12]喚文士一、未[13]三曾清談遊宴、夢想追歡一者乎。既而金[14]箭頻移、玉盃無レ算。紅[15]衫舞破、所レ綴者後庭之華。朱[16]吻歌高、所[17]レ遏者行雲之影。猗[18]虜、其[19]爲レ外也、風月鶯花。其[20]爲レ内也、猗羅脂粉。一[21]事一物、皆是温和。相送相迎、靡レ非二煦嘔一。小臣解[22]二形俗人一、取二樂今日一、將二詳盛事於璅[23]窓一、還[24]誠二不言於温樹一。嗟歎不レ足。略而敍之云尒。謹序。

春風聖化惣陽和
初出重闈露布過
語鳥千般皆德煦
游魚万里半恩波
虹霓細舞因晴見
沆瀣流盃向晩多

春風(しゆんぷう) 聖化(せいくわ) 惣(す)べて陽和(やうくわ)[一]
[二]初(はじ)めて重闈(ちゆうゐ)に出(い)でて露布(ろふ)して過(す)ぐ
[三]語(さへづ)る鳥(とり)は千般(せんばん)なれども みな徳(とく)の煦(あたたか)なり
[四]游(およ)げる魚(いを)は万里(ばんり)にして 半(なかば)は恩(うつく)しび波(なみ)だつ
[五]虹霓(こうげい)の細(くは)しき舞(ま)ひは 晴(は)れに因(よ)りて見(み)る
[六]沆瀣(かうがい)の[七]流(なが)るる盃(さかづき)は 晩(ゆふべ)に向(なん)なむとして多(おほ)し

集二に出。文集に「春暖」の詩がある。↓補一。

1 春の雲がうかぶ形容。 2 春のかすみがのどかにたちこめる形容。 3 禁裡の宮殿の瓦。↓補二。 4 禁中にある池の名。「鳳凰池」ともいう。 5 ↓補三。 6 みどり色のとばり。窓のカーテン。 7 真珠のすだれ。仁寿殿の内宴の場の情景。 8 ↓補四。 9 万事について機微にわたって戒慎すること。天皇が政務を一日やめて、くりのべる。 10 三春は、三カ月の春を総称する。↓補五。 11 天恩によって、容許せられた侍臣。恩許の殿上人たち。文粋「恩客」に作る。 12 勅して招集せられた文人(もんにん)。 13 ↓補六。 14 金箭は、黄金の矢。昔の漏刻時計のかざりで、時刻を示す針の役をする。↓補七。 15 ↓補八。 16 ↓補九。 17 ↓補一〇。 18 猗は、嘆くことば。虜は、「乎」に通ずるか。文粋版本「ヨイカナ」と付訓する。↓補一一。 19 ↓補一二。 20 ↓補一三。 21 煦嘔は、温め育てる・母が子をめぐみ育てる意。嘔は、やわらぎよろこぶさま。↓補一四。 22 俗人の境界を脱すること。地下の身が雲の上に招かれて殿上に参候することができたこと。「形を解く」は、身を脱する義。 23 底本「璅窓」、板本「瑣窓」に作る。↓補一五。 24 宮中のことは戒慎して外にもらさないこと。↓補一六。

一 のどかな春の天候。転じて仁政が行きわたること。↓補一七。 二 私は式部少輔として任官し、はじめて宮中に出仕してから、制書の露布を書いて日時を過ごして来た。↓補一八。 三 春の百千鳥(ももちどり)はいろいろさまざまにさえずっているが、みな一様に聖徳のあたたかさをたたえているようである。↓補一九。 四 春の水の中をおよぎまわる魚たちは、聖恩のめぐみに浴しておどりあがって、万里の海面(うみ)のなか

日落先歸何恨苦
儒生不便乎廻戈

日落ちて先づ歸る　何ぞ恨み苦なる
儒生は戈を廻すに便ならず

80　喜二田少府罷レ官歸一京。

山郵水驛思紛紛
一種風光兩處分
西望五年空送日
暮來千里乍披雲
情悲倍自初離去
淚落多於便附聞
若不相忘曾入室
殷勤存慰我家君
門人雖レ多、用レ意異レ昔。故囑之。

山郵水驛　思ひ紛紛たり
一種の風光　兩處に分る
西のかたを望むこと五年　空しく日を送る
暮に來ること千里　乍ちに雲を披く
情の悲しびは初めて離れ去にしときよりも倍せり
淚の落つることは便ち附聞せしときよりも多りぬ
若し曾室に入りにしことを相忘れずは
殷勤に存慰せよ　我が家君を
門人多しといへども、意を用ゐること昔に異なり。故に囑ふ。

ばはその魚のために波だつのである。五軽やかにこまやかな宮女の舞いは、晴れてきたので、あかい虹の空にかかるように見える。霓裳羽衣曲のおもかげがある。霓は、虹。六北方夜半の気、仙人ののむ露。→補二〇。七貴人が自ら飲んだ杯を臣下にさすこと。ながれさかずき。曲水詩宴の流觴・流杯より転ずる。一句は、仙人ののみものかとあやまたれる美酒をいただくことが、夕方になるにつれて多くなって、宴がたけなわになってくるの意。

八やがて日が落ちて、宴もはてて、先に帰らなければならないのが、何とも残念でならない。「何恨苦」は、「恨何苦」の意であろう。九私は一介の儒学の書生であるから(武官ではないから)、戈をとって太陽を招き返すには都合が悪い。儒生は、儒学を学び修める諸生たち。ここは文人の意。→補二一。

80　「田少府が、官(つかさ)を罷めて、京(みやこ)に帰ることを喜ぶ」。扶桑集八に出。→補一。

一山間の郵駅。うまつぎの宿場。二ふなつきば。三乱れおこるさま。ものごとの多いさま。一句は、あなたが鎮西に赴任された時には、山や海のほとりの宿場宿場に泊るたびに、いろいろの思いが乱れおこったことであろうの意。

四(それ以来)同じ一つの風光を、あなたと私とは西と東と別なところで眺めてきた。

五君を遠くに隔てて、うつろな気持で西を遠く見わたしながら五年の月日を送った。六今宵遠い旅路のあと都に帰ってこられて、雲をひらいて太陽が姿を現わしたように晴れ晴れした気分になる。→補二。七手紙で消息を聞かされたとたんに涙が落ちたものだが、その時よりもまさってこんどはよけいに涙がおちた。(誠に感激した。)八師僧の室に入って弟子となること

81　仲春釋奠、聽レ講二孝經一。

此是天經卽孝經
分來聖道滿皇庭
爲臣爲子皆言孝
何啻春風仲月下

一此れはこれ天經　卽ち孝經
二聖の道を分ち來りて　皇庭に滿つ
三臣となり子となりて　みな孝を言ふ
四何ぞ啻に春風仲月の下のみならむ

82　講書之後、戲寄二諸進士一。

我是煢々鄭益恩
曾經折桂不窺園
文章暗被家風誘
吏部偷因祖業存
文章博士非レ材不レ居。吏部侍郎有レ能惟任。自二余祖父一降及二余身一、三代相承、兩官無レ失。故有二謝詞一。

我はこれ一煢煢たる二鄭益恩
三曾折桂を經て四園を窺はずありき
五文章は暗に家の風に誘はる
六吏部は偷に祖業存するに因る
文章博士は七材に非ずは居らず。吏部侍郎は能有らばこれ任ず。余が祖父より降りて余が身に及ぶまで、八三代相承けて、兩つの官失へりしこと無し。故に九謝詞有り。

であるが、ここでは忠臣がかつて是善に師事したことを指す。九慇懃。一〇たずねなぐさめる。一一他人に対して、己の父の称。一句は、どうか我が老いた父是善を、ねんごろにたずねて、慰めて下さいの意。一二→補三。

81「仲春釈奠(しゃくでん)、孝経を講ずるを聴く」。元慶三年二月の作。→補一。

一孝は百行の本であり、この天地不易の道を載せたものが、即ち孝経である。→補二。二先聖孔宣父の説かれた道をわが国に分けてきて、(今日ここで論議され、)あまねく皇居の庭にみちみちている。「分来」は、「分将」というほどの語法。三臣として君につかえる道も、子として親につかえる道も、みな孝が根本となる。→補三。四二月上丁、釈奠の行われる時に限らず、孝経の精神は、いつでも服膺すべきものである。春風仲月は、春風の吹く二月。

82「講書の後に、戯(たはぶれ)に諸(もろ)の進士(じしん)に寄す」。元慶三年の作。→補一。

一孤独で頼るところのないさま。→補二。二鄭玄(じょうげん)の一人子。一句は、私は兄弟のない一人子で、かの後漢の鄭玄の子益恩と同じ境遇だの意。→補三。三対策の試に及第すること。→補四。四自分の家に庭やはたけがあっても、学問に精を出して、これをのぞかないこと。一句は、かつて策試に及第して、董仲舒(とうちゅうじょ)が三年間、自家の園菜をものぞいてみなかったように、私も勉学に専心したの意。→補五。五文章博士になれたのは、どうやら父祖伝来の家風のおかげであるらしい。→補六。六式部少輔に任ぜられたのも、父祖の業績があるためにどうやらそれをついだものらしい。→七補一。七それにたえる文才がなかったならばおかない。八→補七。九感謝の意を詞にこめたのである。

勸道諸生空赧面
從公万死欲銷魂
小兒年四初知讀
恐有疇官累末孫

一〇勸め道ふ　諸生空しく面を赧めむより
一一公に從ひて万死　魂を銷さまく欲りせよ
一二小兒年四つ　初めて讀むことを知る
恐るらくは　一三疇官の末孫に累ること有らむこと

83　早春、侍二内宴一、賦レ聽二早鶯一、應レ製。

不怪鶯聲早
應緣樂歲華
語偷絃管韻
棲卜綺羅花
愛翫憐風軟
貪聞恨日斜
偏歡初出谷
謝絕舊烟霞

一怪しばず　鶯の聲の早きことを
二歲華を樂しぶに緣るなるべし
三語は絃管の韻きを偸む
棲は綺羅なす花を卜めたり
四愛し翫びて　風の軟なることを憐れぶ
五貪り聞きて　日の斜なることを恨む
六偏に歡ぶ　初めて谷を出づることを
謝し絕つ　舊の烟霞

一〇勧め言うが、諸生よ。いたずらに顔を赤くして恥ずかしがるに及ばない。赧面は、恥じて顔を赤くすること。一一公にしたがって、魂が体からぬけだして身に添わぬくらいに命がけで、決死の覚悟で努力してもらいたい。万死は、生命をなげだして、自分の一生の計を顧みないこと。公は、三公。摂政右大臣基経をさすであろう。一二道真の子、高視(たかみ)。一三官職を伝え譲る、世襲の官職。七・八句は、小児高視は四歳になり、ことしはじめて読書のすべを知った。成長のうえは、菅家伝来の官職をうけついで、末の世の子孫に伝えてくれるであろうかしらの意。→補八。

83　「早春に、内宴に侍(はむ)りて、「早き鶯を聴く」といふことを賦す、製に応(こた)へまつる」。→補一。

一鶯が早春いちはやく来て啼いているのは不思議ではない。二春の景色を十分に楽しみたいからであろう。→補二。三鶯の啼き声が美しいので、(今日の内宴の)管絃の楽の音をこっそりぬすんでいったかとあやまたれる。鶯のすみかは、(今日の内宴に舞うところの宮女の)あやぎぬやうすぎぬの衣のように美しい梅の花の中にかまえている。→補三。四早鶯の啼き声を賞翫しながら、なごやかにふく風を折よく好もしく思う。五早鶯の啼き声をひねもすあくまでも聞いて、それでも足らず、日が傾きかけたことを残念に思う。六鶯は、煙霞のたちこめるもとの山水の景色に別れを告げて、いつまでもこの宮庭の花の中にすまいすることをひとえにねがっていることであろう。→補四。

84　「元慶三年孟冬八日、大極殿(だいごくでん)成り畢りて、王公会(つど)ひ賀(よろこ)べる詩」。→補一。

一天子の聖徳が、あまねく天地を包含して行

84　元慶三年孟冬八日、大極殿成畢、王公會賀之詩。

燕雀先知聖德包
子來神化莫空拋
初成不日金猶在
且望如雲玉半交
欲見高晴星舊拱
應饒遠翥鳳新巢
棟梁惣出於槐棘
誰愧唐堯不翦茅

一燕雀(えんじやく)先(ま)づ知(し)る　二聖德(せいとく)の包(か)ぬることを
子(こ)のごとくに來(きた)り　三神(かみ)のごとくに化(な)る　空(むな)しく拋(なげう)つこと
なくあれ
四初(はじ)めて成(な)ること日(ひ)ならず　金(きむ)なほし在(あ)るがごとし
五且(しばら)く望(のぞ)めば雲(くも)の如(ごと)し　玉半(ぎよくなかばまじは)交る
六見(み)まく欲(ほ)りすれば高(たか)く晴(は)れて　星舊(ほしふる)くより拱(きよう)す
七饒(ゆたか)なるべし　遠(とほ)く翥(はふ)りて　鳳(おほとりあらた)新に巢(す)くふ
八棟梁(とうりやう)は惣(す)べて槐棘(くわいきよく)より出(い)でたり
九誰(たれ)か愧(は)ぢむ　唐堯(たうげう)の茅(かや)を翦(き)らざることを

85　早春、侍二内宴一、同賦二雨中花一、應レ製。

花顔片ゝ咲來多
冒雨馨香不奈何

一花(はな)の顔(かむばせ)の片片(へんぺん)として咲(ゑ)み來(きた)ること多(おほ)し
二雨(あめ)を冒(をか)せる馨香(けいかう)　奈何(いか)にせざらむや

きわたっていることを、(この大極殿の再建が成ったことを喜んで、集ってくる)燕や雀たちが一番さきに知っている。↓補二。二 庶民たちが工事のために、人の子が親の事に赴くように競って来ること。↓補三。三 神のように感化せられること。一句は、この工事のために庶民は子が親の事に従うごとく集り来たり、神のように感化せられてつくりあげたのであるから、その労をむだにしてはいけないの意。↓補四。四 大極殿は(庶民の力で)まことに短い月日のうちにでき上がって、(扉や壁帯に金の飾りが鏤(ちりば)められて)黄金がそこにあるように思われる。↓補五・補三。五 かりそめに遠くから望めば、(双鳳の甍(いらか)は高く聳えて)雲のようにかがやいて、(瓦屋根や榱(たるき)の縁端は)玉を半ばちりばめたように装飾されている。↓補六。六 大極殿を仰ぎみようとすると、空高く晴れて聳え立ち、衆星が北極星に拱手するように、八省の官衙の屋根をしのいでいる。↓補七。七 鳳凰が遠くはるかの空からとびかけるために、この大極殿の屋根に(しばらく翅をやすめようと)新たに巣くうているようだ。↓補八。八 このたびの再興の工事の棟梁はすべて公卿出身の人たちである。↓補九。九 (むなぎやうつばりは、すべてえんじゅやいばらからできているから、)昔の聖天子堯帝の明堂が、(素樸で土階三尺、)茅の屋根もきりそろえなかったという故事に照らしても、何の恥ずかしがることがあろうか。↓補一〇。

85 「早春に、内宴に侍(はべ)りて、同じく「雨の中の花」といふことを賦す、製に応(こた)へまつる」。扶桑集十四(佚)に出。↓補一。一 (梅の花が雨に降られて)花びらがひらひら散るさまは、美人がこちらに向かって笑みかけ

羅袖猶欺霑舞汗
花袍自怪沐恩波
驚看麝劑添春澤
勞問鶯兒失晩窠
五出莫誇承渥潤
一天下喜有滂沱

三羅袖なほし欺く　舞ひの汗に霑ふかと
四花袍自らに怪しぶ　恩みの波に沐るるかと
五驚き看る　麝劑の春澤に添ふことを
六勞ひ問ふ　鶯兒の晩窠を失ふことを
七五出　誇ること莫　八渥潤を承くることを
九一天の下喜ぶ　滂沱有ることを

86　傷二巨三郎一、寄二北堂諸好事一。

我今收涙訴冥々
何不愁遺一後醒
伊洛有笙追逝水
孔家無槨斷趨庭
傳聞、此郎勤學之中、吹レ笙解レ服、故云。
悲栽冢上新生樹

一我れ今涙を收めて冥冥に訴ふ
何ぞ二愁に三一後醒を遺さざる
四伊洛　五笙有り　六逝水を追ふ
七孔家　八槨無し　九庭に趨ることを斷つ
一〇傳へ聞く、此の郎勤學の中、笙を吹きて服を解くと、故に云ふ。
悲しびて一一冢の上に新に生ふる樹を栽う

てくるようである。↓補二。二雨にうたれているかんばしい梅の花のかおりを、いったいどうしたらいいであろうか。三(内宴の女楽の舞妓の)うすものの衣の袖が、舞いのあと、汗にしっとり霑おうかとあやまたれる。四(内宴に参列する近臣たちの)花模様の美しいあやぎぬの表衣(うわぎぬ)が、天子の恩徳の波に浴してしっとりうるおうかと自分でもあやしまれる。三・四句は、ともに雨中の花のしおれるさまをそれぞれ内宴の宮女と近臣の姿にたぐえる。五じゃこうじかが春の沢辺に添うて香を放ちながら行くかと、眼のさめる思いをして(雨中の梅の花を)見る。↓補三。六(梅の花が雨に洗われて散り行けば)鶯の今宵泊るべき巣がなくなるのではないかとねぎらい慰める。七五枚の花弁をもった花。↓補四。八ひたしうるおす。一句は、梅の五枚の花びらはたっぷりと春のめぐみにひたりうるおっているけれども、おごりたかぶってはいけないの意。九(めぐみをうけるのは梅の花ばかりではない)広く天下中が、めぐみの雨の降ったことを喜んでいるのである。滂沱は、雨のさかんに降るさま。

86「巨三郎(こさむらう)を傷(いた)む、北堂の諸の好事に寄す」。↓補一。

一私は今(巨勢親王を失って)悲しみの涙をおさえて、はるかなる天道に訴えたい。↓補二。二せめて。↓補三。三後になって目ざめる。後覚者。先醒者に対して後醒者という。一句は、どうしてせめて一人の後継者なりとものこしてくれなかったのかの意。四伊水と洛水。五↓補四。六流れ行く川の水。論語、子罕に「子在二川上一曰、逝者如レ斯夫」にもとづく。一度去って再び還らないものの喩。一句は、伊洛の間に笙を吹いて遊んだ王子喬のように、笙を好んだ巨

哭放窓頭舊聚螢
偸諡貞文爲汝誄
夜來窺得巨門星

哭きて窓の頭に舊聚めし一二螢を放つ
偸に貞文と諡して一三汝が誄を一四爲る
一五夜來窺ふこと得たり　巨門星

87　博士難。古調。

吾家非左將
儒學代歸耕
皇考位三品
慈父職公卿
已知稽古力
當施子孫榮
我擧秀才日
箕裘欲勤成
我爲博士歲
堂構幸經營

一吾が家は左將二にあらず
三儒學　歸耕に代ふ
四皇考　位は三品五
六慈父　職は公卿
已に知りぬ　稽古七の力
當に施してむ　子孫の榮え
我れ秀才八に擧げられし日
九箕裘　勤めて成さむことを欲りせり
我れ博士一〇たりし歲
一一堂構　幸に經營したりき

勢親王が、流れ去って再び還らない川の水のように不帰の客となったのを追慕することだの意。↓補五。七 孔子をいう。八 そとひつぎ。うわひつぎ。「椁(くゎ)」に同じ。↓補六。九 子が父の教えを受ける喩。一句は、孔子のような有徳の人でも、息子の鯉(り)が先に死ぬというような悲しいめにあわれたの意。↓補七。一〇 ↓補八。一一 親王を葬る塚の上に、新たに芽ばえた木を植える。一二 螢を放つのは、勉学する主がいなくなったからである。螢の光に書を照らして勉学した、晋の車胤の故事による。一三 死者生前の行迹によって死後におくる名。一四 弔い文。死者生前の功徳をほめて、その死をいたむもの。一句は、ひそかに貞文というおくりなをつけて、君のために弔い文を作るの意。一五 巨勢親王家の宿のあたりの方角に、夜になると一つの星を見つけて、君が上をしのぶのである。親王は天上にのぼって、あの星になったのだという信仰。

87 「博士難(はかせなん)。〈古調〉」。↓補一。
一 「吾家」、板本「五家」に誤る。二 板本・詩紀「老将」に作る。左右武衛将軍などの意の略か。左は、左右の意で、助けるの義。左右近衛府の将軍即ち武官をさすであろう。晋書、天文志に星の名として見える。三 わが菅原の家柄は代代武官の筋ではなく、儒学を以て仕官し、禄をはむのがならわしである。帰耕は、故郷に帰って農業に従事すること。代耕は、仕官すること。↓補二。四 祖父。五 ↓補三。六 ↓補四。七 古の道をかんがえること。転じて学問の義。三・四・五・六句は、祖父と父とがこの栄位栄職についたのは学問のおかげだと知ったからには、自分も一層勉強して子孫の光栄のために努力しなければならないの意。↓補五。八 文章得業生の唐名。道真は貞観九年正月七日に文章得

万人皆競賀　慈父獨相驚
相驚何以故　曰悲汝孤惸
博士官非賤　博士祿非輕
吾先經此職　愼之畏人情
始自聞慈誨　履氷不安行
四年有朝議　令我授諸生
南面纔三日　耳聞誹謗聲
今年修擧牒　取捨甚分明

万人　皆競ひ賀びたれども
一二慈父　獨り相驚く
相驚くこと　何を以ての故ぞ
一三曰く　汝が孤惸なることを悲しぶといへり
一四博士　官は賤しきにあらず
一五博士　祿は輕きにあらず
吾れ先に此の職を經しより
一六愼みて人の情を畏りたりけり
始めて一七慈の誨へを聞きしより
一八氷を履みて安に行かざりき
一九四年　朝議有り
我をして諸生に授けしむ
二〇南面すること　纔に三日
二一耳に誹謗の聲を聞けり
二二今年　二三擧牒を修せしときに
二四取捨甚だ分明なりけり

業生になった(菅家御伝記)。→補六。九 弓師の子は、まず軟かな柳条を曲げて箕を作ることを学び、鍛冶の子は、まず軟かな獣皮を補綴して裘を作ることを学び、次第に難しい本業に習熟してゆくということから転じて、父祖の業を受けつぐことの喩。→補七。一〇 元慶元年十月十八日、文章博士となる(三代実録)。一一 →補八。一二 父だけが心配せられた。一三 お前には頼りにする兄弟がないのが心配だ。孤惸は、たよる所のない独り者。→補九。一四 官位令によれば、大学博士は正六位。一五 →補一〇。一六 博士の職禄をうけるについて、慎重に身のまわりに気をつけて、人の思わくをおそれてきたのであったよ。→補一一。一七 慈悲のこもった教訓。父の教え。一八 おそれつつしんで安易な気持で行動しなかった。→補一二。一九 元慶四年に朝廷の僉議(せんぎ)により、私が大学寮の学生(がくしょう)に教授することになった。→補一三。二〇 南方に向かって位置すること。普通は君主の位置であるが、ここは北堂の講壇の上で、学生たちに向かって南面する位置をいう。二一 自分をそしるうわさをきいた。→補一四。二二「元慶五年」と藁草は注する。二三 文章生を考試して、文章得業生に合格せしめるため推薦挙送する牒状。→補一五。二四 考試の判定に当たって、合格か落第かをきめる基準はすごくはっきりしている。→補一六。二五 文才がないために文(表現)・理(内容)共に欠点があって、不合格になった者が、讒言して採否がその実力と一致していないと訴える。二六 学生に教授することで、何の落度もない。二七 官吏を選定して挙送するための考試においても、私は公平にやってきた。→補一七。二八 いつくしみにみちた父の教え。→補一八。二九 事故の起こらない前。三十一・三十二句は、父是善が注意してくれたことは、誠にその通りであった。私に対して、事故が起こらない前に警戒させて下さったのだったの意。↓補一九。

88　「仲春釈奠、左伝を講ずるを聴く、「遠きを懐(なつ)くるに徳(めぐ)みを以(もち)ふ」といふことを賦す」。元慶七年の作。↓補一。

一 遠方の民を招き来たらしめること。一句は、恩徳というものは、明王が遠方の民を招き来たらしめる車のようなものであるの意。↓補二。
二 東北の塞外。鳥は、東夷の名。↓補三。
三 地名。西北の塞外。四 慕い来たらしめる。二・三句は、(昔の聖天子は)徳化によって、東方は鳥塞を過ぎ、北方は竜沙に及ぶ広大な塞外地域の異民族たちをも、やわらげなつけてしまって、すべて自分のふところのもの同然にさせるの意。↓補四。五 天下。↓補五。六 遠くひろびろとしたさま。一句は、ひろびろとした天下も、一家のごとく、平和に統一し安定することができるのであるとの意。

89　「暮春に、因州の茂司馬(もしば)と、備州の宮司馬(きうしば)とが任に之(ゆ)くを送り、同じく花の字を賦す」。↓補一。

一 別れる時の悲しい心。↓補二。二 ひざし。一句は、(別れを惜しんでいるうちに時間が早くたって)日かげも斜めになって暮れ易いの意。↓補三。三 (君たちはひまな時には、いつもわが宣風坊下の廊下をたずねて日をくらしたものだが)これから閑暇の日には、誰の家に行って時間を消すのであろう。四「冒レ雨華」は、雨にぬれてうるんでみえる花。冒は、かぶる・雨水にぬれる意。三・四句は、別れを告げる君の顔色をほれぼれと、視線をうごかして飽かずにながめわたしていると、酒の酔いも手伝って、涙に眼もかすんで、君が顔つきも、雨にう

無才先捨者　才無くして　先に捨てられたる者
讒口訴虚名　讒口　虚名を訴ふるなり
教授我無失　教授　我れ失ふところなし
選擧我有平　選擧　我れ平なることあり
誠哉慈父令　誠なるかな　慈父の令へ
誡我於未萌　我を未だ萌さざるに誡めたまひぬ

88　仲春釋奠、聽レ講二左傳一、賦二懷レ遠以一レ德。

德是明王致遠車　德はこれ明王　遠きを致す車
東過鳥塞北龍沙　東のかたは鳥塞を過ぎ　北のかたは龍沙
懷來惣作懷中物　懷け來りて惣べて懷中の物たらしむ
四海茫々尙一家　四海茫茫　なほし一つの家

89　暮春、送二因州茂司馬、備州宮司馬之一レ任、同賦二花字一。

るむ花のようにうるんでみえることだの意。↓補四。

90 「北堂にて、澆章(げうしやう)の宴の後、聊(いささ)か所懐を書(しる)して、兵部(ひやうぶ)田侍郎(でんじらう)に呈し奉る」。↓補一。

一 槐(えんじゆ)の林。大学の異名。「槐市」ともいう。淮南子・三輔黄図にみえる。誇著は、誇りかにかがやく意。「著」は、動詞の後に接する語助で、「説著」「道著」「逢著」などの例がある。↓補二。二 参議の唐名。元慶五年ころの参議には、在原行平・源勤・源能有らがある。ここは、治部卿であった在原行平をさす。時に六十四歳。一・二句は、身分の高い来客たちを大学の北堂に迎えて、大学は誇りかにかがやく。特につつしんで参議の来臨を北堂にお迎えして、(午時より澆章の宴をひらいて)黄昏(たそがれ)時にまでなったの意。三 (朝から続いた長時間の宴に、)楽官たちは鼓を枕にして池のほとりで眠りこんでいるし、大学の学生たちは、詩を作ることになやみながら、壁のあたりにしゃがみこんで苦吟している。伶人は、楽官。澆章宴の風景描写。↓補三。四 先生の昔の話。先は、先生の意。五 経験ゆたかな長老の人。六 意未詳。あるいはノチホトホドと訓むべきか、あるいは「後軌」の音通か。七 己より八代後の孫。↓補四。八 二人の公卿の長老が、この北堂の澆章の宴に思いがけなくも来会されて、おのずから遊宴を楽しくせられる。↓補五。九 われら(北堂の一同)、まことにありがたききわみ、(二人の宿老がわれらに)はかりしれない恩徳を垂れて下さることは生涯のしあわせである。↓補六。

91 「後漢書の竟宴に、各史を詠(うた)ず、光武を得たり」。元慶六年春の作。↓補一。

一 四方の色に随う馬。↓補二。二 わずかの間。

別意難忘景易斜
一別れの意　忘るること難く　二景斜なること易し

不知閑日在誰家
三知らず　閑日　誰が家にか在らむとする

愛君顔色頻廻眼
君が顔色を愛びて頻に眼を廻せば

酔涙空欺冒雨華
酔へる涙に空しく四雨を冒す華かと欺かれぬ

90 北堂澆章宴後、聊書二所懐一、奉レ呈二兵部田侍郎一。

誇著槐林來客尊
一槐林に誇著して　來客尊し

祗迎宰相到黄昏
祗みて二宰相を迎へて　黄昏に到る

伶人枕鼓池頭臥
三伶人は鼓に枕して池の頭に臥す

冑子懷詩壁下蹲
冑子は詩を懐にして壁の下に蹲る

何更先談聞宿老
何ぞ更めて四先談を五宿老に聞かむ

自然後幾發雲孫
自然の六後幾　七雲孫を發かむ

公卿乍會初遊宴
八公卿乍ちに會ひて初めて遊宴す

幸甚生涯不測恩
九幸甚なり　生涯測らざる恩み

91　後漢書竟宴、各詠レ史、得二光武一。

時龍何處在
光武一朝乗
濟縣低飛鳳
滹沱暗合氷
將軍星有列
曆數火相承
計會天人應
宜哉得中興

一時龍　何れの處にか在る
光武　二一朝に乗ず
三濟縣　低く飛ぶ鳳
四滹沱　暗に合する氷
五將軍　星のごとくに列なる有り
六曆數　火相承く
七天と人と應ふることを八計會す
宜なるかな　九中興を得ること

92　山家晩秋。以レ題爲レ韻。右親衛平將軍河西別業也。

千万人家一世間
適逢得意不言還
幾臨瑟々寒聲水

千万の人家　一の一世間
適　二得意に逢ひて還らむことを言はず
幾く三瑟瑟たる寒き聲の水に臨む

一・二句は、四方の色に随う馬は、どういうところにいるのであろうか。光武帝は(それをよくさがしあてて)たちまち乗って、天子の位についたの意。↓補三。三 光武帝が誕生した済陽県には鳳凰が低く飛んで、将来帝位につくべき吉兆をあらわしていた。低字、底本・板本位字に作る。↓補四。四 光武帝が破虜大将軍として活躍していたおり、王郎に追われて滹沱河にいたったとき、いつのまにか氷がはりつめて、船がなかったが渡河することができるという奇跡があった。滹沱は、川の名。源は山西省繁峙県東の大戯山で、沽河に注ぐ。滹字、底本呼字に作る。いま板本・詩紀・藁草による。↓補五。五 光武が太常偏将軍の時代に、敵王尋らと戦うとき、流星が敵の陣営に落ちたため、敵の士卒がおそれて、勝利をかちうる奇跡があった。↓補六。六 五行のまわりあわせから言うと、漢は火徳を以て、周の木徳の後をうけつぐべき命運にあったので、光武の即位の前から火徳の吉兆があらわれていた。↓補七。七 ↓補八。八 計算。計りあわせること。↓兲(5)注二。九 一旦衰えた世が再び盛んに興る運に中たること。七・八句は、天命と人徳とが、計算したようにうまくぴったり相応じたものであるの意。↓補九。

92 「山家晩秋。〈題を以て韻となす。右親衛平将軍が河西の別業なり〉」。↓補一。

一 この世。↓補二。二 意にかなった人。一・二句は、千万という多くの人人が、同じ世間に(時を同じくして)住んでいるが、(まことに意にかなった人にはめぐりあいがたいものだ、)たまたま意にかなった人にめぐりあえたので、家に帰ることも忘れたの意。三 さびしい色。水の碧色の形容。↓補三。

又對蕭々暮景山
山下卜隣當路霞
野中信馬破程花
將軍莫道遊心主
博士來爲養性家
養性有餘空偃蹇
我情多恨相知晩
雲泥不計地高卑
風月只期天久遠
數局圍碁招坐隱
三分淺酌飮忘憂
若敎天下知交意
眞實逍遙獨此秋

また蕭蕭[四]たる暮の景の山に對ふ
山の下に隣を卜す[五]　路に當る霞[六]
野の中を馬に信す[七]　程を破る花[八]
[九]將軍　遊心[一〇]の主と道ふことな
博士　來りて性[一一]を養ふ家と爲
[一二]性を養ふこと餘り有りて　空しく偃蹇たり
[一三]我が情　恨み多くして　相知ること晩し
[一四]雲泥　地の高く卑きことを計らず
風月ただ天の久遠を期すならくのみ
數局の圍碁　坐隱[一五]を招く
三分の淺酌　忘憂[一六]を飮む
若し天下をして交意を知らしめば
眞實の逍遙[一七]　獨り此の秋のみならまし

四 ものさびしいありさまの形容。三・四句は、(この別荘のたたずまいはと言えば、)寒そうな音をたてて流れる碧色の水に臨まんばかりである、また夕方の日ざしがものさびしく当たる山に向かいあっているの意。↓補四。 五 隣に住居を占める。↓補五。 六 夕やけ雲のこと。いわゆる「かすみ」ではない。七 馬の意にまかせて行かせる。八 旅程・歩度をくるわせる。五・六句は、(その夕方の斜陽をあびる)山のふもと、路のあたりにかけて夕やけのもやがこめ、山荘はその夕やけ雲と隣りあっている。野の中を馬のあしにまかせてたどり行くと、(残菊の)花が咲いて、歩度を思わずおくらせてしまうの意。九 右近衛少将(平正範)。一〇 自適する。↓補六。 一一「養生」に同じ。自然に有する性を害せずに保つこと。七・八句は、あなたは自分を自適逸楽の主人と言ってはいけない。私がやって来て、ここここそ天理の自然にしたがい、生命を養う家だと思うの意。↓補七。 一二 荘子は養生主を書いて、生を養って余裕があり、悠悠として、漆園の吏となって反俗高踏の生活をしていた。↓補八。 一三 私はあなたと相知ることが遅かったことを恨みに思う。 一四 門地の高さ低さをくらべれば、あなたと私とは雲泥の違いがあるけれども、それを問題にしないで、天上の悠遠なるごとく、風月を友とした世界にいつまでも遊びたいものだ。↓補九。 一五 囲碁の別名。↓補一〇。 一六 酒の異名。十三・十四句は、囲碁を数局たたかわして、いながらにして(山にかくれなくても)隠者の世界にあそぶ、杯に三分ばかり、浅く酒を酌んで、この世の愁えを忘れるの意。↓補一一。 一七 自適して楽しむこと。荘子、逍遙遊のことばをとる。十五・十六句は、もし天下の人人に真の交友の

93　奉レ和下兵部侍郎哭二舍弟大夫一之作上。押レ韻。

魂也歸來何處憑
生涯不遇痛無勝
君悲逝水孤浮浪
我泣分陰共鏤氷
相國心寒秋露草
通家眼暗曉風燈
大夫在生、爲二大相國之近習一。余以二婚親一、毎述二心膽一。今之傷二悼死一而有レ餘。故云。
菩提道外誰廻向
爲念彌陀拜老僧

一魂や歸り來りて何れの處にか憑る
二生涯の不遇　痛びに勝ふることなし
三君は逝く水の孤り浪を浮ぶることを悲しぶ
我は四分陰も共に五氷に鏤めしことを泣く
六相國心寒し　七秋の露の草
八通家眼暗し　曉の風の燈
大夫在生のとき、九大相國の近習たりき。余は婚親を以て毎に心膽を述ぶ。今し死を傷び悼びて餘り有り。故に云ふ。
一〇菩提の道の外誰か一一廻向せむ
爲に一二彌陀を念じて老僧を拜す

情というものはどういうものかということを知らしめたいならば、真に優遊自在、自適して遊んだこの秋の二人の交情こそ、それだということを知ってもらいたいの意。

93　「兵部侍郎が、舎弟大夫を哭する作に和し奉る。〈韻を押す〉」。→補一。

一（君が弟君の魂魄は離れ去って、その遺骸はすでに葬り終ったから）彼の魂が再び帰ってきて自分の魄のありかをさがしもとめてどこによりつくことができるのであろう。二彼の不遇な生涯を思うと、痛恨の情、たえられないものがある。三あなたは、流れゆく川の水の上にひとり波がうかんでうつりゆくように、はかなく先立って行った大夫を悲しむ。→八六注六。四極めて短い時間。五「裁氷」と同じく、清麗な詩文を彫琢することの喩。一句は、分陰を惜しんで、君とともに作詩作文にはげんだころのことを思い出して、私は泣いて悲しむの意。六太政大臣の唐名。藤原基経をさす。七秋は草の上に白露を結ぶとき。その露のはかないことを命のはかなさに喩える。一句は、太政大臣も、近習の大夫が秋草に結ぶ露のようにはかなくみまかったことを心寒く悲しんでおられるであろうの意。→補二。八われら姻戚一同も、涙のために眼もくらんで暁の残燈が風に吹き消されるようになくなった大夫を悲しぶ。通家は、姻親をいう。→補三。九→補四。一〇仏の無上の智慧、道の極まれる真智。→補五。一一「回向」に同じい。回は、回転。向は、趣向。自分の善根功徳を回転して、亡者に施与すること。一二「阿弥陀」の略。七・八句は、仏にすがって涅槃を得ること、即ち菩提の道以外を、誰が回向しようか。われわれは亡者のために阿弥陀如来を念じて老僧を拝するのであるの意。→補六。

94　勸レ吟レ詩、寄二紀秀才一。元慶以來、有識之士、或公或私、爭好二論議一、立レ義不レ堅、謂二之癡鈍一。其外只醉舞狂歌、罵辱凌轢而已。故製二此篇一、寄而勸之。

風情斷織璧池波　風情断織す　璧池の波
更怪通儒四面多　更に怪しぶ　通儒の四面に多きことを
問事人嫌心轉石　事を問ひては　人は心に石を轉すがごとけむかと嫌はる
論經世貴口懸河　經を論ひては　世は口に河を懸くるがごときことを貴ぶ
應醒月下徒沈醉　月の下にして徒に沈醉することより醒むべし
擬嘖花前獨放歌　花の前にして獨り放歌することを嘖まむと擬す
他日不愁詩興少　他日愁へず　詩興の少からむことを
甚深王澤復如何　甚深の王澤　復如何とかせむとする

95　路次、觀二源相公舊宅一有レ感。相公、去年夏末、薨逝。其後數月、臺榭失レ火。

一朝燒滅舊經營　一朝燒え滅びぬ　舊の經營
苦問遺孤何處行　苦に問ふ　遺孤　何れの處にか行く
殘燼華塼苔老色　殘燼の華塼　苔の老いたる色

94 「詩を吟ずることを勧めて、紀秀才に寄す。〈元慶より以来(このかた)、有識の士、或は公に或は私に、争ひて論議を好めども、義を立つること堅からざれば、癡鈍と謂ふ。其の外はただ酔舞狂歌して、罵辱(ばじょく)凌轢(りょうれき)すらくのみ。故に此の篇を製して、寄せて勧む〉」。↓補一。一 織りかけている布を断ちきること。中途で学を廃することに喩える。孟母の故事。二 辟雍(へきよう)をめぐる池。辟雍は、周代、天子が設けた学校の称。三 博学で万事に通達する学者。一・二句は、紀伝文章の道にはずれて、中途で大学の学問をすててしまうものが、風に波だつ璧池の波のように多い。それにもかかわらず、不思議なことに、世間には学問に通達したと自称する学者があちこちに充満しているの意。実に痛烈な皮肉をこめている。↓補二。四 無定見・無節操なやから。石がころころ転がるように、どちらにでも転ぶ奴。↓補三。五 そのように思われてならない。↓補四。六 滔滔たる弁舌の喩。三・四句は、事がおこって、その処置について質問した場合には、世間の通儒たちは、(右顧左眄してあたりの気色をうかがい) 心の中は転がる石のように無定見・無節操なのではないかと疑われてならない。また経典を論議する場合には、(吶吶と真意を追求するよりは)滔滔と弁舌さわやかにまくしたてるような人を世間では尊ぶようだの意。道真はその逆だったのであろうか。七 ひどく酔う。八 声をはりあげて歌う。九 口をとじる。ものを言わない。五・六句は、月前花下、放歌高吟し、狂舞沈酔することはやめた方がいいの意。「擬」は、「将」と同じ助字。↓補五。一〇 後の日。一一 君のめぐみ。七・八句は、天子のめぐみは甚だ深くてつきることがないから、後日、詩がおこらなくなって詩興が

半焦松樹鳥啼聲　　半焦の松樹　鳥の啼く聲
應知腐草螢先化　　知るべし　腐草　螢先づ化ることを
且泣炎洲鼠獨生　　泣かなむとす　炎洲　鼠獨り生ることを
泉眼石稜誰定主　　泉眼の石稜　誰か定れる主ぞ
飛蛾豈斷繞燈情　　飛べる蛾　豈　燈を繞る情を斷ためや

96 雲州茂司馬、視㆓詩草數首㆒。吟詠之次、適見㆘哭㆓菅侍豎㆒之長句㆖。不㆑勝㆓復悼㆒、聊敍㆓一篇㆒。

詩本取諸播管絃　　詩は　本　管絃に播すに取る
豈圖今日別濟然　　豈　圖りきや　今日別に濟然たらむとは
風吹藥種家三世　　風は藥種を吹きて　家三世
露落蓬門路九泉　　露は蓬門に落ちて　路九泉
定遇瑠璃師主佛　　定めて瑠璃師主の佛に遇はむ
疑爲紫府客來仙　　疑へらくは　紫府客來の仙とならむことを
我無父母無兄弟　　我に父母なく兄弟なし

なくなってしまうというようなことはあるまいから、別に心配するに及ばない。(だから詩を作ることをやめないでほしい。)↓補六。

95 「路次に、源相公が旧宅を観て、感び有り。〈相公は去年の夏の末に、薨逝しぬ。其の後数月、台榭火を失せしなり〉」。↓補一。

一 昔(相公の盛んだった日に)建築した邸宅が、一日たちまちに焼け失せてしまった。経営は、家屋を建築すること。↓補二。二 ねんごろにたずね問いたい。後にのこった子供たちはどこに行ったのであろうか。↓補三。三 塼は、しきがわら。「甎」に同じ。三・四句は、焼けのこりの紋様のあるしきがわらのほとりに古い苔のむした色、半ば焼けた松の木にさびしげに鳴く鳥の声、みるもの、きくもの、みな涙をさそうの意。四 腐った草が化して螢となる。↓補四。五 焼けた土。五・六句は、腐った草が化して螢となり、焼けた土の中から鼠が発生するといわれる。物の転変ははかりがたく、如何ともすることができないことは悲しいことだの意。↓補五。六 泉の湧き出る穴。七 岩石のかど。七・八句は、岩かどのすきまから、泉が湧き出る、この泉や石は、いったい定まった主人があるのであろうか。庭をとびかう蛾が、燈火に慕いよるように、私の源相公に寄せる思慕の情を断つことができないの意。↓補六。

96 「雲州の茂司馬、詩の草数首を視す。吟詠の次に、適菅侍豎を哭する長句を見る。復悼ぶことに勝へず、聊かに一篇を叙ぶ」。↓補一。

一 楽器にかけ、音楽にのせること。↓補二。二 ↓補三。三 涙の流れるさま。一・二句は、詩というものは、元来管絃の調べにのせて、楽しく吟ずべきものがいい詩というものである。

それだのに、今その詩をよんでさめざめと涙を流すことになろうとは思いもよらないことであるの意。四 菅侍医の家は父祖から三代にわたって医薬をもって仕官する家柄である。五 よもぎを編んで作った門。質素な隠者の住居。六 大地の底。一句は、蓬門茅屋の主が、露がはらりと落ちるようにみまかって、黄泉の路をたどっているの意。↓補四。七 薬師如来のこと。一句は、(薬師の十二誓願の第七は衆病悉除にある。)だから、菅侍医もみまかってあの世に行けば、きっと薬師浄土に生れ、瑠璃光如来にあい奉ることであろうの意。↓補五。八 彼の魂魄ははるかに天翔けて、神仙の府に参じて、その客人になるかもしれない。↓補六。九 ↓補七。一〇 ↓補八。二 菅侍医をさす。亡字、板本巳字に作る。

97 「詩草二首をもちて、戯(たはぶれ)に田家の両児に視(しめ)したりき。一首は菅侍醫が病みて死(みまか)りにたるときの情(こころ)を叙べたり。一首は源相公が火を失ひにたる家を悲しびたり。丈人(ぢやうじん)の侍郎、適(たまたま)本韻に依りて、更に一篇を訓(む)いたまふ。予(われ)感嘆に堪へず、重ねて答謝す」。↓補一。

一 あなたが、私のために心配してくださるのはありがたいが、私がみだりに詩を作っているのではないから、あやしまないでいただきたい。高情は、けだかい心。↓補二。二 私の詩をよく理解してくださる真の知己に遇えたのも、世の中が平和に治まっているからである。知音は、世の楽の音をよくききわけること。転じて、己の心をよく理解する詩を作ったが、彼を先立てて幽明境を異にしてしまったことも、先世からのさだめであろう。宿分は、前世からの定まっている運命。三 空しく名医菅侍医を追慕する詩を作ったが、彼を先立てて幽明境を異にしてしまったことも、先世からのさだめであろう。宿分は、前世からの定まっている運命。四 涙ながらに源相公の旧宅の失火を悲しむ詩

親友又亡惣是天　　二親友また亡し　惣べて是れ天ならくのみ

97

詩草二首、戲視二田家兩兒一。一首以敍二菅侍醫病死之情一。一首以悲二源相公失レ火之家一。丈人侍郎、適依二本韻一、更訓二一篇一。予不レ堪二感歎一、重以答謝。

高情莫怪妄言詩　　一高情怪むことな　妄に詩を言ふこと
爲遇知音也世治　　二知音に遇ふも　也世の治れるが爲になり
欲慕名醫復宿分　　三名醫を慕はむことを欲りす　復宿分
非憐勝地諷當時　　四勝地を憐れぶのみに非ず　當時を諷ふ
松喬本是尸行客　　五松喬は　本これ尸行の客なり
衞霍今猶火宅悲　　七衞霍は　今なほし火宅の悲しびあり
我唱無休君有子　　八我が唱ふこと休むときなく　君に子有り
何因編錄命龜兒　　何に因りてか編錄して龜兒に命せむ

白樂天命二小姪龜兒一編二錄唱和集一、故云。
白樂天は、小姪龜兒に命せて唱和集を編錄したりき、故に云ふ。

98 有レ所レ思。元慶六年夏末、有二匿詩一。誹二藤納言一。ゝゝ見二詩意之不レ凡、疑二當時之博士一。余甚慙之。命矣天也。

君子何惡處嫌疑　君子何ぞ嫌疑に處ることを惡まむ
須惡嫌疑涉不欺　嫌疑の欺かざるに涉ることを惡むべし
世多小人少君子　世には小人多く　君子は少らなり
宜哉天下有所思　宜なるかな　天下に思ふ所有ること
一人來告我不信　一人來り告ぐれども　我れ信ぜず
二人來告我猶辭　二人來り告ぐれども　我れ猶し辭す
三人已至我心動　三人已に至りて　我が心動く
況乎四五人告之　況むや　四五人の告げむや
雖云內顧而不病　內に顧みて病しきことあらずと云ふとも
不知我者謂我癡　我を知らざる者は我を癡とや謂はむ
何人口上將銷骨　何人の口上か　骨を銷さむとする
何處路隅欲僵屍　何れの處の路の隅にか　屍を僵せむことを欲りする
悠ゝ万事甚狂急　悠悠たる万事　甚に狂急にして
蕩ゝ一生長嶮巇　蕩蕩たる一生　長に嶮巇ならむ

を作ったが、彼のすばらしい景勝を愛惜するだけでなく、また時勢に対してそれとなく諷刺するためである。↓補三。五 赤松子と王子喬。↓補四。六 尸は、かたしろ。昔、神霊のかわりにその像を作って立てて拝した。一句は、かの有名な赤松子も王子喬も、すばらしい仙道に達した道士であるが、彼らは何れも、もとは仙人に導かれて金華山や嵩山に登って修業したので、かたしろのようにものもいわずに道士のあとについて山に入って行った客人に過ぎないの意。↓補五。七 衛青や霍去病のような将軍すら、修羅道の苦しみによって、今でも火宅の苦しみを出ることはできない。↓補六。八 私は休むことなく詩を作るので（君もそれに唱和して次次に詩を作られ、ひとりでに唱和集ができるわけである）。白楽天は劉禹錫との間によみかわした作品を集めて、弟の子たる亀児にいいつけて劉白唱和集を編録させたのであるが、あなたには子があるから、別に姪（おい）にいいつけてその手をわずらわす必要もありますまい。↓補七。

98 「思ふ所有り。〈元慶六年夏の末ごろ、匿詩有り。藤納言を誹る。納言は詩の意（こころ）の凡（つね）ならざるを見て、当時の博士かと疑ふ。余甚だ慙づ。命なるかな天なるかな〉」。↓補一。
一 ↓補二。二 うたがい。一句は、有徳の士は、単に疑いをかけられたということを少しも気にしないの意。↓補三。三 疑われたことが、単なる疑いでなく、欺くことのできない事実にかかわるものをこそ、にくむべきである。四 世間にはつまらないよこしまな人が多く、真に有徳の人格はまれである、だから世の中に、何かとひっかかるものがあることももっともだ。五 讒言が流れていることを。即ち匿詩の作者はお前だろうといううわさをさす。↓補四。六 私はやは

焦原此時谷如淺
孟門今日山更夷
狂暴之人難指我
文章之士定爲誰
三寸舌端駟不及
不患顏疵患名疵
功名未立年未老
毎願名高年又耆
況名不潔徒憂死
取證天神與地祇
明神若不愆玄鑑
無事何久被虛詞
靈祇若不失陰罰
有罪自然爲禍基
赤心方寸惟牲幣
固請神祇應我祈

一五 焦原　此の時谷すら淺きが如けむ
孟門　今日山だに更夷ならむ
一六 狂暴の人と　我を指していひ難けむ
文章の士を　定に誰とかせむ
三寸の舌端には 一七 駟も及ばず
顏の疵を患へず　一八 名の疵を患ふ
一九 功名立たず　年も 二〇 老いず
毎に願はくは　名高く年もさらに 二一 耆たらむことを
況むや　名潔からずして徒に憂へて死なむや
二二 證を取る　天神と地祇とに
二三 明神若し玄鑑を愆つことなくは
事無きに　何ぞ久しく虛詞を被りてあらむ
二四 靈祇　若し陰罰を失はずは
罪有るは　自然に禍の基たらまし
二五 赤心の方寸　惟れ 二六 牲幣
固に請はまくは　神祇我が祈りに應へたまはむことを

り相手にしない。七 胸さわぎする。↓補五。八 私を真に知らない人人は、私をばかなやつと思うであろうよ。↓補六。九 いったい誰が悪口をいい出したものであろうか。(その中傷のくり返されるはてには)骨肉の親をもほろぼしてしまうほどに苦しめられる。↓補七。一〇 (衆人の悪声におしつぶされて)ついにはどこかの路傍のかたすみにすてられる屍とさえなりはてることであろう。一一 無関心なさま。↓補八。一二 あわただしい。一句は、いつもはゆったりとおだやかな世間の万事も、(この一事のために)狂れたようにあわただしく感ぜられるの意。一三 平らかでやすらかなさま。一四 危なくけわしい。一句は、平らかでやすらかであるはずの一生が、このために生涯嶮岨な断崖深淵にのぞむだろうの意。↓補九。一五 (私が今当面している道のけわしさにくらべると)かの焦原にある万仞の谷でさえも浅いといえよう。かの孟門の隘道のあるけわしい山でさえも平らかだといえよう。焦原は、山の名。山東省莒県の南。万仞の谿に臨む。↓補一〇。一六 誰がみたって、私をさして「狂暴な人物」だとはいいにくかろう。また「文章の士」といったって、(漢詩を作る能力のある人士は多いから)誰に限定することができよう。一七 ↓補一一。一八 名誉をきずつけられることこそ苦痛だの意。一九 てがらとよきほまれ。二〇 道真は時に三十八歳。二一 としより。↓補一二。二二 天上にいる神と、大地に住む神に対して、私の潔白なことの証明をとりつけてもらいたい。二三 あらたかな神神が正しく鑑定してくれるならば、事実のないところにいつまでもぬれぎぬをきせられていることがどうしてあろう。↓補一三。二四 神秘なはたらきをもつ神神が、もし邪悪な人間をひそかに罰するというはたらきをやめてしまわないならば、本当の犯罪者は、その罪がとりもなおさず自然に禍を蒙るもとになって行くことであろう。二五 心のこと。二六 いけにえと供物。二十九・三十句は、私は一筋のまごころを、ただこのいけにえと供物とにこめて、一心に天神地祇に捧げて祈る、わがこの祈りに神明も呼応して、わがあかしを立てられるようにの意。二七 この私の(神に祈る)ことばはささやかだけれども、それでもたよりにはなりそうである。二八 あらためてせめとがめたいことは、(どこかに一人の真の犯人がいて)そのある人がひとりほくそえんでいることだ。愧は、とがめる・せめるの意。↓補一四。二九 家庭内にともに相談しあえる兄弟というものがないけれども、外には気ごころのわかった友人がいる。(だから私のこともその友人にきいてもらいたいの意。) 故人は、古いなじみの友人。三〇 私が詩を作るということが原因となって、このような嫌疑をうける境遇にいるわけであるけれども、我が衷情を訴えるには、この詩という道具をもってしないでおられようか。↓補一五。

99 「九日、宴に侍り。各一字を分ち、製に応へまつる。〈探りて芝を得たり〉」。↓補一。

一 秋の季節。二 よい時節。ここは九月九日、重陽の佳節をいう。三 ↓補二。四 衆多のさま。五 きざはしの上の空地で、顔料を塗り、または玉石などを敷きつめたところ。六 菊の花。↓補三。七 親指と食指との間。俗語。一句は、重陽の佳節に、書司が御殿の東孫廂に菊花を供するが、その恩賜の菊花の大きさは虎口くらいであるの意。↓補四。八 婦人。九 美人。一句は、内教坊の別当が勅旨をうけて、舞妓ならびに楽人の参入を催促すると、やがて妓女たちが右近

斯言雖細猶堪恃
二七斯の言細なりとも　なほし恃むに堪へたり

更愧或人獨自嗤
二八更に愧むらくは　或る人の獨り自ら嗤ふことを

內無兄弟可相語
內に兄弟の相語るべきなし

外有故人意相知
二九外に故人の意相知れるひと有り

雖因詩與居疑罪
三〇詩に因りて與　疑しき罪に居りとも

言者何爲不用詩
言ふ者は何爲れぞ詩を用ゐざらむ

99　九日侍レ宴。各分二一字一、應レ製。探得レ芝。

蕭辰供奉一佳期
一蕭辰　供奉す　一佳期二

拜舞紛紛白玉墀
三拜舞す　四紛紛たる五白玉の墀

恩賜黃花纔虎口
恩賜の六黃花　纔に七虎口

勅催紅袖惣蛾眉
勅催の八紅袖　惣べて九蛾眉

五雲晴指登高處
一〇五雲　晴れて指す　一一高きに登る處

千日暮知解醉時
一二千日　暮に知る　醉ひを解る時

算取重陽名敎樂
算へ取る　一三重陽一四名教の樂しび

此生長斷茹靈芝　此の生　長く靈芝を茹ふことを斷たむ

100 喜レ被三遙兼二賀員外刺史一。

家門認得弊箕裘　家門認むること得たり　箕裘の弊れにたることを
最喜先君任此州　最も喜ぶ　先君も此の州に任ぜられしことを
月俸曾因含哺飽　月俸　曾哺を含むに因りて飽きたりき
泉途更欲計恩訓　泉途　更に恩を計りて訓いむことを欲りす
無勞北陸行殘雪　北陸を殘雪に行かむ勞りなし
只望西成遇大秋　只望まくは西成の大きなる秋に遇はむことを
腰底三龜知意否　腰底の三龜　意を知るや否や
仁風爲我漲春流　仁風　我が爲に春の流れを漲らす

予先忝二三官一、重兼二州任一。恩澤無レ極、士林榮之。　予れ先に三官を忝くし、重ねて州任を兼ぬ。恩澤極りなく、士林榮えとす。

衛の陣より舞台に向かってすすむが、紅衣をまとった美人たちは、みなたおやかな蛾眉にも似た眉ずみを描いているの意。→補五。一〇 五色の雲。崑崙(こんろん)山にたなびく神秘的な五彩の雲。→補六。一一 →補七。一二 菊をうかべた酒を吹いて花びらをまろばせながら九日の夕方のむと、かの劉玄石のように千日もさめずに酔い続ける思いがする。→補八。一三 九月九日の節句。→補九。一四 聖人の教え。七・八句は、登仙して瑞草たる霊芝を食りくらうことをしなくても、重陽の佳節、陽数の九の重なることを数えて、茱萸を佩び、菊花の酒を吹けば十分に邪気をさけて齢を延べる楽しみがあるの意。茹字、底本茄字に作る、いま板本・詩紀による。→補一〇。

100 「遙(はるか)に賀の員外の刺史を兼ねしめられたることを喜ぶ」。→補一。

一 菅家廊下の家学たる紀伝文章の道が、経済的にとかく恵まれないこと。→補二。二 →補三。三 月月の俸禄。→補四。四 食物を口に含む。→補五。五 冥途。黄泉。三・四句は、昔、父是善は加賀に任ぜられて月俸をえたために、食物も満足にいただけて十分楽しかった。今や父は冥途にいるがそのお蔭で加賀に任ぜられたのであるから、十分に亡父の追善供養もしてその恩に報いたいものだの意。六 →補六。七 秋の収穫。秋に万物の実ること。五行説で秋は西にあたる。五・六句は、遙任であるから、北陸道の深い残雪をおかして赴任する労もいらない、ただ秋に大豊作になればいいと期待するばかりであるの意。八 腰字、底本要字に作る。九 三官を兼任すること。→補七。一〇 →補八。一一 仁徳の風化。七・八句は、腰におびた三つの官の印綬よ、お前さんたちは主人たる私の心持を知っているか。聖帝の手厚い仁慈の恵みのために、我が一家に

101　春日於二相國客亭一、見三鷗鳥戲二前池一有レ感、賦レ詩。

人知鳥意鳥知人　　人は鳥の意を知り　鳥は人を知る
莫道沙鷗素性馴　　道ふことな　沙なる鷗い素よりの性馴れにたりといふことを
非與紫鱗爭樂水　　紫なる鱗と　水を樂しぶことを爭ふにあらず
將欲霜翅不同塵　　將に霜のごとき翅の　塵に同じからざらむ
當時未謂浮沈定　　當時謂はず　浮沈定れりと
數處唯無去就頻　　數處　ただ去就頻なることなけむ
棲息若容三四日　　棲息　若し三四日を容さば
遂生何必入懷仁　　生を遂げて　何ぞ必ずしも入りて仁を懷はむ

102　春日過二丞相家門一。

除目明朝丞相家　　除目の明朝　丞相の家
無人無馬復無車　　人なく馬なく　復車なかりき

春の流れのように喜びが漲りみちている、その光栄ある恩沢に感激しているこの私の気持をの意。↓補九。三↓補一〇。三↓補一一。

101「春の日に相国が客亭に於て、鷗鳥が前の池に戯るるを見て感あり、詩を賦す」。↓補一。

一↓補二。二 砂浜にいるかもめ。一・二句は、鳥をまことに愛する人は鳥の心を知り、鳥もまたよく人の心をさとるものである。砂浜にあそぶかもめは、生れつき人に馴れる性質だと考えてはいけないの意。(真実かもめを愛する人にだけ馴れるのであるの意。) 三↓補三。四 才智をつつんであらわさず、世俗に仲間入りして、異をたてないこと。三・四句は、かもめは紫色に光る魚どもと水を楽しむことを争っているのではなく、霜のように白いその翅が、塵にまみれて汚れないようにと、きよめているのであるの意。↓補四。五↓補五。六 去ることと就くこと。五・六句は、かもめは、今のところ、池の水に浮いたり潜ったりして、すっかり落ちついてしまっているわけではない、ただあちこち行ったりきたりするだけだが、それも頻繁すぎるということもないの意。↓補六。七 すみいこうこと。八 生命を全うする。九 仁になつき来たる。七・八句は、かもめをして、もしこの庭の池に安んじて三、四日棲みいこうことを許すならば、彼らはそれで満足して、生命を全うして、あえてそれ以上はいりこんで、君のめぐみにあずかろうなどとは思わないであろうの意。↓補七。

102「春日、丞相の家の門を過ぐ」。↓補一。

一 県召の除目の後朝は、大臣の家は、前日のあわただしい雑閙にひきかえ、ひっそりとして人かげもなく、馬も居らず、また牛車もいなかった。(人は現金なものだの意。) ↓補二。

況乎一旦薨已後　況むや　一旦薨じてより已後はや
門下應看枳棘花　門の下に看るべし　二枳棘の花

103 陪二源尚書一、餞二總州春別駕一。同用二難寛看三字一。

共理從來知帝難　一共に理めて　從來　帝たることの難きを知る
易東莫謝舊丁寛　二易東するも　謝することなけむ　舊の丁寛
涙痕爭得盈雙袖　三涙痕　爭でか雙袖に盈つること得む
別後思君毎日看　四別れし後に君を思ひて日毎に看む

104 去春詠下渤海大使、與二賀州善司馬一、贈答之數篇上。今朝重吟、和二典客國子紀十二丞見レ寄之長句一、感而翫之。聊依二本韻一。

掌上明珠舌下霜　一掌の上の明なる珠　舌の下の霜
風情潤色使星光　二風情は使星の光を潤色せり
春遊惣轡州司馬　三春の遊びには轡を惣べたり　州司馬

二 からたちといばら。共に悪木。三・四句は、ましてその大臣がある朝ぽっくりなくなられてからというものは、訪れる人かげもないのはいうまでもないこと。門のほとりに、からたちやいばらの花をみるのがふさわしいほどに、荒れはてて行くの意。（人間は薄情なものだの意。）

103 「源尚書に陪りて、総州の春別駕に餞す。〈同じく難・寛・看の三字を用ふ〉」。→補一。

一 総州の別駕たる君とは、共に治めて、これまでも王道のむずかしさを知った仲である。理は、治。→補二。二 昔、丁寛は、田何に従って易を学び、卒業すると田何のほうからことわられて東に帰ったのであるが、君は誰からも謝絶せられたわけでもないのに、任に就くため東に去ることとなって、まことにさびしいことだ。→補三。三 涙の流れたあとを、何とかして双方の袖にいっぱいにためておくことはできないものであろうか。→補四。四 別れたあとでも、（そうすることができれば）君をしのんで毎日それをじっとみて、慰めることもできようものを。

104 「去(い)んぬる春、渤海の大使、賀州の善司馬と贈答の数篇を詠みたり。今朝重ねて吟じ、典客国子紀の十二丞が寄せられたる長句に和し、感(ほ)めて翫(めづらし)む。聊かに本韻に依る」。→補一。

一 （大使の詩は）てのひらにのせた明珠のように美しく、また舌をさす霜のように鋭い。

二 （その作品によって、大使の人がらは）風情を加え、文采をまして、使者の役目を光輝あらしめる。使星は、使者のこと。→補二。三 加賀掾三善氏は、君と共に轡(たづな)を執り春の野を騎乗して、春遊を楽しんだ。→補三。四 掌渤海客使紀氏は、夏四月の暑熱の中に、君と相見(まみ)えて、胸襟を開いて友情をとりかわした。五 恨めしいことには、(私はかりに接待役として治部大輔のことに当たらねばならないので、)威儀を正して公式に相まみえて案内接待のことに気を遣わねばならない。引導は、道の案内をすること。→補四。六 君がそれぞれの境地にふさわしく詩を詠じて、豊かな藻思を楽しまれることを自由になさったらよろしい。(私は何もいうことはない、君はすでに旧年上陸以来先鞭をつけておられる。)饒は、人に対して棋などの立合いで先手をゆるすこと。七 若し少しでも筆のおひまな日があったならば。→補五。八 ゆったりした気分で、(私のためにも、非公式に)数行の詩を作ることを惜しみ給うなかれ。縦容は、ゆったり迫らぬかたち。「従容」に通ずる。「損する」は、時間と労力を損して詩を作ること。

105 「重ねて行の字に依りて、裴大使が詶(む)いられたる什(じふ)に和す」。→補一。

一 寒さに堪える松は、その翠(みどり)の色を改めないでしげくふる霜をもしのぐ。→補二。二 対面して儀式を行うにも、(真情を以て接すればいいので、)いたずらに外面の粉粧や光彩を仮りて、装飾を加える必要はない。三 私は梁園に招かれた文人墨客の流れをくんで、文学の勉強をした。→補三。四 孔子の店。儒学。五 歩きまわるさま。六 官吏の俗称。一句は、私はまた儒学の勉強をして、官吏の道をめざしたものだの意。七 千年たっても、私は(あなたとの友情に)そむくことがあろうか。→補四。八 万里を隔てても、大使手識のこの文章をより所とするであろう。手章は、手ずから書きしるした手紙の文句。九 かたわらの人人は語り合い笑い合っているけれども、君のよこされた手紙によって、きっと別れを惜しむ涙が君の帰途の旅に相添うてはらはらとこぼれることであろう。→補五。

夏熱交襟典客郎
恨我分庭勞引導
饒君遇境富文章
若敎毫末逢閑日
莫惜縱容損數行

105 重依㆓行字㆒、和㆔裴大使被㆑詶之什㆒。

寒松不變冒繁霜
面禮何須假粉光
灌漑梁園爲墨客
婆娑孔肆是査郎
千年豈有孤心負
万里當憑一手章
聞得傍人相語笑
因君別涙定添行

四 夏の熱きには 襟を交へたり 典客郎
五 恨むらくは 我が庭を分ちて 引導に勞せむことを
六 饒れらくは 君が境に遇ひて 文章に富みたまはむことを
七 若し毫末をして 閑日に逢はしめませば
八 縱容として 數行を損することを惜むことなからまし

一 寒松 變らずして 繁き霜を冒る
二 面禮 何ぞ須ゐむ 粉光を假ることを
三 梁園に灌漑して 墨客となる
四 孔肆に 五 婆娑たるは これ 六 査郎
七 千年 豈 孤心負くこと有らむや
八 万里 當に憑らむ 一手章
九 聞くこと得たり 傍人相語り笑ふことを
君に因りて 別れの涙 定に行に添ふるならむ

106　過二大使房一、賦二雨後熱一。

風涼便遇斂繊氛
未覩青天日已曛
揮汗春官應問我
飲氷海路詎愁君
寒沙莫趁家千里
淡水當添酒十分
言笑不須移夜漏
將妨夢到故山雲

一 風涼しくして便ち繊氛を斂むるに遇ふ
青天を覩ず　日已に曛れぬ
二 汗を揮ひて　春官の我に問ふべかりしも
三 氷を飲みて　海路詎ぞ君を愁へまゐらせむ
四 寒沙　趁ふことな　家千里
五 淡水　添ふべし　酒十分
六 言笑して夜の漏の移らふことを須ゐず
七 夢の故山の雲に到らむことを妨げむとす

107　夏夜對二渤海客一、同賦下月華臨二靜夜一詩上。題中取レ韻、六十字成。

擧眼無雲靄
窓頭翫月華
仙娥弦未滿

眼を擧ぐれば　一 雲靄なし
窓の頭に　月華を翫ぶ
二 仙娥　弦　滿たざるに

106 「大使の房を過ぎて、「雨の後熱(つ)し」といふことを賦す」。扶桑集二に出。→補一。
一 涼しい風が吹いて、五月雨のうっとうしい気分をどうにかあつめとってくれた。繊氛は、こまやかな悪気。五月雨の濛気。氛字、底本・板本気字に作る、いま詩紀による。二 (今日はこんな大雨がふって、すごく暑いので)治部の役人が、汗をこぼしながら治部大輔たる私に(裴大使に失礼ではなかろうかと)心配して相談したのはもっともだったけれども。春官は、周礼六官の一。礼法・祭祀を掌る。ここは礼部省即ち治部の役人たちをさす。→補二。三 氷を飲みながら、日本海を渡って帰航すればいいから、君の旅路を少しも心配していない。帰路の船には、加賀の氷室(ひむ)の氷を積みこむ手はずもできていたのであろう。四 (ここでこそこんなに暑いからといって、)千里かなたの涼しいあなたの故国の砂原にのみ心をはせるのはよし給え。五 (それよりも、)この酒を十分に引いて(杯になみなみと酌んで、)存分に歓をつくしてほしい、川の流れも酒の興に添うて趣をそえるであろう。淡水は、鴻臚館のほとりを流れる堀川の流れをさすか。六 夜の漏刻の時間の目盛がうつらないでほしいと願う。七 あなたが床に就いて、故郷の夢をみることを妨げたいものだ。

107 「夏の夜、渤海の客に対(あ)ひて、同じく「月華静夜に臨む」といふ詩を賦す。〈題の中より韻を取る、六十字を成(な)す〉」。扶桑集一に出。→補一。
一 雲かげもなく、たちこめる靄(もや)もない。
二 天女のひきしぼる弦(つる)のような(十日前後の上弦の)月がかかっている、それはまだ満月にはなっていない。仙娥は、神仙の美女。

禁漏箭頻加
客座心呈露
坏行手酌霞
人皆迷傳粉
地不弁晴沙
縱望西山落
何瞻北海家
閑談知照膽
莫勸折燈花

三禁漏(きむろう)　箭(や)　頻(しきり)に加(くは)ふ
四客座(かくざ)　心(こころ)を呈露(ていろ)す
五坏行(はいかう)　手(て)に霞(かすみ)を酌(く)む
六人(ひと)　みな粉(はふに)を傳(つ)くるかと迷(まど)ふ
七地(ち)　晴(は)れたる沙(いさご)を弁(わきま)へず
八縱(たと)ひ　西山(せいざん)に落(お)つるを望(のぞ)むとも
何(なん)ぞ北海(ほくかい)の家(いへ)を瞻(み)てむや
九閑談(かんだむ)　知(し)りぬ　膽(きも)を照(て)らすことを
一〇勸(すす)むることな　燈(とぼしび)の花(はな)を折(くじ)かむことを

108　醉中脱レ衣、贈二裴大使一、敍二一絶一、寄以謝之。

呉花越鳥織初成
本自同衣豈淺情
座客皆爲君後進
任將領袖屬裴生

一呉花越鳥(ごくわゑつてう)　織(お)ること初(はじ)めて成(な)る
本自(もとより)　二衣(ころも)を同(おな)じくする　豈(あに)　淺(あさ)き情(こころ)ならむや
三座客(ざかく)　皆(みな)　君(きみ)が後進(こうしん)たり
四領袖(りやうしう)に任將(にむしやう)して　裴生(はいせい)に屬(しよく)せむ

三 水が漏れてへって行くにつれて、箭(や)の上に刻んだ目盛(めもり)が順次にあらわれてくる。夜の時がふかまりゆく(につれて半月が澄みかがやく)の意。禁漏は、禁中の水時計。「箭」は、「弓張月」の縁語。四 一座の客はまごころをさらけだす。五 酒盃が順にめぐって、みな手に仙郷の酒である流霞を酌みほす。坏は、やきもののさかずき。坏行は、酒盃が一座を順次めぐること。六（あまりに月が冴えているので）人人はみな白粉(おしろい)をつけているのかとあやしまれる。七（月がさえざえと照らすので）大地は真昼の晴れた空のもとの砂原かと思われる。八 月はやがて西山(にしやま)のかなたに落ちるが、その方をながめやっても、どうして北海をはるかに隔てた貴方の国—渤海の家が見えようか。九 静かにうちとけて話をかわしているうちに、肝胆相照らして、心そこまで深く理解しあえたことがわかる。→補二。一〇 燈の花を折りとって(燈台の燈を消して)、散会しようなどとは言わないでもらいたい。燈花は、ともしびの燈心のさきに生じた燃えかすの固まり。

108「酔中に衣を脱ぎて、裴大使に贈り、一絶を叙べ、寄せて謝したり」。→補一。

一 色どりもあやに美しい唐風(から)の花鳥の模様を新しく織りだしたの意で、その織物を仕立てて衣に作ったのである。→補二。二 私の衣を君に贈って、君に着てもらうということは、深い友情をあらわすものである。三 一座の客は皆君より後進の者ばかりである。(しかし裴題はこのとき四十にみたなかった。) 四 裴題の君を一座の領袖に任じて、この衣をゆだねるとしよう。領袖は、人を率いて儀表となる者。「将」は、軽い添え辞。属は、「囑」に同じ。→補三。

109 二十八字、謝醉中贈レ衣。裴少監、詶答之中、似レ有二謝言一。更述二四韻一、重以戲之。

不堪造膝接芳言　一膝を造べ芳言を接ふるに堪へず
何事來章似謝恩　二何事ぞ　來章の恩を謝するが似きこと
腰帶兩三杯後解　三腰帶　兩三　杯の後に解く
口談四七字中存　四口談　四七　字の中に存り
我寧離袂忘新友　五我れ　寧ぞ　袂を離ちて新しき友を忘れめや
君定曳裾到舊門　六君　定に裾を曳きて舊の門に到らむ
若有相思常服用　七若し相思有らば　常に服用して
毎逢秋雁附寒溫　八秋雁に逢ふ毎に　寒溫を附したまはむ

110 依二言字一、重詶二裴大使一。

多少交情見一言　一多少の交情　一言に見る
何關薄贈有微恩　二何ぞ薄贈の微なる恩み有るに關らむ

109 「二十八字もて、謝して酔中に衣を贈れりき。裴少監、詶答の中に、謝する言(こと)有るが似(ごと)し。更に四韻を述べ、重ねて戯(たはぶ)る」。→補一。

一 会話が十分にできないことをいう。一句は、膝をすすめて、友情の会話をかわすけれども、(会話が十分できないから)はっきりとは心持をやりとりすることができにくいの意。二 (私は、一〇八の七絶二十八字の詩を贈って、酔中に衣を脱いで君の芳情にこたえて贈ったのに、)いったいどうしたことであろうか、君からの手紙をよむと、かえって私に対して恩を感謝するようなことばがあるのは。三 酒を二、三杯くみかわしているうちに、うちとけて大帯を解くようになった。腰帯は、革の大帯。→補二。四 (私が衣をぬいで君に贈った気持は、)口でしゃべるかわりにあの七絶詩の中によみこんだつもりである。五 私は君と袂をわかったあとでも、知りあったばかりの君のことを決して忘れはしないであろう。六 君はやがて裾を曳いて故里の家にいたりつくことであろう。七 (私が君を思うように、)もし君もまた私を思うならば必ずこの衣服をきてくれ給え。八 秋になって雁が南の空へとび渡るのを見るごとに、その雁に暑さ寒さの時候の挨拶の文をつけて送り届けてほしいものだ。秋雁は、秋になって南に行く雁。→補三。

110 「言の字に依りて、重ねて裴大使に詶(む)ゆ」。→補一。

一 たっぷりした友情も一言のことばにあらわれるものだ。→補二。二 (衣を脱いで贈るというような)ささやかな贈物を受けたからといって、そういうちょっとした恩義にかかずらう必要はない。三 →補三。四 心にまかせて裁縫して、仕立てに一つ一つ細かい心遣いを行き届かせた。

手勞機杼營求斷
心任裁縫委曲存
短製應資行客路
餘香欲襲國王門
後來縱得相親褻
故事因君暗可溫

三手づから機杼に勞して營み求めて斷つ
四心に任せて裁縫し委曲に存り
五短き製りは行客の路を資くべし
六餘れる香は國王の門を襲はむとす
七後來 縱ひ相親褻すること得とも
八故事は君に因りて暗に溫ぬべし

111 夏夜於ニ鴻臚館一、餞ニ北客歸レ鄕。

歸歟浪白也山青
恨不追尋界上亭
腸斷前程相送日
眼穿後紀轉來星
征帆欲繫孤雲影
客館爭容數日扃
惜別何爲遙入夜

一歸らめや 浪は白くまた山は青きを
二恨むらくは 界の上の亭を追ひ尋ねざることを
三腸は斷ゆ 前程相送る日
眼は穿つ 後の紀轉び來らむ星
四征帆は繫がむとす 孤雲の影
五客館 爭でか容さむ 數日の扃
六惜別 何爲れぞ遙に夜に入る

委曲は、細かいことが一つ一つ行き届いていること。五 丈を低く仕立てたのは、旅人の旅行に便利なようにと工夫したのである。六 香が残るほどにたきこめてあるのは、(君が帰国したあとで)朝廷へも着て出られるようにと思ってしたことだ。七 のちになるにつれて、たといその衣は着なれてよれよれになるほど愛用されたとしても。親褻は、着なれて汚れること。八 衣を脱いで贈ったというふるごとは、君をよすがとして、ひそかに思い出すことができるであろう。

111 「夏の夜、鴻臚館に於て、北客の郷(さと)に帰らむとするに餞(はなむけ)す」。↓補一。

一 日本海の浪は白く、沿岸の山は青青としている。君はこの白浪に乗じて、青山をあとにして帰ろうとしている。↓補二。二 山城と近江との国境の(会坂(逢坂)の関のあたりは義解にいわゆる畿外にあたるので、そこの)駅亭のあたりまで見送りには行けないのがうらめしい。界上は、国境のあたり。↓補三。三 今ここで見送りながら、君の前途のはるかに遠いことを思えば、腸がちぎれるばかりに悲しい、のち何年かたって、また会える日はいつかと、目をすえて穴があくほどめぐり来る星―十二年目に一めぐりする歳星―を見つめることだ。腸断は、はらわたがちぎれること。悲痛の切なるさま。眼穿は、目をすえてみつめること。目がうがたれて穴があくこと。↓補四。四 遠く異国の港をさして日本海を北に旅立つ白帆のかげに、ひとひらのちぎれ雲のかげが重なり合う。↓補五。五 迎賓のホテルである鴻臚館に、さらに数日延期して駐屯滞在してほしいと思うけれども、(公式のスケジュールは変更することはかなわないから)それは不可能である。↓補六。六 宵から催したこの餞送の宴が、どうしてこんなに遅く夜

縁嫌落涙被人聴　七落つる涙の　人に聴かるるを嫌ふに縁りてならむ

112　詶ニ裴大使留別之什一。次韻。

交情不謝北溟深　交情は一北溟の深きに二謝せず
別恨還如在陸沈　三別恨は還りて陸沈に在るが如し
夜半誰欺顔上玉　四夜半　誰か欺かむ　顔上の玉
旬餘自斷契中金　五旬餘　自らに斷つ　契中の金
高看鶴出新雲路　六高く看る　鶴の新なる雲路に出でなむことを
遠妬花開舊翰林　七遠く妬む　花の舊き翰林に開かむことを
珍重歸鄕相憶處　八珍重す　歸鄕して　相憶はむ處
一篇長句惣丹心　一篇の長句　惣べて丹心

113　臨レ別送ニ鞍具總州春別駕一。

御民銜勒本君功　一民を御する銜勒は本君が功

ふけにまでなるのであろうか。↓補七。
七別れを惜しんでぽろぽろと涙をこぼすその音を、人に認められてききつけられるのを嫌うからであろう。↓補八。

112「裴大使が留別の什に詶ゆ。〈次韻〉」。↓補一。

一北方の大海。「南溟」に対する。二謝は、「謝」とも書く。「去也」(広雅)、「絶也」(字彙)とある。一句は、交誼の友情は、いつまでもかわらず、北海の深い水にも沈み去って見失われたりすることはないはずであるの意。↓補二。三(北海の水には沈まないけれども、)かえってお互いに儒生として、陸に沈むくらしをすることを思うと、別れがたい情が切切としてわいてくる。↓補三。四夜中に、流れ出る大粒の涙を、顔上の玉だと欺くことができようか。五交わりを結んだのは、わずか十数日にすぎないけれども、その間に断金の深い契をかわした。旬余は、十日あまり。↓補四。六(あなたも私も同じく儒生ではあるけれども、あなたは故国に帰れば、)鶴が新しく天の通い路に高くとび立つように、さらに出世されることであろう。七またあなたは故国の文苑に美しい詩文の花をひらかせ、めざましく活躍されることであろう。私は空しく、はるかにそれをみて、うらやむばかりである。↓補五。八君の留別の什は、君が帰郷したあと、追憶のいいよすがになる、一篇の長句はすべてまごころの結晶。ありがとう、さようなら！　の意。↓補六。▽↓補七。

113「別れに臨みて、鞍具(あん)を総州の春別駕に送る」。↓補一。

一馬を御するのにくつわを用いるように、民を治めるには徳法をもってするのは、まさしく君のしごとである。↓補二。二鞍を馬につけて、

顧眄將聞矍鑠翁
涙落分鑣專夜雨
心悲結鞅欲秋風
山行莫忘浮雲上
歲暮當思蹈雪中
春日縱逢輴下鹿
鞍鑣爲我不長空

二顧眄して　三將に矍鑠たる翁に聞かむ
三涙は分ちたる鑣に落つ　夜を專にする雨
四心は結びたる鞅に悲しぶ　秋ならむとする風
五山行には　忘るることな　雲の上に浮べることを
六歲暮には思ふべし　雪の中を蹈まむことを
春日　縱ひ輴の下の鹿に逢はむとも
八鞍鑣は我がために長く空しからじ

114　小廊新成、聊以題レ壁。

數步新廊壁也釘
青烟竹下白沙庭
北偏小戶藏書閣
東向疎窓望月亭
行路馬蹄斜側見
到門人語近前聽

一數步の新廊　壁また釘せり
二青き烟なす竹の下　白き沙の庭
三北に偏る小き戶は　書を藏むる閣
四東に向ふ疎なる窓は　月を望ぐ亭
六行路の馬蹄は斜に側に見ゆ
七門に到る人語は近く前に聽ゆ

よりかかってふりかえりながら威儀を示す君が姿をみると、昔、光武帝から「矍鑠たるかなこの翁」と称せられた馬援にも比すべきだが、馬のこなしかた、民の治めかたも君に聞きたいものだ。→補三。**三**（君はいよいよ遠い東国へ赴任しようとして）今や私と鑣をわかって、別れに臨むとき、夜どおし降る雨の中を惜別の涙がくつばみにこぼれる。→補四。**四**いよいよ途に上ろうとして、馬のむながいを引き結べば、初秋の風が吹いてきて心がひとしお悲しぶ。月末に出発したのであろう。鞅は、馬の頸革。**五**（君はこれから海道を東に下って行くが、）山の路をこえるときには、浮雲の中を行くことを忘れないで、馬の足もとに十分に気をつけてほしい。**六**歳の暮に国を巡視するときは、雪の上を踏んで行くことであろうが、馬の脚がすべらないように気をつけて騎乗してほしい。（しっかり、この鞍具をつけて騎乗してほしいの意。）
七→補五。**八**馬のくらとくつわ。「鞍銜（あんかん）」ともいう。七・八句は、明年の春になって、たとい（騎乗しないで）、鹿車にのるようなことになっても、馬のくらやくつわというものは、馬を御する要具であって、民を治めるてだてを考える私のためには、決してむだにはならないはずのものであるの意。

114　「小廊新（あらた）に成り、聊かに壁に題す」。→補一。

一五、六坪ばかりの新しい小（ささ）やかな廊（わたどの）が落成し、壁にもまた金箔をはりつめた。歩は、面積の単位で、六尺四方。→補二。**二**青やかな煙のような青竹のほとり、白い砂をしきつめた庭である。→補三。**三**北にかたよって小さな戸をつけてあるのは、蔵書のおきだなである。→補四。**四**こうしまど。**五**あずまや。亭樹。一句

自嫌塵客時言笑
促請山僧夜誦經
分合終年開甕牖
猶勝竟日掩柴扃
掃除一室雖知足
未免衝泥又戴星

八自ら嫌へらくは　塵客の時に言笑することを
九促して請はくは　山僧の夜經を誦することを
分らくは年を終ふるまで　一〇甕牖を開くべし
なほし竟日に　一一柴扃を掩ふに勝れり
一室を掃除して　一二足ることを知るとも
泥を衝き　一三また星を戴くことを免れず

115　勸ニ野營一住ニ學曹一。

李孔通家道不分
幾因才藝早知聞
菅尚書子寧非我
野相公孫獨有君
謂ニ先相公一。
龍去九霄曾宿水
鶴飛千里未離雲

一李孔の通家　道分たず
二幾才藝に因りて　早に知聞せらる
三菅尚書の子　寧ぞ我に非ざらむや
野相公の孫　獨り君有らくのみ
先の相公を謂ふ。
四龍の去るは九霄なれども　曾水に宿れりき
五鶴の飛ぶは千里なれども　未だ雲を離れず

は、東に向かってこうしまどをあけてあるのは、月見の四阿(あずまや)の心意気であるの意。↓補五。六廊より見渡すと、斜めに、路を往来する人馬のかげもどうやらのぞまれる。↓補六。七門にやってくる人の声は、前方に近くきこえる。八うるさい俗物がやってきて時に談笑する、いやなことだ。↓補七。九山の禅師を催促してきてもらって、夜経を誦してもらう。一〇こわれた甕(かめ)の口で作った窓。甕牖縄枢。貧しい家の形容である。「合」は、再読しないで、ベシとよむ。一一柴で作った戸。扃は、門戸。九・十句は、一年中、私の家の粗末な窓をひらいておくつもりだ。(市井の生活にまみれながらも、世人とつきあいを続けよう。)(世俗をきらうといっても、)一日中柴の戸をたてきりにしてひっこんでしまうよりもやはりいいの意。(いっそ山に隠れて、隠者の生活をするわけにはいかないの意。)一二↓補八。一三早く家を出ておそく帰ること。十一・十二句は、この小廊の一室だけを掃除して、ここでむやみな欲をおこさず、質素な生活に満足してはいるものの、まだ泥まみれになって、朝早くから晩おそくまでせっせとはたらかなければやってはいけないの意。↓補九。

115「野営に勧めて、学曹に住まはしむ」。↓補一。

一君は道家と儒家との両方の学に通じており、一道にかたよらない。李は、老子の姓、名は耳。孔は、孔子。二(祖先のおかげによるのでなく)ほとんど君自身の文才(もんざえ)と学芸の能力によって、早くから世に知られている。三私は刑部卿菅原是善の子であり、君は参議小野篁の孫である。↓補二。四竜は天の極めて高いところに登って行ってしまうけれども、かつては淵の水底

縦無閉戸垂帷意　縦ひ戸を閉ぢ帷を垂るる意無くとも
當會文宣享苾芬　文宣に會ひたてまつりて苾芬を享むべし
學中謂、時ゝ來者、爲二釋奠學生一。故云。　學中謂へらく、時時來る者は釋奠の學生たりと。故に云ふ。

116　水中月。

滿足寒蟾落水心　滿足せる寒蟾　水心に落つ
非空非有兩難尋　空にあらず　有にあらず　兩つながら尋ね難し
潛行且破雲千里　潛に行きて破らむとす　雲千里
徹底終無影陸沈　底に徹りて終に影の陸沈することなし
圓似江波初鑄鏡　圓なることは　江波に初めて鑄る鏡に似たり
映如沙岸半披金　映りて　沙の岸に半披く金の如し
人皆俯察雖清淨　人みな俯して察て　清淨なりといへども
唯恨低頭夜漏深　ただ恨むらくは　頭を低れて夜の漏の深きことを

に宿っていたのだ。九霄は、天の極高のところ。↓補三。五鶴は千里のはるかな天路をとぶけれども、決して雲から離れないときく。↓補四。六戸をとざす。↓補五。七とばりを垂れる。一句は、たとい門の戸をとじて、経学を勉強し、帷を垂れて経書を講誦しようという気持はなくても の意。↓補六。八孔子。唐の開元二十七年、文宣王と追謚せられた。九馨香のあるさま。一〇享は、釈文に「献なり」、左伝、昭公五年に「饗なり」とある。一句は、(君はたとい鄭玄や董仲舒のような学者になる意志はなくとも、)釈奠に参列して、文宣王の像を拝して、こうばしい供物や牲を進献すべきであるの意。一一↓補七。一二↓補八。

116「水中の月」。扶桑集二(佚)に出。↓補一。一まるい月が池水のまん中にうつっている。寒蟾は、寒中の月。月の中に兎と蟾蜍(ひきがえる)とがいるとは、五経通義の説である。二水にうかんだ月のかげは、存在するもののようでもあり、存在しないもののようでもあり、存在、非存在、いずれともつきとめにくい。「鏡の中にうつった像」と同じである。↓補二。三月の光は、音もなく千里のかなたから雲をつき破って照らしてくる。四月の光は水の底までさしとおって、影が沈んでほろびることがない。↓補三。五江上の波心において舟の上で鋳る、かの百錬鏡のように、水の面の月はまるくうつっている。↓補四。六月かげは水に映ずるが、砂の岸によって、黄金を半分しきのべたようにうつっている。↓補五。七人人はみな水中の月をよくみるためにうつむいて頭をさげる、まことにその月かげは清浄そのものであって、いつまでもみあきないが、ただすでに夜がよほどふけてしまっていることがうらめしい。

117　夢㆓阿滿㆒。

阿滿亡來夜不眠
偶眠夢遇涕漣々
身長去夏餘三尺
齒立今春可七年
從事請知人子道
讀書諳誦帝京篇
初讀㆓賓王古意篇㆒。
藥治沈痛纔旬日
風引遊魂是九泉
尒後怨神兼怨佛
當初無地又無天
看吾兩膝多嘲弄
悼汝同胞共葬鮮
阿滿已後、小弟次夭。
萊誕含珠悲老蚌

阿滿亡にてよりこのかた　夜も眠らず
偶眠れば夢に遇ひて　涕漣漣たり
身の長　去にし夏は三尺に餘れり
齒立ちて　今の春は七年なるべし
事に從ひて　人の子の道を知らむことを請ふ
書を讀みて　帝京篇を諳誦したりき
初め賓王が古意篇を讀みたりき。
藥の沈痛を治むること　纔に旬日
風の遊魂を引く　是れ九泉
尒より後　神を怨み兼ねて佛を怨みたり
當初　地なくまた天もなかりき
吾が兩つの膝を看て嘲弄すること多し
悼まくは　汝が同胞の共に鮮せるを葬れることを
阿滿已後、小き弟次いで夭せるなり。
萊誕は珠を含みて　老蚌を悲しびき

117　「阿満(あま)を夢(ゆめ)みる」。→補一。
一 涙の流れるさま。→補二。二 年齢はことし七歳になるところであった。齒は、「年也」(集解)、「数也」(華厳経音義)とある。三 勉強します、菅家の子どもらしく勉強して、りっぱになりますと自分からすすんでいった。四 →補三。五 姓は駱。初唐の詩人。→補四。六 →補五。七 医薬の手はできるかぎりつくしたけれども、その薬はいたみをとめるにききめがあっただけ、それもわずか十日あまり、業風(ごう)がさっと吹いて、お前の魂は魄を離れて、大地の底までひっぱっていかれてしまった。八 お前を失った当初は、まっくらになってしまって、天も地もない思い、だんだんたっていくにつれて、神をうらみ、また仏をうらみにいたった。九 私は、どうかすると自分の両ひざをつくづくとみて、自らを嘲り笑うことがあるのだ。—いたましいことではないか、この両ひざにむつれまつわっていた二人の子ども、—お前とお前のはらからとがふたりとも若死にしてしまって、葬ってしまったのだ。→補六。一〇 阿満の弟。一一 夭は、「折也」(広雅)とある。若死にすること。一二 老莱子のこと。「誕」は「聃」に通ずるか。→補七。一三 蚌は、からすがい・とぶがい、また大蛤(おおはまぐり)の一種。真珠がいのこと。老蚌は、大きなはまぐり。→補八。一四 ぬけがらをつみかさねあつめること。→補九。一五 ひぐらし。一句は、荘子はひぐらしがぬけがらをぬけだして、ほこらかにないているのを悲しんで、空しくそのぬけがらをつみあつめたの意。→補一〇。一六 小さな妹が、お前の名をよんでさがし求めるのをみると、とてもたまらない。一七 おっかさんの意。唐代の俗語。一八 「性を滅す」とは、通常は父母の死を哀しんで性命を減

荘周委蛻泣寒蟬
那堪小妹呼名覓
難忍阿嬢滅性憐
始謂微ゝ腸暫續
何因急ゝ痛如煎
桑弧戸上加蓬矢
竹馬籬頭著葛鞭
庭駐戲栽花舊種
壁殘學點字傍邊
毎思言笑雖如在
希見起居惣惘然
到處須彌迷百億
生時世界暗三千
南無觀自在菩薩
擁護吾兒坐大蓮

荘周は[一四]蛻を委めて　[一五]寒蟬に泣けり
[一六]那んぞ堪へむ　小妹の名を呼びて覓むるに
忍び難し　[一七]阿嬢の[一八]性を滅して憐れぶに
[一九]始め謂へらく　微微として腸暫く續くといへりしに
[二〇]何に因りてか　急急に痛むこと煎るがごとき
[二一]桑弧は戸の上　蓬矢を加ふ
竹馬は籬の頭　葛鞭を著く
[二二]庭には戲に花の舊き種を栽ゑしを駐めたり
[二三]壁には學して字の傍の邊に點ぜしを殘せり
[二四]言笑を思ふ毎に　在るが如くなれども
起居を見むことを希へば　惣べて[二五]惘然たり
到る處　[二六]須彌　[二七]百億に迷はむ
生る時　世界　[二八]三千ぞ暗からめ
[二九]南無觀自在菩薩
吾が兒を擁護して　大きなる蓮に坐させたまへ

することであるが、ここでは母が子の死を哀しむこと。一句は、お前のおっかさんが生命を削るような思いでお前をかわいそうに思っているのを、とても見るに忍びないの意。一九 はじめは腹のいたみがゆるんで、しばらくは息がつけるといっていた。微微は、幽静のさま。二〇 それだのに、どうしたわけか、急に煎るように激しい痛みがやってきたのであろう。↓補一一。二一 桑の木の弓が戸の上にかけてあり、よもぎの矢もそえてある、あれでお前の誕生を祝ったものだ。竹馬がまがきのほとりに立てかけてある、くずでつくった鞭もつけてある、あれでお前は元気に遊んだのだった。桑弧は、桑の木の弓。蓬矢は、よもぎの矢。悲痛の情も極まる。↓補一二。二二 庭には、お前がたわむれに花の旧年の種子をうえたのが、芽を出してあとをのこしている。二三 壁には学習して、字のかたわらに加点した落書のあとをのこしている。↓補一三。二四 お前の談笑するおもかげを思うごとに、今もそこにいるような気がするけれども。↓補一四。二五 ぼんやりするさま。一句は、現に起居する様子を見たいと思うと、全くぼんやりしてしまってとりとめがないの意。二六 須弥山のこと。↓補一五。二七 西方極楽浄土は十万億土を過ぎたところにあるという。二八 三千世界即ち三千大千世界のこと。二十五・二十六句は、須弥山の世界をこえて、はるか西方十万億土の浄土に到る冥途のみちを、としはもいかないお前はまどいもしよう。浄土に往生するとき、この三千世界はうす暗がりであろうの意。↓補一六。二九 南無観世音菩薩！　願わくは冥途をたどる我が子を扶持し守護して、ことなく大きな蓮華のうてなの上にすわらせてやって下さい。南無は、帰命頂礼。↓補一七。▽↓補一八。

118　詩情怨〈古調十韻〉呈菅著作、兼視紀秀才。

去歳世驚作詩巧
今年人謗作詩拙
鴻臚館裏失驪珠
卿相門前歌白雪
非顯名賤匿名貴
非先作優後作劣
一人開口万人喧
賢者出言愚者悅
十里百里又千里
駟馬如龍不及舌
六年七年若八年
一生如水不須決
一生如水穢名滿
此名何水得清潔

一去んじ歳　世は驚く　詩を作ることの巧なること
今年　人は謗る　詩を作ることの拙きことを
三鴻臚館裏　二驪珠を失ふ
卿相門前　四白雪を歌ふ
五名を顯したるは賤しきにも　名を匿したるは貴きにも非ず
先なる作は優れたるにも　後なる作は劣れるにも非ず
六一人口を開きて　万人喧し
賢者言を出して　愚者悅ぶ
七十里　百里　また千里
駟馬は龍の如くなれども　舌に及ばず
八六年　七年　若しは八年
一生は水の如く　決るべからず
九一生は水の如く　穢しき名し滿てり
此の名は何なる水をもちてか　清潔なること得む

118「詩情怨〈古調十韻〉菅著作に呈(しめ)し、兼ねて紀秀才に視(しめ)す」。↓補一。

一 去年匿名の詩があらわれたときは世間はその作の巧いのに感心して、道真が作ったのだろうと疑いをかけた。ところが今年、明らかに私が作った詩に対しては、人人はまずい作だとけなすのである。去歳は、去年。ここでは元慶六年を指す。↓補二。二 驪竜(りよう)の頷(あぎと)の下にあるという玉。得難く尊いもの。一句は、(今年詩人大使の裴頲を迎えて)驪竜の珠をもちうるくらいに、詩の名声を博する機会であったのに、まずい詩だというのですっかり名声をおとしてしまったの意。↓補三。三 三位以上の八卿。ここでは大納言藤原冬緒を指すか。四 琴曲の名。高尚で古来唱和し難い曲と言われる。一句は、(去年、大納言藤原冬緒をそしる匿詩が伝えられて)その作がなみなみの人の唱和しえないような巧妙な作だといって、公卿たちのあいだで妙な評判がたってしまったの意。↓補四。五 顕名の作が賤しく、匿名の詩が貴いわけではない、去年の作がすぐれていて、今年の詩がまずいということもあるまい。六(道真が落書したのだということを)一人が言い出すと、それが次から次へと伝わって、万人の口からかまびすしくうわさされることとなる。地位の高い人が流言を出すと、下下の者は、喜んでそれに雷同する。↓補五。七 うわさの飛ぶことは、十里百里また千里というように、みるみるうちに遠方まで広がってしまう。竜馬の如く足の速い四頭立ての馬車で追っかけても、一たん口外せられた風聞は、これをとりかえすことができない。↓補六・六補一一。八 これから六年七年、さらに八年たっても、人の一生は水をたたえたようなものだから、堤防をきって

天鑑從來有孔明
人間不可無則哲
惡我偏謂之儒翰
去歲世驚自然絶
呵我終爲實落書
今年人謗非眞說

一〇天鑑　從來孔だ明なること有り
一一人間　哲なることなかるべからず
一二我を惡むに偏に儒翰なりと謂ふ
一三去んじ歲　世の驚きしこと　自然に絶ゆ
一四我を呵して終に實の落書となす
今年　人の謗るは眞說ならじ

119 余近敍二詩情怨一篇一、呈二菅十一著作郎一。長句二首、偶然見レ誚。更依二本韻一、重答以謝。

(1)
請君好詠一篇詩
唯恨無人德務滋
尙書曰、樹レ德務レ滋。
讒舌音聲竽尙濫
厚顏脂粉鏡知媸
雲生不放寒蟾素

一君に請ふ　好むで詠ぜよ　一篇の詩
二ただ恨むらくは　人の德滋きに務むること無きことを
三尙書に曰く、德を樹つるは滋きに務むといへり。
四讒舌の音聲　竽よりもなほし濫なり
五厚顏の脂粉　鏡は媸きことを知る
雲生るれば　六寒蟾の素きことを放たず

汚水を排除するということはとてもできない。決は、決壊の意。九 一生は水をたたえたようなもの、匿名の詩で大納言を誹謗したというけがらわしい汚名がその水にしみひろがって、その汚名は、どのような水で清めすすごうと思っても、潔白にすることはできないであろう。一〇 昔から天道は見通しで、真偽黒白は、たいへんはっきりつくものである。→補七。一一 したがって人間の世界でも天にならって人を知る明がなければならない。→補八。一二 世間の、私をにくむ人は、もっぱら学者で詩人であるといってそしる。儒翰は、儒学者であって詩人をいう。一三 去年世間をおどろかした匿詩事件も、どうやら自然におさまった。一四 我をなじって、とうとう落書の真犯人だとしてしまった。(もしそうなら、)今年道真の詩がまずいというそしりは真実の批評ではなくなる道理ではないか。落書は、匿名の投書。→補九。

119 「余(われ)近ごろ、詩情怨一篇を叙べ、菅十一著作郎に呈(しめ)せり。長句二首、偶然(たまたま)に誚(そし)いらる。更に本韻に依りて、重ねて答へて謝しまつる」。→補。

(1) 一 どうか好んであの詩情怨の一篇の詩を詠じてくれ給え。(私の衷情はすべてあの一篇にこもっている。)二 (古書に)「人に恩徳をほどこすには、少しでもよけいな方がいい」というが、恨めしいことに、世間(暗に藤大納言をさす)にはそういう心がまえにつとめる人がないようだ。三 →補一。四 悪口というものの声のひびきは、竽をみだりに吹くよりも、もっとむやみやたらなものだ。舌字、底本・板本言字に作る、いま藁草による。竽は、ふえの一種。笙の類。→補二。五 厚顔無恥でいたずらに脂粉をぬりたてて外面をぬりかくしても、鏡は素顔

桂死何勝毒蠹緇
銷骨元來由積毀
履氷未免老狐疑

桂死れむとして　何ぞ毒蠹の緇きことに勝へむ
骨を銷すこと　元來毀りを積むに由る
氷を履みて　老狐の疑ひを免れず

(2)

生涯我是一塵埃
宿業頻遭世俗猜
東閤含將眞咳唾
北溟賣與僞珍瓌
三條印綬依恩佩
九首詩篇奉勅裁

生涯我はこれ一の塵埃
宿業頻に遭ふ　世俗の猜み
東閤含み將る　眞の咳唾
北溟　賣り與ふ　僞りの珍瓌
三條の印綬は恩に依りて佩びたり
九首の詩篇は勅を奉りて裁れり

來章曰、蒼蠅舊讚元台弁。白體新詩大使裁。注云、近來有レ聞。裴頲云、禮部侍郎、得ニ白氏之體一。余讀ニ此二句一、感ニ上句之不レ欺、兼下文之多レ詐。訓和之次、聊述ニ本情一。余

來章に曰く「蒼き蠅のごとき舊びにたる讃は元台ぞ弁へたまへる。白が體の新しき詩は大使こそ裁りたまへ」といへり。注に云はく「近來聞きしことあり。裴頲の云はく「禮部侍郎は、白氏が體を得たり」と」。余この二句を讀みて、上の句の欺かざることと、下の文の詐り多きこととを感じたりき。訓和の次に、聊かに本よりの情を述べにき。余が心に

の醜いことを知っている。(中傷する恥知らずのいるという真相は天は知っている。)→補三。六冬の寒い月。蟾は、蟾蜍(ひきがえる)。月の中にすむという。一句は、じゃまな雲が出てくれば冴えた冬の皎皎たる月の光もさえぎられるの意。七毒のあるきくいむし。月の中に桂の木がはえているという。一句は、桂の木も枯死してしまう、どうして毒のある黒いきくいむしにむしばまれて生きることができようかの意。八昔から、人を何度も何度も誹謗すれば、そのうち骨肉の親すら離反してしまうというではないか。「銷す」は、とかす・ほろぼす・そこなうの義。→補四。九狐は氷をふんで渡河するときも、水の音をききききして渡るというが、(藤大納言という)老人も一旦うわさを耳にすると、まったく疑い深い。狐疑は、疑い深いこと。→補五。

(2)　一私の生涯は、つまるところ、一つの塵埃みたいなものだ。(だから世間からいやがられる。)→補一。二前世になした善悪の業のむくいで、私はしきりに俗世間からねたみそねみをうける。→補二。三東方の小門。宰相が賢者を自家の客館に招き入れるためにひらく門。→補三。四せき。しわぶき。転じて珠玉。→補四。五北方の日本海を渡ってきた渤海大使が、私の詩をみて白居易の詩体を得ているとほめたりしたのは、珍しい玉といつわって、でたらめな交易の道具にしたのかもしれない。六→補五・一〇〇注九。七勅旨により礼部侍郎の仮号を奉じて、鴻臚贈答の九首をつくった。九首は、一〇四—一一三、即ち掌上・寒松・風涼・挙眼・呉花・不堪・多少・帰歟・交情の九首。八菅野惟肖より来た手紙。ここは読み贈られた詩章の意。→補六。九あおばえ。小人の喩。一〇匿詩はすばらしい才能の作ったところだといううわさ。

心無二一德一、身有三三官一。惣而言之、事緣二恩獎一。更被二勅旨一、假号二禮部侍郎一、與二渤海入覲大使裴頲一相唱和。詩惣九首、追以慙愧。故有二此四句一。

一つの徳だにもなきに、身に三つの官あり。惣べて言へば、事は恩の奨めに縁れり。更に勅の旨を被りて、假に号けて禮部侍郎といひて、渤海入覲の大使、裴頲と相唱和したりき。詩惣べて九首、追ひて慙愧せるなり。故に、この四句あるなり。

凡眼昏迷誰料理　　凡眼昏迷す　誰か料理せむ
丹鵶鏡掛碧霄臺　　丹鵶　鏡掛く　碧霄臺

☆予作二詩情怨一之後、再得二菅著作長句二篇一。解二釋予憤一、安二慰予愁一。憤釋愁慰、朗然如レ醒。予重抒二蕪詞一、謝二其得意一。本韻。

120
家業年租本課詩　　家業　年租　本詩を課す
情田欲倦莠言滋　　情田　倦まむことを欲りして　莠言滋し
材窺孟立無全性　　材は孟めて立てるものを窺ひて　性を全うすることなからしむ
女妬新來不棄⿰女帶　　女は新に來れるものを妬みて　⿰女帶ることを棄てず

一一 宰相の別名とあるが、ここは三台即ち太政大臣の唐名とみておく。一二 惟肖の詩の原分注。↓補七。一三 蒼蠅云云の詩句。↓補八。一四 白体云云の詩句。↓補九。一五 ↓補一〇。一六 ↓注六。一七 ↓補一一。一八 東閤・北溟・三条・九首の四句。一九 事をはかりおさめる。↓補一二。二〇 赤い鳥。転じて太陽をいう。二一 あおぞら。七・八句は、凡人のまなこは、くらくとまどうばかりで、こういう事態を正しく判断して処理することはできない。太陽が明るい鏡を青空のうてなにかけているが、この天道の鏡だけが、真実を照らして示してくれるであろうの意。
☆「予(われ)「詩情怨」を作りたる後、再び菅著作の長句二篇を得たり。予が憤りを解釈し、予が愁へを安慰したまひつ。憤り釈(と)け、愁へ慰(やす)りて、朗然として醒めたるが如し。予(われ)重ねて蕪詞(ぶし)を抒べて、其の得意を謝しまつる。〈本韻〉」。↓補。

120 一 先祖から伝えられた職業。↓補一。二 一年間の租税。一句は、わが家は、がんらい父祖の代より、年年の租税のように義務として(文章道を守り、)詩を賦することを課されてきたの意。↓補二。三 人情をいう。↓補三。四 みのらない雑草。転じて醜いこと。一句は、人情がすさみ倦んで、田に雑草がはびこるように悪口がほしいままに行われるの意。善に似て実は悪いものの喩。↓補四。五 人材とみられる人は、新進の芽を出してこれからのびようとするものに目をつけて、(それを伸ばそうとしないで)性命を全うしないようにする。孟は、「始也」(楚辞注)とある。↓補五。六 女は新たに来る同性を妬んで、(自分の愛を失うことをおそれて)いっそう嫉妬になる。⿰女帶は、天之切、媱也とある。七 客に逢って話をすることがあっても、しきりに客から白眼でけむたがられる。珠子は、ひとみ。→補六。八 薜(かおり/かずら)を編んでつくったころも。緇衣は、くろいころもで僧衣のこと。一句は、わが得意の禅師に導かれて、(仕官をすてて仏道に入り、)すんでのことに僧衣をまとおうとするところであったの意。以上の四句、匿詩事件が、三十八、九歳ころの道真に如何につらく、深刻であったかを赤裸裸に告白する。九 出家脱俗。簪纓(しんえい)をすてて山に入ろうと考えたのである。→補七。一〇 世間の人が、剛柔宜しきを得よという(かの不疑の)戒めをよく用いて実際に恩威ならび行うならば、別に匿詩事件といったものもおこらず、(藤大納言をひそかにそしる人も出てもこなかったであろうし、したがってぬれぎぬをきせられることもなかったであろう。)雋不疑が衛太子事件で黒白をつけたように、私もひそかにその匿詩について黒白をつけて身のあかしをたてたいと願うようなことにもならなかったであろう。「剛柔の戒め」は、剛と柔の宜しきを得よという戒め。→補八。

121 一 笑うさま。一・二句は、君(大内記惟肖)の慰めによって、清くさやかに、たちあがったほこりをしずめたいと思う。それにしても、何と笑止千万、そねみうたがう悪口がひどいことであるよの意。二 そねみうたがってうわさをすること。三 (讒言する連中は、)手にみみずをあやつって、餌にしこみ、それを投げこんで泳いでいる魚がひっかからないかとねらっている。四 (うわさをまきちらす連中は、)懐中に真実の玉をしまいこんで、(自分で真相を知りながら)誰かおとりをつかって、酸(す)っぱく苦(がに)い李(毒のある中傷の言)を外に投げつけている。五 壞字、底本脱、板本瓌字、詩紀瑰字に作る。→補一。六 地名。山西省河津にあって、

對客頻逢珠子白　七客に對ひては　頻に珠子の白きに逢ひぬ

從師殆入薜衣緇　師に從ひては　殆薜八衣の緇きに入りなむとしき

余自レ聞二惡名一、有レ意二出俗一。故云。　余れ惡名を聞きてより、出俗九の意有り。故に云ふ。

世人若用剛柔戒　一〇世人若し剛柔の戒しめを用ゐなましかば

莫願偷爲雋不疑　願ふこと莫からまし　偷に雋不疑たらむことを

121

賴君清冷肅浮埃　君に賴りて　清冷　浮べる埃を肅めなむ

遮莫呵々甚口猜　遮莫　呵呵一として　口二づからの猜みぞ甚しき

餌捉游魚隨手蟥　三餌は游魚を捉ふ　手に隨ふ蟥

媒投苦李滿懷壞　四媒は苦李を投ぐ　懷に滿つる壞五

龍門遞送同時上　六龍門　七遞に送りて時を同じくして上る

鳳詔相分二代裁　八鳳詔　相分ちて二代に裁る

余與レ君、貞觀中對策及第。雖レ有二先後一、猶是一時。余卽爲二著作郎一。至二元慶一、君又爲之。故云二二代一。

余と君と、貞觀中對策及第九せり。先後有れども、なほしこれ一時なり。余れ卽ち著作郎一〇となりぬ。元慶に至りて、君またなりぬ。故に二代と云ふなり。

更聞高才一官老
孟堅著作兼蘭臺

一一更に聞く　高才　一官に老いにたりと
一二孟堅　一三著作　一四蘭臺を兼ねたりき

122　夏日偶興。

天放一身不縶維
雨晴好是得佳期
三官過分知恩日
六暇逢閑任意時
臥見新圖臨水障
行吟古集納涼詩
區々心地無煩熱
唯有夢中阿滿悲
先レ是有下夢二阿滿一之詩上。

一天放一身　二縶維せられず
雨晴れて三好是し　四佳き期を得つること
五三官　分に過ぎたり　恩を知る日
六六暇　閑に逢ひぬ　意に任す時
七臥しては　新圖の臨水の障を見る
行きては　古集の納涼の詩を吟ず
八區區なる心地　煩しき熱なし
九ただ夢の中に一〇阿滿の悲むこと有らくのみ
是れより先、阿滿を夢みる詩有り。

河水の険しい所。魚がもし上ることができたならば、竜となるという。転じて科挙の門をいう。七順順にとりつぎおくる。一句は、君と私とは、(貞観年中)互いにおくりついで対策及第して、同時に竜門をのりこえたものだの意。八私にひき続いて君が内記の職をついで、二代連続して天子の詔書を裁成する役目をはたしている。鳳詔は、虞舜の楽。ただし、ここは「鳳詔」ではなかろうか。鳳詔は、天子の詔書。→補二。九→補三。一〇→補四・注一三。一一高才の人も一官職についたまま老いてしまったときく。これは班彪(はんぴょう)をさす。→補五。一二班固。→補六。一三漢代、学士が国史を撰述することを「著作」という。魏に至り、これを「著作郎」といった。一四漢の官名。奏事及び印工文書を掌る。一句は、班孟堅は父彪のあとをついで、国史を撰述し、ついに著作郎と蘭台令史とを兼ねて、漢書を完成したの意。→補七。

122「夏日偶興」。→補一。

一自然のままで放逸なこと。→補二。二つなぐ。一句は、自然にしたがい、自由な身の上で何ものにも拘束せられることがないの意。→補三。三→補四。四よい時節。一句は、雨があがって、これはどうです、いい時節になってすてきではありませんかの意。→補五。五→補六。六六日ごとに一日与えられる休暇。→補七。七五・六句、和漢朗詠、巻上、夏、納涼(本大系七三一六三)に出。八私はせせこましい心地ではあるけれども、(このような恵まれた境遇にあるから)わずらわしい猛暑というものを一向に感じない。区区は、小さいさま。→補八。九(たった一つだけ悲しいことは、幼児阿満を先だてたこと、)夢の中で幼児阿満が冥途で悲しんでいるのを見る切なさだけだ。一〇→一一七。

123 見二渤海裴大使眞圖一、有レ感。

自送裴公万里行
相思毎夜夢難成
眞圖對我無詩興
恨寫衣冠不寫情

一裴公が万里の行を送りてより
相思ひて夜毎に夢も成り難し
二眞圖　我に對へども　詩の興なし
三恨むらくは　衣冠を寫せども情を寫さざりしことを

124 九日侍レ宴、觀レ賜二群臣菊花一、應レ製。

滿把寒花十指溫
術中彭祖九重門
鷄雛不老仙人署
麝劑初穿道士園
便採孤叢秋露種
非租五柳晩雲孫
莫敎舞妓偸湌去

一把りに滿つる二寒花は十指に溫なり
三術の中は彭祖なり　九重の門
四鷄雛　老いず　五仙人の署
六麝劑　初めて穿つ　七道士の園
便ち八孤叢　九秋露の種を採る
一〇五柳　一一晩雲の孫に租ぐにあらず
一二舞妓をして偸に一三湌ひ去なしむることな

123 「渤海の裴大使が真図を見て、感有り」。↓補一。
一 裴頲の君が、万里のかなた、北溟へ旅立つのを見送ってから、思慕の念にかられて夜毎に安眠せず夢さえ見ない。↓補二。二 肖像画の中の裴大使が私にむかいあうけれども、さて詩をよみかわそうという興はわいてこない。↓補三。三 肖像画は彼の外面的な衣冠装束をありのままに写すけれども、彼の精神を写し出すことはできない、それが残念だ。

124 「九日、宴に侍(はむ)りて、群臣に菊花を賜ふを観る、製に応(たこ)へまつる」。↓補一。
一 片手でのひとにぎり。二 冬咲く花。一句は、ひとにぎりにあまるほどの菊花を賜わって、それを両手におしいただけば、十本の指に冷たいはずの冬の花のあたたかみがつたわってくるの意。↓補二。三 菊の花を酒にうかべてこれを吹きまろばしながらのめば、九重の皇居の奥深く、不老延年の術を得て、かの昔の彭祖のように長寿をうることである。彭祖は、古の長寿者、つねに桂芝をくらい、導引養形の術をよくした。九重は、宮中のこと。↓補三。四 鶏のひな。鶵字、底本皺字に作る、「雛」の誤写、いま江談抄による。↓補四。五 署は、つかさどころ・役所の意。「道士の園」に対する。署字、諸本曙字に作る、いま江談抄による。六 じゃこうを調合した香薬。↓補五。七 方術の士・仙人のこと。三・四句は、仙人の役所では鶏のひなでもいつまでも老いないが、地上の仙宮たるこの禁中の菊の花は、鶏雛と調合しなくても、不老の方となる。道士の花園をつらぬくじゃこうねこのかおりにも似て、この禁園の菊の花のかおりは、彭祖の長寿の術を助けるであろうの意。八 ひとむら。九 菊の花。一〇 五柳先生即ち陶淵明。

恐未黎收月裏奔

恐(おそ)るらくは　未(いま)だ黎(おもむろ)に収(をさ)めずして　月裏(ぐゑつり)に奔(はし)らむことを

125　題二白菊花一。去春、天台明上人、分二寄種苗一。

寒叢養得小儒家
過雨宜看亞白沙
本是天台山上種
今爲吏部侍郎花
霜鬚秋暮驚初老
星點曉風報早衙
長斷俗人籬下醉
應同閑在舊烟霞

一寒(さむ)き叢(くさむら)　養(やしな)ふこと得(え)たり　小(ちひさ)き儒家(じゆか)
二雨(あめ)過(す)ぎて白(しろ)き沙(いさご)に亞(た)るるを看(み)るに宜(よ)し
三本(もと)はこれ天台山上(てんだいせんじやう)の種(たね)
四今(いま)は吏部侍郎(りほうしらう)の花(はな)たり
五霜(しも)のごとき鬚(ひげ)　秋暮(あきく)れて初老(しよらう)六に驚(おどろ)く
七星(ほし)曉(あした)の風(かぜ)に點(てむ)じて　早衙(さうが)を報(つ)ぐ
八長(なが)く斷(た)つ　俗人(ぞくじん)の籬(まがき)の下(もと)に酔(ゑ)はむことを
九閑(しつか)に舊(むかし)の烟霞(えんか)に在(あ)りしに同(ひと)しかるべし

126　同二諸才子一、九月卅日、白菊叢邊命レ飲。同勒二虚餘魚一、各加二小序一。不レ過二五十字一。

仲[1]秋翫(モテアソブ)レ月(ヲ)之遊(ビ)、避(サケテ)二家忌(ノイミヲ)一以長廢(クハイセリ)。九日吹(ク)[2]レ花(ヲ)之飲(イム)、就(キテ)[3]二公宴(ノウタゲニ)一而未(イトマアラ)レ遑。

二 雲孫。おのれより八代後の孫。軽遠なること浮かべる雲の如くであるによっていう。「晩」は、「秋」に対する措辞。五・六句は、そこでひとむらの秋露の種即ち菊の花をつみとるけれども、(陶淵明に対して王弘が白衣の使に酒を運ばしたけれども、)今は淵明の遠孫に酒をみつぐわけではないの意。↓補六。 三 教坊の舞妓たち。↓補七。 三 仙薬即ち菊花酒を。七・八句は、舞姫たちにこっそりこの不死の仙薬たる菊花酒をのませてはいけない。舞いを静かに舞い収めないうちに、昇天して月世界に行ってしまいかねないからの意。↓補八。

125 「白菊の花に題す。〈去にし春、天台の明上人、種苗を分ち寄せたまひぬ〉」。↓補一。

一 ささやかな儒家たる私の宿に、一むらの寒花即ち菊を栽培することができた。二 一雨すぎて、菊が庭の白い砂に垂れて花の咲いている姿は見るにいいものだ。↓補二。三 本はこの菊は比叡山の上にあった苗であった。四 (それを明上人にわけてもらって) 今は式部少輔の家の庭に花を咲かせているのである。五 白いあごひげ。六 四十歳の称。一句は、私は秋の夕に白いあごひげに気づいて、もう四十歳になったかと愕然とするの意。七 暁の風が吹いて星が朝空にまばらに点点とまばたいて、早衙の時刻を知らせ顔である。↓補三。八 世俗の人間生活に追われて、籬の下の菊を採って菊酒に酔うといった境界は長らくとだえているけれども。九 (こうして手作りの庭の白菊の花を賞美していると) 昔、煙霞のたちこめる山林に隠遁生活をした人たちと同じ閑寂の気分を味わうことができる。

126 「諸の才子と同(あつま)りて、九月三十日、白菊の叢(くさむら)の辺(ほとり)に飲を命ず。〈同(とひ)しく虚・余・魚を勒(ろ)して、各小序を加ふ。五十字に過ぎず」。↓補一。
1 ↓補二。2 菊花をうかべた酒を、花を吹きまろばしながら飲むこと。↓補三。3 ↓補四。
4 菅家廊下、即ち宣風坊の道真書斎の園に栽培してある白菊のひとむらをさす。↓一三五。
5 秋風の吹くよなか。半夜は、夜半のこと。↓補五。6 ↓補六。
一 荘子に「虚室に白を生ず」というが、我が書斎の虚室のほとりには白菊が咲いた。↓補七。二 今日は九月尽、秋の最後の日の夕、たまたま宮仕えの閑暇をえて会することを得た。三 深く酔うこと。殿上の酒宴で管絃歌舞をなして歓楽を極めたこと。↓補八。四 えら。魚が呼吸するところ。一句は、白菊の花のもとで、一同は、あるいは深酔いし、あるいは軽く浅くほろ酔いになって、魚があぎとうように、酔っぱらってしまった意。「鰓」は、「淵」の縁語。五 藻にある魚は、その所を得たものである。一句は、飲宴の楽しみを、昔は藻にある魚にたとえをとったが、別に魚に求めずとも、こよい淵酔の人人の姿をみよという意。↓補九。▽↓補一〇。

127 「典儀(てんぎ)」礼畢りて、藤進士(とうしんじ)に簡(ふむ)す」。↓補一。
一 北斗の北にある星の名。天帝のいるところ。ここは大極殿をさす。二 多くの諸侯。辟は、君。一・二句は、頭をめぐらして、暁に紫微宮もかくやと思われる大極殿に参候して見渡すと、多くの星が北極星をとりかこむように、王公公卿たちが綺羅星なして天子の前に居ならぶ、それらの座前で、私は典儀として晴れの版位について再拝すれば、礼袍のすそに風をよぶの意。↓補二。三 私も昔は文章生に補せられ、ようやく文人として重陽の宴などに清涼殿に召されて、菊酒を賜わり、詩を賦したりしたものである。

蓋(ケダシ)[4]白菊ノ孤叢ニシテ[5]、金風ノ半夜ナラシ。今之三字ハ[6]、近クラマク取₂諸身₁ニ而已ノミトイフコトシカリ云尒。

白菊生於我室虚　　一白菊(しらぎく)　我(わ)が室(しつ)の虚(きよ)に生(お)ふ
殘秋一夕又閑餘　　二殘秋一夕(ざんしういっせき)　さらに閑(いとま)ある餘(あま)り
淺深淵醉花鰓下　　淺(あさ)く深(ふか)く三淵醉(えんずい)す　花(はな)の四鰓(あぎと)の下(もと)
取樂何求在藻魚　　樂(たの)しびを取(と)るに　何(なん)ぞ　五藻魚(さうぎよ)在(あ)ることを求(もと)めむや

127　典儀、禮畢、簡₂藤進士₁。

廻頭曉望紫微宮　　頭(かむべ)を廻(めぐ)らして曉(あかつき)に望(のぞ)む　一紫微宮(しびきゆう)
百辟星前再拜風　　二百辟(ひやくへき)の星(ほし)の前(まへ)に再拜(さいはい)するときふく風(かぜ)
我昔仙階纔舐器　　三我(わ)れ昔(むかし)仙階(せんかい)に纔(わづか)に器(うつは)を舐(ねぶ)りき
應知細吠白雲中　　知(し)るべし　細(つらつら)白雲(はくうん)の中(なか)に吠(ほ)ゆることを

余以₂侍郎₁、近陪₂饗宴₁。更被₂朝議₁、又爲₂典儀₁。故有₂此句₁。
余(わ)れ侍郎(しらう)を以(もち)て近(ちか)く四饗宴(きやうえん)に陪(はむべ)り。更(さら)に朝議(てうぎ)を被(かかふ)りてまた典儀(てんぎ)たり。故(かるがゆゑ)に此(こ)の句(くゐ)有り。

(君も今は文章生であってもやがて立身することもあろうの意。) 仙階は、仙人の住んでいる宮殿の階段。↓補三。四 ↓補四。

128 「春は深し道士の家」といふことを賦し得たり。(四十字を限る、題の中より韻を取る。筆停滞せず、文に点を加へず」。↓補一。

一 道士が静かに(自分の洞窟の中のすみかに)歩みをはこぶのは、かの仏の行歩に喩えられる鵝王のようである。↓補二。二 洞中の石牀の上に枕がおかれている、そのほとりをさらさらと音をたてて水が流れている。(さきほどまで寝ていたのであろうか。) 枕には温(ぬく)みがのこっている。三 仙人の食事はかの夕方そらにたなびく夕焼け雲、何と清浄なたべものではないか。飡は、夕食のこと。また簡単な食事・小飯の意。四 筍(たけのこ)の皮。笋は、「筍」に同じい。籜は、竹の皮。一句は、道士のもつ竹杖はみるからに新しいと思えば、ついさきほど竹をきってきて製したとみえて、道士は竹の皮を裁って頭巾をつくっているという意。道士が筇竹杖をもっていたことをよんだ詩が多い。↓補三。五 仙人の洞窟の入口には鬼難をはらう桃の木で刻んだ霊符がはりつけてあるが、すでに年旧りてしまったので、道士は新たにつくろうとして、桃の花をゆり動かして桃の木をきっている。↓補四。

六 今年も春がすでに深けてしまった。ままよ、去りゆく春三月よ御機嫌よう。(春が去って、)また一年としとっても、道士は方術のおかげで老いが加わるということがない。

☆「絶句十首、諸の進士の及第を賀(よろこ)ぶ」。↓補。

129 一 老衰した年齢。一句は、四十九歳ともなれば、人生も老境であるの意。二 いつの日か、きっと及第して、立身して名をあげたいと。

128 賦二得春深道士家一。 限二四十字一、題中取レ韻。筆不二停滞一、文不レ加レ點。

鵝王閑引歩　　一鵝王(がわう) 閑(しづか)に歩(あよ)びを引(ひ)く
道士洞中家　　道士(だうし)が 洞(ほら)の中(うち)なる家(いへ)
枕暖潺湲水　　二枕(まくら)は暖(あたたか)なり 潺湲(せんくわん)たる水(みづ)
飡清晩暮霞　　三飡(そん)は清(きよ)らなり 晩暮(ゆふぐれ)の霞(かすみ)
杖新裁笋籜　　杖(つゑ)は新(あらた)にして 四笋籜(じゆんたく)を裁(た)つ
符舊撼桃花　　五符(しるし)は舊(ふ)りて 桃花(たうくわ)を撼(うごか)す
好去春三月　　六好(よ)し去(さ)れ 春三月(はるさむぐゑつ)
年加老不加　　年(とし)は加(くは)れども 老(お)いは加(くは)らず

☆絶句十首、賀二諸進士及第一。

129 七々頽齡是老生　　七七(しちしち)の一頽齢(たいれい) これ老生(らうせい)
誓云未死遂成名　　二誓(ちか)ひて云(い)ひしく 死(し)なじ 遂(つひ)には名(な)を成(な)さむといひきと
明王若問君才用　　三明王(めいわう) 若(も)し君(きみ)が才用(さいゐやう)を問(と)はませば

更幹差勝風月情
賀二丹誼一。

更幹　差勝りなまし　風月の情
丹誼を賀す。

130
無厭泥沙之曝鰓
場中出入十三廻
不遺白首空歸恨
請見愁眉一旦開
賀二和平一。

泥沙に鰓を曝すことを厭はずして
場中に出入すること　十三廻
白首　空しく歸らむ恨みを遺さず
請ふ見よ　愁眉の一旦に開くことを
和平を賀す。

131
當家好爵有遺塵
不若槐林苦出身
四十二年初及第
應知大器晩成人
賀二橘風一。

當家の好爵　遺塵有り
若かじ　槐林に苦に出身するには
四十二年　初めて及第す
知るべし　大器晩成の人を
橘風を賀す。

132
初有二毛更六年

初めて二毛有りてより更に六年

↓補一。三天子がもし君の文才と働きとについて下問されるようなことがあったならば。四君の経験豊かな練達した才覚の点では、花鳥風月を賦するという文学的な感覚の点より少しまさっていると答えよう。「更幹」の語は、索出しえない。年数をつんでえた才能・器量の意か。類篇に「幹は事を能くするなり」とある。五丹は、丹治比真人をさすか。もと丹比公、後に真人を賜わり、多治比を改めて丹墀とし、さらに丹治に改めた。誼は字、何人か明らかでない。↓補二。

130　一↓補一。二試験に落第することを「鰓(あぎと)を竜門にさらす」という。↓補二。三場は、試験する所。一・二句は、竜門にのぼりそこねた魚が泥沙に鰓をさらすように、君は省試にみじめな落第の憂き目を重ねても、あきもせず試場に出入すること前後十三回の意。↓補三。四(ついに及第の宿望を達して、)白髪頭(しらがあたま)で空しくひきさがるという恨みをのこさないで済んだ。↓補四。五和は、和気朝臣もしくは和邇部宿弥か。平は、平麻呂などという名の略であろうか。

131　一よいくらい。二先祖ののこしておいた業績。↓補一。三↓補二。四三公のこと。五もと唐の制、郷貢進士が吏部の撰に及第したものを「出身」という。ここは文章生より、文章得業生となり、対策及第して任官することを「出身」という。一句は、君が先祖のあとをうけついで、文章生より出身して三公の位にまでも栄達昇進するに越したことはないの意。六偉大な人物。老子、四十一章に「大器晩成」とある。七橘は、橘朝臣。風は、不明。

132　一三十八歳になったことをいう。↓補一。二(及第の報をえて、)この朝、君の筋骨は、

(多年の苦労で硬直していたかもしれないが、)いっぺんにほぐれてかの神仙のように若やぎたおやかになったことであろう。→補二。三君はいつでも大学の曹司に住んで、研究室の主のような存在であった。どうか、後輩の諸道の学生たちが、きそってその才能をのばすように、よろしく指導してやってほしいものである。四中は、不明。あるいは大中臣朝臣か。その他田中朝臣・中原朝臣・中原真人・中臣朝臣などのうちか。義は、不明。

133 一涙の垂れるさま。一句は、老いた両親をみるたび、その膝下で涙をぽろぽろとこぼしたものであるの意。→補一。二科挙の試に合格したということ、—登科の二字は、まことに千金の値に相当する。→一三〇注二。三少しのたくわえ。一句は、家に少しのたくわえがなくとも、少しも意に介するに及ばない。今や及第して成業のみちがひらけたからには、十分に老いた両親に孝養をつくすことができようの意。→補二。四野は、小野朝臣であろう。達は、不明。

134 一風と霜と。文章の森厳なことの形容。一・二句は、以前に君が策問に応じたとき、その対策の文章がきびしさに貫かれて、風霜の気があることを私は知っていたから、今日あることを、人人は喜んでいるが、私は及第が遅いことを傷み思っていたのである。→補一。二険悪を極める竜門峡も、今日だけは高さ三尺くらいの平坦な関門に過ぎなかった。→一三〇注六・一三〇注一。三しかしこれからの君の前途は容易ではない、万仞以上の嶮峻を覚悟して努力したまえ。仞は、八尺または四尺という。→補二。四田は、島田朝臣。絃は、不明。

此朝筋骨可神仙
知君大學能常住
願使諸生競見賢
賀㆓中義㆒。

二此の朝 筋骨は神仙なるべし
三知んぬ 君が大學に能く常に住れることを
願はくは諸生をして競ひて賢を見さしめむことを
四中義を賀す。

133
親老在家七十餘
毎看膝下涙漣如
登科兩字千金直
孝養何愁無斗儲
賀㆓野達㆒。

親老いて家に在り 七十餘
看る毎に膝下に涙漣如たり
二登科の兩字 千金の直
孝養 何ぞ愁へむ 斗儲なきことを
四野達を賀す。

134
人共賀君我獨傷
曾知對策若風霜
龍門此日平三尺
努力前途万仞强
賀㆓田絃㆒。

人は共に君を賀し 我は獨り傷む
曾知りき 對策 風霜の若くありしを
二龍門 此の日 平なること三尺
三努力めよや 前途万仞强
四田絃を賀す。

135 少日偏孤凍且飢
長呼孔父濟窮兒
還家拜世何爲檄
手捧芬芬桂一枝

賀二多信一。

少き日 偏に孤にして 凍い且飢ゑたり
長に呼ぶ 孔父の窮れる兒を濟ふことを
家に還り世を拜して 何ぞ檄を爲さむ
手に捧ぐ 芬芬たる桂の一枝

多信を賀す。

136 此是功臣代代孫
神明又可祐家門
況爲進士揚名後
今待公卿採擇恩

賀二和明一。

此れは是れ功臣 代代の孫
神明 また家門を祐くべし
況むや 進士 名を揚げてより後
今や 公卿 採擇の恩を待たむや

和明を賀す。

137 一經不用滿籯金
況復螢光草逕深
業是文章家將相
朱衣向上任君心

一經用ゐず 籯に滿つる金
況復むや 螢の光の草の逕に深からむや
業は是れ文章 家は將相
朱衣 向上 君が心に任さむ

135 一「凍(こ)ゆ」は、ヤ行上二段活用。「こごゆ」よりも古形。「且」は、マタとよむ、カツは室町期の訓。二 孔子をいう。一・二句は、孔子が貧窮を極めている子をすくいはげましたというけれども、君もこごえて飢えていて、永く孔夫子を求め呼んで救いを求めていたの意。↓補一。三 今や家に帰り、孝養を志そうとするとき、たまたま晴れの登科の報を拝したのである。べつだん毛義のように檄を奉じて入るまでもなく、君はにおやかな桂の一枝を見事に折って科挙に及第し、その親を喜ばしたのである。「桂の一枝」は、一二注三参照。↓補二。四 多は、多朝臣もしくは多宿禰であろう。信は、不明。

136 一 おそらく和気朝臣清麿以来代代の功臣であったであろう。二 宇佐八幡の神をさすか。三 名声をあげる。孝経、開宗明義抄に「立レ身行レ道、揚二名於後世一、以顕二父母一、孝之終也」。四 三公九卿、転じて高位高官。五 多くのなかよりえらび用いること。六 ↓注一。

137 一 子孫にかごいっぱいの黄金をのこしてやるよりも、一つの経書をのこして勉強させる方が、真に子孫のためになる。籯は、竹の器・はこ・かご。↓補一。二 まして君は螢の光で書を照らした古人のように、夜を日についで勉学したのだから、及第できるのも当然である。晋書、車胤の伝に「家貧不二常得一レ油、夏月以二練囊一、盛二数十螢火一、照レ書読レ之、以レ夜継レ日」。三 将軍と宰相。一句は、君の本業は文章道、君の家柄は将相の家筋であるの意。↓補二。四 朱色即ち緋(あけ)の衣。四位・五位の礼服。↓補三。五 上位に進むこと。向上は、以上と同じ意。一句は、いちはやく四位五位に昇進して、朱の衣をつけるようになるのも、君の心がけ次第であるの意。六 右は、考究しがたい。貞観に賀二右生一。

138
龍有名駒鳳有雛
行程自與世人殊
聞君舍弟皆家業
次第當探海底珠

賀二橘木一。

右生を賀す。

龍に名駒あり　鳳に雛あり
行程自らに世人と殊ならむ
聞くならく　君が舍弟みな家業なりと
次第に當に探らむ　海底の珠

橘木を賀す。

139
八月釋奠、聽レ講二孝經一、賦二秋學一レ禮。

過庭無父感秋時
三百三千更問誰
暮景蕭〻雲斷處
一行寒雁是吾師

庭を過ぐるに父なし　秋を感ぶ時
三百三千　更誰にか問はむ
暮の景蕭蕭として雲の斷ゆる處
一行の寒いたる雁は　是れ吾が師なり

朝右王が任官しているがその属か。生は、不明。

138 一すぐれた馬。大宛産の名馬を「竜馬」という。↓補一。二 二歳のうま。こども。↓補二。三 鳳凰のひな。将来大人物となる素質を有する英俊な少年の喩。↓補三。四 みちのり。旅のみちすじ。一・二句は、竜馬にはすぐれた駒が生れ、鳳凰にはすぐれた雛が生れるという。君は名家の子弟であるから、自然一般の世人とは出世のみちすじもちがうであろうの意。五 君の弟たちもみな橘家の代代世襲の文章道(菅家と同じく文章院西曹に属する)にいそしむと聞く。六 君も立身して任官のあかつきは、かの合浦の太守として令名をあげた孟嘗のごとく、善政をほどこして海底の珠宝が再び合浦にもどってきて、人民が富み栄えたようにしなさい。「珠」は、「竜」の縁による。↓補四。七 橘は、橘朝臣。木は、不明。橘嘉樹は元慶六年任官していて、合わない。

139 「八月の釈奠(しやくでん)に、孝経を講ずるを聴く、「秋は礼を学ぶ」といふことを賦す」。↓補。

一 庭をはしりすぎても、詩を学んだかと問いはげましてくれる父はすでにみまかって、ひとしお秋のさびしさを感ずる。「庭を過ぐ」は、子が父の教えを受ける喩。論語、季氏に「鯉趨而過レ庭。曰、学レ詩乎」とあるによる。↓六六注九。二 秋は礼を学ぶときと言われるけれども、その経礼・曲礼を誰に問うたらいいのであろうか。礼記、礼器に「経礼三百、曲礼三千、其致一也」とあるによる。三 日暮れの景色はものさびしく、雲のとぎれた空のかなたに、一列の雁が南に向かって翔んで行く。あの秩序正しい雁の行動こそ、わが師とすべきであろうか。蕭蕭は、ものさびしい形容。寒雁は、晩秋の空を行く雁。

140 傷㆓藤進士㆒、呈㆓東閤諸執事㆒。

我等曾爲白首期
何因一夕苦相思
披書未卷同居處
捻藥空歸已葬時
不校秋聲喪父哭
猶勝曉涙夢兒悲
余先皆所㆑有、今而喩之。
此生永斷倶言笑
且泣將吟事母詩
東閤孝經竟宴、進士事㆑母之詩。故云。

一我等は曾ち白首の期にあり
何に因りてか　一夕　苦に相思はむ
二書を披きて卷かず　居を同じくする處
三藥を捻りて空しく歸る　已に葬る時
四秋の聲に父を喪ひて哭せしに校べざれども
五なほし勝る　曉の涙に兒を夢みて悲しぶに
六余れ先に皆有るところ、今にして喩ふるなり。
此の生　七永く倶に言笑することを斷ちぬ
且泣きて吟ぜむとす　八母に事ふる詩
東閤孝經竟宴のときに、進士母に事ふる詩ありき。故に云ふ。

141 去冬、過㆓平右軍池亭㆒、對㆓平圍棊㆒、賭以㆓隻圭新賦㆒。將軍戰勝、博士先降。今寫㆓一通㆒、詶㆓一絶㆒、奉㆑謝㆓遲晩之責㆒。

140「藤進士を傷みて、東閤(とうかふ)の諸執事に呈す」。扶桑集七に出。→補一。

一 我らはすでに白髪あたまの老境に達したもの、何ゆえにこの夕、年若い君の死をいたんで、ねんごろに追慕しなければならないのであろうか。白首は、老人のこと。→一三〇補四。二 巻子本(かんす)の書物は(君がよみさしたところを)ひらいたままで巻き収めてはない。これは大学の寮曹の一室の様子をうつすであろう。三 君の病室に、私の方からとどけた薬がおかれたままであるが、それをつまんでもちかえる、この薬も効験がなく、すでにもう葬る時だと思うと情ない。「捻る」は、つまむ意。四 過ぎし年の秋風の吹く季節に、私は父をうしなった。あの時大声で泣いた悲しみにはくらべられないけれども。→補二。五 夜明けごろに亡児を夢みて涙をこぼした悲しみよりもまさるものがある。「唯有㆓夢中阿満悲㆒」(一三)参照。六 父を失い、子を先立たせた悲しみの詩は、皆前に出したところであるが、今の悲しみにつけて、それとたとえてくらべるのである。七 藤進士の君とともに。八 太政大臣の書斎において、孝経の竟宴に陪したとき、進士が、母につかえる詩をよんだのである。→補三。

141「去(い)んじ冬、平右軍が池亭を過ぎて、囲棊(ご)に対(むか)ひ、賭くるに隻圭(せきけい)の新賦を以てせり。将軍戦ひ勝ち、博士先づ降りぬ。今一通を写して、一絶を詶い、遅晩(おそなは)りし責(せ)めを謝し奉る」。→補一。

一 去年の冬はあなたと対局して一敗したので、(約束通り、延引ながら)今年の冬に、賦した詩を酬いてさしあげる。→補二。二 →補三。三 昔の囲棊の名人。弈は、囲棊の意。秋は、名である。一句は、にくいことだ、隻圭と弈秋

先冬一負此冬訓　先つ冬一たび負けて　此の冬に訓ゆ
妬使隻圭降弈秋　妬いかなや　隻圭をして弈秋に降らしむること
閑日若逢相坐隱　閑日に若し逢ひて　相に坐隱せば
池亭欲決古詩流　池亭に決せむことを欲りせむ　古詩の流れ

142　感二小蛇一、寄二田才子一、一絕。來訪之間、此蛇在レ前。故感之。

縦未鱗飛石道蟠　縦ひ鱗飛せずして　石道に蟠るとも
如聞早上李膺門　早に李膺の門に上らむことを聞くが如し
自知君感相存慰　自ら知らくは　君が相存慰するに感じて
爲我銜來咳唾恩　我が爲に咳唾の恩を銜み來らむことを

143　近日野州安別駕、製二一絕一寄二諸同志一。有下頻歷二外吏一、獨後二倫輩一之歎上。予不レ勝レ助レ憂、聊依二本韻一訓。

君曾獻策立公車　君曾策を獻じて公車に立ちき

とが囲碁の対局をして、隻圭が弈秋にまけてしまうことはの意。→補四。四ひまな日に、もしお互い行き逢って、いながら隠遁を楽しむような機会があったとしたならば。坐隠は、囲碁の別名。世説に出。→六二注一五。ここは文字通りいながら隠遁すること。五君の池亭において、古調詩の流れをくんで、ひとつ詩を競作して勝敗を決したいものだ。「決」と「流」は、縁語。

142「小蛇に感じて、田才子に寄す、一絶。〈来訪の間に、此の蛇前に在り。故(かるがゆゑ)に感ず〉」。→補一。

一この小さい蛇は、たとえ、まだ竜と化して、雄飛しないで、今のところ、石の路上にわだかまっているとしても。二竜門の下に、江海の魚どもが集って登ることのできないのに、この小蛇はやがていち早くその水を上って竜となったと聞くように、君もかの李膺の登竜門に上るように前途がひらけることを予言するようで、縁起がいい。「李膺の門」は、一五注二参照。→補二。三たずね慰める。「殷勤存慰我家君」(八〇)参照。四しわぶきとつばき。転じて長者の言語。ここは、咳唾の珠を意味し、それを蛇が口中に銜んでくる意。三・四句は、君が私のために恩愛のことばをかけてはげまして下さるが、小蛇もそれに感じて咳唾が化してなった珠玉を口中に含んでもってくる様子であるの意。→補三。

143「近日、野州の安別駕、一絶を製(つく)りて、同志に寄す。頻(しき)りに外吏(ぐわいり)を歴て、独り倫輩(ともがら)に後(おく)るる嘆き有り。予(われ)憂へを助くるに勝(た)へず、聊かに本韻に依りて訓ゆ」。→補一。

一文章得業生より対策及第したことをいう。→補二。二大内記に任じたことをいう。公車は、官署の名。天下の上書及び徴召のことを掌り、

政事當求孔子家　三政事　當に求めむ　孔子の家

請抱貞心能報國　四請はくは　貞心を抱きて能く國に報じたまはむことを

寒松不道遂無花　五寒松　遂に花なしと道はじ

144　重陽日、侍二宴紫宸殿一、同賦二玉燭歌一、應レ製。　六韻已上成。

無爲無事明王代　一爲なく事なし　二明王の代

九月九日嘉節朝　九月九日　嘉節の朝

暦數所歸有眞至　三暦數歸くところ　眞に至ること有り

欲令雨順又風調　四雨をして順にあらしめ　又に風をして調へしめまく欲りす

始聞童子謳唐國　五始めて聞く　童子の唐國に謳ふことを

終見大臣謁渭橋　六終に見る　大臣の渭橋に謁することを

人望天從明玉燭　七人望み天從ひて　玉燭と明なり

自春涉夏到金飈　八春より夏に涉りて　金飈に到る

菊知供奉霜籬近　九菊は供奉を知りて　霜の籬に近し

雁守來賓雲路遙　一〇雁は來賓を守りて　雲の路遙なり

詔を待つ者が命を待っておるところ。中務省にあたるであろう。→補三。三 国家の政事には、(君のような)孔子の学をおさめたもの、即ち儒家をこそ当然求めなければならない。四 願わくは、みさお正しい心を堅持して、国恩に報ずることにつとめられよ。五 寒さにたえる松も、いつか花咲くときを迎える日がないとはいうまい。(君もしんぼうしておれば、やがて返りさくこともあろう。)

144 「重陽の日、宴(うたげ)に紫宸殿に侍(はべ)りて、同(おな)じく玉燭歌を賦し、製に応(こた)へまつる。(六韻已上成る)」。元慶八年の作。→補一。

一 聖人の徳は至大で、何事もなさずに天下が自然に治まること。→補二。二 堯舜無為の治を、光孝天皇の代によそえてたたえようとする。三 一年の暦日が、めぐりめぐって、(陽数九の重なる今日を迎え、)まことに風景新たな思いのすることである。四 (天子のめぐみをえて、天候も温和に、)雨も適当に降り、風もおだやかに吹かせたいものである。→補三。五 昔、帝堯の国において、児童が帝徳をたたえて童謡をうたったというが、今やわが天子の治を謳歌する民の声を聞くに至った。→補四。六 昔、太公望は文王に渭水のほとりでお目にかかって、大臣として輔弼(ほひつ)の責に任ずるに至ったが、今やその太公望に比すべき有能な太政大臣が政治をたすけておられる。→補五。七 人君が雨風の時にしたがうことを望んで、徳治につとめられるので、上天もその徳に従って、四時の気候が調和して、玉や燭のごとく、万物が光明にかがやくのである。→補六。八 青陽の春から、夏をすごして、今や金風のふく秋になった。金飈は、秋の風。九 (秋になり、九月九日が近づけば、)今日の佳節にわれも天子に供奉せんものと、菊

藻鏡和光毫不失
璇璣遠映德彌昭
東西郡老承成頌
南北州民習作謠
臣在陶鈞歌最樂
願驚高聽入丹霄

一一藻鏡　一二光を和げて毫も失はず
一三璇璣　遠く映えて徳彌昭なり
一四東西の郡老　承けて頌を成す
一五南北の州民　習ひて謠を作る
臣は一六陶鈞に在り　歌ひて最も樂しぶ
一七願はくは　高聽を驚して丹霄に入らむことを

145　勸學院、漢書竟宴。詠レ史得二叔孫通一。

游魚得水幾波濤
命矣孫通遇漢高
暗記龍顏奇在骨
先知虎口利如刀
訣言不謝加新印
降見無嫌變舊袍
太史公雖稱大直

一游魚水を得たり　幾ばくの波濤
二命なるかな　孫通の漢高に遇ひしこと
三暗に龍顏の奇なること骨に在ることを記す
先に四虎口の利きこと刀の如くなることを知る
五訣言　謝せず　新しき印を加ふることを
六降見　嫌ふことなし　舊の袍を變ふること
七太史公い　大直なりと稱ふとも

は霜おくまがきに近く花をひらかせる。一〇雁も、今日の佳節にわれも客として参候せんものと、雲の通い路はるかに姿をあらわす。↓補七。

一一すぐれた鑑識。「藻鑑」ともいう。↓補八。

一二才智を包んで顕わさぬこと。↓補九。

一三北斗の第二星と第三星。「璇璣」に同じ。十一・十二句は、日月も光を和らげて照らすけれども、その明らかな鏡はすぐれた鑑識をもって、毛筋ほどのあやまちをも見のがさない。北斗の星星は、遠く北辰の帝座を守ってかがやき、帝徳はいよいよ明らかであるの意。↓補一〇。

一四東のあるいは西の郡国の長老たちは、聖徳をうけて、帝徳讃頌のほめうたをつくる。老は、七十歳の称。徳と年とともに高い人のこと。

一五南のあるいは北の地方地方の庶民たちは、平和を楽しむ民謡を作ってうたいつぐ。中国は昔、九州にわかつ。州は、今の省のようなもの。

一六陶器を製するに用いる旋盤。転じて王者が天下を経営する喩。人物を養成するの意。一句は、私は文章博士として、天下の秀才を教育し、王道を謳歌して最も楽しむ身の上であるの意。↓補一一。

一七夕焼などの赤い空。また、天。一句は、私の作ったこの玉燭歌は、どうか神仙のすまいである九重の奥深く、上聞に達してほしいものであるとの意。↓補一二。


145「勧学院、漢書竟宴。史を詠(うゐや)じて叔孫通を得たり」。↓補一。

一魚が水を得て、勢をえて、いくばくの波をものりこえておよぎまわるごとく、人君も良臣にめぐりあって、難関をのりこえることができる。↓補二。二叔孫通が、秦の反乱をさけているうちに、漢の高祖にめぐりあったことは、まことに運命のめぐりあわせであった。↓補三。

三叔孫通は、かねてから高祖の骨相がただな

猶慙去就甚鴻毛　　なほし慙づらくは　去就の鴻毛より甚しきことを

146 相國東廊、講二孝經一畢。各分二一句一、得三忠順弗レ失而事二其上一。

士出寒閨忠順成　　士は寒なる閨より出でて忠順成る
樵夫不歎負薪行　　樵夫は歎かず　薪を負ひて行くことを
雲龍闕下趨資父　　雲龍闕下　趨りて父を資く
槐棘門前跪事兄　　槐棘門前　跪きて兄に事ふ
一願偷承天性色　　一たび願はくは　偷に天性の色を承けなむことを
參言半帶孔懷聲　　參たび言へらく　半孔懷の聲を帶びてむといへり
侍郎無厭官銜早　　侍郎は官銜の早きを厭ふことなし
誰道遺孤忝所生　　誰か道はむ　遺孤の生めるところを忝むると

147 賦二木形白鶴一。　八年十二月廿五日夜、金吾納言、祝二四十年一法會賦之。

從初展翅未知雲　　初めより翅を展げて　雲を知らず

らず、将来皇帝たるべき人物だと見ぬいていた。↓補四。四 ↓補五。五 ↓補六。六 叔孫通は漢王に降り、漢王が彼の儒服をきていることを憎むと知って、すぐさまこれを脱いで楚製の短衣にきかえた。↓補七。七 司馬遷のこと。一句は、司馬遷は、史記の叔孫通伝賛において、通を評して、「大直は詘(ま)れるが如し、道はもとより委蛇(だ)たりとは、けだし是れを謂ふか」とほめているけれどもの意。↓補八。

八 でもやはり、叔孫通の行動(出処進退)が、あまりにも軽軽しかったことを、節操を失ったものとして、はずかしいことと思わざるをえない。鴻毛は、物の極めて軽い喩。↓補九。

146 「相国の東廊にして、孝経を講じ畢りぬ。各一句を分ち、「忠順失はずして、其の上(かみ)に事(つか)ふ」といふことを得たり」。↓補一。

一 卿大夫に次ぐ階層を「士」という。庶人の上位。二 さびしいねや。貧賤の家がら。三 父に「孝」なることをうつして君につかえるのを「忠」、兄に「敬」をもってつかえることをうつして上につかえるのを「順」という。一句は、士は貧しい家に生れ、その父や兄に孝敬をもってつかえる心を、君や長上にうつしてつかえれば、忠順の徳ということができるの意。四 たとえば樵夫の家に生れたならば、少年のとき、薪をせおって力しごとに従事して、それを苦にしないものが士となるの意。↓補二。五 宮闕即ち朝廷に奉仕するにも、父をたすけつかえる孝をうつして、その心持ではしってつかえればよろしい、それが忠士である。↓補三。六 公卿などの上司につかえるにも、兄につかえる敬をうつして、その心持で、ひざまずいてつかえればよろしい、それが順なる士である。槐棘は、三公九卿のこと。

隨手來時暫有群　　[二]手に隨ひて來る時　暫く群有り
清唳無期何歲月　　[三]清唳期無し　何れの歲月ぞ
金吾願得一聲聞　　[四]金吾　願はくは一聲を聞かむこと得むことを

148　早春內宴、侍仁壽殿、同賦春娃無氣力、應製一首。幷序。

夫早春內宴者、不[1]聞荆・楚之歲時。非[2]踵姬・漢之遊樂。自[3]君作故、及我聖朝。殿庭[4]之甚幽、咲嵩山之逢鶴駕。風景[5]之最好、嫌曲水之老鶯花。節則新[6]焉、一人有慶、年惟早矣、万壽無疆。於是粧[7]樓進才[8]、粉妓[9]從事。纖手[10]細腰、受之父母、軟雲[11]襛李、備于髮膚。況[12]陽氣陶神、望玉階而餘喘。韶光[13]入骨、飛紅袖以嬴形。彼[14]羅綺之爲重衣、妬無情於機婦、管絃之在長曲、怒不關於伶人[15]。變[16]態繽紛、神也又神也。新聲[17]婉轉、夢哉非夢哉。臣[18]通籍重門、蹈[19]綵霞而失步。登仙半日、問[20]青鳥以知音。樂[21]之逼身、詞不容口。請[22]祝堯帝、將代封人云尒。謹序。

紈質何爲不勝衣　　[一]紈なす質の何爲むとてぞ衣に勝へざる

↓補四・㊇注八。七（願っても今やかなえられないけれども）一たびは願う、父の顔色をうかがって孝事したいものだと。↓補五。八（何度言っても、自分には兄弟がないのでむだではあるけれども）三たび言う、少しでも兄弟の声色を帯びることができればいいのにと。↓補六。九 私は式部省に早衙すること、即ち朝早く出勤することを決していとわない。侍郎は、吏部侍郎即ち式部少輔たる道真の自称。一〇 父母をさきだてて、あとにのこった子供。一一 父母。一句は、誰が、是善の遺孤がその父母をはずかしめるというかの意。（私は決して亡くなった父母をはずかしめないように忠順の道をつくしているの意。）↓補七。

147「木形（きがた）の白鶴を賦す。〈八年十二月二十五日夜、金吾納言（きむごだ ふげん）、四十年を祝ふ法会に賦するなり〉」。↓補一。

一 この木形の鶴は、はじめから翅をひろげて飛んでいるが、その行手をさえぎる雲を知らない。二 工匠の手で作製されたときには、しばらく仲間の群れもあったが、今は一羽だけである。三 鶴の清らかななき声。それを聞こうと思うが聞くときとてない、いったい何年の歳月を待ったらその声を聞くことができるのであろうか。↓補二。四 近衛督どのよ、どうか鶴のさやかに清んだ一声を聞かせていただきたい。↓補三。

148「早春の内宴に、仁寿殿に侍りて、同しく「春娃（しゅんわ）気力なし」といふことを賦す、製に応へまつる一首。〈序を幷せたり〉」。↓補一。

1 ↓補二。2 ↓補三。3 ↓補四。4 ↓補五。5 ↓補六。6 ↓補七。7 化粧する宮楼。左近衛府の北に接してある内教坊をさす。↓補八。8 ↓補九。9 ↓補一〇。10 ↓補一一。11 ↓補一二。12 ↓補一三。13 ↓補

謏言春色滿腰圍　謏りて言へらく　春の色の腰の圍りに滿てりと
殘粧自嬾開珠匣　二 殘粧　自らに珠匣を開くにすら嬾し
寸歩還愁出粉闈　三 寸歩　還りて粉闈を出でむことをだに愁ふ
嬌眼曾波風欲亂　四 嬌びたる眼は波を曾ねて風亂れむとす
舞身廻雪霽猶飛　五 舞へる身は雪を廻して霽れてもなほし飛べり
花間日暮笙歌斷　六 花の間に日暮れて笙の歌斷えぬ
遙望微雲洞裏歸　遙に微なる雲を望みて洞の裏に歸る

149　相府文亭、始讀ニ世說新書一。聊命ニ春酒一、同賦三雨洗二杏壇花一。應レ敎一首。

學者誰家異杏壇　學者誰が家ぞ　一 杏壇異なる
紅花好是雨中看　紅の花は二 好是し　雨の中に看る
功能欲效雲先潤　三 功能　效かむことを欲りして雲先づ潤べり
爕理應知樹不寒　四 爕理　知るべし　樹寒ならざることを
唯有十旬相長養　五 ただ十旬相長養すること有り

一四。14 ↓補一五。15 ↓補一六。16 ↓補一七。17 ↓補一八。18 名籍即ち名札を通して禁中に入ることを許されること。重門は、幾重(え)にも設けた禁裡の門。↓補一九。19 仙界の五色の雲。↓補二〇。20 ↓補二一。21 ↓補二二。22 ↓補二三。

一 教坊の舞姫たちのしらぎぬにも似たこまやかな肌理のからだには、うすぎぬの舞い衣さえも重くたえがたげである、どうしてであろうか、青陽の春の気色が、腰のめぐりにみちているからだと口実を設けて答えそうである。紈質は、色白で肌理が細かいこと。「謏言」、底本・板本「慢言」に作る、いま藁草による。↓補二四。二 (今や舞いが終り、女楽も奏(かな)でやんで、)舞妓たちの化粧もややくずれてうちとけかかったところ、動作もものうげで、(アクセサリーを片づけようとして)珠の手筥(てばこ)をちょっとあけるさえおっくうな様子。珠匣は、珠を入れる箱。↓補二五。三 小きざみに教坊にかえってくつろごうとして歩み出すのであるが、宮門を出るのがかえって名残り惜しげにやすらいがちである。粉闈は、しっくいで飾った宮中の小門。奥向きの通用門。四 舞姫たちの媚びの眼の色は、波の花がかさなりよせて、風があやしくみだすように、ちらちらと愛嬌がこぼれるようにおうことだ。曾字、底本勇字に作り、慈本は「当レ作ニ層字一」というが、詩紀は「当レ作ニ層字一」といい、板本のままでよい。↓補二六。五 舞姫たちのかるやかな身のこなしは、ひるがえりとぶ雪のようで、霽れたあとでも雪花がとぶように、舞いのあともなお舞いつづけるかと思われる。↓補二七。六 花の間にいつか春の日も暮れて行って、笙の声もきえて行った。かの王子喬が笙の声と共に、はるか山頭の雲を望んで白鶴

豈教五出且銷残　　豈[六]五出をして且銷え殘はしめむや
晩來春酒終無算　　晩來[七]の春酒　終に算なし
花色人顔酔一般　　花の色と人の顔と　酔ふこと一般[八]

150　七月七日、憶野州安別駕。

非無遠信屢相聞　　[一]遠き信ひの屢相聞ゆることなきにあらざれども
此夕殊思欲見君　　[二]此の夕は殊に君を見むと思ふ
珍重牽牛期曉漢　　[三]珍重す　牽[四]牛の曉くる漢を期することを
悵然別駕隔秋雲　　[五]悵然たる別駕　秋の雲を隔てり
定知靈匹同時拜　　定に知る　靈匹[六]　同時に拜したまはむことを
唯恨詩情兩處分　　[七]ただ恨むらくは　詩情の兩つの處に分れぬることを
依乞平安歸洛日　　依りて乞はくは　平安に洛に歸りたまはむ日
満庭香粉幾紛々　　満庭の香粉[八]　幾[九]紛紛たらむことを

にのって仙洞に帰って行ったように、美しい舞姫たちも笙の声の消えゆくと共に、かえりみがちに彼女たちの奥ゆかしいすみかに帰って行くのであろう。↓補二八。▽↓補二九。

149「相府の文亭にして、始めて世説新書を読む。聊かに春酒を命じて、同しく「雨杏壇の花を洗ふ」といふことを賦す、教に応へまつる一首」。扶桑集一に出。↓補一。

一 学堂。転じて道家・医家の杏林をいうこともある。↓補二。二「好是」は、おそらく唐代俗語。↓一七〇注二。一・二句は、紅の杏の花が咲いている、花よ、恙(つつが)なきや、雨の中に咲いているのをつくづくみまもる。ここの、他と異なってたちまさっている講壇である(昔、孔子は杏の花の壇で学を講じたというが、)ここの文亭の主たる学者は、いったい誰であるかの意。(ほかならぬ太政大臣基経であるの意。) 三 杏壇は、また道家・医家の修練の所ともなる。杏の花の咲いているところではつい病気にきく薬の効能をききたくなるが、効果はすでにあらわれて雲が先ずしっとりうるおうてくる。↓補三。四 宰相即ち太政大臣の治政が宜しきをえているので陰陽がよく調和し、雲もうるおい、春暖の気が樹木にさえも及んでいることを知るであろう。燮は、變。燮理は、やわらげ治めること。宰相が国を治めることから、転じて宰相をいう。↓補四。五 春雨は十旬即ち百日、万物をそだてやしなうものである。六 だから杏の花びらをいつまでも散り残しておくものではない。五出は、八五注七参照。七 夕方からのみはじめた春酒(冬から醸しておいた酒)も、つい何杯すごしたかわからなくなった。↓補五。八 同様だ。

150「七月七日、野州の安別駕を憶ふ」。野州安別駕は、上野介安倍興行。↓一四三補一。

151　秋夜、宿(二)弘文院(一)。

信脚涼風得自由　脚に信せて涼しき風に自由を得たり
弘文院裏小池頭　弘文院の裏　小き池の頭
紀司馬以他門去　紀司馬は他門なるを以て去る
藤少府因入室留　藤少府は入室に因りて留る
梁上鶏遲知未曉　梁の上　鶏　遅くして　曉けざることを知る
枕邊蛬急欲深秋　枕の邊　蛬　急にして　秋深らむとす
非無弊宅安眠臥　弊宅の　眠臥安なることなきにあらざれども
乘輿來時物外遊　輿に乗りて來りしときより　物外に遊ぶ

152　仁和元年八月十五日、行(二)幸神泉苑(一)。有(レ)詔(二)侍臣(一)。命(レ)獻(二)一篇(一)。同勒(二)門存根恩(一)。

神泉望幸幾寒温　神泉　幸を望むこと　幾たびの寒温ぞ
喜見仙輿出蹕門　喜びて見る　仙輿の蹕門を出づることを
地縮松江秋水滿　地は松江を縮めて　秋水満てり

一 遠い上野の国とのあいだに、たびたび君と手紙をあいかわすことはないではないけれども。二 一年に一夜だけ牛女が相会うといわれる今夜はことさらに。三 挨拶のことば。お大事に・自愛せよ・結構なことでなどの意。ここは讃美の辞である。四 ひこぼし。たなばたつめ(織女星)にあいに行く伝説による。一句は、牛女が天の川のほとりで会うことをまちかねているのも、結構なことだがの意。↓補一。五 遠い東国で客愁をなげく君を思うこと切であるが、空しく秋の雲幾重を隔てている。悵然は、失意のさま・なげくさま。六 霊妙な配偶。即ち牽牛・織女二星の配偶をいう。一句は、今夜同時に、君もまた天の川を仰いで、牛女の霊妙な配偶に思いをはせておられることであろうの意。↓補二。七 西の都と東国と、二ところにわかれわかれて詩情を一つにできないのが残念だ。↓補三。八 においのいい粉。ここは百花の花粉。九 咲き乱れるさま。衆く盛んなさま。七・八句は、無事に任を終えて京に帰還なさる時には、京の宿の庭いっぱいの百花がいっせいにかおりのいい花をひらいて君を歓迎することであろうの意。

151「秋夜、弘文院に宿す」。↓補一。

一 脚のむくにまかせて自由な気分で散歩をする、弘文院の片ほとりの小さな池のあたり、涼風のそよぐなかを。↓補二。二 紀長谷雄。↓補三。三 藤原氏某、名は未詳。少府は、内蔵または内匠の唐名。四 入門師事すること。学問が進むこと。↓補四・(一)注八。五 梁のあたりでは、鶏がときをつくらないから、まだ夜明けでないことがわかる。六 枕もとではこおろぎがせわしげにすだいて、秋もようよう深まろうとしている。七 自分の家のほうが、安心してぐっすりねむれるというわけではあるが。弊宅は、あばらや。自分の家の謙称。八 たまには車でかけて、俗塵を忘れるのも一興ではないか。輿は、車のボディ。車輿の義。↓補五。

152 「仁和元年八月十五日、神泉苑に行幸したまふ。侍臣に詔(みことのり)ありて、命(おほ)せて一篇を献(たてまつ)らしめたまふ。〈同じく門・存・根・恩を勒す〉」。↓補一。

一 神泉苑では行幸を待ち望むこと幾年の久しい間であった。寒温は、寒さと温かさ。一年をいう。二 天子の乗る車の輿(こし)。三 玉をちりばめた門。天子の宮門。四 太湖の支流で、今の呉淞江。↓補二。五 長安の城西にあるにぎやかなまち、そこに細柳倉があった。三・四句は、神泉苑の地は、かの松江を縮めたかと思われるような美しい池が秋の水をたたえており、今日は文人を大勢招かれて、(嵯峨天皇時代の)古風を復活して、行幸詩宴が行われたの意。↓補三。

六 田舎酒だけれどもいい顔色になるまで遠慮なく飲むがいい。↓補四。七 楽師たちが奏する簫・篳篥の音も、耳ざわりで人をなやますということもない。ニコンは呉音による。八 頭をめぐらせてふり仰げば、月の光ばかりでなく数数の天子の皇恩をいただくことを得て、畏れ多く感謝することである。「廻レ頭暁望紫微宮」(一二七)。

☆「晩秋二十詠。〈九月二十六日、阿州平刺史に随ひて、河西の小庄に到る。数盃の後、清談の間に、多進士をして二十事を題せしむ。時に日西山に廻(めぐ)り、帰る期(とき)漸くに至る。毫(ふで)を含(ふく)みて詠じ、文に点を加へず。声病を避けず、格律を守らず、但(ただ)恐るらくは、世の人の斯の文を嘲弄せむことを。恐(おそ)り思へば、才の拙きなり〉」。↓補。

153 「残菊」。

一 陶淵明の意。ここは「陶家」といいなが

人招柳市古風存　人は五柳市を招きて　古風存す

無辭野釀添顏色　六野釀の顏色を添ふることを辭ぶることな

不倦伶簫報耳根　七伶簫の耳根に報ぐることに倦まされず

日暮歸時明月下　日暮れて歸る時　明月の下

廻頭更畏戴皇恩　八頭を廻して更に畏る　皇恩を戴くことを

☆晩秋二十詠。九月廿六日、隨二阿州平刺史一、到二河西之小庄一。數盃之後、清談之間、令三多進士題二二十事一。于レ時日廻二西山一、歸期漸至。含レ毫詠之、文不レ加レ點。不レ避二聲病一、不レ守二格律一、但恐世人嘲二弄斯文一。恐之思之、才之拙也。

153　殘菊。

陶家秋苑冷　一陶家　秋の苑冷しく

殘菊小籬間　二殘んの菊は小しき籬に間めり

爲是開時晩　是れ開く時の晩きがためにして

應因得地閑　地を得ること閑なるに因るべし

唯須偸眼見　三ただ眼を偸みて見るべし

不許任心攀　四許さず　心に任せて攀かむことを
若使風霜怒　五若し風霜をして怒らしめませば
當留早老顔　當に早老の顔を留めまし

154 小松。

小松經幾日　一小松　幾日をか經たる
不變舊青々　舊の青青たることを變へず
本是山中種　本是れ　山中の種
移來水上庭　移し來る　二水上の庭
同聲沙石浪　三聲を同しくす　沙石の浪
假蔭草茅亭　蔭を假る　四草茅の亭
將效貞心遠　五將に貞心を遠きに效さむとして
大夫此地停　六大夫　此の地に停れり

ら、亭主阿州刺史を指す。二九月九日をすぎて咲く菊を「残菊」という。アヒダムの訓は、春日政治博士の訓法による。三（菊をぬすみとるのはいけない。）ただ眼をぬすんでこっそりみなければなるまい。

四（陶淵明は九月九日に宅辺の菊の中に坐して、手にいっぱいつみとったというが、）ここの残菊をば、訪客が勝手につみとることはいけない。「攀く」は、折り取ること。五もし天気が荒れて、寒風がすさび、厳霜がおくようなことになるとしたならば残菊の香気も失せて、年齢不相応に老いこむ人のような顔付きになることであろう。

154「小松」。

一小松は移植して何日たったのであろうか。二西河即ち桂川のほとりの庭園。三小松吹く風の音と、河水の波が沙や石に激する声とがともにひびき合う。四草とちがやと。一句は、この河西のかやぶき屋根の水亭の蔭をかりて、この小松はうわっているの意。五（松は歳寒に貞操の心をあらわすといわれるが、）この小松は遠い将来に貞心をあらわすことであろう。六ここに小松がうわっているのは、大夫がこの地にいることにほかならない。大夫は、秦の始皇が、泰山に登って風雨にあい、松の木蔭に休み、その松を封じて五大夫とした故事によって、松の異名となる。わが国では五位の称。

155「黄葉」。

一秋も終ろうとして、万物はすべて凋落して色を改める。残秋は、秋のおわり・残んの秋。権徳輿の舟行詩に「蕭蕭として落葉は残秋を送る」。二見わたす満地の万木はすべてあるいは濃く、あるいは淡くもみじに染まっている。モミテリの訓は、前田家本色葉字類抄に「黄葉、モミヂバ、紅葉、同」とある。三黄葉した大木の影が、山辺の水に影をうつす。四 枝の紅葉は、あけがたの霜に凋んで落ちかける。五 風の吹くにつれて、遠くの、あるいは近くの黄葉の木木がそよぎたつ。六 場所によって、ぱらぱらっと急速に落葉するところがあり、はらりはらりと一枚一枚静かに落ちるところがある。七 植物でさえも、このように時節がくれば、そのさかりの色も衰え、凋落して行く。八 人生だって(植物とかわらず。) 自然こうしたものだと推し量ることができそうだ。

156 「古き石」。

一 苔は、こけ。薛は、香草。類聚名義抄はコケと訓む。一・二句は、奥深い庭に、こけむした、古い石がある意。張九齢の故刑部尚書荊谷山集会詩に「苔石人に随つて古り、烟花酒に寄せて酣なり」。苔字、板本若字に作るは非。和漢朗詠、巻上、夏、首夏(本大系[七三]一四八)参照。→四〇七注二。二 この古い石があっても、蔣詡(しょうく)の昔から、三径の妨げとなったことがなかった。漢の蔣詡が、自庭に三つの径(こみち)を作り、松・菊・竹を植えて、高士のみを通わせた故事。陶淵明の帰去来辞に「三径荒に就いて、松菊なほ存す」とある。

三 一にぎりの大きさの石。礼記、中庸に「一拳石これ多し」、白居易の詩に「頑賤なり一拳石、精珍なり百錬の金」とある。四〇七の「孤拳誰か転すこと得む」参照。一句は、これまでもこぶし大の石であって、大きさに変りはないの意。

四 雲の膚が石に触れると、雲気が凝って雨になるといわれるが、今は雨のふることを望まない。博物志、水に「山沢気を通じて、以て雷雲を興(おこ)す。気は石に触れて、膚(はだ)寸にして合すれば、朝(あした)を崇(を)へずして雨ふる」。文粋九の「九日侍宴、天錫難老詩序」に「雲膚紫を

155 黄葉。

殘秋皆壞色
万木淺深黃
影映山邊水
枝凋曉後霜
隨風吹遠近
觸處落閑忙
植物能如此
人生自可量

一 殘秋(ざんしう) みな色(いろ)を壊(やぶ)る
二 万木(ばんぼく) 淺(あさ)く深(ふか)く黄(もみ)てり
三 影(かげ)は映(うつ)す 山(やま)の邊(ほとり)の水(みづ)
四 枝(えだ)は凋(しぼ)む 曉(あ)けたる後(のち)の霜(しも)
五 風(かぜ)に隨(したが)ひて 吹(ふ)くこと遠(とほ)くあるは近(ちか)し
六 處(ところ)に觸(ふ)れて 落(お)つること閑(しづか)にあるは忙(いそがは)し
七 植物(しよくぶつ)すら 能(よ)く此(かく)の如(ごと)し
八 人生(じんせい) 自(おのづか)らに量(はか)るべし

156 古石。

幽庭看古石
苔薛不知年
未昔妨三徑

幽(ふか)き庭(には)に古(ふる)き石(いし)を看(み)る
一 苔薛(たいへい) 年(とし)を知(し)らず
二 昔(むかし)より 三徑(さむけい)を妨(さまた)げず

爛(だ)り、露液甘を流す」。五 地下の水脈が、この石の根をうがって、泉がわき出せばいいと思う。六 孤(ひと)りぼっちで、せまい奥まったところにいることを、はじとしないならば。孤は、ひとりでかたよること。陋は、鄙(ひな)びてせまいこと。礼記、学記に「独学にして友なければ、則ち孤陋にして寡聞なり」。七(松柏は歳後に堅貞をあらわすというが、)石こそ真に歳後の堅い志を維持するものであろう。呂氏春秋に「石は破るべきも其の堅きを奪ふべからず」。

157 「疎竹」。

一 竹の異名。晋の王子猷が空宅に竹をうえさせて、これを愛し、人に向かって竹を指して、「何ぞ一日も此の君なかるべけんや」といった故事による(世説新語)。二 冷たい霜がおりても、いっこうそれを苦にしない。「謝せず」は、ことわらない・退けないの意。四〇三の「寒霜如(も)し払ふべくは、万歳貞堅を表しなん」参照。三 霜がおりても苦にしないで、それを季節の経過するめやすとするの意か。→補。四 昔は竹簡(ふだ)に字を書くときは、青い竹簡を火にあぶって青みをとり除いた。紙のない時代はこうして書き易くし、かつ虫くいを防いだ。それを「殺青」といった。後漢書、呉祐の伝や応劭の風俗通にみえる。五「白を生ず」は、荘子、人間世に「彼の闋(けつ)たるものを瞻(み)れば、虚室には白を生じ、吉祥は止(ここ)に止(とど)る」とあり、空虚なへやには、光を遮るものがないから明白な光がみちる意。五・六句は、(青みを去った竹簡に)字を書くしごとにも倦めば、がらんとした簡素なへやのながめにふさわしい竹の姿を賞美するというほどの意。河西の水亭の描写であろう。六 このぼつりとひとかたまりの疎(まば)らな竹のひとむらの、うちにひそめた貞堅の心

從來約一拳
雲膚何望雨
水脈欲通泉
若不慙孤陋
當持歳後堅

從來 一拳を約す
雲膚 何ぞ雨を望まむ
水脈 泉を通ぜむことを欲りす
若し孤陋を慙ぢずは
當に歳後の堅きを持せまし

157 疎竹。

此君何處種
閑在子猷籬
不謝寒霜苦
唯充送日資
殺青書已倦
生白室相宜
可愛孤叢意
貞心我早知

此の君は何れの處の種ぞ
閑に子猷の籬に在りき
寒霜の苦しびを謝せず
ただ送日の資に充てらくのみ
青きを殺して 書已に倦む
白を生じて 室相宜し
愛すべし 孤叢の意
貞心 我れ早く知る

158 老苔。

尋山迷道里　進退任青苔　便得低腰臥　無嫌軟脚廻　澗深秋雨後　庭老曉霜來　不可分將去　平居引酒盃

一山を尋ねて道里に迷ふ
二進退　青苔に任す
三便ち低腰　臥すこと得たり
四軟脚　廻らむことを嫌ふことな
五澗は深し　秋の雨の後
庭は老いて　曉の霜來る
六分ち將て去つべからず
七平居　酒盃を引く

159 紅蘭。

案曆三秋暮　尋花十步中

一曆を案じて　三秋暮る
二花を尋ぬ　十步の中

を私のみ早くから知っている。

158 「老苔」。老苔は、年旧りた庭の深い苔。 一友の山居を尋ね訪うて、そこへ行く道筋に迷う。道里は、道程・みちのり。 二青青とした苔のはえぐあいによって、(多分このあたりかと)歩いて行ってみる。 三腰を低くさげて、(宮仕えをしていたが、)やっと老苔の上に臥すことができた。→補。 四(遠くから帰還したので、)歓迎の宴をひらかれても、それをいやがってはいけない。唐書、楊国忠の伝に「出づるに賜有るを餞路と曰ひ、返りて労有るを軟脚と曰ふ」。 五秋の雨のあとは、谷川の水かさがましている。 六(この庭の老苔を)わけてもって行ったりしてはいけない。 七つね平生、(この苔を眺めつつ、)酒盃を引いて十分の酒をほさなければならないから。

159 「紅蘭」。 一暦をしらべると秋も尽きはてようとしている。三秋は、秋三カ月をいう。後漢書、律暦志上の「気を侯(うかが)ふ法」によれば、木で案をつくりその上に律をおき、灰をのせて、「暦を案じてこれを侯ふ、気至れば灰去る、其の気のために動かさるるときはその灰散じ、人及び風に動かさるるときは其の灰聚る」とある。 二秋蘭の花を十歩ほど歩くうちに尋ねあてる。説苑に「十歩の内、必ず芳蘭有り」とある。 三蘭の芳香は、秋の雨に洗われてもなお残存している。カツテの訓は、史記、封禅書に「其の語経(か)つて見ず」とある。 四蘭の香気は、秋風が吹き過ぎても、まだいためられないでおそくまでのこっている。文子に「日月明(あきらか)ならんとして、浮雲これを蓋(おお)ふ。叢蘭脩(なが)く発(ひら)かんとして、秋風これを敗る」(芸文類聚所引)。 五秋蘭をつぎ編んで見事なおびものと

殘香經洗露
晩氣未傷風
佩舊懷沙客
園寒採藥翁
芳情如可愛
莫廢小孤叢

三殘香は　經つて露に洗はれぬ
四晩氣は　未だ風に傷られず
五佩は舊りにたり　沙を懷ふ客
六園は寒なり　藥を採る翁
七芳情　如し愛づべくは
小しき孤叢を廢することな

160 石泉。

攲枕閑窓臥
微聲石下泉
松悲无木地
雨冷不雲天
未飽殘秋賞
應驚五夜眠
縦教聞取去

一枕を攲てて　二閑窓に臥すとき
三微聲あり　石の下なる泉
四松は悲しぶ　木なき地
五雨は冷し　雲あらざる天
六殘秋の賞に飽かず
五夜の眠りを驚すべし
七縦ひ聞ひて取り去らしむとも

して身につける。楚辞、離騒に「秋蘭を紉(つ)いで以て佩(おもの)と為せり」。一句は、水辺の砂原に悠悠と遊ぶことをねがう旅人のいさぎよい気象にふさわしく、蘭のおびものを身につけているが、それも晩秋になって、色があせてふるくなったの意。屈原のおもかげがある。六蘭の咲く花園も、秋暮れてそぞろ寒い、その中に老翁がひとり薬草をとっている。七この蘭の芳ばしくいさぎよい気象を愛せられるならば、主人よ、どうかこの小さいひとむらの蘭の花の畝を続けて手入れしてほしいものだ。ここは河西の水亭に蘭を栽培していたのであろう。メヅベクンバという訓みは、鎌倉時代以後の訓法である。

160 「石泉」。石泉は、岩石の下から湧き出す泉。白居易の「題二石泉一」詩に「殷勤石に傍うて泉を遶りて行く」。

一枕をちょっと斜めにもちあげること。ねているとき首をあげて何かに耳をすますかたち。文集、香炉峰下山居詩にみえることば。→四〇注三。二閑寂な小亭の北窓のほとりに寝ていると。三かすかな水の音が耳にひびいてくる。四その泉から流れ出る水の音は、松の木もないところにさびしい松風をきく思いがする。「无木地」、板本「無本地」に作る。五またその泉声は、雲もない晴天から興さめな雨がしとしとと降ってくるかとあやしまれる。こういう修辞の表現は、白居易の影響もあろう。和漢朗詠、巻上、夏、夏夜(本大系七三一五〇)参照。六(ひるはひねもす、)晩秋のものさびしい風光を翫賞して、飽くこともないのに、(夜は夜もすがら、)この泉の水の音がやかましくて、睡眠を妨げられがちであろう。五夜は、一晩中の意。一夜を甲夜乙夜…と五分する。七もしも泉声がやかましいからといって、それによって石下の泉を取り去らせよう

那得寫門前　那んぞ門前に寫くこと得む

161　灘聲。

避喧雖我性　喧きを避くるは　我が性なれども
唯愛水潺湲　ただ水の潺湲たることをのみ愛するなり
可轉幽人枕　轉すべし　幽人の枕
如彈古調絃　彈くが如し　古調の絃
孤松臨岸蓋　孤松は　岸に臨める蓋
落葉繫波船　落葉は　波に繫ぐ船
此夕無他業　此の夕　他の業なし
莊周第一篇　莊周　第一篇

162　秋山。

大底秋傷意　大底　秋は意を傷ばしむ

としたって。縦字、詩紀従字に作る。これによれば「聞(お)ひて、取り去らしむるより」と訓むべきか。聞字は、唐代の俗語。↓補。八 どうして、この石泉を庭からとり除いて、門の外に注がせることができようか。写(寫)は、説文に「写、置ㇾ物也」とあり、段注に「謂ニ去ㇾ此注ㇾ彼也、…俗作ㇾ瀉、写之俗字」とある。

161 「灘声(だんせい)」。灘は、水の濡れてまた乾くことが原意で、水が浅く石の多い早瀬のこと。岑参の「江行夜宿ニ竜吼灘一臨眺思ニ峩眉隠者一兼寄ニ幕中諸行ニ」詩に「官舎は江口に臨み、灘声已(す)に聞きに慣れたり」とある。文集に、「灘声」「題石泉」の二絶が相並んで出。一 やかましいところから、にげだしたくなるのは、私の性質だけれども。二 水のさらさらと流れるさま。晋書、阮籍の伝論に「潺湲の瀬」とある。三 幽居の閑人も、(そのひびきにねざめがちで〕)枕をころがしてひとまわりさせることであろう。転は、ころがして一回転して、もとに復すること。四 (その瀬音は、〕昔の琴曲の調子をしらべて琴を弾奏するようである。柳宗元の石澗記に「其の上流は織文の響のごとく、琴を操(ひ)くがごとし」。五 一本の松が、灘(はやせ)の片岸にさしかけたきぬばりのかさのように枝をひろげる。六 淵の水にうかんでいる落葉は、波につないであるかと思われる船のように波にゆられている。「波に繫ぐ船」とは、岸につながない船の意。七 この地、この夕、幽閑のいたり、この境にふさわしいしごとは、かの荘周があらわした荘子の書の第一篇である逍遙遊を味読する以外の何わざもない。

162 「秋山」。一 オホムネの訓は、「大底、オホムネ」(類聚名義抄)による。↓補。

山中不勝秋
樵翁論去道
巖客問來由
止足依松立
清心傍水留
指家歸出早
怨作市朝囚

二山中　秋に勝へず
三樵の翁は　道を去つることを論ふ
四巖なる客は　來由を問ふ
足を止めて松に依りて立つ
五心を清にして水に傍ひて留る
六家を指して歸り出ること早なり
七怨むらくは　市朝の囚とならむことを

163　片雲。

一片秋雲細
微々出岫賒
樵夫披得道
隱士遂知家
未計虛心定
唯隨澗口斜

一一片　秋雲細し
二微微として岫を出づること賒なり
三樵夫　道を披くこと得たり
四隱士　遂に家を知らる
五虛心の定ることを計らず
六ただ澗口の斜なるに隨はくのみ

二 ことに山の中の秋のさびしさはたえがたく切ない。三 きこりの爺さんは、道を離れたら危いと説ききかせる。世説新語、術語に「徳薄きものは位危し、道を去(す)つるものは身亡ぶ」。四 巌間のみちをたどる旅人は、どこからやってきたかと問う。和漢朗詠、巻上、春、早春(白楽天)に「先づ和風をして消息を報ぜしむ、続いで啼鳥をして来由を説かしむ」(本大系七三一〇)。五 谷川の流れのほとりに腰をおろして憩うのである。六 あの方向がわが家のあたりだと指して、秋の山を出て家に早く帰ろうとする。指字、板本「捐イ」と傍注する。七 (この閑静な秋の山を離れて)町の中の人ごみの中にはいりこんで、囚人(めしゅうど)のように束縛の多い人間関係のなかにかえって行かなければならないことは、うらめしい。市朝は、市中のマーケット街、人人が朝廷の列位のように行列しているところの義と、市井と朝廷の義とある。ここは、前者の意とみておく。孟子、公孫丑上に「之を市朝に撻(うた)つがごとし」。

163 「片雲」。

一 ひとひらのちぎれ雲が秋の空にほっそりうかぶ。二 あのうっすらとほのかにうかぶちぎれ雲は、山の岩穴を出てはるかの空にうかんでいるのである。陶淵明の帰去来辞に「雲は無心にして、以て岫(しう)より出づ」。三 きこりはその雲に導かれて、山中の路をひらくことができた。所拠の故事、索出しえない。四 山中に隠栖する高士も、雲気によってそのかくれ家を知られてしまう。漢書に高祖が芒碭山に隠れ、呂后がその雲気によって発見した故事がある。五 空にうかび流れる雲は、まだ虚心平気の心がきっかりさだまっているわけでないことをしめす。東方朔の非有先生論に「虚心定意、流議

浮沈何處在
恐被晩風遮

七浮沈　何れの處にか在る
恐るらくは　晩の風に遮られむことを

164　薄霧。

山家侵曉霧
誰憚濕幽襟
菊壇籠花薄
沙崖網水深
看山無寄眼
聞浪得留心
暗記秋天事
閑居獨自吟

一山家　曉霧を侵す
誰か　二幽き襟　濕ぶことを憚らむ
三菊壇は　花を籠めて薄し
四沙崖は　水を網して深し
五山を看れども　眼を寄することなし
六浪を聞きて　心を留むること得たり
七暗に記す　秋天の事
閑居　獨り自ら吟ず

165　孤雁。

を聞かんと欲するもの、茲に三年なり」。六谷川が沢に向かって大きく口をひらいて傾きかけている、雲はその傾斜にしたがって流れうかぶ。澗字、一本洞字に作る。七あの雲はどこまでうかんでいき、どこで沈んでなくなるのであろうか。(今はひとひらのちぎれ雲として静かにうかんでいるが）おそらく夕暮れに山風が吹いて、雲の行く手は遮られることであろう。

164「薄霧」。

一山家が、暁の霧の中に没しきらないで、うかんでみえる。二静かな深いもの思いの意。または、幽閑の人の衣のえりあしの意にも、解せられる。三菊の花壇にうす霧がこめて、花の色もぼっとうすれてみえる。菊壇は、菊をつくるはたけのうね。壇のめぐりを、低く土塀をめぐらせたところを「壇」という。四砂の川岸のほとりにいちめん狭霧がこめて、はてなく流れる水も網の中にかぎられたように狭い視界の中に深深とたたえている。沙崖は、砂の岸べ。類聚名義抄に「崖、キシ・カギリ・ホトリ」とある。五山を見まもろうとしても、漠漠と霧がたちこめて、見当がつかず眼のやりばもない。六(水をみても、霧でみえず）ただ浪の音が耳にきこえて心にとめられる。梁の伏挺の「行舟遇早霧」詩に「水霧は山煙に雑ふ、冥冥として天を見ず、猿を聴いて方に岫を付る、瀬を聞いて始めて川と知る」。七(このくらい霧を披けば、秋の青空を見ることができるのであるが）ただ霧の中で青い秋天の記憶をよびさますだけである。そしてひとり閑居して、霧の中で詩を吟ずるばかり。

165「孤雁」。孤雁は、群を離れてひとり飛ぶ雁。杜甫の孤雁詩に「孤雁飲啄せず、飛鳴して声群を念ふ」。

薄暮孤飛雁
閑中聽不煩
賓來秋霧遠
旅宿曉波喧
未卜能鳴意
唯驚冷夢魂
若知詩與苦
高門欲相存

薄暮(はくぼ)に孤(ひと)り飛(と)ぶ雁(かり)
一閑(ほのか)なる中(うち)に　聽(き)き煩(わづら)はしからず
二賓(まらひと)來(きた)りては　秋(あき)の霧(きり)遠(さか)れり
三旅(たび)に宿(い)ねては　曉(あした)の波(なみ)ぞ喧(かまびす)しき
四能(よ)く鳴(な)く意(こころ)を卜(うらな)はず
五ただ冷(すさま)しき夢(ゆめ)みる魂(たましひ)を驚(おどろか)す
六若(も)し　詩(し)と苦(く)とを知(し)らば
高門(かうもん)　相存(あひそん)せむことを欲(ほ)りせむ

一 閑居してその孤雁の啼く声を聞くのは、うるさくないものである。(烏などががあがあ啼くのはうるさいが、孤雁の声は幽深の感じである。) 二 雁が秋霧の遠いかなたの空より客として来てとどまる。礼記、月令、季秋の月に「鴻雁来賓」とあり、注に「来賓言其客止未去也」とある。三 雁が遠く渡ってきて、旅の宿りにねむるところ、水辺の早暁、波の音もやかましい。永「喧(かまびす)し」は、平安時代はク活用である。永万元年点秦本紀に例がある。四 (波の音にまぎれて) 雁の啼く声をきいてもその心持を判断することができない。五 ただ(その孤雁の啼く声は)ものわびしい夢をみている魂をはっと驚かせて、夢よりさまさせる。エミイル・ヹルハアレンの象徴詩「鷺の歌」(海潮音)でもよむ思いがする。六 もしこの水亭の主人が、詩と苦というものを理解されるならば、この孤雁の情につけて、安否をたずねあいたいものだ。高門は、富貴の家。存は、存慰・労問の意。

166　山寺。

古寺人蹤絕
僧房插白雲
門當秋水見
鐘逐曉風聞
老臘高僧積

一古寺(こじ)　人蹤(じんしよう)絕(た)ゆ
二僧房(そうばう)　白雲(はくうん)を插(さしはさ)む
三門(かど)は秋水(しうすい)に當(あた)りて見(あらは)る
四鐘(かね)は曉風(げうふう)に逐(したが)ひて聞(きこ)ゆ
五老臘(らうらふ)　高僧(かうそう)積(つ)みたまへり

166 「山寺」。一 古い山寺は人の足あとも絶えてものさびしい。二 僧たちの住まいする房は、白雲のたなびく上に立っている。三 山寺の門前には秋の水が激して、その水流の上に当たって山門がみえている。四 朝風におくられて山寺の暁鐘の音がきこえる。五 この古寺の住僧は多くの臘をかさね積んだ高僧である。僧が出家受戒して一夏九旬の安居(あんご)の勤行をすますと、一臘を終えたという。老臘は、その臘の数が多いこと。六 苔が深くはえているところ、小路が分岐している。七 文殊菩薩のみすがたはどこにいますのであろうか。文殊は、文殊師利、梵

深苔小道分
文珠何處在
歸路趁香薰

六 深苔(しむたい) 小道(せうだう)分(わか)れたり
七 文珠(もんじゆ) 何(いづ)れの處(ところ)にか在(ま)せる
八 歸路(くゐろ) 香(かう)の薰(かをり)を趁(しの)ぐ

167 釣船。

曲岸無他產
蕭疎一釣翁
小船迷落葉
輕緒惱涼風
不問歸家後
唯期送老中
竹竿如可學
我宅有孤叢

一 曲岸(くまぎし)に 二 他(ほか)の產(なりはひ)なし
三 蕭疎(せうそ)たり 一(ひとり)の釣(つり)の翁(おきな)
四 小(ちひさ)き船(ふね)は落葉(おちば)かと迷(まど)ふ
五 輕(かろ)き緒(を)は涼(すず)しき風(かぜ)に惱(なや)めり
六 家(いへ)に歸(かへ)りし後(のち)を問(と)はず
七 ただ老(お)いを送(おく)る中(うち)を期(こころざ)すらくのみ
八 竹(たけ)の竿(さを) 如(も)し學(まな)ぶべくは
九 我(わ)が宅(いへ)に孤叢(こそう)あり

語 Manjuśri のこと。三世の覚母、妙吉祥と訳す。華厳経によるに、清涼山に住するという。五百の毒竜を降伏せしめんために金毛獅子に乗る。維摩経によるに、維摩居士の疾を見舞ったという。釈迦の脇侍、普賢と相対する。五台山の中台に文殊の石像があり、叡山には文殊楼がある。ここは、五台山中の古寺を尋訪した円仁のおもかげがある。中国に正法を伝えたのは文珠であるという考えから、これを十六羅漢の上において文珠を強調したのは不空金剛であった(山口瑞鳳氏説)。「在」をマスと訓むこと、金沢文庫本春秋経伝集解・論語古訓による。八 山寺を辞して帰路につくとき、山寺のかぐわしい香のかおりをふみこえる。趁は、越え履(ふ)む意。

167 「釣船」。

一 曲がった岸。集韻に「埼は曲岸なり」とあるから、みさきや入江のうらわをいう。

二 他の産業がない。(漁釣一本やりだとの意。)産は、なりわい・くらし。

三 ぽつんとさびしい形容。

四 釣り人の小舟が水上にうかぶのは、一ひらの落葉かとみあやまたれる。

五 軽い釣糸は涼しい風がふく度に妨げられる。

六 家に帰って後のくらしむきのことは問うところではない。

七 ただこうして(釣糸を垂れて水天の間に悠悠とうかんで)老年の日日を送り迎えることが目的にかなっている。

八 (この釣船といい、釣竿といい、老いを送るまことにいい道具である。)その竹竿にならって、(君もまた竹竿を)作りたいのならば。広雅、釈詁三に「学は効(なら)ふなり」とある。

九 我が(宣風坊の)小園には、ひとしげりの竹藪がある。(いつでも竹竿をさしあげよう。)

168 樵夫。

負薪家產苦　一薪を負ひて　家の産苦なり
山路幾多難　二山路は幾多の難ぞ
曉出蓬門去　暁に三蓬の門を出で去き
昏尋澗水還　四昏に澗の水を尋ねて還る
欲餬朝夕口　五朝夕の口を餬かむことを欲りす
不惜老年顏　六老年の顔を惜まず
自愧妻兒意　七自ら妻児の意に愧づ
生涯未肯閑　八生涯　肯へて閑ならず

169 柴扉。

秋山隣已絶　一秋山　隣已に絶えぬ
問得一柴扉　問ふこと得たり　一柴扉
半畝家庭小　二半畝　家の庭小しきなり

168 「樵夫」。樵夫は、色葉字類抄に「樵夫、キコリ、下賤部、セウフ」。
一 樵夫は薪を負うて(山から運んで)きても、家のなりわいは貧しく苦しい。二 その山路はいったいどれほどばかり難儀なことであろう。(想像もできないほどであるに違いない。)イクソバクの訓は、色葉字類抄の「幾多、イクソバク・イクバクゾ」による。幾字、板本競字に作る。難字、板本艱字に作る。三 蓬(よもぎ)を編んで作った門。ここは木樵の粗末な簡素な家。四 夕方には、(一日の樵夫の労働を終えて)谷川の沢水を伝い歩きしながらかえってくる。五 朝晩の家族たちの口に粥(かゆ)でもあてがって、口すぎをさせようとねがう。餬は、薄食・そまつなくいもの・かゆの義。蓮成院本類聚名義抄に「餬、モラフ・ネヤス・ヒサク」と訓む。商子、農戦に「技芸は以て口を餬くに足れり」。「鬻」が正字。六 老年の顔が(労働のために)如何に荒れてもかまわない。七 (貧乏ぐらしをして余裕がないことを)妻子の心に対してはずかしく思っている。八 これまでの生涯にも、一度だってのんびりできた日とてない。

169 「柴扉」。柴扉は、柴即ち山野に自生する雑木で作ったとびら。わびしい山家住まいのさま。王維の山居即事詩に「寂寞として柴扉を掩ふ、蒼茫として夕暉に対(むか)ふ」。
一 秋の山は(やや深まって)、隣り合う家などはとっくになくなっている。ようやくぽつんと一軒の柴の戸をたずねあてることができた。二 山家の庭にはわずか半畝ばかりのはたけを作ってある。おりから入り日の残照が弱弱しげな光を投げている。畝は、昔は六尺四方を一歩とし、百歩を一畝とし、秦以後は二百四十歩を一畝とした。わが大宝令、田令では畝の単位はなく、中頃から三十六歩もしくは三十歩を一畝とした。三 ここは風月を楽しむにもってこいのところで、薜蘿(へいら)まさきのかずら・薜茘と女蘿)で織りなした服をきて、寄居するにふさわしい。(隠士の生活にふさわしい地だの意。) 楚辞、九歌、山鬼に「人の山の阿(くま)に有るがごとし、薜茘(へいれい)を被(き)、女蘿を帯ぶ」とあり、注に「山鬼は奄息して形なし、故に之(薜蘿)を衣(き)て以て飾りとなす」とある。四 たとい羔と雁の肉の礼物をつんで、招かれても、こういう幽閑の地の生活を軽軽しく捨てて町なかに帰って行くわけにはいかない。羔は、小羊。羔雁は、こひつじとがん。卿大夫の贄(にえ)、また招聘(しょうへい)のための礼物。

170 「晴砂」。晴砂は、晴れた日の砂。銭起の「同₂厳逸人₁東渓泛ㇾ舟」詩に「寒花古岸の旁、唳鶴晴沙の上」。

一 景勝の地、晴れた日にかがやく砂はまことによろしい。二「好」は、軽く添える肯定の助辞。韓愈の詩に「知る汝の遠く来れる意あるべし、好し吾が骨を収めよ瘴江の辺りに」。柳宗元の詩に「好在(つつがなきや)湘江の水、今朝また上り来れり」。白居易の詩に「好去(よしされ)頭を回(めぐ)すことなかれ」。元稹の詩に「好住楽天悵望することを休(や)めよ」。「好是」は、唐代の俗語か。三 老いた鶴は、よく(水亭の主に)馴れて、その気持を知っている。和漢朗詠、巻下、故宮(本大系七三五三三)参照。→三六八注五。四 水をおよぐ魚は、そのよび名はすでに有名である。松江の鱸魚などをさすか。五 砂原は松の影でかげるのを苦にしない。六 此の晴沙の地をさまよい歩いて、家に帰ることを忘れて、わが生を送ることである。

殘陽氣力微　殘陽 氣力微なり
應爲風月地　三風月の地たるべし
足寄薜蘿衣　寄くるに足れり 薜蘿の衣
縱有逢羔雁　四縱ひ羔雁に逢ふことありとも
閑居不敢歸　閑居 敢へて歸らざらむ

170 晴砂。

晴砂宜勝境　一晴砂 勝境に宜し
好是水邊行　二好是し 水邊を行くこと
老鶴馴知意　三老鶴は馴れて意を知る
遊魚喚有名　四遊魚は喚ばふに名有り
不嫌松影掩　五松の影の掩はむことを嫌はず
唯待月光明　ただ月の光の明なることをのみ待つ
此地徘徊立　六此の地に徘徊りて立つ
忘家送我生　家を忘れて 我が生を送らむ

171　水鷗。

雙鷗天性靜
況遇得心人
逐歩高低至
尋聲向背馴
飛疑秋雪落
集談浪花匂
殊恨秋天暮
相離不敢親

一雙鷗(さうおう)　二天性(てんせい)靜(しづか)なり
三況(いは)むや　心(こころ)を得(え)たる人(ひと)に遇(あ)はむや
四歩(あよ)びに逐(したが)ひて高(たか)くも低(ひき)くも至(いた)る
五聲(こゑ)を尋(たづ)ねて向(さき)にも背(うしろ)にも馴(な)れたり
六飛(と)びて秋(あき)の雪(ゆき)の落(お)つるかと疑(うたが)ふ
七集(あつま)りて浪(なみ)の花(はな)の匂(にほ)ふことを談(かた)らふ
八殊(こと)に恨(うら)むらくは　秋天(しうてん)の暮(ゆふべ)に
相離(あひはな)れて敢(あ)へて親(したし)まざることを

172　晩嵐。

松窓嵐氣苦
惱殺感秋情
褒得詩人興

一松窓(しようさう)　嵐氣(らんき)苦(さやか)なり
惱殺(なうさつ)す　秋(あき)を感(いた)ぶ情(こころ)
二褒(たは)むること得(え)たり　詩人(しじん)の興(きよう)

171　「水鷗(みづのかもめ)」。水鷗は、本草釈名に「鷗は水上に浮(うか)び、軽く漾(ただよ)ふこと漚(はな)の如し」とある。

一つがいのかもめ。梁の何遜の詩に「憐むべし双白鷗、朝夕水上に浮ぶ」。二杜甫の詩に「遠き鷗は水に浮びて静(しづか)なり」。三まして心静かな人だと知っている人にあえば、よけい静かに水に浮いている。李白の詩に「心静(しづか)にして海鷗知る」。四人の歩みをおっかけて、あるいは高くあるいは低くとんで、去ろうとしない。逐字、底本・板本遂字に作る、いま意改。五人の声をたずねて、かもめは前方でも後方でも馴れ馴れしくちかづいてくる。杜甫の詩に「狎(な)れんことを願ふ東海の鷗」「春鷗懶(ものう)くして船を避く」。六白い鷗の群が舞い飛ぶのをみると、秋であるのに、白い雪片が天から舞い落ちるかとあやまたれる。銭起の鷗詩に「数片晴雪を飄す」。七鷗が群れ集って水の上にうかんでいると、浪の花が咲きにおっているようだと語り合うことだ。陸亀蒙の詩に「往往飛ぶことを争ひて浪花に雑(まじ)ふ」。八秋の夕暮れに、鷗が雌雄別別に離れて、親しみ睦び合おうとしないことがとくに残念である。梁の何遜の鷗詩に「何ぞ言はん棲(すみ)を異にする鳥、雌は住(とど)り雄は留(とど)らず、孤(ひと)り飛びて浦溆を出で、独り宿(い)ねて滄洲に下る」。

172　「晩嵐(ゆふべのあらし)」。

一松かげの北窓に山おろしの風がはげしくさやかに吹いて、秋のもの思いに心も消えんばかりに悩まされる。二嵐に吹かれて詩人のはずんでいた気持が少したわめられて、興がそがれる。三夕嵐とともに一段と夜の瀬音が高まってくる。四嵐の寒さに山のきこりも薄着をかこち、野の旅人も夜のまどかな夢を結びにくいであろ

增來夜水聲
樵夫衣可薄
野客夢難成
已醉三分酒
誰愁冒曉行

三增し來る　夜の水の聲
四樵夫　衣薄かるべし
野客　夢成り難けむ
五已に醉ふ　三分の酒
誰か曉に冒りて行くことを愁へむ

173　九月九日、侍レ宴、應レ製。聖暦仁和、以レ和爲レ韻。

九重逢九日
三斝醉三溠
引籍窺青簡
登高切絳河
菊開新月令
絃鼓舊雲和
較量皇恩澤
飜來四海波

九重　九日に逢ふ
一三斝　二三溠に醉ふ
三籍を引きて四青簡を窺ふ
五高きに登りて六絳河を切る
七菊は開きて月令新なり
八絃は鼓して雲和舊りにたり
九皇が恩澤を較べ量れば
四海の波をも飜來すならむ

う。五もう酒量の十分の三ばかりの酒をのんで酔っているので、この夕嵐の中を(夜通し歩いて)暁かけて帰って行くのを誰も心配しない。▽→補。

173「九月九日、宴に侍(はむ)りて、製に応(こた)へまつる。〈聖暦仁和、和を以て韻となす〉」。仁和元年の作。→補一。

一斝は、昔の礼器、玉のさかずき。三本あしで、六升の酒がはいる。三斝は、意未詳。三足なるによるか。二三溠は、未詳。溠は、水名。あるいは「醝」に通ずるか。醝は、しろざけ。一・二句は、紫宸殿上、重陽の宴に逢い、玉のさかずきに菊酒を賜わって酔うの意。三名簿(みょうぶ)。官位・姓名・年月日をしたためたもので、文人が召されて参内したとき、中務・式部の係官が名簿の簡(ふだ)をもって、点検するのである。→補二。四青い竹の札で、名簿の札をいう。五九日登高辟邪のこと前出。→九六補七。六天のこと。漢武内伝に「遠隔二絳河一」。九日、高きに登り、絳嚢を作り、茱萸を盛り、臂にかけ、また頭に插せば、災からのがれるという伝説がある。この絳(あか)きふくろと絳河とかかわりがあるであろうか。三・四句は、名簿を通じて参内し、果たして自分の名札があるかとうかがってみる。あるいは天にとどく高山に登って邪気をはらったりするの意。七礼記、月令、季秋の月に「菊に黄華有り」とあるが、その通りにあやまたず菊はひらく。八教坊は絃楽を奏進するが、重陽に奏する雲和の曲は古曲を伝えている。雲和は、琴の良材を出す山の名。転じて一種の琴の称。→補三。九わが天子の恩沢の広大さをはかりくらべてみるならば、四海の波が波がしらを翻えしてよせてくるそのすべてにも匹敵しよう。皇字、底本呈字に作る、いま板本による。

☆右親衞平將軍、率二厩亭諸僕一、奉レ賀二相國五十年一。宴座後屏風圖詩五首。幷レ序。

[1]古人有レ言、曰、[2]聖人之養レ生也、必[3]適二其性一。室大則多レ陰。多レ陰者[4]致レ逆[5]レ寒。室高則多レ陽。多レ陽者不レ能レ行。斯乃陰陽不レ適之患、居處空敝之弊。是故其爲[6]二宮室[7]臺樹一也、足二以避レ燥脩㆑濕矣。其爲二飲食酏[8]醴一也、足二以適レ味充㆑虚矣。其爲二輿馬衣裘一也、足二以逸㆑身煖㆑骸矣。其爲二聲色音樂一也、足二以安レ性自娯一也。其爲[9]二苑囿[10]園池一也、足二以觀望勞㆑形矣。五者聖人之所二以[11]節㆑性、不二必好レ儉而已一。[12]誠哉、古人之有二斯言一也。[13]近取二諸身一、當レ施二座右一。故寄二章句一、以備二用心一云尒。[14]將軍許レ余、以二言笑之好一。[15]元年冬杪[16]密語云、相國今年滿二五十一。[17]予率二諸僕一、可レ設二遊宴一。座後所レ施屏風、[18]欲レ致二妙絶一。汝作レ詩、[19]藤將軍書レ之、[20]巨金岡畫レ之、予願足矣。再三雖レ辭、遂不二寛放一。此序是呂氏春秋之成文也。爲[21]敍二本意一乃有二此注一而已。

174 郊外翫レ馬。

☆「右親衛平将軍、厩亭(きうてい)の諸僕を率(ひき)ゐて、相国が五十年を賀し奉る。宴座の後の屛風の図の詩五首。〈序を幷せたり〉」。↓補一。 1 古人の言として以下引用するところは、後の分注に見えるように呂氏春秋の文である。だから詩序にみられる平仄の法に拘泥しない。 2 呂氏春秋、孟春紀、本生篇の文。 3 適は、高誘の注によれば、「適、猶レ節也」とある。 4 「大ナルトキハ(則)」とよむ。「則」は、不読字。 5 寒さにあっておこる足疾。注(高誘の注、以下同じ)に「蹷、逆寒疾也」とある。 6 注に「宮、廟也。室、寝也」とある。 7 注に「土方而高曰レ台、有レ屋曰レ榭」とある。 8 注に「酏、読如二詩、虵虵碩言之虵一。周礼、漿人、掌二王之六飲一。水・漿・醴・涼・医・酏也。又酒正、二曰醴斉。醴者、以二蘖与㆑黍相体、不レ以レ麴也。濁而甜耳」とある。 9 注に「畜二禽獣一所、大曰レ苑、小曰レ囿」とある。 10 注に「樹レ果曰レ園。有レ水曰レ池。可二以遊観娯㆑志。 11 注に「節、猶レ和也。和二適其情性一、而已不レ過レ制也」とある。 12 以上が呂氏春秋の引用文である。 13 易経、繫辞伝に「近取二諸身一、遠取二諸物一」とある。 14 ↓補二。 15 仁和元年。 16 「密」は、ヒソカニが訓点語、ミソカニは和文脈語。 17 ↓補三。 18 ↓補四。 19 ↓補五。 20 ↓補六。 21 ↓補七。 ▽↓補八。

174 「郊外に馬を翫(もてあそ)ふ」。扶桑集十六に出。 一 すばらしい駿馬が、主人をしたって、(いつでもお役に立とうとして、)その美しい細かい毛をととのえている。竜媒は、駿馬のこと。↓補一。 二 主人は三千年もの長寿の人なので、その骨折りに代ろうと思うのである。眉寿は、眉秀でて長命な人。三千は、三千年。↓補二。

龍媒戀主整毫毛
眉壽三千欲代勞
齊足踏將初白雪
遍身開著淺紅桃
風前案轡浮雲軟
日落鳴鞭半漢高
仙駕不須飛兎力
請看雙鶴在寒皐

龍媒 主を戀ひて毫毛を整ふ
眉壽三千 勞しきに代らまく欲りす
足を齊しくして踏み將す 初白雪
身に遍く開き著く 淺紅桃
風の前に轡を案ずれば 浮べる雲い軟なり
日落ちて鞭を鳴せば 半漢としていさむこと高し
仙駕は須ゐず 飛兎の力
請ふ看よ 雙鶴の寒皐に在るを

175

謝三道士勸二恒春酒一。

臨盃管領幾廻春
雪鬢霜髯欲換身
若與方家論不死
麻姑應謝醉鄉人

盃に臨みて幾廻の春をか管領する
雪鬢霜髯 身に換へまく欲りす
若し方家と不死を論はませば
麻姑は醉鄉の人に謝せまし

三 足をそろえて、初雪に勇みたって、踏んでみる。「将」は、語助のことばで、動詞の後に接して用いる。次の句の「著」も語助のことば。↓補三。四 馬の全身に、浅い紅色即ち桃の花が咲いたような連銭の文様があるの意か。地は白色で桃花文のある駿馬を描いたのであろう。↓補四。五 風をきって進行中に、たづなをひかえて馬の歩度をゆるめると、遠く雲が浮かんでいる。↓補五。六 天馬のいさむさま。一句は、日が暮れかかったので鞭をあげてぴしりとうてば、この名馬は天馬のようにいさんでとび上がるの意。↓補六。七 神仙または王者の乗物。八 古の名馬の名。日に万里を行くという。一句は、この良馬は昔の名馬たる飛兎のように一日万里を行くかもしれないが、神仙ののりものはそのほかにあるはずであるの意。↓補七。九 二羽の鶴が、神仙の駕となるのを待って、かの淋しい沢辺に立っているのを見給え。王子喬が鶴に乗って飛行登仙した故事をふまえる。↓補八。

175 「道士が恒春の酒を勧むるを謝す」。↓補一。

一 道士がすすめる盃にのぞんで、恒春酒をのむにあたって、この酒によって齢を延ばして、幾年の春をわがものとすることができるであろうかと思う。管領は、すべおさめること。↓補二。二 道士のまっ白なびん(耳ぎわのかみの毛)とひげとを見ると、この長寿のいのちを、我が身にかえたいと思う。三 方術をよくする人。四 古の仙女。三・四句は、方術の人が仙薬を煉って、不老不死たらしめるというが、この恒春酒はそうした仙薬を待たずとも不死長生ならしめる。だから、方術家の代表たる麻姑も、酔っぱらいの天国の住民たちにはかぶとをぬぐことであろうの意。↓補三。

176 卜レ居。

長生自在福謙家
疎牖低簷向月斜
縱使門庭皆冷儉
不辭到老富鶯花

長生 自らに在りて 謙れるひとの家に福す
疎なる牖 低れたる簷 月に向ひて斜なり
縱使 門も庭もみな冷しく儉なりとも
老いに到りても鶯と花とに富まむことを辭びじ

177 南園試二小樂一。

遇境偷閑喚管絃
餘霞斷處落花前
小兒相勸分頭舞
取樂當爲地上仙

境に遇ひ 閑を偷みて 管絃を喚ぶ
餘霞斷ゆる處 落花の前
小兒は相勸む 頭を分ちて舞ふことを
樂を取りて 地上の仙となるべし

178 園池晩眺。

176 「居を卜(し)む」。 一 へりくだる者にさいわいを与える。易経、謙に「鬼神害レ盈而福レ謙。人道悪レ盈而好レ謙」とある。一句は、長生きは、へりくだり欲ばらないひとの家に訪れるものだの意。二 そこで、粗末なまどと、のきの低いひさしが、月に向かって斜めにさしかかっているような、質素な清貧な住居をうらないさだめたのである。疎は、「粗」に通ず。牖は、れんじまど。三 たとい門や庭さきが、どんなに質素で殺風景であっても。四 この屋の主人は、長寿を保って、鶯や花など春の景色を何度も何度も満喫することだけは、遠慮しまい。

177 「南園に小楽を試む」。→補一。 一 ちょうどいい境遇にでくわして、ひまをしいてつくって、管絃の楽師たちをよぶ。主人は(たとえば相国のような)大官であることがわかる。二 南にひらけた林泉。寝殿作りの庭をさすであろう。そこに雲形に遮断せられて、落花春深い庭さきが展開し、そこに管絃の一団が思い思いに座をしめて演奏している情景を描いてあったのであろう。三 「分頭舞」、いまだ索出しえない。→補二。四 管絃の楽の調べに乗じて、舞踏を進めたならば、(かの飛燕のように軽快に飛揚して)地上の仙かともみられるであろう。▽→補三。

178 「園池の晩(ゆう)の眺め」。扶桑集十に出。 一 さがりごけ。→補一・三六注四。二 川のみぎわ。一句は、老樹にさるおがせがたれ下がって、地面にまでとどくに任せ、池のみぎわには倒木が横たわっているの意。三 (かく荒廃した旧い林泉だけれども)秋の明月や、春の風は時期をあやまたずに訪れてくる。四 からたちの生け垣。枳殻籬のこと。籬を、「籬落」という。

松蘿任土枕江湄
明月春風不失期
枳落蕭疎瞻望遠
沙堤委曲歩行遅
波臣自謁垂竿處
國老相知種藥時
懷抱此間機緒斷
生涯誰見鬢邊絲

[一]松蘿　土に任して江の湄に[二]枕す
[三]明月春風　期を失はず
[四]枳落　[五]蕭疎として[六]瞻望遠し
[七]沙堤　委曲にして歩び行くこと遅し
[八]波臣自らに謁す　竿を垂る處
國老相知る　藥を種うる時
[九]懷抱　此の間機緒斷つ
生涯誰か見む　鬢邊の絲

夏日四絶。☆

179　苦熱。

未出炎蒸天地鑪
況行世路甚崎嶇
家兒不放山林去

未だ炎蒸[一]　天地の鑪[二]を出でず
[三]況むや世路を行きて甚だ崎嶇たらむや
[四]家兒は放さず　[五]山林に去なむことを

五 さびしくまばら。六 遠方までのぞみみられる。七 砂の堤防が、うねうねとまがりくねって、歩いて行くのも遅遅としている。→補二。
八 水のほとりで、釣竿を垂れるところで、ふと天子にお目にかかることができたり、あるいは薬草園で、薬草をうえたりするときに、ふと国家の元老と知り合いになるということもある。波臣は、水官。国老は、卿大夫の致仕したものをさすこともある。採薬国老と相知る故事、未だ索出せず。あるいは東方朔のことか。「垂る」は、古くは四段活用。→補三。九 しかし、この故園の主人は、胸中の意見も、機(はた)の糸がたちきれるように、通じられずにしまい、年年びんのあたりに白髪が増すことを、誰がみまもってくれるのであろうか。懐抱は、心に思う意見。詩に托して、作者が用賢の意をうったえているとみることもできよう。→補四。
☆「夏日四絶」。→補。
179 「苦熱」。→補一。
一 むしあつさ。「炎烝」「炎溽」に同じ。庾信の「奉和夏日応令」詩に「五月炎蒸の気、三時刻漏長し」。白居易の「寄微之」詩に「猶炎蒸瘴郷に臥すに勝るべし」とある。二 ひどこ。「炉」に同じい。一句は、天地がまるでひどこのようなひどいむし暑さの季節で、その季節からぬけ出ていないので当分この苦熱は続くであろう。三 まして世わたりのみちがはなはだけわしく難儀なので、この暑さが一層身にこたえる。崎嶇は、山路のけわしいことの形容。→補二。
四 その家に生れた子供。わが家の子供。
五 都会・王城に対していう。張華の招隠詩に「隠士は山林に託(つ)きて、世を遯(のが)れ、以て真を保つ」。一句は、(世わたりのけわしさと、暑熱の苦しさとからのがれて、山の中にでものがれたいと思うけれども、）わが家の子供たちは、私が山林に逃げ出すことをゆるしてくれそうもないの意。

六 人なみの器量。平凡な才能。七 くされ儒者。役に立たない学者。一句は、所詮我が身は、苦熱の中にあえいで、だんまりをきめこむ、凡庸な役たたずの一介の学者にすぎないのだの意。↓補三。

180 「蟬を聞く」。ひぐらしがなくのを聞く意。↓補。

一 ひぐらしぜみは、（長い間、土中にくらしていたが、）幸いにも泥の中をあるくことを免かれ得た。（地上に出て、背からさけて、殻(から)からぬけ出すことができた。）二 寒蜩(ひぐらし)は高い木の枝の危なげな葉かげに身をかくして、露を飲んでその命をつないでいる。梁の簡文帝の「聴二早蟬一」詩に「乍ち飲む三危露、時に蔭(か)る五官柳」。温嶠の蟬賦に「飢うれば晨風を噏(す)ひ、渇すれば朝露を飲む」。三（ひぐらしは涼風が立って鳴きはじめるものであるのに、）ものさびしい秋の涼風がまだ吹きいたらないのに、一たん鳴きはじめたら、鳴き続けざるをえないことは遺憾だ。

181 「新竹」。新竹は、今年竹(ことしだけ)をいう。

一 この竹は、旧家の庭の竹から根を分けてもらってうえたものである。「此の君」は、竹の異名。王子猷の故事による。↓一五七注一。

二 ここ一、二年このかたは、一番小さな竹の園であった。三 今年の夏、はじめて筍(たけのこ)を生じ、長くまっすぐにのびたのである。四 そこでこれを切って、釣りの爺さんの家にもって行って、釣竿にしようと思う。

苦熱庸材一腐儒

苦熱(くぜつ)　六庸材(ようざい)　七一腐儒(いつぷじゆ)

180 聞レ蟬。

寒蟬幸得免泥行
危葉寄身露養生
猶恨凄涼風未到
不能一旦自無聲

一寒蟬(かんせむ)　幸(さいはひ)に泥(こひぢ)を行(あり)かむことを免(まぬか)るること得(え)たり
二危葉(きえふ)に身(み)を寄(よ)せて　露生(つゆせい)を養(やしな)ふ
三なほし恨(うら)むらくは　凄涼(せいりやう)　風(かぜ)到(いた)らざるとき
一旦(いつたん)自(おのづか)らに聲無(こゑな)きこと能(あた)はざることを

181 新竹。

此君分種舊家根
一二年來最小園
今夏新生長又直
剪將欲入釣翁門

一此(こ)の君(きみ)は種(しゆ)を舊家(きうか)の根(ね)より分(わか)てり
二一二年(いつにねん)よりこのかた　最(もと)も園(その)に小(ちひさ)かりき
三今(こと)の夏(し)新(なつあらた)に生(お)ひて長(なが)くしてさらに直(すぐ)なり
四剪(き)りて釣翁(てうをう)の門(かど)に入(い)れむと將欲(す)

182　沙庭。

分合家中三逕斜
自慙明後滿庭沙
不須詩酒來喧聒
爲是我開白菊華

一 家中(かちう)を分合(ぶんがふ)して三逕(さむけい)斜(ななめ)なり
二 自(みづか)ら慙(は)づ　明(あ)けてより後(のち)滿庭(まんてい)の沙(いさご)を
三 須(もち)ゐず　詩酒(ししゆ)來(きた)ること喧聒(けんくわつ)なることを
四 是(こ)れ我(わ)が白菊(しらぎく)の華(はな)を開(ひら)かしむるためになり

182 「沙庭」。沙庭は、砂をしきつめた庭。一 我が宿の庭中にこみちを斜めにつけて、そこにかの蔣詡(しょうく)にならって、三径とした。分合というのは、旧園の模様をかえて、庭を耕して、うねをつくり設けること。三径は、一五六注二参照。二（かの蔣詡は、松・菊・竹の三径を作り設けて、高士の羊仲・求仲を通わせて、置酒したというが、）私は夜明け後に、庭いっぱいにただ砂がしきつめられているだけの有様をみるとなさけなくなる。明は、書経、堯典によれば、日の出ない前二刻半の称。三 しかし私はがやがや大騒ぎをして詩酒の宴会をひらかなければならないなどとは思わない。喧聒は、やかましいこと。四 これはただ私が、白菊の花を秋に咲かせたいばかり（に砂を入れて手入れしているのだ）。

☆章字、底本「草歟」と傍注する。

菅家文章☆第二

天承元年八月八日進納　北野廟院

一部十三卷 加後集 之外奉加菅相公御集一卷

第十卷也　朝散大夫藤廣兼

序四首

早春侍宴春暖序

九月盡白菊叢邊命飲序

早春內宴春娃無氣力序

右親衞平將軍奉賀相國五十賀宴後座屛風圖詩五首序

菅家文草第三　詩三

183　早春内宴、聴三宮妓奏二柳花怨曲一、應レ製。　自レ此以後、讃州刺史之作。向後五首、未レ出二京城一之作。

宮妓誰非舊李家
就中脂粉惣恩華
應緣奏曲吹羌竹
豈取含情怨柳花
舞破雖同飄綠朶
歡酣不覺落銀釵
餘音縱在微臣聽
最歎孤行海上沙

一宮妓(きゅうぎ)　誰(たれ)か舊(むかし)の李家(りか)にあらざる
就中(なかんづく)に　二脂粉(しふん)は惣(す)べて三恩華(おんくわ)なるものを
曲(くゐよく)を奏(そう)して四羌竹(きゃうちく)を吹(ふ)くに縁(よ)るべし
豈(あに)　情(じゃう)を含(ふふ)みて　五柳花(りうくわ)を怨(うら)むること取(と)らむや
六舞(ま)ひは破(は)にして　緑(みどり)なる朶(えだ)を飄(ひるがへ)すに同(おや)じくとも
歡(よろこ)びは酣(たけなは)にして　七銀(しろがね)の釵(かむざし)を落(おと)すことを覚(おぼ)えず
八餘音(よいむ)は　縦(たと)ひ微臣(びしん)が聴(き)きに在(あ)りとも
九最(もと)も歎(なげ)かくは　孤(ひと)り海(うみ)の上(ほとり)なる沙(いさご)を行(ゆ)かむことを

183「早春内宴にして、宮妓の柳花怨(りうくゑん)の曲を奏するを聴く、製に応(こた)へまつる。〈此れより以後(のち)、讃州刺史の作。向後(きゃうこう)の五首は、未だ京城を出でざるときの作〉」。「宮妓」、底本「官妓」に作り、「宮妓」と訂する。板本「官妓」に作る。→補一。

一「宮妓」、詩紀「官妓」に作る。三代実録・類聚国史、踏歌条「宮妓」に作る。李家は、唐朝をさす。ここは、昔、唐の玄宗が梨園と名づけて、宮妓をして舞楽を教習せしめたことをふまえて、今日の内宴に舞う妓女たちは、いずれも昔の梨園の弟子におとらないことをいう。

二妓女たちの化粧の料。三天子より下賜された結構なものの意。四中国西方辺境羌族の使用する笛。西羌は、今のチベットから青海のあたりをさす。柳花怨の曲は大食調の曲で、中国西方辺境の沙漠地方より伝わったものらしく、急拍子の笛が主旋律を奏したものらしい。五柳枝の葉の間に穂状で、鵝黄色の花が春さき咲くものを「柳花」という。暮春のころ綿のごとく飛ぶ柳絮(やなぎのわた)とは別である。→補二。

六舞いは今や高調に達して序破急の破の舞いを舞って、緑の青柳の枝をうちひるがえすことをいう。四人の妓女の群舞で、柳枝をうちふって舞ったのであろう。あるいは清明節の花柳と同意とも解し得る。「同」のオヤジの訓は、地蔵十輪経元慶七年点による。七急調子の舞いで、髪に插した白銀の釵が髪から落ちるのも気づかないで舞うことをいう。カミザシの訓は、新撰字鏡による。八嫋嫋(じょうじょう)たる余韻はながく私の耳の底に残っていようとも。九私(道真)が京都を離れて、孤影海浜の道を讃岐に赴任しなくてはならないことが嘆かれる。

184

予爲㆓外吏[1]㆒、幸侍㆓内宴裝束之間㆒、得㆑預㆓公宴㆒者、雖㆑有㆓舊例[2]㆒、又殊恩也。王公[3]依㆑次[4]、行㆓酒詩臣㆒。相國[5]以㆑當㆑次、又不㆑可㆑辭㆑盃。予前佇立不㆑行。須臾吟曰、明朝風景[6]屬㆓何人㆒。一吟之後、命㆑予高詠。蒙㆑命欲㆑詠、心神迷亂、纔發㆓一聲㆒、涙流嗚咽。宴罷歸㆑家、通夜不㆑睡。默然而止如㆑病胷塞[7]。尚書左丞、在㆑傍詳聞。故寄㆓一篇㆒、以慰㆓予情㆒。

自聞相國一開脣　　一 相國の一たび脣を開きたまふを聞きてより
何似風光有主人　　二 何ぞも 三 風光の主人にのみ有るが似くならむ
忠信從來將竭力　　四 忠信もて 從來 まさに力を竭さむ
文章不道獨當仁　　文章は獨り仁に當れりとのみ道はざりき
含誠欲報承恩久　　誠を含みて報いむことを欲りして 恩を承くること久し
發詠無堪落涙頻　　詠を發して堪ふることなく 涙を落すこと頻なり
若出皇城思此事　　五 若し皇城を出でて 此の事を思はませば
定啼南海浪花春　　定に啼かまし 南海 浪花の春

184 1 今まで式部少輔・文章博士として宮廷官僚であったが、この正月十六日の除目に讃岐守の受領になったことをさす。 2 未だ検出しえない。 3 王族と公卿と。 4 まず親王、次に大臣・参議というふうに身分・階級の順序にしたがって。 5 大臣の唐名。昭宣公即ち藤原基経。→補一。 6 文集の「元奉礼が同宿して贈らるるに答ふる詩」に「相逢うて倶に嘆く間(かん)ならざる身。直(とのゐ)の日は常に多く斉(いもひ)の日は頻(しき)なり。晩(ゆふべ)の鼓の一声に分散して去りぬ。明朝(あした)の風景はた何れの人にか属(つ)けむ」とあり、これは官僚生活の多忙をうたいあげたものであるが、ここは「分散して去る」の句に、道真の赴任の意をこめ、明日以後の新しい任地の風景が道真に付嘱されるとの意を寓して、ひそかに道真を慰めようというのであろう。 7 心臓がどきどきすること。 8 左中弁の唐名。藤原佐世をさす。→補二。

一 太政大臣基経公が脣をひらいて白楽天の詩句を詠じたのを聞いてから。 二「何似」、諸本同じ。或いは「所以」の誤りか。存疑。 三 基経が「明日の風景はどの人のものなんだろう」と詠じたが、風光は元来定まった持主というものがない。主人がいて、その人のものだと限ったことではないらしい。→補三。 四「従来」と「将」とに存疑。→補四。 五 もし日ならずして私が京の都をあとにして、旅先でこのことを思い出すことがあるならば、きっと讃岐の国へ渡る船路のみちすがら、浪の花が咲く南海の潮の上で泣くことであろう。→補五。

185 「尚書左丞が餞(はなむけ)の席にして、同じく「贈るに言(こと)を以てす」といふことを賦す、各一字を分つ。〈探りて時の字を得たり〉」。尚書左丞は、藤原佐世のこと。→一八四注8。「各一

185 尙書左丞餞席、同賦₂贈以ₗ言、各分₂一字₁。探得₂時字₁。

讚州刺史自然悲
ゝ倍以言贈我時
贈我何言爲重寶
當言汝父昔吾師

一讚州の刺史　二自然らに悲し
三悲しびは倍す　言を以て我に贈りたまふ時
四我に贈るに何の言か重き寶と爲すとならば
當に言はむ　汝が父は昔　吾が師なりしと

186 相國東閤餞席。探得₂花字₁。

爲吏爲儒報國家
百身獨立一恩涯
欲辭東閤何爲恨
不見明春洛下花

一吏となり儒となりて　國家に報いむ
二百身獨立す　一の恩涯
東閤を辭せまく欲りして　何なることをか恨みとせむ
三明春　洛下の花を見ざらむことを

187 北堂餞宴、各分₂一字₁。探得ₗ遷。

字を分つ」というのは、探韻(たん)をして、参会者がめいめい韻字を一字ずつわけて作詩すること。「尚書左丞」は底本頭朱注「佐世」。詩題は、史記、孔子世家に、孔子が老子に会って辞去する時、老子のことばに「吾(われ)聞く、富貴なるものは人に送るに財(たから)を以てし、仁人は人に送るに言(こと)を以てすと。吾(われ)富貴なる能はず、仁人の号(な)を竊(ぬす)みて、子に送るに言を以てせん」とあるにもとづく。

一 道真が自分をさして讃岐守(讃州刺史)という。二 住みなれた京都を去って辺地に赴任することを思えば、それだけで自然に悲しみがわいてくる。三 友情をこめてこの詩燕をひらいて餞の言を贈って下さる時に、いっそう悲しみがますのだ。四 汝即ち道真の、父菅原是善は、自分即ち佐世の旧師であったということばが、私にとって最上の贈物だ。

186 「相国の東閤、餞(はなむけ)の席。〈探りて花の字を得たり〉」。→補一。

一 今まで学儒として仕えたが、これからは外吏となって赴任する。吏となるも儒となるも、国家に報いる道は一つである。二 多くの人はそれぞれ君のめぐみをうけて、そのめぐみの限りにおいて独立し自ら営んでいるのだ。→補二。

三 明年の春、都の花を見ることができないことだけが唯一の恨みである。

187 「北堂の餞(はなむけ)の宴(うたげ)、各一字を分つ。〈探りて遷を得たり〉」。→補。

一 讃州は、南海道のうちの一国。アキダル、古くは濁音。二 左遷せられたのだと人がいうのは少少くやしい。兵部少輔・文章博士・加賀権守を止めて、讃岐守となったので左遷だとうわさする人もあったのであろう。三 天子の憂えを分かつ意で、国司の官のこと。祖父清公も父是善も、受領となって外地に赴いたことがないことをいう。祖業は学儒として紀伝道を守ることにあるということを訴えたいのである。四 大学寮の文宣王の影を安置する廟堂の南門をさす。孔聖は、もちろん孔子即ち文宣王をいう。廟門の前を低徊して去る能わずというのは、大学寮の職を去ることに感慨一方ならぬものがあるからである。

188 「中途にして春を送る。〈以下二首、行路の作〉」。京都より讃岐へ赴任する旅の途中吟。

一 道真時に四十二歳。二 宣風坊の菅家の書斎。山陰亭。道真の「書斎記」(五三六)参照。三 時節のうつりかわるにつれて、咲き残りの花も散りはてた。「時に随ふ」とは、時世の要請にしたがって南海に赴任する意をこめる。四 鳥も徂く春を惜しむようで、夕ぐれがたしきりに鳴く。「意を知る」とは、自分の都を去りがたく思う気持をこめる。この両三句、杜甫の春望詩「城春にして草木深し、時に感じては花にも涙を濺ぎ、別れを恨んでは鳥にも心を驚かす」と、詞も心もよく似ている、おそらく杜詩をよんでいたに違いない。五 三月尽のあと、春風春光みな東方に帰って行ってしまうらしい。六 一つ二つ訴えたい心持を春風春光にそえのせて東の方に送って、都の人たちに(不十分ながらも)何はともあれ陳情したいものだ。

189 「途中にして中進士に遇ひて、便(すなは)ち春試の二三子を訪(とぶら)ふ」。→補一。

一 偶然に知友たる中進士に逢って、途中立ち寄りをした。適字、底本遇字に作る、いま詩紀による。二 春試を受けた学生の諸君が、前文章博士たる私をしきりに怨むのを聞いて、そこで私はあやまってなだめる。おそらく、道真が式部少輔の任にあって、試にもかかわること思

我將南海飽風煙
更妬他人道左遷
倩憶分憂非祖業
徘徊孔聖廟門前

我(わ)れ将(まさ)に一南海(なむかい)に風煙(ふうえん)に飽(あ)かむ
二更(さら)に妬(そね)む 他人(たにん)の左遷(させん)なりと道(い)はむことを
倩(つらつら)憶(おも)ふ 三分憂(ぶんいう)は祖(おや)よりの業(わざ)にあらぬことを
徘徊(はいくわい)す 四孔聖廟門(こうせいべうもん)の前(まへ)

188 中途送レ春。以下二首、行路之作。

春送客行客送春
傷懷四十二年人
思家涙落書齋舊
在路愁生野草新
花爲隨時餘色盡
鳥如知意晩啼頻
風光今日東歸去
一兩心情且附陳

春(はる)は客行(たびゆ)くひとを送(おく)り 客(たびびと)は春(はる)を送(おく)る
懐(こころ)を傷(いた)ぶ 一四十二年(しじふにねん)の人(ひと)
家(いへ)を思(おも)ひては涙(なむだ)は落(お)つ 二書斎(しよさい)い旧(ふ)りにたらむ
路(みち)に在(あ)りては愁(うれ)へ生(しやう)ず 野草(やさう)ぞ新(あらた)なる
三花(はな)は時(とき)に随(したが)はむがために餘(あま)れる色(いろ)し尽(つ)きぬ
四鳥(とり)は意(こころ)を知(し)るが如(ごと)くにして晩(ゆふべ)の啼(な)きや頻(しきり)なる
五風光(ふうくわう) 今日(こむにつ) 東(ひむがし)に帰(かへ)り去(さ)る
六一両(いつりやう)の心情(しむじやう) 且(かつ)がつ附陳(ふちん)せむ

っていた旧門下生たちを失望させたのであろう。道真は元慶七年には、紀長谷雄に策問を課したりしているから、都に居れば当然この策試にあずかるはずであった。三→補二。四誰が明珠のような詩文を作り得て、春試及第をかちうるであろうか。明珠は、才能のすぐれた若者のこと。→補三。

190「故人の書を得て、詩を以て答ふ。(以下三十四首、州に到りての作)」。故人というのは、菅家廊下の文章生の一人であろうか。一都からきた手紙の封を切る。二(手紙によって都の空気が伝えられて)ために再び春にもどって、風光が改まったように感ぜられる。三ある文章得業生が、この夏の策試に応じて、もう対策の課題を前もって占っているということであるが困ったことだと思う。四藤原春海。類聚符宣抄九によれば、藤原春海は、時に文章得業生越前少掾、この年五月二十六日策試、少内記三善清行が問策を課した。清行は、道真の手ごわいライバルの一人であるから、清行が問頭になれば、出題方針もこれまでの道真の方針とはかわることが予想されるわけである。底本「秀才呑海」と頭注する。板本分注も同じいが、「呑海」は、「春海」の誤写である。五文章生たちは春の試を奉ずる試場において、停滞して実力を発揮しえないのではないかと案ずる。おそらく、道真が自ら指導してきた青年学徒たちの受験を案ずるのであろう。六身を南海道の讃州に寄せて旅愁に苦しんで居るのだけれども。七(府衙の庭さきを)ことこと歩いていると、まるで大学寮の庭にでもいて、安らかに北堂(文章院)をふりかえってみるかのような錯覚におちいってしまう。八文章生の一人が春試を奉ずるのをはげます口吻。「努力」の訓は、岩崎

189　途中遇ニ中進士一、便訪ニ春試二三子一。

適逢知友立中途　　一たまたま知友に逢ひて中途に立つ
便謝諸生怨舊儒　　二便ち謝す　諸生の舊儒を怨むることを
補逸書篇三百字　　三補逸書の篇　三百字
　補逸書、試題之。　　補逸書、試に題す。
不知詎得一明珠　　知らず　四詎か一の明珠を得む

190　得ニ故人書一、以レ詩答之。以下卅四首、到レ州之作。

拆封知再改風光　　一封を拆きて　二風光再び改れることを知りぬ
讀未三行涙數行　　讀むで三行ならざるに　涙數行
先悶秀才占夏月　　三先づ悶ふ　秀才の夏月を占ふことを
　傳聞、藤秀才五月可ニ策試一。　　傳へ聞く、四藤秀才五月策試すべし。
更思進士泥春場　　五更に思ふ　進士の春場に泥みなむことを
寄身雖苦爲南海　　六身を寄する　南海たることを苦しべども

投歩猶安省北堂　七歩びを投せば　なほし安に北堂を省みる
努力君心能努力　八努力　君が心　能く努力めよや
存亡應在此文章　九存亡　此の文章に在るべし

191　金光明寺百講會有レ感。

三十日來草不青　一三十日よりこのかた　草も青からざりしに
今朝雨降惣神靈　二今朝雨降る　惣べて神靈なり
何爲頂上重加頂　三何爲れか　頂の上に重ねて頂を加ふる
永戴仁王般若經　四永く戴く　仁王般若經

192　早秋夜詠。

初涼計會客愁添　一初涼　計會して客愁添ふ
不覺衣衿每夜霑　二覺えず　衣衿の夜每に霑ぶことを
五十年前心未嬾　三五十年前　心　嬾からず

本皇極紀の「努々力々、ユメユメ(ツトメヨ)」による。禁止の語には限らない。九来たるべき試場において、答案の文章の出来不出来に、そなたの生涯の浮沈存亡がかかっているのだから。

191「金光明寺(こむくわうみやうじ)の百講会(ひやくかうゑ)に、感有り」。↓補一。

一三十日このかた旱魃のために草さえも生色を失っていたが。二今朝雨が降ってきたのはすべて仁王経講讃の不可思議の霊験のしからしめるところ。降字、ここは去声絳韻である。三いったいどうして、王の頂の上に、また頂を加えるように、頂上王が生れて、帝釈天を亡ぼそうなどとしたのであろうか。↓補二。四われらは、帝釈が百座の仁王会を設けたように、百座の仁王会を設けて、永遠に仁王般若経を戴いて、邪魔悪鬼をうちしりぞけようと思う。三宝絵、中、小野朝臣庭麿の条に「我頂(イタダキ)ニ多羅尼ヲイタタキ」とある。仁王般若経は、法華経・金光明最勝王経とともに護国の三部経と称せられる。

192「早秋の夜詠」。仁和二年(八八六)七月。

一七月初秋の清涼の気が旅愁を新たに添い加えた。(今までなかった旅愁を新たにもたらした。)計会は、計算すること・とりはからうこと。二ころものえりが夜毎にしっとり潤うのは、七月白露が降るのと旅愁に涙ぐむこととのためである。三四十二歳の私には壮年の気がみちている。四受領のしごと以外のことには口をつぐんでいる。都の官辺の筋について溢れ出るように訴えたいことを抑制している口気。二千石は、漢代の制で、刺史の禄が二千石であったことから、地方長官の異名となる。五家からの手紙。六詩を吟じて客愁をまぎらしながらひそかに嗚咽(おえつ)をかみしめる。七世

二千石外口猶拑
家書久絶吟詩咽
世路多疑託夢占
莫道此間無得意
清風朗月入蘆簾

二千石外　口なほし拑す
家書久しく絶えて　詩を吟じて咽ぶ
世路疑ひ多くして　夢に託して占ふ
道ふことなかれ　此の間に得意なしと
清風朗月　蘆簾に入る

193　新月二十韻。

百城秋至後
三諫月成初
碧落煙氛盡
黄昏晝漏餘
退衙西顧立
尋寺上方居
玉縷風頭畫
銀泥日脚書

百城　秋至りて後
三諫　月成る初め
碧落　煙氛盡く
黄昏　晝漏餘る
衙より退きて西に顧みて立つ
寺を尋ねて上方に居り
玉縷　風頭の畫
銀泥　日脚の書

上のことには疑惑が少なくない。八 夢見につけて占ってみる。九 この旅先の地に気に入った友人が居ないということを。一〇 わが府庁の官舎の鄙びた葦で編んだ簾に訪れる清風と明月こそわが心の友である。

193 「新月、二十韻」。讃州刺史として赴任して初めての秋を迎えて、漸く転任先の生活に馴れると同時に、これから先の四年の外勤を思って感慨を叙べた詩。文粋巻首、織月賦参照。

一 多くの城。日本列島の諸国の府を総称する。北史、李謐の伝に「丈夫は書万巻を擁す、何ぞ百城に南面するを仮らむ」。二 人臣は三度君を諫めて、きかれなければその君を去る、人子は三度その親を諫めて、きかれなければ号泣して親に従う(礼記、曲礼)。「三諫」と「月成る初め」とのかかわりは明らかでない。諷意があるのであろうか。→補一。三 青空に妖雲悪気も消え尽きて。煙氛は、悪気妖氛のこと。四 昼間の漏刻が尽き果てない。昼の名残りの光がなお黄昏どきにたゆとうている。五 府衙より退庁して東山に登ったのであろう。六 奥の院を「上方」という。奥の院に月を待つのである。→補二。七 玉をつなぐ細い糸すじのように細長い一脈の月光が、風かみに描いたようにあらわれる。(風のそよぐ夕方の空に、玉を貫き糸につないだ繍絵を縫い出したように、新月の光がかがやき出す。)八 沈み行く日の脚の余光に明からむ空に、銀泥で書いた文字のように、新月の光が照らしはじめる。銀泥は、銀粉を膠水でまぜあわせた顔料。首部の四聯はなはだ佳什。→補三。九 足をつまだてて今か今かと月の出をまつ心は、落ちつかない。跂は、心力を用いるさま。一〇 まだ月が出ないかと、またしても目を拭うてみる。眼珠は、目のたま。除は、目を拭うて

跂將心緒急
忘却眼珠除
仰有纎纎看
行無皎皎舒
插雲驚度雁
投水誤遊魚
風腦光相似
蛾眉細不如
藏應容掌握
動欲任吹嘘
少婦看珍重
詞人翫忽諸
推量蓂影薄
想像桂枝疎
庾令登樓嬾
王生命駕徐

九跂将ちては　心の緒急なり
忘れ却りては　一〇眼の珠除ふ
一一仰げば　纎纎たる看あれども
一二行きて　皎皎として舒ぶることなし
一三雲を挿むでは　度る雁を驚す
一四水に投りては　遊げる魚を誤つ
一五風脳　光相似たり
一六蛾眉　細くして如かず
一七藏へて掌握に容れむ
一八動きて吹嘘に任さまく欲りす
一九少婦は看て珍重すれども
二〇詞人は翫びて二一忽諸にす
推量す　二二蓂影薄きことを
想像す　二三桂枝の疎なることを
二四庾令　楼に登るに嬾し
二五王生　駕を命すること徐からむ

塵をはらうこと。きよめること。一一 新月を仰ぐと、ほっそりとかすかな光をみることができるけれども。一二 月のさやかな白い光が空にひろがりのびることもない。皎皎は、白くさやかなさま。一三 雲間にはさまって見える新月を、旅雁は弓をひいて自分をねらうかと驚き疑う。→補四。一四 水の面に新月が影を投げると、およいでいる魚たちは釣針が投げこまれたかと見誤る。→補五。一五 かの仙薬たる風脳のあやしい光と、新月の光はよく似ている。→補六。一六 新月はまだ細くて、かのたおやかに美しい蛾の眉の細さにも及ばない。蛾眉は、蚕の蛾の眉。→補七。一七 新月をつかみとってかくそうとすれば、一にぎりの掌の中に入ってしまう。→補八。一八 秋を司る神が息を吹き出すその息吹(いぶき)のままに、新月も繊細に微動する。吹嘘は、息を吹き出すこと。秋風の古詩に「吹嘘禾黍熟す」。一九 年わかい人妻。二〇「詩人」に同じい。二一 なおざりにする。仲秋名月をこそ詩人は珍重するからである。二二 蓂莢という瑞草は、月の一日より十五日まで日毎に一葉を生じ、十六日より晦日まで日毎に一葉を落とすという。蓂莢の葉影は新月の時は極めて薄いのである。二三 新月の中の桂の枝もまだ疎(まば)らだ。二四 満月ではないので、庾公もはりきって楼に登ろうという気にもならないであろう。庾は、庾亮、字は元規。→補九。二五 王徽之ものりものを用意させることにいそがない。満月ならば居ても立っても居られないでかけたが、新月だから別にあわてないのである。王生は、王徽之(き)、字は子猷(しゆう)。王羲之の子。→補一〇。二六 夕ぐれのあかりの中を波たつ海面のかなたに、遠く島かげが晴れて見える。瀬戸内海の風光。

浪花晴嶋嶼
露葉映芙蕖
旅客愁而已
詩情樂只且
照勝冬雪讀
明助夜潮漁
屬思江舟棹
宜瞻野草廬
平沙閑點檢
曲浦獨踟躕
觸事高乘興
馳神半歩虚
了知新蚌蛤
那見老蟾蜍
若使鬱盈易
催廻五馬車

[二六]浪花(ちうくわ)　嶋嶼(たうしよ)晴(は)れ
[二七]露葉(ろえふ)　芙蕖(ふきよ)に映(えい)ず
旅客(りよかく)　愁(うれ)ふらくのみ
詩情(しじやう)　樂(たの)しび只且(かくばかり)[二八]
[二九]照(て)すときは　冬(ふゆ)の雪(ゆき)の讀(よ)みに勝(まさ)れり
明(あか)るきときは　夜(よる)の潮(しほ)の漁(いさ)りを助(たす)く
[三〇]思(おも)ひを屬(つ)く　江舟(かうしう)の棹(さを)
瞻(み)るに宜(よろ)し　[三一]野草(やさう)の廬(りよ)
[三二]平沙(へいさ)　閑(なほざり)がてらに點檢(てむけむ)す
[三三]曲浦(くゐよくほ)　獨(ひと)り踟躕(ちうちよ)たらくのみ
事(こと)に觸(ふ)れては　高(たか)く[三四]興(きよう)に乘(じよう)ず
[三五]神(たましひ)を馳(は)せては　半虚(なかばそら)を歩(あゆ)ぶ
了(まこと)に知(し)る　[三六]蚌蛤(はまぐり)新(あらた)なりといふことを
[三七]那(いづこ)にか見(み)む　[三八]蟾蜍(ひきお)老いにたりといふことを
若(も)し[三九]鬱盈(きえい)を易(やす)からしめませば
催(もよほ)し廻(めぐ)らさまし　[四〇]五馬(ごば)の車(くるま)

二七 蓮の花が、露を帯びた葉に映じて、におやかに咲いている。近景の寺の蓮池を詠ずる。芙蕖は、花開いた蓮。まだ開かない時は「菡萏」といい、その実を「蓮」という。寺は府衙のすぐ西にある開法寺で、その蓮池は今もある。→二〇注五。二八「只且(しょ)」は、語助の辞。「只」は、助辞でのみこれに通ずる。二十七・二十八句は、そぞろ催すはいたずらに旅愁ばかり、ままよ今宵の詩情をただ楽しもうの意。→補一一。二九 晋の孫康は、冬の夜、油がないとき、雪に映して読書したというが、新月の光でも冬の夜の雪に照らすよりも明るい。晋書、孫康の伝参照。三〇 心を江舟の棹に寄せる。王徽之が月夜戴安道を、剡県に小舟に乗って尋ねた故事に思いよせるか。三一 諸葛孔明の草廬を帝が三顧した故事などをいうか、存疑。或いは典故を含めないで解すべきか。草廬は、かやぶきの仮住居。三二（小山のいただきから）平らかな砂原をばのんびりひまにまかせて見渡して、月下に一つ一つの風物をしらべてみる。三三 新月の光のもと、入江のうらわをゆったりとしてさまよいありく。踟躕は、従容(しょうよう)として自得するさま。三四 王子猷が山陰の月夜、興に乗じた故事のことばを用いる。三五 魂は中空を歩む思いだ。歩虚は、神仙が虚空を飛翔する意。道家の語。三六 新月の時、蚌蛤がはじめて新しく珠をはらみはじめる。→補一二。三七 →補一三。三八 ひきがえる。→補一四。三九 かけるとみちると。月のみちかき。四〇 中国では昔、太守の車には五頭の馬をかけた。三十九・四十句は、もし月のみちかきを心のままに容易に左右できるものならば、どんどんみちかきを進行させて、国守の任期たる四年の月日を早く経過させてしまいたいものだの意。

194　始見二毛。

我老於潘一十年
二毛何處甚留連
當初不見今初見
爲是愁多臥海壖

一我れ　潘よりも老いぬること一十年
二二毛　何れの處にか甚に留連したる
三當初　見ざりしに　今初めて見る
四是れ愁へ多くして　海壖に臥するがためになり

195　秋天月。

千悶消亡千日醉
百愁安慰百花春
〽一生不見三秋月
天下應無腸斷人

一千悶消亡す　千日の醉ひ
二百愁安慰す　百花の春
三一生に三秋の月を見ざらませば
天下に腸斷ゆる人無からまし

196　秋。

194　「始めて二毛(じぼう)を見る」。文選の潘安仁の秋興賦に「晋の十有四年、余(われ)春秋三十有二にして始めて二毛を見る」とあるによる。二毛は、二筋の白髪の毛。

一私は潘安仁よりも十年も老いてから。潘は、潘岳、字は安仁。→補一。二はじめて二筋のしらがの毛を見るに至った。いったい十年間もしらがよ、どこにぶらぶらぐずついていたのか。道真、時に四十二歳。→補二。三三十二歳の当初にしらががなくて、今になってあらわれるというのは。四おそらくこれは異境の地に生活して、愁え多きままに海の岸辺の潮風のなかに起き臥しするためであろう。

195　「秋天の月」。

一たとい煩悶が心に千あっても、千日酒の酔いで消えてなくなる。千日酒は、酒の名。→補。二心に百の憂愁があっても、春になって百花が咲きみちるとその心配事もなぐさめられる。百花は、神仙伝に見える酒の名の「百花酒」をひびかせる。三人間が一生のうちにこの仲秋の月をみなかったとしたならば、この世の中には腸を断つ思いをする人が一人もないであろう。▽千・百・三・一の数字をたたんだ技巧がある。月を見て旅愁を新たにする自分の気持から、秋天の月は、人間に限りない感慨を催させるということを強調する。

196　「秋」。

一自分にふさわしい境涯。盧象の青雀歌に「逍遙飲啄涯分に安んず、何ぞ扶揺九万を仮ることをせん」。二運命の浮き沈み。讃岐守として外勤している自分をみつめる。一句は、これが自分の身分相応の生活なのであろうか、自分の運命は果たしてこうした不如意の生活に満足すべきであろうか。尋ね問う相手も居ないの意。

涯分浮沈更問誰
秋來暗倍客居悲
老松窓下風凉處
疎竹籬頭月落時
不解彈琴兼飲酒
唯堪讃佛且吟詩
夜深山路樵歌罷
殊恨隣鷄報曉遲

一涯分浮沈二　更に誰にか問はむ
三秋よりこのかた暗に倍す　客居の悲しみ
老松の窓の下　風の涼しき處
疎竹の籬の頭　月の落つる時
四琴を弾くことと五酒を飲むこととを解せず
ただ佛を讃し　また詩を吟ずるに堪へたり
夜深けて　山路に六樵歌罷む
七殊に恨むらくは　隣鷄の曉を報ぐることの遲きことを

197　重陽日府衙小飲。

秋來客思幾紛ゝ
况復重陽暮景曛
菊遣窺園村老送
萸從任土藥丁分
停盃且論輸租法

一秋よりこのかた　客の思ひの　幾ばくか紛紛たる
二况復むや　重陽暮の景の曛れむや
三菊は園を窺はしめて村老送る
四萸は土に任すに從ひて藥丁分つ
五盃を停めては且く論ふ　租を輸す法

三(自問自答を空しくくり返しているうちに)秋がきてよりこのかた、何となく旅住まいの悲愁がいっそう増してくる。→補一。四琴を学ぶことをやめて詩に専念する意をのべた詩は、三六に出。→補二。五道真はあまり酒好きではなかったらしい。兼は、広韻に「幷也」とある。並列の助詞である。六木こりたちの歌い帰る唄。府衙の官舎は山近いところにあった。七客居の愁えにまんじりともしないで早く夜明けになればいいと思うと、秋の夜長に鶏鳴が待たれるのである。第三句「風の涼しき処」は夕方、第四句「月の落つる時」は夜。さて第七句は夜ふけで、第八句に至って、夜明けを待つのである。

197　「重陽の日、府衙にして小飲す」。仁和二年九月九日、国府の庁においてささやかな宴を開いて形ばかり重陽の節を祝ったのであろう。
一秋がきてからことに旅愁にせめられて、幾たびか心が乱れた。一九二以下「客思」を賦した作品が極めて多い。二まして重陽の節を迎え、その夕日かげが暮れようとするこの時の切なさを如何しよう。この日、都では恒例の重陽の節が紫宸殿に行われ、群臣に宴を賜い、楽を奏し、詩を賦した(三代実録)。そのことを想像して思いもいっそうみだれるのである。三村の爺やは庭さきからのぞいて、菊を贈ってくれる。村老は、村翁・村叟、あるいは里長(さとおさ)のたぐい。四薬草園の園丁は、呉茱萸をみつぎものとして、作者に分けてくれる。任土は、みつぎもの・その土地の生産の貢物の意。書経、夏書、禹貢に「土に任せて貢を作す」とあるによる。薬丁は、府衙客館に附属し、薬草園を管理するために雇傭されているのであろう。三・四句難解。五(菊花酒ならぬ村の地酒の)盃を挙げるのをちょっとやめては(目代たちと)如何に租税をと

走筆唯書弁訴文
十八登科初侍宴
今年獨對海邊雲

六筆を走せては　ただ書く　訴へを弁ふる文
七十八にして登科し　初めて宴に侍りけり
八今年は獨り　對ふなり　海の邊なる雲

198

近曾有㆘自㆓京城㆒至㆑州者㆖。誦㆓書一絶㆒云、是越州巨刺史、秋夜夢㆓菅讃州㆒之詞也。予握㆑筆而寫。寫竟興作、聊製㆓一篇㆒、以慰㆓悲感㆒。

北山南海隔皇城
煙水蒙籠夢裏情
時節暗逢流涙氣
州名自有斷腸聲
莫因道遠稱孤立
嫌被人知會五更
若使神交同面拜
不辭夜々冒寒行

一北山南海　皇城を隔てたり
二煙水蒙籠たり　夢裏の情
三時節　暗しく涙を流す氣に逢ふ
四州名　自らに腸を斷つ聲有り
五道遠きに因りて　孤立すと稱ふことなかれ
六人に知られて　五更に會はむことを嫌ふ
七若し神をして交りて同に面拜せしめませば
八夜夜寒きを冒して行かむことを辭びざらまし

りたてようかと非公式ながら物のついでに議論する。且は、しばらく・かりそめに・苟且の義。六（京の文人たちは応製詩を認めているころであろうが、）私は詩どころではなく、もっぱら筆を馳せて、民百姓からの訴状に対する判決文を書いているのだ。フミテの訓は、知恩院蔵玄奘表啓平安初期点による。七十八歳の貞観四年の春、はじめて登科、文章生給に補され、その年の重陽の詩宴に文人としてはじめて侍することを許されたのであったっけ。（それより以来、ほとんど毎年重陽の宴に侍さないことはなかったのに。）登科は、もと科挙の試験に合格して進士に及第すること。ここは省試をうけて文章生になること。八今年の重陽の節には、ひとりさびしく南海の秋雲に対しているのである。

198「近曾（ちかごろ）京城（みやこ）より州（くに）に至れる者有り。書一絶を誦して云はく、是れ越州の巨刺史が、秋夜菅讃州を夢みる詞なりと。予（われ）筆を握りて写す。写し竟りて興作（おこ）り、聊かに一篇を製して、悲感を慰むといふ」。→補一。一君は北陸道、私は南海道、ともにはるかに帝皇のいます京都を隔てている。二草木などの繁くみだれしげるさま。ものを蔽いかくすさま。一句は、八重の潮路はるかに、潮煙りがたちこめていて、君のすむはるかの国を想えば、すべて夢みている心持である意。三時節は秋深く、何故ともなく涙を催さしめる時候である。四国の名の「讃州」の音は「惨愁」の音に通じて、自然腸をたつようなひびきがある。五道が遠くへだたっているので、ひとりぼっちで誰も親しい仲間が居ないなどといい給うな。史記、秦始皇紀に「子嬰は孤立して親なし」。六夜ふけにひそかに会うなどということが世間の人に知られるなどということはいやなことだ。→補二。

199　詠後、聞ニ進士公宴詩一。不レ堪ニ欣感一、便寄ニ一絶一。

絶無消息幾相思　絶えて消息無し　一幾にぞ相思はむ
為想他年得意時　二為に想ふ　他年意を得たらむ時を
今日定知君不死　三今日定めて知る　君が死しからざりしことを
若教君死豈吟詩　四若し君を死しからしめませば　豈　詩を吟ばましや

☆寒早十首。同用ニ人身貧頻四字一。

200
何人寒氣早　一何れの人にか　寒氣早き
寒早走還人　寒は早し　二走り還る人
案戸無新口　三戸を案じても　新口無し
尋名占舊身　四名を尋ねては　舊身を占ふ
地毛鄉土瘠　五地毛　鄉土瘠せたり
天骨去來貧　六天骨　去來貧し
不以慈悲繫　七慈悲を以て繫がざれば

七もし人間の精魂というものが、冥冥の間を往来して、お互いに面会することができるものならば。↓補三。八毎晩でも君と私とが行きかいするために、秋の夜寒（よさむ）をおしきってでかけて行くようなことをもいとわないであろうに。

199「詠じたる後、進士公宴の詩を聞く。欣感に堪へず、便ち一絶を寄す」。↓補。

一（消息がないので）どうして君のその後を知ることができようか。幾は、唐代俗語。張相いう、何なり、那なりと。二いつの年にか、そのうち君が進士及第して、得意の時がめぐってくるであろうことを思いえがいていた。三今日、君が進士公宴にあずかった詩を聞いて、君が死んでしまっていたのではなかったことを知った。四万一君を死なせたりしたならば、どうして私は詩を吟じたりしていることができよう。

☆「寒早（かんさう）十首。〈同じく人・身・貧・頻の四字を用ゐる〉」。人・身・貧・頻は、上平声十一真韻。「人の身の貧しきこと頻りなり」と訓むべく、「寒早」の題に呼応する。これは平安社会の職人尽しであり、貧窮問答歌ともいうべき秀作である。↓補。

200一冬になって、どんな人に、ことに早く寒さがきびしく感ぜられるのであろうか。

二他国に浮浪逃走したが、その逃亡さきから本貫（本籍）に放還されてきた人。↓補一。三戸籍にてらしあわせても、そういう新しく走せ還った人間の名は見当たらない。↓補二。四姓名を糺問して、その出自や故郷を推量する。↓補三。五土地からの生産物一般をいう。↓補四。六郷里の土地は瘠せて、いくら労役しても実りが少なく、あくせく往来するままに民の骨ぐみも貧弱になる。天骨は、生れつきの骨格・天性。七国司が慈悲ある政治を行なって、百姓の

浮逃定可頻　浮逃　定めて頻ならむ

201 何人寒氣早　何れの人にか　寒氣早き
寒早浪來人　寒は早し　一浪れ來れる人
欲避逋租客　二避けまく欲りして租を逋るる客は
還爲招責身　還りて責めを招く身となる
鹿裘三尺弊　三鹿の裘　三尺の弊れ
蝸舎一間貧　四蝸の舎　一間の貧しさ
負子兼提婦　五子を負ひ　兼ねて婦を提ぐ
行々乞與頻　六行く行く　乞與頻なり

202 何人寒氣早　何れの人にか　寒氣早き
寒早老鰥人　寒は早し　老いたる一鰥の人
轉枕雙開眼　二枕を轉して雙び開くる眼
低簷獨臥身　三簷に低れて　獨り臥する身
病萌逾結悶　四病ひ萌しては　逾　悶えを結ぶ

心をしっかりつなぎとめておかなければ、生活の苦しさ、税の重さ、諸院・諸宮・諸司・諸家の手さきたちの強迫にたえかねて、浮浪逃散するものもきっとしきりに出てくるであろう。浮逃は、「浮浪逃散(ふろうてうさん)」の略。租税の負担を免れるため、部内から他境に逃亡して、浮浪すること。令義解、戸令に「逃亡して貫を絶えたらむもの」とある。

201 一 他国より部内に流入してくる流離浮浪の人人。公民からの脱落者を指す。「浪人」ともいう。二 税の重い負担をのがれ避けようと思って他国より逃散してきて、土民の間に寄生する下層農民は、(土断法によって)浪人ながらこの部内で入籍して税を責め取られる身となる。讃岐国では戸籍が作られたのであろう。→補一。三 三尺の鹿の革のジャムパーもぼろぼろにやぶれている。「鹿の裘」は、冬の寒さを防ぐ鹿皮のかわごろも。貧士栄啓期が鹿の裘をきて縄の帯をしていたことは、列子にみえる。四 一間のあばら小屋。円形茅ぶき。かたつむり(蝸牛)の舎に似ているのでいう。五 妻子同伴、家族づれの浮浪人。→補二。六 寄生してきた浮浪人どもがうろうろ物乞いに出歩くのに対して、在地の百姓たちがしきりに食を与えるのである。李白の少年行に「好鞍好馬人に乞与す」。乞は、あたえる義。

202 一 妻を失ったひとりみの男。蓮成院本類聚名義抄に、ヤモヲ・ヤモメ・ヒトリウドと訓む。二 枕をうごかして寝つこうとして輾転反側して、両眼をぱっちり開けている。→補一。三 軒を高くすることのできないみすぼらしい小屋に、独り寝ている男。→補二。四 老いた体に病気もきざしていよいよ煩悶がかさなる。五 飢えが迫っても、誰も米塩のともしいこと

飢迫誰愁貧
擁抱偏孤子
通宵落涙頻

203
何人寒氣早
寒早夙孤人
父母空聞耳
調庸未免身
葛衣冬服薄
蔬食日資貧
毎被風霜苦
思親夜夢頻

204
何人寒氣早
寒早藥圃人
弁種君臣性

五飢ゑ迫りても　誰か貧しきを愁ふる
六擁抱す　偏に孤なる子
通宵　落涙頻なり

何れの人にか　寒氣早き
寒は早し　一夙に孤なる人
二父母は空しく耳にのみ聞く
三調庸は身を免れず
四葛衣　冬の服薄し
五蔬食　日の資け貧し
風霜の苦しびを被る毎に
親を思ひて夜の夢頻なり

何れの人にか　寒氣早き
寒は早し　一藥圃の人
二種を弁ず　君臣の性

を心配してくれるものもいない。
六 母親を失った幼児をだきかかえて。白居易の悼亡詩の「半死の梧桐老病の身、重泉を一たび念へば一たび神を傷る、手に稚子を携へて夜院に帰れば、月は空房に冷(すさ)しくして人を見ず」の詩境に似る。

203 一 早く父母を失った孤独の人。礼記、王制に「少くして父なきもの、之を孤と謂ふ」。
二 父母はもう眼でみることができないで、空しくその話をきくばかり。三 いくら孤児であっても調庸の義務は免除せられない。調は、正丁一人について絹八尺五寸というふうに、郷土の物産を税として官に納めるもの。庸は、正丁一人が一年について十日間人夫の役(え)に服すること、もしくはその労働のかわりに例えば布二丈六尺を収めること。あるいは三十日の労働に服するならば、調も免除せられる。令義解、賦役令の規定参照。天暦十年村上天皇の詔によると、老人と鰥寡孤独のものには特に社会保障を加えよとある。文粋二参照。四 冬も夏きる葛衣の薄いものをきている。葛衣は、葛(くず)の茎の繊維で織った布の衣で、夏きるもの。史記、太史公自序に「夏日は葛衣、冬日は鹿裘」とある。
五 毎日の生活を支える食べものも貧弱だ。蔬は、なっぱ。蔬食は、まずいたべもの。荀子、正名に「蔬食菜羹、以て口を養ふべし」。

204 一 薬草園の園丁。薬圃は、薬草をうえたはたけ。典薬寮の薬園のことは、職員令にみえる。二 薬草には色色様様の種類と格付けがある、それを弁別する。後世のものながら淵鑑類函、薬部に「君臣百品の名を列(つら)ね、辛苦五毒の味を弁ず」とある。
三 傜は、えだち。傜役のこと。賦役令に「凡そ父母の喪に逢へらば、並びに朞年の傜役を免

充傜賦役身
雖知時至採
不療病來貧
一草分銖缺
難勝箠決頻

傜に充つ　賦役の身
時至らば　採ることを知れども
病ひ來りて　貧しきことを療さず
一草　分銖をだに缺かば
箠決の頻なるに勝へ難からむ

205
何人寒氣早
寒早驛亭人
數日忘飡口
終年送客身
衣單風發病
業廢暗添貧
馬瘦行程澁
鞭笞自受頻

何れの人にか　寒氣早き
寒は早し　驛亭の人
數日　飡を忘るる口
年を終ふるまでに　客を送る身
衣は單にして　風は病ひを發す
業は廢すれば　暗しく貧しさを添ふ
馬さへ瘦せて　行程澁りぬれば
鞭笞　自らに受くること頻なり

206
何人寒氣早

何れの人にか　寒氣早き

せ」とある。四 賦とは、斂の義。調庸や諸国の貢献物等は「賦」に入る。役とは、使の義。歳役や雑傜などは「役」に入る。一句は、賦役の義務ある身だから、薬圃に働くことを以て傜役に充当しているの意。五 薬草を。六 いくら薬草を採取していても、病気になって貧しいこの境遇をなおすことはできない。七 一分一銖。ほんのわずかの分量。一句は、わずか一本の薬草の、ほんの一分一厘でも不足していたとしてもの意。もし「だに」は、肯定の語で呼応する場合の用法。否定・反語や仮定・推量・願望・意志・命令の語と呼応するならば「すら」である。八 鞭でうって傷つけられることが頻りで、たえがたいことであろう。▽諸国に採薬師をおいて薬を採らせることは医疾令にみえる。讃岐国から年料雑薬を出していたことは延喜式、典薬にみえる。

205 一 伝馬(てんめ)のための駅舎。「駅亭の人」とは、輸送労働者。令義解、関市令にいう駅子・伝子の人人、いわゆる馬子(まご)たちをさす。延喜式、兵部省に、讃岐国駅馬(やくめ)は引田(ひけた)・松本・三谿・河内・甕井(もたい)・柞田(くぬた)各四疋とある。二 駅亭に働く駅子・伝子たちは、どうかすると数日間もしるかけめしをさえ口にかきこむことも忘れるほどにおいつかわれる。三 年がら年中旅客を輸送する身である。四 冬になってもきものはうすい単衣(ひとえごろも)なので、風邪から病気をひきおこしやすい。五 この仕事をやめればすぐ貧乏がおっかけてくる。六 駅の伝馬(てんめ)が痩せて、郵逓の速度がにぶってくれば、駅亭の働く人たちは自然駅長らからきびしいいましめの鞭をうけることが屢とだ。延喜式、兵部省、駅家の条に、駅長等が非違を許容すれば重科に処するという規定がある。

寒早賃船人　寒は早し　賃船の人
不計農商業　農　商の業を計らず
長爲僦直身　長に直に僦はるる身となる
立錐無地勢　錐を立てむに地勢なし
行棹在天貧　棹を行ること　天貧なるに在り
不屑風波險　風波の険しきは屑にせず
唯要受雇頻　ただ要む　雇ひを受くること頻ならむことを

207

何人寒氣早　何れの人にか　寒氣早き
寒早釣魚人　寒は早し　魚を釣る人
陸地無生産　陸地に　産を生むすべなく
孤舟獨老身　孤舟に　獨り身を老いしまくのみ
嫋絲常恐絶　絲を嫋めて　常に絶えむかと恐る
投餌不支貧　餌を投ぐれども　貧しきを支へず
賣欲充租税　賣りて租税に充てむことを欲りす
風天用意頻　風天　意を用ゐること頻なり

206 一 船にやとわれて働く水手(かこ)・舟子・檝取(かんどり)。賃は、傭僦の意。賃金によってやとわれること。賃字、底本債字に作る。
二 彼らは自身で独立して農業や商業を自ら営まない。
三 いつまでたっても賃銀に雇傭せられる身の上である。
四 彼は錐を立てるほどの広さの土地ももっていない。水上生活者だからであろう。史記、留侯世家に「立錐の地なし」。
五 棹をあやつり、船をはしらせることも、天性貧しくともしいさがに生れついているためだ。
六 海上風波があれるというようなことは、眼中にないが。モノノカズニセズの訓は、文鏡秘府論、天、保延点による。不屑は、「不顧」の意に誤り用いている。
七 彼らの関心事は、船主に賃やといせられることがしきりであるかどうかということである。
▽水上交通運輸業者の業態がわかる。ここから海賊も発生するのである。

207 一 釣糸を海中に投げたわめて、糸がきれやしないかと恐れる。嫋は、たわめる意。「裊」に同じい。呉融の山禽詩に「頻(しき)りに花の枝を裊(うで)して面を払って啼く」。
二 餌を投げ与えて魚をいくら釣ってかせいでも、貧しいくらしを支えかねる。白居易の「和春深十首」のうち、漁父詩に「餌を投げて軽棹を移し、輪を牽いて小車を転ず」とある。
三 せっせと釣った魚を売って、租税に充当しようと思って。
四 風向きはどうか、天気工合はどうかと、魚釣りの漁夫たちはしきりに気にかけている。

208

何人寒氣早
寒早賣鹽人
煮海雖隨手
衝烟不顧身
旱天平價賤
風土未商貧
欲訴豪民攉
津頭謁吏頻

何れの人にか　寒氣早き
一寒は早し　鹽を賣る人
二海を煮ること手に隨ふとも
三烟を衝きて身を顧みず
四旱天は價の賤きを平にす
五風土は商を貧しからしめず
六訴へまく欲りす　豪民の攉しきこと
七津頭に吏に謁すること頻なり

209

何人寒氣早
寒早採樵人
未得閑居計
常爲重擔身
雲巖行處險
甕牖入時貧

何れの人にか　寒氣早き
一寒は早し　採樵の人
二未だ閑居の計を得ず
三常に重く擔ふ身たり
四雲巖　行く處險しく
五甕牖　入る時貧なり

208　一塩商人。但しこれは大手の塩商でなく、零細な製塩兼塩商の細民である。讃州の沿海、なかでも国府のあった府中、坂出附近は古来海内有数の製塩地であったから、塩商人が多く居たのである。二海潮を汲んで塩を焼くことは手あたり次第にできるしごとだとはいえ。杜甫の北征詩に「暁粧は手に随つて抹(な)る」、文集、北亭詩に「巾笏は手に随ひて擲つ」(二七九)。三藻塩やく煙にむせることもかまわず、煙をついてたち働く。命をすりへらす労働をしていること。四日照りがつづいて生産があがるので、塩価が自然の公平な法則で廉く低落する。旱字、底本以下早字に作る、いま板本傍注による。五この沿岸一帯製塩に適する風土は、塩商人を貧しくしない。この二句難解。六土豪が勝手に威勢をほしいままにして、塩の売買輸出にあたって商利を独占することを、役人に訴えたいと思う。攉は、専売する・利益を独占するの意。ホホアラアラシ・カナフ・ユル・ウツ・ヒサクと訓む。→補。七塩を売る人が、輸出港のはとばのあたりで、税関吏などに会って、実情を訴えることしきりである。零細な製塩労働者や塩売り商人が、悪徳専売商人が暴利をむさぼって中間搾取したり、土豪が利益を独占したり、官人と土豪とが結託したりする実情を訴える風景である。

209　一きこり。樵には、木こりの意のほか、雑木もしくはたきぎの意がある。二いつになったら働かないでひまを楽しむことができるというめあてもない。三毎日せっせと木をきり出して重い木を肩にかついで運ぶ身の上。四木こりが行くところは、嶮しい山の岨路(そばみち)で、岩群に雲がかかっている。雲巌は、雲のかかった巌(いわお)。五家に帰ってくると、木こりの家の入

賤賣家難給　六賤く賣れば　家給し難し
妻孥餓病頻　七妻孥　餓ゑと病ひと頻なり

210　客舍冬夜。

客舍秋徂到此冬　一客舍　秋徂きて此の冬に到る
空床夜々損顏容　二空床　夜夜三顏容を損したり
押衙門下寒吹角　四押衙門の下　寒くして角を吹く
開法寺中曉驚鐘　五開法寺の中　六曉にして鐘に驚く
開法寺在府衙之西。　開法寺は府衙の西に在り。
行樂去留遵月砌　七行樂の去留は　月砌に遵ふ
詠詩緩急播風松　八詠詩の緩急は　風松に播さる
思量世事長開眼　九世事を思量りて　長に眼を開けば
不得知音夢裏逢　一〇知音に夢の裏にだにも逢ふこと得ず

り口はまことに粗末だ。甕牖は、破(わ)れたかめの口を窓とした家で、貧家のこと。→補。六とってきた杣木(そま)を廉(やす)いねだんではたかれたのでは、家計のたしにはならない。七妻も子も餓えてしきりに病気になる。

210「客舎の冬の夜」。

一たびのやどり。旅館。讃州の国府の官舎をさす。二妻の居ない寝床。古詩十九首に「蕩子行きて帰らず、空牀独り守り難し」。三顔つきをやつれさせる。「顔容」の訓は、「面子、カホバセ」(類聚名義抄)とある。カホノカタチという訓もある。四寒夜に牛の角の笛を吹いて夜をいましめているのである。天子の護衛兵の長を「押衙」という。「押衙門の下」は、府衙の門衛がたむろして門をいましめているところ。→補一。五府中にあった国分寺の附近の寺院。今の新宮のあたりより綾川(あやかわ)にまたがって府衙があった。その西方に開法寺、その北に国分寺の蓮池があった。六暁に鐘をうつことは、長夜を破り、睡眠する人の目をさまさせるのである。驚字、底本・詩紀警字に作る、いま板本による。七月を翫んで楽しみを行(や)ることは、月かげが階の甃(いしだたみ)を照らす加減によって、場所を移動する。八秋風をきいて詩を詠ずることは、風が松を吹いて松風のひびき工合によって緩急の調子がかわる。風松は、晋の嵆康の作った琴の古曲「風入松(ふうにふしょう)」による。「播」の訓は、「播、ウゴカス」(観智院本類聚名義抄)による。九世間のことをあれこれと考えめぐらして、いつまでも冬の夜長を眼を開(あ)けているから。→補二。一〇(せめて夢のうちにでも、知友にあって語りあうこともできように)眠らないから夢の中でさえも逢うことができない。

211　同₂諸小兒₁、旅館庚申夜、賦₂靜室寒燈明之詩₁。

旅人每夜守三尸
況對寒燈不臥時
强勸微心雖未死
頻收落涙自爲悲
舍低應道星穿壁
山近猶疑雪照帷
四五更來無一事
咲看兒輩學吟詩

一旅人は夜毎に三尸を守る
二況むや　寒燈に對ひて臥せざる時には
三強ひて微心を勸へて死なずといへども
頻に四落涙を收めて自らに悲しびをなす
五舍は低くして道はまし　星い壁を穿つかと
六山は近くして なほし疑ふ　雪い帷を照すかと
七四五更よりこのかた　一事すらなし
八咲ひて看る　兒が輩の詩を吟ずるを學ぶることを

212　在ㇾ州以₂銀魚袋₁贈₂吏部第一郎中₁。

屈身探得一銀魚
手自緘封意豈疎
隨我多年鱗半落

一身を屈して探ること得たり　一銀魚
二手づから自ら緘封して　意豈疎にあれや
三我に随ふこと多年にして　鱗半落ちたり

211 「諸小児と同じく、旅館にして庚申(かうじん)の夜(よ)に、「静(しづ)か」なる室に寒燈明(あきらか)なり」といふ詩を賦す」。詩字、底本明字に作る、いま詩紀による。諸小児というのは、道真が子供の一両人を同伴してきて、家学を教育していたかもしれない。扶桑集十に出。↓補一。

一 旅人たる私は、(客愁のため毎夜睡らないので〔別に庚申の夜に限らない。〕)三尸を守っているわけである。三尸とは、三尸虫(さんしちゆう)。人の腹中に上尸(清姑)・中尸(白姑)・下尸(血姑)の三虫がいるという。道家の説。「守る」というのは、睡眠のひまに天帝にかげ口をされると人は死ぬという民間信仰から、眠らないで見守る意。二 まして庚申の今夕に、寒燈をあかあかとぼして眠らないから、三尸を守ることができるのはいうまでもない。↓補二。三 強いておのれの志をふるいおこして、どうにか死なないで吏務に精出してはいるものの。微心は、おのれの忠節の志の謙称。勧は、「勉也」(説文)、「力也」(戦国策注)とある。「死」字は、庚申三尸の俗信の縁語。四 旅愁、辺愁、辺地に赴任していることの憂愁から涙をこぼすこと。五 客舎の屋根は低く垂れて、寒燈が明らかに照らすのは、冬の夜の冴えた星かげが壁に穴をあけてさしこむかといってもいいかもしれない。「星い壁を穿つ」という表現の典拠未詳。「応」の訓は、「応、マシ」(類聚名義抄)による。六 几帳にそむけた燈の光は、ちょうど府衙の近くの山の雪が、帳の帷子を照らすかとあやまたれる。七 四更(午前一時十二分)・五更(午前三時三十六分)から以後夜明けに近づくころは何にもすることがない。「すら」は、否定の語に呼応する。八 子供たちが詩を吟誦するけいこをするのを、笑いながら見守るばかりだ。「学(まね)ぶる」は、上二段

贈君遠路涙猶餘
不潛南海重波下
將躍東風解凍初
非倚同時爲吏部
唯思交道在文書

四君に遠路を贈りて　涙なほし餘る
五南海　重波の下を潛らず
六東風　凍を解かす初めに躍らむとす
七時を同じくして吏部たりしに倚るにあらず
八ただ交りの道の文書にのみ在るを思へばなり

213　旅亭除夜。

駈策四時此夜窮
旅亭閑處甚寒風
苦思洛下新年事
再到家門一夢中

一四時を駈ひ策ちて此の夜窮る
旅亭の閑なる處　甚だ寒き風ふく
二苦に思ふ　洛下新年の事
三再び家門に到る　一夢の中

214　旅亭歳日、招レ客同飲。

招客江村歳酒盃

客を招く　一江村歳酒の盃

活用の連体形。後に四段活用になった。

212「州に在りて銀の魚袋(ぎょたい)を以て吏部第一郎中に贈る」。扶桑集十二に出。↓補一。

一 からだをおりまげて、(筐底から)銀魚袋をさがし出した。二 自分で小包をつくり封緘をして(君に贈ろうと思う)、私の心は疎略でないはずだ。三 この銀魚は私の身に随うことは多年で、使いなれて銀鱗もなかばはすりへっている。四 遠路をはるばる君に贈ろうとすれば涙が袖に余る。五 これからはこの銀魚は南海の八重たつ浪の下をくぐったりしないで。六 都の春風に、池の氷も解けそめるころに躍りたつことであろう。銀魚を生ける魚に見立てて感情移入をする。七 君と私とが同時に吏部即ち式部省に奉職したからではない。倚字、不審。八 (これを君に贈るのは、君と私とが直接に面談することもかなわず、) 手紙だけで交わるほかないことを思って、これを友情のしるしとして贈るのだ。↓補二。

213「旅亭の除夜(ぢょや)」。仁和二年十二月三十日の作。

一 春夏秋冬の四時を天馬に喩えて、これを鞭うち、駈使してとうとう除夜に窮まったというのである。二 歳晩に、京都の新年の行事、節会の模様などをなつかしく切なくいろいろと想い出す。三 除夜の眠りにつけば、夢の中に京都の家に再び還って、家族や門弟たちに迎えられたことを夢みる。

214「旅亭の歳日、客を招きて同(とも)に飲む」。府衙の旅舎で、元日に村老たちを招いて新年を賀して小飲したのである。仁和三年正月。

一 瀬戸内海沿岸の村邑。

二 主人道真はむしろ辺地に仮りすまいをして、京の節会にも参加できないことをそぞろうらんでいるのだが。三家の子たちは深酔いをしないようにしてちょっと杯を口につけては先ず来客たちに杯を勧める。四村邑の長老格の人たちは、すでに何度も酒が巡(め)って、おくれてきたものに罰杯を強いている。五去年の春、家族や門人たちと袂を分かって、京の家の門を出てきたことを想うと、旅の愁えにそぞろ心も傷む。戚字、底本滅字に作る、いま詩紀による。六思いきりほしいままに今日はほがらかに笑うて、愁えにひそめていた両眉をも明るくひらけるにまかそう。七酔っぱらった人を前後の見さかいもなく車にさかさまに乗せ帰らせるほど、ほんとに酔っているので、決してうわべだけいつわって酔っぱらったふりをしているのでないということを見きわめたい。晋書、山簡の伝に「日夕倒載して帰る、酩酊して知るところなし」。陽は、「詐也」(一切経音義)、「即偽耳」(漢書、顔師古注)とある。八舟のかいや漁(いさ)の釣竿なども忘れておいてかえって行くしまつ。▽→補。

215「早春の閑望」。

一早暁めざめて冷灰のようにすっかり動くことを忘れた心で坐している。→補一。二あたりはあけきらず暗くぼうとして、夢の中に魂がさまようような気持だ。三たたなわる雲幾重のなかに、山脈(やま)のかげもかくれ。四早春の雨があがって、水が音たてて流れる。五春がまずやってきたとはしいていうものの。先字、底本光字に作る、いま板本による。六未だ日光(ひかげ)は冬のままで暖かくはない。七首をまわして窓外をみ出すと、何にもかわったものも眼に入らない。八一人の漁師の爺さんが村はずれの砂原にぽつんと立っているだけ。→補二。

216「正月二十日、感有り。〈禁中内宴の日なり〉」。一九七と同趣。→補一。

主人多被旅情催
家兒淺酌爭先勸
鄕老多巡罰後來
愁戚去年分手出
笑容今日兩眉開
欲知倒載非陽醉
舟檝漁竿遺置廻

二主人は旅情に催さるることぞ多き
三家兒 淺く酌みて爭ひて先に勸む
四鄕老 巡すこと多くして後れ來れるを罰す
五愁へて戚む 去年手を分ちて出でにしことを
六笑ひて容す 今日兩つの眉開くることを
七倒載して陽りに醉へるにあらざることを知らまく欲りす
八舟檝漁竿 遺て置きて廻る

215 早春閑望。

早起灰心坐
冥々是夢魂
雲中山色沒
雨後水聲喧
强道春先至
猶知日未暄

一早起 灰心にして坐す
二冥冥 これ夢魂
三雲の中に 山色沒る
四雨の後に 水聲喧し
五强ひて春先づ至ると道ふとも
六なほし日未だ暄ならざることを知る

廻頭無外物　七頭を廻すに外の物なし
漁叟立沙村　八漁りの叟い　沙の村に立てらくのみ

216 正月二十日有レ感。禁中内宴之日也。

寒氣遍身夜涙多　一寒氣身に遍くして　夜涙し多れり
春風爲我不誰何　二春風　我がために誰何せず
廻頭左右皆潮戸　三頭を廻せば　左にまれ右にまれみな潮戸にして
入耳高低只棹歌　四耳に入るは　高きも低きもただ棹歌ならくのみ
遠憶群鶯馴藥樹　五遠く憶ふ　群鶯の藥樹に馴れしことを
偏悲五馬隔滄波　六偏に悲しぶ　五馬の滄波を隔つることを
諸兒强勸三分酒　七諸兒强ひて勸む　三分の酒
謝日忘憂莫此過　八日を謝し憂へを忘るること　此れに過ぎたるはなし

217 夢二宇尙貞一。府衙書生、一日頓死。

一寒気のきびしさが、全身に行きわたって眠れぬままに、夜毎涙を多くこぼす。二春風が吹いて、お前はどうしてそういうところにいるのかと、とがめだてしたりしない。（都でも同じ春風が吹いて、例年ならば内宴の席に侍しているはずの私が、今年は場違いのところにいるのに別段誰何したりしないの意。）三府衙の旅館より頭をめぐらして見渡すと、右も左も潮がさしひきするほとり、漁村の家がたちならんでいる。→補二。四耳に近く聞えてくるのは、あるいは高く、あるいは低くひびいてくる漁夫の船歌ばかり。五鶯の群れが宮殿の門外の薬樹（薬の材料になる木）にむつび馴れて啼いていたことを遠くはるかに思い出す。「薬樹」には、宮門出入を掌る薬樹監察御史をひびかせてある。群字、底本・板本郡字、詩紀郡字に作る、いま藁草による。六刺史の任を帯びて、京城とは滄波はるかに隔てるこの地に留まっている身の上（内宴の日にも文人として召されることもないこの身の上）をひとえに悲しむ。昔、太守の乗車に五頭の馬をかけたところから、五馬は、太守の異称となった。滄波は、青青とした海の波。七客舎にいる子供たちは、酒を少しでも飲んだらとしいて勧めてくれる。三分は、酒量、十分の三。八日を送り過ごし、憂愁を忘れ去るためには酒がいちばんだという。謝は、ことわる・退け去る意。

217 「宇尚貞を夢みる。（府衙の書生にして、一日頓死せるなり）」。書生は、職員令にいう「史生三人」の一か。

一府衙の庁にかけてある公吏の名札をみるたびに、（お前が亡くなったことを思い出して、）心が痛んで哀悼にたえない。二お前は府衙に勤務してなかなか気のきいた才覚の持主だったの

毎看名簡痛相哀
惜汝從公有小才
爲訴妻孥將餓死
應窺太守夢中來

一名簡(めいかん)を看(み)るごとに　痛(いた)びて相哀(あひかな)しぶ
二惜(を)しむらくは　汝(なむぢ)の公(おほやけ)に從(つか)へて小(すこ)しき才(さい)有(あ)りしことを
三妻孥(せいど)の餓死(がし)せむとするを訴(うるた)へむがために
四太守(たいしゅ)の夢(ゆめ)の中(なか)を窺(うかか)ひて來(きた)りしなるべし

218　春日尋レ山。

偶得衙頭午後閑
二三里外出尋山
鳥能饒舌溪邊聽
花有亞枝馬上攀
要賞煙蘿占遠入
嫌縈案牘嬾先還
從初到任心情冷
被勸春風適破顔

たまたま衙(が)一の頭(ほとり)に午後(ごご)の閑(かん)を得(え)て
二三里外(じさむりぐわい)に出(い)でて　山(やま)を尋(たづ)ねたり
二鳥(とり)能(よ)く饒舌(ぜうぜつ)にして　溪(たに)の邊(ほとり)に聽(き)く
三花(はな)有(あ)るいは枝(えだ)を亞(た)れて　馬(うま)の上(うへ)より攀(ひ)く
四煙蘿(えんら)を賞(しゃう)せむことを要(もと)めて　占(うかが)ひて遠(とほ)く入(い)る
五案牘(あんとく)に縈(まつは)られむことを嫌(きら)ひて　嬾(もの)うくして先(ま)づ還(かへ)る
六初(はじ)め任(にむ)に到(いた)りしより　心情(しむじゃう)冷(すさま)しかりしも
七春風(しゅんぷう)に勸(すす)められて　たまたま破顔(はがん)す

に惜しいことをしたものだ。三 妻や、子たちが、(お前を先立たせて、生計の資を絶たれ、)餓死しかけようとしているからと訴えようというので。四 国司の夢のひまをねらって、お前の魂が私を訪れたのであろうか。

218 「春日、山を尋ぬ」。仁和三年の春。山は、府衙の南方、綾川の渓谷沿いの山山をさすであろうか。→三。

一 府衙。讃岐の国府の役所。衙の頭(ほとり)に閑を得たというのは、役所しごとのひまができたの意。頭(ほとり)というのは、婉曲に表現するために用いる。→補一。二 春の百千鳥(ももちどり)がにぎやかにさえずりあう。三 花が枝もたわわに咲き満ちているのを、馬上から折り取る。騎馬で、遠乗りに出かけたことがわかる。四 これよりも遠く山にふみこんだならば、かの松蘿の煙のようにかかる姿を賞美することができようかと、煙蘿のある場所をうかがい求めつつ遠く入って行く。煙蘿は、煙霧のように見える松蘿(さるおがせ)。また、もやのたちこめたつたかずらとも。占の意は、うらなうの意よりも広い。→補二。五 役所の中でつみあげた公文書に煩わされることがいやになって、しごとにものうさを感じて、何よりも先ず役所よりぬけ出してかえりたいと思ったのだ。案牘は、取り調べを要する公文書・事務上の一件書類。→補三。六 去年の春、赴任して以来、何か心がくさくさしておもしろくなかったが。七 春風にさそい出されて、つい顔をやわらげて、笑みかける。→補四。

219 「行春詞」。〈七言二十韻〉。元稹に「春詞」という詩がある。

一 春風の顔かたちを見定めようとしても、誰からも憎しみを受けない。→補一。二 めぐりあるいて、四方を望見して、目をほそめてつくづ

219 行春詞。七言廿韻。

欲貌春風不受憎　一春風を貌まく欲りするも　憎しみを受けざらまし
周流四望睇先凝　二周流四を望みて　睇ること先づ凝す
才愚只合嫌傷錦　三才愚にして　ただ傷める錦を嫌ふべし
慮短何爲理亂繩　四慮短くして　何爲れぞ亂りたる繩を理めむ
慙愧城陽因勇進　慙愧づらくは　五城陽に勇に因りて進みしことを
庶幾馮翊以廉稱　庶幾はくは　六馮翊が廉を以て稱せられむことを
莓苔石上心沈陸　七莓苔の石の上　心陸に沈む
楊柳花前脚履氷　八楊柳の花の前　脚氷を履む
辭謝頑民來謁拜　九辭謝す　頑なる民の來りて謁拜することを
許容小吏送祗承　一〇許容す　小吏の送りて祗承することを
繞身文墨徒相逐　一一身を繞る文墨　徒に相逐ふ
任口謳吟罷不能　一二口に任す謳吟　罷むこと能はず
事〻當資仁義下　一三事事　仁義の下に資るべし
行〻且禱稻粱登　一四行行　且がつ稻粱の登らむことを禱る

くと(春風がどんな顔つきをしているかと)視線をこらす。睇は、「視也」(集韻)とある。三 才覚も愚かで拙いが、まずい政治をして、錦を裁断せんとしてかえって損傷するようなことをしやしないかとただそのことを嫌いおそれなければならない。→補二。四 思慮も浅はかだから、どうして紛紛と乱れた縄をときほぐすようなことができようか。五 安徽省歙県城の南。→補三。六 左京職の唐名。「京兆」とも「左京大夫」ともいう。ここは、左馮翊に任ぜられて利用省費を以てたたえられた薛宣、字は贛君のことをさす。漢書八十三に出。七 こけのはえている石の上に坐すれば、(心が水なくして陸に沈むように)隠者のような気持になる。「陸に沈む」とは、朝市に隠れる隠者のこと。水がなくして沈むに譬える。荘子、則陽の語。八 楊柳の花の前においても、戦戦兢兢として足が氷をふむ思いである。九 在地の頑愚な土民たちが自分に面会をしにくるのは、御免こうむりたいものだ。謁拜は、拝謁。貴人に面会すること。一〇 府衙や郡司の小役人が、見送りをして、うやうやしく仕えることは、(うるさいけれども)まあ我慢しておこう。一一 身のまわりにある筆や硯のたぐいをつかって、そぞろ書画のすさびに身をいれる。一二 口をついて出るままに詩句をうたい吟じて、やめようとしてもついやめられない。一三 すべての事柄は仁義の道によって行われなければならない。一四 すべての行為は、かつがつ稲や粱(粟の一種)の穀物が豊饒に稔るようにと祈ることにかかわる。一五 あやしげな路傍の小祠に物の怪につかれたようにつぶやいている年老いた巫女。一六 古びた山寺に神怪な説経談義をする年の劫を積んだ老僧。玄談は、神秘幽玄な道家の清談のたぐい。

靈祠怪語年高祝
古寺玄談薦老僧
過雨經營修府庫
臨煙刻鏤弁溝塍
遍開草褥冤囚錄
輕擧蒲鞭宿惡懲
尊長思教卑幼順
卑貧恐被富强淩
安存耄邁飡非肉
賑恤孤惸餓曲肱
繿縷家門留問主
耦耕田畔立尋朋
遊童竹馬郊迎廢
隱士藜杖路次興
冥感終無馴白鹿
外聞幸免喚蒼鷹

一五 靈しき祠に怪語するは　年高けにたる祝
一六 古き寺に玄談するは　薦老いにたる僧
一七 雨を過して經營して府庫を修む
一八 煙に臨みて刻鏤して溝塍を弁ふ
一九 遍く草の褥を開きて冤囚を錄す
二〇 輕く蒲の鞭を擧げて宿惡を懲す
二一 尊長は卑幼を順はしめむことを思ふ
二二 卑貧は富强に淩げられむかと恐る
二三 安存す　耄邁の飡　肉に非ざることを
二四 賑恤す　孤惸の餓ゑて肱を曲ぐることを
二五 繿縷の家の門には　留りて主を問ふ
二六 耦耕の田の畔には　立ちて朋を尋ぬ
二七 遊童の竹馬は郊迎を廢す
二八 隱士の藜杖は路次に興す
二九 冥感　終に白鹿に馴るることなし
三〇 外聞　幸に蒼鷹と喚ばるることを免る

薦は、出家してからの年次。一七 長雨の降りやむのを待って、国府の倉庫を修理する。経営は、縄張りして修理を営むこと。ケイメイの訓は、「かげろふ日記」にも出。一八 野焼(のやき)の煙の中を、木の杙(くい)に刻んだり、金属板に鏤(ちりば)めたりして溝川を弁別して、通ずるように処置する。溝は、城の塹(ほり)。塍は、あぜの小溝。一九 獄(ひとや)の中の草のしとねを開いて、無実の罪人がつながれていないかと識別する。→補四。二〇 蒲(がま)のむちで軽くむちうって、前前からの積悪をこらしめる。(悪人に対して辱しめは示すが、苦痛を加えない。)→補五。二一 身分の上のものは、低いものに尊卑長幼の序によって順ならしめたいと思う。道徳教育についていう。→補六。二二 低い身分の貧しい生活をする庶民たちが、富強をほこる土豪たちに凌轢(りょうれき)侵犯せられやしないかとおそれる。二三 (老いた人人が肉をたべることができれば、孟子にいうように善政が行われているわけであるが、)肉をたべものとすることができないようなかわいそうな老いぼれた人人があれば安慰存問する。→補七。二四 親兄弟のない気の毒な人人で、(粗食をして、ただ水をのんで、)肱を曲げて枕としているような人人があれば、救助の手をさしのべる。→補八。二五 ぼろきれをぶらさげているような家の門前では、通り過ぎないで、どういうくらしむきかと主人を尋ねて問うてみる。二六 二人ならんで耕すべき田の畔で、(一人だけが耕しているのをみて、)相棒がどうしたかと声をかける。→補九。二七 子供たちが竹馬(たけうま)に騎(の)って遊びに余念もない、(彼らは国司がきたからといって、)郊外(まちはずれ)まで出かけて迎えるという作法もわきまえない。廃は、失の意。やめてうせること。二八 隠士はあかざの杖をついて、路すがら(国司の姿を認めて)杖をちょっともちあげて挨拶する。↓補一〇。二九 白鹿が馴れて車につきしたがい、やがて栄転するというような神霊の感応瑞兆があるわけではない。↓補一一。三〇 (辺土に遷っているこの身が栄転するという前兆はないが)ただ蒼鷹のような冷酷無惨な酷吏だとうわさされることは幸にないようだ。蒼鷹は、蒼白色の羽毛のしらたか。猛禽。↓補一二。三一 ↓補一三。三二 馬のくつばみを転じて、官舎から府衙の庁に出勤する時は、朝日がきらきらとかがやく。轡は、くつわにとりつけた手綱またはくつわ。即ち馬の口にかませる、御するための具。三三 夕立がきて墊角にした頭巾をかぶって役所から宿に帰るところ、蒸したように夏雲が湧きおこる。墊巾は、「墊角巾(てんかくきん)」「林宗巾(りんそうきん)」ともいう。↓補一四。三四 伝馬の往きちがう郵駅の屋上に、三つの鼓楼が見えている。役所から出て宿舎に帰る途中嘱目の景。三五 府衙所属の公館の窓にぽつんと一つあかりがともる。三六 (ひるまは役所で人人の間で公務にあくせくしているが、宿に帰り)人もいなくなって。三七 讃州に赴任してきてすでに半歳(実際は一年近い)、私はつとめて清廉と謹慎とをもって政治にあたってきた。三八 しかし、遺憾に思うことは、臭穢にむらがる、蒼蠅のように、腐敗汚染したやからがいることだ。↓補一五。

220 「州廟にして釈奠に感有り」。↓補一。一 州の廟堂において、孔宣父の御影の前で、あるいはたちはしり、あるいは拝礼して釈奠の儀を行うにも、(京の大学寮の廟堂の儀を思うと)何か不確かであやふやな心持になる。「酔如レ泥」という語がある。「意如泥」存疑。二 (大学寮の釈奠の儀とは違って、ここ国学の釈奠の)

應縁政拙聲名墜　　政拙きに縁りて聲名の墜つるなるべし

豈敢功成善最昇　　豈敢へて功成り三一善最に昇らめや

廻轡出時朝日旭　　三二轡を廻して出づる時　朝の日旭なり

墊巾歸處暮雲蒸　　三三巾を墊じて歸る處　暮の雲蒸したり

驛亭樓上三通鼓　　三四驛亭の樓の上　三通の鼓

公館窓中一點燈　　三五公館の窓の中　一點の燈

人散閑居悲易觸　　三六人散じて閑に居れば悲しび觸れ易し

夜深獨臥淚難勝　　夜深けて獨り臥すれば淚し勝へ難し

到州半秋清兼愼　　三七州に到りて半秋　清と愼とを兼ぬ

恨有靑ゝ汚染蠅　　三八恨むらくは　青青として汚染したる蠅あることを

220 州廟釋奠有レ感。

一趨一拜意如泥　　一一たび趨り一たび拜す　意泥の如し

罇俎蕭疎禮用迷　　二罇俎蕭疎にして　禮用迷ふ

曉漏春風三獻後　　三曉漏　春風　三獻の後

影供(えぐ)の祭式の台や酒(み)のもたいなどの祭具やお供えものは、まばらにものさびしく、(こうした粗末な祭酒の儀で)果たして孔子や十哲の霊に対して礼儀にかなう功徳があるのかしらと迷うてしまう。「礼用迷」存疑。三 →補二。

四 (三献の礼が終った後)もし定めのように犠牲の品品を供えて祭るのでないならば先聖の霊たちもきっと赤子のように啼くのではないだろうか。非字、底本悲字に作る、いま板本による。

221 「路に白頭の翁に遇ふ」。→補一。

一 発句のみ五言、他は七言の雑言で、楽府体である。二 白居易の新豊折臂翁では「頭鬢眉鬚皆雪の似(ごと)し」とある。三 同じ詩に「新豊の老翁八十八」とある。行年は、世に生きてきた年齢。四 独り身のくらしも窮迫している。五 あばらや。かやぶきの粗末な家。六 府衙の南方の山。綾川の渓谷ぞいの山の汎称。長寿にゆかりのあることば。→二八・二三。七 以上で一韻、翁・紅・窮・中・籠。次は換韻。八 白髪(しら が)頭の爺さんがそう語りおわったので、私はそこできいてみた。「為」の用字和習。九 お爺さんの元気のいい顔の色は、いったいどんな方術をつかうせいかしらん。方術は、神仙道教の呪術・方士のわざ。一〇 からだの工合、気のもちようなどといったこと、こまごまひとつかたってたもれ。魂は、神気。魄は、形骸。魂魄で、心身の精気。魄字、諸本肥字にあやまる。以上、詰・術・述で一韻。

二 爺さん、そこで杖を投げすてて私の馬前でお辞儀をした。三 ねんごろに私のいうことを受け入れていうには、「どれひとつ、身の上のいわれ因縁をのべましょうほどに(きいて下され)」。因縁は、現在おこっている事(果報)に対して、それが起こってくる以前のゆかり。宿

若非供祀定兒啼

若し供祀するに非ずは定めて兒のごとくに啼くならむ

221 路遇白頭翁。

路遇白頭翁
白頭如雪面猶紅
自說行年九十八
無妻無子獨身窮
三間茅屋南山下
不農不商雲霧中
屋裏資財一柏匱
ゝ中有物一竹籠
白頭說竟我爲詰
老年紅面何方術
已無妻子又無財
容體魂魄具陳述

路に白頭の翁に遇ふ
白頭雪の如く面なほし紅なり
自ら說へらく「行年九十八
妻なく子なく　獨りの身窮れり
三間の茅屋　南山の下
農せず　商せず　雲霧の中
屋の裏なる資財は　一の柏の匱
匱の中に有る物は　一の竹籠ならくのみ」といふ
白頭說き竟りて　我れ爲に詰らく
「老年の紅の面は何なる方術ならむ
已に妻子なくまた財なし
容體魂魄　具に陳ね述べよ」といへり

因・本縁。一二 清和天皇貞観十九年(八七七)が陽成天皇元慶元年である。その前後で、仁和三年からみて十年前に当たる。一四 おきてに偏頗なことが多かった。↓補二。一五 旱魃の災難があって不作になっても、その実情を京に上申もしなかった。(そのため平年通りの租税を上納しなければならなかった。) 一六 疫病が流行して、死者が多く出ても、人人の不幸をあわれみ救うこともしなかった。一七 戸数四万余、州民の家家はことごとくいばらが生(は)え(雑草がしげり、荒れるままになっ)た。万字、板本千字に作り、藁草十字に作る。底本は丁字に近い字、おそらく万字の衍。↓補三。一八 ↓補四。一九 国中すべて炊事の煙があがらなかった。曹植の「送応氏二」詩に「中野何ぞ蕭条たる、千里人煙なし」。以上、前・縁・偏・憐・煙が一韻。二〇 ちょうどその時、立派な国司が赴任してきた、彼は安を氏とする人だ。安倍興行を指すであろう。元慶二年に安倍興行は讃岐介となった。明府は、漢代は太守、唐代は県令。二一 野州は、下野(もしくは上野)。別駕は、介の唐名。今の副知事に当たる。二二 波が次から次におっかけるように、昼夜をおかず讃岐の国内の郷郷里里を巡視した。令義解、戸令によれば、五十戸を里とし、二十里以下十六里以上を大郡とした。二三 介安倍興行の善政の評判をきいて、他国に逃走していたものも部内に帰還してきた。「者」は、ヒトと訓む、平安初期には事物にモノ、人物にヒトと区別が存した(春日政治・小林芳規)。二四 賑わし救うこと。二五 母親と子供と一緒に生活することができるから、子を見失うて母が嘆くこともない。以上、氏・里・起・子が一韻。二六 国守の唐名。二七 藤原保則が讃岐守になったことをさす。↓補五。

白頭抛杖拜馬前
殷懃請曰敍因縁
貞觀末年元慶始
政無慈愛法多偏
雖有旱災不言上
雖有疫死不哀憐
四万餘戸生荆棘
十有一縣無爨煙
適逢明府安爲氏
今之野州別駕。
奔波晝夜巡郷里
遠感名聲走者還
周施賑恤疲者起
吏民相對下尊上
老弱相携母知子
更得使君保在名

一一 白頭杖を抛ちて馬前に拝す
一二 殷懃に請けて曰く「因縁を敍べなむ
一三 貞観の末年　元慶の始め
政に慈愛無く法に偏り多し
一五 旱の災ありとも言上せず
一六 疫の死にありとも哀しび憐ればず
一七 四万餘戸　荆棘生ず
一八 十有一縣　一九 爨煙なし
二〇 たまたま明府に逢ひにたり　安を氏となせり
今の野州 二一 別駕なり。
二二 晝夜に奔波して　郷里を巡る
二三 遠く名聲に感きて　走せし者も還れり
周く 二四 賑恤を施して　疲れし者も起ちぬ
吏民相對して　下は上を尊ぶ
老弱相携へて　二五 母は子を知りぬ
更に 二六 使君　二七 保の名在るひとを得たり

今之豫州刺史。
臥聽如流境內清
春不行春〻遍達
秋不省秋〻大成
二天五袴康衢頌
多黍兩岐道路聲
愚翁幸遇保安德
無妻不農心自得
五保得衣身甚温
四隣共飯口常食
樂在其中斷憂憤
心無他念增筋力
不覺鬢邊霜氣侵
自然面上桃花色
我聞白頭口陳詞
謝遣白頭反覆思

二八今の豫州刺史なり。
二九臥しながら聴くこと流るるが如く　境内清みぬ
三〇春は春に行かずして　春遍く達る
三一秋は秋を省みずして　秋大きに成し
三二二天三三五袴　三四康衢の頌
三五多黍両岐　道路の聲
愚翁幸に三六保安の徳に遇へり
三七妻なく農せずあるも　心自らに得たることあり
五保衣を得て　身甚だ温なり
三八四隣飯を共にして　口常に食む
樂しびは其の中に在りて　憂憤を斷つ
心に他念なくして　筋力を増せり
覺えず　鬢邊に霜氣の三九侵すことを
自然に面上に四〇桃花の色あるならむ」といへり
我れ聞く　白頭　口づから陳ぶる詞を
四一白頭を謝し遣りて反覆して思ふ

二八 三善清行の藤原保則伝に「仁和三年二月、伊予守に任ず、辞して職に赴かず」とある。 二九 (保則は任地にあって) 横にねたまま政治を執っても、裁決は水が流れるように滞らずして、国内の汚穢は清まった。これは史記、汲黯の伝に「臥して治む」とあるに負う発想。 三〇 春になって、国守が別に春を求めて出てあるかなくても、国中にくまなく春光が行きわたる。 三一 秋になれば、(田のみのりはどういう工合かと)みてあるかなくても、収穫が大いにあがった。 三二 天のほかにもう一天あって、天恩とともに恩人からおかげをうけている意。後漢書、蘇章の伝にみえる。二天は、恩人の庇護の意。 三三 五着の袴をもつようになったと成都の民が太守の善政をほめて道路にうたったという故事。後漢書、廉范の伝にみえる。富裕の喩。 三四 道が五方に達するのは「衢」、四方に達するのは「康」という。一句は、二代の国守の善政のおかげで、国中がどん底より立ち直って潤おうてきたことを庶民たちは巷で謳歌しているの意。 三五 黍(もちきび)や麦がどっさりとれ、穂も両岐(ふたまた)にみのること。後漢書、張堪の伝に、堪が漁陽の太守となると、百姓が歌っていうには「麦穂両岐」と。「道路の声」も、百姓が善政をたたえること。以上、みな後漢書の刺史としての理想像にかかわる故事。以上、名・清・成・声が一韻。 三六 保則と安倍氏との二代の国守の仁徳にあった。 三七 保は、五家族の隣組。五保は、その保が五つブロックとなった町内会か部落会のようなもの。→補六。 三八 →補七。 三九 霜がおいて黒髪が白髪になること。 四〇 桃の花のような生き生きした紅の顔色になっている。以上、徳・得・食・力・色が一韻。

安爲氏者我兄義
保在名者我父慈
已有父兄遺愛在
願因積善得能治
就中何事難仍舊
明月春風不遇時
欲學奔波身最嬾
將隨臥聽年未衰
自餘政理難無變
奔波之間我詠詩

四二 安を氏と爲す者は　我が兄の義あり
四三 保の名に在る者は　我が父の慈あり
已に 四四 父兄の 四五 遺愛の在ること有り
願はくは　四六 積善に因りて能く治むること得む
四七 なかんづくに何れの事か舊に仍ること難けむ
四八 明月春風　時に遇はず
四九 奔波を學びまく欲りすれども　身最も嬾し
五〇 臥聽に隨はむとすれども　年未だ衰へず
五一 自餘　政理　變無きこと難けむ
五二 奔波の間に　我は詩を詠じなむ

222 晩春遊二松山館一。

官舍交簷枕海脣
去來風浪不生塵
轉移危石開中道

一 官舍簷を交へて　海の脣に枕る
二 去來する風浪　塵を生さず
三 危石を轉し移して　中道を開く

四一 白頭の爺さんに会釈(えしゃく)して過ぎ去らしめたあと、つくづくと考えた。四二 安氏は、自分にとって兄分にあたる先輩である。四三 保則は自分にとって慈父ともいうべき恩人である。四四 父は保則、兄は安氏。四五 先人の遺した仁愛の治。漢書、叙の伝に「世を没するまで愛を遺せば、民に余れる思ひあり」。四六 先輩両氏の積み立てた善政のあとをうけて。易経、坤に「積善余慶」。荀子にも「積善成徳」とある。四七 なかでも旧によりがたいことは何事かといえば。(もとどおりでありにくいことは、以下のことがらだ。) 魏書、食貨志に「周はその旧に仍る」とある。四八 秋は明月に、春はのどかな春風の時にめぐりあわない。四九 安氏が昼夜をおかず奔波のように部内を巡視したことをまねしようとしてもからだがものうい。嬾字、藁草懶字に作る。両字通用。→補八。五〇 保則は臥しながら政務をきいたというが、まだそんな老年にも達しない。五一 そのほか前任の国守の場合とは、政治上のことがらも変動がないというわけにもいかない。五二 私は私流のやり方で巡視も奔波のように続け、そのひまをみつけては詩をよんでみたいと思う。以上、詞・思・慈・治・時・衰・詩が一韻。▽→補一〇。

222 「晩春に松山館に遊ぶ」。松山は、那波本和名抄に見える阿野郡松山郷、訓、万都也万。今の愛媛県坂出市松山・王越の地。東は笠居郷に連なり、北は海。白峰・児嶽(ちごがたけ)がその中心にそびえ、山海の風色にすぐれる、道真はこの地にあった官舎の別館に遊んだ。今牛児山に菅廟があり、松山館の遺址と伝える。附載讃州地図参照。扶桑集二に出。

一 官舎の屋根の軒が交叉し合って海のふちに枕したように建っている。→補一。二 官舎の近

分種小松屬後人
〽低翅沙鷗潮落暮
亂絲野馬草深春
釣歌漁火非交友
抱膝閑吟涙濕巾

四小松を分ち種ゑて　後人に屬く
五翅を低るる沙鷗は　潮の落つる暮
六絲を亂る野馬は　草の深き春
七釣の歌漁りの火は　交りの友に非ず
八膝を抱きて閑吟すれば　涙巾を濕す

223　讀書。

有迹崇尼父
無爲拜老君
春秋三十卷
道德五千文
口誦窺衙後
心耽到夜分
二經充晩學
那問舊丘墳

一迹有り　尼父を崇ぶ
二無爲　三老君を拜ふ
四春秋　三十卷
五道德　五千文
六口に誦みて衙後に窺ふ
七心に耽りて夜分に到る
八二經　晩學に充つ
九那にぞ舊丘墳を問はむ

くに風浪がおしよせて、ぱっと砕けては退いてゆく、塵一つない浪の清らかさ。三危なげに峙つ巌石を動かし移してその間に道をつけてある。四庭に小松をひいて、移植して、後人が巨松を賞翫できるようにと配慮してある。五夕潮が落ちてゆくにつれて、鷗(かもめ)はあらわれ出た砂の上に翅をたれてねむる。六春の草はいやが上に青くしげり、かげろうがその上を五彩の糸をちらちらと照りかげりさせながら行きちがう。「乱る」は、四段活用。→補二。七釣りを垂れる漁父の船唄や、ちらちらまたたく沖の漁火(いさりび)は私になじみある友人ではない。交字、底本・板本文字に作る、いま藁草による。八(独り身の所在なさに)膝を抱いて、静かに詩を吟ずるうちに、(故しらぬ旅愁の思いに)涙をこぼして手巾をしっとりさせることだ。

223「読書」。讃岐守として勤務のかたわら、道真は「春秋」と「老子」とを丹念に読んでいたらしい。その時の作。

一孔子を尊崇する、彼が生れた魯の国の事迹を年代記にしるした資料がのこっている。尼父は、孔子を尊んでいう。父は、「甫」に同じく、男子の美称。孔子は、姓は孔氏。尼丘に祈って得た子なので、名を丘、字を仲尼といった(史記、孔子世家)。「崇(たふと)ぶ」は、古くは上二段活用。二老子の思想を一言にしていえば無為自然だといわれる。三老子の美称。老子は、姓は李氏、名は耳、字は伯陽、諡(いみな)は聃(たん)。史記、老荘列伝の注によると、李の母が八十一年にして生んだ子という。四漢書、芸文志に「春秋左氏伝三十巻、左丘明、魯太史」、隋志に「春秋は魯の史策の書の名」。五隋志に「老子道徳経二巻、周柱下史李耳撰」。史記、老子列伝に「老子廼ち書上下篇を著して、道徳の意を言ふ、五千余言にして去る」。白居易の「拙を養ふ」詩に「逍遙為すところなし、時に窺ふ五千言」。六口誦(くじゅ)しようとして、府衙の勤めの果てた後に、書物をとりだしてのぞく。「窺ふ」は、古くは清音。七夢中に傾倒して夜中になる。八「春秋」と「老子」との二経を年長(た)けてから勉強する。九どうして九丘三墳の古書を尋ね問う必要があろうか。↓補。

224 「春尽く」。「三月尽(じん)」というと同じい。文集に「春尽日」「春尽勧客酒」「春尽日天津橋酔吟」などの詩がある。

一風につけ月につけて、旅人は心を傷めやすい。二ナカンヅクニの訓は、類聚名義抄による。三一年前の仁和二年三月尽のころは讃州赴任の途上、馬上で春を送った。↓一六八。四日の光。「朱明」とも「朱炎」とも「朱羲」ともいう。板本「来景」に作る。五「毛」の字音仮名遣については、有坂秀世に論がある。原文のままでは「何ぞ…侵されむや」となり意が反対となる。疑問詞の和習的用法の一。六心に適(かな)った友人を得て一緒に楽しく談笑する、そういう相手もいない。七茫茫とはてなく深い瀬戸の海が横たわっているだけであることが恨めしい。恨殺は、恨むということを強めていうことば。

225 「懐(おも)ひを書(しる)して故人に贈る」。心中に思うところを書いて、京都の知友に贈った詩。思うところというのは、曲学阿世のはびこる世の中にあって、真理を探求する学問の道について所信を訴えようとするもので、文人の反目や阿衡の紛議にかかわりがあろう。

一讃岐と京とは相隔たることが遠い。二南海のほとり讃岐の国には花咲き月が照って、春たけなわである。↓補一。

三昔、後漢の名儒劉歆が道を憂え、学を憂えて

224 春盡。

風月能傷旅客心
就中春盡涙難禁
去年馬上行相送
今日雨降臥獨吟
花鳥從迎朱景老
鬢毛何被白霜侵
無人得意俱言咲
恨殺茫〻一水深

一風月(ふうぐゑつ)能(よ)く傷(いた)ましむ　旅客(りよかく)の心(こころ)
二就中(なかんづく)に春(はる)盡(つ)くるときに　涙(なむだ)禁(とど)め難(がた)し
三去(い)んじ年(とし)は馬(むま)の上(うへ)にして行(ゆ)くゆく相送(あひおく)れり
今日(けふ)は雨(あめ)降(ふ)りて臥(ふ)しながら獨(ひと)り吟(ぎむ)ずるなり
花鳥(くわてう)は朱景(しゆけい)四を迎(むか)ふるに從(したが)ひて老(お)いにたり
五鬢毛(びんぼう)は何(なに)すれか白霜(はくさう)に侵(をか)さるる
六人(ひと)の意(こころ)を得(え)て俱(とも)に言咲(げんせう)することなし
七恨殺(こんさい)す　茫茫(ばうばう)として一水(いつすい)深(ふか)きことを

225 書レ懷贈二故人一。

在遠相思一故人
花前月下海邊春

一遠(とほ)きに在(あ)りて相思(あひおも)ふ　一故人(いつこじん)
二花前月下(くわぜんぐゑつか)　海邊(かいへん)の春(はる)

切切として陳情したことばを、よく耳にとめて下さい。「聞取」の「取」は、強めの助詞。「聴取」「看取」の「取」と同じ。**四**その劉歆の言というのは、師を同じくする同窓同門の人人が学閥をたのんで、学問上の真理を体現している人を妬み憎んではならないということだ。→補二。

226 「家の竹を思ふ」。道真の家なる京の宣風坊の書斎の後園に竹をうえていた。讃岐にあってその竹を恋しく思う作。→補一。

一三つのうねに玉のような青竹をうえて、筍(たけのこ)も生えてくる。畝は、三十歩であるが、ここは単にうね・あぜの意。琅玕は、崑崙からでる玉。美しい竹の異名。**二**宣風坊の家は新宅であったと見える。旧宅の場所は未詳。**三**旅さきの夢路にふらふらと遊行する夢中の魂のせいで、家の庭の竹をみるだけである。**四**たまたま京より手紙をもってきた使の人から、園の竹はどういう工合かと聞いてみる。**五**何度も降り積んだ雪の重みにたえかねて、低くたれさがった竹が折れくじけたことが、殊に残念だ。**六**いつまでも育て養って、秋空の雲を払うまでに丈高く生長させようなどというぜいたくな望みはもたない。(せめて雪折れがないことを願うだけだ。)不期は、期待しない意。**七**王子猷は、空宅に竹をうえて、これを愛し、一日でさえも見なかったらこまるといって恋いしたったというのに。王子猷が竹をうえて、何ぞ一日も此の君なかるべけんやと言ったという故事。晋書、王徽之(きし)の伝に出。枕草子・唐物語にもその説話が見える。**八**どうして私には、一年以上も経過して、「此の君(竹の異名)」なしでいることができようか。→補二。

227 「良薬を分ちて、倉主簿(さうしゆぼ)に寄す」。主簿は、文書帳簿を管理する官名。我が国で

劉歆舊說君聞取
莫黨同門妬道眞

226 思二家竹一。

三畝琅玕種有筍
始從舊宅小園分
纔馮客夢遊魂見
適問家書使口聞
殊恨低迷摧宿雪
不期長養拂秋雲
子猷一日猶馳戀
豈敢涉年無此君

227 分二良藥一寄二倉主簿一。

三 劉歆が舊說　君聞き取れ
四 同門に黨りて道の眞を妬むことなくあれ

一 三畝の琅玕　種ゑて筍有り
二 始め舊宅の小園より分ちたりき
三 纔に客夢の遊魂に馮りて見る
四 たまたま家書の使口に問ひて聞く
五 殊に恨むらくは　低迷して宿りの雪に摧けむこと
六 期せず　長養して秋の雲を拂はむことを
七 子猷一日だに　なほし戀ひを馳せしものを
八 豈敢へて年を涉りて此の君なからむや

欲留霜白老　　一霜白(さうはく)の老(らう)を留(とど)めまく欲(ほ)りして
分寄地黄煎　　二分(わか)ちて寄(よ)す　地黄煎(ちわうせん)
若和盃中物　　若(も)し三盃中(はいちう)の物(もの)に和(くわ)せませば
當爲飲酒仙　　四飲酒(おむじゆ)の仙(ひじり)たらむ

228　問二蘭笥翁一。

問尒皤皤一老人　　問(と)はくは「尒(なむち)　一皤皤(はは)たる一老人(いつらうじん)
名爲蘭笥事何因　　二名(な)づけて蘭笥(ゐげ)といふ　事何(ことなに)にか因(よ)る
生年幾箇家安在　　三生年幾箇(しやうねんいくばく)ぞ　家安(いへいづ)くにか在(あ)る
偏脚句瘻亦具陳　　四偏脚(へんきやく)としどりあしにして句瘻(くる)とくくせなる　亦(また)　具(つぶさ)に陳(つら)ねよ」といふ

229　代レ翁答之。

蘭笥爲名在手工　　「一蘭笥(ゐげ)の名(な)をなすこと　手工(しゆこう)に在(あ)り

は諸国の「目(さくわん)」の唐名。「録事」ともいう。中央では式部・治部・兵部・刑部等各省の「録(さくわん)」の唐名。ここは讃岐の府衙の下僚の目に倉氏なにがしというのが居たのであろう。倉は、姓の一字を略して出したものか。寄は、送の義。一 霜のような白髪の老年の元気を留めるようにと。二 地黄煎の良薬をわけてあげる。地黄煎は、地黄の根を煎じた漢方薬。時に飴に混ぜて地黄煎飴という。地黄は、ごまのはまぐさ科、多年生草本。薬草。夏、茎の先に薄紫の花をつける。地下根茎は補血強壮、血止めに効がある。三 地黄煎の薬を酒に混和して飲むならば。「盃中の物」は、酒のこと。陶潜の責子詩に「天運苟くも此の如し、且(また)盃中の物を進む」。四 酒を飲みかつ長命が保てるから、飲酒の仙となるであろう。「当」は、当時の訓法では再読しない。

228 「蘭笥(ゐげ)の翁(おきな)に問ふ」。藺は、いぐさ。燈心草。笥は、飯を盛り衣を納める器で、円形のものは「簞」、方形のものは「笥」という。一 髪の白いさま。一句は、私は問う。お前さん、頭の髪の真白なお爺さんよの意。二 お前さんを蘭笥の爺さんというのは、どういうわけじゃ。「名為」のナヅケテ…トイフの訓は、地蔵十輪経元慶点による。三 年はいくつか。家は何処におじゃろうか。幾箇は、幾許の意。四 いったいどうしてびっこでせむしになったのか。ひとつこまかに聞かしておくれ。偏は、体の半分が自由を失う意。歩行がびっこでしどろであるのを「偏脚」という。句瘻は、せむしのこと。「傴僂(くる)」と同じい。第四句、和習句法。クルの訓は、新猿楽記金沢文庫本弘安点による。

229 「翁に代りて答ふ」。一 蘭笥の爺さんと名がついているのは、(ほかでもない)私が蘭笥つくりだからでござり

頽齡六十宅山東
毒瘡腫爛傷脚偏
不記何年自小童

「二頽齡六十　山東に宅せり
三毒瘡腫れ爛れて傷べる脚偏めり
四何れの年といふことを記せず　小き童よりなり」といふ

230　重問。

近前問汝更辛酸
年紀病源是老殘
賣笥村中應賤價
生涯定不免飢寒

「一近く前め　汝に問はむ　更に辛酸なることを
二年紀　病源　これ老殘なり
三笥を村の中に賣りても價賤かるべし
四生涯定めて飢ゑと寒さとを免れざらむ」といふ

231　重答。

二女三男一老妻
茅簷内外合聲啼
今朝幸軟慇懃問

「一二女三男　一老妻
二茅の簷の内外にして聲を合せて啼く
三今朝幸に軟なり　慇懃に問ひたまふこと」といふ

ますする。

二年も六十、えらい年寄り、山の東の向こうの家に住んでござりまする。三たちのよくない瘡(かさ)腫れものがふきだして、爛(ただ)れ痛んで脚はわにあし、歩行もしどろでござりまする。四幾つの年からか覚えもござらぬが、子供の時からでござったわ。


230「重ねて問ふ」。

一もっと前に出よ。重ねてお前さんに聞くが、その上につらいことがあるであろう。二お前さんの年齢や病気のもとをきけば、まさしく老いさらばえる身の上。残は、「廃残」の「残」と同意。三お前さんが笥を作って、村の中で売ったって、価も廉いことであろうが。四お前さん、一生の間、きっと飢えと寒さとを、免れはしないだろうがの。


231「重ねて答ふ」。以上四首(二二八—二三一)は一つらなりの対話体白話調の連作。

一家族は二人の娘に三人のむすこ。それに家内の婆さん。二茅ぶきののきばの内と外とで、餓鬼どもは飢えに苦しんで声をあわせて啼いてござりまするわ。三今日はおかげをもちまして、気分がなごみましてござりまする、ねんごろに声をかけて尋ねて下さりました。今朝は、「今日」の意とほとんど同意。四爺さんは杖のたすけで帰って行く時、一斗の米を提げて行った。令義解、戸令に「貧窮老疾の、自存する能はざる者」もしくは「路に在りて病患して自ら勝(た)ふる能はざるもの」は、郡司が村里にいいつけて安養せしめる、それに必要のものは官司が斟酌して官物を給する規定がある。
▽この翁のこと、扶桑隠逸伝、巻中、藺笠翁の賛に「藺笠翁、蓋安レ貧也。已乎、余不レ可レ知也。而見二取菅公之詩一、或有レ本者邪、吾故疑焉」。

扶杖歸時斗米提　[四]杖に扶けられて帰る時　斗米を提げたり

232　衙後勧二諸僚友一、共遊二南山一。

衙後不勝客舍閑　衙後　[一]客舎の閑あるに勝へず

相招信馬到南山　相招きて[二]馬に信せて南山に到る

松低老葉危巖下　[三]松は老葉を低る　危巌の下

水噴寒花迅瀬間　[四]水は寒花を噴く　迅瀬の間

欲伴孤雲尋澗路　[五]孤雲に伴はむことを欲りして　澗の路を尋ぬ

猶憐半日出塵寰　[六]なほし半日を憐れびて　塵寰を出でたり

州民縱訴監濫盜　[七]州民縦ひ濫盗を監せむことを訴ふるとも

此地風流負戴還　[八]此の地の風流　負戴して還らむ

233　觀二曝布水一。

銀河倒瀉落長空　[一]銀河倒に瀉きて長空より落つ

232「衙後に諸僚友を勧めて、共に南山に遊ぶ」。府庁における勤務が終ってから、部下の僚友を誘って、南山に遠乗りにでかけた時の作。扶桑集四に出。→二八。

一 客館で所在なくぽつんといるのにたえられないで。二 馬の脚の向かうに任せて。文集、長恨歌に「東望二都門一信レ馬帰」。三 山中の古松は、危なく聳え立つ岩群れのあたりに、枝をのばし、蒼黒い老葉を垂れている。四 渓谷の急湍の間を流れ下る水は、白く水沫を噴き上げて、氷の花を咲かせたようである。「老葉」の黒と、「寒花」の白と対照する。五 谷間のほそみちを尋ねつつ、空ゆくちぎれ雲のあたりに上ろうと思う。六 半日のいとまを大事にして惜しみつつ、塵の浮世からのがれ出ているのだ。(俗世からのがれ出て、半日を十分にエンジョイしようと思うの意。)「塵寰」の語は、文集に散見する。七 部内の百姓たちが、たとい、みだりに盗みを犯すものがいるのを、きびしく監督して取り締まってほしいと訴えてはいても。「監濫盗」は、和習。八 この山中の風流の光景を、(私は監督の立場にありながら、)こっそり盗み出し、肩にせおい、頭上にいただいて、もって帰りたいものだ。「還らむ」の「む」は、希求の助動詞。

233「曝布(ばく)水を観る」。南山の山中に滝があるのであろう。「滝の宮」という地名ものこっている。曝布は、布を日にさらすこと。滝は、「瀑布」というのが普通。孫綽の「天台山に遊ぶ」詩に「瀑布飛流して以て、道を界す」。

一 大空の銀河をばひっくりかえして流し出して落下するようだ。李白の「贈二張相鎬一」詩に「倒瀉溟海珠、尽為二入幕珍一」。

二 (しぶきが湧き立つありさまは)ちょうど霜のように白い絹の布が、夕風に吹きあおられて、ばたばた、吹きあがるさまに似ている。アタカタモの訓は、興福寺本日本霊異記の「安太加太毛」による。シラキヌの訓は、観智院本類聚名義抄による。三 滝の落下する清い寒げなひびきは、図画に描き写すことはできない。四 この七言絶句のなかに滝の音を聞いてもらおうと思う。

234 「倉主簿の情(こころ)を写せる書(ふみ)を得て、報いるに長句を以てし、兼ねて州民の帰らざるにやの疑ひを謝(かたちがひ)す。〈以下暇(いとま)を乞ひて京に入りしときの作〉」。倉主簿は、二三七題注参照。讃岐の目(さかん)、京に一時帰る道真の船を追って真情を披瀝した手紙を郵送して、そのまま讃岐に帰任しないのではないかと案じたのに対する返事の詩。目は、文案を勘署し、公文を読申する官だから、漢文学の才にもある程度達していたのであろう。国司の仮(暇)については、令の仮寧令などにも特に規定はないが、諸国の長官は任中に一度請暇上京して、所管事項の実状を直接に奏上する機会が与えられていたのであろう。類聚三代格巻七、牧宰事、貞観十年清原夏野奏状による太政官符参照。仁和三年秋の作。一 瀬戸内海の一島に碇泊した時に、一つの封書が郵到した。二 倉主簿の手紙には、徹底的に心中の思いを披瀝してある。呉澄の「懐二黄県丞一」詩に「心は清水の如し到底潔し」。三 今日、讃岐の津を船出して、切なくも国衙の人人と涙をこぼして別れてきた。→補一。四 (それにつけても)去年の暮春(津の頭(ほとり)で)はじめて出会って、交(こもごも)に語りえたことは、二人が相会うという宿分があったのだ。(会うという因縁に結ばれてのことだった。) 傾蓋とは、路上で行きあい、車の蓋(きぬがさ)を双方交叉して、親しく語り合うこと。→補二。五 私が讃岐から京へ帰る船旅は六日に過ぎない。(手紙に海上の旅

恰似霜紈颺晩風
清濺寒聲圖不得
將聞二十八言中

二恰も霜なす紈の晩の風に颺るに似たり
三清らに濺く寒ゆる聲は圖すこと得ず
四聞かむとす　二十八言の中

234 得二倉主簿寫レ情書一、報以二長句一、兼謝二州民不レ歸之疑一。以下乞レ暇入レ京之作。

停棹中洲得一封
看知到底寫心胸
無情今日濕襟別
有分去年傾蓋逢
期我歸帆唯六日
恨君罷秩在三冬
當州若不重來見
客館何因種小松

予近曾津頭客館、移二種小松一、以備二遊覽一。故云。

一棹を停めて中洲に一封を得たり
看て知りぬ　二底に到るまでに心胸を寫せることを
三情無きかなや　今日襟を濕して別れしこと
四分ふこと有り　去年蓋を傾けて逢ひにしこと
五我が歸帆を期すれば　ただ六日ならくのみ
六恨むらくは　君が秩を罷むることの三冬に在ることを
七當州に若し重ねて來り見ざらませば
八客館に何に因りて小松を種ゑなまし

予れ近曾、津の頭なる客館に、小松を移し種ゑて、遊覽に備へたりき。故に云ふ。

を憂えてあったのであろう。）おそらくこの時は讃岐の津から直接難波の津を指して帆走したのであろう。六（それよりもむしろ）貴方が秩(ち)満ちて、目の官を今冬退くことが残念でならない。三冬は、冬三カ月のこと。七お手紙に私が再び讃岐に来ぬのではないかと心配しておられるが。当字、板本常字に作る。八（もしそうなら）府衙の館舎の庭に、小松を植えたのは何故であろうか。

235「舟中に宿す」。讃岐から摂州の津を指す途上の舟中吟。舟字、板本船字に作る。

一途中瀬戸内海の島かげで仮泊したのであろう。二東風が吹いて、東を指して行く舟にとって、逆風であって、都合がわるい。三讃岐守として赴任している旅の身の上であるのに、その中間にかさねて旅人となったわけだ。四讃岐の州民は生分（なかたがいをして諍いをすること）を好む風俗であるが、それも結局浮世のさがというものだ。李白の「春夜宴二桃李園一序」に「浮生夢の如し」とある。↓補。五（讃州は魚塩の利に富むところであるが、働く漁民や塩商にもそれぞれ言い分があるのだ。私は田舎ぐらしも身について）塩商人の心持も語ることが出来る。六しかし釣りを垂れる爺さんの声（言い分）に随いたいと思う。七この瀬戸の便船の生活は俗界の塵けがれから超越している。八この上、京の家の様子を心配することもおっくうだ。

236「舟行五事」。藁草は「舟中五事」に作る。

(1) 一荒磯のほとりの一本松よ。二山石の嶮峻なるさま。文選の李善注に「巉巌は、石勢、草木を生ぜざるさま」とある。三海に迫って高くけわしい岩群れが幾重にもきりたっている。四他の草木のはえない岩上に、一本松が完全

235 宿二舟中一。

寄宿孤舟上
東風不便行
客中重旅客
生分竟浮生
語得鹽商意
欲隨釣叟聲
此間塵染斷
更嬾問家情

一孤舟の上に寄宿す
二東風は行に便あらず
三客中　重ねて旅客たり
四生分　竟に浮生なり
五語ること得たり　鹽商の意
六隨はまく欲りす　釣叟の聲
七此の間　塵染斷つ
八更に家の情を問ふに嬾し

236 舟行五事。

(1)

ヘ一株磯上松
巉嵒礒勢重

一一株　磯の上なる松
二巉嵒として三礒勢重る

松全孤立性
磯絶四方蹤
隨分短枝老
任天細葉濃
無心雲自到
有節雪纔封
雖遇陽侯怒
基堅不近攻
雖遭班爾匠
材陋不爲容
赤木東南嶋
黄楊西北峯
豪家常愛用
貪吏適相逢
刀割又傷斧
春生不渉冬

四 松は孤立の性を全うす
五 磯は四方の蹤を絶す
六 隨分 短き枝は老ゆ
七 天のまにまに 細なる葉ぞ濃なる
八 心なくして雲自らに到る
九 節有りて雪纔に封じたり
一〇 陽侯の怒りに遇ふとも
基堅くして攻むるに近からず
一一 班爾の匠に遭ふとも
材陋くして容を爲さず
一二 赤木 東南の嶋
一三 黄楊 西北の峯
一四 豪家 常に愛用す
一五 貪吏たまたま相逢ふ
一六 刀割 また斧に傷けらる
一七 春生りて冬に渉らず

に孤立している。五 海岸の断崖絶壁は四方どちらからも通うことができない。更級日記に「よほうなる石」とある。池上禎造「方字の合音的用法」(島田教授記念論集)・福島邦道「四方なる石」(国語学四十六)参照。六 (風にいためられて) 枝は低く短くのびなやんだまま、年経ている。七 松の細葉が、自然にこまやかな緑のいろにしげっている。八 雲は無心に松の木に触れる。九 雪は松の木の節目をわずかにうずめているだけ(あとは吹きさらしで、雪も留まらない)。一〇 海神が怒って、すごい風波でおしよせてきても、松のはえている基の巌石がしっかりしているから、なかなか松に近よれない。晋の陽陵国の君は、水に溺れて死んで、大海の神となって、風波を起こして舟を覆すという。一一 松の木は、たとい班や匠のような名工にあったとしても、その材質は浅陋で下品な粗末なものだから、とても名工が細工してもいい作品ができない。班匠は、文選の李善注によると、執政に喩えるという。「班爾の匠」は、「班匠」というに同じい。「爾」は、句間にあって語調を整える助辞。詩経、邶風の「百爾の君子」というに同じい用法。班匠は、公輸班と匠石、共に工人。墨子の公輸班(般)は雲梯を作ったという。匠石という工人は、荘子に見える。一二 東南の島には色つやの美しい赤木がしげる。赤木は、「すはうの木」だと諸橋「大漢和辞典」にある。↓補。一三 西北の峰には黄楊がさかえる。「黄楊」は、底本以下「黄揚」に作るが、いま花房氏の説により訂する。つげの木のこと。木質は堅膩、木理は閏にして細かであり、山野巌上に生ずるという。一四 瀬戸内海筋の豪族が、こういう赤木というあやある木やつげの木のたぐいを愛用しようとする。誤脱などあるか。底本・板本はこの一句「豪常愛用」の四字に作る、いま藁草による。一五貪婪(たんらん)な酷吏はたまたまめぐりあって、赤木や黄楊の名木をも勝手に処理してしまう。豪家貪吏は、無法な諸王諸院・権門勢家のたぐいをさす。一六刀で斬ったり斧で傷つけたりする。一七それで春芽ばえても冬まで成長したためしがない。一八文(あや)や章(あや)のあることこそおそれ憚られなければならない。(赤木や黄楊のたぐいの文章あるものはきられてしまう。)これは阿衡の紛議にかかわる発言。文章道の危機について憂えている心を諷じこめているか。一九私は(文章ある木たらんことを避けて)、文章はなくても磯のほとりの松にならって行動し、孤立の性を全うしたい。

(2) 一白髪あたまの爺さん、もはや釣り人といえなくなって。二その爺さんの悲しむ涙が、舟いっぱいにみちる。三ゆうべはたしかに我が身のまわりにあったのに、今朝はもう何度さがしても釣針はどこにもない。四浪をくぐっても探しだしたいと思う、かわいそうに年とって力もよわり、強い風にこらえることができず、探すこともできない。五「釣」を、ツリハリと訓む。「鉤」に通ずる。六爺さんは子どもや孫たちのために、どんなものを遺産としてのこしたであろうか。七彼らの衣食の資に、何を売ってその生活費に充当することができるであろうか。八今さら新たに鍤(すき)を荷なって田しごとをしたって、本来の農夫のようなことはできはしないだろう。九羊を駆使し、飼養したって、本職の牧童にかなわないではずかしい思いをするのがおちだろう。一〇新たに転業することがいやなのではないが、ただ昔からの釣り漁をして利益をあげていたことを最も惜しむだけだ。二(転業することは還俗することに似ている。)

文章誠可畏
礒上欲追從

一八文章　誠に畏るべし
一九礒の上に追ひ從はまく欲りす

(2)

白頭已釣翁
涕涙滿舟中
昨夜隨身在
今朝見手空
尋求欲淩浪
衰老不勝風
此釣相傳久
哀哉痛不窮
子孫何物遺
衣食何價充
荷鍤慙農父
駈羊愧牧童
非嫌新變業

一白頭　釣翁を已む
二涕涙　舟の中に滿つ
三昨夜　身に隨ひて在りしを
今朝　手空しきを見る
四尋ね求めて浪を淩がむことを欲りすれども
衰老　風に勝へざりしならむ
此の釣五　相傳ふること久しかりしに
哀しいかな　痛び窮らず
六子孫に何物をか遺せる
七衣食に何の價か充てなむ
八鍤を荷ひては農父に慙ぢなむ
九羊を駈りては牧童に愧ぢなむ
一〇新に業を變ずることを嫌ふにあらず

もし僧が俗になるということがあったとしたら。一二 寺中の人人が、妬み憎んで、寺の中を通りぬけさせないであろう。一三（世間なみに）たとい学儒が、外吏となって地方政治にたずさわったとしても、世間の人人は彼が俗世間に附和雷同して（物質的な富裕を求めて地方官になったなどと）あざ笑うことであろう。道真は、本来学儒として生活を貫きたいのにこういう場違いの外吏となっていることを、人は彼も世間に雷同して受領たることを求めたなどと笑いもしようと諷して自嘲する。一四 徐徐に思いめぐらした。釣りの爺さんが釣針を失くしたのを悲しんで泣くのは、ほかでもない、彼の本業たる釣りの漁を貫かないで中途でやめざるをえなくなったことを悲しむのだということを。ここにも道真の諷意があろう。儒から吏に転業した自分を自嘲して、釣針を失った釣りの爺さんによそえる。日本神話の海幸山幸の説話の投影もあるか。

(3)

一 せっせと勤め勤めていじらしくも海を渡る鹿の群れ。区区は、勤勤の意。母子相愛の意。麑は、鹿の子または鹿のこと。箋注本和名抄に「加呉」と訓む。二 口をあけ舌を吐いて呼吸をして、蹄をうごかし続ける。三 さして来る潮のさきを何度も何度もふりかえってみる。四 後にしてきたふるさとの山の谷間を恋いしたうようだ。以上四句、海を渡る鹿の群れを的確に描写する。道真はおそらく実際に舟中より観察しえたのであろう。五「何恋切」、和習句法。恋字、底本以下変字に作る、いま詩紀による。六 母親の牝鹿は、鹿の子にいつでも相伴うていたのだが。七 夜狩りして照射(ともし)をする猟師どもがやってきて、その難に遭ったので。八 群れをみだしてにげ出して、道に迷ったのであろう。九 声を呼びかわして左右にやかましい。

最惜舊成功　　最も舊の功を成せしことを惜むならくのみ
若有僧爲俗　　一一若し僧の俗となることあらば
寺中惡不通　　一二寺の中惡みて通さざらむ
假令儒作吏　　一三假令　儒の吏とならむとも
天下笑雷同　　天下　雷同せることを笑ひなむ
漸憶釣翁泣　　一四漸くに憶ふ　釣翁の泣くは
悲其業不終　　其の業の終へざりしを悲しぶなりといふことを

(3)

區〻渡海麑　　一區區たり　海を渡る麑
吐舌不停蹄　　二舌を吐きて蹄を停めず
潮頭再三顧　　三潮頭をば再び三たび顧みる
如戀故山谿　　四故山の谿を戀ふらむが如し
故山何戀切　　故山　五何ぞ戀ふることの切なる
母鹿毎提携　　六母の鹿　毎に提げ携りたり
適遇獠徒至　　七たまたま獠の徒の至れるに遇ひしかば
分奔道路迷　　八分れ奔りて道路に迷ひしならむ

呼聲喧左右
流鏃雨東西
母子已相失
死生永相睽
茫〻不測水
豈是毛群栖
淼〻無涯浪
未曾野獸蹊
何福鶵巣藪
何分龜曳泥
客有離家者
看麑灑血啼

(4)
〽海中不繋舟
東西南北流
不知誰本主

九呼ばふる聲左右に喧し
一〇流鏃　東西に雨ふる
一一母と子と　已に相失ひぬ
一二死と生と　永く相睽けり
一三茫茫たり　測らざる水
一四豈これ毛群の栖ならめや
一五淼淼たり　涯り無き浪
一六曾つて野獸の蹊ならず
一七何の福ぞ　鶵の藪に巣くふこと
一八何の分ぞ　龜の泥を曳くこと
一九客に家を離るる者あり
二〇麑を看て　血を灑きて啼く

海中に繋がぬ舟あり一
東西南北に流る
二知らず　本の主　誰ぞ

一〇猟師の射る流れ矢はあちこちに雨のようにふる。一一鹿の母と子とはすでにお互いを見失ってしまった。一二死生を永久に相隔てたものもある。一三測りえないほど果てなく広がる海の水。一四どうしてこの海が、四つ足の獣たちのすみかになろうか。アニ…ナラメヤの訓は、東洋文庫蔵毛詩平安中期点の「豈―ナレヤ」「豈―メヤ」による。一五水が広広と満ちる形容。かぎりも知らぬ八百重の波路。一六この浪路は野獣の通うこみちであったためしもない。(それなのに、故郷を追われた鹿の子たちは、青潮の渦の中に身を躍らせて泳ぎに泳ぐのだ。)「未曾」の訓は、イマダカツテ…ズと訓まない。「未」は、再読しない。一七ふなしうずらども、が、藪かげでぺちゃくちゃおしゃべりできるとは何という幸福であろう。鶵は、ふなしうずら。鶉の一種。雀とともに小人物がぺちゃくちゃ多言するに喩える。一八亀が泥の上を尾をひいて歩いたって、何ほどの特別なもちまえであろう。鹿の大群が海中を泳ぎ渡る異常な悲劇的な事件と対比して、小人の平和をやや皮肉っているところがある。亀は、「縮頭亀」などといい、いくじのない小人の喩。荘子、秋水に「寧んぞそれ生きて尾を塗の中に曳かんや」。鶵も、荘子にいうように、大鵬と対比して小人の極をいう。一九舟中の一旅客に、家から遠く離れて生活を余儀なくされているものがいて。道真が自分のことをいう。二〇鹿の群れが血を吐く思いをして、悲しげに海を啼きながら泳ぎ渡るのを見守りながら、かの旅人も血を吐く思いをして泣くのだ。これも道真は麑の群れに自らを感情移入しているところがある。

(4)
一荘子、列御寇に「汎として繋がざる舟のごとし。虚にして遨遊するものなり」とあり、羅維の無常詩に「身を観ずれば岸の額(ひたひ)に根を離れたる草、命を論ずれば江の頭(ほとり)に繋がざる舟」とある。これらによる発想。土左日記に「つながぬ舟に」とある。和漢朗詠、巻下、無常(本大系七三七九〇)参照。二「不知誰本主」は、和習。→一八九注四。
三 一人の爺さんが、そばの砂浜で泣いている。四 塩の値段が騰貴したと聞いて(かの爺さんは一もうけしようと)。五 風にさからって出発して行って、留まろうとしなかった。(人の機先を制して、ひそかにもうけようと企らんで。) 六 (暗夜の、しかも嵐の名残りのために、航行の自由を失って) 乱礁に触れて座礁して、暗中に投げ出されたのだ。七 舟上に積載してあった貨物は流され、からの籠だけがぽかぽかと浪間に漂うている。「飄蕩」「蕩漾」の「蕩」は、ホシキママとも訓む。八 一時的に他人よりも十倍の利を貪(むさぼ)ろうと思って、却って生涯の生計の拠りどころを失ってしまったのだ。「十」と「一」とは数対。九 荘子、列御寇の語による。似字、板本以字に作る。一〇 人間は、災禍があれば、そのあと憂愁に沈まないものはない。慈本いう「句中有有無無対、古人有レ時有、無二日無一などあり、ここの句法妙絶と云べし」と。一一 欲に目がくらんで、冒険を敢えてするものはこうしたものだ。心に成心をもたないで、淡淡として居られるものは、自分の欲するままにふるまえる。白居易の苦熱詩に「自由の身と作(な)ることを得たり」。一二 (このありさまを見てともに語りあった同舟のある人は、) 私に請うていうには、物事の始終はすぐにもひっくりかえりやすいものであるけれども、(夢に胡蝶になったという)かの荘周を学びたい(我と外物とのかかわりを追求してみたい)といった。荘

一老泣前洲
三 一の老 前なる洲に泣けり

聞鹽價翔貴
四 鹽の價の翔りて貴きことを聞きしかば

逆風去不留
五 風に逆ひつつ 去きて留らず

夜行三四里
夜に三四里を行き

觸石暗中投
六 石に觸れて暗の中に投てられしなり

折檝隨潮蕩
檝を折かれて潮の隨に蕩べり

空籠逐浪浮
七 空しき籠は浪に逐ひて浮びぬ

欲求十倍利
八 十倍の利を求めむことを欲りして

還失一生謀
還りて一生の 謀 を失へり

老泣雖哀痛
老いの泣 哀しび痛ぶとも

虛舟似放遊
九 虛しき舟は放に遊ぶに似たり

有人前有禍
一〇 人の前に禍有ること有れば

無物後無愁
物として後に愁へなきはなし

冒進者如此
一一 冒し進む者 此の如し

虛心者自由
心を虛しくする者は自由なり

始終雖不一
一二 始終一ならずとも

子、田子方に「始終は無端(ろず)に相反りて、その窮まる所を知る莫し」とある。

(5) 文徳実録、文徳天皇斉衡元年七月の条に見える備前国から貢進した断穀の聖人の話は今昔物語集巻二十八「穀断聖人、持レ米被レ咲語第二十四」(本大系㈡六九二頁)や宇治拾遺物語巻十二「穀断聖露顕事」(本大系㈡七三四一頁㈣五)にも見える。道真はこの話を知って居て、瀬戸内海の一島に居た穀断(ごくだち)の僧を見て、実験してみたのである。

一つかれてよわっている、米の粒を食べることを絶っている僧。「粒」は、イナツビまたはツビと訓む。二彼の草庵は島の岩稜の上に結いかけて作ってある。三岩石の高さは三、四十尺。四五百重(いおえ)、八百重(やおえ)の波がその岩脚に寄せてくる。五隣り合う家もないから、食糧がとどきがたい。カリテの訓は、「粮、カリテ」(大慈恩寺三蔵法師伝古点)による。六岩の細路は鋭くとがって刻まれていて、人は登ることができない。「路尖」、存疑。七長い間穀を断っているといううわさを聞いて、人人の間に穀断ちの聖人さまだというつまらない虚偽の評判が広く行きわたっている。八(実際その僧をみると、痩せさらぼうて)骨が今にも皮膚をつきぬけて出るかと思われ、魂は魄から離れて今にもからだからぬけ出て昇天せんばかりである。九私は真実の穀断の聖(ひじり)かどうかをためしてみようと思って、こころみに米三升を投げ与えてみた。一〇(真実の穀断ならば、それを拒否して受けとらない筈であるのに)それをありがたくうけとって、早速いうようには。一一施与して下さいます国守さまは、まことにたのむにたるお方さまでございます。

請我學莊周　我に請はくは　莊周を學ばむことを

(5)
〽疲羸絶粒僧　一疲羸　粒を絶てる僧
草庵結石稜　二草庵は　石稜に結べり
石高三四丈　三石の高さ　三四丈
波勢百千層　四波の勢　百千層
隣絶粮難到　五隣絶えて粮到り難し
路尖人不登　六路尖にして人登らず
聞其長斷食　七其の長く斷食せるを聞きて
虚号遍相稱　虚しき号　遍く相稱けたり
骨欲穿肌立　八骨は肌を穿ちて立たむとす
魂應離魄昇　魂は魄を離れて昇るべし
我將知實不　九我れ實なりや不やを知らむとして
試擲米三升　試に米三升を擲ぐ
納受卽言曰　一〇納受して卽ち言ひて曰く
施主誠足馮　一一「施主　誠に馮みまつるに足れり

今朝如不遇
屍僵遂無興
彼非須我食
我非知彼矜
嗷々閭巷犬
當吠此僧朋

一二 今朝 如し遇ひたてまつらざらませば
屍僵れて遂に興つことなからまし」といふ
一三 彼は我を須ちて食ふに非ず
一四 我は彼を知りて矜れぶに非ず
一五 嗷嗷たり　閭巷の犬
一六 當に此の僧朋を吠えよ

237　到二河陽驛一、有レ感而泣。

去歳故人王府君
驛樓執手泣相分
我今到此問亭吏
爲報向來一點墳

一 去んぬる歳　故人なる王府君と
驛樓に手を執りて泣くなく相分れしに
二 我れ今此に到りて亭吏に問へば
三 爲に報ず　向來　一點の墳

238　殘菊下自詠。　以下五首、到レ京之作。

一二 今朝もし私が国守さまにおあいしなかったならば、干死(ひじ)に死んで、私の屍骸は仆れたまま再びたち上がることもなかったでござりましょう。一三 彼は私故に施与の米をたべたわけではない。(誰からでも、施与さえ受ければよかったのである。) 一四 私も彼が尊い聖だなどと思い知って米をめぐんであわれみをたれたわけではない。一五 啼きののしる村里の犬どもよ。嗷嗷は、衆口の罵り叫ぶ声のさま。一六 お前たちは、こういう糞坊主を吠えたてたらいい。マサニ…ホエヨの訓は、知恩院蔵大唐三蔵玄奘法師表啓元慶期古点による。

237 「河陽駅に到りて、感有りて泣く」。河陽は、今の京阪沿線の大山崎、昔の山城国乙訓郡山埼郷。山城・摂津・河内三国の隣り合うところ、淀川北岸の要津で、山崎駅があった。嵯峨天皇がこの地に離宮を建て、河陽宮と称してから「河陽駅」という。「賀陽」「高陽」ともかき、カヤと訓む。難波の津、江口・神崎と相並んでにぎやかな要津であった。扶桑集七に出。
一 去る仁和二年春三月讃州に赴任する時、親しい王さんと河陽の駅亭の楼上で手を執り合って涙ながらに袂を別ったのであったが。故人は、知友。王は、王氏。中国もしくは渤海・百済よりの帰化族か。三代実録に王雅・王文矩・王孫許里などが見える。府君は、漢代国郡守の尊称、転じて長者・尊者の称。二 一年たって私がここに到着して郵駅の職員に王さんの消息を尋ねると。三 彼は私のために一塊の土饅頭を指さし示して、王さんは即ちあそこだと、悲しや亡くなってまもないことを知らせてくれた。↓補。

238 「残菊の下(もと)自(みづか)ら詠ず」。(以下五首、京に到りしのちの作)」。
一 疎らな籬(まがき)は、霜のはげしい威力を防ぐ

疎籬豈敢冒霜威
不恨凋殘氣力微
天下涼陰花下冷
主人外吏故人稀
應看晩色知閑物
欲引餘香襲客衣
爲恐叢邊腸易斷
徘徊未得早南歸

一 疎籬　豈敢へて霜威を冒さめや
二 恨みず　凋殘して氣力微なることを
天下は涼陰にして　花下も冷し
三 主人は外吏にして　故人も稀らなり
四 晩色を看て閑ある物と知るべし
五 餘香を引きて客の衣に襲ねまく欲りす
六 叢の邊　腸斷ち易きことを恐りむがために
徘徊れども　早く南に歸らむこと得ず

239 冬夜閑居話レ舊、以レ霜爲レ韻。

懷舊猶勝到老忘
多言且恐損中腸
交遊少日心如水
閑話今宵鬢有霜
不恨寒更三五去

一 懷舊はなほし老いて忘るるに到るに勝れり
二 多言且がつ中腸を損ぶるかと恐る
三 交遊せる少き日　心水の如くなりき
閑話する今宵　鬢に霜あり
四 寒更　三五　去なむことを恨みず

ことがどうしてできよう。垣根の菊の花が盛りを過ぎて、枯れしぼみかけ、精気もなく咲き残っているのを見ても恨むわけにはゆかない。「恨む」は、古くは上二段活用。二 天下は諒闇であるから、残菊の花のあたりものさびしい。仁和三年八月二十六日に光孝天皇崩御。天下諒闇。一説、ここにいう「涼陰」は、「諒陰」の誤りかという。論語、憲問に「高宗諒陰、三年もの言はず」。三 宣風坊の書斎の主人は本来の学儒の身から離れて、国守として京の外に任にある身だから知友も少ない。四 残菊の花の色を夕暮につくづくと見て、私もまたよけいなひま人だと知るべきである。蘇軾の竜尾硯歌に「我天地に生じて一閑物なり」。→補。五 残菊の余香にひかれて、香をたきしめた衣を引き出して、旅の衣にかさねきようと思う。六 残菊の叢(くさむら)のほとりは、色色の切ない物思いのために腸も断つようであるから、ここを離れて早く南海の任地に帰任したいと思うけれども、そうもならず空しくこの京の書斎の後園を徘徊している。「為」の用字不審。「雖」とあるべきか。「恐る」は、古くは上二段もしくは四段活用。下二段活用は後世。

239 「冬の夜、閑居して旧(むかし)を話(ものがたり)す、霜を以て韻となす」。扶桑集七に出。

一 昔の思い出話をすることは、年とってもの忘れしてしまうよりもましなことだろう。二 おしゃべりが過ぎて人の心持を傷つけやしないかとかつがつ恐れる。三 年少のころ、学友たちと交わり、遊びをともにした。あのころは心は淡淡として水のように何の利欲もなかった。漢書、鄭崇の伝に「臣が門市の如く、臣が心水の如し」。→補。四 冬の寒夜、(昔を語り明かして)三更五更と時間が経過しても恨めしくも思わない。

無堪落涙百千行
相論前事故人在
只是當時我獨傷

五 涙を落すこと　百千行に堪ふることなし
六 前事を相論ずるに故人在り
七 ただこれ當時　我れ獨り傷まくのみ

240 三年歳暮、欲二更歸一レ州、聊述レ所レ懷、寄二尚書平右丞一。

一離一會宛如新
隨念了知是宿因
衙早尙書長劇務
告歸刺史暫閑人
途中不惜分君手
夜後將論處我身
世路難於行海路
飛帆豈敢得明春

一 一離一會　宛も新なるが如し
二 隨念　了知す　これ宿因なりといふことを
三 衙早くして　尙書は長に劇務なり
四 歸らむことを告げて　刺史は暫く閑人なり
五 途中にして惜まじ　君と手を分たむことを
六 夜の後　我が身を處することを論らむとす
七 世路は海路を行かむよりも難し
八 飛帆　豈敢へて明春を得むや

五（だが、昔を思い出してなつかしさのあまり、）百すじ千すじ涙がこぼれることにはたえきれない。六 昔の事をいろいろとあげつらいあっていると、どこにも今は亡き人（おそらく七年前の元慶四年八月三十日に没した父是善を指すであろう）が出てくる。七 思い出話をしている此の時ただ今、私はひとり亡き人をしのんで感じ傷むばかりである。当時には、すぐその場で・即座に・直ちにの意と、昔のその時の意と二義がある。ここは前者の意。

240「三年の歳暮にして、更に州に帰らむことを欲りす、聊かに懐ふところを述べて、尚書平右丞に寄す」。尚書右丞は、右中弁の唐名。この時の右中弁は、平季長。

一 一たび会い、一たびわかれる、その時その時が最初であり最後である。そなたに会うのも別れるのも、ちょうど新しくはじめてのような思いである。鮑照の「懐二遠人一」詩に「哀楽生じて端有り、離会起つて因なし」。遺教経に「世皆無常にして、会へば必ず離れ有り」。二 すべてはこれ前生の宿因のしからしめるところと、自分の過去世を思念分別して、とっくり納得する。随念とは、三種の分別の一つ。随念分別とは、過去の境を追念すること。三 弁官のつとめは、出勤時間も早朝で、特に長時間の劇務である。四 任地に帰ることを申告する私（讃岐国守）は、ここしばらくは閑暇がある。五（路上で偶然旧知の平季長と行きあったのであろう。）途のもなかで君と手を分って別れたことを、くよくよ残念がるまい。六 夜更け人定まってから、私は今後自分をどう処して行こうかを判断してみようとする。（途上で、今度また讃州に帰任するが、どうか今後よろしくとりなしてほしいとでも右中弁に依頼したりし

241　正月十日、同二諸生一吟レ詩。

月色猶迷臘雪殘
自知春淺我心寒
若敎花口能言語
定報通宵笑不歡
時屬二諒闇一、故云。

一 月色　なほし迷ふ　臘雪殘れるかと
自ら知る　二 春淺くして我が心寒きことを
三 若し花口をして能く言語せしめませば
四 定めて通宵笑めども歡びざることを報げなまし
五 時、諒闇に屬す、故に云ふ。

242　賦二得春之德風一。題中取レ韻、卅字成レ篇。

和風期五日
德化在三春
遠近吹無頗
高低至有隣
開花驚老樹
解凍放潛鱗

一 和風　二 五日を期す
三 德化　三春に在り
四 遠近　吹きて頗りなし
五 高低　至りて隣あり
六 花を開かしめて老樹を驚す
七 凍を解かしめて潛鱗を放にす

た消息が背後に伺われる。）七 人生行路は海上の航路よりもよけい危難にみちている。文集、新楽府、太行路に「行路難は水に在らず、山に在らず、只人情反覆の間に在り」。兼好の歌に「世の中を渡りくらべて今ぞ知る阿波の鳴戸は波風もなし」。八 飛ぶように帆走するはや舟。私は明けの春南海を舟で帰ろうと思うが、人生行路を渡る新しい希望をもつことができようか。

241 「正月十日、諸生（しよし）と同（とも）に詩を吟ず」。仁和四年の作。送別の詩宴をささやかに催したのであろう。

一 月のさやかな色に、旧年の雪が残っていて白いのかしらとふと迷う。二 春は浅く、（旅立とうとする）私の心も寒い。三 若し梅の花をしてものを言わすことができるとしたならば。一晩中花は笑み咲いていても心の中では悲しんでいるのだというであろう。四 道真が一晩中菅家廊下の学生たちと談笑していても、心の底から歓んでいないということを諷する。五 ちょうど光孝天皇の諒闇にこもっている時だからである。

242 「春の徳は風なり」といふことを賦し得たり。（題中に韻を取る、三十字篇を成す）」。↓補一。

一 やわらかな春風。二 五日に一たび風が吹くのは太平の瑞応だという論衡の説による。↓補二。三 春の風こそ万物に徳を敷き、化を布く。素問に「東方に風を生じ、風木を生じ、其の徳和を敷く」とある。四 春風は遠近（おち）に吹きわたって、その徳を及ぼすに偏頗がない。五 春風は高きにも低きにも吹きいたって、そのめぐみをしきひろめるから、隣あるように誰からも親しまれる。論語、里仁に「徳は孤ならず、必ず隣あり」。六 冬眠していた老木を春風が吹き驚かせて、花を咲かせる。七 かたくはりつめていた池の氷を春風が吹いて解かせて、底にひそんでいた魚たちを自由におよがせる。礼記、月令、孟春の月に、「東風凍を解く」とある。

八 号令は、制号命令。ここは春風が天地万物に号令を下す意。→補三。九（人君の政が公平であれば、春の祥風が吹くというが、）今や春風が吹いて、わが君の仁徳があまねく行われ、万物を長養させていることを知るべきである。

号令今如此　　八号令(がうれい)　今(いま)此(かく)の如(ごと)し

應知養長仁　　九仁(じん)を養(やしな)ひ長(ちやう)ぜしむることを知(し)るべし

菅家文草巻第三

菅家文草巻第四　詩四

243　題二驛樓壁一。　歸レ州之次、到二播州明石驛一。自レ此以下八十首、自レ京更向レ州作。

離家四日自傷春　　一家を離れて四日　自らに春を傷ぶ
梅柳何因觸處新　　二梅柳　何に因りてか觸るる處に新なる
爲問去來行客報　　三爲に去來する行客の報ぐることを問ふ
讚州刺史本詩人　　四讚州刺史　本詩人

244　書レ懷寄二文才子一。

水闊雲深春日長　　一水闊く雲深く　春の日長し
含情不覺有風光　　二情を含みて覺えず　風光あることを
聞來奉試詩評未　　三聞來くならく　奉試の詩評ありしや未や

243「駅楼の壁に題す。〈州(くに)に帰る次(ついで)、播州の明石駅に到りぬ。此れより以下の八十首は、京より更(あら)めて州に向へるときの作〉」。底本・板本「仁和四年」と注。→補一。
一 京都の家を離れ(妻子と別れ)て四日、自然春の景物に対して感傷的になる。→補二。二 旅ゆくみちみち、目に触れ心に触れるところ、至るところ梅花雪の如くあざやかに柳色煙の如く新たである。入矢氏いう、「触処」は、どこまでもの意の俗語。文集、春至に「若為(いか)か南国に春還(ま)た至る、争(いか)か東楼に向ひて日また長き、白片の落梅は澗水に浮び、黄梢の新柳は城墻より出でたり」。三 (どうして梅柳に触れてこうも深く情をいたましめるのであろうか。我のみしかるか、人人もそうであるか。)そこで駅亭を去来する旅人たちにきいてみる。四 (行路の人は梅柳などに大して心もとめない様子。そうとすれば)讃岐守菅原道真という人間は、本来は詩人だということによるらしい。

244「懐(おも)ひを書(しる)して文才子に寄す」。底本朱注「文室時実」。文才子は、大学寮に学ぶ文室時実。菅家廊下の秀才の一人であろう。
一 瀬戸の水はひろく平らで、春の雲は幾重にも深く、春の日あしは遅い。せわしかった京都滞在の日日を顧みて、任地に帰って、またこれからの田舎ぐらしを思う感慨。二 万感去来する胸中の思いに、すでに四辺の風光春深くして改まったことにも気がつかない。三 春季の省試において、君は試を奉じて試詩を作ったが、その詩評の判定はあったのか、まだなのか。「聞来」の「来」は、動詞に接する助字。「聞来」は、キクナラクと訓む。聞字、藁草・詩紀閑字に作る。存疑。→補一。
四 (判定の結果はきくことができないが、)同

聞得同門博士亡
送我歸時心半死
思君臥處涙雙行
如何四十無名客
師在邊州母在堂

四聞くこと得たり　同門の博士の亡りにしことを
五我を送りて帰る時　心半死えたり
六君を思ひて臥す処　涙し雙び行りぬ
七如何ぞ　四十　無名の客
八師は邊州に在り　母は堂に在り

245　聞ニ文進士及第一、題ニ客舍壁一。　文室時實。

得聞春牓故人名
非喜高飛喜久生
匏繫不辭煙絶臥
履穿無厭雪寒行
三千門下獨留守
一百字中纔晩成
年少若嘲君耄及
慇懃爲解俟河淸

一聞くこと得たり　春牓に故人の名を
二高く飛べることを喜ぶるに非ず　久しく生きしことを喜ぶ
三匏繫りて　辭びず　煙絶えて臥さむことを
四履穿たれて　厭ふことなし　雪寒くして行かむことを
五三千の門下　獨り留守すらくのみ
六一百字の中　纔に晩く成る
七年少きひと　若し君が耄の及ばむことを嘲らば
八慇懃に　爲に　河の淸まむことを俟つと解せよ

じ菅家廊下出身の文章博士の一人がみまかったというしらせを聞くことができた。↓補二。五 私が京を発つとき、君は見送ってくれたが、別れて帰るとき心は消え消えとなって、死んだような有様であった。六 私を慕った君と別れてきて、ここに君を思うと、臥しながら、涙は両眼からならびくだる。七 四十歳にしてまだ無名の擬文章生として碌碌としているとは、どんなにか君も残念であろう。八 君の師のはずであるこの私は辺土の国に居り、君の母君は堂に居て君の立身を一日千秋の思いで待って居るのである。↓補三。▽↓補四。

245 「文進士(ぶんしんじ)の及第せることを聞き、客舎の壁に題す。〈文室時実(ふんやのときざね)なり〉」。進士は、文章生の唐名。文室時実が省試に及第して進士となった知らせが到着したのである。↓二四。客舎は、讃岐の府衙の官舎。

一 春の省試に及第した人名を書きつけた簡牓(なふだ)のなかに、馴染みの君の名のあることを聞きつけた。二 高く雄飛するに至った(進士に及第した)ことを喜ぶのでなく、久しく努力の生活をして栄光をかちえたことを喜ぶのである。当時は四十歳で初老といわれた。「喜ぶ」は、古くは上二段活用。三 君は、これまでぶらさがっていた匏瓜(ひさご)のように能なしで、食物もなく、炊煙も絶えて空しく臥していることだってあったのだ。イナビズの訓は、大唐西域記長寛点による。「辞(ない)ぶ」は、古く上二段活用。↓補一。四 くつに穴があいて、雪の寒いときに歩くことだっていやがりはしなかった。↓補二。五 多くの菅家の門下のうち、君こそひとり忠実に主人(道真)の留守をまもってきた。↓補三。六 奉試の百字詩をば、おそくなったとしても君はどうにか作りあげた。大器晩成という心持有レ試、賦二河水清一。百字廻文。故云。

試有り、「河水清し」といふことを賦す。百字廻文。故に云ふ。

246 哭二翰林學士一。

愁思病甚馬相如
別後三廻附起居
補替驚看新任詔
聞喪泣讀故人書
被拘卑守橫蒼海
不及高呼走素車
旅客從來無夜夢
未知苦樂二生初

一愁へて思へらくは　病ひ甚しき馬相如
二別れし後三廻も起居に附せしこと
三補替驚き看る　新任の詔
四喪を聞きて泣きて讀む　故人の書
五卑く守ることに拘れて　蒼海を橫る
六高く呼ぶに及ばずして　素車を走らしむ
七旅客　從來夜の夢なかりしかば
八苦樂　二生の初めなりしことを知らずありしならむ

春日獨遊三首。☆

247 放衙一日惜殘春

一衙を放たれて一日　殘んの春を惜む

も含まれている。七 年のわかい連中に、もしも君はもうすぐ老いぼれになってしまうなどといって嗤(わら)うものがいたならば。八 熱心に百年河清をまつ心持なのだと解してきかせてやったらよかろう。→補四。九 →補五。

246 「翰林学士を哭す」。翰林学士は、文章博士の唐名。二四四に「聞くこと得たり同門の博士の亡りにしことを」とある。恐らく同人をさす。一 前漢の司馬相如を文章博士の文才あるに喩える。第一句、和習。二 安否を尋ねること。一句は、文章博士の病がひどいときいて心配をして、去年の春別れてから三度もその安否をきいて見舞いをしてきたのだがの意。三 新任異動の詔を拝し、文章博士の役目が他の人物とさしかわったのを驚いて見守ったことだった。四 今や君の死をきいて、泣いて故人からの手紙などを読みかえしてみる。「喪」をモと訓むこと、猿投神社蔵古文孝経建久点による。五 卑小な田舎の国を守ることを余儀なくされて、青海原を私は渡るのだ。→補。六 みまかってあの世へ行こうとする君を高く呼びとめることもかなわず、空しく素車(しらきの棺をのせた葬式の車)を走らせる。作者が舟中にあって、葬儀に参列できない嘆きをいう。素車は、白馬にひかせる。白氏六帖、葬部、送葬に出。七 讃州の出先で旅人のような気持でいる私にこれまで夜半の夢もなかったから。八 苦患の生か、楽土の往生か何れにせよ君が第二の生に初めて入られたことを(つまり世を去られたことを)知らなかったであろう。

☆「春日独り遊ぶ、三首」。二六に「春日尋山」がある。讃岐国府の附近の春景色に心もそぞろになるのは例年のこと。扶桑集二に出。

247 一 役所(府庁)の事務から解放されて、一日、山野に徂く春をたずねた。

水畔花前獨立身
唯有時々東北望
同僚指目白癡人

二水の畔花の前にして　獨り立てる身
三ただ時時東北のかたを望むことあらくのみ
四同僚指し目つく　白癡の人なりと

248
花凋鳥散冷春情
詩興催來試出行
昏夜不歸高嘯立
州民謂我一狂生

一花凋み鳥散じて春の情ぞ冷しき
二詩興　催され來りて試に出でて行く
三昏き夜も歸らずして高く嘯きて立てれば
四州の民は我を一の狂生なりとこそ謂はめ

249
日長不得久眠居
出引諸兒且讀書
適遇多情垂釣叟
各言其志不言魚

一日長けて久しく眠り居ること得ず
二出でて諸兒を引き且がつ書を讀む
三たまたま多情の釣を垂る叟に遇ふ
四各其の志を言ひて　魚のことを言はず

250
別二遠上人一。

二水畔は、府衙の西南にある開法寺池もしくはそのあたり大きく曲流する綾川の堤をさす。三どうかすると、しきりに東北の方、京都の空をわけもなく眺めやってばかりいることがある。→補。四府衙の同僚たちは(あれ、今日も例のようにつっ立っていられるよなどと)、指さし、目をつけて、私を白癡(うつけ)か何ぞのように思っている。「指目」の語、和習。

248　一春はすでに深まって、花は凋落し、鳥たちもどこかへ去って行って、ものさびしい。二そのものさびしさが私の詩興を催し立てるので、(落ちついてもおられず)ためしに少しでかけて歩いてみる。→補一。三くらい夜がおとずれても帰ろうともせず、詩をうたって立ちもとおるので。夜にかけて詩をうそぶきながら、綾川伝いに上流の滝の宮あたりにさ迷うこともあったのであろう。四讃岐の国の民百姓たちは、私を一人のきちがいじみた書生だと思いもしよう。→補二。

249　一前詩(二四八)の第三句に応ずる。二村の子供たちをひきつれて(樹下石上で)、遊びがてらに書を読むことを教えることもある。滝の宮にそうした口碑がある。三偶然に釣りをたれる村の爺さんにあうこともある。彼はなかなか感情の豊かな老人だ。四そこで爺さんとそれぞれの人生観を語り合うて時間を忘れる、魚のことなんかそっちのけにして。→補。

250　「遠上人に別る」。扶桑集十一に出。→補一。一木杯を水にうかべてそれに乗じてあとをくらましたかの杯渡和尚のように、いったい何処へ行ってあとをくらまそうとなさるのであろうか。→補二。二涙も尽きて、血がにじみ出るほどに泣く。三竜がすむというような伝説をもつ渓谷に遠上人が久しく住んでいたのであろう。

何處浮盃欲絶蹤
愁看泣血舊溪龍
傳將法界二明火
謝却老僧一老松
苦海須臾今日別
靈山畢竟後生逢
慈悲若不忘鄉里
便付春風送曉鐘

何れの處にか盃を浮べて蹤を絶たむことを欲りする
愁へて看る　泣血の舊溪龍
法界二明の火を傳へ將て
謝却す　老僧が一老松
苦海　須臾　今日別るとも
靈山　畢竟　後の生に逢はむ
慈悲　若し鄉里を忘れずは
便ち春風に付けて曉鐘を送れ

251　四年三月廿六日作。到任之三年也。

我情多少與誰談
況換風雲感不堪
計四年春殘日四
逢三月盡客居三
生衣欲待家人著

我が情の多少を　誰とともにか談らむ
況むや風雲を換へて感に堪へざらむや
四年の春を計りみるに　殘る日は四
三月盡に逢ひて　客居すること三たび
生衣は家人を待ちて著むとす

「渓竜」というのは、綾川の渓谷にゆかりがあるであろうか。四 法界における真実学習の伝統をうけつたえて。法界二明は、仏法の世界における二明。二明は、五明のうちの第四因明(いんみょう)即ち正邪真偽を審定する論理法と、第五内明(ないみょう)即ち自家の宗旨を明らかにするものとをいう。五 今や老僧が、草庵の老松のもとをさりとあとにして立ち出でる。謝却は、辞去する意。三句の「伝将」の「将」、四句の「謝却」の「却」は、動詞の下に添う助辞。六 苦しみの多いこの娑婆世界で、たちまちにお別れしても。七 所詮は、かの霊鷲山(りょうじゅせん)で仏が法を説く会座(ざえ)において、後世に再びお互いにお目にかかりましょう。霊山は、耆闍崛(きじゃくつ)のこと。「霊鷲山」の略。王舎城の東北十里という。八 お慈悲によって、郷里を忘れずに、思い出して下さることがあったら、来たらん年、春になったら春風につけて、晨朝(じんちょう)の鐘の声をはるかのそらから吹き送って下さい。↓補三。

251 「四年三月二十六日の作。〈任に到りてより三年なり〉」。仁和四年。扶桑集二に出。

一 我が心中の感懐を誰にうちあけて語り合うことができよう。多少は、いくらかの意。「幾許、幾多(いくばく)」と同じい。満腔溢れんばかりの心情をわざとひかえめに表現する。二 まして風雲の路を転じて、(京を離れ、田舎ぐらしをして) 感慨ひとしおなものがあるこの身においてはいっそうその(語り合う友のないという)なげきは切ない。↓補一。三 仁和四年の春三月ものこるところは四日。四 田舎ぐらし(あがたわたらい)をしてこの国で三月尽(三月晦日)を迎えるのもこれで三度目。五 すずしの夏衣は京なる妻が仕立てて送ってくるのを待って着用しようと思う。↓補二。

宿釀當招邑老酣
好去鶯花今已後
冷心一向勸農蠶

六 宿醸(しゅくぢゃう)は邑老(いふらう)を招きて酣(たけなは)なるべし
七 好(よ)し去(さ)れ　鶯(うぐひす)と花(はな)と　今(いま)より已後(のち)
冷(すさま)しき心(こころ)もて　一向(ひたぶる)に農蠶(のうさむ)を勸(すす)めむ

252 首夏聞レ鶯。

行藏万物不蹉跎
四月鶯聲聽甚訛
梁燕雛成爭有舌
窓梅子結覺無窠
似移愛妾人前哭
同失時臣意外歌
鳥若逢春應滑語
臣愚妾老欲如何

一 行藏万物(かうざうばんぶつ)　蹉跎(さた)せず
二 四月(しぐあつ)の鶯(うぐひす)の聲(こゑ)　聽(き)き甚(はなは)だ訛(なま)れり
三 梁(はり)の燕(つばくらめ)は雛(ひなな)成りて　爭(あらそ)ひて舌(した)あり
四 窓(まど)の梅(むめ)は子(みむす)結びて　窠(うつぼ)なきことを覺(し)る
五 愛(あい)を移(うつ)されたる妾(こなみ)の　人(ひと)の前(まへ)に哭(な)くに似(に)たり
六 時(とき)を失(うしな)へる臣(しん)の　意(こころ)の外(ほか)に歌(うた)ふに同(おな)じ
七 鳥(とり)は若(も)し春(はる)に逢(あ)はば　滑(なめらか)に語(かた)らふべし
八 臣(しん)愚(おろか)に　妾(こなみ)老(お)いにたらば　如何(いか)にせむとかする

六 去年から醸(かも)しておいた酒も春過ぎて熟したので、村の老人たちを招いていっしょに飲んで酔おうと思う。五・六句、和漢朗詠、巻上、夏、更衣(本大[七三]一四五)に出。七 御機嫌よう！ 鶯よ、花花よ。私は今日以後は、さっぱりと春に未練を残さないで、風流心を去って、ひたすらに農をすすめ、(部内の百姓が)せっせと養蚕にはげむようにと努力しよう。好去は、去りゆくものを安慰する挨拶のことば。唐代の俗語。↓補三。

252 「首夏(しゅか)に鶯(うぐひす)を聞く」。扶桑集十六に出。

一 宇宙世界の森羅万象は、時にしたがって取捨し進退して、ちっとも停滞したりしない。行は、進んで世に出て道を行うこと。蔵は、退いて世間からかくれて居ること。論語、述而に「子、顔淵に謂ひて曰く、用ゐるときには行ひ、之を舎(す)つるときには蔵(かく)る、唯我と爾(なんぢ)と有るか」。二 春はすでに去って、鶯は時季はずれの声で啼くので、もうすっかり訛(なま)ってぼけてきこえる。三 梁に巣くうている燕の雛たちも成長して、巣の中で争って口をひらいて赤い舌を出して餌を求めている。四 窓外の梅はすでに青い果実をつけて、そのひとつぶひとつぶはうつろなくぼみもなくつぶらにみのっているのがわかる。説文に「窠は空なり」とある。五 (老鶯が時節おくれに啼く声をきくと、)ちょうど寵愛を(他の女に)奪われた妾が、他人の前で声をあげて泣いているのに似ている。哭字、底本・板本笑字に作る、いま詩紀による。六 (老鶯が時節おくれに啼くのは、)時運にのりそこなって、君側からしめだされた臣下がその意外さを訴えているのに同じい。歌字、底本欲字に作る、いま詩紀による。板本はこれを脱

253　新蟬。

新發一聲最上枝
莫言泥伏遂無時
今年異例腸先斷
不是蟬悲客意悲

一新に一聲を發す　最も上なる枝
二言ふことな　泥に伏して遂に時なしと
三今年は例よりも異にして　腸先づ斷ゆ
四これ蟬の悲しぶにあらず　客の意の悲しぶなり

254　對レ鏡。

四十四年人
生涯未老身
我心無所忌
對鏡欲相親
半面分明見
雙眉斗頓顰
此愁何以故

四十四年の人
生涯　未だ老いにたる身ならず
一我が心　忌むところなし
鏡に對ひて相親まむとす
二半面分明に見ゆ
三雙べる眉　斗頓に顰む
四此の愁へ　何を以ての故ぞ

する。七 鳥はたとい今年の時節におくれても、来年の春がめぐってきたならば、また滑らかに啼くであろう。八（しかし人間にあっては、一旦）臣が愚かであり、妾も年寄ってしまっては、もはや顧みてもらえることもない、処置なしではないか。愛を失った妾と、時を失った臣とを対比してうたうことは、たとえば詩経の変風といわれる「柏舟」のごときにその例がある。

253「新蟬」。扶桑集十六に出。新蟬は、初夏にはじめてきく蟬をいう。→補。

一 早蟬が、はじめて最も高い梢で第一声をあげてないた。二 土の中にうずもれ伏してついに立ち上がる時がないと思うべきではない。正に自分の感情を蟬に投入してうたいあげている。三 蟬をきいて今年は殊に例年とはちがって、何故か深い愁えに断腸の思いがする。四 これは蟬の声が悲しむのではなく、（讃州に客居する）私の心が悲しむのである。

254「鏡に対（むか）ふ」。抱朴子に、鏡は将来の吉凶を照らすもの、思うところを自照すればやがてあらわれるなどとある（芸文類聚、鏡部所引）。→補一。

一（鏡は人間の心胆を照らすというが、私には別に邪悪のおぼえもないから）鏡を忌避することもない。二 この鏡は顔の半面を、はっきりとうつし出す。光線の加減で半面が照らし出される。三 鏡の中で、両眉がにわかにひそまる。「眉を顰（ひそ）む」とは、心配ごとのあることをあらわす。四 この心配ごととは、いったいどうしたことであろう。鏡は毛筋ほどの微細なことや、病気のことまで照らし出すと考えられた。「何以故」は、仏典のみに用いる句法。五 白髪が新たに生えていることをちゃんとうつし出すことができたからである。六 鏡に何か

照得白毛新　五 白毛新なることを照すこと得ればなり
自疑鏡浮翳　六 自ら疑ふらくは　鏡翳を浮ぶるかと
再三拭去塵　再三　塵を拭ひ去れば
〻消光更信　塵消えて光更に信ぶ
知不失其眞　知んぬ　其の眞を失はざることを
未滅胸中火　七 胸の中なる火を滅たず
空銜口上銀　八 空しく口の上なる銀を銜む
意猶如少日　九 意なほし少き日の如くなれども
只已非昔春　只已に昔の春にあらず
正五位雖貴　一〇 正五位は貴しといへども
二千石雖珍　一一 二千石は珍しといへども
悔來手開匣　一二 悔來ゆらくは　手づから匣を開きたることを
無故損精神　故なくして精神を損ひにけり

255　寄二雨多縣令江維緒一一絕。

くもりがあって、そのかげりを見誤ったのではなかろうかと疑ってみる。七 私の胸中には、前途に対する希望の火が滅(き)えないでもえたぎっているのに。八 私の口辺の髭(ひげ)には銀色の白髪がまじっている。口上のひげを「髭」といい、頤下のひげを「鬚」といい、耳わきにあるひげを「髯」という。九 意気だけは少年時代とかわらないが、すでに(鏡中のかげは)昔の青春時代のすがたではない。「只已」、存疑。底本、此の一行欠。いま寛文板本により補。花房氏いう、前句と対するとすれば、只字は身とか形とかあるべきところと。一〇 仁和三年十一月十七日に正五位下に叙せられる。一一 二千石は、ここでは、国守のこと。漢代の地方長官の秩禄二千石であったところからいう。杜甫の寄裴施州詩に「漢の二千石真に憂へを分てり」とある。↓補二。一二 自分で鏡匣(かがみばこ)を開いて、(中から鏡をとり出して、照らしてみたりして、) わけもなく、(白髪を見つけて、) 精神をいため損したりしたことを後悔する。浦島子伝などの遠い投影もあろうか。四十四歳の男性の精神状況が微妙に告白されている。「精神」のタマシヒの訓は、遊仙窟康永点による。

255 「雨多(だ)の県令なる江維緒に寄す、一絶」。「雨多」、板本「雨聞」に作る。↓補一。
一 雨が降らないのは国の政治がよろしきをえないからである。↓補二。二 旱魃の災異に際してただひたすらに大般若経の験力にたよるのである。類聚国史巻百七十、災異部、旱を参照。↓補三。三 祈雨の修法の場に国衙の役人たちも、各郡の司たちも雑然と一緒に同席している。「更相混」、存疑。「更相混」のコモゴモアヒヒタタケタリの訓は、西大寺本金光明最勝王経平安初期点による。四 (大勢の人の中で、維緒と

不雨應緣政不良
唯馮大般若經王
州官縣吏更相混
乙丑同年鬢早霜

一 雨ふらざるは 政の良からざるに縁るべし
二 ただ馮めらくは 大般若經王
三 州官縣吏 更 相混けたり
四 乙丑の同年にして 鬢に早霜あり

256 遊覽偶吟。

鳥出樊籠翅不傷
青山碧海任低昂
京中水地王公宅
畿内花林宰相莊
口戲貪惏誣犯限
眼偸臨望叱窺堂
此間勝境雖無主
漸ゝ聞來欲有妨

一 鳥は樊籠を出でて翅し傷らず
二 青山碧海 任に低昂せり
三 京中の水ある地 王公の宅
四 畿内の花さく林 宰相の荘
五 口は貪惏と戯れつつ 限りを犯すひとを誣ふ
六 眼は臨望を偸みつつ 堂を窺ふひとを叱る
七 此の間の勝境 主なしといへども
八 漸漸に聞きてよりこのかた 妨げ有らむことを欲りす

私とが)ともに四十四歳の同年で、鬢髪に白毛がちらほらまじっている。乙丑は、仁明天皇の承和十二年(八四五)。道真の生れた年で、継緒なる人もこの年生れ。

256 「遊覧して偶(たま)吟ず」。扶桑集六に出。

一 鳥は鳥籠を出て(自由に翔びまわっても)その翅をいためることもない。(そのように私は役所からぬけ出して遊覧して歩くが足もいためない。)樊籠は、とりかご。転じて公職などの束縛あることをいう。「出樊籠」は、京都よりぬけ出すことを指すとも解しえられる。→補一。二 讃岐の自然、青い山は高くそびえ、みどりの海は低くつらなる。(すばらしい風光の地である。)三 京の都では林泉幽邃の地は、王族や公卿たちの邸宅で占められている。四 五畿内では花咲く林野広大の地は、大臣たちの荘園で占められている。五「貪惏(たむ)(らん)」もしくは「貪悋(たむ)(りん)」と音が近い。一句は、京畿においては王公宰相をはじめ諸院・諸宮王・臣家の権門勢家の人たちは、口さきでは他人に対して欲の深いかわいそうなやつらだと嘲りながら、(自分らはどんどん侵略して、逆に)少しでも、他人の疆域を犯すものがいると、その罪をあばきたてるの意。六 また彼らは、京都の内外において高いところに家つくりをして、眺望を楽しみがてら他人の土地屋敷をぬすみみしておりながら、少しでもその屋敷をのぞきみするものがいるとひどく叱責する。七 (京畿ではちかごろそういうひどい傾向であるが、こちらでも)このあたりのすぐれた風光の地は別にその所有主とてないとはいうものの。→補二。八 ちかごろだんだんと聞き伝えてきて以来というものは、(自由に山野をうそぶきあるくことにも)邪魔が入ってきそうな様子である。

257 法花寺白牡丹。

色即爲貞白
名猶喚牡丹
嫌隨凡草種
好向法華看
在地輕雲縮
非時小雪寒
繞叢作何念
清淨寫心肝

色はすなはち貞白一たり
名はなほし牡丹二と喚ぶ
三 凡草に隨ひて種ゑられむことを嫌ふ
四 法華に向なむとして看るに好し
五 地に在りては　輕き雲縮る
六 時非らずして　小しき雪寒いたり
七 叢を繞りて何の念ひをかなす
八 清淨なるに　心肝を寫かむ

258 題二南山亡名處士壁一。

祕密鄕村與姓名
年顏朽邁意分明
〽無妻澗戸松偕老

一 祕密なり　鄕村と姓名と
二 年顏朽邁すれども　意分明なり
三 妻なくして　澗の戸に松　老いを偕にせり

257「法花寺の白牡丹」。法華寺は、讃岐の国分尼寺。↓補一。

一 まっ白。貞は、正の意。↓補二。二 芍薬属の落葉灌木。中国原産。花は大形で紅色・紫色・白色等がある。一・二句は、色はとりも直さずまっ白であるが、名はやはり丹(あか)という字のついた牡丹とよぶの意。「白」と「丹」と色対。↓補三。三 (この花は)普通の草なみに植えるのは好ましくない。入矢氏いう、「凡草」と「法華」と対する。この花は凡俗塵世の花ではない。浄土の蓮花にも比すべき清浄の花だの意。四 (牡丹の花は、)まさしく仏法の光華の象徴とみるにふさわしい。法華は、仏の教えを花に喩える。看は、手をかざしてよくみる。「向」は、語助の辞。↓補四。五 地上にうす雲が凝り集ったかのようである。軽雲は、うす雲。六 (晩春だというのに)時ならぬあわ雪が降ったかのように、その白さはそぞろ寒さをさえおぼえさせる。「軽雲」と「小雪」は対偶せられ、共に白牡丹を喩える。七 白牡丹の植え込みのくさむらをめぐりながら、どういう念願が私の心中にわきおこってくるであろうか。八 (瓶沙王は、仏の教えを友に伝えようと念じて十二因縁経を写したというが、)私は牡丹の花の清浄潔白なすがたに私の心肝をうつしそそぎたい。

258「南山の亡名の処士の壁に題す」。現存本扶桑集七に出。南山は、府衙南方綾川沿いの長吾山もしくは城山東麓あたりの山を指す。亡名は、亡命で、名籍を脱して他国に逃亡したもの。処士は、浪人・出でて仕えていない知識人。

一 その出身の郷村と在俗の姓名とを秘密にしている。二 年かっこう顔立ちはすでにおとろえ老いているが、精神はしっかりとしてはきはきしている。三 谷あいにあるその茅屋のほとりに

不税山畦黍猥生
泡影身浮修道念
煙嵐耳冷讀經聲
比量心地安閑理
一室應勝我百城

259 客舎書籍。

來時事〻任輕疎
不妨隨身十帙餘
百一方資治病術
五千文貴立言虚
謳吟白氏新篇籍
講授班家舊史書
罷秩當須收得去
自慙猶過橐衣儲

四税めずして　山の畦に黍　猥に生ひたり
五泡と影と　身に浮ぶ　修道の念
六煙と嵐と　耳に冷し　讀經の聲
七心地安閑の理を比量すれば
一つの室すら我が百の城に勝りなむ

一來る時　事事　輕疎に任せたれども
二身に隨ふ十帙餘りを妨げざりき
三百一方は資く　治病の術を
四五千文は貴べり　立言虚しといふことを
謳ひ吟ず　五白氏の新篇籍
講じ授く　六班家の舊史書
七秩を罷めなば　まさに收むること得て去ぬべし
八自ら慙づらくは　なほし過ちて衣儲を橐にすることを

松がはえていて、妻のないひとり身の彼はその松と偕老の契りを結んでいるようだ。四 税をおさめもしないで、山あいの畦(くろ)に黍を案内もなく勝手に栽培している。猥字、底本・板本旅字に作る、いま扶桑集本による。五 この浮世の身は水の泡(あわ)か、かげろうみたいにはかないものと観念して、ひたすら仏道を修行する念が専らである。→補一。六 煙霞嵐気のあいに、読経の声が、耳にすごく聞えてくる。頸聯(五・六句)、和習。七 心地本来安らかに閑(ひま)かだという理法をはかりにかけてひきくらべてみると、このせまい草庵の一つの室(へや)の方が、我らが官庁のいらかの連なる百のみやこにもまさるであろう。「心地」「比量」は、仏語。→補二。
▽→補三。

259 「客舎の書籍」。京都より讃州の旅舎にもちこんだ書籍について詠ずる。

一 当地に赴任してくるときは、荷物の用意など万事簡単軽便を旨とした。二 (だが)十帙あまりの書籍を身の廻りの品物として運んでくるのに、妨げもなかった。帙は、書衣(ふみづつみ)・巻子本を入れて保護する袋。三 →補一。四 老子道徳経のこと。老子の書は虚無自然を主張する。→補二。五 →補三。六 班家は、後漢の班固。「班家の旧史書」は、その撰した「漢書」(百十五巻)をさす。讃岐の国学あたりでも、漢書を時に講授していたのであろう。七 国守としての四年の官秩が満ちて京へ帰る時には、これら坐右に親しんだ書籍はみな荷造りしてもっていこうと思う。「当須」の連文は、マサニ…ベシと訓む。八 まちがって、衣類ばかりを大事そうに衣嚢に納れることははずかしい。(書物を書物袋に入れて大切に扱いたいものだ。)橐は、底のある袋で、書物を入れて運ぶに用いる。→補四。

260　言レ子。

男愚女醜稟天姿
依禮冠笄共失時
寒樹花開紅艶少
暗溪鳥乳羽毛遲
家無擔石應由我
業有文章欲附誰
此事雖同窮老歎
適言其子客情悲

一男は愚にして女は醜し　天に稟けたる姿ならくのみ
二禮に依る冠笄　共に時を失へり
三寒樹花開きて　紅艶少らなり
四暗溪鳥乳して　羽毛遲し
五家に擔石なく　我に由るべし
六業に文章有り　誰にか附けむとする
七此の事　窮れる老いの歎きに同じといへども
八たまたま其の子のことを言へば　客の情ぞ悲しぶ

261　讀二家書一有レ所レ歎。

一封書到自京都
借紙公私讀向隅
兒病先悲爲遠吏

一一封の書　京都より到る
二借紙の公私　讀みて隅に向ふ
三兒病みて先づ悲しぶ　遠吏とあることを

260「子を言ふ」。はるかに「慰二少男女一」(四三)に呼応する。我が愛児を京にのこしおいて、赴任先で客居する身の上からよんで、真情が流露する。扶桑集二に出。

一息子は利口ではなく、娘は別に器量よしでもない、これは生れつきの姿だからやむをえない。二(私が受領としてあがたぐらしのため、)子供たちの加冠元服の祝いも、笄(こうがい)をさす着裳の儀もともに時期を失してしまっている。→補一。三冬の枯木に花がついても、その花は紅の色艶も少ない—娘はそういうさびしい花だ。四日蔭のうすぐらい谷間の鳥は、ひなどりが育っても羽毛のはえかたもおそい—息子はそういうおくてのたちらしい。五私の家には、少しばかりの貯えとてもないから、彼らはみな私一人をたよりとしているに違いない。担は、一かつぎの重さ。石は、米など一斛(こく)の量の単位。六ただ我が家には先祖からゆずられた文章道の家学がある、これを誰に授けたらよかろうか。(子供たちに後継ぎさすべきだが、その子供たちはたよりないさまであるの意)。→補二。七子供のことを考えると心配で、老境になって窮迫する嘆きと同じ心配だけれども。八どうかした拍子に子供のことを口にすると、こういう田舎ぐらしの身の上がうらめしく悲しい。

261「家の書(ふみ)を読みて、歎かるることあり」。

一一封の書簡が京都(の自家)から郵到した。二紙上を借りて公私のことが叙述せられているので、思わずすみの方を向いて読むという意か。借紙公私の意は、明らかでない。借字、底本は渚字、済字ともよめばよみうる書体。あるいは宿字の字形相似により誤るか。宿紙ならば国語で、すきかえしの紙、こうやがみのこと。三子供が病気だということをきくと、遠国に外吏となっている身の上が第一に悲しくなる。四（しかし世間では去年十一月以来阿衡の紛議で）危険な議論が横行しているようすだが、私は学者や物しりとして京都に居る身の上でないことがかえって幸いだったと喜ぶ。三句は私事、四句は公のこと。二句の「借紙公私」に応ずるであろう。後漢書、杜林の伝に「博洽多聞、時称二通儒一」とある。五盛夏三伏の日や十二月極寒の日につけて、家のなりわい（経済状態）が貧しいことが痛感させられるが、そういうことはあまり苦にならない。六しかし社会の風波のきびしさ、嶮悪さというものに慄然たるものをおぼえるのだ。阿衡の紛議が摂関専制確立に向かおうとする藤原氏にうまく利用されて、天下の政治がすでに半年以上も停滞するという驚くべき事件は、道真をいたく刺戟したことがこの詩句からよみとれる。七この遠国の客舎では、（そういう風波も直接に及ばないので）のんびりと王道政治という問題を談じ合っている。八そのありさまは、山が近いせいでもあろうか、はずかしいと思わねばならぬことだが、山のきこりみたいなものだ。↓補。

262 国分蓮池の詩、七言二十四韻、一韻到底、蓮の韻なる下平一先韻。

1 仁和二年。2 仁和二年三月二十六日讃州に着任した。→二五二。3 →補一。4 十年ほど以前までは葉だけで花がなかったが、ここ三、四年、（道真が州に来任した）仁和以来花と葉とがさかんにひらけるようになった。5 同僚の属官たち。6 讃岐国内に二十八箇寺があったことがわかる。7 仁和三年にも同様に蓮茎と香油とを頒布した。8 →補二。9 仏の慈悲の力が及ばないのでないとしたら、人間の心が不信心になったからにほかならない。

論危更喜不通儒
豈憂伏臘貧家産
唯畏風波嶮世途
客舎閑談王道事
應羞山近似樵夫

四 論危くして更に喜ぶ　通儒ならざることを
五 豈伏臘　家の産の貧しきことを憂へめや
六 ただ風波の世途に嶮しきことを畏る
七 客舎閑談す　王道の事
八 山近くして樵夫の似くあらむを羞づべし

262

丙午之歳[1]、四月七日[2]、予初莅レ境、巡二視州府一。府之少北、有二一[3]蓮池一。ゝ之近東、有二一長老一。ゝゝ曰、是蓮也[4]、元慶以往、有レ葉無レ花、仁和以來、花葉倶發。適至二夏末一、已遇二花時一。長老之言、誠而有レ驗。尒時予向二僚屬[5]一、作二是唱言一、採二摘池中百千万莖一、分[6]二捨部内二十八寺一。聞者隨喜、見者發心。加レ之香油、東西供養、乃謂、自レ我爲レ故、將レ貽二後人一。至二于去年[7]一、亦復如レ是。意之所レ約、不レ爲レ不レ諧。今茲[8]自レ春不レ雨、入レ夏無レ雲。池底塵生、蓮根氣死。天與レ人失、心與レ事違。非[9]二佛力不一レ至、蓋人心之不レ信。聊叙二文章一、便以嗟歎云尒。

門外小池ゝ内蓮
門外の小池　池の内なる蓮

問來誰種又誰穿
稚膚葉展纔承露
清溜溪通不遵涓
提筇一時風景改
下車三度月光圓
及看灼々新花發
終信皤々故老傳
心誤絳幡依岸陣
眼疑紅燭出泥燃
西方色相聞爲寶
南郡榮華見可憐
尋繹凡夫機利鈍
混成樂處善因緣
同僚偃草稱權首
闔境奔波供佛前
都計道場唯四七

二問來へらくは　誰か種ゑまた誰か穿りたる
三稚き膚　葉展りて纔に露を承く
四清き溜　溪に通ひて涓と遵はず
五筇を提る一時　風景改る
六車より下ること三度　月光圓なり
七灼灼として新しき花の發くを看るに及びて
終に皤皤たる故老の傳ふることを信ず
八心誤てらくは　絳き幡の岸に依りて陣するかと
眼疑ふらくは　紅の燭の泥より出でて燃ゆるかと
九西方の色相は　聞きて寶となす
一〇南郡の榮華は　見て憐れぶべし
一一尋繹す　凡夫の機の利鈍
一二混成す　樂處の善き因緣
一三同僚　草に偃して稱けて權首といふ
一四闔境　奔波して佛前に供す
都べて計る一五道場ただ四七ならくのみ

一国分寺門外の意であろう。↓補三。二誰がこの池を開鑿して、蓮を植えたのであろうか。三蓮は葉をひろげて、その稚い葉の上に露の珠をのせている。四池は渓流に通じて、清い水のながれがちょろちょろと流れて、単なるたまり水ではない。遵字、底本以下導字に作る、いま意改。五杖をとってこの蓮池のほとりに立つと、途端にぱっと一時に風景が改まる思いがする。六(府衙より車でここに来て、)車から下りることがこれで三度目、その度に月は満月に近く円かった。↓補四。七蓮がぱっと花を開いて、そのかがやくばかりの美しい花をみて、白髪の老人がいったことばを信じた。故老は、池の近い東にいた一人の爺さんのこと。本詩の序に出。↓補五。八紅い幡(はた)が門前の池の岸にならび立てられているかと思われ、また紅い燈火の光が泥中から出てもえているのかとも見られた。↓補六。九西方阿弥陀浄土のてりかがやく姿ありさまは、かねてより聞いて宝のように尊んでいた。色相は、色身のあらわれて肉眼にみえる姿。↓補七。一〇南海道讃州の蓮池に咲きかがやくこの蓮の花花を見ると、何とすばらしいではないか。(まさしく西方浄土の荘厳蓮華のありさまを眼前にみる思いである。)↓補八。一一蓮池の蓮を部内の二十八大寺にわけようというこんどのことがらによって、凡夫衆生の根機の利鈍のほどをたずねきわめることができる。尋繹は、事理をたずねきわめること。機とは、「根機」「機縁」などと熟する。本来心中にもっているものが、外来のはずみによって展開活動するもの。一二このいささかの善行が機縁になって、楽処たる浄土往生へのよき因縁を混成することになろう。一三同僚たちは、草の中に仰むけにたおれ臥したりして(蓮をわけ

擬施世界滿三千
人皆採摘分頭去
我獨思惟合掌眠
未昔離心於魏闕
如今享福不唐捐
先祈海內長無事
次願城中大有年
從自初來言已立
欲令後到禮相沿
豈圖此歲無豪雨
何罪當州且旱天
風卷春山雲宿澗
火燒夏日地生煙
毒龍貪惜神通水
邪鬼呵留智慧泉
祝史疲馳頒幣社

一六世界滿三千に施さむと擬す
人みな採り摘みて頭を分ちて去ぬ
我れ獨り思惟して掌を合せて眠らくのみ
一七昔より心を魏闕に離さず
一八如今福を享くること　唐捐ならじ
一九先づ祈らくは　海內長に事なからむことを
二〇次に願はくは　城中大きに年あらむことを
二一初め來りて言已に立ちしより
後に到りしものをして禮相沿せしめまく欲りせしに
豈圖りきや　此の歲　二二豪雨なからむとは
何なる罪ありてか　當州且に旱天なる
二三風は春の山に卷きて　雲は澗に宿る
二四火は夏の日を燒きて　地は煙を生ず
二五毒龍貪りて惜む　神通の水
二六邪鬼は呵りて留む　智慧の泉
二七祝史は幣を頒つ社に馳せむことに疲る

るのに努力し)、(命ぜられたからするというのでなく)自らすすんで首謀者だといってしごとをかって出る。一四州内のこらず、波の寄せるように争って、諸寺の仏前に蓮の根茎を供して移植した。→補九。一五本詩の序に部内二十八寺とある。道場は、寺院のこと。一六これをおし及ぼして三千大千世界にあまねく蓮華を施したいと思う。一七私は昔から一日も心を九重の宮中より離したことがなかった。魏闕は、宮城の正門、転じて皇居。一八今この善根功徳によって天道鬼神の祐助をうけることがあるであろう、決してそれはむだに棄てることにはならない。→補一〇。一九(そこで福を享けるであろうとしたならば)先ず第一に海内永久に平和無事でありますように(阿衡の紛議などの忌わしいことが早く治まりますように)、祈りたい。二〇次に讃州国中、あげて豊年でありますように祈りたい。二一初めて二年前に来て、蓮を部内の寺にあまねく移植しようという願いを立てて以来、私の後に赴任して来た人に対しても、私の志をうけついでもらいたいと思っていたのに。本詩の序に「乃謂、自レ我為レ故、将貽二後人一」。→補一一。二二どしゃぶりの雨。二三春の山に風はふき、しまき雲が澗の間に集っただけ(で、又散じてしまった)。→補一二。二四夏の烈日が火のようにやけこがして、大地から煙がたつ。二五毒竜が居て、神通の水をひとりじめに貪って、地に降らすのを惜しむのである。→補一三。二六邪鬼が居て、智慧の霊泉を人界に流すのをしかりとどめるのである。→補一四。二七諸社の神に対して、何度も雨を祈らしめられるので、諸社のかむなぎ・はふりたちは、幣帛を諸社に頒ちくばるのに馳せ歩いて疲れてしまう。

禪僧倦著讀經筵
悲哀鄭白源流涸
夢想龔黃德化宣
近見塵飛芳蕚死
遍知土熱稼苗煎
善根道斷呼甘樹
眞實謀窮稔福田
莫笑芳修偏少力
應慙政理每多愆
魂迷案轡顚羸馬
手拙揚薪爛小鮮
儒館罷歸雖叱咄
吏途蹶步更迍邅
刻肌刻骨身爲鏤
此偈寧非薄命篇

二八 禪僧は經を讀む筵に著かむことに倦む
二九 鄭白の源流 涸れなむことを悲哀す
三〇 龔黃の德化 宣べなむことを夢想す
三一 近く見る 塵飛びて芳蕚の死れなむことを
三二 遍く知る 土熱して稼苗の煎りなむことを
三三 善根道ふこと斷えにたれば 甘樹を呼びなむ
三四 眞實 謀 窮りにたれば 福田を稔らさむ
三五 笑ふことなかれ 芳修偏に力少きことを
三六 慙づべし 政の理 每に愆ち多きことを
三七 魂 迷ひて轡を案ずれば 羸れたる馬顚れぬ
三八 手拙くして薪を揚ぐれば 小鮮爛れにたり
三九 儒館より罷れ歸りて叱咄すといへども
四〇 吏途に蹶き歩びてさらに迍邅たり
四一 肌に刻み骨に刻みて身に鏤をなす
四二 此の偈 寧 薄命篇にあらざらめや

二八 諸寺に対しても請雨の祈禱を修せられるので、法師たちも大般若経転読の座につくことにあきあきしてしまう。二九 かの韓の水工鄭国のひらいた鄭渠や趙の中大夫白公の開鑿した白渠が、関中を沃野とし、衣食の源となったといわれるが、今や旱つづきで、わが州の川の流れも涸れつきてしまうことが悲しい。↓補一五。三〇 漢の循吏龔遂(きょうすい)と黄覇(こうは)が勧農して荒廃した地方を大いに振興させたといわれるが、今や旱つづきで喘ぐ州民に何とか徳化をしきたいことだと夢想する。↓補一六。三一 あたりいちめん土ぼこりが草木にたまって花の蕚(がく)も枯死してしまう姿がみられる。芳蕚は、生き生きと芳ばしい花のうてな。三二 もうどこもかしこも大地は焦(こ)げて、稲の苗も煎(い)りつけられてしまおうとする。稼苗は、植えつけた穀類の苗。三三 善根功徳あらゆる祈雨のすべを行なったが、もうどうにも処置がなくなったから、この上はかの不死の国にあるという神仙の甘木でもたのむよりほかはない。↓補一七。三四 真実の至誠心を尽して、雨を請う謀を立てたが、もうすべて行きつまってしまったから、この上は如来の福田の稔ることでも待つほかはない。↓補一八。三五 私の仏法上の修法が浅薄で、多力でないことを笑いたもうことなかれ。↓補一九。三六 また州の政治のしかたについても、はずかしいことだがいつも過ちが多くあるようだ。三七 (こういう苦境に立って)私の心魂もどうしたらいいか思案にあまって、(馬を進めることもならず、山坂の途中で)馬の轡をひき手綱をひかえて、躊躇していると、疲れはてた馬はどたりと倒れてしまった。↓補二〇。三八 小魚を焼こうと思っても、私の料理の手がまずくて、薪をひっくりかえすので、小魚はめちゃくちゃ

263 憶ニ諸詩友一、兼奉レ寄ニ前濃州田別駕一。

天下詩人少在京　一 天下の詩人　京に在ること少らなり
況皆疲倦論阿衡　二 況むやみな阿衡を論ずるに疲れ倦みにたらむや
傳聞、朝廷令ニ在京諸儒一、定ニ阿衡典職之論一。　三 傳へ聞く、朝廷在京の諸儒をして、阿衡典職の論を定めしむと。
巨明府劇官將滿　四 巨明府は劇官　滿ちなむとす
安別駕煩代未行　五 安別駕は 六 煩代　行はず
南郡旱災無所與　七 南郡の旱災　與るところなし
東夷獷俗有何情　八 東夷の獷俗　何なる情かあらむ
君先罷秩閑多暇　九 君先づ秩を罷めて閑暇多からむ
日月煙霞任使令　一〇 日月煙霞　使令に任せなむ

264 謝下文進士新及第、拜ニ辭老母一、尋中訪舊師上。

怪來言笑夢中聞　一 怪來しばくは　言笑　夢の中に聞くならむかと

に形がこわれてしまう。四十三・四十四句は、旱魃非常の時にあたって、執政が意のままにうごかない嘆きをいう。↓補二一。三九 一句、意が通じ難い。↓補二二。四〇 肌にきざみこみ、骨にきざみこむ苦労のかずかずに、私の身も文字通りすきまなく彫りもので鏤(ちりばめ)られてしまった。刻は、木に彫ること。鏤は、金属に彫りつけること。四一 (蓮を分捨する志を叙べて、供養偈を唱えようと思っていたのに、いつのまにか自身の愚痴話になってしまったようだ。)此の偈はつまりは一種の薄命篇というべきではなかろうか。↓補二三。▽↓補二四。

263 「諸の詩友を憶ふ、兼ねて前濃州田別駕に寄せ奉る」。↓補一。

一 天下一流の詩人は(京を去ったものが多く)、在京のものがごく少ない。二 まして在京のものしりたちは、皆召されて勘文を進献して阿衡の論判につかれていやけがさしているしまつではないか。三 ↓補二。四 越州刺史巨勢氏の忙しい公務もやがて秩が満ちようとしている。巨明府は、越前守巨勢文雄であろう。明府は、地方長官。↓補三。五 安倍興行。↓補四。六 存疑。↓補五。七 わが治める讃州の旱災には私はもはや何ら手のほどこしようもない。↓補六。八 東国の蝦夷たちのあらあらしい民俗によって、(紛争が生じている様子だが)彼らはどういう心をもっているのであろう。九 あなたは美濃介の任期が満ちて、地方政治から解放されて、ゆったりとしておひまが多かろう。一〇 (世俗の紛議にまきこまれることなく)日月を自由におくり、風月煙霞の景色を存分に召し使われて楽しまれたい。使令は、命令して召し使うこと。

264 「文進士が新(あら)たに及第して、老母を拝辞して、旧師を尋ね訪ひしことを謝す」。文進士は、文章得業生に及第した文室時実。↓二四四・二四五。この年の春の省試に及第。七月前後、老母を家にのこしてはるばると讃州なる旧師道真の許を訪問した。

一 君がことば、君が笑い声を聞いて、これは夢のなかではないかしら、とあやしんでみる。二 讃岐の客舎は、夜もなかばを過ぎてひっそりとものさびしい。三 この春は、君は高く月の中の桂の枝一枝を折ることを辞さなかった。(見事に多年の念願たる省試に及第して進士即ち文章得業生となった。)折桂は、科挙に合格すること。四「秋風力有り」という発想は、中国にもみられる。後のものながら島崎藤村の「秋風の歌」に「いたくも吹ける秋風の、羽に声あり力あり」。五 京都をあとにして旅に出てきたことを、母堂はさびしがって、私をうらんでおられることであろう。西京は、京都の西の京。老母は、文室時実の母堂で二四四にも出。猜は、「恨也」(小爾雅)とある。六 南海道の一閑人。道真の自称。七 どうかして司馬即ち諸国の掾(ぞう・まつりごとびと)に任命するという一枚の除目(じもく)の印を得ることができようか。八 そこで多少の推輓の文字を書き留めて、府より京へさし出す公文書に添え送ろう。

265「早雁を聞きて、文進士に寄す」。↓補。一 中国大陸の朔北沙漠の地に秋の涼風が吹いて、雁をはるかの南方の空に旅立たせるのであろう。二(蘇武の故事を思うにつけて、)北方の空から渡り来る雁の足に、京なる家人の書がついていやしないかと思うが、そういうことはない。三 雁の声をきくと、旅人の旅愁をかきたてて、夢も結ばせないことが、ただひたすらなさけない。四 二十日すぎの下弦の月が空にかかる、雁はその月のなりが弓弦に似ているので、

客舍蕭〻夜半分
春月不辭高折桂
秋風有力遠披雲
西京老母知猜我
南海閑人喜遇君
爭得一枚司馬印
便留多少附公文

二 客舍蕭蕭たり　夜半分る
三 春月　辭びず　高く桂を折ることを
四 秋風　力有り　遠く雲を披くに
五 西京の老母　知りぬ　我を猜みなむことを
六 南海の閑人　君に遇へりしことを喜ぶ
七 爭でか一枚の司馬の印を得むや
八 便ち多少を留めて公文に附せむ

265 聞二早雁一寄二文進士一。

無勝早雁叫傷情
沙漠涼風送遠行
不見家人書便附
唯煩旅客夢難成
下弦秋月空驚影
寒櫓曉舟欲亂聲

早雁の叫びて情を傷ましむるに勝ふることなし
一 沙漠の涼風　遠行を送れりしならむ
二 家人の書の便ち附きたらむことを見ず
三 ただ旅客を煩せて夢だに成り難し
四 下弦の秋月　空しく影に驚く
五 寒櫓の曉舟　聲を亂さむとす

憶汝先來南海上
夜尋落魄舊能鳴

憶ふ　汝が先づ南海の上に來てしより
夜[六]落魄を尋ねて舊より能く鳴くらむことを

266　江上晩秋。

不敢閑居任意愁
勸身江畔立清秋
山銜落日分陰駐
水趁凋年一種流
鷗鳥從將天性狎
鱸魚妄被土風羞
銷憂自有平沙步
王粲何煩獨上樓
仲宣賦云、暇日聊以銷レ憂。

[一]敢へて閑居して意の任に愁ふるにはあらず
[二]身を勸めて江の畔に　清き秋に立つ
[三]山は落日を銜みて分陰駐る
[四]水は凋年を趁ひて一種流らふ
[五]鷗鳥は天性に從將りて狎れたり
[六]鱸魚は妄りて土風に羞めらる
[七]憂へを銷さむには自らに平沙の歩びあり
[八]王粲　何ぞ煩ひて獨り樓に上りけむ
[九]仲宣が賦に云はく、暇日聊かに憂へを銷すといふ。

むだなことだが驚くらしい。五 夜明けの海上を寒げに櫓声がひびく、雁はその櫓声に驚いて、なき声を乱そうとする。風櫓の声が雁のなき声にまぎれてきこえるという発想である。六「落魄」、諸本「落魂」に作る。落魄は、爾雅、釈訓に「失意なり」とある。「魄」は、メダマシヒと訓む。七・八句は、雁よ、お前たちはいち早くこの瀬戸の海のほとりに渡ってきて夜な夜な鳴いているのは、落ちぶれて失意をかこつ人を尋ねて探しもとめて鳴くのではなかろうかの意。

266「江上晩秋」。↓補一。

一 あえて閑居の生活をめざして、毎日気ままに感傷にひたっているのではない。二（やむことをえず公務からぬけ出し）しいて我が身にいってきかせて、川のほとりにでかけて、気のすむ秋景色のなかにたつのである。三 山の端（城山のあたり）に日がおちかかろうとして、しばらくの間沈むのをためらうかとみえる。分陰は、一分の光陰・しばらくの時間。↓補二。四 水の流れ（綾川）は残り少ない今年の時間をおいかけるように、同じように流れゆく。凋年は、暮れゆく年。一種は、同じようにの意。五（海近い川のほとりを）鷗（かもめ）はその天性によって人に馴れて、低く近くとびかう。↓補三。六 鱸（すずき）は、土地の名産ということで、むやみに捕っては膳にすすめられる。↓補四。七（王粲は昔、乱に当たって難を南方に避け、暇日に流離の愁えを消すために江陵の城楼に登ったというが）私も同じ愁えの身の上だが、その憂愁をまぎらすには、この平らかな砂原を歩けばよろしい。八（平沙を歩けば自然愁えもまぎれるのに）かの王粲はどうしてわざわざ楼に登ったりしたのであろう。九 王粲、字（あざな）が仲宣。↓補五。▽↓補六。

267　九日偶吟。

客中三見菊花開
只有重陽毎度來
今日低頭思昔日
紫宸殿下賜恩盃

一客中三たび菊花の開くを見る
二ただ重陽　度毎に來ること有り
今日頭を低れて三昔の日を思ふ
四紫宸殿下に恩盃を賜ひにしことを

268　別二文進士一。

見來纔一月
相送幾重波
未省中懷散
空添別涙多
葉紅時易感
雲白路難過
不得隨君去

見來りてより纔に一月
一相送る　幾重の波ぞ
二中懷の散ずることを省ざるに
空しく別涙の多きを添ふるなり
三葉紅にして　時感び易し
四雲白くして　路過ぎ難けむ
五君に隨ひて去なむこと得ず

267「九日偶吟」。九日は、仁和四年(八八八)九月九日。紀略に「この日重陽の宴停止、先帝周忌の近きがためなり」とある。光孝天皇は前年八月二十六日崩じた。

一 讃州客中、これで三度目の秋を迎え菊の花の開くのを見る。二 菊が黄花を開くたびごとに、九月九日の重陽の節はやってくる。文集、九日酔吟詩に「一為二州司馬一、三見二歳重陽一」。皇甫冉の秋日東郊詩に「菊為二重陽一冒レ雨開」。三 京都に在って文人として仕えた昔の日日。四 毎年の重陽の節には天皇は紫宸殿に出御、菊酒を侍臣文人に賜わった。私も仁和元年までは年ごとに恩盃を賜わり詩をたてまつったものであった。

268「文進士を別る」。文章得業生文室時実、師道真を訪れんとて、京都より讃岐に来て、一箇月滞在した。その間彼は、「聞二早雁一寄二文進士一」(二六五)や「秋湖賦」(五一五)などに「来客」としてよまれている。小林氏いう、「…を別る」は、行く人に別れる意、「…に別る」は、留まる人に別れる意。

一 はるばると瀬戸の幾重の波路をわたって帰ろうとしている君を私は見送る。二 本当に心の奥底からのわだかまるものを散じきったことにはならないうちに。中懷は、心のうち。陶潜の斜川詩に「之を念へば中懷動く」。三 楓樹葉紅にして、秋は哀しむべき時である。四 雲が白くうち覆うて、路もさだかでないので、路も通り過ぎかねるであろう。五 君と一緒に京へ帰ってしまいたいが、そうすることもできない。

269「白菊に寄す、四十韻」。京の宣風坊の菅家の書斎の庭に栽培していた菊の花を思いやって、讃州客居のおさえがたい不満の意をのべたもの。五言古調四十韻。寛平二年秋の「感二白菊花一、奉レ呈二尚書平右丞一」(三三二)の詩に「吟

傷情欲奈何　情(こころ)を傷(いた)ましむれども奈何(いかん)せむとかする

269　寄二白菊一四十韻。

遠隔蒼波路　一遠(とほ)く隔(へだ)つ　蒼波(さうは)の路(みち)
遙思白菊園　二遙(はるか)に思(おも)ふ　白菊(しらぎく)の園(その)
東京蝸舎宅　三東(ひむがし)の京(きやう)なる蝸舎(くわしや)の宅(いへ)
西向雀羅門　四西(にし)のかたに向(むか)ふ雀羅(じやくら)の門(かど)
小壥斜當戸　五小壥(せうくゐ)　斜(ななめ)に戸(と)に當(あた)れり
疎欄正逼軒　六疎欄(そらん)　正(まさ)に軒(のき)に逼(せま)る
無池蓮本缺　池(いけ)なければ蓮(はちす)　本(もと)より缺(か)く
有畝竹逾繁　畝(うね)有(あ)りて竹(たけ)　逾(いよいよ)繁(しげ)し
擬擅孤叢美　七孤(ひと)つの叢(くさむら)の美(うつく)しさを擅(ほしきまま)にせむと擬(す)
先芸庶草蕃　八先(ま)づ庶(もろもろ)の草(くさ)の蕃(しげ)きを芸(くさぎ)れり
苗從台嶺得　九苗(なへ)は台嶺(たいれい)より得(え)つ
種在侍郎存　一〇種(くさ)は侍郎(しらう)に在(あ)りて存(そん)しき

新四百字中篇〈到レ州三年、成二五言四十韻詩一。寄二此花一以引二客中之幽憤一〉」とあるのは、この詩を指す。

一 ここ讃州より京都ははるかの蒼波幾重の潮路を隔てている。二 私は我が宿の白菊の花園を遠く思いやる。三 我が宿は東の京、宣風坊なる蝸牛(かたつぶり)のすまいのような小さな家。「書斎記」(五二六)参照。四 その家の門は西に向かって開いているが、雀をとるあみを張ってもいいほど、訪客も稀だ。史記、汲鄭の伝に「門外に雀羅を設くべし」。「蝸舎」「雀羅」は、文集に白居易が好んで用いた語。例えば文集の「題二新居一詩」(三六七)に「冷(すさ)まじきことは雀羅に似て客少しといへども、蝸舎よりも寛(ひろ)うして身を容(い)るるに足れり」とある。五 いささかの盛り土が、家の戸口に対して斜めになってある。壥は、累土・盛り土。ここは築山をいうか。六 まばらな簡素な欄干が、家の軒端に接するようである。七 庭さきの畝のあたり屋根の低いことをいう。七 庭さきの畝のあたりに、菊の叢を栽培して、秋の花の美しさをひとり占めしようと思った。八 先ず繁茂していた雑草を刈りとった。九 菊の苗は天台(比叡山)の明上人から頒けてもらった。元慶八年の「題二白菊花一」(一二五)の「本是天台山上種、今為二吏部侍郎花一」を参照。一〇 それを式部少輔たる道真の宿に移し植えたのである。

一一 式部少輔の唐名。一二 私は自ら菊の苗を分けて、畝にくまなく植え込んだ。一三 心をこめて、菊の苗を世話して成長を見守った。一四 翌年の初夏には、きめのこまかな枝さきの芽が顔を出してきた。牙根は、普通には、芽と根のこと。ここは枝先の芽のことをいうか。一五 水をそそぎやすいことを期待して、井戸によりそったところに地を占めて菊の畝をつくるの意か。

予爲吏部侍郎之日、天台明公、寄是花種。

下手分移遍
中心愛護敦
早春新膩葉
初夏細牙根
待灌占依井
承湯免戴盆
蘂期揚酷烈
莖約引嬋媛
爽籟吹灰到
流年轉轂奔
乍看珠顆拆
爭賞素窠翻
蟬翅迷施粉

一一 予れ吏部侍郎たりし日、天台の明公、是の花の種を寄せたまひき。

一二 手を下して分ち移すこと遍し
一三 中心に愛護すること敦し
早春 膩葉新なり
一四 初夏 牙根細し
一五 灌ぐことを待ちて 井に依りて占む
一六 湯ふことを承けて 盆を戴くことを免れたり
一七 蘂は酷烈を揚げむことを期す
一八 莖は嬋媛を引かむことを約す
一九 爽籟は灰を吹きて到る
二〇 流年は轂を轉して奔る
二一 乍ちに看る 珠なす顆の拆くことを
二二 争ひて賞づ 素き窠の翻ることを
二三 蟬の翅の 粉を施せしかと迷ふ

一六 菊は洗滌してもらって、頭に盆をいただくことも免れて、どんどん天に向かって伸びて行く。この十七・十八句、存疑。↓補一。一七 花の蘂は、やがて盛んな香気を発するに至ることを期待させる。史記、司馬相如の伝に「酷烈淑郁」。一八 菊の茎は、やがて花の枝を引きつらねるであろうことを予約しているようである。↓補二。一九 (気を候(うかが)い、灰を吹いて) 暦の運行にしたがって、清風が吹き訪れる。爽籟は、さわやかな風のひびき。吹灰は、漢書、律暦志に出。二〇 過ぎ行く月日は、車のこしきの回転するようにはしり過ぎる。轂は、車輪の中心となって、輻(や)をあつめ、軸をその中心に貫いているもの。漢書、貨殖の伝に「転轂百数」。二一 真珠のようなつぶらな蕾(つぼみ)がほっかりひらきかけるのを、あるとき突然に見る。二二 白い菊の花の花弁が舞いひるがえるように咲くすがたを、争って賞美する。窠は、くぼみ。花の中心のしべのくぼんでいるところの一輪の花の形。二三 (白菊の花のすがたは、) 蟬のあえかに薄い翅(はね)に白粉(はふ)をひきほどこしたかと疑われる。二四 蜂が菊の花にとんできて、その鑽(きり)で花の蘂に痕をつけるのにいそがしい。二五 この句存疑。「隕宋」、底本「弶宋」に作り、板本「強宋」に作る。慈本いう、「強当作隕」。底本の「弶」を「隕」とよむ。↓補三。二六 白菊の咲き満ちる庭は、白雪がかの袁山をうずめて降りつもったさまに似ている。袁字、底本素字に作る、いま板本による。二十七・二十八句、星も雪も白菊の花に喩える。↓補四。二七 (白菊の花のすがたは、あたかも) 紫かさねの衣(おもて紫、うら薄色)を篋にたたみおさめたかのようである。二八 かぐわしい菊の花の匂いは、まるで酒がたるにいっぱい満ちて

蜂鑽閙著痕
地疑星隕宋
庭似雪封袁
紫襲衣藏篋
香浮酒滿罇
仙家嫌葱圃
隱士厭桃源
笑殺陶元亮
湌資楚屈原
和光宜月露
同類是蘭蓀
色惜哀虛室
名後要盛昆
慙竽曾獻主
悔劍只貽孫
任老休炊桂

[二四]蜂の鑽の　痕を著くるに閙し
[二五]地は星の宋に隕ちたるかと疑ふ
[二六]庭は雪の袁を封じたるが似し
[二七]紫を襲ねて　衣い篋に藏む
[二八]香を浮べて　酒ぞ罇に滿てる
[二九]仙家も葱圃を嫌ふ
[三〇]隱士も桃源を厭ふ
[三一]笑ひ殺す　陶元亮
[三二]湌は資く　楚の屈原
[三三]光を和ぐるは月露に宜し
[三四]類を同しくするはこれ蘭蓀
[三五]色を惜みて虛室に哀しぶ
[三六]名に後れて盛昆を要す
慙づらくは　[三七]竽を曾主に獻りしこと
悔ゆらくは　[三八]劍をただ孫にのみ貽さむこと
老いたる任に　[三九]桂を炊がむことを休めむ

いるようだ。 二九 仙人もかの葱嶺の神仙郷たる葱圃を憧れることを必要としない。→補五。 三〇 隠士も世間を離れた別天地たる桃源を求めることを必要としない。道真の書斎の菊花の庭は葱圃・桃源をこえた神仙の楽苑である。桃源は、陶潜の「桃花源記」参照。 三一 （我が園の白菊の花のすばらしさに対して）かの昔陶潜（字は元亮）が「菊を東籬の下に采り、悠然として南山を見る」とうたった風雅も笑止にさえ思われる。「笑ひ殺す」は、甚だしく笑う意。「殺」は、助字。 三二 （我が園の白菊の花は）かの楚の屈原のたべものとなるに足るであろう。→補六。 三三 白菊の気高いすがたを誇示しないで、ひそかにかくすには月夜に白露をおくのがよろしい。（才智を包んであらわさず、世俗に仲間入りして異をたてないという意。）→補七。 三四 白菊のかおり高い匂いは、蘭や香草のはなあやめと同類である。 三五 三十七・三十八句、存疑。→補八。 三六 一句解し得ない。→補九。 三七 竽は、しょうのふえ。三十六管ある。周礼にみえる。「竽を主に献ず」とは、韓非子、内儲説上にみえる濫竽即ち濫吹の故事による。南郭処士が三百人とともに斉の宣王の竽を吹く仲間にいたが、宣王の死後、湣王が立って一人一人の竽をきいたので、処士は逃げた。私もその任ならずして、昔つかえていたことをはずかしく思うの意。 三八 風俗通に「剣を遺して子に与」えた故事が見える。沛国の富家趙某が、財産を他人に与えて、その子に一剣を与えたこと。三十九・四十句、道真が式部少輔、文章博士として京にいた時に、詩文を進献し、子弟を教育したことを恥じて自謙後悔する意を諷する。 三九 桂樹をもやして飯をかしぐこと。物価の高い他国で不如意の生活をすること。戦国策に

「今臣玉を食らひ、桂を炊(かし)ぐ」とある。四〇 萱は、わすれ草。詩経の毛伝に「諼草、食之、令二人忘一レ憂」とあり、この草を玩味すると、憂えを忘れ去るという。四十一・四十二句は、道真が辺境南海の国に不如意な生活をすることも秩が満つればやめられるであろう、いやな思いも萱草を帯びることで忘れたいものだとの意。四一 菊の高いかおりを身に佩び、また服用すべきである。応は、張相によれば「理想推度之辞用」とある。↓補一〇。四二 白菊の花の操ただしく潔白なすがたを、ひき折って持って居たいと思う。攀は、引く意。援は、持つ意。↓補一一。四三 春夏秋冬の次序がめぐり流れても、別に天子から特に賜うこともなかった。↓補一二。四四 三年の歳月も千秋をかさねる思いで、賜うこと有るを期待し、誓って忘れなかった。↓補一三。四五 人生の食禄運命は、公平な裁定を経ているとも思われない。平反とは、訴訟をくりかえし、調べて、前判決を改めて公平な宣告をすること。四六 (私の前半生をふりかえってみると、) 面目をほどこし、歓喜娯楽することも少なく、常に世間の俗事にまきこまれて、いたずらに煩悶し、心をとりみだすことも多かった。陸機の「為二顧彦先一贈レ婦」詩に「京洛多二風塵一」。四七 文章博士として紀伝道の教官たる本業をやめたことをいう。「羊柱の筆」は、鹿毛を柱とし、羊毛をこれにかぶせた筆のこと。↓補一四。四八 ここは地方官として讃岐に任官したことをいう。隼旟は、はやぶさを描いたのぼり旗。その勇健に象(かた)どる。州里の役所に建てるもの。四九 世間は文章道の本義をふみちがえて、甲論乙駁、阿衡の論議に日をくらしているとき、私は南海に遠く離れて居て、その渦中にまきこまれることもなく、身を安らかにして、

忘憂倍帶萱
芬芳應佩服
貞潔欲攀援
四序環無賜
千秋矢不諼
生涯雖量測
祿命未平反
面目歡娛少
風塵悶亂煩
業抛羊柱筆
官建隼旟幡
失道人皆議
安身我獨論
雙龜收北闕
五馬屬南轅
文選云、別二

憂へを忘れむとて　四〇 萱を帯ぶることを倍さむ
四一 芬芳　佩服すべし
四二 貞潔　攀援せむことを欲りす
四三 四序　環りて賜ふことなし
四四 千秋　矢はくは諼れじ
生涯は量り測るとも
四五 祿命は平反ならず
四六 面目　歡び娛しぶこと少らなり
風塵　悶へ亂るること煩し
四七 業は羊柱の筆を抛つ
四八 官は隼旟の幡を建つ
四九 道を失ひて　人みな議す
身を安むじて　我れ獨り論ぜまくのみ
五〇 雙龜　北闕に收む
五一 五馬　南轅に屬す
五二 文選に云はく、「子が雙

子雙龜、李氏謂、罷二二官一也。余、及レ爲二刺史一、解二却兩印一、故云也。

鬱々江雲臭
濛々澗雨溫
行程過綠浦
逆旅臥青蘋
水國親賓絕
漁津商賈喧
一來疲涕泗
三度變寒暄
想像霜華發
悲傷晚節昏
含情排客館
抱影立荒村

龜を剔く」と。李氏が謂はく、「二官を罷むるなり」といへり。余、刺史たるに及びて、五三兩つの印を解却せり、故に云ふ。

五四鬱鬱として江雲臭し
五五濛濛として澗雨溫なり
五六行程 綠なる浦を過ぐ
逆旅 青き蘋に臥す
五七水國 親賓絕ゆ
漁津 商賈喧し
五八一たび來りてより 涕泗に疲せたり
五九三度 寒暄を變へぬ
六〇霜華の發かむことを想像る
六一晚節の昏きことを悲しび傷ぶ
六二情を含みて客館を排けり
六三影を抱きて荒村に立てり

ひとり意見を書き送りもした。阿衡の紛議を指していう。五〇 ここはそれまで任じていた式部少輔と、文章博士の二官を罷めて、朝廷に返却したことをいう。亀は、印のつまみにほった亀形の飾り。転じて有位有官の佩びる印綬。双亀は、両つの兼官をいう。五一 ここは南海讃州刺史に任じて赴いたことをいう。五馬は、太守即ち国守の美称。太守の車にはもと驂馬をつけ、加秩により更に一馬を付け加えたからいう。南轅は、車の轅(ながえ)を南方に向けること。五二 →補一五。五三 仁和二年正月十六日、讃岐守に任じ、式部少輔と文章博士の二官を罷めた。五四 坂出の海に注ぐ綾川の空にかかる雲霧が、鬱陶しく、なまぐさく塩っぱい気がみちている。讃州府衙の景。五五 南山の渓谷におぐらいまでに霧がこめて、谷川に降る雨さえ温かい。五六 ここに赴任するまでの京よりの旅の行程には、緑の木木のしげる浦浦を過ぎ、宿駅の旅舎に泊っては青いはますげのかげに臥し起きした。五七 入江の多いこの南海道の国に、親しい来客とてなく、漁港には商いをする人人の呼びあう声のみがかん高い。水国は、河湖の多い地方の義。津は、みなとの義。→補一六。五八 はじめて赴任してきてから、あけくれ涙をこぼして身も痩せてしまった。涕は、目から出る汁。泗は、鼻から出る汁。五九 仁和二年の春以来、三度寒暑をおくり迎えした。暄は、あたたかさをいう。六〇 ここは京なる宣風坊の菅家の菊を想像するのである。霜華は、霜を花と見立てていう。霜華というが、ここは霜の中に開く菊の花のこと。晋の周処風土記に「菊華煌煌、霜降之時、唯此草盛茂」。六一 秋の暮れになってひとりほのかに昏く匂うている菊の花をいたんでなげく。六二 無限の情懐をいだいて、私は旅舎の戸をひ

悵望将穿眼　六四 悵(いた)びて望(のぞ)めば眼(まなこ)を穿(うが)たむとす

追尋且送魂　六五 追(お)ひて尋(たづ)ぬれば魂(たましひ)を送(おく)るに且(なん)なむとす

意驚由過雁　六六 意(こころ)の驚(おどろ)くことは　過(す)ぎゆく雁(かり)に由(よ)る

腸斷豈聞猨　六七 腸(はらわた)の斷(た)つことは　豈(あに)猨(さる)を聞(き)かめや

有處堆沙插　六八 處(ところ)に有(したが)ひて　沙(いさご)を堆(たか)くして插(さ)す

何人折柳攀　六九 何(いか)なる人(ひと)か柳(やなぎ)を折(を)りて攀(ひ)かむ

自開還自落　七〇 自(おのづか)らに開(ひら)きまた自(おのづか)らに落(お)つ

誰見也誰言　七一 誰(たれ)か見(み)また誰(たれ)か言(い)はむ

暮景愁難散　暮(ゆふべ)の景(ひかり)にも愁(うれ)へは散(さん)じ難(がた)し

涼風恨易吞　涼(ひややか)なる風(かぜ)にも恨(うら)みは吞(の)み易(やす)し

寄詩花盛否　七二 詩(し)を寄(よ)す　花(はな)は盛(さか)りなりや　否(さかりならず)や

珍重可知恩　七三 珍重(ちんちょう)たり　恩(めぐ)みを知(し)るべし

270　秋雨。

秋霖晴日少　一 秋霖(しうりむ)　晴日(せいじつ)少(まれ)らなり

らいて戸外を歩く。 六三 飄然と孤影を抱いて、私は荒れた村はずれに立つ。 六四 幽憤をおさえて、はるかに都の方の空をのぞめば、悲しみのあまり眼も穴がうがたれそうだ。 六五 都にのこしてきた我が宿の菊のことを慕ってどうなっているかと思いめぐらすと、我が魂も飛んで都の空に行ってしまいそうだ。 六六 空を啼き過ぎる雁がねに心を驚かす。 六七 三峡の猿声を聞かなくても、腸を断つ思いがする。 六八 随所に、砂をうずたかくもりあげて畦をつくって、菊の苗を插す。 到処・有処は、「在処」と同じく、唐代の俗語。 随処の意。 六九 何人が楊柳の枝を攀(ひ)き折って、私に書信を寄こすであろうか。 楽府の「折楊柳」による。 王瑳の詩に「攀折思為贈、心期別路長」。 盧照鄰の詩に「攀折聊将寄、軍中書信稀」。 七〇 菊の花は、おそらく誰も手入れをするものもないままに、自ら開き、自ら散っていることであろう。 七一 故園の菊を誰が見、誰が私に告げてくれるであろう、誰も告げてはくれない。 菊に寄せて、京の情況を誰も告げてくれないことを愁えているのである。 七二 せめて私は白菊を憶う詩を作って、故園に寄せる、そもそも今頃は花が盛りに咲いているかどうか。「否」は、漢籍の古訓では上の語の訓をくり返して否定語に付ける。 七三 故園の白菊の花よ、御機嫌よう、(私がこんなにもしたっているのだ。) 菊も私の心を知ってくれるであろう。 珍重は、自愛加餐せよというほどの俗語。 書簡もしくは挨拶の用語。

270 「秋雨」。

一 秋のなが雨。 二 讃州府庁の官舎をいう。 三 客舎の家屋に苔がはえて、壁のところまで侵入してくる。 四 屋外の池では、なが雨の出水で、水が凹んだ穴にみち溢れて流れ出す音がきこえる。孟子、離婁下に「原泉混混として昼夜を舎(お)かず、科(あな)に盈(み)ちて後に進む」。五辺土の旅先でみる夢はただ苦しく切ない。「苦情」ということばの用例は管見に入らない。あるいは我が国における造語か。よりどころのない申し立てという意味で、福恵全書、刑名部の用例が中国にあるだけである。六つれづれのいなかぐらしには、ただ詩という「悪魔の酒」がそのままそっくりともだち相手である。白居易の閑吟詩に「惟有二詩魔一降未レ得、毎レ逢二風月一一閑吟」。シカシナガラの訓は、「併、シカシナガラ」(類聚名義抄)による。「併しながら」は、そのまま・あわせてそっくりの意。都盧の義。七雨の降るうちに、時間という花の花びらが散り落ちて行く。華は、光陰。「年華」は、文選・文集の語。八(天も)私がいたずらにこの辺土に老いて行くのをどうすることができようか。(それは秋のなが雨のせいではないの意。)論語、述而に「子曰く、天徳を予に生(な)せり。桓魋其れ予をいかにかせむ」。

271「路辺の残菊」。一菊は九月九日の重陽の節を過ぎれば、時節おくれとなってしまうようだ。崔寔の月令に「九月九日、可レ採二菊花一」。「時を失ふ」というのは、道真の身の上についての感慨をもこめているであろう。二馬も疲れて歩行の工合も遅いが、それもとがめまい。「相憐れぶ」は、憐れむ対象があるので「相」の字をそえる。三菊の異名。ここは黄菊をいうのである。李嶠の詠菊詩に「玉律三秋暮、金精九日開」。四路辺の残菊を摘みとろうとしたが、何だか路上におちている金を拾うような後めたい気がした。↓補。

旅館感懐多
屋見苔侵壁
池聞水溢科
苦情唯客夢
閑境併詩魔
帯雨年華落
其如我老何

二旅館　感懐多し
三屋は苔の壁を侵すことを見る
四池は水の科に溢るることを聞く
五苦なる情は　ただ　客の夢にして
六閑なる境は　併しながら詩の魔ならくのみ
七雨を帯びて年華落つ
八其れ我が老いを如何にかせむ

271　路邊殘菊。

菊過重陽似失時
相憐好是馬行遲
金精未滅薫香在
欲把還羞路拾遺

一菊は重陽を過ぎて時を失へるに似たり
二相憐れぶ　好是し馬の行きの遅ることを
三金の精滅えずして薫香在り
四把らまく欲りして還路に遺ちたるを拾はむことを羞づ

272　驚レ冬。

送冬如昨只今歸
應道炎涼傳翼飛
〽牀上卷收青篾簟
篋中開出白綿衣
不愁官考三年黜
唯歎生涯万事非
節是安寧心最苦
天時爲我幾相違

一冬を送れりしこと昨の如くなるに只今し歸る
道ふべし　二炎涼の翼を傳へて飛ぶなりと
三牀の上には卷き收む　四青篾の簟
五篋の中には開き出す　白綿の衣
六官考三年　黜けられぬることを愁へず
ただ生涯万事　非なることを歎かまくのみ
七節はこれ安寧なれども心し最苦しぶ
八天の時　我がためには幾相違へり

273　晨起望レ山。

不寐通宵直到明
蘆簾手撥對山晴
避人猨鳥松蘿裏

一通宵寐らずして直に明に到る
二蘆簾は手づから撥げて　三山の晴れたるに對ふ
人を避けて猨と鳥と　四松蘿の裏

272 「冬に驚く」。
一 たった昨日あたり冬を送って春を迎えたと思うのに、もう今日は冬がめぐりかえってきた。「只今」は、一つの語。李白の越中懐古詩に「只今唯有二鷓鴣飛一」。二 炎は、暑さ。涼は、涼しさ。炎涼は、「寒暄」に同じい。「伝」は、おそらく「傅(ふ)」の誤写か。「翼を傅(つ)け、角(つの)を戴く」(列子、黄帝)とは、鳥と獣とをいう。ここは暑さ涼しさを空をとぶ鳥とみたてて、寒暑の推移を鳥の飛び過ぎることに喩えるのであろう。一説、翼は翼宿、朱鳥七宿の第六宿。三 以下二句、和漢朗詠、巻上、冬、初冬(本大系七三三五四)に出。↓補。四 和漢朗詠、牀字を床字に、篾字を竹字に作る。篾は、竹の皮。簟は、竹の蓆(むしろ)・四角の文様に編んだむしろ。一句は、床(ゆか)の上では(夏中つかった)青竹の皮で編んだむしろを巻いてしまいこむの意。
五 ころもばこからは(冬に着用する)真綿の衣をとり出してひろげる。篋は、ころもばこ。篋字、朗詠匣字に作る。綿は、まわた。唐代には今日の綿はない、平安朝でも同じであろう。
六 ここは朝廷の除目によって、それまでの二官を罷免せられて、国司の官に遷されて三年間をつとめあげたことをいう。考は、職事の功過をいう。七 時節は(夏の旱魃もおさまって、)世の中も安らかに平和であるけれども、私の心は何とも苦しい。八 天の時の運行は、私にとっては、どうも行きちがっているとみるよりほかはないようだ。「天の時」は、易書から出て、文集にもしばしば見える。違字、底本遠字に作る、いま一本による。「遠」では韻が叶わない。
273 「晨(あした)に起きて山を望む」。
一 客中の幽憤で、一夜まんじりともしなかったこともあったのであろう。二 蘆(ろ)で編ん

唯有飛泉雨後聲
五 ただ飛泉の雨の後の聲あらくのみ

274 冬夜閑思。

白茅簷下火爐前
侍坐兒童倚壁眠
案曆唯殘冬一月
居官且遣秩三年
性無嗜酒愁難散
心在吟詩政不專
千万思量身上事
窗間報得欲明天

一 白き茅の簷の下　火爐の前
坐に侍る兒童は壁に倚りて眠る
二 曆を案ずればただ冬一月を殘さまくのみ
三 官に居て且がつ遣る　秩三年
四 性　酒を嗜むことなければ愁へは散じ難し
五 心　詩を吟ずることに在れば政は專ならず
六 千万　身上の事を思量すれば
七 窗間に報ずること得たり　明けなむとする天

275 冬夜對レ月憶ニ友人一。

月轉孤輪滿百城
一 月は孤輪を轉して　百城に滿つ

だ簾(すだれ)。素樸な調度。官舎のしつらいであろう。三 城山(きやま)に対するのであろうか。四 まつのこけ。さがりこけ。一句は、山の猿や鳥たちは、人間を避けて「さるをがせ」のさがる老樹の木かげに身をひそめているの意。↓補。五 ただ滝つ瀬のひびきが、雨後にひときわ高くひびいてきこえる。鼓ヶ岡のほとりの渓流の音か。

274 「冬の夜の閑(かん)なる思ひ」。↓補。

一 かやぶき屋根の官舎の軒の下、煖炉の前に、私は冬の夜を坐っている。坐右に侍している召使いの子供は、壁にもたれたまま眠っている。茅は、つばなのこと。山野に自生する宿根草の一。夏、白い綿のある穂を出す。高さ一メートル余。火炉は、火鉢のこと。白居易の「別ニ氈帳火炉一」詩に「復此紅火炉、雪中相暖熱」。

二 この冬の立春が十二月二十六日であるから十一月二十五日ごろの作であろう。三 地方官としてこの地に在任して秩禄を食むこと三年、どうにかこうにか日をすごしてきた。「且」の訓は、「且、カツガツ」(類聚名義抄)による。不十分ながら・何とかして・いささか・かりそめに・しばらくの意。遣は、文集、和答詩序などに「遣ニ時日一」とあると同じく、日をすごす義。

四 私は生れつき酒のいけるたちではないので、一杯の酒に気を晴らし、鬱を散ずるということもない。五 (詩を詠むことがわずかの楽しみなので) 心は詩を吟ずることばかり考えがち、自然政務をみることに専念できない。六 あれこれと千万無量の感慨をもって、身の来し方行く末を思いめぐらしているうちに。七 窓の向こうの空が、時をしらせ顔にしらじらと明けてきた。

275 「冬の夜月に対(むか)ひて、友人を憶ふ」。友字、板本故字に作る。

一 月輪が大空をめぐり行き、その清光は海内のあらゆる町町に満ちている。転は、月輪の運行することをいう。

二 冬のすさまじい月光に対して、客中憂悶の情をかきたてられて、如何ともすることができないくらいに悩まされる。無端は、ゆくりなく・思いがけずの意。賈島の「度二桑乾一」詩に「帰心日夜憶二咸陽一、無端更渡二桑乾水一」。悩殺は、李白の「贈二段七娘一」詩に「千杯緑酒何辞レ酔、一面紅妝悩二殺人一」。三 (この月光に白く冴えた冬の夜を)山では小雪がちらついて積もるのではないか、川ではうっすら氷がはりかけるのではないかとみまがわれる。漸漸は、徐徐に進行するかたち。四 冬の夜長も、坐ったまま、家の中から静かに外の景色を眺めておれば、あきはしない。五 「玄度を思ふ」は、月夜に心ある友人を思う意。題に「対レ月憶二友人一」とある。三五四の「親対儵言玄度友、高登漫擬庾公楼」を参照。底本、「玄度」に左注して「余秩作」とある。或いは「毎レ思二余秩一腸先断」に作る本もあるか。↓補。

276 「客居、雪に対(かむ)ふ」。

一 温い液体さえも冷たく凝結して、何かしら期待させるものがある。「温液」、板本「温夜」に作る。二 おやと驚いてみると銀粉をばらまいたように白雪がいちめんに茅(かや)や茨(いばら)で葺いた屋根につもっている。三 庭さきに出てみると、忽ち頭が真白になって、鶴のようなかっこうになる。四 室内にすわって、いろりべに居れば、手もひびわれがしない。亀は、ひびわれができること。前句の「鶴」と相対す。↓補一。五 玉樹の瑤華ともみまごう雪の花がさっと舞い散るのは、風がぱっと吹きわたるところ。文選の豪士賦「カゼノチカラケダシスクナシ」と訓む。六 白玉のかけらがきえかけるよとみえる

無端悩殺客中情
山疑小雪微ヽ積
水誤新氷漸ヽ生
永夜猶宜閑望坐
寒嵐不得出遊行
毎思玄度腸先斷
空放吟詩一兩聲

二 無端に悩し殺す　客中の情
三 山疑ふらくは　小しき雪の微微として積るかと
水誤つらくは　新しき氷の漸漸に生ずるかと
四 永き夜もなほし閑に望みて坐るに宜し
寒ゆる嵐に　出でて遊び行かむこと得じ
五 玄度を思ふ毎に　腸先づ斷ゆ
空しく放つ　吟詩一兩聲

276 客居對レ雪。

溫液寒凝暗有期
驚看銀粉滿茅茨
立於庭上頭爲鶴
居在爐邊手不龜
花散忽因風力處
玉銷初見日光時

一 溫き液も寒に凝りて暗しく期すること有り
二 驚きて銀の粉の茅茨に滿つるを看る
三 庭上に立てれば　頭鶴となる
四 居りて爐邊にあれば　手龜らず
五 花は散る　忽ちに風の力に因る處
六 玉は銷ゆ　初めて日の光を見る時

城中一夜應盈尺
祝著明年免旱飢
今年有旱、故云。

七城中一夜 尺に盈つるなるべし
八祝著す 九明年旱と飢ゑとを免れむことを
一〇今年旱有りき、故に云ふ。

277 訓二藤十六司馬對レ雪見レ寄之作一。次韻。

人皆踏玉似蓬瀛
雪色應羞我性清
口詠君詩心且祝
明年秋稼與雲平

人みな玉を踏める 一蓬瀛に似たり
二雪の色すら 我が性の清きに羞づるなるべし
三口に君が詩を詠じて 心に且く祝ふ
四明くる年の秋の稼は 雲と平ならむ

278 立春。在二十二月廿六日一。

偏因曆注覺春來
物色人心尚冷灰
誣告浪從氷下動

一偏に曆の注すに因りて春の來れることを覺る
二物の色と人の心と尚し冷しき灰のごとくなるものを
三誣ひて告ぐらくは 浪の氷の下より動かむこと

のは、さっと日光が照らしたばかりのとき。七府中の町も一夜にして、雪が一尺以上もつもったらしい。→補二。八めでたいことだ。慶賀の意。「著」は、語助。九この雪のおかげで来年はさぞかし旱魃と飢饉とを免れることであろう。一尺以上の大雪が降ると、翌年豊作の瑞兆だというのである。→補三。一〇仁和四年五月前後の旱魃をさす。→二六二。

277「藤十六司馬の雪に対ひて寄せらるるの作に訓(む)ゆ。〈次韻〉」。司馬は、地方官の掾の唐名。藤十六司馬は、讃岐掾藤原某。

一「蓬萊」と「瀛洲(えいしゅう)」との二仙山。これに「方丈」を合わせて海中の三神山、永遠に処子のごとき神仙のすむところ。一句は、雪の日、人人は玉のかけらのような雪を踏んで行く、まるでかの東海の神仙境に遊ぶ思いがするの意。二純白の雪の色でさえも、我が心の清潔さに対してはおもはゆい思いをするであろう。三君が私に贈ってよこした詩を口に吟詠しながら、心の中でまずまず(次のことを)祝福して祈った。四来年の秋は、(この瑞雪のおかげで)どっさりみのって、あの空に湧く雲とひとしいほど多く豊かな収穫があるであろう。

278「立春。〈十二月二十六日に在り〉」。扶桑集二に出。

一専ら具注暦の記載によって旧年の内ながらすでに新しい春が立ったことを知る。二目に見るものの気配は冬の色、世間の人の心はなお冬の気持で、依然として冷灰のようにさびしくすさまじいけれども。三(実際はそうでもないかもしれないが、立春が訪れた以上は)池の氷の下から浪がゆるきだすだろうと強いて言い張りたくもなるし、雪の中から梅の花も開きそめるだろうかしらとそれとなく思ってみたくもなる。

暗思花在雪中開　暗に思へらくは　花の雪の中に在りて開かむこと
浮雲自後寒夜暖　浮べる雲は　自後　寒ゆる夜も暖ならむ
壯日如今去不廻　壯なる日は　如今し　去にて廻らざらむ
消息窮通皆有運　消息窮通　みな運有り
莫言墐戸不驚雷　言ふことな　戸を墐りて雷に驚かずと

279　懺悔會作、三百八言。

一切衆生煩惱身　一切衆生　煩惱の身
求哀懺悔仰能仁　哀みを求めて懺悔して　能仁を仰ぐ
承和聖主勅初下　承和の聖主　勅初めて下したまひぬ
貞觀明王格永陳　貞觀の明王　格永く陳ねたまへり
内自九重外諸國　内は九重より　外は諸國
起於万乘及黎民　万乘より起りて　黎民に及ぶ
年終三日繫心馬　年の終に　三日　心馬を繫ぐ
天下一時轉法輪　天の下に　一時に　法輪を轉ず

四 空に浮かべる雲も、これより後は、寒夜といえどもすでに暖かみをおびているであろう。自後は、これより後の意。魏志に用例がある。五 我が壮年の日日も、ただ今、今年が去ってしまったからには、再び私にめぐっては来ないであろう。壮年は、およそ三十歳台。→補一。六 消えると生ずると。→補二。七 困窮すると栄達すると。一句は、人間における栄枯盛衰はみなそれぞれの運によるの意。→補三。八 出入口の穴や戸口に泥を塗って塞(ふさ)ぐこと。一句は、今や冬が去って、新しい春が訪れたからには、虫たちも穴の入口に泥を塗りこめて、雷がなっても驚きはしないなどと冬の用心を揚言する必要もなくなったの意。→補四。▽→補五。

279「懺悔会(さむくゑ)」の作、三百八言」。→補一。
一 この世の一切の衆生はことごとく生死(しやうじ)に迷乱し煩悩を具足している身である。煩悩は、人間の欲望の一切のわずらい。→補二。二 仏の慈悲を求め、哀願して。哀は、いつくしむこと。呂覧の注に「哀、愛也」とある。三 罪過を悔い改める。→補三。四「釈迦」の訳、なし能う人の義。即ち仏陀の称号。五 仁明天皇。→補四。六→補五。七 清和天皇。八→補六。九 内は九重の奥深く清涼殿において修せられ、外は五畿七道の諸国の庁において修せられる。一〇 一天万乗の主上(ここは仁明天皇)の発願に始まり、その功徳をば更にあまねく天下の万民にまで及ぼすのである。一一 歳のはて、十二月の末、三日間。→補七。一二「心猿意馬」の略。猿や馬のように動物的な欲情の制御しがたいこと。ここは、そのような煩悩をつなぎとめて制する意。一三 天下ことごとく、一斉に仏名経を礼拝し、説法を聴聞する。転法輪は、説法のこと。一四 承和五年(八三八)の発願以来、ことし仁

發願以來五十載
星霜如故事如新
我今爲吏居南海
朝夕翹誠望北辰
趨拜宮門或佞士
奉行制旨卽忠臣
會之前後禁屠割
會之中間絕葷辛
禪悅寒擎霜椀味
遏伽曉指井華神
城中遍滿菩提念
境内掃除雜染塵
香出善心無出火
花開合掌不開春
歸依一万三千佛
經中佛名。

一四 發願してよりこのかた　五十載
一五 星霜故きが如く事新なるが如し
一六 我れ今吏となりて　南海に居り
一七 朝夕誠を翹して北辰を望む
一八 趨りて宮門を拜するは　或は佞士ならむ
一九 制旨を奉行するは　卽ち忠臣なり
二〇 會の前後は　屠割せむことを禁む
二一 會の中間は　葷辛を絕つ
二二 禪悅　寒にして擎ぐ　霜椀の味
二三 遏伽　曉に指す　二四 井華の神
二五 城中遍滿す　菩提の念ひ
二六 境内掃除す　雜染の塵
二七 香は善心より出でて　火より出づることなし
二八 花は合掌に開けて　春に開けず
二九 歸依す　一万三千佛
三〇 經中の佛名なり。

和四年(八八八)に至る、ちょうど五十年である。一五 年月は仁明天皇の時以来、かなり古くなったようであるが、この懺悔会の仏事ははじめて執行するように新鮮な感動である。一六 私はたまたまこの国に司となって、南海道に居て。一七 朝に夕に、至誠心(しじょうしん)をおこして、北方の皇都の空を望んでいる。↓補八。一八 中央の官職に居て、宮城の門を走りぬけては恭しく拝する人の中には、或いはこびへつらいの上手な佞人が居るかもわからないが。一九 天子からの詔勅の旨を承けてここにこの仏名会を修するのは、とりもなおさず忠実な臣下というべきである。二〇 懺悔会の前後は、殺生(せっしょう)を禁断し、鳥獣魚介をほふり割(さ)くことを禁止する。二一 懺悔会を修する三日三夜の間は、戒をまもって、野菜のくさいもの、からいものを断つ。葷辛は、ねぎやにらや蒜(ひる)やしょうがやからしのたぐい。仏家の戒しめる食品。二二 寒い冬の朝、懺悔会の仏事を修する清浄な歓喜に包まれて、霜気を帯びた椀に心をこめた味わいの食物を盛って、仏前に捧げて供養する。禅悦は、禅家の悟りに心を楽しませること。↓補九。二三 ↓補一〇。二四 朝、最初に汲んだ井戸水。一句は、早暁に井戸から最初に汲みあげたところの霊妙なはたらきをもつ水を閼伽桶(あかおけ)にさして、仏に供養する意。↓補一一。二五 讃州府衙の城下一帯に、菩提の念があまねく充満する。↓補一二。二六 府庁の構内を掃除して、一切の塵けがれの類をはらう。↓補一三。二七 懺悔によって、至誠心をおこしさえすれば、それは火に焼いて百和香をくゆらすよりも功徳がある。「無出火」、底本・和漢朗詠「無用火」に作る、いま慈本により訂。↓補一四。二八 懺悔して仏前に合掌しさえすれば、四種の花花が春になって開くのをまたずとも、掌の花が咲くのである。↓補一五。
二九 ↓補一六。 三〇 ↓補一七。
三一 仏名懺悔を府衙において修するのは、ひとえに讃岐国内の二十八万人の人人にあわれみを垂れてその功徳利益を普く平等におし及ぼさんがためである。 三二 讃州一国の全人口。五云に「八十九郷二十万口」とある。 三三 辺地の衆生たちはいつも粗野卑賤であり、未来の世世も頼るべきものもなく、貧窮するであろう。讃岐を辺陬の地だと道真は常に意識している。↓補一八。 三四 彼らは前生の宿業の拙なきによって皆こうなるだけではなく。 三五 またその上に、現世において悪業を重ねて悪因を植えつけている。国守として、部内の民衆生活に対する批判がよみとれる。 三六 われら衆生は、おのがじし六道を輪廻し、量りがたく、限りがたい何れの世界から、この人界のこの世の中に転生してきたのであるか。 三七 税の課役がこわさに課役を逃れるために逃亡したりすれば、それらの罪業をば冥府の役人たちは一一記録にとどめるであろう。 三八 また課役を免れようとして公私をいつわりあざむけば、冥途の獄卒たちはいかって、呵責しようとまちかまえるであろう。↓補一九。 三九 漁夫や猟師のおとこどもが、魚を捕ったり、獣をつかまえたりして、しらずしらずにか、あるいは故意にか殺傷をあえてしているが、その傷つけ殺している相手の魚鳥や獣は、もとの兄弟であったり昔の主人や親であるかもしれない。↓補二〇。 四〇 調子にのって。威風に乗じて。 四一 みだりに訴訟をおこすこと。 四二 牛馬にひかせて、田を耕す農具の一種。舌ですきのように土を耕させて苦しめる獄法。一句は、調子にのってみだりに人を訴訟したりすれば、舌ですきのように土を耕す苦しみをうけるの意。↓補二

哀愍二十八万人
部内戸口。
邊地生〻常下賤
未來世〻亦單貧
非由宿業皆如此
亦復當時更結因
无量无邊何處起
自身自口此中臻
逋逃課税冥司錄
欺詐公私獄卒瞋
漁叟暗傷昔兄弟
獵師好殺舊君親
在風濫訴犂耕舌
習俗狂言湯爛脣
遠教万方罪先現
乖和一夕苦相遵

三一 哀愍す 二十八万人
三二 部内の戸口なり。
三三 邊地の生生は 常に下賤なり
未來の世世も 亦單貧ならむ
三四 宿業に由りてみな此の如くなるのみに非ず
三五 亦復當時 更に因を結ばむや
三六 无量无邊 何れの處よりか起る
自身自口 此の中に臻れり
三七 課税より逋逃すれば 冥司錄さむ
三八 公私を欺詐すれば 獄卒瞋らむ
三九 漁叟の暗に傷くるも 昔の兄弟
獵師の好みて殺せるも 舊の君親
四〇 風に在りて 四一 濫訴すれば 四二 犂なして耕す舌
四三 俗に習ひて狂言すれば 湯もて爛らす脣
四四 遠教万方 罪先づ現る
四五 乖和一夕 苦しび相遵ふ

肉飛羅刹鬼前刃
骨赴泥梨鼎下薪
疑惑愚癡無曉悟
雖無曉悟欲精懃
可慙可愧誰能勸
菩薩弟子菅道眞

四六肉(しし)は飛(と)ぶ　羅刹鬼前(らせちきぜん)の刃(やいば)に
四七骨(ほね)は赴(おもぶ)く　泥梨鼎下(ないりていか)の薪(たきぎ)に
疑惑(ぎわく)四八愚癡(ぐち)にして　四九曉悟(げうご)なし
五〇曉悟(げうご)なしといへども　精懃(せいきん)せしめまく欲(ほ)りす
五一慙(は)づべし愧(は)づべし　五二誰(たれ)か能(よ)く勸(すす)むる
菩薩(ぼさち)の弟子(ていし)　五三菅道眞(くわんだうしん)

280　元日戲二諸小郎一。

珍重行年五九春
可憐兒輩二三人
不須多勸屠蘇酒
其奈家君白髮新

一珍重(ちんちよう)す　行年(かうねん)五九(ごく)の春(はる)
二憐(あは)れぶべし　兒(こ)の輩(ともがら)二三人(じさむじん)
三多(おほ)く屠蘇(とそ)の酒(さけ)を勸(すす)むることを須(もち)ゐず
四其(そ)れ　家君(かくん)が白髮(はくはつ)の新(あらた)なるを奈(いかん)せむ

281　寄二紙墨一以謝二藤才子見レ過。

一。四三世俗の愚癡に流されて、みだりに狂(きやう)れた言辞を吐けば、熱湯で唇をただらす罰をうける。四四遠くはるかな後の世までも遺ってあらゆる四方の隅隅まで行きわたった仏の教えによって、娑婆世界の人間の犯した罪は何よりも先ずはっきりする。四五かりそめに一夕、調和をやぶり、道にはずれたことをすれば、楽しい平和がやぶれて、苦しみがひき続いてゆく。四六（一旦地獄に堕ちれば）羅刹鬼のふりかざす刃の前に、あわれ罪人の肉は飛び散る。→補二二。四七地獄の釜の下の薪になって、亡者の骨は投げこまれて骨さえ焼かれる。→補二三。四八→補二四。四九悟ること。五〇（愚癡無慚な凡俗の州民たちは）明らかに悟るということはなかろうけれども、何とかして精進勤行せしめたいと念願する。五一慙愧せよ、慙愧せよ。→補二五。五二仏菩薩と凡夫衆生の中間にあって、菩薩の代理として懺悔せよと諸人によびかけ勧化するのは、菩薩の弟子菅原道真である。五三「菅道真」、底本「菅道～」に作る。▽→補二六。

280　「元日、諸小郎に戯る」。仁和五年正月元日、身辺に伴っていた二、三人の子供に対して戯れに口号した作。

一御苦労さん！　私の四十五歳の春よ。珍重は、多謝すの意、あるいは難得の意。挨拶書簡の用語。二（辺土に伴ってきた）二、三人のかわいいわが子どもたちよ。三そんなに屠蘇の酒を私に勧めてくれなくてもいい。四お前たちのおやじの頭が、一段と白髪が新たにふえたことを見ないか。（今さら長寿を祈り邪を辟けようとて、屠蘇白散の酒盃をかさねたとて、何ともなるものではなかろうほどにの意。）→二七〇注八。

281　「紙墨を寄せて、藤才子が過(よ)ぎらるるに謝す」。→補一。

沙浪不由遇舊知
今朝目撃涙先垂
松煙若映桃花上
詠折春風桂一枝

一 沙と浪と　不由く舊知に遇ふ
二 今朝　目に撃めて涙し先づ垂る
三 松煙　若し桃花の上に映りなば
四 春風に桂の一枝を折りしことを詠じなむ

春詞二首。☆

282 和風料理遍周遊
山樹紅開水緑流
自古人言春可樂
何因我意凜於秋

一 和風　料理ひて遍く周遊す
山樹紅に開き　水緑に流る
二 古より人は言へらく　春は樂しぶべしと
何に因りてか　我が意の秋よりも凜たる

283 雨後江邊草染來
遙思去歳始花梅
歸鴻若當家門過
爲報春眉結不開

一 雨の後　江の邊　草染來れり
二 遙に思ふ　去にし歳始めて花さきし梅を
三 歸らむ鴻の　若し家の門に當りて過ぎなば
四 爲に報げよ　春の眉の結れて開けずと

一 讃州の府に近い津のほとり、沙原は平らかに浪は白くあがる。その風景の土地で、ゆくりなく旧知の君に逢うこととなった。↓補二。
二 今朝その友人に会って、一目みたとたんに一番さきに涙がこぼれる。↓補三。三 私は君に心づくしの墨と紙とを贈る。この墨の松煙が、もしこの細薄光潤な桃花牋の上に映ることがあるとしたならば。桃花は、桃花紙。上質の開花紙。うすくきめが細かい。↓補四。四 春風に桂の一枝を折ったことを詠じて、それを書きとめられることであろうよ。↓補五。

☆「春詞二首」。春詞は、春の小唄というほどの意。↓補。

282 一 のどかな春風が吹きおとずれて山も川もくまなくめぐりありく、その春風がきりもりして、山の木木に紅の花を咲かせ、川に緑の水を流させる。和風は、のどかな春風。料理は、事をとりはからうこと。きりもりして事を処置すること。二 昔から人はいう、春は楽しむ時節だと、だが私の心は楽しむという気分にはなれない。秋の気よりももっとおそれてひきしまっている、これはどうしてだろうか。↓補。

283 一 府衙のほとりの綾川べり、春の雨がはれて、ひときわ草の緑が深く染まってきた。

二 去年の春はじめて花咲いたという、京のわが家の庭の梅の木、今年はもう立派に咲いていることと、はるかに思いをはせる。三 大空を北にかえり行く雁がねよ。お前たちが過ぎ行く空の路が、もし京の家の方に当たるとしたならば。

四 私のために、告げしらせよ。南海の私の眉は、春になっても明るく開けないで、愁えに結ぼれていると。「為」の用法、和習。

284　正月十六日、憶二宮妓蹋歌一。

星居在北濶天滸
遺意宮人整玉簪
此夜應同新月色
他郷不似舊年心
舞非春夢難行見
歌是昔聞便臥吟
毎屬佳辰公宴日
空ゝ濕損客衣襟

[一]星居北に在り　天なる[二]滸ぞ濶き
[三]意遣る　宮人の玉の簪を整へらむことを
[四]此の夜　新月の色同じかるべし
[五]他郷にして　舊年の心に似ず
[六]舞ひは春の夢にあらず　行きて見ること難し
[七]歌はこれ昔聞くところ　便ち臥しながら吟ず
[八]佳辰公宴の日に屬るごとに
[九]空空濕ひ損す　客衣の襟

285　聞下群臣侍二内宴一賦中花鳥共逢上春、聊製二一篇一寄二上前濃州田別駕一。

花不含靈鳥不言
知春爲政調寒溫

[一]花は靈を含まず　鳥は言はず
[二]知りぬ　春の政を爲して寒溫を調へむことを

284 「正月十六日、宮妓の蹋歌(だふか)を憶ふ」。扶桑集八に出。↓補一。
一 北辰即ち北極星の星座。天子の居所に喩える。↓補二。 二 天の涯(はて)。一句は、天子のいます北方京都の空を望みみれば、天ははてなく広いの意。 三 今ごろはさぞ宮妓たちは(使に催促せられて)玉の簪を整え、化粧に余念もないことであろうと想像して、都こいしい気持をひそかに慰める。遣意は、心を晴らすの意。「遣懐」「遣悶」とも。↓補三。 四 京もこの南海も十六夜の月の新しい色は同じいはずだ。十六夜月が顔を出したばかりをいう。 五 しかし私の心は、四年前まで毎年参列した踏歌の節の日のあのわきたつようなよろこびは、今日この他郷ではない。 六 一場の春の夢ではなく、正しく踏歌の宮妓たちの舞いはかの都の南殿の庭で行われている筈だが、私は行って見ることはかなわない。 七 その唱歌は昔から聞いていたところ、今朝は私は臥しながら空しく吟誦してみる。↓補四。 八 (踏歌の節会のみならず、内宴といい重陽といい、)佳節公宴の日になるごとに。 九 不覚にも、私は旅ごろもの襟を客愁望郷の涙でぬらしてよごすのである。↓補五。

285 「群臣、内宴に侍(はべ)り、「花鳥共に春に逢ふ」といふことを賦すと聞きて、聊(いさ)か一篇を製(つく)りて、前濃州田別駕に寄せ上(たてまつ)る」。扶桑集十六に出。↓補一・二九一。
一 花は霊(たく)しき力をもつものではなく、鳥もまた言葉を出してものいうことはしないが。含霊は、霊をもつもの即ち人間。六朝の用例がある。 二 (花が開き、鳥が鳴くのを見れば)春が万物を治めようとして、寒温を調(ととの)えていることがよくわかる。 三 幽谷の奥深くに居て、君が賢人を天下に求

幽溪轉感求賢詔
古木方驚養老恩
望鶴晴飛千万里
思梅艶發九重門
裛香低翅風莎地
爭得時來入禁園

[三]幽き溪も轉た感ぶ　賢きひとを求むる詔
[四]古き木も方に驚く　老いを養ふ恩み
[五]望まくは　鶴の晴れて千万里を飛びなむことを
[六]思はくは　梅の艶はず九重の門に發きなむことを
[七]香を裛み[八]翅を低る　[九]風莎の地
爭でか時來りて[一〇]禁園に入ること得む

286 訓下藤司馬詠二廳前櫻花一之作上。押韻。

紅櫻笑殺古甘棠
本韻、用レ櫻爲レ韻。拙和、以レ棠代之。
安使君公遺愛芳
此花、元慶始、安太守所レ種也。
不用春庭無限色
欲看秋畝有餘粮

[一]紅櫻笑ひ殺す　古の甘棠
[二]本韻は櫻を用ちて韻と爲す。拙和するに、棠を以て代ふ。
[三]安使が君公　遺愛の芳
此の花は、元慶の始め、安太守が種ゑしところなり。
[四]用ゐず　春の庭の限りなき色を
[五]秋の畝に餘れる粮有るを看むことを欲りす

めて人材を登用しようという詔勅を拝して、いたく感慨を催す。↓補二。四 古木も、君が養老の恩旨を拝して、驚き感奮するであろう。五 鶴が晴天に乗じて、高く千万里を雄飛する姿を望み見たいものだ。↓補三。六 梅をば九重の宮居の門辺に早春第一のすばらしくかぐわしい花を咲かせたいと思う。七 梅の匂いをつつみかくしてあらわさない。自分が、文華を京において発揮しないことをいう。八 鶴は翅を低れたまま飛翔しない。自分が要路において才幹をふるわないことを諷する。九 海の風が吹きすさぶ海浜の砂地。莎は、はますげ。赤褐色の花が咲き、地下茎を薬用にする。ここは讃岐の今の坂出より南に入った、昔の瀬戸の海岸の砂原、府衙のほとり。一〇 天子の園。▽鶴や梅に、時節がめぐりくることを念願する意に、どうかして宮中の官職に復帰したいとの悲願を訴える意をこめる。

286 「藤司馬が庁前の桜花を詠ずる作に訓ゆ〈押韻〉」。↓補一。

一 (庁前の木は) 昔のかの召伯の徳をたたえたという甘棠(こりんご)でなくて、桜の木であったことは、おあいにくさまでしたな、はははは。笑殺は、「笑殺陶元亮」(二六九)参照。周の召伯が、文王の仁政を地方にしきおこなった。召伯が南国を巡行して、たまたま甘棠の木の下にやすみやどった、公が去ったあと、州民は遺愛の甘棠といってその木を保護したという故事による。↓補二。二 藤司馬の詩は桜を韻字としたが、私はその庚韻にちかい陽韻なる棠をその代用の韻字としてつかう。用字、底本周字に作るは非。三 この桜は、前任者なる安太守(前讃岐介安部興行。三二「路遇白頭翁」詩参照)の君が、大切に育てて、われらに遺して行った芳意のこもった桜である。君公は、諸侯の称。四 春、庭さき

287 亞レ水花。

花發巖邊半入流
紅匂綠淥兩悠〻
日燒迅瀨薫龍腦
風獵低枝破鴨頭
恰似湘妃臨岸泣
欺誣蜀錦帶波浮
無人共見陶春意
觸物空添旅客愁

一 花は巖の邊に發きて半は流れに入る
二 紅匂ひ綠淥くして　兩つながら悠悠たり
三 日は迅き瀨を燒きて　龍腦を薫ぶ
四 風は低れたる枝を獵りて　鴨頭を破る
五 恰も　湘妃　岸に臨みて泣くが似し
欺きて　六 蜀錦　波を帶びて浮べるかと誣ひたり
七 共に見て　春意を陶さむ人なし
物に觸れては空しく添ふ　旅客の愁へ

288 官舍前播二菊苗一。

少年愛菊老逾加
公館堂前數畝斜

一 少かりし年より菊を愛して　老いて逾加れり
二 公館の堂の前　數畝斜なり

で限りなく美しい色に咲く桜の花はすばらしいにはすばらしいが、それは華美にすぎない。不用とは、本当に大切なものはほかにあるはずだの意。五 秋のみのりが豊かで、どっさり余分の糧まで収穫があるかどうか、ほんとうに善政が及んだかどうかを見きわめたいものだ。↓補三。

287 「水に亜(た)るる花」。扶桑集十四に出。↓補一。

一 山桜の花が綾川の渓谷に咲き垂れる風景を詠むのであろう。二 紅の桜の花の匂いはたっぷりかおり、緑をたたえた清らかな水が豊かに流れる。悠悠は、ここでは多いかたち。三 春の日光は、急湍を焼いて、竜脳香をたきくゆらせるように、桜花が匂う。↓補二。四 春の谷風が水面に低(た)れた枝をゆさぶって、緑の水面にさざなみを起こさせる。「猟る」は、「鴨」の縁語。風の吹く音を「猟猟」というので、それにも掛けた表現であろう。鴨の雄は緑頭文翅。それで水が澄んで緑が美しいのを、鴨の首の毛色に喩える。五 水に枝垂れて咲く花はかの水神たる湘妃が、湘水のほとりで夫を失った悲しみに泣いているすがたかとあやまたれる。綾川を、湘水とみたてる。「恰似」、底本「洽拾」に作るは非、いま板本による。↓補三。六「蜀江の錦」の略。一句は、水面に咲き垂れた花は、川面にさらした蜀錦が波間に浮かんでいるかとあやまたれるの意。七 我と共にこの好風景を見て、春ののどかな気分にひたるものもいない。私は孤独遷客の身の上、この春の美景に触れるにつけて、空しく旅愁を新たにするだけだ。「陶(とら)す」は、喜ぶ意。謝霊運の詩に「共陶二暮春時一」。

288 「官舎の前に、菊の苗を播(う)う」。

一 ↓三五・二六九。二 讃州府衙の官舎の前庭に、斜めに数畝のうねがある。

去歳占黄移野種
此春問白乞僧家
乾枯便蔭庭中樹
令潤争堆雨後沙
珍重秋風無缺損
如何酈水岸頭花

去にし歳黄なるを占めて　野種を移せしが
此の春は白きを問ひて　僧家に乞ひたり
乾枯　便ち蔭ふ　庭中の樹
令潤　争ひて堆くす　雨後の沙
珍重たり　秋風に缺け損ふことなからむこと
酈水岸頭の花に如何にぞや

289　齋日之作。

相逢六短斷葷腥
獄訟雖多廢不聽
山柏香焚新燧火
野葵花插小陶瓶
念歸觀世音菩薩
聲誦摩訶般若經
懺悔無量何事最

六短に相逢ひて　葷腥を斷つ
獄訟多しといへども　廢して聽かず
山柏　香は焚く　新に燧りたる火
野葵　花は插す　小陶瓶
念ひは歸す　觀世音菩薩
聲は誦す　摩訶般若經
懺悔量りなけれども　何事か最たる

三 去年、野生種に近い黄菊を移植したが。四 今年の春、白菊の苗を求めて、お寺の坊さんにわけてもらった。五（日でり続きで、）乾(か)び枯れやしないかとおそれて、庭の木で日かげになるようにする。六 あまりに湿潤になりすぎるときには、長雨のあとには、うねの砂を少しでも高くつみあげるの意であろう。↓補。七 珍重は、ここでは、幸運にも・おかげをもってというほどの意。唐代の俗語。八 秋の暴風にもひどくいたむということもなくて。九（今年の秋、見事に咲いてくれれば）かの南陽の菊の名所酈県の甘谷の岸のほとりに咲くという大菊の花と、何れがよりすばらしいであろうか。酈水のことは、和漢朗詠、巻上、秋、九日（本大系七三三四注一）参照。

289「斉日(さいにち)の作」。扶桑集十一に出。↓補一。一 意不詳。↓補二。二 葷は、臭気のある菜。にら・ねぎの類。腥は、なまぐさい魚肉・獣肉の類。三 刑事民事の訴訟事件。↓補三。四 六斎日には訴訟はきかない。↓補四。五 山中の柏。老木の柏は香木になるのである。↓補五。六 野生種の花葵(はなあおい)。花は五弁で、木槿(もくげ)に似る。七 陶製(すえつくり)の花瓶(かびょう)。北野藁草、図書三、八ウに図あり。三・四句は、仏前供養の香花を詠ず。↓補六。八 専念に観世音菩薩 Avalokitesvara に帰命し奉る。念帰は、「南無」「南牟」「南謨」(Namah-Namo の訳。帰依信順の義)に当たる語。九 ↓補七。10 志を失うかたち。lingting. 李密の陳情表に「零丁、孤苦」とある。七・八句は、斎日に懺悔することはどっさりあるけれども、一番に私の懺愧にたえない罪過は、学儒としても中途はんぱ、国吏としても中途はんぱで、孤独で零落の身の上になっているただの意。

爲儒爲吏毎零丁　儒となり吏となりて　毎に一〇零丁とおちぶれたること

290 詶下備州刺史便過二旅館一告上レ別。

青衫刺史意殷勤　一青衫の刺史　意殷勤なり

停棹湖頭問故人　二棹を湖頭に停めて　故人を問ふ

今日不須添別酒　三今日須ゐず　別れの酒を添ふることを

爲嫌醉後定霑巾　四醉後　定めて巾を霑さむことを嫌ふがためになり

291 予曾經以下聞三群臣賦二花鳥共逢一レ春之詩上、寄二上前濃州田別駕一。ゝゝ今之不レ遺、遠辱二還答一、詩篇之外、別附二書問一。予先讀二消息一。詩云書云、不レ覺流レ淚。更用二園字一、重感二花鳥一。

自聞花鳥遠形言　一花鳥　遠く言に形るるを聞きてより

憶昔吹噓意氣溫　二憶昔　三吹噓して意氣溫なりしことをおもひき

心折細書千里面　四心折けて細書す　千里の面

290 「備州刺史の、便(すなは)ち旅館を過ぎ、別れを告ぐるに詶(むく)ゆ」。→補一。

一 まだ年若い備州刺史どのの心情はまことに鄭重親切である。→補二。二 船の棹を、讃州の津のほとりに停めて、旧知の私を訪問する。湖とあるのは、「秋湖賦」(五三五)を参照。今の坂出港から府中のあたりが、湖潟のようになって入りこんでいたのではなかろうか。三 今日ははやあわただしい別れを告げる日であるが、別れのために置酒することもしないのは。四 そなたと別れてから、酒の酔いがさめるにつれて、手巾(たのごひ)を涙のために湿おすことがいやだからである。

291 「予(われ)、曾経(むかし)、「群臣の花鳥共に春に逢ふといふことを賦すを聞く」の詩を以て、前濃州田別駕に寄せ上(たてまつ)れり。別駕今も遺(わす)れず、遠く還し答ふることを辱くし、詩篇の外に、別に書問を附したまへり。予(われ)先づ消息を読む。詩と云ひ書(ふみ)と云ひ、覚えず涙を流せり。更に園字を用(も)ちて、重ねて花鳥に感ずといふ」。→補一・二八五。

一(かの京都の宮廷で、重陽の詩宴において)花鳥共に春に逢うという詩を一同が賦したということをはるかに聞いてから。→補二。二 昔日のことを追想すること。→補三。三 いきを吹き出すこと。転じて詩文をほめたたえること。一句は、昔、私は重陽の節などに際して、互いに賦した応製詩を讃めあげて、意気そぞろにあたたまるものがあったことを追憶するの意。四 心臓もつぶれくじける思いで、千里も遠く隔たった君(島田忠臣)の面(おも)を想いつつ、こまごまと手紙をしたためる。五 またしても饒舌にも七言詩を酬答して、君が幾首もの詩をよみ与えられた恩に報いようと

舌饒長句万令恩
我悲凋落浮煙水
君歎低飛宿草門
努力明春求友到
一枝巣在舊丘園
別駕先年罷レ官、未レ得二放還一。余此冬秩滿。功過難レ知、故云。

五舌饒にして長句す　万令の恩
六我れ悲しぶらくは　凋落して煙れる水に浮ばむこと
七君歎かくは　低く飛びて草の門に宿らむこと
八努力　明くる春友を求めて到りなば
九一枝の巣は舊の丘園に在らむ
一〇別駕は先年官を罷めたれども、放ち還ること得ず。一一余れ此の冬秩滿つ。功過知り難し、故に云ふ。

292　苦二日長一。十六韻。

少日爲秀才
光陰常不給
朋交絶言笑
妻子廢親習
壯年爲侍郎
曉出逮昏入

一少かりし日　秀才たりしとき
二光陰　常に給がず
三朋との交りに言笑を絶つ
四妻子も親しび習ふことを廢めたりき
五壯年　六侍郎たりしとき
七曉に出で　昏に逮びて入る

思う。令は、「歌行引」などと同じく、歌曲のこと。万令は、不審。多くの詩篇をいうか。六私はこのままに凋落して、その落花が煙こめる水面に浮かんでしまうことが悲しい。田氏家集の作「君が魂の花と発(ひら)いて宮掖に馳するならん」(→二六五補二)とあるをうける。七君は高く雄飛することなく、そのままに翅もたれて、草深い門のほとりに宿りを続けることを嘆かれるのであろう。同じ島田忠臣の詩に「我が意の鴎と飛びて海門に到らなむ」とあるをうける。八私は努力勉強して、無事に秩を満てて、明年の春に友鳥を求めて、京の空に飛び到るならば。ユメユメの訓は、下に必ずしも否定を伴わない。九私のために一枝の巣(ささやかな自分の住宅に喩える)が、昔日の如く、京の丘のほとりの園のしげみにあってほしいものであるよ。一〇前美濃介島田忠臣は、先年すでに官を罷免されたけれども、(おそらく交替事務が終らないので)まだ任国より京都に帰還することができない。一一私はこの冬で四年の国守の任期があけるが、在任中のしごとに対する政府の功過(勤務評定)のほどははかりがたい。

292「日の長きに苦しむ。〈十六韻〉」。

一文章得業生の唐名。道真は貞観九年一月七日文章得業生に転ずる、時に二十三歳。二時間がいつも不足していた。秀才になった翌年二月に対策を受け、その前後猛勉強したにちがいない。ツグの訓は、群書治要巻四十七、仁徳紀、古文孝経延慶点による。三朋友との交わりにも、要用のみですまして、言笑の仲間入りを断ってきた。四妻子に対してさえも、親しみむつまじくすることをやめてしまった。五壮年は、三十歳台。六輔の唐名。内閣の次官にあたる。道真は貞観十六年一月兵部少輔、同二月民部少輔に

隨日東西走
承顏左右揖
結綬與垂帷
孜ゝ又汲ゝ
榮華心剋念
名利手偏執
當時殊所苦
霜露變何急
忽忝專城任
空爲中路泣
吾黨別三千
吾齡近五十
政嚴人不到
衙掩吏無集
茅屋獨眠居
蕪庭閑嘯立

八日に隨ひて　東西に走る
九顏を承けて　左右に揖す
一〇綬を結ぶと　一一帷を垂ると
一二孜孜としてさらに汲汲たり
一三榮華　心に剋念す
一四名利　手に偏執す
當時殊に苦しびしところ
一五霜露　變ずること何ぞ急なる
忽ちに一六專城の任を忝くして
一七空しくために中路に泣く
一八吾が黨　三千に別る
一九吾が齡　五十に近し
二〇政　嚴しくして　人到らず
二一衙掩ひて　吏の集るなし
茅の屋に　獨り眠り居り
蕪れたる庭に　閑に二二嘯きて立つ

転じた、時に三十歳。こえて貞観十九年(元慶元年)、三十三歳で式部少輔・文章博士に任じた。七 早暁に役所に出勤し、夕おそく帰宅した。「早衙」(七四)参照。八 日中は太陽のあとを追っかけるように、東西に奔走して役目をはたした。九 相手の顔色を伺って、それに承順し、左右に会釈してあるく。漢書、雋不疑の伝に「今乃承レ顔接レ辞」。一〇 印綬を結んで官職につくこと。「佩綬」とも。一一 たれまくをおろして子弟を教授すること。漢書、董仲舒の伝に「仲舒為二博士一、下レ帷講誦、三年不レ窺レ園」。一二 孜孜・汲汲は、ともに、つとめて倦まない形容。九・十句は、禁中では式部少輔としての役所づとめにもはげみ、菅家廊下で文章博士として門弟の講読にも精を出したの意。一三 菅家の繁昌と一身の栄達とをかたく心に誓っていた。剋は、かならずなすと固く約すること。一四 名誉と利益とにへんくつなまでにとらわれていた。一五 時勢の転変のはげしいこと。個人の運命の激変をも含めて喩える。次の二句のなかみをさす。↓補。一六 一城を専らにする権力者。地方長官。道真が仁和二年四十二歳にして讃岐守に任じたことをいう。古楽府に「三十侍中郎、四十専城居」。一七 中道にして、我が志の挫折することを泣くこともあった。泣いてもどうにもならないことであったが。一八 菅家廊下の多くの門弟たちと別れてきた。史記、孔子世家に「孔子以二詩書礼楽一教、弟子蓋三千焉」。一九 ことし仁和五年、道真四十五歳。二〇 政令をしくことが厳格であるから、馴れ親しんでくる人もいない。二一 この句不審。府衙をあげて、役人たちが集会することもないの意か。二二 口を細めて、舌端をふるわして清んだ声を出すことで、詩句を吟誦することもその一つ。

眠疲也嘯倦
歎息而鳴慨
爲客四年來
在官一秩及
此時最攸患
烏兎駐如縶
日長或日短
身騰或身縶
自然一生事
用意不相襲

眠るにも疲れ　また嘯くにも倦み
歎息して　鳴き慨む
二三客となりてより　四年このかた
官に在ること　二四一秩に及ばむ
此の時最も患ふるところは
二五烏兎の駐りて縶るるがごときこと
二六日長く　或は日短き
二七身騰り　或は身縶るる
二八自然なり　一生の事
二九意を用ちて　相襲はず

293

端午日賦㆓艾人㆒。

艾人形相自蒼生
初出雲溝束帶成
運命歡逢端午日

艾人の形相　自らに一蒼生
初め二雲溝より出でて　束帶成れり
三運命　端午の日に逢ふことを歡ぶ

二三 この南海讃岐の国に客居することすでに四年になって。二四 国司としての官職の任期。四年間。二五 日月のこと。日中に烏がおり、月中に兎がおるというによる。二十七・二十八句は、もう四年の任期があくのもまぢかいと思うこの時になって、何とまあ、時間のたつのがのろいことであろう。烏や兎をつないでしまったように、時間は静止して日の暮れるのをおしとどめているようだの意。二六 日が長く感ぜられたり、あるいは日が短く感ぜられたりするのも。二七 身が天空にのぼるように思われたり、身が大地につながれているように思われたりするのも(要するにその人の心持によるのだ。) 物理的時間でなく、心理的時間に対して、的確な表現であると思う。「身縶」、藁草「身蟄」に作る。二八 こうした人間一生のことは、人間わざの左右するところでなく、天命の自然によるのである。二九 私意をもって天命をそこないあったりしないように、十分心を用いるべきだ。

293 「端午の日、艾人を賦す」。底本「寛平元年」と朱注。扶桑集三に出。↓補一。

一 あおひとぐさ。百姓・万民のこと。草木の蒼蒼然として衆多なるに喩える。二 不詳。あるいは「雪溝」の誤写か。一・二句は、春泥をかきはらい、雪の溝(みぞ)のほとりからよもぎが成長して、今や冠をつけ帯をむすんで、艾人の人形となったの意か。王建の宮詞に「東風潑火雨新休、舁㆓尽春泥㆒掃㆓雪溝㆒」。三 運命のめぐりあわせで人形になったよもぎは、端午の当日になることをよろこんで待っている。四 人人は艾人を作るためのよもぎを追い尋ねて、早暁の鶏鳴のきこえないまえに見つけようとしている。↓補二。五 艾人はどうかすると門楣の上や軒さきにかけられて、まっすぐに立っている。危立

追尋恐聽早鷄鳴　　四追ひ尋ねて　早鷄の鳴くを聴かむことを恐る
〽有時當戸危身立　　五時有りて　戸に當りて身を危めて立てり
無意故園信脚行　　六意なし　故園に脚に信せて行くに
只合万家知採用　　七只万家採り用ゐることを知るべし
縱焚筋骨不焚名　　八縱ひ筋骨を焚くとも　名を焚かじ

294　讀二開元詔書一、絶句。

明王欲變舊風煙　　一明王變へむことを欲りす　舊の風煙
詔出龍樓到海壖　　二詔は龍樓より出でて　海の壖に到る
爲向樵夫漁父祝　　三爲に樵夫漁父に向ひて祝ふ
寬平兩字幾千年　　寬平の兩字　幾千年

295　喜レ雨。

田父何因賀使君　　一田父　何に因りてか使君を賀す

は、身をまっすぐに立てること。「危坐」という時の「危」に同じい。六よもぎの生えていたもとの園を足にまかせてあるこうなどとは思わない。讃州から京の家の園に帰りたいと思う心を諷するところもあるか。五・六句は、和漢朗詠、巻上、夏、端午(本大系七三―一五六)に出。朗詠旧鈔の訓みは、誤っている。七この七・八句難解、しばらく私案をしるす。五月五日になれば、邪気をはらうために、ただどこの家でも当然の行事として艾をつんできて人形をかざることを心得ていよう。「合」は、「応」「当」と同じ用法の助字。ただし当時は、マサニ…ベシというように再読しないのが例で、単にベシと訓む。八(節日のあと艾人を焼く習いであるけれども)たとい人形の筋骨はやいても、その名まで焼き失ってしまいたくはない。私はどんなことがあっても秩満まで立派につとめあげたい、名を汚したくないとの意をこめる。

294「開元の詔書を読む」、絶句。仁和五年四月二十七日改元、その詔書は五月五日後に讃岐に到着したのであろう。「開元」、藁草「改元」。一明主である宇多天皇が、旧来の気分を一新しようと考えられたのであろう。梁の簡文帝の大法頌序に「川嶽呈レ祥、風煙効レ祉」。二改元の詔書は禁中から出て、はるかの南海の岸のほとりに到着した。竜楼門は、漢朝の宮門。門楼の上に銅竜が飾られていた。ここは宇多天皇の御所の意。壖は、みぎわの地。三私は部内の庶民―きこりや漁師たちに向かって、改元を宣布し、寛平という新しい御代が千代八千代に栄えますように祝福した。↓補。

295「雨を喜ぶ」。
一部内の農民たちは、何のために国守に慶祝の意を表するのであるか。田父は、百姓。

陰霖六月未前聞　　二陰霖六月　未だ前に聞かず
滿衙僚吏雖多俸　　三滿衙の僚吏　俸多しといへども
不若東風一片雲　　若かず　東風一片の雲には

296 納涼小宴。

避暑閑亭上　　暑さを避く　閑亭の上
消憂客恨中　　憂へを消す　客恨の中
骨寒南岸水　　骨さへ寒なり　一南岸の水
心刷北窓風　　二心刷ふ　三北窓の風
遠望苗抽綠　　四遠く苗の綠を抽づるを望む
遙思粟衍紅　　五遙に粟の紅の衍ぶるかと思ふ
此時何悶事　　六此の時　何の悶ゆる事ぞ
官滿未成功　　七官滿つれども　未だ功を成さざること

「田夫」ともいう。使君は、刺史をいう。二 六月いっぱい、なが雨が空もくらくふり続いて、こういうことは今まで聞いたこともないからである。(昨年は旱魃で苦しんだのであった。) 三 府衙をこぞって、下僚の役人たちの俸禄があがるのもうれしいだろうが、それよりも東風が吹いて、一ひらの雲が湧いて、雨をもたらすことにまさる喜びはないはずであるよ。文集の開巻の賀雨詩参照。▽改元で気分が一新し、宇多天皇の御代に対して新しい希望が湧いてきた心のはずみがこの詩にもよみとられる。

296 「納涼(だふりやう)の小宴」。府衙の官舎の構内に閑亭があったとも思われないから、これは海岸の別荘での作であろうか。

一 府衙の構内ならば、綾川の南岸ともみることもできようが、ここはおそらく瀬戸の海に対して「南岸」というのであろう。二 心にわだかまるものをぬぐいはらう。三 書斎にある北の窓。一句は、書斎の北窓から吹きとおる涼風に心もぬぐいきよめられるの意。陶潜の与子儼等疏に「五六月中、北窓下臥、遇二涼風颯至一、自謂是羲皇上人」。四 (今年は旱天の苗を心配することもなく、) 遠く緑色に成長した田の苗を見ることが出来る。五 はるかにみのった畑の粟類の紅い色がのび広がってよく熟している。粟は、粱や黍や粟の総称。→補。六 (この平和な田園風景を見て、心配もないはずだが、) いったいこの時に際して、何をくよくよと悶えるのであるか。「何悶事」は、「悶何事」の意であろう。七 秩満ちて帰京の期が近づいたけれども、私には特に讃州刺史としての治功というほどのものがないことが残念である。

297 「一葉落つ」。詩題は、淮南子、説山訓の「見二一葉落一、而知二歳之将一レ暮」にもとづく。

297　一葉落。

歳漸三分盡　　一 歳漸くに三分盡く
秋先一葉知　　二 秋は先づ一葉に知らる
應驚涼氣動　　三 涼氣の動くに驚くべし
不待曉風吹　　曉風の吹くを待たず
水見舟無檝　　四 水に見れて　舟に檝なし
林迷鳥失雌　　五 林に迷ひて　鳥は雌を失ふ
取諸身上事　　六 身上の事に取れば
初有鬢毛衰　　初めて鬢毛の衰ふること有り

298　八月十五日夜、思レ舊有レ感。

菅家故事世人知　　一 菅家の故事　世の人し知る
翫月今爲忌月期　　二 月を翫みて　今は忌月の期たり
茗葉香湯免飲酒　　三 茗葉の香湯をもて　飲酒を免る

一 歳もようやく十の中三分は過ぎてしまった。三分というのは、厳密な意味でなく、詩経、召南、摽有梅に「摽(お)つるもの梅有り、其の実七つ」とあり、注に「此時雖レ衰、其十分之中、尚七分未レ衰、唯三分衰耳」とあるによる。春夏が過ぎたことをいう。二 木の葉が一葉はらりと落ちたのをみて、秋が来たことを知る。文録に「載二唐人詩一曰、山僧不レ解数二甲子一、一葉落知二天下秋一」。三 礼記、月令、孟秋の月に「涼風至り白露降る」とあり、立秋の日涼風がはじめて吹くという。四 立秋になって、水が涸れ、舟も檝をとりはらって岸に引きあげられているの意か。「見」の字、意不明。入矢氏いう、「水見云云」は、「石見云云」の誤りか。五 秋になって、(葉が枯れ落ちはじめて、林のすがたが変ったので) 鳥はその雌を林中に見失って、つがいを離れてさびしげである。六 立秋の気配を人間の身の上にあてはめてみると、いま髪の毛が衰落しはじめたのがそれだ。潘岳の秋興賦序に「余春秋三十有二にして、始めて二毛を見る」とある。秋気が鬢に白髪を催す喩えとして知られるところ。

298 「八月十五日夜、旧(むかし)を思ひて感有り」。一 菅原家では祖父清公以来、八月十五夜には、公宴に陪することがなければ、月亭に菅家廊下の門弟を会して翫月の詩宴を催すのがしきたりであった。↓三・三〇・三九・六四。二 仲秋の名月を賞翫すべき八月十五夜の今日は、ちょうど我が家では先考の忌月に当たっている。(だから詩酒の会はやめて行わない。) ↓補。三 酒を飲むかわりに、お茶の葉のほんがりと匂やかな茶の湯を飲む。四 詩を吟ずるかわりに、妙法蓮華経を読誦する。五 白露が万象に溢れるほどしっとりおくこ

蓮華妙法換吟詩
如何露溢思親處
況復潮寒望闕時
從始南來長鬱悒
就中此夜不勝悲

四蓮華の妙法をもて　吟詩に換ふ
五如何にぞ　露溢れて親を思ふ處
六況復むや　潮寒くして闕を望む時はや
七始めて南に來りしときよりこのかた　長に鬱悒たり
なかんづくに此夜は　悲しびに勝へず

299 水邊試レ飲。

消憂見説有黄醅
遊出江頭試勸盃
先飲三分驚手熱
更添一酌覺眉開
戲言凜ゝ秋難醉
專酌厭ゝ夜不廻
傾聽傍人相慢語
瑠璃水畔玉山頽

一憂へを消さむには　二見説く　三黄醅有りと
遊びて江の頭に出でて　四試に盃を勸む
五先づ三分を飲みて手の熱きに驚く
更に一酌を添へて眉の開くることを覺る
六戲言凜凜　秋醉ひ難しといふこと
七專酌厭厭　夜廻らず
八傾きて聽く　傍の人の相慢語することを
九瑠璃の水の畔に　玉山頽る

の地に、亡親のことをしみじみ思うこの気持は如何ばかり切ないかを知ってもらいたい。「如何」の用法は、和習。六 まして瀬戸の海の潮が冷涼の気を帯びるとき、東北方の宮城の空をふりさけ見る気持はいうまでもあるまい。七 四年前の早春、はじめてこの南海の地に赴任してきた日より、長い間憂鬱の気持をいだきつづけてきたが、なかでも今宵は悲しみにたえない。

299 「水辺に飲を試みる」。道真は酒好きという方ではなかったが、瀟涼の秋に江辺(府衙の近く綾川の辺り)にでかけて酒を飲むというあまり例のないことをやってみたのであろう。

一 憂愁を忘れ果て消失せしめるためには。陶潜の帰去来辞に「楽二琴書一以消レ憂」。二「いふならく」「きくならく」の両訓がある。→補一。三 黄色のにごりざけ。→補二。四 人から盃をさして「ためしにまあ一杯」と酒をすすめられたことをいう。五 酒盃に三分目ほどの酒。六 寒い秋にはなかなか酔えないなどというのはたわごとだ。(すばらしい酔心地ではないかの意。) 入矢氏いう、戯言は、仏語の「戯論(げろん)」の義。たわいもない、くだらぬ説。普通の漢語のざれごと、冗談の意ではない。凛凛は、水の寒いこと。七 静かに酒を酌み盃をかさねて、なかなか更けわたらぬ秋の夜長を存分に飲む。「専酌」、底本「専約」に作る、いま詩紀による。詩経、小雅、湛露に「厭厭夜飲、不レ酔不レ帰」。厭厭は、安らかで静かなさま・時間が長びくこと・なかなか腰をあげずにいつまでも飲み続けていること。八 かたわらの人がそぞろにとりとめもないことをしゃべっているのを、耳を傾けてきいている。「慢」は、「漫」に通ずる。九 エメラルド色に澄んだ(綾川の)水のほとりの江亭に(今宵飲を楽しんで)、かの晋の嵆康のように酔うて玉山のくずれるように臥してしまった。↓補三。

300 「路次(ろじ)に芭蕉を見る」。
一↓補一。二竇鞏(とうきよう)の「訪二隠者一不レ遇」詩に「欲下題二名字一知中相訪上、又恐二芭蕉不レ耐レ秋」。三馬を歩ませながら、雨後の芭蕉葉が、秋風に破られているのをみて、馬の一歩一歩に、一念一念に、限りない感慨をおぼえる。↓補二。四三千大千世界も虚無に過ぎないことは、古詩十九首に「行行重行行、与レ君生別離」。↓馬鳴(めみよう)もいうごとく、この芭蕉の葉みたいなものだ。↓補三。五馬上に、鞭うつことも忘れて、人生の無常にうたれて、涙を催した。

301 「白毛歎(はくばうたん)」。↓補一。
一私の心中の情熱も減じたわけではなく、気宇は依然として寛濶広大である。二黒白の入り雑(ま)じった頭髪。班は、「斑」に同じい。三「放つ」は、ざんばら髪にすること。「放髪」という。冠をかぶるために髪を束ねるのだが、髪をざんばらにするとは、致仕する意。一句は、しらがまじりのそこばくの髪を、ざんばらにすることを誰も許してくれないの意。四鵝鳥のにこげ。白髪に喩える。五一分(約三ミリ)ほどの長さのしらがの影が鏡にうつっている。六けぬきでしらがを抜こうとすると、一寸(約三センチ)ほどの長さのしらがが芒(のぎ)のように鋭くさやかだ。霜毫は、霜のように白い毛。李商隠の詩に「差レ鑷鏡中糸」。七私もかの晋の潘岳と同じく、早く衰える蒲柳の質であることを気にするけれども。蒲柳は、水楊(かわやなぎ)。身体のかよわいことに喩える。↓補二。八白毛を始めてみた年齢は、かの潘岳が白毛を始めてみたという三十二歳よりも過ぎていた。↓補三。九頬の髪。耳ぎわから口のあたりにかけて垂れるびんづら。↓補四。一〇さとうきびを食べ

300 路次見二芭蕉一。

過雨芭蕉不耐秋
行ゝ念ゝ意悠ゝ
三千世界空如是
所以停鞭泣馬頭

雨を過ぎて　芭蕉　秋に耐へず
行行念念として　意ひ悠悠たり
三千世界　空しきこと是の如し
所以に鞭を停めて　馬頭に泣く

301 白毛歎。

心情不減氣猶寛
誰許班毛放若干
鵝毳鏡中分影白
霜毫鑷下寸芒寒
早衰蒲柳雖同顧
初見春秋已過潘

心情減たず　氣なほし寛なり
誰か　班毛若干を放つことを許さむ
鵝毳は　鏡の中に分影白し
霜毫は　鑷の下に寸芒寒えたり
早く衰ふる蒲柳は　同じく顧みるといへども
初めて見る春秋は　已に潘を過ぎにたり

口未生鬢多食蔗
頭將少髮苦彈冠
怪來日日形容變
祇是行行世路難
筋力莫言年幾老
四旬有五豈凋殘

口いまだ九鬢を生ぜず　一〇多く蔗を食す
一一頭髪少からむとして　苦に冠を彈く
一二怪來むらくは　日日形容の變れること
一三祇に是れ　行行　世路の難
一四筋力　言ふことな　年幾老いにたりと
一五四旬有五　豈凋殘ならめや

302

小男阿視、留在二東京一。寫二送田大夫禁中瞿麥花三十韻詩一云、「此詩也、應レ詔作レ之。時人重レ之。故奉レ之」。予吟レ之翫レ之、不レ知二其足一。仍製二一篇一、續二于詩草一云尒。

家兒不問老江濱
只報相如遇好文
三百眞珠無趾至
九重嘉草有名聞
詩尋此地淩蒼海

一家兒は江の濱に老いにたらむことを問はず
二ただ相如の好文に遇へりしことを報ぐ
三三百の眞珠　趾無くして至る
四九重の嘉草　名有りて聞ゆ
五詩は此の地を尋ねて　蒼海を淩れり

ることが多い。→補五。一一 頭髪もようやくうすくなって、役所に出勤するたびに冠をかむろうとして、念入りに冠をはじいて塵を払う。→補六。一二 日日にわが容貌がかわって行くのは、いったいどうしたわけであろうか。一三 讃州に空しく外国して、あれこれと思いあぐんで憂愁の思いに日をくらす道真の心情の自照。「祇」は、助辞。「秖」に同じ。→補七。一四 もはや年老いて筋力も弱くなってしまったようだなどといってはいけない。年幾は、「年紀」に同じく、年齢の意。梁の簡文帝の紹古歌に「可レ憐年幾十三四」。一五 四十五歳は、どうして凋(しぼ)れた枯れのこりの年齢であろうか。藁草所引菅神年譜略に「寛平元年己酉、公四十五歳」。

302 →補一。

一 我が家の子供の阿視は、私が南方江海のほとりに客居して、苦労して老いている身の安否を問うことばもいわないで。二 司馬相如のような詩賦の上手(島田忠臣をさす)のすばらしい好文の名作に出会ったことをしらせてきた。三 それはちょうど三百顆の真珠が、歩いたあしあともなくして忽然としてわが前にやってきたようなものだ。五言三十韻、全部で三百言の詩を真珠に比したのである。「無趾至」、底本・板本「無疎至」に作る、いま藁草・文叢・詩紀による。四 禁中にすばらしい瞿麦花を移し植えたという評判はすでにきこえている。田氏家集の詩序に「今年初めて禁中に種(う)ゑらる、物の地(ところ)を得て、美を増せり」とある。五 (わが子が写しとって送ってきたので、)その詩は瀬戸の蒼潮を渡って、わが南海の地に尋ねてきた。六 (だが、)かの禁中の瞿麦花の花をば、いったい誰にことづけて白雲に移し植えて、このはるかな地にもたらすことができよう。雲

花託何人種白雲
菅蒯若應添雨露
吐華將奉聖明君

六花は何れの人にか託して　白雲に種ゑむ
七菅蒯　若し雨露に添ふべくは
華を吐きて　聖明の君に奉らまし

303　同二諸小郎一、客中九日、對レ菊書レ懷。

菊爲無情籬下開
人因不樂海邊來
諸郎莫怪今朝事
口未吹花淚滿盃

一菊は情なきがために籬の下に開く
二人は樂まざるに因りて海の邊に來れり
三諸郎怪しぶことな　今朝の事
四口未だ花を吹かなくに　淚し盃に滿つることを

304　早霜。

爲露爲霜歲事成
早朝踏地見分明
林巒織著黃絲纈

一露となり霜となりて　歲事成る
二早朝地に踏すれば　見ゆること分明なり
三林巒織り著す　黃絲纈

裡種花の発想やや奇。七菅や蒯(あぶらがや)のような雑草であっても、もし雨露の恩にいささかでもあずかることができるならば、せいいっぱいの花を咲かせて、わが聖明の天子に捧げたいものである。左伝の逸詩を引いて、南海に客居するこの微臣を忘れ棄てたまうことなかれという意をこめる。「菅蒯」の語に、もちろん菅原氏の意をかける。七・八句、深切の意がある。↓補二。

303「諸(もろもろ)の小郎と同(ひと)しく、客中の九日、菊に対(むか)ひて懐(おも)ひを書(しる)す」。小郎は年わかい男子。ここは府衙の下僚たち。

一菊は有情の人間ではないから、(秋がきたので)籬のもとに花を咲かせる。↓補一。二ひとり客愁をまぎらすために、府衙の九日の置酒の席をぬけ出て、瀬戸の海辺にきて徘徊する。人は、作者の自称。三若い下僚の役人たちよ、私の今日のことを、あやしんでとがめ立てするなかれ。「今朝の事」は、今日の事。四(九日の重陽の佳節には、酒盃にうかべた菊の花を口で吹いて寿を賀するのであるが、)口で菊花酒を吹かないうちに、(感慨に胸迫って)涙がこぼれて酒盃にみちたのである。(そういうことをおかしいといって咎めだてないでほしい。)↓補二。

304「早霜」。↓補一。

一秋のはじめに露がおり、秋の末に霜がおりて、一年の季節が運(めぐ)り行く。月令、孟秋の月に「涼風至り、白露降る」。蔡邕の月令章句に「露凝りて霜となる」。歲事は、一歳の時序をいう。二朝早く起き出て、そっと地上をぬきあしさしあしして歩いて、霜をつばらかにみることだ。↓補二。三府衙をめぐる山山の林は(霜がふったので)黄葉(もみじ)して、ちょうど黄色の鹿の子染に織り出した織物のようにみえる。黄糸纈は、黄色のしぼり鹿の子染。↓補三。

沙渚瑩添白水精
〽君子夜深音不警
老翁年晩鬢相驚
寒心旅客雖樗散
含得後凋欲守貞

四沙渚瑩き添ふ　白水精
五君子夜深けて　六音警めず
老翁年晩れて　鬢相驚く
七寒心せる旅客は　八樗散なりといへども
九後凋を含むこと得て貞を守らむことを欲りす

305 對二殘菊一詠レ所レ懷、寄二物忠兩才子一。

思家一事亂無端
半畝華園寸歩難
偏愛夢中禾失盡
不知籬下菊開殘
風情用筆臨時泣
霜氣和刀毎夜寒
莫使金精多詠取
明年分附後人看

一家を思へば　一事も亂れて無端し
二半畝の華園も　寸歩し難し
偏に愛む　夢の中に三禾の失ひ盡きむことを
知らず　籬の下に菊の開き殘れることを
四風情　筆を用ちて　時に臨みて泣く
五霜氣　刀に和して　夜毎に寒し
六金精をして　多く詠み取らしむることなくあれ
七明年は後人に分附して看しめむ

四 綾川の川口のほとりの沙の渚では、(霜がふったので、)白く磨きあげた水晶を添えておくかとあやまたれる。五 五・六句、和漢朗詠、巻上、冬、霜(本大系七三七〇)に出。→補四。六 鶴は露がおりると、高く鳴いて、やがて寒くなることを戒しめるというが、今や霜がおりると、もはや声をのんで鳴きはしない。音字、詩紀言字に作り、底本苦字に作る、いま和漢朗詠による。→補五。七 早霜の惨毒の気にぞっと身慄いする。八「樗櫟の散木」の略。ここは自己の謙称。樗は、ぬるで。大木であるが役に立たない材木。荘子、逍遥遊や同、人間世に、これらの不材の木の説話がみえる。九 (たとえ如何なる艱難にあっても、)私は松柏後凋の節を心に含んで、あくまでも貞操を堅持しようと思う。→補六。

305 「残菊に対ひて懐ふ所を詠ず、物・忠両才子に寄す」。→補一。

一 京なる留守の家のことを思えば、一つのことがらさえも、しどろにみだれてとりとめがない。→補二。二 この府の館の庭前の十五坪あまりの花圃(はなばたけ)で、ちょっとばかり散歩をしようという気にもなれない。三 禾は、いね。転じて、いねやきびや高粱などの穀物類の総称。→補三。四 存疑。→補四。五 厳しい秋霜の気は、剣気に和して、夜ごとに寒くなって行く。→補五。六 詩人をして、なおも秋をかさねて、菊花をみて詩を詠ぜしむることなかれ。(この辺地の残菊のながめも、今年の秋限りだの意。)金精は、金気。西方の気で秋に配する。庾信の小園賦に「金精、秋菊を養ふ」とある。七 明年には、後任の受領にこのながめをひきつごう。分附は、交替引継の術語。

306 「善淵博士・物章医師の両才子が新詩を吟じて、戯(たはぶれ)に長句を寄す」。→補一。

306　吟二善淵博士・物章醫師兩才子新詩一、戲寄二長句一。

颯々松窓獨臥時
相迎僚友見文詞
大春堂下寒吟逸
弘景園中曉嘯悲
何啻離經稱博士
自慚合藥喚醫師
閑思共有雕蟲業
應化使君昔詠詩

一颯颯たる松窓に　獨り臥す時
二僚友を相迎へて　文詞を見る
三大春堂下　四寒吟逸びたり
五弘景園中　曉嘯悲しべり
六何ぞ啻に　經を離れて　博士と稱けむ
七自ら藥を合せて　醫師と喚ばるることを慚づ
八閑に思へば　共に雕蟲の業あり
九應化の使君も　一〇昔　詩を詠じたりき

307　冬夜有レ感、簡二藤司馬一。

霜籬數歩菊花殘
更有何人比目看

一霜籬より數歩にして　菊花殘れり
二更に何人か目を比べて看ること有らむ

一 松風がそよめく国司の館の北窓にひとりよりふしている時に。二 同僚の友人たる善淵博士と物章医師の訪問を迎えて、ともに彼らの新作の詩を吟詠する。→補二。三 未詳。→補三。四 冬の夜詠んだ博士の詩は、高邁の気に満ちている。方干の「題二桐廬謝逸人江居一」詩に「湖辺杖に倚りて寒吟苦(ねむごろ)なり」とある。五 陶弘景の薬草園にも似た京の物章医師の薬園で、暁に吟詠されたであろう医師の詩は、悲愁のひびきを帯びている。→補四。六 四書五経から離れて、明経博士というのもおこがましいではないか。善淵博士を戯れに諷することば。

「何菅」の句法不審。七 物章医師を戯れに嘲けることば。→補五。八 (そのわけを)とっくりと考えてみると、あなたがた二人は、(それぞれの本職のほかに)二人ともに詩賦を作るところの文才があるからしい。→補六。九 仏菩薩が応現して、この人間界に使君(刺史即ち国守)となって身を現じたものをいう。→補七。

一〇 何かの仏菩薩が垂迹応現して、国守となり、その人が詩を詠じたという、基づく説話・伝説があろうと思われるけれども、明らかでない。空海は、応化の人でかつ詩人であったが、使君とあるのに叶わない。

307 「冬の夜、感ずることあり、藤司馬に簡(ふだ)す」。→補。

一 霜のおくまがきのもと数歩の間に、残菊の花がすがれ咲く。二 (私をおいて)さらに何人が君と目をならべてこのような花を賞翫するものがあろう。本草、比目魚に「釈名、鰈、鞋底魚、時珍曰、比、並也、魚各一目、相並而行也」とある。比翼の鳥・比目の魚は、友愛のあつい喩。三 (私が秩満ちてこの国をあとにするならば、君は)潮の煙り合う海原のはて遠くに、ぽつり

送却孤帆煙水遠　三孤帆を送り却てて煙水遠からむ
知君獨臥夜衣寒　四知りぬ　君が獨り臥して夜の衣寒からむことを

☆冬夜九詠。

308 不レ睡。

不睡騰々送五更　睡らずして　一騰騰として二五更を送る
苦思吾宅在東京　苦に思ふ　三吾が宅の東の京に在ることを
竹林花苑今忘却　四竹林　花苑　今や忘れ却りぬ
聞道外孫七月生　五聞道く　外孫の七月に生れたりといふことを

309 獨吟。

牀寒枕冷到明遅　牀寒く枕冷にして　明に到ること遅し
更起燈前獨詠詩　更めて起きて　燈前に獨り詩を詠む

と一つの白帆のかげを見送ることであろう。「送却」の「却」は、「了」と同じく助字として、動詞の下に添える。四（そうなったあとは、冬を迎えて）君はひとり夜寒の衣をかきあわせて臥せることであろう。

☆「冬夜九詠」。→補。

308「睡らず」。→補一。

一 亢奮して、気がたかぶるさま。うつらうつらとしての意。白居易の「寄二元微之一」詩に「騰騰として九逵を出づ」。二 一晩中の意。→六〇注一。三 留守のわが家は東の京の宣風坊、五条坊門。道真の家のあった紅梅殿は、今の仏光寺通り、西洞院東入るところ、常喜院のところという（藁草）。秩満ちて帰期が近づいて、京の留守宅のことをあれこれと痛切に思うのである。四 宣風坊の家の庭にある竹のしげみと、花園のことも、もう忘れはてていた。「書斎記」（五二六）に「戸前に近き側（かたはら）に一株の梅あり、東に去ること数歩にして数竿の竹あり」とある。五 この七月に、他家に嫁した娘に孫が出来たということだが（もうだいぶ大きくなったことだろう）。→補二。

309「独り吟ず」。

一 詩を詠じようという文学的な興趣がわいてきていたのだが、そのうちに、詩よりも人生そのもの、わが生活そのものに感慨がうつってきた。二（我が身の来しかた、行くすえを思うと）わが身にかかわるすべての世の中のことが、何ということなく悲しげな色をおびてわが身に感じられてくる。栄花物語に「はかなくその年もくれぬ」としばしばいうように、別に特に悲痛な事件がなくとも、時間の経過そのものが悲しげな印象をもたらす。人間が有限であるからである。

詩興變來爲感興
關身万事自然悲

一詩興變じ來りて　感興をなす
二身に關る万事　自然に悲し

310 山寺鐘。

草堂深鏁翠煙松
拔苦音聲五夜鐘
遙送槌風驚客夢
應知感鮫澗中龍

一草堂深く鏁す　翠煙の松
二拔苦の音聲　三五夜の鐘
遙に槌風を送りて　四客夢を驚す
知るべし　五鮫と澗中の龍とを感ばしむることを

311 誦レ經。

室無兒婦裹頭僧
半印燒香一點燈
諳誦禪經三四遍
是身斗藪潔於氷

一室に兒婦なし　頭を裹める僧
二半印の三燒香　一點の燈
四禪經を諳誦すること　三四遍
是の身は五斗藪　氷よりも潔し

310 「山寺の鐘」。城山の山中か山麓、もしくは綾川の峡谷に山寺があったのであろう。
一 みどりのけむりのような松のしげみのおくに、山寺が深くとざされている。草堂は、かやぶきの小堂。山中の小仏寺をいう。道真はそういう寺の僧とも往来があったのであろう。二 その山寺から、衆生の苦悩をやすめ除くといわれる鐘の声が、五夜のあけがたうちならされてくる。五夜は、「五更」に同じい。↓補一。三 撞木(しゅもく)で鐘をうちならすときに、撞木にともなってまきおこる風。四 旅人の夢。讃州客居の道真の夢。五 鐘のひびきが水中の鮫竜を感発せしめるという中国の民間信仰にもとづくのであろう。鮫は、さめ。海魚の一。また「蛟」に通ずる。中国の鐘に蛟竜の文様をあしらい、「竜柄」「蛟銘」をつけるのもここにもとづく。「感鮫」二字不審、誤りあるか。↓補二。

311 「経を誦む」。
一 室内に婦人や子供たちもいないで、ひとり頭を頭巾(ずきん)でつつんだ僧がいるだけ。頭巾は浅碧色の絹、長(たけ)二メートルあまりのものを用いる、名づけて「縹頭」という。こういう頭巾・冠巾をかぶる人は、有髪(うはつ)の僧・戴髪の沙門である。二 一の印相(いんぞう)を結ばないで、焼香をすること。三 六種供養の一。邪気を払って、神霊を請ずるために香を焚くこと。四 禅の経のこと。白居易に「読二禅経一詩」というのがある。五 梵語の頭陀 dhūta の訳。衣服・飲食・住処の三種の貪著をはらいすすぐこと。即ち糞掃衣(衲衣)をき、乞食し、人里を離れた空閑所に住するような生活をすること。「抖擻」とも書く。一句は、私のこの身は煩悩をはらいおとし、もろもろの執著よりさっぱりと離れて、氷よりもさっぱりして浄らかであるの意。

312 老松風。

聞曉風吹老大夫
冷〻恰似碎珊瑚
牀頭不得閑交睫
入髓寒聲可厭無

聞く　曉風の一老大夫を吹くことを
二冷冷として三恰も珊瑚を碎くに似たり
四牀頭に　閑に睫を交ふること得ず
五髓に入る寒聲　厭ふべきや無や

313 曉月。

客舍陰蒙四面山
窓中待月甚幽閑
遠鷄一報廻頭望
插著寒雲半缺環

一客舍　陰り蒙る　四面の山
窓の中にして月を待つ　甚だ二幽閑なり
三遠鷄一たび報じて　頭を廻して望めば
四寒雲に插著す　半缺くる環

314 野村火。

312 「老松の風」。
一 松の異名。秦の始皇が泰山に登り、風雨にあって樹下に休み、松を封じて五大夫とした故事による。二「泠泠」とも書く。leng-leng. りんりんと高らかにひびく音の形容。陸機の日出東南隅行に「冷冷として纖指弾ず」、白居易の五絃弾に「第三第四の絃は冷冷たり」とある。三 珊瑚珠を砕くとこうした音が発するかと思われるような、珊瑚と玉のひびきあうような音だ。四 寝床のすぐそばにこの音がするので、静かにまつげを合わせて眠ることができない。五 骨髄にもしみとおるようなこの早暁の松風の寒げな音を、(眠りを妨げる雑音として)憎むべきであろうか、(それともいみじき楽の音として)愛すべきであろうか。

313 「暁の月」。
一 讃州の国司の居館のあとは、今の府中、開法寺池の西方、綾川が峡谷を出て大きく曲流するほとりと考えられ、東南西三面が近山にかこまれ、北面も北山・松山などが望まれる。そこで四面ともに山かげにかくれるという。二 幽玄でのどかだ。白居易の老来生計詩に「林下の幽閑気味深し」。三 遠くの村の農家から、夜深く鶏の鳴き声がきこえたので、首を廻して外をひょいと見ると。四 冬空の凍ったような雲に、半分欠けた円環をさしはさむように、半月が出てきた。「插著」の「著」は、しばしば出てくるが、劉淇もいうように、方言の語助の字である。

314 「野村の火」。 絃月が出たので、作者は窓外を改めて見渡して、そこに一穂の燈火のかげを認めたのである。
一 昔は、「炬(かがりび)」を「燭」といい、後には「蠟燭」をいう。ここは後者の火をいう。
二 荒れた冬枯れの野の一村落のあたり、一かけらの星くずのような一穂の寒燈のかげをみつけて、おや、何のための火かげかとあやしむのである。三どうしたのかとたずねて、わかった。その家の老翁が、病気が重いので。四松の節ある枝。ここは松明(たいまつ)のこと。五柴の戸。粗末な家の入り口。扃は、門戸。杜牧の詩に「終日柴扃を想ふ」。

315「水声」。→補。

一 chán yuán. 水がさらさらと流れるさま。またはそうした流れのこと。謝霊運の詩に「月に乗じて潺湲を弄す」。二夜目覚めておると、耳について、感興がつきることがない。三ごつごつした岩石の間を流れる綾川の渓谷は、水流も激して、一種の音曲を奏するようにきこえる。稜は、かどだつこと。後世ながら、崇徳上皇の綾川の御製に「瀬をはやみ岩にせかるる滝川の云云」とある。「きびく」は、古くはク活用。四虞舜の二妃、娥皇・女英が、帝の死を悲しみ、涙で湘水のほとりの竹の葉を斑(まだら)にし、死んで湘水の神となったという(湘中記)。琴操の古曲にも「湘水怨」というのがある。城山の山神や綾川の河伯の土俗信仰を、妖艶な湘水の女神の怨声の連想に結びつける。二八七の「亜レ水華」の第五・六句参照。

316「残んの燈(ともしび)」。

一明るいさま。光のきらきらとあきらかな形容。gěng-gěng. 書陵部蔵白氏文集巻三正中点によれば「耿耿(ホノカナル)残燈」。二煙霧を含んだ風が、居館のまどを吹き過ぎるこの夜寒を、私はどうしたらいいのであろうか。

三私の心もきえきえとなって、半分死んだようになって。微心は、微小な心。我が心の謙称。「微志」とか「微身」とかいう「微」と同じ意。ただし「微心」という熟語の用例は索出しえな

非燈非燭又非螢
驚見荒村一小星
問得家翁沈病困
夜深松節照柴扃

燈(あぶらひ)にあらず 一燭(ともしび)にあらず さらに螢(ほたる)にもあらず
二驚(おどろ)きて見(み)る 荒(あば)れたる村(むら)の一(ひと)つの小(ちひさ)き星(ほし)
三問(と)ふこと得(え)たり 家(いへ)の翁(おきな)の病(やま)ひの困(くるしび)に沈(しつ)みて
夜深(よるふか)くして 四松節(たいまつ)の 五柴(しば)の扃(とぼそ)を照(てら)すなりと

315 水聲。

夜久人閑也不風
潺湲觸聽感無窮
石稜流緊如成曲
疑是湘妃怨水中

夜久(よるひさ)しく人閑(ひとしつか)にして また風(かぜ)あらず
一潺湲(せんくわん)として 二聴(き)きに觸(ふ)れて 感(いた)び窮(きはま)ることなし
三石稜(せきりよう)流(なが)れ緊(きび)くして 曲(くゐよく)を成(な)すが如(ごと)し
疑(うたが)はくは これ四湘妃(しやうひ)の水中(すいちう)に怨(うら)めるかと

316 殘燈。

耿ゝ寒燈夜讀書
煙嵐度牖欲何如

一耿耿(かうかう)たる寒(さむ)き燈(ともしび) 夜(よは)に書(ふみ)を讀(よ)む
二煙嵐(えんらん)の牖(まど)を度(わた)りて 何如(いか)にかせむ

い。「微意」「微衷」などある。燈芯がもえ進んで行くことの縁語でいうか。四しきりに燈芯をかきたてかきたてして(読んで)いくと。五燈芯にする乾燥したくさよもぎ、長さ一尺(三十センチメートル)あまりもとうとう燃やし続けてくだけ尽きてしまった。
▽→補。

317 「藤六司馬が幽閑の作に訓(く)ゆ、本の韻に次(つ)ぐ」。藤六司馬は、三〇七の藤司馬と同人。讃岐掾藤原某。
一館は、君が家の隣だったので、そこを私の住居と定めた。住居を定めるにあたって、地相の是非をうらなって定めたので、「卜隣」という。二(私の家でもそうだが、)君の家でも閨(ねや)の中には、毎夜共に臥せる相手もいない独り身のくらしであるらしい。見は、想見・想像の意。張相いう、唐代俗語。三水のように流れ去る歳月よ。御機嫌よう! ままよ、行くなら時間よ過ぎ行け、我らはともに官命のまにまに任に従って老いて行けばよろしい。「好去」も、去り行くものを安慰する俗語。四官秩満ちて、帰京する時は、自然めぐりくる春に遇うこともあろう。(いつまでも寒い冬ばかりではないはず、君よ心安んぜよ。)

318 「庚申(かうじん)の夜、懐ふ所を述ぶ」。かのえさるの夜には、夜通し眠らないで、邪を避ける。人の腹中に上尸(清蛄)・中尸(白蛄)・下尸(血蛄)という三尸(さんし)の虫がいて、この日にも し眠ると、そのすきに体外に出て、天帝にその人の隠微な失誤を讒して、その饗をうけるという道家の説により、道家では三尸虫の神を祭り、仏家では帝釈天と青面金剛をまつり、人人は通夜、物語をしたり詩歌を作りかわしたりした。
一昔なじみの詩の友のあれこれを、ことにな

微心半死頻挑進　三微心半死にて　四頻に挑げ進めば
折盡枯蒿一尺餘　五折き盡す　枯れ蒿　一尺餘り

317 訓二藤六司馬幽閑之作一、次二本韻一。

客舍因君暫卜隣　一客舍君に因りて　暫く隣をトめたり
閨中夜々見無人　二閨中　夜夜　見ふに人なけむ
流年好去從官老　三流年好し去れ　官に從ひて老いむ
官滿歸時自遇春　四官滿ちて歸らむ時　自らに春に遇はむ

318 庚申夜、述レ所レ懷。

故人詩友苦相思　一故人の詩友　苦に相思ふ
霜月臨窓獨詠時　二霜月　窓に臨みて　獨り詠むる時
〈已酉年終冬日少　三已酉の年終てて　冬の日少し
庚申夜半曉光遲　庚申の夜半にして　曉の光遲し

燈前反覆家消息
酒後平高世嶮夷
爲客以來不安寢
眼開豈只守三尸

四燈（ともしび）の前（まへ）に反覆（はんぷく）す　家（いへ）の消息（せうそく）
五酒（さけ）の後（のち）に平高（へいかう）なり　世（よ）の嶮夷（けむい）
六客（たびびと）となりてよりこのかた　安寢（やすい）しなさず
眼（まなこ）を開（ひら）く　豈（あに）ただ三尸（さむし）を守（まぼ）るのみならめや

僧房屛風圖四首。☆

319 野庄。

適逢知意翫春光
綠柳紅櫻繞小廊
不見家中他事業
計將道士晩駈羊

一適（たまたま）知意（ちい）に逢（あ）ひて　春光（しゆんくわう）を翫（もてあそ）ぶ
二綠柳紅櫻（りよくりうこうあう）　小廊（せうらう）を繞（めぐ）る
三家中（かちう）　他（た）の事業（ことわざなりはひ）を見（み）ず
四計將（はか）らくは　道士（だうし）　晩（ゆふべ）に羊（ひつじ）を駈（か）けしむることを

320 曉行。

つかしく痛切に想い起こすことである。二凛（りん）とした霜気がみちる冬空から、月かげが窓辺にさしこみ、私は（ひとりの詩友もなく）ただひとり物思いにふけっている今宵この時に。三つちのととりの歳次、寛平元年（八八九）の今年ももう終って、冬の日も残り少ない。以下三・四句、和漢朗詠、巻下、庚申（本大系七三六五一）に出。四寒燈をかきたてて、くりかえしくりかえし京の家からのたよりを読む。五人世の行路の嶮難さも、酒に酔うと、まるで小さな土器の中のできごとのように思われる意か。「平高」の字義不詳。嶮は、さかしいこと。夷は、平坦なこと。→補。六今宵睡らないのは、庚申の夜三尸虫を守るせいだけであろうか。（そうではなく、讃州に客居している愁えのためもあるのだ。）

☆「僧房の屛風の図四首」。→補。

319「野庄（やさう）」。郊野の荘宅図を詠ずる。庄は、荘。荘といっても、田倉（みやけ）ではなく、隠棲した貴族の幽居とみられる。

一ゆくりなく、心を許した友が訪れて、ともに春の野にみちるのどかな日かげを楽しんでいる。野荘の亭主のもとに、知友が尋訪する図柄。→補一。二中央の主屋をつなぐ小廊が鉤形に曲がったりして、前栽に青柳が芽ぶき、薄紅の桜が花咲いている。遣水も曲流していることであろう。→補二。三家中そのほかに人かげもみえず、何のしごとをしているともみえない。幽閑の気分。四想察するに、この屋の主人は、神仙玄学を好む道士であって、夕方になれば、（農事ではなく）牧羊の群れを駆けさせたりすることであろう。「将」は、語助の字。▽→補三。

320「暁行（げうかう）」。

一一人の旅人がつかれた驢馬にしきりに鞭

蹇驢費策白雲中
不倦廻頭嘯暁風
想得前途潮落處
計程到著日殘紅

一蹇驢(けんろ) 策(むち)つことを費(もち)ゐる 白雲(はくうん)の中(うち)
二倦(う)まず 頭(かうべ)を廻(めぐ)らして 暁風(げうふう)に嘯(うそぶ)く
三想(おも)ひ得(え)たり 前途(ぜんと)潮(うしほ)の落(お)つる處(ところ)
四程(てい)を計(はか)るに 到(いた)り著(つ)きぬれば 日(ひ)殘紅(ざんこう)ならむ

321 閑居。

茅屋三間竹數竿
便宜依水此生安
疎畦種黍纔收得
殊恨餘年不棄飡

一茅屋三間(ばうをくさむげん) 二竹數竿(たけすうかん)
三便宜(びんぎ) 水(みづ)に依(よ)りて 此(こ)の生(せい)安(やすらか)なり
四疎(おろそか)なる畦(うね)に 黍(きび)を種(う)ゑて 纔(わづか)に收(をさ)むること得(え)たり
五殊(こと)に恨(うら)むらくは 餘(あま)れる年(とし)も 飡(くひもの)を棄(す)てざることを

322 尋レ師不レ遇。

尋訪文殊何處行
老松春色早鶯聲

一文珠(もんじゆ)を尋(たづ)ね訪(とぶら)ひて 二何(いづ)れの處(ところ)にか行(ゆ)く
三老松(らうしよう)の春色(しゆんしよく) 早鶯(さうあう)の聲(こゑ)

を加えて、白雲のたちこめる山中を進みなやんでいる。蹇驢は、足なえの驢馬・びっこのうさぎうま。単に馬の詩語。→補一。二 彼はふりかえってはたえず(驢馬に)鞭をくれながら、早暁の風の中を長くうそぶいている。→二九注二二。三 想像をめぐらしてみればおそらく彼の行くさきの方には、潮がひいていくところの海があるのであろう。四 そこまでの道程(みち)を勘定すると、日が夕焼け雲の紅を残す時分に到着できるのであろう。(さてこそ満潮と共に港を出帆する船にのりおくれまいとして、山路を疲れた駒をいそがせているのであろう。)▽→補二。

321「閑居」。
一 茅(かや)ぶき屋根の草堂は、わずかに三間のひろさ。間は、へやの広さの単位。→補一。二 数本の竹が草堂のすぐわきに植えてある。→補二。三 草堂をめぐって、水の流れがあるために、生活のたよりとなって、ここのくらしは安らかである。→補三。四 まばらな畦(ね)に、黍(び)を栽培して、ようやくいささかの収穫をえた。→補四。五 (こういう幽閑の草堂に隠栖している静虚を尚び塵俗を離れた道士であるならば、人間のたべる穀物などを断って、露をすい、霞をくらって、仙道を修すべきはずであるのに、) 余生の残年をまだ黍などを植えて人間のくいものをすてきれないとみえるのが残念だ。仙家のイメージから批判的に詠じている。

322「師を尋ねて遇はず」。
一 文珠菩薩にも比すべき名僧。→補一。二 私はどこへ行ったかといえば。三 老松が亭亭としてそびえ、春色がようやく動くけはい、しきりに早春の鶯の啼き声がきこえて、しんと静まりかえっている山深い禅居だ。四 香をたく火も消えはてて、師に遇う仏縁も尽きたのかと思

自慙香火因縁盡　　四自ら慙づらくは　香火の因縁盡くるかと
橋上徘徊斗藪情　　五橋上徘徊る　斗藪の情

323　春日感二故右丞相舊宅一。自レ此以下十三首、罷レ秩歸レ京之作。

緑柳依ゝ白日斜　　一緑の柳は依依として　二白日斜なり
人蹤銷滅滿庭沙　　三人の蹤し銷え滅えぬ　滿庭の沙
〽只今暮宿簷間鳥　　四只今暮は宿たり　簷の間の鳥
仍舊春閑砌下花　　五舊に仍りて春は閑なり　砌の下の花
不得平生排閤謁　　六平生　閤を排きて謁ゆること得ざりき
無勝感悼望門嗟　　七感び悼ぶることに勝ふることなく　門を望みて嗟く
駕肩來客知何在　　八駕肩の來客　知りぬ　何くにか在る
未葬爭馳到勢家　　九未だ葬らずあるに　爭ひ馳せて勢家に到る

324　三月三日、侍二於雅院一。賜二侍臣曲水之飮一、應レ製。

うと、私の精進の至らなさにはずかしい思いがする。香火因縁は、要するに、仏縁。五空しく幽居をめぐる飛泉にかけられた橋のほとりをたちもとおれば、私の心はいつか俗塵をはらいすてて洗われたように清浄の心になる。斗藪は、三一注五参照。↓補二。▽↓補三。

323「春の日、故右丞相の旧宅に感ず。〈此れより以下十三首、秩を罷(や)めて京に帰れる作〉」。扶桑集十に出。↓補一。

一青柳が枝もしなやかに芽ぐんでいる。↓補二。二春の遅日の日かげもようやく斜めに傾く。三（その柳の影をうつす故大臣殿の宿の）庭は空しく砂がしきつめられたまま、（昔は人の出入も相継いで足跡も繁かったが）今はすっかり消え去ってなくなっている。四春の小禽たちが、殿の軒端のあたりに巣くって、ようやく夕暮になったので、ねぐらにつこうとしている。↓補三。五階(きざはし)の下の石だたみのそばの樹は、ひっそりと花開いて、昔ながらの春ののどけさだ。↓補四。六故殿の生前には、（私は奉伺したいとは考えながら）そのくぐりどをあけて、謁を賜わることをようしなかった。閤は、くぐりど。大門の傍の小門。七（今やすでにその人は亡く）空しく門を望み見るのみで、哀悼に胸せまって、とてもこの悲嘆にたえきれない。八車にのり、輿にのって故殿を訪れた客たちは、今どこにいるのであろう。駕肩は、「車駕肩輿」の略。↓補五。九故大臣殿が亡くなるや、未だ葬いの送りもすまないさきに、そういう人たちはもう争って他の権力者の家に駆けつけ、その門をたたいたことであろう。

324「三月三日、雅院に侍(はべ)り。侍臣に曲水の飲を賜ふ、製に応(こた)へまつる」。扶桑集三に出。↓補一。

擲度風光臥海濱
可憐今日遇佳辰
近臨桂殿廻流水
遙想蘭亭晩景春
仙盞追來花錦亂
御簾卷却月鉤新
四時不廢歌王澤
長斷詩臣作外臣

一風光を擲ち度りて　二海濱に臥せりき
三憐れぶべし　今日佳辰に遇ふこと
近く臨む　四桂殿　廻流の水
遙に想ふ　五蘭亭　六晩景の春
七仙盞　追ひ來りて　花錦亂る
八御簾　卷き却けて　月鉤新なり
九四時　王澤を歌はむことを廢めず
一〇長く詩臣の外臣たらむことを斷たむ

325　依レ病閑居、聊述二所懷一、奉レ寄二大學士一。

含情海上久蹉跎
猶恨虚勞動宿痾
脚灸無堪州府去
頭瘡不放故人遇
厮兒悶見魚生釜

情を海の上に含みて　久しく蹉跎たり一
二なほし恨むらくは　虚勞　宿痾を動せることを
三脚の灸は堪ふることなくして　州府を去りぬ
四頭の瘡は放たずして　故人に遇へり
五厮兒悶みて見る　六魚釜に生ずることを

一 日が出て風が吹き、草木に光と色がそよめくけしき。春光に生動する自然の風景。海浜に臥していた間じゅう、自然の風光を賞でよう心持もなく、心快快として楽しまなかったの意にも解せられるが、ここの風光は、単なる南海のあらあらしい風光ではなく、禁中上巳の曲水の宴における艶冶な背景をともなった風景をさす。三月三日の曲水の詩宴が、しばらくひらかれなかったことと、道真が讃州に赴任している間留守にしていたことをさして、「風光を擲ち度る」という。→補二。二 讃州の海岸に空しく臥してくらしてきた。三 感慨無量である。四 香木の桂の木で営んだ宮殿。その雅院の軒端近く、曲水がめぐり流れる。五 晋の永和九年(三五三)三月三日、浙江省紹興県の西南、会稽山陰の蘭亭に名士が会して、曲水に觴(さかずき)を浮かべて禊事を修し、その記を王羲之が作った(梁書、王羲之の伝・古文真宝後集、蘭亭記)。六 春の暮れがたの景色。蘭亭記に「暮春之初、(中略)是日也、天朗気晴、恵風和暢」。→補三。七 花の錦のかげをうつして流れる曲水の水面を、盃がおっかけるように流れてくると、その水面の花のかげをみだす。仙盞は、殿上の盃・曲水にうかべる酒盃。八 雅院のみすを巻きあげると、空に新月が釣針のようにかかる。御簾は、宮殿にかかげられたみす。「鈎」は、「簾」の縁語。五句の「来」と六句の「却」は、ともに助字的用法。九 (暮春の曲水の宴だけでなく) 四季折折の歳時の風流をおこして、たえず君のめぐみを謳歌したいものだ。→補四。一〇 大いに歳時の風流をおこし、私どものような文人詩臣を召し出して、再び田舎廻りなどさせないで下さい。→補五。

325 「病ひに依りて閑居す、聊かに所懐を述べて、大学士に寄せ奉る」。→補一。

門客笑歸雀觸羅　　七門客笑ひて歸る　雀羅に觸るることを
身未衰微心且健　　身衰微せず　心且に健なり
鑿治有驗復如何　　八鑿治驗め有らば　復如何にかせむ

326　感レ秋。

每夜炎氣減　　夜每に　炎氣減ぐ
今朝冷膩生　　一今朝　冷膩生ず
梧桐風後色　　二梧桐　風の後の色
蟋蟀雨中聲　　三蟋蟀　雨の中の聲
有寺安禪坐　　四寺有りて安禪して坐す
無山小隱行　　五小隱い行かむに山無し
性雖甚麁嬾　　六性甚だ麁嬾といへども
鞭策動詩情　　策を鞭ちて　詩情を動す

一つまずいて、志を得ないさま。一句は、私が讃州の海辺にいて、悶悶の客愁をいだいて、四年もの長い間をくらしたの意。二その上、残念なことに、虚脱消耗して、精がおとろえ、持病をこじらせたらしい。三脚の脛(はぎ)に灸(きゅう)をしてもらっていたが、とてもたえられないうちに、讃州の府を去ってきてしまった。四頭にかさができたが、それを解き放ってなおしてしまわないままに、昔なじみの友人にお目にかかる次第だ。遇字、板本過字に作る。四八四の「叙意一百韻」にも「脚疾」と「瘡」が詠ぜられている。五召し使い。微賤のもの。薪をわり馬の世話をするもの。六釜の中に魚が生れておよぎまわる。炊事をすることもなく、かまどを長くうちすててあったことをいう。→補二。七門を訪れた客も、人気がなくて、門前に雀をとる網をはってあって、それに雀がかかっているのをみて笑って帰って行く始末。→補三。八医療にききめがあって、元気を回復するに至るならば、私はさて如何に活動したものであろうか。

326「秋を感(たい)ぶ」。
一「冷膩」という語は索出しえない。存疑。字形が似ているところから、あるいは「冷風」をあやまるかとも思われるが、平声で適当でない。→補一。二梧桐に秋風が吹きすぎるといちはやく秋の色を帯びる。立秋には梧桐の一葉落つといわれる。三きりぎりす。→補二。四ある寺に入って、心身を安らかにして坐禅をする。→補三。五山に隠栖すべき隠者も、あるきまわる山がありはしない。→補四。六うまれつき粗野で嬾(なま)ぐせのある私だが、(秋になったので) 馬に鞭うっては、(京都近郊をのりまわして) 詩情(うたごころ)をかきおこすことだ。

327　書レ懐奉レ呈二諸詩友一。予州秩已滿、被レ符在レ京。分付之間、不レ接二朝士一、故作之。

折輾遵渚去春廻　一折けたる輾は渚に遵ひて　去んぬる春し廻れり
閑臥涼風半死灰　涼しき風に閑に臥して　半は死にたる灰のごとくなりき
公事聞人談説得　二公事は人に聞きて　談らひ説くこと得たり
野情趁我寂寥來　三野情は我を趁ひて　寂寥來れり
不觀釋奠都堂禮　四釋奠　五都堂の禮を觀ず
何賜重陽内宴盃　六何にぞ重陽　内宴の盃を賜はむ
爲向當時詩友謝　爲に當時の詩友に向ひて　七謝す
今年翰苑出庸材　今年の八翰苑　九庸材を出しなむ

328　九日侍レ宴、同賦二仙潭菊一。各分二一字一、應レ製。探得二祉字一。

秋菊初開秋水止　秋菊　初めて開きて　一秋水止る
黄金倒映瑠璃裏　二黄金　倒に映ず　瑠璃の裏
夜來月照光明見　三夜來　月は照して　光明見る

327「懐(おも)ひを書(しる)して諸の詩友に呈し奉る。〈予(われ)州(くに)の秩(ちつ)已(すで)に満ち、符を被(かかぶ)りて京に在り。分付(ぶんぷ)の間、朝士に接せず、故(かるがゆゑ)に作る〉」。↓補一。

一 去年の春は、いたんだ車を駆って、讃州の海岸に添うて部内を巡検し、また秋は涼風のうちに閑居して、臥てくらして、半分は死灰のように元気も失せはててくらしてきた。折輾は、ながえが折れていたんだ車。↓二三七注二四。二 こういう国司としてしなければならない繁多の雑事は、所部の下僚たちに聞いて、京からの巡察使や、京への国解において報告することができた。聞は、問の意。↓補二。三 鄙(ひな)びたいなかの生活の気分にひたることを余儀なくされているうちに、何ともいえずわびしくなってきたものだ。↓補三。四↓補四。五 ことし寛平二年の仲春・仲秋とも釈奠が停止になったことをいう。↓補五。六 どうして重陽宴や内宴の酒盃を賜わることができよう。↓補六。七 告げる、挨拶(あいさつ)する。わびる、あやまる。ここは後者の意であろう。八「翰林」に同じ。翰は、羽翰・筆の意。文壇詩苑をいう。本朝当年における漢詩文教養圏をさす。九 平凡な器量。↓補七。

328「九日宴に侍(はべ)りて、同しく「仙潭の菊」といふことを賦す。各一字を分つ、製に応(こた)へまつる。〈探りて祉字を得たり〉」。↓補一。

一 秋の峡谷の水が、流れもよどんで淵となっていることをいう。二 碧瑠璃色に澄んだ仙郷の潭(ふち)に黄菊の花がさかさまにかげをうつして、黄金を鏤(ちりば)めたようだ。瑠璃は、七宝の一。青色の宝石。昔大秦国より出。梵語 vaidūrya. ↓補二。三 月光に映じて、黄菊白菊が、明らかにてりかがやく。四 朝風が涼しく吹きわたると、菊の花の香気がさっと流れる。起字、底本・板

暁後風凉香氣起
桂父遊隨尙藥尋
麻姑採助宮人喜
賜嘉一束壽千歳
還愧無功天降祉

四暁より後　風は涼しくして　香氣起る
五桂父に　遊び隨ひて　六尙藥尋ぬ
七麻姑　採り助けて　宮人喜ぶ
八賜嘉一束　壽千歳
九還りて愧づらくは　功無くして天の祉を降さむことを

329　奉レ謝三源納言移二種家竹一。

吟嘯此君口棄飡
豈堪移去入朱欄
空心爲是天姿勁
瘦幹寧非地勢寒
雖有舊編成蠹簡
且妨新截當魚竿
梁王欲識孤貞節
請喚相如雪裏看

一此の君を吟嘯して　口に飡ふことを棄つ
豈移し去りて　二朱欄に入るるに堪へむや
三空心は　是れ天姿の勁きがためなり
四瘦幹は　寧ぞ地勢寒きによるに非ざらむや
五舊編有りといへども　蠹簡と成りぬ
六且新に截りて　魚竿に當つることを妨ぐ
七梁王　孤貞の節を識らむことを欲りしたまはましかば
請ふらくは　相如を喚びて　雪の裏に看しめむことを

本赴字に誤る、いま詩紀による。止・裏・起・喜・祉は上声四紙韻。五昔の仙人の名。↓補三。六天子あるいは東宮の侍医・典薬のこと。一句は、仙郷の桂父仙人のあとにつきしたがって、ゆっくりあるきながら典薬は仙薬たる菊の花のありかを尋ね求める意。↓補四。七仙女の麻姑が宮女たちを手伝って、長寿の霊花たる菊の花を摘んでやるので、みんな大喜びである。↓補五。八嘉菊一束を賜わり、これを酒に和して飲めば千年の長寿をも得る。賜嘉は、存疑。めでたきもの(仙菊の花)を下賜される意か。一束は、菊の花一束(ひとたば)。↓補六。九私は、外官として何の功績もないのに、天子よりかかるさいわいを受けることを、かえってはずかしく思う。↓補七。▽↓補八。

329「源納言、家の竹を移し種(う)ゑたまふに謝し奉る」。底本「能有」と朱注。↓補一。

一私は王子猷のようにこの君たる竹を愛し、吟嘯して食事することも忘れるほどだった。「此の君」は、竹の異名。↓補二。二朱塗りの手すり。一句は、どうしてこの我が愛する竹を掘りわかち、朱欄に映える源中納言殿の庭に移植することにたえられようかの意。↓補三。三竹のみきの中ががらんどうになっているのは、本来竹の性質が強靱であるからだ。四竹のみきが細くすらりとしているのは、別に地勢の工合で寒いからというわけではない。↓補四。五昔編修した著述はあるけれどもそれはすでにむしがくってしまった。竹の縁語で、編簡した旧著が空しくつかねられていることを訴える。↓補五。六また新たにきり出して魚釣りの竿に当てることも妨げられる。(我が宿の竹を移し植えたので、新たに殺青簡を作ったり、釣竿を作ったりすることもできないとの意。)七↓補六。

330 近以二拙詩一首一、奉レ謝三源納言移二種家竹一。前越州巨刺史、忝見二詶和一。不レ勝二吟賞一、更次二本韻一。

憔悴寒叢種捨諸
一 憔悴(せうすい)せる寒叢(かんそう)　種(しよう)　捨(す)てめや

貴門分取蔭階除
二 貴(たふと)き門(かど)に分(わか)ち取(と)りて　階除(かいぢよ)を蔭(おほ)へり

偏思綵鳳隨青靄
偏(ひとへ)に思(おも)ふ　三 綵鳳(さいほう)の四 青(あを)き靄(もや)に隨(したが)はむことを

豈料文星降碧虛
豈料(あにはか)りきや　五 文星(ぶんせい)の六 碧虛(あをぞら)より降(くだ)らむとは

君厭會稽閑翫久
七 君(きみ)は會稽(くわいけい)に閑(しづか)に翫(もてあそ)ぶことを厭(いと)ふこと久(ひさ)しからむ

我憐梁苑迸生餘
我(われ)は八 梁苑(りやうゑん)に迸生(はうせい)し餘(あま)れるを憐(あは)ればむ

琅玕好去空籬下
九 琅玕(らうかん)　好(よ)し去(さ)れ　空籬(こうり)の下(もと)

貿得淸詞玉不如
一〇 貿(か)ふこと得(え)たる淸(いさぎよ)き詞(ことば)は　玉(たま)も如(し)かじ

331 感二白菊花一、奉レ呈二尙書平右丞一。

不見花來一二年
一 花(はな)を見(み)ざりしよりこのかた　一二年(いつにねん)

330 「近ごろ拙詩一首を以て、源納言の、家なる竹を移し種ゑたまひしを謝し奉りき。前(さき)の越州巨刺史、忝しく詶和せられたり。吟賞に勝(た)へず、更に本韻に次ぐ」。↓補一。
一 やせおとろえて、さびしく見すぼらしい我が宿の庭の植え込みであるが、系統のすぐれた我が屋の竹を、心ある人はどうして見捨ててしまおうか。種は、血筋・血統・種族。伝容切。諸は、経伝釈詞、九に「諸、之乎也、急ニ言之一曰レ諸、徐ニ言之一曰ニ之乎一」とあり、単に疑問の助辞とみてもいい。論語、雍也の「山川其舎諸(それすてめや)」に対して、集解は「山川寧肯舎之乎」と解する、この用法と同じ。二 皇族の筋である源中納言殿が、わが家の竹を掘りわかって、自邸に移植し、そのきざはしを竹でかげらせる。↓補二。三 五彩の鳳凰。鳳凰は、神鳥。梧桐か緑竹の間に降ってきて棲むといわれる。源納言を五色の霊鳳にみたてる。四 青みをおびたもや。蘇頲の閑園即事詩に「青靄遠相接、白雲往復還」。一句は、古詩に「結ニ廬高処一無ニ人到一夜半彩鸞棲ニ緑筠一」とあるように、竹を移植して青いもやのたちこめるあたりに、彩鳳にも比すべき有徳の君子がすむの意。五 北斗宮にある文運をつかさどる星という。「文昌星」とも。六 碧空。ここは、文星に比すべき前越前守が思いがけなく、拙詩に酬和せられたことを、文星が虚空より降下したというのである。七 前越前守巨勢文雄の君は、すでに任を退いて久しく、閑暇にまかせて月雪を賞翫する生活にもあきたであろう。↓補三。八 梁王の営んだ兎園。↓補四・三九補六。九 わが宿の玉の如き緑竹よ。御機嫌よう！　わが家のものさびしいまがきのもとを去って、源中納言のもとに移って行くがよろしい。琅玕は、珠玉に似た美しい石。美しい竹の形容から転じて竹の異名となる。一〇（君がすぐれた詩を酬和して私に贈られたことを思えば）竹と君のすばらしい詩を交換したようなもので、（竹どころか）玉であってもその貴重さには価しないと思う。

331 「白菊の花を感（たい）びて、尚書平右丞に呈し奉る」。→補一。

一（我が宣風坊なる書斎の後苑の）菊の花を見ないで一、二年を経過した。二ことし秋を迎え、霜気を帯びた風が吹くとともに白菊の花が白銀の貨幣をならべたように点点と咲きだした。→補二。三私の留守中、わが苑は荒れるに任せ、牛や羊たちもくまなくふみあらしたのであるが、わずかに畝に（先年かの延暦寺の明上人より頒けてもらった）白菊の苗種がのこったのだ。四蜂や蠆（さそり）も菊の苗を刺しのこしてやっと成長したのであるが、蘚苔のたぐいが寄生しているのを掃いおとすこともしなかった。→補三。五先考是善を中心として菅家廊下には多くの弟子門生が群れ集ったものだ。史記、孔子世家に「弟子蓋三千焉」。六文章博士。七→補四。八二九九の「寄白菊四十韻」をさす。→補五。九仁和二年九月の作。一〇讃州客居中の、人知れぬ悲憤の情をもらしたものだ。一一旧知の、われを真に知る人たちは、多く芳ばしい友情と理解を示される。一二そこで私は孤独ながら、この宣風坊の廊下を再開して、門生を教導して鞭をふるおうかと思う。

332 「霜菊の詩。〈同じき日の序、幷せて未旦求衣賦は別巻に在り〉」。→補一。

一秋のきびしい冷涼の気が、菊の畝（ね）に凝り結んだ（ように菊が花ひらく）。壥は、もり土。二すかっとした菊の花の幾茎が、霜をおびている。朶は、花の枝。

霜風計出白銀錢　二霜風　計り出す　白銀錢

牛羊踐盡纔遺種　三牛羊踐み盡して　纔に種を遺せり

蜂蠆刺殘未落蘚　四蜂蠆刺し殘して　未だ蘚を落さず

感昔三千門下客　五昔を感べば　三千門下の客

予爲博士、毎年季秋、大學諸生、賞翫此花。

予れ六博士たりしとき、年毎の季の七秋に、大學の諸の生、此の花を賞翫したりき。

吟新四百字中篇　新なるを吟ずれば　八四百字中の篇

到州三年、成五言卌韻詩、寄此花、以引客中之幽憤。

九州に到りて三年、五言四十韻の詩を成し、此の花に寄せて、一〇客中の幽憤を引きたりき。

故人知我多芳意　一一故人　我を知りて　芳意多し

所以孤叢望賁鞭　一二所以に　孤叢　鞭を賁さむことを望む

332 霜菊詩。同日序、幷未旦求衣賦在別卷。

肅氣凝菊壥　一肅氣　菊壥に凝る

烈朶帶寒霜　二烈朶　寒霜を帶ぶ

結取三危色
韜將五美香
逼簾金碎錬
依砌麝穿囊
時報豐山警
風傳麗水芳
似星籠薄霧
同粉映殘粧
戴白知貞節
深秋不畏涼

三結び取る　三危の色
四韜み將る　五美の香
五簾に逼りて　金　碎錬す
六砌に依りて　麝　嚢を穿つ
七時に豊山の警めを報ぐ
八風は麗水の芳しきを傳ふ
九星の薄き霧に籠れるが似し
粉の殘んの粧ひに映れるに同し
一〇白きを戴きて　貞節を知る
一一秋深くして　涼きを畏りず

333

予☆罷レ秩歸レ京、已爲二閑客一。玄談之外、無二物形一レ言。故釋二逍遙一篇之三章一、且題二格律五言之八韻一。且敍二義理一、附二之題脚一。其措詞用韻、皆據二成文一。若有二諳之者一、見二篇疏一決之。

北溟章。述曰、鯤爲二鵬鳥一、自レ北徂レ南。蜩與二鷽鳩一咲二其宏大一。自得之場雖レ異、逍遙之道惟同。唯此章、擧レ鳩略、而擧レ蜩詳。明鯤鵬而鵬密。故偏發二鵬蜩二蟲之性一、遂

三 神仙郷たる三危山の神秘な色を伝え取って菊が妙なる色に咲く。↓補二。四 君子が政治をとるときに五つの美徳を尊ぶというが、菊はひそかにこの五つの美徳のようなすばらしい芳香をいだいている。↓補三。五 (黄金は山奥で砕いて精錬するが、) 菊の花は御簾に近く迫って砕錬した黄金のようだ。六 禁庭の砌(みぎり)の石のほとりで芳香を放つ菊の花は、すぐそこで麝香がふくろから穴をあけたようにかおる。七 かの豊山の鐘は霜夜を警(いまし)めて、自然に鳴るといわれるが、菊に霜のおりる時には、きっと鳴るのであろう。↓補四。八 風が吹くと麗水からとれる金のような菊の花の芳香を伝えてくるの意か。↓補五。九 菊の花が霜に咲く姿は、夜空の星が薄霧のなかにこめられているかたち、美人の化粧がくずれて、おしろいがわずかに残っている様子にも似ている。一〇 霜の白きをいただく菊の花の姿に、貞節潔白の志を知る。一一 秋深まって、晩秋になって、天地に粛殺冷涼の気がみちても、この菊の花のために、おそろしくない。「畏る」は、古く上二段活用。

☆「予(われ)秩を罷めて京に帰り、已(すで)に閑客となりぬ。玄談の外、物として言(こと)に形(あら)はるることなし。故(かるがゆゑ)に逍遙一篇の三章を釈(と)き、且(か)つ格律五言の八韻を題す。且(ま)た義理を叙べて、題脚に附けたり。其の措詞用韻は、みな成文に拠る。若し諳(そら)んずる者(ひと)あらば、篇の疏を見て、決めよ」。↓補。

333 「北溟の章。〈述べて曰く、鯤(こん)の鵬鳥となりて、北より南に徂(ゆ)く。蜩(せみ)と鷽鳩(こばと)と其の宏大なるを咲(わら)へり。自ら得たる場(には)は異なりといへども、逍遙の道はこれ同じ。ただこの章は、鳩を挙ぐること略(あら)くして、蜩を挙ぐること詳(つばひらか)なり。明(あき)らけし、

終二小大一致之篇一。

擧小將均大　一小を擧げて大に均しくせむとす
惟鵬自對蜩　二惟に鵬自らに蜩に對するなり
海鱗波淼〻　三海鱗波淼淼たり
泥蛻景蕭〻　四泥蛻景蕭蕭たり
變化談同日　五變化同日に談る
形容類各宵　六形容各宵に類す
無時頻決起　七時と無く頻に決起す
有處積扶搖　八扶搖を積むに處有り
控地楡枋鬱　九地に控げられて楡枋に鬱ぶ
垂天羽翼調　一〇天に垂りて羽翼を調ふ
均勞空半歲　一一均しく勞して半歲空しくとも
逸樂不終朝　一二逸樂朝を終へず
野馬吹相息　一三野馬吹きて相息ふ
班鳩咲共嬌　一三班鳩咲ひて共に嬌れり

鯤は麁くして、鵬は密なること。故に偏に鵬蜩二虫の性を発して、遂に小大一致の篇を終へたり」。↓補一。
一 小を挙げて、大に対立させるのも、つまり（道に達すれば）小も大もいっしょなものだといいたいのである。↓補二。二 そこで極大の鵬が、自然極小の蜩と対して説かれるのである。
三 北溟の海に、大魚の鯤が大きな鳥の鵬に生れかわろうとするとき、ひろびろとした海に限りない波がたつ。四（一方、小庭の片すみで）泥にまみれた蟬のぬけがらから、小さい蜩が脱皮してはい出してくるとき、庭かげのものさびしい光がその蜩の翅を照らしだす。五 鯤から鵬にかわるのも、幼虫から蜩に脱皮するのも、変化し変身するのは同一である。六 鯤も鵬もその形は雄大そのもの、蜩もその幼虫もその姿はごく小さくて、変化しても前の晩と大きさは似ている。七（蜩は）いつでも気のむいた時にさっととびたつ。↓補三。八（鵬は、水を搏って はばたくこと三千里〔〕一旦ところを得れば、つむじ風に乗って大空に舞い上がる。↓補四。
九 蜩はとびつかれないで、地に投げ落とされて、楡や枋の木の下でいぶせき思いをしている。楡は、にれやなぎ。枋は、小木。↓補五。
一〇 鵬は天を覆うて垂れ下がったような広大なつばさをかいつくろって、舞い上がる。↓補六。
一一 鵬は六カ月の間飛びつづけるので、たいへんつかれるが、蜩は楡枋の木にとびつくまでつかの間であるから、楽なことである。↓補七。
一二 かげろうのゆらめくところに、鵬は（かげろうをはき出す生物と）ともに休息する。野馬は、二三補一参照。↓補八。一三 こばとは蜩とともに、鵬（の大袈裟なこと）を笑って、自ら満足している。班鳩は、こばと。「鷽鳩」に同じ。

二蟲雖異趣
適性共逍遙

一四二蟲(じちう) 趣(おもむき)を異(こと)にすといへども
一五性(せい)に適(てき)して共(とも)に逍遙(せうえう)す

334 小知章。述曰、宋榮忘ㇾ有、禦寇得ㇾ仙、大智也。五等殊ㇾ方、諸侯就ㇾ事、小智也。冥靈在ㇾ楚、彭祖仕ㇾ周、大年也。蟪蛄夏生、朝菌暮死、小年也。然而物安二天性一、理任二自然一、羨慾累絶、逍遙道成。唯有下榮公咲二宰官之祿一、列子御中冷然之風上、未ㇾ得ㇾ遣ㇾ無、猶憂ㇾ有ㇾ待。未ㇾ若無ㇾ功之神、無ㇾ名之聖、能馭二六氣一、遠遊ㇾ無ㇾ窮、逍遙之智足矣、無ㇾ待之心適焉。故遍擧二小大之性一、説以二神聖之遊一。此章更載二大椿花葉之長年、尺鷃鯤鵬之遊放一、義爲二重疊一、略而不ㇾ取也。

知分明又闇
年定短能脩
内外先雙遣
逍遙便一遊
堯臣猶歴夏
曹后不知秋
勁節冥靈老
浮生日及休
共慙相企尚

一知(ち)は分(わか)る 明(あきらか)なるとまた闇(くら)きと
年(とし)は定(さだま)る 短(みじか)くして能(よ)く脩(なが)し
二内外(ないぐわい) 先(ま)づ雙(なら)び遣(さ)らませば
逍遙(せうえう) 便(すなは)ち一遊(いついう)しなまし
三堯臣(げうしん)すら なほし夏(か)を歴(へ)たり
四曹后(さうこう)だに 秋(あき)を知(し)らず
五勁節(けいせつ) 冥靈(めいれい)老(お)ゆ
六浮生(ふせい) 日及(じつきふ)休(よろこ)ぶ
七共(とも)に慙(は)づらくは 相企尚(あひきしやう)することを

一四 鵬と蜩との二虫は、一方は大きく、一方は小さく、おもむきがまるでちがうけれども。
一五 もって生れた本性に適して、自由にふるまうという点では一致している。→補九。

334 「小知の章。〈述べて曰く、宋栄の有を忘れ、禦寇の仙を得たるは、大智なり。五等方を殊にし、諸侯事に就くは、小智なり。冥霊の楚に在り、彭祖の周に仕へたるは、大年なり。蟪蛄の夏に生れ、朝菌の暮(ゆふべ)に死するは、小年なり。然れども、物天性に安むじ、理自然に任せば、羨慾の累絶え、逍遙の道成らむ。ただ栄公の宰官の禄を咲(わら)ひ、列子の冷然の風に御すること有りて、無に遣(は)つこと得ざれば、猶し待つこと有らむことを憂ふ。若かず、功無き神、名無き聖の、能く六気を馭して、遠く窮り無きに遊びて、逍遙の智足らひ、待つことなき心の適へらむには。故(かるがゆゑ)に遍(あまね)く小大の性を挙げて、説くに神聖の遊びを以てせり。此の章には、更に大椿花葉の長年と、尺鷃鯤鵬の遊放とを載すれども、義重畳(かさな)りたれば、略して取らざるなり〉」。→補一。

一 知には明と闇との差別があり、寿命には短いと長いとの相違がある。能字、やや不審。→補二。二 内外の分や、栄辱の境をのりこえ、物と我との差別を忘れ去ったならば、何物にもとらわれないで、自由にふるまうことができよう。遣は、捨遣即ち否定し去る意。→補三。三 彭祖は堯の臣であったが、それでも虞夏をへて、商の代まで生きのびた。→補四。四 →補五。

五 (五百年めに花咲くという)冥霊の木の勁い幹も老い朽ちるときがある。六 (朝花が咲いて夕には散る)木槿(むくげ)もそのはかないいのちを元気に楽しんでいる。→補六。七 相手をうらやみ望むことはともに恥ずべきことだ。企尚は、

多恐暫拘留　八多く恐るらくは　暫く拘留することを
有待何稱善　九待つこと有るは　何んぞ善しと稱めむ
無爲我道周　一〇無爲にして　我が道周し
榮公干祿笑　一一榮公　祿を干むることを笑ふ
列子御風憂　一二列子　風に御して憂ふ
好是無名客　一三好是し無名の客
茫ゝ六氣幽　一四茫茫として　一五六氣幽なり

335 堯讓章。述曰、堯帝擧二炬火浸灌之喩一、將レ讓二天下於許由一。許由說二鷦鷯偃鼠之心一、更歸二堯帝於天下一。聖人賢者、性命雖レ殊、黃屋靑山、逍遙尙一。故敍二堯許之有レ情、明二優遊之無レ別也。

推賢堯授手　一賢を推して　堯　手を授く
寄身許慚顏　身を寄せて　許　顏を慚づ
四海君功大　二四海　君が功大なり
孤雲我性閑　孤雲　我が性閑なり
潁川清石水　三潁川は　石はしる水淸にして

こいねがうこと。「跂尚」ともいう。八 暫くでも物にこだわることは、おおいに恐るべきことである。九 何かに依存しようとするようでは、どうしていいことだといえようか。↓補七。一〇 無為でこそわが道はあまねくどこへでも通じるのだ。一一 栄公は、役人たちが爵禄をもとめて、これにこだわることを笑った。栄公は、宋国の賢者、姓は栄氏。一二 列子は風に乗って自在に飛行したけれども、(風に依存するのだから、風がなければ) 心配せざるをえない。一三 名を超越した聖人こそは、はてしない六気に御して飛行するので、何物にもとらわれない。荘子、逍遥遊に「聖人無レ名」。一四 広くはてしないさま。一五 釈文に「陰・陽・風・雨・晦・明」をいうのと、「朝霞・正陽・飛泉・沆瀣(かうがい)・天玄・地黄」をいうのと、両説がある。↓補八。

335 「堯譲の章。〈述べて曰く、堯帝、炬火浸灌の喩へを挙げて天下を許由に譲らむとす。許由、鷦鷯(みそさざい)偃鼠(もぐらもち)の心を説きて、更めて堯帝に天下を帰す。聖人と賢者と、性命は殊なりといへども、黄屋青山、逍遙尚(ほな)し一なり。故に堯と許との情有ることを叙べて、優遊の別なきことを明(あきらか)にするなり〉」。↓補一。

一 帝堯は許由の賢を推称して、天下を手わたそうとしたが、許由は身をひきのけて、天下を受けることをはずかしがった。許由は、隠者。姓は許、名は由、字は仲武。二 許由は堯にいう、あなたは天下を治めて、天下四海はすでによく治まっている。(それだのに私があなたに代るというのは名のためであるか。いまさら私は何をなそうというのであるか。) 大空を行くちぎれ雲のように、のんびりと逍遙してくらすことこそ私の性分にあっていること。(天下をあずかるなど御免である。) 孤雲は、貧士に喩える。

箕嶺老松山
送日蔬食足
臨煙華戸開
既知尸祝用
誰爲實賓煩
鳳暦何無主
龍飛欲早還
鷦鷯從取樂
浸灌莫辛艱
向背優遊去
形體一世間

箕嶺は　老いたる松の山なり
四 日を送りて　蔬食足る
煙に臨みて　華戸開く
五 既に知る　尸祝の用
六 誰か　實の賓のために煩されむや
七 鳳暦　何ぞ主無けむ
八 龍飛　早く還らむことを欲りす
九 鷦鷯　樂を取るに從はむ
一〇 浸灌　辛艱すること莫くあらむ
一一 向背　優遊し去る
形體　一世の間

菅家文草第四

無序

仁和二年正月十六日任讃岐守
寛平二年不交替入京

三 許由のふるさとの潁川には岩間ゆく水の流れも、(彼の心のように)清らかであり、許由のかくれ住んだ箕山の峰には(彼の節を象徴するように)老松が生えている。潁川は、河南省登封県の西境の潁谷から出て、淮水に注ぐ川。箕嶺は、河北省行唐県の西北の山。→補二。 四 許由は粗末な食物で毎日の生活をおくって満足し、たなびく煙霞にむかっていばらの戸のうちひらく草庵生活で自得していた。蔬食は、粗末なたべもの。華戸は、いばらで作った戸。→補三。 五 すでに尸祝には尸祝としての役目がきまっている。(たとい膳夫が留守をしていても、台所へでて、その代りをつとめるべきではない。)尸は、太廟中の神主。祝は、神に辞を伝えるもの。→補四。 六 すでにそのことを知ったからには、誰か(天子という)名のために煩わされるようなことをしようか。「実の賓」は、名のこと。荘子、逍遙遊に「名者、実之賓也」。 七 一日も天子がなくてはかなわない。鳳暦は、こよみ。鳳はよく天の時を知るといわれるので暦に冠する。 八 早く天子の位に還っていただきたい。竜飛は、天子の位につくこと。 九 鷦鷯(みそさざい)が一枝に安んずるように、(私即ち許由は天下を譲ってもらうよりも、)この山中の生活の楽しさを守っていたい。→補五。 一〇 (ほどよい時に雨が降ったのに、)その上水を田にそそぐ苦労をすることはなかろう。(あなたが立てば天下が治るであろうから、私がこの上天子として政治をしている必要があろうか。だから私は天下をあなたにゆずりたいと堯はいった。)→補六。 一一 向かうも背(そむ)くも、世の中の流れのままに従って、身体を時世の運にまかせきることだ。→補七。

天承元年八月八日進納　北野廟院
今生之望已絕、來世之杲(マヽ)宜求、匹夫之志、神其
尙饗、靈悴令還、本覺之時、必預化導矣
朝散大夫藤廣兼

明曆二年丙申六月寫之
懶　齋　□

菅家文草第五　詩五

336　閏九月盡、燈下即事、應レ製。

年有二三秋一、〻有二九月一。九月之有二此閏一、閏亦盡二於今宵一矣。夫得而易レ失者時也。感而難レ堪者情也。宜哉睿情惜而又惜。于レ時蘭燈屢挑、桂醑頻酌。近習者侍臣五六、外來者詩人兩三而已。請各即レ事著二于形言一云尓。謹序。

天惜凋年閏在秋
今宵偏感急如流
霜鞭近警衣寒冐
漏箭頻飛老暗投
菊爲花芳衰又愛
人因道貴去猶留

一 天は凋年を惜みて　閏　秋に在り
二 今宵偏に感ぶ　急なること流れの如くなることを
三 霜の鞭　近く警めて　衣の寒きことを冐す
四 漏の箭　頻に飛びて　老い暗しく投る
菊は花の芳しきがために　衰へてまた愛でらる
五 人は道の貴きに因りて　去にてなほし留る

336「閏の九月尽、燈下の即事、製に応(こた)へまつる」。この下「幷序」の二字脱か。紀略に「寛平二年閏九月廿九日壬午、有二密宴一、題云、閏九月尽、燈下即事詩」。扶桑集三に出。

1 秋は三カ月あるので「三秋」という。 2「亦」の訓は、大乗掌珍論承和嘉祥点による。モマタと訓むのは後世。 3 時間はあっという間に過ぎ去ってしまうものだ。史記、斉太公世家に「逆旅の人曰く、吾聞く、時は得難く失ひ易しと」。 4 底本、哉字なし、いま文粋により補。 5 主上の気持。「睿」は「叡」に同じい。主上は宇多天皇。 6 蘭の香を煉り合わした燈油の燈火。楚辞、招魂に「蘭膏の明燭」。 7 香のいい桂を切って酒に入れた美酒。楚辞、九歌、東皇太一に「桂の酒と椒(はじかみ)の漿(こむ)を奠(す)む」。 8 天子の側近にいるもの。 9 心に発したことがらを言葉に表現して、形にあらわすこと。→補一。

一 暮れてのこり少ない年。文選の鮑照の舞鶴賦に「歳崢嶸として暮るることを愁ふ、心惆悵して離るることを哀しぶ。是に於て窮陰殺節、急景凋年云云」。 二 時のたつのはすみやかで、水の流れのようだ。 三 霜のきびしい寒さが、鞭をあてたように衣服をとおしてしみとおる。 四 箭(や)がとぶように漏刻の時間が、しきりにすぎ去って行って、いつの間にか老年になる。 五 君は文章を重んずるによって、私は一旦は外国したけれども散位ながらまた来たり侍するを得た。道は、文章の道。 六 道真は寛平二年讃岐守の秩満ちて帰京し、文人として奉仕した。「外吏」、諸本「外事」に作るは非。闈は、宮中の門のこと。→三九注三。

臣自二外吏一入侍二重闈一。　臣は外吏より入りて重闈に侍り。

明朝縦戴初冬日　明朝　縦ひ初冬の日を戴くとも

豈勝蕭々夢裡遊　豈　蕭蕭　夢裡の遊びに勝へめや

337　隔レ壁聽レ樂。絶句爲レ體、時侍二雅院一。

風送五音子細分　風は五音の子細に分たるることを送る

應同瞽者一心聞　瞽者の一心に聞くに同じかるべし

昇天不得觀天樂　天に昇りて天なる樂を觀むこと得ず

粉壁還如隔白雲　粉壁は還りて　白雲を隔てたるが如し

338　和下田大夫感三喜勅賜二白馬一、上三呈諸侍中一之詩上。次レ韻。自レ此以下三首、散位初、聽二昇殿一之作。

玄覽浮雲洞裏開　玄に覽たまふ　浮べる雲い洞の裏に開くことを

任將高足賜高才　任は高足を將ちて高才に賜へり

代勞恩欲丹霄去　勞りに代る恩は　丹霄に去なむとす

七 明日は十月朔日、花のない冬の季節に入る。たとい初冬の日が照っても、どうして夢の中のようにぼんやりしてすごすことにたえられようか。明朝は、明日というほどの意。蕭蕭は、閑暇があって徒然となすこともないさま。↓補二。

337 「壁を隔てて楽を聴く。〈絶句を体(すがた)となす、時に雅院に侍(はべ)り〉」。↓補。

一 拾芥抄、音楽部に「五音　宮(一越)、商(平)、角(双)、徴(黄鐘)、羽(盤渉)」とある。十二律のうち実際の旋律音として使われる五つの音で、この五音階に宮・商以下の中国名と、一越・平調以下の日本名が付けられる。一句は、吹く風にのって隣の室から美しい五音のしらべが分明にきこえてくるの意。二 めくら。演奏のさまがみられず、楽の音のみがきこえることをいう。

三 へだての白壁。それを白雲が天上の楽をさえぎるとみたてる。文集、江楼夜吟に「斜に行きて粉壁に題す、短く巻きて紅牋に写す」。

338 「田大夫の勅(みことのり)して白馬を賜ふに感喜して諸侍中に上呈する詩に和す。〈韻を次ぐ。此れより以下三首、散位の初め、昇殿を聴(ゆる)されしときの作〉」。注は、島田忠臣(ただおみ)の詩に次韻したもので、以下三首は、秩をやめて帰京散位の初めに、昇殿をゆるされた時の作のことの意。忠臣の詩は田氏家集に「遺風簇雪四蹄開、曳到騰驤陽不才、当日乍辞二華廐一出、他時定度二玉関一来、晴行花逐二驄毛一乱、夜去星随二駿目一廻、始覚青雲応レ易レ蹈、天恩已許騎二竜媒一」とある。この詩は、島田忠臣が宇多天皇より白馬を下賜されたので、感激して蔵人たちによみおくった七律に、開・才・来・廻・媒と上平声十灰の韻を次して和したもの。

一 天子が白馬を得て田大夫(五位の田氏忠臣)に下賜したの意。白馬が天から雲を御してやっ

戀主情應白髮來
珠汗風前隨路落
練光月下趁家廻
霜毛便作華亭翅
仙駕東西不用媒

三主を戀ふ情に　白髮來るべし
四珠なす汗は　風の前に路の隨に落ちたり
五練なす光は　月の下に家を趁ひて廻らふ
霜毛は便ち六華亭の翅たり
七仙の駕は東西に媒を用ゐず

339　十月廿一日、禁中初雪、應ㇾ製。

推歩四時令不違
初開六出報重闈
地因高霽看何易
天未全寒想更非
粧妓自疑顏粉落
宿酲偏誤眼花飛
今朝且指如雲瑞
先滅唯緣近日輝

四時を推歩するに　一令は違はず
初めて開く二六出い　三重闈に報げらる
地　高く霽るるに因りて　四看ること何ぞ易き
天　全くは寒からざれば　想ふこと更に非ず
五粧へる妓は　自らに顏の粉の落ちたるかと疑ふ
六宿よりの酲ひは　偏に眼の花の飛ぶかと誤つ
七今朝且指す　雲の瑞の如くなることを
八先に滅ゆることは　ただ日の輝きの近きに縁らくのみ

てきたというイメージを詠む。任字、板本位字に作る。→補。二丹(あか)い夕やけ空。一句は、労をねぎらう恩賜の天馬は大空に帰りたがるの意。三主は、宇多天皇。白髪は、「白馬」の縁によっていう。第三・四句は、三・四と切れる、折句である。四白馬の珠のような汗。「風前」、底本「風煎」に作る、いま板本による。五ねりぎぬのような白いやわらかな光。白馬の毛色。六華亭の鶴のつばさ。呉国奉県郊外の野、陸機がここで鶴を愛した。一句は、白い霜のような毛は鶴の翅さながらだの意。七神仙は昇天するときには竜の媒を必要とするが、この白馬は直ちに天にものぼりうる。神仙的道教的な発想。

339「十月二十一日、禁中の初雪、製に応(こた)へまつる」。寛平二年の作。扶桑集一に出。

一月令は誤りたがわない。拾芥抄、二十四気部に「立冬、十月節。小雪、同中」。一句は、春夏秋冬、四季の推移をはかると、月令では十月中小雪とあるから、二十一日に初雪をみるのは順当だの意。二六出花。雪の異名。三幾重にも重なった深宮。ここは清涼殿をさす。闈は、宮中の大門の傍の小門。四初雪をみることはいとも易い。空もひとえに寒いというわけではないから、特に気にかかることもない。五内教坊の舞妓たちは、初雪が舞い落ちるのをみて、自分の顔につける白粉(おしろい)のこなでも落ちるのかと思う。六わる酔いをした人が、朝起きると初雪がふっているのをみて、自分の眼のつかれのせいでちらちらするのだと思いあやまる。宿酲は、ふつかよい。七けさはかりそめにあの白雪を(豊年の瑞兆と考えて)雲気の瑞祥のように指さしたたえる。→補一。八うっすらふった初雪は日がさしたところからとたんにさきに消えてしまう。→補二。

340　上巳日、對レ雨翫レ花、應レ製。

暮春尤物雨中花　暮春の一尤物　雨中の花
何況流觴醉眼斜　二何に況むや　流るる觴の醉へる眼に斜ならむや
蜀錦霑波依晩岸　三蜀錦　波に霑びて　晩の岸に依れり
呉娃點汗立晴沙　四呉娃　汗を點して　晴れたる沙に立てり
且憐有清香猶襲　且がつ憐れぶ　清香のなほし襲ふこと有ることを
偏愛無塵色更加　偏に愛す　塵無くして色さらに加ふることを
溫樹莫知多又少　五溫樹知ることなし　多しやまた少しや
應言夢到上仙家　六夢に到りて仙家に上ると言ふべし

341　就二花枝一、應レ製。　自レ此以下廿五首、左中弁之作。

勤王竟夕月明前　一王に勤みて夕を竟ふ　月の明なる前
便就花枝不放眠　便ち二花の枝に就きて　放に眠らず
宿鳥愁驚人細語　宿の鳥をば驚さむことを愁へて　人は細語す

340「上巳(じょうし)の日、雨に対して花を翫(もてあそ)ぶ、製に応(こた)へまつる」。但し寛平三年(八九一)三月三日には紀略によると別の詩題である。存疑。「雨中花」という詩題は、文集にある。一尤は、「けやけし」。最高にすぐれたもの。↓補一。二清明の節句酒に酔って、曲水を酒杯が斜めに流れすぎるのを酔眼に見ている気持は何といったらよかろうか。流觴は、三月三日曲水の宴に用いる流れるさかずき。↓補二。三曲水の流れの岸に咲く雨中の花は、蜀紅の錦が波にうるおうてくれゆくかとみえる。四呉国の美女が汗をにじませて、晴れた砂洲に立ちもとおるかと誤たれる。点字、詩紀照字に作る。五雨中に花咲く木。↓補三。六上巳の酒に酔って雨にけぶる花をみていると、夢に羽化して神仙境にあそぶかと思われる心地だ。↓補四。

341「花の枝に就く、製に応(こた)へまつる。〈此れより以下二十五首は、左中弁のときの作〉」。寛平三年四月の作。↓補。一新任の蔵人頭、左中弁として奉仕すること。二花の枝に蝶鳥がとまるように、人も花に心をかけること。三夜ふけて春の霜がおりて寒くなるのをおそれて、人は酒を酌みかさねる。四よき木。花咲く木。五君の温かい慈(いつく)しみがたっぷり行きわたる。道真の喜びにみちた感情が、花木に移入されている。六鶏舌香を口に含んで人間の臭みを消して。応劭の漢官儀に「侍中の刁存(てうそん)、年老いて口臭あり、帝鶏舌香を賜ひて之を含ましむ」(芸文類聚、人部)。七詩文の奇才をもった神仙のおともをして昇天したいものだ。「将」の訓は、「将、ム」(玄奘表啓平安初期点)による。

342「三月三日、同じく「花の時は天(そら)も酔へるに似たり」といふことを賦す、製に応

春霜怕拂酒頻傳
眼歡令樹饒溫澤
心恨深更向曉天
遇境芳情無晝夜
將含鷄舌伴詩仙

三春の霜をば拂はむことを怕りて　酒頻に傳ふ
眼は四令樹の　五溫澤饒なることを歡ぶ
心は深更の　曉天に向なむとすることを恨む
境に遇へる芳情は晝夜なし
六鷄舌を含みて七詩の仙に伴はむとす

342　三月三日、同賦二花時天似一レ醉、應レ製。并レ序。

1春之暮月、月之三朝。2天醉二于花一、桃李盛也。3我君一日之澤、4万機之餘、5曲水雖レ遙、6遺塵雖レ絕、7書二巴字一而知二地勢一、8思二魏文一以翫二9風流一。10蓋志之所レ之、謹上二11小序一云尓。

三日春酣思曲水
彼蒼溫克被花催
煙霞遠近應同戸
桃李淺深似勸盃
乘醉和音風口緩

三日　春酣にして曲水を思ふ
一彼の蒼い　二溫克にして花に催さる
煙霞遠近　三同戸なるべし
四桃李淺深　勸盃に似たり
五醉ひに乘ずる和音　風の口緩ぶ

(こ)へまつる。〈序を幷せたり〉」。紀略に「寛平三年三月三日癸丑、勅二詩人一、令レ賦二花時天似一レ醉之詩一」とある。但し「寛平四年」の誤りかもわからない。扶桑集十四に出。

1 三月三日の意。2 天も花に酔ったように見えるのは桃李がいっせいにひらいたからだ。3 一日恩沢をめぐまれてこの詩宴を催された。4 政治をみる余暇。書経、皐陶謨に「兢兢業業、一日二日万機」とあり、政治をとるには万事機微を戒慎しなければならないからいう。5 三月上巳、水辺で禊祓(みそぎはらい)をする中国の風習を伝えたもの。→補一。6 古賢の遺した風習の一つの意。文選の魏都賦に「魏地は先王の桑梓、列聖の遺塵」。7 巴の古文は水の曲折するかたちだから、曲水の形容に「巴字を書く」という。王維の送崔太守詩に「天際の長江巴字の曲」。8 魏の文帝。宋書、礼志によると、三月上巳を用いることをやめて三月三日に制定したのは魏の時からだという。9 曲水の詩酒のみやびな遊び。→補二。10 詩経、大序の文句。詩は精神的感動の表現だという。→補三。11 大序に対していう。真名文の序に対して和歌序を「小序」ということもある。以上の小序、和漢朗詠、巻上、春、三月三日(本大系七三三九)に出。

一 彼の蒼天。詩経、秦風、黄鳥に「彼蒼者天」。二 心がおだやかで度量がひろい。詩経、小雅、小宛に「酒を飲みて温克」。一句は、地上に咲きみちた清明の花に催促されて大空もいっそう心やさしくうっとりしているの意。三 同等の酒量。戸は、上戸(じょうご)・下戸(げご)の「こ」。一句は、遠くの霞も、近くのぼうっとしたもやも同じほどの上戸とみえるの意。四 空の煙霞が紅を帯びている工合は、桃李の花の色が濃く浅く咲くの

銷憂晩景月眉開　憂へを銷す晩景　月の眉開く
帝堯姑射華顏少　帝堯姑射　華の顏少し
不用紅匂上面來　用ゐず　紅匂の面を上り來ることを

343　詩客見レ過、同賦ニ掃レ庭花自落一、各分ニ一字一。探得レ勲。

和市詩情不遵貧　詩情を和市して貧と遵はず
滿庭紅白意慇懃　滿庭の紅白　意い慇懃なり
客來春去疲迎送　客來り春去りて　迎送に疲る
我是花前驛傳人　我はこれ　花の前の驛傳の人

344　賦ニ春夜櫻花一、應レ製。

紅櫻一種意無疎　紅櫻一種　意　疎なることなし
向曉猶言夜未渠　曉に向なむとしてなほし言ふ　夜渠からず
香倍移於仙砌後　香は倍す　仙砌に移りて後

を反映するからだ、ちょうど桃李の花花が盃を勧めて空を酔わせているようだ。三・四句、和漢朗詠、巻上、春、三月三日(本大系七三四〇)に出。五春のそよ風がなごやかなささめきを伝えてくるのは、酔いに風の口もゆるんだのであろう。六月の眉が開くこと、即ち三日の月が輝きだすことに、讃州に外国した揚句に蔵人頭にカムバックした悦びの感情を投射する。七古の聖帝。ここは宇多天皇によそえる。八藐姑射山。↓補四。九紅の色つや。七・八句は、もともと玉顔は若若しく色つやがあるから、今さら酒の酔いで顔を赤く染める必要もないの意。▽↓補五。

343「詩客、過(よ)ぎられて、同じく「庭を掃ひて花自(おのづか)らに落つ」といふことを賦す、各一字を分つ。〈探りて勲を得たり〉」。この詩客には、島田忠臣を含む。田氏家集下に「暮春、菅尚書の亭に宴して同じく掃レ庭花自落を賦す、各一字を分つ、還を得たり」と題して七言六韻の詩がある。菅尚書は、菅原左中弁の唐名。

一売手と買手とのおりあった値段。東寺執行日記に「洛中米穀和市之事、云云、近日依ニ和市之不一レ定、有ニ衆庶之飢饉一」。二去るを惜しんで心をつくすこと。楊巨源の折楊柳詩に「唯春風の最も相惜む有り、慇懃に更に手中に向つて吹く」。一・二句は、花は咲き過ぎて満庭に落花がみだれているが、こういう詩情にも売手と買手とがついて、値段がおりあったとみえて、訪ねられたからには、私もいい商(あきな)いをして、貧というわけにはいかないの意。三宿駅ではや馬を送迎斡旋する人。春を送り、客を迎えることを、はやつぎ馬にみたてる。

344「春夜桜花を賦す、製に応(こた)へまつる」。寛平三年(八九一)三月の作であろう。
一この紅桜一樹は、あるいは紫宸殿前左近の

六色は添ふ　隠れて故山に在りし初め
色添隠在故山初

過風鳳女粧相似
風に過ぐる七鳳女　粧ひし相似たり

迎月龍花樹不如
八月を迎ふる龍花　樹も如かじ

多少春情誰爲惜
多少の春情　誰がためにか惜まむ

九重深處万機餘
九九重深き處　万機の餘り

345 惜ﾚ春絶句。勒ニ閑還山一、枇杷殿作。

生來未見四時閑
一生れてよりこのかた　四時の閑なることを見ず

春氣不將老氣還
春氣も老氣に還るを將けず

送却鶯花心地迷
二送却りてむ　鶯と花とに心地迷はむことを

何須臨水也登山
三何ぞ須ゐむ　水に臨みまた山に登らむことを

346 七月七日、代ニ牛女一惜ニ曉更一、各分ニ一字一、應ﾚ製。探ニ得程字一。

年不再秋夜五更
一年再びは秋あらず　夜五更二

桜樹を指すか。二心親しい気持がする。「疎」の反対は、「親」。三春の夜桜を賞してながめて時間のたつのを忘れることをいう。↓補。

四倍字、詩紀位字に作る。五神仙の宮殿の砌石のほとり。ここは禁裡をさす。六奥山に人知れず咲いていた時からこの紅の色はきわだっていた。七鳳女台に蕭史とともに住んだ秦の穆公の女弄玉のこと。彼女は鳳凰とともに風に乗じて飛び去ったと伝えられる(列仙伝・太平広記所引神仙伝拾遺)。八兜率の内院にいる弥勒菩薩が、当来五十六億七千万年後に此の世界に出現し、華林園の中の竜花樹の下で法会をひらくという(心地観経・続文粋園城寺竜花会縁起)。この月は、当来仏たる弥勒を指す。九天子が万機の政をとる余暇に御覧になるから散るのを惜しむの意。↓三四三注4。

345「春を惜む絶句。〈閑・還・山を勒す、枇杷殿にて作る〉」。↓補。

一人人を若返らす春になっても、平生から多忙で老いこむのをとどめることはできない。道真、この時四十七歳。二ゆったりと鶯や花を賞美して心あくがれるような気分はどこかへ捨て去ってしまった。蔵人頭左中弁式部少輔は劇職であったとみえる。三枇杷殿の庭園の林泉がすぐれていたことをいう。

346「七月七日、牛女に代りて、暁更を惜む、各一字を分つ、製に応へまつる。〈探りて程字を得たり〉」。寛平三年(八九一)の七夕の作であろう。紀略は「寛平三年」にかける。扶桑集三に出。この時の詩序は小野美材の作、文粋八に、また同じ時の詩は田氏家集巻下に出。牛は、牽牛、女は、織女。

一年の内に秋七月は二度と繰り返されない。

二一夜を五つにわける。五更は、暁方。↓補一。

料知靈配曉來情

〽露應別涙珠空落

雲是殘粧髻未成

恐結橋思傷鵲翅

嫌催駕欲啞鷄聲

相逢相失間分寸

三十六旬一水程

料り知る　靈配　曉よりこのかたの情

露は別れの涙なるべし　珠空しく落つ

雲はこれ殘んの粧ひ　髻いまだ成らず

橋を結ばむことを恐りては　鵲の翅を傷らむことを思ふ

駕を催さむことを嫌ひては　鷄の聲を啞ならしめまく欲りす

相逢ひ相失ひて　間むこと分寸

三十六旬　一水の程

347　哭田詩伯。

哭如考妣苦湌荼

長斷生涯燥濕倶

縱不傷君傷我道

非唯哭死哭遺孤

万金聲價難灰滅

哭くこと考妣の如くにして　荼を湌ふより苦し

長に　生涯　燥濕を倶にせむことを斷てたり

縱ひ君を傷ばずとも　我が道を傷ぶ

ただに死を哭くのみに非ず　遺れる孤を哭く

万金の聲價は　灰と滅えがたからむ

三 霊(れい)しき配偶。「霊疋」「霊匹」ともいう。文選の謝恵運の「牛女を詠ずる詩」に「雲間に霊匹あり、年を弥(わた)りて相従ふことを闕く」。一句は、年に一度の逢う瀬の時刻もたまゆらに過ぎて、別れの時刻がやってくる、その暁更よりの二星の切ない心持を推察するの意。四 三・四句、和漢朗詠、巻上、秋、七夕(本大系七三二四)に出。暁の露・曙の彩雲を、牛女の別れを惜しむ涙の珠・織女のねみだれ髪とみたてる。五 たなばたつめがいつまでも会合を続けたいと思って、鵲が帰りのために天の河に橋をつくるのを妨げたいと思うのである。歳華紀麗、七夕に「鵲の橋すでに成る」とあり、注に「風俗通に云ふ、織女七夕に当に河を渡るべく、鵲をして橋を為(つく)らしむ」。六 鶏鳴をあいずにして牽牛星との別れの時が来て、織女のためにのりものが用意されるのを嫌って、鶏をおしにしてしまいたいと思う。伊勢物語にも後朝を惜しんで鶏を憎む歌がある。以上五・六句、上三下四、即ち折句である。→補二。七 逢ったと思ったら別れねばならぬ、その中間の休息する時間はわずかだ。「間む」は、訓点語、間をおく・休息する意。分寸は、一分一寸の長さ。わずかの時間についていう。「無漏の間(あひだ)むこと無き」(西大寺本金光明最勝王経平安初期白点。春日政治博士の研究による)。八 三百六十日の間天の河のほどをへだてて待ちこがれたのに。

347 「田(でん)詩伯を哭(こく)す」。島田忠臣の死を悼む詩。→補。

一 亡き父母。二 生活をともにすること。人の居処は燥(かわ)いたところを好み、湿(しめ)ったところを避けるところからいう。三 我が詩賦の道。ここは、文道の上から君を失ったことが損失だの意。四 詩文の声誉。文集に、白居易が亡き友

三徑貧居任草蕪
自是春風秋月下
詩人名在實應無

[五]三徑の貧居は　草の蕪るるに任すならむ
[六]これより春風秋月の下
詩人の名のみ在りて實はなかるべし

348　九日侍レ宴、群臣獻レ壽、應レ製。

登高望處九陽重
天道人心髮不容
祝盞吹花〻自笑
祈音取樂〻相從
祥光欲見聯三象
寶祚應知邁五龍
亭育無限何以報
寸丹吐出效華封

高きに登りて望む[一]ところ　九陽[二]重る
[三]天道と人心と　髮も容れず
祝ふ盞[四]に花を吹きて　花自らに笑ふ
祈る音に樂[五]を取りて　樂相從ふ
祥光　見むことを欲りす　三象[六]を聯ぬることを
寶祚　知るべし　五龍[七]を邁むることを
亭育限りなし　何を以てか報いむ
寸丹吐き出して華封[八]に效はむ

人元宗簡の詩集に題して「遺文三十軸、軸軸に金玉の声あり」と詠じた。五 清貧幽居を楽しんだ詩伯の庭は、これからは手入れする主もなく、草も荒れるがままとなろう。三径は、三すじの小径(こみち)。陶淵明の帰去来辞に「三径荒に就く」。世説新語、棲逸に「蔣元卿の舎中に三径あり、唯羊仲・求仲のみ之に従(よ)つて遊ぶ。二仲は皆挫簾逃名の士なり」。六 今後、春風秋月の佳興の時を迎えても、世間にえせ詩人はどっさり居ても真の詩人はもう居ないのだ(と思うと寂寥にたえきれないこの私をどうしよう)。

348 「九日宴に侍(はべ)りて、群臣寿を献(たて)まつる、製に応(こた)へまつる」。紀略、亭子院、寛平四年の条に「九月九日、庚戌、重陽宴、群臣献寿詩」とある。ただし大日本史料は、これを「寛平三年」に係ける。

一 望字、底本聖字に作る、いま板本による。
二 九月九日は陽数たる九が重なる日だから、「重陽(ちょうよう)」という。月令広義、九月に、「魏文帝書、九は陽数たり、日月並に応ず、名づけて重陽といふ」。この日登高の風習があった。
三 天の摂理と人間の心とはぴったり一致して運行する。四 菊花を酒盃にうかべて、これを吹きまろばして飲む。五 内教坊が女楽を奏進する。
六 三象は、周公の作った楽曲の名称であるが、ここは日月星の三象の光。七 古代の五竜氏、兄弟たる皇伯・皇仲・皇叔・皇季・皇少の五人がみな竜に乗って上下した故事。五・六句は、宇多天皇の威光は三象に匹敵し、その宝祚は五竜氏をあわせた勢いだとことほぐの意。八 華の封人が堯帝の幸福を祈った故事。寿・富・多男子の三事を堯のために祈ったが、彼はこれをみなことわった。しかし後世、寿を祝うには、「華封の三祝に効(なら)ふ」というようになった。

349 重陽後朝、同賦ニ秋雁櫓聲來一、應レ製。幷レ序。

重陽之後、翌日之夕、秋雁者月令[1]之賓也、櫓聲者[2]風窓之聽也。觸レ物而感[3]、非レ來ニ鏡湖[4]之波一。馳レ心而思[5]、只望ニ銀漢[6]之岸一。于レ時涼氣[7]屢動、夜漏[8]頻移。詩臣[9]兩三人、近習七八輩、請各成レ篇、以備レ言レ志云尒。謹序。

碧紗窓下櫓聲幽
聞說蕭々旅雁秋
高計雲晴寒叫陣
乍逢潮急曉行舟
沙庭感誤松江宿
月砌驚疑鏡水遊
追惜重陽閑說處
宮人怪問是漁謳

一 碧の紗の窓の下に櫓の聲幽なり
二 聞説く　三 蕭蕭たり旅雁の秋
四 高く雲の晴るるを計りて　寒えて陣に叫ぶ
五 乍ちに潮の急なるに逢ひて　曉に舟を行る
沙の庭に感びて　六 松江に宿るかと誤つ
七 月の砌に驚きて　鏡水に遊ぶかと疑ふ
八 重陽を追ひ惜みて　閑に說ふ處
宮人は怪しびて問はくは　これ漁りの謳かと

350 暮秋、送ニ安鎭西赴レ任、各賦ニ分字一。

349 「重陽の後朝、同じく「秋雁櫓声来る」ということを賦す、製に応(こた)へまつる。〈序を并せたり〉」。この序は文粋十一に出。詩は扶桑集十六に出。→補一。

1 礼記、月令、季秋の月に「鴻雁来賓」。 2 風吹く窓辺で雁のなき声をきくと櫓をこぐ音が近づいてくるようだ。 3 「而感」、文粋「以感」に作る。 4 会稽県と山陰県との境にある湖。漢の順帝の時に築く。 5 「而思」、文粋「以思」に作る。 6 天の河。 7 「涼気」、文粋「涼風」に作る。 8 夜の時刻がいよいよ移って、夜ふけになる。 9 「詩臣」、文粋「侍臣」に作る。

一 碧玉色のカーテンの窓のもとで、かすかに櫓の声がきこえてくる。 二 聞くところによると。 三 ものさびしい音の形容。 四 秋空高く晴れて、空の寒い風に雁陣から高い叫びがきこえる。 五 急潮を漕ぐ櫓の音のようにしきりにきこえてくる。 六 蘇州にある。白居易の「河亭晴望」の詩は、蘇州刺史の時の作。一句は、秋雁が飛来して、白沙の庭をみて松江にきたのかと思うの意。 七 月の照らす砌の石の白さに驚いて、鏡湖に飛来したかとあやしむ。「鏡水」、底本「鏡氷」に作る、いま詩紀による。→補二。 八 翌日の夕方になって過ぎた重陽をしたって惜しみ、静かに話している時きこえてくる雁の声に、宮中の侍女たちは、あれは漁父の歌かと問う。「追惜」を底本「追情」に作り、「漁謳」を底本「溟謳」に作る、いま詩紀による。▽この詩は匡房の「安楽寺に参る詩」に「秋雁数行の什、氷雪肌に在るに似たり」とたたえられる。

350 「暮秋、安鎮西の任に赴くを送る、各分字を賦す」。→補。

一 寛平三年とすれば道真は四十七歳。五十年というのは概数をいうのであろうか。前字やや

五十年前四送君　一五十の年の前に　四たび君を送りぬ
不堪西去此廻分　二堪へず　西のかたに去る此の廻の分れ
無兄無弟身初老　三兄無く弟無く　身初めて老ゆ
万事令誰子細聞　四万事誰にか子細に聞えしめむ

351 秋日、陪二源亞相第一、餞二安鎮西・藤陸州一、各分二一字一。探得レ紅。

相送別西又別東　相送る　一西に別るとまた二東に別るとを
二千五百里程中　三二千五百里程の中
秋情念念無他計　四秋の情念念　他の計なし
只仰罇前面暫紅　五ただ仰ぐ　罇の前にして面暫く紅なることを

352 金吾相公、不レ棄二愚拙一、秋日遣レ懐、適賜二相視一。聊依二本韻一、具以奉レ謝、兼亦言レ志。

分任浮沈行路難　一任を分ちて浮沈す　二行路の難

不審。あるいは五十の年になる前にあっての意か。一句は、これまでに四度君が赴任を見送ったの意。元慶八年三月には伊勢権守より上野介に転任するのを見送った。二なかでも今回の西征を見送る別れの悲しみに堪えられない。三道真には連聡というひとりの弟があったが、すでに没して彼には兄も弟もなかった。「身」は、体のことでなく第一人称に用いられる。四「令」は、平安初期古訓では、ニ…シム・ヲ…シムと訓む。ヲシテ…シムは後世の訓。▽岳父の忠臣をも先立ててしまった今日となっては、この安倍興行ひとりが骨肉の親に近いものであったとみえ、生活の万端の相談相手であったようである。抒情詩として感情の流露した一小珠玉の作。

351「秋日、源亜相の第(てい)に陪(はむ)りて、安鎮西・藤陸州に餞(はなむけ)す、各一字を分つ。(探りて紅を得たり)」。寛平三年秋である。田氏家集下にも「餞二鎮西安明府、鎮東藤府、長門菅太守之レ任、探得二遷字一」の一首がある。源亜相は、源大納言能有。源能有は時に四十八歳、亜相は、大・中納言の唐名。藤陸州は、藤原氏、陸奥守。おそらく藤原佐世(中村忠行説)。一太宰府の官人として西海に赴任する安倍氏。二陸奥守として東国に赴任する藤原氏。三「二千五百里程」の所拠未詳。四秋のわびしい別れの思いが一念一念毎に心にみちて、その他のことは一切考えに入ってこない。念念は、一念一念毎に。五別れの置酒の宴に酒樽を前にして酔いに頬のあからんだ二人の顔を仰ぐばかりだ。

352「金吾相公、愚拙を棄てたまはず、秋日懐(おも)ひを遣りて、適(たま)相視(み)に賜へり。聊かに本韻に依りて、具(つぶ)に謝し奉り、兼ねて亦(た)志を言ふ」。金吾相公は、藤原時平。寛平三年、参議時平、右衛門督。時に二十一歳。

執鞭今到碧雲端　三鞭を執りて今ぞ到る　碧雲の端
紫宸朝謁開身早　紫宸の朝謁　四身を開くこと早なり
明月夜吟入骨寒　明月の夜吟　骨に入りて寒なり
累卵相思長失歩　五卵を累ねて相思へらくは　長く歩びを失はむことを
銜珠欲報晩忘湌　六珠を銜みて報いむことを欲ひて　晩に湌ふことを忘る
餘香不被他人染　七餘香は他人に染がれず
唯恐秋風枉敗蘭　ただ恐るらくは　秋風の枉げて蘭を敗らむことを

353

金吾相公、枉賜二遺懷一、答謝之後、偶有二御製一、有レ感更押二本韻一、事レ君之道、盡二于此篇一。某不レ勝レ助レ喜、兼敍二私情一、有レ如二白日一、敬以呈上。

遺懷兩字千金價　一遺懷の兩字　千金の價
忠信兼陳一筆端　二忠信兼ねて陳ねたり　一筆の端
分藥莫嫌爲口苦　三藥を分ちて嫌ふこと莫　口の苦きを爲さむことを
履氷誰道不心寒　四氷を履みて誰か道はむ　心寒きことあらずと

金吾は、衛門督の唐名。相公は、参議の唐名。相視は、道真の男。阿視即ち後の高視のことではないだろうか、存疑。→三〇二。内閣文庫所蔵林道春本「是忠」と朱注。

一任をわけてうけもつこと。二人生行路はやすらかでなく、難儀が多い。行路難は、楽府の雑曲の一の曲名で、宋の鮑照以下李白などに多くの作品がある。「難」の訓は、「難、タシナミ」(類聚名義抄)による。

三「執鞭」は、「分任」と似た意味で、官吏として働くこと。曹植の求通親親表に「鞭を執り筆を珥(は)む」とある、論語の「執鞭之士」に拠る。「鞭を雲路に著(つ)く」というのは、人が省試に赴くのを賀することば。進士に及第して、外国して今や蔵人頭になったことをいうのであろう。四「開身早」というのは、よくわからない。早朝より出仕することを指すか。なお尋ぬべし。

五鳥の卵をかさねることで危険なことの喩。史記、范睢の伝に「秦王の国、累卵よりも危し、臣を得れば則ち安からん」。六霊蛇が報恩のために珠をふくんでもってきたという故事。梁の孝武帝の「孝思賦」にみえる。→補。七秋の風が吹くと香の芳ばしい蘭も朽ち敗れてしまうのが残念だ、その余香は他人に薫染せられない。何かこの落句には後に時平のために難に遭う懸念のようなものの気配がこもっている。「秋風の…」は、文子、上徳に「叢蘭脩(なが)からんと欲して、秋風これを敗る、人性平(たひ)らかならんと欲して、嗜欲これを害ふ」。枉字、詩紀在字に作る。

353「金吾相公、枉(ま)げて遺懐を賜へり、答謝せし後、偶(たまたま)御製有り、感有りて更に本韻を押す、君に事ふる道は、此の篇に尽きたり。某(それがし)喜びを助(な)すに勝(た)へず、兼ねて私の情(こころ)を叙(の)ぶるに、白日の如きもの有り、

精誠底露新章句
努力奔波舊素飡
偏欲播揚肝膽曲
暫將碎瓦報幽蘭

精誠底露す 五 新なる章句
六 努力奔波す 舊き素飡
偏に 七 肝膽の曲を播き揚げむことを欲りす
暫づらくは 八 碎けし瓦を將ちて幽蘭に報いむことを

354 雨晴對レ月、韻用ニ流字一、應レ製。

雲霽可歡又可愁
年華競與月華流
芭蕉晩色疎涼地
蟋蟀寒聲五夜秋
遠碧先教風伯洗
孤輪乍遣海神投
因縁竹檻頻廻眼
憑託水窓幾擧頭
万里氷紈庭不疊

一 雲霽れて歡ぶべくまた愁ふべし
二 年華は競ひて月華とともに流る
三 芭蕉の晩の色 疎涼の地
四 蟋蟀の寒いたる聲 五夜の秋
五 遠碧は先づ風伯に洗はしむ
六 孤輪は乍ちに海神に投げしむ
七 竹檻に因縁りて 頻に眼を廻す
八 水窓に憑託りて 幾たびか頭を擧ぐ
万里の 九 氷なす紈 庭に疊まず

敬(いつ)みて呈(しめ)し上(たてまつ)る」。金吾相公は、三五三題注参照。御製は、宇多天皇の作。
一 心の中の思いを発表してはらすこと。時平が道真に贈った述懐の詩をさす。二 時平の詩篇の筆端に忠と信とがふたつとも陳述せられている。三 薬を分けて服(の)めば口のなかは苦(にが)くなるのはしようがない。↓補一。四 ↓補二。
五 露呈の意。六 努力して、昔からの禄盗人の汚名をすすいで奉仕しよう。ユメユメの訓は、今日は下に否定形を伴うが、古は必ずしもそうではない。奔波は、三二一注二一・二六三注一四参照。素飡は、職責を果たさないで官禄をいたずらにはむこと。「素餐(そさん)」とも。詩経、魏風、伐檀に「彼の君子兮、素飧(そそん)せず兮」。七 まごころの曲を広めうたいあげたい。後漢書、竇融の伝に「故に劉鈞を遣(はつか)して、口に肝胆を陳ぶ」。八 砕けた瓦のような役に立たないこの身をもって、幽蘭白雪の曲のようなすぐれた高い顧みに酬い奉ろうと思う。宋玉の諷賦に「臣琴を援(ひ)いてこれを鼓し、幽蘭白雪の曲を為す」。

354 「雨晴れて月に対す、韻は流字を用ふ、製に応(たこ)へまつる」。
一 雨がはれるのはうれしいが、月の顔をみるのはさびしい。特に痛切な愁えがあるわけでない。時間の経過をはかなしと観ずるのである。
二 年光の意。「年華」「月華」は、同じく時間を美的に表現したことば。庾信の杖賦に「年華未だ暮れざるに、容貌先づ秋となる」。三 往生要集に、人間のはかなさを芭蕉の葉の敗れ易きに喩える、そういう映像もあるか。四 こおろぎ。詩経、唐風、蟋蟀に「蟋蟀堂に在り、歳聿(ひつ)に其れ莫し」。秋の夜長を、夜あけの五更までなきあかすのである。五 風の神に風を吹かせて雲をふきとばして、空を洗わせた。遠碧は、遠く紺碧に澄み晴れた夜空。題の「雨晴れて」に応ずる。六月が一輪空にかかっているのは竜宮の海神をして空に投げかけたのだ。題の「月に対す」に応ずる。七竹のらんかん。八水辺の窓べ。水に臨む窓戸。水楼。「水門」を「水牕」ということもある。九月を紈扇にみたてることは班婕妤の「怨歌行」以来の典故である。ここはそれを翻えして庭いちめんの月光を万里の氷のようなしらぎぬに見立てる。一〇月を、玉鏡とみたてる。宋の閻秀、曹希孟の新月詩に「誰が家の宝鏡新(あらた)に磨き出せる、匣小にして参差(しんし)たり蓋(ふた)は交(まじは)らず」。匣に収ってしまえば黒月だが、ふたからはみだすのでかけた月が見えるという発想。一一煙のたちあがる胡地の遠塞の霜月の夜を胡角を吹く声がきこえる。西北辺境の沙漠地帯の月夜の連想。一二許荀のこと。世説新語にみえる。彼は月を愛したから、月のことを「玄度の友」という。一三「擬」の訓は、「相擬(マネキル)勢」(東寺蔵大日経広大儀軌院政期点)による。一四庾亮(ゆりやう)の月を賞でた南楼。世説新語に「庾亮、武昌に鎮す。秋夜、諸の僚佐と南楼に登りて月を玩ぶ」。一五黄金の筆。月のかたちにみたてる。「金毫の詠」は、すぐれた詩を詠ずることをいう。一六ともしびをとって夜も昼についで遊び楽しむこと。文選の古詩に「昼短く夜の長きを苦しむ、何ぞ燭を秉つて遊ばざる」。一句は、いとまがあって、月下に燭を照らして夜遊する人もあろうの意。一七醒めた後、また重ねて盃をすすめる意。李白の杯を挙げて月を邀(むか)え、杯を停めて月を問う趣。一八鈎(つりばり)は、簾の鈎であるが、同時にこれは残月を大空にかかる玉の鈎とみたてる。イマダ…スマジの訓は、類聚名義抄による。→補。一九「暫莫レ休」の表記と

千家玉鏡匣無收　千家の玉なす鏡 一〇匣に收むることなし
暗思煙塞吹霜角　暗に思ふ 一一煙塞にして霜角を吹かむことを
遙夢晴江掉釣舟　遙に夢みる 晴江にして釣舟に掉さむことを
親對偸言玄度友　親しく對ひて偸に言ふ 一二玄度の友
高登漫擬庾公樓　高く登りて漫に一三擬る 一四庾公の樓
此時天縱金毫詠　此の時天縱にす 一五金毫の詠
何處人遑秉燭遊　何れの處にか人遑ありて 一六燭を秉りて遊べる
綠酒猶催醒後盞　一七綠酒なほし催す 醒めたる後の盞
珠簾未下曉來鈎　一八珠簾いまだ下すまじ 曉よりこのかたの鈎
笙歌一曲爲相勸　笙歌一曲 これがために相勸む
飽戴淸光莫暫休　飽くまで淸光を戴きて一九暫く休らふこと莫くあれ

355　曉月、應レ製。

何處粧樓擲玉環　一何れの處の粧樓か 玉環を擲つ
一明一暗曉雲間　二一たび明るく一たび暗し 曉の雲の間

秋腸軟自蜘蛛縷
寸々分々断盡還

三 秋の腸ひは蜘蛛の縷よりも軟なり
四 寸寸分分 断ち盡して還る

356 惜二殘菊一、各分二一字一、應レ製。并レ序。

[1]黄華之過二重陽一、世俗謂二之殘菊一、[2]今之可レ惜、[3]非レ有レ意乎。夫難レ遇[4]易レ失者時也。難レ榮易レ衰者物也。[5]三秋已暮、[6]一草獨芳。自レ非[7]下就二籬下一而引二絃歌一、繞二叢邊一而尋中筆硯上、何以繋二[8]流年於[9]飛電一、貪二[10]晩節於早霜一。故燈燭和レ光、[11]貂蟬交レ領。[12]襲レ香可レ同、含レ爵、[13]偸レ色不レ異。[14]酒之忘レ憂、人之取レ樂、[15]九仙府、奈二此時一何。[16]五天竺、奈二此夕一何。聊分二一字一、敍二其追歡一云爾。謹序。

寒鞭打後菊叢孤
相惜相憐意万殊
籬脚参差吹火立
曉頭再拜戴星趨
奪情只有披沙練

一 寒なる鞭打ちて後 菊の叢ぞ孤りなる
相惜み相憐れぶ 意万殊なり
二 籬の脚参差とたがへり 火を吹きて立つ
三 曉の頭に再拜すれば 星を戴きて趨ふ
四 情を奪へば ただ沙に披く練あらくのみ

ちがうので、シバラクモとは訓まない。

355 「暁の月、製に応(こた)へまつる」。
一 暁の月が、どこかの粧楼の美人が玉の環(たま)を大空に投げだしたようにみえる。「破環」とか「砕璧」とかいうのは月の形容。→補。 二 ある時は明るくてり、またあるときは暗くかげる。有明の月が暁雲の間に隠見するさま。 三 秋のもの思いはかのかげろうよりもはかなくやわらかである。蜘蛛の細微な糸すじというのは、まさしく遊糸。gossamer. 四 かげろうは風もないのに寸寸分分に蜘蛛の糸という糸をことごとく断ちきって空にうかべて流れる。蜘蛛の糸が短くたちきれて大空いちめんにうかぶのと、秋の物思いのために心がちぢに乱れ、腸がずたずたに断ちきられるようだということをかける。暁月のか細い光が雲間に明滅することをも思いよそえるか。韓愈の詩に「新月磨ける鎌の似(ごと)し」とある。それよりももっとか細い初月を詠じたものであろう。

356 「残菊を惜む、各一字を分つ、製に応(こた)へまつる。〈序を并せたり〉」。詩序は、文粋十一に出。→補一。
1 黄菊のこと。礼記、月令、季秋の月に「鞠(き)に黄華有り」。 2 残菊を賞美するのは唐代の風気をうける。文集、晩秋夜詩に「花開残菊傍二疎籬一」の句がある。日本ではことにきわだつ風習である。 3 今この残菊を惜しんで詩宴を催すのは、主上心有りというべきだ。今字、底本令字に作る、いま文粋による。 4 →補二。 5 三カ月の秋の期間。 6 菊をさす。 7 東籬の下、菊の咲く叢のほとりで、絃歌をかなで、詩文をたのしむのでなければ。 8 流れ過ぎ去る年月。白居易の不二門詩に「流年は江水に似たり、奔り注いで昏昼なし」。 9 ひらめく電

平價其如合浦珠
五價を平にすれば　其れ合浦の珠の如し

此是殘花何恰似
此れは是れ殘んの花し　何にか恰も似たる

行年六八早霜鬢
六行年六八　早霜の鬢

357　左金吾相公、於二宣風坊臨水亭一、餞二別奥州刺史一、同賦二親字一。古調十四韻。

相公送君〻知不
一相公君を送る　君知るや不や

爲我君聞說本因
我がために君聞け　本因を說かむ

程里一千五百路
二程里一千五百の路

星霜四十六廻人
三星霜四十六廻の人

〻是初老路何遠
人はこれ初老　四路何ぞ遠き

所以留連歲再巡
五所以に留連して歲再び巡る

恩紼難逃寒命駕
六恩紼逃れがたし　七寒くして駕を命ず

眼珠易落暗沾巾
八眼珠落ち易し　九暗に巾を沾す

城門存慰囑關吏
城門の存慰　一〇關吏に囑ふ

江渡平安祈水神
一一江渡の平安　水神に祈る

光。10 晩節を全うして咲き匂う菊の花。11 侍中即ち蔵人たちの異名。黄金の璫(瑫)(こじ)に蟬の羽と貂の尾をつけて首飾とするからいう。12 麝香を口に含んでいると同じい。同字、文粋聞字に作るも非。13 黄金の賄賂を受けるようなものだ。異字、文粋冀字に作る。14 忘憂は、酒の異名。15 崑崙山の上の仙人の世界。仙人が九府を治めるという(神異経)。16 東西南北中の五天竺。此の夕の楽しみは九仙府や五天竺の歓楽ものともしない。「聊」を、イササカと訓むのは和文系、イササカニと訓む。

一 九月九日後寒い風が吹くことをいう。二 菊を籬のもとにみるのは、ちょうど籬の竹が長短いり乱れて、火吹竹で火を吹いているようだ。以下三十七行、底本脱、巻尾に補写する。高辻家三冊本は脱せず。三 菊を夜明けにみて再拝すると、ちょうど星を頭にいただいてこれに向かうようだ。四 白い菊をみると、墨子が白い練糸をみて心を奪われたことが思い出される。墨翟(ぼくてき)が練糸を見て、その白い色が黄とか黒とかに染めかえられるのを悲しんで泣いたという故事(淮南子、説林訓)による。

五 残菊の花のかがやきは合浦に還ってきた珠のようだ。合浦は、広東廉州府の海岸で珠を産する。漢の時、吏が誅求したので珠は失われたが、孟嘗が太守となって物価を安定したので再び産するに至る(後漢書、循吏孟嘗伝)。六 寛平四年とすれば、道真は四十八歳。

357 「左金吾相公、宣風坊なる臨水亭にして、奥州刺史に餞別し、同じく親字を賦す。〈古調十四韻〉」。左金吾相公は、参議左衛門督時平。↓三五二。この奥州刺史は、前年の「秋日、源亜相の第に陪りて、安鎮西・藤陸州に餞す」(三五二)の詩にいう藤原佐世。一年程赴任を延ばしていたことは本詩の中にも見えている。宣風坊には道真邸があったが、この臨水亭が果たしてそれをさすかどうか明らかでない。時平の家は堀川の東、中御門の北にあり、臨水亭もあったかと思われるが、本院は明らかに宣風坊ではない。
一 参議時平が君を餞送してここ宣風坊の臨水亭での送別会に出席されたにはわけがある。私が君のために説明するからきいて下さい。慈本いう「第二句は君聞我為説二本因一の意なりや。写倒なりや」と。「知不」を、シルヤシラズヤと訓むのは、金沢文庫本春秋経伝集解の古訓法による。 二 京都から奥州多賀城へ行く距離。 三 赴任の陸奥守の年齢。 四 四十歳の異称。四十歳を「老」ということは論語の考え。懐風藻にも「賀二五八年一」詩(本大系[六九]一二七頁)がある。空海にも四十歳を中寿として賀する詩がある。 五 陸奥のはてに初老を過ぎて赴任することを躊躇して一年を経過した。 六 天子の命令。礼記、緇衣に「王言は綸(いと)の如く、其の出づること綍(おほづな)のごとし」。恩字、一本思字に作る。 七 冬近く奥州に出発すること。 八 目のこと、眸のことを眼珠という(広雅)。しかしここは眼からおちる涙の珠の意につかっている。 九 そっとハンケチを濡らす。暗字、一本晴字に作る。 一〇 たずね慰める。一句は、関守の役人をたずねては辺土の守りにつく人人を慰問するの意。 一一 水神をまつっては、無事に川を渡ることを祈る。陸奥下向の旅次をいう。 一二 東方の小門。漢書、公孫弘の伝に「客館を起し、東閤を開き、以て賢士を延(ひ)く」。太政大臣基経の本邸の客間。昔そこでお互いに談笑した。「相国東廊」(一四六)・「相府文亭」(一四九)・「相国東閤」(一八六)参照。 一三 東山道。 一四 一番親近な人を遠く手離すのを口惜しいと思う。 一五 参議時平が君に対して

東閤昔年相遇意
東山今日獨行身
非啼遠別啼懷舊
不惜高才惜至親
相公送君說如是
更將我意爲君陳
我試爲吏讚州去
且行且泣沙浪春
一秩四年盡忠節
歸來便作侍中臣
文章我謝君成業
政理君嘲我化民
文拙政頑者多幸
況乎文巧政能循
在官五袴當成頌
歸路折轅莫患貧

一二 東閤　昔の年　相遇ひし意
一三 東山　今日　獨り行く身
遠別に啼くにあらず　懷舊に啼く
高才を惜むにあらず　一四 至親を惜む
一五 相公の君を送りて　說ふこと是の如し
更に我が意をもて君がために陳ねむ
一六 我れ試ゐられて吏となりて讚州に去りにき
且つ行きて且つ泣けり　一七 沙浪の春
一八 一秩四年　忠節を盡せり
歸來便ち侍一九 中の臣となりぬ
二〇 文章は我い君が業を成せしに謝するも
二一 政理は君い我が民を化せしを嘲らむ
二二 文拙く　政　頑なる者すら幸多し
況むや文巧に　政　能く循ふはや
官に在りては五袴二三　頌を成すべし
歸路轅二四を折らむ　二五 貧しきことを患ふこと莫

努力ゝゝ猶努力
明ゝ天子恰平均

努力努力　なほし努力めよや
明明たる天子　恰も平均なるものを

358　感二金吾相公、冬日嵯峨院即事之什一、聊押二本韻一。

天借偸閑道自肥
知君行路客塵稀
林間馬欲驚黃落
月下人應嘯翠微
老鶴從來仙洞駕
寒雲在昔妓樓衣
曾經此地傷懷苦
縱得追尋死不歸

予不レ得レ追二陪相公之遊覽一、故云。

天は閑を偸むことを借して　道自らに肥えたり
知んぬ　君が行路　客塵稀らなることを
林間　馬は黃落に驚かむとす
月下　人は翠微に嘯くべし
老鶴は　從來　仙洞の駕
寒雲は　在昔　妓樓の衣
曾經　此の地　懷ひを傷ること苦なりき
縱ひ追ひ尋ねむこと得ませば　死すとも歸ることあらざりけむ

予れ相公の遊覽に追陪すること得ざりき、故に云ふ。

いだく感慨は以上のようなものだが、次に私自身の気持を語りたい。一六 私も先年試用されて、讃岐守として赴任した。試は、試用の義か。位と官職とが一致しないときかりに登用すること。一七 水辺浪上の旅路。京より讃岐へ下る路すがら。一八 任期四年の讃岐の受領としての官職。一九 蔵人の職についた。二〇 君が文章生として省試及第、成業したことに敬意を表している。二一 私が讃州で民政につとめたことに対してもとかくの批判をもって居られるかもしれない。二二 文章も下手で、政治のやりかたも頑愚なこと。道真自身の謙退のことば。二三 廉范が蜀郡の太守となり善政をしいたので、民は「平生襦(はしぎれ)すらなかりしに、今五つの袴あり」と歌ったという(後漢書、廉范の伝)。イハヒウタの訓は、清輔本古今集序による。二四 漢の侯覇が臨淮の太守として善政をしいたので、民はその帰り去るを惜しんで轅を攀(ひ)き轍(わだち)に伏したという(漢書、侯覇の伝)。二五 当時東国の受領は莫大な経済力を蓄積した。二六 詩経、曹風、鳲鳩の伝に、鳲鳩がその子を養うときは朝は上より下に及ぼし、夕は下から上に及ぼし、「平均して一の如し」とある。天子の政道に過不及がなく、結局公平であること。

358 「金吾相公の、「冬日、嵯峨院即事」の什(ふし)に感(たい)びて、聊かに本韻を押す」。寛平四年(八九二)冬。金吾相公は、時平。嵯峨院は、嵯峨・淳和天皇の離宮、その崩後名を改めて大覚寺となったことは、五九〇の奏状にみえる。扶桑集十に出。

一 ひまを盗む。なまけること。白居易の「歳仮内命レ酒贈二周判官蕭協律一」詩に「間(ひま)を偸(ぬす)みて何れの処にか共に春を尋ねむ」。二 天道自ら健やかである。易経、乾に「天行は健なり。

君子は以て自強して息まず」。一句は、天は閑暇をぬすむことをゆるしてここの院主にかしあたえたとみえて、いかにもゆったりとして健やかであるの意。三 旅の風塵というよりも、ここはむしろ仏教でいう煩悩の塵埃をさす。梁の武帝の浄業賦に「既に客塵を除き、又自性に還る」。四 山の中腹。又みどりの山気。この頷聯(三・四句)は、上三下四の折句。五 以下、五・六句、和漢朗詠、巻下、故宮(本大系[七三]五三三)に出。王子喬が鶴に乗って登仙した故事(列仙伝)。嵯峨上皇遺愛の鶴をよむ。六 楚辞、九歌、東君に、雲を衣とみたてて「青雲の衣、白霓の裳」とあるによる。嵯峨上皇に仕えた舞妓をよむ。七「曾経、ムカシ」(類聚名義抄)による。八「縦」の訓は、後世逆説が多く、タトヒ…トモとなるが、平安初期には順接もあった(春日政治「西大寺金光明本最勝王経古点の国語学的研究」)。

359「冬の夜、同じく宿(とのゐ)せる諸侍中に呈す」。蔵人頭として同僚の蔵人たちに呈したのである。宿は、宿直の意。扶桑集二に出。

一 九重の奥、清涼殿をさす。もと道家の語。海録砕事、道士に「万里洞中玉帝に朝し、九光霞外天壇に宿す」。二 宮中の御苑を流れる溝。源氏物語、梅枝に「右近の陣のみかはみづのほとり」(本大系[一六]一六三頁)。文集にしばしばみえる語。古今注に、長安の御溝を楊溝といったという。三 水のたぎちの形容。四 黄菊の花の形容。五「袂を分つ」と同じく、人と別れること。六 早朝それぞれの役所に出勤すること。一句は、蔵人が異動転出によりもしくは兼職によっていつまでも同じく宿直することがかなわないことが遺憾だの意。

360「仮中(かちう)懐(おも)ひを書(しる)す詩。〈古調〉」。休暇中の述懐の五言古調詩。

359 冬夜、呈二同宿諸侍中一。

幸得高躋臥九霞　　幸に高く躋ること得て九霞に臥す
通宵守禦翠簾斜　　通宵守禦して翠簾斜なり
御溝碎玉寒聲水　　御溝は玉を碎きて　寒えたる聲の水
宮菊殘金曉色花　　宮の菊は金を殘して　曉の色の花
共誓生前長報國　　共に誓ふ　生前に長く國に報いむことを
誰思夢裏暫歸家　　誰か思はむ　夢裏に暫く家に歸らむことを
侍中我等皆兄弟　　侍中の我等　みな兄弟
唯恨分襟趁早衙　　ただ恨むらくは　襟を分ちて早衙に趁かむことを

360 假中書レ懷詩。　古調。

乞來五日假　　乞ひ來る　五日の假
暫休認早衙　　暫く休む　早衙を認ふこと

假中何處宿
宣風坊下家
門扃人不到
橋破馬無過
早起呼童子
扶持殘菊花
日高催老僕
掃除庭上沙
暮繞東籬下
洗拂竹傾斜
入夜計書籍
芸縑近五車
要須隨見取
散出依次加
寒聲階落葉
曉氣砌霜華

假中　何れの處にか宿ぬる
四宣風坊下の家
門は扃して　人到らず
五橋は破れて　馬の過ぐることなし
早起きて童子を呼び
六扶持す　殘菊の花
日高くして老僕を催し
掃除す　庭上の沙
暮に七東籬の下を繞り
洗ひ拂へば　八竹し傾斜く
夜に入りて書籍を計れば
九芸縑　一〇五車に近し
一一要須は見るに隨ひて取り
一二散出は次に依りて加ふ
寒ゆる聲は階の落葉
曉の氣は砌の霜華

一 五日の休暇を申請した。令集解、仮寧令に「仮は休暇。即ち六日毎に休暇一日を給ふの類」、また「中務宮内、供奉諸司、及び五衛府、別に仮五日を給ふ」、「凡そ仮を請ふ、五衛府五位以上には三日を給ひ、京官三位以上には五日を給ふ」とある。「仮」の訓は、「仮・暇、イトマ・イトマアキ」(類聚名義抄)による。
二 官署における早朝の朝礼。晩にもあって、これを「晩衙」という。→七三補一。蘇軾の詩に「詔恩帰沐して早衙を休む」。→補。
三 認真の義。事をおこなうこと。
四 五条の宣風坊には道真の自邸があった。前出。
五 橋字、底本檣字に作る、いま板本・詩紀による。五条宣風坊の道真の家のすぐ西を堀川の支流が流れていたからそこの橋かもしれない。
六 風に吹き倒された残菊の花の茎に副え竹をして支えてやる。
七 陶潜の飲酒詩に「菊を東籬の下に采り、悠然として南山を看る」。
八 副え竹のことであろう。手入れしたつもりだが、もう傾いている、ちょっとユーモアがある。「傾・斜、カタブク」(観智院本類聚名義抄)。
九 所蔵の書画をいう。ここは菅家廊下の蔵書をさす。芸は、紙魚(しみ)を防ぐ防虫の香草。縑は、目のこまかい絹。
一〇 五台の車に積むほどの書籍。荘子、天下に「恵施は多方にして、其の書は五車」。
一一 重要必須なものは、見出すと即座にメモをとる。
一二 散逸したようなものはそのついでごとに補足する。ここは宇多天皇の勅命によって、類聚国史を撰進したのはこの年五月十日といわれている(菅家伝)が、なおそれに類した部類抄出作

鶏鳴枕肱臥
閑思遠別嗟
女兒遵内義
外孫逐阿耶
事之不獲已
離去路何賖
一歎腸廻轉
再歎涙滂沱
東方明未睡
悶飲一杯茶
天不惜閑意
在家事獨多
悠ゝ皆果報
出入苦生涯

[13]鶏鳴くとき肱を枕にして臥す
閑に[14]遠別を思ひて嗟く
女兒は[15]内義に遵ふ
[16]外孫は阿耶に逐ふ
事の已むことを獲ず
離れ去る　路何ぞ賖なる
一たび歎けば　[17]腸廻り轉ぶ
再び歎けば　涙滂沱たり
東の方　明めどもいまだ睡らず
[18]悶ゆるとき　一杯の茶飲む
天は閑なる意を惜まず
家にし在れば　事獨り多し
[19]悠悠とはるかなり　みな[20]果報
[21]出入　生涯を苦しぶならむ

業をカードをとって進めたであろうか。小著「平安朝日本漢文学史、上」(二〇〇頁)参照。
一三 一番鶏が鳴いてから肱をまげて書斎でごろりと寝る。
一四 遠く別れている親しい人。白居易の「酒に対して行簡に示す」詩に「兄弟只二人、遠別恆(ねつ)に苦(ねむごろ)に悲し」。
一五 人の妻となること。後に「内儀」と書く。礼記、内則に「女子は内に居る」。道真の女は三人。嫁したものは二人。一人は斉世親王に嫁し英明を生む。一人は寛平女御となり欣子を生む。しかし娘はそのほかにもなおいたかもしれない。
一六 阿耶は、阿爺。唐代俗語で、耶は父をいい、阿は助語。父親・おやじの意。三〇八の「冬夜九詠」の中に「外孫七月生る」とあり、寛平元年七月よりことしに至る、ちょうど四歳。
一七 家族肉親を思うて心を尽す。
一八 久し振りに五日の休暇でのんびりした気分になりたいと思うが、天はそういうことにとんちゃくしないで、何かと世事多端だ。
一九 遠いさま。詩経、王風、黍離に「悠悠たる蒼天、此れ何人ぞや」。
二〇 前生の果報によって今生のすべての事が生起するのだ、そういう仏教的宿報思想によって、先世の遠い昔の宿業を観ずるのである。
二一 因果の世界に出入して、生死に苦しみ、この生涯を貫くのであろうという仏教世界観による一種の諦念。
▽さらさらとしたタッチで身辺生活のてりかげりと心のくまぐまを写し出す。珍重すべき抒情詩の佳什。

361　霜夜對㆑月。　勒㆓泥迷啼西㆒。

夜感難勝月易低　　夜の感み勝へ難く　月低き易し
清光不染意中泥　　一清き光は　意の中なる泥に染がれず
小窓爐下身猶穩　　小き窓　爐の下にして　身なほし穩なり
斜徑霜前眼更迷　　二斜なる徑　霜の前にして　眼ぞさらに迷ふ
笛欲隣家懷舊怨　　三笛は隣の家の舊を懷ひて怨みむとす
鳥應遠樹帶寒啼　　四鳥は遠き樹の寒き啼を帶ぶべし
當時誰道四方在　　當時誰か五道ひけむ　六四方に在らむと
苦惜孤輪獨望西　　苦に惜むなり　孤輪の獨り七西を望むことを

362　田家閑適。　屛風畫也。

不爲幽人花不開　　一幽人のためならざれば　二花は開かず
万株松下一株梅　　万株の松の下　一株の梅
逢春氣色溪中水　　三春に逢ふ氣色　溪中の水

361 「霜の夜月に対(むか)ふ。〈泥・迷・啼・西を勒す〉」。上平声八斉の韻を押す七律。
一 月光は清(すが)しい光に澄んで、人間の泥心のために染められ濁らされない。大日経、住心品の六十心の四十五泥心、即ち一向無明の心を指すであろう。二 細い径に白い霜がおき、どれが径やらわきまえられない。三 隣家からきこえてくる笛の音は、栄えた昔を思って恨んでいるかにきこえる。欲字、底本留字に作る。四 鳥字、底本烏字に作る。五 道字、底本導字に作る。六 仕事の多いことを「四方に在り」という。韓非子に「事在二四方一、要在二中央一」とある。また元絳の謝上表に「臣事を更めて綿久、備(つぶさ)に四方の勤を歴たり」とあるから、道真が讃岐守として出向して吏務の多いことをいうのであろう。↓補。七 月が西に沈むにつけて、西辺の讃州のことを連想する気持もある。

362 「田家閑適(かんてき)。〈屛風画なり〉」。次の三六三とともに屛風の題画詩。扶桑集十に出。
一 世を避けてかくれすむ人。↓補一。二 ↓補二。三 渓川のささ流れは春に逢う気色によろこびの響きを奏でるかのようだ。四 地上の苔はつつましく月光を待つ因縁を我ながら観じているようだ。↓補三。五 鶴が長脚で静かに立ちながら、時時思いだしたように片脚を上げ下げするのは舟の棹さす様子に似ている。六 酒壺に酒をなみなみと満たして、岸から酒盃をうかべて流す、曲水の興をしのぶさまか。七 こうして悠悠自適して養生する幽閑の人は、陰徳を積むから、子孫からも愛され、書斎や釣殿を訴訟にかけるというようなこともないであろう。↓補四。

363 「漁父(ぎょほ)詞。〈屛風画なり〉」。詞は、民謡調の歌。漁父詞は、屈原の「漁父の辞」の遠い影響によるところもあろう。楽府、雑謡歌

待月因緣地上苔
雙鶴立汀間弄棹
滿壺臨岸便流盃
子孫安在恩情斷
誰訟書堂與釣臺

月を待つ因縁　地上の苔
雙鶴　汀に立ちて　間に棹を弄ぶ
滿壺　岸に臨みて　便ち盃を流す
子孫　安くに在りてか　恩情斷たむ
誰か書堂と釣臺とを訟へむ

363　漁父詞。屏風畫也。

抱膝舟中醉濁醪
此時心與白雲高
潮平月落歸何處
滿眼魚蝦滿地蒿

膝を抱き舟の中にして　濁醪に醉ふ
此の時　心は白き雲とともに高し
潮平に月落ちて　何れの處にか歸らむ
滿眼の魚蝦　滿地の蒿

364　早春侍二内宴一、同賦二開春樂一、應レ製。

陽光送響囑伶簫

陽光響きを送りて伶簫に囑ふ

辞に「漁父歌」があり、唐の張志和の「漁父歌五首」はことに名高い。漁父は、すなどりをする漁師であるが、隠遁の高士とオーバーラップすることもある。

一 小舟の上で膝小僧を抱いて。二 だくろう。滓(かす)を漉(こ)さないもろみ酒。杜甫の「晦日尋二崔戢李封一」詩に「濁醪に妙味有り」とある。三 心はかの白雲とともに空たかく遊ぶ。にごり酒に陶然として羽化登仙する気持。「白」「濁」の文字は、屈原の漁父辞を連想させる。四 眼にみる限りは漁(すなどり)をした魚やえびの山。舟中の景。五 岸いちめんからよもぎがはえている。陸上の景。▽水墨の趣に近い唐絵山水の屏風画であろう。

364 「早春内宴に侍(はべ)りて、同(ひと)しく「開春楽」といふことを賦す、製に応(こた)へまつる」。紀略、寛平五年に「正月廿一日、辛酉、内宴、題云、聞二春楽一」とある。「喜春楽」という曲はあるが、「開春楽」という曲名は管見に入らない。おそらく紀略にあるように「春楽を聞く」という詩題であったのであろう。この春楽は、内宴の女楽をさし、この年は「柳花苑」と「春鶯転」が上演せられたのであろう。

一 陽光が春の楽音のひびきを送ろうとして教坊の簫をふく役人に依頼する。伶は、楽官・音楽を奏する役人。後漢書、馬融伝上に「伶簫に詠歌す」とある。

二 おおぞら。一句は、簫のひびきが九重の奥深くより起こって、はるかな大空に澄みのぼるの意。→補一。三 春の楽音だから東より発して、ぐるぐる羊角なしてひびき、途中春の帰雁が列をなして帰るように北に向かって帰って行く。羊角は、羊の角のようにぐるぐる曲がってふく風のこと。四 柳絮(りゅうじょ)が落ちて早春の寒さを恨めしく思う。↓補二。五 鶯がなきながらとび、路上の歌謡と相和する。↓補三。六「満てり」という終止形に「とも」が接続する。七 漢書、武帝紀の元封元年条に、武帝が嵩高に登った時、吏卒みな万歳と呼ばうこと三たびすることを聞いたという故事。八「山頂」に同じい。山字、底本心字に作る、いま板本による。七・八句は、たとい春楽の声が天地にみちようとも、かの武帝の寿を賀して山神が万歳と呼んだように、わが君の万歳を呼ぶのにこしたことはないの意。

365「早春、宴を宮人に賜ふを観る、同しく催粧を賦す、製に応へまつる。〈序を并せたり〉」。詩序は文粋九・扶桑集六に出。↓補一。

1 宇多天皇が臣道真に勅して歴史書を分類させた。類聚国史編修事業をさす。↓補二。2 正月。3 上陽の子の日。↓補三。4 正月の七草粥を食すること。↓補四。5 ↓補五。6 ↓補六。7 あまねく一同が歓楽すること。ここは、正月元日の四方拝の朝賀より、二十一日前後の内宴に至るまで二十余日の間、歓楽して自由に思想感情を発表しうるものは男子だけで、女性たちにはそういう機会が及ばないの意。↓補七。8 陰は陽を形つくる一半であり、柔は剛を助成する一半であり、陰であり柔である女性は、陽であり剛である男性を助成する大切な要素である。↓補八。9 以下の摘句、和漢朗詠、巻上、春、若菜(本大系七三三四)に出。野辺に出て若菜を摘んだり炉の下でそれを煮て羹を調理したりするのは、世俗ではやさしい女子のしごとだとしている。↓補九。10 わが君がこの若菜の宴を分けて、宮女たちだけを楽しませるのももっともだ。11 天子の顔とごくわずかしか離れていないこと。咫は、八寸。尺は、一尺。12 黄金でつくった門の金具。門の環をかませ

内自重門外九霄
初出従東羊角引
牛帰向北雁行遙
柳花暗解結寒怨
鶯囀飛添載路謡
縦使春聲天地満
不如万歳報山椒

内は重門よりして　外は[二]九霄
[三]初め東より出でて羊角引く
牛北に帰り向ひて雁行遙なり
[四]柳花暗しく解ちて　寒なる怨みを結ぶ
[五]鶯囀飛び添ひて　路の謡を載せたり
縦使春聲の天地に[六]満てりとも
[七]万歳　[八]山椒に報ぐるに如かず

365　早春、観㆑賜㆓宴宮人㆒、同賦㆓催粧㆒、應㆑製。并㆑序。

聖[1]主命㆓小臣㆒、分㆓類　舊史㆒之次、見㆑有㆘[2]上月子[3]日賜㆓菜羹[4]㆒之宴㆖。臣伏惟、自㆑觴[5]㆓王公於正朝㆒、至㆑喚[6]㆓文士於内宴㆒、首尾二十餘日、洽歡[7]言㆑志者、諸不㆑及㆓婦人㆒、此唯丈夫而已。夫陰[8]者助㆑陽之道、柔者成㆑剛之義也。況亦野[9]中芼㆑菜、世事推㆓之薫心㆒矣。爐下和㆑羹、俗人屬㆓之荑指㆒。宜哉、我[10]君特分㆓斯宴㆒、獨樂㆓宮人㆒矣。觀其[11]天臨咫尺、逼㆓金[12]鋪㆒以展㆑筵。地[13]勢懸㆑高、排㆓繡[14]幌㆒而移㆑搨[15]。春情

欸〻[16]、春態遅〻[17]。或辭以不任羅綺[18]、或訴以不暇脂粉[19]。於是晝漏[20]頻轉、新粧未成。其慎命諸恩[21]、來就列序者、譬猶下〽秋夜待月、纔望出山之清光、夏日思蓮[22]、初見穿水之紅艶上。斯事之爲希夷[23]、不可得而一二。彼桂殿[24]姫娘羞膳行酒、梨園弟子[25]之奏舞唱歌、一事一物、儀在其中[26]。時却時前。禮治其外。臣等職爲侍中[27]、業書君擧。恐不得意知理者[28]、謂我后偏専内寵。故聊假文章以備史記云尓。謹序。

〽[一]算取宮人才色兼　宮人の才色兼ねたるを算へ取りて
粧樓未下詔來添　粧樓よりいまだ下りざるに　詔來り添ふ
〽雙鬟且理春雲軟　雙鬟　且がつ理して　春の雲軟なり
片黛纔成曉月纖　片黛　纔に成りて　曉の月纖し
〽羅袖不遑廻火熨　羅袖は火の熨を廻すに遑あらず
鳳釵還悔鑠香匳　鳳釵は還香の匳を鑠めたることを悔ゆ
〽和風先導薫煙出　和風[二]先づ導きて薫煙出づ
珍重紅房透玉簾　珍重たり紅房の玉簾に透けること

るところ。ここは、玉座に近く宴席をしつらえたの意。13 その位置が高くにしつらえられていること。14 ぬいものをしたきれ、レース編みのうすもののカーテン。15「榻、たふ」。狭く長い低い牀(とこ)。こしかけ。ねだい。ゆか。中国風のベッド兼ソファ。16 独り楽しむ形容。ここは、春の気分はまことにたのしいの意。17 春の姿態はまことにのどかである。18 綺羅のきものさえ、なよなよとした肩には重くてたえきれないから、今日の出席を遠慮したいという。19 脂粉をつけてお化粧をするのに時間がかかると訴える。→補一〇。20 昼の時間。漏刻で時間をはかったのである。21 恩命に慎しんで従って化粧をし、定めの位置に順次につくものをみると。22 蓮の花が水面からその紅の艶麗な花をのぞかせるようだ。この四六文の摘句、和漢朗詠、巻下、妓女(本大系七三七二)に出。23 奥深く幽玄微妙なこと。老子に「視れども見えず、名づけて夷といふ、聴けども聞かず名づけて希といふ」。24 宮中の御殿。ここは清涼殿をさすか。→補一一。25 内教坊の妓女たち。王室歌舞演場専属の女たち。→補一二。26 一挙手一投足、みな礼儀にかなっている。27 蔵人として天子の起居動作を一一記録する。→補一三。28 ものごとの深い道理を知らないものは、その外面だけをみて、わが君は宮女を好んで、それに溺れるなどと批評するかもしれないのでこの文章をかりて記録しておく次第だ。一 以下、和漢朗詠、巻下、妓女(本大系七三七三—七三五)に出。「纔成」、和漢朗詠「纔生」に作り、「玉簾」、和漢朗詠「翠簾」に作る。二 風のお蔭でいみじくもの意。唐代俗語。

366 御製、題二梅花一、賜二臣等一句中、有下今年梅花減二去年一之歎上。謹上二長句一、具述二所由一。自レ此以下、六十五首、參議之作。

不是天寒地不宜
此花憔悴計應知
粉顏暗被粧樓借
香氣多教浴殿移
開未人看蜂且採
落非時至笛先吹
誰人攀折榮華取
新拜相公揷四支
臣不レ次爲二宰相一。故上二此意一、喩之。

是れ天の寒くして地の宜しからざるにはあらず
此の花の憔悴せる　計りて知るべし
粉の顏は暗に粧樓に借られたり
香しき氣は多く浴殿に移さしむ
開けども人の看みることあらざれば　蜂且く採る
落つること時至るにあらざれども　笛先づ吹く
誰人か　榮ける華を攀き折りて取れる
新に相公を拜して四つの支を揷へり
臣次ならずして宰相となりぬ。故に此の意を上りて、喩ふるなり。

367 仲春釋奠、聽レ講二古文孝經一、同賦二以レ孝事レ君則忠一。

君是蒼天不可階

君はこれ蒼天　階つべからず

366「御製、梅花に題して、臣等に賜ふ句中に、「今年の梅花は去年(こぞ)よりも減(へ)りぬ」の歎き有りき。謹(つつ)むで長句を上(たてまつ)りて、具(つぶさ)に所由(ゆゑよし)を述ぶ。〈此れより以下、六十五首、参議のときの作〉」。→補一。

一→補二。二 梅の花がしがんで咲いているわけは別にあるのだ。三 今年は春以来宮女たちに宴を賜わったりして、梅花の化粧したすがたは、庭さきでなくいつかしら後宮の化粧の楼上に借り出されている。四 かおりかぐわしいいきつかいは梅の木のあたりからほとんど宮女たちのゆあみするゆどのに移って行っている。三・四句、題の「梅花減」にかかわる。五 梅花落の曲を笛で吹くものだから、梅の花は時ならずして散り落ちたのだ。古楽府曲「梅花落」(もしくは「落梅花」)による発想。六 咲く花を折りとったのは誰であろうか。私が時ならず栄華を拝して梅の栄えを横どりしてしまったらしいの意を含む。七 新しく参議(唐名は相公)に任命せられて、手足の工合が離ればなれのようになって、勝手がきかない。→補三。

367「仲春の釈奠(しやくてん)に、古文孝経を講ずるを聴く、同しく「孝を以て君に事(つか)ふるときは忠あり」といふことを賦す」。→補一。

一 帝徳は昊(かう)天に配すとあって、とても階梯(はし)をかけて登りつくことはできない。→補二。二 孝水は、河南省洛陽県の西にある川の名。そこでせめて父に事える気持をもって君に事えようと思う意を展開して、孝という水を父母にのみそそがないで、それをわけて、君恩の涯岸(きし)にもそそごうと思うというのであろう。→補三。三 この一句、意未詳。しいて解すれば、旅行の品物の中で、食物の味こそ最高のものだ

恐分孝水寫恩涯
二恐るらくは　孝水を分ちて恩みの涯に寫かむことを

食將行路資中味
三食は將　行路　資の中の味

遠近忠臣我孔懷
四遠近の忠臣　我れ孔だ懷ふ

368 被レ拜二宰相一、奉レ謝三藤納言賜二鄭州玉帶一。

身多撿束謝高才
一身多く撿束して　二高才に謝す

賞賜分明玉不埃
賞賜分明にして　三玉も埃あらず

初自鄭州無脛至
初め　四鄭州より脛なくして至る

更從臺閣有心來
更に　五臺閣より心ありて來る

雪慙廉潔隨衣結
六雪は廉潔に慙ぢて　七衣に隨ひて結ぶ

花讓榮華逐步開
八花は榮華に讓りて　九歩びに逐ひて開く

爲向彫文相報道
爲に　一〇彫りたる文に向ひて相報げて道ふ

鑽堅功臣被誰催
一一鑽堅の功臣　誰にか催さるると

の意で、人生行路では「孝」という食物が最高の味だというのであろうか。存疑。必ずや誤りがあろう。一本「食行路資中味口」、底本「含将行路資中味」に作る、いま板本・詩紀による。↓補四。四 近臣は、在京の官人、遠臣は、諸国の外吏をさすであろう。孔懐は、甚だしく思うこと。詩経、小雅、常棣(じょうてい)に「凡そ今の人、兄弟に如(し)くはなし、死喪の威(おそ)も、兄弟孔(はなは)だ懐ふ」とあるより、兄弟同士の親身の情愛をいう。中央地方を問わず多くの忠臣が、君のために至誠をもってつかえている、まことに親愛なるわが兄弟たちのことを、釈奠につけて思うことが切であるという意であろう。

368 「宰相に拝せらる、藤納言が鄭州(てい)の玉帯(たい)を賜へるを謝し奉る」。↓補。

一 我が身をきつくいましめて、放縦ならしめないように私はつとめる。二 高才たる藤納言の配慮に対して謹んで感謝する。三 玉帯にちりばめられた玉は澄みかがやいている。四 玉帯には脚がないが、鄭州からはるばるここにもたらされた。脛は、むこうずね。五 時平邸をいう。台は、三公の位をあらわすが、今は中納言時平をさす。閤は、くぐり戸。六 君の清廉潔白なことは雪さえもその色を恥じるほどだ。七 帯を著用することをいう。八 君の栄耀栄華は桜の花さえそのかがやきを失うほどだ。九 年年昇進することをいう。一〇 玉帯に彫琢せられている文様。一一 学問にはげんでかりに手柄ありとしたならば、臣はどなたに力づけられたのであろうか(時平に外ならない)。鑽堅は、堅きをきる・学問をする意。論語、子罕に「顔淵喟然として歎じて曰く、之を仰ぐことといよいよ高く、之を鑽(き)ることといよいよ堅し」とある。

369 七夕秋意、各分二一字一、應レ製。探得レ深。

算取漢頭牛女心
秋懷自與夜更深
竹窓風動笙歌曉
意緒將穿月下針

算へ取る　漢の頭なる牛女の心
秋の懷ひは自らに夜更るとともに深し
竹窓　風は動く　笙歌の曉
意の緒　穿たむとす　月の下なる針

370 仲秋釋奠、聽レ講二禮記一、同賦レ養二衰老一。

秋風瑟〻養皤〻
欲落年花氣力多
若不相逢開禮道
何因鮐背蕩恩波

秋風瑟瑟として　皤皤としろきひとを養ふ
年の花　落ちむとすれども　氣力多し
若し禮の道を開かむことに相逢はずは
何に因りてか　鮐背　恩みの波に蕩せむ

371 重陽夜、感二寒蛬一、應レ製。

369「七夕の秋意、各一字を分つ、製に応(こた)へまつる。〈探(さぐ)りて深を得たり〉」。寛平五年(八九三)七月七日の作。↓補一。

一「取」は、動詞算字の語助。二五夜五更、即ち夜がふけゆくとともに。三清涼殿の前の呉竹の朝風にゆらぐをいうか。七夕の願糸をかける竹竿に縁がある。四管絃の遊びもあったのであろう。五七夕の月の光のもとに、乞巧奠(きっこうでん)の針のあなに願糸を通してねがいごとをしようと思う。意緒は、心のいとの緒。七夕の願糸という。↓補二。


370「仲秋の釈奠に、礼記を講ずるを聴く、同じく「衰老を養ふ」といふことを賦す」。寛平五年(八九三)八月二日が丁酉釈奠の日である。礼記、文王世子に「東序に適(ゆ)き、先老に釈奠す」とあって、老人たちの席を設けて養老の珍具をそなえて詠を発し、孝養することがみえる。

一風のそよぐ音。白居易の琵琶行詩に「楓葉荻花秋瑟瑟」。二老人の白髪のさま。班固の辟雍詩に「皤皤たる国老」。三年は老いたけれどもなかなか気力はさかんである。年花は、年月のこと。楊維楨の詩に「鏡中燕飛んで年華老いたり」。四老人のこと。釈名に「九十を鮐背と曰ふ、鮐(ふぐ)の文(あや)あればなり」。三・四句は、礼記を聴講して老人に孝養する教えに逢わなかったならば、何によって老人たちは、めぐみを辱うすることができたであろうかの意。


371「重陽の夜、寒蛬(かんきよう)に感(たい)ぶ、製に応(こた)へまつる」。紀略に「寛平五年九月九日辛巳、重陽の宴、題して云ふ、群臣の茱萸(しゅゆ)を佩ぶるを視ると」とある。寒蛬は、晩秋に鳴くきりぎりす。コイタルキリギリスと訓む。

一草のすみか。三・四句は、今宵はことにきりぎりすの寒さを怨むようななき声が切切とし

欲將蟲泣斷人腸
殊感秋深不免霜
今夜何因寒怨急
被多折菊草棲荒

蟲泣きて　人の腸を斷たむとす
殊に感ぶらくは　秋深くして霜を免れざることを
今夜何に因りてか　寒いたる怨みの急なる
多く菊を折られて一草棲荒れたり

372　文章院、漢書竟宴、各詠レ史、得ニ公孫弘一。

六十初徵八十終
官班博士遂三公
太常對策科爲一
丞相招賢閤在東
何忌牧童疲望海
不愁布被耐寒風
後生欲識才名貴
請見孫公我道通

一六十にして初めて徵され八十にして終ふ
二官班は博士より遂に三公となりぬ
三太常の對策　科せて一となす
四丞相　賢を招く　閤は東に在り
何ぞ忌まむ　五牧童の疲れて海を望まむことを
愁へず　六布被の寒風に耐ふることを
七後生　才名の貴きことを識らまく欲りせば
八請ふ見よ　孫公　我が道に通じたらむことを

てしきりにきこえてくるのは、(秋風に)菊を折られ、彼らのすみかである草かげが荒れたせいだろうの意。
▽この月二十五日、道真は「新撰万葉集」(二巻)を撰進している。この詩は菅家万葉の中の詩の調子をおびている。一句「欲将虫泣」とか、四句「被多折菊」とかは漢文の正格にあわない。但し仏典には、「将欲」はしばしばみえ、マサニ…ムトスと訓む(地蔵十輪経元慶七年点)。

372　「文章(もんじやう)院、漢書竟宴、各史を詠(ゑい)じて、公孫弘を得たり」。寛平五年十一月ごろの作。→補。

一 公孫弘は年六十にして賢良文学の士として召されて博士となり、匈奴に使し、年八十で没した。二 博士から三公にまでのしあがった。官班は、官職の位次。三 漢書によると、彼は太常のもとに至って上策した。その試験答案を太常は下と評価したが、武帝は弘の対策を百余人の答案の中からえらび出して、第一と判定した。四 漢書によると、彼は丞相となり、封侯となると、ホテル(客館)をたて天下の賢人を招いて東閤となづけるサロンを開いた。五 彼ははじめ家が貧しく、海岸地帯で豚の飼育労働に従事した。六 彼は莫大の俸給をもらっていたにもかかわらず、粗末な布のきものをつけていた、それを汲黯(きゅうあん)というものが売名だとそしったが、このことによって彼はかえって武帝の点をかせいだ。和漢朗詠、巻下、丞相(本大系七三(七〇四))参照。七 後人で、公孫弘がなぜあんなに才名がたかかったのかと知りたいと思うものは。八 孫弘が倹約を旨とし、財を軽んじ、義を重んじ、賢を招いたやりかた、それは私のやりたいと思うやりかたと相通ずることを知ってほしい。

373 賦㆓葉落庭柯空㆒。勒㆓冬従龍松容封農重縫鋒蹤逢峯春慵蜂攻鐘衝濃㆒。于㆑時諸文人相招、飲㆓于紀學士文亭㆒。

遇境幽人意
乘閑卒歳冬
庭承水氣靜
葉逐晩風従
詎見桐棲鳳
誰聞竹嘯龍
囂塵先落柳
絕澗後凋松
地脈生相寄
天姿勢不容
青苔隨徑合
白雪滿枝封
案戸驚愁婦
窺園惱老農

一 境に遇ふ　幽人の意
二 閑に乘じて　歳の冬を卒ふ
庭は水氣を承けて靜なり
三 葉は晩風を逐ひて従ふ
四 詎ぞ見む　桐の鳳を棲ましむることを
五 誰か聞かむ　竹の龍を嘯かしむることを
六 囂塵　先づ落つる柳
七 絕澗　凋みに後るる松
八 地脈　生　相寄す
九 天姿　勢　容れず
一〇 青き苔は徑に隨ひて合す
一一 白き雪は枝に滿ちて封ず
一二 戸を案へて愁ふる婦を驚す
園を窺ひて老いたる農を惱す

373 「『葉落ちて庭の柯(え)空し』といふことを賦す。〈冬・従・竜・松・容・封・農・重・縫・鋒・蹤・逢・峰・春・慵・蜂・攻・鐘・衝・濃を勒す。時に諸文人相招き、紀学士の文亭に飲(い)す〉」。→補一。

一 →補二。二「乗閑」、底本「垂閑」に作る。「垂閑」は、慈本の私記や寛斎の詩紀の勘訂するごとく、「乗閑」の誤字であろう。ひまにまかせての意。三 落葉は夕風の吹くにつれて移動する。→補三。四 桐に鳳凰がすんでいるというようなことを誰がまあ見ることがあろう。→補四。五 竹の声が竜の鳴く声に似るというが、誰が竹やぶが竜をうそぶかせるのを聞いたものがあろう。笙のふえは鳳管ともいい、鳳凰の鳴く声をうつしたものといわれる。鳳凰は桐を愛してすむといわれるが、桐の木が鳳凰をすまわせているのを、誰がみたものがあろうか。横笛は竜鳴ともいい、竜の鳴き声をまねしたものだといわれる。竜は竹を愛してすむといわれるが、竹のしげみに竜をうそぶかせるのを、誰が聞いたものがあろう。聞えるのは落葉の音だけだの意。誰字、底本唯字に作る、おそらく誰字を誤る。→補五。六 巷の柳は塵のためにいち早く葉を落とす。囂塵は、塵の世の中・わずらわしい世俗。七 山奥の谷間。澗は、山と山との間の流れ・谷川。論語、子罕に「歳寒うして然る後に松柏の凋みに後るるを知る」。八 地層のつらなるすじみち。大地のこと。または地中を流れる水の通路。和漢朗詠、巻上、秋、九日(本大系(七)三六四注二)参照。→補六。九 天然の姿。地脈・天姿の句意は、明らかでない。九・十句は、かりに解すれば、地下の水脈に沿って、庭樹が寄りあって生えている。(葉が落ちたので)その本来の姿勢ではなくなっているという意か。容字、

飄〻依砌聚
片〻擁堦重
遂使輕紅滅
何敎碎錦縫
破殘寒月鏡
來迫曉霜鋒
燎照偸光手
沙穿散藥蹤
新賓詩秋積
逆旅醉鄕逢
擧眼無疎蔭
廻頭只遠峯
形骸疲外役
夢想到高春
賞翫輸誠洽
攀援得力慵

一三飄飄として砌に依りて聚る
片片として堦を擁ぎて重る
遂に一四輕紅を滅たしむ
一五何ぞ碎錦を縫はしめむ
破れて殘る　一六寒月の鏡
來りて迫む　一七曉霜の鋒
一八燎は照す　光を偸む手
一九沙は穿つ　藥を散す蹤
新賓は二〇詩秋を積む
逆旅は二一醉鄕に逢ふ
二二眼を擧ぐれば疎き蔭だになし
二三頭を廻せばただ遠き峯あり
形骸は二四外役に疲る
夢想は二五高春に到る
二六賞翫して　誠洽を輸しき
二七攀援して　力の慵きこと得たり

底本霽字に作る、いま板本による。一〇青い苔がいちめんに生えて、めぐりゆくこみちをうずめる。→補七。一一白雪がいっぱいに降りつもってすべてを封じこめる。一二落葉がふきだまりになって、戸をおさえつけるので、戸をひらきかけようとした空閨の婦人をびっくりさせる。漢の武帝の落葉哀蟬曲に「虚房冷(すさ)まじくして寂寞、落葉重扃に依る」。一三落葉が砌石(みぎり)や階段のあたりをふさいでつみかさなり風につれて移動する。→補八。一四淡紅。うすべにいろ。梁の簡文帝の梁塵詩に「日を帯びて軽紅を聚む」とある。ここは紅葉の色。一句は、今まで軽紅の衣をひろげたような紅葉の木木も落葉してその軽紅の衣もずたずたにほころびてしまったの意。一五裂けてきれぎれになった錦を、どうして縫いつくろわせることができよう。砕錦は、散りみだれた紅葉の形容。→補九。

一六月を、鏡とみたてる。ここは円鏡でなく、片月について破鏡とみたてた。一七霜威を刀槍にみたてる。一八葉の落ちた庭木は、光をぬすもうとする手のかげをもさえぎらないで照らし出す。→補一〇。一九庭の砂の上には点点と落葉のあとがつらなって、劉安の中庭に不死の薬をまきちらしてあるようだった。→補一一。

二〇詩情のある秋の季節。ただし「詩秋」ということばは耳なれない、慈本のいうごとく「詩債」の誤りかもしれない。二一酔っぱらいの天国。酔郷記という著述もあった(唐書、隠逸伝、王績の条)。架空の地名。和漢朗詠、巻下、酒(本大系[七三]四八五注一)参照。二二すっかり葉がおちつくして、仰ぐ空にはまばらなかげさえもない。

二三「頭」は、カミへ→カムべとなる。二四讃州刺史として赴任したこと。二五午後四時ごろ。日がめぐって哺時(じほ)にいたること。夕日が西

星稀雖遶鵲　二八星稀らにして鵲を遶せども
花嬾未期蜂　花嬾くして蜂を期せず
觸感孤心苦　感びに觸れて孤心い苦しぶ
傷懷四面攻　懷ひを傷りて四面より攻む
欲催春管律　二九春管の律を催さむことを欲ひて
頻待夜更鐘　頻に三〇夜更の鐘を待つ
分任循環運　分任　循環して運る
年如轉轂衝　三一年は轂衝を轉すが如し
榮枯同物我　三二榮枯は物我ともに同じ
雨露爲誰濃　雨露　誰が爲にか濃なる

374

遊二龍門寺一。

隨分香花意未曾　一隨分の香花　意へども曾つてせざりき
綠蘿松下白眉僧　二綠蘿の松の下　白眉の僧
〽人如鳥路穿雲出　三人は鳥路の如し　雲を穿ちて出づ

の山におちかかってゆらめくさまを、日が空で臼をついていると喩える。夕方の時刻。↓補一二。二六 庭の木木を賞翫していたらざるところがなかったが。誠は、まこと。洽は、あまねきこと。二七 攀は、よじるの意。援は、ひく・持つの意。攀援は、ここでは庭の木の枝にとりつき、引いて持つこと。↓補一三。二八 葉の落ちた庭の木の枝を透けて星がまばらにかがやき、鵲が木のほとりを飛びめぐるけれども、花は咲くことに物ぐさであって、蜂も来そうにない。底本、嬾字の右傍に「イ懶」と注。↓補一四。二九 春の笛の音律。三〇 五夜五更。夜の鐘声の音律に笛声の音律をあわそうとするのであろうか、この意が明らかでない。三一 年は車輪の要衝たるこしきをぐるりと一廻転させるようなものだ。轂は、こしき・車の輻(や)のあつまる軸心の木。衝は、かなめ。三二 栄枯盛衰は循環する。物においてもしかり、我においてもしかり。天子のめぐみは誰が身のためにこまやかなのであろうか。庭の木が再び春の雨露に逢うて栄え繁るであろうことを予想しつつ天恩に思いよそえる。▽↓補一五。

374 「竜門寺に遊ぶ」。扶桑集十一に出。↓補一。一 心にかけながら、竜門寺の僧に十分の香花を捧げて諷誦してもらわなかった。随分は、応分・身分相応・時に応じての意。梅沢本新撰朗詠にもこの訓がある。和漢朗詠、巻下、管絃(本大系七三 四六四注一)参照。二 緑のさるおがせ。老松の枝に垂れ下がる蘇苔類の一種。三 この一聯(三・四句)、和漢朗詠、巻下、山寺(本大系七三 五八二)に出。四 このところの地名は竜門だから、(私もかの竜門の故事にならって、)たぎち流れる川水をおって登って行く。竜門の滝の川のこと、伊勢集に「りうもんといふ寺に詣でてみれ

地是龍門趁水登
橋老往還誰鶴駕
閣寒生滅幾風燈
樵翁莫笑歸家客
王事營々罷不能

地はこれ龍門 水を趁ひて登る
橋は老いて往還す 誰が鶴の駕ならむ
閣は寒にして生滅す 幾ばくの風燈ぞ
樵の翁 笑ふこと莫 家に帰る客を
王事營營として 罷めむこと能はず

375 感二雪朝一。勅使施二老僧綿襖一。

此朝誰不雪山僧
恩捨綿々草木凝
中使馬疑騎鶴至
上方人似踏雲昇
早驚春氣禪林臘
先負日光定水氷
何啻孤峯寒更暖
所生功德万民承

此の朝 誰か雪山の僧ならざらむ
恩捨綿綿 草木凝れり
中使 馬は疑ふ 鶴に騎りて至るかと
上方 人は似たり 雲を踏みて昇ることに
早くも春氣に驚く 禪林の臘
先づ日光を負ふ 定水の氷
何ぞ啻に孤峯 寒更に暖るのみならむ
所生の功德は万民承けたり

ば、その滝のありさまは、雲の内より立ちくるやうに見ゆ」。素性集に「雲見えて人まどはずは流れ出でし竜の門よりきたる水かも」。五「往還」「生滅」は、仏語。特に呉音にてよむ。懐風藻の竜門山詩に「安(いづ)くにか王喬が道を得て、鶴を控(ひ)きて蓬瀛(ほうえい)に入らむ」(本大系〔六九〕八三頁)とあるように、「仙の窟」があり、登仙した人もある故事にもとづいて、古びた橋を鶴の翅とも喩えたか。この二句和習あり。六道真自身。七勘解由長官、春宮亮を兼ねていよいよ多忙の日常についての感慨。→補二。

375 「雪の朝(あした)に感(たい)む。〈勅使い老僧に綿襖(めんあう)を施(ほどこ)ふ〉」。綿襖は、綿の上衣(うわぎ)・ぬのこ・綿襦(めんじゅ)。

一雪をかぶって、どういう人もみな雪山の僧即ち雪山大士になったようだ。ヒマラヤ山脈は四時雪をいただくので「雪山」という。二老僧の面面に綿を下賜される。綿綿は、綿と、天恩がつづいてたえない形容のことばとにかける。三草木が氷雪にかたくとじられる。凝字、板本疑字に作るは非。四綿襖を積んで勅使の馬がやってくるのをみると、王子喬ではないが、白鶴に乗じて天外から来るかと思われる。中使は、非公式の天子の使者・天子の私使。五山上の住持の人は雲をふんで昇天する神仙にも似ている。上方は、もと山上の仏寺をいう。今は住持の人を呼んで「上方」という。その所居が寺の最高の深処にあるからだと「禅林象器箋」にいう。文集にもこの語がみえる。六冬至後第三の戌の日に行う蜡祭(さい)の祭事。転じて年末の意。一句は、寺の境内には、年暮れながら早くも春の気分がうごくの意。七禅定(ぜんじょう)の水。一句は、寺の境内の池の水が氷っているのに、日かげが先ずさすの意。八孤立した峰。孤高の禅師。

376　翫ニ梅花一、應レ製。

隨處有梅惣可憐　一處に隨ひて梅あり　惣べて憐れぶべし
不如獨立月明前　如かじ　獨り月明なる前に立ちたらむには
香風豈啻花吹出　二香風　三あにただに花の吹き出すのみならむや
半是清涼殿裏煙　四半はこれ清涼殿裏の煙

377　有レ勅、賜レ視ニ上巳櫻下御製之詩一、敬奉レ謝ニ恩旨一。

不啻看櫻也惜春　一ただに櫻を看るのみにあらず　また春を惜む
紅粧寫得玉章新　二紅粧寫すこと得て玉章新なり
微臣縱得陪遊宴　三微臣　縱ひ遊宴に陪ること得るとも
當有花前腸斷人　四當に花の前にして腸斷ゆる人も有らむ

378　同ニ紀發韶一、奉レ和下御製七夕祈ニ秋穗一詩上之作。

376「梅花を翫(もてあそ)ぶ、製に応(こた)へまつる」。寛平六年、道真五十歳になった初春の作。
一 月明のもと、ただ一本の梅が、月光をあつめて咲いている光景が、なかでもいちばんすばらしい。二 かおりのある風。梁の簡文帝の六根懺文(さんもん)に「香風浄土の会(ゑ)、宝樹鏗鏘(かうさう)の響」。三 梅の花からかおりだす風だけではない。四 清涼殿の奥からかおりくるけだかいにおいもなかばまじりあっているのだ。煙は、「禋」に同じく、香壇や神聖なおくがからかおり出るにおいをいう。

377「勅(みこと)有りて、上巳(じやうし)桜の下(もと)の御製の詩を視ることを賜ふ、敬(つつし)みて恩旨を謝し奉る」。寛平六年三月三日丙寅上巳の宴の御製を拝見したのである。
一 単に観桜の詩意だけでなく、三月尽の惜春詩意もこもっている。也字に、板本「色イ」と傍注するが従われない。二 宮妓の美しいよそおいをさながらに賦して、これらの作品は新鮮だ。紅粧は、美人のよそおい。「紅妝」とも。李白の子夜春歌に「素手青条のほとり、紅粧白日鮮(あざやか)なり」とある。→補一。三 臣道真はたとえ宮中の遊宴に陪したてまつることができようとも。→補二。四 ひろい世間には花をみて悲しみにくれ、腸を断つような思いをしている人もきっとあるのだ。讃州時代のことを思っているところもあろう。この月十三日新羅賊が辺島に来冠し、追討の命が出ている。

378「紀の発韶に同じて、御製の「七夕秋の穂を祈る詩」に和し奉る作」。発韶は、江談抄に「古人名、唐名相通、紀長谷雄、発韶」とある。忠臣を「達音」、清行を「居逸」というのと同じく、これは反名(かえしな)である。対訳の音韻を「反音」もしくは「反名」という。寛平六

非書非劍我君明
千尺願絲一箇情
趁重素風初七夕
待來銅雀第三聲
佳期恰似時難過
巧思秖同月易盈
偏祝西成兼所感
四騶晝夜破行程

一書にあらず　剣にあらず　我が君明なり
千尺の願絲二　一箇の情
三珍重す　素風　初七の夕
四待ち來る　銅雀の第三聲
五佳期　恰も時の過しがたきに似たり
六巧思　秖に月の盈ち易きに同じかるべし
偏に七西成を祝して感ずる所を兼ぬ
八四騶は　晝夜に行程を破る

379　重陽節侍レ宴、同賦三天淨識二賓鴻一、應レ製。

秋風拂拭易排虚
道路依晴稚羽初
碧玉裝箏斜立柱
青苔色紙數行書
時霜唯痛頻寒著

一秋風拂拭して虚を排き易し
二道路　晴れに依る　三稚き羽の初め
四碧玉の裝せる　箏の斜に立てる柱
青苔の色の紙の數行の書
時の霜　ただ痛む　五頻に寒さの著かむことを

年七月七日丁卯、七夕の御会が殿上に催されたのである。

一 文事だけでなく、武事だけでなく、わが君はふたつを兼ねてまことに明君である。七夕に自分の幸福でなく、万民のために秋穂を祈るからである。二 願の糸。唐代は宮中七夕の夜に、九つの孔のあいた針に五色の糸をとおして、星に手向けて、私の願いごとをこめて祈った。「乞巧奠」という。↓補一。三 多謝す、秋風よ。四 銅雀が三鳴して豊年になることを期待する。↓補二・一〇注九。五 七夕の良辰をさす。牽牛織女が相会する佳い時期。六 乞巧の夜のさまざまな趣向。秖字、底本・板本祈字に作る、いま詩紀による。七 秋の穂のみのること。秋は四方に配すれば西方に当たる。書経、堯典の伝に「秋西方万物成」。この前後意明らかでない。八 四時を御する陰陽、転じて四季をいう。↓補三。

379 「重陽の節に宴に侍(はべ)りて、同じく「天浄うして賓鴻を識る」といふことを賦す、製に応(こた)へまつる」。扶桑集十六に出。↓補一。

一 題の「天浄うして」とあるによる。二 天の通(かよ)い路。雁の渡りゆく空の道筋をいう。三 空を翔び馴れない幼鳥の雁。四 清く晴れた空を雁がつらなって飛ぶすがたは碧玉の装飾をちりばめた箏に琴柱(ことじ)のかげが斜めに点点と立っているようだ。水中の苔をすき加えた青緑の色の紙に水茎もゆかしく数行のあしでのちらし書きをしたようだ。三・四句(胸句)の一聯、和漢朗詠、巻上、秋、雁(本大系七三三二)に出。江談抄、第四参照。五 ↓補二。
六 沙漠を飛んで幾十里、幾千里を渡ってきたのであろうか。七 ↓補三。八 人意を動揺せしめるなというのは、遣唐大使となって、渡唐することになって動揺している道真自身の心を告白

沙漠不知幾里餘　　六沙漠知らず　幾里餘といふことを
賓雁莫教人意動　　七賓雁　八人の意を動かしむること莫
向前旅思欲何如　　九向前の旅の思ひ　何如せむことをか欲りする

380　賦二雨夜紗燈一、應レ製。并レ序。于レ時九月十日。

宮人入レ夜、殿上擧レ燈例也。于レ時重陽1後朝、2宿雨秋夜、3微光隔レ竹、疑二殘螢之在一レ叢。4孤點籠レ紗、迷二5細月之插一レ霧。臣等五六人、奉レ勅見之。ミミ不レ足。應レ製賦之云尓。謹序。

紗燈一點五更廻　　紗燈一點　一五更廻る
不要寒鷄曉漏催　　二寒鷄　曉漏の催すことを要せず
晴誤穿雲星乍見　　三晴れては雲を穿ちて星の乍ちに見ゆるかと誤つ
秋疑冒雨菊新開　　四秋には雨を冒して菊の新に開くかと疑ふ
耳聞落涙兼聞曲　　五耳に落涙を聞きて兼ねて曲を聞く
手勸微心且勸盃　　手に六微心を勸めて且盃を勸む
毎憶脂膏多渥潤　　毎に憶ふ　七脂膏の八渥潤多きことを

するものであろうか。九 向前は、これまで・従来の意。「向来、サキヨリ」(色葉字類抄)による。白居易の琵琶行に「淒淒向前の声に似ず」。向後は、これからさき。向前・向後ともに唐代俗語。ただし道真はここで、向前をこれからさきの意に誤りつかっている。▽→補四。

380 「雨夜の紗燈(しやとう)を賦す、製に応(こた)へまつる。〈序を并せたり。時に九月十日〉」。扶桑集十に出。→補一。

1 九月九日重陽の節の翌日。2 前夜からの雨。3 紗燈の微かな光(かげ)。4 ぽつりと一点あかるくともって、うすいヴェールにつつまれてぼうとにじんでいる。→補二。5 弦月が霧の中から、霧にかくれることなく、うっすら光をあらわすかと、みまがう。

一 夜の時間を五つにわけて、「五夜」とも「五更」ともいう。二 夜明けをつげる鶏鳴の音、暁を報ずる漏刻の目盛り。三 雨が晴れると、紗燈のかげは雲間にひらめく星かとあやまたれる。四 雨中に菊の花が明るく咲いているように思われる。五 昨夜からの雨の音を、涙をぽろぽろこぼす音と聞き、また宮女の奏楽の音とも聞く。六 微意。「微衷」と同じ。自分が相手に対していだく誠意のほどをへり下っていう。「微心」には「燈芯」をもかけ、手で燈芯をかきたてることをいいかけるか。七 生物のあぶら。脂肪。凝ったものは「脂」。とけて液状のものは「膏」。燈油に縁がある。八 ねとねとうるおいのあること。九 天皇の恩恵。宇多天皇の信任あつく、今や遣唐大使にまで任命せられたことをさす。

381 「暮秋、「秋尽きて菊を翫ぶ」といふことを賦す、令(おほせごと)に応(こた)へまつる。〈序を并せたり〉」。扶桑集十五に出。→補一。

1 →補二。2 →補三。3 ふるえあがる寒さ

那勝恩澤繞身來　　那んぞ恩澤[九]の身を繞りて來るに勝へむ

381　暮秋、賦秋盡翫菊、應令。幷序。

古七言詩曰、[1]大底四時心惣苦、就中腸斷是秋天。又曰、[2]不是花中偏愛菊、此花開盡更無花。詩人之興、誠哉此言。夫[3]秋者慘懔之時、寒來暑往。菊者[4]芬芳之草、花盛葉衰。[5]于時九月廿七日、孰不謂之盡秋。[6]孤叢兩三莖、孰不謂之殘菊。謹[7]奉令旨、[8]賦此雙關。[9]意之所鍾、刀火交刺。故獻五言、以資[10]一劇云爾。

惜秋〻不駐　　秋を惜めども　秋駐らず
思菊〻纔殘　　菊を思ひて菊　わづかに殘れり[一]
物與時相去　　物[二]と時と相去る
誰厭徹夜看　　誰か夜を徹して看む[三]ことを厭はむ

382　仲春釋奠、聽講論語、同賦爲政以德。

の形容。↓補四。　4 かおりのかんばしい草。5 九月三十日を九月尽という、二十七日を九月尽といってもいいではないか。　6 ぽつりととりのこされた菊の植えこみに二、三本の菊が残りの花をつけている。叢字、底本茎字に作る、いま文粋による。　7 天皇の御意ではなく、皇后か皇太子の意志によって。　8 尽くる秋の景を賦することと、残れる菊の花を詠ずることが、互いに対立しながら主題となっていることをいう。「双関」、底本「双開」に作る、いま文粋による。↓補五。　9 この矛盾した二つの気持が、私の心に集中してくるのは、刀火で私の心肝を刺したり灼(ヤ)いたりするようだ。「交刺」、底本「交判」に作る、いま文粋による。↓補六。
10 劇は、増す意・一興をそえる意。
一 以上の一・二句、即ちいわゆる双関を賦す。
二 物は、菊花に代表される万物。時は、秋の季節。詠物と叙景と、双関である。三 残菊の花を。▽↓補七。

382 「仲春の釈奠に、論語を講ずるを聴く、同じく「政を為すに徳を以てす」といふことを賦す」。寛平七年二月九日の作。↓補一。
一 君が万機の政は、此の一つの古典即ち論語の精神によって行なっておられる。二 竜に乗じて昇天するとは、天位に即いていることをいう。
三 宇多天皇が、今でもはじめて螢を集めて勉学された昔のことを忘れない。四 北極星に比すべきわが天子が、堯舜の治にも比すべき無為にして徳化する善政をほどこしておられる。北辰は、北極星。帝位に比する。↓補二。
五 論語が、円転極まりないすぐれた教えであるところから、これを明珠に比する。↓四三注一。
一句は、(天子に比すべき北極星を中心として、衆星がこれに向かってめぐりかこんでいるが)

君政万機此一經
乘龍不忘始收螢
北辰高處無爲德
疑是明珠作衆星

一君(きみ)が政(まつりごと)の万機(ばんき)　此(こ)の一經(いつきやう)
二龍(りよう)に乘(じよう)じて三忘(わす)れず　始(はじ)めて螢(ほたる)を收(をさ)めたまひしことを
四北辰(ほくしん)高(たか)きところ　無爲(ぶゐ)の德(とく)
疑(うたが)はくは　是(こ)れ五明珠(めいしゆ)の衆星(しゆうせい)と作(な)りしかと

383　神泉苑三日宴、同賦ニ煙花曲水紅一、應レ製。

水上煙花表裏紅
流盃欲把醉顏同
動枝動浪皆應惜
所以慇懃恐暮風

一水上(すいしやう)の二煙花(えんくわ)　表裏(へうり)ともに紅(くれなゐ)なり
三流(なが)るる盃(さかづき)を把(と)らむことを欲(ほ)りすれば　醉(ゑ)へる顏(かむばせ)も同(おな)じ
四枝(えだ)を動(ゆるか)し浪(なみ)を動(ゆるか)すこと　みな惜(をし)むべし
五所以(このゆゑ)に慇懃(ねむごろ)に　暮(ゆふべ)の風(かぜ)を恐(おそ)る

384　春、惜ニ櫻花一、應レ製一首。幷レ序。

[1]承和之代(ミヨ)、[2]清涼殿東ニ三歩、有ニ一櫻樹一。樹老イテ代亦變。代變ジテ樹遂ニ枯レヌ。[3]先皇
[4]駁暦之初(ハジメ)、事皆法ニ則セリ承和一。特ニ詔シテ知ルレ種ウウルコトヲ レ樹ヲ者ヒトニ、移シテニ山木ヲ一、備フニ庭實ニ一。[5]移シ得ル之

衆星は論語の明珠の文句が大空にちりばめられたものではなかろうかという意。▽→補三。

383「神泉苑の三日の宴に、同じく「煙花に曲水紅なり」といふことを賦す、製に応(こた)へまつる」。寛平七年三月三日の作。→補一。

一流れのほとり。ここでは盃を流すための苑中の曲水のかたわらをいう。→補二。二かすみの中の花。花を包む春がすみ。一句は、曲水のほとりの春がすみにけむった花は表も裏もよく紅に染めなした衣のようであるの意。和漢朗詠、巻上、春、花(本大系〔七三〕二六)参照。→補三。三曲水を流れてくる盃をとりあげようとすれば、その酔顔もまた同様に紅に染まっている。→補四。四枝を動かせば花が散るし、波を動かせば盃は沈むであろう、どちらも興をそぐこととして残念である。五だから私は心から夕方の風が吹き起こるのをおそれるのである。

384「春、桜花を惜む、製に応へまつる、一首。〈序を幷せたり〉」。序は文粋十に出。→補一。

1→補二。2七間四面。「中殿」もしくは「御殿」とも。3光孝天皇。4治世のこと。「駁暦」、文粋「御暦」に作る。5庭さきに陳(つら)ね列(なら)べられた品物のこと。→補三。6根は、木の根。荄は、草の根。ここは、幹や根はもとの木そっくりだの意。→補四。7天子の聖情をいう。宇多天皇が桜花を愛惜することをいう。8天皇が恩顧を垂れること。眄は、「顧なり、視なり」(正韻)とある。「眄」とも「盼」とも書く。9この桜がこの春の花咲く時にあって、ひたすら天子の愛顧を蒙るのは、その紅艶の色と、すばらしいかおりの点においてだけである。(あまりに華美に偏して、質実を忘れ給うておられはしまいか。)10風霜にもめげないで、節義を貫くこと。勁は、強いこと。

後、十有餘年、枝葉惟新、[6]根荄如レ舊。我君毎レ遇二春日一、毎レ及二花時一、惜二紅艶一以敍二[7]叡情一、翫二薫香一以廻二[8]恩盼一。[9]此花之遇二此時一也、紅艶與二薫香一而已。夫[10]勁節可レ愛、[11]貞心可レ憐。花北有二[12]五粒松一、雖レ小不レ失二勁節一。花南有二數竿竹一、雖レ細能守二貞心一。[13]人皆見レ花、不レ見二松竹一。臣願我君兼惜二松竹一云尒。謹序。

春物春情更問誰　　一春の物　春の情　更に誰にか問はむ
紅櫻一樹酒三遲　　紅櫻一樹　二酒三遲
綺羅切齒相同色　　三綺羅　齒を切る　色相同じきことに
桃李慙顏共遇時　　四桃李　顏を慙づ　共に時に遇へることを
欲裛飛香憑舞袖　　五飛香を裛まむと欲りして　舞ひの袖に憑む
將纏晩帶有遊絲　　六晩帶を纏はむとして遊絲あり
何因苦惜花零落　　何に因りてか苦に惜む　花の七零落することを
爲是微臣身職拾遺　　これ微臣が身の　八拾遺を職とするがためになり

385　月夜翫二櫻花一、各分二一字一、應レ令一首。得レ開。

↓補五。11 貞潔なる節操。↓補六。12 五粒松は、「五鬣(ごよう)松」の音転。松が馬のたてがみの形をしているところから名づける。↓補七。13 人字、底本又字に作る、いま文粋による。

一 春の景物。春の花。↓補八。二 酒宴に遅れたものに罰杯を課すること。和漢朗詠、巻上、秋、九日(本大系(七三)三六三注一)・江談抄第六、三遅酒式参照。一・二句は、春の景物、春の風情を、この上、誰にたずねることがあろう、この殿前の桜の花一幹をめでながら、三遅をとがめて酒をたっぷりいただくことに尽きるの意。三 綾ぎぬ、うすぎぬは桜の花の色とかわりがないことにはがみしてくやしがる。「切」の訓は、「切、クヒシバル」(類聚名義抄)による。四 桃や李は美しさが及ばないので、桜と同じ時期に花を咲かせることを恥ずかしがっている。五 (舞妓たちの舞いの袖にはらはらと花がちりかかる、)ひるがえりとぶ花のかおりを舞姫たちの袖に頼んでつつんでもらおうと思う。飛香は、散る花びらのかおり。憑は、頼むこと。↓補九。六 かげろうがはかなげにとぶ、それをとらえて桜の花のためにゆうべの帯に結ぼうと思う。晩帯は、ゆうべに結ぶ帯か。典拠索出せず。↓補一〇。七 草木の葉が枯れて落ちること。ここでは花の散ることを指す。↓補一一。八 侍従(おもとひと)の唐名。一句は、私が拾遺—おちたるを拾うという役目についているから、花がおちることさえも、身にしみて気にかかるのであるの意。字余りの句法、律詩のリズムを破る。↓補一二。

385 「月夜に桜花を翫び、各一字を分つ。令に応へまつる、一首。〈開を得たり〉」。↓補一。

一 月の異名。↓補二。二 花の頷(おとがい)、花の鰓(あぎと)、花の口、何れも花のひらくことを口辺の笑うに喩えていうのであろう。鰓は、「顋」また

應因兎魄見花鰓　兎魄に因りて　花の鰓を見るべし[一][二]
更恐春腸過九廻　更に恐るらくは　春の腸の九廻に過ぎむことを[三]
芳氣近從階下起　芳氣　近く　階の下より起る[四]
莫言天上桂華開　言ふことなくあれ　天上に桂華開くと[五]

[1]☆右金吾源亞將、[2]與レ余有二師友之義一。夜過二[3]直廬一、相談言曰、「[4]嚴父大納言、去年五十、[5]心往事留。[6]過レ年無レ賀。[7]此春已修二功德一、[8]明日聊設二小宴一。[9]座施二屛風一、寫二諸靈壽一。[10]本文者[11]紀侍郎之所二抄出一。[12]新樣者[13]巨大夫之所二畫圖一。書先屬二[14]藤右軍一。[15]詩則汝之任也」。談畢歸去。欲レ罷不レ能。予向レ燈握レ筆、且排且草。五更欲レ盡、五首纔成。右軍卽書之、以備二遊宴事一。若不二詳錄一、難レ可レ得レ意。題脚且[16]注二本文一。他時斷二其疑惑一。故敍之。

386　廬山異花詩。

何處異花觸目新　何れの處の異しき花か　目に觸るること新なる

は「腮」に通ずる、何れも上平声十灰の韻。月は陰気の精で、月がかけると魚脳が減ると淮南子にある、その縁で、月中にすむ兎の魄によって、月夜の花を水中の魚に喩えてその鰓がみえるといったのであろう。→補三。三行く春の悲しみに堪えないことの形容。一・二句難解だが、明るい月光のもと、桜の花びらが、魚があぎとうように咲きほこっているのがはっきりみられる。(あまりの美しさに恍惚となるが、)徂く春を惜しむ悲しみに堪えられなくなりそうなことをおそれるの意か。→補四。四この花の芳香は、階の下から匂ってくる。五天上の月中の桂の花がひらいて匂ってくるのではない。→補五。

☆1源当時。→補一。2→補二。3宿直するところ。→補三。4源能有。→補四。5五十の算賀をしようという心持はあったが、実現せずに留保されたままである。6五十歳の年を過ぎてことし寛平七年になってしまったが、まだ賀が行われない。7五十の賀をいのるために諸寺に諷誦供養をすることはすでに今春勤修した。8その供養も無事終って、明日いささか小宴を催したい。9そこで宴席に屛風をしつらって、長寿奇瑞のすがたを写して描いてもらいたいと思う。10漢文の出典。11紀長谷雄。→補五。12新様式の絵画。→補六。13巨勢金岡。→補七。14名筆藤原敏行。→補八。15韻字を排次して詩を創作すること。→補九。16題の次にその出典の漢文を分注する。→補一〇。

386「廬山の異しき花の詩」。→補一。

一未詳。→補二。二廬山にたなびく煙霞も、その花が、どこから移植されたものか知らない。廬山の清んだ渓流と奇(めずら)しい巌石とは、すぐれた諧和を示して、まことにこの地の景物は人間を絶して、神霊の気がみちている。三廬山の霊異の草に花が咲けば、そのすばらしい匂いが風にふきおくられて鼻をうつ。→補三。四廬山にすむ道士は、山中に筋力を養成し、気力をたくわえている。→補四。五董奉は廬山のすまいで、杏をうえて、杏の実を穀物一皿分と交換していて、その一食分の穀物の分量から計算して一生の計をたて、二百年(神仙伝では三百年)の寿をえて童顔のままで昇天したというが、まことに珍しいことではないか。→補五。▽→補六。

387「呉山の白水に題する詩。〈列仙伝に曰く、負局先生、呉山の絶岸に上り、世世薬を懸けて、下人(ふもとびと)に与ふ。去らまく欲りする時に、下人に語(つ)げて曰く、吾(われ)蓬萊山に還らむと欲(す)。汝の曹(ともがら)がために、神(あや)しき水を岸に下さむと。一旦(あるあした)水白き色にして、石(いは)の間より来り下ること有り。これを服(の)ふに、愈ゆるところ多かりきといふ〉」。→補一。一(昔、鏡磨きの仙人が霊妙な白い水を流したというが、)今も呉山の巌群(いはむれ)のひまから水が流れくだってくる。呉山は、浙江省の山名。二よく見給え。ひとひらのちぎれ雲がその渓谷の口よりはりひらけてかかっている―あのような雲に乗じて負局先生は仙界に飛んで行ったのであろうか。画中に雲が描かれているのを詠ずる。三仙人が、ふもとの里人のために、何代もの長い年月を薬を岩に懸けて人人にほどこしたというが、そのあとの岩はどれであろうかしら。四(今はその岩も見わけがつかず、)ただ空しく水の流れ出る泉穴を一つ残すだけで、長寿の先生ははるかに蓬萊山に去って行ってしまった。一眼は、一つの穴。蓬萊は、神仙の住む東海の山。→補二。

廬山獨立採松人
煙霞不記誰家種
水石相逢此地神
吹送馨香風破鼻
養來筋力氣關身
一飡算計前程事
珍重童顏二百春

廬山に獨り立てり　一松を採る人
二煙霞は記せず　誰が家の種ぞ
水石は相逢ひて　此の地ぞ神しき
三馨香を吹き送りて　風　鼻を破る
四筋力を養ひてより　氣　身に關る
五一飡算計す　前程の事
珍重なり　童顏二百の春

387 題呉山白水詩。列仙傳曰、負局先生、上呉山絶岸、世懸藥、與下人。欲去時、語下人曰、吾欲還蓬萊山、爲汝曹下神水岸。一旦有水白色、従石間來下。服之、多所愈。

呉山神水石間來
看是孤雲澗口開
欲見多年懸藥處
空留一眼去蓬萊

一呉山の神しき水は　石の間より來る
二看よや　これ孤雲の澗の口より開けたることを
見まく欲りす　三多くの年藥を懸けにし處
四空しく一眼を留めて　蓬萊に去りし

388

劉阮遇二溪邊二女一詩。幽明錄曰、漢永和五年、剡縣劉晨阮肇、共入二天台山一、迷不レ得レ反。經二十三日一、糧盡云〻。遙望二山上一有二一桃樹一、大有二子實一云〻。攀二緣藤葛一、乃得レ至、各噉二數枚一而飢止云〻。一大溪邊、有二二女子一云〻。令下各就二一帳一宿上。女往就之。言聲清婉、令二人忘一レ憂。遂停半年、氣候草木、是春時、百鳥鳴啼。更懷二悲思一、求二歸去一云〻。女子三四十人集會、奏聲共送二劉阮一、指二示還路一。既出、親舊零落、邑屋改異。無二復相識一。問得二七世孫一云〻。

天台山道〻何煩　一天台山の道　道何ぞ煩しき
藤葛因緣得自存　二藤葛に因き緣りて　自らに存すること得たり
青水溪邊唯素意　三青水の溪の邊　ただ素意
綺羅帳裏幾黄昏　四綺羅の帳の裏　幾ばくの黄昏
半年長聽三春鳥　五半年　長に聽く　三春の鳥
歸路獨逢七世孫　六歸路　獨り逢ふ　七世の孫
不放神仙離骨錄　七神仙に放はず　骨錄に離る
前途脫屣舊家門　八前途　屣を脫ぐ　舊の家の門

389

徐公醉臥詩。異苑曰、東陽徐公、居二長山下一。嘗見二二人坐二於山岸水側一。自稱二赤松・安期先生一。有二壺酒一、因酌以飲二徐公一。醉而臥二其邊一。比レ醒不二復見レ人而宿莽攢二蔓其上一。家以爲レ死、治レ服二年、竟、徐公方歸。云、酒勢雖レ除、猶自不レ飢。至レ今名二其處一爲二徐公湖一也。

388「劉阮が渓辺の二女に遇ふ詩。〈幽明録に曰く、漢の永和五年、剡県の劉晨と阮肇と共に天台山に入り、迷ひて反ること得ず。十三日を経て、粮尽く云云。遙に山上を望るに、一の桃の樹ありて、大いに子の実れるあり云云。藤葛を攀き縁りて、乃ち至ること得て、各数枚を噉らひて、飢ゑ止る云云。一の大きなる渓の辺に、二の女子あり云云。各をして一つの帳に就きて宿ねしめ、女往きて就く。言と声と清らにして婉なり、人をして憂へを忘れしむ。遂に停ること半年、気候草木、これ春の時にして、百の鳥鳴き啼く。更めて悲しき思ひを懐き、帰り去なむことを求む云云。女子三四十人ばかり集ひ会ひて、奏で声りて共に劉・阮を送り、還りの路を指し示しぬ。既にして出でぬれば、親旧零落とおちぶれて、邑屋改異とあらたまれり。また相識れるものなし。問ひて、七世の孫を得たりと云云〉」。↓補一。

一天台山中に、（二人の男が迷いこんで、帰ることができず。）何というけわしい道であることか。二彼らは藤づるやつたかずらにすがりついて、ようやく生きのびることができた。↓補二。三青く澄んだ渓川の水のほとりに、人生の宿願にかなうような美女にであった。↓補三。四美しいうすもののカーテンを垂れたなかのベッドで、幾夜の楽しいかたらいの夕ぐれどきを迎えたことか。五そこに滞留すること半年、いつまでも春のももちどりの囀りをきいていた。六（しかしふるさとが恋しくなって、）帰路についたが、（知る人には誰にもあうことができず。）ただやっと、七代あとの孫をたずねあてることができた。七かの二人の男は、すでに玉女と契りを結んで仙骨を得るにちかかったのであるが、まだ神仙の世界に十分になれず、ついに仙骨を離れて俗界に帰ろうとしたのである。↓補四。八とどのつまり、旧里の家の門口で草履をぬごうとするにいたった。↓補五。

389「徐公酔臥の詩。〈異苑に曰く、東陽の徐公、長山の下(ふもと)に居たりけり。嘗つて二(ふた)の人山岸の水の側(ほとり)に坐するを見る。自ら赤松・安期先生と称(い)へり。壺酒有り、因りて酌みて徐公に飲ましむ。酔ひて其の辺(ほとり)に臥す。醒むる比(ころ)、復(ま)た人を見ずして、宿(むか)しの莽(くさ)、其の上に攢(あつま)り蔓(はび)これり。家のひとは、死にたるらむとおもひて、服(ぶく)を治むること二年、竟(を)はりて、徐公方(まさ)に帰れり。云はく、酒の勢の除(のぞ)れども、猶自(なほ)し飢ゑずありきと。今に至るまで、其の処を名づけて、徐公湖となすなりといふ〉」。↓補一。

一徐公は東陽に至って、道を違えなかったが、(二人の仙人に勧められて)酒を一杯飲んで酔いつぶれ、(帰る道を忘れて)二年(一説三年)目にやっと家に帰った。↓補二。二仙人の赤松子は、そろそろ新しい客がやってくるだろうことをちゃんと計算して用意をととのえていた。↓補三。三(醒めてみると、仙薬たる玄霜ならぬ)玄草(青ぐらくしげった草)が繁茂して、徐公のもとからきていたきものにびっしりまつわりついていた。四(搏弈をたたかわせていた二人の仙人の傍らに)一壺の酒がおいてあったが、それがどれだけの分量が入っていたかは知らず、いかにも心やすげに徐公を歓迎して飲ませてくれたのであった。五飲むとすっかりいい心持に酔っぱらってしまって、話にきく遠いか近いか知らない酔郷に遊んだような心持で世俗の機巧策略

自到東陽道不違　一自ら東陽に到りて　道を違へずありき
徐公一飲二年歸　徐公一たび飲みて　二年にして歸る
赤松計會新來客　二赤松　計會す　新に來る客
玄草纏綿舊著衣　三玄草纏綿す　舊著たる衣
壺酒淺深初得意　四壺酒淺深　初めて意を得たり
醉郷遠近惣忘機　五醉郷遠近　惣べて機を忘れぬ
無情湖水誰遺迹　六情なき湖水は　誰が遺迹なる
憶昔長山臥翠微　憶昔　長山　翠微に臥せりき

390 吳生過二老公一詩。述異記曰、廬山上有二三石梁一。長數十丈、廣盈レ尺。俯眄杳然無レ底。成康中、江州刺史庾亮、迎二吳猛一。將二弟子一、登レ山遊觀。因過二此梁一、見二一老公一。坐二桂樹下一、以二玉杯一承二甘露一、與レ猛。猛遍與二弟子一。又進至二一處一、見二崇臺廣廈玉宇金房一、琳瑯焜耀、暉彩眩レ目。多二珍寶玉器一。不レ可レ識レ名。見二數人與レ猛共言語一、若二舊相識一。設二玉膏一終レ日。

山頭不倦立煙嵐　一山の頭　倦むことあらずして　煙嵐に立ちたり
幸甚神人許接談　二幸甚なりや　神人の談を接ふるを許せしこと
念ゝ逢時丹桂一　三念念に逢ふ時　丹桂一

行ゝ見處石梁三
生涯養性年華美
逆旅知恩曉露甘
傾蓋如今爲舊識
誰辭竟夕玉膏酣

行く行く見る処　石梁三
四生涯　性を養ひて　年華美し
五逆旅　恩を知りて　曉露甘し
六傾蓋　如今し舊識となる
七誰か夕を竟ふるまで　玉膏の酣なることを辭びむや

391

七年暮春二十六日、予侍二東宮一、有レ令曰、聞大唐有下一日應二百首一之詩上。今試汝以二一時一應二十首之作一。即賜二十事題目一、限二七言絶句一。予採レ筆成レ之、二刻成畢。雖レ云二凡鄙一、不レ能二燒卻一。故存レ之。

送春。

〽送春不用動舟車
唯別殘鶯與落花
〽若便韶光知我意

一春を送るに舟車を動すことを用ゐず
二ただ殘鶯と落花とにのみ別る
若し三韶光をして我が意を知らしめませば

のことなどすっかり忘れはててしまった。↓補四。六眼前の物いわぬ湖水は、誰の遺跡であるかも語ろうとしないが、昔を思えば、この長山の麓、その青緑の山気の中にかつて徐公が酔ってこんこんと眠りつづけたのであった。↓補五。

390「呉生老公のもとを過ぐる詩。〈述異記に曰く、廬山の上(いただき)に三つの石梁(いはのはり)有りき。長さ数十丈、広さ尺に盈(み)てり。俯(ふ)して眄(み)れば、杳然(えうぜん)として底(そこ)なし。成康中、江州刺史なる庾亮(ゆりやう)、呉猛を迎へたりけり。弟子を将(ひき)ゐて、山に登りて遊観す。因りて此の梁を過ぐるとき、一老公を見る。桂の樹の下に坐して、玉杯を以(もち)て、甘露を承け、猛に与ふ。猛は遍く弟子に与ふ。また進みて一処に至るに、崇台広廈・玉宇金房を見る。琳瑯(りんらう)焜燿(こんえう)し、暉彩(かかやきいろひ)目を眩(くるめか)す。珍宝玉器多し。名を識るべからず。数人ありて、猛とともに言語(ものがたり)するを見るに、旧(むかし)より相識れるもののごとし。玉膏(ぎよくかう)を設けて、日を終へたりきといふ〉」。↓補一。

一廬山の頂のあたり、雲煙を伴って、嵐気が湧きおこる中に庾亮たちがいつまでも立ちつくしていた。↓補二。二呉猛が神人たる一老翁と物語りをかわすことができたのは、何とすばらしいことではなかったか。神人は、仙人・神仙のこと。三存疑。↓補三。

四かの仙人は、生涯を通じて、不老長生の方術に通じ精気を養って、若者のようにつややかな肌の色をしているのである。五その仙人は呉猛が訪れたことを歓待して、玉杯に暁方の甘露をうけて飲ませたというが、その露の味は仙人の恩情がこもってさぞかし甘かったであろう。逆旅は、旅客を迎えること。↓補四。六数人の仙童たちとも、すっかりうちとけて語り合って、

今宵旅宿在詩家

今宵の旅宿は[四]詩が家に在らまし

392　落花。

花心不得似人心
一落應難可再尋
珍重此春分散去
明年相過舊園林

[一]花の心は人の心に似ること得ず
[二]一たび落ちて再び尋ぬべきこと難かるべし
[三]珍重す　此の春分散し去るとも
[四]明年　舊の園林を相過ぎなまし

393　夜雨。

不看細脚只聞聲
暗助農夫赴畝情
通夜何因還悶意
尚書定妨早衙行

[一]細き脚を看ず　ただ聲を聞くならくのみ
暗に[二]農夫が畝に赴く情を助く
[三]通夜　何に因りてか　還りて意を悶えしむる
[四]尚書　定めて妨げられむ　早衙行

今やまるで昔からの知り合いのようであった。↓補五。七終日終夜、仙酒のもてなしをうけて、すっかりいい機嫌に酔うことを辞退しなかったであろう。↓補六。

☆1寛平。2↓補一。3↓補二。4↓補三。5↓補四。6↓補五。7↓補六。

391「送春」。扶桑集三に出。三月尽の題詠。一人を送るには舟なり車なりを用いるが、春を送るにはそういうものはいらない。二老いた鶯は去って行き、咲き残った花も散って行く、それが春を送ることにほかならない。↓補一。三春の美しい景色。↓補二。四詩人の家。道真自身の家。三・四句は、春の光をして、春を惜しむわが気持を知らせることができたならば、三月の尽きる今日今宵最後の一夜の宿りは詩人(道真)の家で泊ることであろうの意。↓補三。

392「落花」。一花君よ。お前さんの心はどうも人間の心と似ることはできないようだ。二花は一度散り落ちてしまえば、もう二度とたずねることはむずかしいようだ。三花君よ、さらば御機嫌よう。今年の暮春、君と私とはわかれわかれになってしまっても。珍重は、お達者で！　の意の挨拶のことば。↓補一。四来年、再びもとの宿の庭の林をお互いに過ぎてほしいものだ。↓補二。

393「夜雨」。一夜の雨は雨脚が見えないで、ただ闇の中から雨の音だけがきこえる。二農夫たちが(いいおしめりだと喜び勇んで)、田の畝にでかける気持にはりを与える。三(それだのに)一晩中(雨の音を気にして)くよくよするのは、いったい何のためであろうか。四弁官たちが早朝に役所に出勤するのにこの雨ではさぞ邪魔されるであろう。(そのことが気になるばかり。)↓補。

394　柳絮。

春雪紛〻繞柳枝
見知老絮陌頭垂
詩人詠得詩情苦
莫使狂風第一吹

一春の雪は紛紛として柳の枝を繞る
二見て知んぬ　老いたる絮の陌の頭に垂ることを
三詩人は詠ずること得たり　詩情苦なることを
四狂る風を第一に吹かしむることなくあれ

395　紫藤。

高閣藤花次第開
疑看紫綬向風廻
榮華得地長應賞
不放遊人任折來

一高閣の藤の花は　次第に開く
二疑ひて看る　紫綬の風に向ひて廻れるかと
三榮ゆる華は　地を得て　長く賞すべし
四遊人の任に折來りなむことを放さず

396　青苔。

394 「柳絮(りうじよ)」。柳絮は、柳の実が熟して、暮春のころ、綿のように乱れとぶもの。柳の花ではない。
一 柳のわたは、春の雪のように真白で、ちらちら乱れて、柳の枝をめぐる。張喬の「送三友人帰二宜春一」詩に「落花与二柳絮一、無三処不二粉粉一」。杜甫の漫興詩に「生憎柳絮白二於綿一」。二 春深く、柳絮も時すぎて、道のほとりに垂れている。三 昔から詩人たちはこの柳絮が風にみだれとぶ趣の、詩情をかきたてることを詠じている。杜甫の漫興詩に「顚狂柳絮随レ風舞、軽薄桃花逐レ水流」。四 はげしい春のつむじ風が吹いても、この路のほとりの柳の絮をまっさきに吹いて、飛ばしてしまわないように祈りたいものだ。

395 「紫藤(しとう)」。
一 たかどの。二 紫色の印のひも。貴人の帯びるもの。漢書、百官公卿表に「相国丞相秦官、皆金印紫綬」、古今注に「漢旧制、公侯将軍紫綬、又公主封君服二紫綬一」。大江匡衡の「為三入道大相国一謝二官文書内覧一表」に「伏願、天鑒早解二臣官一。雖二金章紫綬一、命尽則何益」。菅原文時の「為二清慎公一乞レ身表」に「還降二関白之紫綬一」。ここは、右大臣藤原良世、中納言藤原時平たちを暗に指すともみられるが、そこまで深く穿鑿するにも及ばないであろう。一句は、紫綬のひもが春風にひらひらするかと見まがうの意。三 紫の藤の花が今をさかりとところをえて栄耀栄華に咲きほこるすがたを、人人はとこしえに賞めたたえている。この句は藤原氏を意識していることは疑えない。四 遊覧の人が気まま勝手に折りとることは許されない。

396 「青苔」。
一 青やかな春の苔が、いちめんに地を覆う

青苔満地不掃塵
似展平頭碧錦茵
雨後風前宜染色
慇懃欲著上仙人

一青苔 地に満ちて 塵を掃ましめず
二平頭三碧き錦の茵を展きたるが似し
四雨の後 風の前 色を染むるに宜し
五慇懃に上仙人に著せしめむことを欲りす

397 鶯。

自初出谷被人憐
春色盡時自默然
若有遺音長不絶
明年可奏早梅前

初めて谷を出でしより一 人に憐ればる
二春色盡くる時 自らに默然
三若し遺音有りて 長く絶ゆることあらざるときは
明年 早梅の前に奏すべからまし

398 燕。

梁頭展翅幾銜泥
一ゝ將雛起暮棲

一梁の頭に翅を展げては 幾たびか泥を銜める
二一一に雛を将ちて 暮の棲に起す

て、塵ひとつなく浄らかである。二 ちょうど。「斉頭」という語に同じい。白居易の除夜詩に「火銷燈尽天明後、便是平頭六十人」。三 碧玉をちりばめたような錦のしとね。四 雨あがり、風の吹かない前が、この錦の色を染めてさらすにいい時である。(雨後風前の青苔の色が鮮やかで美しいとの意。)「宜」の訓は、後世はヨロシク…ベシと再読する字であるが、この時代は再読しなかった。五 青苔のすばらしい錦の衣を、うやうやしく天上の神仙にきせたいものだ。慇懃は、鄭寧にの意。上仙人は、天にのぼって仙となった人。

397 「鶯」。
一 鶯は早春にかくれていた谷から出て、木木にうつって囀るようになったばかりの時から、人人に愛せられてきた。詩経、小雅、伐木に「木を伐(き)ること丁丁たり、鳥の鳴くこと嚶嚶(あうあう)たり。幽(かふ)き谷より出でて、喬(たか)き木に還る」。和漢朗詠、巻上、春、鶯(本大系七三 二三注二)参照。「昌泰二年正月内宴題云、鶯出レ谷」(紀略)。→四三三。二 三月尽になって、春の景色も終りになれば、鶯も鳴くことをやめてだんまりになってしもう。三 もし長く絶えない鶯の鳴き声というものが後にのこるようならば、来年匆匆春が訪れかけるころ、早咲きの梅の花にきて妙なる楽の音を奏(な)でておくれ。

398 「燕」。→補。
一 うつばりのほとりにはねをひろげては、何度も何度も泥をふくんでくる。二 夕方の巣にいる雛を一羽一羽おこして、運んできた餌を口にふくませてやる。
三 春が尽き、(夏が過ぎ)やがて秋になると、彼らは南に帰って行く。四 秋の涼風におくられて、燕の雛鳥ももはや親鳥と羽毛に区別もなく

春盡先歸秋至日
涼風万里羽毛齊

三春尽きて先づ帰る　秋至る日
四涼風万里　羽毛斉し

399　黃雀兒。

點檢中庭黃雀兒
春風便是可無私
報恩何必遭復處
銜得白環卽此時

一點検す　中庭なる黄雀児
二春風は　便ちこれ私なかるべし
三恩を報いむに　何ぞ必ずしも復處に遭はむ
四白環を銜み得るは　即ち此の時

400　燈。

挑盡蘭燈送五更
簷頭夜雨颯然聲
吟詩不得他言笑
染翰猶要暗更明

一蘭燈を挑げ盡して　二五更を送る
三簷の頭の夜の雨の颯然たる聲
四詩を吟じて　他の言笑すること得ず
五翰を染めむとしてなほし要す　暗の更に明けなむことを

なって、一斉に万里の空を飛びつれて行く。

399「黄雀児」。黄雀児は、雀のこと。一中庭に遊ぶ雀を一一あらためてみる。↓補一。点検は、一一についてしらべあらためる。二春風が吹くと海魚が黄雀に化するというが、春風は別に私心がないであろう。中庭に遊ぶ雀のうちどれが恩を報ずる雀であろうかしらべようとしても、春風が別に告げ知らせてもくれないという意か。↓補二。三「遭復処」の意未詳。誤りあるか。しいて解すれば、雀が恩を報ずるには、雀が南海遠くかえり行くところに遭遇する必要があろうか。続斉諧記に「今当レ使二南海一、不レ得二復往一。極以悲傷、以二白環四枚一与レ宝」。四雀が報恩のために白環四枚をふくんできて、揚宝に与えたのは、実に真夜中の三更即ち今この時であった。白環は、白色の玉のわ。続斉諧記に「後忽与二群雀一倶来、哀鳴遶レ室数日、乃去。爾夕三更、宝読レ書未レ臥、有二黄衣童子一、向レ宝再拝」。

400「燈」。さきに讃州客中詩の「冬夜九詠」(三五〇頁)においても、最後の作(三二六)は「残燈」で、夜明け前のことをよんだ。ここも同様。一美しい燈籠。即ち蘭の香で膏(あぶら)を煉った燃料の行燈のこと。楚辞、招魂に「蘭膏明燭」。二一夜を五分した称。一更ごとに夜番が更代するからいう。一句は、燈をかきたてかきたてつくして一晩を明かす意。三軒ばにしたたる雨の音、夜風がさっとふきすぎる響き。四詩を詠吟しているので、ほかに言笑したりするひまはない。五燈はもえつきたけれども、筆に墨を含ませて詩を書きつけるのに、やはりまだ闇では困るので、早く夜明けにならないかともとめる。▽↓補。

☆1 東宮亮として、道真が東宮敦仁親王のも

[1]☆東宮寓直之次、下レ令曰、去春[2]十首、既知二急捷一。[3]今取二[4]當時二十物一重要。某不二停滯一、即來令之後、不二敢固辭一。自二[5]酉二刻一、及二戌二刻一、[6]篇數僅成。愼二令旨一也。經二數十日一、[7]要レ寫二一通一、近習少年、斷二失三首一。[8]初不レ立レ案、無レ處二尋覓一。[9]一十七首、備二于實錄一云尒。

401　風中琴。

清琴風處響
恰似有人彈
始自青蘋起
還隨玉軫殘
誤雲驚別鶴
疑野拂幽蘭
感興應無限

一 清琴(せいきむ)　風(かぜ)ふく處(ところ)に響(ひび)く
恰(あたかた)も人(ひと)の彈(だん)ずること有(あ)るが似(ごと)し
二 始(はじ)め青蘋(せいひん)より起(おこ)る
三 還(かへ)りて玉軫(ぎよくしん)に隨(したが)ひて殘(のこ)る
四 誤(あやま)つらくは　雲(くも)の別鶴(べつくわく)に驚(おどろ)かむかと
五 疑(うたが)ふらくは　野(の)の幽蘭(いうらん)を拂(はら)はむかと
感興(かんきよう)まさに限(かぎ)り無(な)かるべし

とに宿直した時。寛平七年、月日は明らかでない。おそらく初夏四、五月のころであろう。 **2**「去(ぃ)んぬる春」は、前年の春の意でなくして、夏になって、過ぎ去ったその年の春をいう。 **3** 道真が速詠に巧みだということがわかった。 **4** 現在の時節にふさわしい二十の物について、もう一度作ってみよ。 **5**「酉の二刻」は、午後六時半、「戌の二刻」は、午後八時半。一日四十八刻制は、わが貞観ころから、三代実録や略記に見えてくる。一刻は、今の三十分にあたる。酉は、一刻・二刻・三刻・四刻にわかれ、午後六時・六時半・七時・七時半をおよそさすものとみておけばいい。国文流にいえば、酉一つ、酉二つ、酉三つ、酉四つなどというのである。 **6** やっと二十篇の詠物詩を作った。 **7** 近習の少年が、道真の詩を書いた懐紙をあずかっていたのであるが、そのうち三首分だけ、きりはなしてなくしたのである。この詠物詩は十一歳の少年皇太子のために、多分に教科書的意識をもって作ったものとみえる。 **8** 当初から草案を書かずに作り、すぐさしあげたので、尋ね求めるみちがない。 **9** だから、写しえた十七首だけを書いて、記録にとどめるのである。

401「風中琴」。→補一。
一 風のふくところに、清らかな琴の声がひびくようである。二 池中の青やかなうきくさの葉末より生れでる。→補二。三 玉のことじのままに、琴の声が調べられるように、風が(はじめはうきくさの葉末に音もなく生れて)やがて妙なる音をしらめて響き残る。玉軫は、玉でつくったことじ。ことじは、琴の絃の下にあって、絃の枕となるもの。→補三。四 琴の古曲である「別鶴操」の響きに似た風の音に、空行く雲も

窓頭力意看　六窓の頭に　力と意と看れり

402　竹。

翠竹疎籬下　一翠竹　疎籬の下
倏々翫碧鮮　二倏倏として碧く鮮なるを翫ぶ
雨中重影合　三雨の中を　重れる影し合ふ
風裏晩聲傳　四風の裏に　晩の聲ぞ傳ふる
欲見龍鱗化　五龍鱗の化れることを見むことを欲りす
兼期鳳翼遷　六兼ねて鳳翼の遷らむことを期す
寒霜如可拂　七寒霜如し拂ふべくは
万歲表貞堅　万歲　貞堅を表しなむ

403　薔薇。

一種薔薇架　一一じ種　薔薇の架

驚くかとあやしまれる。蔡邕の琴操によれば、商陵の牧子が妻を娶って五年、子がなかったので、親は別の女にめあわせようとした。牧子は琴をひいて別鶴の悲しみをうたった、これが別鶴操の曲のおこりだという。五琴の古曲に「幽蘭」というのがあるが、幽蘭曲に似た響きの風に、野末の蘭も吹き払われるかとあやしまれる。初学記所引琴歴に「琴曲有㆓（中略）帰風、送遠、幽蘭、白雪、風入松、烏夜啼㆒」。六窓のほとりを吹く風に、(少女のような微風ならぬ)力強き雄雄しさがこもっている。北堂書鈔、少女風の注に「樹上已有㆓少女風㆒」。

402「竹」。一まばらなまがきのほとりに、みどりの竹がはえている。二たけがひとしくととのっている形容。三雨の中を(池に臨む竹が)影を落して、幾重にも影がかさなり合っている。四風のふく夕方、竹林からはさやさやと音がきこえてくる。五水にうつる青竹の節が竜鱗の模様に化したというが、その実否をたしかめたいものだ。晋の葛洪の神仙伝巻五に、昔、費長房という人が、仙人壺公にしたがって山に入り、竹の杖に騎(の)って家に至り、竹を葛陂(かっぴ)という湖に投げすてると、その竹が青竜に変化したということである。→補。六竹に花咲き実がなって、鳳凰がつばさをひるがえして移って来ることを期待する。芸文類聚所引韓詩外伝に「黄帝の時、鳳皇帝の梧桐に栖み、帝の竹の実を食す」とある。張正見の山中翠竹詩に「雲生竜未㆑上、花落鳳将㆑移」。七冬になって、きびしい霜がおりても、もしそれを払いのけることができれば、竹はかわらぬみどりの色を示し、いつまでも(万年までも)操ただしく節をかたく守り通す気概をあらわすであろう。斉の虞羲の「見㆓江辺竹㆒」詩

芳花次第開
色追膏雨染
香趁景風來
數動詩人筆
頻傾醉客杯
愛看腸欲斷
日落不言廻

芳しき花　次第に開く
色は膏雨に追ひて染る
香は景風を趁ひて來る
數詩人の筆を動す
頻に醉客の杯を傾けしむ
愛し看て腸斷たむとす
日落つるまで廻らむことを言はず

404　松。

孤松呈勁節
幸許在中庭
久苦寒霜素
猶全細葉青
故山辭澗底
新地近仙亭

孤松勁節を呈す
幸に中庭に在ることを許す
久しく寒霜の素きに苦しぶ
なほし細葉の青きを全くす
故山　澗底を辭す
新地　仙亭近し

に「挺二此貞堅性一」。文苑英華に「勁本堅節、不レ受二雪霜剛一也」。

403 「薔薇(しやうび)」。薔薇は、ばらの花。

一 一種のばらの花棚。白居易の「薔薇の架(なた)に題する詩」に「托レ質依二高架一、攢レ花対二小堂一」。二 百穀をうるおす好い雨。「甘露滋雨」に同じい。一句は、春さきのめぐみの雨を吸うて、あでやかな色に染めなして花がひらくの意。三 南風の吹くにつれてこまやかな花の香気が風にのってやってくる。景風は、初夏の南風。史記、律書に「南方景風、夏至至」。唐の儲光羲の薔薇詩に「従レ此去風吹、香気逐レ人帰」。四 六朝時代の梁の簡文帝に薔薇の詩があり、梁の元帝や劉緩に美人の薔薇を摘むを看る詩があり、唐の白居易には薔薇架に題する詩がある。五 薔薇の花をみて酒宴をする例も白居易にある。文集の「薔薇正開、春酒初熟、因招二劉十九張大夫崔二十四一同飲」詩を参照。六 薔薇の花を賞(め)でてつくづくとみれば、その美しさは腸も断たれるほど身にしみる。↓補。

404 「松」。

一 孤(ひと)り独立する松一樹。二 松の霜雪にも葉が落ちず、色も変らぬことを「勁節」という。↓補一。三 朝朝おりる真白な霜のきびしい寒気に苦しみながらも、松のこまかに密生した葉は冬になっても青い色をかえない。論語、子罕に「歳寒、然後知二松柏之後一レ凋也」。隋の煬帝の古松樹詩に「孤生小庭裏尚表歳寒心」。四 庭の松の木は、もと山中の谷そこにあって、そこから移植されてきた。左思の詠史詩に「鬱鬱澗底松、離離山上苗」。五 新たに移植されたところは、禁裏の四阿(あずまや)に近い庭である。六 松の枝は麈尾の代用としておりとって、授業をうけるときに、お役に立てることができる。

麈尾應堪用　　六麈尾　用ゐるに堪ふべし
攀將奉執經　　攀きて　七執經に奉ぜむとす

405　酒。

閑亭開酒甕　　一閑なる亭に酒の甕を開く
始覺聖賢心　　二始めて覺ゆ　聖賢の心
竹葉攀多少　　三竹葉　攀くこと多少ぞ
梨花酌淺深　　四梨花　酌むこと淺深
開眉杯裏伴　　五眉を開く　杯の裏の伴
促膝醉中吟　　六膝を促す　醉へる中の吟
自此知神用　　此れより七神用を知る
誰愁到晩陰　　八誰か晩陰に到ることを愁へむ

406　牡丹。

麈尾は、麈(しか)(おお)の尾・塵を払うところの払子(ほっす)。張凱は東宮学士で後主が東宮であった時に玉柄の麈尾を作ったからこの句もこの説話による。↓補二。七経書を手にもって、弟子の礼をとって授業の師に相対することをいう。漢書、于定国の伝に「定国乃迎レ師学ニ春秋一、身執レ経北面備ニ弟子礼一」。「執」の音がシツとなったのは鎌倉以後。

405「酒」。
一静かな四阿(あずまや)で、酒のかめの口をぬく。古詩に「開罇一壺酒」。二酒を味わって、はじめて清酒は聖人の心に通じ、濁り酒は賢者の心に通ずることをさとる。↓補一。三竹の葉を何枚ぐらいひき折って、この酒をかもしたのであろう。竹葉は、酒の名。竹葉の煎汁を加えて醸造した酒。↓補二。四梨花春の酒をどれほどばかり深く酌みかわすことであろう。梨花は、梨花春という酒のこと。昔、洛陽で梨の花の時に、人人はその下に酒を携えて行き、梨花の汚れを酒をそそいで洗いおとしたという故事もある。↓補三。五杯の中の友人である酒のせいで、愁えにくもる眉ものびやかにひらける。↓補四。六酒に酔って詩を吟詠しつつ、膝もだんだんのりだしてくる。七酒のあやしくも妙なるはたらき。八夕方になって、日がかげってくることも苦にならない。

406「牡丹」。前田家本色葉字類抄に「牡丹、ボタン、紅房、ボウタン、俗」とある。
一これはどこからきた系統のものであるか知らないが。↓補一。二雨がふりかかると、花はしっとりと重みをおびて、支えの棚(たな)に傾きかかる。三風がふきすぎるにつれて、その花は沙の上にたれる。亜は、垂の意。↓補二。四どうしてけがれた俗塵の世の庭園に(花中の女王

不知何處種
喜見牡丹花
帶雨傾臨架
隨風引亞沙
豈攀塵容苑
當翫玉仙家
朗詠叢邊立
悠々忘日斜

一何れの處の種なるかを知らず
喜びて見る　牡丹の花
二雨を帶ぶれば　傾きて架に臨む
三風の隨に　引きて沙に亞る
四あに　塵容の苑に攀かむや
五當に　玉仙の家に翫ばむ
六朗詠して　叢の邊に立てれば
七悠悠として　日の斜なることを忘る

407　古石。

孤拳誰得轉
苔薛不知年
不過雲來觸
唯聞溜引穿
諫應投綠水

一孤拳　誰か轉すこと得む
二苔薛　年を知らず
三雲の來り觸るるに過ぎず
四ただ溜の引き穿つを聞くならくのみ
五諫めは綠水に投ずべし

といわれるけだかい牡丹の花を)ひき折って移し植えてよかろうか。「塵容」、板本「麈客」に作るは非。塵容は、けがれたさまの世間。文選の北山移文に「抗二塵容一而走二俗状一」とある。五仙人玉女の家に愛翫するにふさわしい。「当」の訓は、マサニ…ベシと再読する字であるが、平安初期は再読しなかった。単に、…ベシ・…ムと訓むか、またはマサニ…と副詞だけに訓む。文集、新楽府、牡丹芳に「仙人の琪樹白うして色なし、王母の桃花も紅なれども香りあらず」。六とおる声でさやかにうたうこと。文選の孫綽の天台山賦に「凝二思幽巌一、朗二詠長川一」とあり、注に「翰云、朗猶二清徹一也」。七ゆったりと心のいとまあるさま。

407「古石」。

一ただひとにぎりのにぎりこぶしの大きさの古い石であるが、誰がころがすことができよう。→補一。二こけの類がその古い石にはえまとって、幾年を経過したかわからない。苔は、こけ・蘚苔の類。薛は、こづた・まさきかずら。山野に自生する藤本。ただし類聚名義抄には「薛、補革反、香草、コケ」とある。三雲は石に触れて生ずるものだから、ときに雲が来て触れるに過ぎない。→補二。四ただ雨だれのしたたりが石をうがつということだ。謝脁の「阻レ雪連句遙贈和」詩に「玉溜簾下垂」。五石を水に投げこめば、何のさからうこともなくどぶんと水中に容れられるように、君に進献する諫言もさからうことなくうけいれられたいものだ。花房氏いう、文選の李康の運命論の「張良遭二漢祖一、其言也、如二以レ石投一レ水、莫二之逆一也」に負うであろうと。

六その石を以て、積みかさねて、青天の闕(か)けたところを一部分でも補って、役に立てよう

功欲補青天　六功は青天を補はむことを欲りす
漱歯幽人意　七歯を漱く　幽人の意
相看太可憐　八相看て太だ憐れぶべし

408 扇。

團ゝ紈素扇　一團團たり　二紈素の扇
隨手幾成功　三手の隨に　幾たびか功を成せる
一轉看孤月　四一たび轉びて　孤月を看る
頻搖得細風　五頻に搖きて　細風を得たり
逆愁秋早至　六逆に秋の早に至らむことを愁ふ
偏待熱先隆　偏に熱の先づ隆りならむことを待つ
取捨知時節　七取捨　時節を知る
輕身業豈空　輕き身なれども　業は豈空しからめや

と思う。列子に「天亦物也。物有レ不レ足。故昔者女媧氏錬二五色之石一、以補二其闕一」。七世をすてて山居する人が、(水ではなく)石で歯をみがくためである。これは夏目漱石の雅号の所拠となった「枕流漱石」の説話をふまえる。晋書に「孫子荆謂二王武子一曰、当二枕レ流漱一レ石。王曰、石非レ可レ漱。流非レ可レ枕。孫曰、枕レ流欲レ洗二其耳一。漱レ石欲レ礪二其歯一」。八その古い石と相対してつくづくみればみるほど、とてもすばらしい。

408 「扇」。
一まるい形容。→補一。二練ったしろぎぬばりの扇。昔の「扇」というのは、今の「団扇(うちわ)」のこと。今の扇は、「摺扇」とも「聚頭扇」ともいった。三手で扇をつかって、いくほどか(涼しい風をおこして、)役立ったことであろう。四一度扇をひらりとかざせば、一輪の月が空にかかるかとあやまたれる。五しきりに揺れ動かせば、かすかな風がおこってくる。→補二。六(人は夏の炎熱をにくんで、秋の涼気をまちこがれるのが常識であるが、扇の身になれば、常識をうらがえして)逆に早く秋になってくれては捨てられる身の上だから、秋涼にならないようにといのる。七扇が用いられるのと、捨てられるのは一に時節によるのだから、扇はよく時節を心得ているはずだ。

409 「屛風」。→補。
一屈曲してはじめて役に立つ。南史、斉書に、王遠という人は屛風のようだ、屈曲して俗に従い、能く風露を蔽うとある。二「施」の訓は、「施、モチヰル」(類聚名義抄)による。「来」は、助字。三屛風のすがたかたちは、うすぎぬのとばりの奥にふさわしい。質は、形質の意。庾信の蕩子賦に「紗窗独掩、羅帳長重」とある。四 屏風のありがたさは、玉をしいたしきものの中であらわれる。五 人馬の往来するさまが描かれていても、それはちっとも動かない。屏風に描かれたところの絵画を詠ずる。六 煙霞のかかる山水の風景が描かれていても、煙霞は始終かかりっぱなしである。李嶠の詠屏詩に「山水含レ春動、神仙倒レ景来」とある。七 色彩が誠に巧みに描かれている。八 屏風は展開したり、またたたみこんだり、あるいはまたあっちとこっちという風にはなればなれに立てたりする。

410 「銭」。
一 銭というものは、何と国に利益をもたらすものであろうか。家兄は、金銭の異名。↓補一。二 銭は鋳造施行されて、人人の手中を繁く出入する。三 楡莢銭を改鋳して、やれ重い、やれ軽いというもとになった。楡莢は、あきにれの形に似た銭の名。漢書、食貨志に「為二銭重難一レ用、更鋳二楡莢銭一」。即ち秦の銭が重かったので、それよりも軽い新銭(楡莢銭)を鋳たのである。民は重いのを苦にして軽いのを喜んだが、それでも重きを廃しなかった。四 泉という字にひかれて、貨幣は商人たちの商売の源泉だという。貨泉は、王莽の時に改鋳した硬貨をいう。漢書、食貨志・後漢書、光武帝紀に出。前漢の貨幣を廃して、「貨泉」という銭文のある貨幣を改鋳したが、光武帝が出てその文を「白水真人」と改めた。商は、行商。賈は、店に居てあきなうもの。↓補二。五 欲の深い人は銭に対して並並ならぬ癖をもつ。↓補三。六 高志の人は、銭のことを口にしない。七 くさったぜにのことなんか、誰がしるものか。腐

409 屛風。

屈曲初知用
施來不畏風
質宜羅帳裏
功見玉筵中
人馬無來去
煙霞不始終
丹青知有巧
開合又西東

一 屈曲して　初めて用を知る
二 施來ゐれば　風を畏りず
三 質は羅の帳の裏に宜し
四 功りは玉の筵の中に見る
五 人馬　來り去ることなし
六 煙霞　始終あらず
七 丹青　巧みあることを知る
八 開合　また西東

410 錢。

家兄何利國
施用手中繁
楡莢重輕種

一 家兄　何ぞ國に利ある
二 施け用ゐて手の中に繁し
三 楡莢　重輕の種

貨泉商賈源
貪夫身有癖
高士口無言
腐鏹誰應識
將令禮節存

[四]貨泉　商賈の源
[五]貪夫　身に癖あり
[六]高士　口に言なし
[七]腐鏹　誰か識るべき
[八]禮節を存せしめむとす

411　弓。

烏号得舊弓
業在弛張名
細月空驚質
清風自發聲
歩中楊葉遠
雲外白間輕
文武隨時用
韜將表太平

[一]烏号びて舊き弓を得たり
[二]業は弛張の名に在り
[三]細き月は空しく質を驚す
[四]清しき風は自らに聲を發す
[五]歩中　楊の葉ぞ遠き
雲外　白間のとりい輕し
[六]文武　時に隨ひて用ゐる
[七]韜にして太平を表さむとす

鏹は、腐った銭さし。鏹は、銭貫・ぜにさし。転じて単に銭をいう。八（貪欲守銭は恥ずべきこと。）世間から礼儀・節度というものを失いたくないものだ。

411「弓」。
一 鳥がとまった枝からとびたったとき、はじかれてないて死んだところから、昔、弓を思いついたという。烏号は、弓の別名。→補一。二 弓の作用は、一弛一張するところにある。三 細い弦月が空にかかると、弓のまとは、今にも射ちこまれるかと驚かされるが、むだなおどろきだ。質は、標的。三日月などを空にかかる弓とみたてる発想。→補二。四 清涼の風が吹くと、弓の弦は自然とひびきを発する。五 五・六句、存疑。しばらく解すれば、百歩の内でも、楊柳の葉は遠く小さくみえる。養由基はその楊（やなぎ）の葉を百歩はなれて射中（あ）てたという。雲上遠く、白鷴のとりが悠悠と軽やかに飛翔する。善射の名人はこの鳥をも射落としたという。白間は、おそらく、白鷴のこと。白鷴は、鳥の名。山鶏に似て色白く、ゆったりとした動きをするので、李昉は「閑客」と称したという。→補三。六 武は時勢が嶮悪な時に重用せられる。「文武」は、ここでは「武」にアクセントがおかれる。七（今は平和なときだから、）武器である弓はゆみぶくろにつつんで、世の中の平和を示したいと思う。「韜」の訓は、類聚名義抄に「韜、タチブクロ・ツツム」とあり、ユミブクロの訓は、板本の古訓点による。「韔、ユミブクロ」（類聚名義抄）とある。

412「石硯」。
一 文学愛好の人は器物調度を文房のうちにそなえる。二 石製の硯（金属製の硯に対する）が、文房のたますだれの前におかれている。三 一個

412　石硯。

文人施器物
石硯玉簾前
一片心猶重
多情手自傳
道成分水劑
功遂染松煙
月滿花開處
吟詩得用専

一 文人は　器物を施ゐる
二 石硯　玉簾の前
三 一片　心なほし重し
四 多情　手もて自ら傳ふ
五 道成りて　水劑を分つ
功遂げて　松煙を染む
六 月滿ち花開く處
詩を吟じて用を得ること専なり

413　筆。

學業何爲重
纖鋒用不輕

一 學業　何爲れぞ重き
二 纖鋒　用輕からず

の石の硯といえども、(邪心や讒言をもって汚すことは戒しめられているから) 軽軽しく扱えない。一片は、一片の石硯の意。芸文類聚、硯部に「太公金匱日、硯之書曰、石墨相著、邪心讒言、無得汙白」とある。四 昔、范喬の祖父が臨終に二歳になる范喬の手を撫でて、多情多恨の思いに泣いて、自分の愛用の硯を与え伝えたという(芸文類聚、硯部所引陳留志)。五 石硯をつくりあげて、鳳池竜壁の道もできたところで、水をわかちそそぎ、墨をする。水剤は、水に薬をまぜあわせたもの。松煙は、松の煤(すす)のことで、墨に製する。曹植の楽府詩に「墨出二青松煙一、筆出二紋兎翰一」とあり、百詠和歌第九、墨に「上党結松心、上党郡に松の煙をとりて墨につくる」とある。六 月がまるく輝き、花が美しく咲くときには。

413 「筆」。
一 書を学ぶわざは、何故に重要なのであろうか。二 鋭い筆のさきはほそやかであっても、その作用は決して軽いものではない。→補一。三 書法の上で、文字のすがたが雲が崩れみだれるように書くこと。→補二。四 筆をうごかした末。「毫端」とも。一句は、草書のことをいうのであろう。はじめ微雲が舒巻するすがた、やがて雲みだれ風ふき、そのはて筆勢が急になって収めるかたちをいうか。五 書法の上で、縦に引く画の終りを、はねないで、筆をおさえてとめること。「垂露を毫端に湛ふ」という。古今篆隷に「垂露書、漢中郎曹喜所レ作也。以下書二章奏一為点中綴軽路於垂条上也」。わが明衡の新猿楽記、能書太郎主の条に「羲之之垂露点。道風之貫花文」。六 筆の軸のこと。一句は、垂露点を書けば、筆の管の中もすっきりするの意。露が下に垂れるからというしゃれであろう。

崩雲毫末急
垂露管中清
豈見焚無意
誰知挌滅聲
願將羊桂質
良史表嘉名

三崩雲(ほううん) 毫末(がうまつ)四 急(すみやか)なり
五垂露(すいろ) 管中(くわんちう)六 清(さやけ)し
七豈(あに) 焚(や)きて 意(こころ)無(な)きを見(み)むや
八誰(たれ)か 挌(と)めて聲(こゑ)を滅(めつ)することを知(し)らむ
願(ねが)はくは 羊桂(やうけい)九 の質(しつ)を將(も)ちて
一〇良史(りやうし) 嘉名(かめい)を表(あらは)さむことを

414 圍碁。

手談幽靜處
用意興如何
下子聲偏小
成都勢幾多
偸閑猶氣味
送老不蹉跎
若得逢仙客

一手(て)もて談(かた)らふ 幽靜(いうせい)の處(ところ)
意(こころ)を用(もち)ゐること 興(きよう)如何(いかん)
二子(し)を下(くだ)すこと 聲(こゑ)偏(ひとへ)に小(ちひさ)し
三都(と)を成(な)すこと 勢(いきほひ)幾(いく)ばくか多(おほ)き
四閑(ひま)を偸(ぬす)みて なほし氣味(きび)あり
五老(お)いを送(おく)りて 蹉跎(さた)たらず
六若(も)し仙客(せんかく)に逢(あ)ふこと得(え)ませば

七 不用の筆を心なく焼きすてたりしていいであろうか。八 この句意は明らかにしがたい。筆塚に葬って、筆の活動をとどめることをいうのであろうか。→補三。九 諸本「羊桂」もしくは「羊牲」に作るが誤り。正しくは「羊柱」である。→補四。一〇 すぐれた歴史家。漢書、司馬遷の伝に「皆称二遷有二良史之材一」。七・八句は、願わくは、筆君よ、お前さんは羊の毛を柱とするからだであるが、どうかよき歴史家の手に握られて、すばらしい名声をあげておくれの意。

414 「囲碁」。題、板本「碁」に作る。
一 手談とは、碁を囲むことの異名。囲棊を手で対話することだという考えはおもしろい。→補一。二 碁石を盤上に下して行くときにはとてもささやかな声を出すにすぎない。子は、棊子、即ち黒白の碁石のこと。→補二。三 都は、局を古制の都城にみたてていう。「都を成す」というのは、要するに碁の領域をひろめることをいうのであろう。→補三。四 ひまさえあれば、碁に夢中になることもまた趣味深いものだ。五 年寄りのひまつぶしに碁をすればよぼよぼしない。六 晋書にみえる王質爛柯の説話による。昔、山中にわけ入った木こりが、山中で仙人が碁をうっているのをわきで観戦しているうちに、気がついてみるとわきにおいた斧の柄がすでに腐朽してしまっていたという。「柯」の訓は、「柯、ツカ・ヲノノエ」(類聚名義抄)による。

415 「鼓」。
一 シナの八種の楽器およびその楽の音のこと。 金(鐘)・石(磬 けい)・糸(絃)・竹(管)・匏(笙)・土(壎)・革(鼓)・木(柷敔)の八種。周礼、春官に「播二之以八音一」。金・石・土・革・糸・

樵夫定爛柯　　樵夫(せうふ) 定(さだ)めて柯(をののえ)を爛(ただら)さまし

415 鼓。

八音調雅樂　　一八音(はちいむ) 二雅樂(ががく)を調(しら)む
鳴鼓自堪聞　　三鳴(な)る鼓(つづみ) 自(おのづか)らに聞(き)くに堪(た)へたり
見器驚春氣　　四器(うつは)の春(はる)の氣(き)を驚(おどろか)すを見(み)る
疑雷撥夏雲　　五雷(いかづち)の夏(なつ)の雲(くも)を撥(ひら)くかと疑(うたが)ふ
曲成隨舞擧　　六曲(くゐよく)成(な)り舞(ま)ひを隨(お)ひて擧(あが)る
聲引任歌分　　七聲(こゑ)引(ひ)きて歌(うた)の任(まま)に分(わか)る
小大知全節　　八小大(せうだい) 全節(ぜんせつ)を知(し)る
何時奏聖君　　九何(いつ)れの時(とき)か聖君(せいくん)に奏(そう)せむ

416 蜘蛛。

微蟲猶有巧　　一微(おぼつかな)き蟲(むし)すらなほし巧(たくみ)なることあり

木・匏・竹」とある。二正雅の音楽。論語、陽貨に「悪三鄭声之乱二雅楽一也」。三鳴る鼓の音は、(オーケストラの諸楽器のうちでも)さやかで聞くによろしい。「鼓を鳴らす」と訓まない。「撃鼓」ということばが別にある。四打楽器たる鼓は、万物発生の気にかなっていて、春の時節を導くように思われる。五鼓をうちならすひびきをきくと、雷がなりひびいて、夏の雲をくりひろげてくるかと思われる。撥は、発揚の義。易経、繋辞上に「鼓之以二雷霆一、則其所レ象也」、文子に「雷霆之音、可三以象二鐘鼓一」とある。六楽曲の演奏がなされ、舞いの手がすすむにつれて、鼓の音が高くあがる。七声長く引音で声楽がうたわれるにつれて、鼓は(あるいは大きく、あるいは小さく)分かれてうたれる。周礼、春官に「懸鼓周鼓、其小者曰レ胤。先撃二小者一、為二大鼓導引一、故曰レ胤」。八鼓声の小大によって、一曲全部のふし調子がわかる。ドラムの演奏がオーケストラ全曲を左右するといわれると同様である。九この重要な鼓楽を、いつの日か聖天子の御前で演奏できようか。

416「蜘蛛(くも)」。一微小な虫ですら、(糸を吐き網をつくるような)巧みな技術をもっている。二網をつくって、(その上にじっと身をひそめている恰好をみると)虫けらながら、何か心ありげにみえる。三生れつき小さなからだつきで、ささやかな境遇に身を安んじている。宋書、謝霊運伝論に「稟レ気懐レ霊」。四「質」の訓は、「質、ミ・カタチ・オノレ」(類聚名義抄)による。五世界のあらゆるものはみなこの蜘蛛のように小さいからだでそれぞれ分に安んじている。(これが自然の理にかなった生きかたであるとの意。）造化は、天地の造物者・天地自然の理。
▽→補。

417「壁魚」。→補一。
一 しみむしは九流百家の書物の中をおよぎまわってくいあらしている。「游泳」は「九流」の縁語。→補二。二 巻子本(かんす)の軸木のめぐりを、あちこち走りあるいて姿をけす。三 冊子の書物の間を、あちこちとゆききする。四 私は魚を捕える漁師のしごとをきらうわけではないが。五 どうもこの壁魚というさかなをつかまえるしごとだけは、学問をする人間のしごとのさまたげとなる。六 もし風の吹くところに書物をひらいて、紙魚を乾かしてしらべあげることができれば、鱗は風に飛び去り、書物は無事に保存され、学問の道も空しくなりはてないであろう。

418「殿前の薔薇を感(ほ)む、一絶。〈東宮〉」。
一 前生からのよき因縁にあうことによって、今生において、東宮の御殿の前庭に花ひらくことの果報をえた。→補一。二 薔薇の花は百花競いひらく春のもなかに咲かないで、春去ったあとにひらく。→補二。三 薔薇よ、お前は妖艶な女仙か変化であろう。妖は、女子のわらうさま。人をあやしくも蠱惑(こわく)すること。→補三。四（東宮に奉伺して、偶然に前庭を過ぎるとき）たまたまその薔薇の花をつくづくと注視してみることがあるが、お前さんはまことに人を魅惑し悩殺する美しさだ。「来」は、軽く動詞に添加する助辞。→補四。

419「客館にして、懐(こころ)を書(しる)して、同(とも)に交(かう)の字を賦し、渤海の裴(はい)令大使に呈す。〈此れより以後の七首は、予(われ)別(ことに)勅(みことのり)の旨を奉じて、吏部(りほう)紀侍郎(きしらう)とともに、鴻臚館に詣(いた)り、聊かに詩酒を命じぬ。大使は旧(むかし)の日の主客なりしことを思ひて、

結網自含情
稟氣安身小
隨風轉質輕
簷前寛得地
籬上暫全生
万物皆如是
應知造化成

二網を結びて　自らに情を含む
三氣を稟けて　身を安らにすること小し
風の隨に　四質を轉すこと輕なり
簷の前にして　寛く地を得たり
籬の上にして　暫く生を全くす
五万物　みな是の如し
造化の成すところを知るべし

417 壁魚。

白魚浮紙上
游泳九流中
繞軸高低去
隨書遠近通
豈嫌漁父業
唯妨學人功

白魚　紙の上に浮ぶ
一游泳す　九流の中に
二軸を繞りて　高く低く去る
三書に隨ひて　遠く近く通ふ
四豈　漁夫の業を嫌はめや
五ただ學人の功りを妨ぐらくのみ

六若し風の前に擧ぐること得なば
若得風前擧
鱗飛道豈空　鱗飛びて道あに空しからめや

418 感ニ殿前薔薇一、一絕。東宮。

相遇因緣得立身　一因緣に相遇ひて　身を立つること得たり
花開不競百花春　二花開くも　百花の春に競はず
薔薇汝是應妖鬼　三薔薇　汝は是れ妖鬼なるべし
適有看來惱殺人　四たまたま看來ること有れば人を惱殺す

419 客館書レ懷、同賦ニ交字一、呈ニ渤海裴令大使一。自レ此以後七首、予別奉ニ勅旨一、與ニ吏部紀侍郎一詣ニ鴻臚館一、聊命ニ詩酒一。
大使思ニ舊日主客一、將レ賦ニ交字一。一席響應、唱和往復。來者宜レ知之。

尋思執手昔投膠　尋ね思ふ　手を執りて　一昔膠を投きしことを
拜覲慇懃不慙抛　二拜覲慇懃にして　慙ぢて抛つことをせず
雪鬢同年分岸老　三雪鬢　年を同しくして　岸を分ちて老いぬ

交の字を賦しなむとす。一席響応し、唱和往復せり。来者(らいしや)知るべし〉」。→補一。

一 親密な交わり。にかわをうるしにまぜることで喩える。古詩十九首、第十八に「膠を以て漆の中に投(お)くがごとく、誰か能く此れを別ち離たむ」とある。韓詩外伝に「如ニ膠与レ漆一」。斯波・花房訳注「文選」(一九頁)参照。白居易の「与ニ元稹一書」に「況以ニ膠漆之心一、置ニ於胡越之身一」。投字、一本提字に作る。二 お目にかかる・お顔を拝見するの意。「拝面」と同じ。

一・二句は、(今から十二年前)思いおこせば、私とあなたとは、かつて手を執りあって、分かちがたい深い交わりを結んだのであった。今や再び親しくお目にかかることができて、ねんごろな接待の礼を尽すなかにも、そのかみの友情を内心はずかしく感じて投げ捨てるようなことをしないの意。三 私もあなたも、ともに鬢に雪をおく同じ年齢になった、思えば、日本海を隔てて、北と南との両岸で、ともに年をとったわけである。

四 風雅を愛する心はともに同様で、はるかに隔ての雲を望みみながら、交わり結ばれていた。風情は、物事の情趣、あるいは、それを解する心。→補二。五 →補三。六 威儀正しい鳳凰のこと。黄雀の群のみだりがわしいのに対する。晋の傅咸に「儀鳳賦」というのがある。裴大使の貴く才智あることを威儀ある鳳凰に喩えて、再びわが鴻臚館に来賓として迎えるよろこびをいう。七 ちょっと伺いたいが。軽い質問のことば。八 裴大使を指す。七・八句は、揚子先生は解嘲の辞を書いて、俗人の嘲りを解いて弁明を試みている。私もよくそのことは心得ているけれども、高才のあなたは、さだめし周囲が捨てておかないから、宰相(大臣)の印綬を佩びておられるのではないかと、世俗的な質問をする次第であるの意。↓補四。

420 「裴大使が訓(くむ)いらるる作に答ふ。〈本韻〉」。↓補一。

一 別れてから十二年を経過した。「別来」の「来」は、助字。二 秋の季節をいう。この季節になると膠が折れ、弓弩がつよくなり、匈奴が兵を動かすときである。一句は、一別以来十二年の春秋を経たの意。↓補二。三 今宵にこやかなお顔にお目にかかって、感慨にふけらずにおられない。四 使者が天子から賜わった節をもって、信とした。↓補三。五 霜がおりてからも凋落することのない松柏の性を節操を持するに喩える。↓補四。六 魚をとらえる竹かご。ウヘと訓む。魚や兎がとれれば、その手段たる筌(うへ)や蹄(わな)は忘れてしまう。即ち満足してことばも忘れるさまをあらわす。↓補五。七 水魚の交わりのこと。「忘筌」の縁語。三・四句は、再び大使として来朝されても、霜にあってもしおれぬ松柏のような心は今なお昔と同じく新鮮であり、水魚のような交情は、ことばも忘れてしまうほどに昔のままに親密であるの意。↓補六。八 みかどのうつくしびによって、はじめは、きる褐もなかったような生活も、豊かになった。↓補七。九 聖代の徳化は、昔の有巣氏の時代に生れあわせたようである。有巣は、有巣氏。伝説上の古代帝王。↓補八。一〇 何の風情もなく、何の趣向もなくて、お気の毒ですが、相変らぬ詩文の風流の遊びだけです。↓補九。

421 「重ねて、大使の訓いらるる詩に和す。〈本韻〉」。

一 五十歳。↓補一。二 易経を読む。易は、周易・易経。爻は、易の卦(か)を構成する単位。一は陽爻、一は陰爻。一句は、お互いに年も五

風情一道望雲交
四風情道を一じくして　雲を望みて交れり

皎駒再食場中藿
五皎駒　再び食む　場の中なる藿

儀鳳重歸閣上巢
六儀鳳　重ねて歸る　閣の上の巢

借問高才非宰相
七借問す　八高才の宰相たるに非ざるかと

揚雄幾解俗人嘲
揚雄　幾たびか解かむ　俗人の嘲り

420 答二裴大使見レ訓之作一。本韻。

別來二六折寒膠
一別來れにしより二六　二寒膠を折く

今夕溫顏感豈抛
三今夕の溫顏　感あに抛たむや

持節猶新霜後性
四節を持してなほし新なり　五霜後の性

忘筌仍舊水中交
六筌を忘れて仍し舊し　七水中の交り

恩光莫恨初無褐
八恩光　初めに褐無かりしことを恨むることなかれ

聖化如逢古有巢
九聖化　古の有巢に逢ひたらむが如し

相勸故人何外事
故人に相勸む　何の外事をもちてせむ

只看月詠望風嘲
一〇ただ月を看て詠じ　風を望みて嘲らくのみ

421　重和二大使見レ訶之詩一。　本韻。

知命也曾讀易爻
衰顏何與少年交
成功宿昔應攀桂
求類今宵幾拔茅
聲價重輕因道擧
文章多少被人抄
自慚往復頻訶贈
定使魚蟲草木嘲

一知命(ちめい)　また曾(むかし)易(えき)の二爻(かう)を讀(よ)みき
三衰顏(すいがん)　何(なん)ぞ少年(せうねん)と交(まじは)らむ
四功(こう)を成(な)せるは　宿昔(むかし)桂(かつら)を攀(ひ)きしなるべし
五類(るい)を求(もと)めて　今宵(こよひ)幾(いく)ばくか茅(かや)を拔(ぬ)かむ
六聲價(せいか)重輕(ちようきやう)　道(みち)に因(よ)りて擧(あが)る
七文章(ぶんしやう)多少(そこばく)　人(ひと)に抄(せう)せらる
八自(みづか)ら慚(は)づらくは　往復(わうふく)頻(しきり)に訶贈(しうそう)することを
定(さだ)めて魚蟲草木(ぎよちうさうもく)を嘲(あざけ)らしめむ

422　和二大使交字之作一。　次韻。

占明何更索瓊茅
傾蓋當初得素交

明(めい)を占(うらな)ひて　何(なん)ぞ更(さら)に一瓊茅(けいばう)を索(もと)めむ
二蓋(きぬがさ)を傾(かたぶ)けて　當初(そのかみ)より三素交(そかう)を得(え)たり

十歳、易を学び、爻を読むにも大過のない年齢であるの意。↓補二。三 すでに人生の下り坂にかかり、年よりの顔で、青春妙齢の人と交わることもできない。四 お互いに立身しえたのは、ともに昔、科挙の試に及第して努力したためであろう。↓補三。五 同じような仲間同士が今夜ここに集い合っている。先方も副使もおり、こちらも紀長谷雄らを含めている。↓補四。六 それぞれの道において多少のちがいはあれ、いくらかの声価をあげているようである。七 詩文もいくらかは世人から抄写されて、もてはやされなくもない。同席者の全てについていうのである。八 (そのなかにおいて、菲才私のごときが)たびたび往来酬唱をくりかえすのは、内心はずかしくてやりきれない、きっと詩の素材となる草木虫魚にまでわらわれることになるであろう。↓補五。

422「大使が交字の作に和す。〈次韻〉」。
一 うらないのこと。一句は、明るい見通しを占い得ているのに、どうしてその上に占ってみようとすることがあろうの意。↓補一。
二 ↓三九〇注六。三 まじりけのない心からの交友。一句は、私たちは、十二年前の最初にお目にかかった時から、心からの交情をもちつづけているの意。↓補二。
四 水が広がっている様。五 それはそれとして。↓補三。六 ↓一〇七注八。七 白髪の多い様子。老人をいう。↓補四。八 学校の教授として老後を送ること。三・四句は、さりながら、君はやがてまた淼淼はてない日本海の波濤をこえて帰国し、長老の士たるあなたもそのうち老後はきっと大学の学監として送られることであろうの意。↓補五。九 にわとりのひな。作者自らに比する。一〇 多くの白い鶴。渤海の使者たちをいう。シ

淼々任他踰北海
皤々定是養東膠
鷄鶵自愧群霜鶴
瑚璉當嫌對竹筲
欲以浮生期後會
先悲石火向風敲

四淼淼(べうべう)　五任他(さもあらばあれ)　六北海(ほくかい)を踰(こ)え
七皤皤(はは)　定(さだ)めて是(こ)れ　八東膠(とうかう)に養(やしな)ひたまはむ
九鷄鶵(けいすう)　自(おのづか)らに群(む)れたる一〇霜鶴(さうくわく)に愧(は)づ
一一瑚璉(これん)　一二竹筲(ちくさう)に對(むか)へることを嫌(きら)ふべし
一三浮生(ふせい)を以(もち)て後會(こうくわい)を期(き)せむことを欲(ほ)りすれば
先(ま)づ石火(せきくわ)の風(かぜ)に向(むか)ひて敲(たた)かむことを悲(かな)しぶ

423　客館書レ懷、同賦ニ交字一、寄ニ渤海副使大夫一。

珍重孤帆適樂郊
雲龍庭上幾苞茅
度春欲見心如結
專夜相思睫不交
賓禮來時懷土雁
旅人歸處泣珠蛟
暗知器量容衡霍

一珍重(ちんちよう)す　孤帆(こはん)の二樂郊(らくかう)に適(ゆ)かむことを
三雲龍(うんりよう)の庭上(ていしやう)　幾(いく)ばくの四苞茅(はうばう)ぞ
五春(はる)を度(わた)りて見(み)むことを欲(ほ)りすれば　心(こころ)結(むす)べるが如(ごと)し
六夜(よ)を專(もはら)にして相思(あひおも)へば　睫(まつげ)も交(まじは)らず
七賓禮(ひんれい)來(き)たる時(とき)　土(ところ)を懷(おも)ふ雁(かり)
八旅人(りよじん)歸(かへ)らむ處(ところ)　珠(たま)に泣(な)く蛟(みづち)
暗(ほのか)に知(し)る　器量(きりやう)　九衡霍(かうくわく)を容(い)るることを

ペリアから、日本列島に鶴が渡り来ることに縁があろう。一一宗廟の祭に用いる玉器。貴重な人材であることの比喩。→補六。一二竹で作った容器。才能に乏しい人物をいう。五・六句は、ひよっこのような私どもは、白鶴にも似たあなた方に恥じ入るばかり、瑚璉の玉器にも喩えるべき才能のあるあなた方に竹かご同然の私どもがお相手するのは、お気に召しますまいの意。→補七。一三このはかない人生に、またもう一度お会いしたいと願っても、火うち石の火を風に向かってたたいてもすぐ消えてしまうように、この寿命の定めのないことを悲しむほかはない。道真はこの八年後に死んだのである。→補八。

423「客館にて、懐ひを書(しる)して、同(とも)に交字を賦して、渤海副使大夫に寄す」。

一挨拶・存問のことば。→一三注八。二楽土と同じ。→補一。三朝庭のこと。雲竜門とは、洛陽の宮門。→補二。四「包茅」とも書く。品質のいいかやを求めることから、朝貢する意。一・二句は、まあ、無事でおいでになりまして結構です。渤海から入貢するため一艘の帆船で、徳治のゆきとどいたわが国によくこそいらっしゃいました。朝堂の庭前において、王啓や信物を進献されることと思うが、どういう珍しい品品があるのでしょうかの意。→補三。五(去年の暮れ、わが国に着岸されてから、)この春からずっと、お会いしたいと思いながらかなわず、心がふさいでいた。→補四。六(京につかれてからも)一夜中客使の上を気づかって夜もまつげをとじ合わせて眠ることもならない。→補五。七寛平六年十二月、客使が来朝した時、雁は北方の故里をしたって、北に向かって帰って行った。→補六。八やがて客使たちが帰って行くときには、蛟が泣いて珠を出したというが、人

愧我區ゝ小斗筲　　愧づらくは　我が一〇區區なる一一小斗筲ならくのみ

424　和₂副使見ㇾ詶之作₁。本韻。

遠客光榮自近郊　　一遠客光り榮えて近郊よりす
羞君翰苑遇菅茅　　羞づらくは　君が二翰苑　三菅茅に遇はむことを
世間風月雖同道　　四世間の風月は道を同しくすとも
別後蕭朱定絶交　　別後の蕭朱は定めて交りを絶ちてむ
材器好承多雨霧　　五材器は多くの雨霧を承けむことを好む
寵章祇怕幾魚蛟　　寵章は祇幾ばくの魚蛟をか怕る
不須眉面相霑接　　須ゐず　六眉面相霑接することを
推料應嫌我瑣筲　　推し料るらくは　我が七瑣筲を嫌ふべからむことを

425　夏日餞₂渤海大使歸₁、各分₂一字₁。探得ㇾ途。

初喜明王德不孤　　一初めて明王の德は孤ならざりしことを喜びしも

人は名残を惜しむことであろう。↓補七。九衡山や霍山、ともに南岳とよばれる大きな山。一山の二名とも、二つの山名ともいわれる。一〇→補八。一一→四二三注一二。七・八句は、あなたの人物器量は衡山をも入れられるほどに大きいと拝察される。わが小さいせまい才能がはずかしいことだの意。

424 「副使の詶いらるる作に和す。〈本韻〉」。↓補一。

一名誉ある遠来の客が、近郊から来るように我が国に光来された。二詞壇文苑のこと。「翰林」に同じい。翰は、羽翰・筆のこと。三かやの一種。一句は、貴国の文壇や学界のすぐれていることを思えば、われらごときとるに足らないものにであわれて、さぞかし迷惑されることとはずかしく思われるの意。→補二。四世間の人人は風流月雪の道を同じくしても、一旦別れてしまえば、かの蕭育と朱博のように絶交してしまうものだ(が、客使とわれらとはそうではない)。→補三。五真の人材大器は多くの障害にあい、風雪雨霧の難にあうことも意に介しない。また貴国王は、貴官たちに行賞をなされることであろうが、その前に渡海の途中の悪魚蛟竜の難に遭わないかとおそれておられるであろう。寵章は、寵愛・いつくしみをあらわしたしるし。威儀・官位などをいう。六うるおいのあるもてなし。一句は、(貴国の朝庭に参じて)貴国王とおあいして、優待されるようなことを願わしいとは思わないの意。七小さい竹かご。一句は、何故なら、おそらく私のようなつまらぬおろかものを、きっと嫌いなさるにちがいないであろうからの意。→補四。八→補五。

425 「夏の日、渤海大使の帰るに餞(はなむけ)す、各一字を分つ。〈探りて途を得たり〉」。↓補一。

奈何再別望前途　　再び別れて前途を望まむことを奈何にかせむ

送迎毎度長青眼　　送り迎ふる度毎に　長に青眼なれども

離會中間共白鬢　　離れ會ふ中間に　共に白鬢となりぬ

後紀難期同硯席　　後の紀に期し難けむ　硯席を同じくせむことを

故鄕無復忘江湖　　故鄕　復江湖を忘れたまふことなからむ

去留相贈皆名貨　　去るひとも留るひとも相贈るはみな名ある貨ならむに

君是詞珠我涙珠　　君は是れ詞の珠なれども我は涙の珠なるものを

426　賦晴霄將見月、各分一字、應令。得秋。

雲斷星稀縱夜遊　　雲斷え星稀らにして夜遊を縱にす

料知漁父掉孤舟　　料り知るらくは　漁父の孤舟に掉さむことを

姮娥何事遲遲見　　姮娥　何事ぞ　遲遲として見るる

爲是人情不耐秋　　爲是に　人の情　秋に耐へず

一 明徳有道の帝王は、孤立せず、必ず友邦善隣のあることを、(客使を迎えて実証しえて)喜んだのであるが、また忽ち別離のときいたって、前途の旅程を考えると何ともいいようのない悲しさである。↓補二。 二 晋書、阮籍の伝の故事。礼俗の士には「白眼」、琴酒の友には「青眼」を以て対したという。 三 間(あいだ)むこと。十二年前に別れ、今ここに再会するに至るその間において。「間」は、「間、アヒダ・アヒタマ・アヒダム」(類聚名義抄)とある。 四 しらがのあごひげ。口の上にあれば「髭」、口の下にあれば「承漿」、頤(おとがい)の下にあれば「鬚」、頬耳の傍にあれば「髯」という。 五 十二年を「一紀」という。一紀ごとに渤海より客使が来朝するならいであった。歳星が十二年で天を一周する故に、単位とした。一句は、この次の十二年目の来朝の時、果たしてこれらの人人がそろって詩文をよみかわすということを期待できようかの意。 六 故郷の渤海に帰られても、またこの遠い島国のことを忘れないでいただきたい。↓補三。 七 世間では去る人も、留まる人も、お互いに記念の品物を贈り合うものである。 八 君は見事な珠玉の詩篇を賦して形見として贈られるが、私は同じ珠でも涙のつぶつぶを贈るだけである。↓補四。▽↓補五。

426 「晴れたる霄(そら)に、月を見むとす」ということを賦す、各一字を分ちて、令に応(こた)へまつる。〈秋を得たり〉」。↓補一。

一 ↓補二。 二 この秋の夜、おそらく江上において、漁師(りょうし)が、一艘の木の葉ぶねに棹さしていることであろう。↓補三。 三 おそい月の出をまちながら、秋のさびしさに心をいためることだ。姮娥は、月の異名。↓補四。

427　七夕、應㆑製。

今夜不容乞巧兼
唯思万歳聖皇占
明朝大史何來奏
更有文星映玉簾
詩情委頓、忝上㆓絶句㆒。況非㆓警策㆒、伏增㆓厚顏㆒。

一今夜は乞巧を兼ぬることを容されず
二ただ思へらくは　万歳　聖皇の占ひたまはむことを
明朝　三大史　何をか來り奏するならむ
四更に文星の玉簾に映ゆること有らむこと
五詩情委頓、忝しく絶句を上る。況むや六警策に非ざらむや、伏して七厚顔を増す。

428　重陽侍㆑宴、同賦㆔秋日懸㆓清光㆒、應㆑製。

天下無爲日自清
今朝幸遇再陽并
深追合璧龍宮徹
遠任孤輪鳥路平
万里如逢褰纊望

一天下無爲にして　日自らに清めり
今朝幸に二再び陽の并ぶときに遇ふ
三深く合璧を追ひて　龍宮に徹る
遠く四孤輪に任せて　五鳥路平なり
六万里　纊を褰ぐる望みに逢へらむが如し

427「七夕、製に応(たこ)へまつる」。↓補一。
一 今夜は、七夕の晩であるが、銘銘星に自分の巧を祈って占ったりすることを兼ねて行うことはゆるされない。乞巧は、乞巧奠のこと。底本以下諸本、兼字に作る。「奠か」と傍注するものがあるが、奠字は去声霰韻で、占字・簾字がともに下平声十四塩韻たるに協わない。兼字ならば塩韻である。↓補二。二 ただひとえに聖天子に万歳の寿がさずけられますようにと星辰に祈って、その星の光に占いをかけるばかりである。↓補三。三 陰陽頭(おんようのつかさ)の唐名。天文・星暦を司る職。一句は、明朝、陰陽寮から何事を参内して奏上するであろうかの意。四 文昌星が、玉座の簾に映えて、明光をはなってみえかくれていると奏上して、一層文運のさかえを占い出すことであろう。文星は、星の名。「文昌星」とも。文運を司る。玉簾は、玉で飾った簾であるが、ここは玉座の簾の意であろう。↓補四。五 詩情がのびやかに展開しないで、わずかに絶句を作って謹呈し奉るの意。委頓は、力がくじけ衰えること。六 馬を走らせるために打つ鞭。転じて作品中でのやまとなる部分、気のきいた詩句。↓補五。七 恥知らずなこと。ここは、気のきいた対聯もないのが恥ずかしいが、ひれ伏して一層のあつかましいところを御覧にいれるの意。↓補六。

428「重陽宴に侍(はべ)りて、同しく「秋日清(さやけ)き光を懸く」といふことを賦す、製に応(たこ)へまつる」。扶桑集一に出。↓補一。
一 天子のもと、世の中は無為の化がよくゆきとどいて、秋の日の光もさやかにすんで照らしている。無為は、みかどの徳が広く大きく何もせずに自然に平和であること。↓補二。二 陽数の九が重なり並んでいる、九月九日をいう。

黎民欲慰載瓫情
微臣俯仰依明德
心比秋葵旦暮傾

七黎民　瓫を載する情を慰めむことを欲りす
微臣　八俯するも仰ぐも　明德に依る
心　九秋葵に比へて　旦暮に傾く

429　重陽後朝、同賦三花有二淺深一、應レ製。

十歩花明一點燈
叢々不得色相承
夜風豈有吹濃淡
寒露應無潤愛憎
蘭爲送秋深紫結
菊依臨水淺黃凝
榮華物我皆天授
時去時來罷不能

一十歩花明なり　一點の燈
二叢叢　色相承くること得ず
三夜風　豈吹くに濃淡有らむや
四寒露　潤すに愛憎なかるべし
五蘭は秋を送らむがために　深き紫を結ぶ
六菊は水に臨むに依りて　淺き黃凝る
七榮華物我　みな天の授くるところ
八時去り時來りて　罷めむとすること能はず

三秋のさやかな日の光が、そのつれあいになる玉を求めて竜宮にまでも徹(とお)り照らすようである。合璧は、二つのものが美しく調和すること。↓補三。四空にかかる日輪、または月輪。五鳥の飛ぶ道。ここでは空をいう。一句は、秋の日輪が空をめぐり行くにまかせてその道をたどれば、鳥たちの往来する天の通い路は無限に平らかにつづいているの意。↓補四。六天子は耳わたをかきあげてのびやかにされたいという希望をもたれるように、国中万里が無事で平和である。↓補五。

七一般の庶民たちが、せっせと愚に徹して働いて彼らの心を慰めたいと思うておる。(あるいは単に瓫をいただいたり車にのせたりして瓫の供養にいそしむことをいうか。)↓補六。

八天を仰ぎ地に俯して、天子の明徳にしたがう。九あおい。黄蜀癸。ここは、向日癸のこと。一句は、私の心は、あけくれわが君に傾くことは、ちょうどひまわりの花が日に向かってめぐるようなものであるの意。↓補七。

429「重陽の後朝、同しく「花に浅深(せんしん)あり」といふことを賦す、製に応(こた)へまつる」。寛平七年九月十日の作。扶桑集十五に出。

一十歩の間に菊の花が咲いていて、一点の燈火のために明るくうつしだされる。二むらがり咲く花花は、互いに同じ色ではない。叢叢は、群がり咲くさま。尚書大伝に「卿雲叢叢」。

三夜の風が、花の色の濃さ淡さを吹きわけたわけではあるまい。四冷やかな夜露が、好き嫌いをいだいて、花の潤おしかたに差別をつけるわけでもあるまい。寒露は、二十四気の一。礼記、月令に出。五秋蘭は秋風に敗るといわれるが、やがて秋もくれようとして、濃い紫の色に咲く。六秋は黄華咲くといわれるが、水辺にのぞむためであろうか、うすい黄色に凝りひらく。↓補。七この世の存在において、はなやかに栄えることは、自然も人間もみな天道の授け与えるところ。物我は、ひととわれ・外物と自己。八栄えるのも花咲くのも、みな時がめぐり来るからであり、やがて時が過ぎれば凋落していく、それは避けようとしてもさけることのできないものである。

菅家文草第五

序九首

菅家文草巻第六　詩六

430　早春内宴、侍二清涼殿一同賦二春先梅柳知一、應レ製。自レ此以下、十一首、中納言之作。

宮梅早綻柳先垂
趁遇春情問便知
不見年光依樹報
非聞月令到園施
素心易表風前蘂
青眼難眠雨後枝
天與芳菲爲第一
艶陽多少莫空移

宮梅　早く綻びて　柳先づ垂る
趁ひて　春情に遇ひて　問ひて便ち知る
年光を見ざれども　樹に依りて報ぐ
月令を聞くに非ざれども　園に到りて施す
素心表し易し　風の前の蘂
青眼眠り難し　雨の後の枝
天の芳菲を與すことを第一となす
艶陽多少　空しく移ろふことな

430「早春、内宴に、清涼殿に侍(はべ)りて、同(ひと)しく「春は先づ梅柳知る」といふことを賦す、製に応(こた)へまつる。〈此れより以下、十一首、中納言のときの作〉」。↓補一。

一 宮中の梅は早くもほころび、柳も他に先んじて新緑の枝を垂れる。「宮梅」、板本「官梅」に作る。二 春の風情をおいもとめて、たずねるうちに、梅と柳とがまっさきにその春の心をうけとっていることを知った。趁は、「逐」と同じ。三 春の季節がやってくるのは眼には見ないけれども、梅の樹がいち早く花咲かせることで、告げしらされる。年光は、「光陰」と同じ。↓補二。四 月のこよみを開いて、孟春がおとずれたということをきいたわけではないが、庭の園にいってみて、柳が芽ぐんでいるので春がすでに心をうつしていることを知る。月令は、十二カ月の時節に応じて布く政令。転じて暦・時候のこと。礼記に月令篇がある。五 春風に吹かれると、梅の花はたやすくしべをあらわして素心をみせる。素心は、素芯・しろいしべ。六 春雨のあと、柳の枝はみどりの芽をひらき、眠りからさめる。青眼は、柳の芽。柳眼。以上二句(五・六句)、入矢氏の解による。七 花のよき匂い。和漢朗詠、巻上、春、立春(本大系七三注二)参照。一句は、天は梅の花に、他の花よりもすばらしい匂いをあたえている意。↓補三。八 はなやかな春、春をいろどる花。九「少」は、助字で、おびただしいの意になることと、いかほどかという俗語的な意になることとある。ここは後者。一句は、それはともかくもあれ(梅の芳香が第一であるから)、春の明るい光は今どれほどぞ。空しく推移しないで、この梅花に十分に及んでほしいものだの意。↓補四。

431　扈二従雲林院一、不レ勝二感歎一、聊敍レ所レ觀。　幷レ序。

[1]雲林院者、昔之離宮。[2]今爲二佛地一。聖主[3]玄覽之次、不レ忍レ過レ門、成二[4]功德一也。[5]侍臣五六輩、翫二風流一而隨喜、[6]院主一兩僧、掃二苔蘚一以恭敬。[7]供奉無レ物、唯花色與二鳥聲一。[8]拜謝有レ誠、唯至心與二稽首一而已。予亦嘗聞二于故老一、曰、[9]上陽子日、野遊[10]厭レ老。其事如何、其儀如何、[11]倚二松樹一以摩レ腰、習二風霜之難レ犯也。和二菜羹一而啜レ口、期二氣味之克調一也。[12]況年之閏月、一歲餘分之春、[13]月之六日、百官休暇之景。[14]今日之事、今日之爲、豈非下爲二無爲一事中無事上乎。予雖二愚拙一、[15]久習二家風一、[16]廻レ輿有レ時、走レ筆無レ地。聊[17]擧二一端一、文不レ加レ點云尒。謹序。

明王暗與佛相知
垂跡仙遊且布施
松樹老來成繖蓋
莓苔晴後變瑠璃
暖光如淺慈雲影

一 明王暗に佛と相知り
跡を垂りて仙遊し且つ布施したまふ
二 松樹老いてよりこのかた　繖蓋を成す
三 莓苔晴れてより後　瑠璃に變ず
四 暖光淺きが如し　慈雲の影

431「雲林院(うりむゐん)に扈従(こじゆう)し、感歎に勝(た)へず、聊かに觀るところを叙(の)ぶ。〈序を幷せたり〉」。文粋九・扶桑集五に出。↓補一。1 ↓補二。2 ↓補三。3 宇多天皇が遊覧したこと。玄は、幽遠の義。4「也」は、不読。↓補四。5 ↓補五。6 由性と弘延・素性のこと。↓補六。7 ↓補七。8 ↓補八。9 ↓補九。10 ↓補一〇。11 ↓補一一。12 ↓補一二。13 ↓補一三。14 ↓補一四。15 ↓補一五。16 ↓補一六。17 ↓補一七。▽↓補一八。

一 (宇多)天皇は、冥冥の間において、仏と知り合っておられて、(もともと仏でいらっしゃるが、)今やこの国の明王として垂迹されて、ここに行幸遊覧され、その上仏につかえる由性以下にありがたい布施寄進をなされたのである。二 院の庭には老松がみどりのきぬがさをひらいたようにそびえている。↓補一九。三 青やかな蘚苔の類は、晴れてきて日をうけると、瑠璃のようにかがやく。「瑠璃」や「繖蓋」は、仏像の瓔珞や天蓋に縁がある。↓補二〇。四 春の暖かな陽光さえも、仏の慈悲のかげの広大さにくらべると浅くうすら寒く感ずる。↓補二一。五 禅行を修して深く静かな心を、止水のたたえている姿に喩える。一句は、雲林院の池には、禅僧の心のように静かに水をたたえてその水際には、すでに春の気配が色深くうごいているの意。この時の雲林院にての御製に「池面□□泉似レ布」。↓補二二。六 (からだから)物を振りはらうこと。仏教用語で、煩悩をはらい除くこと。「抖擻」と同じ。↓三一注五・三三注五。七・八 句は、解しがたいが、しいて解すれば、北野をめぐり行く人人は、春のなごやかな風が吹くので、からだから(あらゆる塵やけがれが)ふるいおとされる。客塵は、煩悩の形容。↓補二三。

432 「行幸の後朝、雲林院の勝れたる趣を憶ひて、戯(たはむれ)に吏部紀侍郎に呈す」。↓補一。

一 これまでよりの意。↓補二。二 風情のあるところだ。三 通夕・竟夜の意。↓四三注六。一・二句は、昨日みた雲林院のすぐれた景色は、風雅の情趣にあたるものであって、昨夜はよもすがらそのすばらしさを思い続けて、夢も結ばずに過ごしたの意。四 (野遊詩宴のおりに、)酒をとって、勧盃しながら、酒がどれだけいけるか、上戸か下戸かといたずらに論じたり、花が咲く風景にみとれて、みちのりを往還することがいやになってかえるのを忘れたりした。空字、紀家集本更字に作る。程は、功程(くてい)の意。五 雲林院の庭に苔が青やかに覆うて、その青いかがやきは心の中に鮮明にのこっている。前述のごとく、紀家集本所載の御製に「池面□□泉似布、青苔満地竹林風」とある。六 雲林院の池に落ちる滝の音は、今でも、耳の奥にのこって、ひびいている思いがする。瀑布泉は、白布をさらしたように直下飛流するたき。「飛泉」とも。瀑字、底本以下諸本挙字に作るが、紀家集本瀑字に作るによるべきである。暴字と挙字と字形相似るために誤るのである。↓補三。七 (天長の昔、この院において詩宴が催されたというが、)今日、寛平の御代に再びこの雲林院に行幸されたにかかわらず、御製の詩がなかったことはかえすがえす遺憾である。↓補四。八「旧煙生」は、意が明らかでない。紀家集本「僧房帋墨旧塵生」とあるのによれば、雲林院の僧房には、御製のために奉仕しようと、昔ながらの筆硯が用意されていたのに、(御製がなかったので)空しく昔ながらの塵が立ったことであろうの意。旧煙は、旧塵の意であろう。↓補五。

春意甚深定水涯
郊野行々皆斗藪
和風好向客塵吹

春意甚だ深し 五定水の涯
郊野行く行く みな六斗藪
和風好くして客塵に向ひて吹け

432 行幸後朝、憶二雲林院勝趣一、戯呈二吏部紀侍郎一。

從來勝境屬風情
專夜相思夢不成
把酒空論深淺戶
看花只倦往還程
青苔地有心中色
瀑布泉遺耳下聲
猶恨春遊無御製
僧房筆硯舊煙生

一從來勝境 二風情に屬る
三專夜相思ひて 夢も成らず
四酒を把りて空しく論ふ 深淺の戶
花を看てただ倦む 往還の程
五青苔の地に 心中の色有り
六瀑布泉に 耳下の聲を遺す
七なほし恨むらくは 春遊に御製なかりしこと
僧房の筆硯 八舊煙生ず

433　詩友會飲、同賦三鶯聲誘引來二花下一。勒二花車遮賒斜家一。

鳥聲人意兩嬌奢
處ゝ相尋在ゝ花
身已遷喬來背翼
道如求友趁廻車
風溫好被綿蠻喚
景麗宜哉繡羽遮
閑計新巣紅樹近
苦思舊谷白雲賖
千般舌下聞專一
五出顏前見未斜
大底詩情多誘引
毎年春月不居家

鳥の聲と人の意と　兩つながら[一]嬌り奢れり
處處に相尋ぬ　在在の花
[二]身は已に喬きに遷り　來りて翼を背く
[三]道は友を求むるが如く　趁ひて車を廻す
[四]風溫にして好し　綿蠻と喚ばはること
[五]景麗にして宜なるかなや　繡なせる羽の遮らむこと
閑に新しき[六]巣を計れば　[七]紅樹近し
苦に舊の谷を思へば　白雲賖なり
[八]千般する舌の下　聞くこと專一なり
[九]五出の顏の前　見ること斜ならず
[一〇]大底　詩情は多く誘引せらる
[一一]年毎の春月　家に居らず

433　「詩友会飲して、同(とひ)しく「鶯声に誘引せられて花下に来る」といふことを賦す。〈花・車・遮・賒・斜・家を勒す〉」。寛平八年閏正月か二月頃の作。扶桑集十六に出。↓補一。一鶯の声と人の心とともに浮き浮きして、在所所の花を尋ねてあるく。嬌奢は、(はでやかに)きかざりをする意。↓補二。二鶯はすでに深い谷より出て、喬(かた)い梢にうつり、谷には背をむけてつばさをひろげる。三私どもも仲間の友をおい求めるように、野遊の車をめぐらしてあるく。「求友」、底本「求車」に作る、いま板本による。↓補三。四風は暖かく、鶯が美しい鳴き声をたてて喚んでいるのは、すばらしい。綿蛮は、小鳥の鳴き声。↓補四。五春光はうららかに鶯のつばさを照らして、ぬいものした絵ぎぬのようなつばさが光をさえぎるのもすばらしい。六↓補五。七赤い花を咲かせた木。また秋のもみじをも指す。七・八句は、そっと新しい巣の場所を探すと、花の咲いた木の近くにあり、つくづくと以前住んでいたはずの谷を思いめぐらすと、白雲がはるかに流れるあたりであるの意。↓補六。八鶯がいろいろさまざまに鳴くすぐそのそばで、専心にそれに耳を傾ける。千般は、いろいろ・さまざまの意。↓補七。九花の咲くその美しいすがたのすぐほとりで、つくづくと正面きって見ほれている。五出は、花弁が五枚出ていること。一〇詩ごころというものは、だいたいいつでも人から誘われ、景物に引かれておこってくることが多い。和漢朗詠、巻上、秋、秋興(本大系七三三三)参照。一一ことに春の月になると、毎年毎年のことだが、家にすわって落ちついていることがない。

434　「春日、神泉苑に行幸したまふ、同しく「花間に管絃を理(ととな)ふ」といふことを賦し、

434　春日行ニ幸神泉苑一、同賦ニ花間理ニ管絃一、應レ製。題中取レ韻。

玄覽乘春黈纊褰
五音共理百花前
幽蹤似遇桃源客
雅調將驚水府仙
羌戎情因孤竹奏
楚人思附七絲傳
落梅曲舊脣吹雪
折柳聲新手掬煙
鳳感來時徐歩輦
魚聞躍處早忘筌
君王欲得移風術
非敢慇懃喚管絃

一玄覽春に乘じて　二黈纊褰ぐ
三五音共に理ふ　百花の前
四幽蹤　桃源の客に遇へらむが似し
五雅調　水府の仙を驚さむとす
六羌戎の情は孤竹に因りて奏す
七楚人の思ひは七絲に附して傳ふ
八落梅　曲舊りて脣　雪を吹く
折柳　聲新にして手　煙を掬る
九鳳感でて來る時　徐に輦に歩ぶ
一〇魚聞きて躍る處　早く筌を忘る
一一君王　風を移す術を得むことを欲りせば
敢へて慇懃に管絃を喚ぶことあらざらまし

製に応(こた)へまつる。〈題中韻を取る〉」。寛平八年二月二十三日の作。扶桑集八に出。↓補一。
一 天子がみそなわすこと。諸本「垂春」に作る、いま一本による。↓補二。二 耳あてのわたをかきあげること。天子が政務から離れてくつろぐこと。↓四二八注六。三 宮・商・角・徴・羽の音。「五声」ともいう。東洋音楽における音階。一・二句は、神泉苑の百花が咲きにおうところで、楽人たちが管絃の楽を練習して演奏するのを、みかどは花見にみゆきされて、くつろいでおききになるの意。「五」と「百」とは数字をかさねる技巧。↓補三。四 神泉の苑中、花の咲きみだれる間のこみちを行けば、かの桃源郷をおとずれた武陵の漁父にでもであいそうである。淵明の桃花源記による。幽蹤は、奥深いこみち。「幽径」に同じい。五 神泉苑の池のほとりに湧きおこる管絃の優雅な調子をきくと、水中の都たる竜宮の神仙たちの眠りをもさまさせそうである。「水府」、底本・板本「氷府」に作る、いま詩紀による。↓補四。六 西北辺塞地方では、人情は、一管の笛―即ち羌笛を吹きかなでて表現する。羌戎は、中国西北辺境の異民族をいう。↓補五。七 中国南方の楚の人人は、七絃の琴のしらべに托して感情を伝達する。八 以下二句、和漢朗詠、巻下、管絃(本大系七三四六七)に出。九 鳳凰が管絃にききほれて来儀して、帝の輦に歩みよる。↓補六。一〇 魚も音楽をきいて、潜んでいた水中から躍り上がって、魚を捕る筌があることも忘れる。↓補七。一一 以下二句、意不明。しいて解すれば、君王が、政治の目的のため、風俗の壊敗したのを音楽をきかすことで人心を回復しようとお考えなら、こんなにも苦心して管絃をよんで演奏させなくともよかったのである。↓補八。

435　九日侍レ宴、同賦三菊花催二晩醉一、應レ製。

高陪嘉宴席　　一高く　嘉宴の席に陪りて
快飲菊花盃　　二快く　菊花の盃を飲む
有感朝儀盛　　三朝儀の盛りなるに感ずること有り
無知晩醉催　　晩醉の催すことを知るなし
孤叢隨見發　　四孤叢　見るに隨ひて發く
四字應聲來　　五四字　聲に應じて來る
入夜心酣暢　　六夜に入りて　心酣暢す
練連荷祿廻　　七練連　祿を荷ひて廻る

436　九日後朝、同賦二秋深一、應レ製。

年有一秋ゝ有三　　一年に一たび秋あり　秋に三有り
就中季白意難堪　　二就中に季白ぞ　意堪へ難き
雨寒遠感吳江水　　雨寒くして遠く感ぶ　三吳江の水

435　「九日、宴に侍(はむべ)りて、同しく「菊花は晩(ゆふべ)の酔(ゑ)ひを催す」といふことを賦す、製に応(こた)へまつる」。寛平八年九月の作。扶桑集十五に出。↓補一。

一 みかどのそば近く、重陽の佳節の宴に陪席する。二 菊花をうかべた酒を下賜されて、それをふきまろばして、楽しく飲みほす。三 殿上の行事のこの盛大さに感銘して、夕方いつか酔いがまわったことに気がつかない。四 九日の早朝、節会があるときには、書司が菊花二瓶を台にのせて、紫宸殿(もしくは清涼殿)に進献する、その菊の花花を一つのくさむらの花とみたてて孤叢というのであろう(小野宮年中行事、九日条)。五 ↓補二。六 女楽も奏し終って、すっかり夜になったところで、心からのびのびと酒の酔いがまわる。酣暢は、のびのびと酒を飲んで酔うこと。↓補三。七 一同うちつらなって、禄のかずけものを肩にかついで帰る。練連は、「連連」と同義か。つながって切れない様子。↓補四。

436　「九日、後朝に、同しく「秋深し」といふことを賦す、製に応(こた)へまつる」。↓補一。

一 一年に一度訪れる秋、その秋に、初秋・仲秋・季秋の三期がある。二 なかでも晩秋九月は人の心をたえがたくいたましめる。↓補二。三 江蘇省の川名。「呉淞江」「松江」「蘇州河」などとも言う。四 楚の山山。楚山。「呉江」「楚嶺」とともに晩秋の山水の景気をのべるための古典的引用。↓補三。五 自分は数ならぬ浅小の身分である、秋風にうたれて蘭の花も凋んでも誰を恨むところでない。「浅分」は、一説「浅芬」かとも推定されるが、従わない。↓補四。六 自分は貞節の心を失わず、秋深くして白露を結んでも、竹が貞心を含むと同じい。↓補五。七 浮雲が明月を覆うことがあっても、その雲をつらぬき通して、能く照らすであろう。小讒に合ったことを、雲が月を遮ったことにくらべている。→補六。八 人人の前で、今さらことごとしく問題の内容を釈明したりしない。九 当時、ある一つのことを諫言して、そのために、いささかいわれのないそしりをうけた。そこで後朝の応製の詩のついでに、いささか自分の気持を詩におりこんで表現したのであるの意。→補七。

437 「北堂の文選の竟宴に、各史を詠ず、句、「月に乗じて潺湲を弄ぶ」といふことを得たり。〈仁寿年中、文選の竟宴に、先君句を詠じて、「樵隠倶に山に在り」といふことを得たり。古調、多く懐ふところを叙べにたり。予(われ)今先君の体(すがた)に習ひて、詩を寄せ志を言ふ、来者語(ものがた)れといふ〉」。「乗月」、底本以下諸本「垂月」に作り、「樵隠」、底本以下諸本「招隠」に作る、いま文選による。→補一。

一 今日は「文選」は李善注の六十巻本が通行するだけで三十巻本は佚した。→補二。二 古詩は、古調詩。「古体」ともいう。唐に成立した律詩以前のスタイルについていう。一五というのは、五を単位として数える用い方で、一五は五、二五は十、三五は十五を表現する。ここは、五言古詩の意。三 五言古詩のうちの秀逸の句はどれか、それは謝霊運の「乗月弄潺湲」の句だ。「乗月弄潺湲」の句は、月の光をもっけの幸いにさそわれて、さらさらと流れる(神仙のすんだという)山谷の水声を楽しむの意。四 百の半分。道真はこの年五十二歳。

五 五十二歳、すでに年老いて、今や民部卿として百般の雑用が繁多である。→補三。六 世を避けて住む自然の境をいう。→補四。七 単に忙しくて、気ばらしに山林などにでかけられないだけではなく、(政事の上の意見のくいちがい

風冷遙思楚嶺嵐
淺分花凋蘭不恨
貞心露結竹猶含
穿雲明月應能照
何更人前事〻談
當時依二微諫一、負二小讒一。應製之次、聊以形レ言。

風冷しくして遙に思ふ　楚嶺の嵐
淺分　花は凋むとも　蘭は恨みず
貞心　露は結ぶとも　竹はなほし含めり
雲を穿ちて明月　能く照すならむ
何ぞ更に人の前にして　事事を談らむ
當時微諫に依りて、小讒を負へりき。應製のついでに、聊かに言に形せるなり。

437 北堂文選竟宴、各詠レ史、句、得三乘レ月弄二潺湲一。仁壽年中、文選竟宴、先君詠レ句、得二樵隱倶在レ山。古調、多敍レ所レ懷。予今習二先君體一、寄レ詩言レ志、來者語レ之。

文選三十卷
古詩一五言
〻〻何秀句
乘月弄潺湲
半百行年老

文選　三十卷
古詩　一五言
五言　何れか秀句
月に乘じて　潺湲を弄ぶ
半百　行年老い

などがもとで)何かとうるさいことがもちあがってやりきれない。悠悠は、心にながく憂いを抱くさま。↓補五。八 大学寮と道真の宣風坊の家との間を流れる、堀川・耳敏(みみとし)川の水の流れをさすか。水の流れをみても心がはれないので、「空しく」という。九 こういう不安なおちつかない気持になるのも、すべては名利をむさぼろうとするからであり、子孫のことが気がかりになるからである。↓補六。一〇 こうしたときに、この文選の集をひもとき(六朝文人の悠悠たる行旅・遊仙の古詩などを)愛誦するのは、俗世間のわずらわしさからのがれる一つのみちである。喧喧は、さわがしさ。↓補七。

438 「「新煙の柳色を催す」といふことを賦す、製に応(こた)へまつる。〈陽を以て韻となす〉」。扶桑集十三に出。↓補一。

一 春の新火の煙。第三句の「鑽火」に応ずる。但し「春来数日」といい、「不関鑽火」といっているから、この詩は春になって数日のことで、三月の清明節よりも早いとき。新煙は、清明の新火でなく新しい春のかすみもやのたぐいをいうか。↓補二。二 春のこと。爾雅に「春為₌青陽₋、一曰₌発生₋」。一・二句は、どこの家の新火の煙であろうかとみると、柳が芽ぐんでぼっとけむったように見えるのだ。その青柳のなまめかしい春の化粧は、春になってから数日、かすみにけぶる芽ぶいた柳が春の日ざしにてりはえているの意。三 新火を鑽り出す清明の節の行事にかかわりなく、春になれば春の気たるかすみもやを生ずる。この新煙はどうやら寒気を消して、霜がおりるのを防ぐのであろう。鑽火は、四季のかわりめに、火を改めるために、木を鑽り、火を起こすこと。↓補三。四 ほそやかにやわらかいこと。柳の新芽の細かさをいう。五 お

尙書庶務繁
五尙書　庶務ぞ繁しき

雖思樂風月
風月を樂しばむと思ふとも

不放到丘園
六丘園に到ることを放されず

非唯無所樂
七ただに樂しぶところ無きのみに非ず

悠々有所煩
悠悠　煩ふところ有り

水空觸眼逝
八水空しくして　眼に觸れて逝く

月暗過頭奔
月暗くして　頭を過ぎて奔る

惣爲貪名利
九惣べて名利を貪らむがためなり

亦依憂子孫
亦子孫を憂ふるに依る

此時玩斯集
一〇此の時　斯の集を玩ばむは

如避世喧々
世の喧喧を避けらむが如し

438 賦三新煙催二柳色一、應レ製。以レ陽爲レ韻。

何處新煙柳色粧
何れの處の新煙ぞ　一 柳色の粧ひ

春來數日映青陽
春來りて數日　二 青陽に映ゆ

不關鑽火初生氣
應是消寒暗治霜
纖脆慙顏鉛粉素
染陶隨手麴塵黃
因風次第任抽繹
過雨參差且展張
疑帶前庭餘燼燎
誤薰中殿半燒香
花無舞妓欲含怨
枝有行人折斷腸
翠黛開眉纔畫出
金絲結繭未繰將
幾千里外思元亮
何一城頭望武昌
他日縱看遮陌上
此時誰卜拂池塘

三火を鑽るに關らずして初めて氣を生ず
是れ寒を消して暗に霜を治むるなるべし
四纖脆　顏い慙ぢて　五鉛粉素し
六染陶　手に隨ひて　七麴塵黃なり
風に因りて次第に八抽繹に任す
雨を過ぎて九參差として且がつ展張す
一〇前庭に餘燼の燎を帶ぶるかと疑ふ
一一中殿に半燒の香を薰ずるかと誤る
一二花なくして舞妓　怨みを含まむことを欲りす
一三枝有りて行人折りて　腸を斷つ
一四翠黛　眉を開きて　纔に畫き出す
一五金絲　繭を結びて　繰り將らず
幾千里外　一六元亮を思ふ
何くの一城の頭　一七武昌を望まむ
一八他日縱看よ　陌上を遮るとも
此の時　誰か　池塘を拂ふことを卜せむ

しろい。鉛華。白粉。六染め変える。北史、隋文帝紀に「陶染成レ俗」。七黄緑の色。こうじかびのような山鳩色。柳の新芽の枝を「麴塵の糸」という。五・六句は、青柳のやわらかい新芽のおもむきは、白粉をつけた宮女が、はずかしげに化粧した顔をそむけるかと思われ、黄緑の柳の枝垂(だれ)れすがたは、舞姫の麴塵に染めなした衣のすそが、手さばきにつれてうごくかとあやまたれるの意。↓補四。八糸の口をひき出すこと。一句は、春風がふくにつれて、だんだん柳の芽が糸を引き出すように顔を出してくるの意。九長いのもあり短いのもある形容。一句は、春雨が降り過ぎると、かつがつ柳の新芽は長短さまざまにのびひらいてくるの意。一〇それは庭さきで庭火をたいて、そのもえのこりがいぶっているかとあやしまれる。一一青柳に新煙がかかる様子は、殿上にたきかけた香がふすぶるかと思われる。↓補五。一二柳の緑だけで花の紅がないので、舞妓はそれをうらみに思うかもしれない。一三柳の枝がみちに垂れ、路行く人がそれを折って、遠くにいる恋人を偲んで断腸の思いをする。↓補六。一四(浅緑の新柳の姿は、たとえてみれば)美人が愁えの眉をひらいて、みどりのまゆずみをえがきあげたばかりのところ。纔字、底本終字に作る、いま詩紀による。↓補七。一五(黄緑の新柳の細葉がまだひらかないすがたを、たとえてみれば)蚕が結んだまゆの金色の糸を、まだ繰りださないところ。「将」は、語助の辞で、深い意味はない。↓補八。一六陶潜。↓補九。一七↓補一〇。一八陶侃は柳を植えたときには、いつかそのうちに街路樹として成長して、道路に枝を垂れて、往来を妨げることがあろうかと想像はしたかもしれないが、池の堤のほとりで、水面を払う風情にまで思い及ぶことはなかったであろう。↓補一一。
一九 臘は、陰暦十二月、歳末の戌の日に百神をまつる祭の名。二〇 やわらかい柳の枝。十九・二十句は、(柳が青やかに芽ぐんで行く色は、臘後春の深まりの日数によるが、) そのやわらかい柳の垂れ枝の長短参差(しん)たるは、思い思いにのびたのであって、春の深まりにかかわりはないの意。随分は、分に随っての意。六朝以来の慣用語、文集に多くつかわれる。↓補一二。

439 「第三皇子の花亭に陪(はむ)りて、春酒を勧む、教(のり)に応(たこ)へまつる」。↓補一。
一 酒の異名ともなる。一句は、わが花亭の主人たる三宮は、生れつき世俗を超越し、憂えを忘れて風雅を楽しんで、何年かの春を過ごされたの意。↓補二。二 忘憂の物即ち酒をば、詩を詠ずる人たちに勧める。↓補三。三 親王の花亭は、無事平穏。宮は何事をなされるかとみれば。「花亭」の語は、文集に頻出。和漢朗詠、巻上、春、三月尽(本大系七三五二注二)参照。四 梅の花の枝を短く折って、春酒を飲む文人たちの、飲む順番にもれた人をしるしておられる。闕巡は、闕(か)けた人の順番。↓補四。

440 「早春、宴に侍(はむ)りて、同(とひ)しく「殿前の梅花」といふことを賦す、製に応(たこ)へまつる」。↓補一。
一 紅でもなく、紫でもなく、まさに白梅の花が、新春の陽光に映じてひらく。梅に紅梅・紫梅があった。↓補二。二 梅は生れつき、これまでも神仙玉皇に奉仕してきた花であった。玉皇は、道教の神で、「天帝」をいう。↓補三。三 春のつむじ風が吹いて、早暁に梅の花の香気を吹き散らす。羊角風は、羊の角(つの)のようにぐるぐる曲がって吹く風。↓補四。四 鵝鳥の

不因臘後春深浅
隨分柔條短也長

一九臘後　春の深浅に因らず
随分　二〇柔なる條は短くまた長し

439 陪二第三皇子花亭一勸二春酒一、應レ教。

天性忘憂幾過春
酒唯催勸詠詩人
花亭無事行何事
短折梅枝記闕巡

天性　一憂へを忘れて　幾たびか春を過せる
二酒はただ詠詩の人を催し勧めたり
三花亭　事無し　何事をか行ふ
四梅の枝を短く折りて　闕巡を記す

440 早春侍レ宴、同賦二殿前梅花一、應レ製。

非紅非紫綻春光
天素從來奉玉皇
羊角風猶頒曉氣
鵝毛雪剩假寒粧

一紅に非ず紫に非ず　春光に綻ぶ
二天素從來　玉皇に奉る
三羊角の風は　なほし曉氣を頒つ
四鵝毛の雪は　剰さへ寒粧を假す

不容粉妓偸看取
應叱黄鸝戯踏傷
請莫多憐梅一樹
色青松竹立花傍

五粉の妓の偸に看取るを容さず
六黄なる鸝の戯に踏み傷ることを叱ぶならむ
七請ふらくは　多く憐れぶことな　梅一樹
色青くして松竹　花の傍に立てり

441　八月十五夜、同賦二秋月如一レ珪、應レ製。探得レ門。自レ此以下十五首、大納言作。

秋珪一隻度天存
下照千家不定門
聖主何憐三五夜
欲將望月始臨軒

一秋珪一隻　天を度りて存す
二下は千家を照して　門を定めず
三聖主　何ぞ三五の夜を憐れびたまはむ
四将に月を望まむとして　始めて軒に臨む

442　九日侍レ宴、觀三群臣插二茱萸一、應レ製。

單方此日插茱萸
不認登山也坐湖

一單方　此の日　茱萸を插む
二認めず　山に登りまた湖に坐することを

羽毛のように真白の雪がふると、ただでさえ白い梅の花はいっそう純白の化粧をほどこす。「粧」は、「妝」の俗字。三・四句は、上三下四の折句である。↓補五。五おしろいをつけて化粧した宮妓たちといえども、この雪に化粧された白梅の花の艶姿をこっそりぬすみ見ることは許されない。六鶯がきて、梅花に遊び戯れて、その花びらをふみいためることを叱らなければならない。「叱ぶ」は、四段活用。↓補六。七しかしそんなに梅の一樹をあわれんで心配する必要はない。翠(みど)の色もいきいきした松と竹とが、梅の花の傍に立ちそうているから。

441「八月十五夜、同しく「秋月珪(たま)の如し」といふことを賦す、製に応(こた)へまつる。〈探りて門を得たり。此れより以下十五首、大納言のときの作〉」。↓補一。一円いたまのような秋月が、秋天をわたってかかっている。一隻は、一個のこと。隻は、ものをかぞえる単位。穆天子伝に「天子嘉之、賜以二佩玉一隻一」。二月の光は下界の千百の家家を照らして、貴賤のへだてをしない。三わが君は、十五夜の今宵を何で賞翫なさるのであろうか。(貴賤となく千家に平等に照らすことを学ばれるのであろうの意。)四そこで明月を望み見るために、檻干に倚られる。↓補二。

442「九日、宴に侍りて、群臣の茱萸(しゆ)を插むを観たまふ、製に応(こた)へまつる」。扶桑集四に出。↓補一。一九月九日、長寿の単方は茱萸(かわはじかみ)の果実の枝を頭にさして、かざしにすることである。単方は、配合剤を加えない単一の薬方。二山に登ったり、湖辺に遊んだりしようとおもわない。↓補二。三群臣が茱萸を下賜されておのがじし収めて採るにふさわしい時節。正に白露のおく時である。白露は、二十四気の一。九月八日ころ。四 群臣がそれぞれ茱萸を頭髪の頂上に戴くと、くろずんだ赤い茱萸の果実が無数に小さくみえる。玄珠は、荘子に出。戴字、板本載字に作る。五 酒盃に菊の花びらをうかべ、これを口で吹きまろばして酒をのむと長寿を得るという。菊花酒を口で吹くと、転じないですぐ去ってしまうことを嫌うのである。六 蘭湯を沸かしても、蘭が煮られて枯れてしまうので、沐浴する身にとって、枯れるということはくやしいのである。湯蘭は、香り高い蘭の草を入れてわかした風呂。即ち蘭湯に入れた蘭。↓補三。七 天子のめぐみの光が、臣下の頭の頂上に凝結して、赤い茱萸の実に化して、霜のように白髪になったあごひげに映発することに、どうして匹敵するであろうか。(酒にうかべた菊花も、湯にまじえた蘭草も、今日賜わった茱萸には若かないの意。)

443「九日の後朝、朱雀院に侍(はべ)りて、同じく「閑居秋水を楽しぶ」といふことを賦す、太上天皇の製に応(こた)へまつる。〈序を并せたり〉」。詩は扶桑集四に出、序は文粋八に出。↓補一。1 ↓補二。2 ↓補三。3 ↓補四。4 ↓補五。5「脱屣」、底本以下諸本「脱履」に作る、いま文粋による。↓補六。6 老荘の道を語り合うこと。ここは幽玄風流の話題。7 ↓補七。8 ↓補八。9 ↓補九。10 況字、底本恐字に作る、いま文粋による。↓補一〇。11 ↓補一一。12 ↓補一二。13 職字、底本識字に作る、いま文粋による。↓補一三。14 緑のこけ。または、ひげかずら。ここは仙洞御所をいう。15 ↓補一四。16 ↓補一五。17 礼法に拘わらずほしいままにふるまうこと。無礼講というに近い。18 ↓補一六。

收採有時寒白露
戴來無數小玄珠
口嫌酒菊吹先去
身愧湯蘭煮後枯
豈若恩光凝頂上
化爲赤實照霜鬚

三 收め採る有時　白露寒なり
四 戴來けること無數にして　玄珠小し
五 口は嫌ふ　酒菊の吹きて先づ去ることを
六 身は愧づ　湯蘭の煮て後に枯るることを
七 豈若かめや　恩みの光の頂の上に凝りて
化して赤き實となりて霜なす鬚を照さむには

443 九日後朝、侍二朱雀院一、同賦三閑居樂二秋水一、應二太上天皇製一。并レ序。

〽閑居 屬二於誰人一、[1]紫宸殿之本主也。[2]秋水見二於何處一、[3]朱雀院之新家也。[4]非二智者一不レ樂之、故 得三我君之 歡二[5]脱屣一。[6]非二玄談一不レ說之、故 遇三我君之 [7]逐二 虛舟一。觀 夫月浦蕭々、分二[8]鏡水一而 繞二籬下一、砂岸爛々、縮二[9]松江一而 導二階前一。[10]況乎 〽垂レ釣 者不レ得レ魚。暗 思二浮遊之 有一レ意。移レ棹 者唯聞レ雁。遙 感二 [11]旅宿之 隨一レ時。嗟乎、節過二重陽一、殘菊猶 含二舊氣一。心期二百歲一、老松 彌 染二 新青一。風月同レ天、[12]閑忙 異レ地。臣昔是伏二奏[13]青瑣一之職。臣今亦追二從 [14]綠蘿一之身。[15]彼一時也、此 一時也。[16]形骸之外、言語道斷焉。[17]任放之間、[18]紙墨自存矣云尒。謹序。

聞昔瀟湘逢故人　聞くならく　昔　一瀟湘二に故人に逢へりと
在今樂水詎爲新　三在今　水を樂しぶ　詎か新しとせむ
夜魚宿處投心緒　夜の魚　宿る處　四心の緒を投ぐ
秋月浮時洗眼塵　五秋の月　浮ぶ時　眼の塵を洗ふ
潭菊落粧殘色薄　六潭菊　粧ひを落して　殘んの色薄る
岸松告老暮聲頻　岸松　老いを告げて　七暮の聲頻なり
池頭計會仙遊伴　八池頭に計會す　九仙遊の伴
皆是乘査到漢濱　一〇皆これ査に乘じて漢の濱に到りなむことを

444　敬奉レ和下左大將軍扈ニ從太上皇一、舟行有レ感見レ寄之口號上。押韻。

吟詩恰似奉舟行　一詩を吟ずれば　恰も舟行に奉るに似たり
不見從流自感情　二流れに從ふを見ずして　自らに情を感す
無限恩涯知止足　三限り無き恩涯に　止足を知る
何因渇望水心清　四何に因りてか渇望せむ　五水心清きものを

一 川の名。↓補一七。二 文人の耆宿(きしゆく)。↓補一八。三 今瀟湘ならぬ朱雀院の秋水を賞翫するのを、誰がこと新しいことと考えようか。四 心の釣糸を垂れること。別に釣をしないが、心情を投げ入れること。五 俗塵にけがれた眼をすがしい月光のうつる水で洗う。実際に洗うのでなく、すがしい思いになることをいう。六 水辺の菊はすでにさかりを過ぎ、化粧を落として、残りの色香もうすれる。七 秋の夕、老松の枝をふきわたる松風がしきりにきこえる。八 池のほとりで、うまく勘定して計画してみる。計会は、唐代俗語。九 上皇の雅遊に参じた文人たち。一〇 天上のいかだに乗って、登仙して、かの銀漢(あまのかわ)のほとりに一同が到達しようと。査は、うきまたはうきぎ、筏のこと。「査」の訓は、色葉字類抄に「査・楂・浮木、ウキ」による。

444 「敬(つつし)みて左大将軍の太上皇に扈従(こじゆう)し、舟行して感有り、寄せらるる口号に和し奉る。〈押韻〉」。↓補一。

一 左大将軍の作って寄せられた口号を吟詠すると、さながら自分も舟行に供奉するような感じがする。二 君が詩を吟じていると、舟に乗って流れに浮かんではいないが、自然に流れに浮かんでいるような気がして心が動いてくる。自字、底本・板本戸字に作る、一本傍注自字に作るによる。藁草傍注に「戸恐空誤」、慈本の私記に「戸字可レ疑、空字の写誤」とある。三 わが君のめぐみはかぎりなく、私はとどまることと、満ち足りることとを、わきまえている。↓補二。四（私はその分際と限界とを心得ているから）何のために水にかわくように、これ以上の官位をむさぼったりすることがあろうか。五 水面のもなかが清らかであるように、私の心も清いことを知ってもらいたい。

445 同賦三春淺帶二輕寒一、應レ製。勒二初餘魚虛一。

不是吹灰案曆疎　一是れ灰を吹きて暦を案ずることの疎なるにあらず
淺春暫謝上陽初　二淺春暫く謝す　上陽の初め
〽鑽沙草只三分許　三沙を鑽る草は　ただ三分ばかり
跨樹霞纔半段餘　四樹に跨る霞は　纔に半段餘り
雪未銷通棲谷鳥　五雪は未だ銷えて通さず　谷に棲む鳥
氷猶冪得伏泉魚　六氷はなほし冪ふこと得たり　泉に伏せる魚
貞心莫畏輕寒氣　七貞心は輕寒の氣を畏るることな
恩煦都無一事虛　八恩煦　都べて一事の虛しきことなし

446 早春內宴、侍二清涼殿一同賦二草樹暗迎レ春、應レ製。

東郊豈敢占煙嵐　一東郊　豈敢へて煙嵐を占めむや
陽氣暗侵草木覃　二陽氣　暗に侵して草木に覃ぶ
千里遺懷銷盡雪　三千里懷ひを遣る　銷え盡くる雪

445 「同(ひと)しく「春浅くして軽寒を帯びたり」といふことを賦す、製に応(こた)へまつる。〈初・余・魚・虚を勒す〉」。→補一。
一 ここでは節気が改まり、灰が去るのをうかがった、暦を案ずることが疎略なわけではない。(ただ春になって日が浅いので、うすら寒いのだの意。)→補二・一五九注一。二 暦の上ではたしかに春になっているが、まだ日が浅いので、天上の陽気のはじめが、下界におりてくるのを、しばらくやめているのである。→補三。三 たけ三分ばかり、水辺の砂の間から草が鋭く芽を出したにすぎない。第二聯(三・四句)、和漢朗詠、巻上、春、霞(本大系〔七三〕七六)に出。四 やっと三間(さんげん)(六メートル弱)あまりの長さの布を横にたなびかせたほど、木木の梢のあたりにわずかに霞がたなびく。霞は、本来、は朝やけ・夕やけをいうが、ここは日本でいう「かすみ」。五 春浅く雪はまだ深くしてきえないので、谷深くにいる鶯をもまだ通わさない。(まだ谷より出で、喬木にうつらない。)→補四。六 余寒がなおきびしく、泉には氷がはりつめたままで、魚どもは水底に伏している。七 貞潔の心は(歳寒うしていよいよあらわれるもの)、少しぐらいのうすら寒さを畏れることはない。八 暖かい君のめぐみは、(やがて来る春の陽光のように万物に注がれ、すべてに幸をもたらし、)一つとして空しいことはないであろう。

446 「早春内宴に、清涼殿に侍(はべ)りて、同しく「草樹暗(ほの)に春を迎ふ」といふことを賦す、製に応へまつる」。扶桑集十三に出。→補一。
一 春の煙霞と嵐気とを、東方の野だけがひとり占めするわけではない。東郊は、東方の郊外。→補二。二 春の陽気は、いつのまにか四方の野をひたして、あらゆる草木に及んでいる。三 千里の遠いかなたまで、雪が消え尽きて行くことを思って、心を晴らす。遺懐は、思いを晴らす意。文集に遺懐の詩がある。四 四方の山山が藍色に染め初めるのを、眼をめぐらしてながめる。五 といしを用いなくても、鋏(はさみ)のようにとがったかやの葉が鋭い芽を出してくる。剪刀は、鋏のこと。→補三。六 蚕によらなくても、柳は糸すじのように垂れてかすかに芽ぶいてくる。→補四。七 →補五。八 菅は、すげのこと。茅(かや)の一種。蕢は、おもだかのこと。存疑。蕢字、底本荄字、詩紀蕒字に作る、いま板本による。→補六。九 槐(えんじゅ)はもちろん菅や沢瀉(おもだか)の類いまで春になるごとに喜びひとしお酣である。(内宴に飲を賜わって、いつの春でも盛んなことだの意。)題意をうけて結ぶのである。

447 「前(さき)の進士山風に勧めて、庭樹を種ゑしむ。〈進士山口谷風〉」。→補一。

一 京都の坊名。東の京の、五条にあり。ここに道真の家があったことは「書斎記」(五二六)に見える。→補二。二 役立たずの学者。自分を謙遜していう。三 (わが庭に咲く花を自分でみて楽しもうと思っていただけなのに、)一体どうしたわけであろう、自らすすんで、わが庭の樹を君に頒けてあげ、移植させるようにしたのは。四 (そのわけは)君の姓は山とついており、君の名は谷とついており、その専門は文章道の華を咲かせるしごとだからである。文選の昭明太子序に「文華」の語が見える。

448 「重陽、宴に侍(はべ)りて、同(とも)しく「菊に五美有り」といふことを賦す、各一字を分つ、製に応(こた)へまつる。〈探りて仙の字を得たり〉」。扶桑集十五に出。→補一。

一 菊に五美有りといわれる、その五つの美徳を兼ねそなえて、一つの菊の花は姿もあざやか

四山廻眼染初藍　四山眼を廻す　染め初むる藍
剪刀萱出無由礪　剪刀　萱出でて　礪に由なし
絲縷柳垂不待蠶　絲縷　柳垂りて　蠶を待たず
臣本槐林菅蕢士　臣は本槐林　菅蕢の士
迎春樂處每春酣　春を迎へて樂しぶ處　春毎に酣なり

447 勸₂前進士山風₁種₂庭樹₁。 進士山口谷風。

宣風坊下腐儒家　宣風坊下　腐儒の家
欲待春來快見花　春の來りて　快く花を見むことを欲待す
何事勸君催種樹　何事ぞ　君に勸めて　樹を種うることを催す
姓山名谷業文華　姓は山　名は谷　業は文華

448 重陽侍レ宴、同賦₃菊有₂五美₁、各分₂一字₁、應レ製。 探得₂仙字₁。

五美兼姿一草鮮　五美　兼ねたる姿　一草鮮なり

綺疏窓下玉階邊　二綺疏の窓の下　三玉階の邊
蟹腸純色深依地　四蟹腸純色にして　深く地に依る
鵝眼圓形遠稟天　五鵝眼圓形にして　遠く天に稟く
謙德晩開秋月抄　六謙德　晩に開く　秋月の抄
勁心寒立曉霜前　七勁心　寒えて立つ　曉霜の前
中流採得嘗看後　八中流採ること得て嘗め看し後
在〻群官紫府仙　九在在の群官　紫府の仙

449　九日後朝、侍ニ宴朱雀院一、同賦三秋思入二寒松一、應二太上皇製一。題中取レ韻。

秋思如絲亂不從　一秋思　絲の如く　亂れて從はず
低迷暗入殿前松　二低迷　暗に入る　殿前の松
蕭〻自被風高簸　蕭蕭たるは　自らに風に高く簸らるるならむ
藹〻應緣日下舂　三藹藹たるは　日の下ちて舂くに緣るべし
臨水閑窺皆對影　四水に臨みて閑に窺へば　みな對へる影
踏沙行見惣幽蹤　五沙を踏みて行くゆく見れば　惣べて幽なる蹤

に咲いている。
二 あやもようのすかしぼりがしてある窓。綺は、あやもよう。疏は、すいていること。↓補二。三 玉のきざはし。宮中にある大理石などの階段。四 蟹の腸のように、純粋の黄色でまじりけがない黄菊の花は、深く地の色によるものである。↓補三。五 鵝眼銭のように円形の菊の花は、はるかなる天上の太一神の住居の形によそえられる。天極即ち北極星の形気をうけている。↓補四。六 菊は謙退の徳を示すかのように、秋も終りの九月おそく花をひらく。↓補五。七 菊は勁(こ)くすぐな心を象徴するかのように、あけ方霜のおいた庭に、寒く立って咲いている。↓補六。八 南陽の酈(てき)県(けん)の甘谷の流れの途中の人人は菊花の谷水を飲んで百余歳の寿を得るという。↓補七。九 菊水の流れに沿う在所在所の人人のように、今日この宴に列なる諸官の方方は、みな菊花酒を飲んで身も軽くなって紫府の仙人となるであろう。紫府は、神仙の居処。

449「九日の後朝、宴に朱雀院に侍(はべ)りて、同(とも)しく「秋思寒松に入る」といふことを賦す、太上皇の製に応(こた)へまつる。〈題中韻を取る〉」。扶桑集十二に出。↓補一。

一 秋のものさびしい心持は、どうにもとどめることができず、糸のように乱れて、低くさまようて、いつかしら殿の前庭の松に入って、松風の音を立てている。秋思は、秋の物思い。低迷は、はるかに低くさまようさま。↓補二。

二 ものさびしい響きは、松が秋風に高くあおられて発する響きである。簸は、箕(み)で米を揚げて、糠(ぬか)などを除くこと。類聚名義抄に「簸、ヒル・ヒルフ・アグ・ミ」とあるによる。↓補三。三 うすらさむげな松かげが、溟(くら)い色に沈みかかるのは、太陽が傾いて、うすづく

葉間織尾騰枝塵
樸上枯鱗繞樹龍
攀蓋仰瞻驚旅雁
拂根傾聽感寒蛬
初憐到直長持節
且問勤勞舊食封
霜墮終無黃落地
雲遙早出碧尖峯
聲猶七里灘波緊
色也孤山寺草濃
便是孫生聞處愛
何煩丁叟夢時逢
雖云昨翫新英菊
豈若有心難老容

六葉間の織尾は　枝に騰る塵
七樸上の枯鱗は　樹を繞る龍
八蓋を攀きて仰ぎて瞻れば　旅の雁に驚く
九根を拂ひて傾き聽けば　寒き蛬に感ぶ
初めて憐れぶ　一〇到直して長く節を持することを
一一且問ふ　勤勞して舊封を食みきやと
一二霜墮つとも　終に黃ちて落つる地なし
一三雲遙にして　早く碧くして尖れる峯を出でたり
聲はなほし一四七里灘の波の緊きがごとし
色はまた一五孤山寺の草の濃なるがごとし
一六便ちこれ孫生　聞く處に愛す
一七何ぞ丁叟　夢の時に逢ふに煩はむ
一八昨　新英の菊を翫ぶと云へども
豈　有心　老い難き容に若かめや

によるであろう。譪譪は、おだやかなさま・うすぐらいさま。↓補四。四池のほとりに立って水面を静かにのぞきこむと、どこでもことごとく松の影に対する。五池のほとりの砂原を踏んで行きながら見ると、いたるところすべて松のかすかな落葉のあとである。六松の葉のとがったほそい先が交錯して、松の枝からたち上る緑の煙塵かと思われる。七松の幹のあらい肌の枯れた鱗は、松の木をはいめぐる竜を思わせる。↓補五。八松の枝をひき寄せて空を仰ぎ見ると、とび渡る雁の列にはっと目のさめる思いがする。九松の根がたをうち払って、はらいきよめて耳を傾けてきけば、晩秋のこおろぎの心細いなき声が、人の心をいたましめる。一〇不遇にも耐えて、変らずに節を維持する。↓補六。一一昔、松が大夫に封ぜられたというが、いったいお前は王事に勤労して封を食(は)んだのであるかどうか。「到直」「勤労」は、ともに道真の体験を投入している語。↓補七。一二霜がくずれおちる晩秋でも、松はついぞ黄葉(こう)して地に落ちることはない。↓補八。一三この句のしたて、「早く」に無理がある。↓補九。一四↓補一〇。一五↓補一一。一六かの(天台山賦を書いた)孫綽は、隣人から文句を聞いても、松の木を愛した。↓補一二。一七かの丁老人は、何の煩いもなく夢みる時を得て、やがて公となるべき吉夢をみた。↓補一三。一八松にはしっかりした心があって、四時を貫いて葉を改めたりしない、いつまでも老いない千年のみどりをしげらせる。その様子には昨日重陽の宴にもてはやした菊の新しい花よりまさるものがある。寒松によせて、暗に上皇の寿をたたえると共に、自己の心情を訴えるところがある。↓補一四。

450 和下由律師獻二桃源仙杖一之歌上。于レ時上皇幸二雲林院一。

天步山行古與今
小枝靈杖大悲心
主人垂迹相携去
願我生〻每處尋

一天歩の山行 二古と今と
三小枝の靈杖 大悲の心
四主人迹を垂りて 相携へて去りたまはば
五願はくは 我れ生生處毎に尋ねむことを

451 對二殘菊一待二寒月一。于レ時閏十月十七日、陪二第九皇子詩亭一。

月初破却菊纔殘
漁夫樵夫抑意難
況復詩人非俗物
夜深年暮泣相看

一月初めて破却し 二菊纔に殘れり
三漁夫樵夫すら 意を抑ふること難し
四況復むや詩人の俗物に非ざるはや
五夜深け年暮れて 泣きて相看る

452 賦二殿前梅花一、應二太皇製一。

450 「由律師の桃源の仙杖を献(たて)る歌に和す。〈時に上皇雲林院に幸(みゆ)す〉」。→補一。
一 天の運行、転じて天子の幸をいうのであろう。→補二。二 ここは山行野遊の意。北野行幸はさきに淳和天皇の天長九年にあり、文人詩を賦し、今また宇多上皇御幸、文人が詩を賦したことをさすのであろう。三 仙人から賜わった霊木の小枝で作った仙杖には、大慈大悲の願いがこもっている。四 宇多上皇はこの雲林院に迹を垂れて光臨せられ、霊杖と大悲心とをふたつながら携えて去って行かれるならば。主人は、杖を献上されて、その杖の主人となられた上皇をさす。五 私は来世において、いくたび生れかわっても、その世界毎に、その霊杖を携えられる主人を尋ね求めたいものである。

451 「残菊に対ひて、寒月を待つ。〈時に閏十月十七日、第九皇子の詩亭に陪り〉」。→補一。
一 満月の十五夜と十六夜(いざよい)を過ぎて、十七夜からは月は明らかにかけはじめる。二 昌泰元年は閏十月がある。初冬、残菊すらわずかであろう。三 水辺の漁夫や山中のきこり風情でも、この晩秋の景気に、興ずる心持をおさえることはむずかしかろう。陸亀蒙と皮日休とに樵人、漁父十詠などのやりとりがある。全唐詩巻二十三参照。四 詩人は俗物ではないという一言ははげしい気魄がこもる。→補二。五 歳暮の十七日の寒月を、夜もおそくなって待ち出たのを、泣いて看る。閏十月はすでに歳末である。→補三。

452 「「殿前の梅花」といふことを賦す、太皇の製に応(こた)へまつる」。板本「昌泰二年」と注。→補一。
一 松を詠じ竹を賦し、孤高独立の窮まれる姿

笑松嘲竹獨寒身
看是梅花絶不隣
何事繁華今日陪
一朝應過二天春
于レ時天子、朝二観太上皇一、故云。

一 松を笑ひ竹を嘲る　獨り寒き身
二 看よやこれ梅花　絶つて隣せず
三 何事ぞ　繁華　今日陪ること
四 一朝　過ぐるならむ　二天の春
時に天子、太上皇に朝覲す、故に云ふ。

453 早春内宴、侍二清涼殿一同賦二鶯出一レ谷、應レ製。

鶯兒不敢被人聞
出谷來時過妙文
新路如今穿宿雪
舊巣爲後屬春雲
管絃聲裏啼求友
羅綺花間入得群
恰似明王招隱處

一 鶯兒　敢へて人をして聞かしめず
二 谷を出でて來る時　妙文に過ぎたり
三 新路は如今し　宿んの雪を穿つ
四 舊巣は爲後　春の雲に屬ふ
五 管絃の聲の裏　啼きて友を求む
六 羅綺の花の間　入りて群を得たり
七 恰も明王の隱を招く處に似たり

の松竹を愛翫する。二 この梅の花をよく見給え。梅は独立して、かつて松竹のたぐいと隣りあわせになったことはない。↓補二。三 今朝、朝覲行幸に際会して、その晴れの御儀に参加できる庭前の梅のさかりの花の光栄は、まことに言語に絶している。四 天子が太上皇に朝覲されるという、いわば一日で二代の天子をいただく大御代の春を過ごすこととなるであろう。

453 「早春内宴に、清涼殿に侍(はべ)りて、同(とひ)しく「鶯、谷より出づ」といふことを賦す、製に応(たこ)へまつる」。扶桑集十六に出。↓補一。一 鶯のひなは(まだ囀りをならいはじめたばかりで、谷の奥にいて) 人に聞かれようとしない。二 (幼く下手ななき声のときは人に聞かせないが) 谷を出るころともなれば、もうすっかり声も整って、すでに妙文たる法華経と立派になくことができる。↓補二。三 鶯が新しく谷を出てくる路は、残雪をふみうがって出てこなければならない。三・四句、和漢朗詠、巻上、春、鶯(本大系七三七〇)に出。四 今まで住みふるした巣は、このあとは山空の春の雲にたのんであずけておく。↓補三。五 雅楽寮の奏する管絃の音楽のしらべの間に、友を求めてなく。(鶯が管絃の中に友がいるかとみまがう。) 五・六句、都の春の内宴の風景。六 内教坊の舞妓たちのうすぎぬ・あやぎぬのあでやかなよそおいの花の間に入って、彼女らの群れと仲間になる。七 それはちょうど明君が、(世を避けて釣魚を楽しんでいるような)山谷の隠士を招く模様に似ている。文選や芸文類聚に、多くの招隠詩がある。八 蓮の葉をつづってきた衣服も、黄色のぼろぼろになって、赤黒い帛の引出物にふさわしいすがたである。荷衣は、仙人の衣。玄纁は、隠士を招く引出物・黒赤い色の束帛。→補四。

454「早春、朱雀院に侍(はべ)りて、同(ひと)しく「春雨の花を洗ふ」といふことを賦す、太皇の製に応(こた)へまつる」。扶桑集一に出。昌泰二年正月中の作。→補一。

一 花が色をより濃(こ)やかにし、香をより強くするのは、別に心あるもののせいである。(それは春の雨だというのである。)二 微(かす)かな雨あしが春の林を過(よ)ぎて、—その雨のせいで花は色香を増す。三 雨が静かに降って土塊を破らないというのは平和のシンボル。→補二。四 春の雨が軽くやさしくふって、重くひどくはふらないというのであろうか。五 花は(春雨のふるにつれて)、あるいは浅い紅、あるいは深い紅を帯びる。六 春雨にぬれた花は呉女が汗にぬれて立つすがたに似ている。呉娃は、呉の美女。→補三。七 春雨が花を洗う様子は、蜀の人が、錦を江にすすいで、その錦が水に沈んでいる様子に似ている。→補四。八 朱雀院の苑のあたり、眼にふれるものはことごとく浮世の外の世界の光景である。九 かの神仙郷たる蓬萊山の宮殿で夜もすがら楽しむのを羨しいとは思わない。(ここの光景はさながら仙郷だ。)「竟夕」の語で、夜もすがらの意。「陰」は韻字として添えたもの。→補五。

455「春の夕、坐を移して花の下に遊ぶ、製に応(こた)へまつる」。

一 清涼殿の東庭に桜樹があったのであろう。もちろん紫宸殿の前にはいわゆる左近の桜があった。二 だれかれとなく言い合っている。三 逍遙の人人がみな紫色の夕やけ雲のような桜の花の明りのもとにみえかくれしている。遊人は、遊男(あそびお)のことで、管絃を奏する伶人の意とも解せられる。紫霞は、仙郷をとりまく夕やけ・

荷衣黄壊應玄纁　荷衣(かい)八 黄(き)に壊(やぶ)れて　玄纁(ぐゑんくん)になりぬべし

454 早春侍二朱雀院一同賦二春雨洗一レ花、應二太皇製一。

增色增香別有心　一 色(いろ)を増(ま)し　香(か)を増(ま)す　別(べつ)に心(こころ)有(あ)り
微々雨脚過春林　二 微微(びび)たる雨脚(あまあし)の　春(はる)の林(はやし)を過(す)ぐる
地無破塊輕非重　三 地(ち)は塊(つちくれ)を破(くだ)かず　四 輕(かろ)くして重(おも)きこと非(な)し
花只添紅淺也深　五 花(はな)はただ紅(くれなゐ)を添(そ)ふ　淺(あさ)くしてまた深(ふか)し
〽如遇吳娃霑汗立　六 吳娃(ごわ)の汗(あせ)に霑(うる)びて立(た)てるに遇(あ)へらむが如(ごと)し
似看蜀錦濯江沈　七 蜀錦(しよくきむ)の江(かう)に濯(そそ)かれて沈(しづ)めるを看(み)むが似(ごと)し
此間觸眼皆塵外　八 此(こ)の間(かん)眼(まなこ)に觸(ふ)るるみな塵外(ちむぐわい)
不恨蓬萊竟夕陰　九 蓬萊(ほうらい)にして夕陰(せきいむ)を竟(を)へらむことを恨(うら)みず

455 春夕移レ坐遊二花下一、應レ製。

九重深處一株花　九重(ここのへ)深(ふか)き處(ところ)　一 一株(いつしゆ)の花(はな)

皆道遊人映紫霞　　皆道へらく　遊人し紫霞に映ずと
若不皇恩相勸見　　若し　皇恩相勸め見ざらませば
毎春空混滿庭沙　　春毎に空しく混けなまし　滿庭の沙

456 三月三日、侍₂朱雀院柏梁殿₁、惜₂殘春₁、各分₂一字₁、應₂太上皇製₁。探₂得浮字₁。幷レ序。以下十三首、右丞相作。

三月三日、宴₂于池上[1]₁。蓋思₂古之曲水[2]₁也。構₂柏梁[3]₁以撥₂蘭亭[4]₁、問₂華林[5]₁而栽₂拱木₁。皆是好₂閑放[6]₁、樂₂無爲[7]₁、詠₂風月₁、重₂時節[8]₁之所レ致之義也。請各分₂一字₁將レ惜₂殘春₁云爾。謹序。

惜春何到曲江頭　　春を惜みて何にぞ到らむ　曲江の頭
遙憶羽觴浪上浮　　遙に憶ふ　羽觴の浪の上に浮びしことを
花已凋零鶯又老　　花は已に凋み零ち　鶯もまた老ゆ
風光不肯爲人留　　風光　肯へて人のために留らず

朝やけの雲。四 天皇の思し召しで花見をしようと勧めて見せて下さらなかったとしたら、毎年春になって花が咲いても、賞翫することもなく、空しく花を散らして、庭いっぱいの砂に塗(まみ)らせてしまうことであろうに。

456 「三月三日、朱雀院の柏梁殿に侍(はべ)りて、残春を惜む、各一字を分つ、太上皇の製に応(こた)へまつる。(探りて浮の字を得たり。序を幷せたり。以下十三首、右丞相のときの作)」。扶桑集三に出。→補一。

1 池のほとり。水辺。→補二。 2 曲流する水の流れ。ここは、三月三日に朱雀院の池のほとりで詩宴を催すのは、かの六朝の昔の曲水の宴の故事を追慕するのであろうの意。→補三。

3 柏梁台のこと。ここは、朱雀院の中に、武帝の柏梁台を追懐して、林泉のうちに文亭を作って「柏梁殿」と命名したのであるの意。→補四。

4 蘭亭の風雅をここに発揚したの意。撥は、発揚の貌と、礼記、曲礼の注にある。→補五。

5 昔の魏の都の華林園の林泉をたずねて、大木を移植したの意。→補六。 6 悠悠自適、閑日月を楽しむの意。 7 老荘的無為自然を楽しむの意。荘子、天下に「無為にして万物化す」。

8 三月三日、暮春禊事を修し、曲水に觴(さかずき)をうかべる節季の行事を大切に守るの意。

一 逝く春を惜しんでも、かの曲水の宴が行われた長安の曲江のほとりにどうして行くことができようか。→補七。 二 羽かざりのついたさかずき。雀の形に作り、頭としっぽと羽翼とがあるさかずき。逸詩に「羽觴波に随ふ」とある。一句は、三月三日に曲水の詩を詠じて、羽觴を浪にうかべた王羲之の蘭亭の故事などをはるかに追懐するの意。 三 落句、残春を惜しむ題意をうたって、余情あり。

☆寒食日、花亭宴、同賦二介山古意一、各分二一字一。探得二交字一。

457
今朝不到太原郊
禁火思人異代交
遙計春風綿上事
殘花灼灼鳥咬咬

一今朝　太原の郊に到りしにあらず
二火を禁めて人を思ひ　代を異にして交る
三遙に計れらくは　春風綿上の事
四殘んの花は灼灼たり　鳥は咬咬たり

458
請看冷酒又寒肴
應是良辰不暗抛
再拜終無他禮奠
落花自與紙錢交

請ふ看よ　一冷しき酒また寒なる肴
二是れ良き辰にして　暗しく抛たざるならむ
三再拜して　終に他の禮奠なし
四落花　自らに紙錢と交る

459
清明日、同二國子諸生一、餞二故人赴レ任、勸二雲分薰三字一之作。

一時瞻望四方雲
相送行行遠近分

一一時に瞻望す　四方の雲
二相送りて行く行く　遠近分る

☆「寒食(かんしょく)の日、花亭に宴(うたげ)す、同(ひと)しく「介山の古意」といふことを賦す、各一字を分つ。〈探りて交字を得たり〉」。→補。

457 一 寒食の今朝、私はかの晋の太原府にいたったわけではないが。太字、諸本大字に作る、いま意改。太原は、今の山西省太原県。春秋時代、晋国の地。二 火食を禁忌して、かの太原府の綿山(即ち介山)にかくれた介子推の高潔の心事を追慕して、時代を異にするが、交わりを結ぶのである。→補一。三 子推の隠れ棲んで、火をつけられたというかの綿山のこともかくやとしのばれることだ。四 目前の景色は、春たけなわで、花はかがやくばかりに咲きのこり、鳥たちはしきりにさえずっている。(灼灼たる残花は綿山当年の火焔かと計り会わせられるの意。) 灼灼は、光りかがやく貌。咬咬は、鳥の囀る声。→補二。

458 一 今日は火を断って冷酒を酌み、乾物のさかななどで冷食して、介子推の心を慰める日である。二 寒食の日は、暮春の良い節日であるから、空しくすごすようなことをしたくないからであろう。三 再拝して子推の霊を慰めるだけで、とりたててほかの作法や供養をしない。四 はらはらと散る落花のはなびらは、子推を葬るときに棺の中に紙銭を入れたことをしのんで、今供えようとする紙銭と入りまじる。→補。

459 「清明の日、国子諸生と同(ひと)しく、故人の任に赴くに餞(はなむけ)す、雲・分・薫の三字を勒する作」。→補。

一 (文章生が外国に赴任するときを迎えて、)同時に(つまり清明の日に)四方の雲を仰ぎのぞむ思いがする。「四方の雲」には、四方の志の意も含まれるであろう。二 赴任する知友を送って行き行いて、やがて遠くに行く人とも近国に行

毎過清明新燧火　三清明を過ぐる毎に　新に火を燧る

芳聲將與百花薫　四芳聲は　百花と薫ぜむとす

460 九日侍レ宴、同賦三菊散二一叢金一、應レ製。

不是秋江練白沙　一是れ秋江に白沙を練るにあらず

黄金化出菊叢花　二黄金化出す　菊叢の花

微臣把得籯中滿　三微臣把ること得て　籯中に滿つとも

豈若一經遺在家　豈若かめや　一經の遺りて家に在らむには

461 九月盡日、題二殘菊一、應二太上皇製一。同勒二寒殘看闌一。

蘆簾砌下水邊欄　一蘆簾の砌の下　二水邊の欄

秋只一朝菊早寒　三秋はただ一朝　菊早く寒えたり

幸被君臣交畝種　四幸に君臣　畝を交へて種ゑむことを被る

任他意氣滿園殘　五任他　六意氣　園に滿ちて殘る

く人ともわかれる。三清明の節を過ぎるごとに、新たに火を燧り出して火を改める。→四三八注三。四四方へ旅立つ知友(故人)たちの名声は、この春の百花の匂うごとくかぐわしく匂うことだ。

460「九日、宴に侍(はべ)りて、同(とも)しく「菊一叢の金を散ず」といふことを賦す、製に応(こた)へまつる」。→補一。

一白菊は秋の川水に白いうすぎぬをひたしてやわらかく練っているようにみえるが、これはそのような白菊ではない。沙は、つむいだ糸で織ったうすぎぬ。集韻によれば「紗」に通ずる。二これは黄金が一むらの花に化して咲き出したかと思われるような黄菊である。三私は黄金のようなこの黄菊の花をつんで、たとえかご一ぱいになろうとも、家に先賢の書いた一経があって、それを子孫にのこす方がはるかにましである。微臣は、道真の自称。籯は、かご・かたみ。竹器。三、四斗入る竹かご。→補二一・一三七。

461「九月尽(くぐわつじん)の日、残菊に題して、太上皇の製に応(こた)へまつる。(同しく寒・残・看・闌を勒す)」。昌泰二年九月三十日、宇多上皇残菊宴の勅韻詩。

一あしのすだれ。二朱雀院の中の池水のほとりの欄干のそば。三秋はもう今日一日で尽きはて、菊はすでにさむざむとすがれている。四菊は光栄にも君と臣とが畝をとなりあわせにして植えられる恩寵に浴した。五すでに九月尽の日になったとはいえ、それはそれとして。任他は、そのことをほしいままにさせようというのが本義である。サモアラバレの訓は、「遮莫、サマアラハレ・サモアラハレ、任他、同」(前田家本色葉字類抄)による。六残菊とはいえ、菊花の香気は園中いっぱいになおのこってほしいままにかおりをはなたせておこうの意。

百千自許心銘去
分寸猶嫌手折看
非啻惜花兼惜老
呑聲莫道歳華闌

七百千自らに許す　心に銘じて去りなむことを
八分寸なほし嫌ふ　手づから折りて看むことを
九啻に花を惜むのみに非ず　兼ねて老いをも惜む
一〇聲を呑みて道ふことな　歳華闌けにたりと

☆近院山水障子詩。六首。

462 水仙詞。

寄託浮査問玉都
海神投與一明珠
明珠不是奏中物
玄道圓通暗合符

一浮べる査に二寄託して　三玉都を問ふ
四海神投げ與ふ　一明珠
五明珠はこれ奏中の物にあらず
六玄道と七圓通とは　暗に符を合す

463 下レ山言レ志。

七 残菊の花が百茎千茎と咲きかおって、その姿を、深く心にきざみこんで、立ち去って行くことを許しがおである。八 残菊の花を一寸一分といえども、手ずから折りとってつくづく見ることをやはり惜しみ嫌うようである。九（九月尽の日になって）この残菊の花だけを惜しむのではない、老いの到るのを惜しむのである。惜字を重畳する句法。一〇 今年もすでに暮れに近づき、いよいよ時間の花がさかりすぎてしまったと、声に出してはいってはいけない。歳華は、日月の光を華に喩える。「年華」ともいう。道真この年五十五歳、上皇は三十三歳。この年十月二十四日、上皇仁和寺にて落飾。

☆「近院(こんいん)山水(せんずい)の障子の詩。〈六首〉」。→補。

462「水仙詞」。→補一。

一 →補二。二 身を寄せること。いかだにのること。三 神仙の都城。「玉京」ともいう。一句は、水上の仙人が、いかだにのって竜宮城を訪ねるの意。→補三。四 海神が一個のかがやく明珠を水仙に引出物として投げ与えた。→補四。五 明珠（明月の珠・夜光の璧の類）は、奏状の中に書きしるされた品物ではないの意か。「奏中物」の三字、存疑。六 神仙の奥深い道。老子に「同これを玄といふ、玄のまた玄、衆妙の門」。七 論語の教え。論語は小篇であるが円通、世界を包含するところから、論語を「円珠教」という。→四三注一。皇侃の論語義疏序に「論語小にして円通、明珠の如し」とある。一句は、神仙玄妙の道を説く道教の教えと、人間実践の道を説く儒教の教えとは、どこか、符節を合わせたように融合するところがあるようだの意。

463「山を下りて志を言ふ」。山中の隠士が、山を下りて平地の春景色の中にひたる心境。

雖有故山不定家
褐衣過境立晴砂
一生情竇無機累
唯只春來四面花

故山有れども家を定めず
褐の衣境を過ぎて　晴れたる砂に立てり
一生情竇　機累なし
唯只春來りて　四面に花さけらくのみ

464　閑適。

曾向簪纓行路難
如今杖策處身安
風松颯ゝ閑無事
請見虚舟浪不干

曾向　簪纓のひと　行路難
如今し策を杖きて　身を處くこと安なり
風松颯颯たり　閑にして事なし
請ふ見よ　虚しき舟は浪も干さざることを

465　山屋晩眺。

斷雲知得意無煩
唯恨泉聲不避喧

斷雲　知ること得たり　意煩ひなきことを
ただ恨むらくは　泉聲の喧きを避けざること

一 ふるさとの山があっても、家を一定のところに定めない。放浪すること。↓補一。二 粗布(あらぬの)の衣。賤しく貧しいものの称。↓補二。三 晴れた日のかがやく砂。和漢朗詠、巻上、春、早春(本大系七三二四注一)参照。一句は、褐衣をきた隠士が、隠栖していた山をあとにして、春の野辺の晴れた砂原に立つの意。四 礼義のこと。竇は、穴。人の出入する通孔。一句は、その高士は一生礼義において進退して、いささかもわずらいがないの意。↓補三。五 機密や煩累のこと。一句は、その高士は一生礼義においてかかわりあいがなく、悠悠生を養うて、出入進退して、いささかもわずらいがないの意。六 いちめんに春光がみち、四方に花が咲く平地に、高士が悠悠自適、山から下りてくる情景を描いた障子絵であろう。

464 「閑適(かんてき)」。閑適は、閑居して心のままにたのしむ意。文集に諷諭・閑適を部類する。

一 二字、存疑。二 かんざしと冠のひも。高位高官の服装。三 世渡りの難儀の多いこと。一句は、閑適の高士、もとは仕官して人生の行路難とたたかった人だの意。↓補一。四 いま。「如今」は、史記にもしばしば見える語。五 心をむなしくして、悠悠とたのしむ心境を、からふねに喩える。↓補二。六 浪がのりこえない。ここは、杖をついた高士が松樹の岸頭に悠然と立つ、水上には、風があるとみえて波が立っている。虚舟が一艘つながれている、その舟は高士の係累もなく、悠悠として運にまかせて逍遙している姿を象徴するようだの意。そういう図柄の障子絵であろう。

465 「山屋(さんをく)の晩眺(ばんてう)」。山上の小亭から、夕暮れごろ眺めわたした風景。↓補一。

一 夕そらを行くひとひらのちぎれ雲、心に何のわずらいもなげに流れる。それは高士の生の象徴である。断雲は、ちぎれぐも。朱超の詠石

海水三飜花百種
形骸外事惣忘言

[三]海水三たび飜る　花百種
[四]形骸の外の事　惣べて言を忘る

466　傍水行。

誘引春風暫出山
知音老鶴下雲間
此時樂地無程里
鞭轡形神獨往還

[一]春風に誘り引かれて　暫く山を出づ
[二]知音の老いたる鶴は　雲の間より下れり
[三]此の時樂地　[四]程里なし
[五]形神を鞭ち轡して　獨り往き還る

467　海上春意。

蹉跎鬢雪與心灰
不覺春光何處來
染筆支頤閑計會
山花遙向浪花開

[一]蹉跎たり　[二]鬢雪と[三]心灰と
[四]覺えず　春光何れの處よりか來れる
[五]筆を染め頤を支へて　閑に計會す
[六]山花遙に浪花に向ひて開く

詩に「孤生断雲の如し」。二 飛泉即ち落ちたぎつ滝の瀬音だけが、たえず耳朶にひびいてやかましい、それだけが、心の静けさをみだすが、それはどうにもせんないことである。 三 (はるかに海を望めば)海水は風にひるがえって、波をあげると、忽ちぱっと百花が咲くようである。→補二。四 五尺の肉体を「形骸」という。「形骸の外」は、地位や財産や名声のこと。ここは、形骸や形骸の外のことなど一切忘れはてて、精神が無限に自由にはばたくことをいう。→補三。

466 「傍水行(ばうすいかう)」。傍水行は、沢の流れにそうて歩くこと。文集に「水傍絶句」、劉禹錫に「傍水閑行」があり、共に裴度に和した作。

一 春風についさそわれて、山を下りて(水にそうて)歩く。「誘引」の語は、文集、春江詩に「鶯声誘引来二花下一」、和漢朗詠、巻上、春、鶯(本大系[七三]六七)にある。二 かねてよりなじみの老いた鶴が、雲の間から舞いおりてくる。三 この時の心境はまさに仙郷の楽園にあそぶ気持。四 神仙の楽土は下界のスケールではかれない。五 ひとり山を出て、興のおもむくままに老鶴と相伴うて、水にそうて逍遥する隠士は、身体と精神とがさながら楽土にあそぶ心持。自由に飛揚する心を自在にあやつって、何ものにもみだされず、ひとり静かに山居にかえって行く。形は、身体。神は、精神。列子、仲尼に「形神相偶せず、ともに群すべからず」。文選の向秀の思旧賦に「形神逝(ゆ)いて、それ焉(いづ)くにか如(ゆ)かん」。

467 「海上(かいしやう)の春意」。海のほとりに春の気配がおとずれる風景。

一 徒らに年とって、事につまずく形容。二 鬢即ち耳ぎわの髪の毛が雪のように真白になること。白居易の「別二行簡一」詩に「漠漠眼花を病

468 早春侍ニ内宴一、同賦ニ香風詞一、應レ製。

香風半是殿中香
吹自綺羅及四方
草樹魚蟲寒氣解
如何七八鬢邊霜

一香風(かうふう)半(なかば)はこれ　殿中(てんちう)の香(か)
二吹(ふ)くこと　綺羅(きら)よりして　四方(よはう)に及(およ)べり
三草樹魚蟲(さうじうぎよちう)　寒氣(かんき)解(と)く
四七八鬢邊(しちはちびんぺん)の霜(しも)を如何(いか)にかせむ

み、星星鬢雪愁ふ」。三心が冷灰のようにひえきって情熱がないこと。荘子、斉物論に「心は固より死灰の如くならしむべし」とあって、外物に煩わされぬ平静な心境をさしたが、唐代では意味がずれてきた。白居易の冬至夜詩に「心灰は炉中の火に及ばず、鬢雪は砌下の霜よりも多し」。ここは、海辺の山亭に閑居する高士の姿と心持を叙する。四いつのまにか春光がおとずれて四辺に春の気配がみちているが、いったいどこからやってきたのであろうか。五（老翁は窓べに机をすえて）筆をとり、ほおづえをついて、静かに（暦日を）計算して、ながめわたしている。→補。六山に山花がひらき、海に浪の花が咲いて相対映発して春光をたたえている。

468 「早春、内宴に侍（はべ）りて、同（とも）じく「香風の詞」といふことを賦す、製に応（こた）へまつる」。板本「昌泰三年」としるす。→補。

一禁裡に春がめぐってきてかぐわしい風のそよめきをおぼえるが、その半分は殿中の（女楽を奏する妓女たちからの）匂いである。香風は、かぐわしい風。楊子道の「賦ニ終南山一」詩に「登臨日将に晩（く）れんとす、蘭桂香風を起す」。二内教坊の妓女たちのあえかにきかざった綺羅の装束から、匂やかな風が吹いていきて、四方に伝播していく。綺羅は、あやぎぬとうすぎぬ。三その香風が草木虫魚にまであまねくふきわたって、しみかえっていた寒気もとけだしてくる。四森羅万象に春の香風が吹きしみてくるのに、ただひとつ、わが七八即ち五十六歳の、鬢のあたりの霜のような白髪を何としよう。（どうしようもない。）道真この年五十六歳。

菅家文草卷第六終

序三首

扈従雲林院不勝感歎聊叙所観序
九日後朝侍朱雀院閑居樂秋水序
三月三日惜殘春應太上皇製序

修理大夫資仲朝臣説云ゝ☆

或人説示曰、偸見或日記、菅原院者参議是―卿之家也。相公平生昔日、其宅南庭有二齢五六歳童子一。容止閑雅、體皃奇偉。相公問曰、汝是何家子男、何由來遊。童子答曰、無二指居處父母一。欲レ爲二相公之新友一。相公知レ匪二直人一。饗應許諾。相從研精、天才日新。謂二之菅贈大相國一云ゝ。日記之趣、

☆「修理大夫云云」は、底本のほか、尊経閣蔵高辻家清書三冊本にもあり。類従本巻二十、菅家御伝記(北野光乗坊蔵本)の奥書をもって校訂する。大江佐国の注記は注意すべきであろう。

是非不レ可レ測矣。

元永元年八月七日寫之故掃部頭大江佐國自筆所注置也

朝散大夫藤廣兼

天承元年八月八日進納北野聖廟以宮寺權上座勝暹大法師令

觸政所留守圓眞大法師矣

〈以下、菅家後集貞享板本首部〉

〈菅家後草　巻第十三〉

〈昌泰三年庚寅五十六〉

*見右丞相獻家集。　御　製。

門風自古是儒林
今日文華皆盡金
唯詠一聯知氣味
况連三代飽清吟
琢磨寒玉聲々麗
裁制餘霞句々侵
更有菅家勝白様

[一]門風(もんぷう)は古(いにしへ)[二]よりこれ儒林(じゆりむ)
今日(こむにち)の文華(ぶんくわ)[三]はみな盡(ことごと)くに金(こがね)[四]なり
[五]ただ一聯(いつれん)をのみ詠(ゐやう)じて氣味(きび)を知(し)んぬ
[六]況(いは)むや三代(さむだい)を連(つら)ねて清吟(せいぎむ)に飽(あ)かむや
[七]琢磨(たくま)せる寒玉(かんぎよく)　聲聲麗(こゑごゑうるは)し
[八]裁制(さいせい)せる餘霞(よか)　句句(くく)侵(をか)す
[九]更(さら)に菅家(くわんけ)の白様(はくやう)に勝(まさ)れることあり

*「右丞相の家の集を献(たてまつ)るを見る。御製」。醍醐天皇の御製で、紀略、昌泰三年八月十六日の条に「右大臣菅原朝臣、状を上(たてまつ)りて家集合(はあ)せて二十八巻を奏進す」とある。この時の奏状は後集の巻尾に附録せられる。↓六七四。

一 菅家代代の家風。二 菅原清公よりこのかた、三代の儒家の家柄。三 立派な漢文学の作品。菅家三代集の芸術的なすばらしさを、花に喩える。昭明太子の文選序に「其の論讃の辞采を綜緝し、序述の文華を錯比するがごときは云云」とある。四 文章のすばらしさを、黄金に喩える。例は、文集に出。五 律詩などの一聯(二句)を詠誦しただけでも、その醍醐味がわかるのに。六 清公・是善・道真三代の家集を綜合して十分に心ゆくまで吟誦することができるのは何ともいえずにすばらしいことだ。七 詩の美しいひびきを、磨きあげた玉の声に喩える。文集の「酬微之」詩の「声声麗曲敲寒玉、句句妍辞綴色糸」(三三八)による。八 空にかかる彩雲を裁断して、詩句毎にすばらしいいろどりをそえる。裁制は、「琢磨」と同じ。文章を推敲して詩作に苦吟すること。霞は、「かすみ」ではなく、空にかかる彩雲。夕焼・朝焼の雲。謝朓の「晩登三山」詩に「余霞散成綺、澄江静如練」とある。「余霞」の語は、文集にも出。九 道真の詩は、白楽天の詩のすがたよりもまさるものもある。(元白は平俗と称せられるが、道真の詩風もそれに類して、さらにそれを超えるすばらしさのものもあるの意。)元慶七年渤海の裴頲大使が来朝したとき、「礼部侍郎は、白氏が体(すがた)を得たり」といった。↓一二九分注。また、江談抄に「菅家の御作は元稹の詩体なり」とあり、「菅家の御作は眼も及ばず、文集は眼及ぶ」とある。

従茲抛却匣塵深

平生所レ愛、白氏文集七十巻是也。今以二菅家一不二亦開一レ帙。

一〇 茲れより抛ち却てて匣の塵こそ深からめ

平生愛する所、白氏の文集七十巻これなり。今菅家あるを以て、亦帙を開かざらむ。

469 奉レ感下見レ獻二臣家集一之御製上、不レ改レ韻、兼叙二鄙情一。一首。

反哺寒烏自故林
只遺風月不遺金
且成四七箱中巻
何幸再三陛下吟
犬馬微情叉手表
冰霜御製遍身侵
恩覃父祖無涯岸
誰道秋來海水深

哺むことを反す寒いたる烏は自らに故林
ただ風月を遺して金を遺さず
且がつ四七と成る　箱の中の巻
何ぞ幸なる　再び三たび陛下の吟じたまふこと
犬馬の微情は手を叉きて表す
冰霜の御製は身に遍く侵す
恩は父祖に覃びて涯岸なし
誰か道はむ　秋來りて海水深しと

一〇 これから以後は白氏の詩巻はうっちゃって、書箱の奥にしまいこんでしまって塵の中に忘れてしまって、とり出さなくなるだろう。 一一 →補一。 一二 菅家三代集があるから、二度と白氏文集の帙を開いてひもとかなくなるだろう。徒然草十三段に「白氏文集」(本大系30 一〇〇頁)とある。亦字、復字がよい。▽→補二。

469 「臣が家集を献(たてまつ)るを見そなはす御製に感じ奉りて、韻を改めずして、兼ねて鄙情を叙ぶ。一首」。下平声十二侵の韻、林・金・吟・侵・深をそっくりおそって作っている。

一 祖父清公、父是善が自分に文才を教えこんでくれたので、自分も漢詩をどうにか作れるのだ。「反哺」は、親鳥が子に哺(口にふくんだ食い物)をあたえて育てると、子は長じてその哺を親に報い反すこと。コイタルの訓は、三六注四参照。梁の武帝の孝思賦に「霊蛇は珠を含みて徳に酬い、慈烏は哺を反して親に報ゆ」。 二 父祖は風月の才をのこしてくれて、金銭をのこしてはくれなかった。 三 総計四七(二十八)巻。帙におさめ匣にいれて奏進したのである。 四 醍醐天皇。 五 犬や馬がその飼主に忠誠であるように、臣下が主君に尽す心をへりくだっていう。史記、三王世家に「臣ひそかに犬馬の心に勝(た)へず」。 六 腕をくむ。「拱手」とも。魏志に「手を叉(こまぬ)へ、膝を屈す」。 七 氷霜の如くきびしい御製は、私のからだじゅうに突きささる。「冰」は、「氷」の正字。 八 清公・是善たちのこと。七・八句は、海水は深くして「斗量(とりやう)すべからず」ということば(淮南子、泰族訓)もあるが、陛下の恩の深さには及ばないの意。

☆「紀処士が新しき泉に題する二絶に和す。《韻を次ぐ》」。処士は、二六八題注参照。紀長谷雄は、昌泰三年五月左大弁に任じて、この時遣唐

☆和下紀處士題ニ新泉一之二絶上。次レ韻。

470
瑠璃地上水潺湲
遮莫銀河在碧天
觸石秋聲如讀誦
暗知泉眼遂無眠

一瑠璃の地上 水潺湲
二遮莫 銀河の碧天に在ることを
石に觸るる秋聲 三讀誦するが如し
四暗に知る 泉眼の遂に眠ることなきことを

471
入寺新泉屬出家
感懷無數幾恒沙
西方若有多情者
應導便栽佛種花
慰ニ石庭之人一也。

一寺に入る新泉 出家を屬む
感懷無數 二幾恒沙ぞ
三西方若し多情の者有らば
四導ふべし 便ち佛種の花を栽ゑなむと
五石庭の人を慰むるなり。

472 九日侍レ宴、同賦ニ寒露凝一、應レ制。一首。

爲霜爲露一鴻鑪

霜と爲り露と爲る 一一の鴻鑪

副使・式部大輔・侍従・文章博士をかねているから「処士」というわけにはいかない。ここは紀氏某の作に酬和したのであろう。

470 一美しいみどりの苔の寺の庭から湧き出た新しい泉が、さらさらと音たてる。瑠璃は、青色の宝玉の一種。西アジアより中国に輸入された。「琉璃」とも。七宝の一。梵語 Vaidūrya の音訳。ここは薬師浄土たる瑠璃の浄土の幻想もあろう。二銀河が碧天にあるのはそれはそれでよい。ここの瑠璃地上の流れはすばらしいので銀河などを問題にしなくてよい。遮莫は、…などは、それにまかせておけばよいの意。→補一。三経文(きょうもん)を読誦するように聞えてくる。四泉が昼夜をおかずさらさらと湧き出ることを、眼を開いて眠ることがないと喩えていう。泉眼は、泉の湧き出る穴。→補二。

471 一新しい泉の水が寺に入って行くのは、俗人に出家せよと暗示して勧めているようだ。二「恒河沙」の略。Gaṅgā-nadī-vāluka. 恒河即ちガンジス川の砂。数の多い喩え。衆生は、恒河沙の仏の所において発心し、流転すると涅槃経に説く。三西方浄土に往生したもののうちに、多情多感の者がもしあったとしたならば。四仏果を生ずるところの種子を栽培して、この新泉の水を灌漑して仏花を咲かせようというであろう。五平安初期における庭園史の一資料。

472 「九日、宴に侍(はべ)りて、同じく「寒露凝(こ)る」といふことを賦す、制に応(こた)へまつる。一首」。→補一。
一一つの大きないろり・火牀(ひどこ)。文選の賈誼(かぎ)の鵩鳥賦に「夫れ天地は炉たり兮」とあり、この宇宙世界を一つの火牀みたいなものだと喩え、そのなかで時節がめぐり来ると露がおりたり、霜が結んだりすると考える。

應是重陽節不渝　これ重陽 節 渝らざればなるべし
唯有鵁鶄飛負葉　ただ鵁鶄の飛びて葉を負ふことあり
且無荆棘立垂珠　且荆棘の立ちて珠を垂ることなし
聲々已斷華亭警　聲聲已に斷えぬ　華亭の警め
歩々初驚葛履濡　歩歩初めて驚く　葛履の濡ふことを
施與蒼生長壽藥　蒼生に長壽の藥を施與し
更凝恩澤化醍醐　更に恩澤を凝らしめて醍醐と化へむ

473　九日後朝、同賦二秋思一、應レ制。

丞相度年幾樂思　丞相　年を度りて幾たびか樂しび思へる
今宵觸物自然悲　今宵は物に觸れて自然らに悲む
聲寒絡緯風吹處　聲寒ゆる絡緯は風の吹く處
葉落梧桐雨打時　葉の落つる梧桐は雨の打つ時
君富春秋臣漸老　君は春秋に富み臣は漸くに老いにたり
恩無涯岸報猶遲　恩は涯岸無くして報いむことはなほし遲し

二→補二。三 荆棘の木が生いたって、黄色の珠のような果実を垂れることがないとは、荒廃していないということ。荆棘は、いばら・うばら。史記、淮南王の伝に、呉子胥が宮中荆棘生ぜんと予言した故事を反用している。四 呉国奉県の郊外。陸機がここに遊んで鶴を愛した。五 鶴は露がおりると高く鳴いて相警(いまし)めるという(芸文類聚所引風土記)。六 葛(かつ)で製したサンダル。夏のはきもので、冬は皮ぐつを用いる。詩経、魏風に「糾糾たる葛屨、以て霜を履むべし」。和漢朗詠、巻上、冬、霜(本大系七三三二)に「警」を「鶴」に作り、「濡」を「人」に作って出。七 一般の人民。八 重陽の菊酒は不老長生の霊薬。九 天子の恩沢によって寒露も凝って醍醐に化する。醍醐は、仏教語。五味の一。牛乳より製し、世間第一の味。諸病を除き、人人の心を安楽ならしめるという。

473 「九日の後朝(こうてう)、同じく秋思を賦す、制に応(こた)へまつる」。紀略、醍醐天皇、昌泰三年九月十日の条に「公(後か)宴、題云、秋思」とある。

一 大臣の唐名。道真は、前年の二月以来右大臣。自然の訓は、「自然、ヲノヅカラ」(類聚名義抄)による。二 こおろぎ。「絡糸娘」ともいう。糸を紡(つむ)ぐような声でなくから名がついた。三 あおぎり。文集、長恨歌に「秋雨梧桐葉落時」。四 十訓抄に、この句一聯をひき、「トツクラセ給ケレバ、叡感ノ余リニ御衣ヲヌギテカツケサセ給シ」とある。五 皇恩は限りなく、私がその恩に報いたいとあせっても思うにまかせない。六 このもどかしい臣が心持をして、どこにやすらげさせようか。このもどかしい思い、どこかにうさ晴らしをしたい憂愁の気持というものは、しだいに孤立しうきあがろうとする身辺の状況を予感しているにちがいない。この年十月十日、「重請レ罷ニ右近衛大将一状」(六七五)に、彼は「夏より秋に渉りて、心胸結(むすぼ)るるが如し」と訴えている。七 白居易の「北窓三友」の詩に琴・酒・詩の三を「三友」と称している。この発想をうけている。↓補。

474 「吏部王(りほうわう)が琴を弾くに感じて、制に応(こた)へまつる。〈一絶〉」。「吏部王」に底本「本康親王」と小注する。吏部王は、仁明天皇皇子、一品式部卿本康親王。八条宮のこと。吏部尚書は、式部卿の唐名。↓補一。

一 列子、天瑞に、孔子が太山に遊んで栄啓期に会った、彼は鹿の裘(かわごろも)をきて縄の帯をして琴を鼓して三楽を歌ったとある。二 琴の微妙な楽の音に、世俗の無数の憂愁も消え去る。七条は、七絃琴。晋書、孫登の伝に「登は好んで易を読み、七絃の琴を撫す」。三 秋風に木がゆれ動くような、わびしいことの形容。一句は、ものさびしい琴の曲をもうやめて下さいの意。↓補二。四 峡水のむせぶような声、松風のそよぐようなひびきにも似た琴のひびきは肝にしみ腸を断つようだ。

475 「冬の日、庭前の紅葉に感じて、秀才淳茂(あつもち)に示す」。淳茂は、道真の四男。秀才は、文章得業生の唐名。

一 山は寒雲におおわれ、水は氷りついていて、凄惨なくらい気分だ。二 わが家の庭前の一樹が、そのくらい風景のなかに紅(くれない)を点じている。道真の心象が感情移入されている。三 霜が紅葉を深紅の色に染めあげて、愛憐の情を無限にそそられる。茅蒐は、茜草(あかねくさ)。赤い染料になる草。四 秋風が刀の刃(やいば)のように鋭く吹いて、あの紅葉の錦を裁断するのを、いくら惜しんでも惜しみつくすことができない。

不知此意何安慰
飲酒聴琴又詠詩

六 知らず　この意(こころ)何(いづ)れにか安慰(あんゐ)せむ
七 酒(さけ)を飲(の)み琴(こと)を聴(き)きまた詩(し)を詠(ゑやう)ぜむ

474 感ニ吏部王弾ㇾ琴、應ㇾ制。一絶。

榮啓後身吏部王
七條絲上百愁忘
酒酣莫奏蕭々曲
峽水松風惣斷腸

一 榮啓(えいけい)が後身(こうしん)　吏部王(りほうわう)
二 七條(ななすぢ)の絲(いと)の上(うへ)に百(もも)の愁(うれ)へを忘(わす)る
酒酣(さけたけなは)にして奏(そう)することな　三 蕭蕭(せうせう)の曲(くゐよく)
四 峽水松風(かふすいしようふう)　惣(す)べて腸(はらわた)を斷(た)つ

475 冬日感ニ庭前紅葉一、示ニ秀才淳茂一。

山冪寒雲水結冰
在家一樹感難勝
茅蒐霜染憐無限
刀刃風裁惜不能

一 山(やま)は寒雲(かんうん)に冪(おほ)はれ水(みづ)は冰(こほり)を結(むす)ぶ
二 家(いへ)に在(あ)る一樹(いつじう)は感(いた)み勝(た)ふること難(かた)けむ
三 茅蒐(ばうしう)　霜(しも)染(そ)めて　憐(あは)れぶこと限(かぎ)りなし
四 刀刃(たうじん)　風(かぜ)裁(さい)して　惜(をし)むこと能(あた)はず

孤立如逢衣錦客
四分疑伴散花僧
菊枯蘭敗梅猶嬾
詩興當追落葉凝

孤り立ちては　五錦を衣る客に逢へらむが如し
六四に分れては　花を散ずる僧に伴ふかと疑ふ
七菊枯れ蘭敗りて梅なほし嬾し
八詩興は落葉に追ひて凝らむ

〈昌泰四年〉☆

在ㇾ途、到ニ明石驛亭一。
〻〻長見驚。

驛長莫ㇾ驚時變改
一榮一落是春秋

此詩在ニ或僧侶書中一。
不ㇾ知ニ眞僞一。然而爲
ㇾ後所ニ書付一也。

途に在りて、明石の驛亭に到る。
驛亭の長、見て驚く。

驛長驚くことな　時の變改
一榮一落はこれ春秋

此の詩は或る僧侶の書の中に在りきといふ。
眞僞を知らず。しかれども後の爲に書き付くるところなり。

五 錦の衣をきて故郷に帰った旅人。李白の越中懐古詩に「越王勾践破ㇾ呉帰、義士還ㇾ家尽錦衣」などとある。

六 紅葉がちりぢりに風に吹かれて飛散するのは、散花(さんげ)の行道僧(ぎょうどうそう)と一緒にいるようだ。四分は、四方に分散するの意。

七「菊枯れ蘭敗りて」は道真の運命、「梅なほし嬾し」は淳茂の運命を先取して象徴しているようである。下句は、梅はまだ花を咲かせる気になっていないの意。

八 文章得業生として、文章道に修業中の淳茂に対して、その詩作を鼓舞するかに見える。

☆これより左遷の作となる。四七五のくらい気分にひきついで、昌泰四年正月二十五日、太宰権帥に任ぜられ、源光が右大臣、藤原定国が右大将に任ぜられる。こえて二月一日、道真は任に向かった。途中明石駅でのことは、大鏡第二巻、時平の条に「又、播磨の国におはしましつきて、明石のむまやといふところに御宿りせしめ給ひて、むまやのおさのいみじく思へる気色を御覧じて、作らしめたまふ詩、いとかなし」(本大系[二一]七二頁)として、二句を出す。源氏物語、須磨に「むまやの長に、くしとらする人もありけるを」(本大系[一五]四三頁)とある。「くし」とは、口詩。筆記したものでなく、口につぶやいた詩という意。句詩だという説もあるが、天皇が口ずから宣下するのを「口宣(くぜん)」という例もあるから、口詩でよい。「口号」ともいう。原中最秘鈔上、陬磨巻参照。この一条は後人の注記したもの。以上貞享板本による。

☆〈以下、前田家尊經閣所藏甲本〉《此本係影抄凡七八百年前古本者尤可貴重》

菅家後集

476 五言 自詠。

離家三四月　家(いへ)を離(はな)れて　一三四月(みつきよつき)
落涙百千行　二落(お)つる涙(なむだ)は　百千行(ももつらちつら)
万事皆如夢　三万事(ばんじ)みな夢(ゆめ)の如(ごと)し
時々仰彼蒼　時時(よりより)四彼(か)の蒼(さう)を仰(あふ)ぐ

477 詠二樂天北窓三友詩一。 七言。

白氏洛中集十卷　一白氏(はくし)が洛中(らくちう)の集十卷(しふじふくわん)

☆以下前田家甲本による。道真自撰の原型本のすがたを最もよく伝える善本である。訓も主として同古鈔本の点による。「此本云云」の注記は、前田家尊経閣永山近彰翁の手識。

476 「〈五言〉自詠(じえい)」。貞享板(以下単に板本とよぶ)は「自レ此以後、卅八首、謫中之作」と題下に分注する。また「自詠」の上に「昌泰四年」と注する。「自詠」という題名は、文集などに「不出門」などとともにある。

一 すでに太宰府の謫居に落ちついてよんだものと見える。二月一日に京を離れているから、三、四カ月を経過して、これを詠んだのは、四月か五月ごろであろう。二 涙がこぼれて百すじ千すじ頬をつたって流れくだる。三 人生の有為転変のあまりの甚だしさにあきれはてて、夢と思うほかはない。文集、枕上作詩に「廻思往事紛如レ夢」(三四〇九)とある。四 彼の青い天をふり仰いでは、我が身の運命を訴える。ここにいう「蒼」は、「蒼天」で、天道即ち道真における神(ゴッド)にほかならない。→補一。▽→補二。

477 「楽天が北窓(ほくさう)の三友といふ詩を詠む。〈七言〉」。板本、「七言」を「古調」に作り、窓字を牕字に作る。

一 白居易の「洛中集」は唐の開成五年(八四〇)に完成した。→補一。

二 「北窓三友」の詩は、文集(宋本)巻二十九所収。北窓は、北の窓。堂の奥の書斎兼居室。三友は、琴・詩・酒をさす。→補二・四三注七。

三 酒を嗜(たし)むことと琴を弾くこととは、私(道真)は勝手を知らない。「之与琴」、板本「与弾琴」に作る。「…と…と」は、日本語の古用。

四 酒は何からつくるか、麹に水を加えて醸造する。麴字、底本麪(イ麹)字に作る。五 琴は何からつくるか、桐の材に糸をしきのべてつくる。

中有北窻三友詩
一友彈琴一友酒
酒之與琴吾不知
吾雖不知能得意
既云得意無所疑
酒何以成麴和水
琴何以成桐播絲
不須一曲煩用手
何必十分便開眉
雖然二者交情淺
好去我今苦拜辭
詩友獨留眞死友
父祖子孫久要期
只嫌吟咏涉歌唱
不發于聲心以思
身多忌諱無新意

中に二北窻三友の詩あり
一の友は彈琴　一の友は酒
三酒と琴と　吾れ知らず
吾れ知らずとも　能く意を得たり
既に意を得たりと云ふ　疑ふところ無からむ
四酒は何を以てか成す　麴　水に和す
五琴は何を以てか成す　桐　絲を播す
六須ゐず　一曲に煩しく手を用ゐることを
七何ぞ必ずしも十分に便ち眉を開かむ
九然れども八二つの者交情淺し
九好し去れ　我れ今苦に拜辭す
一〇詩友は獨り留る　眞の死友
一一父祖子孫久しく要期す
一二ただ嫌はくは　吟咏の歌唱に渉ることを
一三聲に發せず　心に以て思ふ
一四身に忌諱多くして新なる意なし

六 一一琴曲の譜をめくって、細かい手をつかって一曲を弾奏するにも及ばない。不字、底本欠、いま板本により補。七 杯に十分に酒を満たして、心ゆくまで飲みほせば、愁えの眉がのびるのだとも思わない。白居易の春深詩に「十分杯裏の物」。八 琴と酒の二友に対しては、自分はそれほど交情が深くない。九 御機嫌よう、わが琴と酒の二人の友人よ。さようなら。私は慇懃にお前さんがたにお別れを告げよう。「好去」は、唐代の俗語で、文集にもみえる。でかける人にむかって、とどまる人が安慰する挨拶のことば。→補三。一〇 私にとってはひとり詩の友だけが留まってくれればいい。詩こそ私が死ぬ時まで身に副(そ)う同伴者であってほしい。「詩友」と「死友」は同音のしゃれ。一一 我が菅家では父祖以来、わが子孫にいたるまで詩においてはふるい約束がかたく結ばれている。久要は、ふるい昔からの約束。旧約。→補四。一二 自分たちの作った詩が吟詠せられて人人の口の端にのぼって流行の歌唱になったりすることは好もしくないこととしてきた。ここに白詩が世俗に迎えられたことを批判する。「嫌はくは」は、古用、後世「嫌ふらくは」となる。一三 声には出さないで、ひとり私は心の中に万感の思いをいだいている。「心以思」、板本「以心思」に作る。一四 我が謫居の身には、言いたいことも忌み憚(はば)ることのみ多く、特に新鮮な詩興も湧かないようだ。一五 口の端におのずからうかんでくる文章があり、古人の詩の佳句を摘出する。詩字、板本詞字に作る。→補五。一六 配流中の官舎はわずかに三間(けん)の建物である。三間は、長さの単位でなく、柱と柱との間を「一間」という。→補六。一七 白いちがやといばらで屋根を葺(ふ)く。茅茨で屋根をふく

口有文章摘古詩
古詩何處閑抄出
官舍三間白茅茨
開方雖窄南北定
結宇雖疎戸牖宜
自然屋有北窻在
適來良友穩相依
無酒無琴何物足
紫燕之雛黄雀兒
燕雀殊種遂生一
雌雄擁護遞扶持
馴狎燒香散華處
不違念佛讀經時
應感不嫌又不厭
且知無害亦無機
喃々嘖々如含語

一五 口に文章有りて古詩を摘ふ
古詩何れの處にか閑に抄出する
一六 官舎三間　一七 白き茅と茨と
一八 方を開くこと窄くとも南北定れり
一九 宇を結ぶこと疎なりとも戸牖宜し
二〇 自然に屋に北窻の在る有り
二一 適來りて良友　穩に相依る
二二 酒も無く琴も無し　何れの物か足らむ
紫燕の雛　黄雀の兒
二三 燕雀　種殊なれども生を遂ぐること一つなり
二四 雌雄擁護して遞に扶持す
二五 馴れ狎れたり　燒香散華の處
念佛讀經の時を違へず
二六 感ずべし　嫌はずまた厭はざることを
且知る　二七 害もなくまた機もなきことを
二八 喃喃嘖嘖として語を含めるが如し

ことは、質朴なことの喩。→補七。一八 方形の地所はせまいけれども、南の庭、北の堂ときまり通りに配置せられる。一九 粗末な家ではあるが、戸も窓も一応ちゃんとついている。宇は、四方にふきおろした屋根。二〇 自ら家屋には北窓のある書斎むきのへやもある。二一 北窓の下で閑(しず)かに起臥していると、我が良き友―「詩」という友人が久しぶりに訪れて、おだやかに私の身により添うてくれる。二二 身辺には酒もなく琴もない、たっぷりあるものは何か。それは燕のひなに雀の子だけだ。「紫」と「黄」とは余色の対照。二三 燕と雀とは種を異にするけれども生命を完うすることは同じだ。→補八。二四 燕雀の親の雌雄たちは、お互いに守り合って互いの生活をたすけ合っている。二五 わが茅屋の中、持仏を安置して焼香散華したり、念仏読経したりする所の軒先に、燕や雀たちは馴れしたしみ、勤行の時に違えずにやってきて遊んでいる。二六 燕雀が畜生ながら、仏事法会のところを嫌いもせず、念仏読経の時をいといもしないでなれることに感心しなければならない。「応感」、板本「感応」に作る。二七 燕雀が別段人間に害も与えないが、さりとて特に機縁となるわけでもない。二八 喃喃は、くどくどと語るさま。嘖嘖は、やかましく言い争うさま。喃喃は、より多く燕の声にいい、嘖嘖は、より多く雀の声にいう。「含語」、板本「合語」に作る。二九 私は孝慈を人に説く儒者でありながら、現実のざまは燕雀たちが雛をはぐくむ愛情にさえも及ばない。→補九。三〇 尚書右丞は、右少弁の唐名。板本「男右少弁高視、左降土左権守」と傍注。道真の長男従五位上行右少弁大学頭高視(たかみ)が、かつて太政官の弁官に任命せられたことをいう。今や土佐権守に左降せられたので

一蟲一粒不致飢
彼是微禽我儒者
而我不如彼多慈
尙書右丞舊提印
吏部郎中新著緋
侍中含香忽下殿
秀才翫筆尙垂帷
自從勅使駈將去
父子一時五處離
口不能言眼中血
俯仰天神與地祇
東行西行雲眇々
二月三月日遲々
重關警固知聞斷
單寢辛酸夢見稀
山河邈矣隨行隔

一蟲一粒すら飢ゑを致さず
二九 彼はこれ微禽　我は儒者なるものを
三〇 而るものを我は彼が　慈　多きに如かず
尙書右丞は　舊印を提げたりき
三一 吏部郎中は　新に緋を著けにたり
三二 侍中は　香を含みながら忽ちに殿を下りぬ
三三 秀才は　筆を翫むで尙し帷を垂りたり
三四 勅使駈り將て去つしより
三五 父と子と一時に五處に離れにき
口に言ふこと能はず　眼の中なる血
三六 俯し仰ぐ　天神と地祇とを
三七 東に行き西に行き　雲眇眇
二月三月　日遲遲
三八 重關警固して知聞斷えぬ
三九 單寢　辛酸にして夢見ることも稀らなり
四〇 山河邈矣として　行くに隨ひて隔る

ある。↓補一〇。三一 吏部郎中は、式部丞の唐名。板本「二男式部大丞景行叙爵」と傍注。二男従五位下式部大丞景行はすでに五位であったのに、新たに叙爵して従五位下になり越後国に配流。緋は、五位のつけるあけのころも。三二 侍中は、蔵人の唐名。板本「三男蔵人兼茂」と傍注。三男蔵人正六位上兼茂は蔵人の役を罷免せられて、殿上を辞して地下にくだり、遠江笠原に配流。含香は、口臭を消すために、口に鶏舌香などを含んで天子に奏対することで、侍中即ち蔵人の身だしなみ。↓補一一。三三 秀才は、文章得業生の唐名。板本「四男秀才淳茂」と傍注。↓四七五。文章得業生が、秀才科の登庸試を受けて出身するわけで、まだ対策登科しないで受験勉強中の四男淳茂をさす。播磨国に配流せられた。「垂る」は、古くは四段活用。三四 昌泰四年正月二十五日、勅使が四人の息男にそれぞれ配流の宣命を伝え、同時に彼らを引き立てて配所につれ去った。「駈将去」は、前後左右武士どもがとりかこんで都をあわただしくあとにしたこと。↓補一二。三五 父と子が、筑紫・土佐・越後・遠江・播磨と五カ国に別れ別れに配せられた。あまりのことに言葉も出ず、眼中に血がにじんで、涙もこぼれなかった。三六 仰いで天神に訴え、俯して地祇に祈る。舜が皇天に号泣するの類である。三七 以下二句の訓みは江談抄による。ユキを底本はユケバとよむ。他は同訓。↓補一三。三八 いくつも関を重(かさ)ねて厳重に警固しているので、知友たちから消息を聞き知ることも絶えた。三九 かり寝の身はつらく苦しく、寝ざめがちで夢さえも見ることがまれである。四〇 謫行の旅路を行くにしたがって、故郷は山河はるかにへだたる。四一 西行の旅路、展開する風景もくらい愁えのかげをおびて次次とうつりかわる。涙にうち曇ってさだかに見えないのである。四二 平安に配所に到達しても、孤独の身に、食事も誰を相手に食べるのであろうか。致字、板本到字に作る。四三（死にもせず）生きのびて、この秋風が吹いて寒さに向かう時にも、きっと冬の暖かい衣服もないであろう。四四 かの古の白居易が北窓の三友とうたったところは、生涯相ともなって楽しみの友であった。四五 今の私にとって琴詩酒の三友—なかでも詩の友人がいるにはいるが、それは一生の悲しみをうたうにすぎない。四六 昔の白居易が一生の楽しびとした「詩」という友人、今の私の一生の悲しびの相伴である「詩」という友人。—それはすっかりちがったものではあるけれども、心情をさながら表現するものである点では同一だ。↓補一四。

478 「門を出でず。〈七言〉」。↓補一。

一 官位より落とされて流される。二 しばといばら。転じて柴の戸・あばら屋。ここは配所のわび住居。白居易の「秋遊原上」詩に「徐（おもむろ）に歩みて柴荆を出づ」。三 在字、板本就字に作る。四 こうなってはとても生命は助からないと、怖れでおののきびくびくする。五 せぐくまって背のびもできず、小股に抜足して歩むこと。跼天蹐地。詩経、小雅にもとづく語。天地の間に身のおきどころもない気持。六 筑前国筑紫郡にあった都督府即ち鎮西府の政庁の正面の大門の高楼。その附近に蔵司・学業院・水城等の府の設備のあとがある。都府楼の瓦は、異国より渡来してきたものといわれ、その瓦の図は観音寺の鐘の図とともに藁草に記載がある。↓補二。七 観世音寺。普門院清水山と号す。↓補三・補二。八 精神の内部はちぎれ雲とともにみんな去って行ってしまって、空虚である。まま

風景黯然在路移
平致謫所誰與食
生及秋風定無衣
古之三友一生樂
今之三友一生悲
古不同今〻異古
一悲一樂志所之

478 不レ出レ門。七言。

一従謫落在柴荊
万死兢〻跼蹐情
都府樓纔看瓦色
觀音寺只聽鐘聲
中懷好逐孤雲去
外物相逢滿月迎

風景黯然として　路に在りて移る
平に謫所に致るとも　誰とともにか食まむ
生きて秋風に及ぶとも　定めて衣も無からむ
古の三友は一生の樂しびなりき
今の三友は一生の悲しびなり
古　今に同じからず　今　古に異なり
一は悲しび一は樂しぶ　志の之くところ

一たび謫落せられて柴荊に在りてより
万死兢兢たり　跼蹐の情
都府の樓には纔に瓦の色を看る
觀音寺にはただ鐘の聲をのみ聽く
中懷は好し　孤雲に逐ひて去る
外物は相逢ひて滿月ぞ迎ふる

此地雖身無撿繫
何爲寸歩出門行

此の地は身の一〇撿繫せらるることなくとも
一一何爲れぞ　寸歩も門を出でて行かむ

479　讀開元詔書。　五言。

開元黄紙詔
延喜及蒼生
一爲辛酉歳
一爲老人星
大辟以下罪
蕩滌天下清
省徭優壯力
賜物恤頽齡
茫々恩德海
獨有鯨鯢横
具見于詔書。

開元の黄紙の一詔
延喜　二蒼生に及ぶ
一つは三辛酉の歳のためになり
一つは四老人星のためになり
五大辟以下の罪
六蕩し滌きて天下清めり
七徭を省きて八壯力を優す
物を賜ひて九頽齡を恤れびたまふ
一〇茫茫たり　恩德の海
獨り一一鯨鯢の横れる有り
具に詔書に見ゆ。

よそれでいい。九 しかし我をめぐる外側の世界は規則正しくめぐりあって、満月を迎えるのだ。一〇 手をつかねてくくられてつながれることはないけれども。一一 門を出て一寸も歩き出すという気にはなれない。↓補四。

479 「開元の詔書を読む。〈五言〉」。↓補一。
一 天子の詔は黄紙に書いた。禁秘抄に「勅書は黄紙に書く、唐太宗の貞観より始る」。二 一般の人民。あおひとぐさ。三 今年の暦が辛酉に当たり、革命の符を呈するためである。このことは、去年(昌泰三年)十月三善清行が奏議の中に明年二月は辛酉革命の期、君臣剋賊の運に当たるといっている。四 去年の秋に老人星があらわれたためである。紀略、昌泰三年十二月十一日の条に「老人星見(あら)る」とある。老人星は、南極星の異名。寿星。史記、天官書に見える。「南極老人星」といい、これをまつって、福寿を祈るという。時平の詩に「秋郊仰拝老人星」とある。改元の理由は一代要記によると「依旱涼疾疫也」とあげている。五 大赦令が出て、大辟以下の罪を赦した。大辟は、古の五刑の一で、死刑。六 あらいすすぐ。穢(けが)れや悪を洗除すること。礼記にみえることば。↓補二。七 えだち。ぶやく。徭役(ようえき)のこと。租庸調の「庸」にあたる。労働義務。八 壮年男子の力にゆとりあらしめる。九 老年の人たちを救恤(きゅうじゅつ)する。一〇 天皇の恩徳がひろびろとしてはてしがないことは海のようである。茫茫は、広大なるさま。「恩徳」にオンドクという連濁が、平安初期にあったかどうかは疑問がある。一一 小魚をとって食うわるい親玉。鯨は、おくじら。鯢は、めくじら。文集の「題海図屏風」詩にも「鯨鯢得其便、張口欲呑舟」(七)とある。巨魁(きょかい)に喩える。

此魚何在此
人導汝新名
呑舟非我口
吐浪非我聲
哀哉放逐者
蹉跎喪精靈

一三此の魚し何ぞ此に在らむ
一四人は導ふ　汝が新しき名なりと
一五舟を呑むは我が口ならじ
一六浪を吐くは我が聲ならじ
一七哀しきかな　放逐せらるる者
一八蹉跎として精靈を喪へり

480　聞旅雁。　七言。

我爲遷客汝來賓
共是蕭〻旅漂身
欹枕思量歸去日
我知何歲汝明春

一我は遷客たり　汝は來賓
共にこれ二蕭蕭として旅に漂さるる身なり
三枕を欹てて歸り去らむ日を思ひ量らふに
四我は何れの歲とか知らむ　汝は明春

481　九月九日口号。　五言。

三 改元の詔は今はその佚文が革命勘文などに一部が存するだけで、このことばは佚文の中には見えない。略記によると、改元は「逆臣ならびに辛酉革命に依る」とあるから、道真を逆臣の巨魁として、鯨鯢の語が詔書の中にあったのであろう。この分注、底本にはない、いま板本により補。一三 鯨鯢などという魚の名がどうしてここに出てくるのであろうか。一四 世間のうわさでは鯨鯢とはお前の新しい名だという。導字、板本道字に作る。一五「呑舟の魚は枝流に游(およ)がず」とは、列子のことば。一六 鯨が潮を吐くあのひびきは私の声ではない。一七 権力の座より放逐せられた身には、何といわれようと抗弁するすべもない。一八 よろよろとして事すべて志にたがって、私は生けるしかばねに過ぎない。霊妙な活動力はもはや私から失われた。蹉跎は、つまずいて、時機を失うさま。
▽→補三。

480「旅の雁を聞く。〈七言〉」。板本「聞鴈」に作る。文集にも旅雁詩がある。
一 私は西のはてに左遷されて仮りの住まいをする身の上、お前は北の空からやってきたお客さま。白氏六帖に「寒露の日、鴻雁来賓す、九月節なり」。二 ものさびしいさま。三 枕の一端をもち上げて斜めにすること。枕に頭をのせて安眠する姿勢から寝覚めて、枕を斜めにして物を思うさま。文集に「遺愛寺鐘欹レ枕聴」(九七八)。四 私は何年になったらゆるされて京に帰られるかわからないけれども、お前は来年の春になれば確かに北の故郷の空に帰ることができるのだ。▽→補。

481「九月九日の口号(こうがう)。〈五言〉」。→補一。
一 ある日、今日は九月九日、重陽の節の日であると知った。一朝は、一日の意。朝にかぎ

一朝逢九日　一一朝　九日に逢ふ
合眼獨愁臥　二眼を合せて獨り愁へて臥せり
菊酒爲誰調　三菊の酒は　誰がためにか調へむ
長齋終不破　四長き齋は終に破らじ

482　九月十日。

去年今夜侍清涼　一去にし年の今夜　二清涼に侍りき
御在所殿名。　御在所の殿の名なり。
秋思詩篇獨斷腸　三秋の思ひの詩篇　獨り腸を斷つ
勅賜二秋思一賦之。臣詩多述レ所レ憤。　勅して秋の思ひといふことを賜りて賦ひき。臣が詩のみ多く四憤る所を述べにたり。
恩賜御衣今在此　五恩賜の御衣は今此に在り
捧持毎日拜餘香　捧げ持ちて日毎に餘香を拜す
宴終晩頭賜二御衣一。今隨レ身在二笥中一、故云。　宴終りて晩頭に御衣を賜へり。今身に隨ひて六笥の中に在り、故に云ふ。

らない。単調な配所の流謫生活がしのばれる。
二 そのまままた床の中で眼を閉じて、物思いにふけりながら臥している。宮中における晴れの九日の詩宴のために出でたった去年までの生活を言外に匂わせる。独字、底本イ本猶字に作るは非。↓補二。三 重陽の節には、菊花をうかべた酒をのむならいだったが、今年は誰のために長寿を祈って菊酒を用意する必要があろうか。(不老長生の仙術などはもはや自分には縁がないの意。) 四 長期間の不断精進の勤行を怠りなくつとめて、来世をひたすら祈るばかりである。↓補三。

482 「九月十日」。以下の分注は、すべて底本にない、いま貞享板本により補。
一 昌泰三年九月十日の重陽後朝の詩宴をさす。紀略に見える。二 清涼殿に右大臣右大将として醍醐天皇の側近に侍していた。三 道真は右大臣右大将となって、左大臣左大将時平をめぐる藤原摂関権力体制のなかでしだいにうき上がり孤立化して行く状況を敏感にかぎとって、「心胸結(むすぼ)るるが如」(↓四七三注六)き気分、もどかしい気持を「この意何れにか安慰せむ」と、腸を断つような痛切なおもいをこめて秋思の詩によみこんだのであったとの意。秋思詩篇は、四七三の詩のこと。「秋思」の詩題は、紀略に見える。「独り腸を断つ」というのは、一年前の憂憤の情をさしていうことばである。↓補一。四 憤字に一本懐字を傍注する。しかし憤字でよい。
五 鎮西の謫所において毎月御衣を捧げもち、天顔を拝する思いで、御衣にまつわる余香をかぐことである。↓四七三注四。六 飯または衣服を入れる竹製方形の容器。柳行李みたいなものであろう。↓補二。▽↓補三。

483

慰二少男女一。五言。

衆姉惣家留　一衆の姉は惣べて家に留れり
諸兄多謫去　二諸の兄は多く謫せられ去にぬ
少男與少女　三少き男と少き女とのみ
相隨得相語　相隨ひて相語ること得
晝飡常在前　四晝は飡ふに常に前に在り
夜宿亦同處　五夜は宿ぬるに亦處を同じくす
臨暗有燈燭　暗きに臨みては燈燭有り
當寒有綿絮　六寒きに當りては綿絮有り
往年見窮子　往にし年窮れる子を見たりき
京中迷失據　七京の中に迷ひて據を失へり
裸身博奕者　八身を裸にして博奕する者
道路呼南助　道路　九南助と呼べり
南大納言子、内藏助、博徒。今猶号南助矣。　南大納言の子、内藏助、博徒なり。今なほし号けて南助といへり。

483 「少(をさな)き男女を慰(なぐさ)む。〈五言〉」。「五言」、板本「古調」に作る。→補一。
一 道真の女子のうち、年配のものはすべて京のそれぞれの家に留め置かれた。→補二。二 四人の男子はそれぞれ流謫せられたことは、四七七の詩に見える。三 幼少の男と女の子だけが、筑紫の配処にまで同伴を許されたのである。このうち男の子は、道真が死ぬ前に死去したことが五〇三の詩の分注によって知りうる。少女はどうなったかわからない。→補三。四 ひるめし時にはいつも道真の前に居る。昼飡は、ひるげ。昼餐(ちゅうさん)。五 夜ねる時も同じ場所だ。六 寒くなれば、寒さを防ぐあたたかい綿がある。お前たちはまだしもしあわせなのだといって、もっと悲惨な例をあげて、自らを慰めるのである。絮は、綿がやぶれてふるくなったもの。七 窮迫して、途方にくれ、生活の根拠を失って漂泊する。八 着物を身にまとわず、ばくちを打っているもの。→補四。九 南淵大納言年名の子、内蔵助良臣のこと。年名の山荘で貞観十九年暮春三月に尚歯会があったことは、七六に出。その山荘は延暦寺西坂本にあり、その後年名が死んで、山荘は慈覚大師本願の禅院となり、良臣は零落して博徒となった。六二の「為二南大納言一致レ仕表」参照。→補五。一〇 かちはだしの乞食姿で街頭で琴を弾いていた漂泊芸能人。南助・弁御の分注は、底本はこの詩の尾部に出。一一 この分注、「御」を懇切に説明する。幼い子供に智識を授ける意識で注をほどこしたものか。相公は、参議の唐名。藤原氏で参議で大弁などの弁官を兼ねたものは藤原有穂など多くいて、誰と措定することはむずかしい。一二 その父はともに公卿で、在官の当

徒跣彈琴者　一〇徒跣にして琴を弾く者
閭巷稱弁御　閭巷　弁の御と稱へり
俗謂二貴女一爲レ御。　一一俗に貴女を謂ひて御と爲す。蓋し夫人
蓋取二夫人女御之義一　女御の義に取るならし。藤相公弁官
也。藤相公兼二弁官一、　を兼ぬ、故に其の女を稱へり。
故稱二其女一也。
其父共公卿　一二其の父は共に公卿にして
當時幾驕倨　當時　幾ばくか驕り倨れりし
昔金沙土如　一三昔は金をも沙土の如くなりき
今飯無饕飫　一四今は飯にすら饕き飫くことなからむ
思量汝於彼　一五汝を彼らに思量するに
天感甚寛恕　天感　甚しく寛恕なり

484　敍意一百韻。　五言。

生涯無定地　一生涯　定き地なし
運命在皇天　二運命　皇天に在り

時は両者ともにおごりたかぶって人を見下していた。公卿は、三公と大・中納言、参議および三位以上の朝官。一三南亜相山荘尚歯会の模様をみると、黄金も土砂の如くだったという言もうなずかれる。「沙土」、一本「泥土」に作る。一四饕字、一本厭字に作る。杜預の左伝序の「厭而飫之」よりくる語。この対句のモンタージュはまことに効果的である。一五この左遷のみじめな私を父にもったお前たち、小さきものよ。お前たちのことを彼らにくらべてよく考えてみると、天のせめをうけることは、むしろたいへんに寛大でめぐまれているといわなければならない。「天感」、底本イ本に「被ラレタルコト天ニ」と傍注。「天ニ被(カ)フラレタルコト甚ダシク寛恕ナリ」と訓むのであろう。▽→補六。

484「叙意一百韻。〈五言〉」。板本「五言」なし。一人間の生涯は、確かに定まった地位というようなものはない。（いつ顚落し転変するかわからない。）二運命はかの天のしろしめすところだ。皇は、「天」に添える言葉。皇天は、天の主宰神の意もある。書経、大禹謨に「皇天眷命」。三私が太宰権帥など鎮西の府に職を得ることがあろうなどと予想したことがあろうか。四正三位右大臣右大将ともあろう身の上から、いまわしい左遷という名に替ることがあろうとはいったいどうしたことだ。「右」と「左」とを対照している。五塵あくたよりも軽く扱われて右大臣の地位よりひきおろされて、要職からしりぞけられた。貶降は、おとししりぞけられること。→補一。六都の住居から駆り出されて、放逐せられた、まるで弓弦から矢が放たれるがごとく急速に。→補二・四七注三四。七恥じて赤面すること。[赤+皮]字、諸本赧字に作る。八恥じて赤面をかさねるうちに、厚かましく、鉄面皮

になる。書経、五子歌に「鬱陶しきかなや予が心、顔厚くして忸怩(ぢくぢ)たるあり」。九 あわてふためく。敦煌変文に好んで用いる。「獐狂」ともいう。一〇 踵の向きをかえるわずかな時間の余裕もない。「踵(くびす・かがと)をめぐらすに暇(いとま)あらず」の略。罪人として追い立てられることのすさまじい仮借なさをいう。一一 牛のひづめのあとのたまり水さえも、私にとってはことごとく私を陥し入れるおとし穴であった。↓補三。一二 大空の鳥の通い路もすべて鷹(かた)やはやぶさがいて私をねらっていると思われた。道真の周囲の人人もみな口をつぐみ、彼を擁護しようとしなかったばかりでなく、至るところに敵意と猜疑の目が光ったことをいう。↓補四。一三 道真に随行する老僕はいつも、杖にたすけられて、長いみちを疲れた足をひきずってしたがってくる。京を離れてあわただしく西に送られる時の情景。↓補五。一四 車につけた疲れたそえ馬には、何度も鞭を加えて歩かせる。駅吏は馬を給してはならないというふれが出ていた。↓補六。一五「臨岐」は、六朝以来の語。「臨む」の如きマ行の撥音便は「臨(のぞ)むで」と書く。↓補七。一六 宮城の門を遠望して、これが見納めかと思うと、眼も穴がうがたれる思いであった。伝説によると、東寺で昼食、その夜は淀で一泊したという。闕字、底本「開〈イ闕〉」に作る。一本闕字に作る。↓補八。一七 我が泣く声のために、ほととぎすの啼き声をさえ中断させる。一八 過ぎ行く町筋では春の風に砂塵がまい立って街並みをおおいかくしていた。冪冪は、物をおおいかくすさま。↓補九。一九 沿道の原野には春の草が色濃くしげっていた。芊芊は、草が濃く繁く茂っているさま。↓補一〇。
二〇 宿駅では手入れの行き届いた馬ととりかえ

職豈圖西府
名何替左遷
貶降輕自芥
駈放急如弦
怏赧顔愈厚
章狂踵不旋
牛涔皆坞穽
鳥路惣鷹鸇
老僕長扶杖
疲驂數費鞭
臨岐腸易斷
望闕眼將穿
落涙欺朝露
啼聲亂杜鵑
街衢塵冪〻
原野草芊〻

三 職 豈西府を　圖りきや
四 名 何にぞ左遷に替れる
五 貶し降されて　芥よりも輕し
六 駈り放たれて　急なること弦の如し
七 怏赧して　八 顔愈厚し
九 章狂して　一〇 踵旋らず
一一 牛涔　みな坞穽
一二 鳥路　惣べて鷹鸇
一三 老いたる僕は　長に杖に扶けらる
一四 疲れたる驂は　數 鞭を費せり
一五 岐に臨むで　腸 斷ゆること易し
一六 闕を望むで　眼穿たむとす
落つる涙は朝の露を欺く
一七 啼く聲は杜鵑に亂る
一八 街衢に塵　冪冪たり
一九 原野に草　芊芊たり

るのであるが、(道真の一行に対しては路次の国は食物と馬とを給与してはいけないという官符が出ていたので、) 蹄のやぶれた疲れた馬をそのままに見送った。駅舎を「伝」という。

二一 港では、(道真一行に対して食事や船を特に給してはいけないというふれが出ていたので、) 艫(とも)の半分毀れかかったような破れ船が近づいてきて迎えた。江は、川に限らず瀬戸内海の港津をもいう。→補一一。 二二 文書を伝送するため人馬を更送する宿駅。「駅逓」ともいう。→補一二。 二三 里程は千五百里であった。→補一三。 二四 馬車のボディから馬を解き放って、都督府の南楼の下におりたった。以下四聯、一行が太宰府に到着したときの光景を叙べる。 二五 流人をのせてきた馬車は、太宰府の城内の右郭のほとりで停止して、永い流謫の旅の終末駅についたのである。右郭十条の坊のあたりに、配所の官舎があったという。→参考地図。 二六 ちょうど小さい門の出入口をひらいたようなもので、何事ぞとのぞきこむものが、はるかに続く南北の道にいっぱいになる。閤は、門の両わきにある長いくいで、門扉をとどめおさえるもの。転じて、たかどの。遐は、はるかの意。阡は、南北の道路。→補一四。 二七 民衆の好奇の眼にさらされて護送される道真は、そのたびごとにむかむかとして嘔吐してもやっぱりまだ胸がむかつく。げっそりと衰えて精力を消耗して、脚もよたよたとしてあしなえの病いにかかったようになる。何というあわれさ! →補一五。 二八 肥えていた皮膚には辛苦の皺が、我さきに争うように深く刻(き)み鏤(ちりば)みこまれる。精気に溢れた魂魄も何度という数も知れずつかいきり、すりへらしつくす。肥字、板本肌字に作る。 二九 再宿を重ねてもゆったりとした気に

傳送蹄傷馬
江迎尾損船
郵亭餘五十
程里半三千
税駕南樓下
停車右郭邊
宛然開小閣
觀者滿遐阡
嘔吐胸猶逆
虚勞脚且癃
肥膚爭刻鏤
精魄幾磨研
信宿常羇泊
低迷卽倒懸
村翁談往事
客館忘留連

二〇 傳は　蹄の傷れたる馬を送る
二一 江は　尾の損れたる船を迎ふ
二二 郵亭　餘ること五十
二三 程里　三千に半せり
二四 駕を税す　南樓の下
二五 車を停む　右郭の邊
二六 宛然も小閣を開くがごとし
觀る者　遐阡に滿てり
二七 嘔吐して胸もなほし逆ひぬ
虚勞して脚も且癃えにたり
二八 肥膚　爭でか刻り鏤めむ
精魄　幾ばくか　磨研する
二九 信宿は常に羇泊
三〇 低迷は卽ち三一倒懸
三二 村翁　往事を談れば
客館に留連することを忘る

妖害何因避
惡名遂欲彌
未曾邪勝正
或以實歸權
移徙空官舍
修營朽松椽
荒凉多失道
廣袤少盈廛
井壅堆沙甃
籬疎割竹編
陳根葵一畝
斑蘚石孤拳
物色留仍舊
人居就不悛
隨時雖褊切
恕己稍安便

三三妖害　何に因りてか避けむ
悪名は遂に彌かまく欲りす
未だ曾つて邪は正に勝たずき三四
或は實三五を以て權に歸せむとなり
三六空しき官舍に移徙り
三七朽ちたる松椽を修め營む
三八荒凉として多く道を失ふ
三九廣袤少しきも廛四〇に盈つ
四一井壅ぎて　沙を堆くして甃む
籬疎にして　竹を割きて編む
四二陳き根の葵　一畝
四三斑なる蘚の石　孤拳
四四物色　留りて舊きに仍る
人居　就りて悛らず
四五時に隨ひて褊切なりといへども
已が稍くに安便ならむことを恕る

なれず、かりそめの旅の宿りだ。信宿は、二泊。三〇頭をたれて泊りを重ねること。↓補一六。三一さかさまに縛られてつるされるような苦しみ。↓補一七。三二さ迷うこと。↓補一八。三三郵亭の仮りの宿りに、村の老人が訪れて、過ぎた昔のことを語ってきかせる、その話が面白いので旅舎に留連(ふけ)する身の上をも忘れてしまうのだ。↓補一九。三三我が身の上に加えられた不可解千万な害毒は、避けようにも手段がない、しかし謀反不軌を企てるなどという悪い評判は何とかしていつかははらいのけて、無実を訴えたいものだ。三四↓補二〇。三五真実の正義を権謀とみなしてしまう。実は、究竟不変の法。権は、一時的の方便。↓補二一。三六太宰府の謫所に到着して生活をはじめたことをのべる。がらんとして生活に必要な設備・用具もない官舎に生活をはじめたのであろう。徙字、底本従字に作る、いま板本による。↓補二二。三七年ふり朽ちかけた松の木のあら作りの建物を修理する。松字、板本枀字、一本梠字に作る。三八ものすさまじく荒れはてて、官舎に通う道も見失われがちである。三九広は、東西。袤は、南北。広袤は、地面のひろさ・面積をいう。四〇廛には、やしきとか店の意があるが、ここは百畝をさすのであろう。一句は、官舎の敷地のひろさは少ないが、それでも百畝はあろうの意。晋灼漢書に「廛は一百畝」とある。四一井はふさがっているので、砂をもりあげてたたみ、使えるように甃(いしだたみ)をしきつめて修繕する。垣根は、疎らに破れているので、竹を割り編んで修理せねばならなかった。↓補二三。四二わさびを一うね栽培してあって、古いわさびの根がならんでいる。葵は、山葵で、わさび。四三にぎりこぶし一つのような石にまだらに蘚

同病求朋友
助憂問古先
才能終蹇剝
富貴本迍邅
傳築巖邊耦
范舟湖上扁
長沙ゝ卑濕
湘水ゝ奫潫
爵我空崇品
官誰只備員
故人分食噉
親族把衣湔
既慰生之苦
何嫌死不遄
春蠶由造化
忖度委陶甄

四六 病ひを同じくせむとして　朋友を求む
四七 憂へを助けむとして　古先を問ふ
四八 才能は終に　蹇剝
四九 富貴は本　迍邅
五〇 傳が築は巖邊に耦せり
五一 范が舟は湖上に扁なり
五二 長沙の沙　卑く濕べり
五三 湘水の水　奫潫たり
五四 爵は我れ空しく品を崇くしけり
五五 官は誰かただ員に備れる
五六 故人は食を分けて噉ひき
五七 親族は衣を把りて湔ひき
五八 既に生の苦しきことを慰む
何ぞ嫌はむ　死の遄ならざることを
五九 春蠶は造化に由る
六〇 忖度は陶甄に委ぬ

苔類がはえている。孤拳は、「一拳」に同じい。→補二四・四〇七注一。四四 がらんとした官舎に人間が住居するようになっても荒涼とした気分は別に改らず、あたりの風物・景色は人の住まなかったもとのままだ。四五 時間がたつにつれて、狭くるしくてどうにもやりきれないこともあるけれども、何とかここで安らいで落ちつこうと心にいいきかせて自分をゆるす。→補二五。四六 同病相憐れもうと思ってそういうなやみをもった友だちをほしいと思う。四七 配謫の憂愁をわかち合おうと思って、そういう目にあった先人のあとをとぶらう。四八 才能などがあっても、結局とどのつまりになって、ちっとも役に立たない。才能には、漢文学の文才の意もこもっている。終は、そのはてにはの義。蹇剝は、易の卦(か)の名。時運に不利なこと。「終蹇剝」、底本「蹇剝終」に作る、いま板本による。→補二六。四九 富貴だといっても、そういうものはがんらい行きなやんでつまずくものだ。→補二七。五〇 傅巖のほとりで、傅説は杵(きね)を二人ならんでふりあげていた。傅巖は、山西省平陸県の東。→補二八。五一 →補二九。五二 →補三〇。五三 奫潫は、水が深くひろいさま・めぐり流れるさま。→補三一。五四 右大臣右大将たる私は、左遷の直前、昌泰四年正月七日に従二位を授けられて、ただ空しい位だけたかく昇進させられた。爵は、位を授けること。五五 ただ員数をそろえるために、いったい誰を私のあとがまの右大臣の官に任じたことであろうか。大納言源光を右大臣に任じたのである。五六 ふるい友だちは、ともしいなかから、自分の食事をわけて私にくわせてくれた。五七 親族のものたちは、私のよごれた衣服をつかんで、つまみ洗いをしてくれた。→補三二。五八 私は、これまで

荏苒青陽盡
清和朱景妍
土風須漸漬
習俗擬相沿
苦味鹽燒木
邪贏布當錢
殺傷輕下手
群盜穩差肩
魚袋出垂釣
箄篂換叩舷
貪婪興販米
行濫貢官綿
鮑肆方遺臭
琴聲未改絃
　已上十句、傷ニ習俗不レ可レ移一。

六一荏苒として六二青陽盡きぬ
六三清和　六四朱景妍し
六五土風　漸くに漬ふべし
六六習俗　相沿はむと擬す
六七苦味の鹽に　木を燒く
六八邪贏の布は　錢に當つ
六九殺傷　輕しく手を下す
七〇群盜　穩に肩を差す
七一魚袋は出して釣を垂る
七二箄篂は換へて舷を叩く
七三貪婪　興りて米を販ぐ
七四行濫　官綿を貢す
七五鮑の肆は方に臭きことを遺す
七六琴の聲は未だ絃を改めず
　七七已上の十句、習俗の移すべからざるを傷む。

もすでに苦しい生命を生きつづけるように慰めはげまされてきた。どうしてはやく死んだらいいなどと好んで考えようか。↓補三三。五九 毎日の食事も造化の神即ち天の心のままである。↓補三四。六〇 忖度は、他人の心をおしはかること。陶甄は、陶器をやきつける具。転じて民を治めて善に化せしめること・造化が万物を化育すること。↓補三五。六一 月日が次次とうつりゆくさま。↓補三六。六二 春のこと。春季の時日が漸く経過して、三月尽を迎える。六三 初夏四月の候。六四 夏の光。夏の気は赤に配する。一句は、四月清和の候になると太陽の光がきらびやかになるの意。六五 土地の風習に、次第になじんで行かなければならない。六六 地方の習俗にも、なれ随って行こうと思う。「擬」は、自己の意志を示すことば。↓補三七。六七 存疑。以下十句は筑紫の田舎の民俗を描写する。↓補三八。六八 不正のもうけ。相手をまんまとだまして、勤労せずして不当の利得をむさぼること。贏字、板本贏字に作る。↓補三九。六九 人を殺したり傷つけたりすることは、ごく気軽に手を下してしまう。(殺人傷害は日常茶飯事である。)下手は、手を動かして人を傷つけること。七〇 群盗も横行するやくざをいうのであろう。平気で肩を並べあって横行している。「肩を差す」は、肩を並べること。漢代以後の語。七一 府吏は(本当のびくの魚袋でなく)官吏のしるしである魚袋を出して釣糸を垂れている。一種のしゃれであろう。↓補四〇。七二 車の塵よけの竹むしろをふりあげて舷をぱたぱた叩くのにつかっている。箄篂は、車のちりよけ。おおい。車上の竹のむしろの塵よけ。「車幡」とも。海岸の入江か、川岸の庶民の生活風景。↓補四一。七三 あくことのない欲深の商人たちは、米のあきないをはじめてあくどい暴利をむさぼる。貪は、金銭をむさぼること。婪は、食物をむさぼること。販は、あきない、ひさぐ意。興販は、商売をすること。安く買って高く売りつけること。一句は悪徳の商人を描写する。→補四二。七四 いかさまあきないをして、官に綿を没収させられる。「行濫」、底本「行濫」に作る、いま令文により訂。→補四三。七五 鮑などの魚介類を商うところは、どうしようもない臭気がこびりついている。肆は、市場のなかで商品を陳(お)く場所。→補四四。七六 琴の絃を改めないで、昔のままの調子でひくように、この博多の津のあたりは風化が及ばないでいたずらに野卑な雑閙にみちている。→補四五。七七 →補四六。七八 誰か心ある人が居れば、共にこのことを語り合って、ディスカッスするうちに慰めをうることもあろうが、そういう人は一人も身辺に居ない。七九 しようがないから、肱を曲げてこれを枕として眠って自ら慰めるよりほかない。→補四七。八〇 五月雨(さみだれ)のくらい長雨が連日ふり続いて、欝陶しく蒸すようだ。→補四八。八一 晨(あさ)毎に飯をたくこともできず、炊事の煙も絶えがちである。八二 魚たちのお宮がへっついやお釜の中にでき上がる。長雨でへっついや釜が水びたしになり、魚が出入りする。八三 蛙たちが階(きざはし)のしきがわらのほとりで呪文(じゅもん)を唱えるのがやかましい。階段のあたりも水びたしになって、蛙が鳴き立てる。八四 百姓の小せがれどもが、野菜類を運んできてくれる。台所のお手伝いは、うすがゆを作ってくれる。→補四九。八五 つがいの片方の雌(めす)を先立たせたやもめ鶴のように痩せてしまう。→補五〇。八六 つまらないことにもとび上がるあわれな鳶のように自分は飢えている。嚇は、鳴き叫んで、

與誰開口説
唯獨曲肱眠
鬱蒸陰霖雨
晨炊斷絕煙
魚觀生竈釜
蛙咒聒階甎
野豎供蔬菜
廝兒作薄饘
痩同失雌鶴
飢類嚇雛鳶
壁墮防奔溜
庭遲導濁涓
紅輪晴後轉
翠幕晩來褰
遇境虛生白
遊談時入玄

七八 誰と與にか口を開きて説かむ
七九 ただ獨り肱を曲げて眠る
八〇 鬱蒸たり　陰霖の雨
八一 晨炊　煙を斷ち絕つ
八二 魚觀　竈釜に生る
八三 蛙咒　階甎に聒し
八四 野豎　蔬菜を供す
八五 廝兒　薄饘を作る
八六 痩せては雌を失へる鶴に同し
飢ゑては雛を嚇す鳶に類へり
八七 壁　墮れて奔溜を防ぐ
八八 庭　遲れて濁涓を導く
八九 紅輪は晴れたる後に轉ぶ
九〇 翠幕は晩より褰ぐ
九一 境に遇ひて　虛しきに白を生ず
九二 遊に談して　時に玄に入る

自分の食物をとられないかと怒ること。↓補五一。八七 壁土がくずれ落ちて、たまり水が入ってくるのを防ぐ。奔は、水があつまること。八八 庭はいちめん泥になってしまって、泥濁りのたまり水の流れみちになっている。涅字、一本泥字に作る。↓補五二。八九 長雨のあいだはかくれていた太陽も、晴れてくるとそらにかかってくるめく。紅輪は、赤い太陽。九〇 夕ぐれから青やかなもやも晴れてきて、幕をかきあげたように澄んできた。↓補五三。九一 私のたまたまめぐりあったその場の環境において、心を虚しくすることにつとめれば、おのずから明るさがおとずれる。↓補五四。九二 むだばなしをしているうち、どうかすると、何ということなしに奥深い道に入ることもある。遊談は、むだばなしをすること。「游談」とも。時字に底本「暗イ」と傍注。↓補五五。九三 仏陀が中国に迹を垂れて、生れかわって老子さまになったという話がある。↓補五六。九四 荘子のじいさまはその処世ぶりはどうも偏頗だ。以上二句に道真の神仙玄学への傾斜とともに、老荘批判もみられる。九五 性は、人間の生れつきの性質。常道は、不変不易の道。一定不動の正しい真理。↓補五七。九六 人生の根本原理は、自然にまかすことだ。老荘的な考え方である。↓補五八。九七 荘子の斉物論(せいぶつろん)の篇のことばはまことに私にとって身にしみるねんごろさである。↓補五九。九八 荘子の寓言篇の話は、私をうるおいやわらいだ気分にしてくれる。↓補六〇。九九 (配所における生活のあけくれ、老荘の虚無の思想をたずねつつ思索した)その心象風景は、夢よりもかそけくはるかなものであった。還字、板本景字に作る。一〇〇 風月の情趣を賞でて夢中になるという私の性癖はまだなおらない。

老君垂迹話　九三 老君 迹を垂るる話
莊叟處身偏　九四 莊叟 身を處くこと偏なり
性莫乖常道　九五 性は常道に乖くこと莫し
宗當任自然　九六 宗は當に自然に任すべし
殷勤齊物論　九七 殷勤なり 齊物の論
洽恰寓言篇　九八 洽恰たり 寓言の篇
還致幽於夢　九九 還致 夢よりも幽なり
風情癖未痊　一〇〇 風情 癖痊えず
文華何處落　一〇一 文の華は何れの處よりか落ちむ
感緒此間牽　一〇二 感びの緒は此の間に牽かる
慰志憐馮衍　一〇三 志を慰めて 馮衍を憐れぶ
銷憂羨仲宣　一〇四 憂へを銷して 仲宣を羨ふ
詞拙觸忌諱　一〇五 詞の拙むことは 忌諱に觸るればなり
筆禿迷麁癲　一〇六 筆の禿くることは 麁癲に迷へばなり
草得誰相視　一〇七 草は誰か相視しめむこと得む
句無人共聯　一〇八 句は人の共に聯ぬることなし

一〇一 私の創作する詩の花はいったいどこから落ちて散りひろがることであろうか。文学作品を花に喩える。一〇二 私の感覚・情緒は、この現在の環境にもひかれるのだ。一〇三 後漢の馮衍が一旦高位にのぼり、後、しりぞけられて、節を持してあやまらなかった生涯をあわれんで、私の心持を慰めようとする。↓補六一。一〇四 仲宣(王粲)の文章を読んで憂えを忘れ、その生涯をうらやましいと思う。↓補六二。一〇五 言いたいことも口をつぐんで詞に出していわないのは、その筋の忌諱に触れやしないかとおそれるからである。拑字、底本林字に作る、いま板本によ る。一〇六 筆がちびて、詩文をのびのびと書けないのは、粗雑な、物狂おしいたぶれごころにとまどうからである。迷字、広兼本述字に作る。一〇七 詩草、詩の下書きも、誰がまあ一緒に見てくれるであろうか。心ある詩友はひとりも身辺に居ない。↓補六三。一〇八 詩句を作っても、共に聯句に興じてくれる人も居ない。↓補六四。一〇九 詩思が湧くにつれて、紙に写すけれども。一一〇 わずかに詠じてみれば、それでいいので、その紙に燈の火をつけてもやしてしまう。詠字、底本誰字に作る、いま広兼本による。「将」「取」は、ともに動詞にかるく添わった助字。一一一 前世からの約束で、今生でこのように、つらい目にあうのだとあきらめる。反覆は、人生の反覆常ならぬこと。栄枯盛衰は不定で、人心の離合たのみがたいこと。宿縁は、宿世の因縁。一一二 すこしずつ愛欲・楽欲(ぎようよく)をすてて、欲望から遠ざかろうとつとめる。一一三 次第次第になまぐさい肉や菜類を摂(と)ることをやめる。葷は、くさい菜類。にらやねぎの類。膻は、「羶」に同じく、なまぐさい肉類。牛羊肉の類。謝字、底本誰字に作る、いま広兼本による。↓

思将臨紙寫
詠取著燈燃
反覆何遺恨
辛酸是宿緣
微々抛愛樂
漸々謝葷膻
合掌歸依佛
廻心學習禪
厭離今罪網
恭敬古眞筌
皎潔空觀月
開敷妙法蓮
誓弘無誑語
福厚不唐捐
熱惱煩纔滅
涼氣序罔愆

[一〇九]思将ひては紙に臨むで寫す
[一一〇]詠取みては燈を著けて燃く
[一一一]反覆　何ぞ恨みを遺さむ
辛酸　これ宿緣
[一一二]微微に愛樂を抛つ
[一一三]漸漸に葷膻を謝す
合掌して佛に歸依す
[一一四]廻心して[一一五]禪を學習す
厭離す　今の[一一六]罪網
恭敬す　[一一七]古の眞筌
皎潔たり　[一一八]空觀の月
[一一九]開敷す　妙法の蓮
[一二〇]誓ひ弘くして誑れたる語なし
[一二一]福　厚くして唐捐ならじ
[一二二]熱惱の煩ひ　纔に滅ゆ
[一二三]涼氣の序　愆つこと罔し

灰飛推律候
斗建指星躔
世路間彌險
家書絶不傳
帶寛泣紫毀
鏡照歎花巓
旅思排雲雁
寒吟抱樸蟬
一逢蘭氣敗
九見桂華圓
掃室安懸磬
扃門嬾脱鍵
跛牂重有縶
瘡雀更加攣
强望垣牆外
偸行戸牖前

一二四 灰飛むで　律候を推す
一二五 斗建　星躔を指す
一二六 世路　間みて彌 険し
一二七 家書　絶えて傳らず
一二八 帶寛びて紫の毀るるに泣く
鏡照して一二九 花き巓を歎く
一三〇 旅の思ひは　雲を排く雁
一三一 寒ゆる吟びは　樸を抱く蟬
一三二 一たび蘭氣の敗るるに逢ふ
一三三 九たび桂華の圓なるを見る
一三四 室を掃ひて磬を懸くるに安むず
門を扃して鍵を脱すに嬾し
一三五 跛の牂は重ねて縶さへ有り
一三六 瘡ける雀は更に攣をさへ加へらる
一三七 强ひて垣牆の外を望む
一三八 偸に戸牖の前を行く

補六五。一一四 心を回転して、邪より正に入ること。→補六六。一一五 禅観即ち坐禅して真理を観念冥想すること。→補六七。一一六 罪業欲望の果てなく深いこと。→補六八。一一七 釈迦もしくは仏弟子たちの悟りをさす。真筌は、真の仏道の悟り。「真詮」に同じ。一一八 われらをめぐる万物はすべて空寂幻夢だと認識して、そのことをきっかけにして真理の仏道に入る。空観は、諸法は皆空だと観ずること。月は、真理の象徴。皎潔は、さやかにいさぎよい月光の形容。一一九 →補六九。一二〇 仏の誓願は広大で、でたらめのことばはない。→補七〇。一二一 (法華経を信仰すれば) その浄土に往生するという幸福はたっぷりあって、決してむだにすてるようなことにならない。→補七一。一二二 時候は猛暑の夏を迎えたが、長斎の精進の身には、その熱気のわずらいなやみはやっといましがたしりぞくようだ。→補七二。一二三 新涼の季節の訪れはまちがうことがない。一二四 灰を吹いてそのとび工合で気候の推移をおしはかる。→補七三。一二五 北斗の斗柄のさし示すところによって、星たちの宿りや天の運行が定まる。→補七四。一二六 世間と自分との間にはへだたりができてしまって、いよいよ険悪になってくる。間字、底本閒字に作る、いま広兼本による。険字、広兼本隘字に作る。一二七 京の留守宅からのたよりの手紙。→補七五。一二八 からだが痩せて、帯がゆるくなり、その紫の色もくずれて色あせるのをみて泣く。紫の衣冠は、昔の官服。→補七六。一二九 →補七七。一三〇「旅思」、底本「旅惟」に作る、いま広兼本による。→補七八。一三一 法師蟬が秋風のなかを木肌のあらかわにしがみついて、寒げな啼き声でないている。→補七九。一三二 秋がはじめて配所に訪れて、蘭の芳しい香気も、秋風のために敗れ去る。↓補八〇。一三三 都をあとに配所に赴いてから、九回月が満ちるのを見た。九カ月経過したことをいう。↓補八一。一三四 室内を掃除して、仏具の磬を懸け直してはじめて落ちついた気分になる。↓補八二。一三五 我が身の上はびっこの牝羊、その上につながれていて自由にならない。↓補八三。一三六 我が身の上は病気でかさのできた雀、その上に手なえになってとぶこともできない。↓補八四。一三七 びっこの牝羊はつながれて、せめてかきねの外に出たいとねがう。一三八 かさのできた雀は手なえになって、こっそり戸口や窓の前をよちよち歩く。↓補八五。一三九 はなだ(うすいあい色)とみどり。北に四王寺山脈、東に高雄山、南に天拝山が近くにそびえる。一四〇 さらさらと流れる水の音の形容。北に染川(御笠川の源流)、西南に白川が流れる。一四一 しばし。しばらく。「頃刻」ともいう。一四二 痩せつかれたからだ。一四三 特に意を用いないのに、死にそうな命を生きのびる。等閑は、なおざりに・かりそめに。閑字、板本間字に作る。一四四 魄が馳せるにつれて、魂もとりとめがなく、ほほけうかれてしまう。形は、身体のこと。怳怳は、「恍恍」と同じ。恍惚状態になること。茫然自失のさま。↓補八六。一四五 まぶたを閉じれば都のことが想い出されて涙がほろほろとこぼれる。「連々」、広兼本「漣々」に作る。一四六 ふるさとの国。京都のこと。一四七 東の京、宣風坊なる菅原氏邸内の庭園。一四八 宣風坊の菅家廊下の思い出にひかれて、そこにつながる自分の半生の経歴を追憶する。↓補八七。一四九 初めて仕官したころのこと。一五〇 深く義理を研究し、節操をみがいたこと。儒者としての道を修業したこと。↓補八八。一五一 ↓補八九。一五二 小

山看遙縹綠
水憶遠潺湲
俄頃羸身健
等閑殘命延
形馳魂怳々
目想涕連々
京國歸何日
故園來幾年
却尋初營仕
追計昔鑽堅
射每占正鵠
烹寧壞小鮮
東堂一枝折
南海百城專
祖業儒林聳
州功吏部銓

山(やま)には　遙(はるか)なる[一三九]縹綠(へうろく)を看(み)る
水(みづ)には　遠(とほ)き[一四〇]潺湲(せんくわん)を憶(おも)ふ
[一四一]俄頃(しまらく)[一四二]羸(つか)れたる身(み)　健(すくよか)なり
[一四三]等閑(なほざり)がてらに殘(のこ)んの命(いのち)　延(の)びにたり
[一四四]形(かたち)馳(は)せて　魂(たましひ)怳怳(くわうくわう)たり
[一四五]目(め)想(おも)ひはかりて　涕連連(なむだれんれん)たり
[一四六]京(みやこ)なる國(くに)　歸(かへ)らむこと何(いづ)れの日(ひ)ぞ
[一四七]故(ふるさと)の園(その)　來(きた)らむこと幾(いく)ばくの年(とし)ぞ
[一四八]却(かへ)りて尋(たづ)ぬ　[一四九]初(はじ)めて仕(つか)へを營(いとな)みしことを
追(お)ひて計(かぞ)ふ　[一五〇]昔(むかしかた)堅きを鑽(き)りしことを
[一五一]射(い)ることは每(つね)に正鵠(せいこく)を占(し)めけり
烹(に)ることは寧(いかむ)ぞ[一五二]小鮮(せうせん)を壞(やぶ)らめや
[一五三]東堂(とうだう)には一枝(いっし)を折(を)りぬ
[一五四]南海(なむかい)には百城(ひやくせい)を專(もはら)にせり
[一五五]祖業(そげふ)は　儒林(じゆりむ)　聳(そび)けたり
[一五六]州功(しうこう)は　吏部(りほう)　銓(さと)りぬ

光榮頻照耀
組珮競榮纒
責重千鈞石
臨深万仭淵
具瞻兼將相
僉曰缺勳賢
試製嫌傷錦
採刀愼缺鉛
兢々馴鳳扆
懍々撫龍泉
脫屣黄埃俗
交襟紫府仙
櫻花通夜宴
菊酒後朝筵
禁中密宴、余毎預之。
器拙承豐澤

一五七 光榮は頻に照耀す
一五八 組珮は競ひて榮纒す
一五九 責めは　千鈞の石よりも重し
臨むことは　万仭の淵よりも深かりき
一六〇 具に將相を兼ねたるを瞻る
一六一 僉曰く　勳賢を缺けりといふ
一六二 試に製して　錦を傷めむことを嫌ふ
刀を採りて　鉛を缺かむことを愼む
一六三 兢兢として一六四鳳扆に馴れたり
一六五 懍懍として一六六龍泉を撫づ
一六七 屣を脱ぐ　黄埃の俗
一六八 襟を交ふ　紫府の仙
一六九 櫻花　通夜の宴
菊酒　後朝の筵
禁中の密宴、余れ毎に預れり。
一七〇 器拙きに　豐なる澤を承く

さい魚。壊字、底本懐字に作る、いま広兼本による。→補九〇。一五三 晋の宮殿で、試験場のこと。→補九一。一五四 讃岐守となって任地に下り、讃州の多くの町や村を治めた。→補九二。
一五五 私は父祖以来の学問をうけついで、儒家の人人を聳動させた。前前句をうける。
一五六 讃州刺史として在任四年、功績をあげたことは吏部省即ち式部省の人人もよくしらべて知っている。銓は、はかること。前前句をうける。→補九三。一五七 →補九四。一五八 組は、くみひも。冠や印につけるひも。珮は、玉のおびもの。ともに高位高官の身につけるもの。
一五九 その責任は千斤(きん)の石より重く、その危なさは、万仭の淵にのぞむようなものだった。責字、底本貴字に作る、いま広兼本による。→補九五。一六〇 衆人がともに大将大臣になったことを仰ぎみた。→補九六。一六一 右大臣右大将たるには、汝は勲功もかけ、賢明さも足りないから、辞退したらよかろう。→補九七。一六二 以下二句難解。→補九八。一六三 慎しみおそれるさま。
一六四 綺麗にかざった御座の衝立または屏風。
一六五 畏怖するさま。一六六 宝剣の名。太平寰宇記に、竜泉県の泉の水で剣を鍛えたところ、剣が竜に化して去ったという。晋書、華張の伝参照。「竜泉」も「鳳扆」もともに天子にかかわる語。
一六七 草履をぬぐように世俗をぬけ出して超越すること。濁塵の世をぬけ出して禁中に仕えること。屣は、草履。黄埃は、黄色の土ほこり。→補九九。一六八 朝廷に仕える公卿殿上人たちと交際するにいたったこと。紫微宮に入って神仙と交わったことに喩える。一六九 宮中の花の宴や重陽後朝の詩宴に、常に侍して、応製の詩を献じた。→補一〇〇。
一七〇 私の才幹不足して、頑愚であるのに、宰相

舟頑濟巨川
國家恩未報
溝壑恐先塡
潘岳非忘宅
張衡豈癈田
風摧同木秀
燈滅異膏煎
苟可營々止
胡爲脛々全
覆巣憎鷇卵
捜穴叱蚳蝝
法酷金科結
功休石柱鐫
悔忠成甲冑
悲罰痛戈鋋
璅々黃茅屋

一七〇舟頑なれども　巨きなる川を濟れり
一七一國家の恩み　未だ報いざるに
一七二溝壑　恐るらくは先づ塡れなむことを
一七三潘岳　宅を忘るるに非ず
一七四張衡　豈　田を癈てむや
風に摧けて木の秀づるに同じ
一七五燈　滅えて膏の煎らるるに異なり
一七六苟しくも營營として止るべし
一七七胡爲れぞ脛脛として全からむ
巣を覆して鷇卵を憎む
一七八穴を捜めて蚳蝝を叱る
一七九法は　金科の結ばむよりも酷し
一八〇功は　石柱に鐫らむことを休めにき
忠の　甲冑と成らむことを悔ゆ
一八一罰の　戈鋋よりも痛きことを悲しぶ
一八二璅璅たり　黃茅の屋

として一国の政治をまかされた。↓補一〇一。一七一 溝壑は、みぞとたにま。「塡む」は、古くは四段活用。「溝壑に塡る」とは、のたれ死にをすること。みぞにはまって行きだおれになること。壑字、底本豁字に作る、いま広兼本による。↓補一〇二。一七二 潘岳が西に旅行したのは、故郷の家を忘れて捨てたのではなく任官のためだった。（しかし、私は家を忘れるわけではないが、流謫西征を余儀なくされた。）↓補一〇三。一七三 張衡は賦を作っていさめたが、両京（長安と洛陽）の人たちは田猟を廃しはしなかった。（そのように、私も君に奢侈をいさめてかえってその誤解を招いた。）↓補一〇四。一七四 以下二句難解。「燈滅」、底本「暗滅」に作る、いま広兼本による。↓補一〇五。一七五 私をおとし入れたかの小人たちは、とりかごにとまってぐるぐる歩きをする青蠅のように、宮中にとまって去らないことであろう。營營は、往来のさま。ぐるぐる歩きをする意。↓補一〇六。一七六 こういう状況では、どうして正直にやって行くものが、無事で命を全うすることができよう。↓補一〇七。一七七 巣をひっくりかえして中の卵まで憎んでわってしまう。穴をさがしもとめて、その中にひそむ蟻の子をとりつぶす。憎字、底本懐字に作り、蚳字、底本蚷字に作る、いま共に広兼本による。↓補一〇八。一七八 私に当てられた罪科は法令の定めるところよりもはるかにはなはだしく苛酷である。↓補一〇九。一七九 私のこれまでにつみあげたいささかの功績も、石の柱にほりつけて後世に伝えることはもはやあるまい。一八〇 礼記、儒行に「儒は忠信以て甲冑たる有り」とあるが、私は儒家として、忠誠の念を以て、君のためによろい・かぶとたろうとつとめたつもりであるが、今やそれを悔

荒々碧海壖　[一八三]荒荒たり　[一八四]碧海の壖

吾廬能足矣　吾が[一八五]廬　能く足んなむ[一八六]

此地信終焉　此の地　信に焉に終んなむ

縱使魂思峴　縱使　魂[一八七]峴を思はむことありとも

其如骨葬燕　骨の[一八八]燕に葬らるるに其如

分知交糾纆　[一八九]分は知りぬ　糾纆にあざなはれて交ることを

命誰質筵篿　[一九〇]命は　誰か筳篿に質さむ

敍意千言裏　[一九一]意を千言の裏に敍ぶるとも

何人一可憐　[一九二]何れの人か一たび憐むべけむ

485　秋夜。　九月十五日。

黄萎顏色白霜頭　[一]黄に萎める顏色　白き霜の頭

況復千餘里外投　況復むや[二]千餘里の外に投れるをや

昔被榮花簪組縛　昔は榮花[三]簪組に縛がれき

今爲貶謫草萊囚　今は[四]貶謫　[五]草萊の囚たり

いる。[一八二]人の首をねらって一気にこれを殺傷する武器。戈は、ほこ。鋋は、小さなほこ。[一八三]配所の家屋はわびしく小さい茅葺(かやぶき)屋根であった。瓅瓅は、とるに足らぬほどの小さく猥屑(わいせつ)のさま。↓補一一〇。[一八四]うすぐらいさま。暗澹たるさま。あさましくものすごいさま。↓補一一一。[一八五]青海原のみぎわ。壖は、一説に牆外の短い垣の義ともいう。↓補一一二。[一八五]かりごや。かりすまいの家。↓補一一三。[一八六]これで十分だ。タンナムの訓は、底本による。↓補一一四。[一八七]↓補一一五。[一八八]河北省の古名。古の幽州の一帯。百九十五・百九十六句は、たとい南方荊州の襄陽にある峴山を故郷とする人があってその魂魄が故山を望んでいても、その骨が北方幽州の地に葬られるとしたら、如何であろうの意。(自分も魂は帝京を望んで、骨はこの鎮西の地に葬られるのであろうの意。)[一八九]人間の身分というものは、禍福あざなえる纆の如きものであると知った。糾纆は、纆を三筋よりあわせてあざなうこと。↓補一一六。[一九〇]私の運命は、何もいまさら竹を折って占いをして問うにもあたらない。昔の卜法の一。筳篿は、草を結び竹を折ってトうこと。離騒にみえる昔の巫の占いの一。誰字、底本筐字に作る。筳字、広兼本詎字に作る。[一九一]この千言のうちに私は思いのたけを叙べ尽した。五言古詩百韻は、五言二百句、合計千言。↓補一一七。[一九二]いったい誰がこの百韻を読んで一度くらい憐んでくれるであろうか。心中に詩友紀長谷雄を思い描いていたかもしれない。▽↓補一一八。

485「秋夜(しうや)」。〈九月十五日〉」。延喜元年である。↓補一。

一 やみつかれて萎(な)えしわむ。黄色ににごり元気のない顔色。二 京の都から、ここ鎮西の府

月光似鏡無明罪　　六月の光は鏡に似たれども　罪を明むることなし
風氣如刀不破愁　　七風の氣は刀の如くなれども　愁へを破ることあらず
隨見隨聞皆慘慄　　八見るに隨ひ聞くに隨ひて　みな慘慄
此秋獨作我身秋　　九此の秋は獨り我が身の秋と作りたり

486　哭二奥州藤使君一。九月廿二日、四十韻。

家書告君喪　　家書　一君が喪せにたることを告ぐ
約略寄行李　　約略　二行李に三寄せたり
病源不可醫　　四病源　醫す可からず
被人厭魅死　　五人の厭魅を被りて死しくなりぬ
曾經共侍中　　六曾經共に侍中たりき
了知心表裏　　七心の表と裏とを了り知れり
雖有過直失　　八直きに過ぎたる失　有りとも
矯曲孰相比　　曲れるを矯むること　孰か相比べむ
東涯第一州　　九東涯に第一の州

まで、千五百里を隔てるといわれた。↓四八四注二三。三 窮屈な束縛の多かった仕官生活をかえりみると同時に、月の宴に侍した時正装をした意をもかねる。簪は、かんざし。冠をとめるために髪にさすもの。組は、くみひも。小さいものは印判のひも、冠の纓、大きいものは帯のひも。簪組は、仕官することの象徴。↓補二。四 貶字、一本敗字に作る。五 あれはてた草むら。よもぎむぐらの雑草おいしげる荒蕪のいなか。太宰府の配所のこと。↓補三。六 我が無実を訴えたいというはげしい願望がこもる。七 風のすさまじいするどさはまるで刀でつきさすようであるが、それでもわが愁えを破ってはくれない。↓補四。八 月の照らすのを見るにつけても、秋風のすさぶのを聞くにつけても、私には身の毛がよだつようにものすさまじく感ぜられる。「慘慄」、一本「慘懍」に作る。九 (一般に秋は詩人文人にとって悲しい季節であるけれども、別して)天下の秋の愁えは、わが身の上にことごとく集中して、我のみ愁えが限りなく深い。↓補五。▽↓補六。

486 「奥州なる藤使君を哭す。〈九月二十二日、四十韻〉」。延喜元年。上声四紙韻。↓補一。一 君の死亡したことを告げてきた。二 藤づるか、柳の条(えだ)か、竹をさいて編んで作った旅行用のふたあるはこ。またはその中に入っている旅行者の携える荷物。本来は、官の使者のこと。三 寄は、寄せ託すること。↓補二。四 死をもたらした病の根源をつきとめて、これを療治することがついにできなかった。五 人から厭魅の咒(のろ)の術をかけられて死んだ。正義剛直の滋実は、悪者の部下からけむたがられて死んだらしいことが後文によって推察できる。六 仁和二年、彼は蔵人となり、私はこえて寛平三年蔵

分憂爲刺史
盈口含氷雪
繞身帶弦矢
僚屬銅臭多
鑠人煎骨髓
土風絕布惡
殷勤責細美
兼金又重裘
鷹馬相共市
市得於何處
多是出邊鄙
〻〻最獷俗
爲性皆狼子
價直甚蚩眩
弊衣朱與紫
分寸背平商

憂へを分ちて刺史たり
一〇口に盈てて氷雪を含む
身を繞りて弦矢を帯びたり
僚屬 一一銅臭多し
一二人を鑠して骨髓を煎りぬ
一三土風 布の悪しきをすら絶つ
一四殷勤に 細美を責めたり
一五兼金 また 重裘
一六鷹馬 相共に市ふ
何れの處にか市ふこと得たる
多くはこれ一七邊鄙より出でたり
邊鄙 最も一八獷俗にして
一九爲性 みな狼子なり
二〇價直 甚しく蚩き眩かす
二一弊れたる衣 朱と紫と
二二分寸も平商に背けば

人頭となって、共に同僚としてつとめた。侍中は、蔵人の唐名。七彼の心の表裏はくまなく心得ているつもりだ。八彼の性格はやや剛直で一本気に過ぎる嫌いはあっても、曲がったこと、まちがったことがきらいでそれを真直ぐにしようとする点にかけては誰もくらべられるものがない。九東国の一番奥の辺境の国即ち陸奥国の受領となって赴いた。分憂は、国守となること。刺史は、国守の唐名。↓補三。一〇蝦夷が辺城にこもっているので、たえず巡視を厳重にし、武備をおこたることが許されない。巡察の途では、氷雪を口いっぱいにほおばって渇をいやし、身にはいつでも弓矢を帯びて警戒をゆるめない。繞字、一本統字に作る。一一↓補四。一二財貨にいやしい徒輩は、貪婪(たんらん)な欲望の炎で人間の身をも焼きとかして、その骨髄までも煎(い)りつけてこがす。(そういうなかにあって彼は毅然(きぜん)として清節を守った。)「髄」も四紙の韻字。一三土地がらから布の粗悪なものすら貢調として納められない。土風は、土地がら。↓補五。一四重ね重ね催促して、細美の絹帛を調として納めることを求めて責めたてた。細美は、細い糸で織った薄く軽やかな美(よ)い絹織物。↓補六。一五ともに東国の特産物。兼金は、価が普通に倍する上質の黄金。重裘は、重ねたかわごろも。↓補七。一六鷹や馬も東国の産物。これらいずれも商いの対象となる。一七東国でもことに辺陬(へんすう)のいなかからこれらを産出する。一八異族の蛮風。獷は、犬。犬があらくてなつかないように、あらあらしい風俗。ここは蝦夷がなつかない辺境の蛮族だという。獷字、底本猜字に作る。↓補八。一九その性質は狼の子のように馴らそうとしてもかえって凶暴でその人を害する。為性は、うまれつき。遊仙窟に

野心勃然起
自古夷民變
交關成不軌
邂逅當無事
兼贏如意指
惣領走京都
豫前顏色喜
便是買官者
秩不知年幾
有司記曆注
細書三四紙
歸來連座席
公堂偸眼視
欲酬他日費
求利失綱紀
官長有剛腸

二三野心勃然として起る
二四古より夷の民の變
二五交關に　二六不軌を成すなり
邂逅に事無きときに當りては
二七贏を兼すこと　意の指すが如し
二八惣領して京都に走く
二九豫め前めて顏色喜ぶ
便ちこれ三〇官を買ふ者
三一秩　年に幾ばくなるかといふことを知らず
三二有司　曆注を記す
細書すること三四紙
三三歸り來りて座席に連る
三四公堂　眼を偸みて視る
三五他日の費を酬いむことを欲りするに
利を求めて三六綱紀を失へるなり
三七官長　剛腸有らば

見える語。↓補九。二〇 とても常識では考えられないねだんをふきかける。蚩眩は、ばかにして相手をだます。蚩は、侮る。眩は、くらます。↓補一〇。二一 存疑。↓補一一。二二 一分でも一厘でもちがえば。平商は、公平なあきない。標準のねだんでの取引き。一説、双方が合意に達した取引き。背字、底本皆字に作り、「分寸皆平商ナリ」と訓む。いま広兼本による。二三 山野を住居とする狼のようなあらあらしい性格が、むっくりと頭をもたげる。野心は、野に居る心。転じて不軌をはかり、反乱を企てる心。二四 昔から夷の民が、その態度を激変させることは、交易上の紛擾(ふんじょう)がもとで、変乱がおこる。二五 取引すること。ここは蝦夷との売買の交渉。関字、板本開字に作るは非。二六 法を守らぬこと。反逆すること。二七 二倍の利を収めることは意のままである。贏は、利の意。古訓は、カガもしくはクブサ。兼は、ますこと。贏字、底本羸字に作るは非、いま板本による。意指は、意旨・心のおもむきの意。↓補一二。二八 東国の受領は、そういう特産品をすべて一手に我が物として。二九 自ら京都に帰る前に、あらかじめそれらを要路の人人に送りとどけて、機嫌をとっておく。「喜ぶ」は、古くは上二段活用。三〇 財貨を以て官を買おうとするもの。三一 秩は、秩禄。扶持ごめ。秩年は、秩満(ちつまん)の年、即ち受領の任期がきれる年毎に。三二 当局の役人は暦(こよみ)の月日を書き入れする。どこの受領は何年何月に秩満となるなどと三四枚の懐紙(ふところがみ)に細(こま)かにしるしている。あるいは、具注暦に付箋して書きこむ意にもとれる。↓補一三。三三 受領たちが任満ちて帰京して、暦注を記していた有司と座席をならべてあう。三四 宮城内の役所で、暦注をしるした有司と受

不能不切齒
定應明糺察
屈彼無廉耻
盜人憎主人
致死識所以
精靈入冥漠
不由見容止
骸骨作灰塵
無處傳音旨
葬來十五旬
程去三千里
廻環多日月
重複幾山水
憶昔相別離
寧知獨傷毀
君閒泉壤入

三八 齒を切らざること能はざらむ
三九 定めて明に糺察して
彼の廉耻無きひとを屈すべし
四〇 盜人は主人を憎む
四一 死を致して　所以を識る
四二 精靈　冥漠に入りて
四三 容止を見るに由あらず
骸骨　灰塵と作りて
音旨を傳ふるに處なし
四四 葬りてよりこのかた　十五旬
四五 程は去ること　三千里
四六 廻り環る　多くの日月
四七 重り複る　幾ばくの山水ぞ
四八 憶昔　相別離しつ
寧ぞ　獨り傷毀することを知らむや
君は 四九 閒にして　泉壤に入りたまひしに

領とが眼をひそかに見合わせて、目でうなずき合っている。三五 いつぞやの東国からの贈物に対して報酬をしようと思って、私利私欲をむさぼることに目がくらんで、国政の根本のきまりをみだしてしまう。他字、底本佗字に作る。三六 大づなと小づな。国家を治める大法と細則。三七 上役(うわやく)の人に、若し剛毅豪胆な腹のすわった人物が居たとすれば。官長は、官(つかさ)の長官。→補一四。三八 こういう不正を見て切歯扼腕(せっしゃくわん)しないでは居れないであろう。三九 きっと不正を糺弾監察して、廉恥心のない連中を屈服させるであろう。四〇 盗人は、その悪事の露顕をおそれて、主人をさか恨みするものだ。盗人は、不正で廉恥のないやから。主人は、東国で死んだ藤原滋実。四一 主人は命を投げ出して、盗人たちのみにくいからくりをさとったのだ。「致死」、底本「識所」に作る。「所以」をユヱンと訓むのは、鎌倉以後。四二 滋実の精霊は冥途黄泉に入って、彼の進退動静を見るによしもない。精霊は、補注一六参照。容止は、ふるまい。礼記、月令に見えることば。→補一五。四三 死んだ彼の骸骨はすでに灰塵となってしまって、直接に声をかけて自分の気持を伝えるところとてない。→補一六。四四 葬送してからすでに十五旬即ち百五十日を経過している。延喜元年四月ごろに死んだのであろうか。四五 東国と九州(おそらく多賀城と太宰府)とへだたること三千里。四六 君と袂をわかって以来、日月はめぐりめぐって多くの時を経過してしまった。四七 幾山河が、君と我との間を重畳してへだたっていることであろうか。四八 昔相別離した時、どうして君がひとりはるか東国の辺境でいたみそこなわれて死んでしまう運命になるなどと考えたことがあろうか。→補一七。

我劇泥沙委
天西與地下
隨聞爲哭始
哭罷想平生
一言遺在耳
曰吾被陰德
死生將報尒
惟魂而有靈
莫忘舊知己
唯要持本性
終無所傾倚
君瞰我凶慝
擊我如神鬼
君察我無辜
爲我請冥理
冥理遂無決

五〇我は劇しくして　泥沙に委ねられつ
五一天の西と　地の下と
五二聞く隨に　哭しびの始めをなす
哭すること罷みて五三平生を想ふ
一言遺りて耳に在り
曰く　五四吾れ陰德を被れり
五五死すとも生くとも將に尒に報いなむとおもふといへり
五六惟れ　魂にして靈有るものならば
舊の知己を忘るること莫
ただ五七要ず　五八本性を持して
五九終に傾倚するところなからしめむことを
六〇君　我が凶慝を瞰ませば
我を擊つこと神鬼の如くあらまし
六一君　我が辜無きを察ませば
我がために冥理を　請ひてまし
六二冥理遂に決すること無くは

四九 闕字、底本閅字に作る、いま広兼本による。泉壌は、黄泉。地下。あの世。五〇 私はあわただしい転変の運命に見舞われてここに泥と砂にまみれて投げすてられている。→補一八。五一 西の方の空のはてと、地下の世界とにわかれてしまった。五二 君の死を聞くにつれて、哭しはじめて(やめることができない)。五三 君が生前の平生のある時のことを思い出す。五四 私(滋実)は、君(道真)の人知れぬ仁徳をこうむっている。五五 死生を超えて、私はあなたに御恩報じをしたいと思っている。五六 君の魂に、もし神(ゃぁ)しき精霊がやどるならば、こいねがわくは、君の昔の友人たる私を忘れ給うなかれ。五七 要求する・欲するの意。五八 もちまえのさが。生れつきの性質。根本の人間性。転じて、しっかりした正常なる意識。外界の変異に対してもぐらつかない根本の心がまえ。劉楨の「従弟に贈る」詩に「豈凝寒を罷めざらんや、松柏本性有り」。五九 自己の所信をぐらつかせて、他の事柄に傾斜したり、倚りかかったりするようなことのないように、自分はしたいものだ。(汝の精霊よ、そういう私の支えとなれ。)六〇 精霊となった君よ、もし私に姦悪不軌があったと見ぬくならば、神鬼が悪魔を破砕するように私を撃ちくだいてくれ。凶慝は、姦悪。道理にはずれたこと。「凶慝」、広兼本「凶匿」に作る。六一 君の精霊よ、もし私が無辜(こむ)の寃罪で苦しんでいることを見とおすならば、どうか私のために天道に訴えて、冥冥の判決をねがってほしい。道真が天拝山で無罪を訴える祭文をよんで、祭文が天の帝釈宮をすぎ梵天まで飛び昇ったという江談抄や天神記や天神縁起の説話の所拠か。六二 天道が冥冥の審理をしてもついに裁決することができないならば、私は何をかいおう、永久に沈黙するばかりだ。胆を砕き腸を断って、悲しみのどん底からしぼり出した最後の悲痛な訴えの叫び。六三 この訴えをいい終って涙は千筋はらはらとこぼれる。私の人生行路の現状は、こういうざまだ。六四 君が訃音(ふいん)を聞いて、私の腸は九転回するほど酷烈なショックだ、君の冥途の旅路はどういうありさまだろうか。文選の司馬遷の「報二任少卿一書」の「腸一日而九廻」の語による。文集にも「悶結九廻腸」(二六五三)とある。何似は、「如何」と同じ。イカンと訓む。六五 拙い五言古詩四十韻。この四百言の文字をもって、君を悼む誄に代えよう。使君は、国守の唐名。誄は、とむらいの文。本来の体式は、先に世系行業を述べ、終りに哀傷の意を寓する、即ち伝のスタイルであると共に頌文でもあり、生前の功徳をほめて、その死を悼むもの。誄は、本来、有韻の散文。こういう五言古詩は誄といえないから、誄の代用としようというのである。↓補一九。

487 「東山の小雪」。広兼本「五言」と小注する。延喜元年冬、太宰府東方の山に小雪が降ったのを望見して作る。

一 山はすっきり晴れて、夕あかりの光の中に青青と連なる。反照は、夕焼け。反景。↓補。

二 谷間に白い雲がたちこめたのかしらと思うと、それは白雪がふったのを見誤ったのだ。磵は、谷。水の流れのある谷間。「澗」に通ずる。

三 白鶴が田に帰らないで、山にいるのかと思うと、それは山にふった白雪だった。四 山に降った新雪をめでて、雪見としゃれたいところであるが、それは私にはゆるされない。五 なさけなくも、この廃屋に坐したまま遠望して雪に感慨を催すのみである。「無端」の訓は、底本アチキナクと訓むによる。類聚名義抄スズロニ、

自茲長已矣　茲れより長く已むなむ
言之涙千行　六三 言へば涙し千行ながる
生路今如此　生路 今し 此の如し
聞之腸九轉　六四 聞けば 腸い九たび轉る
幽途復何似　幽途 復 何似ぞ
拙詞四百言　六五 拙詞 四百言
以代使君誄　以て使君が誄に代へむ

487 東山小雪。

雪白初冬晩　雪は白し 初冬の晩
山青反照前　一 山は青し 反照の前
誤雲獨宿磵　二 雲は獨り磵に宿るかと誤つ
疑鶴未歸田　三 鶴は田に歸らざるかと疑ふ
不放行看賞　四 行きて看て賞でむことを放されず
無端坐望憐　五 無端く坐て望ぎて憐れぶ

客魂易消滅　六客の魂は消滅え易し
遇境獨依然　境に遇ひて獨り依然たり

488　讀二家書一。七言。

消息寂寥三月餘　一消息寂寥たり　三月餘
便風吹著一封書　二便風吹きて著く　一封の書
西門樹被人移去　三西門の樹は人に移されて去りぬ
北地園教客寄居　四北地の園は客をして寄り居らしむ
紙裹生薑稱藥種　五紙には生薑を裹みて藥種と稱し
竹籠昆布記齋儲　六竹には昆布を籠めて齋の儲けと記せり
不言妻子飢寒苦　七妻子の飢寒の苦しびを言はず
爲是還愁懊惱余　これがために還りて愁へて　余を懊し惱すなり

489　白微霰。

色葉字類抄アチキナシと訓む。
六 客魂即ち旅にある身の物思いは、切なく、魂もきえきえとなりやすい。（しばらく忘れていても、）おりにふれて（こうした境遇にぶつかると）、忘れていた旅愁を新たにする、身の憂恨は依然としてもとのままによみがえることだ。東山の雪をみて、京の妻子を思うのであろう。

488 「家書を読む。〈七言〉」。
一 家からの消息がとだえてさびしいことが三カ月あまり続いた。二 順風とともに、一通の封書が私にとどいた。便風は、自分に都合のよい風即ちおいて。三 西洞院五条坊門即ち宣風坊なる道真邸内、西門にあった樹木は、人のためにとり去られて移し植えられた。これは、手紙の内容。四 北側の園の空地には、よその人が仮り住まいをしている。五 紙に生薑をつつんで、薬種即ち薬品だとしるしてある。道真は生薑を愛用したのであろう。「紙裹」、一本「紙裏」に作る。六 竹の編み籠に昆布をつめて、精進の食料だとかきつけてある。ささやかながら精いっぱいの京なる夫人からのとどけ物である。七 留守宅の妻子たちはさぞ飢えと寒さに苦しんでいるであろうに、家書はちっともそういうことを言っていない。（きっと私が心配して、心を悩ましはしないかとおそれているのであろう。）それだけにかえって私には気がかりだ。

489 「白微霰（はくびさん）」。広兼本「七言」と注。
一 こまかい霰は、砕いたような破片もあれば、ねばりつくようにとけかかった氷塊もあって、一定のそろった形というものになっていない。黏は、ねばりつく。音、デンまたはネン。白居易の朱藤謡に「泥は黏（ねや）り雪は滑りて足の力足らず」。二 風に吹き寄せられて雪と霰とがいっしょにまざり合って、まるめられてあつ

如砕如黏取貌難　一如しは砕け如しは黏りて　貌を取ること難し
被風吹結雪相搏　二風に吹き結れて　雪相搏す
〽齏牙米簸聲々脆　三齏牙　米簸て　聲聲脆し
龍頷珠投顆々寒　四龍頷　珠投ちて　顆顆寒し
〽念佛山僧驚舎利　五念佛の山僧は舎利かと驚く
名醫道士怪鉛丸　六名醫の道士は鉛丸かと怪しぶ
袖中收拾慇懃見　七袖の中に收め拾ひて慇懃に見れば
應是爲氷涙未乾　これ氷と爲れる涙の乾かざるなるべし

490 雪夜思二家竹一。　十二韻。

自我忽遷去　一我れ忽ちに遷り去りしより
此君遠離別　二此の君に遠く離れ別れにき
西府與東籬　三西府と東籬と
關山消息絶　關山　消息絶えぬ
非唯地乖限　ただに地の四乖き限れるのみに非ず

まる。搏(「摶」とも、音タン)は、類聚名義抄によれば、ネヤス・マロガス・ウツの訓がある。三霰がぱらぱらと降るさくっとしたひびきは、齏(かく)の牙のような精白米をみでひるようなものだ。齏は、くじか。その牙はしらげた精白の米粒のように白い。三・四句、和漢朗詠、巻上、冬、霰(本大系七三三九一)に出。→補。四霰が一粒一粒寒いひびきをたてるのは竜の頷(あぎと)の下にあるという千金の珠を投げるようだ。荘子、列御寇に、千金の珠が九重の淵の驪竜の頷の下にあるということが見える。五一向専心に念仏している山寺の僧は、仏舎利がころげてきたかと驚く。仏骨を「舎利」という。白い霰の形に似る。五・六句、新撰朗詠、霰に出。六神仙の術を心得た名医の誉れ高い道士仙人は、霰が転がってくるのをみて、煉って丹に作るための鉛丸かとあやしむ。「鉛丸」、梅沢本基俊朗詠「銀丸」に作る。七袖中の霰をつくづくと見ると、まさしくこれは私の悲しみの涙が乾かないでその涙の珠が氷になったものだ。収字、広兼本取字に作る。氷字、底本水字に作る、いま板本による。

490 「雪の夜に家なる竹を思ふ。〈十二韻〉」。広兼本「五言古調十二韻」と注する。

一私が晴天の霹靂のように左遷の命をうけて、京より遷り去ってから。二宣風坊の家の庭にうえてあった竹とも遠く離れてしまった。「此の君」は、竹の異名。→補一。三鎮西の府と、我が家の東籬とははるかに幾重の関所、幾重の山脈に隔てられて、家からの消息も絶えてしまっている。→補二。四「乖限」は、用例が見当たらない。あるいは「乖隔」の誤りか。呉志、孫皓の伝に「魏と乖隔せり」とある。そむきへだたる意。「乖限」、底本「乖恨」と作り、ソムキウラメルノミニと点する。限字、広兼本による。

遭逢天惨烈　五天の惨烈なるに遭ひ逢ふ
憫默不能眠　六憫しび默して眠ること能はず
紛〻専夜雪　七紛紛たり　専夜の雪
近看白屋埋　近く八白屋の埋れるを看る
遙知碧鮮折　遙に九碧鮮の折るるを知る
家僕早逃散　家僕は早く逃れ散ちぬ
凌寒誰掃撤　一〇寒さを凌ぎて誰か掃ひ撤てむ
抱直自低迷　一一直を抱きて　自ら低れ迷ふ
含貞空破裂　一二貞を含みて　空しく破れ裂けぬ
長者好漁竿　一三長き者は漁竿に好かりしに
悔不早裁截　一四悔ゆらくは　早く裁ち截らざりしことを
短者宜書簡　一五短き者は書簡に宜かりしに
妬不先編列　一六妬まくは　先づ編み列ねざりしことを
提簡且垂竿　一七簡を提げ且竿を垂りたらませば
吾生堪以悦　吾が生悦びに堪へたらましものを
千万言無効　千たび万たび　言ふとも効なからむ

五 天候の酷烈な寒気に遭遇する。↓補三。六 憫は、憂えもだえる意。憫默(びんもく)は、憂えて物を言わぬこと。「憫默」、底本「悃默」に作る、いま広兼本による。↓補四。七 雪片の舞い落ちる形容。専字、一本守字に作る。八 白茅で屋根をふいた粗末な家。韓詩外伝に「窮巷の白屋」。賤しい人たちの住む家。官舎より三百メートル東に片野の村があり、官舎の西と南に接して通古賀の部落がある。九 竹の異名。雪の重みで竹が折れるのである。↓補五。一〇 寒気をおして、折れた竹を掃いすてるものがあろうか。誰も居ない。一一 竹の性は直。すぐに伸びる性質。そうした一筋の真直ぐなひたぶる心を抱いておりながら、自らどうしていいかにとまどったまま、ひくく地に倒れ臥している。折れた竹に対する感情移入。一二 竹はひたぶるな貞潔な心、秋冬にも色をかえぬ心をもっている。そうした貞節を含んだまま、それも甲斐なく雪の重みで破裂している。竹のことをいいながら、竹のことではない。貞字、底本真字に作る、いま広兼本による。↓補六。一三 長い竹は釣竿によかったものを。以下の句は、京の家にのこしてきた竹に対する、楽しかった過去の日日の悲痛な追憶と、その竹に対する親愛のよびかけ。↓補七。一四 どうして早く釣竿にたちきらなかったのであろう。くやしいことだ。一五 短い竹は竹簡(ちっかん)・筆筒(ふでづつ)など、書斎の文房具として使うのによかったものを。一六 どうして早くきって書簡に編みつらねなかったのであろう。それがいま残念なことだ。列字、底本烈字の増画字に作る。一七 書斎の中では竹簡をもち運んだり、江海に出ては釣竿を垂れたりして居られたならば、私の生涯はこの上もない幸福だったものを。生字に底本「性イ」と傍注。一八 涙を

漣洏亦嗚咽
縦不得扶持
其奈後凋節

漣洏としてまた嗚咽す
縦ひ扶持すること得ずとも
凋みに後るる節を其奈

491 聴二寺鐘一。 二月十七日。

欲識搥鐘報五更
三塗八難一時驚
大奇春夏秋冬盡
爲我終無拔苦聲

識らまく欲りすれば　鐘を搥ちて五更を報ぐ
三塗八難　一時に驚く
大いに奇しぶ　春夏秋冬盡きても
我が爲には　終に拔苦の聲なきことを

492 元年立春。 十二月十九日。

天愍長寒万物凋
晩冬催立早春朝
淺深何水氷猶結

天は　長く寒くして万物の凋むことを愍れぶ
晩冬に立つことを催す　早春の朝
淺深　何れの水か　氷なほし結べる

流してさめざめと泣くさま。一九 たといあの雪に折れた竹をたすけて支えてやることができなくても。二〇 松柏とともに凋みに後(おく)れる竹のひたぶるな貞節の性を如何しようぞ。「其奈」は、イカンと訓む。↓補八。

491 「寺鐘を聴く。〈二月十七日〉」。↓補一。

一 搥は、うつ。たたく。鐘をうちならすこと。底本「搥風イ」と傍注する。搥風は、風をまきおこして撞木(しゅ)が鐘をうちたたくこと。二 夜を五区分して、その第五更即ち戊夜(ぼや)、午前四時をいう。一・二句は、三塗八難、仏の法もとどかない闇黒の世界のはてまでも、この仏名会の勤行の暁鐘の音は一時に震撼して、彼らの長夜の迷夢を覚醒させるであろうといわれるが、果たして真実かどうか、その真相をさとりたいものだの意。↓補二。三 何となれば私の奇異の念にたえないことは、今や一年の春夏秋冬が尽きても。大字、広兼本太字に作る。↓補三。四（すべての衆生が仏名会にその罪が消滅するときくに拘らず、）私ひとりには、抜苦与楽の声がひびいてこないのはどうしてであろうか。抜苦は、仏の大悲の徳。与楽は、仏の大慈の徳(智度論の説)。

492 「元年立春。〈十二月十九日〉」。板本さらに「七言」と注する。延喜元年十二月十九日立春の日によむ。新撰朗詠、巻頭、年内立春にこの第二聯を収める。

一 冬が長く、いつまでも寒気が続いて、万物が生気を失って凋(しぼ)みきってしまうことを、天もあわれんでか、十二月のうちに、はやばやと立春を迎えたことだ。二 早くも春を迎えて、水が浅くても深くても、川という川は、どこが依然として氷が結びとざしているところがあろうか。(どこの川も氷が結んでいない。)御笠川、

高皐無山雪不消
根抜樹應花思斷
骨傷魚豈浪情搖
偏憑延喜開元曆
東北廻頭拜斗杓

三高皐(かうひ) 山(やま)として雪(ゆき)の消(き)えずといふことなし
四根抜(ねぬ)けては 樹(き) 花(はな)の思(おも)ひ斷(た)えたるなるべし
五骨傷(ほねいた)みては 魚(いを) 豈浪(あになみ)の情(こころ)搖(ゆる)がむや
六偏(ひとへ)に延喜(えんぎ) 元曆(ぐゑんれき)を開(ひら)くに憑(たの)む
七東北(とうほく)に頭(かうべ)を廻(めぐ)らして 斗杓(とへう)を拜(はい)す

493 南館夜聞二都府禮佛懺悔一。

人慚地獄幽冥理
我泣天涯放逐辜
佛号遙聞知不得
發心北向只南無

一人(ひと)は 地獄幽冥(ぢごくいうめい)の理(ことわり)に慚(は)づ
二我(われ)は 天涯放逐(てんがいはうちく)の辜(つみ)に泣(な)く
三佛号(ぶつがう) 遙(はるか)に聞(き)けども 知(し)ること得(え)ず
四發心(ほつしむ) 北(きた)に向(むか)ひてただ南無(なむ)といふならくのみ

494 歳日感懷。

故人尋寺去

一故人(こじん) 寺(てら)を尋(たづ)ねて去(い)ぬ

鷺田川をいうであろう。猶字、底本独字に誤り、猶字を頭注。「独」では平仄からも成立しない。三 高い山も低い山も、雪の消えない山はない。大城山(四一〇メートル)、高雄山、天拝山などをいうのであろう。四（森羅万象、立春になって生気をとりもどしているが、）根を引き抜かれた樹木は、春になっても花を咲かそうという思いを断たざるをえない。五 骨を傷められた魚は、浪の中を楽しげにおよぐこともできないから、浪のこころをゆすぶり動かすこともどうしてできようか。「根の抜けた樹」と「骨の傷む魚」とは、配謫蟄居の我が身の上をよそえていう。六 延喜と改元されて、世の中の気分が一新した—この事に私は運命をかけてたのみにしている。元字、底本傍注・元永本新字に作る。改元はこの年(昌泰四年)七月十五日であった。七 私は東北のかた、京都の空をはるかにふりさけみて、北斗の柄にあたる三星を心をこめて拝する。立春には北斗の杓即ち柄(え)は東を指す。これは人心一新とともに、あるいは勅赦があるかとはかなくも期待したのであろう。杓字に、底本柄字を傍注。→補。

493 「南館の夜(よ)に、都府の礼仏懺悔(らいぶつさんげ)を聞く」。板本「七言」と注する。→補。

一 悪逆の罪過を犯せば地獄に堕ちるという仏説のことわりに、人人は懺悔するという意。仏名会には、地獄変の絵図をかけて、参詣の人人に絵解きをしてきかせて、地獄の苦しみの諸相をときつつ、懺悔させるのである。二 私は国土のはてに無辜(むこ)の罪によって放逐せられる身の上を泣く。三 仏名会には一万三千の仏の名号(みょう)を唱える、その声がはるかにきこえるけれども、一一の仏の名を知ることはできない。四 私は発心して、北方に向かってただ南無とのみ唱える。北方の都府に仏名礼懺が行われているからである。仏名経は、一一の仏号に南無を冠するのである。「北向」、一本「向北」に作る。

494 「歳日の感懐」。延喜二年一月一日。板本、題の前後に「延喜二年。〈五言〉」と注する。

一 除夜おそくに知人が来訪したのであろう。二 新しい年が門を突きやぶって訪れた。三 鬢の白雪の上に、初春の雪がふりつもって白さをいや増す。四 旧臘を見送り新暦を迎えるとき、灰を吹くが、心にその冷灰を添え加えて、心が冷静になる。→補。五 長いものいみ、おそらく四十五日の精進。その長斎に供養する食事を盛る台盤には青い葉っぱの菜(さい)がつく。盤は、食物をもる台で、足のないもの。六 仏前の香炉をおく机には、白い梅の花を花瓶にさす。案は、足のある台。七 合掌して観世音菩薩を念ずる。八 歳旦には歳旦酒即ち屠蘇酒をいわって邪気をはらうのが道教的習俗であるが、仏道に専心帰依した私は屠蘇のことを思いだしても杯を手にとらせない。四八一に九月九日の菊酒も長斎のために調えなかったことが見える。サカヅキヲトラセズは、底本の訓。盃字、一本杯字に作る。

495 「梅の花」。板本「七言」と注する。

一 菅原道真の家は、宣風坊、五条坊門の北にあった。→補一。二 仁寿殿は紫宸殿のすぐ北に連なり、呉竹の小庭を隔てて西の方清涼殿と相対する。→補二。三 「内宴」、元永本「曲宴」に作る。内宴ならば紅梅の花咲く一月二十日ごろであろう。→補三。四 見る人は同じ人であるが、この西府の梅と、京の自宅や御所の梅とは同一の木ではない。五 梅の花だけは昔にかわらずひとり笑み綻びるが、私はよけいに悲しみを増すのみである。尾句は、底本の訓点による。

新歳突門來
鬢倍春初雪
心添臘後灰
齋盤青葉菜
香案白花梅
合掌觀音念
屠蘇不把盃

新歳 門を突きて來る
鬢は 春の初めの雪に倍れり
心は 臘の後の灰を添ふ
齋盤に 青き葉の菜あり
香案に 白き花の梅あり
合掌して觀音を念ずらくのみ
屠蘇 盃を把らせず

495 梅花。

宣風坊北新栽處
仁壽殿西内宴時
人是同人梅異樹
知花獨笑我多悲

宣風坊の北 新に栽ゑたる處
仁壽殿の西 内宴の時
人は是れ同じき人 梅は異なる樹
知んぬ 花のみ獨り笑みて 我は悲しびの多きことを

496　奉レ哭二吏部王一。故一品親王。

配處蒼天最極西
恩情未見阻雲泥
去年眞跡多霑潤
今日飛聞甚悽悽
元老應無朝位立
林亭只有夜禽棲
世間自此琴聲斷
不獨人啼鬼亦啼

一配處は蒼天　最も極れる西
恩情は雲泥に二阻ることを見ざりき
三去年の眞跡　多く霑び潤ぶること多かりき
四今日の飛聞　甚だ悽へ悽む
五元老は朝位に立つこと無かるべし
六林亭にはただ夜禽の棲むのみならむ
七世間　此れより琴聲斷えぬ
獨り人の啼くのみにあらず　鬼亦啼く

497　種レ菊。

青膚小葉白牙根
茅屋前頭近逼軒
將布貿來孀婦宅

一青き膚の小き葉　白き牙の根
二茅屋の前頭に　近く軒に逼れり
三布を將て貿へ來る　孀婦の宅

496「吏部王を哭し奉る。〈故一品親王〉」。板本「七言、式部卿本康親王、延喜元年十二月十四日薨」と注する。→補一。

一配所は西のはての空の下であるに拘わらず。「蒼天」の語は、詩経、王風の「悠悠たる蒼天、此れ何人ぞや」などにもとづく。道真が天に訴えたい気持をこめている。二東都の雲の上なる親王と西府の泥土にまみれて呻吟している我が身の上と。極端に相違していること。そういう相違と隔たりにも拘わらず、親王からは道真に対して何らか恩情が寄せられていたのであろう。阻字に、底本「限イ」と傍注。三去年私に下さった親王からの真筆の手紙には、しっとりうるおうようなあつい情がこもっていたのに。真字、底本春字に作り、「真」と傍注する。→補二。四今日の悲しい急報はまことにいたましい。悽字、元永本惨字に作る。五元老と目される方はこれから朝庭の重い位につくことがなくなるであろう。→補三。六風雅の催しがなされた山荘とか林亭なども、親王のような風流の人士を失って、梟(ふくろう)のなくものさびしいすみかと荒れることであろう。七(栄啓期の後身とまでたたえられた親王が薨じて)世の中に真の琴の声が再びきかれなくなってしまった。人が悼んで哭(な)くばかりでなく、琴の秘曲に感動する天人や霊鬼たちまでも悲しんで泣くであろう。

497「菊を種(う)う」。板本「七言」と注。→補一。

一菊の苗の描写。二配所の茅屋の前の小庭の軒ちかくに移植した。三布を与えて、近くの民家の寡婦(やもめ)から物物交換でわけてもらってきた。四手紙を書いて、老僧の園からわけてもらってきた。→補二。五(今までだって私は菊をうえたが)菊をうえたとき、かの陶淵明の風雅にならおうと思ったことなんてない。処は、

與書要得老僧園
未曾種處思元亮
爲是花時供世尊
不計悲愁何日死
堆沙作壙荻編垣

四書を與へて要むること得たり　老僧の園
五曾つて種うる處　六元亮を思はむとに非ず
是れ花の時　世尊に供せむがためになり
七計らず　悲愁して　何れの日にか死しからむことを
八沙を堆くして壙を作り　荻を垣に編めり

498 山僧贈ㇾ杖、有ㇾ感題之。

昔思靈壽助衰羸
豈料樵翁古木枝
節目含將空送老
刀痕削著半留皮
扶持無處遊花月
抛棄有時倚竹籬
万一開眉何事在
暫爲馬被小兒騎

一昔思ふ　靈壽の衰羸を助くることを
二豈料らむや　樵翁　古木の枝
三節目含み將て　空しく老いを送る
四刀痕削り著けて　半皮を留む
五扶持しては　花月に遊ばむに處なし
六抛げ棄てては　時有りて竹の籬に倚せたつ
七万が一も眉を開かば　何の事か在る
八暫く馬と爲りて小兒に騎られむ

唐詩では、時とか場合の意味にあたることも少くない。ここもそれに当たるであろう。元亮は、陶潜の字。↓補三。六 これはひとえに花の時にお供(なそ)えしようと思うためである。世尊は、釈迦牟尼世尊にお供(そな)えしようと思うためである。世尊は、Lokanatha の訳。仏の尊号。七 悲愁に沈むこの身は、何時死んでしまうかわからないけれども。八 土砂を高くして畦を作り、溝をほり堰ぜきをつくって、荻の枯枝を編んでかこいを作った。壙字、元永本偃字に作る。

498 「山僧杖を贈る、感有りて題す」。板本「七言」と注する。この山僧は、四九七の菊苗を頒ち与えた僧と同人であろうか。杖を贈られても心から喜ぶ気になれないのである。

一 昔は考えていた、もし老年になったら、霊寿木の杖が、身体のつかれおとろえを扶助してくれるであろうと。霊寿は、霊寿木の杖・えぎの木の杖。竹に似た木で、枝節もあり、長さ八、九尺、周囲三、四寸、自然に杖や鞭になる。本草に出。二 きこりが手にするような古木の枝を、老を扶ける杖にたのもうなどと、思ってもみたことがあろうか。三 山僧から贈られた杖は節目(ふし め)もあって、徒(いた ずら)らに老い朽ちかけた木だ。四 刀で削りかけたあとがあり、所所に皮ものこっている。前句の「将」、この句の「著」は、ともに動詞に接する語助。深い意味はない。五 杖をもっていたところで、花よ月よとうかれ尋ねまわるところとてない。六 なげ出したまま、どうかすると竹のまがきにたてかけておく。七 万に一つ、(赦免されるようなことがあって)憂えの眉ものびひらくようなことがあったらどんなことになるであろう。八 このおかしな杖も一役買って、竹馬の代りとなって、小児に乗られようものを。

499 二月十九日。

墎西路北賈人聲
無柳無花不聽鶯
自入春來五十日
未知一事動春情

一墎の西　路の北　二賈人の聲
柳も無く　花も無く　鶯をも聽かず
三春に入りてよりこのかた　五十日
四未だ　一事の春の情を動すことを知らず

500 雨夜。十四韵。

春夜漏非長
春雨氣應暖
自然多愁者
時令如乖狠
心寒雨又寒
不眠夜不短
失膏槁我骨

春の夜　漏一　長きに非ず
春の雨　氣　暖なるべし
二自然らに愁ふること多き者に
時令も乖き狠れるが如し
三心寒ければ雨もまた寒し
四眠らざれば夜も短からず
五膏を失ひて　我が骨を槁らす

499 「二月十九日」。板本「七言」と注する。
一 区画のかこい。墎字、底本傍注・元永本郭字に作る。↓補。
二 行商人のふりうりの声がきこえる。日常閭巷の生活描写。
三 正月元日から数えて今日まで約五十日。去年十二月十九日に立春。今日までまる二カ月。
四 早春のものうい日日。何一つとして、人の心をときめかすような春めいた情景にかがやくものとてない。北九州の冬から春のはじめにかけてのくらい風景の日日は、そのまま道真の心象風景のくらさである。

500 「雨の夜。〈十四韵〉」。元永本「夜雨。古調十四韻。〈五言〉」に作る。陰惨深刻な詩、読み過ぐるにたえないものがある。
一 漏刻の時計。転じて時間。一句は、春の夜は秋の夜とちがって夜が長いわけではないの意。
二 憂愁の多い人間のためには、自然に時節の天候もすっかりあべこべに感ぜられる。時令は、時に随って行う政令または年中行事記の意より、単に時節の意となる。ここは後者。狠は、很戾の意。
三 暖気を催すはずの春の雨も、心が寒ければ、寒い雨と感ぜられる。
四 短いはずの春の夜も、眠らなければ長く感ぜられる。
五 つややかなあぶらけを失って、骨も枯れほそる。
六 涙がちのために、眼もしょぼける、視力が渋滞する。渋字、底本流字に作る、いま元永本による。
七 瘡は、かさ・できもの。癢は、皮膚がむずかゆいこと。
八 木の葉が陰(かげ)をつくるように、病気のかげ

添涙澁吾眼
脚氣與瘡瘻
垂陰身遍滿
不啻取諸身
屋漏無蓋板
架上湿衣裳
篋中損書簡
況復厨兒訴
竈頭爨煙斷
農夫喜有餘
遷客甚煩懣
煩懣結胸腸
起飲茶一盞
飲了未消磨
燒石溫胃管
此治遂無驗

六涙を添へて　吾が眼を澁かす
脚氣と七瘡瘻と
八陰を垂りて　身に遍く滿つ
九啻に身に取るのみにあらず
一〇屋さへ漏れて　蓋はむ板ぞ無き
一一架の上に　衣裳を湿す
一二篋の中に　書簡を損ふ
況復むや　一三厨兒の訴へむや
一四竈頭に爨煙斷えにたることを
一五農夫は喜び餘り有るに
一六遷客は　甚しく煩懣す
一七煩懣　胸腸に結る
起きて飲む　一八茶一盞
飲み了りて消磨せず
一九石を燒きて胃の管を溫む
此の治遂に驗あること無けむ

がからだ中に行きわたる。文選の西京賦に「葉を布いて陰を垂る」。
九 これは私のからだの上だけではない。
一〇 茅屋の屋根さえも漏れて、覆おうと思ってもしかるべき板もない。屋漏には、室の西北隅の意と、屋根の雨漏りの意の二義がある。詩経、大雅、抑に「爾(なむ)の室に在るを相(み)る、屋漏に愧ぢざらむことを尚(こひねが)へ」とあるのは前者。南史、江子一伝に「屋の漏ること上に在り、之を知ること下に在り」とあるのは後者。前者も雨漏りにかかわりのある語らしい。今は前田家点本の点にしたがって後者の意に解しておく。
一一 衣架即ちころもかけにかけてある衣裳類を雨もりの水がぬらしてしまう。
一二 文筥(ふばこ)の中の書きつけの文書までいためてしまう。
一三 厨下の児。台所の料理人。コックの使用人。「厨夫」ともいう。
一四 へっついのあたりに、炊事をする煙が断えてしまう。米が欠乏すること。竈頭は、かまど。
一五 農夫は収穫が多く、米も十分にあるので喜びにみちているのに(配流の私にわけてくれることを肯んじない)。内心同情していても府吏の眼を憚るという事情もあったのであろう。
一六 そのことを煩い悩み、憤懣やる方がない。
一七 心中の憤懣がはけぐちを失うと、胸の中やら、腹の中に何か鬱積してしこりが結(むす)ぼれてくる。
一八 茶を一杯のんでもその結ぼほりは消えてなくならない。盞字、あるいは盌字などとあるべきか。諸本同じ。
一九 焼いた温石(うんじやく)をおなかにあてて、胃の腑、腸の管(くだ)をあたためる。入矢氏いう、遂字は終字を用うべきである。

强傾酒半盞
且念瑠璃光
念々投丹款
天道之運人
不一其平坦

二〇强ひて傾く　酒半盞
二一且つは瑠璃光を念ず
二三念念　丹款を投す
二四天道の人を運すこと
一に其れ平坦ならず

501　題二竹床子一。　通事李彦環所レ送。

彦環贈與竹繩床
甚好施來在草堂
應是商人留別去
自今遷客著相將
空心舊爲遙踰海
落涙新如昔植湘
不費一錢得唐物
寄身偏愛惜風霜

彦環　贈り與ふ　一竹の繩床
二甚だ好し　施來ひて草堂に在くこと
三是れ商人の留めて別れ去にしならむ
今より遷客四　著きて五相將ゐなむ
六空心は舊りぬるは　遙に海を踰りしがためならむ
七落涙は新にして　昔湘に植ゑしが如し
八一錢を費さずして　九唐物を得たり
一〇身を寄せて偏に愛して風霜を惜む

二〇 杯半ばいの酒を傾けてのんでみる。「強ひて」とあるのは、道真は元来酒好きではなかったらしい。 二一 且は、接続のことば。その上にの意。温石をあてたり、薬のつもりで酒半盃のんだりして、どうしようもない心のしこりを何とかなだめた上で。 二二 東方瑠璃光浄土の教主、薬師如来をさす。→補一。 二三 至誠心(しじやうしん)をあらわして仏に捧げる。丹款は、丹誠。 二四 天の神が、人間の運行をとりはからうのに、全くもって平らかではない。「坦」は、平らか。大地の平らかなことを「平坦」という。天道を恨んで、ひたすら仏法に帰依して安楽をえようとしたことがうかがわれる。抑制したことばづかいながら切切として憂憤の情が溢れる。→補二。

501 「竹の床子(しやうじ)に題す。〈通事の李彦環が送るところ〉」。板本「七言」と注。→補一。

一 竹の骨格の縄床で、「竹床子」というのも同じく、今の籐製安楽椅子みたいなもの。胡牀。縄床は、縄をはって造った腰かけ椅子。床字、元永本牀字に作る。白居易の詩に「坐して縄牀に倚り間(しづ)かに自ら念ふ」。 二 草堂に竹縄床をおくのは隠栖自適、冥想を楽しむにふさわしい。草堂は、かやぶきの家であるが、唐代には、それより意味がずれて用いられる。またときに持仏堂などを伴うこともある。簡文帝の蜀の草堂、白居易の「廬山草堂」の例がある。「来」は、語助の辞。 三 唐から来朝した商人が、別れに際してのこして行ったものであろう。 四 自らをいう。 五 著字、元永本看字に作る。 六 椅子の骨組みの竹の中がうつろになっているところ。すでに年を経ていたみかけていたのであろう。 七 椅子の竹に、私の涙がこぼれてかかると、昔かの湘妃が涙をそそいだという湘水のほとりに植わった竹かと思われる。→補二。 八 「一銭」、元永本「一金」に作る。九 唐土からの舶来品。一〇 風霜を経たこの竹の牀子を愛用して、これからも身を寄せて行こう。現実のすべてに絶望した道真の心にわずかに海彼からの安楽椅子が希望の光を点ずる。惜字、元永本慣字に作る。

502 「野大夫(やたいふ)を傷む。〈古調、七言五韻〉」。板本「大内記小野美材、延喜二年卒」と注する。→補一。

一 西府にあって、はるかに都の空を悼む。二 菅家廊下に出入した徒輩ではない。三 讃州刺史在任中の経験を想い出すのであろう。四 百姓の老人が、農事が荒廃したことを嘆き悲しんでいたことを聞いたことがある。五 詩人もまた美材の死によって、文筆の道が荒れすさむことを嘆くであろう。荒蕪は、雑草がおいしげって田地があれること。→補二。六 思いをこらし、推敲を重ね、彫琢苦吟するという方ではない。(人間わざでないようなすばらしい傑作を書いたわけではないが。)→補三。七 紀長谷雄。相公は、参議の唐名。紀長谷雄は、道真の左遷の時は侍従左大弁であったが、延喜二年正月二十六日に参議に任じた。参議左大弁は劇務であったのであろう。文粋、延喜以後詩序の引用するところは、応字を独字に作る。八 同時の人人。九 大学者。碩学。大儒。論衡、超奇に、一経の専門家は儒生、古今に通じ上書奏記するものは文人、「思を精しくし文を著し、篇章を連結するものは鴻儒となす」とある。美材はにせ学者、御用学者でなく、数少い詩人の一人であったというのである。「延喜以後詩序」のこの詩の引用では、惣字を尽字に作る。一〇 楷書・行書・草書の筆勢のすばらしさ。一一 →補四。

503 「秋の夜」。板本「七言」と注する。

一 寝床の上で眠れぬままにねがえりをうつ。

502 傷二野大夫一。 古調七言五韻。

我今遠傷野大夫
不親不疎不門徒
聞昔老農歎農廢
詩人亦歎道荒蕪
沈思雖非入神妙
如大夫者二三無
紀相公應煩劇務
自餘時輩惣鴻儒
況復眞行草書勢
絕而不繼痛哉乎

我れ今遠く野大夫を傷む
親しきにもあらず 疎きにもあらず 門徒にもあらず
聞く 昔老農の農廢れたることを歎きしを
詩人亦歎く 道の荒蕪することを
沈思は 神妙に入るに非ずとも
大夫が如き者は二も三も無からむ
紀相公は劇務に煩ふならむ
自餘の時輩は惣べて鴻儒なり
況復むや 眞行草の書の勢ひ
絕えて繼ぐものあらず 痛いかなや

503 秋夜。

床頭展轉夜深更
背壁微燈夢不成
早雁寒蛬聞一種
唯無童子讀書聲
童子小男幼字、
近曾夭亡。

一 床の頭に展轉して　夜　深更なり
二 壁に背けたる微なる燈に夢も成らず
三 早き雁も寒いたる蛬も　聞くに一種 四
五 ただ童子の書を讀む聲のみ無し
六 童子は小男が幼き字、七 近曾夭亡せり。

504 官舍幽趣。六韻。

墎中不得避諠譁
遇境幽閑自足誇
秋雨濕庭潮落地
暮煙縈屋潤深家
此時傲吏思莊叟
隨處空王事尺迦
依病扶持藜舊杖

一 墎中　諠譁を避くること得ず
二 境に遇へる幽閑　自らに誇るに足れり
三 秋の雨　庭を濕す潮の落つる地
四 暮の煙　屋を縈る　潤びの深き家
此の時　傲吏 五　莊叟 六 を思ふ
七 處に隨ひて　空王　尺迦を事とす
八 病ひに依りて扶持す　藜の舊りたる杖

二 壁の方に向かせる。「背く」は、後を向かせる意。文集、上陽白髪人に「耿耿(かうかう)たる残んの燈の壁に背けたる影」。三 早秋、雁の訪れる声、きりぎりすの寒げな声。四 その声は例年の秋に変らない去年と同じ声だが。五 かの不憫なわが子の童子が書物を読誦した声だけことしは聞かれない。六 童子というのは、俗に坊主というように、単なる愛称として通称していたのであろう。↓補。七 この分注、底本にはない。元永本により補。「近曾」は、チカクスナハチとも訓じうる。大日本史料、「近曾」を、「小男」が字とするは非。

504 「官舎の幽趣。〈六韻〉」。板本「六韻七言」と注する。

一 都府をめぐる郭(くわく)の中ならば、庶民の喧譟(けんさう)を避けるわけにはゆくまいが。「諠譁」は、やかましく言いたてること。墎字、底本傍注・元永本郭字に作る。↓補一。二 この環境に住みついて、そのひっそりとして人のざわめきのないすまいはひそかに誇るに足るところだ。文集に「林下幽閑気味深」とある。和漢朗詠、巻下、閑居(本大系[七三]六一七)参照。三 秋のながあめで庭が水びたしで、潮のひいたあとの地面みたいだ。四八四でも「瑮瑮たり黄茅の屋、荒荒たり碧海の壖(はみぎ)」とあった。四 暮れがたのもや、かすみがひくく谷あいの奥にある家のあたりをはいめぐっている。潤字、底本澗字に作る、いま元永本による。↓補二。五 おごってほしいままな振舞いをする役人。六 荘子。叟は、長老の称。↓補三。七 いたるところで、私は空王たる釈迦に事(つか)える。空王は、仏の異名。法を「空法」といい、仏を「空王」という。円覚経に「仏は万法の王たり、又空王と曰ふ」。白居易の「郡斎暇日、憶二廬山草堂一」詩に「聖主を

忘愁吟詠菊殘花　　九 愁へを忘れて吟詠す　菊の殘れる花
浪支月俸恩無極　　一〇 浪は月の俸に支へられて　恩　極り無し
衣苦風寒分有涯　　一一 衣は風の寒きを苦しびて　分　涯り有り
忘却是身偏用意　　一二 是の身を忘却して　偏に意を用ゐれば
優於誼舎在長沙　　一三 誼が舎の長沙に在りしに優れたらまし

505　秋晩題二白菊一。

涼秋月盡早霜初　　涼秋　一 月盡きて　早霜の初め
殘菊白花雪不如　　二 殘りの菊の白き花は　雪も如かず
老眼愁看何妄想　　三 老いの眼　愁へて看る　何の妄想ぞ
王弘酒使便留居　　四 王弘が酒の使ひならば　便ち留めて居かまし

506　晩望二東山遠寺一。

秋日閑因反照看　　秋日閑に反照に一 因りて看る

匡(ただ)すに堪へず、只まさに空王に事へむ」、白居易の「元老中張博士に寄する」詩に「大抵荘叟を宗とし、私心に竺乾に事ふ」とある。五・六句は、これらの句によるか。八 衰老を扶助するためあかざの茎を杖とするのである。→補四。九「忘愁」、元永本「且啼」に作る。「依病」の対としては底本がすぐれている。→補五。一〇 食事は月俸を支給せられていたから、それでまかなうことができたので、その恩は限りなく有難く思う。浪字、元永本食字に作る。一一 配謫の身分には限界があって、衣服も十分に給せられないので、秋風に向かうとたえがたい。→補六。一二 我が身の上にとらわれることからさらりと離れて、もっぱら身辺の生活に心をつかえば。一三 かの貶謫せられた賈誼(ぎ)が、長沙の卑湿の地に謫居していたことにくらべると、自分の方がまだましだ。→補七。

505「秋の晩(ゆふ)に、白菊に題す」。板本「七言」と注する。

一 九月の下旬ころをいう。「早霜」、底本「早秋」、一本「早冬」に作る、いま元永本による。礼記、月令、季秋の月に「是月也霜始降」。二 雪の白さも、白菊の残んの花の白さには及ばない。「残菊白花」、元永本「白菊残花」に作る。三 老眼は憂愁のために視力も弱って、ときに幻視にかかって、虚妄の想像を現出することがある。(何の妄想を見るかというと、王弘の酒の使を幻に見るの意。)円覚経に「病目は空中の華及び第二の月を見る」。四 王弘のような酒をもたらす使ならば、とどめておきたいものだ。→補。

506「晩に東山の遠寺を望む」。板本「七言」と注する。→補一。

一 夕焼けぞらのてりかえし。二 彫刻彩色の華麗な仏堂が、屋根のそりもあ

華堂插著白雲端
微々寄送鐘風響
略々分張塔露盤
未得香花親供養
偏將水月苦空觀
佛無來去無前後
唯願拔除我障難

二華堂　插みて白雲の端に著けたり
三微微に寄せ送る　鐘の風響
四略略分張す　塔の露盤
香花は親ら供養すること得ず五
偏に六水月を將ちて苦に空觀す七
八佛は來ることなく去ぬることなく　前も後もなし
九ただ願はくは我が障難を拔除したまはむことを

507　風雨。

朝ゝ風氣勁
夜ゝ雨聲寒
老僕要綿切
荒村買炭難
不愁茅屋破
偏惜菊花殘

朝朝　風の氣勁し
夜夜　雨の聲寒し
一老いたる僕は　綿を要むること切なり
二荒れにたる村に　炭を買ふこと難し
三茅屋の破るることを愁へず
四偏に菊花の殘れむことを惜む

ざやかに、白雲の空際(そらぎわ)にさしこむようにそそり立っている。華堂は、荘麗な仏寺の殿堂。插著は、さしはさむこと。さし入れること。「著」は、動詞の後に接する語助の辞。→補二。三時として、風に乗って、かすかに鐘の音も響いて来る。四東山にある寺の遠景であるが、その塔頂の承露盤さえ、ほぼはっきりと指点できるくらいに輪郭も分離して区別して見える。分張は、分離してはり出していること。「塔の露盤」は、塔の承露盤。最上層の頂にあり、九輪を支える。→補三。五→補四。六水中の月。諸法即ち万物の実体がないことの喩。大乗十喩の一。智度論六に「諸法を解了(げれう)すれば、幻の如く、焰(かげろふ)の如く、水中の月の如く、(中略)鏡中の像(かたち)の如し」。七諸法は一切(いつさい)ことごとく空なりと観ずること。八仏陀は、虚空に遍満し一切の場所に居るから、別に改めて去来することもなければ、仏前仏後ということもない。時間空間を超越して、一切衆生の煩悩を断とうとしている。唐経に「世尊の座は譬へば虚空の如く、一切の処に遍し、又仏の獅子座はこれ法界に同じ」とある。全世界が仏のいるところだという。九(一切衆生の三界の煩悩を断とうという仏の誓願ならば)どうかわがこの障碍(しやうげ)を払い除き艱苦を抜き捨てたまえ。

507「風雨」。板本「五言」と注する。→補。一冬を迎えて、身体の保温の衣や綿が痛切に不足していたこと、五〇四の中にも「衣は風の寒きを苦しびて云云」と詠じている。老いた忠僕が都からついてきていたらしい。後世の講釈本には白太夫とか、丹後国中郡の老僕などが西にともに下ったことがみえる。二(都府の郭中の通りはにぎやかであっても)謫所のほとりは人煙さびしい荒れすたれた村であったので、

自有年豊稔
都無叶口飡

五 自らに年の豊稔なることあれども
六 都べて口に叶ふ飡ぞ無き

燈滅二絶。☆

508
脂膏先盡不因風
殊恨光無一夜通
難得灰心兼悔迹
寒窓起就月明中

脂膏の先づ盡きて　風に因らず
一 殊に恨まくは　光の一夜通すこと無きことを
二 心を灰にせむことと三 迹を悔さむこととを得ること難し
四 寒えたる窓に起きて月の明なる中に就く

509
秋天未雪地無螢
燈滅抛書涙暗零
遷客悲愁陰夜倍
冥〻理欲訴冥〻

一 秋天に雪あらず　地に螢なし
二 燈滅え書を抛ちて　涙暗しく零つ
遷客の悲愁は陰き夜に倍せり
三 冥冥の理は冥冥に訴へまく欲りす

炭を買いたくてもままにならなかったらしい。

三 茅ぶき屋根の官舎が風雨で破損することは苦にならないが。四 わが庭の菊の花がいためつけられやしないか、それが残念でならない。この菊はこの春近隣の僧俗から苦心して苗をわけてもらって、自ら世話して栽培したもの。

五（こうして鎮西の生活をして年をわたるうち）自然米の豊かに取り入れられる年もあるのに。六 人間の口にたべられるようなくいものさえも全然ない。飡は、おちゃづけめしのようなくいもの。叶字、元永本計字に作る。
☆「燈（とぼし）滅（き）ゆ、二絶」。板本「七言」と注する。

508 一 一晩を通して、燈火の光がともれることがないのはなかでも残念だ。夜眠れぬままに書物をよんだり、書きものをしたいと思っても不可能だったのである。二 心を冷たい灰のようにする、精神の活気をなくしつくす。荘子、庚桑楚に「心死灰のごとし」。三 行き先をくらます。世間からのがれて隠れすむ。一句は、なま身の人間だから煩悩を断滅しつくすことも出来ず、監禁されている身の上だから逃げて行方をくらますこともできないの意。→補。四 寒寒とわびしい窓辺に起きて行って、月明りのなかに立ってみる。

509 一 雪があれば、窓辺の雪で書をよもうものを、螢が居ればそれをあつめて書を照らそうものを。孫康、車胤の故事による。秋だから、ともに不可能だと、ちょっとしたしゃれである。二 秋の夜長を燈をともして読書していたことがわかる。老荘の書か、否。詩文の書か、否。おそらく仏書ではなかったか。三 人の目に見えない奥深い天の道理。冥冥は、幽昧・玄遠の意。「冥冥に訴ふ」は、天道に訴える意。→補。

510　問二秋月一。

度春度夏只今秋
如鏡如環本是鉤
爲問未曾告終始
被浮雲掩向西流

一 春(はる)を度(わた)り夏(なつ)を度(わた)りて　只今(ただいま)の秋(あき)
二 鏡(かがみ)の如(ごと)く環(たまき)の如(ごと)くにして　本(もと)これ鉤(つりばり)なり
三 爲(かるがゆゑ)に問(と)ふ　曾(かつ)て終始(しゆうし)を告(つ)げざりしことを
四 浮(うか)べる雲(くも)に掩(おほ)はれて西(にし)に向(むか)ひて流(なが)る

511　代レ月答。

蓂發桂香半且圓
三千世界一周天
天廻玄鑑雲將霽
唯是西行不左遷

一 蓂發(めいひら)き桂香(かつらかぐは)しくして　半圓(なかばまどか)ならむとす
二 三千世界(さむぜんせかい)　一周(ひとめぐり)する天(そら)
三 天(てんぐゑんかむ)玄鑑を廻(めぐら)して　雲將(くもまさ)に霽(は)れむとす
四 ただこれ西(にし)に行(ゆ)く　左遷(させん)ならじ

512　九月盡。

510 「秋の月に問ふ」。板本「七言」と注する。次の五一一と対する。夜の燈が滅(き)えて、窓辺の月光の中に坐して戯作したものか。一 秋の月よ、そなたは春をわたり、夏を過ぎて、ただいま秋にたどりついた。二 秋の月よ、そなたは鏡のようでもあり、環(たまき)の輪のようでもあるが、もとは釣針のように細い時もあった。三 秋の月よ、私はそなたに尋ねたい、今までに一度も進退始終の運行を誤ったことはないはずなのに。終始は、循環して止まらぬことをいう。四 みよ、そなたは今浮雲におおわれて、西ぞらに向かって流されてゆくのは、いったいどうしたのか。秋の月に道真自身を感情移入している。→補。

511 「月に代りて答ふ」。板本「七言」と注する。五一〇とひとつづきの作。一 月によびかける人よ、私の世界では蓂が花ひらき、桂がかおってただいま漸く半円になった。「蓂発く」は、蓂莢(めいきよう)の華がひらくこと。蓂莢は、堯の時、庭に生じた瑞草で、月の十五日以前は一葉ずつ生じ、月の十六日以後は一葉ずつ落ちるという。こよみぐさ。桂は、月中の桂樹。文集、廬山桂詩に「偃蹇月中桂、結根依二青天一」(六一)とある。晩唐の酉陽雑俎に「月中に桂有り、蟾蜍(ひきがえる)有り。月桂高さ五百丈」。二 月によびかける人よ、私は三千大千世界の天をひとめぐりしているのだ。三千世界は、仏教でいう「三千大千世界」の略。須弥山(しゆみせん)を中心として七山八海をめぐらした一郭を一小世界という。これを千あつめて一小千世界。これを千あつめると一中千世界。さらにこれを千あつめると一大千世界。それを三千合わせると三千大千世界となる。三 みよ、大空は神(あや)しい鏡をめぐらして、私を掩っていた雲をとりさろうとしている。玄鑑は、玄妙な鏡・神意・天のおぼしめしの意。四 月に問いかける人よ、私は左遷されているのではない、ただ西に行くさだめなのだ。無実を天道に訴えている。流謫・左遷は、私にいわれのないことだということを月に託して叫びあげている。

512 「九月尽」。板本「七言」と注する。
一 今日は延喜二年九月三十日。二 この身は生れて五十八年の秋だ。三 何事を思索しながら、中庭に立っているか。四 園には黄菊の花がひとむら咲きのこり、庭上にはひとりの白髪頭(しらがあたま)の人が立つ。

513 「偶作」。板本「五言」、「延喜三年癸亥二月二十五日薨、五十九歳」と注する。
一 老山は一切壮年の盛色を破壊し去り、衰耗山は一切の栄花福貴を破壊する。私には衰老の二山の賊がやってきたが、そのあとをおうようにして病の賊がやってきて、四大を不調にして身の強健さを破壊する(別訳阿含経の説による)。二 謫居の生活がはじまると、そのあとをおうて愁え悲しみがついてくる。三 (すでに衰老病の三山がやってきた。最後に死の賊がやってくるであろう。) この死山、一切の生命を断つ死の賊がやってきても、逃避するところは絶対にないのだ。↓補一。四 南無観世音大菩薩と念ずること一反(かえ)り。死賊を思うたびに観音たすけたまえと一反りずつ念ずる。▽↓補二。

514 「謫居の春雪」。板本「七言」と注する。これが道真の絶筆の詩である。延喜三年二月二十五日、彼は太宰府の配所で死んだ。↓補一。
一 春の淡雪がふりつもって、都府の内外のいたるところ、みち溢れるように梅の花がいくらと数えられないほどに、いっせいに咲いたかと思いあやまたれる。↓補二。二 この春の雪は、

今日二年九月盡
此身五十八廻秋
思量何事中庭立
黄菊殘花白髮頭

一今日二年　九月盡
二此の身　五十八廻の秋
三何事を思ひ量りてか中庭に立てる
四黄菊　殘花　白髮の頭

513 偶作。

病追衰老到
愁趁謫居來
此賊逃無處
觀音念一廻

一病ひは衰老を追ひて到る
二愁へは謫居を趁めて來る
三此の賊　逃るるに處なし
四觀音　念ずること一廻

514 謫居春雪。

盈城溢郭幾梅花
猶是風光早歲華

一城に盈ち郭に溢れて　幾ばくの梅花ぞ
二なほしこれ風光の　早歲の華

日の光にゆれうごく歳のはじめの花―梅の花さながらだ。風光は、日が出て風が吹いて、草木に光と色とがうごくのをいう。↓補三。

三 雁の脚に春の雪がねばりついて、手紙の白ぎぬをかけているかと思われる。蘇武が匈奴にとらわれて十九年、帰京の志をすてず、雁の足に帛書をかけた、天子がこれを上林に射て、武の無事を知って助け出したという漢書、蘇武の伝の故事による。四 烏の頭に春の雪が点をうったようにのっかっていて、これで家に帰られるのかと思う。燕の太子丹が秦王にとらわれ、家に帰ろうと思ったが、王は許さず、もし烏頭が白くなり、馬に角を生じたら許そうといった、丹が仰いで嘆くと、烏の頭が白くなり馬に角を生じて、帰ることができたという燕丹子の故事による。蘇武と燕丹とをならべて出して、はげしい望郷のおもいをこめる。謝観の白賦による和漢朗詠、巻下、白(本大系七三 七九九)の句参照。思字、元永本憶字に作る。この一聯、江談抄にも出。「黏将」の「将」、「点著」の「著」は、ともに語助。訓は前田家後集古点本ならびに本朝神仙記伝所載の古訓による。

▽文集の江州雪詩に、「城柳方(さま)に花を綴る、簷(のき)の冰(こほり)纔(わづか)に穂を結ぶ、須臾(しゆゆ)にして風日暖かなり(中略)坐(よ)りて歎く銷(き)ゆること何ぞ易き」とある気分と、この詩と通(かよ)いあうものがある。

☆この奥書は前田家本後集甲本および水戸彰考館本後集の奥に見えるところ、これと同文は前田家所蔵古鈔本菅家伝の文中に出。

☆☆「御託宣詩」以下三首は後人の擬作であることは論を俟たない。託字、底本詑字に作る。訓の送り仮名は、底本による。

〽雁足黏將疑繫帛
烏頭點著思歸家

三 雁(かり)の足(あし)に黏(ねやか)り將(ゐ)ては　帛(きぬ)を繫(か)けたるかと疑(うたが)ふ
四 烏(からす)の頭(かしら)に點(さ)し著(つ)きては　家(いへ)に歸(かへ)らむことを思(おも)ふ

菅家後集☆

西府新詩一巻、今号二後集一。臨レ薨、封緘送二中納言紀長谷雄一。〻〻〻見之、仰レ天而歎息。大臣藻思絕妙、天下無雙、雖レ居二卿相之位一、不レ抛二風月之遊一、凡厥文章多在二人口一。後代言二文章一者、莫レ不レ推二菅家一矣。

御託宣詩☆☆。

家門一タヒ閇テノ幾風煙ゾ　筆硯抛チ來テ九十年
我レ仰テ二蒼天ヲ一思フ二故事ヲ一　朝〻暮〻涙連〻タリ

示勅使被返左大臣宣命。

忽驚朝使排荊棘　官品高加拜感成
雖悅仁恩覃邃窟　但羞存沒左遷名

被贈大政大臣之後託宣。

昨爲北闕被悲士　今作西都雪恥尸
生恨死歡其我奈　今須望足護皇基

散文篇

菅家文草

巻第七—第十二

菅家文草第七

賦　銘　賛　祭文
記　序　書序　議

賦

515　秋湖賦。以二秋水無レ岸爲レ韻。二百字以上成レ篇。

有レ客在二湖頭一。日惟西暮、年也季秋。策二同穎之羸馬一、嗤二不レ繫之虛舟一。於是商颷瑟々、沙渚悠々。掬二波浪一以清レ心、不レ求二斗藪一。望二郵亭一以問レ宿、何暇枕レ流。雖レ云二行路之艱澁一、誠是卒レ歲之優遊。觀夫物无二一理一、義同二一指一。其爲レ性也、潤下克柔、其爲レ德也、靈長爰止。感因レ事而發、興遇レ物而起。有二我感之可一レ悲レ秋、无二我興之能樂一レ水。況復霽而雲斷、天與レ水俱。窺二潛魚一以漁火疊、逐二歸鳥一以釣帆孤。山影倒穿二表裏千重之翠一、月輪落照二高低兩顆之珠一。勝趣斯絕、風流既殊。世間希有、天下亦无。嗟呼、意不二相忘一、憂須二以散一。敍三旅思之所二邊涯一、喩三湖水之无二涯岸一者也。

秋湖はおそらく秋の入江のことで、南海道、讃州の坂出のあたりより瀬戸の海が大きく湾入して国府の付近まで湖のように入江をなしていた所をいうのであろう。(道真は琵琶湖の湖岸を北上して越前に旅行したことがあるが、そういう貞観期の作物ではない。) しからばここに「客有り」というのは、仁和四年の秋、文章得業生に及第した文室時実をさすであろう。彼はわざわざ旧師を尋ねて讃州の道真の許にきた時「江上晩秋」その他の詩篇を作っている。→二六四・二六五・二六六・二六七。「波浪を掬びて心を清ましむ。斗藪を求めず。郵亭を望みて宿を問ふ。何の暇ありてか流れに枕せむ」などと叙べるところ、文進士を迎えて、入江のほとりを徘徊する心情にふさわしい。秩満の期が近づいて、文章博士時代の気分がよみがえって、ことさら賦を試作する気もちになったのであろう。文粋巻一、賦、水石部に出。

516　未レ旦求レ衣賦一首。以二秋夜思レ政、何道濟レ民、爲レ韻依レ次用之。限二三百字已上一成レ篇。幷レ序。

閹茂之歲、後九月十二日、天子召二見文章士十有二人於殿上一、有レ勅曰、賦者古詩之流、詩蓋志之所レ之。各獻二一篇一、具言二汝志一。詩云賦云、一文一字、不レ可レ風二雲其興一。不レ可レ河二漢其詞一。未レ旦求レ衣、欲レ陳二人主思レ政之道一。寒霜晚菊、欲レ敍二人臣履レ貞之情一。臣等謹奉二勅旨一避レ席議曰、穆々焉煌々焉、濟々焉鏘々焉。古之所謂、謀于蒭蕘、訪于臺隷之義也。臣道眞南郡罷官、北闕通籍。忝隨大夫登高之後、敢上小子狂簡之章。其詞曰。霜菊詩、在別卷。

運之逾遠者淳德。明之至遲者涼秋。垂衣弗及、昧旦相求。隨歩驟而比蹤、无爲无事。顧澆醨以明目、雖体(体字、文粋作休)勿休。此焉廢寢、宜矣冥搜。原夫君馭黎元、下從造化。挾纊如與、問千里於寒溫。漱流(漱流二字、底本作凝旒。今據文粋)不遑、兼万機於晨夜。神能降祉、道可高謝。仰玄鑒以來祇、望黃軒之往駕。於是庶幾至人之无夜夢、髣髴君子之有調(調字、金澤文庫本文粋、傍書朝字。即音通)飢。容光正襟。推赤心於微隱、暗室嬰帶、懷黜首於不欺。業乃勤也、天維顯思。

當其時也、曉氛鐲(鐲字、文粋作觸非)兮蕙帳芳、霜月低兮蘭燈映。褰裳以禮、悅其松柏有心。引領於賢、賤彼珠玉无脛。知人則哲、從諫惟聖。風雲感自四方、繩墨施于庶政。況復王臣蹇蹇、國老皤皤。戴星者、不期而會、藏耀者其道自和。監寐去奢、則虎魄碎牀頭之枕。悟言愼罰、則鷄鳴絶闕下之歌。義之可必、事無奈何。故能嫌曳地於掖庭、警朝天於馳道。綺羅色薄、環珮聲早。次山龍而璀粲、能辨緝熙。分藻火以飄揚、孰疑顚倒。懿乎四三皇、六五帝。紫宮高敞、乃心于以知歸。蒼海淼茫、方面於焉既濟。取諸行迹、眞之治世。夫(夫字、文粋作其)如是。巖廊垂拱、水陸輸珍。國可以爲華胥之國、民可以爲堯舜之民者也。

文粋巻一、賦、衣被部に出。紀略、宇多天皇、寛平二年閏九月十二日条に「儒士を禁中に召して、未旦求衣賦、霜菊詩等を賦せしむ」と見える。この時の寒霜晩菊詩も文草に出(→三三二)。成立の年時や事情を明らかにする序を伴なっており、前中書王の兎裘賦とならんで、わが国の賦の作品史上の双璧ともいうべきもの。

517　清風戒寒賦。以霜降之後、戒爲寒備爲韻。

風也凄凉、歲夫徂邁。彼號令之幽律、乃陶鈞之警戒。政平朝野、欲偃蒼生以草從、人襲德馨、何貪紫臭於蘭敗。原夫明在天之懸象、叶惟帝之仰觀。大塊何以驗諸、青蘋乍動。庶民於焉見矣、素節斯闌。始雖殉末、終可履端。露往霜來、其道如歸于戌歳。日徐月疾、其行不輟于惡寒。

於是灰管罔違、火星相守。對蒼蒼以感蒹葭、尋凛凛而傷蒲柳。土圭景急、四騶之驟无前。沙漠雲遙、旅雁之賓在後。既而遇境神馳、隨時意移。龍鱗露凝、推竹席於疎薄。兎魄塵暗、捐紈扇於別離。物之用捨、天亦施爲。且夫物我同生、行藏遞至。墐戸資始、愧處身之類昆蟲。蔀家不遑、驚廻眼之見天駟。未從事以成功、寧責躬而求備。

矧乎山則丹青炳矣、水則左右流之。洞庭波白、燕塞草衰。俾夫雲霧輕身、窺列子之言駕。澼洴授手、問宋人之不龜（雲霧以下之、出於新撰朗詠、風部）。業歸有道、功恐失時。故能月令行、陽氣降。風者汎也、引颯然於大虚。民者冥也、申欽若於窮巷。

至哉、時屬委裵、孰謂秋氣如惨。恩均挾纊、非唯春日載陽。蓋所以惜流年以貪急景。豈止失待堅氷而履早霜而已。

文粋巻一、賦、天象部に出。題注、金沢文庫本本朝文粋古鈔本の点によって訓を付けたが、「叶惟」のところなどやや不審なしとしない。本文の押韻を検すると、戒寒為備の順であるから、「霜降りて後、寒を戒めて、備へを為す」と訓むべきであるかもしれない。「雲霧身を軽んず云云」は新撰朗詠、風部に出。寛平二年十月二十一日禁中初雪の応製詩があるが、この賦もその前後の作か。「ノミナレヤ」の訓は智恩院蔵大唐三蔵玄奘大法師表啓平安初期点による。尾句は白居易の和自勧詩「急景凋年急於水」にもとづく。

518

九日侍宴重陽細雨賦、應製。以秋德在陰爲韻、依次用。

皇觀有曰、維暮之秋。涼風拂以雲无霽、急景馳而雨不留。原夫信及豚魚、功成漏刻。九陽數也、日月重於一朝。雨陰澤也、君臣樂其中德。銅雀于以高鳴、綺疇于以潤色。既而義資兼採、施覃四海。菊籬清蘂、見酈水之洗金。粉妓濕裳、知巫山之曳綵。縮地而仰、觀天如在。猗虖宴樂醉深、告蹊發音。雖有不破塊之爲瑞、猶恨觀青天之乍陰者也。

九月九日の重陽の詩宴に雨が降っていたのでこの題が出たのであろうが、それが何年であるか検出しえない。紀略によると宇多天皇、寛平六年九月十日の詩宴に、「雨夜紗燈」の題が出されているが、この時だという根拠もない。北野藁草は寛平四年九月にかけるが、この根拠もない。禁庭の籬の菊花と、内教坊の女楽とが叙述せられている。重陽の節には天皇は紫宸殿に出て、親王以下文人が宴に侍し、内教坊が女楽を奏し、普通は詩を作ることになるが、賦を作ったのは珍しい例である。題注に「次ニ依リ用ヰヨ」と注すのは、秋、徳、在、陰の四つの韻字を、その順序によって本文に押韻せよという意であり、事実本賦において秋、留。刻、色。海、在。深、音、陰。という風に押韻している。

銘

519　元慶寺鐘銘一首。并序。

此寺之有此鐘、弘誓甚深。至心无等、元胎發願。遇其人之開八万藏。九乳翹誠、待彼力之及三千界。是故日融內應、霜氣外催。皇帝馭曆之四歳己亥、月建庚午、八日丁酉、金火用事、冶鑄施功。謹禪器也、唱梵音也。欲使有緣行道之徒、窺圭漏以知警誡、无明受苦之宅、逐槌風以證菩提。如是功德、不可思量。國土衆生、同大歡喜。乃有勅、勒銘曰、

鳳曆无限　龍銜有機　睿情一往　凡識三歸　念發丹懿　功成翠微　令辰器備　旁午聲飛　動自虛揩　盛於漸稀　見聞踊躍　幽顯庶幾　滿恆沙界　超大鐵圍　累劫離縛　長夜排扉　合應皆是知音　孰非　以無礙意　施彼神威

陽成天皇の元慶三年五月八日の鐘銘。三代実録によればこの夜粟田の山荘に遷っていた清和太上天皇が落飾入道している。元慶寺はこの四年前、清和天皇が勅建、僧正遍昭が止住した所、山科の花山にある。花山天皇が出家した所もこの寺で、花山寺とも称した。文草巻十一に貞観十八年前陸奥守安大夫の華山寺法華経供養願文がある（→六四七）。

520　右大臣劍銘。元慶六年九月作。

曉霜三尺　秋水一條　利器惟服　飛揚在腰

この時の右大臣は源多で仁明天皇第一源氏。五十二歳。剣は兼官の左近衛大将としての佩用であったのであろう。文粋巻七、銘の条に出。

521　吉祥院鐘銘。廻文。貞観十七年。

科眼非器　遠覃是仁　和心播響　應手成因　他利弘誓　我歸至眞　魔降伏刀　劍解摧輪

菅原氏の氏寺で、山城国紀伊郡吉祥院村、羅城門より四、五町西南。道真が元慶四年に父是善が死んだときにここで供養しているが、その五年前に鋳た鐘の銘。回文体であって、さかさに読んでも、「輪摧解劍、刀伏降魔。真至帰我、誓弘利他。因成手応、響播心

和。仁是覃遠、器非二眼科一」のように訓まれる一種の雑体詩で、これはおそらくまるい鐘のへりに横書きにされていて、右よみでも左よみでも可能なように鋳られたのであろう。原鐘は破壊し、この銘を存して江戸時代に再鋳された。境内の天神堂は京の三所御霊の一。今は浄土宗の寺。回文は、皮日休の雑体詩序によると晋の温嶠の回文詩に始まるという。竇滔の妻蘇氏の織錦回文は八一二字、縦横によんで詩三七五二首を得るという。今は普通順読一首、倒読一首のもの、東坡に金山寺詩の如き例がある。三浦梅園の「詩轍」巻三、回文の項参照。

賛

522 省試當時瑞物贊六首。每首十六字已上、自二第一一至二第六一依レ次而賦之。貞觀四年四月十四日試。五月十七日及第。

濃州上二言紫雲一第一。

色濃是紫　功好惟雲　一時點着　仰レ德唯君

禮部王獻二白鳩一第二。

鳩呈二瑞色一　質已如レ霜　羽毛皎〻　日德分レ光

美州獻二白燕一第三。

美州白燕　羽翼惟奇　初知二政理一　廉潔相移

備州獻二白雀一第四。

新呈二白雀一　已異レ銜レ環　鷹鸇莫レ畏　近見二龍顏一

數州獻二嘉禾一第五。

嘉禾得レ地　聖德抽レ苗　欲レ知二長養一　雨露頻饒

郡國多獻二木連理圖一第六。

丹青手澤　連理存レ圖　獻レ從二遠郡一　枝葉寧枯

清和天皇、天安三年正月二十一日美濃国から、紫雲が現われたと言上している。道真の十五歳の時である。清和天皇、貞観元年五月十三日備前国から白雀一羽を献上している。田氏家集上にも美作から白鹿を献じた詩がある。またこの賛以後であるが、貞観八年六月丹波国が白燕を献じている。祥瑞があらわれたらその瑞物の色目と出処を簡単に書いて上表し、生けどった鳥獣は山野に放し、生けどれなかったものや、木連理などは図に描いて、これを上表に添えたのである。これは中国風の考えで、祥瑞にどんなものがあったか、唐のものは唐会要巻二十八・二十九、我が国のものは類聚国史巻一六五（祥瑞上）に見えている。貞観四年四月の試、道真十八歳の作。

523 畫圖屏風松下道士贊六首。讃岐旅館屏風畫也。

獨坐　寄二身質樸一　陶二性孤標一　合レ眼而坐　不レ臣二帝堯一

閑行　竹編在レ後　藜杖承レ前　庇蔭蕭颯　猗歟地仙

飲茶　野厨無レ酒　巖客有レ茶　麈尾之下　遂不レ言レ家

彈琴　有二葛絃緩一　惟松蓋高　鶴舞猨擲　協二韻風操一

用筆　一株秀逸　百尺孤貞　刮去苔蘚　留題姓名
採藥　肩龍手犬　松老藥神　足矣涯分　我是眞人

道真は八八六年(仁和二)正月讃岐守となって赴任し、足かけ五年間、四十台の前半を南海の任地で過した。旅館というのは国府の府衙にちかい国守道真の起居した官舎のこと。綾川の曲流を前にひかえ、城山や滝の宮に連互する山を背にし、瀬戸内海の潮の香もきこえる景勝の地。松下道士は唐絵に好んで描かれる題材で、独坐・閑行・飲茶・弾琴いずれも中国の詩や画にとりあげられる題目で琴棋書画と採薬煉丹の神仙玄学の好みがあらわれ、道士をはじめ、地仙とか、真人とかいうように濃厚な道教趣味に貫かれている。道真は古来名筆を称せられるが、彼のこういう真蹟は一切現存しないのは惜しい。

祭文

524　祭連聰靈文。

維貞觀七年、歳次乙酉、九月甲子朔、二十五日戊子、前進士菅某奉家君教、以醴粟之奠、致祭于連聰靈。嗚呼、汝連聰、去年十月、客死城南。驚聞千万、哀慟再三。泉壚掩閉、心事誰談。廻腸不輟、零涕空含。嗚呼、星霜易轉、感悼難堪。蕭々日景、慘々煙嵐。蘭芳迥野、菊馥寒潭。家君愛汝。々勿相塹。醴昔攸嗜、粟先所甘。誘汝魂氣、嘉斯德覃。嗚呼、幽明匪一、生死何參。无夢无祭、孰拜孰酣。醴粟之薄、連聰尚饗。

連聡は誰であるか明らかでない。本文の家君は父是善を指すところからみると、道真の弟であるかもしれない。肉身を哀悼する悲痛の感情をよく抑制して、短篇ながら格調の高い祭文である。

525　祭城山神文。爲讃岐守祭之。

維仁和四年、歳次戊申、五月癸巳朔、六日戊戌、守正五位下菅原朝臣某、以酒果香幣之奠、敬祭于城山神。四月以降、渉旬少雨。吏民之困、苗種不田。某忽解三龜、試親五馬。分憂在任、結憤惟悲。嗟虖、命之數奇、逢此愆序。政不良也、感无徹(徹字、朝野群載作徵)乎。伏惟、境内多山、茲山獨峻。城中數社、茲社尤靈。是用吉日良辰、禱請昭告。誠之至矣、神其察之。若八十九鄉、二十万口、一鄉(底本無二字、今據群載補)无損、一口无愁、敢不蘋藻清明、玉幣重疊、以賽應驗、以飾威稜。若甘澍不饒、旱雲如結、神之靈无所見、人之望遂不從、斯乃俾神无レ光、俾二人有一レ怨。人神共失、禮祭或疎。神其裁之。勿レ惜二冥祐一。尚饗。

八八八年(仁和四)五月六日、道真が讃岐守としての赴任先で、旱魃のため、雨を城山の神に祈願したときの祭文。八十九郷、二十万口は讃岐国の郷数と人口の概数。城山の神をあるいはおどし、あるいはなだめて降雨のための冥助を請うところに、神道的な呪術性があらわれていて興味がある。(白居易の祭文もしかりである。) 伝記などではこの祭文の威霊により即日雨が降ったとしるし、いまも口碑となっている。この年は気候が不順で、五月信濃国では洪水、七月にも長雨がある。有名な阿衡の紛議の最中である。朝野群載巻二十二、諸国雑事、臨時祭文の条に出。
→二六〇、讃州国分寺蓮池詩。

記

526 書齋記。

東京宣風坊有二一家一。家之坤維有二一廊一。廊之南極有二一局一。局之開方、纔一丈餘、投レ步者進退傍行、容レ身者起居側レ席。先レ是秀才進士、出レ自二此局一者、首尾略計近二百人一。故學者目二此局一爲二龍門一。又號二山陰亭一、以レ在二小山之西一也。戸前近側、有二一株梅一。東去數步、有二數竿竹一。毎レ至二花時一、毎レ當二風便一、可三以優二暢情性一、可二以長二養精神一。余爲二秀才一之始、家君下レ教曰、此局名處也。鑽仰之間、爲二汝宿盧一。余即便移二簾席一以整之、運二書籍一以安之。嗟虖地勢狹隘也、人情崎嶇也。凡厥朋友、有レ親有レ疎。或有下無二心合一之好一、顏色如上レ和。或有二首陀之嫌一、語言似レ昵。或名レ擊レ蒙、妄開二祕藏之書一。或稱レ取レ謁、直突二休息之座一。又刀筆者寫レ書刊レ謬之具也。至二于烏合之衆一、不レ知二其物之用一、操レ刀則削二損几案一、弄レ筆忽汚二穢書籍一。又學問之道、抄出爲レ宗。抄出之用、藁草爲レ本。余非二正平之才一、未レ免二停滯之筆一。故此間在二〻短札一者、物是抄出之藁草也。而闖入之人、其心難レ察。有レ智者、見之卷以懷之。無レ智者、取之破以棄之。此等數事、內疾之切者也。自外之事、米鹽無量。又朋友之中、頗有二要須之人一。適依レ有レ用、入在二簾中一。闖入者、不レ審二先入之有一レ用、直容二後來之不一レ要。亦何可レ悲、〻〻〻〻レ〻。夫董公垂レ帷、薛子踏レ壁、非レ止二研精之至一、抑亦安閑之意也。余今作二斯文一、豈絶交之論乎。唯發レ悶之文也。殊慙闔外不レ設二集賢之堂一、簾中徒設二闖入之制一。爲二不レ知レ我者一也。唯知レ我者、有二其人三許人一。恐避二燕雀之小羅一、而有二鳳凰之增逝一矣。悚息々々。癸丑歳(寛平五年)七月一日記。

文粋巻十二、記にも収める。寛平五年七月一日の作。この次の左相撲司標所記とならんで彼の代表的な散文。四六駢儷の装飾的美文をつきぬけて、平淡にものごとを叙述しようとする記録体の散文である。宣風坊は五条坊門、いわゆる天神御所は高辻の北、西洞院の東にあった。王朝漢文学の一流をなした菅家の門人たちのいわばライブラリーでもあり、インスティチュートでもあった「菅家廊下」の日常風景がいかにもいきいきと描写せられて興味深い。書斎を父是善より譲りうけたこと、書斎で研究しているときに出入する門人や朋友たちの動作を描きながら、そこに友人論や学問論を織りこむ。「学問の道は抄出を宗となす」などといって、カードにとって資料を抄出分類する当年の研究方法もうかがわれ、彼の友人のなかにも鼻つまみの迷惑なものも居れば、益友も居たことがうかがわれる。この記一篇は貴重な時間や静かな空気をみだす心ない友人撃退の一種のメッセージみたいなものである。気楽な態度で書いたものと見えて、和習の用語も多い。入谷氏は「開ケル方」「近キ側」は和習、「依有用」は正しくは「因有事」とあるべきところ、「直容」「何可悲」は誤用という。要するに土左日記のような和語の散文になる一歩手前の散文として注意すべきもの。なお小著「平安朝漢文学史の研究」二一五・二一六頁参照。

527　左相撲司標所記。

左司定之後八日卯剋、木工少允笠忠行、率二長上番上飛驒直丁等卅餘人一、就二聽東方一、造二標屋一、須臾構成。始作二標狀一、其屋自レ地至レ棟二丈五尺、近引之由、據二陰陽寮勘文一也。內裏作物所預播磨少目佐伯宮興、勒二細工等夾名一進レ廳。廳卽下二所レ撿舊例一。凡作レ標之起、專依二畫樣一。而畫師備前少目百濟常良、墮レ馬折レ肱。不レ便レ用レ筆。仍仰二左史生村國正歳・左馬史生神門宗雄等一、令レ進二畫樣一。正歳等、雖レ盡二精神一、不レ足レ取レ象。標師錦錢麻呂、不レ待二畫樣一、始結二山形一。數日之後、常良自二私門一進二畫樣一、錢麻呂以二功業漸成一、遂不レ用二其樣一。

先レ是別當(時康)親王・中納言(源能有)・參議(藤原國經)、託二標所一相議、仰依二承和十三年標體一、幷不レ可レ作二諸厭物之狀一。山高一丈二尺、基山・折山、各六尺。自二山頂一至二日下一、其間一丈、瑞雲十一片、以レ絲葺之。綵(綵字、本朝文集作レ彩)霞十四片、以レ木爲之。金龍擧レ首西向、尾觸二山上一、身揷二雲中一。仙人奉(奉字、本朝文集作レ捧)レ幡、列二居霞表一。雜木卅六株、松葉所レ須、有レ絲有レ麻。合歡柏木等之葉、惣用二綠絹一。前例假樹、不レ過二十五六株一。嫌二其疎冷一、補以二眞木一。此般假樹倍多、山顏美艷。火神居二山底磐石一、擧レ戈指レ西。此神、承和中、池田瀧男所レ造、年來有レ靈、故不二改替一。金龍・日輪・額字等、又用二舊體一。差加二瑩飾一。雙虎群鹿、山中奔走。人形卅三頭(頭字、板本作頭）、仙房庵室、飛橋聳梯之類、隨宜分置。山西有家。寢殿・細閣・曲屋各一宇、葺以檜皮。几案簾帷、逐便辨設。寢前松下、道士老僧、相對圍碁。樵客耽見、斧柯已爛。山南有牧野。放馬數十匹。踊躍奔逸、無人羈絆。更有小水。潛過牧中。水勢微弱、不絶如綖。衆馬群飮、餘流欲涸。山北原野、地形勝絶、嘉木接影、芳草吐花。樹下一人、跪坐矯矢。白猨懸枝、似將失木。又有宿老道士三四人。令童男向釜練金。火勢殊烈、繫白犬。着樹根。蓋備採藥也。如此遊手（手字、底本作乎、今據本朝文集）、暗合厭術歟。

先節一日、早旦粧餝已畢、諸大夫以下、微飮閑談、徒然送日。標領四人、便差細工等。其粧束如常。特請舊舞粧二具。差標師幷木工長上槽取綿繼等。率標領等、隨標進退。威儀儼然、宜爲永例。當日晩景、引標出立中重幄下。卽請兵衞看督長史長等。與標領等相守。後日出立如儀。其夜頭有勅使。召標中雜物。愼護之功、不失一物。雖微細、遂供聖玩。基牀・山形・冐額・緋網等、夜中送行事所。此五位以上、六位以下、參入无闕、撿挍匪懈。如縫殿助清原高岑者、手執錐刀。巧思可覩。唯自始就役、至于畢事、卅餘日之間、戴星出入、流汗恪勤、事无小大、終始頒行者、木工允忠行而已。別當（時康）親王・中納言（源能有）・參議皇大后宮大夫藤原朝臣（國經）、依例賜酒飯・索餅・珍物等。諸大夫有情者五六人、爲補細工等疲、送索餅・酒肴。臨時發興、不依舊風耳。東垣下設小溷軒。以備急要。行所記事。內竪官人代賀茂善行取便來入、因聽上忩〻奔還（四字、底本旁注忩劇急奔還、本朝文集作忩劇急奔還）。所着冠觸籬落糞中。細工等相聚、洗濯調熨。理鬢飛纓。風骨倍前、無敢咲者。勤公之費、有此小過也。元慶六年八月一日、式部少輔菅原朝臣道〜（道〜、道眞也）記。

道真の記録体漢文による散文の典型。相撲の節会に際して左相撲司の標屋の作り物を制作する過程と、制作した作品の具体的な描写である。こういう作り物は承和期以来の伝統で、さらにその源流は中国や大陸西方にあったのであろう。木工寮・作物所・縫殿の官人や画師・標師・飛驒工や細工ら数十人を動員し、三十数日を要して完成している。標屋の高さ二丈五尺（約七・五メートル）あまり、そこに須弥山のような一丈二尺（約三・六メートル）ちかい山形を作り、瑞雲・彩霞の雲形を山の上にうかべ、日輪を山頂より一丈（約三メートル）の高さにかかげる。金竜が山の空におどり、雲上に仙人が列立し、火神が山の底に戈をかざし虎や鹿が山中の木木の間をひしめき走る。これは敦煌千仏洞壁画の世界を連想させる。人形が三十三頭、地上の仙房や庵室や曲殿もあって、そこに

五三七

松下の道士や木樵による王質爛柯の故事や、華山の陽に馬を放牧する故事や、道士煉丹、鶏犬昇天の劉安の故事などの説話画の場面を作り物にしている。これらはそれぞれ唐絵の絵様にもとづいて構成されたものであるが、場面が再構成されるほどに描写が写実的である。終りに余波として主上の便を運ぶ内豎(禁中のはしりつかい)のわらわが冠を筥の中の糞中に落したのを、細工人が洗ってやる滑稽を点じて結ぶ。土左日記の散文に近い、おかしみの気分をたたえた日本漢文化した漢文である。小著「平安朝漢文学史の研究」三三二・三三三頁参照。

528 崇福寺綵錦寶幢記。

勅、近江崇福寺者、天智天皇之創建也。逢レ師感應、得レ地因緣。誓念至心、稱二成細目一。辛未之年(天智十年)、勅旨詳矣。資財之內、有二一寶幢一。裁製飄揚、誠足二隨喜一。朕風聞二弊破一、露レ膽憂思。出レ自二山中一、對之歎增(二字、板本・本朝文集並作二增歎一似レ是)。夫功德以二信力一爲レ宗、不下以二華飾一爲上本。以レ終レ舊爲レ得、不下以レ立レ新爲上レ勝。況乎本願天皇、朕之遠祖大廟也。予末小子、何不二短(短字、板本作レ祗。短、宜レ改二祗字一)承一。是故依二手澤一、發二心機一。錦章已斷者、弄二(弄字、板本作レ弃、似レ是)其故一、而用二其新一。華藻猶存者、補二其闕一、以加レ固。蓋諧二天皇長短之謀一、守二天皇丹青之信一也。於是塵埃拂去、絲縷宛然。寶蓋高張、雲影欲レ破而更聳。綵幡斜曳、紅輝可レ消而再晴。凡厥見聞大衆、誰不レ發二菩提心一。仰願當來導師、彌勒慈尊。登遐聖靈、天智天皇。悉知悉見、證成證明。朕是慈尊之在家弟子、朕亦聖靈之遺體末孫。愚也癡也、可レ慙可レ愧。非レ賴二慈尊擁護一、何以安二濟衆生一。非レ蒙二聖靈福祚一、何以保二安天下一。願垂二聽許一、滿二足所一レ求。寛平二年、歲次庚戌十二月四日、散位正五位下菅原奉レ勅記。

序

529 八月十五夜、嚴閣尙書、授二後漢書一畢、各詠レ史序。

530 早春侍二內宴一、同賦レ無二物不一レ逢レ春、應レ製序。

531 仲春釋奠、聽レ講二孝經一、同賦二資レ父事一レ君序。

532 九日侍レ宴、同賦レ喜レ晴、應レ製序。

533 晚冬過二文郎中一、翫二庭前梅花一序。

534 九日侍レ宴、同賦二天錫一レ難レ老、應レ製序。已上六首附二第一卷一。

535 早春侍二宴仁壽殿一、同賦二春暖一、應レ製序。

536 九月盡、同二諸弟子一、白菊叢邊命レ飮、同勒二虛餘魚一、各加二小序一。

537 早春內宴、侍二仁壽殿一、同賦三春娃無二氣力一、應レ製序。

538 右親衞平亞將、率二廐局親僕一、奉レ賀二大相國五十筭一、宴座右屛風圖詩序。已上四首附二第二卷一。

539 閏九月盡日、燈下卽事、應レ製序。

540 三月三日、同賦二花時天似一レ醉、應レ製序。

541 重陽後朝、同賦二秋雁櫓聲來一、應レ製序。

542 惜二殘菊一、各分二一字一、應レ製序。

543 早春、觀レ賜二宴宮人一、同賦二催粧一、應レ製序。

544 賦二雨夜紗燈一、應レ製序。

545 東宮、秋盡翫レ菊、應レ令序。

546 春惜二櫻花一、應レ製序。已上八首附二第五卷一。

547 扈二從行幸一、雲林院、不レ勝二感歎一、聊叙レ所レ觀序。

548 九日後朝、侍二朱雀院一、同賦三閑居樂二秋水一、應二太上皇製一序。

549 三月三日、惜二殘春一、各分二一字一、應二太上皇製一序。已上三首附二第六卷一。

550 未レ旦求レ衣賦、幷二霜菊詩一、應レ製序。附二第七卷一。

已上廿二序、各列二本詩篇首一、不レ載二此卷一。

書序

551　顯揚大戒論序。貞觀八年、依二家君敎一、爲二天台安慧座主一所レ製。

夫菩薩戒者、流轉不滅之敎也。盧遮那佛傳二之於前一、文殊師利弘二之於後一。故與下彼談二小乘一者上、一レ道而二レ門。與下此說二聲聞一者上、異レ器而同レ響。

我本朝馳二神眞際一、求二法道邦一。先請レ業者。偏執二律儀一、後硏レ精者、更傳二圓戒一。猶如三前途覆レ車而未レ歸、晩進指レ南而必達一。自後師資不レ絕、積習爲レ常。論者東西、互相矛楯。殊恨保執者、自謂除二非（非字、藁草所引叡山所藏古卷本無之）小律儀一、更無二大乘戒一。遂毀二梵網宗一、以爲二沙彌宗一、貶二三聚敎一、以爲二非僧敎一。悲哉、知二其一一而未レ知二其二一。未レ可二與談レ道者也。

先師傳敎大和尙最（最字、前掲叡山本無之）澄者、播二聲異域一、得二道遐方一。痛二此專愚一、悲二此紛惑一。便約二三寺之香火一、以討二二途之是非一。碩德肩（肩字、本朝文集作レ眉）隨、群賢目擊。仍撰二顯戒論三卷一以獻二嵯峨皇帝一。天聽已畢、宮車晏駕。至二承和（仁明）（承和二字、叡山本作二天長一）皇帝一、特下二勅詔一、創二築戒壇一。將下傳二之不墮一（墮字、底本作レ隳。據二叡山本一）貽中之後際上。

慈覺大師圓（圓字、叡山本無之）仁者、法門之領袖也。銜レ詔入レ唐、遊二學異方一、十有餘載。不レ恥二下問一、深味二道腴一。皇帝殊賜二褒寵一、待之如レ神。乃下レ詔修二建鎭國灌頂一。尸羅之敎、所以恢宏、悉地之宗、由レ茲軸張（張字、叡山本作レ漲）。田邑（文德）先帝、親受二大戒一、百僚翹レ誠、万姓改レ視（視字、藁草イ本作レ觀是、蓋以二觀字草體視字相似一譌）。曁二于今上（淸和）即位一、聽覽餘閑、復受二此戒一。太皇大后（順子）、公卿宰相、同大歡喜、叉レ手服膺。既而求二之白業一、天子有二灌頂之儀一。訪二之玄門一、比丘設二廻心之禮一。道之爲レ貴、亦復如レ是。然而局學之人、寔繁有レ徒。追攀之慕、漸存二於心一。毀剝之詞、未レ絕二於口一。

我大師圓（圓字、叡山本無之）仁慨然長歎、不レ捨二晝夜一。博窺二三權之膏肓一、新增二一實之脂粉一。乃撰二顯揚大戒論一。藁草纔立、條緒未レ成、乍遭二寢疾一、藥石無レ驗。卽遺屬（屬字、叡山本作レ囑）曰、貧道適有二宿意一、撰二此一論一。性命難レ期、毘嵐忽至。若有二同宗一、遂二我（我字、叡山本作レ此）願言一。縱雖レ瞑レ目、死骨不レ朽。安慧（安慧二字、叡山本作二某甲一）定水長濁、禪林早寒。感二先師之一言一、備二斯文於三覆一。手驅二緇蠹一、口吹二紙魚一。一點一畫、必加二删正。一二年來繕收(收字疑修字)甫就。合十三篇、勒爲八卷。庶幾傳之三際、頒之十方。使臆談者懸頭、膚受者割肉。聊製拙文、付之篇首。或後進之好事者、知先師之有此志。(志字之下、叡山本作時我大日本國第五十六葉、貞觀八年丙戌歲、三月十六日也)丙戌歲(貞觀八年)十一月廿五日、釋安慧序。

最澄が入唐して円頓菩薩戒を受け、叡山に大乗戒壇院を建てたが、諸宗が認めようとしなかったので、この菩薩戒を宣揚するために、顕戒論三巻を著わして嵯峨天皇に進献した。仁明天皇は勅して戒壇を築いたが、その後慈覚大師円仁が、詔により入唐遊学十年、帰朝してから鎮国の灌頂法を確立した。文徳天皇は親しく受戒され、ついで今上の清和天皇以下も受戒した。しかしまた一方で誹謗の声も絶えなかったので、円仁はさらに顕揚大戒論を撰進しようと志して、ついに中途に示寂、天台座主安慧は、先師の遺志をついで十三篇八巻を完成した。その序文の草案を菅原是善に示したところ、是善は子道真に命じてこの序を書き上げさせたのである。時に道真は文章生、二十二歳。安慧はこの序の見事さを「山家の明珠、二代の奇珍」とたたえて是善に書いて送った(その書簡は叡山所蔵古巻本の奥にうつされる)。道真の青年修学時代の一つの記念碑的な達成として注意すべき作品。伝説ではこの序によって、諸宗の諍論がやんだという。

552 洞中小集序。貞觀九年依雲林院親王命所製。

貧道投分香火、卜宅雲林。盃酒非吾道之資、笙歌非吾家之備。每逢佳時令節、空然擲度而已。送日送老、都無一(一字、本朝文集作二)物。今撰斯一集、聊宛用心。流別非常、體例自我。寒食者悼亡之祭、重陽者避惡之術。故本義幽閑、寄言節候。又詠竹樹、賦魚鳥。樂山水、重離別之類、與世人異情、與閑放同趣者、撰以載之。況乎山人道士、隱逸梵門、近取諸身、多可景式。故雖座上口號、行中立成。或就四時、或專一軸。兼載不少、繁多何嫌。凡今之所撰、每各免俗。故名曰洞中小集、約爲五卷。自非草庵之裏、松澗之中、不欲吟詠一句傳寫一篇。若有至親故友、縱今與吾異道、何爲祕藏。丁亥歲(貞觀九年)九月十日解。

雲林院親王は仁明天皇第七皇子常康親王、母は紀種子、名虎の女。八五一年(仁寿元)出家。洛北の幽荘に隠栖し、雲林院と号した。親王はここでの生活を吟詠し、家集たる洞中小集を撰集して、道真がその序を書いたが、この三年後、貞観十一年に示寂、その後、遍昭は親王の付嘱をうけ、ここを元慶寺別院とし、寛平八年には行幸があったことは人のしるところ。→四三一・四三三。

553 治要策苑序。貞觀十五年、預製此序。于今不成撰集。

自古之聖帝明王、莫不開直諫以聞得失、因秀才以決㆗是非㆖。聞而行之、決而用之。政術治道、皆在㆓其中㆒。齊梁以還、方略間起、乾坤動植之玄局（局字、藁草作㆑局）、仙佛鬼神之幽壺、問（問字、底本闕。據㆓板本㆒補）答重疊、文章夥多。取㆓于博該㆒、捨㆓于要術㆒。今之所㆑撰、唯急㆓時務㆒。〻〻之中、更擇㆓其實㆒。或問㆑存而對㆑亡、或對㆑留而問㆑缺。或文詞雖㆓綺艷㆒、而少㆑利㆓治體㆒。或弁論雖㆓精微㆒、而殊貧㆓章句㆒。如㆑斯之類、措而不㆑擧。惣六十道、分爲㆓十卷㆒。問對兼具、文理相順。名曰㆓治要策苑㆒。願免㆓哂於樵夫㆒云尒。謹序。

「治要策苑」は「チエフシヤクヱン」と訓む。道真二十九歳の時、時務問対の詞章を抄出して、政治上の参考にしようとした一種の実用的な類書便覧、もしくは対策のための受験準備書のような編纂物で、六十門にわけ十巻の編成であった。しかし序文だけで遂に完成をみなかった。後の「類聚国史」の編纂もこのしごとの延長線上にあるか。書名は唐の魏徴の撰した六十巻の「群書治要」（金沢文庫本目録五十巻に作る）の措辞を襲っているかもしれないし、その体式は同じく唐の白居易の撰した三十巻の「白氏六帖事類集」のごときに拠るところがあったかもしれないが、未完におわったことは惜しむべきである。

554　日本文德天皇實錄序。奉㆓家君敎㆒所㆑製也。

臣基經等、竊惟自㆑古人君王者、莫㆑不㆘用㆓（用字、文德實錄作㆑因）天度㆒以敍㆓憲章㆒、立㆓日官㆒而平㆗曆數㆖。故姬漢之千餘載、善惡呈㆓理於掌中㆒、齊梁之百所年、昏明析㆓微於眼下㆒者也。伏惟、太上天皇、孝治有㆑日、文思垂㆑風。夢㆓想先皇之起居㆒、庶㆓幾聖主之言動㆒。去貞觀十三年、詔㆓右大臣從三位行（行字、宜㆘據㆓一本注㆒改㆗兼行二字㆖）左近衞大將臣藤原朝臣基經中納言・從三位行民部卿兼春宮坊太（太字、文德實錄作㆑大）夫臣南淵朝臣年名・參議正四位下左大弁臣大江朝臣音人・外從五位下行大外記善淵朝臣愛成・正六位上行小內記都宿禰言道・散位正六位上嶋田朝臣良臣等數人㆒、據㆓舊史氏㆒、始就㆓撰修㆒。三四年來、編錄疎略。適屬㆓揖讓㆒、刀筆暫休。

今上陛下（陽成）、武子文孫、重熙累洽、追㆓尋前業㆒、愈勸㆓勤修㆒。數月以降、大納言正三位臣年名、參議從三位左衞門督臣音人、天不㆓慭遺㆒、奄然下世。至㆓元慶二年㆒、更勅㆓攝政右大臣〻基經㆒、俾㆚命㆘參議刑部卿正四位下兼行勘解由長官近江守臣菅原朝臣是善等與㆗前修㆑史者、文章博士從五位下兼行大內記越前權介都朝臣良香・從五位下大外記嶋田朝臣良臣等㆖專㆑精實錄、潭㆑思必書㆙。良香愁㆓斯文之晩成㆒、忘㆓彼命之早殞㆒。注記隨㆑手、亡去忽焉。臣等百㆓倍筋力㆒、參㆓合精誠㆒。銘肌所㆑追、鞅掌從㆑事。起㆑自㆓嘉祥三年三月己亥一、訖二于天安二年八月乙卯一。都盧九年、勒成二十卷一。春秋繫レ事、鱗次不レ愆。動靜由レ衷、毛擧無レ失。唯細微常語、菴小庶機、今之所レ撰、弃而略焉。名曰二日本文德天皇實錄一。取下諸雖二百世一可上レ知也。臣等生謝二龍門一、種非二虎乳一。殊恐　謬二缺文於聖訓一、忝二　直筆於明時一。謹　詣二　天闕一、奉レ進以聞。謹序。

文徳実録の撰者の代表者は基経であるから、この序も右大臣基経が奏進する立場で書かれ、基経の代りに、是善の命によって道真が執筆したわけである。江談によれば、この史書の実際の執筆担当の代表者は都良香であったのに、序文を若冠三十五歳の文章博士たる道真が執筆したのは、良香が奏進の直前に急死したからであろう。これまでの国史がすべて「紀」を以て名づけられたのに、はじめて「実録」と名づけられたのは、従来と明らかに撰修意識に落差がみられる。後世の鑑として、人生鑑戒の書として人物の伝記中心に撰録され、序文の中にも「精を専らにして実録し、思を覃(ふ)くして必ず書(る)し」したとのべている。坂本太郎「良房と基経」一八三頁・小著「平安朝漢文学史の研究」一〇二頁参照。

555　鴻臚贈答詩序。　元慶七年五月、余依二朝議一、假稱二禮部侍郎一、接二對蕃客一。故製二此詩序一。

余以二禮部侍郎一、與二主客郎中田達音一、共到二客館一。尋二安(安字、藁草作レ案)舊記一、二司大夫、自レ非二公事一、不レ入二中門一。余與二郎中一相議、裴大使七步之才也。他席贈遺(遺字、藁草作レ遣)、疑在二　宿構一。事(入矢氏云、事須二字、見二于韓愈・白居易文幷敦煌變文一。卽與二是須一同。事是並接頭語)須下別預二宴席一、各竭二鄙懷一、面對之外、不中更作上レ詩也。事(事字、板本無之)議成事定。每レ列二詩筵一、解レ帶開レ襟、頻交二杯爵一。凡厥所レ作、不レ起二藁草一。五言七言、六韻四韻、默記畢レ篇、文不レ加レ點。始レ自二四月二十九日一、用二　行字韻一、至下　于五月十一日、賀　賜二　御衣一、二大夫、兩典客、與二客徒一相贈答、同和　之作、首尾五十八首。更加二江郎中一篇一、都盧五十九首。吾黨五人、皆是館中有司。故編二一軸一、以取二諸　不　上レ忘。主人賓客、吳越同レ舟、巧思蕪詞、薰蕕共レ畝。殊恐　他人不レ預二此　勒一(勒字、底本作レ勤。今據二板本一)者、見之笑之、聞之嘲之。嗟乎、文人相　輕、待二　證來哲一而已。

八八三年(元慶七)渤海国大使裴頲が来朝した際における彼我贈答唱和詩集の序文。治部大輔道真・玄蕃頭忠臣その他同門の接待官であった人人と客徒との酬和の作品五十九首をあつめたもの。客使在京中の半月間、道真は忠臣と相談して、裴頲は詩才がある上にあらかじめ準備してくることをおそれ、面対即席のほかは詩を作るまいといい、草案なしで「五言七言六韻四韻、黙記して篇を畢へ、文に点を加へ」ずに、使者の面前で作りあげて、わが国風雅の水準を誇示しようとした。さてこそ大使は道真の作品を、風体が白楽天に似ているといってほめた。その作品の一部は文草巻二に九首(一〇四—一一二)、および田氏家集巻上に七首が見えている。尾句は文選(李善注本巻五十二)の魏文帝の「典論の論文一首」の冒頭「文人の相軽んずる、古よりして然かり云云」の文句に拠る。この論文にかの「蓋し文章は経国の大業不朽の盛事なり」という文句があるので有名である。

議

556 皇帝為二族曾祖姑太皇大后一製レ服 并 令三天下 素服一議。

撿二開元禮一曰、皇帝本服、大功以上親喪、皇帝不レ視レ事三日。又曰、緦麻三月。成人正服、為二族曾祖姑在レ室者一報。曾祖之姉妹。皇帝所レ絕、傍親無レ服者、皇帝皇子、為レ之降二一等一。又案二本朝令一曰、皇帝二等以上親、若散一位喪、皇帝不レ視レ事三日。三等以上(以上二字、令義解巻六、儀制令無之。恐衍)親、百官三位以上喪、皇帝皆不レ視レ事一日。義解曰、不レ視レ事三日者、唯為二三月以上服一故也。然則太皇大后者、皇帝之族曾祖姑、天子之宜レ無二服制一者也。故本朝不レ列二五等之親一、ゝ遠也。唐制猶絕二三月之服一、ゝ輕也。明知皇帝廢レ事、證據无レ文。天下素服、因循不レ例。唯太皇后之尊名、內親王之貴種、禮制雖レ無二正文一、同家宜レ有二別議一。

元慶三年三月二十五日

従五位上式部少輔兼文章博士菅原朝臣某定

元慶三年三月二十三日に淳和天皇の皇后すなわち当代の太皇大后(嵯峨天皇長女で、仁明天皇と同母。その長男が廃太子恒貞親王である)が崩じ、特に遺言によって喪礼等を停止し、素服をきたりしないようにという宣告が天下に出されたおりの喪服奏議である。三代実録の陽成天皇、元慶三年三月二十三日・二十五日条参照。

557 定三太政大臣職掌有無 并 史傳之中相二當 何職一議。

臣某謹案二記(記字諸本皆同。三代實錄作レ紀)傳之書一、无二太政大臣之文一。惟本朝職員令義解曰、太政大臣、即是有德之選、非二分掌之職一。為レ无二其分職一、故不レ稱レ掌。如二此文一者、先師之釋、更無レ可レ疑。又案二漢書表一曰、相國掌下承二天子一助中理万機上。丞相同之。太尉・太師・太保、皆在二其下一。後漢書志曰、太傅・上公一人。掌以二善導一、无二掌職一。太尉・司徒・司空、共在二其下一。晉書志曰、丞相、非二常人臣之職一、相國同之。太宰・太傅・太尉・司徒・司空、並在二其下一。宋書志曰、太宰所下以訓二護人主一、導以中德義上也。太傅・太保同之。就二此等文一案之、相國・太傅・丞相・太宰等、位冠二百僚一、掌殊二常職一。本朝太政大臣、可レ當二漢家相國等一。又大唐六典曰、三師訓導之官、大抵无レ所レ統レ職。无二其人一則闕之。

三公論レ道之官、無レ所レ不レ統。故不下以二一職一名中其官上。已曰レ无レ所レ統レ職、又稱下無二其人一則闕之上。可下以二唐三師一當中太政大臣上。唯我朝制レ令之意、大乖ニ(ソムケリ)二大唐令條一。何(イカニトナレバ)者、唐令三師三公、獨專二其官一、不レ備二尚書省之官員一。我朝太政大臣、雖レ无二分掌一、猶爲二太政官之職事一。斯其所レ爲二大乖一也。

元慶八年五月九日

從五位上行、式部少輔兼文章博士、加賀權守菅原朝臣

光孝天皇の元慶八年五月九日に、諸道博士らに太政大臣の職掌の有無、ならびに唐の何官に相当するかについて勘奏を求めた。そこで同二十九日に、道真をはじめ、善淵永貞・菅野惟肖・大蔵善行らが奏議した。それらの奏議はみな三代実録に出。

天承元年八月八日、進二納北野廟院一。今生之望已絶。來世之果宜レ求。匹夫之志、神其尚饗。靈粹令レ還二本覺一之時、必預二化導一矣。

朝散大夫　藤　廣　兼(自二天承元年一至二藤廣兼一、底本無之。據二板本一補)

菅家文草巻第八　策問　對策　詔勅　太上天皇贈二答天子一文。附二中宮状一。

策問

問二秀才高岳五常一策文二條。

558　叙二澆淳一。

問、聞而不レ可レ察者、其外万八千年。弁以可レ得レ知者、其間百七十代。爲レ樸爲レ器、雖レ在二自然之必然一、由レ運由レ人、非レ無二見義之徒義一。未レ審下成康之刑措不レ用、還惑二澆醨之既窮一、堯舜之垂拱無レ爲、更疑中淳素之先往上。不下拘以二理數一、質文之再復上何乎。宜下決以二情機一、善惡之兼施難上レ定。且夫自レ無入レ有、智周二万物一者、道德也。由レ我及レ人、化被二群生一者、仁義也。帝偏用レ德。寧知二仁則未一レ來。皇獨行レ道。敢問二德非一レ所レ貴。嗟虖、蠢春水火、偸薄滋章。警策驪翰、敦龎逾遠。濟民之務、欲二汲々以勿一レ休。治國之憂、可二孜々以匪一レ懈。何以諸侯爲レ邦之漸(漸字、本朝文集作レ術)、仲尼綏二期於一百年一。天子施レ政之仁、班固成二義於三九歳一。吾(吾字、本朝文集作レ五)子之論、外孫其辭。

高岳五常に対策(たいさく)を課したときの問題の文、すなわち策問(さくもん)である。高岳宿弥五常は父祖未詳。元慶の末、仁和のはじめごろ大小外記となって、仁和二年一月には従五位下、筑後介に任じた。詩人として紀長谷雄からも許されていたことが江談に見える。この策は秀才に課せられた方略策二条であって、方略策とは大方の要略の意味であり、哲学概論・一般文化論といったところであろう。課題は淳素と澆醨すなわち社会道徳の素樸と、頽廃とを政治哲学的に論ぜよというもの。

559　徵二魂魄一。

問、營魂有レ智、兼二精爽一以載レ生。體魄惟靈、抱二神明一以通レ命。然則附レ形附レ氣之前後、儒士奚談。情家性家之陰陽、道門安處。延レ年度レ紀、拘練之術栖レ心。攝レ理消摩、調和之方在レ手。喚二其三一呼二其七一、名字欲レ聞。安二于肺一靜二于肝一、怒驚何遏。至レ如下蔡生之見二羅袖一、村右通聲、鄭俗之執二芳蘭一、暮春遊樂上、若謂レ禊者、能續猶畏(畏字、底本作レ界)、尋二流水一以逾レ荒。若爲レ招、則如來更悲、叫二昊穹一以過レ禮。亦有假レ魄爲レ鬼、復レ土者既入二冥々一。名レ魂以レ神、歸レ天者遂資二顯々一。城陽會稽之祠廟、主レ之者誰。黃熊蒼狗之異形、指レ是何變。既曰二通博一、莫レ嫌レ倦レ談。

文官の国家最高試験の論文課題の第二問は魂魄について論ぜよというのである。魂は精神的なもので天に帰し、魄は肉体に宿り、地に帰するもの、魂魄を宗教哲学の立場から設問する。以上の二条の道真の策問に対する高五常の対策はいま佚。

問二秀才三善清行一文二條。

560 音韻清濁。

問、彫龍便レ手、映二風月於鈆(鈆字、一本作レ鉛)松一。白鳳驚レ神、縮二山河於斧藻一。蓋以音也成レ文之稱、取三諸鼓二吹其詞一。韻惟結レ格之名、用三則玄二黃其句一。洎下于問レ經汪二濊曹王一、安吐二乖異之譏一。濡レ翰紛二綸蕭主一、獨招中不悟之歎上。彼皆失二功籠紐一、逐二儒林之老聾一。忘二道浮沈一、爲二文苑之狂瞽一者也。然則發二樞機一以翻二鈴鍵一、誰家先轉二推輪一。叩二五音一而押二四聲一、何處始聞二命律一。霜凝火熾、陰陽非レ無二象聲一。山厚水柔、南北可レ有二優劣一。亦夫列レ池避二漢武皇帝之尊一、未レ詳燒レ章犯二文司馬氏之諱一。焉在二吳楚・燕趙・秦隴・梁益之異同、喉中・舌前・牙齒・脣吻之清濁一。口談分レ字、莫レ辭二蝆(蝆字、板本作レ蜶又旁注二蠏字一)谷之勞一。

毛擧指レ文、當レ縦二鳥瀾之勢一。

後年道真のライバルとなった三善清行が、道真が問頭となり、対策の試をうけて元慶四年度は不第となり、同七年五月改判丁第した。これはそのときの策問である。清行は巨勢文雄の弟子であって、文雄は清行を推薦して「時輩より超越せり」といったところ、道真は「超越」の二字を「愚魯」の字に改めたよし江談にかたられる。略記にみえる昌泰三年十月清行が道真に勇退を勧めた書は有名である。このときの音韻・方伎の対文はいま佚。

561 方伎短長。

問、仰觀レ象(象字、底本作レ舄、舄象古文。諸本作レ焉或作レ鳥非)、著二望氣之臺一、效二其祥一。來相レ龜、從二均霜之宅一、知二其壯一。況復功成レ治布レ卦、則指掌之間万方。禁レ架化レ人、則形骸之外千里。惣而括之、班々(班々、底本作二斑々一)各名二一家一。分以別之、殷々遞馳二數術一。國貴二三五一、欲レ聞二太史之書一。門異二宮商一、宜レ敍二潛夫之論一。奄迫關格之驗、吉凶不レ明。松邑津樓之圖、遠近奚褱(褱字、諸本作レ褎)。亦有仙藤繞レ樹、通二何氣於折枝一。白鶴銜(銜字、諸本作レ衞衍)レ珠、求二何理於方智一。鳥復水遏、爲レ難レ免二長吏之形一。虎御雲興、詎得レ傳二少時之說一。夫措而未レ擧、拘三小道

之可二必觀一。挾以能持、恐三異端之爲二其害一。施レ民用レ政、莫レ差二短長於寸心一。被レ物關レ身、當レ決二深淺於淵慮一。子之洽聞、有二何不一レ涉。

方伎は方技に同じい。前漢書、芸文志では医経・経方・房中・神僊の四種を合わせてよぶ。方士の技の意。ここは天文・暦数・占星・相卜などの古代呪術をさしている。儒教からみれば異端の術だから、その優劣長短を質問したのである。

問二秀才紀長谷雄一文二條。

562　通二風俗一。

問、茫〻分野、應二景福之昭囘一。悰〻黎民、繫二君王之政化一。故方俗隨レ人以立、陶二情性於寒溫一。土風臨レ境而吹、深二剛柔於山水一。然則角羽相集、青徐何綴二其聲一。朱紫自分、黃髮詎通二其夢一。甘陵黍膏之論、當レ解二環於齒牙一。苦縣松爨之遊、請レ披二霧於脣吻一。況復有レ治有レ亂、仲尼陳二以レ樂善移一レ風。能暑能寒、王制載二其敎不一レ易レ俗。苟謂レ拘レ禮、移レ風之訓安施。既無二戲言一、易レ俗之誠何用。二者惟異、一途可レ存。子之多才、有二何不一レ悟。

配謫の地より遺言詩集ともいうべき菅家後集を託した道真の詩友紀長谷雄に対しての問策。長谷雄は貞観十八年に文章生、元慶五年に文章得業生外国として讃岐権少目に任じている。対策は清行とほぼ同じ時であろう。だから清行と長谷雄は同期のライバル、あるとき口論して、清行は長谷雄を「無才の博士はわぬしから始った」といったという(江談)。文章巻十、牒状(六三四)によれば、長谷雄は秀才すなわち文章得業生に補せられたのは元慶三年である。課題は礼楽によって風俗を移すことを政治哲学的に論ぜよというのである。対文いま佚。

563　分二感應一。

問、靑銅百鍊、令(令字、板本旁注云、イ本、作レ今)照者不レ逃二其形一。幽谷千尋、外傳者無レ失二其響一。即知、道之髣髴、若レ亡而又若レ存。事之希夷、在レ前而還在レ後。謂二泉蓋不一レ識、臨城何引二赴レ節之流一。爲二樹已無一レ情、東平何遺二西靡之種一。蕭大夫海魚之說、欲レ聞レ同二類於書生一。管秀才風虎之談、何義相二違(違字、板本作レ逮)於鄭氏一。且夫有レ德先臻者、禎符之應也。無レ時自動者、曲調之感也。昏明之共遇二麟鳳一、決二稚川一以擺二春波一。哀樂之偏繫二絃歌一、通二叔夜一而飛二曉月一。既曰二洽聞一、莫レ爲二底滯一。

感応とは、こだまがひびきをかえすように、徳があれば、影響があらわれる意。葛洪や嵆康の神仙玄学の傾斜をも含んだ課題。対文いま佚。

問二秀才小野美材一文二條。

564 明二仁孝一。

問、仁施レ物之号、功在レ濟レ時。孝事レ親之名、德歸二於己一。故遠取二諸物一、近取二諸身一。仁孝之用、遐哉邈矣。未レ審方內方外之教、格量何殊。三德三行之儀、處置焉在。且夫紫脫天挺、常生之德、欲レ聞。青州土寒、懷愼之誠爰(爰字、本朝文集作レ奚)驗。若以レ從レ稱爲レ無レ訟、荀馬(荀子馬融)共可レ失レ辭。若以レ務レ本爲レ道レ生、參回(曾參顏回)豈非二錯敍一。子殺レ身之誠、未レ忍二研精一。傷レ體之悲、猶(猶字、本朝文集作レ獨)勤二刺股一。疑而所レ問、一一言之。

小野美材は篁の孫で、俊生の子。仁和二年文章得業生に補せられ、寛平四年に対策及第した。内裏文集屏風を書き、草神とたたえられた(江談)。策問は寛平四年五月の試問である。身を殺しても仁をなすという孟子的な仁の意識と身を傷めることは不孝だという孝経にいう孝の倫理とのかねあいを問うている。

565 辨二和同一。

問、和同之論、其來尙矣。左丘明作レ傳而不レ刊。范蔚宗修レ史而無レ棄。然則樞機易レ轉、諡臺之對具談。翳薈能披、曼山之詞詳擧。復有子者、父之血脈也、生民不レ繼、何以別之。臣者君之股肱也、專壹相濟、孰爲二不可一。門人之美二風化一、陸生何偏止二於禮家一。聖道之載二光塵一、賈氏何惣歸二於權義一(義字、一本作レ儀)。秀才之學、有二何不一レ通。文云理云、奮而勿レ滯。

和同はやわらぎむつぶ意で、天地和同・上下和同・六合和同・万物和同などと左伝をはじめ古書にみえる。左丘明の伝はいうまでもなく春秋左氏伝、范蔚宗の史は范曄の後漢書。

對策

省試對策文二條。貞觀十二年三月廿三日、少內記都言道問。五月十七日、及第。

566 明二氏族一。

竊以、天形地闢、人倫則三才之所二克諧一。翼子謀孫、姓氏則九族之攸二周備一。因二其事一、以尋二其本一、稟二于山川一、義不二妄施一。觀二其宗一、以討二其源一、資二于君父一、詞無二虛設一。是知、周官者、姬公

之制。自謂聖人立レ言、系レ世以分レ宗。春秋者、魯史之名。故云天子建レ德、因レ生以賜レ姓。法無二獨令(令字、本朝文集作レ命)一、道在二人弘一。雖二自レ君爲一レ政、何禮之拘。而來者難レ誣、後生可レ畏者也。

是以秦之兼二天下一也、天下僉曰、舊迹已除。漢之得二皇圖一也、皇圖亦復、世本能立。王符著レ論、欲三令聖賢必見二風流一。管寧發レ談、在レ使三衰亂更加二矯正一。

嗟乎、奉春之賜二姓劉氏一、御レ龍曾學二於何人一。巨君之命二氏王家一、馭レ鶴詎傳二於非類一。嵇從二車正一、叔夜逃レ仇以移レ山。疎自二儲端一、孟達避レ難而斷レ足。施二之褘袷一、祖考未三必享二其苾芬一。用二之褵衿一、家門何以謝二其禽獸一。聿修之德、何夫爽歟。弁章之儀、自レ茲失矣。國家、合二符河洛一、何暇指二麾於鬼神一。追二駕帝皇一、未三嘗馳二騖於仁義一。車書之攸二軌轍一、界レ面者陸慄水讋(讋字、道眞對策原文作レ襲。非。訓據二觀智院本名義抄一)。禮樂之所二調和一、忘レ身者重規疊矩。卽百姓考二之一子一、蒸民誰獨親二其親一。五寬繫二之万機一、庶類猶或老二吾老一。遂執二謙退一、事二逡巡一、聊費二充賦之草萊(萊字、本朝文集作レ菜)一、以備二憲章之菅蒯一。

夫以族之爲レ言者屬也。氏之爲レ義者家也。家屬(屬字、一本作レ族)苟不二索居一、子孫誰有二疎隔一。乃知、華氏向氏、偏擧二其人之一名一。載族桓族、並指二其宗之惣號一。三光名二之日月一、孰不レ謂二之乾象天文一。四瀆号二之江河一、孰不レ謂二之坤儀地理一。

況亦命レ氏非レ一、稱謂在レ我而不レ疑。名レ家是殊、異同自レ彼而可レ覩。曹・魯・宋・衞、發二於有レ國之通規一、唐・虞・殷・周、起二於膺(膺字、卽膺字、板本作レ應)レ圖之大業一。以レ爵則王公侯伯、以レ官則司馬司空、以レ事則巫卜陶熙。以レ字則伯仲叔季。行迹之累二三桓七穆一、其稱繫二於先宗一。家舍之居二北郭東門一、其理因二於舊壤一。如レ斯之類寔繁。有二徒推而廣レ之、所レ可レ勝レ載。然則自レ齊適レ楚、管修既爲二陰大夫一。溫レ故知レ新、晉卿先有二陽處父一。以レ和求レ類、遇二堯主一而自可レ聞。因レ淸引レ源、辭二晉國一而亦何去。況嘉名不レ墜、已觀二君珍之帶都一。菜邑惟存、更知二趙車之成輦一。咎繇之後、六安子安、則得二其略一、而遂得二其中一。齊君之相、晏平仲平、則知二其一一、而未レ知二其二一。

余是荊安之族、源出二由余一。邵(邵字、原作レ劭。據二都氏文集五一改)歟(歟字、板本・本朝文集無之)則潁川之人、說通二應邵一。躭(躭字、文集作レ射)鴻臚之望(望字、都氏文集五作レ後)、至二(望至二字、都良香判文作二後出自三字一)漢季一而育二三輔一。謝靈運之先、出二陳留一而流二千載一。尋二之其本一、南北殊レ宗。討二之其源一、有二何眞僞一。謹對。

これは貞観十二年の省試に、道真二十六歳にして方略策に及第したときの道真の答案。出題の問頭は都良香である。この時の良香の策問は都氏文集巻五に「策二秀才菅原一文二条」と題して出。また良香の対策の判文は「評二定文章得業生正六位下行下野権掾菅原対文一事〈明二氏族一、弁二地震二〉」と題して同じく都氏文集巻五に出。中国の歴史上の氏族をあげ、その源流の同異について論じたりする。たとえば南方の射援は北地の謝霊運と、もとは同族だと指摘するごとくである。都氏の判においては、この対策の文は前後の順序がしどけなく、論理的展開が不十分だと評する。

567 辨二地震一。

竊以、陰陽不レ測、上帝假二手於人君一。性命難レ言、先王設二機於號令一。道以範二圍三極一、則風雲不レ敢祕二其功一。政以威二侮五行一、則造化或猶失二其法一。夫地者通三之位、得一之儀。卦坤德母、功已隆焉。動順靜方、義亦大矣。隴西鎭壓、同レ命者四百餘家。河東動搖、共レ憂者四十九郡。沴災之至、當レ有二所由一。傷害之生、殆不二虛發一。蓋以呂氏之十有二紀、誡二其令錯一春秋一。箕子之洪範九疇、陳二其敎由一狂僭。火災發二於讒口一、風變生二於濫刑一。時豈泰而安之哉。計不レ可二以得一已也。

是知、神靈不レ諂、凶德者祅孼之形声。天鑒孔明、咎徵者君王之警誡。魯〈魯字上、本朝文集有二靈字一〉哀之無二日蝕一、天意豈非二譴之何益一乎〈豈非、入矢氏云、句法之誤〉。楚莊之禱二山川一、人事抑亦求二過於天一也。

若夫孔晁之存二目擊一、陽氣伏而不レ得レ升。陽父之發二臆談一、陰氣迫而不レ能レ出。春秋公羊之說乃謂、其來必以二其時一。尙書夏侯之談乃謂、其起必以二其事一。苟君臣得レ道、則隱ゝ〈隱ゝ、板本作二陰陰一〉呑レ聲、而山車轉レ輪。苟政敎惟治、則鈴ゝ絕レ響、而浪井飛レ液。暴虎當レ斷而必斷、蔡邕之議未二兼施一。經營可レ修以必修。欒巴之諫豈通論。彼漢張衡之機巧、不三必取二驗於一方一。晉穆帝之異聲、誠宜レ發二災於末運一。

蟾蜍者陰蟲也、故應二地動一而承二銅丸一。鷄雉者聽禽也、故聞二雷響一以發二鳴呴一。至レ若下栩蝶飛說、關二素道之玄宗一、游梟寓言、定中三年之一動〈至若之句法、和習〉上。上〈上字、板本作レ止。上志、是造語、見于五七五〉志惟備、載レ地者水德靈長。先談已存、乘レ水者地形脈道。已云乘レ水、流波相薄、何得二安存一。亦曰、載レ地同氣相求、自レ斯可レ察。天道遠而人道近、已雖レ云レ決二之推尋一。先覺少而後覺多、亦復歸二之冥昧一。以レ類聚之、以レ群分之。五月丙丁、日至而泰山崩、四方川谷、氣通而飆風發。即知、幽荒之迹、蓋五大山之往還。變動之間、或六万歲之交載。

復有二老聃玄聖一、稱二吾師於天竺一者、此乃釋迦也。孔子素王、縱惟聖二於西方一者、此亦釋迦也。言二其敎化一、則西漢已至、豈獨東漢。觀二其容儀一、則丈八猶存、不二唯丈六一。雖二則立レ功立レ事、義理各殊一、然而有レ國有レ家、歸依是一。遂有下東踊西沒、南震北沒、如レ是輪轉、爲二六〜三十六之義一。遍踊遍震、遍動遍搖、如レ是分別、爲中上中下各三之義上。六震動之名、三因緣之別、詳二于念佛三昧經一、見二于大智度論宗一者也。

道眞望二崇江漢一、還愧二測レ海之非一レ才。思レ採二風霜一、自迷二淩レ雲之有一レ道。況事屬二幽冥一、談離二視聽一。姬水魯山、未レ遑二於側一レ足。漆園雙樹、何縱二於遊一レ心。苟解レ環之不分。誰摑レ鼓之無レ衍（衍字、板本作レ訴。入矢氏云、衍或愆之譌）。謹對。

貞観十一・十二年諸国に地震が頻発しているので、このような出題があったのであろうか。地震を論ずるのであるが、事実をのべるよりも、儒道仏三教にわたって、きらびやかな美文にしたてている。春秋公羊伝や尚書の説、老荘の寓言、念仏三昧経さては大智度論をひき、五大山や六種の震動などを説く。都氏の評では、理はあらあら通じており、病累があるけれどもその文章はみるべきものがあるから、二条を通じて、中の上と判定し、すなわち合格と決している。

詔勅

568　前年所レ減五位以上封祿復レ舊詔。

（淸和天皇）詔、垂鴻一レ德、達レ道者先亂二其行一。歷象同レ天、變レ常者乃遭二其怒一。朕政無二寒暑一、化負二水波一。陵遲之運、仰慙二洪緖一。及レ至二十一年夏一、旱暵（暵字、國史大系本三代實錄作レ暎）。蓋非）甚二於常時一。牲（牲字、前揭三代實錄作レ桂）璧空投二山澤之靈一、魚龍殆失二淵源之府一。朕念而三復、過在二一人一。麁衣以待二天下之溫一、菲食以思二天下之飽一。而卿等推レ心唱和、取レ義往來。論奏一成、懇誠自露。遂王公減レ封、諸臣省レ祿。縱令率如二舊制一、伏臘之費難（難字、底本作レ雖。今據二前揭三代實錄貞觀十五年十一月十三日條一訂）レ支。何況法損二恆規一、朝夕之儲逾乏。朕之焦レ思、既涉二炎涼一。如レ聞（如聞、劉淇云、猶レ云二似聞一）今茲收藏不レ害、民庶稍休。非レ望二栖レ畒之餘粮一、蓋聞二載路之多一レ黍而已。夫先王之爲レ政也、弛二於急一、張二於緩一。年荒節レ用、無レ節不レ可二以存一。穀熟復レ常、不レ復難レ可二以贍一。宜太皇大后・皇大后宮・春宮坊封及服用、五位以上封祿、諸王季祿等、往年減省之物、自レ今以後、仍レ舊莫レ減。唯至二朕躬一、德淺責深。堯之冷葛、舜之輕塯、朕雖レ未レ窺二彼垣墻一、今而恨二其珍麗一。重以二群蠹(蠹字、板本作レ橐)之器一、非三片漆之所二能堅一。屢空之民、豈一秋之攸二能富一。是故朕服御常膳、左右馬寮秣穀、或分折或擁停之類、尚如二前令一、更不レ可(可字、三代實錄・板本並作レ加)レ進。普告二遠近一、不レ拒二朕行一。主者施行。

貞觀十三年　月　日內記作

この詔は底本・板本ともに貞観十三年月日とするが、三代実録では貞観十五年十一月十三日甲戌条に出。道真はその二年前に少内記に任じている。詔書は勅書とちがって、臨時の大事について下されるもの、内記が御所において製作して、これを中務卿を経て、太政官に宣奉行させるもの、主者施行せよというのは太政官をさすであろう。

569　答二渤海王一勅書。

天皇(清和天皇)敬問二渤海王(玄錫)(王字、國史大系本三代實錄、作二國王二字一)一。成規等至。省レ啓昭然。惟王家之急、繕二粉澤一施レ治。性(性字上、疑一字脫。前揭三代實錄校二增坤字一)之貞、凝二丹青一守レ信。風猷不レ墜、景式猶全。相二襲舊基於居城一、靡レ欺二先紀於行棹一。言二其篤信一(信字、前揭三代實錄作レ義)、來覲既修。贈以二翔仁一、放歸如レ速。數千里之沙(沙字、板本誤レ波)浪、雖レ有二邊涯一、十二廻之寒暄、豈促二圭晷一。苟謂レ拘レ禮、誰爲二隔疎一。德也不レ孤、夢想二君子一而已。國信附レ廻(廻字、三代實錄作レ還)、到宜二撿受一。梅熟。王及境局、小大無レ恙。略懷遣レ此。何如(如字、板本作レ亦。三代實錄作レ必)煩多。

貞觀十四年五月　日內記作

勅書は、詔書が臨時の大事について発せられるに対して、平常の小事について発せられるもの。それを作るものはやはり内記であり、施行の法は詔書と同様である。この渤海王に答える勅は、貞観十四年五月十八日、渤海客使楊成規がもたらした渤海国王啓に答えたもので、三代実録の同年五月二十五日条に出。双方ともに善隣友好の芳意を交換する。四六の往来である。

570　賜二渤海入覲使告身一勅書。

中務。渤海國入覲大使・政堂省左允・慰軍大將軍・賜紫金魚袋・楊成規等、歸レ王有レ紀。納レ貢無レ虧。望二鳳闕之星懸一、據二犀舟一以水隔。懇誠外徹、風化攸レ覃。霑接內脩、禮容可レ愛。克念二賞レ勞之義一、自存二縻爵之恩一。宜レ依二前件一。主者施行。

貞觀十四年五月內記作

告身というのは唐制で授官の符をいう。告命ともいう。ここは中務卿に対して、客使楊成規の労をねぎらってしかるべき告身の符を下賜するように奉行せよという勅書である。このことは正史に見えていない。この時は道真は掌客使都良香をたすけて、存問渤海客使を兼任しているが、特に客使たちと詩の贈答をしたあとはみえない。

571　答二左大臣〔源融〕辭一レ職勅。

〔清和天皇〕勅、來表悉之。朕仰慙二玄鑒一、俯媿二蒼生一。所レ憑者輔弼忠良、所レ渇者苦言切諫。今公恐二溫凉之乖一レ適、嫌二環佩之頻朝一。是蓋忘二針石於朕躬一、而存二消摩於公性一也。況公年毛既壯、氣骨彌强。不下擧二風節一以資中此時上、將下抱二氷壺一以施中何地上。朕之養レ公也、未レ得二其道一乎。至二彼減レ封之請一、苟存二利レ國之義一、亦（亦字、國史大系本三代實錄作レ復）有二舊章一、不二敢排拒一。朕之此意、公能順之。

貞觀十五年五月　日　内記作

左大臣従二位兼行皇太子傅源朝臣融が上表して食封二千戸を奉還したいというのに答えた勅書。三代実録、清和天皇、貞観十五年四月十六日条に出。融このとき五十二歳、この後も二十二年間左大臣に在任。寛平七年に死んだ。河原左大臣として名がある。

572　答三公卿〔右大臣基經等〕賀二朔旦冬至一詔。

〔陽成天皇〕詔曰、朕以二眇身（身字、三代實錄作レ虛）一、扛（扛字、今作レ杠）臨二百姓一。蒼天可レ畏、赤縣猶賖。乃者有司奏曰、今月朔旦冬至、理宜レ賀矣（四字、類聚國史作二理誠宜賀一）。思之又思、兢々而已（矣字之下二句、據二國史大系本三代實錄一補）。夫一陽之可二以歡一、朕更增二一日之愼一。履長之可二以樂一、朕還切二履レ氷之憂一。苟曰二休祥一、何爲抑遏。自二元慶三年十一月廿五日昧爽一以前、徒罪以下不レ論二輕重一、咸從二寬免一。但八虐、故殺レ人、謀殺レ人、强竊二盜、私鑄レ錢、常赦所レ不レ免、及缺二負官物一之類、不レ在二赦限一。若以レ赦二前事一相告言者、以二其罪一々之。其門蔭久絕、才效先著者、特加二榮賞一、以穆二朝章一。内外文武官主典以上、敍爵一級。在京正六位上諸吏、及史生以下直丁以上、又天下高年者、宜二量賜レ物、欲レ俾下彼出二罪科一者、目見二震雷之能作一レ解、縻二好爵一者、耳聞中陰鶴之不上レ呑レ聲。其賜レ級賜レ物之徒、所司明加二實覈一（覈字、底本作レ覆。今據二板本及前揭三代實錄一）。布二告遐邇一、宣二繹朕行一。主者施行。

元慶三年十一月一日、依二公卿議一作之。内記作

元慶三年十一月一日、朔旦の日が冬至とかさなった。これは暦数の上

でまれなこととして昔から瑞祥として賀したのである。政事要略巻二十五、年中行事十一月、朔旦冬至条や西宮記の十一月朔旦冬至の条をみよ。この月の朔日に右大臣基経以下が上表して賀した（→六三）のに対して、十一月二十五日、五節舞の賀宴の日にこの詔が出され、「朔旦冬至波歷レ代天希尓値布王者乃休祥奈利」という宣命も同日出た。詔は三代実録・政事要略・類聚国史に出。

573　答三太政大臣〔藤原基經〕謝二幸レ第視一レ病勅。昭宣公

〔宇多天皇〕勅、來狀具之。更加二憂念一。公者朕之所レ託レ身寄レ命也。日來有レ患、夙心乖和。雖レ知三天福二善人一、殊恨久隔二霑接一。故尋二舊典一、揖二前王一。欲下就二公第一而視二寒溫一、敍二朕情一以披中肝膽上。而今言詞懇惻、廻避慇懃。順即禮也。不二敢違一レ意。公輔二翼先帝〔光孝天皇〕一、推二進朕躬一。自レ古功臣、未レ有レ爲レ比。況四時調適、万姓安和。天縱三才、惣在二公職一。朕欲二切問近思一之意、非二唯一朝一夕而已一。依レ請止之、心往足留。留而不レ安、將レ遂二宿志一。公好縱容、勿レ重二疎遠一。

寛平二年十一月　日奉レ勅製之。

紀略によると、寛平二年十月三十日に太政大臣基経の病によって天下大赦の令が下っている。道真は讃州の任より帰京して、寛平の治に中央に参与せんとする境目のとき、清風戒寒賦などを作った前後で、捲土重来の意気にみちているときの作。

574　答丁太政大臣〔藤原基經〕謝丙爲レ病賜二度者一免乙罪人甲勅。

〔宇多天皇〕勅、太政大臣雅言悉之。皇天不レ知、公病無レ損。朕前行レ志、冥助惟求。欲レ令下出二獄門一者開二法網一、入二禪道一者轉二戒珠一、以爲中公加持之力上。功重報輕、朕之過也。謝章忽至、增レ愧深焉。又國家庶務、關二白於公一。朕自樂レ成、業在レ恭レ已。而今具敍二其意一、固辭二此職一。非二唯退閑之謀一、期以二消伏之術一。既云レ避レ害、朕豈忤之。雖レ暗二前途一、暫順二來請一。不レ有二日月一乎、不レ有二山川一乎。所レ患少間、視レ事如レ故。勿レ使下朕當二淵水奔馳之危一以無中舟檝御轡之備上而已。嗟虖、朕之砭石、朕之股肱。豈圖レ令丁股肱不二安和一、爲丙砭石所乙治攝甲。捻レ心而歎、刻（刻字、底本作レ判。判字蓋譌二剌字古體一）レ骨以傷。公强加レ湌、莫レ忘二社稷一。

寛平二年十一月十九日奉レ勅製之。

「賜二度者一」というのは、基経の病を加持せしめるために、天皇が特に度者すなわち得度の験者三十人を賜ったことをさすのである。大赦を下令し、度者を下賜するのは、いずれも基経の病を治療する一つの手段であった。

575　答三公卿賀二薩摩國慶雲一勅。

〔宇多天皇〕勅、公卿去九月十一日表狀曰、太宰府奏、慶雲見二管（見管、意未詳）薩摩國一。有司考三之上志一、以爲政致二和平一之應也、德至二山陵一之感也。朕省レ表以恐之、聞レ瑞以懼之。卽位之後、九二載于今一。水旱疫癘、軍兵盜賊。豈是政和德至之言、可三以倫措二齒牙一乎。君臣者一體之分也。朕可レ恥、卿等亦可レ恥。抑而止之、勿レ爲二虛賀一耳。

寛平八年十月　日奉レ勅製。

慶雲の出現は平和な政治の象徴としてよろこばれたことは、類聚国史巻一六五、祥瑞部、雲の条をみれば明らかである。そこには瑞雲・紫雲・五色雲などが諸国に出現した記事がある。「慶雲見管薩摩国」の見管の語の用例は元慶三年十一月九日の条に「慶雲見管何鹿郡」とある。

576　重減二服御一省二季料一勅。

〔宇多天皇〕勅、朕去仁和五年二月廿日。服御常膳、務從二省約一。所司准レ舊、四分減レ一。朕心不レ兼レ心、慮無二弁（弁字、板本作レ再）慮一。願擧二塵露之積一、將レ成二禮節之和一。豈圖水旱兵疫、年頻有レ災。諸國自闕二調庸一、百官隨無二俸祿一。不レ怨レ天、不レ尤レ人、不レ嫌レ鬼、不レ責レ神。朕之無道、獨自取之。今（今字、底本作レ令。據二板本一訂）重減二服御三分之一一、新省二季（季字、板本作レ年）雜物之半一。其各（各字、板本作レ余）用度、中分以折。百姓單寒、朕不レ忍レ見。既無レ謀二於富一レ國、唯合二體於貧民一而已。布二告內外一、知二朕意一焉。主者施行。

寛平八年　月　日奉レ勅製之。

寛平八年諸国水旱兵疫のため調庸を徴することができず、官吏の俸給も不払になったのであるが、さしあたり富国を謀るすべがないから、せめて服御常膳を倹約して三分の一を減じ、年料を二分の一減じ、用度も折半して、百姓に恵み、貧民の生活と歩調を一にしようという趣旨である。こういう詔勅は貞観十一年・仁和五年にも出ており、また醍醐天皇の寛平十年にも出ている。

太上天皇贈二答天子一文。附二中宮狀一。

577　奉二清和院太上皇勅一重請レ減二封戶一狀。

今月十七日來狀丁寧。不レ忍三半二折封戶一。追二尋宿念一、澄二審本謀一。不下以二用足一爲上レ情、將下以二靜心一爲上レ樂。况一畦一畝、未二必旅生一。自レ寸自レ分、皆出二機杼一。國用倍二多於昔日一、民勞緊二急於當時一。雖レ有二成章一、豈無二權議(議字、本朝文集作レ儀)一。夫竹窓之曉、水閣之暮、閑送二春秋一、遠翫二風月一。取二諸一身之事一、蕞二尒(蕞尒二字、本朝文集作二蔑爾一)千戸之資一。容量以莫レ爲二相累一耳。

元慶三年二月二十六日

三代実録、陽成天皇、元慶三年二月十七日条・文草巻十、奉レ勅重上二太上天皇一請不減御封表・類聚国史巻二十五、太上天皇条等に見えるところの陽成天皇の処置に対する清和上皇の返状である。清和上皇が御封千戸を返そうといったのに対して、陽成天皇は使を清和院に遣わして上表して上皇の旨に従わず、二千戸を充てたので、上皇はこれを固辞して受けなかったときの状である。「竹窓之暁」以下の四六対偶は朗詠、閑居あたりにふさわしい文である。→六三。

578 奉二朱雀院太上皇(宇多上皇)勅一請レ停二尊号一狀。

前年讓レ位者、爲二社稷一也。今日出レ家者、爲二菩提一也。空閑可レ守、撝挹惟勤。願早停二太上皇之号一、令レ成下盡二形壽一之願上矣。

昌泰二年十月廿四日

579 奉二朱雀院太上皇(宇多上皇)勅一重請レ停二尊号一狀。

入道之緣、業在レ省レ事。省レ事之人、不レ貴二虚名一。況可下稱二佛子一以過中一生上、何敢帶二人君一以事二三寶一。今如二來報一、不レ許レ停レ号。孝子尊レ父之情、先感二其志一。施主隨レ師之義、今勿二相違一耳。

昌泰二年十月

580 奉二朱雀院太上皇(宇多上皇)勅一重請レ停二尊号一狀。

使者再廻、報書重至。讀未二三四字一、涙已千万行。夫述二父志一、是子之至孝也。成二師願一、非二佛之實語一乎。今師昔父、志述願成。天下之有レ耳有レ目者、何人得レ不二隨喜讃歎一。若相二違所レ請、惱二亂我心一、近則逐二白雲一以沒レ名、遠亦超二蒼海一而收レ跡。存問之道、寒温之便、於レ焉而絕。嗚呼悲哉。

昌泰二年十月

581 奉二朱雀院太上皇(宇多上皇)勅一重請レ停二尊号一狀。

使者往反、來報再三。初擧下佛法附二國王一之義上、次陳下天皇弃二寶位一之情上。披讀之中、心神迷亂。雖レ似二急々一、不レ能レ不レ言。凡所謂附二法國王一者、是膺レ籙受レ圖之人君、非三燒レ香散レ花之弟子一。偏依二虚号一、囑以二正教一。〻〻之玼（底本及板本作レ玭、疑玼之譌）、不レ日而見。又所下以逃二重累一以委中新君上者、欲下一日万機保二安社稷一、子〻孫〻相中傳天下上也。尋レ雲而逐、蹈レ海而隨。雖レ在二固拒之詞一、自妨二持念之意一。今日以後、勿レ告二斯趣一。定損二吾神一、定傷二吾性一。至下于漢家曾無二舊典一、當朝未上レ有二前例一、彼不レ行二其志一也、我遂行二其志一也。

已云二出家一、何得レ稱レ皇。亦曰二入道一、何不レ貴レ僧。求二之戒律一、問二之威儀一。年臘次第、衣鉢行列、不レ可二以越一之、不レ可二以違一之。而今落髪之後、四五日來、爲レ讀レ經、請二其師一、師主恭敬如レ故。爲レ共レ齋、屈二其僧一、僧綱恐惶倍レ前。欲レ協二佛教一、乃用二私禮一。師主僧綱、無レ由二親近一。一畏下違レ律之結上レ罪、一悲下宿願之難上レ熟。非レ有二他煩一、只煩二尊号一。縦佛子早停二本号一、其國王猶修二舊禮一、雖レ非二上皇一、可レ得二尊重一。

一人國主、如レ是尊重。四海黎民、誰爲二輕慢一。爲二帝父一爲二舊君一之德、雖レ無レ所レ指（指字、底本作レ捐）、百代可レ傳。若遂嫌レ無レ号、必可レ究二其執願一。專除二太上皇一、直被レ喚二朱雀院一。稱謂之名、依止之處、彼此隨レ意、豈不レ宜哉。格レ筆而止、忘レ筌以留。勿レ令三新發意者頻疲二談論一耳。

昌泰二年十月廿日

五七八・五七九・五八〇・五八一の四篇、大和物語上に「みかど（亭子院）おりゐたまひて、又のとしの秋、御ぐしおろし給ひて所所山ぶみし給ひて、をこなひ給ひけり」とある時のこと、すなわち昌泰二年十月しばしば宇多上皇は太上皇の尊号を辞し、ついに二十四日に大僧都益信を戒師として仁和寺において落髪入道して、法名を金剛覚と名づけたのである。その前後の太上皇の尊号の辞状である。父と子、上皇と天皇、王法と仏法とのかかわりの微妙さがうかがわれる。

582 中宮職重請レ被三返二收諸司幷雜物等一事。

右（疑脱今字）月十五日、依二（温子）令旨一、返二進分直諸司・例給雜物一。今重依二令旨一云、中使左近衛權中將従四位上兼行近江權守藤原朝臣定國、忽到二苫廬一、傳以二勅旨一、不レ容レ所レ請。伏惟、今之指陳、不二敢脂粉一。号名則太夫人惟貴矣。實封亦二千戸太多焉。光華有レ餘、衍溢非レ望。况朝廷劇レ務、何累二分直於諸司一。禮節難レ知、豈甘二例給於雜物一。伏願、特廻二玄鑒一、莫レ拒二素誠一者。伏依二令旨一、重請二處分一。

寛平十年四月廿日

皇太夫人すなわち宇多上皇中宮いわゆる七条の后宮藤原温子が、諸司の分直、ならびに例給の雑物を辞謝する状である。この五日後に中宮は五条宮より宇多上皇の住む朱雀院に移っている。温子は基経女、時平の妹である。彼女の家に有名な才女の女房たる伊勢の御が御息所になる前、侍していたのである。

菅家文章第八

保安五年二月十八日於燈下比校〜散位

天承元年八月八日爲表夙慮進納

北野聖廟以宮主權上座勝還大法師令觸政所

留守圓眞大法師矣

朝散大夫　藤廣兼

菅家文草第九　奏狀

奏狀

583 為二藤大納言〔藤原氏宗〕一請レ減二職封半一狀。

右臣氏宗、伏奉二恩制一、恭授二大納言一。身居二非據一、位在二具瞻一。銜レ膽棲レ氷、懼無二與二一。重以就二列槐棘一、封戸八百。割土之賞、臣既知二其不一レ功。欺レ天之罪、臣未レ計二其所一レ避。鬼神惡レ盈、況於人乎。望請、職封之中、半將レ資二公府之禮節一。唯所レ遺歳入、猶足レ支二伏臘一。還恐朝家以レ臣為レ不レ知二分量一矣。不レ勝二懇欵一、抗レ言以聞。誠惶誠恐、頓首〻〻、死罪〻〻。謹言。

貞觀八年

同じ藤大納言氏宗は貞観八年十一月二十九日に右近衛大将を辞する奏状を奉っている(三代実録・文草六〇)が、辞職が許されず、かえって十二月十六日に左大将に転じている。この年春に応天門放火事件があった。氏宗は年五十七歳。四年後には右大臣に昇進している。奏状はいわゆる申し文のことで、奏とは上書して「陳レ情叙レ事」の意である。

584 為二右大臣〔藤原氏宗〕一請レ解二左近衛大將一狀。

右臣氏宗言。先修二表狀一、辭讓重仍。愚誠雖レ盡、遂不二聽省一。兢悚之深、心肝如レ刻。大將者國之弓馬、君之爪牙也。若無二其人一、國失二兵機一、君失二武備一焉。氏宗泛覽二官寺一、點二閲府寮一。或有レ缺レ職連年、猶無レ害者、或有二空レ官數月、而無レ憂者一。至二于宿衛一、豈夫可レ然。古之聖人、安不レ忘レ危。先聲之談、自備二非常一。氏宗老病相迫、筋力已衰。月弦暗委二埃塵一、霜鍔空懸二蒲柳一。三思既畢、十上何勞。不二獨營一レ己、專資レ患レ國。伏願、特蒙二天鑒一、避二路後賢一。臣氏宗、誠惶誠恐、頓首〻〻、死罪〻〻。謹言。

貞觀十二年四月十二日

貞観十二年四月、東宮傅右大臣氏宗はこの左大将辞状の半月後には右大臣の辞表を出している。「老病相迫り」といっているがこの年彼は六十一歳。

585 為二源相公〔源生〕一請レ罷二右衛門督一狀。

右金吾之職、位望惟崇。臣恭得レ居二其任一。皇（清和天皇）恩不レ可二以測一。臣自二去春首一、臥二病私門一、未レ效二藥石之一功一、已見二風景之三改一。仰思二鳳闕一、悲レ不二重趨一、空撫二龍泉（ツルギ）一恨レ無二再帶一。伏望殊降二鴻恩一、幸垂二天量一、解二罷臣職一、消二損物譏一。若今遊魂可二招以息一、殘氣得二養而留一、然後輸二懇誠於明時一、竭二忠節於聖代一。不レ堪二至情一、修レ狀以聞。臣生誠惶誠恐、頓首〻〻、死罪〻〻、謹言。

貞觀十二年

586　爲二源相公（源生）一重請レ罷二右衛門督一狀。

右臣生、去十五日修レ狀、伏請レ罷二右衛門督一。精誠不レ達、天（清和天皇）聽逾高。臣之愚欵、抑而不レ許。臣病根差結、藥石無二功效之期一。魂氣既浮、衣冠斷二趨拜之望一。若帶二官班一、空塡二溝壑一、不三唯負二譏於下地一、亦將レ得二罪於皇天一。臣盡レ命重蘇之時、枯骨更肉之日、灰レ身粉レ骨、是臣願也。伏望特播二弘仁一、再廻二聖慮一、恩詔一降、察二臣累聞一。不レ堪二懇至一、重修二表狀一。臣生、誠惶誠恐、頓首〻〻、死罪〻〻。謹言。

貞觀十二年

五八五―五八六　参議右衛門督源生は在官九年、貞観十四年八月二日に五十二歳で卒する。この二つの辞状は死ぬ数カ月前に病のために右衛門督を辞退するために作られた奏状である。「貞観十二年」とあるのはおそらく「貞観十四年」の誤写であろう。枯骨更に肉づく日に報恩しようという思想は日本霊異記上、第十二縁などにみえる枯骨報恩型の説話を土台とした措辞で興味がある。

587　爲二右大辨藤原山陰朝臣一請レ罷二所職（右大辨）一狀。

右臣山陰謹奉二去月廿九日詔命一、以レ臣任二右大辨一。心肝失レ據、氷谷增レ危。臣業廢二文學一、性無二政事一。幸遇二覆壽之包容一、久偸二祿位之過溢一。況官惟崇望、職卽要機。量二其力一、思二其列一、顯二臣朱愚一、累二臣白罪一。加之臣先上二表狀一、請レ罷二右近衛權中將一。慮無二他貳一、專レ志在レ侍二太上天皇一。誠槊纔通、適賜二寬裕一。今當二此重任一、更追二先請一。人臣之節、貴三其有レ終。犬馬之情、何爲默止。伏願殊廻二照覽一、解二罷所職一。蒼天〻〻、察二臣懇欵一。不レ堪二屛營之至一、冐昧以聞。臣山陰、誠惶誠恐、頓首〻〻、死罪〻〻。謹言。

貞觀十九年閏二月十日

貞観十九年二月二十九日、蔵人頭権中将、備前守藤原山陰は右大弁に任じた、時に五十四歳。その時の辞状。山陰中納言の亀報恩譚は毛宝の故事より出て、今昔巻十九・宝物集・十訓抄上・沙石集巻八上・源平盛衰記巻二十六・三国伝記巻七・長谷寺霊験記巻下等に出て有名である。「専志」は清和天皇の蔵人頭として専心したい意。

588　奉太皇大后令旨請停后号兼返別封状。

右側聞、尊号之下、不可久居、厚賞之中、難可長保。數十年來、毎増兢惕而已。今齢隨日老、病逐老深。醫藥不效施功、皇天無期降福。命矣分矣、何憂何怨。伏願廢太皇后之崇稱、還納加千戸之別封。申志生前、免誹死後。復使知妄意之無累。不堪丹懇、頓首〻〻。謹言。

元慶　年

淳和天皇の太皇大后が、太皇大后の号を停止し、千戸の別封を返上せんことを請う奏状。

589　奉淳和院大后令旨請嵯峨院爲大覺寺狀。

右嵯峨院者、太上天皇（嵯峨上皇）（天皇之下、國史大系本三代實錄、有二字）閑放之地也。昇霞之後、涉日既深、階庭不披、臺榭亦壞。仍比年頗加修葺、僅避風雨。尋想宿昔之餘哀、欲守終焉於此地。而今尊像禪經、時備敬禮。鐘磬香花、隨以安置。伽藍之體、佛地之端、五六年來、適然具足。若不變名定額、以示往來、殊恐樵夫牧童、或致誤犯。願也壁牆（壁牆二字、前掲三代實錄作樓閣）仍舊、更（更字、前掲三代實錄作便）爲道場、名号惟新、稱曰大覺。攀慕擗號（四字、前掲三代實錄作追慕攀啼）之意、今古無移、眞如法性之因、自他共利。謹請處分。

元慶

三代実録、清和天皇、貞観十八年二月二十五日条に出。道春本に付箋して「異本　貞観十八年二月二十五日」としるす。本書三六、冬日嵯峨院即事詩をみよ。淳和天皇の太皇大后が嵯峨院を改名して大覚寺となしたときの奏状。この時勅書が出て、大后の御願にしたがって、大覚寺の額を賜わり、大覚寺と称することを天下に告げた。

590　奉淳和院大后令旨請大覺寺置僧俗別當并度者狀。

右此寺、元太上皇（嵯峨上皇）之閑院也。微誠有達、乃許爲寺。令（令字、疑當作今字）所恐像末時及、去聖逾遠。若無精進練直、不令心事諧合。願也別選持戒修心、兼堪住持、毎年二人、豫得度例。若其人、研精不緩、智慧有聞者、准安祥寺等之例、豫維摩・最勝之竪義輪轉之次、卽在安祥寺下。又諸寺皆有僧俗別當。若無別當、恐失綱紀。重願也、僧俗別當、各一人、隨寺家願、以被配任。俗別當、必用公卿。功德無邊、善根無量。興隆佛法、護念國家、上奉翊過去聖靈等、下普及一切衆生界。謹請處分。

元慶ム年九月廿八日

五八九により大覚寺と改名した後に、重ねて奏状を奉って、僧俗の別当を置いて寺の綱紀を正し、度者を置いて精進させようと請うもの。

591 爲源大納言（源多）請被返納職封二百戸狀。

右臣多、久忝龍管、重負鴻恩。利家有餘、報國猶闕。況廼者公用煩數、充費難周。漆室之愁、臣未含忍。謹撿故實、故右大臣藤原朝臣氏宗・右近衛大將藤原朝臣常行等、爲大納言之日、各減所食、請輸涓露、早聽早通。遺蹤既立。伏願返納職封二百戸、將表微臣之血誠。不勝悃欵、陳抗以聞。臣多、誠惶誠恐、謹言。

元慶四年六月

元慶四年六月源多は五十歳。八年前に彼は大納言に任ぜられ、この時は左大将をも兼ねていた。「漆室の愁へ」とは後漢書、盧植伝・琴操・列女伝・蒙求などにみえる漆室邑の節婦。国を憂え、人を傷んだ列女の故事。

592 爲源大納言（源多）重請被返納職封二百戸狀。

右臣多、先策欵情、謹待容納。誠之無徹、拒以不聽。臣家富歳輸、伏臘之餘、逾積身。愚朝列、負暄之志未休。今如臣所請、事據成式。不敢追風往賢、將以底露方寸。伏願陛下（陽成天皇）、特垂含弘之鑒、返納臣職封二百戸。不堪誠懇、重以表聞。臣多、誠惶誠恐、謹言。

元慶四年七月

五九一の奏状が聴許されなかったので、一カ月後に重ねて食封二百戸を返納しようと請うたもの。「負暄の志」とは日なたぼっこの快さを君に献上しようとした宋人の故事による。列子にみえる。

593 請參議之官定爲職事事。

右伏見、今之參議、古之觀察使也。考祿無法、官位不明。謹案續日本紀曰、大寶二年四月、從三位大伴宿禰安麻呂・正四位下粟田朝臣眞人・從四位上高向朝臣麻呂・從四位下〻毛野朝臣古麻呂・小野朝臣毛野、參二預朝政一。本官如レ故。

又省二去大同二年五月四日問一曰、觀察使無二官位相當一。仍不レ注二兼字一。而或云、可レ注二兼字一。何以爲レ正。明法博士、讃岐廣直、答曰、雖レ無二相當一、官員既備。仍須レ注二兼字一。弘仁七年六月廿五日問曰、未レ得二解由一之參議者、預二釐務一以不。大判事物部敏久、答曰、參議之号、不レ載二令條一。但大政官去延曆八年八月廿日下二民部省一符偁、得レ省二今月十三日解一偁、被二太政官去六月一日符一偁、參議正三位佐伯宿禰今毛人去月十日致仕已畢。省宜二承知一。依レ例施行者。

仍撿二案內一、無レ有下依二致仕一賜二收參議封一之例上。今不レ知二行狀一、謹請二處分一者、被二右大臣宣一、偁奉レ勅宜下准二職封一減上レ半。自レ今以後、永爲二恒例一者。今據下此符參議准二職事一例上。然則未レ得二解由一、不レ預二釐務一。同十三年四月十三日問曰、前太宰帥參議從三位多治比眞人、身帶二參議一、不レ預二他職一。考祿之法、未レ知レ所レ行。明法博士興江繼人答曰、大寶二年、始勅任二參議朝政一。然則可レ謂二職事一。准二據令條一、可レ預二考祿一。但相二准官位一、事須二處分一。夫則大寶初、置之日卽云、本官如レ故。大同決疑之時、又曰、須レ注二兼字一。又未レ得二解由一之人、不レ預二釐務一。不レ帶二他職一之輩、可レ給二考祿一之狀、明法曹司勘申先畢。加之頃年之例、自二職事一拜二參議一者、至レ兼二本官一、必有二宣旨一。遭レ喪解任之徒、奪レ情復任、亦降二勅旨一。况所レ食者職事之封、所レ載者除日之簿。号二之職事一、所レ據非レ少。但格式未レ立二考祿馬斷（斷字、恐當レ作二料字一）之法一。官猶無二相當行守之文一。此其或可レ論。非二職事一之故也。若果謂レ非二職事一、則三位參議不レ帶二餘官一者、當レ無二家司一。所二以爲上レ非二職事三位一也。爰知可レ稱二職事一、所レ據已多。論レ非二職事一、或有二牴牾一。望請 被レ定二官位考祿等之式一、永爲二 職事之官一。謹奏。

元慶六年七月一日　爲二式部少輔爲省一修二此狀一。

「以不」の訓みは平安古訓法による。入矢氏いう、この「以不」は以無、已不、也否、也無、也不などとともに、六朝唐代の俗語で、奏状に用いるのは適當でない語法である。

594

請三秀才課試新立二法例一狀。

策問徵事、可レ立二限例一事。

右考課令曰、凡秀才、試二方略策二條。謹案二此令一、問條有レ限、徵事無レ期。仍天長以往、一問之中、多者四事、少者三事、尤少者每レ問載二二事一。纔足二於二問一。通而計レバ之、遂留二二事一。承和以來、二條之內、少則十二義、多則十六義。至レ多則一句含二數義一、猶謂二之一徵一。分以言之、已及二卅義一。後レ文前レ質、理固雖レ然、陳レ力展レ材、何無二程里一。請立二新制一、將レ勸二後賢一。

律文所レ禁、可レ試二問否一事。

右職制律曰、凡玄象器物・天文圖書・讖書・兵書・七曜曆・太一雷公式、私家不レ得レ有。違者徒一年。注曰、私習亦同。然則律條所レ制、不レ得レ貯二其書一、亦無レ習二其術一。已云レ不レ習、何備二試問一。唯年來之例、被レ勅策問者、題下問中、時觸二禁忌一。然而問者無レ辜、對者無レ咎。此間之事、可レ謂二生常一。今之學者、動設二巢窟一、不二獨安一レ己、將二又窺一レ人。假令問者依レ例、適發二其徵一、對者固稱二畏レ法不一レ習、則得否之決、將レ至二申訴一。訴者稍得二其理一、問者反坐二其罪一。罪科之間、不レ可レ不レ愼。請豫降二處分一、令二問答如一レ流。

對策文理、可レ詳二令條一事。

右考課令曰、文理倶高者、爲二上〻一。文高理平、理高文平、爲二上中一。文理倶平、爲二上下一。文理粗通、爲二中上一。文劣理滯（滯字之下、令義解、考課令有二皆字一）、爲二不第一。謹案、文辭甚美、義理皆通者、所レ謂上〻也。文辭差鄙、義理共滯、所レ謂不第也。又撿二前例一、文辭雖レ非二綺靡一、披讀頗無二大害一、義理雖レ非二全通一、所レ對纔及二半分一者、謂二之文理粗通一。文辭雖レ有レ可レ觀、義理不レ及二半分一、義理雖レ及二半分一、文辭甚以鄙劣者、又准二之不第一。然則上〻之第、令條可レ尋。中上之科、前例非レ昧。不第之目、則令條前例共無レ可レ欺。唯至二上中之文平理平、上下之文理共平一、偏案二令文一、難レ可二會釋一。更據二前例一、又無二準的一。請詳二釋令條一、明立二流例一、不レ令下詳二定之官一有上レ所二迷謬一。

以前條事如レ件。臣某職忝二銓衡一、官兼二貢擧一。謂レ試二評判一、苟居二其任一。況秀才者、國家之所レ重、策試之道、不二敢爲一レ輕。至二件三事一、迷レ途未レ辨。伏請二處分一。謹奏。

元慶七年六月三日

陽成天皇に上状して、秀才の課試すなわち文章得業生の方略策を課するとき、問頭すなわち試験官として、どういう範囲で出題していいか、また天文兵讖にかかわる図書の私有や研究を律で禁じているから、対策についてもこれに触れまいとして、自由な思索が妨げられるから、きびしい禁をゆるめてほしいこと、また対策判定のうち、上の中、上の下の評価規準を示してほしいということを訴えている。この年四月五月、渤海客使裴頲一行来朝接待して、送りかえして間もない申し文であって、

「秀才は国家の重んずる所」で、策試は重要だと強調しているのも、このことに触発せられているところがあるであろう。高岳五常・三善清行・紀長谷雄・小野美材に対して問策を課した日時は明らかでないが、そういう実際の試にたずさわって直接におこってきた疑問でもあろう。

595　勘ニ奏神泉苑白鹿一狀。

右謹案ニ史記平準書一、漢武帝時、上林苑有ニ白鹿一、以發ニ瑞應一。又孝經援神契曰、德至ニ鳥獸一、則白鹿見。宋均注曰、應レ宴ニ嘉賓一。然則神泉者古之上林苑、嘉賓者今之渤海客。以レ今稽レ古、應在ニ明時一。圖譜所レ存、宜レ爲ニ上瑞一。臣伏奉レ勅、勘申如レ右。謹奏。

「今之渤海客」とは元慶七年来朝した裴頲一行をさすであろうから、この勘奏もその年のものであろう。

596　爲ニ侍從等一請ニ引レ駒日賜ニ幄座一狀。

右侍臣之職、陪從惟務。大小宴遊、座席隨設。唯至レ引レ駒、未レ有ニ前例一。雖レ然當日早朝、會ニ集本所一、乘輿初出、行列如レ常。比レ至ニ馬場一、出居大夫、高昇ニ殿上一、辨少納言、引就ニ幄中一。諸衞府幷臨レ時候ニ階下一之輩、各有レ所レ守、容レ身就（就字、一本作ニ得字ニ）

レ地。自餘侍從、東西分散。及レ還ニ本宮（宮字、本朝文集作ニ官字ニ）一、不レ遑ニ赴集一。所司每加ニ嚴呵一、閉レ口不ニ敢措レ詞。尋ニ其所ニ以怠一、由レ無レ座。望請、別賜ニ幄座一、將レ備ニ祇候一。送レ日之資、儲在ニ本局一。事須ニ遞相往還一、不レ空ニ幄下一。晚頭就レ列、陳レ力無レ疲。謹請ニ處分一。

元慶七年四月一日

597　請下被レ補ニ文章博士一員闕一共濟中雜務上狀。

右謹撿、大學諸道博士、明經之學、所レ習惟大。故官無ニ暫曠一、五人全備。算明法書音等生徒雖レ少、常補ニ二員一。文章則學業非レ小ニ於明經一。博士猶同ニ於書算一。非ニ唯乏少一、又闕ニ一員一。某天性之暗、一人難レ堪。方今碩學成レ列、既有ニ其人一。伏望被レ補ニ件闕一、共濟ニ雜務一。臣某誠惶誠恐、謹言。

元慶八年二月廿五日　從五位上行式部少輔兼文章博士加賀權守菅原朝臣

道真は八年前に文章博士に任ぜられたが、その二年後の元慶三年に文章博士都良香が死んだのち、一名闕員のままに元慶八年になった。しかし、その前年に裴大使の来朝があり、文章道を振興する必要を痛感したとみえて、この奏状を書いたとみられる。この結果、紀長谷雄が文章博士に任ぜられるのである。

598　爲三在中納言〈在原行平〉一謝二民部卿一狀。

右臣行平伏奉二今月九日詔旨一、以レ臣爲二民部卿一。恩喧二冬日一、懼切二春氷一。三省而慙、一身無レ厝。臣謹撿、人民損益、倉庫盈虚、雖レ繫二國吏之常憂一、復關二所司之明察一。故既往任二此職一者、皆是詳通二政事一、廣蹈二吏途一。僉曰之容、具瞻所レ屬而已。臣累佩二銀魚一、久忍二尸素一。縱期二粉骨一、已無二才智之可一レ施。空叩二丹心一、唯有二老病之相迫一。上畏二玄鑒一、下愧二蒼生一。伏願、陛下、曲廻二聖恩一、罷二臣所職一。勿レ俾下徽臣爲二天工之盜一、機要爲中閑曠之官上。臣行平誠惶誠恐、頓首〻〻、死罪〻〻、謹言。

元慶八年三月廿一日

中納言行平は元慶八年三月九日に民部卿に任ぜられたのであるが、その任でないからといって辞退する奏状である。三代実録、光孝天皇、元慶八年三月二十一日条に出。補任に元慶七年三月九日任民部卿とするのはあやまりであろう。

599　請レ罷二藏人頭一狀。

右臣某伏奉下昨日任二藏人頭一之勅旨上、夢中之想、經レ曉猶迷。氷上之行、向レ春欲レ陷。臣謹撿二近代之例一、天安藤原良縄、貞觀藤原家宗・同山陰、仁和平正範・藤原有穗・源元、當代藤原時平・同高經・源希等、或出レ自二潢流一、或生二於鼎族一。其德也、堪レ守二芝蘭之種一。其威也、足レ率二鸞鳳之群一。未レ有下凡夫儒士之能當二此任一以遺二其名一者上矣。臣罷二官南海一、歸二命北辰一。枯苑更華、死骨重肉。馴二闕下一而趨拜、分已無レ涯。列二侍中一以周旋、恩何不レ翅。古人云、服之不レ衷、身之災也。臣自謂、褊衣短裳、亦復愼之。况其職之乖二人望一乎。况乎〈乎字、文粋無之〉其任之違二天量一乎。伏願、聖主陛下〈宇多天皇〉、停二臣所一レ掌、更選二其人一。勿レ俾下跛牂妄觸二仙欄一、腐鼠初汙中禁省上而已。縱使二臣淩二崩浪於鼇頭一、臣豈敢辭レ命。縱使三臣蹈二畏途於虎尾一、臣豈敢惜レ身。唯此非レ據之職、臣之所レ不レ知也。臣某誠惶誠恐、頓首〻〻、死罪〻〻。謹言。

寛平三年二月卅日　散位正五位下臣菅原某

藏人頭は嵯峨天皇の弘仁中にはじめて置かれたもので、唐朝の侍中・内侍等の職に模しておかれたか。寛平三年二月二十九日に道真は四十七歳にして、頭に補せられたが、その翌日この辞状を書いたが許されなかった。文粋巻五、辞状に出。底本「初授藏人頭献状」と題する。いま文粋流布本による。文粋石山寺本「辞藏人頭状」に作る。

600　重請レ解二藏人頭一狀。

右臣某不レ堪二件職一之狀、以三去二月卅(卅字、本朝文集作二晦字一)日一上奏。右少辨希傳二勅旨一云、事須下先擧三可レ替之人一、然後辭中退件職上。又奉二口勅一云、早從二職掌一、不レ得二闕怠一。自レ尒以來、漸六十日、進退周旋、莫レ不レ違レ禮。奉行宣下、皆斯失レ常。加以某去三月九日、任二式部少輔一、今月十一日、兼二左中辨一。此兩箇(ノ)職、過レ分踰レ涯。況復直二瀧口撰書之所一、候二御前侍讀之喚一。所レ帶者二官、所レ勤者兩役。虛璪(璪字、本朝文集作二璅字一)之才、難レ可二兼濟一。望請特被二殊優一、將レ解二件職一。然則寵光之中、暫全二傷翅一、恩澤之下、久養二枯鱗一。不レ堪二至誠一、重請二處分一。謹言。

寛平三年四月二十五日　藏人頭正五位下左中辨兼式部少輔某

補任によれば寛平三年四月十八日に禁色の衣服を聴許されたとあり、イ本「即日藏人頭」とある。前田家本菅家伝によると「寛平三年二月(イ三月)初昇殿、数日為二藏人頭一、累表辞謝、遂不レ許レ之」とある。これが正しいのであろう。北野藁草所引御伝記に「寛平三年四月廿五日、上レ状請レ解二藏人頭一勅許之」とあるのは従いがたい。ちなみに入矢氏いう、本状二行目「事須」は、五九六の八行目の「事須」とともに、「是須」に通用、俗語にして奏状にふさわしくない語法である。

601　請レ令三諸公卿議二定遣唐使(ノ)進止一狀。

右臣某、謹案(ズルニ)下在唐僧中瓘、去年三月附二商客王訥等一所レ到之錄記上、大唐(ノ)凋弊、載之具矣。更告二不朝之問一、終停二入唐之人一(二句、意未詳)一。中瓘雖二區〻之旅(旅字、底本・板本並作レ旋、今據二本朝文集一)僧一、爲二聖朝一盡二其誠一。代馬越鳥、豈非二習性一。臣等伏撿二舊記一、度〻使等、或有二渡レ海不レ堪レ命者一、或有(リシモ)二遭レ賊遂亡レ身者一。唯未(ズキ)レ見三至レ唐有(リシコトヲ)二難阻飢寒之悲一。如(クハ)三中瓘所二申報一、未然之事、推而可レ知。臣等伏願、以二中瓘錄記之狀一、遍下二公卿博士一、詳被(レムコトヲ)レ定二其可否一。國之大事、不三獨爲(リノミニアラ)レ身。且陳二欵誠一、伏請二處分一。謹言。

寛平六年九月十四日　大使参議勘解由次官従四位下兼守左大辨行式部權大輔春宮亮菅原朝臣某

寛平五年三月に在唐僧中瓘より、唐朝が衰微して兵乱もあるよしの手紙がきた。当時の中国は唐書によれば内に宦官の乱があり外に藩鎮の叛があって朝威がとみに衰えていたのである。そこで今年七月に太政官牒を以て、中瓘に報牒を出し沙金をそえて送ったのであるが、それから二カ月後に、この中瓘のしらせを公卿や博士たちに告げ知らせて、遣唐使を派遣することの可否を議するように請う奏状を書いたのである。中瓘への報牒も道真が書いたので、本書六三三に出。この署名に大使とあるのは、道真がこの寛平六年八月二十一日に遣唐大使になったからである

（補任・略記・紀略による）。

602 請レ令三議者反二覆撿税使可否一狀。

右、臣某謹言。件撿税使、始議之日、臣（道眞）奏曰、臣所レ見、只讃岐一國也。以二彼國之風一論レ之、若遣二此使一者頗有二物煩一歟。其日大納言源朝臣（源能有）、以下二三人、同有二不快之氣一。其後令三重議二之場、大納言奏、所二勘定一剩物之内、若半分、若三分一、適被二返給一、於レ事無レ妨。參議源希朝臣等、意雖レ無レ所二専許一、偏被レ引二公益一、遂無レ所二固難一。臣某亦復如レ是。其後使定之日、臣須暫諫二止其點使事一、盡二愚心一以窮二可否一、而未レ得二量決一之間、依レ有レ所レ疑、猶豫不レ奏。議畢之後、伏思起慮。欲レ罷不レ能。

其間一兩治國、能知二政術一者、乍聞二此事一、無レ不二愁悶一。越前守小野朝臣葛絃等是也。又大納言以下、雖レ奏二無レ妨之狀一、于レ今猶有二内歎一。臣厚蒙二國恩一、早昇二高官一。人之所レ不レ安、曾不レ可二隱忍一。凡此議初起之由、爲下勘二出帳外之剩物一以相中補國用之不足上也。以レ名言レ之、公益甚多、臣始不二固難一之故是也。以レ實論レ之、物煩不レ少、臣今所二重請一是也。何者天下諸國、其俗各雖二小異一、其政孰非二一同一。況乎世衰國弊、民貧物乏。是故或國司乖二文法一以廻二方略一、違二正道一以施二權議一。雖レ動不レ爲レ已、其事皆犯レ法。臣今擧二三條之否一、謹待二一覽之用一。

臣伏惟、假令或國有二百万之正税一、其見所二勘收一者、五十万。其遺五十万、是返擧也。收納之日、其返擧之物、只出二利稻一、不レ出二本稻一。使三（使字、一本作二便字一）留二在民身一。是又明年爲二返擧一者也。如レ是之例、歴年已久。不レ可二忽變一。而其國百万正税之外、更有二十万剩物一。惣而計レ之、國中雖レ有二百十万之官稻一、其所二實在一者、六十万也。出擧正税、五十万。帳外剩物、一十万。其返擧之民、不レ給二見稻一者、專依二借貸一、多成二公事一。其借貸、用二件剩物一。爰借貸無レ利、正税有レ利。給二無利之實物一、充二有利之虚物一、斯乃國司之所二以成一レ事、百姓之所二以均一レ役也。況當二于損年一、補二調庸闕一、充二租税缺一之儲、亦此物也。天下分憂之吏、不三必有二姧盗人一、適依レ有二姧人私用之疑一、專被レ收二良吏非常之儲一。臣所二大恐一者、後代有下割二股肉一而療レ飢之喩上。是爲二國司一、可レ失二治術一。其否一也。

又假令依レ實將レ勘二收件剩物一、凡剩物者、多是穎稻也。諸國穎稻者、利稻用度之外、皆是輕升也。多者三升以下、少者一升以上。

雖二理不一レ可レ令レ然、而天下之風如レ此。又收二件物一之後、任レ色可二充用一。其充用之間、又頒二施百姓一而已。春レ米則取レ缺之積、自爲二所負一。買レ物則受レ直之民、隨成二損弊一。事依レ有レ煩、置而不レ用者、勘收之謀、全可二相違一耳。是爲二百姓一可レ致二愁苦一。其否二也。

又今所二點使一者、在京七人之中、左中弁平季長者、宮中要須之人也。聖主所レ照、不二更具陳一。式部少輔紀長谷雄者、北堂文選講說未レ畢、諸道學生、課試有レ員。勘解由次官大藏善行者、勘下不レ與二解由一狀上、幷修二貞觀以來國史一。主稅頭善世有友者、勘二諸國公文一之職、不レ可三一日無二此人一。大膳大夫紀清躬者、是可レ爲二官長一者也。而明年闕國、其大者有レ數。推二計可レ任之人一、兩三人之內、清躬其一人也。左大史望材者、本職忩劇之上、山崎橋事、是急務也。近日催促、殊加二恪勤一。今日如二使者等所一レ申者、經二一年餘一、僅可レ窮二使事一。者件等要籍之人、東西出去、經二一年餘一、假令万分之一、無（無字、一本作二有字一）レ所二實得一、各所レ預之事、共有二擁滯一。人〻所レ思之誘、遂無二排却一。是爲二公私一可レ無レ所レ得。

其否三也。

望請未レ召二出使等一之前、重令二大納言以下反覆議定一。臣依三此事之有二公益一、不三敢進二狂昧之諫諍一。今所レ請者、欲レ令三群臣重弁議以聞二愚臣之鬱結一也。使者未レ點之前、不レ奏之怠、臣不三敢避二罪。雖レ然聖主收視反聽、以叶二古人一日三省之義一。臣某謹奏。

寛平八年七月五日　中納言從三位、兼行左大弁、春宮（春宮之下、或脫二權字一歟）大夫、侍從、菅原朝臣

撿税使の可否について再検討を申請する奏状。讃州刺史としての体験をもとに、他の国司の体験あるものの意見をもとり入れて、撿税使（すなわち地方財政監察機関）を設置する朝議について三条をあげてもう一度審議をし直して、その可否を十分に考慮すべきことを上申した奏状。経世実務の面における道真の思考と識見とを見るべきものである。清行の意見十二条の文にも匹敵するもの。論理は整然として明快である。この状によっても、律令体制を維持し、その崩壊を極力くいとめようとした宇多朝の政治動向と、それにも拘わらず、租税体系がくずれかけて統治や徴税が困難になって行く地方財政の状態の一端がよくあらわれている。この状にみえる小野葛絃は清行の保則伝にもみえる人物であり、また紀長谷雄が北堂文選の講義をし、大蔵善行が貞観以来の修史すなわち三代実録を撰修しつつあり、また左中弁平季長は宮中要須の人物であることなどがわかる。

603　復二奏囚人拘放一狀。

右臣某今（今字、底本脫之。據二一本一補）月十三日謹奉二口勅一云、去十日令三撿非違使別當從三位中納言兼行左衞門督源朝臣（源光）勘二錄

左右獄中繫囚之數一。十一日錄奏既訖。須下朕親到レ獄對放遣上。而德不レ及レ古、事未レ宜レ今。汝者朕之近習也、大師也。列二見罪人一、依レ實拘放、令レ如二朕之所一レ念者。臣伏奉二勅旨一、十三日早朝、率二從五位上守左少弁源朝臣唱・大外記正六位上多治有友・左大史正六位上大原史氏雄等一、會二集右衞門府一升レ殿。于レ時左右撿非違使佐以下召二列罪人等一、祗二候南門外大路一。臣召二使等一、先令レ弁二申所レ犯輕重一。使等勘二會日記一。過狀一〻執申。其犯重、其罪明者、十六人。左十一人、右五人。二人先死、其遺十四人、即加二防援一、各還二本獄一。其犯有レ疑、其罪未レ定者、四十六人。左二十八人、右十八人。令三使等計二列南門之前一。臣率二弁以下及撿非違使等一、著二門中壇上胡床一。即口宣曰、奉レ勅。罪人汝等、或被レ疑二殺レ人傷レ人强盜竊盜一、或被レ告二僞印强奸投レ石放一レ火。如レ是等罪、科法有レ限。今如レ聞、有司捜二實情一之間、空送二三年一。獄官尋二證驗一之內、縱經二五六月一、須下雖レ累二年序一、雖レ積二旬月一、愜二(一本作二樬字一、一本作二慥字一)定其犯一、明二立其罪一、任レ理出入、隨レ事拘放上。然而別有レ所レ念、直以放免。汝等重有レ所レ犯、後日曾不二寬宥一者、罪人等共稱レ唯、或伏レ地嗚咽、或仰レ天嗟歎。勅使府官、道路見聞、不レ勝二感泣一、拭レ淚而歸。臣某頓首〻〻、死罪〻〻、伏錄二事狀一。謹奏。

寛平八年七月　中納言

左右獄の未決囚四十六人を再犯を厳に戒めて、放免した事のさまを宇多天皇に奏上した申し文。事態を描写したところは、左相撲司標所記(五二七)の散文と通うところがある。

604　爲二藤相公一請レ罷レ職狀。

右臣高藤謹言。臣伏奉二去年十月二十六日詔旨一、以レ臣被レ任二參議之列一。臣(臣字之下、本朝文集有二須字一)激二勵愚性一、扶二持病身一。晨昏備レ員、左右從レ事。而衰老迫來、宿痾彌倍。計二不上一則拜除之後、及二三百日一。量二其力一則尫弱之中、過二六十年一。縱使皇恩忍以無レ咎、如何天鑒明而不レ容。思之顧之、以畏以愼。伏願特降二寵光一、罷二臣參議一。不レ勝二至欵一、修レ狀抗聞。臣高藤、誠惶誠恐、頓首〻〻、死罪〻〻。謹言。

寛平八年某月某日　參議從三位行近江守臣藤原朝臣高藤

藤原高藤はこのとき五十八歳。この人は冬嗣の孫、良門の子で、その女を宇多天皇の女御に納れて、醍醐天皇を生んだのである。すなわちこの翌年その外孫たる十三歳の皇太子が即位するのである。今昔物語集巻二十二にみえる高藤内大臣語の主人公で、中外抄や富家語や勧修寺縁起にもみえる。また江談では小野篁と共に百鬼夜行にあったり、地獄めぐりをした説話がかたられて、説話文学の上で有名である。

605　請三特授二從五位上大內記正六位上藤原朝臣菅根一狀。

右臣某〔道眞〕謹尋二事意一、去寛平五年四月二日、東宮之始、太上天皇〔宇多天皇〕勅レ臣曰、此般東宮〔醍醐天皇〕毎事省略。仍二員學士、闕而不レ補。汝已任レ亮、兼供二執經一云々。臣須伏奉二綸旨一、一身兩役。而所レ守忩劇、遂違二勅命一。爰至二于十月一、以下臣不レ遑二執經一之狀上、奏二聞太上皇一。即擧二件菅根一、令レ聽二昇殿一。菅根晝夜恪勤、上日明日、毎レ當二顧問一、應對無レ私。縱容之次、宿侍之間、引二經傳一以發二叡情一、抽二章句一以催二文思一。其所レ奉レ授者、曲禮・論語・後漢書等、秩卷有レ餘。以レ口奉レ習之類、不レ可二勝計一。加以菅根、對策及第之後、七二箇年于一レ今也。准二之前例一、謂レ爲二晩成一。況年四十三、多後二等輩一。伏願特蒙二天鑒一、敍二之上階一、一補二成業之舊功一、一明二侍讀之新賞一。臣某頓首々々、誠惶誠恐。謹言。

寛平九年七月　日　正三位權大納言兼行右近衞大將菅原

道真は菅根が東宮に侍読としてつかえて功があり、かつ対策及第して七年もたつので、東宮が即位される寛平九年七月の機に、従五位上を授けられんことを奏申した状。東宮に侍読したのは道真の後任であり、曲礼・論語・後漢書を口授し誦み習わしめ、「経伝を引いて」「章句を抽いて」東宮の文学的教養を向上せしめたとある記事は興味がある。菅根は何故か、道真と不快な関係を生じ、殿上庚申の夜に道真に頬を打たれ、道真左遷の時、宇多上皇が醍醐天皇を諫止しようと参内したのに菅根がこれに立ちふさがって通さなかったことは江談にかたられるところ。

606　上二太上天皇〔宇多上皇〕一、請レ令三諸納言等共參二外記一狀。

右臣某謹撿、去寛平九年七月三日、讓位詔命曰、大納言藤原朝臣〔時平〕・權大納言菅原朝臣〔道眞〕等、可レ奏可レ請之事、且誨二其趣一、奏レ之請レ之。可レ宣可レ行之政、無レ誤二其道一、宣之行之者。而諸納言等持レ疑、以爲奏請宣行、自レ非二兩臣一、更不レ可レ勤。臣再三反二覆詔旨一云々。奏請之人、雖レ稱レ所レ指、尋常之務、無レ止二諸卿一。加以臣業有二文書一、欲二伺レ閑以傳授一。身非二木石一、思二寄レ暇而攝治一。藤原朝臣獨自從レ政、何堪二毎日頻參之役一。伏願太上皇陛下、述二去年詔命之意一、察二今日申請之誠一、宣二喩諸納言等一、相共令レ參二外記一。然則庶務繁多、暫無二擁滯一、群臣激勵、倶致二恪勤一。臣某誠惶誠恐、頓首々々、死罪々々。謹言。

昌泰元年九月四日　權大納言正三位兼行右近衞大將民部卿中宮大夫菅原

寛平九年七月三日、三十一歳の宇多天皇は、十三歳の新帝に位を譲った。この時の譲位は、宇多天皇が道真一人に相談したといわれ、これが他の公卿たちの反感を買って彼を孤立に追いこんだといわれる。寛平遺誡をよむと、時平は「政理に熟しているが先年女事において失う所あり」といい、これを顧問にせよといいつつ、道真は「鴻儒なり、深く政事を知る」ものとして、この功臣を信頼せよといっている。この翌年すなわち昌泰元年七月、時平と道真はともに正三位に叙せられた。他の納言たちは、こういう人事に対して平らかならぬものが積って行き、去年の譲国の詔に「春宮大夫藤原朝臣〈時平〉、権大夫菅原朝臣〈道真〉、少主未長之間、一日万機之政、可奏可請之事、可宣可行云云」とあり、奏請や宣行のことは「両臣(時平と道真)に非ざるよりは更に勤むべからず」とうけとって、彼らは政務に関与することを否認されたと考えたようであり、その結果納言たちが外記庁に出仕して政務をみることを怠るにいたったとみられる。そこで道真は上皇にそのことを訴えて、諸納言たちを説得してほしいという本状を奏上したのである。本状は悲劇にいたる伏線として重要な意味をもつと考えられる。

607　重上㆓太上天皇〈宇多上皇〉㆒決㆓諸納言所㆑疑状。

臣某謹言。伏奉㆓今月十八日勅旨㆒、諸納言之所㆑疑、一朝氷解、譲位詔(ノ)之依㆑指、千載日(ノゴトクニ)明(カトナリヌ)。臣素性雖㆑劣、丹誠最深。奏請宣行、盡㆑忠不㆓敢廻避㆒。養身傳業、隨㆑状將㆑得㆓優遊㆒。臣悦至焉、臣願足(リヌ)矣。臣某誠惶誠恐、頓首〻〻、死罪〻〻。謹言。

昌泰元年九月十九日

608　爲㆓左大臣〈藤原時平〉㆒請㆑欲㆘以㆓極樂寺㆒爲㆗定額寺㆖状。

右臣亡考昭宣公〈基經〉、占㆓山城國宇治郡地㆒、有㆑意㆑欲㆑建㆓立極樂寺㆒。本尊且現、堂搆(ジ)未㆑成。慕㆓金沙㆒以揚㆑名、先㆓白露㆒而殞(シヌ)㆑命。臣思(フコト)㆑述㆓其志㆒、八㆓載于今㆒。鳳刹龍銜、見聞之情相感、香煙花朶、供養之法僅存。雖㆑無㆓莊嚴之可㆒㆑觀、猶是塵俗之難㆑犯也。伏願、陛下〈醍醐天皇〉鴻慈特廻㆓天鑒㆒、列㆓之定額(ニ)㆒、將㆑遂(ムコトヲ)㆓宿心㆒。臣時平誠惶誠恐、頓首〻〻、死罪〻〻。謹言。

昌泰二年　月　日

仁明天皇が芹川行幸の時、琴の爪を落されたのを基経が拾い求め、その地に極楽寺を建立したことは宝物集に語られるところ。基経が極楽寺の僧の仁王経を読誦した霊験によって病が癒えた話は古本説話集巻下、極楽寺僧施㆓仁王経験㆒第五十二にみえる。時平はその亡父の遺志を果そうとすることがこの状によってうかがわれる。

609　請㆑罷㆓右近衛大將㆒状。

右臣某出㆓身儒館㆒、忝㆓職武官㆒。三四年來、罪深責重。伏願聖主陛下、曲降㆓鴻慈㆒、罷(メタマヘ)㆓臣(ガ)大將㆒。不㆑勝㆓悃切之至㆒、修㆑状以聞。臣某誠惶誠恐、頓首〻〻、死罪〻〻。謹言。

昌泰三年二月六日

菅家後集の奥にある、昌泰三年十月十日の「重請罷右近衛大将状」によると(→六七五)、この二月六日の辞状に対して、文章博士菅根が勅旨を伝えて、辞意を許されなかった。この八月十六日に菅家文草十二巻を奏進しているから、文草中最も新しい奏状である。

菅家文草第九

表狀

610　爲二藤大納言一辭二右近衛大將一表。

臣氏宗言。臣伏奉二恩制一、得レ備二宿衞一。光寵自レ天、懼心無レ地。忝假二納言之名一、空盜（盜字、板本並三代實錄作レ竊）二大將之号一。一以慙二於過一レ分、一以恥二於非一レ據。況乎桑楡景暮、蒲柳氣衰。僅可レ陪二縉紳之臣一、何堪レ預二陛戟之列一。仍先再修二上表一、請レ解二右大將一、遂無レ聞レ天之聲一、逾益二伏レ地之恐一。臣以爲、甲胄未二必忠信一、ゝゝ自爲二甲胄一。望請解二罷所一レ帶、避二路於後賢一。臣尸素可二以除一、臣愚丹可二以盡一。不レ勝二懇款一、抗レ表以聞。臣氏宗誠惶誠恐、頓首ゝゝ、死罪ゝゝ。謹言。

貞觀八年十一月二十九日　從三位守權大納言兼右近衛大將臣
藤原朝臣氏宗上表

伴大納言に対する処罰配流があった直後の上表。権大納言藤原氏宗このとき五十七歳。この抗表のあと、同年十二月十六日左大将に転じている。三代実録に出。

611　爲二太政大臣一謝下加二年官一賜中隨身上第一表。

臣良房言。伏奉二今月十日勅旨一、賜レ臣以二食邑一如二舊命一、年官准二三宮一。帶刀資人、隨身兵仗等事、苟レ恩不レ力、銜レ膽無レ間。中謝臣聞、太政大臣者、上理二陰陽一、下經二邦國一。一人有レ慶、師範猶施。四海無レ波、儀形自用。而先帝不レ弃二臣庸璅一（璅字、三代實錄作レ瑣）、委以二此崇班一。純陽未レ免レ履レ氷、臘月逾添二流汗一。自愧二形影一、深執二撝謙一。唯許減二封三分有一一。又隨身兵仗等、事雖二舊貫一、臣不三敢當二其仁一。年官則恩是新情、臣未レ堪レ爲二其首一。故臣並固辭、以視レ不二虛受一。今陛下、更憲二章先帝一、重宣二慰鴻私一。忠誠不レ移、先後惟一。臣欲三推レ賢以避二レ路、何私二陛下公選之官一。將三扶レ老以二干城一、何分二陛下宿衞之士一。況比年調和不レ偶、水旱重仍。倉廩少二禮節之資一、城池失二金湯之險一。故去十一年六月廿六日、聖主下レ勅曰、服御常膳、並宜二減撤一。同年七月二日、公卿上奏曰、五位已上封祿亦暫減折。其議未レ復、其事猶存。豈君臣偏好二卑謙一、蓋内外共待二豐稔一。若以二斯時一、全食二彼邑一、欺二恥格於先帝一、而取二嫌猜於當時一也。且尸素者、天奪二其鑒一。充盈者、鬼瞰二其家一。溫飽有レ餘、何以忘二止足一。年齢已暮、暫欲レ養二遊魂一。臣所三以不二奉遵一、公私兼濟 而已。不レ任二懇款屛營之至一、謹修二表狀一、陳讓以聞。臣良房誠兢誠惕、頓首〻〻、死罪〻〻。謹言。

貞觀十三年四月十四日　太政大臣從一位臣藤原朝臣良房上表

612　爲二太政大臣一重謝二年官隨身一第二表。

臣良房言。去十五日、中使中納言藤原朝臣基經至。奉二宣聖旨一、返二 臣上表一。將遂二先勅一、頻苦二刻肌一。再慙二蚩耳一。中謝 臣自謂、功之輕薄、鴻毛則其重 万鈞。賞之深淵、鼇海則其淺三尺。蓋荒年祭祀、禮不二必 充豐一。嗛歲威儀、事或從二儉約一。今陛下、藜羹自存、王公茅土且減。臣全二不レ食レ邑之意一、將レ斷二先レ已之嫌一。若事不レ得レ已、義可二必行一、五稼登レ年、群臣復レ舊。然後同 享二所減一、臣願足 矣。又陛下、不レ許三臣就二私第一、賜二直廬於禁中一。霜仗百重、隨身何 用。虎賁千列、帶仗 安 施。臣所三以固辭一、亦復在レ此。臣所レ有一兩僕隷、皆是陛下幼年之侍童也。隨レ分得レ官者、或年三四人。陛下以爲、慰二 舊功力一。臣以爲、拜家數人、未レ報二万乘之先恩一、何擬二 三宮一、以二新制一。臣持レ心不レ重、暫欲レ樂二 地中之山一。稟レ質猶輕、恐レ不 レ爲二風下之草一。今不レ堪二懇(懇字、三代實錄作レ悃)誠一、重表以聞。臣良房誠惶誠恐、頓首〻〻、死罪〻〻、謹言。

貞觀十三年四月十八日　太政大臣云〻

613　爲二太政大臣一重謝二年官隨身一第三表。

臣良房言。丹欵無レ遺、紫泥不レ測。事之嫌、志之執(執字、本朝文集作レ報)、至二于再一、至二于三一。臣某誠惶誠恐、頓首〻〻、死罪〻〻(〻〻二字原脫。據二本朝文集一補)。臣伏惟、滿而不レ傾者、未レ聞二百器之一器一。貴而能久者、誰見二万家之一家一。臣雲漢昭回、位望斯極。天顏咫尺、恩寵有レ餘。臣所三以固辭二崇賞一、亦復一如二前表一而已。殊恨 桑楡景薄、蒲柳秋深。雖レ有二肝膽之精勤一、而闕二晨昏之供奉一。縱使臣封至二連城一、富爲二 潤屋一、歲入之多、家門可レ無二遊用一。日充之費、伏臘今有二幾廻一。時不レ可レ留、心不レ可レ轉。臣輸二陛下一以二忠誠無一レ二。陛下賜レ臣以二眉壽且千一。　又如二勅旨一、則陛下自有二忘レ德之嫌一。歸レ臣多以二好レ謙之責一。昧死無レ地、眉目何 施。而事爲 レ國不レ爲レ身。義向レ公不レ向レ私。將レ分二憂織婦一。何取二笑樵夫一。臣枯骨之餘、請詶二蒼昊一。臣寸心之重、願帶二黃河一。今不レ堪二精誠之至一、累レ表抗聞。臣良房誠惶誠恐、頓首〻〻、死罪〻〻。謹言。

貞觀十三年四月廿日　太政大臣云〻

六一一—六一三　第一・第二表は三代実録に出。第三表は文草にみえるだけ。清和天皇が四月十日道真はこの三月に少内記に任じたばかりであった。清和天皇が四月十日に勅して、外祖父たる良房のために封戸三千、内舎人二人、左右近衛左右兵衛各六人の随身、また帯仗の資人三十人、年官三宮に准ずべきよしの仰せがあったのに対する抗表である。第三表については、四月二十日とあるが、三代実録によると五月六日にかけ、「太政大臣重抗表、苦(ねむごろに)辭二随身兵仗封邑及年官准三宮之恩賞一。優詔不レ許」とある。ちなみに文中「中謝」と分注するのは、文選注によれば「臣誠惶誠恐頓首死罪」と言うことばを省略したという意味である。小林芳規氏いう、「且千」の文選よみは九条本文選巻一古点による。

614　爲二大學助教善淵朝臣永貞一請二解レ官侍レ母表。

臣永貞言。永貞當年負レ笈、壯日成レ功。乃三心於王室之前一、叉二手於黎民之下一。臣母妾今年八十有五、飄風南吹、薄暮西夕。毉(毉字、本朝文集作レ醫)雖二三世一、藥雖二万金一、施二之遊魂一、有二何一效一。臣聞、侍養之道、律令有レ文。子孫盡之、然後旁達。臣被二天摩折一、終鮮二兄弟一。臣弟少外記愛成身居二顯官一、才亦可レ用。臣爲二大學助教一、十五年來、圓冠非レ中レ身之服一、函丈是遊レ手之資。羊質虎皮、名留實去。夫人生二於三一、事之如レ一。居レ官以養、異二於委レ親。然而君臣絕レ道、愛敬不レ可二兩全一。朱白殊レ門、忠孝何以兼濟。臣先レ是、帝城之外有二一小園一、茅屋數間、草萊(萊字、本朝文集作レ菜、恐非)三逕。樵蘇之費、不レ傭レ力以何供。藜藿之羹、不レ假レ地而欲レ薦。此是區〻之尺土、足レ待二老母之餘年一。弟愛成出爲二魏闕之臣一。〻永貞入爲二寒閨之子一。或家或國、共是王臣。伏惟、聖朝爲二民父母一、以レ孝行レ治。政不レ及二旦暮之人一、恩先(先字、本朝文集作レ光非)遍二期頤之老一。昔令伯爲二祖母一辭レ官、晉帝無レ不二省覽一。臣今爲二所生一解侍、陛下何敢依違。縱謂二臣去レ官、請察二多士之居二於臣後一。謂二臣專レ孝、將レ見二求レ忠之心於臣門一。若桑楡遂落、骸骨長歸、斂二手足形一、乃盡二臣節一而已。今不レ勝二烏鳥之情一、昧死以聞。臣永貞誠惶誠恐、頓首〻〻、死罪〻〻。謹言。

貞觀十四年

善淵朝臣永貞、もとの姓、六人部。美濃国の人。大学博士。仁和元年七十三で卒した。この貞観十四年二月七日の釈奠に助教永貞は毛詩を講じた。この表状には、この年一月道真が母を失った悲しみが何ほどか投影している。

615　爲右大臣謝官表。

臣基經言。基經伏奉恩旨、以去八月廿五日、任右大臣。仰思注意、望辰極以魂亡。俯佇具贍、揖烝黎而顏厚。臣某（某字之下、文粋分注、有中謝之二字）誠恐誠惶、頓首〻〻、死罪〻〻。臣銀黃濫服、菽麥彌昏。欲報光寵於昊蒼、更累崇班於尸素。況乎禮之强仕、臣齒未滿其期。書之阜成、臣能未及其事。昔甘羅之一十餘二、以多智、不爲少年。今微臣之三十有七、以無才、猶謂太早。伏願、陛下鴻慈、聽臣愚悃、退臣所帶、俾槐路絕曠官之聲、華門得稅駕之地。不勝至誠、上表以聞。臣基經誠惶誠恐、頓首〻〻、死罪〻〻。謹言。

貞觀十四年十月十三日　右大臣正三位云〻

文粋巻五、辞状の冒頭に収める。貞観十四年八月二十五日右大臣に任ぜられ、十月十三日初度辞状、同十六日再度上表した。本上表は初度辞状である。署名は文粋では「…正三位守右大臣兼行左近衛大将藤原朝臣上表」となっている。

616　爲小野親王（惟喬親王）謝別給封戶第一表。

臣某言。去九月廿一日勅旨、賜臣百戶之封、以助齋飦之費。仰承溫煦、未悟比量。（中謝）臣往年病發、沈困不歸。謝簪纓於帝城、約香火於釋衆。菩提一念、身雖在草庵之中、空觀六時、心未離魏闕之下。大致臣合門、万事皆隨省折。灰冷之服備避風、菜茹之飡資送日。若更蒙新賞、猶滿舊封、水石幽閑之地、有嫌於貯藏。煙霞晚暮之家、無節於遊用。陛下寵光不翅、恩之又恩甚深。臣虛受非功、過而再過惟重。伏願、陛下察臣丹欵、照臣素情。卷中紵於九重、留上腴之百戶、臣願足矣、臣望稱焉。臣某誠惶誠恐、頓首〻〻、死罪〻〻。謹言。

貞觀十六（六字底本脫、據三代實錄補）年十月十九日

617　爲小野親王重謝別給封戶第二表。

臣某言。中使右近衛少將平朝臣正範至臣草廬、宣傳口勅。推（推字、本朝文集作惟）心出言、中情自見。量分辭賞、上表無聽。臣葭莩屬貴、磐石對高。將繫欻電於殘魂、奄趨玄流於遺敎。王臣匪躬之義、念〻逾貞。佛子行道之勤、生〻何慢。

至㆓彼曉嵐蕭颯、讀誦經行、澗水潺湲、優游自得㆒、斯則所㆓以陛下不㆒㆑咎㆓臣入道㆒、俾㆑成㆓臣本願㆒之故也。何更家蓄㆓万鍾㆒、空待㆓山鬼之瞰㆒。室無㆓懸磬㆒、長失㆓野夫之聞㆒。陛下鴻慈、願賜㆓照察㆒。臣之幸矣、不㆓亦悦㆒乎。無㆑勝㆓□(恐脱一字、疑是懇字)欵㆒、重累以聞。臣某謹言。

貞觀十六(六字底本・板本作㆑三。據㆓三代實錄㆒訂)年十月廿五日

618 爲㆓小野親王㆒重謝㆓別給封戸㆒第三表。

臣某言。去月廿六日、中使左近衞少將藤原朝臣有實至、謹奉㆓勅答㆒。宣喩殷勤、涙汗倶下。中謝 臣昔帶㆑職從㆑事之日、冠蓋無㆑非㆓聖恩㆒。臣今移㆑病出㆑家之時、衣鉢皆是官施。一死一生、或出或處。若負㆓恩德㆒、明神殛之。臣伏案、去十月廿三日施㆓行詔書㆒、勸㆓督州吏㆒、掩㆓水傷之尸骸㆒、收㆓拾郡民㆒、復㆓風害之徭役㆒。自㆑古聖帝明王、未㆑聞㆑無㆑災。唯在㆔克㆑己復㆒㆑禮(禮字之下、底本有㆓謂禮二字㆒、恐衍)。謂㆓之有道㆒而已。方今如㆓綸命之旨㆒、養㆑臣以㆓孔懷之親㆒。陛下既憂㆓國家㆒、小臣豈安㆓寢夢㆒。嗟虖、臣鄕栽㆓松竹㆒、寒而不㆑可㆑裁㆑衣。產㆓業香華㆒、飢而不㆑可㆑充㆑食。然猶庶幾、手掬㆓山椀㆒、以備㆓租稅之逋懸㆒、肩舁㆓野蔬㆒、以助㆓黎民之炊爨㆒。曷爲當㆓此有損之年㆒、空受㆓無功之賞㆒。使㆘陛下取㆓名於私親㆒、小臣忘㆗義於知止㆖。縱天下識不㆑載㆓于口㆒、而臣獨自不㆑懼㆓于心㆒乎。伏望、特賜㆓優恕㆒、察㆓臣愚欵㆒。臣寄㆑生者陛下、將㆑終㆓始於一心㆒。臣師事者世尊、何屈㆓申於兩舌㆒。不㆓敢飾㆒㆑謙、恐處㆑違㆑勅。慈悲哀愍、必垂㆓聽許㆒。不㆑堪㆓悃誠之至㆒、重以上表拜聞。臣某誠惶誠恐、頓首〻〻、死罪〻〻。謹言。

貞觀十六年十一月

六一六―六一八　小野親王は文徳天皇第一皇子惟喬(これたか)親王のこと。天安元年元服十四歳。天安二年四品、太宰帥となる。貞観五年弾正尹、ついで常陸太守、上野太守となる。弾正尹はもとの如し。貞観十六年九月二十一日に異母弟たる清和天皇より封百戸を加えられたので、第一・第二・第三表においてこれを拝辞したのである。第三表に貞観十六年十月二十三日の詔書のことがみえているが、諸国の風水害の被害が激甚であって、屍骸も漂散したので諸国に賑救を加うべきことを命じたことをさす。文徳天皇は親王を宝位に即けたかったが、良房に憚かって実現せず(江談による)、ついに山城国愛宕郡小野に隠栖した。業平と交遊があったことは伊勢物語に有名である。寛平九年二月二十日、出家して小野に薨じた。この項、文草の年月に誤脱がある。三代実録により訂補。坂本太郎博士の指教による。

619 爲㆓式部卿親王(忠良親王)㆒請㆑罷㆓所職㆒表。

臣忠良言。中使官姓名至、宣二傳口勅一。抒三臣退レ官之請（請字、板本作レ情）一、加以二溫慰之辭一。臣位高二一品一、年迫二六旬一。寵光之恩甚深、報國之力既屈。亦氣離二魂魄一、王母甫降而不レ治。病結二膏肓一、扁鵲重產而何益。望レ闕嗚咽、冠帶不レ由。命矣皇天、使二臣、固疾一。伏願、陛下內照二叡情一、外顧二人議一。以賜二優放一、爲二長生之術一。以察二愚誠一、爲二臣不死之藥一。不レ堪二悃欵一、重累抗聞。臣忠良誠惶誠恐、頓首〻〻、死罪〻〻。謹言。

年　月　日

忠良親王は嵯峨天皇皇子、仁明天皇の兄弟。二品式部卿兼太宰帥。貞観十八年二月二十日に五十八で薨じた。いわゆる百済系の王族の血が入っているとみられる、容貌美麗、時人はこれを愛惜したといわれる。本上表に年六旬に迫り、病が重いとあるから、おそらく貞観十七年末か、十八年一月ごろのものであろう。

620　爲二右大臣一上二太上皇一重請レ被レ停二攝政一表。

臣基經言。中使右近衞權中將、藤原朝臣山陰至、奉二傳勅旨一。抑二止（止字、本朝文粋作レ遏）臣請一。不レ知三愚欵之乖二聖懷一、更疑三微誠之逸二天聽一。臣某（某字、文粋作二基經一）誠惶誠恐、頓首〻〻、死罪〻〻。臣位貴官重、皆是陛下之殊私（殊私二字、三代實錄作二殊恩一、文粋作二私恩一）。祿厚封高、亦復陛下之絕寵。殊恨淹二引日月一、偸二安非服一。不レ意綸命乍降、屬以二重寄一。縱令陛下責レ臣以レ有二一割之刀（刀字、文粋作レ刃）一、而復臣訴二陛下一以レ無二再全之錦一。不二獨顧一レ身、亦能思レ國。以二臣思レ國之慮一、將レ盡二報レ主之情一。陛下推而察之、莫レ重二臣罪一。臣以爲、春蒼夏昊、猶是一天。朝東暮西、未レ爲二兩日一。伏願、臣心不レ離二魏闕一、將レ致二今上臣子之忠一。臣身常侍二仙階一、不レ失二亡叔臨終之命一。臣謹撿二故事一、皇帝之母、必升二尊位一。又察二前修一、幼主之代、大后臨レ朝。陛下若寶二重天下一、憂二思幼主一、則皇母尊位之後、乃許二臨レ朝之儀一。臣竭レ力施レ功、不二敢懈緩一。臣誠盡矣。臣願足焉。不レ堪二悃欵之至一、累レ表上聞。臣基經誠惶誠恐、頓首〻〻、死罪〻〻。謹言。

貞観十八年十二月五日

文粋巻四に収められる。三代実録、貞観十八年十二月四日の条にも出。「臣謹撿二故事一」の箇所に底本に附箋して、「或本云、臣謹撿二所記一、太上天皇在レ世、未聞臣下摂レ政。幼主即位之時、或有人太后臨朝、陛下若宝二重社稷一、憂二思少主一、臣願公、政之可レ驚二視聴一者、将レ聞二勅於陛下一。庶事之無レ妨二施行一者、又請二令於皇母一。然則天下有二艾安之治一、愚臣免二虚受之罪一。臣願足矣、臣誠竭焉。不レ堪二悃欵之至一、累レ表以聞。臣某誠惶誠恐頓首ゝゝ死罪ゝゝ。謹言」とある。内閣文庫所蔵道春本も同じ附箋がある。これは文粋巻四所引とだいたい一致する。文粋ではこのあとに「貞観十八年十二月日、右大臣従二位兼行左近衛大将藤原朝臣上表」の字がある。文粋の異文がどうして生じたかは興味ある問題である。この表は第二の辞表で、十二月一日の第一辞表が文粋および三代実録に収めるが、文草がこれを佚しているのは不審。

621　爲二南大納言一致レ仕表。

臣年名言。臣聞、年滿致レ仕、人臣之禮也。氣衰發レ病、人生之命也。氣衰年滿、臣既知レ之。知而忘之、未レ免レ重レ責。中謝 臣位、ゝ昇二三品一、職至二納言一。前競却惕、氷淵意危。昨是今非、犬馬齒截。臣平生以爲、性雖二愚蒙一、止足之分、不三敢踰二レ矩。力雖二喘息一、貪進之間、不二敢從一レ心。至下于陛下卽レ位、春秋甚富。臣不レ忍下逐二孤雲一以歸中骸骨上、苟且延二數日一、而報二國家一。豈圖心事不レ諧、困病乍發、淹沈未レ幾、魂氣如レ離。臣自謂、茅土封高、皇天降二譴於陰罰一。康衢漏盡、冥鑒結二罪於夜行一。臣八百戸之恩、死而不レ朽。臣七十年之壽、生以幾時。伏願、陛下賜二臣放歸一、優二臣告老一。以レ聞二恩許一、爲二藥石之效一。以レ蒙二勅裕一、爲二招復之方一。臣欲下苟二表函一、以奏中闕下上、起居不レ便、冠帶無レ由。故謹遣二男從五位下内藏助良臣一、抗レ表以聞。

貞觀十九年四月八日

三代実録、元慶元年四月八日の条に出。この日南淵年名は死んだ。年七十。暮春、南亜相山荘尚歯会詩序(文粋)と詩(文草)をみよ。→四八三・六四八。

622　奉レ勅重上二太上天皇(清和上皇)一請レ不レ減二御封一表。

臣諱言。伏奉二勅旨一、減二折御封一。不二恭承而止一、畏切レ悽レ氷。欲二掛默以從一、誠虧二底露一。中謝 (中謝分注、三代實錄作二臣諱誠惶ゝゝ、頓首ゝゝ十字一)臣聞、天之與レ人(人字下、底本有二之字一)、孝子業在レ諧レ命。事之隨レ理、愚夫愼二其有一レ常。故一天下之至尊、臣不レ拒二前勅於童稚一。二千戸之甚少、臣能稽二舊章於老成一。而今枉降二中使一、重敍二叡情一、纔納二半封一、更增二掊挹一。臣謹計二入租一、伏量二輸貢一。若任レ土非レ實、恐支用或虛。(虛字、三代實錄作レ虧)陛下縱損二全數一、雖レ有二撝謙之德一、臣遂從二折分一、既忘二愛禮之義一。況皇天貴レ誠不レ貴レ物。臣子爲レ道不レ爲レ身。陛下臣之皇天也、請將レ盡二誠於方寸一。臣陛下之臣子也、請不レ失二道於小銖一。伏願、鴻慈廻照、鑒二臣血誠一。仰二雲霄一、以兢惕流レ汗、臨二淵谷一、以累レ表抗聞。臣諱誠恐誠惶、頓首ゝゝ。

元慶三年二月十七日

三代実録、元慶三年二月十七日の条に、太上天皇すなわち清和上皇が、御封一千戸を陽成天皇に返却したいという旨を申し出たが、陽成天皇はそれをうけがわず、さらに二千戸を充てられたときの上表文。↓六四九。ちなみに同月二十九日に天皇が参議左中将源舒を清和院につかわして、重ねて二千戸の御封を減じないで、うけとっていただきたいという上表を書いた。この上表は三代実録並に石山寺本文粋巻六、書状の劈頭に出。ただし石山寺本にのみ出ていて、流布本文粋にもみえない。石山寺本の目次に「公家御書　菅贈太相国　清和院重請〔不〕減封戸書」とあり、不字一字脱落している。

623　爲公卿賀朔旦冬至表。

臣基經等言。臣聞、潛鱗游泳、樂春水於和風。稚羽來賓、拂曉雲於秋月。彼微情之物、猶感奉天。況在位之群臣、誰忘欽化。臣某等誠歡誠喜、頓首〻〻、死罪〻〻。夫三象知程、四騶得道、斯乃寒溫（溫字、文粹・政事要略並作暑）之平也。雙離合璧、五緯連珠、斯乃聖哲之事也。臣等謹案暦曰、十一月丙辰、朔旦冬至、稽之舊章、理誠宜賀。伏惟、皇帝陛下、欽若無掩、昇惟馨於昊天、敬授不偸、襲其臭於黎庶。蓋古先帝（帝字、三代實錄・文粹並作王）之所希有、舊史氏之所罕言。陛下得之明德、至矣猗歟。日則南至、陛下向陽之美可觀。星惟北共、臣等詣闕之誠何切。聖壽無疆、明時有瑞。不勝抃舞、拜表以聞。臣某（某字、文粹作基經二字）等誠歡誠喜、頓〻首〻、死〻罪〻。謹言。

元慶三年十一月一日

五七二参照。

624　爲尚侍源朝臣全姫請罷職表。

妾全姫謹言。妾先陳悃誠、請解所職。重玄（玄字、板本作年。恐非。底本・柿村氏文粹注釋並作玄）遠隔、單素難通。一二年來、逾增顏厚（顏厚、文粹作厚顏）。今妾位崇三品、齡迫七旬。將假脂粉以從事、紫闥非扶杖之庭。欲催綺羅以勤公、丹悃慙懸車之義。妾不敢謙退、白日惟明。妾亦無飾詞、蒼天在上。伏願、殊垂降鑒、聽妾誠請。避高班於賢路、養殘氣於幽閨。妾全姫誠惶誠恐、頓首〻〻、死罪〻〻。謹言。

元慶四年

源全姫は尚侍正二位源朝臣全姫。嵯峨天皇皇女、母当麻氏、元慶六年一月二十五日に七十一歳で薨じた。本表は死の二年前に七十歳に近づいたので、尚侍たる内侍司の職を退きたいという辞表である。文粋巻五、女官辞表に出。↓六四三・六五二。

625　爲三諸公卿一賀二天子元服一表。

臣基經等言。政之脂飾、非レ禮不レ成二其儀一。儀之縷談、惟冠以居二其首一。伏惟、皇帝陛下、憲章有レ程、體履無レ蹟。卜二青陽一而遇レ吉、元服既崇。排二紫極一以臨レ民、凝旒在レ矚。禮之威（威字、三代實錄作レ盛）也、賀其捨諸。臣等追率二舞於百獸一、非レ驚二華磬之聲一。學（學字、三代實錄作レ覺）爭二壽於三呼一、何必岱山之岫。無レ任二抃躍之至一、誠歡誠喜、頓〻首〻、死〻罪〻。

元慶六年正月七日

元慶六年正月二日、前日より二尺の雪があった。この日陽成天皇は太政大臣基経を加冠の烏帽子親とし、大納言源多を理髪として元服した。同日、同母弟貞保親王や勧学院の藤原氏の小児十余人も共に元服した。こえて七日に基経以下、左大臣源融・左大将源多・中納言右大将藤原良世、その他藤原冬緒・在原行平・源能有・藤原山蔭らの諸公卿が闕下に元服の賀表をささげた。その時の賀表である。

626　爲二右大臣一謝レ官第一表。

臣多言。伏奉二今月十日詔旨一、授二臣右大臣一。處レ身無レ地、穹谷万尋。危レ歩底レ春、冶氷三寸。中謝 臣政多擁咽、久侖二喉舌之官一。材長輪囷、幸全二葭莩之質一。豈圖鳳銜二乍翥一、臣之名字、載二其先鳴一。龍渙周流、臣之斗筲、承二其渥澤一。叨レ心而畏、刻レ骨以慙。〻畏（畏字、三代實錄無之）不レ足二万死一而已。伏望、陛下高開二聖聽一、遠察二悃丹一、勿レ使下臣受二陰罰於彼蒼一、貪中重任於虚素上。不レ勝二誠切一、上表以聞。臣多、誠惶誠恐、頓〻首〻、死〻罪〻。謹言。

元慶六年正月十二日　右大臣從二位源朝臣上表

627　爲二右大臣一重謝レ官第二表。

臣多言。今月十四日、中使從四位下權左中弁兼左近衞少將、藤原朝臣遠經至、奉二宣勅旨一、不レ聽二臣表一。寵章不レ翅、負荷之力難レ任。榮分無レ限、戰栗之情何止。臣某誠惶誠恐、頓首〻〻、死罪〻〻。臣內無二從レ流之補一、外闕二橫レ草之勞一。勳賢共空、位望惟溢。縱令陛下江二海其恩一、奈二神稜鬼瞰一何。微臣灰二塵其骨一、奈二庶績具瞻一何。伏願、陛下更廻二覆燾之德一、遍施二喣嫗之仁一、量二攝臣誠一、莫レ拒二懇請一。不レ堪二兢惕屛營之至一、重以抗レ表陳レ言。臣多誠惶誠恐、頓〻首〻。死〻罪〻。謹言。

元慶六年正月十九日　右大臣從二位源朝臣

六二六・六二七　陽成天皇元服後の一月十日の除目に従二位源朝臣多を右大

臣の官に任ずる策命がくだった。本第一辞表はその日直ちに上表されたもの。第二辞表は一月十九日に重ねて抗表したもの。三代実録には優詔して辞することを許さずとある。

628　爲三右大臣一請レ減二職封半一表。

臣多言。臣修レ表辭レ職、不レ聽再廻。將三重渥二愚丹一、恐屢塵二聖纘一。臣謹撿三承前(前字之下、恐當レ補二例字一)、古來任二大臣一者、捁二割職封一、返二收公府一。臣雖レ云二庸瑣一、見レ賢思レ齊。伏願、陛下留二臣所レ食千戸一、接二遺美於百年一。然則蕭抏之責、稍減二分銖一、金湯之守、請支二万一一。不レ堪二悃欵之至一、上表以聞。臣多誠惶誠恐、頓首〻〻、死罪〻〻。謹言。

元慶六年閏七月十六日　右大臣從二位兼行左近衞大將臣源朝臣　上表

三代実録に出。詔して職封の半分すなわち千戸を返すことを許したとある。

629　辭二右大臣職一第一表。

臣道〻(道〻二字、石山寺本文粹作レ某、板本作二道眞一)言。伏奉二今月十四日詔旨一、以レ臣任二右大臣一。仰戴二天慈一、不レ知レ所レ措。中謝 臣地非二貴種一、家是儒林。偏因二太上皇(宇多上皇)往年拔擢之恩一、自至二諸公卿今日昇進之次一。無レ寢無レ食、以思以慮、人心已不二縱容一。鬼瞰必加二睚眦一。伏願、陛下高廻二聖鑒一、早罷二臣官一。非下唯不上レ奪二志於匹夫一、亦復得レ從二望於衆庶一。不レ堪二懇欵屛營之至一、上表以聞。臣道〻(道〻二字、板本作二道眞一、文粹作レ某)誠惶誠恐、頓首〻〻、死罪〻〻。謹言。

昌泰二年二月廿七日　正三位守右大臣兼行右(右字、石山寺本文粹作レ左)近衞大將臣菅原朝臣(臣菅原朝臣五字、前揭文粹作二菅原朝臣一、流布本文粹作二菅原朝臣某上表一)

630　重請レ解二右大臣職一第二表。

臣道〻(道〻二字、文粹作レ某)言。去月廿八日、中使從四位上修理大夫兼行左近衞中將、備前權守在原朝臣友于至、奉二宣恩旨一、返二臣上表一。天無レ不レ覆、爲レ臣何約二其周一。日無レ不レ臨、爲レ臣何韜二其照一。中謝 臣(文粹作二臣某一)初擧二秀才一、後爲二博士一。頻遷不レ止、俄忝二崇班一。曩者孫弘高弟、韋賢大儒。至下其居二專統一而屬中具瞻上、則年已者與(與字、文粋作レ而)二學逾明一也。以レ年言レ之、臣少二於弘一二十年。以レ學論レ之、臣不レ及レ賢千万里。況復當時納言居二臣下一者、將相貴種、宗室清流。皆是臣抱二書卷一遊二黌門一之日、位望先貴、冠蓋自高。臣若不レ獲レ已、可レ就二朝列一、猶下踞二爐炭一以待二燒亡一、履二冶氷一而期中陷沒上矣。遠尋二漢代一、近討二周行(行字、一本作二片字一)一、上畏二蒼昊一、下恥二黔庶一。步不レ安レ步、何以授二手於紀綱一。心不レ攝レ心、自然慙二顏於輶軒一而已。伏惟、陛下追二廻寵命一、賜下解二臣官一、改授二其人一、俾中賢得上レ路。不レ任二戰越兢惕之至一。謹再奉レ表、陳乞以聞。臣道〻誠惶誠恐、頓〻首〻、死〻罪〻。謹言。

昌泰二年三月四日　正三位守右大臣云〻(右大臣以下、文粋有二兼行右近衞大將菅原朝臣上表之十三字一。但石山寺本正三位以下無之)

631　重請レ解二右大臣職一第三表。

臣道〻言。今月四日、中使從五位下(下字、板本・文粋並作レ上)守左(左字、文粋作レ右)近衞少將、源朝臣緒嗣、奉二傳天旨一、不レ聽二懇請一。臣戴レ恩惟重、海鼇之首難レ勝。祈レ感未レ休、皐鶴之聲欲レ竭(竭字下、石山寺本文粋有二臣某二字一)。中謝　臣地望荒龕、售以二箕裘之遺業一。天資淺薄、飾以二螢雪之末光一。不レ圖太上天皇、拔二於南海前吏一、聖主陛下、不レ棄二於東宮舊臣一。吹レ毛之疵、逐二榮華一以鋒起。銷レ骨之毀、隨二爵祿一以荐臻。嗟虖(虖字、文粋作レ乎)、摳レ衣不レ遑、星霜僅移二一十一。潤レ屋無レ限、封戶忽滿二一千一。臣自知二其過差一、人孰恕二彼盈溢一。顛覆急二於流電一、傾頽應二於踰機一而已。伏望、叡覽降臨、宸衷曲鑒。削二臣官一以全二臣福一、接二臣寵一以保二臣身一。寵渥官崇、皆是不レ翅之飛翔也。身安福景、豈非二無レ涯之霈澤一乎。不レ勝二迷懼之至一、重以拜伏陳言(言字、文粋作レ乞)。臣道〻誠惶誠恐、頓〻首〻、死〻罪〻。謹言。

昌泰二年三月廿八日　正三位守右大臣(以下文粋作二兼行右近衞大將菅原朝臣上表一。石山寺本文粋兼行右三字、作二左一字一)云〻

六二九―六三一　昌泰二年二月十四日詔して大納言時平を左大臣に、権大納言道真を右大臣とした。時に道真は五十五歳、右大将は元の如くであった。太上皇往年抜擢の恩というのは寛平三年任式部少輔、補蔵人頭、同五年任参議、かつ宇多天皇が東宮を道真ひとりと相談して立てて、これに譲位したことを指す。表文の中に「人心すでに縦容せず、鬼瞰必ず睚眦を加へむ」とある文句はきわめて意味深く、彼の悲劇的な運命はこのとき明らかに予感されている思いがする。石山寺本文粋では、「大臣謝表」として収める。この初度上表は翌二十八日に中使左中将在原友于によって返された。同じ第二辞表は三月四日に上表され、同日中使左少将源嗣によって返され、第三度上表は二十八日に上り、また返された。第三表の讃州より帰京してからのことをのべて、吹毛の疵が鋒起し、骨をけす中傷がしきりにとんで、顚覆流電よりも急やかに至るであろうという言表は、適確な心情の告白とすべきであろう。

632　請減大臣職封一千戸表。

臣道〻(道〻二字、文粋作某)謹言。臣自當重命、推讓三廻、中謝臣伏惟、大空谷不傳、履氷而止(止字下、文粋有臣某二字)。臣新任、必析(析字、諸本作折。據柿村氏訂)半封。志出於守捨謙、義歸於增海嶽。况臣性耽時習、計日之資可支。家寄風情、浮雲之富難繫。問之千古、前規灼然。取諸一身、餘慶至矣。伏願、聖主陛下、上稽舊史、下附所司、以減臣所食一千戸。不勝懇切、上表以聞。臣道〻誠惶誠恐、頓〻首〻。死〻罪〻。謹言。

昌泰二年十一月(十一月、文粋作十二月)五日　正三位守右大臣兼行右近衛大將(將字之下、文粋有菅原朝臣上表六字)

文粋巻五、辞封戸所収。新任の大臣は封戸を半分さいて返すものだから、二千戸の半分を辞退したいという上表文である。

牒状

633　奉勅為太政官報在唐僧中瓘牒。

太政官牒在唐僧中瓘　報上表狀。

牒。奉勅省中瓘表悉之。久阻兵亂、今稍安和。一書數行、先憂後喜。腦(腦字、本朝文集作脳、大日本史料作惱)源茶等准狀領受。誠之為深、溟海如淺。來狀云、溫州刺史朱褒、特發人信、遠投東國。波浪眇焉、雖感宿懷、稽之舊典、奈容納何、不敢固疑。中瓘消息、事理所至、欲罷不能。如聞商人說大唐事之次多云、賊寇以來、十有餘年、朱褒獨全所部。天子特愛忠勤。事之髣髴也。雖得由緒於風聞、苟為人君者、孰不傾耳以悅之。儀制有限、言申志屈。迎送之中、披陳旨趣。又頃年頻災、資具難備。而朝議已定。欲發使者、辨整之間、或延年月。大官有問、得意敍之者、准勅牒送、宜知此意。沙金一百五十小兩、以賜中瓘。旅庵衣鉢、適支分銖。故牒。

寛平六年七月廿二日左大史云〻

紀略、寛平六年七月二十二日に「太政官牒、送下在唐僧中瓘報二書上書一状上」とある。これは前年寛平五年三月に、在唐留学中の中瓘という僧が、唐から航海して来朝した貿易商人の王訥らに手紙を託してとどけてきたのに対する太政官の返牒である。この手紙に大唐凋弊の事実がこまかに書かれていたのである。この報牒の記事には南支那の温州刺史朱褒が、賊寇兵乱のなかに忠勤をはげむこと、我が国では寛平五年の内裏失火をはじめ災禍が相つぐこと、沙金百五十両を下賜することなどがしるされる。

634　文章生従八位下紀朝臣長谷雄

牒。件人希顔不レ休、黙䤋（黙䤋二字、板本作二點䀋一）須レ診。秀才之選、誠在二斯人一。仍充レ補如レ件。謹牒。

元慶三年十一月廿日　従五位上行式部少輔兼文章博士菅原朝臣

635　文章生従八位上巨勢朝臣里仁

牒。件人稽古惟勤、日新可レ待。仍請レ補二得業生之闕一、如レ件。謹牒。

元慶七年十月十六日　従五位上行式部少輔兼文章博士菅原朝臣

菅家文草第十

保安五年後二月十一日書之　散班　藤廣ー

天承元年八月八日、進納北野聖廟。

加後集定十三巻之外菅相公御集一巻第十巻（板本作二第十五巻一）同以進納之。

朝散大夫　藤廣兼

菅家文草卷第十一　願文上

願　文　上

636　爲二刑部福主一冊賀願文。貞觀元年作之願文之始、仍存二之卷首一。

弟子福主白。福主、二毛始見、八二歲于レ今。壯年之質先衰、强仕之期既及。白日迫二於晩齒一、殘陽何以照之。黄壚占二於新居一、長暮何以照之。故黄紙漆字、歸二願言於最勝王經一。白紵青蒲、委二身力於田衣草座一。是以一句半偈、耳傾二於彼仙徒一、行道坐禪、心資二於玆法服一。然則弟子生年死日、都無二思慮之勞一。妙果勝因、必有二安樂之報一。以二此功德一、先靈恩父、過去慈親、掃二塵界於梵風一、破二昏迷於慧日一。渉二渡七水一、躋二攀十山一。速證二菩提一、倶成二正覺一。

道真十五歲の作、この年加冠、その早熟の才はおどろくべきもの。

637　爲二源大夫閣下〔源能有〕一、先妣伴氏周忌法會願文。貞觀五年十二月十三日作。

弟子從四位上源朝臣能有等、歸命稽首。一切三寶、自下從綸言不レ豫、脱二屣(屣字、本朝文集作レ履)煩王之郷一、警蹕如レ休、廻中輿眞際之境上。爰知、上帝不レ祐、同作二遺孤一、皇天無レ知、共爲二窮子一。但有二慈親獨駐一、愛護無レ量。收二染竹之餘涙一以扶持、續二湌茶之斷腸一而撫育。掩以二摩耶之雙袖一、知レ有二二天一。降以二勝鬘之重儀一、覺レ同二一子一。於レ是涓塵難レ報、思二桃李之長春一、氷炭在レ懷、庶二綺羅之不故一。峌峒何處、欲三定以爲二度紀之居一。海瀣幾程、將三偸以供二養生之術一。豈圖、毗嵐妄起、驚二帷帳一而不レ安。草露忽移、掩二閨門一而長閉。紅粧何日再理。青眼幾時重開。爲レ雨爲レ雲、誰維誰縶。既而幕雀無二充レ厨之養一、挂二輕羅於舊窻(窓之俗字)一、林鳥廢二反レ哺之羞一、發二夜啼於幽夢一。

當二是時一也、姮娥出レ海、乍誤二慈顏之逐レ月來一。少女生レ林、還疑二哀訓之因レ風至一。涕泣之處、存二枕席一而不レ遑レ乾。攀慕之時、碎二心肝一而難レ可レ制。自後春秋代謝、移二晦朔一焉。烏兎不レ留、一二星霜一矣。丁レ憂如レ昨、忌序登レ辰。禮制有レ期、祥禫將レ闋。

而慈粧在レ堂之時、自二一七一至二周忌一。追福之事、逆修先畢。復有二弟子一、謹請二遺敎一。余昔有レ意下爲二先考一奉レ寫中寶典上。皮紙未レ成、命今垂レ盡。骨筆無レ詞、身已病衰。汝曹敬之愼之、不レ可レ闕也。一言稍畢、脣吻長封。弟子等、哀切之中、重聞二此事一。是故奉レ寫二法華經一部・佛名經三卷一、聊設二講會一、演二說勝義一。

伏惟、莊嚴甫就二先妣往年之宿心一、妙理新開二弟子今日之齋忌一。唯願、開示悟入、驅二八正一而飛二其文一、常樂我淨、叩二五趣一而引二其響一。然則前恩後恩、共是同日之報、惟父惟子、並爲二一處之佛一。千月之下、占二寶座一以承レ趺、十地之中、振二天衣一而凝レ睇。斯刹那之善力、翊二彼先帝之聖靈一。(下疑有二脫文一)安養之院、逾饒二寶樹之華一、覩史之宮、益□二青蓮之萼一。弟子等除災延壽、長作二報恩之宗一、畢レ地終レ天、倶爲二崇德之族一。勝緣之所レ被、或顯或幽、功德之攸レ覃、無レ識無レ知。同成二因果一、速證二菩提一。

源能有の母伴氏の周忌法会の願文である。道真の母も伴氏で、何らかかかわりがあろうか。能有の女の温明殿女御厳子のための願文をも代作し、また能有の近院山水障子詩六首(四三二—四三七)をも作っている。

638

為二大枝豐岑・眞岑等一先妣周忌法會願文。貞觀六年八月十五日。

弟子正六位上大江朝臣豐岑等、稽首和南。某等嚴父卽レ世、老母在レ堂。徒感二推燥居濕之恩一、遂失二揚名顯親之孝一。於レ是星霜暗積、霧露數侵。桃李非二往年之春一、綺羅爲二今日之老一。弟子等、閨門枕席之外、定省溫淸之中、從二行步一者薄氷、在二進退一者深谷。欲レ訴二桑楡於上帝一、將レ借二蒲柳於秋風一。金蛇未レ足レ買二王母之童顏一、白兎(疑脫二一字一)當レ傳二姮娥之祕迹一。豈計、解二形三界波廻之國一、刊二迹八微霧合之鄕一。占二實相一以曳二蜺裳一、捐二眞如一以移二霧轂一。嘗レ藥永斷、湌レ茶乍臻。聞二嚴訓一而如レ休、見二溫顏之就一レ冷。水菽薄養、擲レ地以無レ由二再持一。顧二復洪恩一、呼レ天而不レ可二重得一。嗟虖、煙脂雪粉、鸞鏡龍梭、粧具如レ故而猶存、資用在レ今而無レ主。當二斯時一也、每二一念至一、使二五情崩一。攀哀極則添以二滅性之悲腸一、涕淚竭則續以二流襟之泣血一。不レ知二天之爲一レ蓋、地之爲一レ輿。不レ知二世之有一レ人、已之有一レ軀者矣。弟子等奉二遺敎一云、余爲二父母先靈一、寫二法華經一部一云々。精誠徒效、勢力猶微。雖レ讀二讚一句半偈之文一、未レ演二說甚深無量之義一。因レ茲節二略身口一、冀成二慧業之資粮一。燋二灼心肝一、思レ施二良因之舟檝一。

自後風波不定、心事相違。假寐永歎、維憂用老。遂至天道無知之日、鬼神不祐之時、屬以宿昔欲報之心、當時罔極之事。

弟子等謹因嚴敎、不離胸心。悠哉〻〻、展轉反側。於是或耕或耨、且紡且績。一家之中、資用僅備。既而半破蘆簾、不改舒卷之處。已穿紙閣、猶同開闔之時。卽勸請慈悲諸佛於今朝、移來寂滅道場於此地。降雪山之緇侶、講貝葉之寶典。此則先妣之宿願也。況復扶炎不駐、蓼思彌新。丁憂如昨、忌序忽至。

仍奉寫法華經云〻。奉圖地藏菩薩一鋪。丹青騁功、不異雲獻之眞容。翰墨呈精、當同龍宮之祕典。卽自二十一日至二十四日、此則先妣往年之宿心。翌日之朝、滿月之夕、此則弟子今朝之齋食。共約五日、混爲一座。報恩雖有先後、得樂資茲同會。仰願開示悟入、灑慧雨於重昏、常樂我淨、放慈光於厚夜。先使祖父祖母、俱出同日之冥途、次令先考先妣、願昇一處之覺岸。瑠璃之地、長作優遊之階墀、寶樹之華、定爲朗詠之玩好。以斯功德、左右丞相、俯仰北辰之前、護龍顏於日月、徘徊東閤之內、加鶴壽於春秋。弟子等無父何怙、無母何恃。同賴良緣、共成福樂。上自有頂、下覃無間、普及一切、速得成道。

639 爲平子內親王先妣藤原氏（貞子）周忌法會願文。貞觀七年八月三日。

女弟子某敬白。先妣藤原氏、自嘉祥季年、宮車晏駕、殘魄無苟生之慮、膏脣有殉死之辭。自謂、榮華之在物也、其脆〻於浮雲。名利之去人也、其急〻於電火。況乎世是苦海、身非樂田。除善根而不利於人。背喩筏而無舟可濟。是故剪落雲鬟、以呈疚首之爲痏。消殘雪粉、以表刻肌之有誠。重以空觀現掌、或（恐戒字之譌）定銘心、惣以曩日恩澤所賞、欣供此間刹圖之費。深草嘉祥寺者、朝家（文德天皇）奉爲先皇（仁明天皇）所建立也。其大殿東畔長塗艮維、聊占餘地、修堂構。

嗚呼、事劇者情易鍾。感深者、理難遣。經營之事、未能大半。豈圖神不福仁、天不祐敎。化生之理、永無徹於藥石、空寂之期、終不吉於蓍龜。遂以去年八月三日、既先願言、乍就下世。弟子同胞俱斷、一身主喪。克己動人、雪愁日慘。綆流決眥、不覺涕之無從。蕭斧伐腸、應緣哀之自內。既而耳傾想於疇昔、目彷彿於平素、與彼望松櫝而無中逮從上。不若撫蓼莪以據遺訓。所以家驅百口、人慕百身。依柱石之舊基、增丹青之綵飾。於是新成藻井、皆悉繪事於心機。宿設蓮臺、已有金谷於頂禮。石聲響亮、綵幡色鮮。種々莊嚴、一々張列。即奉造藥師丈六一軀、夾侍二軀、胎藏界摩陀羅畫像一鋪、金剛界摩陀羅畫像一鋪、奉寫金字毗盧舍那經一部、金字本願藥師經一卷、金字隨願藥師經一卷。其施入雜物、員數不少。一二（一二、一本作一一）日注、具在別目。乃知籠中減膳、不可謂之至廉。窓內投衣、不可謂之眞施。如弟子、荷恩比重於三山之鼇、施報猶輕於捨地之芥。細則欲盡沙界、大則欲極昊天。至于此般、佛像初成、經典全備。先妣宿願、遺孤纂修而已。

今屬風枝不靜、節物就變衰之初、露草阽危。天文當建酉之紀、斯乃先妣化去之後、星霜一周、弟子攀哀之中、風景四改。故儼新修於寶堂、剋一日而開講肆。請蓄德之仙侶、約六十以設芳筵。

觀夫善心爲香、徒云百和之普及一切。合掌爲花、不採四種而近取諸身。凡厥緇徒就列者、俱持般若眼。白業歸依者、覺發菩提心。說法之場、開會之境、煙霞潤色、礫瓦含生。弟子迹夫發心之本、弘願之萌、惣以所生功德翊深草山陵。七華千葉、矯飾安居之宮、日帝星王、推轂周遍之步。以此刹那之力、聖主陛下、據南山以長安、居北極而無動。次奉導過去先妣、宿昔謀事之日、獨欲利他。當今就功之時、還知自利。然則勝因在近、冥報非賒。安樂可仰而攀、筌蹄可束而棄。復有長姉公主、步眞空而不歸。小弟親王、出分段以長逝。因此福緣、俱爲拔濟。凡妙音所及、眞味之潤、遍廻天下而猶爲有餘、經無數劫而可傳不朽。其間無知無識、惟顯惟幽、每各恣意所尚、取其樂於今日。

貞觀六年八月二日仁明天皇の女御正三位藤原朝臣貞子が薨じ、深草の山陵の境内に葬った。貞子は右大臣三守の女、一皇子成康親王と二皇女親子・平子の母で、権勢があった。平子が営んだその周忌の願文である。文中にみえる深草の嘉祥寺は文徳天皇が仁明天皇の菩提のために建立した寺である。ちなみに前頁上段四行目「悠哉〻〻」の訓みは静嘉堂本毛詩巻一清家点による。

640

某人亡考周忌法會願文。貞觀十年。其願主姓名逸。

弟子某、稽首和南。十方諸佛、亡考存日、爲助頹齡、有意修善。節身口而蓄用、刻肌膚以發謀。心情内催、事理外屈。宿業所植、王命攸分、所天出在(在字、板本闕之)關東之外、弟子入居帝畿之内。郵驛相隔、非尺牘無以敍入子之道、煙霞數重、非夢魂無以接事親之好。寢食不安、寒温如失。悲哉、去年七月五日、使者忽至、寄與書函、乖和之狀、載之一二。弟子精神無主、手足忘身。侵晨夜以兼行、蹈氷炭以競赴。嘗藥不效、病牀已久、慈訓纔通、氣息既絶。弟子等、綆涙穿眼、酷悲刻骨。蒼天陰而不晴。白日盡而猶夜。於是哀戚未斂、墳墓稍乾。攀慕之情、車載舛量。弟子等、卽携遺孤、還入京城。雖藏骸骨於彼土、而招靈魂於此方。今苴桐有節、禮制立儀。不捨星霜已登忌序。仍奉寫金光明經云々。奉畫藥師佛像云々。以敍先年之宿心、以會今日之周忌。心事雖違、功德惟一。乃莊嚴禪林之芳院、排批一朝之講筵。香華數簇、斯乃善心合掌之所輸、鐘磬一聲、斯乃拔苦與樂之所寄。凡厥一功一善、奉翊亡考。仰願香積啓行、安樂可俯以拾之。金光照乘、筌蹄可推以除之。冥助無量、救濟何言。三界含情、七世父母、煙霞之有色者、礫瓦之無心者、在此地、在此方。因彼良緣、倶成福果。

641　爲彈正尹親王先妣紀氏修功德願文。貞觀十年八月廿七日。

弟子某(惟喬親王)、歸命稽首。弟子先妣紀氏(靜子)、初笄之後、入侍先宮。約意蔦蘿、承恩牀第。綺羅脂粉之勞、豈止一朝一夕而已。自綸言不豫、宮車晏駕、魂魄失寄身之地、刀火爲伐性之兵。泣竹如新、飡茶未足。卽策疲心、發至誓、寄事良因、將答彼蒼。資具漸備、勤修未終。始一二年來、心中事屈。而先妣去八年二月、嘗藥不利、終朝卽世。弟子哀楚之事、衣襟是存。今因彼舊具、奉寫法華經一部、普賢觀經一卷。紺紙盈軸、始於先妣之剝皮、金書數行、終於弟子之折骨。夫法華經者、所謂寶典乎。惣而談之、唯一法也。折而論之、十微妙也。性而說之、常樂我淨也。情而言之、開示悟入也。以彼四分之方便、爲此一乘之輪轅。於知恩報恩、乃無量無邊乎。今展一香筵、聊開講肆發心。仰願不可思議弟子先是又有奉爲先帝(文德天皇)修功德之意。日月不居、時節如流。刻膚刻骨、維憂以老。始自今秋、至盡形壽、一日講筵、不敢虧缺。唯今年雖弟子蓄念之首唱、而先妣當時之宿心矣。

又雲林院者、深草天皇(仁明天皇)第七皇子(常康親王)之幽莊也。禪枝定水、謂之爲三三聚之林泉一。石磬霜鐘、謂之爲二六時之漏刻一。皇子之於二弟子一也、緇白雖レ異、親懿捨諸。今之此會、必至二此院一者、仰亦就二先妣之所由一也。況乎法界道場、何處非二鹿苑一。如來不住、誰家非二鷲峯一。香之百和、華之四種、或生二合掌一、或起二善心一者也。然則一々功德、惣奉レ翊二先帝山陵一。日名二惠日一、安居之坐和レ光。風号二梵風一、周遍之路靡レ草。若爲二一代之敎主一、弟子唯願、再聞二慈訓一。若爲二十方之世尊一、弟子唯願重瞻二妙相一。善根無レ竭、福果不レ訾。請導二先妣於安樂一、速證二菩提之正覺一。筌蹄何煩、塵垢可レ脱。七世父母、三界疎親、同因二此會一、倶昇二彼岸一、乃至王道表裏、鬼區方圓、有情無情、有識無識、毎各隨レ求、一時成道。

弾正宮惟喬親王は文徳天皇第一皇子、文徳天皇が譲位の志があったが、染殿后の腹の清和天皇が即位したのである。生母静子は貞観八年二月死んだので、その二周忌に当り雲林院で供養した願文である。雲林院は仁明天皇皇子常康親王すなわち雲林院宮の寺であって、宮の母と惟喬親王の母とは同じく紀名虎女であった。惟喬親王はこの四年後に小野に出家して小野宮と号する。業平が小野の雪を踏んで宮をたずねた説話は古今和歌集や今昔物語集等に有名である。→六二六・六二七・六二八。

642 安氏諸大夫、爲二先妣一修二法華會一願文。貞觀十一年九月廿五日。

弟子従五位下安倍朝臣宗行等、稽首和南。弟子先妣多治氏、平生謂二弟子等一曰、夫生死者不住也。不下爲二人之惡一死輟中其輪廻上。苦樂者無常也。不下爲二世之欲一樂留中其分段上。又生之所二以爲一生也、始二於天地一、終二於父母一。報施不レ可レ量。恩愛不レ能レ斷。是以余將下節二身口一以供二養十方衆僧一、刻二肌膚一以莊中嚴一乘妙典上。弟子等、隨喜在レ口、信受銘レ心。如レ斯之後、日運星廻、猶豫之間、心中事屈。

及レ至三先妣齡盈二六十一、弟子等相謀曰、聊設二祈レ年之賀一、將レ敘二至孝情一。人心不レ同、或曰、綾羅以宛二色養一。俗事多レ緒、或曰、絲竹以表二形言一。於レ是、先妣聞三弟子等有二此語一、即命曰、我昔爲二報恩一有二宿心一。汝先識レ之。汝今爲レ祝レ老有二新慮一。我既聞之。事須下歸二心善報一、假中道眞如上。我因レ汝以遂二我心一。汝因レ我以言二汝志一。

當二斯時一也、同胞之子、四男一女、一人以衞二(衞字、一本作二御字一)王命一、出爲二千里之吏一。一人以分二國憂一、行爲二一州之長一。在レ閨者一女、在レ朝者二男。通計有二朞年一。唯願待二諸子之會同一、成二一家之因果一。斯誠尸鳩均養之義、不二敢間然一。飄風遍吹之仁、亦復如レ是者也。

嗟呼維憂以老、先妣思二道於往年一。事留變生、弟子泣二岐於今日一。遂寒風之夕、去而來者毗嵐。滿月之朝、生而滅者石火。去九年十二月十五日、斯蓋先妣即レ世之時也。弟子等四大忘レ身、五情無レ主。不レ知二天之有一レ蓋、不レ覺二地之有一レ輿。乃謂湌レ茶非二追レ福之道一、泣血豈反レ魂之聲。不レ如三修二善業一以免二筌蹄一、寄二眞功一以増二安樂一。

伏原先妣始レ自二尊體乖和一、終至二溫顏就一レ冷、遺訓存之、以二願言不一レ緝。貽謀屬之、似二蓄念未一レ攄。弟子等反之覆之、造次不レ離二於心一。悠哉〻〻、須臾不レ絕二於口一。仍今霜露凝レ陰之候、山林壞レ色之時、因二緣手澤之舊資一、課二役心機之短慮一。即奉レ寫二法華經一部、普賢觀經、無量義經一卷、般若心經一卷一。並紺紙金字也。既而洒二掃先妣終命之室一、嚴二飾弟子守孝之堂一。請二得仙侶數人一、排二批講筵八會一。三條草徑、自謂與二寶刹一爭レ功。數片蘆簾、自謂與二金繩一訟レ界。寶典則繕收非レ舊、然而發二於先妣之皮膚一。法服則刀尺惟新、然而出レ自二先妣之機杼一。分以言之、負レ薪者雖レ在二弟子一、惣而論之、圖レ事者此乃先妣而已。

仰願道之四安樂、敎之十微妙、無二無三、難解難入、凡厥功德、惣奉レ翊二先妣一。〻〻昔以二利他一爲レ意。今則自利可レ兼焉。弟子始以レ事レ生爲レ宗、今則事レ死專一矣。然則元レ〻本レ〻。先妣之祖孝、速證二菩提一、有親有尊、弟子之先君、共成二正覺一。乃至天之有生、〻之無骨、地之含氣、〻之不形、不親不疎、同攀二福果一、無レ大無レ小、共受二良因一。

安倍宗行は貞觀七年、周防守從五位下で鋳銭長官を兼ね、同十二年に散位宗行が備後守となっている。

643

爲二溫明殿女御一奉下賀二尙侍殿下六十算一修中功德上願文。貞觀十三年十二月十六日。

弟子 女御、從四位下、源朝臣嚴子、歸命稽首、十方諸佛、一切賢聖。尙侍(源全姬)殿下者、婦德之脂粉、女儀之光華。風性所レ習者、雪白惟貞。天姿所レ持者、蘭芬自播。弟子皇天不レ祐、夙爲二偏孤一。閨門月寒、奩具塵暗。殿下一父一母、慈仁不レ可二比量一。弟子爲レ雨爲レ雲、恩德難二以詶報一者也。方今、殿下齡滿二六旬一、弟子彌發二一念一。每理二蛾眉之殘黛一、幾怨二鸞鏡之新光一。嗟乎(乎字、板本作レ呼)、屬二姮娥一而乞レ藥、月宮非二塵步之所一レ通。據二王母一以問レ方、仙宮豈尸行之得レ到。運二籌帷帳一、何疑二於知レ恩報一レ恩。結二誓衣衿一、遂至二於依レ佛依一レ法。蓋以佛謂二之能仁一、非レ仁、本願何以開悟。法号二之圓覺一、非レ覺至心何以出生。弟子是故、圖二繪毗盧遮那佛像一鋪、阿閦佛等一、分二主四方一。繕二寫佛說壽延經六十卷、般若心經一、別存二兩軸一。白間藻色、禮レ佛者、疑三綵雲之掛二虛空一。紺紙金字、轉レ經者、恠三晴星之列二河漢一。弟子以爲、如來不住、鷲峯自聳二於精誠一。法界道場、鹿苑乍開二於恭敬一。弟子所以莊二嚴城中之一院一、暫爲二開會之勝境一。採二華停午一、晝則稱二讚十七神名一。投二刃毒蛇一、夜則勤二修三摩耶戒一。菩提心發、般若眼驚。非レ無二證明一、既有二聽許一。南謨毗盧遮那佛、放二普光一、以圍繞加持。南謨佛說壽延經、廻二威德一、而哀愍擁護。雲鬟霧縠、暗（暗字、本朝文集作レ請）見二万祀之温和一。錦幌珠簾、將三約二千年之春色一。凡厥功德所レ覃、竟二一賢劫一、以爲レ未レ盡。善根攸レ利、遍二四大海一、而猶有レ餘。天地覆載之間、唯願一時得レ道。日月照臨之外、唯願群類隨レ求。

尚侍殿下は三代実録、元慶六年正月二十五日の条に「尚侍正二位源朝臣全姫薨、全姫者嵯峨太上天皇之女也、母当麻氏云云」とみえる人である。源厳子は皇胤紹運録にみえる文徳天皇皇女らしい。しかし源能有の女にも儼子が居り存疑。六五二を参照せよ。

644 爲二右大臣（藤原基經）一、依二故太政大臣遺教一以二水田一施二入興福寺一願文。貞觀十五年九月二日。

弟子　右大臣敬白。弟子、伏奉二故太政大臣美濃公（藤原良房）之教一曰、興福寺者、予先祖（不比等）發二其本願一、雲搆年深、龍銜響遠。予自二少日一輸レ身、至二殘陽一憂レ國。偏用レ盡二忠於王事一、未レ遑レ致二力於伽藍一。臥レ病而悟、臨レ命以慙。汝能識レ之、必行二予志一。去年九月二日、斯乃温顏卽世之夕也。自後廻光不レ住、忌序既臻。墳墓未レ乾、涙痕猶濕。弟子漸尋二先靈宿意一、貴レ儉而不レ好レ奢。故恩澤追贈之禮、讓二寵章於聖朝一。權車引攝之因、禁二勤修於家僕一。弟子今從二先靈遺訓一、分二先靈舊產一、捨二水田若干町一、以充二寺家之資用一。一二日注、具在二別紙一。又其追福布施、未レ爲二過多一。今准二令條一、不二敢減折一。夫不レ可レ量者、如來方便之力、難二思議一者、世尊拔濟之功。仰願、十方諸佛、一切賢聖、同發二大歡喜之心一、共垂二哀聽許之念一。一頃一畝、將レ接二畔於福田一、惟耨惟耕、遂混二利於佛種一。凡厥所レ修功德、惣資二先靈一。煩波眇々、莫レ顧二娑婆之昔居一。寶樹行々、安二住兜率之今樂一。聖主（清和天皇）陛下、比二乾坤一以無レ傾。太皇大后（明子）、貫二凉燠一而逾鎭。善根之施、福惠之流、迺二四大海一而未レ窮。超二三世界一而何限。普及二無邊一、共成二樂果一。

興福寺は不比等の本願、南円堂は冬嗣が建立したことは縁起にみえる。貞観十四年九月二日太政大臣藤原良房が東一条第で死んだ。その翌年九月の周忌の願文で、清和天皇は良房の外孫であり、その生母明子は良房の女である。

645 爲二大藏大丞藤原清瀬一、家地(ヲモテ)施二入雲林院一願文。

貞觀十五年
五月十八日。

弟子　正六位上大藏大丞藤原朝臣清瀬敬白。深草聖帝第七皇子〔常康親王〕、避レ躁之地、名二雲林院一。始皇子入道、安二禪此院一、便命二弟子一、勾二當(セシメタマフ)家事一。皇子賜二弟子一、以二隨近之地一、令レ備二其侍宿之居一。手書加レ恩、遺跡可レ驗。嗟呼閻浮泡幻之國、娑婆露電之鄉、生滅不レ期、心事相失。皇子仙化之夕、卽是今朝也。烏兎不レ駐、耳目已改。幽魂則知二(知字之下、一字脫歟)蓮架之大夫一、舊院則見爲二金繩之淨刹一。今此地在レ南、通(通字、本朝文集作レ逼)近二院下一。若依二昔恩一、猶爲二俗居一。恐僮僕迷二緇素之衣一、鷄犬亂二雲泥之路一。是故件地、施入如レ右。發心一念、流淚千行。雖レ攀二善根於今朝一、而答二恩慈於昔日一。弟子清瀬、稽首和南。敬白。

646 爲二源大夫〔源湛〕一、亡室藤氏七々日、修二功德一願文。

貞觀十六年
十一月十日。

奉レ造二阿彌陀像一軀一、奉レ寫二妙法蓮經一部一。

弟子　土左權守從五位下源朝臣湛敬白。生者必滅、娑婆界之遺哀。會者定離、閻浮提之舊淚。念而因念、難レ斷二恩愛於卽身一。觀以更觀、未レ免二憂悲於此劫一。弟子、亡室藤原氏、以二去十月廿四日一、奄隨二逝水一。病牀之後、曉鷄數聲。藥劑之間、寒烏一暮。指二白日一而請レ命、廻レ眸無二再聞之期一。叫二蒼天一以招レ魂、慰問斷二重聞之答一。當二斯時一也、弟子、天地迷レ方、刀火攻レ性。斟二四大海一以取レ喩、海淺而淚還深。算二恆河沙一以爲レ數、沙盡而悲彌積。夢想之至、攀慕之誠、不レ可レ量也、不レ可レ說也。自レ尒以降、飛電易レ過、七々日忌斯滿。隙駒長驟、四十九旦已臻。與(ヨリハ)下彼穿二眼煙霞一、不レ見二歸復之輕步一、焦二思松檟一無(カラム)上繫二化遷之晩粧一、不レ若(ジ)假二道眞如一、脫二筌蹄於罪報一、趁二功惠業一、招(カムニハ)二拔濟於善根一。是故莊二嚴佛像一、繕二寫寶典一。卽發二未曾之至心一、聊設二平等之法會一。刻二尊容於舊枕一、咽二枕上之長空一也。展二講筵於幽閨一、悼二閨房之乍掩一也。佛是無量壽佛、弘誓甚深。經乃妙法華經、本願無レ等。夫以六道無レ定、在二善惡之昔因一。三世難レ知、□二苦樂之今果一。逝者不レ知レ爲二何處之胎卵一。彌陀種覺、願(願字之下、恐脫二一字一)引攝。逝者不レ知レ生二誰家之子孫一。法華大乘、請レ垂二擁護一。若化(スルトキハ)二廻雪於洛水一、則照二惠日一以導二西方一。若伴二行雨於巫山一、則載二慈雲一以接二天衆一。香煙未レ斷、今且速證二菩提果一。磬響猶餘、此時必住二安樂處㆒。三塗八難、皆是無明之宅、鬼類冥道、皆是受苦之郷。每各隨㆑願、彼此得道。

源湛は貞観十二年二月に侍従となり、やがて左兵衛佐となる。

647 爲㆓前陸奥守安大夫〈安倍貞行〉㆒、於㆓華山寺㆒講㆓法華經㆒願文。貞観十八年四月廿三日。

弟子 従四位下安倍朝臣貞行、敬奉㆑寫㆓妙法蓮華經一部㆒。卽於㆓華山寺㆒、禮㆓請高僧㆒、演㆓説妙義㆒。起㆓廿三日㆒、至㆓廿六日㆒。朝夕八座、敬㆓禮三尊㆒。今日也、先考過去之夕。此寺也、弟子歸依之地。發意有㆑由、宿縁已結。弟子先爲㆓外吏㆒、平生作念。三七五七、四十九日、善功德事、逆修並畢。今莊㆓嚴此大乘經㆒、便充㆓周忌追福㆒。弟子不㆑仁不㆑智、爲㆓業障之老因㆒。無㆑財無㆑貨、是清貧之家主。縦年滿老至、氣絶命終、則冥途有㆑意㆓督過㆒。家胤無㆑資㆓贖罪㆒。是故弟子割㆓官祿之餘豐㆒、乘㆓公俸之贍足㆒。歸命頂禮、恭敬供養。仰願、三世尊者、一乘妙典、哀㆓聽弟子至心㆒、護㆓念弟子本願㆒。所㆑修善功、奉㆑翊㆓考妣尊靈㆒。生々劫々、恆得㆓拔濟㆒。七世父母、六親眷屬、十方世界、四大海中、每各隨㆑願、幽顯共㆑利。

安倍貞行は貞観十五年十二月二十三日陸奥守として在任中三事の起請をしたことが三代実録にみえる。華山寺は山階にあり、元亨釈書によると貞観十八年伽藍を建て、翌年改元したのでこの寺を元慶寺というとあるが、本願文によるとすでに建立されていたところで法華八講が営まれたことがわかる。僧正遍照が止住し、花山天皇が出家された寺として有名であり、道真は元慶寺鐘銘を書いている。

648 爲㆓南中納言〈南淵年名〉㆒、奉㆑賀㆓右丞相〈藤原基經〉四十年㆒法會願文。貞観十八年九月。

弟子 従三位中納言南淵朝臣年名、敬白㆓三世諸佛、十方聖衆㆒。世有㆓祈年之賀㆒、無㆓貴賤㆒敍㆓其志㆒。滿堂臣妾、非㆓親舊㆒者不㆑行。一家子孫、無㆓孝順㆒者則闕。右丞相閣下、勤王之次、忠信之間、四十曰㆑強、賀者已至。伏惟、皇太子〈貞明親王〉捧㆓幼稚㆒、以憑㆓丞相〈基經〉之愛護㆒。弟子〈年名〉扶㆓衰老㆒、以侍㆓宮〈宮字、本朝文集作㆓官字㆒〉臣之備員㆒。一言一事、承㆑恩甚深。在㆑公在㆑私、感㆑仁無㆑量。雖㆑云㆓至孝至親㆒、無㆑等㆓弟子丹懇㆒。弟子欲㆘喚㆓絃管㆒以治㆖㆑歡、恐事至㆓荒散㆒。將㆘累㆓珍鮮㆒以取㆖㆑樂、慙謀及㆓殺生㆒。皆是金口之禁戒、何須㆓白頭之屬心㆒。反覆而思、不㆑如㆓冥助㆒。是故奉㆑寫㆓金光明經一部、金剛壽命經四卷、般若心經四卷㆒。黄金泥字、瑠璃色紙、恭敬禮拜、繕收甫就。弟子近者、有㆓一山莊㆒。去㆑此數步、建㆓小蘭若一。地形幽寂、尊像儼然。非レ朝卽暮、毎期二骸骨一。弟子手披二苔薜一、親□二(底本恐脱二一字一)香筵一。限取二四朝一、將レ盡二百慮一。施供輕微、捨二霜熟之落果一。莊嚴冷淡(淡字、底本脱、據二本朝文集一補)、採二寒開之晩華一。苟不レ違二本願一、三寶其捨諸。凡厥所レ修功德、豈唯偏報二厚恩一。縱令、丞相住二朶千年一、國家護二棟梁於松柏一。丞相全二生百歲一、天下約二藩鎭於山河一。弘誓如レ是、福不二唐捐一。敬奉レ翊二聖主陛下(清和天皇)一。九霞宮裏、傳二安樂之歌聲一、雙鳳樓前、飄二無爲之舞袖一。奉レ資二太皇后宮(高子、長良女)一。鹽王擁護、滅二天災一以永安。帝釋加持、含二坤德一以無レ動。東宮殿下(貞明親王)、春秋甚富。宮臣弟子、年齒差暮。若使二弟子殘陽不一レ留、唯願殿下福壽增益。生則傾二雪鬢一、以負二戴光儀一。死亦排二泉扃一、以歡二喜明德一。他生他劫、必表二愚誠一。丞相所二普濟一者、四海內也。丞相所二兼愛一者、諸衆生也。至心廻向、共得二平安一。

中納言南淵年名はこの年七十歲。かねて春宮大夫であったが、右大臣基経四十賀願文の後、この十二月に大納言になった。この翌年四月に死ぬのであるが、性聰察で、局量があり、事務家肌の清廉の士であった。その死の直前彼の小野山荘で、貞観十九年三月十八日白氏の会昌中の尚歯会を模して尚歯会をはじめて行ったことは文草ならびに文粋巻九の南亜相山荘尚歯会詩序にみえて有名。この四十賀法会もその山荘の中の寺院で営んだ。その遺子が零落したことは後集、四八三にみえる。

649 奉二太上皇勅一、於二清和院一法會願文。元慶三年三月二十四日。

弟子　歸命稽首。奉レ造二釋迦佛像一軀、脇士(士字、一本作二侍字一)菩薩像二軀一、并奉レ寫二金字法華經八部、無量義經、普賢觀經各八卷、金光明經一部一。所以者何。弟子昔奉二眇身一、忝當二鴻業一。爲二一天下之主一、爲二諸衆生之君一。每願風雨調和、稼穡豐稔、國土合二歡於無垢界一、人衆同二樂於有頂天一。豈圖在レ位年深、利他之德頻缺。涉レ道日淺、剋レ己之誠屢空。是故弟子逃二黃屋一以忘レ歸、捐二蒼生一而不レ顧。追二懃旣往一、二三年來、今假二此慈悲哀愍之加持一、資二彼開示悟入之方便一。欲レ令下十方三世、共得二利益一、過去未來、同蒙中護念上。弟子自謂、法界道場說法之鄕、皆是鹿苑、如來不住眞如之境、豈唯鷲峯。故洒二掃幽堂一、移二師子座於其上一、莊二嚴靜室一、屈二大比丘於其中一。六日設レ齋、八座開レ會。其香華也、我心清淨、我掌慇懃。其觀念也、諸天化來、諸佛影向。仰願釋迦大師、觀音虛空等菩薩、妙法大乘無量普賢等經王、歡二喜弟子發意之唯一一、聽二許弟子宿願之無一レ二。遠則三千世界、百億須彌、近則登遐七廟、長逝四恩、乃至三塗八難、鬼類冥道、以二此功德力一、速證二菩提果一。

清和院(いせか)は清和天皇が譲位後、京極西なる染殿の邸に移り、生母大后明子すなわち染殿后と生活したところで、今御所の御苑内に当る。後棄てて寺とし感応寺といった。この時のことは三代実録、元慶三年三月二十四日に「太上天皇於二清和院一、設二大斎会一、講二法華経一限二五日一訖。親王公卿畢会」とみえる。六日間にわたり、盛大な法華八講が営まれたのである。

650　吉祥院法華會願文。元慶五年十月廿一（一字、略記作レ二）日。

弟子　從五位上式部少輔菅原朝臣敬白。吉祥院建立之縁、最勝會願文敍之詳矣。伏惟、弟子慈親伴氏、去貞觀十四年正月十四日、奄然過去。及レ至二周忌一、先考（是善）奉レ寫二法華經一部八卷、普賢觀經、無量義經各一卷、般若心經一卷一。時也此院未レ立。便於二彌勒寺講堂一、略說二大乘之妙趣一、引二長逝之尊靈一。弟子位望猶微、心中事屈。泣血而已、更無レ所レ營。

又先妣（伴氏）亡去之日、誡二（誡字、諸本作二試字一、非。宜レ據二底本一）弟子一曰、汝幼稚之齡、得レ病危困。余心不レ堪二哀愍之深一、發下奉レ造二觀音像一之願上。念二彼觀音力一、汝病得二除愈一。自二汝有一レ祿、割二其上分一、分寸相累、用度可レ支。發願之本、雖レ在二汝身一、懈緩之責、恐爲二余累一。弟子自奉二遺命一、三四年來、雕飾纔成、禮供猶闕。自後、朝恩不レ遺、官爵過レ分。即作レ念曰、所レ得祿俸、先資二報恩一。〻〻之後、當二以遊費一。爰損二節經用一、弁二設禪供一。至二元慶三年夏末一、風月之下、定省之間、以二斯一念一、略達二先考一。〻〻曰、善哉、汝作二是言一。余建二一禪院一、當レ講二二部經一。最勝妙典、依二余發願一、先年講畢。法華大乘、寄二汝報恩一、當二共隨喜一。唯念、懸車已迫、死門在レ前。須下待二明年一、豫歸中田舍上。歸去之次、將レ聽二妙理一。〻〻〻已、將レ結二因緣一。〻〻〻已、余無二後累一。又余家吉祥悔過、久用二孟冬十月一。法會之期、宜レ取二彼節一。弟子敬奉二慈誨一、不二敢輕慢一。

於レ是日輪不レ駐、星律已廻。二月下旬、弟子始嘗レ藥。仲秋晦日、先考遂就レ薨。遺誡之中、更無二他事一。唯有二十月悔過不一レ可二失墮一而已。今八月既過、父服先除。正月未レ來、母忌猶遠。起二廿一日一至二廿四日一、禮二拜禪衆一、開二批法筵一。所レ仰者、新成觀音像。所レ說者、舊寫法華經。始謂、就二冥報一以共利二存亡一。今願、假二善功一而同導二考妣一。

嗟呼、先考所レ誡二弟子一、不レ失者、今日開會之朝。弟子所レ奉二先考一、相違者、去年薨逝之夕。弟子無レ父何恃、無レ母何怙。不レ怨レ天、不レ尤レ人。身之數奇、夙爲二孤露一。南無觀世音菩薩、南無妙法蓮華經、如二所說一、如二所誓一、引二導弟子之考妣一、速證二大菩提果一。無邊功德、無量善根、普施二法界一、皆共利益。

吉祥院願文として有名なもの。菅原氏系図によれば吉祥院は祖父清公が唐より帰朝後に建立したところと伝えるが文中にみえるところでは父是善が貞観・元慶の交に建立してそこで最勝経を講じたらしく、そのいきさつは最勝会願文に書いてあるよしであるが、その願文の存佚は詳にしない。従って生母伴氏が貞観十四年に死んだときは、弥勒寺で供養法会を営んでいる。この吉祥院は、道真が幼時病身であったのに、観音力によって病を克服しえたので、その報賽として、俸禄をさいてこの院の建立の資にあて、かつここで毎年十月吉祥悔過を営むに至ったのである。亡き両親を追慕し、遺命により法華会を営む至情が切切として溢れている。吉祥院は桂川の東岸、紀伊郡吉祥院村、羅城門址西南六、七百メートル、後世道真の霊廟がたった。文草、五三に吉祥院鐘銘がある。本朝続文粋に大江匡房や藤原敦基の吉祥院にかかわる詩文がある。

651 奉二太皇大后（明子）令旨一、奉レ為二太上天皇（清和上皇）一御周忌法會願文。元慶五（五字、底本・板本並作レ三、蓋非）年十一月十六日。

銀像藥師佛一軀、日光月光菩薩像各一軀、金字法華經八卷、無量義、普賢觀經、般若心經各一卷。奉レ為二登遐太上天皇周忌齋會一、所二恭敬莊嚴一也。天皇以二去年十二月四日一、就二泥洹於圓覺（圓覺寺）仙房一。今起二十一月二十六日一、修二功德於清和舊院一。先レ期八日、待二七淨土之遍驚一、開レ講四朝、願二一乘法之長演一。夫寒雨難レ禁、三界惣是芭蕉。閃光易レ飛、衆生誰非二石火一乎。先皇叩二根機一以催レ道、追二因果一而結レ緣。當レ為二他界遍周之君一、豈只我家生老之子。仰願、瑠璃光如來、導二聖靈於瑠璃地一、蓮華大乘教、鎭二聖靈於蓮華臺一。三千國土、皆是先皇之本宅。百億須彌、皆是先皇之舊居（舊居二字、底本錯寫二於本宅之下一）。同因二善根一、俱得二安樂一。

染殿の后明子が、わが子清和上皇のいたましい早世を歎いて、周忌に当って、わが染殿の清和院で法華八講を営んだおりの願文である。このとき、清和上皇の后、幼帝陽成天皇の生母、高子は基経の妹、業平とかくのうわさがあったことは伊勢物語にうかがわれるところであるが、寡婦としての高子の後宮サロンは風流を極め、芸術文芸の花をさかせていた。彼女は情熱の過剰からついに皇太后の号を剝奪されるにいたるのである。

652 為二故尚侍（源全姫）家人一、七〻日果二宿願一法會願文。元慶六年三月十三日。

尚侍正二位源朝臣（全姫）、以二去（元慶六年）正月二十五日一薨逝。伏尋二存日之宿念一曰、余以二往年一、奉レ寫二法華經一、講演已畢。去元慶四年、出家入道之後、敬二屈禪徒一、聊嘗二法味一。乍聽二大乘甚深之理一、卽便發（便發二字、底本作二發便一）レ意。更奉レ寫二金字法華經一部、無量義、普賢觀經、般若心經各一卷一。當願所レ修功德、先奉レ翊二太上天皇（清和上皇）一、次（次字、底本作二次々二字一）為二余菩提資粮一。至二（元慶）四年十二月四日一、天皇（清和上皇）奄帰二寂滅一。余則心事相違。誰為々之、孰令レ聞之。不レ若重積二善縁一、成二聖靈得道之因一。仍奉レ造二銀大毗盧遮那佛像一軀、白檀四佛像、并四菩薩、三昧耶（耶字、底本以下諸本作二那字一、非）像一。一心一向、奉レ資二聖靈一。去年周忌、期限雖レ過、今茲暮春、宿心所レ剋。々レ々之日、數旬未レ盈、發願之人、一旦長逝。今就二尊靈心願之誠一、擧二尊靈手澤之貯一、卷二帷幌於舊窓一、設二香華於虚室（室字、板本作二空字一）一。况乎七々忌至、宜レ修二善根一。昔是發二利他之至心一、今更分二自利之廻向一。仰願、如來薩埵、大乘妙典、各任二本願一、奉レ資二嵯峨（嵯峨上皇）聖廟一。其次也、迎二持登霞先帝（清和上皇）一、増二遍周法界之威光一。攝二引過去尊靈一、開二往生淨土之因果一。恆沙界之內、大鐵圍之外、各隨二所求一、共得二拔濟一。

源尚侍全姫は六四三の願文および元慶四年請レ罷レ職表（六二四）にみえる。貞観十三年に六十であったから、元慶六年に七十一歳で死んだことになる。その父は嵯峨天皇であったから、文中にも嵯峨聖廟に供養することがみえている。

菅家文草第十二　願文下　呪願文

願文　下

653

爲左兵衛少志坂上有識、先考周忌、供養一切經法會願文。

元慶六年。

孤弟子　左兵衛少志從七位上坂上大宿禰有識、唯願、世尊垂哀聽許、攝受弟子今朝之稽首、證明先考昔日之宿心。伏惟、先考去貞觀十一年、乍銜綸命、赴任鎭西。非唯一方之分憂、兼守邊地之機警。乃發誓曰、余則將家之遺孤、非有積善之餘慶。代〻冠蓋、皆是王命。無私。生〻念中、不知國恩何報。此府月俸倍多、日費猶足。須捨我見之三聚業、將寫此間之一切經。所修功德、或多或少、遠施三界、近及六親。自尒以降、夙夜在公、忠信不絕於口。合掌向佛、歸依不離於心。向佛所以者何、報國家之恩也。報恩所以者何、述父祖之志也。

於是府頭所歷、春秋四五年、來書手所存、經論五千(千字、本朝文集作十)餘卷。入京之次、纔載一船、供養之儲、漸分雜具。卽占有緣之地、運納淸水山寺。自後塵累難解、星杓屢移、本願未成、宿痾漸結。遂以去年十一月某日、慈顏就冷。孤子等量滄海以爲淚、非尊靈拔濟之流。呑炎州以爲哀、非逝魂遍照之道。卽尋思平素、驅役寸丹、因緣往年之舊資、將果先考之宿願。今時節不居、忌辰已及。新繕經典、莊嚴復終。敬屈數輩之亞仙、聊開三日之法肆。就中兩日、略說最勝法華之奧心。最後一朝、誦讚般若了義之題目。自餘經論、次第擧名、不敢漏遺、將盡數部。

歸命頂禮、三千世界之諸尊。恭敬供養、八万法藏之妙理、共尋弘誓、當應至心。善根上分、摠歸國王。連珠(珠字、本朝文集作理)合璧、與寶祚而永明。五稼三農、逐宸居而無缺。大后禪儀、植德本於普光園。中宮母德、掩恩蔭於摩耶宮。王公百官、文武万姓、同因善功、俱獲安樂。次願、元〻本〻、奉資先考之七世父母、六親眷族。各離往生之筌蹄、共結得道之因果。別奉導先考亡靈、速出娑婆之苦界、早生安養之香城。乃至塵煙噴焰、毒蛇倒懸之鄕、岐刃飛鋒、怨魔結縛之國、以此刹那之善力、各證快樂之芳緣。

坂上有識の父が貞観十一年より太宰府の官に任じて、報恩のために一切経書写の志を発し、四、五年の在任中に経論五千余巻を写し、船に載せて京に運び、清水寺に納めたが、元慶五年病没した。そこで有識は父の遺志を継いで、経巻を繕写し、周忌に当り最勝・法華の講会を開いて、供養したときの願文である。

654　爲二式部大輔藤原朝臣室家命婦一逆修功德願文。元慶七年三月十八日。

女弟子　從五位下藤原朝臣某子、恭敬奉レ寫二法華經一部一升二濟考妣之尊靈一也。弟子夙爲二孤露一、未レ報二微塵一。自レ非二佛智經王一、無レ資二拔苦與樂一。仰願、一言一說、不レ誑二語一者、無量無邊、施二方便力一。

弟子重發レ願曰、有レ生焉、有レ老焉、有レ病焉、有レ死焉。拔レ山倒レ日、無二地逃一レ之。弟子歷二祀閨房一、脂粉之春早去。運二籌帷帳一、綺羅之曉難レ留。每想二前途一、言泗倶下。是故將レ屬二後事一、無三一所一レ生。道之三塗、身之五障、誠可レ哀。是故我今發二唯一心一、歸二依三寶一。卽奉レ寫二金字法華經一部、無量義經一卷、普賢觀經一卷、般若心經一卷一。又造二多寶佛塔一基一。以レ經安レ塔、以レ塔護レ經。種〻莊嚴、至心爲レ本。奧（奧字、恐當レ作レ粵）若癸卯之歲、建辰之月、於二東山禪林寺一、開二決定座一、演二甚深敎（敎字、本朝文集作レ經）一。算二斯刹那之善功一、廻爲二周忌之追福一。會中四朝、捨レ財三度。唯願將充下自二三七日一至二五七〻七日一之大功德上。如レ是逆修、更無二後慮一。已無二後慮一、視レ死如レ歸。猗歟、奉行盈レ耳者、無レ非二常樂我淨一。隨喜欣レ心者、皆是菩提薩埵。況乎尋二聲梵唄一、春鳥流二和雅之鳴一。偸二色瑠璃一、晚菅掃二清涼之地一。善心所レ引、合掌所レ生、近取二諸身一、香華供養而已。凡厥所レ修善根、普及二恒沙界一、其中含靈、同結二福緣一。乃至鐵圍山、其下枯骨、共成二佛道一。敬白。

元慶四年ころの式部大輔は橘広相であったが、その後任の藤原朝臣は何人か詳かにしない。その藤原朝臣某の北の方の某女は両親を先立たせ、わが子も居ない孤独の身を訴えて、東山の禅林寺に経巻と仏塔建立の供養をし講座をひらいたときの願文である。禅林寺は藤原朝臣関雄の家を以て寺としたところ（三代実録、貞観五年九月六日条）であるから、この古今集歌人に何らかかかわりのある人であろうか。

655　爲二藤相公一、亡室周忌、法會願文。元慶八年二月十二日。

弟子　參議正四位下左大弁藤原朝臣山陰（陰字、本朝文集作レ蔭。分脈亦作レ蔭)、敬白。弟子亡室、平生語曰、妾之薄レ祐、夙爲二孤露一。奉レ寫二一乘妙典一、將レ濟二二親尊靈一。情願未レ就之間、先考夢告レ妾曰、予在二娑婆一、殺生隨レ手。汝贖二罪報一、當レ修二善根一。妾之此意、獨自何爲。善知識故、請倶記符。弟子從レ聞二此語一、雖二刹那一、不レ忘二於心一。匪躬之中、于レ今未レ得レ與二其善一。彼豈恩愛之輕、以又薄乎。蓋塵累之積而未レ除也。

弟子亦嘗作レ念曰、弟子年之少壯、祇侍二所天一。每隨二遠近於分一レ憂、無レ禁二荒淫於取一レ樂。或結レ網垂レ釣、殺二昔弟兄一。或走レ犬飛レ鷹、傷二前君父一。如レ是等罪、無量無邊。未レ死之前、可レ慚可レ愧。唯有下家殊二內外一、所レ營不上レ同。分二骨髓一以寫二經王一、弟子當レ資二其業一。拔二園葵一以充二禪供一、家室宜レ守二其勤一。相契雖レ深、相謀雖レ重、此願亦擁、其事亦留。嗚虖悲哉。蓍龜不レ從、藥石無レ驗。去年二月ム(ム字、本朝文集作二八字一蓋非)日、奄然長逝矣。亡室因二報恩一以訪二功德一。弟子緩而不レ修。弟子就二滅罪一以敍二心情一。亡室去而無レ顧。此是當時雖レ有二哀感之無數一、亦復平昔尤悔二心事之相違一。

方今露往霜來、忌辰已迫。十方三(三字、本朝文集作レ世)界、生處猶迷。敬奉レ寫二金字法華經一部八卷、無量義經、觀普賢經、佛頂尊勝陀羅尼經、般若心經各一卷一。斯乃亡室宿心、結二考妣菩提之果一也。又奉レ寫二金光明經一部四卷、佛頂尊勝陀羅尼經、般若心經各一卷一。斯乃亡室所レ夢、別斷二先考鷲鴨之訴一也。又奉レ圖二毗盧遮那曼陀羅一鋪一。奉レ寫二金字法花經一部八卷、無量義經、觀普賢經、阿彌陀經、地藏經、般若心經各一卷一。斯乃弟子新意、成二亡室拔苦與樂之因一也。又奉レ寫二墨書金光明經一部四卷、佛頂尊勝陀羅尼經、般若心經各一卷一。斯乃弟子舊約、寄二亡室滅罪生善之便一也。

即掃二除一室一、瞻二仰遮那之尊容一。期二剋四朝一、講二演大乘之妙理一。唯願如〻法寶、共垂二證明一。一〻福緣、各隨二本願一。敬白。

前出の山陰中納言の亡き北の方の周忌にあたって、その遺志をついで供養したときの願文。北の方はたぶん筑前介有光女であろう。漁猟・鷹狩で殺生した罪を懺悔する条は興味がある。

656　爲二阿波守藤大夫一修二功德一願文。元慶八年。

弟子阿波守從五位下藤原朝臣邦直、敬白。弟子始生以來、稟形尫弱。臨レ病之次、合掌歸依。自二彼少年一、至二于今日一、除(除字疑自字)レ非二佛力一、何得レ全レ身。又弟子去貞觀六年二月、安寢之間、遇二一菩薩一。乃垂レ敎曰、寫二千軸經一。事因二息災一、心甚隨喜。結縛塵垢、空過星霜。又弟子去元慶五年、適銜綸命、忝莅當州。每願禍殃消滅、百姓平安。又祈風雨調和、五穀豐稔。今弟子先思泡影多病之危、次尋夢想希有之敎。最後廻所職豐樂之計、莊嚴尊像、繕收經王。金色藥師佛像一軀、依醫王弘誓之力、保金剛不壞之身。地藏菩薩像一鋪、壽命陀羅尼經千卷、現所夢之尊顏、述所誡之慈敎也。等身不動尊像一鋪、濟境內之人民、免任中之禍難也。仰願國土万民、遍資功德、共成福緣。當州一局、殊施善根、專被護念。近自六親眷屬、遠及一切衆生、乃至無明受苦之輩、不別親疎、有識含靈之類、不同大小、廻向普及、將結芳因。

藤原邦直は元慶三年に従五位下式部大丞、元慶五年には阿波守、仁和三年刑部大輔であった。藤大夫というのは藤原朝臣で従五位下であったからである。内麿流、北家の出で、冬嗣の甥にあたる。夢想の告げにより、受領が民政を祈って木像絵像と経典とを供養する願文である。

657　爲藤大夫先妣周忌追福願文。　元慶八年四月十日。

弟子　從五位上藤原朝臣高經、敬恭奉造無量壽佛・地藏菩薩・金剛因菩薩・普賢菩薩・金剛語菩薩・觀世音菩薩・彌勒菩薩・文殊師利菩薩・大勢至菩薩像。奉寫法華經八卷、無量義經、觀普賢經各一卷、阿彌陀經四卷、佛頂尊勝陀羅尼經、轉女成佛經、般若心經各一卷。何以故、奉爲先妣周忌追福也。

弟子、去四年春、出爲外吏。閨門內顧、老母在堂。欲負載而共行、煙浪非和顏之道。將拜辭以獨去、風枝是入髓之寒。然而忠孝不兼、君親惟異。三四年別、詎無再會之期。數百里程、將有頻通之使。遂割情愛、遠赴勤王。嗟虖、去年春末、家書忽至、淚讀俱下。伏承嘗藥、卽乘海路、晝夜兼行、及近京城、逆聞傾逝。暗交刀火、不覺滅性之傷身。空叫簾帷、不知悲腸之結病。先妣哀喪、數日之後、弟子所患、遂入膏肓。弟子病苦、隔年之間、先妣忌辰、已驚日月。

今月廿二日、斯乃先妣下世之夕也。是故弟子敬禮無量壽之尊像、歸依妙法華之大乘。唯有一心、奉翊先妣。亦復觀音大勢地藏菩薩、無量普賢、阿彌陀經、更無餘念、奉翊先妣。淨界雖多、唯願畢□、奉住安養。福因雖廣、唯願眞實、奉成法身。功德之餘、普及一切。以此發無礙心之故、又爲先妣得道之因。

藤原高経はこのとき従五位上守左兵衛権佐であったが、この月二十九日左衛門佐になった。高経は基経の同母弟で、元慶四年受領として外国したが、それは南海道の一国であったらしい。任地で母の病をきき、いそいで薬をもって帰洛の途中、母の訃をきいたことがわかる。母を先立たせたあと、自らも病気になったが、亡母の周忌に供養した願文。

658　木工允平遂良爲二先考一、修二功德一、兼賀二慈母六十齡（齡字、本朝文集作レ算）一願文。仁和元年十二月廿日。

弟子　木工允平遂良、敬白。弟子先考（潔世王）、去元慶六年五月廿日、奄然即レ世。孤兒等攀二慕恩愛一、引二導尊靈一。將下以圖二繪阿彌陀像一書中寫金光明經上。一周如レ馳、飛電猶遺。雙涙不レ追、忌辰已迫。於レ是尊像既成、暫闕二香花之供一。眞文未レ發、纔存二紙墨之儲一。起居刻レ肌、晝夜焦レ思。維憂以老、三四年來、今屬二微官除目一、寸祿在レ身。發二新意一而仰二尊容一、就二舊資一以寫二妙典一。即窮冬臘月廿日、於二南郊外禪居寺一、聊展二法筵一、伏屈二僧侶一。凍水清淨、霜核（核字、底本作レ校、今據二板本一）輕微。歸二依經王一、供二養佛像一。先考平存、不レ好二殺生一、恐有二鷲鴨之虚訴一。先考疇昔、思レ樂二安養一、願遇二瑠璃之滿庭一。若令二精誠不一レ虚、唯願移二水相於塵界一。若令二權便惟實一、唯願放二金光於雪朝一。所レ修功德、惣奉レ導二先考一。應身化身、隨二舊（舊字、本朝文集作レ因）緣一、以成二佛果一。天上地下、尋二往生一而益二莊嚴一。弟子等又次作レ念曰、弟子慈親、去元慶始、造二如意輪菩薩一、果二宿願一也。弟子今年、新書二妙法蓮花經一、敍二至心一也。修善之次、更重發レ願。奉レ賀二慈親六十之齡一、奉レ祈二慈親万億之福一。弟子一心、晝則開二演新寫大乘之題名一。同胞兩姉、夜則頌二讃舊成菩薩之寶号一。善根爲レ味、何必乞二靈藥於玉人一。冥助爲レ家、誰暇レ遷二幽閨於紫府一。

仰願開示悟入之誠、成二就妙理一、愍念有生之□、□□弘誓。聽二許我等无二之誠一、成二就慈親且千之願一。弟子我等、因二梵風之末力一、霑二惠雨之餘功一、滅二除交（交字、恐灾之譌）難一、增二長福壽一。隨喜之輩、說法之隣、大慈悲故、共成二福果一。

平朝臣遂良は、仲野親王の孫、潔世王の子。もと遂良王と称したが、元慶八年に平朝臣の姓を賜った。仁和元年九月には木工大允平遂良は左仗下に召されて書迹を試みられている。ここは亡父の菩提をとぶらい、慈母六十の賀をかねて、二人の姉妹と共に禅居寺で供養する願文。

659　爲二源中納言（源能有）家室藤原氏一奉レ爲二所天太相國一修善功德願文。仁和二年二月廿日。

女弟子　藤原滋子、敬白。三世如來、十方聖衆、弟子所天閤下。涓塵未レ詶、海岳彌大。霜露如レ馳、春秋屢廻。非二積善之慶不一レ成、非二皇天之祐不一レ降。是我人子、何忍默然。

夫至孝之道、不二以レ極レ樂爲一レ務、以二冥助一爲レ情。冥助之功、以二眞實一爲レ宗、不下以二名稱一爲上レ本。是故佛眼曼茶羅三副一鋪、維摩・梵網經兩部五卷。丹青之信、假手莊嚴。黃金之字、至心書寫。遏伽水淨、繞二壇場一以有二芳流一。護摩火明、燒二災難一而無二餘燼一。圓二滿心願一、則天王現二歡喜之相一。成二就福因一、則佛母飛二眞言之呪一。年之陽春、〻之仲月、自二廿一日一至二廿五日一。五箇日夜、作法已畢。其明朝廿六日、便展二講筵一、演二說寶典一。雲蓋爭迎、雖レ殊二淨名居士之空室一、日輪已暖、欲レ同二玄通華光之照明一。入夜之後、待曉之間、乞二淨戒於阿闍梨一、仰二尊儀於獅子吼一。此等功德、唯有二一念一。俾三我所天閤下其久、如二瓊闕之長生一。俾三我所天閤下其堅如二金剛之不壞一。弟子身是婦人、孝道有レ限。雖レ無三朝夕相邊以陪二摩頂一、未レ有三時刻暫懈而忘二和顏一。

仰願講會隨喜之諸尊、戒壇證明之菩薩、自二東方一、自二西方一、自二上方一、自二下方一、或擎二加持呪護之良藥一、或銜二利益安樂之明珠一。如二我本願一、助二此報恩一。猗歟、所天載レ口者、世之無レ事、歲之有レ年。所天廻レ心者、幽之遇レ明、苦之得レ樂。弟子修善、既云事レ父、普及二一切一、如レ是廻向。

仁和二年正月の内宴前後は、道真は讃州赴任の発令があって、心ただならざるときであった。このとき願文の代作などをひきうけたのは、特別なかかわりのためであったと推定される。はたして源中納言室家というのは、能有の北の方であり、関白太政大臣基経の女であった藤原滋子(分脈は昭子に作る)をさす。滋子が所天の太相国すなわち昭宣公基経(時に五十一歳)に、孝養せんとして、仏眼曼荼羅を描かせ、維摩経・梵網経を写して、供養して父の息災と活動を祈った願文である。「淨名居士の空室」というのは、維摩経の講会をひらいたことにちなむ。

660　爲二清和女御源氏外祖母多治氏一七〻日追福願文。仁和二年七月十三日。

弟子　從四位上源朝臣濟子、敬白。弟子外祖母多治氏、去五月廿九日厭二弟子一而不レ顧、未レ知レ向二於何方一。弟子今於二佛前一、請二其拔苦與樂一。

弟子昔日新生、依二託祖母一之後、祖母今年微病、未レ拋二弟子一之前、雖レ災二聖靈於登霞一、雖レ痛二先妣於逝水一、憑二祖母之摩頂一、慰二弟子之斷腸一。我今無レ所レ依、我今無レ所レ託。云レ憂云レ喜、孰爲相謀。或起或居、孰爲相護。悼而重悼、孤之又孤。如レ是酸辛、皆悉罪報。嗟虖夏月(月字、本朝文集作レ日)先過、秋風已吹。簾影空垂、砌塵未レ掃。哀不レ能レ斷、時不レ可レ留。今歸二尊靈殞レ命之舊窓一、當レ修二四十九日之功德一。

尊靈去年五月宿痾乍發、殆及二危急一。弟子當時作レ念、欲レ奉レ圖二繪帝釋菩薩一。雖下去年所願與二今年一相違上、而事レ死之誠、與レ事レ生何異。是故弟子抑レ涙廻レ謀、莊二嚴此像(帝釋菩薩)一。又弟子新發レ意、奉レ寫二金字法華經一部八卷、無量義經、普賢觀經、般若心經各一卷、轉女成佛經二卷一。一(一字、一本作レ大)乘之法、是無二無三也。弟子之心、亦無二無三也。唯有二一法一、唯有二一心一。以二斯妙理一、捴資二尊靈一。弟子不レ知二尊靈所レ往、何世界何須彌、就二何生一、入二何道一。常樂我淨、布二慈雲一以奉レ導二尊靈一、開示悟入、施二惠雨一而奉レ翊二尊靈一。紺瑠璃紙、變爲二證菩提之地一、黄金泥字、散爲二成正覺之花一。假使尊靈速離二塵垢一、得レ住二三明一、願弟子暫引二瓔珞一、夢中再遇。次願、聖靈山陵奉レ增二遍周之威光一、過去先妣奉レ加二安樂之遊戲一。若令三宿昔誓願于レ今不レ變、定知先妣侍二聖靈轉輪之宮一。若令三此朝善根在レ彼有レ緣、定知祖母昇二先妣架蓮之座一。弟子雖レ在二人間一、已爲二薄祐一。願、我以二此一念一、値二遇於三尊一。大鐵圍之外、恆沙界之中、一〻廻向、共成二福樂一。敬白。

道真讃岐守赴任中の作。故清和上皇は三十一歳で六年前に崩じ、母も十三年前につとにみまかって、心細い身の上であった女御源朝臣済子は、外祖母多治氏がただひとりの心のたよりどころであった。その祖母を先立てて、痛悼を極める女御の至情をこの七七中陰願文は、よくくみとって表現しており、亡き祖母の御霊よ、いま何くの世界、何くの須弥ぞ！とよびかけて、芸術性のたかい作品となっている。

661 爲二清和女御源氏一修二功德一願文。仁和二年十一月二十七日。(恐當レ作二仁和三年一)。

弟子從四位上源朝臣濟子、恭敬奉レ繪二延命帝釋、一字等菩薩像一。弟子前年作レ念、所以者何。毎レ見二泡影之有爲一、毎レ逢二露電之不定一、歸二命此三菩薩一。庶幾彼有二冥祐一、今之綵圖果二宿心一。又更奉レ圖二觀世音菩薩像一、何以故。請弟子逆二五七之證明一也。弟子伏惟、聖靈昇遐、于レ今二十九歲。先妣下レ世尓後一十三年。孤露之悲、寒溫已累、浮雲之質、變滅何時。況身之數奇、家之單祚、今而不レ營二功德一、後亦更屬二何人一。弟子欲レ修二此善一、先問二因緣一。台嶽非二婦人之可一レ攀、仁祠豈塵累之所レ觸。至心苟合、如來不レ現二誰家一。稽首惟勤、淨界不レ移二何處一。是以弟子灑二(灑字、本朝文集作レ洒)掃幽閨一、排二展禪座一、晝則供二養四菩薩之尊像一、夜又收二捨(板本旁注拾イ)三聚戒之明珠一。百和薰香、纔採二舊年之匣底一、一枝殘蕚、適折二寒月之籬前一。以二清淨一爲レ宗、以二眞實一爲レ本。今朝万事、近取二諸身一而已。凡厥所レ得善根、先獻二田邑山陵一。反覆而恐、欲レ罷不レ能。猶願

奉レ添二白毫之末光一、將レ表二丹懇之遠志一。復次奉レ導二先妣尊靈一。星霜雖レ積、割腸之悲在レ今。松檟雖レ老、泣血之涙如レ昨。仰願上方下方、若南若北、在々處々、將レ益二莊嚴一。

弟子伏尋二往年一、與二弟子一常發レ願者、斯乃外祖母多治氏也。天也亦天也、可レ悲又可レ悲。祖母去夏乍出二閻浮一、弟子此冬逾纏二哀慕一。發心之次已斷、增長二福壽之思一。結願之終空念、速證二菩提之誓一。悔而不レ及、言以無レ徵。請寄二勝因一、早成二佛果一。弟子現世當生、共成二所願一。其餘多少福惠、普及二無邊一。

源済子の外祖母のみまかったのは六六〇により、明かに仁和二年五月二十九日であった。この願文に祖母の死は去夏だといっているから、この作は仁和三年でなければならない。田邑山陵は清和上皇の父君文徳天皇の山陵である。

662 爲二宮道友兄一賀二母氏五十齡一願文。仁和二年十二月廿六日。

先レ是友兄就レ事。到二讃岐旅館一。臨レ歸語云、所願云々、將レ賜二願文一。于レ時夜更已久、交睫漸成。不レ勝二旅客之所囑一。乍レ臥命二友兄一採レ筆、隨二余口誦一、寫取之。到レ京、令三友兄寫二送一通一。

奉レ寫二三千佛名經、七佛藥師經、金剛壽命陀羅尼一云々。

右弟子宮道友兄等、敬白。幼稚之年、乍爲二偏露一、慈親摩頂、孤子勝衣、欲レ報二之恩一、昊天罔レ極二重戴(戴字、本朝文集作レ載)一、山海未レ呑二涓塵一。方今烏兎不レ留、星霜屢變。半百之齡、已在二當年一。人子之道、難レ可レ忘レ恩。仍奉レ寫二寶典等一、晝誦二陀羅尼門之神呪一、夜禮二十方三世之佛名一。以二斯功德一、將レ奉レ訓二慈親無限之恩德一。一切不祥、未然消滅。無邊善願、如意圓滿。弟子等同霑二福緣一、共得二利益一。

友兄は宮道朝臣の一族の微官であろう。母の五十賀にあわせ行う仏名懺悔の願文とみられ、三千仏名経を写したりすることがみえる。題注に、友兄は讃岐の道真の客舎にいって、この願文を依頼したが、深更で床に臥したままたちどころに口授して作られたいきさつがかたられる。このとき友兄は京の阿衡事件の消息をもたらしたかもしれない。

663 奉二宇多天皇勅一放二却鹿鳥一願文。寛平四年五月十六日。

神泉苑者、累代近遊之地也。貞觀之始、有二牝牡鹿一、生息相續。今已成レ群。有二彼垣牆之全一、涯分一、豈如二山藪之任二野心一。又春氣初暄、鳥聲可レ愛。二三五六、留在二籠中一。嗟虖、物我雖レ殊、含レ情惟一。閑思二兩翅之不一レ展、譬猶二六塵之難一レ離。夫有レ果有レ因、不レ知不レ識。今之禽獸、前之父兄。是故起二懺悔心一、發二菩提願一。禁苑之鹿、呼二母子一而出二苑門一。煩籠之鳥、望二山林一而開二籠口一。卽遣三藏人右近衞少將藤原朝臣滋實、撿挍將領放二天台山一。

此山者宿昔所二經覽一、誠足二以遂一レ生。況六時燈明、一乘聲遠。何物而不レ拔レ苦、何生而不レ得レ道。故捨二調布一百端一、便求三成善功德一。又童稚之日、作レ念以爲、慈悲行故、不レ傷二生類一。〔宇多天皇〕即位之後、一二年來、愛二（愛字、板本作レ受）見鷹鷂一、時勞皆養、不三敢貪二鶉雉之獲一、唯只助二幽閑之意一。靜而惟則亦復煩惱也。可レ慚可レ愧、可レ恐可レ畏。惟願善根之力滅二我如レ是等罪一。

宇多天皇が神泉苑の鹿を比叡の山に放ちやるとき、延暦寺に調布を寄進するおりの願文。またあわせて鷹狩りで殺生した罪を懺悔する意をこめる。ちょうど類聚国史二百巻を奏進した前後で、道真が若き宇多天皇の遊猟好きの心を諫止する意がこもっている。続古事談第一、王道部（群書類従巻四八七、新校本三五〇頁）の説話参照。

664　爲二諸公主一奉レ爲二中宮一修二功德一願文。寛平四年十二月廿一日。

中宮殿下〔班子女王〕、每年臘月、剋二三日夜一、讀レ經禮レ佛。當二于此年一、四内親王〔忠子・簡子・綏子・爲子〕、運二籌帷帳一、作レ念言曰、知レ恩報レ恩、無レ貴無レ賤。雖レ有下殿下不レ容二祈年一之壽上、何無下我等可レ輸二增算一之誠上。門（門字、本朝文集イ本作レ閨）房有レ閑、不三敢奔レ月以求二良藥一。湯沐雖レ富、須三向レ風而試二一燈一。夫寄レ人述レ志者、方便門也。假レ物成レ功者、因緣力也。我等請奉二行今冬之功德一、將レ報二宿世之慈悲一。且以隨喜、且以思惟。卽便結二搆佛殿一、刹那安二置寶像一。金銀泥繪藥師淨土、黄金如意輪、白銀梵釋天、白檀像四天王。正殿方面、中臺左右、莊嚴具足、種〻微妙。心誠在レ心、攝二蓮華峯於半三尺一。步不レ煩レ步、縮二瑠璃地於小一弓一。復次奉レ寫二大雲經六卷、如意輪經、轉女身經、帝釋經、金剛壽命經各一卷一。金泥字書、青紺色紙、譬如下有名星宿麗二晴天一以放レ光、無價花房排二寶樹一而連上レ蔕。猗虖、百千菩薩、何故以二六臂一爲二本尊一。八万經王、何故以二六軸一爲二成數一。弟子我等、有二至心一者、本願諸佛、何爲不二悉知一不二諦聽一。斯時也、聖朝滅罪之始、殿下〔班子女王〕發心之間、近就二禁省後庭一、便開二常寧中殿一。雪花清淨、滿二虛空一以供二如來一。霜核精勤、凝二眞寶（寶字、本朝文集作レ實。似レ是）一而施二禪衆一。南無金剛祕密大弘誓故、南無方等無想（想字、板本作レ相）本所說故。一禮一拜、半句半偈、擁二護我殿下一、加二持我殿下一。雖下上命中分、難上レ返二烏兎於既往一、而長生寶算、願祈二金玉於將來一。善力不レ可レ量、福緣不レ可レ說。奉レ翊二聖朝一、將レ攀二安樂一。所千世界、無數衆生、每各隨レ求、皆令レ得レ道。

古今集・後撰集・新古今集にとられ、何よりも類聚歌合十巻本・二十巻本の発見によって有名な、いわゆる「寛平御時后宮歌合」の主催者班子女王は本願文によって、寛平四年十二月当時は中宮殿下とよばれていたことが明らかである。班子女王は嵯峨天皇皇子仲野親王の女、紀略によれば昌泰三年四月一日に年四十八で崩じた。寛平中宮とも、洞院中宮とも、大后とも、洞院后ともよばれ、宇多天皇退位後に皇太后となった。萩谷朴氏によれば、この歌合は厳密には寛平五年九月以前皇太夫人班子女王歌合とよぶべきであるよし。この歌合の左の歌は新撰万葉の上巻に、右の歌は新撰万葉の下巻に大量収録せられ、班子女王と道真とかなり深いかかわりがあったことが想定せられる。この歌合は菅家万葉の編纂を予測して行われたかとさえいわれる。光孝天皇女御で宇多天皇をはじめ、是忠親王・是貞親王および忠子・簡子・綏子・為子四内親王の生母、醍醐天皇の祖母、寛平後宮の文学サロンの中心的人物であった。四十八歳で崩じたとすれば、この時四十歳であるが、次の六六五の忠子の年齢からみて、大日本史料は没したとき六十八歳かと勘注するのに従うべきか。金銀泥でえがいた薬師浄土変相などを製作せしめて、四内親王が、生母中宮のために仏名懺悔会のために禁中常寧殿で功徳を修したおりの願文である。この願文をよんだだけで当年後宮における眼もまばゆい豪壮華麗な文化的雰囲気が人をうつ。

665 奉二中宮令旨一爲二第一公主一賀二卌齡一願文。

寛平五年十一（十一、本朝文集作二十二一、似レ是）月廿一日。

奉レ造二白檀釋迦佛像一軀

脇侍菩薩二軀一。

奉レ寫二金字孔雀經一部

墨書壽命經四十卷一。

右中宮殿下〔班子女王〕、爲二第一公主〔忠子內親王〕一所二莊嚴一也。公主春秋四十、事須二慶賀優遊一。殿下思慮百千、謀在二息災延命一。是故歸二依功德一、染二著善根一。中殿懺悔滅罪之間、後庭香華普供之次、便就二勝蘭一、聊陳二梵唄一。子之所三以求二長生一者、專欲(ホリス)二事レ母之長(カラムコトヲ)一也。母之所三以祈二遠算一者、不レ忘二顧レ子之遠一也。發レ意無二無三、作レ念非レ他非レ自。唯願(ハクハ)公主久帶二綺羅之春一、公主永斷(タムコトヲ)二霧露之犯(スコトヲ)一。福業之霑、薰修之助、及二於無邊法界一、成(ゼム)二其一切所求一。癸丑之歲、臘月廿一日發願文。

これは六六四と同日、班子女王がわが長女忠子内親王の四十歳の賀をかねて、延命息災を祈って功徳をしたおりの願文。忠子は清和天皇の女御、延喜四年に薨じた。

666 爲二兩源相公〔湛・昇〕一先考大臣〔源融〕周忌法會願文。寛平八年八月十六日。

弟子　參議從四位上源朝臣湛、參議從四位下源朝臣昇等、歸命稽首、諸佛聖衆。弟子所天大臣〔源融〕、宿昔發願、始繕二寫一切經一。復次作レ念、漸歸二依彌陀佛一。佛像未レ現、經王猶缺。言事相違、始終如レ失。遂以二去年八月廿五日一、薬動薨逝。弟子等眼流二新淚一、心計二舊懷一。寫二畢經王之有レ缺者一、卽法藏分(チテ)二敎求一而聚焉。造二成

佛像之不レ現者ニ、亦觀音得ニ大隨一而具矣。所天尋常言曰、棲霞觀者、嵯峨聖靈、久留ニ睿賞一。假使(タトヒ)暫爲ニ風月優遊之家一、唯願終作(ラムコトヲト)ニ香華供養之地一。是故弟子等新添ニ堂搆於彼觀一、全納ニ經典於其中一。西方一佛、勸請以備ニ本尊一。東京兩家、因誓以資ニ禪定一。皆是所天尊靈之宿心、曾非ニ弟子遺孤之新意一。嗟乎(アア)、日月不レ居、忌辰忽至。瞻ニ仰尊顏一、諦ニ聽經目一。一心也、一念也。令ミ我所天尊靈定往ニ生極樂界一。功德善根不レ可ニ思議一。如ニ佛所說一、平等利益。

説話文学や謡曲の世界で有名な河原左大臣源融が寛平七年八月二十五日に七十四歳で薨じたのを悲しみ、その一周忌にあたって子の参議源湛時に五十二歳と、同じく子の参議源昇時に三十八歳の二人が、先考の遺志をついで、嵯峨の棲霞観を寺とし、経典を収めたときの願文。古今集、哀傷に近院の右大臣源能有の融の死をいたぶ歌があり、文粋巻十四に紀在昌の「宇多院為ニ河原左相府一没後修ニ諷誦一文」がある。また栖霞寺となった後に、李部王重明親王がここに遊んで作文の会を催したときの源順の詩序が、同じく文粋巻十に出。

667 爲ニ尚侍藤原氏(淑子)一封戸施ニ入圓成寺一願文。寛平九年正月三日。

女弟子尚侍從一位藤原朝臣ム敬白。

施ニ入播磨國封戸五十烟一。

右弟子依レ有ニ宿念一、建ニ圓成寺一。後太上皇(宇多)、勸誘隨喜。微々發願、雖レ出ニ妄心一、一々莊嚴、專由ニ聖慮一。方今佛前供養、香油未レ飽。僧房住持、衣鉢猶乏。弟子所レ賜別勅封戸、唯ニ(唯字、疑准之譌)之家途一。既爲ニ衍溢一。是故算レ數輸レ物、先分ニ五十烟一。廻向功德、普及ニ三千界一。人生有レ限、恩賞無□(疑當レ作レ窮)。死後還レ公、是大(大字、疑當レ作レ天)理也。女弟子ム敬白。

宇多天皇尚侍藤原淑子が、かつて建立した円成寺を聖慮によって荘厳したのであるが、封戸五十烟をその寺に施入したときの願文。この寺はもと右大臣藤原氏宗が貞観十四年に終焉の地で、寛平元年に淑子が発願してここを寺としたのである。東山椿峯の西麓、鹿谷のほとりにあったという。聖慮によって荘厳したというのは宇多天皇の御願によって宝塔をおこし、定額寺とし、年分度者三人を贈ったりしたことをさす。淑子の家は東三条南堀川西巽小路角にあり、この年、宇多天皇が朱雀の小鷹狩のみちに幸したりしている。

668 奉ニ(宇多天皇)勅一雜藥供ニ施三寶衆僧一願文。寛平九年三月二十三日。

假銀臺一合 納ニ雜藥一、佛施料。

紅雪小百斤 二百嚢(一本作レ裹)僧施料。

弟子(宇多天皇)生在ニ末世一、乃宿業也。位爲ニ國王一、乃勝因也。是故常念(ニヘラク)、所レ得珍財、以用布ニ施(セムト)万民百姓一。然而志申(ノビ)力屈、言深事淺。唯願和ニ合一二劑上妙香一、普及ニ千万億苦衆生一。今之所レ捨、

在二此上分一。三寶衆僧、垂レ哀聽許。弟子敬白。

宇多天皇が譲位を四カ月後にひかえて、仏僧に紅雪と称する上妙香を和合した雑薬を施与したときの願文である。この前後に後述するごとき臨時仁王会を行って、天皇が大極殿に出御したりしている。↓六七二。

呪願文

669 踐祚一(一字存疑)修二仁王會一呪願文。仁和元年四月ム日。

至(至字之上、類聚國史有二脵字一)心敬禮　敎主牟尼　稽首歸
依　仁王般若　三摩地寂　千葉(葉字、三代實錄作レ華)臺
飛　放二大光明一　奏二殊勝樂一　其言不レ誑(誑字、板本作レ誣)
所說甚深　爲レ國爲レ身　應レ解應レ入　仁和獻歲　龍集二
旃蒙一　曆數在レ躬　鴻基聖運　朱明孟夏　時哉此時
黑月庚辰　吉之又吉　愍二人民一故　安二國土一故　三寶
惟崇　万機暫息　邇自二華輦一　霜仗九重　遍報二竹符一
煙城七道　都凡百座　講演二時　勝蘭結蘂(蘂字、三代實錄
作レ叢)　水月同照　莊嚴種〻　贊唄聲〻　幡霽二殘虹一
華吹二四(四字、類聚國史作レ而)面一　見者無數　聞者有緣　發
菩提心　仰明行足　所レ修功德　福不二唐捐一　諸尊證明
聖衆隨喜　陰難陽難　未然滅除　天災地災　刹那銷復
獨春聲少　年有二大秋一　修緯(緯字、類聚國史作レ鑄)道長　府
無二虛月一　人之賴レ化　黔黎合歡　俗之飲和　鐐質同利
羽孳蹄乳　鱗伏蚑行　因二善知識一　得二安樂果一

仁王護国般若波羅蜜経略して仁王経の護国品に、国に災難あるとき百座の講会を設けて仁王経を講讃するときは災難をはらうことができると説く。唐の代宗の時不空三蔵をして新訳の仁王経を以て百座の仁王会を行い雨を祈って感験があった(三宝感応録、中・今昔物語集巻七)。わが朝では斉明天皇六年五月、勅により百座の仁王般若会を設けたのがはじめで、以下聖武朝のとき宮中のみならず五畿七道の諸国に命じて講説せしめたのをはじめ代代行われた(類聚国史、仁王会条をみよ)。持統朝に最勝講と共に立てて常式とし、また一代一度の大仁王会ということも行われ、その作法は「江家次第」第十五にしるされ、またある事件によって臨時仁王会を行われることもあった。

仁王会の呪願文は当代第一の文章の達者に作らせる例で、淳和朝に空海が講前に率爾に作った呪願文は性霊集に出ていて有名である(本大系七一三七八頁八四)。

光孝天皇の仁和元年の仁王会は践祚後の一代一度の仁王会で、あらかじめ行事の人を定め、一月前に太政官符を全国に下し、宮中左右京五畿七道の諸国に命じて四月二十六日に、同日二時に仁王経を講話せしめ、国司は郡司百姓を率いて潔斎戒慎すべきよしを命じ、対馬・壱岐の島は開講はできなくとも戒慎すべきことを下命している。その大がかりなことには驚かされる。四月二十六日の当日は紫宸殿よりはじめ諸殿諸司、十二門、羅城門、東西寺合して三十二所、及び五畿内七道諸国で一斉に朝夕二時に講修した。この時の道真の呪願文は、空海の呪願文が四六文

であったのに対して、全篇四言句をたたんでいる。

670　臨時仁王會呪願文。寛平五年閏五月十八日。

國主皇帝〔宇多天皇〕　歸命頂禮　仁王般若　波羅蜜經　發願無邊　所以者何　去歳有レ疫　往〻言上　今年痛甚　家〻病死　城外城中　累レ旬累レ月　衆生何罪　遭二此天刑一　一人之過　延二於海内一　至心懺悔　三業六根　合掌歸依　十方諸佛　寛平五載　夏閏五月　十有八日　乙酉良辰　遠羅城門　近清涼殿　城内諸司　都邊數寺　百講開座　二時説經　幡蓋裝(裝字、本朝文集作レ莊)嚴　香花供養　心不二貳心一　欲レ消二疫癘一　念無二餘念一　欲レ濟二人民一　既沈レ困者　願早除愈　未二初病一者　願先遠離　亦復攸レ愧　頻年不レ登　倉庫屢空　飢饉難レ免　功德之餘　專祈二五穀一　甘雨順レ時　暴風永斷　秋實全收　餘粮栖レ畝　世間安樂　擊レ壤成レ歌　復次所レ患　東西奏聞　兵刃不レ閑　城塞有レ警　善根之潤　遠鎭二一方一　野心調和　海賊消滅　大鐵圍下　恆沙界中　知之不レ知　同昇二覺道一

寛平四年八月に旱魃ならびに怪異によって諸社に奉幣しているが、地震や天変もあり、寛平五年に入ってことに天文異変が頻りにおこり、また五月には新羅賊が肥前国松浦郡を侵略してくるし、疫病流行がはなはだしくなり、閏五月には出羽の奥地の蝦夷が叛乱をおこすしらせが入る。こうした状況のもとで、疫癘を除き飢饉を免かれ、東西の兵乱を鎮定する祈りをこめて、臨時仁王会を講修したのである。

671　臨時仁王會呪願文。寛平七年十月十七日。

國主皇帝　歸命頂禮　仁王般若　波羅蜜多　發願無邊　所以者何　太宰府奏　水鳥之妖　攝津國言　兩頭之犢　兵庫器鳴　官廳鷺集　天上變徵　禁中恠異　神宣(宣字、本朝文集作レ靈)人語　所告云〻　流星夢想　所見種〻　或水火災　或決(決字、板本作レ咨)三之卜筮一　考三之陰陽一　或兵賊難　或藥動患　或不祥謀　雖レ爲二一人一　雖レ爲二万民一　雖レ爲二近處一　雖レ爲二遠方一　如レ是等禍　惣可二怖畏一　是故作念　亦復廻レ慮　至心懺悔　三業六根　合掌歸依　十方諸佛　寛平七年　孟冬十月　十有七日　庚子良辰　自二大極殿一　至二朱雀門一　一十六堂　百八十僧　幡蓋莊嚴　香華供養　鐘磬連レ響　梵唄合レ聲

講演百座　朝夕二時　緇素同心　見聞隨喜　心不貳心
欲滅災難　念無餘念　欲除憂患　未然降伏　轉
禍爲福　在前護持　變凶爲吉　復有今秋　五穀纔
熟　大乘力故　願全收穫　乃至永年　風雨順
時　疫癘無起　天下安穩　大鐵圍下　恆沙界中
知之不知　同昇覺道

寛平七年に諸国や禁中に天変地妖がしきりにおこり、いろいろの災難が予想されるので、これらの息災と、今年の収穫の多からむことを祈る臨時仁王会の願文である。この時は京都だけに止まり、大極殿より朱雀門に至る十六堂において、百八十僧を請じて、百座の講会を朝夕二時に行ったのである。

672　臨時仁王會呪願文。寛平九年三月十九日。

國主皇帝〔宇多天皇〕　歸命頂禮　仁王般若　波羅蜜經
去年言上　太宰大疫　近日有聞　京都漸患　睿情不安
怖畏無極　寄言冥助　歸信明神　是故發願　廣設
大會　至心懺悔　三業六根　合掌歸依　十方諸佛
寛平九載　季春三月　十有九日　甲午良時　自大極殿
至朱雀門　一十六堂　百八十僧　幡蓋莊嚴　香花供養

講演百座　朝夕二時　道俗同音　見聞隨喜　心不貳心
欲消疫癘　念無餘念　欲濟人民　既沈困者
願早除愈　未初病者　願先遠離　一切不祥
隨而消滅　一切災難　同亦攘除　功德之潤　專祈五
穀　甘雨順時　夏種無滯　暴風永斷　秋實全收
諸國豐稔　百姓富饒　大鐵圍下　恆沙界中　知之不知
共昇覺道

寛平八年には連年の水旱兵疫の災によって、諸国からの調庸が滞り、そのため百官の俸禄も支給できないという非常事態になったので、季料雑物を半減したいという勅を下している。↓五七六。その八年に太宰府に病気が流行し、今年になると京都にも及んできた。そこで天皇は自ら大極殿に出てこの臨時仁王会を講修するのである。この四日後に仏僧をねぎろうために雑薬を下賜したことは前述した。↓六六八。

673　臨時仁王會呪願文。昌泰元年六月廿六日。

佛語眞實　歸命經王　法會莊嚴　成熟〔熟字、本朝文集作就〕
功德　天皇〔醍醐天皇〕發願　其何以故　京畿七道　貴賤
万民　連年疫癘　無驗療治　隨日死亡　不追收
葬　苟居其位　誰不懊惱　是故作念　如說修行

昌泰元年　歳次戊午　季夏六月　二十六日　諸國敎化
禁二斷殺生一　百官潔齋　奉二行諸善一　鳳城内外　華輦緣
邊　明神社下　靈驗佛前　散花如レ雨　天衆交降　梵
唄如レ風　地類爭赴　俯而所レ聞　百獅子吼　仰而所レ照
一護國珠　異處薫修　遂無二化念一　分時演說　唯有二一
心一　假使末世　由レ運降レ災　講二般若一故　願早消
滅　假使時政　違レ令起レ罪　講二般若一故　速得二調和一
假使鬼道　吐レ怨惱レ人　講二般若一故　變レ怨爲レ喜　假使
亡靈　含レ怨成レ祟　講二般若一故　轉レ怨爲レ樂　其既困
者　法藥嘗レ口　其欲レ病　者　智劍護レ身　合掌未レ開
四方除愈　稽首未レ擧　万里平安　善根之餘　永斷二水
旱一　風雨順レ時　五穀豐登　或幽或明　聞之見之
資二善知識一　證二菩提果一

京畿七道にわたり、数年来疫癘流行し、疫死のものが多く、一一収めて葬うこともできないという惨状がかたられている。そこで疫病調伏、水旱の災をやめ、五穀の豊稔を祈って、臨時仁王会を行ったのである。文中般若を講ずることがみえるが、これは不空訳の仁王般若経をさす。この前後、この年三月二十二日に仁王会が行われ、ついで同月二十八日に疫癘を祈るために十五大寺に三カ日金剛般若経一万巻を転読せしめ、天下潔斎を下令し、ついで四月には天下の流行病を消すため八社に奉幣し、六月には天下の疾疫のために桓武帝の藤原夫人吉子の墓に宣命使をつかわしたりしている。いかに危機意識のなかに醍醐天皇の新政がはじまったか、そのような背景から道真の任大臣の事が進行したことがわかる。

菅家文草第十二

保安五年閏二月廿三日書之　散位　藤(花押)

天承元年八月八日進納北野廟院　以權上座勝暹大德令觸宮寺政所留守圓眞矣

菅家文草十二卷

同後集一卷

菅相公御集一卷第十卷

當將謝世累所果夙心也以傳來葉勿出院内(印記、懶齋)

朝散大夫　藤　廣　兼

〈底本懶齋手跋〉

予素特蓄此一册這回以菅氏雲公之本假同志二三之手寫從上之二册而爲全書矣藏諸書笥遺之雲仍而充彼之滿籯之金云

明暦二年歳舎丙申六月十六日　懶齋龜藏謹書于

和州添下郡郡山之弊廬

〈架藏懶齋本　以上〉

〈寛文板本跋〉

本朝之詞章文雅、蓋不レ爲レ不レ多矣。大卒(ママ)以二菅家一爲レ宗也。其生平述作、凡十二編、名曰二菅家文草一。書肆欲二鏤行一焉也、既尙矣。然而文字錯脫、訓點狼籍(ママ)、欲二校正一、更無二別本之可一レ據。予暇日探二書貫一、有三一帙題二菅家文草一。古昔名二于世一者之所レ點也。書肆野田某、聞之而請之切也。遂令三之鏤二矣。間有二脫字缺點一者、固神述之不レ可レ測者也。故不三妄議而校正二焉。寛文七歳次丁未夏六月日、洛陽後學慮庵福春洞謹跋。

〈元祿板本跋〉

校訂菅家文草跋

皇朝縉紳、以二詞藻一振二耀前古一者、世不レ乏レ人。菅江二家爲二之巨擘一、而其能卓然傑出、爲二天下後世一所二推尊一者、贈大相國菅公也。昌泰中、奉レ詔撰二進三代家集(ヲ)一。賜レ詩褒美、以爲レ勝二白香山一。其續レ芳鍾レ美、可二以知一焉。乃祖乃父二集、泯然無レ傳、可レ勝レ惜哉。唯公文草十二卷、幸獲レ存焉。我水戸西山公、篤好二乎古一、每以三印本文草、訛闕間多、往〻有二不レ可レ解者一、爲二遺憾一。久之獲二一善本於某所(ニ)一、欲レ廣二于世一。乃命聽二剞劂氏一、校訂登レ梓。於レ是塡二其闕一、正二其訛一。如二獺髓療一レ傷、如二鸞膠續一レ絃。璉瑚珪璋、永炳二不朽一、不二亦幸一哉。如二其後草一、絕而僅有、嚮搜二京師鎌倉一、得二後草二部一、亦畀(アタヘテ)二坊間一、以資二校讐一。昔韓昌黎集、脫落顚倒、無二復次序一、歐陽公補綴修緝、遂行二于世一。我君侯之功二於公一、亦殆類焉。世之傳二誦文草一者、被二君侯之惠一、亦不レ爲レ尠。剞劂氏請下題二一語一以爲上レ證。於レ是乎書。

元祿十三年庚辰之秋

常陽水戸府中村顧言謹跋

〈以下、菅家後集貞享板本尾部。尊經閣本後集丁本尾部亦同〉

奏狀

674

獻二家集一狀。

合二十八卷

菅家集六卷 祖父清公集

菅相公集十卷 親父是善集

菅家文草十二卷 道ー集

右臣某伏惟、陛下始御二東宮一、有レ令求二臣讃州客中之詩一。臣寫二取兩軸一、啓進既訖。登極之後、侍臣或人勸レ臣、令レ獻二文草多少一。臣蒙二或人之勸一、搜二覓元慶以往藁草一。臣先在二讃州一之間、書齋漏濕、典籍皆損。就中損之甚者臣文草也。或擧レ軸黏腐、舒之如レ粉。或篇中破缺、數字消滅。其詞不レ足レ誦之、人亦不レ載二于口一。無レ由二尋得一、默然而已。或人告云、賀州別駕平有直、雖レ非二詩人文士一、好寫二天下詩賦雜文一。疑是汝草同在二篋中一歟。臣怱(怱字、疑忽字)然大悅、招二取有直一、以二或人語一殷勤請託。有直一諾歸去、經二數日一乃寫二贈文筆數百首一。瓦礫之報、金玉甚輕。破顏謝之、合レ眼感之。其猶所レ缺者、就二腐殘之半邊餘點一、叩二會首尾一、補之綴之。恐往〻背レ前令二人意疑一之。伏勒二昌泰三年、內宴應制以上詩幷二先後雜文等一、且成二十有二卷一。

臣十五歲加レ冠、而後二十六、對策以前、垂レ帷閉レ戶、涉二獵經典一。雖レ有二風月花鳥一、蓋言レ詩之日尠焉。秀才登レ科、則不レ經二幾年一爲二戶部侍郎戶部主務一、專縈二案牘一。遷二吏部一之年、兼二文章博士一、令レ講二後漢書一。講レ書之煩、亦妨二詩興一。今之所レ集、多是仁和年中、讃州客意、寛平以降、應制雜詠而已。客意者以敍二微臣之失レ道也。應制者以遇二天子之好レ文也。觸レ物之感、不レ覺滋多。詩人之興、推而可レ量。臣伏惟、臣家爲二儒林文苑一尚矣。臣之位登二三品一、官至二丞相一、豈非三父祖餘慶之所二延及一乎。既賴二餘慶一、何掩二舊文一。爲二人孫一不レ可レ爲二不順之孫一焉。爲二人子一不レ可レ爲二不孝之子一矣。故今獻二臣草一之次、副以奉進之。伏願陛下曲垂二照覽一。臣某不レ勝二感歎之至一。誠惶誠恐、頓首〻〻。死罪〻〻。謹言。

昌泰三年八月十六日 正三位守右大臣兼行右近衞大將菅原朝

臣某上。

675 重請レ罷二右近衛大將一狀。

右臣某、去二月六日陳二寫懇誠一、請レ罷二大將一。明日天使從五位上行式部少輔兼文章博士備中權介藤原朝臣菅根至、傳以二勅旨一、不レ聽二愚欵一。臣畏レ違二王命一、由以從之。自レ夏涉レ秋、心胸如レ結。臣伏惟、去寬平九年夏季、當下陛下之欲レ受二禪入道太上天皇一、以三臣之備二坊官一、不レ嫌二儒學一、枉忝二爪牙一。當時有レ謗之聲、喧聒雖レ切、聖慮非常之寄、戰兢不レ辭。方今在位公卿堪二將帥一者、五六許輩、衆庶所レ推。伏願陛下特賜二優裕一、罷二臣武官一、俾三臣專供二奉花月之席一。不レ勝二丹悃之至一、修レ狀以聞。臣某誠惶誠恐、頓首〻〻、死罪〻〻、謹言。

昌泰三年十月十日　正三位守右大臣兼行右近衛大將菅原朝臣某上。

菅家後草卷第十三

元永二年三月二十八日書之　少內記　藤(花押)

貞享板本增補分　六七四―六七五

示二勅使一。

忽驚朝使披荊棘　官品高加拜感成
雖悅仁恩覃邃窟　但羞存沒左遷名

正曆六年贈二左大臣一。勅使散位菅原幹正、參二安樂寺廟院一、讀二宣命文一。此間案上縹紙書、自然化出。驚恠見之處、有二件絕句一首一。可レ謂二神異一。仍副二府解一進レ官。其後重贈二太政大臣一。此詩于レ今安二置外記局一。

天承元年八月八日進納
北野聖廟以宮寺權上座勝暹令觸留守政所
圓眞大法師矣　　朝散大夫　藤廣兼

無序

表二首

獻家集表

辭大將表

贈太政大臣詔。已爲時作。

〈以上、菅家後集貞享板本尾部〉

〈架蔵貞享板本刊記〉

菅家後草卷第十三跋

夫菅神之盛德文章、深哉大哉。既世遠年久、且本朝乏㆓古記㆒、文獻不㆑足㆑徵。纔有㆓菅家文藻・菅家後集等之殘㆒、聊足㆑窺㆓一斑㆒。然倭俗拙㆓文字㆒、舊本亥豕之誤、往〻多矣。大森政成、得㆓後集之善本㆒、以鏤㆑梓欲㆑行㆓于世㆒。就㆑予請㆓一語㆒。予好（ヨミシ）㆓其志㆒、跋㆓卷後㆒爲㆓之證㆒云。貞享丙寅年三月日、村隱黑川道祐記。

貞享四丁卯歲正月吉辰　　洛南

參考附載

676 〔仁和四年〕奉昭宣公〔其經〕書。菅丞相讃州刺史時。

某白。不信而諫謂之諛、過而不改謂之過。某去年與平季長共陳瞽説、是諛也。今日不堪愚欵獨進狂言、是過也。某万死再拜、願賜縱容。某今月日、偸入皇城。適有或人、告以一事。曰、左大弁廣相朝臣、奉勅作答大府〔基經〕上章之勅書云、以阿衡之任為公之任。明經善淵愛成等、引毛詩、尚書君奭之義。即述其説云、阿衡者三公之官、坐而論道。紀傳藤原佐世等、摘後漢書、論晉簡文紀之句。更釋其意云、阿衡者或稱丞相、又名攝政。六月七日宣命云、作勅答之人廣相引阿衡、以乖朕之本意。去十月、大臣命明法博士云。定廣相所當之罪名。諸人云〻。廣相忌避阿衡、久不仕(ママ)。某自愛或人之語、寒心酸鼻、寢食不安。廣相忌先為己業。次為大府。所聞者一、而所悲者二。所言者近、而所慮者遠。何者、夫作文者、不必取經史之全説。雖邂逅取之、或斷章為義。遣辭之所膏液、弄聖賢於筆頭。隨手之所剪裁、破經典於紙上。況遇膠黏之數字、得髣髴之成文。偸是(是字、一本作足)其言詞、不知觸於忌諱。自有風雅篇章以來、孰敢能免斯咎者乎。

廣相採伊尹之舊儀、當大府之典職。本義雖與詩書反乖、新情自與漢晉冥會。視其所以、觀其所由、非挾於異心以作斯文。蓋因同體而偸彼義也。若起于廣相、留為流例、後之作文者、未必免罪科。〻〻不免則縁情體物、豫設對吏之詞。言泉思風、先書入宰之簡也。當是時、法官論曰、事有舊章、理宜遵用云〻。大府寧為作文者、廻哀惜之情乎。又去夏到國者皆曰、上自公卿大夫下及婦人兒子、知之不知、无不談廣相為口實。如行人言、唯以為、其為衆毀所歸之。故天下共罪之也。若令他人坐此同罪、回其罰深過淺、必有為彼訴者。可哀(可哀、一本注其然歟)則毛羽創痏、遞生輕重之手。春雨秋霜、交出愛憎之口也。當是時、法官論曰、刑无一科、理宜一定云〻。大府寧為被訴者、立敢降之議乎。如是則世之特好文章者、爭避網羅、爭避網羅、則无家學之人。无家學之人、則文章自茲而廢矣。某身非横草之後、家少代永之親。官爵則詐朝廷以家風。聲價亦嚇世人以祖業。仰思先進、伏見當時、雖云文士之多人、未若弊内之累代。昔者楚君亦發歎於墜屨、野婦(恐一字脱)零涕於亡簪。非物之貴、不忘故也。況某父祖揚名之業、子孫出身之道、一朝停廢、豈不レ哀乎。是其爲二已業一所レ悲者也。

廣相爲二當代一所レ立者、大功一、至親三。何以謂レ之。閭里言曰、先皇欲下立二今上一爲中太子上者數。而大府不レ務二奉行一。其間小事、人皆聞レ之。廣相内結二婚姻一、外託二師傅一。万方祈請、无レ不レ盡レ誠。斯事雖レ出二于街談巷語一、或万分之一、可二採用一矣。詩曰、无二德不一レ酬。无二言不一レ報。小言小德、猶可二酬報一。况爲レ聖致二精誠一者乎。是廣相所レ立之大功也。廣相外孫皇子見有二一人〔齊中・齊世〕一。今上龍潛之日、相視褻近。父子天愛也。豈无二顧念一乎。既愛二其孫一、故其祖之不レ可レ悪者可レ知。其至親一也。廣相女子〔義子〕者、今上在レ邸而所レ娶、々後四年乃爲二天子一。雖レ可レ不レ専二後庭之夜一、何以乍割二前日之恩一。既親二其子一、故其父之不レ可レ疎者可レ知。其至親二也。尚侍殿下〔淑子〕者、今上之所二母事一。其勞之爲レ重、雖二中宮一而不レ得。其功之爲レ深、雖二大府一而不レ得。而廣相始以二女子一附二屬尚侍一。轉自二尚侍一奉二進今上一。婦人以レ仁爲レ性、不三必思二其大義一。始屬之志、寧不二哀憐一。故尚侍爲二廣相之意一亦可レ知。其至親三也。

又聞、去年先皇晏駕之朝、今上承嗣之夕、功成二漏剋一、議定二須臾一。因二縁貴府之持重一、无レ有二傍人之出一レ言。宜哉先皇之寄二顧託一也。

史曰、非二上聖一不レ能二大知一。故拘二常品一。々々之人亦有二常識一而已。大府臨レ時爲二社稷之器一、曷若二廣相一積日有二祈禱之功一。大府居レ位爲二師範之儀一、曷若二廣相一信〔恐有二誤脱一〕有二講授之勞一。大府大唯爲二大臣之貴一、曷若二廣相一家中有二皇子之親一。大府攝政爲二冢宰之臣一、曷若二廣相一承レ恩有二近習之故一。縱使下聖主被上レ逼二外議一、暫不二相近一、揆二其内情一、未二必爲一レ疎。然則廣相逾播二陰怨於大府一、聖主空飾二外形於大府一。爲二大府一計レ之、甚无レ謂也。又藤氏功勳、勒在二金石一。公侯將相、冠蓋如レ雲。近代而降、漸似二蕭索一。位高德貴者、年齒衰老。年壯才聞者、位望卑微。雖レ有二非常一、无二人可一レ備。雖レ有二不虞一、无二士可一レ謀。儻准二大府神明之德一、未レ墮二顯祖不朽之名一。夫百丈之木、爲二一蠹一所レ傷。万尋之堤、爲二一蟻一所レ決。廣相有レ才有レ智、有レ謀有レ慮。有レ親有レ故、有レ功有レ勞。伏惟、大府裁察、勿丙爲下有二才智謀慮一者上爲乙怨府甲。勿丙爲下有二親故功勞一者上爲乙摧首甲。是其爲二大府一所レ悲者也。

廣相者某先父相公〔是善〕之内人、然而未四曾聞三爲レ某有二恩恕一。約而言レ之、魏文帝所レ謂文人相輕也。今之所レ陳无二他用一レ意。不レ勝二己業之欲一レ廢、續以二狂昧之拙誠一。

伏惟、大府深思二遠慮一、再三反覆。又近者如レ聞、明法奉レ宣之後、所論各異。或云、職制律云、被二詔書一有レ所二施行一、而違者徒二年、失錯者杖八十。注曰、失錯謂レ失二其旨一。廣相是失二詔書旨一也。或云、詐僞律曰、詐爲二詔書一及增減者遠流。疏曰、意在二詐僞一、而妄爲二詔勅成文一、而增二減其事一。苟廣相是詐爲二詔勅一也。如レ是則兩家之說、有レ重有レ輕、不レ知三誰能得二其實論一。謹案、職制律謂、施二行詔書一、失二錯其旨一者杖罪、異三于廣相作レ詔以乖二主上之旨一。詐僞律謂、不レ據二勅命一、妄自爲レ詔者遠流。反三于廣相奉勅、以違二人君之意一。二律文遂无二正條一。將三以因准論一。因准論之、疑罪自從輕。〻則廣相之无レ患明矣。

若法之所レ當罰不レ足レ患。則大府先出二施仁之命一、諸卿早停二斷罪之宣一。若世之所レ爭事不レ得レ已、則託以下放二逐邪臣一之議上。莫レ用下詐爲二詔書一之律上。古人有レ言、可レ斷不レ斷、還受二其咎一。甚恐事旨變生、後悔无レ及。某万死再拜謹言。

仁和四年十月十三日、紀略によれば大判事惟宗直宗・明法博士凡直春宗らをして、いわゆる阿衡の文字を含む詔書を誤り作った罪名を勘申せしめたとあるが、政事要略によると、勘申の十月十五日以前に詔を下してその罪を免じている。道真はそのころ(おそらく十月はじめ)憂慮にたえず、讃岐よりわざわざ上京してこの書を書いて基経に送ったとみられる。この書の成立は十月十五日以前で、「冬夜閑思」(二七四)の直前と考えられる。本書はまことに力のこもった文字で、はげしい迫力で基経に対して、広相を罪すべきでないことを訴えている。北山抄十、吏途指南の条で、公任はこの書をたたえて、事理の非を言わないで、ただ此の人を罪せらるべきでないことを陳じている点を称揚している。しかし本書が事件解決の動機になったかどうかは問題である。解説五八頁参照。

本書は基経にさし出された手紙であるが、何故か菅家文草の散文の部には収められない。忌むところ憚かるところありと考えられたためかもわからない。政事要略巻三十、年中行事、御画事附けたり阿衡事に収められているものから取ってここに収めた。

677　寛平八年閏正月雲林院子日行幸記。

〔首部闕佚〕無二人賞望一、方今看眼不レ改、樹身［　　］輿之再臨、不レ堪二鳧藻之如一レ舊、老僧感［　　］圖、今日復見天長［　　］外躍馬從(縱)禽、滿山終□焉、［　　］□(大)納言源朝臣(能有)奉勅、宣命以二由□□□□□□□(性大法師一爲二權律)師一、弘延・素性兩大法師施二度□□□□□□□(者各二人一、共起稽首)、擧レ聲歡喜。中納言菅原朝臣(道眞)亦宣命云、内匠頭從五位下良岑朝臣時實、授二從五位上一。時實卽再拜舞踏。以二未一刻一、乘レ擧(轝)幸二船岡最高之頂一。皇太子以下、騎馬相從。其儀如レ初。嶋中菓栞、遺猶□(山)積、令二人留守一、更俟二後召一。未四剋許、令内豎［　　］菓栞、仍卽奉獻。其後貴賤之［　　］

□馬闐咽、院門成レ市。知□(與)不□或人傳二示御製一、及菅納言、式部□□(少輔)□□(紀長)谷雄等之詩一如レ左。

閏月戊子日、遊二覽雲林院一、因題二長句一。　御製

是家本自帝王院　是の家　本自らに帝王の院
今者變爲帥□宮　今は變じて帥□宮となりぬ
池面□□泉似布　池の面□　泉は布に似たり
青苔滿地竹林風　青き苔は地に滿ちて　竹林の風
世□□異物□□　世(地惟)異にして物□(無し)
氣味交廻花是同　氣味は　交　廻りて花は是れ同じ
熈和在眼迷□昂　熈和眼に在り　迷ひて(低)昂す
閑□□寧觀惣空　閑に□寧　觀惣べて空し

奉レ和二遊覽雲林院御製一。□□□□(藤原時平)。

雲林禪院白雲中　雲林の禪院　白雲の中
耆舊相謀□□□　耆舊相謀りて□(宮)
□□不休唯一響　□休まず　ただ一つの響き
香煙常送大千風　香煙常に送る　大千の風
花迎鳳輦□爭異　花は鳳輦を迎へて　□爭ひ異なり
鳥熹鴻恩語各同　鳥は鴻恩を熹びて　語　各同じ

入境自然煩慮斷　境に入る自然　煩しき慮り斷つ
人心還似水心同空　人の心は還水の似く　心は空に同じ

行幸後、憶二雲林院勝趣一、呈二吏部紀侍郎一。　中納言菅原朝□(臣)

從來勝境屬風情　從來勝境　風情に屬る
專夜相思夢不成　專夜相思ひて　夢も成らず
□酒更□□淺戸　酒を(把りて)更に(論ふ　深)淺の戸
看花只倦往還程　花を看てただ倦む　往還の程
青苔地□□□□　青苔の地に　(心中の色有り)
瀑布泉遺耳下聲　瀑布泉に　耳下の聲を遺す
唯恨春□□□□　ただ恨むらくは　春(遊に御製なかりしこと)
僧房帋墨舊塵生　僧房の帋墨　舊塵生ず

奉レ和下菅納言、行幸後憶二雲林院勝趣一、見レ寄二長句一。次韻。

式部少輔紀朝臣長谷雄

顧憶林池暗在情　顧みて憶ふ　林池　暗に情在ることを
恰如方寸地中成　恰も　方寸の地の中に成るが如し
尋花□□離魂裏　花を尋ね□　魂の離るる裏
傍水重行合眼程　水に傍ひ重ねて行く　眼を合す程
石老應經先□□　石老いて經なむとす　先□

傳聞、天長之代
數幸此院。故云。

傳へ聞く、天長の代、數此の院
に幸したまへりと。故に云ふ。

松寒猶奏古風聲　　松寒うして奏づるが猶し　古の風の聲

當□□□□□　　當□

滿院高僧盡後生　　滿院の高僧　盡くに後生

夫時世不レ常、古今易レ隔、今人難□代、誰傳二今日之事一。其不朽者、唯□記二盛事一、遺二於來葉一。

寛平八年閏正月　日記。

寛平八年閏正月六日に、宇多天皇は子の日の遊覧のために北野に行幸し、午の刻に雲林院についた。皇太子・本康親王・貞純親王・貞数親王・大納言源能有・中納言時平・同源光・同道真・参議高藤ら王卿殿上人らが、みな麴塵の衣をきて陪した。雲林院の院主由性を権律師にし、弘延・素性に度者を施した。未の刻に轝(こ)にのって、船岡山に登って、野遊びを楽しんだ。この時の記録を紀長谷雄がしるしたもので、道真の詩序(五四七)および詩二首(四三一・四三二)が文草ならびに扶桑集に出。御製以下四首の律詩の資料は貴重である。御製に和した第二の詩の作者は不明であるが、時平と考えられている。第三は道真の作で四三二と小異がある。第四はそれに和した長谷雄の作。第一・第二の詩と第三・第四の詩と、できばえに格段のひらきがあり、道真が自分と長谷雄を元白の間柄にたぐえて考えたこともゆえありと思わせられる。

道真の作品を含む重要資料であるから、伏見宮家本「紀家集」巻十四、延喜十九年大江朝綱筆の古鈔本(古簡集影、影印本)により出しておく。

678　昌泰元年歳次戊午十月廿日競狩記。

凡遊獵之事、多致二騷擾一、皆是不レ知二誡一、不レ張二制一之使レ然也。故人犯二細過一、箠楚立加。僕從不レ謹、其主相坐、行路肅然、邑落安静□□(都鄙歟)□苦、今實二錄其事一、以貽二後鑒一。其大略□田野無事、聊弄二小鷂一、逍遙歷覽、□條、彼我相亂、藪澤幽曠、左右難レ分、每異□整馬色、欲使望而易レ識。尋以不レ迷耳。其人數粧束如レ左。

左方

鷂飼九人　掌調練知道涉獵隨宜摯獲之數、勤思過人事。

頭　左近衛中將在原朝臣友于

行事　左大辨源朝臣希

番子　左近衛少將藤原朝臣滋實

左近衛權中將藤原朝□(臣)定□(國)

中宮職亮藤原朝臣恒尙

中宮職大進源朝臣敏相

右兵衛權佐良岑朝臣衆樹

右衛門少尉源茲風

左兵衛少尉源朝臣浣

右九人裝束、同用新羅組之緒、纑結□(立)總纑色韝(タカダヌキ)、纑革著レ鈴。赤白橡□(地)色□□(摺衣)、纑纐袴、火色□□□(小下衣)纑［　　］添ニ餌帒一、葦毛馬、［　　］白玉帶、五位以上著ニ□□(黑毛)馬□(皮)帶一、五位以下□(著)ニ烏犀帶一、若帶レ劍者、參議用ニ豹皮□(後)鞘一、五位以上用ニ虎(トラノ)皮一、六位用ニ水豹皮(アタラノカハ)一。土俗云ニ阿多羅一。

間諜九人　掌下遠近影(カゲノゴトクニ)從(ヒ)、記ニ獲(エモノヲ)多少(ヲ)、糺ニ察(シ)詐謀一、不レ受ニ囑請一事上。

少納言今枝王
刑部大輔藤原朝臣連松
左兵衛權佐平朝臣元方
散位平朝臣伊望
主殿助藤原季繩
內藏大允藤原善行
左兵衛大尉良岑遠視
左馬少允藤原良柯
藤原俊平

右九人裝束同用深纑染之［　　］衣同淺地括袴鹿毛馬［　　］鞘緒等同レ上。

右方

鷂飼九人　掌同レ左。

頭　右兵衛督藤原朝臣清經
行事　勘解由使長官源朝臣昇
右近衛權中將源朝臣善
番子　左兵衛佐源朝臣忠相
右兵衛佐平朝臣惟世
右近衛權少將源朝臣嗣
備前權介藤原朝臣春仁
武藏介藤原朝臣惟岳
能登介源朝臣凝

右九人裝束、同用新羅組之緒青白橡結立總青色韝(タカダヌキ)、青革著レ鈴。青白橡地色摺衣青卷目袴、志遠色小下衣、青白橡末濃脛巾、青色餌囊、鴾(ツキ)毛馬、黑緋鞦、其帶及劍後鞘等同レ左。但［　　］同用ニ青色一。

間諜九人　掌同レ左。

右馬頭在原朝臣弘景

左馬助藤原朝臣□□(恒佐)
左衞門少尉橘公頼
右衞門少尉藤原朝見
左衞門少尉藤原元忠
左馬少允平元規
越前權掾橘良利
藏人源等
源興平
右九人裝束、同用二深青地墨摺衣一、同□地括袴、黑毛馬其帶及劍後鞘等、同レ上。
次第使二人 掌下行列之次、不レ致二濫越一、隨時上下、指導進退事上。
左近衞將監藤原俊蔭
右近衞將監藤原忠房
右二人裝束、同著青□橡綾袍□表袴、其下衣上、不拘禁色其然每□爲內裏藏人也、但在野外宜著獵□。
當日丙辰、天氣微陰、及二巳一剋一、雲收日晴。從行之輩、皆悉會參。巳二剋、次第使等行事。主上駕二御馬一、從臣皆乘レ馬。巳三刻、列二南庭一、出レ自二西門一。其行列、左右鷂飼、相分在レ前。左右間牒、相分在レ後。大駕在二於中央一、藏人所堪二容良一者八人、著二紫貲布摺衣、白絹袴、脛布一步從。喚繼八人、著二靑摺衣一、各執二威儀之物、御胡祿(籙)、御弓、□、御行縢、御水甬(ママ)、御履筥、御大笠、御餌囊、是□囊鈿盒金銀、結以作之。求二於古今一、未レ有レ此□□□□□(也。式部大輔)紀朝臣長谷雄、皇大后宮職亮平朝臣好風、式部□菅原景行等、乍(著)朝衣扈從、在二大駕之後一。殿上童□人、各著二淺紫地摺衣、□(韓)錦夾腰一、左右行列。各臂□□(鷹鶻歟)、馬色不レ定、鷹飼四人著二帽子、腹纏、行縢一、左右相次。典藥頭阿保常世、著二故 弊 靑白 橡 衣一、隨二御藥韓櫃一。陪從□塵落盡、如二靑紬形(ママ)一。又其從者二人、令著破□濤而見昔年小忌之舊衣也。歲代久積、山藍□不レ知三何處求得二此物一。時之觀者、或以掩レ口。內舍人紀內見(ママ)、同仕人等二人、同共從。自外雜色、不レ可二具記一。顧望綿々、不レ見二其後一。卽自二三條大路一東行、乘二朱雀大道一南行。縱觀之車、夾レ路不レ絕。男女 鱗 䔭、互□車中之女、爭瞻二天顏一。或出二半身一、或忘レ露□□□(面。衣色)照二輝於簾外一、粉光妖二艷於軾間一。好風□艷 詞、時々相挑如レ狼。等(等字之上、疑女字脫)視如レ土、曾無二一答一。□上下行事、不レ速不レ遲、亦不レ亂レ行。巳□(四歟)刻許、到□(九歟)條大路、折而西行。午一刻許、到二川嶋之原一、始命二獵騎一、各以從レ事。左右間牒、亦各分配、馳散如レ雲、争入二原野一。爰左鷂飼浣、馬跳銜脱。放二鷂鷹馳一、乗奔無レ轡、遂以墜落。右方皆云、此是左方將レ負之徴□(也)。□更著二鷹御衣一、其綵摺之妙、眩二於白日一。自此之□唐綾□□女車追從、猶數十兩、鷹徒亂馳、雖各□不二曾一顧一、只逐二御駕之所一レ赴。策二奔牛一而□草間、或攀轟下、遊獵之樂、於レ此爲レ盛。午三剋□渡二葛野河一。且鷹且行、渉レ田渉レ野。從レ禽往還、行無二定道一。

于レ時秋收既竟、田畝盡空。人馬亂踏、有二何一愁一。况復山顔點レ紅、林頂被レ錦。眺望□間、□然。申二刻許、到二猪阿街一。右大將菅原朝□□□(臣、於二路)左松林一、補二鷹者之疲一、聊亦供二進御膳一。以二黒木倚子一爲二御座一。其御器、白銀之笥、青竹之籠、朴象二田家一、頗作二風流一。又銀作二刺柄一、以代二玉盃一。于レ時□舍鷹□、右鷂飼嗣等二人遂不レ到、惟世間諜善行、嗣間諜元方等、兩不二相從一、先來在レ此。爰怪問二其由一、無二敢所一レ述。漸尋二實事一、善行忘二己分配一、嗣則追從。□相從、曾不二承引一。日斜心倦、酒食與催。遂□無レ食。所二間諜本意一、豈如レ是乎。或人云、惟世□求不レ知二何者一、左方之人、或密嘲咲。又今枝去、是昇朝臣之間諜也。昇朝臣稱譽曰、今枝能練二獵道一、且多二情感一。毎レ獲二一鳥一、落涙數行。今枝聽レ此□當時聽者或云、今枝年老心衰、只事レ酒□者其如レ此。勸二誘飲一レ酒、醉泣之間、□□滋實半身塗レ泥、衣色盡澆。人或勞問□、時見者密告云、滋實馬仆鞍倒、墜二入泥□纔騎、數顧赧レ面。應下是慙レ墜二武勇之名一、悔上レ汙二美麗之衣一耳云〻。夫銜勒之變、古人是愼。若二馬駭車覆一、則雖二孟賁一其廻二何慮一、况於二滋實一有レ可二慙念一乎。

酒及二數盃一、主上就レ駕。菅原朝臣、帶二弓箭一陪從。車之觀者、十有餘兩。經過之次、□嶋坂東原。日暮獵罷、插レ鞭南行。連松馬上□依レ例放歌。後レ行程僻、人不二相尤一。昏黒之頃、到二赤目御廐一。貞數親王、先二侍從臣等一、投二侍七間假屋□下一、卽令三左右獻二所レ獲之鳥一。淸經朝臣、獲數甚少。卽自申云、凡小鳥之栖、多在二草莽一。而間諜連松、本病患レ渇、寸歩飲レ水、若不二蹔飲一、喉杜欲レ絶。爲レ叶二彼望一、□行、終日踏二洲渚之沙一、無レ由レ過二野田之草一。獲□此之由也。嗣到來、同獻二獲物一。惟世亦臂レ鷂到來云、所□鷂、邂逅求得、獻二小鳥十一翼一。雖レ不二分明一、人無二具探一。其後熟問、實是供取彩御鷂、詐稱二已鷂一耳。所レ獻之獲、□知レ非レ眞。非二唯惟世以構一レ之、皆遂知二間諜無一レ心之至一。左方所レ獲鶉一翼、小鳥九十一翼、以二鶉一翼一准二小鳥□(五歟)翼一、都合九十六翼。衆樹獲二一小菟一、不三以爲二獲物□□(之數。右)方所レ獲小鳥、百廿二翼、右方舞二踏於庭中一畢。□□□（卽竹絲）合レ聲令レ樂、元規奏二納蘇利一。墮レ馬之兆、於レ此不□。□（戊）一剋許、供二進御膳一、侍臣等遍賜レ食。御廐所レ設雜□餠餉等、列二置庭上一。座前數所、積レ薪燒レ火。盃酒通宵、笛歌送レ曉。好風朝臣、快飲先醉、長歌長舞。一座覺レ眼、遂徹二遙夜一。又遊女數人、入來在レ座。好風朝臣、數稱二舊少將一、探二其懷一吮二其口一、戲言多端、不レ可二□□（具言一）。

廿一日、丁巳、少有二陰氣一。早朝當國守兼覽王、□酉剋許、捧二秣稻百束一、不レ候二氣色一、並列二庭中一。天氣不□嫌色、侍臣相視、不二敢一言一。其第一執二捧物一者、忠相不レ得レ進、不レ得レ退。左右廻二顧顏色一無レ至。移レ剋之後、默以退歸。歸入之間、數人相亂、奪二取其秣一、不レ知二誰從一。卽勅二撿非違使如道一、尋二捕其身一、垣外決レ笞。凡明王所レ幸、不□兼覽王、不レ達二此情一、輙以自進、無智之□于二辰四刻許一、供二進朝膳一、侍臣等皆賜レ食。巳□（四）刻許、行二幸於片野之原一。其陪從者、貞數親王・菅原朝臣・□（昇）朝臣・清經朝臣・友于朝臣・善朝臣・春仁・恒佐・如道・敏相・季繩・善行・忠房・公賴・朝見・涜・凝等、及鷹飼四人而已。其餘皆悉歸遣、令レ勤二本職之事一。左近衞將監俊蔭、同在二歸中一、別賜二御衣一、再拜舞□（踏）□內裏近臣之故也。其扈從者、歸去者、各改□衣、著二用他服一、爭二極美色一、迭以誇張。其中滋□（實）獨著二唐綾一、表裏甚麗。清經朝臣戲曰、天下本好二質朴一、未三曾見二服色之美一。今已如レ此、恐變二本心一。滋實答曰、如レ臣者、衣色雖レ美、心情如レ舊。至レ如二諸人一者、□之心、隨レ時無レ定。何必論二衣服之變易一乎。歸□□（去之）輩、目送二大駕一。犬馬之情、非レ無二戀懷一。去留非□不言。史臣長谷雄、右脚爲レ馬所二踏損一、不レ堪二從行一□（也）。故歸レ洛、雖レ悔無レ及、搔レ首而已。自後之事、非二敢□□（所レ記）。

679 片野御幸記略。

（昌泰元年）十月廿日、主上聊弄二小鷂一、逍遙歷覽。左頭、左近衞中將在原朝臣友于。行事、左大辨源朝臣希・左近衞權中將藤原朝臣定國。番子、左近衞少將藤原朝臣滋實・中宮職亮藤原朝臣恒尙・右兵衞權佐良岑朝臣衆樹等。右頭、右兵衞督藤原朝臣清經、行事、勘解由使長官源朝臣昇・右近衞權中將源朝臣善。番子、左兵衞佐源朝臣忠相・右兵衞佐平朝臣惟世・右近衞權少將源朝臣嗣等。當日丙辰、天氣微陰、及二巳一刻一、雲收日晴。從行之輩、皆悉參會。巳二刻、主上駕二御馬一、從臣皆乘レ馬。列二於南庭一、出レ自二西門一。

其行列、左右鷂飼、相分在レ前、左右間牒、相分在レ後。天駕在二於中央一。藏人所堪二容貌一者八人、著二紫貲布摺衣、白絹袴、脛巾一歩行。自二三條大路一東行、至二朱雀大道一南行。縦觀之車、夾レ路不レ絶。車中之女、爭瞻二天顔一。或出二半身一、或忘二露面一。衣色照二耀於簾外一。右大將菅原朝臣〈道眞〉、於二路左松林一、供二進御膳一。長谷雄朝臣、右脚爲二馬所一レ踏損一、不レ堪二從行一。申二故障一歸洛、〈已上紀家記〉每事雖レ多、依レ煩不レ能二記寫一。

680　宮瀧御幸記略。

〈昌泰元年〉十月廿一日、太上〈宇多〉天皇有二御鷹狩逍遙一。其從レ駕者、常陸大守是貞〈是貞、紀家集作二貞數一〉親王・權大納言右大將菅原朝臣〈道眞〉・參議勘解由長官源昇朝臣・四位右兵衛督藤原清經朝臣・左近衛中將在原友于朝臣・右近衛權中將源善朝臣・五位備前介藤原朝臣春仁・左馬助藤原朝臣恒佐・右衛門權佐藤原朝臣如道・中宮大進源朝臣敏相、六位八人、小童三人、都廿二人也。其餘數十人、登レ山臨レ水、行レ野在レ原、野遊日暮、留二幸旅宿一。

廿二日、直指二宮瀧一、上皇臨發。

廿三日、早朝進發、抂レ道過二法華寺一。禮レ佛捨二綿二百屯一。上皇出入往反、巡二覽寺中一。每レ見二破壞之堂舍一、彈指歎息。出二寺門一、至二舊宮重閣門所一。路傍有二酒醴果子一。往ゝ生レ炭、不レ見二一人一。群臣不レ問二其主一、任レ意飲喫。或人曰、此物、大安寺別當僧安奚、聞二右大將〈道眞〉來一、所二相待一也。乍見二御駕一、僻易迷惑、隱二伏草中一矣。上皇馬上勅曰、素性法師、應レ住二良因院一。馳レ使令レ參二會於路次一。卽差二右近番長山邊友雄一請之。法師單騎參二會路頭一。上皇感歎、法師脱レ笠揚レ鞭、前驅而行。勅曰、相隨者、物是白衣禪師、稱須三假隨二俗法一。仍号曰二良因朝臣一、取二住所之名一也。日暮留二宿於大和國高市郡右大將山庄一也。勅曰、良禪師者、和歌之名士也。宜下爲二首唱一以慰中旅懷上。卽各進二和歌一。右衛門權佐如道獻レ歌之後、獨向レ隅、屈レ指計之、良久曰、臣作已乖二格律一、願滅二〈滅字、谷森本作レ減〉三字一。有レ勅不レ許、諸人以爲二口實一。

廿四日、進發過二現光寺一、禮レ佛捨レ綿。別當聖珠大法師、捧二山果一、煎二香茶一、以勸二饗侍臣一。上皇進行、留二宿於吉野郡院一。

廿五日、遂至二宮瀧一、愛賞徘徊、不レ知二景傾一。其瀧之爲レ體也、廣袤廿三町、勢非二峻嶮一。其硠磕急流之色、如レ崩二積雪一。有レ勅曰、勝地不レ可二空過一、以レ觀二宮瀧一爲レ題、各獻二和歌一云ゝ。鷹飼紀貞連、清貧之尤甚者也。平生多レ食之處、置腹而飽滿、當二其無レ食、連日不レ飡。近日食無二宿設一、故群臣朝食、各期二滿腹一、夕餔之不レ定也。便號曰二貞連喫一。路次向二龍門寺一。禮レ佛捨レ綿。松蘿水石、如レ出二塵外一。昇朝臣・友于朝臣、兩人執レ手、向二古仙舊庵一、不レ覺落レ涙、殆不レ言レ歸。上皇安二坐佛門一、痛感二飛泉一、勅令レ獻レ歌云〻。是日、山水多レ興、人馬漸疲。素性法師・菅原朝臣・昇朝臣等、三騎御レ尾而行。素性法師問曰、此夕可レ致二宿於何處一。菅原朝臣應レ聲誦曰、

不定前途何處宿　前途を定めず　何れのところにか宿ねむ
白雲紅樹旅人家　白き雲　紅せる樹は旅人の家なり

山中幽邃、無二人連一レ句。菅原朝臣高聲呼曰、長谷雄何處在、長谷雄何處在。再三不レ止、蓋求二其友一也。入レ夜執レ炬、到二野別當伴宗行宅一。

廿六日、留而不レ出、或小飲、或閑談。內裡（醍醐天皇）御使、左兵衞佐平朝臣元方、忽參二野中一、奉レ問二寒溫寢膳一。

廿七日、進發。內裡御使元方、陪從未レ歸。

廿八日、早朝、元方奉レ勅入レ京。巳刻、上皇指二攝津住吉濱一。經二龍田山一、入二河內國一。龍田是自レ古名山勝境也。各獻二和歌一云〻。

菅原朝臣絕句曰、

滿山紅葉破小機　滿山の紅葉　小なる機を破く
況遇浮雲足下飛　況むや浮べる雲い足の下より飛ぶに遇はむや
寒樹不知何處去　寒いたる樹は何處に去きしかを知らず
雨中衣錦故鄉歸　雨の中を錦を衣て故鄉に歸らむ

廿九日、欲レ向二住吉濱一、爲レ惜三素性法師歸二本寺一、留連未レ能レ發行一。勅二群臣一令レ獻二惜レ別之歌一云〻。歌終、施二法師御服少衣一襲、細馬一匹一。法師數盃之後、兼感二恩賜一、著二御衣一、騎二御馬一、向レ山直去。侍臣惜而群立目送。人〻以爲、今日以後、和歌興衰矣。

卅日、月盡也。管絃相隨。雖レ無二下レ碇飛レ帆之儲一、頗得二乘レ潮駕レ浪之趣一。又各獻二和歌一云〻。著二於江北一、下レ船騎レ馬、詣二住吉社一、和歌（和歌之上、詠字脫歟）云〻。

十一月一日、午刻始向二京都一。申時到二楓河西善朝臣小家一、暫待二昏景一。兩三刻後、歸二幸朱雀院一。賜二陪從群臣酒饌幷絹一、別加二給親王大納言參議御廐馬一匹一。群臣入レ夜、各〻分罷。嗟乎、人意不レ同、譬猶二其面一。相從者見レ實、以爲二頌歎一。不二相從一者、聞レ虛以爲二誹謗一。世之常也、不レ可レ怪之。

廿一日（廿一日、恐當レ作二已上二字一）、右大將菅原朝臣記之。依レ多略之。

六七八―六八〇　昌泰元年初冬十月二十日より、十一月一日にかけて、宇多上皇は朱雀院を出て、左右の鷹飼以下王卿侍臣らを率いて片野で鷹狩の競争をし、ついで大和の宮滝に幸し、河内の竜田山をこえて、攝津の住吉に詣で、帰洛した。この時の記は紀長谷雄がしるすはずだったが、第一日に彼は馬に右脚をふまれて帰京を余儀なくされたので、第一日だけ長谷雄が書き、二十一日以後の分を権大納言右大将だった道真が書きついだ。これが古来有名な片野・宮滝御幸記である。本記は第一日の紀長谷雄の書いた分で、叙述生動、鷹狩の情と景とが遺憾なく活写せられている。後半の道真の記もこういう調子のものであったであろうが、遺憾ながらその原文は佚して、その筋をつたえる佚文が略記・袋草紙・花鳥余情等に出ているだけである。いま前半の競狩記(花鳥余情では「昌泰元年片野行幸記」と題する)を、前掲の伏見宮本紀家集古鈔本より引いておく。

次にその競狩記を如何に節略引用したかをみるために、略記巻二十三、醍醐天皇上、昌泰元年十月二十日の条を引いておく。次に、同じく略記の十月二十一日より十一月一日までの条を引いて、道真の宮滝御幸記のすがたをうかがうよすがとする。ここに文草に収められないところの道真の口詩ならびに絶句各一首があって貴重であり、詩友紀長谷雄が同行しないことをのべる条などは原文のまま節略しないで引用せられているとみられ、情景生動、彼のさらさらとした散文の特徴をよく発揮している。この御幸には詩歌風流の遊びもともなって行われたとみえ、古今集や後撰集に法皇や源昇その他廷臣たちや歌僧素性らの作品も散見する。道真のこの時の和歌作品をあげておく。

朱雀院のならにおはしましける時にたむけ山にてよめる

すがはらの朝臣

此たびはぬさもとりあへず手向山紅葉の錦神のまにまに(古今、羇旅)

法皇宮の滝といふところ御覧じける御ともにて　菅原右大臣

水ひきの白糸はへてをるはたはたびの衣にたちやかさねむ

道まかりけるついでにひぐらしの山をまかりはべりて

日ぐらしの山路をくらみさ夜ふけてこの末ごとにもみぢてらせる(後撰、羇旅・大鏡)

とおぼしい文章が引かれている。その一部を引いておく。

後撰集正義には「菅家御記」としてこの宮滝御幸記を訓みやわらげたとおぼしい文章が引かれている。その一部を引いておく。

廿五日、宮滝につきてあそぶ。たちやすらふに、日のくるゝ事をもしらず。其滝のありさまは、めぐり三四町ばかり、たかくさかしからねど、をとはいとたかく、はやくながれたるいは、つもれる雪のくづれかゝるがごとし。水の中の所々に大きなる石あり、あひさる事遠きは一丈あまり、ちかきは七八尺、此わたりの人々、木をきりとりて、石のあいだにわたして、橋として、すゝみわたりて滝をみけり。あやうき事きはまれり、さらにいふべくもあらず。水のかたはらにひとつの草の庵あり、いほりの中にひとりの女あり、八九十ばかりなり。馬などのあるをみて、おどろき出てあやしみ見る。さぶらひの人々、女にとふて云、ここにすむこといくとせ、水のそこいくらばかりなる。女答云、ここにすみてより以来六七十年よりさきには、水のそこみそひろばかりなり、今はわづかにとひろあまり五ひろ六ひろばかりなりと申き。〈末世の好士、此滝たゞをとにのみ聞て、ふかくこゝろえしらざらん事を思ひて、彼御記をうかゞひて、をろ〳〵しるして、みちをとふ心ざしあさからず、よし野の滝これなり。〉

大和国高市郡に右大将道真の荘があり、そこに二十三日に宿泊している。彼に「竜門寺に遊ぶ」という七律一首(三七四)がある、竜門の滝は吉野郡竜門村(今、吉野町)の山口と柳村との中間にあり、この国樔村(今、吉野町)大字の宮滝とは別である。

なおこのほかに寛平七年八月五日「大安寺縁起」、寛平八年二月十日「長谷寺縁起」の二文は古来道真の作といって、水戸の本朝文集、宗淵の北野文叢もともにこれを道真作として収めている。

補注

巻第一

一〔一〕梁の簡文帝に「雪裏に梅花を覓(と)む」の詩などがあるが、それらを展開して新境地をよむ。簡文帝の望月詩に「流輝入二画堂一、初照上二梅梁一、形同二七子鏡一、影類二九秋霜一」とあり、「金鏡転」の発想はここらあたりにもとづくか。また別の望月詩に「今夜月光来、正上二相思台一、可レ憐無二遠近一、光照悉徘徊」とか、梁の鮑泉の詠梅花詩に「可レ憐階下梅、飄蕩逐風廻」とあり、「可憐」の措辞もここらから転用したか。要するに十一歳の少年は、作詩のために、たとえば芸文類聚でなくともそれらを取捨したような作詩の参考用の部類書を座右にしていたであろうと思われる。

このように題下に、制作の時期や年齢・官職もしくは成立の事情などを自注する双書分注形式は文集の体例を襲ったものであろう。底本「菅家、承和十二年乙丑生、斉衡二年乙亥、年十一」と朱筆頭注。これはおそらく林道春の加注であろう。板本はこの朱注と、原本の分注とを一緒にして、分注に混入している。以下みなしかりである。

「星」「馨」は、下平声九青の韻。他々平々他・平々他々平・他平々他々・平他々平々、と平仄をふむ。まことに整然とした他起式五絶。

〔二〕三一の「月色なほし迷ふ臘雪残れるかと」と同じ発想。

耀字、一本輝字に作る。訓カカヤク、連体形に訓む。連体言の準体用法。

〔三〕中国において、月と梅とをとりあわせる趣味、月夜に梅花を見るという好尚は、六朝詩にはないようで、晩唐の皮日休の行次野梅詩や陸亀蒙の和詩、温庭皓の梅詩などにみえ、「暗香浮動月黄昏」など宋詩以後に多くみえるところ。

〔四〕源氏物語、紅梅に「えだのさま・花ぶさ、色も香も、よの常ならず。(中略)(紅梅の)香なむ、白き梅には劣れるといふめるを」(本大系〔一七〕二四四頁)などとある。白梅はことに香が高いといわれていたのである。

二〔一〕「臘」は、冬至後の第三の戌の日に百神を祀る祭の名。転じて、年の暮のこと。

〔二〕「嗟くに堪へたり」は、源氏物語、柏木に「しづかに思ひて嘆くに堪へたり(白氏文集の句)とうち誦じ給ふ」(本大系〔一七〕三九頁)とある。

〔三〕花房氏いう、「幾処」と「誰家」とを対することは、文集、銭塘湖春行詩の「幾処早鶯争二暖樹一、誰家新燕啄二新泥一」あたりを出典とするであろう。

〔四〕送り迎えする月日を旅人と見たてる擬人的・童話的発想であるが、李白の「春夜桃李園に宴する序」にも「天地は万物の旅館で時間は過ぎ行く旅人だ」という。

〔五〕勤学・勧学の、たとえば勧読書抄(Pelliot 2607)などといった類の幼学書の影響があろうか。

三〔一〕虞世基の詩に「蘭枯芳草歇、槐古憶二前秋一」とある。

〔二〕礼記、月令、季秋の月に「菊に黄華有り」とある。

〔三〕稽含の菊花銘に「翠葉紫茎」とある。

〔四〕南陽の酈県に谷川が流れ、その源の山に大菊が咲き、川はその滋液にうるおい、この川の水をのんで皆長寿を得たという(芸文類聚、菊部所引風土記の説話)。

〔五〕「燭を乗る」は、魏の文帝の書に「古人燭を秉(と)つて夜遊ばんことを思ふは、良(まこと)に以(ゆゑ)あるなり」とある。李白の「春夜桃李園に宴する序」にも出。古詩十九首第十五にもとづく。

四〔一〕底本「扶集一」と朱注する。即ち「扶桑集巻一に出」の意で、この注者は完本の扶桑集を手許において、注したものと思われるが、今日は扶桑集は残巻が伝わるのみである。「赤虹」は、虹の赤色が上にあるもの。

虹は季春三月からあらわれるもので、陰陽の順序調和をみだすとあらわれると信ぜられた。特に夫婦が礼を失うと虹が盛んに出現するので、赤虹は、陰が陽気にのっかかるのだという。「進士の挙」は、文章生の試で、式部省が毎年春秋に詩賦を課して行なった。道真は貞観四年(八六二)四月十四日、春の省試に応じ、五月十七日及第して文章生の給料に補せられた。省試の作品「省試当時瑞物賛六首」は五三に出。以下四首(四—七)は、父是善が家において十七歳の道真の受験のための模擬テストに作らせた練習答案ともいうべき七言十韻の排律である。(唐では五言六韻の排律を以て科挙の試に課した。)語彙・措辞はきらびやかであるが、内容はそれほどのものではないから略注しておいた。

〔二〕「序」のツキテの訓は、興福寺本日本霊異記による。

「盈縮」は、史記、蔡沢の伝に「進退盈縮、時と変化す」とある。

〔三〕「嬋娟」は、「嬋媛」と同じく、相連なり引かれるさま。文集、新楽府、井底引銀瓶に「嬋娟たる両鬢は」(神田本天永点)とある。

典論に「魏の太子剣を造る、名づけて虹彩といふ」とある。

〔四〕「枢星散ず」は、芸文類聚、虹部所引春秋運斗枢に「枢星散じて、虹蜺となる」とある。これによる。

尚字、板本当字に作る。

〔五〕史記、鄒陽伝にみえる説話による。昔、荊軻が燕の太子丹のために秦王を刺そうとし、事あらわれて殺された、その時、白い虹が太陽を貫いてあらわれたが、つき通らないのをみて、太子はその事が成らないのをさとったという。

「怨」の訓は、「イソグ・イソガハシ」(類聚名義抄)と訓むによる。

〔六〕干宝の「捜神記」に、孔子が春秋を作り、孝経を制し終って、斎戒して北斗の星辰を拝すると、赤虹が天より下って、化して黄玉となった。その上に文字が刻まれていた。孔子は跪いて受けてこれを読んだという(白氏六帖、虹蜺部所引)。

五 〔一〕詩紀「干呂瑞雲低」、文叢「干呂瑞雲低」に作る。

「干呂」は、十洲記の「東風律に入りて、十旬休まず、青雲呂に干(ふ)れて、連月散ぜず」の語による。大漢三年に西国王の使が好道の君をたたえて貢物を献じたときの語で、盧照鄰の中和楽章にも「東雲呂に干れ、南風絵に入る」とある。

〔二〕古詩に「躑躅(てきちよく)たる青驄の馬」とある。詩経などの詩によるか。曹植の「白馬王彪に贈る」詩に「霖雨泥二我塗一、…改レ轍登二高岡一、…我馬玄以黄」とある。

六 「躬桑」は、礼記、月令、季春の月に「后妃は斎戒して、親ら東郷躬ら桑つみし(中略)以て蚕事を勧めしむ」とあるをさす。昔、后妃が自ら桑をつみ、蚕(かい)を養ったこと。民に農蚕のことを勧めるためである。

詩題は、「躬桑」の二字題の中から韻字を取るという意で、ここでは桑字により下平声七陽韻を韻として、桑・遑・霜・筐・粧・堂と押す。一般に桑つみは楽府の相和曲の詩題として六朝からうたわれた。

七 〔一〕「折楊柳」は、もと西北辺境地帯にうたわれた鼓角横吹曲(楽府の胡吹歌。民謡調の外来の笛のメロディ)に源を発し、「闗山月」や「梅花落」などとともに楽府題となって六朝・唐の詩人たちに多くうたわれた。わが国でも嵯峨天皇や巨勢識人がこの題で詠じた。

〔二〕「楊柳」「攀折」は、梁の柳惲の折楊柳詩に「楊柳乱れて糸を成す、攀き折る上春の時」、唐の盧照鄰の詩に「攀き折りて聊か寄せむとす」、同じく張祜の折楊柳詩に「君を懐うて重ねて攀き折る」とある。

〔三〕柳絮と雪とのアナロジーは世説新語にみえる謝安の故事による。安は、雪の降る日に、白雪紛紛たる景色は柳絮が風にとびたつようだといった。唐の崔湜の詩に「楊柳君がために攀かれ、落つる絮は衫袖に縁る」とある。

〔四〕古詩、折楊柳に「露葉は啼ける臉かと疑ふ」「楊柳乱れて糸の如し」「妾自ら肝腸断つ」などとある。

八 〔一〕底本「貞観四年、扶十六」と朱注。三代実録、貞観四年(八六二)九月九日の条に「重陽の節、天皇前殿に御(おは)して宴を群臣に賜ふ。文人詩を賦し楽を奏す、禄を賜ふこと常の如し」とある。政事要略巻二十二、北野天神会事に、道真の伝をのべて、「貞観四年五月□日登省。十七日及第、文章生となる」とある。一九七に「十八にして登科し初めて宴に侍りけり」とあるのはこの時をさす。

詩題は、礼記、月令、季秋の月に「鴻雁来賓す」とあるによる。「応製」の「製」について慈本いう、「制の字なるべきに、本朝文粋にもみな製の字に作れり。仏説略教誡経曰、唐三蔵法師義浄奉レ制訳」。天子の言を「制書」とも「詔書」ともいい、君命を「制」というのである。「鴻」は大、「雁」は小、同じ種類の渡り鳥で、秋に渡り来る。「来賓」は、賓客として一時すみつく意。

〔二〕文集に「傷つける鳥は弦有るにも驚いて定(しず)まらず」(八五七)、「傷つける禽は翅を側(そばだ)てて弓箭に驚く」(九一〇)とある。

〔三〕詩経、衛風、河広に「誰か謂ふ河広しと。一つの葦もて杭(わた)りなむ」とあるによる。

〔四〕雁の列の後にちゃんと一行の長がついているから、あやういこともないの意か。雁行には「兄弟の歯(よはひ)、先後の次(ついで)」があるという。

九

〔一〕底本「貞観六、扶九」と朱注。道真の父是善は天安元年(八五七)八月二十九日、漢書を講じ始め、貞観六年(八六四)六月三日に漢書を講じ終ったと菅家伝にみえるが、「漢書」というのは、「後漢書」のあやまりであろう。ここは、貞観六年八月十五日の竟宴に、参会のものが詠史詩をそれぞれよんだのである。「厳閤」は、厳父と同じく、父是善をさす。「尚書」は、「刑部尚書」の略で、是善はこの年三月に刑部卿に任じた。刑部尚書は、刑部卿即ち今の司法大臣の唐名。「黄憲」は、後漢書、黄憲の伝にみえる。

〔二〕「詘」は、きわまる意。「詘レ中」は、天中即ち天の最中央を極める意か。「扶レ一」は、一日一度日景がうごくことによって暦日がかぞえられる意か。存疑。扶字、文粋挟字に作る。

〔三〕ここは、太陽が天中を運行して、歳月がきざまれるという意。

〔四〕ここは、堯舜らの古代の王たちが活躍した時代のことは尚書にその記録が集められて典章となったの意。

〔五〕「堯舜盛矣……」「周道衰焉……」の二句は対句。その対句の句末はともに仄声であるから、法の字は入声を用い、平仄に叶う。ここは、周の王室が衰微した時に、孔子は魯の年代記たる春秋を著わして、乱をおさめる規範を示したの意。

〔六〕ここは、司馬遷が「史記」を撰述して、代代の帝王の行事をもらさずしるしたの意。

〔七〕ここは、孟堅は「漢書」を撰述して、国家を統治する大綱を確立したの意。「班孟堅」は、班固。字は孟堅。就字、文粋記字に作る。

〔八〕ここは、劉嬰はしばらく洛陽(実は長安)の帝都に拠って天子として立ったの意。「劉嬰」は、前漢宣帝の玄孫で、平帝崩後の乱に長安において擁立された。漢書、王莽の伝・後漢書、劉玄の伝にみえる。ここに「洛陽」とあるのは記述のあやまり。

〔九〕ここは、更始は建武元年(更始三年に当たる)春王の正月というように紀元を建てたが、それもしばらくの間に過ぎなかったの意。「更始」は、後漢光武帝の族兄で、一時洛陽を都とし、帝として擁立せられ、年号を更始元年と改めた。後漢書、劉玄の伝にみえる。

〔一〇〕ここは、帝堯の後胤として、運をつかんで、火の徳によって天命下るという符瑞の感応を得たの意。後漢書、光武紀に出。

〔一一〕ここは、風雲の戦乱社会を静かにし、人民の生活を安定せしめたものこそ、わが光武帝即ち漢室中興の英主であったの意。

〔一二〕ここは、顕宗孝明皇帝は光武の第四子、先帝光武の遺業をつつしんでうけつぎ、(公平な政治を行なったので、)後世の史を論ずるものをして、先ず第一にこの顕宗の政世たる永平の政をたたえしめるにいたったけれどもの意。

〔一三〕ここは、その後、粛宗の孫である恭宗孝安皇帝が、王位をつぐに及んで、(威令が行われなくなって、)天は漢室の徳にようやく厭きたのであろうか、ついにその政治が粃のような空虚なものになりはててしまったの意。「粃」は、シヒナシ・シヒナセと訓む。穀のみのらざるもの、しいなのこと。慈本いう、「粃字恐誤、当レ作二疵字一、或是玭字(玭は玉の病なり)」と。

〔一四〕ここは、歴史の書物は、漢の王室をのべて、孝献皇帝において筆を絶つの意。

〔一五〕ここは、後漢の末、桓帝霊帝は(小人になれ親しんで)悪政を行い、ついに国歌の礼楽を少帝山陽公の時において失墜せしめてしまったの意。

〔一六〕諸葛亮が出師表において、「小人を親しみ、賢士を遠ざくるは、此れ後漢の傾頽せる所以なり」といったのは、ここのことである。出師表は、文選・古文真宝後集に出。この文は孔明前出師表に出。

〔一七〕「范曄」は、順陽の人。衆家の後漢書を删(けず)りて、一家の作をつくる(宋書、范曄の伝)。

〔一八〕唐の高宗の子、章懐太子賢は、諸儒を集めて、共に范曄の後漢書を注した(唐書、三宗諸子伝)。

〔一九〕ここは、注釈通解の作業をして奥深くに潜む難義を解明したの意。

〔二〇〕ここは、百代の後に至っても、明らかに知ることができるの意。

〔二一〕ここは、人文を観て、天下を治めなすというのは、まことにこのような書物をさしていうのであろうよの意。文選の序(昭明太子)にも「易に曰く、天文を観て、以て時変を察し、人文を観て、以て天下を化成すと、文の時の義、遠いかな」とある。
〔二二〕ここは、我が厳父是善は、この「後漢書」の歴史記述が、公平厳正であり、すぐれた史書であることを認識しての意。
〔二三〕ここは、紀伝の学生たちを召集して、御書所において、校定し講受したの意。
〔二四〕孔子が閑居し、曾子がそばに侍坐していたおりに、孔子が曾子に対して先王の道についてゆくりなく話が出て、孝は徳の根源で、ここから教えも出てくると説いた故事。孝経、開宗明義章に「仲尼居り、曾子侍す」とあり、疏に「居は間居、侍は侍坐なり」としるす。
〔二五〕作文大体、筆大体、発句(ほっく)の条に「観れば夫れ」をあげている。慈本いう、「観夫、原夫、すべてミレバ、タヅヌレバとよむべし」。
〔二六〕揚雄が太玄の書を著わしたところ、夢に白鳳を吐いて、その書の上にとまり、すぐ消え失せたという西京雑記の故事による。
〔二七〕「撞鐘」は、礼記、学記に「善く問を待つ者は鐘を撞かんが如し、之を叩くに小を以てすれば則ち小さく鳴る」とあるによる語。
〔二八〕史記、孔子世家に「韋編三たび絶つ」とある。「韋」は、柔皮・なめしがわ。韋でもって木簡・竹簡を編んだ。
〔二九〕昔、高鳳という人は、妻から竿をもって鶏の番をして庭に干した麦をたべられないように留守をたのまれた。にわか雨がふって庭の麦が皆流れたのに、高鳳は竿をもったまま経を誦していたという。後漢書、逸民高鳳伝・蒙求、高鳳漂麦に出。
〔三〇〕朱穆は学に熱心で、思索に夢中になると、衣冠をおき忘れたり、がけや穴におちこんだりしたという。後漢書、朱穆の伝に出。
〔三一〕杜預が、王済に馬癖あり、和嶠に銭癖ありと評したのを武帝がきいて、お前に何の癖ありやときくと、臣には左伝の癖があるとこたえたという。晋書、杜預の伝に出。ここは、是善の後漢書の講義に、好学の人人がこぞって受業したが、彼らは古来の好学の士にひけをとらないほど熱心だったの意。
〔三二〕「訓説」は、何晏の論語集解序に「博士孔安国、之が訓説をつくれり」とあり、三代実録、貞観十年六月十一日、滋野安城卒の条に「安城尤好二老荘一、諸道人等受二其訓説一」とある。
〔三三〕幼稚蒙昧のものが、教えを私に求める意を、易経、蒙に「我童蒙に求むるにあらず、童蒙の我を求むるなり」とあるによる。ここは、「後漢書」の難訓難義も是善の講釈によって、雲や霧が消散するように通じて明らかになったの意。
〔三四〕ここは、長期間、「後漢書」を受講して、読書百遍、くりかえし精読して功を終えたの意。開講以来七年を経過している。「三冬用足」は、漢書、東方朔の伝に「年十二にして、書を学ぶこと三冬、文史用に足りぬ」とあるによる。
〔三五〕漢書、韋賢の伝に「子に黄金を籯に満たして遺(おく)らんよりは、如(し)かじ子に一経を教へんには」とある。敦煌の類書にも「籯金(えいきん)」という書物がある。
〔三六〕ここは、古代の人人のふんだあとを考えて、勉強した実効は、その大きさを測ることができないほどだの意。
〔三七〕ここは、後漢書の竟宴の席を設けて、八月十五日に、多数の聴講の弟子たちが宴会を催したの意。
〔三八〕ここは、仲秋の涼気に、ちょうど天上の仙界の煙霞に酔うようであるの意。
〔三九〕ここは、十五夜の満月の光は、ちょうど中庭に聴講の礼物たる玉帛を連ねたようにさやかであるの意。
〔四〇〕ここは、周の穆王が瑤池のほとりで西王母に觴(さかずき)をさしたというが(漢書、穆天子伝)、今日の数杯の快飲は、別に天上神仙の池辺を求める必要はないの意。
〔四一〕ここは、晋の石崇は、金谷園の梓沢(そうたく)において、美姫を擁して高吟したというが(晋書、石崇の伝)、今夜の詩宴は、別にそういう別荘に行かねばならぬわけでもないの意。
〔四二〕ここは、各自が後漢書中の人物を分かち取って、詠史の詩を賦しようの意。
〔四三〕「云尓」のイフナラクノミの訓は、「云尓、イフナラクノミ・ナラクノミ」(慈本所引山門広竪義表白)による。
〔四四〕後漢書、黄憲の伝に「黄憲、字は叔度。汝南の慎陽の人なり。世世貧賤にして、父は牛医たり」とある。
〔四五〕蒙求巻下「黄憲万頃」と題する。これは世説新語による。後漢書、黄憲の伝に、郭林宗が、黄憲をみて、その度量の並並ならざるを感じて、「叔度(黄憲の字)は汪汪として、千頃の陂(みっ)のごとし。之を澄ませども清(す)まず、之を淆(だみ)せども濁らず、量るべからざるなり」といったとある。
〔四六〕後漢書、黄憲の伝に、潁川の荀淑が、慎陽に行って、逆旅(はたごや)で彼にあった。彼は十四歳であったが、荀淑は一見して身ぶるいが出るほどにその人物に感嘆し、彼に対して、お前さんは私の師表だといったとある。
〔四七〕後漢書、黄憲の伝に、郭林宗は汝南に行って、(彼の礼容大器にうたれ)数日彼と行動を共にして、帰ったとある。このことをさすであろう。
「逆旅」のサラタビの訓は、類聚名義抄・色葉字類抄による。
〔四八〕後漢書、黄憲の伝に、陳蕃と周挙とが常に相語って、しばらくの間、黄生を見ないと、鄙吝(ひりん)の心がきざしてくるというほどであった。陳蕃が太傅となったとき、すでに黄生は死んでいたので、嘆じて、「叔度若し在らば吾(われ)敢へて先づ印綬を佩びざらまし」といったとある。
〔四九〕後漢書、黄憲の伝に「憲初め孝廉に挙げられ、又公府に辟(め)されたり。友人共に仕へんことを勧め、憲も亦之を拒(ばこ)まず、暫く京師に到りて、還り、竟に就くところなし」とある。

一〇 〔一〕貞観六年(八六四)九月九日の詩宴であろう。類聚国史、歳時部参照。ただし三代実録では特に「喚二文人一賦レ詩」の句がない。いささか不審。
〔二〕「稼」は、李康の運命論に「蹇レ裳而渉二汶陽之丘一則天下之稼如レ雲矣」とあり、文集の「大和戊申歳大有レ年」詩に「莫レ道如レ雲稼、今秋雲不レ如」とある。
〔三〕八月正節を「白露」、九月正節を「寒露」という。
ギヨクヲシタテテの訓は、西大寺本不空羂索神呪心経寛徳点による。
〔四〕「銅雀」は、三輔黄図に「古歌に云はく、長安城の西に双闕有り、上に双べる銅雀有り、一鳴すれば五穀成り、再鳴すれば五穀熟すと」、劉禹錫の詩に「長安に銅雀鳴れば、秋稼雲とともに平(たひらか)なり」とある。三七八の「待来銅雀第三声」参照。

一一 〔一〕同席の人で韻字を各自一字ずつ分け合い、探してくじ引きで各一字を取る、これを「探韻(たんいん)」という。下平声十蒸の韻字たる「勝」を探得し、繒・仍・勝の韻字を用いる。底本「貞観七」と朱注。
〔二〕「勾引」は、文集、楊柳詩に「依依嫋嫋として復青青、勾引す春風無限の情」(三二四〇)とある。

一二 〔一〕書経、周書、泰誓上に「天は民を矜(あは)れむ、民の欲するところ、天必ず従ふ」とある。
〔二〕「珍重」は、范成大の減蘭詩に「枕書睡熟、珍重月明相伴宿」とあり、文集にも「珍重八十字、字字化為レ金」(四三二)、「珍重京華手自封」(一〇二一)とある。

一三 〔一〕この前年の十月に道真は連聡(弟か)を失っている。貞観七年(八六五)九月二十五日に、彼は連聡の周忌にあたり、清酌の奠をあげ、祭文を作っている。秋風の惨悽 慄たる寒気が連聡を奪ったかと思い、宋玉のいわゆる雄風・雌風の賦を想起しつつこの詩を作ったかと思われる。
「題中韻」は、題の「秋風詞」という三字の中の一字を韻とするという意で、ここでは題中にある「風」を韻とし、上平声一東の風・叢・中・紅・雄・同の韻字を用いる。こういうものを「題中韻」または「題中取韻」という。
〔二〕「寒蟬」は、礼記、月令、孟秋の月に「涼風至り、白露降り、寒蟬鳴く」とあり、注に「寒蟬は蜩(ひぐらし)。蟬に似て小なり」とある。
〔三〕淮南子、天文訓に「虎嘯いて谷風至る」とあり、注に「虎は陰の精、陽(みなみ)に居て、木に依りて長嘯し、巽林に動く、二数相感じて、故に能く風を運ぶ」とある。この句による。
〔四〕文選の班婕妤の「怨歌行(団扇歌)」の発想に負う。和漢朗詠、巻上、夏、納涼(本大系七三一六三注一・補注)参照。
〔五〕「九畹」は、楚辞、離騒に「余(われ)既に滋(う)ゑし蘭の九畹、又樹(う)ゑし蕙の百畮(ほ)」とあるによる。また文子に「叢蘭茂からんと欲して、風これを敗る」(白氏六帖所引)とあるによる。
〔六〕「教令を為す」は、史記、太史公自序に「夫れ陰陽四時八位十二度二十四節、各教令有り、之に順(したが)ふ者は昌(さかん)なり」とあるによる。
〔七〕「淒(凄)其」は、詩経、邶風、緑衣に「絺(ち)あり綌(げき)あり、淒其(むき)くして風ふく」とある。

一四 〔一〕「釈奠」は、釈菜奠幣の意で、大学寮で孔子の像をかかげて供物をささげる春秋二回の儀式で、学令に規定される。貞観十年(八六八)二月上丁即ち三日丁卯に釈奠常の如しとある(三代実録)。板本・藁草は「貞観八年」と注するが不審。講書のテキストの順からいえば十年でなければならない。貞観八年(八六六)は二月丁未に釈奠は行われたが苅田安雄が周易を講じたのである。恒例により釈奠の後に礼記の講書があり、そのあと竟宴作文の会が催されたのである。「王公」は、親王以下公卿群官。「都堂」は、大学寮の文章院を「都堂院」といい、それをさす。

〔三〕白氏六帖、羊に「跪乳、〈羔羊の跪いて乳する礼有り、人取りて法とす〉」とある。春秋公羊伝・春秋繁露に出。

一五　〔一〕「安秀才」は、安部興行。大納言安部安仁の子。その秀才に挙げられ、対策に及第したことは、三代実録、貞観元年（八五九）四月二十三日の条にみえる。この人は道真赴任前、讃岐介になったこともある。↓三二注二〇。仁和四年（八八八）に文章博士に任じている。「秀才」は、文章得業生の唐名。「無名先生」は、匿名の表現で、菅原是善をさすのであろうか。「矜伐公子」は、尊大ぶった天狗の坊ちゃんというほどの意。「矜伐」は、自慢する・ほこるの意。「公子」は、貴族の男子・きんだち。「次韻」は、和韻の一体で、その原詩の韻に和して、その韻字も、用いる場所もぴったり同一になるようによんだもの。文体明弁、和韻詩の条・花房英樹「和韻詩」参照。

〔二〕後漢の李膺、字は元礼、官は司隷校尉。桓帝の時、朝庭が乱れて、綱紀がゆるんだ。時に膺はひとり風裁を持し、声名自ら高かった。教授するもの、常に千人。世間の士で、彼に接して薫陶をうけることの出来たものを、登竜門と名づけたという（後漢書、党錮、李膺の伝）。即ち、魚に喩えたもので、竜門は水険にして、魚はそれより上ることができない。そこを上りえた魚が竜となることができたことからいう。ここの「竜門」は、文章院の東西両曹のうち、菅家の西曹を指すか。道真の「書斎記」（五二六）に、宣風坊の菅家廊下に秀才進士が出入し、学者はここを竜門と称したとある。文章院の別曹には菅原是善がいるわけで、ここは父を竜門の李膺に比しているのであろうか。

安部興行の原作がわからないから、この句の意は明らかにとりにくい。あるいは、わずかの学問に天狗になっている公達が、廊下に入ってみて、風裁のある是善にあって、そのてごわい教授ぶりに驚く意か。

〔三〕王子喬が、仙人の浮丘公にともなわれて、嵩高山に昇天し去ったという列仙伝に見える故事をふまえているか。矜伐公子が、得意げに虚空の空しい光りをとらえようとして、白昼昇天したいなら、したがよろしかろうと諷するか。

「捕影」は、「捕景」に同じい。漢書、郊祀志に「世に僊人有り、不終の薬を服食す、その言を聴くに、洋洋として耳に満てり。若し将に遇ひて求めむとすれば、盪盪として、風に係け、景（ひかり）を捕へむとするが如く、終に得べからず」、陸機の連珠に「光を重ねて藻を発（ひら）く、虚を尋ねて景を捕ふ」、劉孝綽の啓に「景を捕へ風に繋く、終に効答無けむ」。

一六　〔一〕「春十一兄老生」とは、何人か今日知るよしもない。春澄善縄に男三女一の子がいた。「十一」というのは、一族を尊卑長幼によって排列した順序（これを排行という）の数。くわしくは釈親考の輩行説参照。この「春十一」は、二男か三男かの子供の一人、善縄からみると孫にあたる一人をさすか。しかし、春江・春科・春苑・春隴・春永・春良・春庭・春原・春淵・春海・春道・春岑・春宗・春世・春岳などの史上にみえる氏姓は、皆略すれば春となりうるから、しかと定めがたい。

〔二〕春十一兄は、文章生のまま外国していた、即ち北陸もしくは山陰・西海道の諸国掾に任じていたのであろう。これは唐人ならびに渤海国と渉外事務を担当させるためである。「千里一朝程」というのは、おそらく西海道の筑紫あたりの掾に任ぜられて、京都に参観したことを原詩によんでいたのであろう。

〔三〕「糠粃」は、晋書、孫綽の伝に「簸り揚ぐれば、糠粃前に在り」とあるによる。

〔四〕事態がこれだけでは明らかでないが、一句は、春十一が図南の大志をいだいて、文章生外国しているが、三年すればまた改めて挙用の機もないではないとの意か。

〔五〕「九転」は、抱朴子、金丹に「九転の丹、之を服すること三日にして仙を得」とある。春澄善縄は神仙玄学を追求していた。その流れを汲む故にいうか。

〔六〕貞観九年（八六七）正月に、二十三歳の道真はすでに文章得業生となっていたのであるから、この詩はそれ以後の作であろう。

一七　〔一〕貞観八年（八六六）四月十日の作であろう。「郎中」は、式部・治部・兵部・民部・刑部・大蔵・宮内等七省の次官もしくは部長格、即ち輔（すけ）・丞（じょう）の唐名。「藤郎中」は、藤原氏でそうした官に任じた者。文章院別曹出身者なのであろう。藁草「藤中郎」に作るは非。四月十一日に式部省で成選位記の請印の儀が行われ、ついで十五日に弁官曹司の庁で成選位記を授ける位記召し給ばりが行われる（九条年中行事、延喜式）。

これは、藤郎中が式部官でこのことにかかわっていて賦した作品であろうか。存疑。

〔三〕入学に当たって大学の廟堂において、春酒を供したのであろうか。あるいは列見もしくは擬階の奏、即ち定期叙位の成選短冊のことにかかわるであろうか。存疑。

二〇 〔一〕「源皇子」は、何人を指すか不明であるが、仁明天皇の皇子で、源多・源光などのうちをさすか。三の「執金吾相公」と、あるいは同人か。

皇子の源氏が白いひよこを飼っているのをめでて詠じた作。

〔三〕史記、趙世家の説話参照。蒙求、元曲「趙氏孤児」・唐物語の程嬰杵臼説話等にも出。

二一 〔一〕真済性霊集序・文粋一、橘在列離合詩・作文大体、離合詩・本朝無題詩巻四、藤原忠道離合詩を参照。

この離合詩に一種の殺気の感ぜられるのは伴大納言応天門放火事件の何らかの投影であろう。しかし次の三の詩と同時の作で、良縄の弾琴を賞でて、戯作したかとも思われる。

〔二〕「年事」は、杜甫の「劉十弟判官を送る」詩に「年事推二兄恭一、人才覚二弟優一」とある。南史、虞茘の伝に「卿年事すでに多く、気力稍減じたり」とある。↓四二注一。

この一句難解。この貞観八年(八六六)九月、応天門炎上が大納言伴善男とその男中庸の放火によることが発覚して、その一味三人とともに斬罪に処せられるところを、死一等を減じて諸国に遠流せられた。坐するもの八人もまた諸国に配流せられた。この中には大内記・式部少輔・右中弁を経た文人貴族で、かつ讃岐守を歴任した理想的な能吏であった肥後守紀夏井もいた。彼は全くいわれなくして事に坐して、肥後より土佐に配流されたが、道真の理想像ともいうべき夏井のこうした変転は深刻なショックであった。この「班(かあ)ち来りて年事晩し」の句の背景に、この放火事件と諸国にそれぞれわけて配流せられた人人、なかんずく紀夏井の如き清貧温仁の老能吏の身の上を悲しんでいるかもわからない。

〔三〕▽一篇、年老いた人人をもあちらとこちらとにわけて行く。夜の風ははげしく、ひやりと刀のもつ殺気を感じさせる。秋はとかく愁えと恨みとが多いことをさとりえた。心という私の内部の王様よ、どうもこの時勢は私のためによくない(苦労して勉強するより、いっそ琴でもひいているのがましかもしれない)というような意を暗に訴えているか。次の三の作ともかかわりがある。

この詩は意味からいえば、素直でない表現であるが、「離合」という、一種の謎ときの遊びに過ぎないことを知るべきである。即ち「班」は正しくは「班」に作り、刀をもって瑞玉をたちきりわかつ意。第一句の「班」字から第二句の「刀」字を離せば「玨」となる。第三句の「念」字から第四句の「心」字を離せば「今」となる。こんどは「玨」と「今」とを合わせれば「琴」字を得るわけである。

二二 〔一〕「金吾相公」に、底本「参議左衛門督源多、右衛門督藤原良縄」と朱筆頭注する。「執金吾」は、金吾を執る役目。「金吾」は、銅棒で黄金を両端にぬったもの。天子の護衛の官がもったもの。執金吾は、略して「金吾」ともいい、衛門督の唐名。「相公」は、参議の唐名。右衛門督藤原良縄は貞観十年(八六八)に没。したがって、ここの執金吾相公は、参議左衛門督源多をさすであろう、貞観十一年(八六九)に三十九歳。もしこの作が貞観八年(八六六)作とすれば、良縄か多の何れかは決しがたい。ちなみに貞観九年十月四日に鼓琴の名手掃部頭藤原貞敏が卒した。唐に派遣せられた時、貞敏は劉二郎より妙曲を伝受したといわれる。

〔二〕「秋堂」は、劉禹錫の聴琴詩に「秋堂境寂として夜方に半なり」、白居易の題香山新経堂招僧詩に「煙は満つ秋堂月満つる夜」(三四六九)とある。

〔三〕楽府の隴頭歌に「隴頭の流水、鳴く声幽咽」、元稹の琵琶歌に「冰泉嗚咽し流鶯渋る」とある。ここは白居易の「琵琶行」からえた発想であろう。

二三 これはおそらく貞観十二年(八七〇)二月上丁の釈奠を指すであろう。一説、貞観七年(八六五)の作。但し田氏家集の「仲尼如二日月一」という題と一致しない。

二四 〔一〕菅家廊下の同窓の門生たちが、それぞれ対策及第して、五位に叙せられて外国(京都以外の地方官)へ赴任する送別の詩宴の作。探韻。

〔二〕「竜」は、科挙に合格して竜門を突破した人に喩える。王充の論衡に「蔡邕と崔寔とを並べる鳳と号し、又許受とともに三竜と号す」とある。

〔三〕「千万」は、文集に「尚し言ふ千万楽天の君と〈令狐が夢得に与ふる手札の後に云はく、楽天の君を見るは千万の誠を紳(の)べむがためなりと〉」(三三四二)とある。

〔四〕夢字は、風・中とともに上平声一東韻として用いる。仄声に用いることもある。

二五 〔一〕旱魃の後に雨のいたるのを喜ぶ詩で、「竜」を韻字とするところは、雲雨を得て昇天する意を寓し、対策及第することによそえる。漢書の伝にみえる良吏の名をよみこむ。これらの人人は地方官として赴任して、人民より敬愛せられ、太守に昇進し、後入閣するというようなパターンに属し、道真および菅家廊下に学ぶ人人の理想像と考えていい。これらの漢代の良吏は、多く蒙求に出。朱博烏集・葛豊刺挙・龔遂勧農・広漢鈎距・汲黯開倉・王尊叱馭のごとくである。この様式で孔子の弟子の名をよみこむ作が匡衡にある。

〔二〕「寛」は、正字通に「猛ならざるなり」、国語、呉語の注に「緩なり」とある。

〔三〕「井邑」は、周代の制度で、九家の分かち耕す土地、方一里を「井」とし、四井を「邑」とする。

〔四〕「含弘」は、易経、坤に「含弘光大、品物咸亨」とある。

〔五〕「杜延年」は、漢書巻六十に伝がある。杜周の子、字は幼公。法律に明らかで、昭帝に用いられて治績があった。

〔六〕漢書巻七十六の趙広漢の伝をよんでも、雨にかかわる記事がないから、ここでは単に広い空の意に「広漢」の名をかけると見る。

〔七〕「銅雀」は、銅鳳凰のこと。長安城西の双闕の上にあり、豊年になるとこれが鳴るという。

入矢氏いう、「欲遂」の語法存疑。

〔八〕「土竜」は、土で作った竜。雨を祈るに用いた。淮南子、説山訓に「土竜を為(つく)りて、以て雨ふることを求む」とある。

〔九〕「時邕」は、白居易の賀雨詩に「上は天戒に答へんと思ひ、下は時邕を致さむと思ふ」とある。

二六 〔一〕「宮才子・田才子」は、誰であるかわからない。「田才子」は、あるいは島田忠臣の弟島田良臣か。「入学」は、大学寮の文章院(即ち紀伝曹司)に入学して師について学ぶこと。学令に入学束脩の規定があり、延喜式、大学式に、学生の入学に名簿を点検することがみえる。両才子とも西曹に入学したのであろう。源氏物語、乙女に「ひきつゞき入学といふことせさせ給ひ」(本大系[一五]二八一頁)とある。

〔二〕曲字、板本典字に作る。キョクは下のギョクと音通のしゃれ。

「宮」と「田」とは、五音の宮と藍田の田に、両才子の姓一字をかけている。一種の秀句である。花房氏いう、宮は宮・商・角・徴・羽の五音の基で、五音の初といわれる。藍田は驪山の南にあり、古より美玉の産地。漢書、地理志に「藍田山に美玉を出(だい)す」とあり、西都賦にも、「藍田の美玉」とある。

〔三〕「陽春」は、陽春白雪というように古の名曲の名。「明月」は、明月の珠というように古の美玉の代表。「陽春曲」「明月珠」は、文選にしばしば出。

〔四〕両才子の声価のすばらしさをいう。

「遏雲」は、列子、湯問に「響、行雲を遏(とど)む」とある。遏字、板本辺字に作る。

〔五〕史記、廉頗の伝にある、奏の昭王が十五城をつらねて交換しようとした玉の故事による。第一句と呼応する。

二七 〔一〕板本には「自此以下秀才作、貞観九年扶二一」と注する。底本「貞観九」と朱注。「秀才」は、文章得業生の唐名。道真が文章得業生になったのは貞観九年(八六七)正月七日(三代実録・政事要略巻二十二によれば、貞観八年(八六六)五月七日)である。しかし三代実録によれば貞観九年正月二十一日に内宴停止。これによってこの注は信じがたい。貞観十年の内宴か。三代実録、貞観十年(八六八)正月二十一日丙辰の条に「内㆓宴於仁寿殿㆒、喚㆓文人㆒賦㆑詩、内教坊奏㆓女楽㆒云云」とある。おそらく貞観十年正月二十一日の内宴の作。文粋八に収め、題を「早春侍宴」に作る。扶桑集二に出。文粋十一の詩序・田氏家集巻上参照。

〔二〕「鳧藻」は、後漢書、劉陶の伝に「武旅に鳧藻の士有り」とある。鳧(かも)が水藻を得てよろこび戯れるところから、喜悦の意となる。

〔三〕「遊予」は、文選の魏都賦に「爰に遊び、爰に予(あそ)ぶ」とある。

〔四〕「建」は、指さす意。礼記、月令、孟春の月の条の注に「斗、寅を建(さ)す辰(とき)なり」とある。

〔五〕ここは、天は春に万物を化育生殖させるの意。

〔六〕ここは、天子は万民に恵和慈悲を垂れるの意。

〔七〕「煦嫗」は、礼記、楽記に「万物を煦嫗覆育す」とある。

〔八〕ここは、国の中も国の外もどこもみな楽しんでいるの意。

〔九〕柿村氏いう、遊釣は学生の意。鈞は均の訛(あやまり)。花房氏いう、強いて一説をあぐれば、遊釣に非ざるか。嵆康の酒会詩に「斂絃散思、遊釣九淵」とあり、太公望のように釣をして用いられるのを待つ身の上の意。

〔一〇〕ここは、綿をはさんで、ほっかり暖かくなると同様に君のめぐみを被(こうぶ)っているの意。左伝、宣公十二年の条に「三軍の士、皆纊を挾めるが如し」とあり、注に「纊は細綿、新綿なり」とある。
〔一一〕ここは、耳目もとまどいをして、目もくらみ、耳が良くきこえないの意。
〔一二〕ここは、君一人に慶福があれば、万民にも、これによって幸が及ぶの意。書経、呂刑に「一人慶有り、兆民之に頼る」とある。
〔一三〕「粧成」は、長恨歌の「金屋粧成嬌侍レ夜」の語による。
「歩虚」の詞曲は、楽府詩集、雑曲にみえる。道観で演じ、衆仙の縹緲軽挙の美を詠ずる。
〔一四〕「多許」は、幾許、幾多と同義とみて、鎮守守国神社蔵三宝類聚名義抄仏の訓により、イクバクバカリと訓んでおく。万葉集には「幾許」をココダ・ココダクと訓む。あるいは、許多を誤るか。

二六 〔一〕菅家文草は貞観九年(八六七)の作にかける。三代実録、貞観九年二月七日丁丑の条に「釈奠常の如し」とある。「孝経」は、孔子が曾子のために孝の道を論じたもの。
詩題は、孝経に「父に事ふるに資りて以て君に事ふ、而して敬は同じ」とある文句よりとる。詩序は文粋九に出。詩は扶桑集九に出。
〔二〕「大昕」は、礼記、文王世子の「大昕鼓徴」の疏に「初始昕明、鼓を撃つて以て学士を召す」とある。
〔三〕ケダシ…ナラシの訓は、猿投本古文孝経建久点による。
〔四〕論語、泰伯に「籩豆の事は、〔則〕有司存す」とあり、それぞれの司がそなえもののことをうけもつ。
〔五〕ここは、先聖先師の影に供えるかおりのある供物をば、先聖たちの霊も来たって享(う)けるであろうの意。
〔六〕論語、陽貨に「礼と云ひ礼と云ふ、玉帛と云はんか」とあるによる。
〔七〕ここは、円冠をいただき、節度正しく進退するの意。「円冠」は、荘子、田子方に「圜冠を冠る者は天の時を知る」とある。「撙節」は、礼記、曲礼上に「君子恭敬、節に撙(おもむ)きて退き譲る」とある。
〔八〕ここは、はば広い帯をして、ゆるやかな衣の裾をとるの意。
〔九〕「君子之儒」は、論語、雍也に「女(なむぢ)は君子の儒たれ、小人の儒たることなかれ」とある。
〔一〇〕孔子の故宅を修理した時、その壁の中から古文の尚書(書経)・礼記・論語・孝経等をえた。「典」は、これらの書のうち、古文孝経をさす。儒官に命じてこれを講ぜしめるのである。

〔一一〕ここは、孔子の立言は典籍にしるされて「孝経」となっている、それを大学の北堂において祖述講論するのであるの意。
〔一二〕ここは、経の文句を解釈説明することは、水の流れるようにすらすらとしているの意。
〔一三〕「志於道」は、論語、述而に「子曰く、道に志し、徳に拠り、仁に依り、芸に游(あそ)ぶ」とある。
〔一四〕ここは、道を妨げる雑草をとり除き、その経文に書いてある孝道を修めて、聖人を去ることあまり遠くない域にまで迫るの意。
〔一五〕ここは、孝は地の義なりとあるから、広く地理(環境風土)を観察して、その義理をつかむことができる。また孝は民の行なりとあるから、つくづく人文(社会状況)を観察して、その行動をさとることができるの意。孝経に「孝は天の経、地の義、民の行」とあり、易経、繫辞上に「仰以観二天文一、俯以察二地理一」とあるによる。
〔一六〕文選の東京賦に「高祖籙に膺り図を受く」、文選の沈約の碑文に「商武姫文、図に膺り籙を受くる所以」とある注参照。
〔一七〕「啜菽飲水」は、礼記、檀弓下に「孔子曰く、菽を啜り水を飲み、其の歓を尽す、これを孝と謂ふ」とあるによる。
〔一八〕孝経に「孝を以て君に事ふれば則ち忠」とあるによる。
〔一九〕礼記、祭義に「易直子諒の心」とあるによる。
〔二〇〕詩経、大雅、文王有声に「厥(そ)の孫の謀を詒(のこ)す」とあるによる。
詠字、文粋訓字に作る。
〔二一〕ここは、子や孫へ人として誠の道を教えるには、百行のうち、この孝経の教えたる孝に及ぶものはほかにないの意。
〔二二〕ここは、一草一木も、春風が吹くと芽がのびて、そのさやはいつまでも自らのてがら顔に芽を覆うてはいないの意。欧陽胆の唐天志に「翯鱗介、勾甲芽萌」とある。「勾」は、「句」に同じ、屈生の義。「甲」は、孚甲、草木の芽をおおっているさや。
〔二三〕文選の東都賦の「皤皤たる国老、乃ち父乃ち兄」の句による。
〔二四〕ここは、祭のあとに宴会では、髪の色即ち年齢の順序で席次を定めるの意。「燕」は、宴。「毛」は、毛髪。礼記、中庸に「燕毛は歯(よはひ)を序(ついづ)る所以なり」による。
〔二五〕「済済」は、礼記、曲礼に「大夫は済済、士は蹌蹌」、注に済済は徐行して節度あるさまとある。

「鏘鏘」は、「蹌蹌」に同じ。容貌のびやかに揚れるさま。

〔二六〕「孝治」は、孝経に「孝を以て天下を治む」とある。

〔二七〕「鏡谷」は、柿村氏いう、鐘谷の誤りか。幽谷は響に応じてなり、洪鐘は叩けばそれに応じてなる。孝を以て治めれば、その影響は必ず社会にあらわれることを鐘と谷との響に応ずるに喩える。文選の頭陀寺碑文参照。

〔二八〕ここは、慈父に事える道即ち孝をうつして、孝をもって君につかえる。君と父とに対する敬は同じいはずだの意。

〔二九〕後漢書、韋彪の伝に「忠臣を求むるには、必ず孝子の門に於てす」。

〔三〇〕ここは、孝の終りたる名をあげるという意味は、孝経の講義をきいた宮廷官僚たちに質問したらいいの意。孝経に「身を立て、道を行ひ、名を後世に揚ぐるは孝の終なり」とある。「請益」は、礼記、曲礼上に「請レ益則起」、論語、子路に「請レ益、日、無レ倦」とある。

〔三一〕忠臣は、孝子にもとづくもので、「家よりして国に形(あら)るる」ものだと、晋書、温嶠の伝の論にみえる。

〔三二〕「問ひを失ふ」とは、質問が軽重前後を失って見当がはずれていること。漢書、平吉の伝にみえる故事。「南陔(垓)」とは、孝子のこと。詩経、小雅の南陔の序に「南陔は孝子相戒めて以て養ふ」とある。ここは、孝を以ておし及ぼせば国を治めることができるということは、孝子に尋ね問えばよくわかるはずだの意。

〔三三〕ここは、君臣・父子・夫婦の道徳が、くいちがわずに正しく守られているの意。

〔三四〕ここは、清和天皇の政治がよく行われ、三綱五常の教えが守られていることをこの際のべておきたいという意。「五教」は、左伝では父義・母慈・兄友・弟恭・子孝、孟子では父子の親・君臣の義・夫婦の別・長幼の序・朋友の信。書経、舜典の「汝司徒となり、敬(つつ)しみて五教を敷き、寛(ゆるやか)に在れ」による。わが国社会を一貫した忠孝一致の倫理体系がこの序において理論づけを確立せられている趣がある。

〔三五〕「換白」は、本草、丹砂の部に出。姚合の病中書事詩に「白を換へて方(まさ)に錯(あやまり)多し、金を廻(めぐら)して法全からず」とある。王建の照鏡詩にも「換白」の語がある。花房氏いう、白は薬のこと、白金砂というものがあって、丹砂の一種。

〔三六〕晋書、王祥の伝によれば、王祥、字は休徴、性至孝、継母朱氏は慈しみがなかったがこれに事えて、冬天、母のために氷上に魚を求めて、鯉が躍って現われたとある(古孝子伝・蒙求下等にも出)。「王生」は、この王祥を指すであろう。王祥は生母を失ったが、継母がなお居て、これに孝事して、ついに武帝のとき太保を拝したことをいう。高士伝、巻中に、前漢の処士、王生の伝があるが、それではあるまい。

〔三七〕「曾子」は、曾参(そうしん)。孔子の弟子。大孝をもってしられる。「孝経」を作った。生涯、迎えられても仕官をことわり、どの国にも仕えず「率土の浜、王臣に非ざるなし」といって、清貧を貫いた。高士伝巻上・史記巻六十七参照。

二九 〔一〕「禁中瞿麦花詩、五言三十韻」の古詩が田氏家集巻下に見える。万葉集十八に「詠二庭中牛麦花一」があり、「牛麦」と「瞿麦」と同じい。また和名抄に「瞿麦、一名大蘭、奈天之古(なでしこ)、度古奈都(とこなつ)」とある。また「石竹」とも書く。田氏家集にある瞿麦花詩には「花は紅紫赤、又濃淡有り、春の末に初めて発(ひら)き、夏中最も盛りなり。窠文円纈、異彩同葩」とある。

〔二〕「錦窠」は、元稹の詩に「海榴紅は綻ぶ錦窠の匂」(四九九)とある。

〔三〕華字、詩紀花字に作る。但し第一句の韻字と重複するは不審。誤りがあろう。

三〇 〔一〕「月台」は、屋根のない月見台。この「陪る」は、単に随伴する意で、必ずしも朝参の議ではない。

〔二〕「一種」は、元白の詩に用例がある。斐交泰の長門怨詩にも「一種の娥眉明月の夜、南宮の歌管北宮の愁へ」とある。

〔三〕入矢氏いう、「此間」は、「此中」「這畔」と同じい。時にかかわりない。しかし道真は「いま此の時」の意で使っているかもしれない。

三一 〔一〕「王度」は、中国から渡航してきて京都に滞在した唐の人であろう。三代実録に散見する大唐通事の一人か。三にも王度が論語を講ずることがみえる。

「先登」は、礼記、曲礼に「主人先登して、客従ふ」とある。

〔二〕「争道」は、史記、荊軻の伝に「魯の勾践、荊軻と博し、道を争ふ」とある。また淵鑑類函、囲棊部に、「王導、その子と道を争ふ」とある。

底本、「道」にテタテと訓をさす。

〔三〕「手談」は、語林に「王中郎は囲棊を以て坐隠となし、支公は棊を以て手談となす」とある。

〔四〕新唐志、雑芸術類に「王積薪、金谷園九局図一巻〈開元待詔〉」とある。また五雑組六（十八）に碁経十三篇がみえ、王積薪の名もみえる。

三二 〔一〕田氏家集巻上「春日仮景、訪二同門友人一」の七律を参照。この詩中に「王法新法をたてて酒に淫することなかれといふ〈令有り、人の群飲を放（ゆる）さず〉」とあり、また「晩冬過二文郎中一、翫二庭前早梅一」（四九）の詩序に「日ごろ、朝家令有り、飲酒を禁（とど）めたり。令行はれし後に、犯す者なし」とある。これは貞観八年（八六六）正月二十三日に「頃者、民間宴集、動（ややともすれば）有二違愆一、或同悪相聚、濫非（そしり）二聖化一、或酔乱無レ節、便致二闘諍一、拠レ理論之、甚乖（そむけり）二道理一。自今以後、王公以下、除二供レ祭療レ患之外、不レ得レ飲レ酒。其朋友僚属内外親情、至二於暇景一、応二相追訪一者、先申二官司一、然後聴（ゆるす）レ集」というずいぶんきびしい一種の集会禁止令、治安維持法みたいなものが出たのである（太政官符、禁二制諸司諸院諸家所々之人、（中略）責レ人求レ飲、及臨時群飲一事）。これは、応天門の事件前夜の騒然たる社会状勢を反映するものであるが、この時も春日の暇景に、忠臣ら数人の同門の詩友たちが人数を限り、役所に集会とどけを出して、ささやかな詩宴の軽酌を行なったのである。

〔二〕「余花」は、謝朓の「遊二東田一」詩に「魚戯新荷動、鳥散余花落」。

〔三〕文集「春酒初めて熟す」詩に「甕（もたひ）の頭（ほとり）の竹葉は春を経て熟す」とある。

〔四〕「軟脚」は、唐書、楊国忠の伝に「出づるに賜有るを餞路といひ、返るに労有るを軟脚（なんきやく）といふ」とある。

〔五〕心をいたましめるというのは単に春愁のためばかりではない。時勢に対する諷意もあろう。この時の田氏の詩に、「儒家問ひ導（い）ふ詩は無用なりと〈近来盛んに詩人用なしと導ふ〉」とあり、「世上崎嶇として失脚するひと多し、花前暗淡として心に留めず」とある文句とかかわりがあろう。

〔六〕「格物」は、大学に「其の意を誠にせんと欲する者は、先づその知を致す。知を致すこと物（こと）を格（ただ）すに在り」とあり、格は来、物は事なりと注する。善に志すことが深ければ、善物を来たす、事は人の好むところによって来るという大学の八条目の一。格物致知。

三三 「寒食」は、清明の節の前二日、冬至からかぞえて百五日の日、仲春の末、三月の初。琴操によるに、昔、晋の文公、介子推を林中に求め、林を焼いたため、子推が木を抱いて死んだのを哀しんで、この前後三日、火食を禁じ、冷食する中国の風習。「即事」は、その場での即興詩。わが国における寒食の詩宴の珍しい資料の一つ。

三四 〔一〕臨邛において卓王孫という長者の娘文君に対して琴を弾じてその心を引き、文君はその挑みに応じて夜相如のもとに奔った。蒙求や元曲をはじめ、わが唐物語その他古来有名な講談・戯劇の題目となった。

〔二〕「長楊」は、漢に至って修理して行幸遊猟の離宮とした。垂楊数畝が宮中にあったのでこの名がある。相如は天子のために遊猟に関する賦を作って、結びに節倹を旨とすべきをのべて、諷諫した。これが文選にある「上林賦」である。また長楊宮において射熊館に猛獣をあつめ、胡人をして手づから搏たしめたことは揚雄の「長楊賦」にのべてある。

〔三〕史記、司馬相如の伝に「相如既に大人の頌を奏し、天子大いに説（よろこ）ぶ。飄飄として凌雲の気有り、天地の間に游ぶ意に似たり」とあるによる。

三五 〔一〕貞観十年（八六八）の秋ごろの作であろう。「巨先生」は、巨勢朝臣金岡。「先生」に、底本「金岡」と朱筆傍注。巨勢氏系図によれば、従五位下、隼人正・采女正を歴任。「神泉苑」は、拾芥抄中、宮城部、諸院に「神泉苑、天子遊覧所、以二近衛次将一為二別当一。乾臨閣、謂二之正殿一、金岡畳レ石。二条南、大宮西八町。善女竜王、常見二此所一」とある。金岡はこの監に任じて石を畳み、庭を造ったのであろう。「仍」は、「因」と同義として用いる。

〔二〕「時光」は、韋応物の西郊燕集詩に「高宴時光に及ぶ」とある。

李白の「春夜桃李園に宴する序」に「光陰は百代の過客なり」とある。

〔三〕「憑（馮）君」は、文集、新楽府、草茫茫詩に「憑レ君廻レ首向レ南望」（一六八）とある。

三六 〔一〕「山陰亭」は、道真の「書斎記」（五三六）に「東の京の宣風坊に一つの家有り。家の坤の維（すみ）に一廊あり、廊の南の極（かぎり）に一局有り。（中略）学者此の局を目（なつ）けて竜門となす。又山陰亭と号す。小山の西に在るを以てなり」とある。道真は秀才即ち文章得業生となった貞観九年（八六七）以来、父より許されてこの書斎を宿所として使用していたのである。おそらく貞観十年（八六八）の作。

〔二〕左思の呉都賦に「蚌蛤（ばうかふ）珠を胎むこと、月とともに虧（か）け全（また）し」とある。

三七 〔一〕礼記、月令、孟秋の月に「涼風至り、白露降（くだ）る」とある。文選の江淹の別賦に「秋の露は珠の如く、秋の月は珪(けい)の如し」とある。
〔二〕文集、暮江吟の「露は真珠に似たり月は弓に似たり」(三九二)の表現と似ている。
〔三〕漢書、東方朔の伝に「臣聞く、憂へを消すものは、酒に若(し)くはなし」とある。陶淵明は酒を忘憂の物とよんだ。

三八　楽府詩集、琴曲歌辞所引琴集に「三峡流泉は晋の阮咸が作る所なり」とあり、李白に「琴を弾いて三峡流泉の音をなす」とある(白孔六帖)。

三九　敦煌曲の中にみえる、「十二時」「百歳篇」「十恩徳」「十二月」等と同構。なかんずく敦煌曲の中にみえる「嘆五更」「太子五更転」「南宗讃」等のいわゆる五更転の形式に一致する。一種の唱導体の戯作にちかいものを試作したとみられる。次次に一更・二更・三更・四更・五更を句首によみこんで行く七絶五聯章形式は、わが漢文学史上貴重な資料的意義をもつ。
(1)〔一〕ウタガハクハ…ナラムカの訓は、春日政治「金光明最勝王経古点の研究」(一六〇頁)による。
〔三〕「為」のカルガユヱニの訓は、「為、カルカユヘニ」(観智院本類聚名義抄)による。
(4)写し誤りなどあるか。慈本いう、「甚黤は、黮黯などの写誤にはあらぬにや。可レ考」と。黮闇(たんあん)・黮黮(たんたん)・黮黤(たんあい)など、いずれも黒く明らかでない形容。一晩中うとましいまっくらやみであるよりもましだの意か。

四〇　〔一〕三代実録、貞観九年(八六七)九月九日の条に「重陽之節、天皇御二紫震殿一、宴二於群臣一。召二文人一、命レ楽賦レ詩、賜レ禄各有レ差」とある。この時の詩であろう。この前後、詩の順序に多少の混乱もしくは錯簡があるに違いない。「山人」は、仙人のこと。「茱萸」は、本草和名に「加良波之加美」と訓む。「呉茱萸」ともいう。学名 Evodia rutaecarpa. 中国原産の落葉小低木。高さ約三メートル、花は五、六月ひらく、緑白色の小花。果実は紫赤色で薬用にする。類聚名義抄以下カハハジカミと訓むのは誤りであろう。九月九日、辟邪のために茱萸の果実をとったり、茱萸を折ってかざしにしたり、うでにかけたりする(芸文類聚、九月九日)。「茱萸の杖」というものは、他に索出しえない。
〔三〕ワラフコトナの訓は、春日政治「金光明最勝王経古点の研究」(二七〇頁)による。

〔三〕「南山」は、詩経、小雅に「節たる彼の南山、維(こ)れ石巌巌たり」などとあり、唐代には多くの隠者がすんでいた。そこで仙人のすむところとみたてて引く。わが国では吉野山をさすか。
「荷衣」は、仙人の衣。文選の北山移文に「荷衣を裂く」とある。
〔四〕王融の詩序に「下(しも)は南山の寿を献ず」とある。
〔五〕「慙」は、はずかしいとの義より転じて、ありがたく思う義。「慙愧」といっても同様である。慙謝の義。文集にもこの意の方向の用例が多いと、花房氏はいう。
〔六〕一句は、仙人が、茱萸の杖とともに、天子に霊寿を献じ、天子はありがたくもこれを嘉賞したまうという意らしい。「孔」は、いたる・達する・通ずる意。段注によれば「凡言レ孔者、皆所三以嘉二美之一」とある。
「孔」のイタルの訓は、「孔、イタル」(類聚名義抄)による。
〔七〕「頭に插む」は、芸文類聚、九月九日所引風土記に「此の月、茱萸の房を折つて以て頭に插む」とある。
「臂に繋く」は、続斉諧記に、仙人費長房のことばとして、九日に「家人各絳(あか)き嚢(ふくろ)を作り、茱萸を盛りて以て臂に繋けよ」とある。
〔八〕史記、留侯世家に「願はくは人間の事を棄てて、赤松子に従つて游ばんのみ」とある。

四一　〔一〕詩経、大序に「詩は志の之(ゆ)く所なり、心に在るを志となし、言に発するを詩となす」とあるより出る題。
〔二〕手を挙げ足をふみとどろかして王沢のめでたいことをうたいあげる意ともとれる。
「王沢」は、先王の恩沢。詩経、大序に「礼義に止(とど)まるは、先王の沢なり」とある。
〔三〕「嘉魚」は、詩経、小雅、南有嘉魚に「南に嘉魚有り、烝然として罩罩(たくたく)たり」とあり、旧注では嘉魚は江漢の間に産する善魚一般をさし、賢人に喩えるという。
〔四〕詩経、大序に「文を主(せ)めて譎(あざむ)き諫す、之を言ふ者は罪無く、之を聞く者は以て戒むるに足る、故に風と曰ふ」とある。
〔五〕詩経、大序に変風を説いて、「情性を吟詠して、以て其の上を風す」とある、この語にもとづく。
〔六〕「頌声」は、詩経、大序に「頌は盛徳の形容を美(ほ)め、その成功を以て神明に告ぐるものなり」とある。文選の両都賦に「昔成康没して頌声寝む」とある。
四二 (一)「団坐」「団居」は、円陣をつくってすわりあうこと。「団」は、マドカナリと訓む。
(二)「蹉跎」は、阮籍の詠懐詩に「娯楽未だ終極ならず、白日忽ちに蹉跎たり」とある。
(三)白居易の詩に「茶は能く悶へを散ずれども功をなすこと浅し、萱(わすれくさ)は憂へを忘るといへども力を得ること微(かす)なり」とて、酒を忘憂物としてたたえている。
(四)詩譜の序に「虞書に曰く、詩は志を言ひ、歌は言を永くす」とあり、詩経、大序に「詩は志の之(ゆ)く所なり、心に在るを志となし、言に発するを詩となす」とある。
(五)魯の陽公が、ある時、戦い酣(たけな)にして日が暮れたので、戈をとって、日をさしまねいたところ、日は三たび空へ反ったという、淮南子、覧冥訓の故事による。
四三 (一)「王度」は、当時来朝していた大唐の通事(じつう)か。→三。一時、菅家廊下もしくは大学寮に寄留して、経書などを中国音で講読していたのでもあろうか。この詩はその終了した時の竟宴の五絶。
(二)梁の皇侃の論語義疏序に「鄭玄云、論者輪也。円転無レ窮、故曰レ輪也」、また「巨鏡百尋、所レ照必偏、明珠一寸、包二含六合一、(中略)故言、論語小而円通、如二明珠一。諸典大而偏用、譬如二巨鏡一、誠哉此言也」とある。源順の「陪三初読二論語一詩序」に「先聖の微言、円通なること、明珠の如し」(文粋九)とある。
「転」のヨムの訓は、「転、ヨム」(類聚名義抄)による。珠を転(ま)ばすことにいいかける。
(三)「舞象」は、礼記、内則に「成童象を舞ふ」とあり、疏に「舞レ象、謂レ舞レ武也、熊氏云、謂下用二干戈一之小舞上也」とある。
四四 (一)「同門」は、文章院の西曹に同じく学んだもので、菅家・藤家・橘家の献策出身の人たちをさすであろう。あるいは菅家廊下だけの同窓をさすか。「外吏に出づ」は、地方官吏として外国赴任することである。
(二)漢書、侯覇の伝に、侯覇が臨淮の太守となり、召しかえされる時に、百姓は「轅に攀(よ)ぢ、轍(わだち)に臥して」留まらんことを願ったという故事などによる。
四五 田氏家集巻上に「晩春、同門会飲、翫二庭上残花一」という同題の七律がある。共に同韻(上平声四支韻)を押す。
四六 (一)中国では伝統的に士君子の教養として琴書を尊んだ。劉向の列女伝に「左琴右書、楽亦在二其中一矣」とあるによる。
(二)張説の詩に「文は書上の鳳を飛ばす」とあり、白居易の「翫二松竹一」詩に「棲鳳安二於梧一、潜魚楽二於藻一」とある。
(三)「聳」のソビクルの訓は、「聳(ソビク)上(ノホレリ)」(広島大学蔵八字文珠儀軌永暦二年点)による。
四七 (一)「安著作郎」に底本「大内記興行」と朱注する。「外史」は、大外記の唐名。「著作郎」は、内記の唐名。大外記菅原氏、名未詳、その卒したのを哀悼して大内記安部興行にこの詩を贈ったのである。
(二)「希顔」は、晋書、虞溥の伝に「顔を希(のぞ)むの徒は、また顔の倫なり」とあるによる。
(三)「垂帷」は、董仲舒が下帷講読し、さらに発憤読書して三年園を窺わなかったという故事による。
(四)「青衫」は、元稹の聞詩に「青衫夏を経て熟し、白髪郷を望んで稠(きび)し」、白居易の琵琶行に「就中泣(なんだ)の下る誰か最も多き、江州の司馬青衫湿ふ」とある。
四八 (一)三代実録、貞観十年(八六八)九月九日己亥の条に「雨始霽。天皇御二紫宸殿一、宴二于群臣一。内教坊奏二女楽一。文人賦二喜レ晴詩一。宴竟賜レ禄各有レ差」とある。底本朱注・板本・詩紀「貞観十四年」にかけるのは誤。
(二)ここは、雨が降ったり、露が結んだりするのは、天が規則正しく時をきざんで一年の月日を送るための配慮であるの意。易経、繋辞伝に「寒暑相推して歳ここに成る」とあるによる。
(三)ここは、空が曇ったり、また晴れて日がかがやいたりするのは、天帝が天の運行によって人民に暦を追って時を授ける姿で、人民はそうした天の姿を仰ぐのであるの意。書経、堯典に「日月星辰に暦象して、敬(つつし)んで人に時を授く」とあるによる。
アルイハ…アルイハの訓は、神田喜一郎「日本書紀古訓攷証」(七八頁)による。
(四)ここは、草木がもみじして落葉する候となるの意。礼記、月令、季秋の月に「草木黄落」とある。
(五)ここは、辰角の星が東天にあらわれる。すがしい秋風は寒季の到来を戒しめる、雨が降りつくして日盛りになれば、道路の修理をするの意。

国語、周語に「夫れ辰角見(あらは)れて雨畢(は)つ（中略）火見れて、清風寒きを戒む」とあり、注に「辰角は大辰蒼竜の角、角は星の名なり」とあるによる。

「垂文」「設教」は、そうした自然の気象の変化に順応して、人民に政と教とをほどこすことをいう。

〔六〕「覆載」は、礼記、中庸に「天の覆ふ所、地の載する所、日月照す所、霜露隊(お)つる所」とある。

〔七〕ここは、自ら晴れるべき時になって晴れるの意。彼字、衍字か。

〔八〕ここは、車も同軌、書も同文で通ずる海内において、行きわたっている王化をつつしんでうけるの意。礼記、中庸に「天下、車は軌を同じくし、書は文を同じくし、行くに倫を同じくす」とあるによる。ここは要するに、仲秋になり清風が吹く季節になって、雨も収まって、天地に喜ばしい晴天がおとずれたということ。

〔九〕ここ(「我皇……長久」)は、清和天皇は九月の宴を催し、人人を長生不死の場所に導き、凄涼の風光を賞し、天長地久の幸福を与え給うという意。

〔一〇〕ここは、一束の菊の花は、天皇が群臣の長寿の方術を助けようとするためであるの意。文選の魏文帝の「鍾繇に与ふる書」に、九月九日のことをのべて、「謹奉二(秋菊)一束一、以助二彭祖之術一」とあるによる。

〔一一〕ここは、華の封人が昔、堯に対して、その寿を祝ったのにならって、今や君の千代八千代を群臣が祝うとの意。「華封之旧詞」は、荘子、天地に「堯、華に観(あそ)ぶ、華の封人曰く、嘻(ああ)、聖人なるかな。請ふ、聖人の寿を祝はむ」とある。

〔一二〕ここは、刺繡をした美衣の人が夢にあらわれて、昔、禹は水を治めることができたし、白頭の翁が夢にあらわれて、今日長雨が晴れ上がることを告げたという意。長沙耆旧伝に、文虔というもの、霖雨の時、太守の命により祈ると、三日目の夜夢に白頭の翁があらわれて、汝来ること何ぞ遅きといった。太守にその由を告げると、太守は、昔、禹が繡衣の男子が夢にあらわれ、滄水使者だといったので、禹は水脈を知って、治水に成功したから、この白衣の人はいい前兆だといった。明朝、はたして雨が晴れたという(芸文類聚巻二、霽)。

〔一三〕ここは、空は高く晴れ上がっての意。文選の天台山賦の「羲和午に亭(たい)り、遊気高く褰く」による。

〔一四〕ここは、天皇も空をはるかに遠くみわたすの意。文選の東京賦の「叡哲玄覧、玆の洛宮に都す」による。

〔一五〕ここは、四海のうち天下の人人にも、(晴れた空を)高く仰がせるの意。

〔一六〕ここは、侍臣たちにも、(晴れた空を)遠く望みみさせるの意。

〔一七〕ここは、(天子の仁徳に対して)首を傾け、心を属する人人は、みなことごとく、堯帝の時、帝を太陽と仰いだ民と同じであり、名士楽広の水鏡のように澄んだ心の持主で、雲霧を披いて青天を仰ぐ心地にも比すべきであろうの意。史記、五帝本紀に、陶唐即ち帝堯の徳に対して人民は「之に就くこと日の如く、之を望むこと雲の如」くであったとある。晋書、楽広の伝に、広は遠識有り、人は「此の人の水鏡、之を見るに瑩然たり、雲霧を披きて青天を覩(み)るが若し」といったとある。

〔一八〕ここは、風にまき上がる砂ほこりもすっかり収まり、耳も目もともに澄み清まるの意。

〔一九〕ここは、聖君の御代の明らかに治まる姿を歌って、君徳を頌する楽人たちの美しい歌声について、文人たちよ、応製の詩を賦して奉ってほしいの意。「朗詠」は、天台山賦に「凝二思幽巌一、朗詠二長川一」とある。「朗」は、清徹の義。

〔二〇〕「玉燭」は、爾雅、釈天に「四気の和する、之を玉燭と謂ふ」とある。

〔二一〕漢書、武帝紀に「吏卒みな聞く、(山)万歳と呼ぶもの三たび」とある故事による。

「黄華」は、礼記、月令、季秋の月に「鞠(き)に黄華有り」とある。

四九 〔一〕「文郎中」に底本・板本「文室長者歟」と頭注・傍注する。「郎中」は、諸省の丞の唐名。文粋十・扶桑集十二に出。

〔二〕類聚三代格巻十九、禁制事の条に、貞観八年(八六六)正月二十三日の太政官符があり、一、諸司・諸院・諸家・所所の人、焼尾荒鎮、又人を責めて飲を求め、及び臨時に群飲することを禁制する事。一、諸家並に諸人、祓除神宴(かむあそび)する日、諸衛府の舎人、及び放縦の輩、酒食を求めて被物(かづけもの)を責むることを禁制する事の二条が出。→三補一。

〔三〕太政官符によれば、友だちや親戚同士がひまなとき、訪ねあって飲むのは許されるとあることをさす。

「不」をズハと訓む。ズンバとなるのは後世である。

〔四〕「未必」をウタガタモ…ズ(ジ)と訓むのは、万葉集巻十七、三九六八に例があり、遊仙窟古点にもみえる。
〔五〕「時は得難く、失ひ易し」と逆旅の人がいったことばによる(史記、斉太公世家)。
〔六〕匂字、底本局字に作る。板本扃字に作る。文粋は底本に同じ。「匂」と字形相似で誤るか。
〔七〕「故人」、文粋「世人」に作る。
〔八〕或いは孟浩然の「孔昭伯が南楼に登る」詩に「山水は会稽郡、詩書は孔氏の門」とあるように、文郎中の文亭を孔肌伯の門に比していうか。

五〇　〔一〕貞観十二年(八七〇)三月二十三日、式部省対策を試す。その時の策問は少内記都言道(みやこのことみち)(後の良香)が課した。都氏文集に「策ニ秀才菅原ニ文二条、明ニ氏族一、弁ニ地震一」の二条の策問が出。五六六(「明ニ氏族一」)・五六七(「弁ニ地震一」)に省試対策文二条が出。また都氏文集に「評ニ定文章得業生、正六位下、行下野権掾、菅原対文一事、明ニ氏族一、弁ニ地震一」の判定記録が出。「文と理と粗(あらあら)通ぜり仍て之を中の上に置く」というのが判決である。五六六の題注(五四九頁)によれば、五月十七日に及第した。三代実録によれば、九月十一日に一階を加叙せられた。「王大夫」は、何人か明らかでない。五位を与えられていた前出(三一・四三)の「王度」のことか。また三七にみえる「王府君」というのも同一人か。

　王大夫が道真の対策及第せることを賀する作に、道真が韻を次いで和した作。

〔二〕家門代代の業をつぐことを「箕裘」に喩える。礼記、楽記に「良冶の子は必ず裘を為(つく)らんことを学び、良弓の子は必ず箕を為らんことを学ぶ」とある。
〔三〕「若」の字不審。諸本同じ。あるいは「苦(ねむごろに)」の誤写か。
〔四〕言道の道真の対策の評定に「(多くの欠点がある上に)況むやまた病累頻発して、格律に乖違せるをや」などと指摘せられている。
〔五〕父是善の平素の薫陶に対してもまことに申し訳がないというのである。晋書、郤詵の伝に「臣賢良に挙げられ、対策天下第一となる、猶し桂林の一枝、崑山の片玉のごとし」とあるによる。科挙に及第して進士となることを「桂を折る」という。
〔六〕「訶」は、呵責の意か。「詩訶甚深」やや存疑。

五一　〔一〕「賦得」は、玉台新詠巻七、皇太子に「賦ニ楽府一得ニ大垂手一」とか「賦ニ楽器名一得ニ箜篌一」とあるように、グループが共通の大題の下に、それぞれ小題をわかちあって競賦するもの。「麦秋」は、礼記、月令、孟夏の月に「靡草(なつ)死(か)れ、麦秋至る」とある。
〔二〕礼記、月令、孟夏の月に「孟夏に秋令を行へば、則ち苦雨数(しばしば)来り、五穀滋(しげ)からず」とある。
〔三〕後漢書、張堪の伝に、張堪が漁陽の太守になると、百姓は「桑は枝に附くるなく、麦穂両岐、張君の政をなすや、楽しみ支ふべからず」と歌ったとある。
〔四〕「挙」は、礼記、王制に「山川神祇、挙げざるもの有り」とあり、注に「挙、猶レ祭也」とある。
〔五〕「繭の税を収む」は、礼記、月令、孟夏の月に「蚕の事畢りて、后妃に繭を献(たてまつ)り、乃ち繭の税を収むるに、桑を以て均しくす」とある。
〔六〕礼記、月令、孟夏の月に「薄刑を断じ、小罪を決す」とある。
〔七〕礼記、月令、孟夏の月に「農は乃ち麦を登(のみ)らしめ、天子(中略)先づ寝廟に薦(す)む」とある。

五二　〔一〕「長斎」は、長精進。文集に「夢得、予が五月長斎して僧徒を延き、賓友を絶つを以て、戯れらるるに酬ゆ、十韻」(三三五七)がある。「かげろふ日記」に四十五日の長き物忌みがみえるが、ここは十五日の物忌みらしい。「同舎」は、同じ菅家廊下に生活する諸生をさす。同窓・同門の意。
〔二〕他人の善根に喜びの心を触発されることが「随喜」である。法華経に「世尊此の法を説く、我等随喜す」とある。

　「無聊」は、頼りどころがなく楽しまないこと。転じて、たいくつの意。「聊、頼也」(戦国策注)、「聊、楽也」(楚辞注)とある。

〔三〕「般若」は、梵語 Prajñā. 鉢羅惹、波若の語をあてることもある。智慧と訳す。大般若経くわしくは大般若波羅蜜多経、六百巻、玄奘三蔵所訳。大安寺では四月六、七日、大般若経会が行われる。その他仁王般若経(羅什訳二巻)・金剛般若経(羅什訳一巻)・般若心経(羅什訳一巻)などがある。
〔四〕「観音」は、梵語 Avalokitesvara. 光世音ともいう。阿弥陀の脇士。勢至は智慧門、観音は慈悲門を司る。法華経、普門品・観無量寿経に出。
〔五〕「為」は、ここでは接続詞の役目をする。中国ではこういう「為」の用法は、詩文ともにない。入矢氏いう、「為」の用法は破格と。
〔六〕礼記、月令、孟秋の月に「涼風至り、白露降り、寒蟬鳴く」とある。

五三 〔一〕五二と同じ韻字、即ち下平声十二侵の心・姪・音・吟・尋と押す。「戯之」というのは、戯作の口号（くちすさみ）であるとの意。文集、五月長斎詩も「酬見レ戯」詩である。
〔二〕詩経、邶風、谷風に「誰か荼苦（くと）と謂はむ、其の甘きこと薺（なづ）の如し」により、「甘心薺の如し」ということばがある。
〔三〕五戒のうち、一は不殺生戒、二は不偸盗戒、三は不邪淫（姪）戒、（四は不妄語戒、五は不飲酒戒）。八関斎においても、その八戒の最初の三戒が殺・盗・淫（姪）である。
〔四〕楞厳経三に「生生死死、旋れる火輪の如く、未だ休息すること有らず」とある。
〔五〕「擬」は、したいとか、しようという意志を示す動詞。訓は、「擬、（ムト）ス・スル。将、欲、為、作已上同」（前田家本色葉字類抄）とある。

五四 〔一〕「東宮侍中」は、東宮の蔵人の唐名。「東宮」は、清和天皇第一子、貞明親王。貞観十年十二月生、翌十一年二月立太子。後の陽成天皇。
〔二〕「素」は、しろ色の義と、まこと・心の真そこの両義がある。文選の謝霊運詩に「夫子情素を照す」、注に「素は実のごとし」とある。

五六 〔一〕三代実録、貞観十二年（八七〇）九月九日戊午の条に「重陽節、天皇御二紫宸殿一、賜二宴群臣一、喚二文人一、賦二天錫レ難レ老詩一、内教坊奏二女楽一、宴竟賜レ禄、各有レ差」とある。板本「貞観十三年」に係けるのは誤。
詩題は、文選の陸士竜の「大将軍讌会被レ命作」詩に「天老い難きを錫へり、嶽の崇（かた）きが如し」とあるより出。詩経、魯頌、泮水に「既に旨酒を飲み、永く老い難きを錫ふ」とある。
〔二〕ここは、人間の精誠の念が感通すれば、上天につつしみしたがう機もいたり、日月星辰の運行もおのずからととのうの意。書経、堯典に「乃ち義和（ぎわ）に命じて、欽（つつし）みて昊天（かうてん）に若（したが）ふ」とある。
〔三〕ここは、善悪の冥報必ず来たってあらわれるから、上天ははなはだ明らかに照覧したもうていて、掩いかくせるものではないの意。詩経、大雅、抑に「昊天は孔（はなは）だ昭（あきらか）なり」とある。
照字、文粋昭字に作る。
〔四〕ここは、五星は珠を連ねるごとく、日月は璧（たま）を合するごとくであるの意。漢書、律暦志に「日月は合璧の如く、五星は連珠の如し」。
〔五〕ここは、運行がしきりにうつって、しばらくもとどまらないの意。
〔六〕ここは、何人が長生をとなえることができようの意。
〔七〕ここは、雲気が石の膚に触れて雨風を生じ、紫蘭も痛められるの意。
〔八〕ここは、菊の花が甘露の滋液を谷水に流すの意。
〔九〕ここは、蘭菊の芳香や色彩をいつまでも留めておくことができないの意。
〔一〇〕ここは、不老を期待することができないの意。老子に「根を深くし、柢を固くするは、長生久視の道なり」とある。
〔一一〕詩経、衛風、河広に「誰か謂ふ河広しと。一つの葦もて杭りなむ」とあるによる。ここは、王化が四面に及んで、上天の仙宮もわずか河をへだてる距離であるの意。
〔一二〕ここは、要するに時が過ぎ、蘭菊は風雨にいたむから、また老長生も期しがたいけれども、天子の王化によって人人は長寿を楽しむに足るという意。「司命」は、六星の一・寿命を司る星。「三科」は、命に寿命と遭命と随命との三科があり、寿命が上命だという（白虎通、寿命）。
〔一三〕「亀鶴」は、文選の郭璞の遊仙詩に「借問す蜉蝣の輩、寧（なに）ぞ亀鶴の年を知らむや」とある。
ここ（「猗歟……魏闕」）は、福はかぎりなく大きく、道はかぎりなく盛んであって、（今日の重陽の公宴が催されて、）老彭・亀鶴に比すべきめでたい長寿の人人が行列して参内するの意。
〔一四〕ここは、（ここに集う王卿文人たちは、かの神仙郷の人のようで、）春色をからだに蔵するわけでもないのに、その面色は紅桃の花さながらであり、寒い気色が腰にまつわっているわけではなくて、その肌膚のいろは白雪のようで（顔色や肌の工合は処女さながらに若やいでいる）の意。
〔一五〕熊が枝を攀じて、ぶらりとかかることを「熊経」といい、鳥が空を飛んで、脚をたれて伸ばすことを「鳥申」という。荘子、刻意に「熊経鳥申、為レ寿而已」とあるによる。これは神気を呼吸して不老延年の術をみがくことをいうのである。
〔一六〕孟子、梁恵王に「七十の者、以て肉を食らふべし」とある。ここは、老人を養うところの肉の食べ物があっても、それを摂って養生する必要もないの意。
〔一七〕後漢書、礼儀志に「年始めて七十なる者、之に授くるに玉杖（鳩の飾りのついた杖）を以てす」とある。ここは、老人を扶ける鳩杖があっても、それをつかって身体を扶助する必要もない、老人もみな元気であるの意。
〔一八〕ここは、九月九日は菊酒をのみ、高きに登れば禍悪を避けることができるという(続斉諧記の説)が、今日の宴に侍して、喜びをともにするのは、「登高辟邪」と同じ効果があるの意。
〔一九〕ここは、内教坊の奏する女楽の霓裳羽衣の一曲は、ちょうど昔の趙簡子が夢の中で鈞天(九天の一、天の中央)に遊んで、九奏万舞する広楽をきいたという、その楽音さながらであるの意。趙簡子の鈞天広楽のことは、史記、趙世家に出。列子では周穆王のこととして出。
〔二〇〕ここは、菊花の露をまじえた重陽の酒を幾盃か飲みほすことは、神仙窟の中で、美女の掌中より美酒を飲みほすこととかわりがないの意。この「仙窟掌中之飲」の出典は明らかでない。あるいは、遊仙窟か。
〔二一〕堯が天下を治めて、五十年、誰もその治まるか治まらざるかを知らなかったという(列子、仲尼)。堯の時、天下平和で、百姓無事、民は生活を楽しみ、「帝、何ぞ我に力あらんや」といったという(帝王世紀)。ここは、わが清和天皇の治世は、古の堯帝の時のごとく、無為にして平和であるのを、臣等は十分に知らないの意。
〔二二〕ここは、一同優游して、ここに心から相楽しむの意。
〔二三〕ここは、天が長寿を賜わることを讃頌しないならば、どうしてわが君の聖明至徳を叙述することができようの意。

五七 〔一〕底本「御船弘方」と朱注。都氏文集巻五に「評㆓定擬文章生詩第㆒事、荷鍤成㆑雲詩、文室長者、御船弘方(中略)並為㆓丁第㆒」とある。「船進士」は、文章生御船氏をいう唐名。
〔二〕「寛賒」は、後漢書、党錮伝に「憲令寛賒、文礼簡闊」とある。
〔三〕「桂の枝」は、登科にゆかりのあることば。李徳裕の紅桂詩に「昔聞く紅桂の枝、独り秀づ竜門の側」とある。
〔四〕梁の武帝の碧玉歌に「碧玉金杯を奉(ささ)げ、緑酒花色を助く」とある。文集、杭州春望詩に「青旗沽酒趁㆓梨花㆒」とあり、注に「其俗、醸㆑酒、趁㆓梨花時㆒熟、号為㆓梨花春㆒」とある。

五八 〔一〕「田別駕」は、島田忠臣。少外記島田朝臣忠臣は、前年貞観十一年二月十六日に因播(幡)権介になっている(三代実録)。「別駕」は、介の唐名。
〔二〕「履韈(襪)」は、沈約の宋書に「冬至の朝賀亨祀、皆元日の儀の如し。又履韈を進む」とあり、崔浩の女儀に「近古の婦は、常に冬至の月を以て、履韈を舅姑に進む」(淵鑑類函、歳時部所引)とある。
〔三〕「一陽舒」は、史記に「冬至には則ち一陰下蔵し、一陽上舒す」。
〔四〕正月元日の駕覚(あるいは駕鶴のあやまりか)は、今日の冬至の儀とはちがうはずだの意か。前掲のごとく宋書に「冬至の朝賀亨祀、皆元日の儀の如し」とある。

五九 〔一〕「蟄促」は、意未詳。蟄を開くは、啓蟄もしくは発蟄の意で、正月に、地中に冬ごもりしている虫類が顔を出す意。冬の雷は、冬至には地中にあると易経にみえる。ここは地にひそみかくれている冬の雷が、正月になって顔を出してなりひびくことをいうのであろう。この序文は、菅公が死後天神となり、雷神となっておそれられた民間信仰発生の一つの伏線のようなはたらきをする。疎・舒・余・初・書は、五八の詩と同韻字、上平声六魚韻。
〔二〕「悠悠」は、詩経に「悠悠たる昊天」「悠悠たる蒼天」とある。
〔三〕易経、震に「震百里を驚かす」とある。

六〇 〔一〕賦得の詠物詩、探韻の作であろうか。韻字の通・中・風は、上平声一東韻。「残燈」は、油の少くなった燈・もえ残りの燈。文集に多く出。
〔二〕「寸心」は、こころ・方寸の意。何遜の「夜夢㆓故人㆒」詩に「相思不㆑可㆑寄、直在㆓寸心中㆒」とある。もえつきそうな燈をみて、心の中で悲しんで落涙するということにかけた一種の俳諧体。明鍾惺の燈花賦に「寸藁之柔心兮(中略)夫燈何悲而涙滋」とある。「燭涙」の語は、文集、諭妓詩(三九〇)に出。

六一 〔一〕「安」は、安倍氏。前出(四七)の大内記安部興行の一族で、大学寮在学の学生か。↓七三。
〔二〕范曄は九十巻を撰し、後、唐の章懐太子が後漢書を注した。わが日本国見在書目録によると、九十二巻は范曄撰の麁本で、唐太子の注したものは百三十巻だとしるす。また、わが二中歴では「後漢書一百巻、范曄撰、皇太子呂賢注」とある。宋版刊行以前の後漢書がわが国に来ていたのであって、百巻本であったのであろう。
〔三〕「暦尾」は、元稹の題長慶四年暦日尾詩に「残暦半張十四を余せり」とあり、宋祁の詩に「暦尾余日なし」とある。
〔四〕定家の源氏物語奥入に乙女巻の寮試の注として、寮試の作法をしるす資料があるが、それによると史記を引音で読むことを課せられているが、この詩によると、当時は後漢書を課せられたらしい。道真も初期の詩には後漢書の故事を頻りに駆使している。

六二 「好去」は、文集、送王処士詩に「好し去れ薇を采る人、終南山正に緑なり」とある。

六三 〔一〕貞観十三年(八七一)、道真二十七歳。少内記に任じて、門人に漢書を講じた時の竟宴の作。田氏家集巻上に「菅著作、漢書を講ず、門人会して礼を成す。各史を詠ず」とあると同時の作であろう。

〔二〕史記、太史公自序に「年十歳、則誦二古文一」とあり、漢書、司馬遷の伝にも同じく出。

〔三〕漢書、司馬遷の伝に「司馬氏より、周を去りて晋に適(ゆ)いて、分れ散り、或は衛に在り、或は趙に在り、或は秦に在り。其の衛に在る者は中山に相たり(後略)」とある。

一説、祖業には武を司る官のものもあったが、はからずも漢に仕えて太史の官につくこととなったの意か。

〔四〕漢書、司馬遷の伝に「劉向・揚雄の博く群書を極むるより、皆遷が良史の材有ることを称し、其の善く事理を序(いっ)で、弁にして華ならず、質にして俚ならざるに服せり」とある。

なお「向」の音について、書陵部蔵周易要事記(菅原為康、室町期写本)に「向ノ字ハ、漢書列伝六ニ、顔師古注ニ、氏ノ時ハシヤウ。名ノ時ハキヤウトシタゾ。去程ニ江家ニハ劉向(キヤウ)トヨムゾ。サレドモ音義シユシヤウノ反トシタゾ。又尚書ニモシヤウノ音ヲ付タホドニ、清原ニハシヤウトヨムゾ」(小林芳規「大江家の訓法の特徴」〈国語と国文学昭和三十九年十月〉)とある。

〔五〕「竜門」は、漢書、司馬遷の伝に「遷は竜門に生れ、河山の陽(みなみ)に耕牧せり」とある。

六四 〔一〕「二十余年の事」を、二十一年前、嘉承三年(八五〇)に菅原院南庭に変化の童子として出現したことに解する説もあるが、もとより従われない。すべて後世附会の伝説に過ぎない。

〔二〕「傾蓋」は、文選の鄒陽の「獄中上二梁王一書」に「諺曰、白頭如レ新、傾蓋如レ故」とある。

六五 〔一〕続日本紀、延暦九年十二月辛酉の条に、土師宿禰から大枝朝臣(後に大江と改称)・秋篠朝臣・菅原朝臣にわかれた記事がある。先祖は野見宿禰(のみのすくね)である。新撰姓氏録参照。

〔二〕以上は分注によって解したのであるが、一説に、菅江両家は文章院東西両曹に相ならび、ともに大儒の正統をうけつぐもの、江家菅家と自らを立てて他をあなどることなどしないとの意(花房氏説)。

〔三〕橘広相は、貞観十二年(八七〇)二月に、民部少輔(唐名、戸部侍郎)に任じた。広相は是善の門人で、菅家廊下の立身出世の筆頭であった。

六六 〔一〕貞観十五年(八七三)一月。この月、正史によれば内宴停止。それにかわる詩宴が非公式に行われたのであろう。その前年一月十四日、道真は母大伴氏を失っている。その服喪のあけたばかりである。

詩題は、韓愈に「春雪間早梅」(花房英樹編「歌詩索引」番号二四六)の詩題があり、間字、一本映字に作る。一本の題とこの詩題と一致するから、この内宴詩題は韓愈の詩題によるものと考えられる。なお梁の簡文帝に「雪裏に梅花を覓(もと)むる詩」がある。

〔二〕「上番」は、第一番の意。唐人の方言。「梅楥」は、梅の木の傾き倒れるのを防ぐための枝木。瓜楥は、瓜のつるをはわすための枝木。釈慈周の葛原詩話巻一、梅楥の条に「元稹が詩に、何処生レ春早、春生梅楥中」を引いて、楥は草木の傾き倒れることを扶ける杖のことと解く。

〔三〕「玉屑」は、長生不死の仙薬と称する玉の粉で、雪に喩える。文集、春雪詩に「密なること玉屑を飄すが如し」(二九)とある。

〔四〕鶏舌香(にも比すべき梅の香)が風によってその匂いがばらまかれるという発想。和漢朗詠、巻上、春、紅梅(元稹)の「梅は鶏舌を含んで紅気を兼ねたり」(本大系[七三]九六)参照。

〔五〕「鶴毛」は、庾信の詩に「鶴毛は乱雪を飄す」とある。白居易の雪中即事詩に「鶴を舞はしめて、庭前に毛稍に定(しづま)る」(三三二)とあり、「鶴毛」を雪に喩える。「客居対雪」(二七六)参照。

六七 〔一〕「右丞相」に底本「昭宣公歟」と朱注する。「右丞相」は、右大臣の唐名。貞観十五年(八七三)、右大臣藤原基経、時に三十八歳。「東斎」は、東側の書斎。夕陽がさしこまないので涼しい。

これは、この年の内宴の後朝に、好学の基経が文人数人を招いて詩宴をひらいた時の作。

〔二〕「偸香」は、男女の私通をいう。「偸香竊玉」は、女を手に入れる意。晋書、賈充の伝にみえる故事による。

〔三〕梁の簡文帝の梅花賦に「楼上の落粉を争ひ、機中の織素を奪ふ」とある。

〔四〕後漢書、蔡邕伝下に「風は天の号令、人に教ふる所以なり」とあり、易の思想にもとづく。

「五日程」は、詩経、小雅、釆緑に「五日を期とせむ」とあり、一年を二十四気にわかち、一気を三候にわかつ、一候は五日間になる。
〔五〕「丞相」のことを、「塩梅(あんばい)の臣」というのによる。そのことは書経、説命下に「若し和羹(くわかう)を作らば、爾(なんぢ)は惟れ塩梅たらむ」とあるによる。

六八 「兵部侍郎」は、兵部の輔の唐名。補任によれば、「貞観十六年正月七日従五位下。十五日任兵部少輔、二月二十九日民部少輔」とある。兵部少輔は比較的閑官である。この前後母の二周忌法要のため吉祥会法華会などを営む。

七〇 〔一〕詩題は、文選の江淹の別賦に「日壁に下(くだ)つて彩(ひかり)を沈む、月軒(のき)に上りて光を飛ばす。紅蘭の露を受くることを見、青楸の霜に離(あ)へるを望む」とある。都良香が同題で賦した一聯が、和漢朗詠、巻上、秋、蘭(本大系[七三]三八)に出。扶桑集十五にも出。この「蘭」は今日いう蘭ではなく、唐詩に「烟開蘭葉香風煖」、また「香径無レ人蘭葉紅」とよむものと同じい。祇南海の蘭蕙雪冤に図説する。
〔二〕「露を裛る」は、陶淵明の雑詩に「秋菊佳色有り、露を裛りて其の英を掇る」とある。
　文子に「叢蘭茂からんと欲して、風これを敗る」とある。
〔三〕「砕紅」は、白孔六帖、蘭に「秋に至りて色紅なり」、文集、南湖早春詩に「乱れて砕紅を点じて山杏発(ひら)く」(一〇二七)とある。

七一 〔一〕「兼清」は、文選の張衡の南都賦に「酒は則ち九醞の甘醴、十旬の兼清」とあり、李善注によれば「百日で成る清酒のこと」とある。白氏六帖に「十旬〈兼清酒也〉」とある。
〔二〕本草、菊に「其の味に、甘・苦・辛の弁有り」とある。
〔三〕「三遅」は、元稹の酬翰林白学士詩に「本絃纔に一たび挙ぐ、下口已に三遅」とある。
〔四〕赤松子は、神農氏の時の雨師(一種の魔術師)。王子喬は、周の霊王の太子晋で、嵩高山にかくれて仙人となった。ともに長寿の神仙。

七二 〔一〕「安才子」は、六一に出。「才子」というのは、美称で、大学寮の学生をほめるよびな。
　安才子が寮試をうけるための受験の猛勉強をしていたが、ついに夭逝したのを哀悼する詩。
〔二〕「著」は、白居易の惻惻吟に「六年死なず却つて帰り来る、姓名を道著(い)へども人識らず」とある。
〔三〕九三にも「菩提の道の外誰か廻向せむ、為に弥陀を念じて老僧を拝す」とある。阿弥陀信仰であった。

七三 〔一〕「早衙」は、朝、官署で行う役人たちの参謁の礼。「晩衙」に対する。文集の詩に「白頭老尹府中坐、早衙纔退暮衙催」(三三〇七)とある。↓三六〇・三九三。
〔二〕延喜式、陰陽寮の条に、漏刻の鐘を撞(つ)く料がしるされる。また諸時撃鼓の条に、時刻によって鐘をつく数を定めてある。

七四 〔一〕「蹇驢」は、衰えたあしのなえた馬のことであるが、詩語で、実際は「蹇」でなくてもいいのである。
〔二〕「暁鼓」というのは、辰一刻、大門をひらく鼓をいうか。延喜式によれば「十二下、細声より大声に至る」とあるから、早衙のあいずとして十二遍どんどんと次第に高声になったものらしい。漏刻は、民部省の北の方にあった陰陽寮の所掌であるが、太鼓の鼓楼は漏刻の鐘のあった陰陽楼にあったのであろう。門を開閉する合図にうった。
〔三〕拾芥抄、八省指図によれば、民部省は、南に式部省、北に中務省、その中間にはさまれている。
　「尚書」の訓は、「尚書(じやうじよ)」(落葉集)とあるによる。
〔四〕▽この詩も作者が民部少輔時代、即ち貞観十六年(八七四)より同十九年(八七七)の間の作ということになろう。

七五 〔一〕越前国敦賀の津(今の福井県敦賀市)なる気比(けひ)神宮に参詣したのであろう。民部少輔としての公務もあり、渤海客使の来航する敦賀の津に関心もあったであろう。
〔二〕「月送」は、包佶の「対レ酒贈ニ故人一」詩に「月は人を送りて尽くること無く、風は浪を吹いて回らず」とある。
〔三〕「向後」は、白居易の「十二月二十三日作兼呈ニ晦叔一」詩に「案頭の暦月未だ尽きずと雖も、向後唯残す五六行」とある。

七六 〔一〕イハムヤ…ハヤの訓は、法華経義疏長保四年点に「況ムヤ…不退心ヲ為スハヤ」とあるによる。
〔二〕「口号」は、文集、劉白唱和集解に「率然たる口号は、此の数に在らず」とある。
〔三〕「浅草…没」は、白居易の銭塘湖春行詩に「浅草わづかに能く馬蹄を没す」とあるによる。

巻第二

七七 〔一〕「仁寿殿」は、紫宸殿の後、即ち北にあって、もとは天皇の寝殿であったが、後に御座が清涼殿に移されてから、専ら内宴の行われる所となった。「仁寿」は、ジンジュウとも訓む、まれにニンジュとよぶこともある(拾芥抄)。この年の内宴は、紀略に「廿日壬辰、内宴、奏二女楽一、文人賦レ詩。賜レ禄」とある。「吏部」は、式部省の唐名。「侍郎」は、輔の唐名。式部省は、名帳・考課・選叙・礼儀・版位・位記・論功行賞・学校などのことを司る。今の文部または宮内次官のようなしごと。貞観十九年正月十五日、道真任式部少輔(補任)。

　詩題は、文集の「認レ春戯呈二馮少尹・李郎中・陳主簿一」による。

〔二〕梁の簡文帝の梅花賦に「年帰り気新(あらた)にして、雲を揺(ゆる)し塵を動かす、梅花特に早く、偏(ひと)に能く春を識(し)る」とある。

〔三〕「吹噓」は、李咸用の春風詩に「青帝使二和気吹一噓万国中一」とある。

〔四〕一層推挙せられて、皇恩に浴したいという意を寓するであろう。

　春の深浅を論ずるなどというのは、文集の「春を認む」の詩句による。

七八 〔一〕底本「南淵年名」と朱注。「亜相」は、大・中納言の唐名。扶桑略記、貞観十九年(八七七)三月の条に「同月、大納言南淵朝臣年名、設二尚歯宴一」とある。この時年名は大納言正二位、七十六歳。「山荘」は、小野の山荘。山城国愛宕郡(今の京都市左京区修学院町の北)。山城名勝志によれば、年名卿山庄の旧跡は今の赤山明神社だという。文粋九に菅相公(菅原是善)の詩序がある。古今著聞集、文学、尚歯会事に「尚歯会は、唐の会昌五年三月二十一日、白楽天、履道坊にして始めて行ひ給ひける。我朝には、貞観十九年三月十八日、大納言年名卿、小野山庄にして始めて行はれけり」(本大系八四一一九頁)とある。白居易が六人の翁を招いて七叟尚歯会を行なった障子絵に則り、年名が、大江音人・藤原冬緒・菅原是善・文室有真・菅原秋緒・大中臣是直の六人を招き、置酒して詩を賦した。六韻の詩体はこの時の白居易の六韻排律に擬したものであろう。

〔二〕「尚歯」は、礼記、祭義に「有虞氏、貴レ徳而尚レ歯」とある。

〔三〕五行思想で、春は青。爾雅、釈天に「春為二青陽一」とある。

　「惜得」の用字存疑。

〔四〕「三分」は、酒量の少ないこと。十分の三。文集、七老尚歯会詩に「酒三杯を飲みて気なほ麁(あら)し」とある。

〔五〕「葛天氏」は、史記、司馬相如の伝に「奏二陶唐氏之舞一、聴二葛天氏之歌一、千人唱万人和」とある。伏羲氏の以前とも以後ともいう。古の聖帝。その音楽は牛尾をとり、足を投げ出して歌ったという。

〔六〕「撫」は、楚辞、九歌、東皇太一に「撫二長剣兮玉珥一」とあり、注に「撫、持也」とある。

〔七〕「吾が老」は、自分の父母。孟子、梁恵王上に「老二吾老一、以及二人之老一」とある。

　訓は、十輪経元慶七年点による。

　マサニ…シテムの訓は、西大寺本金光明最勝王経古点による。

　「且く」は、詩経、唐風、山有枢に「且以喜楽、且以永レ日」とある。

〔八〕父たる参議刑部卿兼勘解由長官菅原朝臣是善が、この七叟尚歯会の人数の中の一人として参加している。

七九 〔一〕底本「元慶二」と朱注。三代実録、元慶二年(八七八)正月の条に「廿日丙辰、内宴。近臣賦レ詩、及奏二女楽一。群臣歓洽、畢レ景而罷、賜レ禄各有レ差」とある。

〔二〕「鴦瓦」は、文集、長恨歌に「鴛鴦瓦冷(ひややか)にして霜華重し」とある。

〔三〕文選の海賦に「陽冰不レ冶」とあり、注に「説文曰、冶、鎖也」とある。冶字、板本涓字に作る。

〔四〕競字、板本幾字に作るは非。

〔五〕ここは、正月二十日に春を喜び楽しむ内宴をとり行うの意。翫字、文粋玩字に作る。

〔六〕ここは、清談に参加し、遊宴を賜わり、その光栄にあずかることを夢想することすら、その歓喜を享けて追想することすら、(今日召された文人以外は)かなわないの意。

〔七〕ここは、時が移って、酒盃の献酬がいよいよ数えられないほどにかさなるの意。

〔八〕ここは、紅の舞衣は舞ううちに破れて、後庭の花を綴ったようであるの意。大唐楽に「玉樹後庭花」というのがある。後字、板本禁字に作る。「衫」は、あせとりの袖なしのひとえにいうが、ここは婦人の衫子(さんし)。衣と裳とつづいたワンピース、うすもの。宮妓たちの舞衣。劉孝威の詩に「紅衫は後に向つて結び、金簪は鬢に臨んで斜なり」とある。

〔九〕ここは、歌妓が朱唇をほころばせて声高いソプラノで歌うの意。

〔一〇〕ここは、その歌声は空行く雲をもとどめさせるの意。列子、湯問に「秦青、節を撫して悲歌す、声林木に振ひ、響行雲を遏(とど)む」とあるによる。「行雲」に、あるいは平調(ひょうじょう)曲「慶雲楽(きょううんらく)」をかけるか。
〔一一〕詩経、商頌、那(だ)に「猗与(ああ)那与(おほいかな)」、同、斉風、猗嗟に「猗嗟昌兮(ああさかんなり)」とある。
〔一二〕ここは、御殿の外には風月鶯花の美景が展開しているの意。
〔一三〕ここは、御殿の内には綺羅の装いをつくし、脂粉の化粧をこらした美姫が侍しているの意。
〔一四〕ここは、仁寿殿の内外の光景はみな温和のさまで、内宴一日の行事はことごとくめぐみのかげに嬉嬉としているの意。「煦嘔」は、礼記、楽記に「万物を煦嫗(うく)覆育す」とある。
〔一五〕「璪」は、まどや門にちりばめた彫刻やかざり。転じて君王のことを称する。
〔一六〕漢書、孔光の伝に、宮中の温室殿に何の木がはえていたかきかれても黙してこたえなかったとある故事による。
〔一七〕「陽和」は、文集、謡春詩に「知んぬ君未だ陽和に別れざる意を」とある。
〔一八〕「重闈」は、幾重にもかさなった門・奥深い宮殿。
「露布」は、制書のうち、封緘を要せず、広く公衆の目にふれしめることを旨とするもの。
〔一九〕「千般」は、韓偓の詩に「千般黄鳥語る」とある。
「煦」の訓は、「煦、アタタカ」（類聚名義抄）とあるによる。

〔二〇〕「沆瀣」は、楚辞、遠遊に「六気を餐して、沆瀣を飲む兮、正陽に漱(くちそそ)いで朝霞を含む」とある。
〔二一〕日が暮れるのをくいとめるすべもないので、興はつきないけれども、退下しなければならないの意。淮南子、覧冥訓に、戈で沈み行く太陽を招き返した故事がある。魯の陽公が、韓と対峙しているとき、戦いが酣(たけなわ)で日が暮れたので、戈で日を招いたところ、日が空に舞い返ったという。

八〇 〔一〕「田少府」は、田達音即ち島田忠臣。時に太宰少弐。拾芥抄、唐名に「太宰少弐。都督司馬、都督小卿」とある。
〔二〕「雲を披く」は、晋書、楽広の伝に「若下披ニ雲霧一而覩中青天上也」とある。
〔三〕菅家廊下の門人は多いけれども、（わが父たる旧師是善に対して、門人たちが）配慮する気持は、昔とはちがってしまった。そこで特にこのこと（父をなぐさめること）をあなたにおたのみするの意。

八一 〔一〕三代実録に「元慶二年二月丁卯朔、雷二三声、降雨。釈奠如レ常」とある。大宝令、学令に「凡大学国学、毎レ年春秋二仲之上丁、釈ニ奠於先聖孔宣父一」とある。この儀において講義するテキストは、「孝経・礼記・毛詩・尚書・論語・周易・左伝、輪転講レ之」（江家次第五、釈奠）とあって、音博士が漢音で発題をよみ、席主が訓読し、博士と得業生・学生の問者十人と論義した。単に「孝経」というのは、「御注本孝経」であろう。公事根源、二月上丁日釈奠の条に「孝経、礼記、毛詩、尚書、論語、周易、左伝、としにめぐりてもちゐる」とある。題詞の中に「講孝経」という詩は、この詩のほかに、元慶八年（八八四）に二首と貞観九年（八六七）に一首とあり、「講古文孝経」という詩が、寛平五年（八九三）に一首ある。したがって「講孝経」という場合は、御注本によったものと解せられる。三代実録、貞観二年（八六〇）十月十六日の条によれば、鄭孔二注を却けて、御注を学官に立てられたので、公式の儀には大てい御注を用いられたものと思う。但し特に詔して、古文孝経を講ずることも許されたので、寛平五年の如く、釈奠に古文孝経を講ずることを妨げなかったのである。
この釈奠詩は「元慶三年内宴詩」（八三）の前に序でられるから、文草では「元慶二年二月上丁釈奠」と考えられるが、テキストの順序から三代実録・日本紀略の記事によって考察すると、「元慶三年二月七日丁卯、釈奠如レ常」のときの作と考えざるをえない。小著「平安朝日本漢文学史の研究」（一三二頁）参照。
〔二〕「天経」は、孝経、三才章に「夫孝、天之経也。地之義也。民之行也」とある。
「孝経」は、漢書、芸文志に「孝経者、孔子為ニ曾子一陳ニ孝道一也」とある。漢音カウケイ、呉音ケウキヤウ。
〔三〕孝経、開宗明義章に「夫孝、始ニ於事一レ親、中ニ於事一レ君、終ニ於立一レ身」、同、士人章に「資ニ於事一レ父、以事レ君、而敬同」とある。

八二 〔一〕「講書」については、紀長谷雄の「後漢書竟宴、各詠レ史、得ニ龐公一」の序に「菅師匠、承ニ祖業之後一、為ニ儒林之宗一。経籍為レ心、得ニ王何于逸契一、風雲入レ思、叶ニ張左於神交一。三年冬遂以ニ其有ニ史漢之癖一、令レ続ニ其講一」とある。道真は、文章博士巨勢文雄の後をうけて、元慶三年(八七九)冬に後漢書を続講して、同五年夏に終講している。ここに講書というのは後漢書のことであろう、したがってこの作も、八二と同様、元慶三年の作と考えられる。また本詩に「小児年四」とあるが、高視は貞観十八年(八七六)生れであるから、元慶二年(八七八)だとすれば三歳となるわけで、この点からも元慶三年作の説が正しいと思われる。「進士」とは、文章生の唐名。考課令に「凡進士、試二時務策二条一。帖二所レ読文選上帙七帖、爾雅三帖一、云云」とある。

〔二〕道真に兄弟のないことをいう。「博士難」(八七)に「曰悲二汝孤惸(こけい)一」とある。

〔三〕「益恩」は、後漢書、鄭玄の伝に「玄唯有二一子益恩一」とある。

〔四〕「折桂」は、科挙の試験に合格すること。晋書、郤詵の伝に「詵対曰、臣挙二賢良一、対策為二天下第一一、猶二桂林之一枝、崑山之片玉一」とある。

〔五〕「不窺園」は、漢書、董仲舒の伝に「考景時、為二博士一、下レ帷講誦。三年不レ窺レ園」とある。

〔六〕「家の風」は、拾遺集、雑上に「菅原の大臣かうぶりし侍りける夜、母のよみ侍りける　久方の月の桂もをるばかり家の風をもふかせてしがな」とある。

〔七〕道真の祖父清公は、弘仁中に文章博士・式部大輔となる。父是善は、承和十二年(八四五)文章博士、貞観十二年(八七〇)式部大輔となる。道真は、貞観十九年(八七七)式部少輔、元慶元年(八七七)文章博士となる。

〔八〕「疇官」は、史記、亀策の伝に「雖二父子疇レ官、世世相伝一、其精微深妙、多レ所二遺失一」とある。「疇」は、同類の意。「儔」と通用。

分脈によれば、高視の子雅規・文時ともに文章博士となる。

八三 〔一〕架蔵底本朱筆頭注および板本分注に「元慶三」と注するが、三代実録に「元慶三年正月廿日庚戌、内宴停止」とあるから、おそらくこれは同じ三代実録に「元慶四年正月廿一日乙亥、天皇御二仁寿殿一、内二宴於近臣一。奏二女楽一、賦レ詩極レ歓。方罷賜レ禄有レ差」とあるときの作であろう。八二・八三が元慶二年でなく、元慶三年作であることもそのことを傍証する。藁草は「元慶三年」にかける。

詩題は、文集に「聞二早鶯一」と題する五言詩があるによるか。

〔二〕「歳華」は、謝朓の詩に「歳華春有レ酒、初服偃二郊扉一」とある。

〔三〕昌泰二年(八九九)の四五三「内宴同賦二鶯出レ谷」詩に「管絃声裏啼求レ友、羅綺花間入得レ群」とある。

〔四〕「出谷」は、詩経、小雅、伐木に「伐レ木丁丁、鳥鳴嚶嚶。出レ自二幽谷一、遷二于喬木一」とある。

鶯が幽谷から出て喬木に遷ったことを歓ぶという裏に、作者が内宴に侍することの光栄を歓ぶ意を寓する。文集の「聞二早鶯一」詩は、潯陽貶謫中の作である。→三九七。

八四 〔一〕底本「扶十」と朱注。三代実録、陽成天皇、元慶三年十月の条に「八日甲子、大極殿成。右大臣設二宴於朝堂院含章堂一。賀レ落也。(中略)親王公卿百寮群臣畢会、喚二大学文章生等一、令レ賦レ詩。雅楽寮挙二音楽一、楽闋二一曲一之間、飛驒工等二十許人、不レ任二感悦一、起レ座拍レ手歌舞、合座大為二咲楽一。宴竟賜レ禄、各有レ差。但文章生等、後日追給二絹綿一」とある。文粋九、居所、善相公(三善清行)の「元慶三年孟冬八日大極殿成、命レ宴詩序一首」があり、今は佚しているが扶桑集十にこの時の詩が収まっていた。この時の宴は右大臣藤原基経の催したもので、三年前の貞観十八年(八七六)四月十日に大極殿が火災で焼失、同年六月九日より勅命により基経が再建に着手、元慶元年(八七七)にはじめて大極殿の構造が成り、ことし(元慶三年)落成したのである。「大極殿」は、朝堂院の正殿で、「八省院」ともいい、天皇が朝政を見、また即位等の大礼を行うところ。

〔二〕淮南子、説林に「大廈成りて、燕雀相賀す」とあるによる。

〔三〕「子来」は、詩経、大雅、霊台に「霊台を経(かは)り始めて、経之(かは)り、営之(る)す、庶民攻之(つく)り、日ならずして成之(な)ぬ。経始(けいし)亟(すみやか)にすることなけれども、庶民子のごとく来れり」とある。

〔四〕「神化」は、史記、滑稽伝序に「詩は以て意を達し、易は以て神のごとく化(な)る」とある。

〔五〕三善清行の大極殿新成詩序に「斜戸啓レ漢、金釭之与二暁星一双点」とある。

「金猶在」は、「猶金在」のつもりであろう。

〔六〕三善清行の大極殿新成詩序に「飛甍排レ雲、璧璫之与二夜月一相映」とある。

且字、板本亘字に作る。

〔七〕論語、為政に「為レ政以レ徳、譬如下北辰居二其所一、而衆星共上レ之」とある。

〔八〕大極殿の屋根には、平等院の屋根のように双鳳がかざられていたのである。本朝無題詩巻一の「大極殿新成(寛治焼失後の再興)を賀する詩」に、「雙鳳甍(いらか)崇(たか)くして鳥路に当る、群竜楹(はしら)列(つら)なりて星河近し」(藤原秀綱)とある。

〔九〕「棟梁」は、むなぎとうつばり。一国の重任にあたる人のこと。右大臣基経を婉曲にさす。

「槐棘」は、えんじゅといばら。三公九卿の義に用いる。周代、朝廷に三槐・九棘を植え、三公は三槐に、九卿は九棘に面して坐位を占めた。

〔一〇〕「唐尭」は、陶唐氏と号する。

「不翦茅」は、茅で屋根をふいてその軒のはしを切りそろえないこと。質素な明堂(大極殿の唐名)のこと。韓非子、五蠹篇に「尭の天下に王たるや、茅茨(ぼうじ)翦(き)らず、采椽(さいてん)斲(けず)らず」とあるによる。

八五 〔一〕八三が元慶四年(八八〇)作であれば、これは元慶四年作でなくなるわけであるが、元慶五年(八八一)は清和太上天皇崩御のため諒闇、内宴停止。元慶六・七・八年も内宴停止、したがって、元慶九年(八八五)正月二十一日の内宴に当たるかと思われるが、不審がある。藁草は元慶四年正月二十一日の内宴詩と考えている。

文集に「和ニ雨中花ニ」の詩がある。元稹の作に和したもの、ただし元詩は、今日秩。

〔二〕「片片」は、きれぎれのさま。花が散って軽く飛ぶさま。庚信の昭君辞応詔に「片片紅顔落ち、双双涙眼生ず」とある。

〔三〕「麝剤」は、じゃこうじかの香を放つへそ。「剤」はあるいは「臍」の通か。林逋の梅花詩に「陣陣の寒香麝臍を圧す」とある。

〔四〕「五出」は、楊烱の梅花落詩に「窗外一株の梅、寒花五出開く」。

八六 〔一〕「巨三郎」は、巨勢を称する略称で、この時に当たり推定できるものは外従五位下行大外記巨勢朝臣文宗と、従四位下行右中弁兼大学頭紀伊守巨勢朝臣文雄と、巨勢親王との三名である。そのうち文宗は、仁和元年(八八五)に河内介に任じ、文雄は元慶八年(八八四)に越前守となり、ともに活躍している。巨勢親王は、元慶六年(八八二)八月五日に薨じている。三代実録、陽成天皇、元慶六年八月の条に「五日甲辰、無品巨勢親王薨。不レ任ニ縁葬之諸司一、以ニ喪家辞一也。皇帝不レ視レ事三日、親王者、平城太上天皇之第四子也。母贈従三位伊勢朝臣継子、正四位下老人之女也」とある。しばらくこの巨勢親王とみておく。「三郎」ということばがひっかかるが、平城天皇の子は、紹運録によれば、高岳親王・阿保親王・巨勢親王の三人だから、その第三子という意味であろうか。「三郎」は、第三子の意で、かつ唐の玄宗の小名を三郎と称した例があるから(開天伝信記)、皇子でも三郎と呼ぶことは不思議でない。伊勢物語に「さぶらうなりけるこ」とある。巨勢親王は、遠く天竺行を決意した高岳親王、行平・業平を生んだ阿保親王の弟で、おそらく趣味に生きた風狂の逸人であったのであろう。「北堂」は、大学寮のうち、紀伝道の講堂。「諸の好事」は、好事者(こうずしゃ)の諸君の意で、学問以外にも趣味をもつ人人・ものずきの人たちのこと。

〔二〕「冥」は、「冥、暗也」(広雅、釈訓)とあり、奥深く遠いこと。

〔三〕「慭」は、詩経、小雅、十月之交に「不三慭遺二一老一」とある。

〔四〕列仙伝上巻に「王子喬者、周霊王太子晋也。好吹レ笙、作ニ鳳凰鳴一、遊ニ伊洛之間一。道人浮丘公接レ晋、上ニ嵩高山ニ」とある。

〔五〕菅原文時の「山中有ニ仙室ニ」詩に「王喬一去雲長断、早晩笙声帰ニ故渓ニ」とある。

〔六〕「無槨」は、論語、先進に「鯉也死、有レ棺而無レ槨」とある。「棺」は、うちかん。「槨」は、そとかん。棺を納める外ばこ。

〔七〕論語、季氏に「嘗独立。鯉趨而過レ庭。曰、学レ詩乎」とある。

〔八〕この巨勢親王は、学問にはげんでおられた時、父帝の喪にあったが、忌があけ、服をぬぐ日になって、笙を吹いて服を解いたと伝えられている。そこで王子喬の笙の故事を引用したのである。

八七 〔一〕詩題は、道真が文章博士となってくらして行くことの困難を訴えたもので、楽府詩集、雑曲歌辞に鮑照以下「行路難」と題する作品が六十三首あるが、その楽府題辞を借り用いる。ただし詩体は楽府体ではなく、五言古調詩である。「古調詩」というのは、唐代の近体詩に比し、隋以前の古体詩で、単に「古詩」「古風」「古体」ともいうが、「古調」の文字は文集にある。「古詩」「古風」「古体」は、他の詩人も用いるが、「古調」は、白居易のみ用いる。平仄や句数に制限がなく、押韻も比較的自由なはばをもつ。近体を律体というのに対して、「散体」ということもある。耕・卿・栄等の下平声八庚韻を隔句ごとに押す。

〔二〕孟子、万章下に「下士、与ニ庶人在レ官者ニ同レ禄。禄足三以代ニ其耕一也」とある。「帰耕」の語は、漢書、夏侯勝の伝に「学経不明、不レ如ニ帰耕ニ」とある。

〔三〕道真の祖父清公は、承和六年(八三九)正月七日、従三位即ち三品に叙せられた。

〔四〕道真の父是善は、参議・刑部卿となり、元慶三年(八七九)十一月二十五日、従三位に叙せられた。「公卿」は、公と卿。「公」は、摂政・関白・大臣。「卿」は、大納言・中納言・三位以上および四位の参議。
〔五〕「稽古の力」は、後漢書、桓栄の伝に「今日所レ蒙、稽古之力也。可レ不レ勉哉」とある。
〔六〕考課令に「凡秀才、試二方略策二条一。文理倶高者、為二上上一。文高理平、理高文平、為二上中一、云云」とある。
〔七〕礼記、学記に「良冶之子、必学レ為レ裘、良弓之子、必学レ為レ箕」とある。
〔八〕おそらく紀伝道の講堂たる文章院(「都堂院」ともいう、北堂のこと)を建築したことをさすであろう。この年焼失した大極殿も造営に着手されているので、一緒に造営されたものか。
〔九〕「有レ所レ思」(九八)の詩に「内無二兄弟可二相語一」とある。
「曰」は、当時は再読して、イハク…トイヘリと訓む。

〔一〇〕禄令に「自二八月一至二正月一、上日一百二十日以上者、給二春夏禄一。正六位、絁参匹、綿三屯、布伍端、鍬拾伍口。秋冬亦如レ之」とある。
〔一一〕「之」は、不読。
感動の意で、助動詞「けり」を訓みそえる例は、西大寺本金光明最勝王経古点にある。
〔一二〕「畏(恐)る」は、初期は上二段活用。
〔一三〕「履氷」は、詩経、小雅、小旻に「戦戦兢兢、如レ臨二深淵一、如レ履二薄冰一」とある。
〔一三〕学令に「凡博士助教、皆分レ経教二授学者一」とある。
〔一四〕「詩情怨」(一一八)の詩にも「去んじ歳世は驚く詩を作ることの巧(たく)みなること、今年人は謗(そし)る詩を作ることの拙きことを」とある。
〔一五〕六三四に元慶三年十一月二十日附、文章生紀長谷雄を秀才に補する牒状があり、六三五に、同七年十月十六日附、文章生巨勢里仁を得業生に補する牒状がある。また五四に、元慶七年六月三日附で、秀才の課試について新たに基準をたてることを申請する奏状がある。
〔一六〕考課令に、秀才の方略策が、上の上・上の下・中の上と判定せられたものは及第、文劣(おと)(なつた)くして理も滞(とどこお)るならば不第だときめてある。
〔一七〕考課令に「公平可レ称者、為二一善一。(中略)訓導有レ方、生徒充レ業、為二博士之最一」とある。
〔一八〕孝経、諫争章に「子従二父之令一、可レ謂レ孝乎」とある。
〔一九〕「未萌」は、後漢書、桓譚の伝に「明者見二於無形一、智者慮二於未萌一」とある。なおこの語は、太公金匱にもとづく。司馬相如の「上書諫猟」(文選)にも「明者遠見二於未レ萌、而智者避二危於無レ形」とある。
是善はこの詩の作られた前年と思われる元慶四年(八八〇)八月三十日に六十九歳で死んでいる。この父の懸念は、晩年の破局に対する懸念であったのかもしれない。

八八　〔一〕詩の排次からみて、元慶五年(八八一)の作のように思われるが、三代実録に、この年「二月九日丁亥、停二釈奠一」とある。先帝の諒闇による。また「左伝」は講ずるテキストの順からいえば「周易」の次である。「周易」が講ぜられたのは元慶七年(八八三)二月十日であり、「同年八月四日丁酉、釈奠、講二左伝一、文人賦レ詩」(紀略・三代実録「左氏春秋」に作る)とあるから、この時の作であろう。この前後、元慶四年(八八〇)八月、父の死の前後の詩が一つも見えない。編次に多少混乱があるように思われる。
詩題は、左伝、僖公七年の条に「攜(はな)るるを招くに礼(ゐや)ひを以(も)ひ、遠きを懐(なつ)くるに徳(めぐ)みを以ふ」とあるによる。
〔二〕「致遠」は、後漢書、班固の伝に「上可レ継下五鳳甘露、致二遠人一之会上」とある。
〔三〕「鳥」は、史記、五帝紀に「南撫二交阯・北発一、西戎・析枝・渠庾・氐羌、北山戎・発・息慎、東長・鳥夷、四海之内、咸戴二帝舜之功一」とある。
〔四〕「懐来」は、世説新語、道基に「附レ遠寧レ近、懐二来万邦一」とある。
〔五〕「四海」は、史記、高祖紀に「且夫天子以二四海一為レ家」とある。

八九　〔一〕元慶三年(八七九)三月の作か。「司馬」は、地方の属官たる掾(ぞう)の唐名。掾は、マツリゴトヒトと訓む。大宝令、職員令に、掾の職掌は、「国内を糺判し、文案を審署し、稽失を勾へ、非違を察することを掌る」とある。菅家廊下出身か、もしくは大学寮における受業の文章生が、得業生に補せられ、外国赴任するのであろう。「茂」「宮」は、何の姓氏の略称か、明らかでない。「同賦花字」は、花の字を一同が韻礎として賦するのである。
〔二〕「別意」は、杜甫の「送二李校書一」詩に「帰期豈爛漫、別意終感激」とある。「意」の訓は、「意、カナシブ」(類聚名義抄)による。
〔三〕白居易の「歩二東坂一」詩に「緑陰斜景転、芳気微風度」とある。

〔四〕これは酔眼に友の顔がうるんで雨中の花のようにちらちらしてみえること。即ち「眼花」を詠んでいるのである。酒に酔って、眼がちらちらすることを「眼花」ということは、杜甫の飲中八仙歌に「知章騎ㇾ馬似ㇾ乗ㇾ船、眼花落ㇾ井水底眠」とある。

九〇 〔一〕「北堂」は、大学の北堂。「澆章の宴」は、竟宴の意。「澆章宴」は、三代実録、元慶六年（八八二）八月二十九日の条に、日本紀竟宴に澆章の宴を申し、親王以下五位以上みな出席し、侍従局の南右大臣の曹司で行われ、日本紀の聖徳太子や諸名臣を抄出してそれを題としてみな日本紀竟宴和歌を作り、琴歌歓飲して終日をくらしたという記事がある。この同じ澆章の宴を大学の北堂でも同じころ行なったか。日本紀の講義には、文章・明経の得業生・学生ら数人がたがいに都講をつとめたからである。太田晶二郎氏いう「澆章宴は竟宴を意味するか。三代実録、元慶六年八月二十九日戊辰条に「於二侍従局南、右大臣曹司一、設二日本紀竟宴一。先ㇾ是、元慶二年二月二十五日、於二宜陽殿東廂一、令三従五位下助教善淵朝臣愛成読二日本紀一。（中略）五年六月二十九日講竟。至ㇾ是申二澆章之宴一（下略）」とある」と。あるいは、「章」は、「書」に通じ、澆書の宴の義か。澆書は、あさざけ。晨酌・早酒の義。午前もしくはひるひなかの酒宴をいうか。書堂詩話に「東坡謂二晨飲一為二澆書一」とある。「澆」は、水をいかける意。北方の俗語で、飲食の義。「章」は、文書の義。紅梅が咲いたとき樽を携えて対酌するのを「澆紅の宴」という。「澆章の宴」とは、竟宴にあたって講義した文章に酒をそそぎかける宴の義か。「兵部侍郎」は、兵部省の輔の唐名。「兵部田侍郎」は、島田忠臣。この時兵部少輔、その和詩は田氏家集、巻中に出。田氏家集、巻中の「敬和二吏部菅侍郎、澆章宴後、書ㇾ懐見ㇾ寄詩一〈次押〉」に「宴来卿相例降ㇾ尊、応三是将ㇾ身勧二俗昏一、糸管景閑長鶴望、盃盤坐冷悩二竜蹲一、不ㇾ愁ㇾ経ㇾ露霑二師友一、猶恐澆風扇二子孫一、余慶因ㇾ君終不ㇾ墜、三千人荷二二公恩一〈午時入ㇾ夕、適蒙三戸部礼二尚書臨二於宴事一。故有ㇾ此言一〉」とある。

〔二〕「槐林」は、橘在列の春日野遊詩序に「出二槐林之深窓一、望二松樹之遠地一」とある。

〔三〕「冑子」は、天子から卿大夫に至るまでの嫡子。転じて、広く国子学生をいう。潘尼の釈奠頌に「莘莘冑子、祁祁学生」とある。

〔四〕田氏家集の島田忠臣の次韻の和詩をみると、「愁へず露を経て師友を霑（うるほ）す、猶恐るらくは澆風（げうふう　軽薄の弊風）の子孫を扇がんこと」とある。「雲孫」は、爾雅、釈親に「仍孫之子、為二雲孫一」とあり、注に「言二軽遠如二浮雲一」とある。

五・六句は、「後幾」をかりに「後軌」とみて、後世の軌範の意に解すれば、昔の話をあらためて長老の人に聞くことがあろうか、（この長老の二人の人が来臨されたことで）自然に後の世のための軌範ができて、末の世の子孫たちのみちを展開することであろうの意か、このところ存疑。

〔五〕島田忠臣の次韻の和詩の本注に「午（うま）の時より夕に入る。適（たまたま）戸部（こほう）と礼（れい）との二尚書、宴の事に臨みたまふ」とある。戸部尚書は、民部卿藤原冬緒、時に七十四歳、礼部尚書は、治部卿在原行平、時に六十四歳、この二人をさす。

〔六〕島田忠臣の次韻の和詩に「余慶君に因りて終に墜（お）ちず、三千人は二公の恩を荷（に）へり」とある。

九一 〔一〕紀納言（長谷雄）の「後漢書竟宴、各詠ㇾ史、得二龐公（ほうこう）一」（文粋九）の詩序によると、貞観十四年（八七二）秋に文章博士巨勢文雄をして後漢書を講じはじめしめたが、元慶元年（八七七）春、文雄が左少弁に転じたので、中断した。そこで道真（菅師匠）が元慶三年（八七九）冬から続講することとなり、元慶五年（八八一）夏に講じ終った。そこで元慶六年（八八二）春に旧例によって王公集って、竟宴が催され、探題して、後漢書の人物をそれぞれ詠史詩によんだので、長谷雄はその詩序を書いたのである。田氏家集、巻中によれば、島田忠臣は同じく「蔡邕」を得て、七律に詠じている。菅原氏系図荏柄本によれば元慶五年四月四日に講じ終っている。

〔二〕「時竜」は、後漢書、光武紀の論に「何以能乗二時竜一、而御ㇾ天哉」とあり、注に「易曰、時乗二六竜一、以御ㇾ天」とある。

〔三〕「一朝」は、荘子、逍遙遊に「今一朝而鬻二技百金一」とある。

〔四〕「済県」は、陳留郡の済陽県。光武帝は、済陽宮に生れた。後漢書、光武紀の論に「皇考南頓君、初為二済陽令一。以二建平元年十二月甲子夜一、生二光武於県舎一」とある。

〔五〕「合氷」は、後漢書、光武紀に「天時寒、面皆破裂。至二呼沱河一、無ㇾ船。適遇二氷合一、得ㇾ過。未ㇾ畢数車、而陥、進至二下博城西一」とある。

〔六〕後漢書、光武紀に「尋・邑自以為、功在二漏刻一、意気甚逸。夜有二流星一、墜二営中一。昼有ㇾ雲、如二壊山一、当ㇾ営而隕、不ㇾ及ㇾ地尺而散、吏士皆厭伏」とある。

文集元亨四年点に「星のごとくに居て」の訓あり。

〔七〕「暦数」は、まわりあわせ・帝王が天命をうけて帝位につく運。書経、大禹謨に「天之暦数、在二汝躬一」とある。

後漢書、光武紀に「光武先在二長安一時、同舎生彊華、自二関中一奉二赤伏符一、曰、劉秀発レ兵捕二不道一、四夷雲集、竜闘二野四七之際一、火為レ主」とあり、また同論に「生二光武於県舎一。有二赤光一、照二室中一、欽異焉」とある。

〔八〕「天人応」は、後漢書、光武紀に「今功業即定、天人亦応」とある。

〔九〕「中興」は、後漢書、明帝紀に「先帝受レ命中興、撥レ乱反レ正、以寧二天下一」とある。

七・八句は、いったん、王莽(おうもう)に奪われていた天下をとりもどして、漢の王室を再興することができたのも、もっともであるの意をこめる。

九二　〔一〕「親衛将軍」は、近衛中・少将の唐名。この元慶六、七年のころ右近衛少将に任じていたものは、平正範である。分脈に「桓武平氏、高棟王の子、頭、木工頭・近江介・左中将・従四上」とあり、三代実録に「元慶七年四月廿八日甲子、勅、遣二右近衛少将正五位下平朝臣正範一、到二山城国宇治郡山階野辺一、郊二労渤海客一」とある。「河西別業」は、おそらく大偃川西岸、桂の附近か。一三にも阿州平刺史の「河西之小庄」に遊ぶことがみえ、一西にも右親衛平将軍の屏風図詩のことがみえる。四句ごとに順次、山・家・晩・秋と換韻する。

〔二〕「世間」は、史記、淮南厲王の伝に「人生二一世間一、安能邑邑如レ此」。

〔三〕「瑟瑟」は、楼鑰の詩に「江平風軽波瑟瑟」とあり、白居易の詩に「中心瑟瑟流」とある。

〔四〕「蕭蕭」は、杜牧の「懐二呉中馮秀才一」詩に「長洲苑外草蕭蕭」とある。

〔五〕「卜隣」は、紀長谷雄の「卜二山居一」詩に「洞裏移レ家鶴卜レ隣」とある。

〔六〕「遊心」は、荘子、外物に「心有二天遊一」とある。

〔七〕「養性」は、淮南子、俶真訓に「静漠恬澹、所二以養一レ性」とある。

〔八〕「偃蹇」は、高いさま・たかぶりおごること。晋書、郭璞の伝に「荘周は漆園に偃蹇たり、老莱は林窟に婆娑たり」とあるによる。

〔九〕「雲泥」は、雲と泥とで、非常にちがっていることの喩。平正範は桓武平氏の裔であることを意識しているであろう。

〔一〇〕「坐隠」は、世説、巧芸に「王中郎以二囲棊一是坐隠。支公以二囲棊一為二手談一」とある。

〔一一〕「忘憂」は、酒を飲めばうれいを忘れることからいう。陶潜の飲酒詩に「秋菊有二佳色一。裛レ露掇二其英一。汎二此忘憂物一、遠二我遺世情一」とある。

九三　〔一〕「兵部侍郎」は、兵部少輔島田忠臣。→九〇補一。「舎弟」は、その弟良臣(よしおみ)。日本文徳天皇実録序文に、元慶三年(八七九)十一月、基経・是善とともに従五位下行大外記臣嶋田朝臣良臣と署名している。文徳実録撰修のため菅原是善・都良香と前後九年精力を傾けた。元慶二年(八七八)二月二十五日日本紀進講のとき、都講として善淵愛成をたすけ、同年八月二十五日皇弟はじめて「蒙求」を聴講する詩宴に参加し、元慶六年(八八二)八月二十九日日本紀竟宴に参加している。五位だから「大夫」とよぶ。この年の晩秋初冬ころに死んだものらしい。田氏家集、巻中に、兄忠臣の「哭二舎弟外史大夫一」の七律がある。

〔二〕礼記、月令、孟秋の月に「涼風至り白露降る」とある。

〔三〕「通家」は、宋書、王球の伝に「雖二通家姻戚一、未二嘗往来一」とある。道真の妻宣来子は、忠臣の女。従って、宣来子からみれば良臣は叔父のわけである。

〔四〕「近習」は、天子が親しみ幸するものが本来の意味。ここは、左右に侍するさぶらい・家司(けいし)の意。良臣は基経の近習として、「文徳実録」の編修にもあずかったのである。

〔五〕「菩提」は、Bodhi の音訳。人間の煩悩をこえて涅槃を証する智慧。かげろふ日記に「とく死なせ給ひて菩提かなへたまへとぞおこなふままに」(本大系二〇二一五頁)とある。

〔六〕「阿弥陀」は、如来の名。Amita. 一に無量寿、二に無量光、三に甘露と訳する。阿弥陀経に、この仏は光明無量にして、寿命無量という。

九四　〔一〕底本「長谷雄」と朱注。「紀秀才」は、文章得業生紀長谷雄。「罵辱」は、ののしりはずかしめること。「凌轢」は、しのぎきしる・浸犯軋轢(あつれき)すること。元慶に改元してここに六年あまり、当時のインテリゲンツィアの両傾向を痛烈に批判している。盛んにディスカッションするけれども、基礎の教養が確立していないので、ばかみたいにみえるかと思えば、一方では官能に惑溺して、徒らに他人を中傷している、そこで心を許した詩友の紀長谷雄に対して、詩をよむことをすすめて、純粋な文学の確立を願うのである。

〔二〕「通儒」は、後漢書、杜林の伝に「博洽多聞、時称二通儒一」とある。
〔三〕詩経、邶風(はいふう)、柏舟に「我心匪レ石、不レ可レ転也」とある。
〔四〕「嫌」の訓は、「嫌、ウタガフ」(類聚名義抄)による。
〔五〕入矢氏いう、ただし「擬」は、「欲」もしくは「擬欲」とおなじ、…したいとおもうの意。だから六句は、このままに解すれば、彼らは花前において放歌することを慎しんで口をつぐみたいと思っているという意となる。しかし道真は「擬」を用いて、彼らに対して放歌する口をつぐんでもらいたいと希望するという意をあらわそうとしており、明らかに誤用である。
〔六〕「王沢」は、班固の両都賦序に「王沢竭而詩不レ作」とある。

九五 〔一〕底本「参議源勤、元慶五」と朱注。「源相公」は、源勤のこと。三代実録、陽成天皇、元慶五年(八八一)五月十六日の条に「参議従三位行右衛門督兼播磨権守源朝臣勤薨。勤者、嵯峨太上天皇之子、母大原真人、与二従一位左大臣融一同産也云云。年五十八」とある。分脈に「近江・山城・阿波・伊予・相模等守、右兵衛督・宮内卿・右中将等歴任」とある。「宅」は、西七条(七条西大宮、寿福寺の附近)にあり、西七条宰相と号した。

一首、凄惨な情と景とが、一種の不安をよびおこす措辞のかげから無気味に人に迫るものがある。
〔二〕「経営」は、詩経、大雅、霊台に「経二始霊台一、経レ之営レ之」とある。
〔三〕分脈によれば、温(伊与守・従五下)・激(民・従五下)・浣(右馬頭・従四位上)・凝(筑前守・従五下)の四子がいる。
〔四〕礼記、月令、季夏の月に「鷹乃学習、腐草為レ蛍」とある。
〔五〕郭璞の山海経序に「陽火出二於冰水一、陰鼠生二於炎山一、而俗之論者、莫三之或二レ怪」とある。

「且」の訓は、「且、ナム〳〵トス」(類聚名義抄)とある。「将」「垂」と同じ用法とみておく。
〔六〕「石稜」は、杜甫の西閣両望詩に「径添二沙面一出、湍急石稜生」とある。

九六 〔一〕「雲州茂司馬」は、八九に因州の茂司馬がみえる。同一人か否か明らかでない。「菅」は、菅原氏。「侍医」は、官名。官位令に「正六位、内薬侍医(うちのくすりのおほとくすし)」、職員令に「内薬司、侍医四人、掌レ供二奉診候・医薬一」とある。半殿上の奥医師である。「菅侍医」は、何人か不明。是善の弟に与善がおり、承和元年(八三四)入唐している。あるいはこういうような人が別に一族のうちにあって、代代侍医を世襲していたであろう。田氏家集、巻中に「奉レ酬下傷二菅侍医早亡一詩上〈同韻〉」の七律があり、この作と同韻である。「長句」は、七言詩(五言詩は除外される)の、律詩よりも長い詩篇をいう。元白において「長句(長詩)」といわれるものはみなしかりである。
〔二〕「播」は、周礼、春官、大司楽に「播レ之以二八音一」とある。
〔三〕「取諸…」は、後世「コレヲ…ニトル」と訓みならうが、「諸」は「之」と同じく、古くは不読字であった。
〔四〕「九泉」は、文選の木華の海賦に「烱(ひかり)を九泉に吹(もや)す」とあり、李善注に「地に九重あり、故に九泉といふ」とある。
〔五〕「薬師如来」の仏号は、くわしくは「薬師瑠璃光如来」、その浄土は、東方浄瑠璃光の世界という。
〔六〕医薬の方技は、道教錬丹の要素が多いからいうのである。

「紫府」は、神仙の居処。海内十洲記、長洲に「長洲一名二青邱一、有二風山一。山恒震声、有二紫府宮一。天真仙女、遊二於此地一」とある。
〔七〕道真は母大伴氏を貞観十四年(八七二)一月、二十八歳のとき失い、父是善を元慶四年(八八〇)八月、三十六歳のとき先立たせた。
〔八〕「有レ所レ思」(九八)の詩に「内無三兄弟可二相語一、外有二故人意相知一」の句がある。「博士難」(八七)の詩にも「曰悲二汝孤惸一」とある。

九七 〔一〕「詩草二首」は、一首は九六の詩、一首は九五の詩であろう。「田家両児」は、島田忠臣に二子がいたのである。「丈人」は、妻の父。「侍郎」は、(兵部)少輔。ここは、島田忠臣をさす。忠臣の次韻の詩は田氏家集、巻中の「源相公旧宅云云」の題の詩と、「菅侍医早亡云云」の詩である。
〔二〕妄字、春日政治「金光明最勝王経古点の研究」によれば、ミダリテと訓む。ミダリニと副詞として訓むことは、古くは見えないが、ここは次の「也」に対するから副詞。
〔三〕「諷ふ」は、諷(ふう)する・諷喩・諷刺。とおまわしにいさめること。「諷」の訓は、「諷、イマシム・ナズラフ・ヲシフ・イサム・ソシル・イフ・ウタフ」(類聚名義抄)による。
〔四〕「赤松子」は、神農氏の時の雨師(劉向、列仙伝)ではなく、ここでは、晋の時の牧羊の仙人。十五の時道士に従って金華山に入り、仙術をえて、石を叱って羊となしたという黄初平、後に字を改めて赤松子とした人

（葛洪、神仙伝、黄初平の条）をさす。「王子喬」は、関の霊王の太子晋。笙を吹くを好み、道士浮丘公によって嵩山に上り仙人となり、後、白鶴に乗じ緱氏山にあらわれた（太平広記所引列仙伝）。

〔五〕三代のあとをうけた菅侍医の方術はそれらよりもすぐれているの意。

〔六〕しかし、源相公は、その旧宅は火災で焼失したが、彼自身は浄土に往生していることであろうの意。

「衛霍」は、漢の武帝の将軍、衛青と霍去病（かっきょへい）との併称。ともに匈奴を征して大功があった。

「火宅」は、三界の生死の苦しみを火にもえている住宅に喩える。法華経、譬喩品に「三界無レ安、猶如二火宅一。衆苦充満、甚可二怖畏一」とある。

〔七〕「亀児」は、白居易の弟（白行簡）の子。「劉白唱和集」（二巻）を編録した。白居易の「太和三年三月、劉白唱和集解」に「一二年来、日尋二筆硯一、同和贈答、不レ覚滋多。至二太和三年春已前一、紙墨所レ存者、凡一百三十八首、其余乗レ興扶レ酔、卒然口号者、不レ在二此数一。因命二小姪亀児一、編録勒成二両巻一」とある。別にいう「有レ姪始六歳、字之為二阿亀一」。

九八〔一〕底本「納言冬緒歟、元慶六」と朱注。「匿詩」は、匿名（とくめい）の詩。「藤納言」は、元慶六年（八八二）夏には、大納言に藤原良世（六十一歳）と、藤原冬緒（七十五歳）がおり、中納言には在原行平・源能有がおる。藤原冬緒は、この年正月十日に中納言より大納言になった。六月二日、老年のため余命を山林に養いたいといって大納言辞職を申請して却下された。匿詩はおそらくこのことがらにかかわりがあろう。「当時之博士」は、この当時の文章博士菅原道真をさす。道真時に三十六歳。その匿詩のできばえからみて、こういう非凡の詩才をもつものとして、道真が疑われたのを、遺憾に思って、反駁して無実を訴えたのである。

詩題の「有所思」というのは、楽府の題よりとる。楽府詩集巻十六、漢鐃歌の条に「古今楽録曰、漢鼓吹鐃歌十八曲。十二曰二有所思一」とある。漢の古詞で、別に漢の太楽食挙第七曲にも「有所思」の古曲がある。また斉の王融に「如何有所思」、宋の何承天に「有所思篇」がある。また藁草の注に「文選、君子有所思行」という文句を引く。これは文選（巻二十八）の陸機の文句。「有所思」とは、劉伶の酒徳頌の「無レ思無レ慮」という反対で、気にかかることがあるの意。有所思篇には、「有レ所レ思思二昔人一」の句がある。今の世の無情をなげいて、昔の人を思う意もあろう。

〔二〕「君子何」は、論語、顔淵に「君子何患三乎無二兄弟一也」とある。

〔三〕「嫌疑」は、荀子、解蔽に「足下以定二是非一、決中嫌疑上矣」、古辞、君子行に「君子防二未然一、不レ処二嫌疑間一」とある。

〔四〕史記、甘茂の伝に「昔曾参之処レ費、魯人有下与二曾参一同二姓名一者上。殺レ人。人告二其母一曰、曾参殺レ人。其母織自若也。頃レ之一人又告レ之曰、曾参殺レ人。其母尚織自若也」とある。

〔五〕「心動」は、戦国、趙策に「襄子如レ廁、心動。執二問塗者一、則予譲也」。

〔六〕詩経、王風、黍離に「知レ我者、謂二我心憂一。不レ知レ我者、謂二我何求一」とある。

〔七〕「骨を銷さむ」は、骨をそこなう。史記、張儀の伝に「衆口鑠レ金、積毀銷レ骨」とある。

〔八〕「悠悠」は、詩経、小雅、車攻に「蕭蕭馬鳴、悠悠旆旌」とある。

〔九〕「嶮巇」は、劉峻の広絶交論に「世路嶮巇、一至二於此一、太行孟門、豈云二嶄絶一」とある。

〔一〇〕「孟門」は、隘道の名。太行山の東にある。左伝、襄公二十三年に「斉侯遂伐レ晋、取二朝歌一、為二二隊一、入二孟門一、登二大行一」とある。

〔一一〕「駟も及ばず」は、論語、顔淵に「惜乎、夫子之説二君子一也、駟不レ及レ舌」とある。一たん口外した言語は、四頭立ての馬車で疾く追ってもとりかえしがつかないという意味。

〔一二〕「耆」は、六十歳の称。礼記、曲礼に「六十曰レ耆」とある。

〔一三〕「玄鑑」は、玄妙な鏡。孫蒸の「贈二陸士竜一」詩に「明明大象、玄鑑照レ微」とある。

〔一四〕「愧」は、礼記、表記に「是故君子不下以二其所レ能病上レ人、不下以二人之所レ不レ能者一愧上レ之」とある。

〔一五〕詩によって思うところあることを訴えるのであるの意。

九九〔一〕三代実録・類聚国史に「陽成天皇、元慶六年九月九日戊寅、重陽之節、天皇御二紫宸殿一、賜二宴群臣一。喚二文人一賦レ詩、奏二女楽一如レ常。日暮賜レ禄有レ差」とある。九日探韻のこと、小野宮年中行事、九日節会事の条に見える。この同じ時の詩、田氏家集、巻中に出。

〔二〕「拝舞」は、重陽の宴に群臣が詩を献ずるとき、楽が終ると共に庭中に列立して一せいに拝舞すること。九条年中行事によれば、これを「女楽拝」という。侍中群要に「拝舞、先再拝、若有レ官者、笏置二右手下地上、起再拝次乍レ立垂レ袖左右、次乍レ居小揖、次乍レ立再拝、次乍レ立揖」とある。

〔三〕「黄花」は、礼記、月令、季秋の月に「鞠有二黄華一」、道真の三六「惜二残菊一、各分二一字一、応レ製」の詩序に「黄華之過二重陽一、世俗謂二之残菊一」とある。

〔四〕または、恩賜の菊花酒は虎口くらいの大きさの杯に菊花をうかべる意とも解しうる。

〔五〕「蛾眉」は、李白の怨情詩に「美人捲二珠簾一、深坐顰二蛾眉一」とある。

〔六〕「五雲」は、博物志一所引河図括地象に「有二崑崙山一、広万里、高万一千里。神物之所レ生、聖人仙人之所レ集也。出二五色雲気・五色流水一」とある。

〔七〕九月九日に、赤いふくろに茱萸(しゅ)を入れて臂にかけ、高山に登って菊酒を飲み、災厄をはらう行事によっていう。実際に山に登ったのではなく、薬司が茱萸を御帳の柱に結い付けただけであった。

〔八〕一度飲むと千日間も酔のさめない酒を、劉玄石が飲んだという(博物志、雑説下)。庾信の燕歌行に「蒲桃一杯千日酔。無事九転学二神仙一」とある。

〔九〕「重陽」は、魏の文帝の「与二鍾繇一九日送レ菊」の書に「歳往月来、忽逢二九月九日一。九為二陽数一、而日月並応」とある。

〔一〇〕「名教」は、五倫・五常などと、それぞれ名を立てて明らかにするからいう。晋書、楽広の伝に「名教之内、自有二楽地一」とある。

「霊芝」は、ひじりだけ・まんねんだけ。菌類の一。瑞草とせられる。班固の郊祀霊芝歌に「因二露寝一兮産二霊芝一、象二三徳一兮応二瑞図一。延二寿命一兮光二此都一」とある。「桂芝」「石耳」「芝草」「寿潜」「希夷」ともいう。祥瑞のうち芝草が生ずるのは下瑞とせられる。玉芝・金芝などが生じて祥瑞をたたえた記録がある。

「茹」は、詩経、豳風(ひん)、七月の箋注に「菜茹」とあり、「茹は、咀嚼の名」とある。クラフ・アサルと訓む。南方の方言で、飲食をむさぼる意。

一〇〇 〔一〕元慶七年(八八三)正月十一日の除目に、道真は加賀権守の外任を兼ねた(菅家伝・三代実録・補任)。「遙に」は、遙任の意。道真はすでに侍従・式部少輔・文章博士を兼任しているから、この権守は遙任である。田氏家集、巻中に「拝二美濃一之後、蒙二菅侍郎見レ視下喜三遙兼二賀州一詩草上。〈依二本韻一継二和之一〉」とある。

〔二〕父祖の業をうけつぐことを「箕裘を継ぐ」ということ、「博士難」(八七)に見える。

〔三〕菅家伝に「是善卿、嘉祥三年十月、任二加賀権守一」とある。菅家の家学たる文章道のみでは生活が不如意であったが、地方官に任ぜられれば経済的に富裕が約束せられるのである。

〔四〕遙任の権守などは、「月俸」を給せられたとみられる。それは、金銭ではなく、食糧の禄であったか。「月俸」のこと、なお存疑。

〔五〕「含哺」は、また、人民が食に飽いて生活を楽しむことの意。荘子、馬蹄に「含レ哺而熙、鼓レ腹而遊」とある。

〔六〕加賀守に任ぜられたのは正月、赴任は、普通は二、三月、残雪のころであったからいう。

〔七〕「亀」は、亀紱。魚の飾りのある印綬。文選の謝霊運の「初去レ郡」詩に「解レ亀在二景平一」とあり、注に「解レ亀、去レ官也。漢書曰、黄金印、亀紐、文曰レ章」とある。

〔八〕否字は、古くは上の動詞の訓の否定形に訓じた。

〔九〕「仁風」は、後漢書、章帝紀に「仁風行二於千載一」とある。

〔一〇〕貞観十九年(八七七)、式部少輔に任ぜられ、元慶元年(八七七)、文章博士を兼任された。

〔一一〕「士林」は、読書人階級の人人。「林」は、多数の意をあらわす。

一〇一 〔一〕「相国」は、太政大臣の唐名。時の太政大臣は、藤原基経(昭宣公)。その客亭の南庭に池があったのである。

〔二〕「鳥は人を知る」は、列子、黄帝に「海上之人、有下好二漚鳥一者上。毎旦之二海上一、従二漚鳥一游。漚鳥之至者、百住而不レ止。其父曰、吾聞、漚鳥皆従レ汝游。汝取来。吾玩レ之。明日之二海上一、漚鳥舞而不レ下也」とある。

〔三〕「水を楽しぶ」は、論語、雍也に「知者楽レ水、仁者楽レ山」とある。

〔四〕裏に、「私はかもめのように水を楽しむからといって知者だと主張しようというのではない、ただ小人のはびこる世間の俗塵にはまみれてしまいたくない」の意をたくみにこめる。匿詩事件のことを多少諷する趣もみえる。

「同塵」は、老子に「和二其光一、同二其塵一」とある。

〔五〕「浮沈」は、浮くことと沈むこと・栄枯盛衰。史記、游俠伝に「与レ世浮沈、而取二栄名一哉」とある。

〔六〕道真が三官を兼任しているが、まだ真に地位が安定したわけでなく、三官をかねて、どうにか相勤めている心境をのべるのであろう。

「去就」は、大戴礼、曾子疾病に「是故君子慎三其所二去就一」とある。

〔七〕加賀権守に任命されて満足し、その安定をねがう道真の心境が暗示せられている。

「懐仁」は、礼記、礼器に「君子有レ礼、則外諧、而内無レ怨。故物無レ不レ懐レ仁、鬼神饗レ徳」とある。

一〇二〔一〕「丞相」は、左右大臣の唐名。誰をさすか明らかでない。あるいは藤原氏宗か。三代実録、清和天皇、貞観十四年（八七二）二月七日の条に「是日、正三位守右大臣藤原朝臣氏宗薨」とある。分脈によれば、氏宗時に六十三歳。右大臣在官三年。この年以後大臣在任のもので死んだものはいない。氏宗は、音人・是善らと共に「貞観格」を撰進した。

〔二〕「除目」は、官に除し目録に記すこと。「除」は、官に拝する義。「目」は、目録。県召除目は、外官（げかん）の定期異動で、正月十一日（小野宮年中行事）。その次第は江次第巻四にみえる。別に京官（つかさめし）除目もあったが、ここは、県召除目をさす。今昔物語集巻二十四、藤原為時作詩任越前守語第三十に「苦学寒夜、紅涙霑レ襟。除目後朝、蒼天在レ眼」（本大系二五三二一頁）とある。枕草子にも除目の後朝のことがみえる。

一〇三〔一〕「源尚書」は、参議宮内卿右兵衛督伊与権守源冷（すさまじ）をさすか。元慶七年（八八三）、五十歳。宮内卿の唐名は「工部尚書」または「禁省尚書」という。「総州春別駕」は、一二三にも出。春澄朝臣良縄の一族か。もしくは春道宿祢の一族か。元慶八年（八八四）三月に春澄魚水が駿河守に任ぜられているが、この人とも定めにくい。「総州別駕」は、下総もしくは上総の介。「別駕」は、介の唐名。

〔二〕「共理（治）」は、王融の「策二秀才一」の文に「昔者賢牧分レ陝、良守共治」とある。

〔三〕丁寛が田何に従って易を受け、学成って東に帰る時、田何が「易すでに東す」と言った故事。漢書、儒林、丁寛の伝に「学成、何謝レ寛。寛東帰。何謂二門人一曰、易以東矣」とある。「丁寛」は、漢の人。易を田何に学び、古義を周王孫に受け、「易説三万言」を作った。

ナケムの訓は、石山寺本法華経玄賛淳祐古点による。

〔四〕大袈裟な表現であるが、「涙の川」などということばも、当時あった。

一〇四〔一〕「賀州司馬」は、加賀掾の唐名。「善」は、三善氏か。何人かなお尋ねたい。「典客国子紀十二丞」は、文章得業生従八位上紀朝臣長谷雄のことで、元慶七年（八八三）四月二日に、掌渤海客使に任ぜられた（三代実録）。「渤海大使」は、元慶七年四月二十八日に、加賀より山階（やましな）に到着入京して鴻臚館に入ったところの文籍院少監正四品賜紫金魚袋裴頲（はいてい）を指す。美濃介島田忠臣もこの時接待役としてかりに玄蕃頭のことを行なった。この詩の韻を次いで、田氏家集、巻中に「継下和渤海裴使頭見レ酬二菅侍郎・紀典客一行字詩上」の七律がある。この時のことは、五五五の「鴻臚贈答詩序」にみえる。

〔二〕後漢書、李郃の伝に、李郃が二人の使者を二使星と見立てた故事による。

〔三〕大使ら一行百五人は、前年十一月十四日、すでに加賀に上陸していた。能登国福浦港（今の石川県羽咋郡富来町福浦）あたりに着岸したのであろうか。

〔四〕「分庭」は、庭中に場所を分けており、儀礼的に相まみえること。史記、貨殖、子貢の伝に「国君、無レ不三分レ庭与レ之抗礼二」とある。

治部省は諸蕃の朝聘の事を担当する。道真は臨時の外務次官になったのである。類聚国史・三代実録、陽成天皇、元慶七年四月二十一日の条に「以二従五位上行式部少輔兼文章博士加賀権守菅原朝臣道真一、権（かりに）行二治部大輔事一」とある。

〔五〕「毫末」は、筆のさき。擬人的に筆を見立て、かつ「毫末でも」の副詞的用法といいかける。

一〇五〔一〕一〇四に行の韻による和詩があり、また島田忠臣の継和詩（→一〇四補一）もあるので、「重ねて」という。霜・光・郎・章・行は、何れも下平声七陽の韻字。田氏家集、巻中にも「敬和下裴大使重題二行韻一詩上」の七律がある。それによるとこの詩は裴大使が鴻臚館に宿泊中によみかわした作であることがわかる。「什」は、もと詩経の雅・頌各十篇のことであるが、転じて詩篇の称とする。

〔二〕「繁霜」は、しげくふる霜。詩経、小雅に「十月繁霜」とある。

「冒」の訓は、類聚名義抄に「ワタル」とあるによる。

〔三〕「梁園」は、漢代の梁の孝王の営み築いた有名な園。杜甫の詩に「酔舞梁園夜、行歌泗水春」とある。

「灌漑」は、「墨」の縁でいう。

〔四〕「孤心」は、いやしいおろかな心。礼記、学記に「孤陋而寡聞」とある。

〔五〕杜甫の「奉レ寄二高常侍一」詩に「天涯春色催二遅暮一、別涙遙添錦水波」とある。裴頲の来章には「一駻希麻驥騄」という一句があったことが、田氏家集にしるされる。

一〇六〔一〕治部大輔(臨時外務次官)たる道真と、玄蕃頭(臨時渉外部長官)たる忠臣とが、元慶七年(八八三)四月二十七日より、五月十一日までの間、即ち大使が鴻臚館の客房に滞在中、私的に訪問して交歓したのである。おそらく、五月五日の武徳殿騎射観覧に招待され、続命縷や菖蒲を下賜された日の夕方の作であろう。旧記によれば、この日、大雨。もし雨ならば大使たちを招かず延期する手はずになっていたが、掌客使たちが導いてきたので、やむなく雨中に礼を行なったとみえる。そこで雨の見舞がてら、二人が大使のもとに訪れたのであろう。また忠臣の同題の詩、田氏家集に出。小著「平安朝日本漢文学史の研究」(一四二頁)参照。

〔二〕「春官」は、詩紀・藁草「春宮」に作るも非。

一〇七〔一〕「月華臨二静夜一」という題は、南朝梁の沈約(しんやく)の詠月詩の「月華臨二静夜一、夜静滅二氛埃一」(玉台新詠巻五)より取る。この題の中から「華」という字を取って韻としたのである。田氏家集、巻中に「五言、夏夜対二渤海客一、同賦下月華臨二浄夜一詩上。〈題中取韻、限二六十字一〉」という作がある。これは五月八、九日前後の作であろう。

〔二〕「閑談」は、韋荘の詩に「閑談坐到レ明」とある。

一〇八〔一〕「謝」は、裴大使の交情にむくいる・挨拶のしるしとする意。一〇七の詩にひきつづく、同時の作であろう。この夜、島田忠臣も同じく衣をぬいで大使に贈ったとみえ、田氏家集に「同二菅侍郎一、酔中脱レ衣、贈二裴大使一。〈次韻〉」の七絶がある。

〔二〕忠臣の次韻詩には「浅深の紅翠自ら裁ちて成(な)る」とある。

〔三〕衣を贈るのにちなんで「領袖」という語を使っている。一種の秀句(しゃれ)である。かげろふ日記に、家族が東国に赴任するとき、衣をぬぎかえて別れた記事がある(本大系二〇一四七・一四八頁「姉なる人旅立つ」条参照)。

一〇九〔一〕「戯る」と言ったのは、戯作の意。「衣」の縁により、「腰帯」「袂」「裾」「服用」「寒温」などの語を用いたことを指す。酔中衣を贈ったり、戯作口号をよみかわしたりして交情こまやかなものがあった。この月三日、豊楽殿における客使賜宴には、教坊は女楽を奏進し、妓女実に百四十八人が出て舞った。宝亀二年(七七一)の七回目の渤海使節来朝のときには、この妓女が引出物のようにして海を渡り、ついに唐の代宗の大暦十二年(七七七)、渤海国より唐都長安に「日本国の舞女」として十一人が献上されたことが中国の記録にみえるよしである。

〔二〕「鴻臚贈答詩序」(五五五)によると、詩はかねて用意して作ったりしたものでないことを示すために、「詩筵に列(つら)なる毎に、帯を解き襟を開き、頻(しき)りに杯爵を交へたりき」とある。

〔三〕「秋雁」は、方干の「送二友及第、帰二浙東一」詩に「南行無二俗侶一。秋雁与二寒雲一」とある。

一一〇〔一〕一〇九の訓詩も言字を韻としたので、「重ねて」という。

〔二〕「多少」は、多いの意。「多」の方にアクセントがある。孟浩然の春暁詩に「夜来風雨声、花落知多少」とある。

〔三〕一句は、手ずからはたを織って、せっせと織り上げた布地をはかりもとめて裁断したの意か。「機杼」は、はたのひ。転じて、はたのこと。「営求」は、存疑。

一一一〔一〕三代実録に「元慶七年五月十二日丁丑、渤海使帰レ蕃。(中略)出レ館就レ路焉」とある。その前夜によまれたのであろう。田氏家集にも同題の七律一首がある。

〔二〕「帰歟」をカヘラメヤと訓むのは、板本の訓点による。反語ではない。

〔三〕職員令、玄蕃寮の条に「蕃客辞見、讌饗送迎」とあり、義解に「其送迎者、唯於二京内一、不レ出二畿外一也」とある。

〔四〕「腸断」「眼穿」は、李商隠の落花詩に「腸断未レ忍レ掃。眼穿仍欲レ稀」とある。

これより十二年の後、寛平六年(八九四)五月、裴頲がふたたび大使として来朝。その時菅公の作った詩にも「後紀難レ期同二硯席一」とある。

〔五〕帆はみるまに小さく遠ざかりゆき、雲は静かに動いてゆき、ともに水天のかなたに消え去る悲しみをうたう。

〔六〕惜別の情が、言外に溢れる。

「扃・扃」は「局」に同じ。類聚名義抄・色葉字類抄ともに、タムロと訓む。「屯」に同じい。集団を駐屯させること。諸本扃字を扃字に作るは非。

〔七〕田氏家集のこの時の詩に「此宵膝を促す東の廊の底(と)、明日顔(むかばぜ)を違はむ北海の隅」とある。

〔八〕夜のやみが濃ければ、人知れず涙を流しても人にとがめられはしないからの意。

一二 〔一〕「留別」は、旅立つ人が、留まっている人に別れを告げること。ちなみに、田氏家集にも「酬二裴大使答詩一。〈本韻〉」というのがある。しかし一二の詩の韻字と異なるから、これは前夜の「酔中脱衣詩」(一〇八)と同時の作か。

〔二〕「謝」は、サル・チガフ・カタチガヒ・イヌ・カタサルと訓む(類聚名義抄)。

〔三〕「陸沈」は、道を守って融通のきかないこと。水に沈むのではなくして、陸に沈んで世俗の中に市隠の生活をおくること。論衡、謝短に「夫知レ古不レ知レ今、謂二之陸沈一、然則儒生所謂陸沈者也」、抱朴子、審挙に「謂三守レ道者一、為二陸沈一」とある。

〔四〕入京は、四月二十八日、退京は、五月十二日。

〔五〕白居易の詩に「馬嘶返二旧櫪一、鶴舞還二故池一」とある。

〔六〕「珍重」は、唐代の俗語。ありがとうよ、または御機嫌ようというほどの意。張相いう、「珍重、猶レ云二多謝一也、難得也。又猶レ云二仔細、或保重一也」と。釈氏要覧中六に「珍重、釈氏相見将レ退、即口云二珍重一、如三此方俗云二安置一也。即是嘱云二善加保重一也」とある。

〔七〕▽以上一〇四―一二の作はみな鴻臚贈答詩に、島田忠臣らの作品と共に編収せられていたもので、その序は五五にあることは前述の通りである。

一三 〔一〕一〇三に総州春別駕に餞する詩出。一〇四より一二まで鴻臚客館贈答詩群がはさまれたので、原型は一〇三の次に一三が接するものと思われる。

〔二〕「銜勒」は、くつわ。孔子家語、執轡に「徳法者、御レ民之具、猶三御レ馬之有二銜勒一也」とある。

〔三〕「顧眄」は、ふりかえってみること。「矍鑠」は、勇健のさま。後漢書、馬援の伝に「援拠レ鞍顧眄、以示レ可レ用。帝笑曰、矍鑠哉、是翁也」とあるによる。

〔四〕「鑣」は、くつばみ。「分鑣」は、馬のくつばみを別別に分けること。梁の昭明太子の文選序に「各体互興、分レ鑣並駆」とある。

〔五〕「軿」は、轅(ながえ)の一種。「轅」は、大車につける二本の直木。「軿」は、小車につける曲がった一本の木。やっとながえに鹿一匹を入れることのできるような小さい車を「鹿車」という。その鹿車のながえのもとの鹿を「軿下の鹿」というのである。風俗通に「鹿車、柴車也。窄小。裁容二一鹿一、故云」(淵鑑類函所引)とある。

一四 〔一〕宣風坊の菅家廊下の書斎をつなぐ廊を新築したのである。「書斎記」(五二六)に「家の坤維(ひつじさるのすみ)に、一の廊有り。廊の南極に一の局有り」とある。壁に詩文を書きしるすことは、白居易も香炉峰下の草堂の落成したとき壁に詩を題した故事がある。

〔二〕加賀権守に任じて、経済的に余裕を生じたことをものがたる。

ここの「釘」は、庭・亭・聴・経・扃・星の字と共に下平声九青の韻。従って「クギ」の意の時は去声二十五径の韻であるから、ここでは当経切、説文の「釘、錬鉼黄金也」の意、即ち金ののべいたの義。

〔三〕「書斎記」(五二六)に「東に去ること数歩にして、数竿の竹あり」とある。

〔四〕「閣」は、集韻によれば、「庋蔵之所」とあり、陳子昂の高府君墓誌に「芸香之閣」とある。

〔五〕「書斎記」(五二六)に「又山陰亭と号す、小山の西に在るを以てなり」とある。

〔六〕和漢朗詠、巻下、山家の源順の白河院詩序に「南に望めばすなはち関路の長きあり、行人征馬翠簾の下に駱駅す」(本大系七三五五八)とある。

〔七〕烏合の衆が来訪することを、はきだすように「書斎記」(五二六)にものべている。

〔八〕「知足」は、老子、三十三章に「知レ足者富」とある。

〔九〕前述の白居易の詩(→一一四補一)に「薬圃茶園為二産業一」とある。

一五 〔一〕「野」は、小野朝臣。「営」は、篁の孫。篁には俊生・良真・葛絵・忠範の四子があり、俊生の子に義材・美材がおり、葛絵の子に保衡・好古がいる。この四人のうちの一人であるが、何人か明らかでない。おそらくは小野美材(よしき)をさすであろう。田氏家集、巻中に「野秀才詩伯」とみえると同人か。小野美材は、大内記石見守小野俊生の子。古今和歌集目録、庶人の部に出。参議篁の孫。元慶四年給料、仁和二年秀才(文章得業生)、寛平四年策、同九年任大内記、叙従五位下。昌泰二年兼伊予権介、同三年兼信濃権介。延喜二年卒。古今・後撰の歌人。また雑言奉和、大蔵善行七十賀詩・本朝文粋七夕詩序・和漢兼作集和思の詩などの作者。二中歴によれば、弘法大師・嵯峨天皇と相並んで、大内記野美材は三筆の能書。江談抄によれば、内裏文集御屛風を書いて、奥書に「太原居易古詩聖、小野美材今草神」と自書したという。紀長谷雄の延喜以後詩序に「至二昌泰末一、菅丞相得レ罪左遷、知文之士、当時無レ遺、適有二内史野大夫(美材のこと)一、雖レ云二託レ興不レ幽、然而早成稍過、予深嘉レ之。延喜二年、忽化二異物一、丞相在二遷所一、遙哭二内史一、兼嘆二文章已絶一」とある。→五〇三。「学曹」は、文章院の東西両曹の総称。これらは菅江二家が代代その曹主になり、諸氏出身の儒生は、みなこの大学の別曹たる東西両曹に道を勉強したのである。

〔二〕「菅尚書」は、刑部卿菅原是善。「刑部尚書」は、刑部卿の唐名。是善は、貞観六年(八六四)、刑部卿に任ぜられた。

「野相公」は、参議小野篁。本注に「先の相公を謂ふ」とあるのは、三十年ばかり前に没した人であるから。「相公」は、参議の唐名。

〔三〕君も将来大いに立身したいならば、今学曹の生活にうちこむのもよかろうの意をこめる。

〔四〕君も紀伝文章の学から離れてはいけないの意をこめる。

この句、江談抄・十訓抄に引用されて、後江相公登省詩の判に引証される。江談抄第五に「予又問云、以二両音字一用二平声一作之詩、猶可レ憚レ作哉。被レ命云、不レ可レ憚。天神御作、鶴飛千里未離地(ママ)之句、坐在炉辺手不亀之句、離字・亀字、毛詩・荘子之文、両字他声也。尚不レ憚被レ用二平声一。又朝綱登省詩、以二両音字一、用二平声一之時、評定諸儒、於二仗座一欲二落第一に、朝綱傍に立、詠云、鶴飛千里未離地ト音ニ頌ケリ。諸儒尚不二聞入一之処、朝綱云、菅丞相ノ被レ仰シ事モ聞テ侍也ト云ケルヲ、延喜聖主聞食テ、彼ハ有レ謂レ可二及第一也ト被二仰下一也。然者不レ可レ憚歟」とある。また「両音字、有二通用之例一、文章之所レ許也。随レ時可二斟酌一歟。菅家御作云、鶴飛千里未離地、離字用二平声一、此其例也」とある。十訓抄、第四・大東世語、文学にもこの説話出。何れも「未離地」に作る、「不離雲」のあやまりであろう。離字は、平声では上平声四支韻、仄声では上声紙・尾・齊韻などであるが、ここでは平声の意に用いてある。両音の字を平声に用いるとは、このことである。文草の詩が一つの規模とせられ、判定の標準になった説話である。

〔五〕後漢書、鄭玄の伝に「遂隠脩二経業一、杜レ門不レ出」とある。

〔六〕漢書、董仲舒の伝に「孝景時、為二博士一、下レ帷講誦。(中略)三年不レ窺レ園」とある。

〔七〕「釈奠」は、山川・廟社および先聖先師を学に祀る時に、行う礼。令義解、学令に「大学国学、毎年春秋二仲之月上丁。釈二奠於先聖孔宣父一」とある。

〔八〕「学生」は、我が国でもと大学寮および国学に籍を有した生徒。令義解、学令に「凡学生、自レ非二行レ礼之処一、(謂二釈奠及束脩之類一)皆不レ得二輙使一」とある。

二六 〔一〕「水中の月」とは、諸法に実体のないことを喩える。大乗十喩の一。智度論六に「諸法を解了すれば、幻の如し、焔(かげろふ)の如し、水中の月の如し」とある。水月(すいげつ)観音はこの水中の月を観る姿である。

〔二〕法華玄義二に「水は上升するにあらず、月は下降するにあらず、一月一時に普(あま)ねく衆水に現ず」とある。

〔三〕「陸沈」は、沈んでほろびさること。世説新語、軽詆に「遂使二神州陸沈、百年丘墟一」とある。一三注三の「陸沈」とは、意にちがいがある。

〔四〕文集、新楽府、百錬鏡に「百錬鏡、鎔範非二常規一、日辰置処霊且奇、江心波上舟中鋳、五月五日日午時、瓊粉金膏磨瑩已、化為二一片秋潭水一、鏡成将二蓬萊宮一」とあるによる。

〔五〕梁の元帝の「望二江中月影一」詩に「澄江涵二皓月一、水影若二浮天一、(中略)裂紈依二岸草一、斜桂逐二行船一」とある。

二七 〔一〕「阿」は、人を親しみよぶとき、その姓・氏・名・字・次第などに冠して用いる。正字通に「阿読如レ遏」とある。陔余叢考に「俗呼二小児名一、輙曰二阿某一、此自レ古然」とある。「満」は、「麻呂」に通ずる。したがって、「阿満」は、固有名詞でなく、愛情をこめて、私のむすこというほどの意。→一三注九。

〔二〕「漣漣」は、詩経、衛風、氓に「不レ見二復関一、泣涕漣漣」とある。

〔三〕「帝京篇」は、駱賓王の作った長篇の古詩で、「山河千里の国、城闕九重の門、皇居の壮んなるを覩(み)ず、安んぞ天子の尊きを知らんや云云」とはじまる。全唐詩巻三に「疇昔篇」とならんで出。「駱賓王集」(十巻)は、日本国見在書目録、別集家に著録され、その中でこの「帝京篇」が小学の書として七歳の幼児の最初の教科書としてつかわれ、その諳誦を課せられたことは注目すべきである。察するに道真自身もそうした教育をうけたのであろう。

〔四〕「賓王」は、王勃・楊烱・盧照鄰とともに、四傑と称せられる。七歳にして能く文を属し、五言にすぐれていた。「帝京篇」は当時の絶唱とたたえられた。武后の時、左遷されて、楽しまず、亡命した。

〔五〕「古意」は、擬古または倣古の意で、前朝の古事を借りて、今を諷諭するもの。ここでいう「賓王古意篇」というものは、現行三巻本にみえない。「詠懐古意、上㆓裴侍郎㆒」のことか、もしくは「疇昔篇」の別名か。

〔六〕「鮮」は、わかじに。左伝、昭公五年の「葬㆑鮮者」の注に「不㆓以㆑寿終㆒、為㆑鮮」とある。

〔七〕「萊誕」は、史記、老子の伝に「姓李氏、名耳、諡曰㆑聃。或曰、老萊子亦楚人也」とあり、注に「正義曰、太史公疑㆓老子或是老萊子㆒。故書㆑之」とある。

〔八〕張衡の南都賦に「巨蚌含㆑珠」とあり、荘子、外物に「小儒曰、未㆑解㆓裙襦㆒、口中有㆑珠。詩固有㆑之、曰、（中略）生不㆓布施㆒、死何含㆑珠」とある。

ここは十分に解しがたいが、しばらく次のように解しておく。老萊子即ち老聃は、老蚌が口中に珠を含んでいるのをみて、人間は百年の身をもたずに、千歳の憂えをいだいていることを悲しんだの意か。荘子、外物の「老萊子曰、夫不㆑忍㆓一世之傷㆒、而驁（おご）㆓万世之患㆒」による。また晋の郭璞の賛に「万物変蛻、其理無㆑方、雀雉之化、含㆑珠懐㆑璫、与㆑月盈虧、協㆓気朔望㆒」とあり、雀が蚌（はまぐり）に化して、巨蚌になり珠を含んでも、やがてまた死んで行くことを老子も悲しんだの意か。存疑。

〔九〕「委蛻」は、荘子、知北遊に「舜曰、（中略）性命非㆓汝有㆒、是天地之委順也。孫子非㆓汝有㆒、是天地之委蛻也」とあり、荘子因の注に「形形相禅、無㆑有㆓窮尽㆒、故曰㆓委蛻㆒、委、積聚也」とある。

また子や孫というものは、親の所有物ではない、親はそのぬけがらにすぎないといって荘子は悲しんだの意とも解しえられる。

〔一〇〕要するにこの二句は難解だが、万物はすべて変化し生滅してやまない、雀雉は老蚌に化して珠を含み、寒蟬は、ぬけがらを脱して楡（にれ）の枝でなく、老子も荘子もこれをみて悲しんだというが、二人の幼児が、私の後をついで成長すべきであるのに、逆に先立って行ったのは、たえられない悲しみであるの意。

荘子、逍遙遊に「蜩与㆓学鳩㆒笑㆑之曰、我決起而飛、搶㆓楡枋㆒。時則不㆑至、而控㆓於地㆒而已矣。奚以之㆓九万里㆒而南為」とある。

〔一一〕「煎」は、曹植の七歩詩に「相煎何太急」とある。

〔一二〕「桑弧」「蓬矢」は、礼記、内則に「国君世子生、射人以㆓桑弧蓬矢六㆒、射㆓天地四方㆒」とある。

〔一三〕「傍辺」は、藤川正数いう、傍辺は旧種に対する点から言えば、「旁偏」と解したい気持がする。顔氏家訓、風操に「偏傍之書、死有㆓帰殺㆒」とある。しからば、「字に点ぜし傍辺を残す」と訓むべきか。

〔一四〕論語、八佾に「祭如㆑在、祭㆑神如㆓神在㆒」とあるより、「如在を致す」ということばがわが国で使われる。三代実録、貞観八年（八六六）四月十四日の条に「敬以奉進、必致㆓如在㆒」とある。

〔一五〕「須弥」は、Sumeru. 修迷楼・蘇弥楼・蘇迷盧に作る。山の名、一小世界の中心。妙高と訳する。水に入ること八万由旬、水を出ずること八万由旬、日この陰に入れば夜となり、現われると昼になる、月もこの山の中腹の高さに位する。頂上は帝釈天宮、周囲に七香海七金山がある。この娑婆世界たる瞻部洲（せんぶしゅう）はその外海にうかぶと考える。妙高山の高さは三百三十六万里と注維摩経一にいう。

〔一六〕須弥山を中心とした七山八海を包含した世界を一小世界とし、これを千合わせて一小千世界、これを千合わせて一中千世界、これを千合わせて大千世界。その上に三千を冠するのは、小千・中千・大千の三種の千より成立していることを示す。↓二六二注一六。

〔一七〕「観自在菩薩」は、観音菩薩のこと。法蔵の心経略疏に「於㆓事理無凝之境㆒観達自在、故立㆓此名㆒。又機往救、自在無関、故以為㆑名。前釈就㆑智、後釈就㆑悲」とある。「観世自在菩薩」ともいう。Avalokitesvara.

源氏物語、朝顔の巻に「あみだ仏を心にかけて念じたてまつり給ふ。おなじはちすにとこそは、なき人をしたふ心にまかせてもかげみぬみづのせにやまどはん」（本大系[一五]二七〇頁）、同、明石の巻に「ひるよるの六時のつとめに、みづからのはちすのうへのねがひをばさる物にて、たゞ、この人を、たかき本意かなへ給へとなむ、念じ侍る」（本大系[一五]七四頁）。河海抄に「ひとたびもなむあみだ仏といふ人のはちすの上にのぼらぬはなし。一一池中萃尽満、花花惣是往生人、各留㆓半座㆒乗㆓花葉㆒待㆑我閻浮同行人。〈五会讃〉」とある。

〔一八〕 ▽ 切切たる悲痛の情、日本文学作品のうち、亡き児を悼む作の、これに匹敵する抒情詩的達成があるであろうか。

一八 〔一〕「菅著作」は、大内記菅野惟肖をさす。三代実録によれば、元慶六年(八八二)正月七日、大内記菅野朝臣惟肖、外従五位下に叙せられ、元慶八年(八八四)五月二十九日、大内記菅野惟肖、道真らとともに太政大臣の職掌について勘奏の旨を問われて奏議し、仁和二年(八八六)正月十六日、道真が讃岐守となると同時に、従五位下行大内記菅野朝臣惟肖は勘解由次官となった。また田氏家集巻上によれば「漢書」を菅家廊下において講義したこともあるらしい。「紀秀才」は、文章得業生紀朝臣長谷雄をさす。紀長谷雄は、補任によれば、貞観十八年(八七六)春、文章生に補せられ、元慶五年(八八一)二月十五日讃岐権少目(文章得業生)となり、同八年五月二十六日讃岐掾となり、仁和二年正月十六日少外記となった。元慶七年四月二日文章得業生従八位上紀朝臣長谷雄が掌渤海客使となったことは前出。

詩題は、楽府、相和歌辞、平調曲に「雀台怨」、同、楚調曲に「長門怨・婕妤怨・長信怨・娥眉怨・玉階怨」などがあるにならってつける。

〔二〕「有レ所レ思」(九八)の本注に「元慶六年夏末、有二匿詩一。誹二藤納言一。納言見二詩意之不レ凡、疑二当時之博士一」とある。

元慶七年、鴻臚館で渤海使に贈答する詩、九首を作った。

〔三〕「驪珠」は、荘子、列禦寇に「千金之珠、必在二九重之淵一、而驪竜頷下一」、また一書に「元微之与二劉夢得・韋楚老一在二白傅第一。各賦二金陵懐古詩一。劉先成。白覧レ之曰、四人探二驪竜一、子先獲レ珠。所レ余鱗爪、何用邪」とある。

〔四〕「白雪」は、岑参の「和二祠部王員外、雪後早朝即事一」詩に「聞道仙郎歌二白雪一。由来此曲和人稀」とある。

〔五〕「有レ所レ思」(九八)の詩に「一人来告我不レ信。二人来告我猶辞。三人已至我心動。況乎四五人告之」とある。

〔六〕「有レ所レ思」(九八)の詩に「三寸舌端駟不レ及」とある。

〔七〕「有レ所レ思」(九八)の詩に「明神若不レ愆二玄鑑一、無レ事何久被二虚詞一」とある。

「従来」の訓は、類聚名義抄にモトクキの訓があるが、モトヨリの誤りであろう。

〔八〕「哲」は、書経、皐陶謨に「知レ人則哲、能官レ人」とある。

「則」は、平安初期は不読であった。

〔九〕私は落書は書かないし、今年の鴻臚贈答詩にはひそかに自信がある、世間の無責任なうわさというものは、何と矛盾にみちた、でたらめな性格のものではないかと知己に訴えるのである。落書二首、文粋十二に載せる。

二九 「菅十一著作郎」は、二八で注するように、大内記菅野惟肖。惟肖が二八の詩を贈られて、七言古詩二首(一首は上平声四支韻、一詩は上平声十灰韻)を賦してかえした。「長句」というのは、おそらく七律二首であったであろう。そこで、道真はその二首の本韻を押して二首の七律を作って酬唱したのである。

(1) 〔一〕書経、周書、泰誓下に「徳を樹(た)つるは滋きを務め、悪を除くは本を務む」とある。左伝、哀公元年に「伍員(ごうん)曰く、臣之を聞く、徳を樹つるは滋きに如くはなし、疾を去るは尽すに如くはなし」とある。

〔二〕濫竽・濫吹は、韓非子、内儲説上の宣王の楽人の故事による。

〔三〕「厚顔」は、面の皮の厚いものは、恥を知らないの意。詩経、小雅、巧言に「巧言如レ簧、顔之厚矣」とある。

〔四〕「骨を銷す」は、史記、張儀の伝に「衆口は金をも鑠(と)かし、毀(そし)りを積めば骨をも銷す」とある。→九八注九。この句は文選にもあり、李善注に「讒毀之言、骨肉之親、為レ之消滅」とある。

〔五〕「狐疑」は、漢書、文帝紀に「方大臣誅二諸呂一迎レ朕、朕狐疑」とあり、注に「師古曰、狐之為レ獣、其性多疑。毎レ渡二冰河一、且聴且渡。故言二疑者一而称二狐疑一」とある。

(2) 〔一〕「塵埃」は、荘子、逍遥遊に「野馬也、塵埃也、生物之以レ息相吹也」とある。

〔二〕楚辞、漁父辞に「世俗之塵埃」とある。

〔三〕漢書、公孫弘の伝にみえる故事による。ここは、一〇一にある相国客亭即ち太政大臣基経の東閣に招かれて、匿詩の悪評について慰められもしたであろうことをさすようである。分注の「蒼き蠅のごとき旧びにたる讃(たたへごと)は元台ぞ弁へたまへる」とある「元台」も、基経をさすであろう。太政大臣の唐名は、三台。

〔四〕「咳唾」は、淵鑑類函所引世説新語に「江淹謂二郭鞏一曰、咳唾成二珠玉一、吐気作二虹霓一」とある。

一句は、太政大臣基経が、東閣をひらいて私どもを招き、かもめの詩をよんだが、そのとき基経が珠玉のようなありがたい含みのあることばを吐かれたの意か。

〔五〕「三条」とは、式部少輔・文章博士・加賀権守の三官。それを天子の恩命によって兼務することをいう。「印」は、官吏の身分を証明する印形。「綬」は、印の環を維持するひも。史記、蘇秦の伝に「吾豈能佩二六国相印一乎」とある。

〔六〕詩紀巻十五、菅野惟肖の条に「和詩情苑」と題して、蒼蠅の二句を掲出する。

〔七〕羅山文集所引菅丞相伝に「渤海国使者来、諸儒往二鴻臚館一見レ之、使者一日、見二右大臣所レ作詩藁一、称曰、風製似二白楽天一、大臣聞而悦レ之」とある。

〔八〕「蒼蠅云云」の詩句は惟肖のいう通りだの意。

〔九〕裴頲が自分の詩を評して白詩の体を得ているなどというのは、いつわりの多いお世辞にすぎないと知っているの意。

〔一〇〕ただ裴大使と酬和するついでに、平生からの気持をよみこんだのであるの意。

〔一一〕「鴻臚贈答詩序」(五五五)の本注に「余依二朝議一、仮称二礼部侍郎一、接二対蕃客一」とある。

〔一二〕「料理」は、白居易の「対レ鏡偶吟、贈二張道士抱元一」詩に「眼昏久被二書料理一」とある。

☆〔二〇五頁〕大内記菅野惟肖より、さきに一八に対して長句(七言古詩)二首をかえされたが、一九の酬唱詩に対して、再度また長句二首をむくいられたので、その韻を次いで道真が再び七律二首をよみおくったのである。

一三〇 〔一〕菅原家は、祖父清公から父是善を経て道真へと、三代続いて文章博士の家柄。

〔二〕諸本「年祖」に作る。おそらく「年租」を字形相似によりあやまる。

〔三〕「情田」は、情欲の生ずることを、田地に雑草が生ずることに喩える。礼記、礼運に「人情者聖王之田也」とある。

〔四〕「莠言」は、詩経、小雅、正月に「好言自レ口、莠言自レ口」とある。

「家業」「年租」「課す」「田」「滋し」の、これら一連のことばは縁語。

〔五〕「孟立」を、板本・藁草・詩紀は「直立」に改めるが、次の「新来」に対することを思えば、ハジメテタツと訓むべきであろう。

〔六〕ここは、晋書、阮籍の伝にある故事による。阮籍は礼俗の人にあぇば白眼を以て対し、琴酒の友に対しては青眼を以て対したという。

〔七〕この匿詩事件は第一の災厄、讃州左遷は第二の災厄、太宰配流は第三の災厄とみる人もある。

〔八〕「雋不疑」は、漢代渤海の人。春秋を修めて郡の文学となり、武帝の時、青州刺史、昭帝の初め京兆尹となる。衛太子と詐称した成方遂を処置して、大いに嘉称された(漢書七十)。漢書、雋不疑の伝に「不疑曰、凡為レ吏、太剛則折、太柔則廃。威行施レ之以レ恩、然後、樹レ功揚レ名、永終二天禄一。勝之知三不疑非二庸人一、敬納二其戒一、深接以レ礼」とある。ここは、黄色の装束をして長安にあらわれた男が自ら亡命の衛太子と称したのを、雋不疑が捕えて真偽を明らかにしたことをいう。

一三一 〔一〕郭璞賛に「雀雉之化、含レ珠懐レ瑠」。左伝、桓公十年に「懐レ玉其罪」とある。

〔二〕「鳳詔」は、李商隠の「夢二令狐学士一」詩に「鳳詔裁成当二直帰一」とある。

〔三〕菅公の作った「省試対策文二条」(五六六)の本注に「貞観十二年三月廿三日、少内記都言道問。五月十七日及第」とある。

〔四〕「著作郎」は、内記の唐名。文章巻一の詞書に「安著作郎、大内記興行」という傍注がある。菅公は貞観十三年(八七一)、少内記に任ぜられた。内記の職掌は、職員令、大内記の本注に「掌下造二詔勅一、及御所記録事上」とある。

〔五〕「班彪」は、後漢書、班彪列伝第三十上に「彪既高才而好二述作一、遂専二心史籍之間一」とある。彼は光武のとき、望都の長吏にあげられ、年五十二にして官に卒した。

〔六〕「班固」は、字は、孟堅。班彪の子。九歳すでに能文、父彪が卒するや、帰郷して、父のこした修史のしごとをつぐ。校書郎となり、秘書を校定し、また蘭台令史に除せられ、劾奏を書くことを掌り、ついに「精を潜(ひそ)め、思ひを積めること二十余年」、漢書百篇を完成した(後漢書三十)。

〔七〕この「兼」に「去声」と注する。兼は、平声塩韻と、去声艶(豔)韻とある。去声の兼は、並の義。

君(惟肖)はかつて漢書を菅家廊下において講義したことがあるが、私の父の没したあと、私も父の仕事をうけつぎ、式部少輔・文章博士・加賀権守の三官を兼ねながら、国史纂録のしごとをしとげたいと願っているのであるの意。暗に類聚国史のしごとをさすのであろう。

一三二 〔一〕板本はその詩題を「屏風納涼之画也、菅」と分注するが、これは注文の竄入にすぎない。
〔二〕「天放」は、荘子、馬蹄に「一而不レ党、命曰二天放一」とある。
〔三〕「縶維」は、詩経、小雅、白駒に「縶レ之維レ之、以永二今朝一」とある。
〔四〕「好是」は、あるいは唐代の俗語か。「好甚」「好麼」「好在」などと相通ずるか。存疑。しばらく字に沿うて訓む。
〔五〕「佳期」は、謝荘の月賦に「佳期可二以還一」とある。
〔六〕道真が式部少輔と文章博士と加賀権守の三官を兼任したことをいう。一一九(2)の分注参照。
〔七〕仮寧令に「凡在京諸司、毎二六日一、並給二休暇一日一」とあり、義解に「大学典薬諸博士等類、亦准レ此」とある。
〔八〕「区区心地」は、孔叢子、答問に「故区区之心、欲二王備患一レ之也」とある。「心地」は、仏教語。釈氏要覧に「衆生之心、猶二大地一」とある。

一三三 〔一〕渤海の客使裴頲のポートレイトをわが国の画家が描き、それができあがってきたのであろう。
〔二〕「重依二行字一、和二裴大使被レ訓之什一」(一〇五)に「万里当レ憑一手章」。
〔三〕裴大使が滞在中には顔をあわすたびに酬唱したものであるのにの意。「勧レ吟レ詩、寄二紀秀才一」(九四)に「他日不レ愁詩興少」。

一三四 〔一〕底本「扶十五」と朱注。三代実録に「陽成天皇、元慶七年九月九日壬申、重陽之節、天皇御二紫宸殿一、賜二群臣菊花酒一、奏二女楽一、文人賦レ詩、賜レ禄如レ常」とあり、この時の詩序は、文粋十一に「九日侍レ宴、観レ賜二群臣菊花一、応レ製、紀納言(長谷雄)」として出。江談抄第五に「菅家観三九日群臣賜二菊花一御詩読様事」に起聯・頷聯・頸聯の句の読み方について論じている。小野宮年中行事によれば、九日早朝、書司が菊花二瓶を献上し、典薬寮が茱萸四嚢を献上する。九条年中行事によれば、南殿における宴会では、文人を召し、詩題を献じ、探韻をし、それから菊花酒を賜い、舞妓と楽人が召されて歌舞を奏上し、また文人も詩を献じ、披講されて終るのである。
〔二〕恩賜のあたたかみが花に伝わることを、「寒」と「温」との字を対してこのように表現したのである。
〔三〕「術中彭祖」は、江談抄によると、匡房は「古今、件(くだ)んの句、読み様ありと云云、術乃中波彭祖奈利九重乃門と読むべし」といったとある。紀長谷雄の詩序には「旧跡を魏文に尋ぬれば、また黄花は彭祖の術を助く」とある。魏の文帝の「鍾繇に与ふる書」に「思レ餐二秋菊之落英一、輔レ体延レ年、莫二斯之貴一、謹奉二一束一、以助二彭祖之術一」とある。江談抄所引菊花方にみえる。
〔四〕菊花といっしょに食べると不老不死の薬であるという。
〔五〕「麝剤」は、「早春侍二内宴一、同賦二雨中花一、応レ製」(八五)の詩に「驚看麝剤添二春沢一」とある。→八五注五。「剤」は、「臍」の音通。じゃこうじかのへそ。転じてじゃこうじかのことをいうか。
〔六〕わが天子が群臣に菊酒を賜わるのであるの意。
続晋陽秋に「陶潜無レ酒、坐二宅辺菊叢中一、採摘盈レ把、望三見王弘遣二送酒一、即便就酌」(芸文類聚巻八十一)とある。
〔七〕この日、「女楽を奏す」と旧記にある。
〔八〕禁止表現の「莫」は、ナもしくはマナと訓む。ナクアレと訓む場合もあるが、ナ…ソと訓むことは、訓点語ではない。
「黎」は、徐(おもむろ)にの意。文選の傅毅の舞賦に「黎収(れいしう)とおもむろにをさめて、拝す。曲度究(ことごと)く畢(を)はる。遷延としりぞき、微笑して退いて次列に復(かへ)る」とある。舞踊の姿態をしずかに収斂すること。このこと、江談抄第五にもみえる。
教坊の舞妓を、仙女たる常娥に比する。淮南子に「羿(げい)不死の薬を西王母に請ふ、常娥(羿の妻)竊(ぬす)みて月に奔る」とある。

一三五 〔一〕「寄二白菊一四十韻」(二六九)の詩に「苗従台嶺得、種在侍郎存。〈予為二吏部侍郎一之日、天台明公、寄二是花種一〉」とある。道真は当時、吏部侍郎、即ち式部少輔であった。
〔二〕「亜」は、「圧」に通ずる。類聚名義抄はタルと訓む。→四〇六注三。杜甫の詩に「花亜欲レ移レ竹」とある。
〔三〕実際に早衙をしらせるのは太鼓の何点かをならす音であるがの意。
「早衙」は、朝行う官署の礼式。七四に「早衙」詩出。

一三六 〔一〕底本「扶十五」と朱注。「才子」は、文才のある人・漢詩文を作りうる教養階級の人・文章生・文章得業生出身の人人。「勒する」は、勒韻、即ち韻を、たとえば上平声六魚韻として、その韻字のうち虚・余・魚の三字を取り、その順序に韻字をおいて作詩すること。作文大体、詩大体、勒韻事(観智院本)の条に「無題ノ詩ニ多ク韻ヲ勒スルコト有リ。而ルヲ句題ニ韻ヲ勒スル例、春浅クシテ軽寒ヲ帯ビタリトイフ題ニ、初・余・魚・虚ヲ勒セリ。菅家ノ御作ナリ」とある。「小序」は、短い序。和歌序を小序ということもある。この序は紀納言長谷雄の同じ小序とともに文粋十一に出。また扶桑集十五（今佚）にも出。

〔二〕ここは、八月は亡父の忌月にあたるので、八月十五夜の仲秋名月の宴は行わないの意。三代実録、元慶四年（八八〇）八月三十日の条に、是善薨去のことが見える。

「以」は、接続助詞「て」をうけるとき、平安初期不読。

〔三〕庾肩吾の侍讌九日詩に「玉醴吹二花菊一、銀床落二井桐一」とある。

〔四〕ここは、殿上の重陽宴に参列して、あわただしく心が落ちつかなかったの意。道真はこの年九月九日の宴に侍したことは三四を参照。式部少輔・文章博士たる彼は、心あわただしかったことは推察できる。

〔五〕「蓋」に呼応する結びは、ナラシであった。金沢文庫本春秋経伝集解の訓による。

〔六〕ここは、「虚しく余れる魚」というのは、ほかならぬこの自分の身のことをいうようだというのであろう。易経、繋辞伝に「近取二諸身一、遠取二諸物一」とある。

〔七〕荘子、人間世に「彼の闋（まひ）あるところを瞻（み）れば、虚室に白を生ず、吉祥は止（ここ）に止（とど）まる」とある。

〔八〕「淵酔」は、中右記、寛治八年正月二日の条に「有二淵酔事一」とある。

〔九〕詩経、小雅、魚藻に「魚在ること藻（も）に在り、頒（ふん）たる其の首（かしら）有り、王の在（い）ますこと鎬（かう）に在（い）ませり、豈（たの）しみ楽しんで酒飲めり」とある。この詩に拠る。

〔一〇〕▽ 酔い心地にみる白い菊の花の心象、その花の下にあそぶ藻魚の映像、―人と魚とがかさなりあって、あやしい一種の象徴詩をよむようである。

一三七 〔一〕「典儀」は、即位等の大礼の時、その儀式を掌るもので、少納言がその任にあたるが、道真はおそらく式部少輔として任にあたったので、これは、元慶八年（八八四）二月四日、陽成天皇病を以て譲位、即日光孝天皇践祚、こえて二月二十三日即位、譲位の時「少納言不レ奏二給レ鈴之状一」とあり、不都合があったりしたため、その代官として、大極殿即位の礼に当たって、道真が朝議によって典儀となったのであろう。後三条院御即位記に「次典儀、少納言公盛、率二賛者二人〈中務録・右京属〉一、入レ自二西廊西一、向レ戸著座。〈少納言礼服、与二堂上一同、但不二帯剣一〉」（治暦四年匡房卿記）とある。江次第十四、即位の条に「典儀就二版位一」とみえる。典儀は即位に限らず、元正の朝賀の時も、四位・五位のものがこれにあたったことが儀式六にみえる。「藤進士」は、文章生藤原某。何人か不明。田氏家集にも見える人物。↓一四〇。「簡」は、書札即ち手紙のこと。

〔二〕「百辟」は、書経、洛誥に「汝其敬識二百辟享一、亦識三其有二不享一」とあり、詩経、周頌に「不レ顕惟徳、百辟其刑レ之」とある。

フクカゼと訓むのは、法華義疏長保点による。

〔三〕神仙伝巻四、劉安の条に、漢の淮南王劉安は漢の高帝の孫、神仙方術の道を究め、去るに臨んで、余りの仙薬をいれた器を中庭におくと、鶏犬が舐（ねぶ）り啄（ばっ）んで、みな昇天してしまった、そこで鶏は天上に鳴き、犬は雲中に吠えるのだとある。この故事による。微官の進士時代を劉安の鶏犬に比し、偶（たま）内裏に召されて菊花酒を吹いたことを仙薬の器をねぶったことに比し、応製詩を賦したことを白雲中に吠えるといったのである。古今集、雑体歌、壬生忠岑の「古歌に加へて奉れる長歌」に「古（いにしへ）に 薬けがせる けだものの 雲に吠えけむ心地して」とある。

〔四〕「近陪」は、天子の座に近くの意で、詩中の「仙階」に対することばであろう。ハムベリの訓は、「陪、ハムベリ」（類聚名義抄）、「御、ハムベリ」（古文尚書延喜頃点）による。

一三八 〔一〕「賦得」の例は、初唐詩に用例が多い。たとえば虞世南に「賦二得臨レ池竹一、応レ制」とか、「侍レ宴応レ詔、賦三韻得二前字一」とかの例がある。「賦得」については、二二五頁☆題注参照。「文に点を加へず」については、斯波六郎博士に考説がある。文集の「春の深きに和す、二十首」の中の第十一首に「何れの処か春深（ふ）けて好（こと）なき、春深けて隠士の家、野衣には薜（まさきのかづら）の葉を裁ち、山飯には松の花を晒（さら）せり云云」の五律がある。この詩の発想に拠る。扶桑集二に出。

〔二〕「鵝王」は、仏の三十二相の中に手足縵網相といって、手指足指の中間に縵網があって、交合すること鵝鳥の足に似ているところから名づける。央堀摩羅経一に「爾時世尊、猶如二鵝王一、庠行七歩」とある。

〔三〕庾信の「入二道士館一」詩に「野衣縫二蕙葉一、山巾簪二筍皮一」とある。楊万里の詩に「新将二筍籜一製二頭巾一」とある。

〔四〕白孔六帖に「桃木を刻して符を為（つく）ること」「荘子、桃の枝を戸の連枝に插す、其の下の童子、人畏れずして、鬼之を畏る、是れ鬼の智、童子に如かざるなり」「正月一日、桃符を造りて戸に著く、仙木と名づく、百鬼の畏るるところ」などとある。

「撼」には、ウゴカス・オゴカスの両訓があるが、西大寺本最勝王経白点・新撰字鏡により訓む。
☆(二一一頁)「進士」は、文章生の唐名。元慶ごろ擬文章生もおかれたが、ここは寮試によって文章生もしくは擬文章生になったものが、相当の期間学習して、式部省の省試(これを文章生試という、春秋二回行われた)を受けて、及第すれば、擬文章生は文章生となり、文章生は文章得業生(秀才)となり、あるいはその労によって、成業任官のみちがひらけ、あるいはさらに策問を課せられて、及第すれば対策出身者として専門儒家として登庸されるのである。この省試に合格することを登科というのである。長保五年(一〇〇三)入宋した寂昭(大江定基)が、わが国の科挙のことについて楊文公の質問に答えて、「毎歳春秋二時、集㆓貢士(文章生のこと)㆒、所㆑試或詩或賦、凡及第者、常三四十人」というのは、この省試を要略よく説明している。この試験の出題は式部大輔があたるのであるから、式部少輔たる道真もかかわるところが多かったと思われる。

一二九 〔一〕「誓」を、チカツテと訓まない。ハ行促音は平安初期には早すぎるのである。
「云」を、イヒシク…イヒキと結びで呼応させるのは、平安初期訓法。
〔二〕以下、各篇末分注するは、皆文章生の字(あざな)で、藤原有章を藤群といい、源元忠を源桂という(文粋十二、讃)類である。

一三〇 〔一〕晋の伝玄の竜銘に「偃㆓伏汚泥㆒、上凌㆓太清㆒」とある。
〔二〕「曝鰓」は、辛氏の三秦記に「河津、一名竜門。大魚集㆓竜門下㆒数千。不㆑得㆑上。上者為㆑竜。不㆑上者、故云㆑曝㆑鰓㆓竜門㆒」(芸文類聚、竜部所引)とある。
「無」の訓は、「無、セズ」(類聚名義抄)による。
〔三〕「場」は、柳宗元の「上㆓崔大卿㆒」の書に「登㆑場応対」とある。
〔四〕「白首」は、後漢書、献帝紀に「専㆑業結㆑童入㆑学、白首空帰」とある。

一三一 〔一〕「遺塵」は、左思の魏都賦に「列聖之遺塵㆒」とある。橘朝臣の家系には、左大臣諸兄・太政大臣奈良麿以来、直幹・広相など多くの人材高官のものが輩出した。
〔二〕シカジ…ニハの呼応は、大唐三蔵玄奘法師表啓平安初期点による。

一三二 〔一〕「二毛」は、文選の潘岳の秋興賦に「晋十有四年、余春秋三十有二、始見㆓二毛㆒、以㆓太尉掾兼虎賁中郎将㆒、寓㆓直於散騎之省㆒」とあるによる。
〔二〕荘子、逍遥遊に「藐姑射之山、有㆓神人㆒居焉。肌膚若㆓氷雪㆒、綽約若㆓処子㆒、不㆑食㆓五穀㆒、吸㆑風飲㆑露、乗㆑雲、馭㆓飛竜㆒、遊㆓于四海之外㆒」とある。

一三三 〔一〕「漣如」は、易経、屯に「上六、乗㆑馬班如、泣血漣如」とある。
〔二〕「斗儲」は、晋書、王歓の伝に「雖㆔家無㆓斗儲㆒、意怡如也」とある。
宇津保物語にみえるように雑色厨女にもさげすまれるような「窮(せ)まれる大学の衆」の生活が背後にうかがわれる。

一三四 〔一〕「風霜」は、西京雑記に「淮南王安、著㆓鴻烈二十一篇㆒自云、字中皆挾㆓風霜㆒」とある。
〔二〕寮試であって、対策試ではないと思うが、この人だけはすでに文章得業生で、対策及第したのであろうか。
「努力」は、岩崎文庫本皇極紀古訓によれば、平安中期はユメユメと訓み、鎌倉期の補筆ではツトメヨ〳〵と訓むから、下に禁止を伴わなくても、ここはユメユメと訓むべきか。
「万仞」は、白居易の「初入㆑峡有㆑感」詩に「上有㆓万仞山㆒、下有㆓千丈氷㆒」とある。

一三五 〔一〕後漢書、申屠剛の伝に「損益の際は、孔父の嘆ずる攸(ところ)なり」とある。後漢書、劉年の伝に「子路曰く、傷しい哉、貧しきこと。生るるときは以て養すること無し、死するときは以て葬ること無しと。子の曰く、菽(まめ)を啜(くら)はしめ、水を飲ましむるも孝なりと」とある。
〔二〕後漢書三十九の巻首に、廬江の毛義は家貧しく孝行ものであった。たまたま府の檄(召し書(みぶみ))が来て、守令に任ぜられたので、彼は微官ではあったが満面に喜色をうかべてこれを親に奉った。「斯れ蓋し、所謂家貧しく親老いたるときは、官を択ばずして仕ふるといふものなり」とある。これによる。

一三七 〔一〕「九日侍㆑宴、同賦㆔菊散㆓一叢金㆒、応㆑製」(四六〇)の詩に「微臣把得籯中満、豈若一経遺在㆑家」とある。漢書、韋賢の伝に「遺㆓子黄金満籯㆒、不㆑如㆓一経㆒」とある。
〔二〕「将相」は、史記、陳渉世家に「王侯将相、寧有㆑種乎」とある。
〔三〕大宝令、衣服令、諸臣礼服の条に「一位、深紫衣。三位以上、浅紫衣。四位、深緋衣。五位、浅緋衣」(取意)とある。

一三八 〔一〕「竜」は、芸文類聚、馬部所引周官に「凡馬、八尺以上為㆑竜、七尺以上為㆑騋、六尺以上為㆑馬」とある。

(二)「駒」は、後漢書、趙熹の伝に「卿名家駒、努力勉㆑之」とある。

(三)「鳳雛」は、蜀志、諸葛亮の伝の注に「司馬徳操曰、此間自有㆓伏竜・鳳雛㆒。備問㆑為㆑誰。曰、諸葛孔明・龐士元也」とある。

(四)史記に「明月之珠、蔵㆓於蚌中㆒、蛟竜伏㆑之」とある。ここは後漢書、循吏伝、孟嘗の伝にみえる、合浦の明珠の故事による。

一三九「釈奠」は、一四参照。枕草子に「しゃくでんもいかならん、くじなどはかけ奉りてする事なるべし」とある。この釈奠は、三代実録、光孝天皇、元慶八年八月十九日丁未の条に「釈奠如㆑常。従五位下行助教浄野朝臣宮雄、発㆓礼記題㆒。文章生・学生等賦㆑詩。讌礼未㆑竟、雷霆発㆑声。公卿遽参㆓内裏㆒。去九日丁酉、可㆑行㆓此礼㆒、而六日負㆑氷牝馬、於㆓主水司㆒傷胎。(中略)故延而行㆑之」とある。この年二月六日の仲春釈奠に直道宮永が御注孝経を講じた。

詩題は、礼記、文王世子に「春夏学㆓干戈(いま)㆒。秋冬学㆓羽籥(ふえ)㆒。(中略)春誦。夏弦。秋学㆑礼。冬読㆑書」とあるによる。

一四〇(一)「藤進士」は、一三七補一参照。「東閤」は、ここでは太政大臣藤原基経をさすであろう。漢書、公孫弘の伝に「数年至㆓宰相封侯㆒。於㆑是起㆓客館㆒、開㆓東閤㆒、以延㆓賢人㆒与参㆓謀議㆒」とある。「閤」は、小門。東に向けてひらくのは庭門に当たるのを避けるため、賓客と下僚の人人とを区別するためという。

基経の子に、道真は親しく教授していたのであろう。進士即ち文章生になったその若者が早逝したのを悼んで、基経に呈するつもりでその家司の執事に呈した詩であろう。

(二)父是善を元慶四年(八八〇)八月三十日に先立たせたことは前出。

(三)孝経、士章に「資㆓於事㆑父以事㆑母、而愛同」とあるによる。

一四一(一)「平右軍」は、九三の「右親衛平将軍」のこと。即ち右近衛少将平正範。その「池亭」は、即ち河西の別業。道真が正範の別業を訪れて、数局の囲碁をたたかわせたのは、元慶七年(八八三)晩秋九月であった。「隻圭の新賦」は、詳にしがたいが、周礼、春官、典瑞に、「両圭」というものがあり、地に象(かた)どり、地を祀るものとあるその片方の圭(また)という意か。本詩によるに何らかの理由により道真のことを指すか。あるいはこれは「山家晩秋」(九二)の換韻七絶四首の新たに賦した作品をさすか。即ち賭物として、道真が詩の片われを賦し、相手がその片われをつけて、酬唱することを約束したのであろうか。対局の結果、将軍が一勝し道真は負けたので、約束のように詩をよみそれを清書して贈るのに、また次の一絶を添えて、一年も延引したことを詫びるのであろう。

(二)「山家晩秋」(九二)の詩には「真実逍遥独此秋」とあるが、晩秋を初冬として扱ったのであろう。

(三)「隻圭」は、諸本「侯圭」に作る。隻字は字体が似ているので侯字にあやまるとみておく。題辞によれば、棊の賭物。片方のひとつの玉の意か。後考を俟つ。

(四)「隻圭」は、文章博士道真。「弈秋」は、右親衛将軍正範をさすであろう。孟子、告子上に「弈秋は通国の弈(きえ)を善くするものなり。弈秋をして二人に弈を誨(をし)へしむ」とあり、正義に「按㆓伝記㆒、有云、弈秋通国之善弈也。有㆓過而聴之㆒、則弈敗㆓笙伯之㆒也」とある。

一四二(一)島田忠臣が来訪したときに、蛇がたまたまどこか庭さきに出ていたので、何か神秘的にこれを考えて作った詩である。

(二)後漢書、党錮列伝、李膺の伝に「膺独り風裁を持して、声名を以て、自ら高うす。士の其の容接を被ることある者をば、名づけて登竜門となす」とある。

(三)「咳唾」は、漢書、宣元六王、淮陽憲王の伝に「大王誠賜㆓咳唾㆒、使㆑得㆑尽㆑死」、世説に「江淹謂㆓郭鞏㆒曰、咳唾成㆓珠玉㆒、吐気作㆓虹霓㆒」(淵函類函、文学所引)とある。

一四三(一)「別駕」は、国の介の唐名。→一〇三補一。安倍興行が左遷されて上野介となったときに慰めたのであろう。三代実録、光孝天皇、元慶八年(八八四)三月九日の条に「伊勢権守従五位上安倍朝臣興行為㆓上野介㆒」とある。「外吏」は、地方官。いわゆる「あがたありき」の生活をさす。→一五〇。

(二)三代実録によれば、貞観元年(八五九)四月に「興行始挙㆓秀才㆒、対策及第」とある。

(三)三代実録によれば、貞観十一年(八六九)正月七日、大内記安倍朝臣興行に従五位下を授けたことがみえる。

「公車」は、漢書、東方朔の伝に「令㆑待㆓詔公車㆒」とある。

一四四(一)三代実録、光孝天皇、元慶八年九月の条に「九日丙寅、重陽之節、天皇御㆓紫宸殿㆒、賜㆓宴群臣㆒、喚㆓文人㆒、賦㆑詩。内教坊奏㆓女楽㆒、宴竟賜㆑禄各有㆑差」とある。

詩題は、爾雅、釈天に「春為㆓青陽㆒、夏為㆓朱明㆒、秋為㆓白蔵㆒、冬為㆓玄

英㆒、四気和、謂㆓之玉燭㆒」とあるによる。四気が調和すれば光が照りかがやいて、温潤明照の気がみちることをいう。疏に「李巡云、人君徳美、如㆑玉若㆑燭」とあり、気候が調和するのは、人君の徳によるもので、それを玉や燭のかがやきに比するのである。

〔二〕「無為」は、論語、衛霊公に「子曰、無為而治者、其舜也与。夫何為哉」とある。

〔三〕爾雅、釈天、前掲(→一四補一)にひき続いて、「四時和為㆓通正㆒、謂㆓之景風㆒。甘雨時降、万物以嘉、謂㆓之醴泉㆒」とある。

〔四〕列子、仲尼に「堯乃微服、游㆓於康衢㆒、聞㆓児童謡㆒、曰、立㆓我蒸民㆒、莫㆑匪㆓爾極㆒。不㆑識不㆑知、順㆓帝之則㆒」とある。

〔五〕太公望は、渭水のほとりに釣り、文王に逢って挙用された。史記、范雎の伝に「臣聞、昔者呂尚之遇㆓文王㆒也、身為㆓漁父㆒、而釣㆓於渭浜㆒耳」とある。

「大臣」は、類聚名義抄により、オホイマウチキミと訓むべきか。

〔六〕「人望天従」は、書経、泰誓上に「民の欲する所、天必ず之に従ふ」とある。文選の王粲の詩にも見える。

「玉燭」は、大江朝綱の「九日侍㆑宴、同賦㆓寒菊戴㆑霜抽㆒、応㆑製詩序」に「玉燭調和、不㆔亦光㆓於古㆒乎」(文粋十一)とある。

〔七〕「来賓」は、礼記、月令、季秋の月に「鴻雁来賓」とあり、鄭注に「来賓、言㆓其客止未㆑去也」とある。前掲(→一四補六)の九日詩序に「北塞之鳥、守㆓来賓㆒者、咽㆓秋霧㆒而連飛、東籬之花、候㆓供奉㆒者、含㆓暁霞㆒而争咲」とある。

〔八〕「藻鏡」は、江総の「譲㆓尚書僕射㆒」の表に「藻㆓鏡官方㆒、品㆓才人物㆒」とある。

〔九〕「和光同塵」は、老子の語。古楽府の君子行に「労謙得㆓其柄㆒、和光甚独難」とある。

〔一〇〕「璇璣」は、楚辞、王逸、九思、怨上に「上察㆓兮璇璣㆒」とある。

〔一一〕「陶鈞」は、漢書、鄒陽の伝に「聖王、制㆑世御㆑俗、独化㆓於陶鈞之上㆒」とある。ろくろが大小の陶器をつくりだすように、教育して人物を養成するに喩える。

〔一二〕「丹霄」は、梁の武帝の「十喩、乾闥婆」詩に「青城接㆓丹霄㆒、金楼帯㆓紫煙㆒」とある。

「願はくは」の呼応として、「入らむ」と訓む。

一四五 〔一〕「勧学院」は、藤原冬嗣が、一族の子弟親族の学問を勧めんがために、私宅を院として、弘仁十二年(八二一)に建て、そのために封戸を割いて、大学寮の南曹として、藤原氏の学生の住寮とした。大学別曹)の南、三条の北に建設した。九に後漢書竟宴詩がみえる。弘文院(和気氏の

〔二〕蜀志、諸葛亮の伝に「先主曰、孤之有㆓孔明㆒、猶㆓魚之有㆑水。願諸君、勿㆓復言㆒」とある。

〔三〕漢書、叔孫通の伝に「漢二年漢王従㆓五諸侯㆒、入㆓彭城㆒。通降㆓漢王㆒」とある。

〔四〕「竜顔」は、史記、高祖本紀に「高祖為㆑人、隆準而竜顔」とあり、鼻が高く、頸が長く、顔つきが竜に似ていた。

〔五〕「虎口」は、漢書、叔孫通の伝に「幾(ほとんど)不㆑免㆓虎口㆒、迺亡去之㆑辟(つせ)」とある。秦の二世皇帝のもとにあれば、身が危険に陥ることとぎすました刀の如くなることを予見して、表面へつらうことばをのべて、秦をにげだして故郷の辟(つせ)に行ったのである。

〔六〕叔孫通は、二世皇帝のために、その意をむかえて、へつらいの言をのべ、そのため、漢書、叔孫通の伝によれば、「乃賜㆓通帛二十疋衣一襲㆒拝為㆓博士㆒」とあるように、新しく博士の印綬を佩びるに至ったが、これに対して感謝をささげるかわりに、やがて身が危険になることを予知してにげ去るのである。「訣言」は、同じ伝に「諸生曰、生何言之訣也」とあるによる。

〔七〕漢書、叔孫通の伝に「通儒服。漢王憎㆑之。迺変㆓其服㆒、服㆓短衣楚製㆒。漢王喜」とある。

〔八〕「大直」は、史記、叔孫通の伝に「太史公曰、叔孫通、希㆑世度㆑務、制㆑礼進退。与㆑時変化、卒為㆓漢家儒宗㆒。大直若㆑詘。道固委蛇、蓋謂㆑是乎」、老子、四十五章に「大直若㆑詘」とある。

〔九〕「慙」は、小爾雅、広義に「不㆑直失㆑節、謂㆓之慙㆒」とある。

「鴻毛」は、司馬遷の「報㆓任安㆒」の書に「死有重㆓於太山㆒、或軽㆓会鴻毛㆒」とある。

一四六 〔一〕「相国」は、太政大臣の唐名。藤原基経のこと。「東廊」は、書斎をいうのであろう。

孝経の文句をそれぞれ分かち取り、詩題としたのである。孝経、士章に「以㆑孝事㆑君則忠、以㆑敬事㆑長則順、忠順不㆑失以事㆓其上㆒、然後能保㆓其禄位㆒、而守㆓其祭祀㆒、蓋士之孝也」とある。

〔二〕「負薪」は、礼記、少儀に「問二士之子長幼一、長則曰二能耕一矣。幼則曰二能負レ薪、未レ能レ負レ薪」とある。
〔三〕「資父」は、孝経、士章に「資二於事レ父以事レ君、而敬同」とある。
〔四〕「槐」は、周礼、秋官、朝士に「面二三槐一三公位焉」とあり、注に、「槐之言、懐也、懐二来人於此一、欲二与レ之謀一」とある。
「事兄」は、孝経、士章の御注に「移二事レ兄敬一、以事レ長、則為レ順矣」とある。
〔五〕「天性」は、孝経、聖治章に「父子之道、天性也」とある。
ネガハクハ…ウケナムの訓は、西大寺本最勝王経古点による。
〔六〕「孔懐」は、はなはだしく思うこと。転じて、兄弟間の親身の情愛をいう。詩経、小雅、常棣に「死喪之威、兄弟孔懐」とある。
半字、詩紀平字に作る。
〔七〕「忝所生」は、詩経、小雅、小宛に「夙(つと)に興(お)き夜(よは)に寐(い)ねて、爾(なんぢ)の生めるところを忝(はづか)しむることなけん」とある。孝経、士章にはこの句を引いて結び、御注に「忝、辱也、所生謂二父母一也」とある。
一四七〔一〕「木形の白鶴」は、おそらく四十の賀の料の作り物をいうのであろう。洲浜(すはま)に、木彫の白鶴が立っていたのでもあろうか。やや後のものながら、天暦七年(九五三)十月二十八日内裏菊合の洲浜の記述を参考のため引いておく。「洲浜長八尺広六尺許、以二沈香一作二舟橋一、以レ銀作二鶴一双一、但一鶴食二菊一枝一、其葉書二和歌一首一、以二辛崎沙一敷レ之、但所以二水精一加敷也」(九条殿記、年中行事、殿上菊合)。「金吾」は、衛門府の唐名。「中納言従三位源能有〈四十〉左衛門督、使別当」と公卿補任、元慶八年の条にみえる。能有のことは三六参照。文徳天皇源氏、第一皇子、母伴氏。後に近院大臣と号する。
〔二〕皇子でありながら、源氏を賜わって、中納言として黙黙としてつとめている能有のすがたを、白鶴に託して諷しているところがある。
〔三〕得字、板本待字に作る。
一四八〔一〕類聚国史、歳時、内宴に「光孝天皇、元慶九年正月廿一日丁丑、於二仁寿殿一、内二宴近臣一、教坊奏二女楽一。近臣之外、文人預レ席者、五六人賦レ詩」とあり、三代実録は「仁和元年」にかける。

詩題は、文集の「洛中春遊、呈二諸親友一」に「春樹花珠顆、春塘水麹塵、春娃無二気力一、春馬有二精神一〈詠二春遊一時之態一〉」とあるによる。「娃」は、美女・好女の意。呉の俗語。序は、文粋、賦、人倫部に出。詩は、扶桑集八に出。
〔二〕ここは、荆楚歳時記にも聞いたことがないの意。「荆楚歳時記」(一巻)、梁の完懍撰。楚人の年中行事を記したもの。「荆楚」は、荆州と楚州。今の湖北・湖南の両省。揚子江中流地帯。
「不聞」、文粋「不関」に作る。
〔三〕ここは、周代・漢代の風流遊宴のあとをついだものでもないの意。「姫」は、周の姓。「姫漢」は、周と漢。宋書、礼志に「爰洎二姫漢一、風流尚存」とある。
〔四〕ここは、わが嵯峨天皇がはじめてこの内宴の行事をはじめられてから、わが光孝天皇の御代に及んで行われるの意。河海抄、若菜上所引内宴記に「弘仁四年、始有二内宴一。唐太宋之旧風也」とある。文選の西京賦に「自君作故、何礼之拘」とあり、注に「君所レ作、則為二故事一也」とある。
〔五〕ここは、仁寿殿の庭が奥深くかすかである、かの昔、周の太子、王子喬は、白鶴に乗じて、嵩高山に隠栖したというが、そういう仙境にもまさるところであるの意。列仙伝、王子喬に見える。
〔六〕ここは、初春の風光がとてもすばらしい、かの三月三日、上巳曲水の宴において、老鶯が落花になくというのでは、少し時節おくれでおもしろくないの意。
「好」を、コトムナシと訓むことは、大慈恩寺三蔵法師伝永久点・高山寺蔵大日経疏永保点による。

「殿庭」以下「鶯花」に至る、本能寺切に出。
〔七〕ここは、時節は新しい春、年はなお正月。天子は喜びがきわまりなく、その聖寿も万歳である(まことにめでたい今日の節会である)の意。書経、呂刑に「一人有レ慶、兆民頼レ之」とあり、詩経、小雅、楚茨に「報以二介福一、万寿無レ疆」とある。
〔八〕「粧楼」は、盧照鄰の観妓詩に「治服看疑レ画、粧楼望似レ春」とある。
〔九〕ここは、よりすぐった舞姫を進めるの意。西宮記、正月内宴に「(内教)坊家別当、進二舞妓一、奏二発音声一、妓女著レ座」とある。
〔一〇〕ここは、脂粉で化粧した舞妓たちは舞いの座に進入するの意。
〔一一〕ここは、その選ばれた舞女は、たおやかな手ぶり、ほっそりした腰つき、それは父母からうけた天性の美質であるの意。何遜の「詠レ舞」詩に「逐レ唱廻二繊手一、聴レ曲転二蛾眉一」、韓非子、二柄に「楚霊王好二細腰一而国中多ニ餓人一」とある。
〔一二〕ここは、彼女らの天性の麗質は、たとえば髪の美しさは、やわらかな春の雲のようであり、膚のかがやきはさかんな桃李の花のようであるの意。雲なす髪、桃李の襛(さかん)なること、それぞれ、詩経、国風の君子偕老、および同、何彼襛矣(かいじようい)に出。孝経に「身体髪膚、受ニ之父母一、不ニ敢毀傷一、孝之始也」とある。
〔一三〕ここは、春の陽気が魂をうっとりとのびやかにさせるので、舞女たちは舞台の階段をみただけで、もういきがはずんでくるの意。文選の枚乗の七発に「陶ニ陽気一蕩ニ春心一」とある。
〔一四〕ここは、春の美しい光が骨の髄にしみこむので、紅染めの舞いの袖をひるがえしただけで、つかれた様子があるの意。
「羸形」は、文選の西京賦に「秘舞更奏、妙材騁レ伎、妖蠱(やう)艶ニ夫夏姫一、美声暢ニ於虞氏一。始徐進而羸形、似レ不レ任ニ乎羅綺一」とあるによる。
〔一五〕この対句は、和漢朗詠、巻下、管絃(本大系七三四六六)に出。「陽気云云」と、この「羅綺云云」の摘句、本能寺切に出。
〔一六〕「闋」は、礼記、文王世子に「有司告以ニ楽闋一」とあり、注に「闋は終なり」とある。
〔一七〕ここは、その舞いの姿がすばらしい変化をみせるのは、まったく神技で、人間のわざともみえないの意。文選の琴賦に「嗟(ああ)姣妙而以弘麗。何変態之無レ窮」とある。「繽紛」は、舞いのかたちの形態。
〔一八〕ここは、そのうたう声の清(さや)かに変化の妙をきわめることは、まるで夢かうつつかわきがたいさまであるの意。「婉転」は、変化の義。
〔一九〕「重門」は、文選の蜀都賦に「華闕双(ならび)邈(はる)かにして、重門洞(ほと)り開けり」とある。
〔二〇〕ここは、雲深き九重の奥の仙宮に入っておそれて、足のふむところも知らないの意。
〔二一〕ここは、殿上に昇って、宴に侍すること半日にして、青鳥ならぬ女楽の声をきいて、いみじき楽の音をさとったの意。「青鳥」は、西王母の使の鳥で、西方崑崙山より七月七日に漢武帝のもとに飛来したと漢武故事にある。
「音」をカケと訓むこと、大東急文庫蔵文選巻三・類聚名義抄の訓による。
〔二二〕ここは、その音楽の深く霊妙なること、これを表現せんとしても口舌の尽すべきところではないの意。
〔二三〕ここは、かの荘子にいうように、華の封人が大いに堯帝の寿を請い祝したように、私も封人にかわってわが天子の聖寿の窮りないことを祝い申したいものであるの意。荘子、天地に「堯観ニ乎華一、華封人曰、嘻、聖人、請ニ祝聖人一、使ニ聖人寿一」とある。鮑照の蕪城賦に「蕙心紈質、玉貌絳脣」とある。
〔二四〕「何為」のナニセムの訓は、新訳華厳経音義私記による。後世、ナンスレゾと訓む。
〔二五〕「珠匣」は、白居易の「鏡換レ杯」詩に「欲下将ニ珠匣青銅鏡一、換中取金尊白玉巵上」とある。
〔二六〕「波を曾ぬ」は、美人の眼の媚びを呈することを、波が花をかさねるようなさまに喩えていう。楚辞、招魂に「美人の既に酔ひて、朱顔の酡(いろづ)けり。娭光(たのしめるひかり)眇視(すかめにみ)て、目は曾(かさな)れる波あり」、注に「美女酣楽、顧望娭戯、身有ニ光文一、眺視曲眄、目采盻然、白黒分明、若ニ水波而重レ華也」とある。
〔二七〕雪の舞いひるがえるように舞うさま。白居易、新楽府、胡旋女に「廻雪飄颻転蓬舞、左旋右転不レ知レ疲」とある。
〔二八〕周の霊王の太子晋、王子喬、笙を好んで登仙した故事。列仙伝上、王子喬・後漢書、方術、王喬の伝に出。孔稚珪の褚先生伯玉碑に「子晋笙歌、駁ニ鳳於天海一、王喬雲挙、控ニ鶴於玄都一」とある。八六注五・和漢朗詠(本大系七三頁五四九)参照。
〔二九〕▽大江匡房は「参ニ安楽寺一」詩に「博覧先世伝　佳句百代知　春娃無レ気序　如ニ海岸出レ餝」といい、中右記、寛治六年三月二十八日吉祥院聖廟作文のときの朗詠に、「管絃之在ニ長曲一」の摘句を朗詠している。その他、今鏡六、ふぢなみの下・平家物語十、千手事・謡曲、祇王・同、千手等に引用され、根本源家朗詠七首の一として愛唱された。本朝語園という書に「菅丞相人ニ語テ曰ク、是我得意ノ文ナリ」と自讃したという説話をつたえる。
一四九〔一〕底本「仁和元」と朱注。「相府」は、おそらく「大相府」の略で、「相府文亭」は、太政大臣藤原基経の文亭をさす。「世説」は、南朝、宋の劉義慶の著。六巻。後漢より東晋までの逸事をあつめ、三十六門にわかつ。「世説」の名は漢の劉向にはじまったが、その書が佚したので、劉義慶のこの書を称する。梁の劉孝標が注したものを「世説新書」とも

「世説新語」とも称する。旧唐志、小説家に「世説八巻〈劉義慶撰〉」とあり、日本国見在書目録、小説家に「世説十巻〈宋、臨川王、劉義慶撰、劉孝標注〉」、「世説問答二巻・世説問録十巻」がしるされる。「杏壇」は、孔子教授堂の遺址。山東省曲阜県の聖廟前の沢中の高処。めぐりに杏をうえる。転じて、講学の所。「教」は、大臣の下命をいう。この年二月二十一日、元慶九年を改めて、仁和元年と改める。本詩は改元後の作。

〔二〕「杏壇」は、荘子、漁夫に「孔子游㆓乎緇帷之林㆒、休㆓坐乎杏壇之上㆒、弟子読書、孔子絃歌鼓㆑琴」とある。江澄明の釈奠詩序に「杏壇槐市之前」とある。

「異」の訓は、「異、コトナルカナ」（字鏡集）とある。

〔三〕白居易の等王道士華堂詩に「歩歩尋㆑花到㆓杏壇㆒」とある。

〔四〕「燮理」は、朝野僉載に「景竜中、洛下霖雨百余日、宰相不㆑能㆑調㆓陰陽㆒、乃閉㆓坊市北門㆒、卒無㆑効。人歌云、礼賢不㆑解㆑開㆓東閤㆒、燮理惟能閉㆓北門㆒」とある。

〔五〕「無算」は、王融の三月三日曲水詩序に「正歌有㆑闋、羽觴無㆑算」とある。

一五〇　〔一〕「銀漢」「雲漢」では秋雲に対しがたいので「暁漢」と措辞した。

〔二〕「霊匹」は、謝恵連の「七月七日夜、詠㆓牛女㆒」詩に「雲漢有㆓霊匹㆒、弥㆑年闕㆓相従㆒」とある。

〔三〕「両処分」は、「喜㆓田少府罷㆑官帰㆑京」（八〇）に「一種風光両処分」。

一五一　〔一〕仁和元年（八八五）七、八月ころの作。「弘文院」は、和気清麻呂の長子広世が、大学別当在任中に、大学の南辺の私宅を提供して、和気氏諸生の別曹としたのがはじまり（日本後紀、清麻呂薨条）。拾芥抄、東京図によると、神泉苑の西、勧学院の北、大学寮の南、三条坊門南、壬生西、今の御池通りの附近。嘉祥のころ落雷の被害をうけたりして、天元のころにはすでに廃絶に帰した。道真は特別の用向きのためにここに宿泊したわけではないようである。

〔二〕「自由」は、最澄の注無量義経上に「自由者、大唐俗語、文語云為㆓自在㆒也」とある。

〔三〕「紀長谷雄」は、元慶八年（八八四）五月讃岐掾に任じた。長谷雄は延喜以後詩序によると、大蔵大夫善行の門人で、同門に道真もいた。長谷雄も一時は弘文院で学んだが、そのうち他門に入ったので去ったというのであろう。「司馬」は、掾の唐名。

〔四〕「入室」は、論語、先進に「子曰、由也升㆑堂矣。未㆑入㆓於室㆒也」とある。

弘文院は大学別曹として和気氏のみならず、諸氏の子弟にも開放されていたのであろう。最も心を許した親友の長谷雄が居ないのが物足りない思いなのである。

この三・四句は、上三下四で、これを「折句」という。慈本所引芸苑名言、二に「六一居士詩、静愛㆑竹時来㆓野寺㆒、独尋㆑春偶過㆓渓橋㆒、俗謂㆓之折句㆒。盧賛元雪詩、想㆑行客過㆓梅橋滑㆒、免㆑老農憂㆓麦隴乾㆒、効㆓此格㆒也（漁隠叢話）」とある。

〔五〕「物外」は、俗世間の外。「物外に遊ぶ」は、貴賤大小の区別の世界を超越すること。荘子、秋水に「若しは物の外、若しは物の内、悪（いづ）んか至りて、貴賤を倪（かわ）たむ」とある。

一五二　〔一〕三代実録に「光孝天皇、仁和元年八月十五日丁卯、行㆓幸神泉苑㆒。先御㆓釣台㆒。観㆑魚下㆑網。所㆑獲魚数百。後御㆓馬埒殿㆒。閲㆓覧信濃国貢馬㆒。喚㆓文人㆒賦㆑詩。預㆑席者三十三人。木工寮左右京職、各献㆑物。日暮鸞輿還宮」とある。菅家廊下では時時八月十五夜翫月の詩宴を催したが、公式の仲秋神泉苑行幸はあまり例がない。小著「平安朝日本漢文学史の研究」（九六頁）参照。「神泉苑」は、二条南、大宮西。天子遊覧の園池。「勒韻」は、一三六参照。命字、詩紀僉字に作る。

〔二〕「松江」は、「九日後朝、侍㆓朱雀院㆒、同賦㆓閑居楽㆓秋水㆒詩序」（四三）に「縮㆓松江㆒而導㆓階前㆒」とある。また文粋、源順詩序にも「神泉苑者禁苑之其一也。紅林地広、呑㆓楚夢於胷中㆒、緑池水高、縮㆓呉江於眼下㆒」とある。

〔三〕「柳市」は、市井の文人一般をもさす。漢書、游俠、万章の伝に出。文粋、神仙策問に「子は材を柳市に養ふ」とあり、同じく文粋十二、藤原衆海落書に「悲しい哉、柳市に老いて価無し」とある。

〔四〕貞観五年（八六三）五月二十日の御霊会（ごりょうえ）には神泉苑を開放して市民が自由に楽しんだこともある。

☆（二二五頁）　五律二十詠には、元稹の生春二十首などの例がある。詠物詩としては、李嶠の百二十詠、陸亀蒙・皮日休の漁具十五題・茶酒十詠、駱賓王の秋九詠などの例がある。

注は、仁和元年（八八五）九月二十六日、阿波守平氏某にしたがって、鴨河の西（鳥羽の西、乙訓郡の地、桂・久我のあたりか）、水辺の小別荘に行き、置酒清談、文章生の多氏の某に二十事を題を出させ、詠物詩を賦せといわれる。もう日も傾き、帰る時刻も迫っていたが、私は筆の穂先を口に含みながらどんどん作って行った。作りぱなしで、詩に点は一切ささず、平仄をととのえ声病を去り嫌うというきまりも顧慮せず、またきびしい格律の法則も守らず、速詠を試みたのであるの意。一般の批評を恐れるとはいいながら、速詠に対する彼の自信のほどがややうかがわれる。

一五七 この頷聯の対句構成は、即興詩らしく無造作である。竹は、文選の東京賦に「脩竹冬青」といい、江淹の霊丘竹賦に「夏彩於沙汀遠」といい、季節ごとに色彩をあざやかにするから、残秋の霜をも苦にしないというのであろう。

一五八 「低腰」は、白居易の「酬二李少府曹長官舎見レ贈一」詩に「低腰また歛手、心体安きに遑あらず、一たび風塵の下に落ち、始めて吏たることの難きを知れり」、徐賁の詩に「猶勝る惰力殆を求むる者に、五斗低腰世塵に走(は)す」とある。

一六〇 「聞」は、張相いう、「聞猶レ趁也、乗也」といい、杜甫の詩「竪子尋レ源独不レ聞」「此年酒病聞二涓滴一」「新炊聞二黄粱一」における「聞」は、趁の意であるという。「趁」は、おう・したがう・乗ずるの意。

一六二 「大底」は、和漢朗詠、秋、秋興(白詩)に「大底(おほむね)四時は心惣べて苦(ねんごろ)なり、就中(このうち)腸の断ゆることはこれ秋の天なり」(本大系［七三］三三)とある。

一七二 ∇ 晩秋二十詠は、即興の題詠詩であるが、これは河西の小荘の水亭を訪問した道真が、桂川のほとり、嵐山のふところのあたりの自然や風物に感情移入してよみ、また水亭の林泉、その中にしつらえてあった調度の唐絵山水などに触発されて詠じたものであろう。二十事の題も、俳諧の連句のような連想の展開によって次第され、詩も連句のモンタージュのように詠じ進められており、興味ある作。ただし速詠のあまり、序にことわるように五律としての声韻の緊張や格律はくずれており、いわゆる「和習」の気があることはやむをえない。

一七三 〔一〕三代実録に「光孝天皇、仁和元年九月九日庚寅、重陽之節、天皇御二紫宸殿一、賜二宴群臣一、喚二文人一賦レ詩。内教坊奏二女楽一如二常儀一、賜レ綿有レ差」とある。漾・河・和・波は、下平声五歌韻。

〔二〕「引籍」は、九条年中行事、九日節会事に「中務式部録持レ簡、入レ自二東西脇門一、点二検侍従・文人等見参一」とある。後漢書、鄭象の伝に「欲三為通レ義引レ籍出二入殿中一」とある。

〔三〕「雲和」は、周礼、春官、大司楽に「孤竹之管、雲和之琴瑟」とある。白居易の雲和詩に「非レ琴非レ瑟亦非レ箏、撥レ柱推レ絃調未レ成」とある。

☆(二四〇頁) 〔一〕底本「貞観十五、仁和二歟」と朱注する。「右親衛平将軍」は、右近衛中将平正範。「山家晩秋」(九二)詩の分注並びに頭注および一四一題注参照。「廐亭」は、正しくは「廏亭」。うまや。ここは左右馬寮即ち唐名で典廐署をさす。「諸僕」は、左右馬寮の頭以下の官人をさす。「相国」は、太政大臣藤原基経。仁和元年(八八五)は基経五十歳。三代実録に「仁和元年四月廿日甲戌、天皇於二延暦寺東西院、崇福、梵釈、元興等五寺一、各請二十僧一、始レ自二今日一、五ヶ日間、転二読大般若経一。賀二太政大臣満五十算一、兼祝二寿命一也」とある。この序は文粋に載せない。

〔二〕ここは、右近衛中将平正範と私とは、気楽に談笑する間柄であるの意。

〔三〕ここは、近衛府の官人たちとともに、太政大臣五十算の賀宴を設けたいと思うの意。

〔四〕ここは、すばらしい屏風を調進したいと思うの意。

〔五〕左親衛将軍ならば、参議藤原有実左中将をさす。ただしこの人が名筆家であったかどうか確証はない。おそらく藤右軍のことで、名筆藤原敏行であろう。

〔六〕巨勢金岡。ここに絵師金岡が見えることは美術史上重要な資料の一である。

〔七〕「本意」は、前田家本色葉字類抄に「本意、人情部、ホンイ」とある。

〔八〕∇ 屏風絵に詩を題し、それを色紙形に清書して押したものであるとすれば、この序ならびに分注は如何なる形で進められたものであろうか。屏風の題画詩のほかに、道真は冊子もしくは巻子本にこの序をそえて、五首の詩を清書して進献したのでもあろうか。↓三八六。

一七四 〔一〕「竜媒」は、漢書、礼楽志に「武帝天馬歌、天馬徠兮、竜之媒」とあるによる。

〔二〕「眉寿」は、詩経、小雅、南山有台に「南山に栲(ぬるで)有り、北山に杻(はあ)有り、楽只(ぬた)しき君子、遐(なん)ぞ眉寿ならざらん」とあるによる。儀礼、士冠礼に「眉寿万年、永受二胡福一」とある。山海経に「白民之国、白身被髪。有二乗黄一、其状如レ狐。背上有レ角。乗レ之寿二千歳一」（芸文類聚、馬部所引）とある。

〔三〕ここに「白雪」に措辞するのは、霜雪にも勇みたつことをいう。また、好色賦に「肌始二白雪一」とあるように、いつまでも若若しいことに縁があり、また白馬の俤もあろう。神仙伝、劉安に「年可二十四五一、角髻青緑、色如二桃花一」とある。また山海経に「夸父山北、有二林名一、曰二桃林一、広円三百、其中多レ馬」とある。また文馬に乗るもの寿千歳という記事もある。「天錫レ難レ老詩序」（五六）参照。

〔四〕「紅桃」を措辞するのは、前句の「白雪」と同じく、いつまでも若若しい肌の色の縁であろう。

〔五〕浮雲に階梯して天に登るということがあるが、この名馬は直ちに天を馳せるの意を含むであろう。揚雄の解難に「将レ登二於天一、不レ階二浮雲一」とある。

〔六〕「半漢としていさむ」は、文選の東京賦に「竜雀蟠蜿(はんえん)とわだかまりて、天馬半漢(はんかん)といさめり」とある。

〔七〕「飛兎」は、文選の東京賦に「何ぞ騕褭(ようじょう)と飛兎とを惜まん」とある。

〔八〕賢才が、相国の登用するのを待つ意を寓するであろう。詩経、小雅、鶴鳴に「鶴鳴二于九皐一、声聞二于野一」とある。

一七五 〔一〕「恒春」は、西王母の通雲台にうえてあった霊木の名で、葉は蓮花の如く、香は桂のようであったという、拾遺記に出。「恒春酒」は、四時つねに春のように酔わす美酒の名であろう。道士が日本に渡来したことは鑑真和尚東征伝にみえる。慈本は「道士勧恒」を人名かと考える。

〔二〕詩経、豳風、七月に「此の春の酒を為(つく)りて、以て眉寿を介(たす)く」とある。白居易の詩に「金谷風光依レ旧在、無三人管二領石家春一」とある。

〔三〕後漢の神仙家王遠が、蔡経の家にこれを招き、ともに宴飲し、昇天して去ったという（神仙伝巻七、麻姑）。神異経によると、西北海外に長人国があり、天酒を飲むと天地と同生となるとあり、また酒泉の人は美酒を飲むと不死長生となるという（芸文類聚、酒部所引）。唐書、隠逸、王績の伝に「王績、字無功、（中略）著二酔郷記一、以次二劉伶酒徳頌一」とある。その酔郷記には「酔之郷、（中略）其気和平一揆、無二晦朔寒暑一」とある。和漢朗詠、巻下、酒（本大系七三四六五）参照。

一七七 〔一〕文集に「南園試二小楽一」という同題の七律がある。その影響があって、老人の心情を安慰する気持もある。

〔二〕「分頭」は、元稹の詩に「一程那(いっ)んぞ忍ばん便ち分頭することを」などとあって、別離の意であるが、ここは二班にでもわかれて小児が舞いをする――獅子舞でもするのであろうか。

〔三〕▽これは文集の世界ならば、唐絵に題したことになるが、傀儡子あたりがたまたま歌舞をしたところを写したとすれば大和絵の世俗画の画面ともみられなくはない。

一七八 〔一〕「松蘿」は、詩経、小雅、頍弁(きべん)の釈文に「女蘿在レ草曰二兎糸一、在レ木曰二松蘿一」とある。

〔二〕「委曲」は、司馬相如の子虚賦に「紆徐委曲、鬱二橈谿谷一」とある。訓は、「委曲、クハシ」（色葉字類抄）とある。

〔三〕「波臣」は、荘子、外物に「我東海之波臣也」とある。

ここは、太公望呂尚の俤によって句をしたてて、臣下として用賢を待望する意を寓するのであろう。

〔四〕「懐抱」は、王羲之の文に「惑取二諸懐抱一、晤二言一室之内一」とある。

☆（二四三頁）七言絶句四首の連作の各に小題をつける形式は、文集に「和二元八侍御升平新居一四絶句、時方与二元八一卜レ鄰」「和二万州楊使君一四絶句」などがある。前者の小題は「看花屋・累土山・高亭・松樹」で、よく似ている。

一七九 〔一〕「苦熱」と題する詩は、文集にも三首ある。

〔二〕「崎嶇」は、陶潜の帰去来辞に「既に窈窕として以て壑(たに)を尋ね、また崎嶇として丘を経(ふ)」とある。

〔三〕「腐儒」は、荀子、非相に「嚢(ふく)を括(く)り、誉(ほま)れもなく、咎(とが)もなし、腐儒を謂ふなり」とあり、口をつぐんで物もいわず、ほめられもせず、くさされもせずという性根のくさった学者。

一八〇 礼記、月令、仲夏の月に「蟬始めて鳴く」、同、孟秋の月に「寒蟬鳴く」とある。蔡邕の月令に「蟬鳴けば則ち天涼し、故にこれを寒蟬と謂ふ」とある。文集に「早蟬」と題する詩が二首ある。

巻第三

一八三 〔一〕「内宴」は、年頭最大の宮廷行事。正月二十日ごろ、仁寿殿(じじゅうでん)において文人(もんにん)を召して、勅題によって詩を賦せしめ、内教坊は女楽を奏した。この年は、二十一日辛丑の日に行われた(三代実録)。「宮妓」は、内教坊の妓女。「柳花怨」は、双調(そうじょう)の曲。呂の調子で春の舞曲、拍子二十四。もとは大食調(たいじきちょう)の曲で、桓武天皇の時、遣唐留学の儛の生の久礼真茂(くれのさねもち)が唐より伝え、仁明天皇の時にこれを改作して双調の曲にした。村上天皇の天暦の内宴の時に「柳花怨」を改めて、「柳花苑」とした(教訓抄巻六)。道真が讃岐守になったのは、この年(仁和二年)正月十六日(補任)。底本朱筆頭注「仁和二丙午、年四十二」。

〔二〕柳花怨の舞は、今は絶えたが、源氏物語、花宴でも、源氏が「柳花苑といふ舞」を舞うことが見える(本大系[一四]三〇四頁)。柳花は美しい舞姫のおもかげがあって、閨怨の趣を舞ったか。

一八四 〔一〕藤原基経は時に関白太政大臣で、五十一歳。道真より九歳年長。学問好きで、道真の才を愛していた。

〔二〕江談抄によれば、藤原佐世は基経の家司で、道真の推薦により藤氏ではじめて献策した。

〔三〕文集の「遊二雲居寺一」詩に「勝地は本来(もとより)定(さだ)まれる主なし」とあるによる。この句は、千載佳句や和漢朗詠、巻下、山(本大系[七三]四九二)にも出。

〔四〕三・四句は、これまで忠誠と信義とをもって力をつくしてお仕えしようとつとめてきて、詩を作ることを鼻にかけたりはしなかったの意に解しておく。

〔五〕マセバ…マシの訓法は、書陵部蔵春秋経伝集解巻三十(天長九年苅田根継)の古訓による。

一八六 〔一〕「相国」は、基経。→一八四注5。彼は好学で、その書斎はしばしば学儒文人のために開放せられた。そのサロンを「東閤」という。「東閤」は、東方の小門で、漢書、公孫弘の伝に「客館を起し、東閤を開いて賢士を延(ひ)く」とあるによる。→六七・三七二。

〔二〕私が讃州の外吏に赴任することに何の不平があろうの意。あるいは、君のめぐみは、多くの人人からは超然と独立しているとも解しうる。存疑。管子に「独立して稽ふることなきは人主の位なり」とある。四七三に「恩は涯岸無くして」の句がある。

一八七 「北堂」は、大学寮の北堂。「文章院」をさすであろう。四学堂即ち、北堂・南堂(明経道院)・算堂・明法堂の一。大学寮の構内の北にある講堂。ここで東西両曹の学生たちの送別の宴会があって、探韻作文に興じたのである。

一八九 〔一〕遇字、詩紀過字に作る。「中進士」は、おそらく中臣氏、名は未詳の文章生(もんじょうしょう)をさす。「春試の二三子」は、おそらく国学の学生(がくしょう)で二経に通じたもので、式部省の春期の試を受験し、大学に進学を希望する二、三人のことをいうのであろう。

〔二〕注によると春試の題が「補逸書」というのであったという。「三百字」即ち五言三十韻の古調詩を賦せよというのであろう。若者の受験に適当しない課題であったので、出題の鴻儒が古風だといって怨まれたのである。「補逸書」は、書経(尚書)の逸文を補って作った白居易の作。湯誓篇の補逸である。花房氏いう、補逸書は那波本白氏文集巻二十九、書頌議論状の部に出。文選李善注本巻十九、詩甲に束皙の補亡詩六首がある。これは詩経の逸詩を補ったもので、晋の束皙が、古詩をみて、その義のみがあって、辞がすでに亡びたものが多いのを悼んで、古代を想いやって、補逸の詩六首を作ったのであるが、その伝統を襲って、白居易は書経の湯誓について、補亡の書を作ったのである。「逸せるを補ふ書」「亡へるを補ふ詩」と訓む。

〔三〕「詎」は、しばらく「誰」という不定人称名詞と同様に考えておく。大般涅槃経巻十七平安後期訓点に「詎(タレカ)有二幾ノ人一」(築島裕氏による)とある。観智院本類聚名義抄に「詎、タレカ・ナンゾ・ナニカ・アニ・モシ」とあり、ほかに「イヅクニカ」の訓例もある。「詎」に限らず、日本漢文には疑問表現において和習がめだつ。入矢氏いう、「詎得…」は、強い反語、上に「不知」などを冠することはありえない。

「明珠」は、登竜に縁があろう。梁書、劉孺の伝に「此の児は吾が家の明珠なり」とたたえられたという。また同じ梁書、衛玠の伝に「玠と同遊するは、明珠の側に在るがごとし、朗然として人を照らす」とたたえられたという。明珠はこの意かと、花房氏いう。

一九一 〔一〕「金光明寺」は、讃岐国(香川県)三豊郡仁尾町にある金光寺が昔の金光明寺だという。古名仁保浦にあり、仏堂二層、普通の寺とちがって古様を存する。「百講会」は、仁王経護国品に、若し国に災難ある時は、百座の講会を設けて仁王経を講読すればこれをはらうことができると説く。三宝感応要略録巻中・今昔物語集巻七「震旦唐代、依仁王般若力降雨語第十一」(本大系㉔一三四頁)に、唐の代宗の時、不空・三蔵をして百座仁王会を行わしめて雨を祈った霊験説話が出ている。聖武天皇神亀六年(七二九)六月に、宮中ならびに五畿七道に仁王会が行われた、そういう風習によって、仁和二年(八八六)夏に讃州の一寺院でも恒例の仁王経百講が開かれていたのであろう。

〔三〕仏説頂生王故事経一巻・仏説頂生王因縁経六巻に説く頂生王(ちょうしょうおう)の故事による。昔、王がいて、布殺陀王という、王の頂上に忽ち皰を生じ、皰より一子を生ず、後長大して金輪王となり頂生王と称した。この頂生金輪王が四天下を征服し、遂に忉利天に上り帝釈を害し、これに代ろうとしたが、成功しなかった。後に地に還って死んだが、頂生王は今の釈迦だという。仁王経下には、この時帝釈が百座の仁王会を設けて、頂生王の軍を退けたと説く。

「何為」のナニスレカの訓は、平安古訓。ナンスレゾとも訓む例がある。

一九三 〔一〕「三諫」は、史記、日者の伝に「賢の行ひたるや、直道以て正諫し、三諫して聴かれざれば則ち退く」とあり、京都より讃州に退いたことをいうか、それにしても「月の初め」と結び付かない。

〔二〕「上方」は、文集に「銭員外の青竜寺の上方に旧山を望めるに和す」(七四〇)とある。

〔三〕「日脚」は、岑参の詩に「雨過ぎて風頭黒く、雲開いて日脚黄なり」とある。

〔四〕庾肩吾の九日詩に「驚く雁は虚弓を避く」とある。

〔五〕梁の簡文帝の水月詩に「溶溶として璧(たま)を積めるが如し、的的として鈎(はり)を沈めるが如し」とある。

〔六〕「風脳」は、十洲記に「炎洲に風生獣というものがいる。豹に似て青色だ。これを網で捕って薪数車分をたいても毛もこげない。鉄鎚でその頭を数十度打つと死ぬ。しかし口を開いて風を入れるとすぐ活きかえる。菖蒲でその鼻をふさぐと死ぬ。そこでその「脳(なづき)」をとり出し菊の花に和して服すること十斤、五百歳の寿を得る」という。風生獣の脳、これを「風脳」というか。

〔七〕「蛾眉」は、文選の鮑照の翫月詩に「娟娟(けん)として蛾眉の如し」とある。

〔八〕文選の陸機の擬古詩に「之を照せば余輝あり、之を攬(と)れば手に盈(み)たず」とある。

〔九〕謝観の白賦に「夜庾公が楼に登れば月千里に明(あきらか)なり」とある。庾亮が武昌の令(おさ)たりしとき、秋夜、南楼に登って月を賞した故事。晋書、庾亮の伝を参照。

〔一〇〕王徽之が夜雪はれ月白き時、興に乗じて友人を訪ねた故事。晋書、王徽之の伝参照。

〔一一〕「楽只且」は、詩経、王風、君子陽陽に「其楽只且」、嵆康の「贈二秀才入レ軍」詩に「其楽只且」とある。「其れ且つ此れを楽しまくのみ」と釈する。板本・文選旧訓ともに「只且」を、カクバカリと訓ずる。

〔一二〕「蚌蛤」は、はまぐり。呂氏春秋に「月望なれば則ち蚌蛤実あり、月晦なれば則ち蚌蛤虚なり」とある。

〔一三〕「那」の訓は、「不レ知二那(イヅコ)ニカ去ムトイフコトヲ一」(大智度論天安点)による。

〔一四〕姮娥が不死の薬を西王母からぬすみ、月に奔りこんでひきがえるになったという故事による。月が大きくなるにつれて、月中にひきがえるの形をなしてくるのだから、まだ新月の時は老いたひきがえるの影はみえないのである。

一九四 〔一〕「潘安仁」は、文選に賦の作品がある。晋書、潘岳の伝を参照。美男で才子の典型、わが唐物語にもその説話がある。

〔二〕「甚」は、唐代の俗語。張相は、正なり、真なりと注する。これをハナハダシクと訓めば、和習の用法となる。

一九五 「千日の酔ひ」は、神異経に「劉元石(玄石とも)が中山の酒家で千日の酒を飲み、家に帰って大酔した。家人は死んだと思って葬った。酒屋のおやじが千日目に行って棺をひらくと始めて酔いからさめた」という。俗に「元石酒を飲んで一酔千日」という。この故事による。

一九六 〔一〕「秋来」の「来」は、「向来」「夜来」と同じ用法。

〔二〕文集の「北窓三友」の詩(二九八五)の、琴・詩・酒を三友とする句を意識して作った句。

一九八 〔一〕「書一絶」は、解しがたい。書字、一本出字に作る。「越州」は、越前。「巨」は、底本に「越前守巨勢文雄」と朱注。巨勢文雄は、従四位下右中弁兼大学頭であったが、元慶八年(八八四)三月、光孝帝即位まもなく越前守に転任、これは明らかに左遷であった。
〔二〕「五更」は、単に夜の意で、必ずしも午前四時ごろの第五更に限らない。秋を「三秋」というごとく、「五夜五更」といって夜を一般的に称する。
〔三〕魂が魄からはなれて夢に君を訪うことがもしできるならばの意。「神」は、陽の魂。「鬼」は、陰の魄。気が伸びれば「神」、屈すれば「鬼」となるという。

一九九 「進士」は、文章生(もんじょうのしょう)の唐名。元慶ごろからは擬文章生の中から春秋簡試により詩賦を課して式部省が試験をして文章生に及第せしめた。これが省試又は文章生試といわれ、及第したものについて公宴があった。一八九に「春試の二三子を訪ふ」詩があったが、菅家廊下のうちの一人の受試の擬文章生が、及第した消息をきいたのであろう。

☆(二五九頁)「何人寒気早　寒早……人」にはじまる五律の連作の体式は、元稹の「生春二十首」(全唐詩巻十五、元稹十五)ならびに文集の「春の深きに和す二十首」の体式に模する。劉禹錫にも「深春好」があり、白居易と共に、元稹の作に応じて作った。元稹の作は今佚。花房英樹「白居易年譜稿」参照。白詩の第二首を例示する。「何(いづ)れの処か春深けて好(ことむな)き　春は深けぬ貧賤の家　荒涼たる三径の草　冷落せる四隣の花　奴は困(くる)みて帰りて力を傭し　妻は愁ひて出でて車に賃す　途窮しては平路も険(けは)し　足を挙ぐること褒斜よりも劇(はなはだ)し」。

二〇〇 〔一〕「走り還る人」というのは、他国に浮浪逃亡してすでに戸籍から除籍されて居たものが、その国で土断法によって税をとりたてられないで、直接に本貫の地に送り還される場合があった。こうして送り還されて部内に帰還したことをさすのであろうか。類聚三代格八、調庸事、太政官符(天平勝宝四年十一月十六日)に「応三諸司無レ故不レ上者放二還本貫一事」というのがある。
〔二〕戸籍制度が崩壊しつつあったことがわかる。後漢書、礼儀志に「戸を案じ民を比ぶ」とある。
〔三〕当時、諸司諸家人が威勢をかり、車馬や運送の荷物を横どりしたり、往還の人民百姓を強制的に雇うたりして、人民の生活をみだして苦しめ、また調庸のきびしさにたえかねて他国に浮浪逃散するものも多かった。類聚三代格、禁制事を参照。

〔四〕「地毛」は、賦役令に「土地の生ずる所皆毛となす」とある。もと地に毛のような形の植物が生ずるのは民百姓が労役に苦しむしるしだという。述異記に「地毛を生ず、京房以て人の労することの応となす」とあり、この地毛は莎草(はますげ)のことである。雑草が茂って土地がやせたことも解せられるが、ここは和語となっていて、述異記とかかわりがなかろう。

二〇一 〔一〕「欲レ避逋レ租客」、詩紀「欲レ避二逋租脚一」に作る。「脚」は、徭役を意味するかという説もある。
〔二〕「提」のヒキサグの訓は、大唐三蔵玄奘法師表啓平安初期点「提、ヒキサケテ」による。築島裕「ツンザクとヒツサグとの語源について」(国語学54)参照。

二〇三 〔一〕「転枕」は、潘岳の悼亡詩に「展転して枕席を眄(み)る、長簟竟(ひつ)に牀(こと)ぞ空しき」、文集、睡覚に「枕を転(まろ)ばして頻(しき)りに伸(の)び書帳の下、裘を披いて箕踞す火爐の前」(二九二一)とある。
〔二〕「低簷」は、文集の「偶題二閣下庁一」詩に「暖きには簷に低るる日有り、春は幕を颺(ひるが)へす風多し」とある。

二〇八 「攫」は、漢書、王莽の伝に「豪吏をして民を猾(もてあそ)びて辜(つみ)して之を攫(か)せしむ」とあり、その利を独占し、他人が犯せば罪にあてる意だと顔師古は注する。

二〇九 「甕牖」は、礼記、儒行に「蓬戸甕牖」とあり、白居易の詩に「北里に高士有り、甕牖縄を枢(とぼそ)とせり」とある。

二一〇 〔一〕旧唐書、恵文太子の伝に「金吾、天子押衙」とあり、「金吾」は、わが国では「衛門府」にあたる。「衙」は、儀仗侍衛の義である。
〔二〕一九六の第八句参照。開字、詩紀閉字に作る。

二一一 〔一〕庚申(かのえさる)の夜に人もし睡眠すれば、人身に三尸虫というものがあって、その人の過(とが)を上帝に告げるという、故に道家はこの晩は終夜眠らずに邪を避けた。我が国でも民間信仰にこの唐の道家の説が入ってきて、「庚申待ち」と称して夜眠らずに文芸・遊戯を楽しむ晩とした。
〔三〕イハムヤ…ニハの訓は、平安初期訓法による。平安中期以後にイハムヤ…ヲヤの結びの形が出てくる。春日政治「古点の況字をめぐって」(「古訓点の研究」所収)・小林芳規「古点の況字続貂」(東洋大学紀要、十二集)参照。

二一三 〔一〕「銀魚袋」は、銀製の魚形の符契で、左右二片に分れ、左は宮廷におき、右はからだにつけ、官姓名を刻し、出入にこれを合わせる。袋に入れたから「魚袋」という。唐帝の姓「李」は「鯉」に通ずるところから魚符とした。五品以上都督刺史も京官に准じてこれを佩用し、唐宋の制となった。わが国では三位以上または四位の参議は文官・武官を通じて金の魚袋をつけ、四位以下の殿上人・地下人(じげびと)が銀の魚袋をつけた。節会や御禊行幸の日の飾りである。「吏部郎中」は、式部丞の唐名。誰を指すか明らかでない。「第一」は、任叙の次第についていう。

〔二〕宇多天皇仁和三年(八八七)十一月二十六日に、太政大臣基経が上表した勅答に、阿衡の文字があったところから、奇妙な紛争に発展した。これは、あるいは式部丞の友人から、思いあまって、道真にそういういきさつを書いた手紙でも讃州に郵到した、その返事かもしれない。

二四 ▽府衙の客舎が海のほとりにあったことがわかる。ほほえましい元日の漁村風景と、道真の心象風景。

二五 〔一〕「灰心」の語は、荘子、斉物論の「心固より死灰の如くならしむべきか」にもとづく。白居易の渭村退居詩に「灰心にして激昂を罷む」とある。

〔二〕タテラクノミの訓は、小林芳規「らくのみ・まくのみ源流考」(文学論藻八号、昭和三十二年)参照。

二六 〔一〕三代実録によれば、仁和三年(八八七)正月二十日甲午、仁寿殿で内宴が行われ、文人十人が詩を賦し、内教坊が糸竹の妓を奏し、「勧暢景(ひかげ)を畢(を)ふ」とある。

〔二〕「潮戸」は、文集、和春深好詩に「何処春深好、春深潮戸家」(二六六五)とある。

二八 〔一〕讃岐の府衙は、新宮のあたりより綾川にまたがるところという。今の香川県坂出市府中が、昔の国府の遺址。

〔二〕「煙蘿」は、皇甫冉の「鄭秀才を送る」詩に「詩を吟じて月路に向ひ、馬を駆りて煙蘿を出づ」とある。

〔三〕「嬾先還」は、このままでは「先に還るに嬾し」となって意がとりにくくなる。和習。

〔四〕「破顔」は、白居易の詩に「相思忘るる莫れ桜桃の会、一たび狂歌を放ち一たび破顔す」とある。

二九 〔一〕「貌」は、令義解、戸令、造帳籍条に「皆国司親(みづか)ら形状を貌(み)て以て簿を定むることをせよ」とあり、「貌」とは、人の顔状を視て、年齢にかかわらず、その貌つきをテストして老とか丁とか中男とか小子とかに組み入れること。

〔二〕「傷錦」は、北史、魏咸陽王禧の伝に「傷錦の尤(とが)に非ず、実は援力の責なり」とある。

〔三〕文選の鄱陽の上書呉王一首に「城陽盧博に顧みる」とある。城陽王の喜が諸呂を討って功があった、その弟興居を済北に封じたが、済北の盧博がこれを誅したので、喜は盧博を顧念して恨んだという。この故事を引くらしいが、作者は何を喩えようとするか明らかでない。

〔四〕「寃囚を録す」は、後漢書、五行志に「囚徒を録して、冤囚を理(ことわ)る」とある。

〔五〕後漢書、劉寛の伝に、かれが南陽の太守の時、温情ある政治を行い、役人にとががあると蒲鞭でむちうったという。

「懲」のコロスの訓は、神田本白氏文集天永点巻三による。

〔六〕令義解、学令に「凡そ学生学に在らば、各長幼を以て序(つい)づることをせよ」とある。

入矢氏いう、「思教」の用字和習。

〔七〕「湌…」は、孟子、梁恵王上に「雞豚狗彘の畜、其の時を失ふこと無くんば、七十の者、肉を食らふべし」「七十の者、帛を衣(き)肉を食らふ」とある。

〔八〕「曲肱」は、論語、述而に「疏食を飯(く)らひ、水を飲み肱を曲げて枕とす、楽しみまたその中に在り」とある。

〔九〕「耦耕」は、論語、微子に「長沮・桀溺、耦(ぐ)して耕(たがや)す」とある。

〔一〇〕「路次」のロシの訓は、後のものながら日葡辞書 Roxi による。

〔一一〕後漢書、鄭弘伝の注に、弘が淮陰の太守になり、善政を行なったので、冥感のあまり白鹿が彼の車のこしきをはさんで馴れてつきしたがい、これを宰相に栄転する瑞兆だと人が占った。この故事による。

〔一二〕「蒼鷹」は、史記、酷吏の伝に、蒼鷹とあだなのついた酷吏のことがみえる。

〔一三〕「善最」は、花房氏いう、唐代の考功即ち勤務評定の法に、善と最とがある、ともに功績を評価する基準。唐書、白官志を参照。

〔一四〕漢の郭泰(字は林宗)が雨にあって、巾の一角が折れてへこんだ、時人がこれをまねして巾の一角を折ってかぶり、「林宗巾」とよんだ。

漢書、郭泰の伝に出。
〔一五〕「青青」は、黒髪をいう。蒼蠅のような男の意。「蒼蠅」は、もと詩経、斉風、雞鳴に見え、後漢書、陳蕃の伝に「夫れ臭穢有らざれば、則ち蒼蠅飛ばず」とある。

二一〇 〔一〕讃岐の国学に文宣王（孔子）の聖廟があり、仁和三年（八八七）仲春二月三日丁未、釈奠が行われた時の作。
〔二〕未明の一刻、暁漏（あかつきのとき）の鼓声とともに、春風のなかを祭服をきた享官（まつりつかさ）や学官や学生たちが三献の礼位について、祝文を読んだあと、祭器を執って先聖十賢に酒を祭ったあと、それぞれが爵（さかずき）をのみほすのである。延喜式巻二十、大学寮、釈奠陳設ならびに饋享の条を参照。

二一一 〔一〕問答対話の様式を含んだ、白話的唱導的な作品で、文集、新楽府の「新豊の折臂（せっぴ）翁」の発想体式に触発されたところがある。
〔二〕三善清行の藤原保則伝に、讃岐のことをのべて「此の国の庶民皆法律を学び、（中略）動（やや）ともすれば諍訟をなす」とある。
〔三〕「祭二城山神一文」（五三五）に「八十九郷、二十万口」とあり、一戸五口とすれば四万戸となる。「懺悔会作、三百八言」（二七九）に「哀愍す二十八万人」とあり、これによれば一戸七口となる。阮籍の詠懐詩に「繁華憔悴有り、堂上に荊杞生ず」とある。
〔四〕延喜式、民部上に、讃岐国十一郡の名が出。大内・寒川（さむかわ）・三木・山田・香川・阿野（あや）・鵜足（うた）・那珂（なか）・多度（たど）・三野・刈田（かりた）。和名抄は十一郡を九十郷に分かつ。一郷平均三千人の人口で、人口の密度は他に比のないほど高い。
〔五〕三善清行の藤原保則伝に「元慶六年二月、出でて讃岐守となる。公の境に入りてより、人人相譲れり」とある。
〔六〕「五保」は、令義解、戸令に「凡そ戸は皆五家相保（あひまも）れ。…凡そ戸逃走せらば五保をして追ひ訪はしめよ」とある。
〔七〕「楽在其中」は、論語、述而に「子曰く、疏食を飯（く）らひ、水を飲み、肱（ひぢ）を曲げて之を枕とす、楽しみ亦其の中に在り」とある。
〔八〕マナビマクホリスは、平安初期の訓。「学ぶ」は、上二段活用動詞。
〔九〕収束の句。重量と緊張とに欠ける。白話体の詩。
〔一〇〕▽ この翁のこと、扶桑隠逸伝、巻中、南山白頭の賛に「白頭翁、其知レ道乎、不レ置二室家一、不レ事二生涯一、齢垂二期頤一、色如二桃花一、不二知レ道者一、能如レ此乎哉」とある。

二一二 〔一〕「脣」は、ふち。王維の詩に「澗脣時に外に拓く」とある。脣字、藁草漘字に作り、一本滑字に作る。
〔二〕「野馬」は、遊糸。観智院本名義抄に「野馬、カケロフ」とある。即ち子蜘蛛が自ら吐いた糸に乗って風とともに散るゴサマアの現象。
五・六句、和漢朗詠、春、暮春（本大系七三四六、暮字を暁字に作る）に出。江談抄に菅家の御作は元稹（げんじん）集に類すと匡房がかたり、その証拠としてこの一聯に対して、元稹の作、

天を遮る野馬　春に暁なし
水を拍つ沙鷗　翅を湿ほして低る

をあげている。

二一三 「丘墳」は、左伝、昭公十二年の条に「これ能く三墳・五典・八索・九丘を読む」とある。「九丘」は、九州亡国の戒しめ、「三墳」は、三王の書という。

二一五 〔一〕文人同志の嫉妬反目の京よりも、地方で詩情にひたるのもまたいいという意を寓す。
〔二〕漢書、劉歆の伝に、歆は名儒劉向の子、王莽の学友、歆はある時移書して、「己を専（もっぱら）にし、残れるを守り、同門に党して道の真を妬（ねた）み、明詔に違ひ、聖意を失せば、以（おもんみ）るに文吏の議に陥らむ。甚だ二三の君子のために取らざるなり」といい、その言甚だ切で諸儒皆怨恨したという。（「残れるを守る」とは、偏見以て残欠の文を守ること。）「道真」とは、即ち道芸の真。自分の道真の名をかけた一種のしゃれの意識もないではない。道真の名の典拠はこの文句であろうか。

二一六 〔一〕「書斎記」（五二六）に「東に去ること数歩にして数竿の竹有り」とある。四九〇の「雪夜家竹を思ふ」の詩を参照。
〔二〕「此君」は、文集、東楼竹に「楼上夜不レ帰、此君留二我宿一」（五三七）とある。

二二四 〔一〕「無情」は、ここでは、日本語のナサケナキカナヤということば通りに和習化した用法。入矢氏いう、文集にいう「無情」とちがって、道真は日本語の「なさけなし」の意で用いている。
〔二〕「有分」は、花房氏いう、文集、郡庁有樹、晩栄早凋詩に「栄枯各有レ分、天地本無レ情」（五一三）とある。「分」は、「定分」の「分」、「宿分」の「分」と同じ。

二二五 「生分」は、親子兄弟が仲たがいして財産争いなどすること。漢書、

地理志、河内の条にある語。殷の紂王の化が残っていて、河内の殷墟の地方の俗は「侵奪して恩礼薄く、生分を好む」とある。ここは、客中また旅客となるということから、漢書の地理志を連想し、讃州の風俗は、藤原保則伝に「州民皆学二法律一、動(ややもすれば)成二諍訟一」というように部内の土民たちが生分を好むが、それも結局浮世のさがだというのである。道真は「漢書」に詳しく、「生分」は、この世の定めの意の造語だという説には従えない。漢書の地理志の連想から、魚塩の利をおう民のなりわいの叙述が次に展開するのである。

二三六 「赤木」は、呂覧、本味に「中容之国、有二赤木玄木之葉一焉」とある。

二三七 「向来」は、「嚮来」と同じく、六朝唐代の俗語で、時間を暗示することば。さきごろ(従前)とか、ちかごろ(近来)とか、すなわち(即時)とかに当たる意がある。ここは、あまり日がたたないことをいう。

二三八 「閑物」は、花房氏いう、文集、和雨中花詩に「閑物命長く人は短命なり」(三六八)とあるによって、ここの「閑物」も菊の花のことと見られないであろうか。

二三九 「交遊少日」・「閑話今宵」の四字の名詞句は和習。

二四二 〔一〕詩題は、呂氏春秋に「春の徳は風なり。風信(の)びざれば其れ華盛りならず。華盛りならざれば則ち果実ならず」とあるによる。ちなみに、論語、顔淵に「君子の徳は風なり、小人の徳は草なり、草之に風を尚(くわ)ふれば必ず偃(ふ)す」とある。

〔二〕淵鑑類函、風部所引論衡に「儒者の太平の瑞応を論ずるや、皆言はく、五日に一風、風条(えだ)を鳴(な)らさず」とある。

〔三〕詩経、斉風、東方未明の序に「号令時ならず」とある。礼稽命徴に「号令を出(だ)し民心に合すれば、則ち祥風至る」とある。

巻第四

二四三 〔一〕明石の儒者、梁田邦美の蛻巌集五に「大蔵谷、菅廟賦序曰、大蔵谷、本駅東道、廟在二其北一、相伝菅公、為二讃岐守一之ㇾ任、有ㇾ詩題二駅楼壁一、楼下有ㇾ石、公乃踞而憩息云云」とある。大蔵谷は、今の明石市にあり、海に沿い、小さい谷がある。昔、納租の倉があるのでこの名がある。大蔵谷稲爪(いなつめ)の西に休(やす)み天神社がある、ここが明石駅のあとという。摩耶坂摩耶谷の名がここにのこるのは「うまや」の遺音か。

〔二〕おそらく陸路伝馬に乗って、明石の駅亭まで到着。この明石駅長とは馴染みで、後年左遷のときもここで口詩(くし)をよみ与えている。令の行路によると馬は日に七十里、歩(かち)は五十里、車は三十里という規定がある(公式令)。

二四四 〔一〕延喜式巻二十、大学寮、文章生の試の条に、擬文章生は毎年春秋に簡試があり、丁第以上を文章生に補する規定がみえる。文才子はこの時文章生に及第したのであるが(→二四五)、この時詩評の判定があったかどうかわからなかったのであろう。

〔二〕この博士は誰か明らかでないが、あるいは判にあずかる一人であるか。

〔三〕一本注に、「師」を島田忠臣とするが従わない。

〔四〕▽道真の讃岐赴任は、菅家の門の学生たちに大きい影響があったであろう。その一端がこの詩にみられる。

二四五 〔一〕「匏瓜(ふくべ)」は、食べられず空しくぶらさがっているもの。論語、陽貨に「吾豈匏瓜ならむや、焉(いづくん)ぞ能く繫(かか)りて食らはれざらむ」とあるによる。

〔二〕「履穿」は、荘子、山木に「衣弊(やぶ)れ履穿(うが)たれたるは、貧しきなり、憊(つか)れたるに非ず」とある。

〔三〕「三千の門下」は、史記、孔子世家に「孔子、詩書礼楽を以て教ふ、弟子蓋し三千なり」とある。

「留守」は、史記、越世家に「太子と留守す」とある。

〔四〕「為に」は、与格(dative)をあらわす。つまり、…してやるの意。

「俟河清」は、左伝、襄公八年の条に「周詩に有り、曰く、河の清まむを俟たば人の寿幾何ぞ」とある。

〔五〕省試は、「河水清し」という題で、百字廻文(かいもん)詩を課されたのである。おそらく五言二十韻で、しっぽからさかさよみしても意の通ずる「廻文詩」を作れという題であったのであろう。文粋巻一(本大系六九三五五頁)に廻文詩の一例がある。慈本いう、「この時実が百字廻文の詩は誠に難作なるべし。江匡房四百句詩と一双の美談なるべし」。

二四六 作者が讃州のしがない役目にしばられて、今帰任することをいう。文選の海賦の李善注では「横は塞(ふた)ぐ」とある。晋の木玄虚の海賦に「其魚則横海之鯨、突杌孤遊」(芸文類聚、水部)とある。横海之鯨は、出世しないことを喩える。

「横」の訓は、「横、ワタル」(観智院本類聚名義抄)とあるによる。二四七 白峰から南下する山脈がきれて、国分寺の方の谷がひらけ、東北方の空が広くながめやられるのである。

「時時」は、しきりに・しばしばの意。日本語になると、「ときどき」となる。ここは前者の意に用いる。

二四八 〔一〕「催す」は、自動詞ではなく、何かが詩興を催すのである。

〔二〕「狂生」は、史記、酈生の伝に「県中皆之を狂生と謂ふ」とある。

二四九 「各言其志」は、論語、公冶長に「なんぞ各爾(そ)の志を言はざる」とある。

二五〇 〔一〕「遠上人」は、何人か不明。道真が讃岐において交わった僧には、滝の宮竜燈院の空澄をはじめ、大川郡宝蔵寺明印、観音寺の日儀、高松長命寺の増圭などの名が伝えられているが、「遠」と呼ばるべき僧名は見当たらない。釈書にみえる「斉遠」「寿遠」は何れもゆかりがない。

〔二〕「浮盃」は、張憲の送海一漚詩に「瀴溟(えいめい)此の日杯に浮びて去り、葱嶺何れの年か双履にて還る」とある。この詩は、杯渡和尚と菩提達磨の故事による。杯渡については、「杯渡者、不レ知ニ姓名一。常乗ニ木杯一渡レ水。人因目之。(中略)至ニ孟津河一浮ニ木杯於水一、憑レ之渡レ河」(神僧伝巻三、杯渡)とある。

〔三〕「須臾」は、仏教語では、刹那・瞬間の意である。「須臾」「俄頃」「造次」「儵」に、みなシバラクの訓がある(類聚名義抄)。暫時の間の意ではない。

二五一 〔一〕盧照鄰の至真観黎君碑に「羽蓋風雲の路を転ず」とある。遠く隔たっていることをいう。

「感不堪」は、後世の訓みならば、「感ニ堪ヘザルヲヤ」とあるところ。

〔二〕「生衣」は、白居易の「秋に感ずる」詩に「炎涼遷り次いで速(すみやか)なること飛ぶが如し、又生衣を脱いで熟衣を著む」とある。

〔三〕「今已後」の下三字は、「好去鶯花」の上四字と断絶し、下三字は次の句に続く、破格の句法。

二五三 白居易の「六月三日夜蟬を聞く」詩に「微月初三の夜、新蟬第一声、乍ち聞いて北客を愁ふ、静(しずか)に聴いて東京(とうけい)を憶ふ」とある。この詩をふまえて作る。綾歌郡府中村(今の香川県坂出市)の南につづく滝の宮村(今の綾南町)の有岡天神祠は当時の道真の別荘の館あとと伝え、土俗、新蟬詩はこの地で作ったという。三・四句、和漢朗詠、巻上、夏、蟬(本大系七三一九五)に出。

二五四 〔一〕宋璟は日中鏡影をみていると、「相」という字になり、自負努力して遂に相になったという故事もある(白孔六帖所引天宝遺事)。道真も辺土にあって鏡に対して現在を照らし、将来を占おうとしたのであろう。唐の長孫佐輔に「対鏡吟」という作品がある。五言十韻、身・親・頻・新・塵・真・銀・春・珍・神は上平声十一真韻。

〔二〕入矢氏いう、この十七・十八の二句、ない方がよかった。

二五五 〔一〕「雨多県」は、讃岐国鵜足郡のことであろう。和名抄では「宇多利」と訓注するが、「宇達郡」と書くこともあり、丸亀市の宇多津はその古名を伝えるものであろう。旱魃によって「雨多」の字をあてたのであろう。「県令」は、郡司もしくは大領の唐名。「江」は、大江氏。「江維緒」は、雨が多いという縁起のいい名の郡の司であったので、特に一絶を寄せたのである。仁和四年(八八八)は春より雨がふらず、特に四月よりひでり続きで田植えもできず、部内の全人口は困却し、道真は五月六日に雨を城山(きやま)の神に祈った。その前後の作。↓五三五。

〔二〕これは、洪範五行伝にみえるのをはじめ、中国伝統の考え。礼記、月令には仲春に夏令を行えば、国大旱すとある。「祭ニ城山神一文」(五三五)にも「ああ、命の数奇(さちな)き、此の愆(あやま)れる序に逢へり。政良からざるか」とのべている。阿衡の紛争などをも暗にこめているか。

〔三〕天長元年(八二四)四月の旱には十五大寺、五畿七道諸国に大般若経を転読させている。貞観十七年(八七五)六月の旱にも十五大寺ならびに大極殿で大般若経を転読させている。この時も讃州部内の諸寺に命じて大般若を読ましめ、請雨法を修せしめたのであろう。

二五六 〔一〕「樊籠」は、陶潜の帰田園居賦に「久在ニ樊籠裡一、復得レ反ニ自然一」

とある。

〔三〕白居易の「遊二雲居寺一」詩に「勝地（しようち）はもとより定（さだ）まれる主（ぬし）なし」（和漢朗詠、巻下、山（本大系七三四九二））とある。この句によって作る。

二五七〔一〕「法華（花）寺」は、天平十三年（七四一）、聖武天皇の勅により国分尼寺即ち法華滅罪寺として建立。いま香川県綾歌郡国分寺町新居（にい）（国分寺の東北約二キロ。国府の府庁跡の東北約四・五キロ）にある。境内に牡丹園がある。文化九年（一八一二）にこの詩を書いた扁額を蔵する。文集に「白牡丹」の詩がある。

〔二〕「貞白」は、白居易の作った墓誌銘に「官（つかさ）となりて、貞白厳重たり」とあり、潔白の意である。

〔三〕白居易の春詞に「春の風吹き綻ばす牡丹の花」とあり、和漢朗詠、巻下、妓女（本大系七三七〇九）に出。文集、白牡丹詩にも「素華人不レ顧、亦占二牡丹名一」の句がある。

〔四〕法句譬喩経にある瓶沙王の故事。瓶沙王の親友弗加沙王が七宝華を贈ったのに対して、瓶沙王は十二因縁経を写して、宝華のおかえしに法華をさしあげようと言って、写した経を贈ったという。

二五八〔一〕「泡影」は、法華経、随喜品に「世皆不二牢固一、如二水沫泡焔一」とあり、これを東寺本三宝絵では、「世ハ皆カタクマタカラザル事水ノアワ、ニハタツミ、外景（カゲロフ）ノゴトシ」と訓む。入矢氏いう、金剛般若経の終りの偈にも「泡影」とあり。

〔二〕この亡命氏の人間像に一種維摩居士のおもかげがある。

〔三〕▽扶桑隠逸伝、亡名処士の賛に「猶竜氏曰、無名天地之始、蓋有レ名則有レ跡、見レ跡必知二其所止一矣。若夫無レ名、則無レ非無レ是。無レ非無レ是、此天地之始也。処士、遊二乎天地之始一者乎」とある。

二五九〔一〕「百一方」は、新旧唐志、医術類に見えない。日本国見在書目録、医方家に「葛氏百方九巻」というものが見える、内閣文庫目録にも「肘後百一方、八巻晋葛洪撰、梁陶弘景補」とある。こういう類の医方書であろう。

〔二〕「五千文」は、白居易の養拙詩に「逍遙無レ所レ為、時窺五千言」とある。

〔三〕「白氏の新篇籍」は、「白氏長慶集」（二十九巻）、「白氏文集」（七十巻）、「元白唱和集」、「劉白唱和集」などをさす。「新篇籍」は、次の句の「旧史書」に対する。「後漢の班固」の書に対して、「新しい時代の篇籍」の意。

〔四〕「橐」は、戦国策、秦策に「書を負ひ橐を担（にな）ふ」とある。

二六〇〔一〕普通は男子二十歳、女子は十五歳にして、成人の礼をする。礼記、楽記の注に「男二十而冠、女許嫁而笄、成人之礼」とある。

〔二〕白居易の詩句にも「琴書何必求二王粲一、与レ女猶勝レ与二外人一」「百巻文章更付レ誰」とある。

二六一「樵夫」には、隠淪の意をこめて自嘲するのであろうか。

二六二〔一〕香川県綾歌郡国分寺町字国分、国鉄高松丸亀線の国分駅南方、国道十一号線、今、香川県近代生活センターがあるところ。いわゆる国分関之池。今でも蓮が散生している。府衙の址（あと）なる府中より東北一・七キロ。池の三百メートル北に国分寺がある。

〔二〕「祭二城山神一文」（五二五）に「四月より以降（このかた）、旬に渉りて雨少（まれ）らなり。吏民の困（くるしび）、苗種も田（う）ゑられず」とある。

〔三〕国分寺は、聖武天皇の勅造。いま真言宗、境内方二町、白牛山千手院と称する。四国遍路八十八箇所第八十番、本尊千手観音。境内に古の金堂・大塔の礎石を存する。

〔四〕宗淵は藁草の頭注に「三度月光、蓋謂二此年自レ春至レ夏。白集、客中月、悠悠行旅中、三見二清光円一」としるす。文集に「客中月」の詩出。しかし仁和二年、三年、四年と三度目をいうのではなかろうか。

〔五〕「灼灼」は、詩経、周南に「桃の夭夭たる、灼灼として其れ華さく」とある。

「皤皤」は、班固の辟雍詩に「皤皤たる国老」とある。

〔六〕国分寺の尊像を供養するための荘厳の長幡や燭火に、紅い蓮の花花をみたてている。白孔六帖、祈禱に「絳幡祈雨」とある。

〔七〕「色相」は、華厳経に「無辺の色相、円満光明」とある。

〔八〕一説、昔の楚の都である湖北省江陵を「南郡」といった。その栄華もこの蓮池の花に及ばないと解する。↓二六三注六。

〔九〕「奔波」は、色葉字類抄、仕官部に「奔波、ホンハ」とある。↓二三二注二一。

〔一〇〕「福を享く」は、礼記、祭統に「必受二其福一」とある。

「唐捐」は、法華経、普問品に「若有二衆生一、恭二敬礼拝観世音菩薩一、福不二唐捐一」とあり、唐は徒の義とある。

〔一一〕「従自」は、本来は「自従」とあるべきところである。
〔一二〕白氏六帖、旱部に「雲重積而又散」とある。
〔一三〕山海経に、泰華の山上に六足四翼の蛇がいて、これが現われると旱（ひでり）になるとある。
〔一四〕天が旱（ひでり）になると、旱気が鬼を生ずる、それを「魃（ばつ）」という。魃鬼は、人の形だが眼が頭の頂についているという（芸文類聚、旱部所引韋曜毛詩問）。
〔一五〕文選の班固の西都賦に「下（しも）には鄭白の沃（よく）せる、衣食の源有り」とある。
〔一六〕白居易の「盧山艸堂を憶ふ」詩に「有三期追二永遠一、無三政継二龔黄一」とある。蒙求に「龔遂勧農」とある。
〔一七〕山海経の注に「甘木、即不死樹、食レ之不レ老」とある。
〔一八〕「福田」は、無量寿経、浄影の疏に「生二世福善一、如二田生レ物、故名二福田一」とある。
　稔字、一本念字に作る。
〔一九〕「芳修」、一本「薫修」に作る。
〔二〇〕馬が倒れるというのは、政務が停滞することを象徴的にいう。詩経、周南の巻耳の「彼の崔嵬（さいくわい）に陟（のぼ）れば、我が馬虺隤（くわいたい）とつかれたふる」による発想。
〔二一〕「小鮮」、諸本「少鮮」に作る。一本「小鱗」に作る。
　老子に「大国を治めんは、小鮮を烹（に）むがごとし」とある。我が国では国司を烹鮮之職という（職原抄）。
〔二二〕強いてしばらく解すれば、国学の儒館からつかれて帰って、（下僚たちに）ちえっと舌うちして叱ったからといって、役人たちが（はきはき動くかといえば、）ものにつまずいたりして、その歩みはいっそうのろのろとすすまない。一本、「罷帰」を「罠蹄」に作り、「叱咄」を「吐咄」に作るが、「罠蹄」ということばも通じがたい。「迍邅」は、ゆきなやんで進まぬさま。蹶字、一本躙字に作る。
〔二三〕「薄命篇」は、楽府即ち中国古代の民謡体の一つの題目。女性がふしあわせな運命をたどることを嘆く。「妾薄命」ともいう。魏の曹植、梁の簡文帝の作品をはじめとして数多い。唐の劉元叔の薄命篇の句は、和漢朗詠、巻上、秋、擣衣（本大系七三三四六）に出。
〔二四〕▽ このとき、即ち仁和四年（八八八）五月六日、旱魃祈雨のために、阿野郡城山（きやま）（今の坂出市）、府衙の西方に屹立する城山の神を祭った。その祭文は五三五に出。朝野群載二十二にも出。伝説では即日雨が降ったという。

二六三 〔一〕「前濃州田別駕」は、前美濃介島田忠臣。道真の旧師である。
〔二〕政事要略巻三十所引御日記によると、仁和四年（八八八）五月二十九日に広相・長谷雄・清行・佐世らの阿衡勘文によって、左大臣源融らに疑義を判せしめ、六月一日には広相・佐世らを対論せしめたりしている。この年十月十三日広相を罪することになって収まるまで大変であった。
〔三〕一九八の詩において道真は南海より北山の詩友に詩を贈っている。
〔四〕進士及第後、元慶八年（八八四）三月九日に、伊勢権守従五位上安倍興行は、上野介に任じている（三代実録）。二中歴、儒職歴によると、この年八月安倍興行は文章博士に任ぜられている。
〔五〕「煩代」は、煩わしい国司代理の任の意か、または煩雑な交替雑務に追われているの意か。存疑。
　三・四句は、上三下四、即ち折句である。
〔六〕「南郡」は、南海道の讃州を、中国の湖南の南郡にみたてていう。
　伝記などでは、この年五月六日城山の神に祈雨、即日降雨としるすが、実際はそうでもなかったらしい。

二六五 礼記、月令、仲秋の月に「鴻雁来る」とあるが、孟秋即ち七月ごろに来るのを「早雁」というのであろう。

二六六 〔一〕讃州国府の庁舎のほとりを綾川が大きく曲流する、その河の畔で吟じたものであろう。王粲の「登楼賦」と景情ともに通ずるものがある。景は「清漳の通浦を挾み、曲沮の長洲に倚れり」とあり、情は「情は眷眷として帰らんことを懐ふ、孰（たれ）か憂思の任（た）ふべき」とある。
〔二〕文集にこれに似た発想の詩がある、「好看落日斜銜処」「竹霧暁籠銜レ嶺月」（和漢朗詠巻上、秋、霧（本大系七三三四二））など。
〔三〕列子の「海上之人有二好レ鷗者一」の句を響かせる。
〔四〕晋の張翰の故事による。晋書に「因二秋風起一思二呉中蔬菜蓴羹鱸魚膾一曰、人生貴レ得レ適レ意、何為羈二宦数千里一以要二名爵一乎」とある。
〔五〕「仲宣賦」は、文選の「登楼賦」のこと。「登二茲楼一以四望兮。聊仮日以消レ憂」とある。
〔六〕▽ おそらく遠路道真を訪問した文室時実滞在中の作であろう。五一五に「秋湖賦」がある。この作品も、やはりこのころに作られたものであろう。

二六九 〔一〕「湯」は、漢書の顔師古注に「湯、猶二盪滌一也」とある。「戴盆」は、司馬遷の「報二任安一書」に「僕以為戴レ盆何以望レ天」とある。

〔二〕「嬋媛」は、枝と枝とが相引きつらなるさま。張衡の南都賦に「垂条嬋媛たり」とある。

〔三〕白菊の咲くさまは天上の星が宋の国におちてかがやいているかと思われるの意か。左伝、魯の荘公七年の条に「夜中星隕如レ雨」とある。宋の景公のとき熒惑星の三舎にうつった話はあるが、宋に星がおちた故事は未詳。

〔四〕「袁山」は、晋の隠士袁京が隠れすんだ山。江西省宜春県の東北にある。袁京は、後漢書、袁安の伝にみえる安の子。袁山の雪の故事は未詳。

〔五〕「葱圃」は、ねぎの生えているはたけ。崑崙山の玄圃よりもさらに西方にある仙郷。水経の河水注に「葱嶺在二敦煌西八千里一、其山高大、上生レ葱、故曰二葱嶺一」とある。

〔六〕屈原が、楚辞、離騒に「朝には木蘭の墜露（おつるつゆ）を飲み、夕には秋菊の落英（はじめのはなびら）を餐（く）らへり」とうたったからである。

〔七〕「和光」は、老子の「和二其光一、同二其塵一」にもとづく。

〔八〕三十七・三十八句は、板本「色惜衰二虚空一、感名後要感昆」（花房氏いう「後字衍か」）に作り、詩紀「色惜褰虚室、名後要盛昆」に作る。慈本いう、「後字疑是俟字」。

この句は、荘子、人間世に「虚室には白を生ず、吉祥は止にあつまり止まる」とあるにもとづくであろう。菊の花の純白の色を愛惜して、かなしいまでの虚室の静寂にひたる意であろう。

〔九〕この句は、本文に伝写の誤があろう。慈本は「名を俟ちて昆を盛るを要す」と訓むようであるが、意は明らかでない。

〔一〇〕風土記に、漢の武帝の官人が九日に茱萸を佩び菊花酒を飲み、長寿を得たとある。神仙伝に、康風子が甘菊花を服して仙を得たとある。晋の傅玄の菊賦に「服レ之者長寿、食レ之者通レ神」、晋の傅統の妻の菊花頌に「服レ之延年、佩レ之黄老」とある。

〔一一〕「攀援」は、文選の劉安の招隠士に「攀二援桂枝一兮、聊淹留」とある。

〔一二〕「四序」は、魏書、律歴志に「四序遷流、五行変易」とある。後漢書、献帝紀に、三公以下に三年に一度金帛を賜うことが常制となったことがみえる。

〔一三〕「千秋」は、李陵の詩に「嘉会難二再遇一、三載為二千秋一」とある。「矢はく」は、詩経、鄘（よう）風、柏舟に「死に之（いた）るまで矢（ちか）はくは他靡（な）けん」とある。

〔一四〕「羊柱」は、崔豹の古今注八に、蒙恬の作った筆は、「以二枯木一為レ管、鹿毛為レ柱、羊毛為レ被」とあり、劉克荘書考詩に「五銭買得羊毛筆、自写二年労一送二有司一」とある。

〔一五〕文選の李善注本巻五十七に、馬汧督（ばけんとく）が誄（るい）（潘岳）に「子が双亀を剔（のぞ）いて、貫くに三木を以てす」とあり、馬氏が督守と関中侯とを兼ねていたのを止めたことをいう。

〔一六〕「水国」は、文集に「水国陰レ多常懶レ出、老夫饒レ病愛二閑眠一」（二四六二）とある。

「魚津…」は、四八四にも「鮑の肆は方に臭きことを遺す」の句があり、道真の庶民生活に対する姿勢と発想表現に共通なものが認められる。

二七一 唐の太宗の秋日詩に「爽気澄二蘭沼一、秋風動二桂林一、露凝二千片玉一、菊散二一叢金一」とある。この「菊は一叢の金を散ず」というのを句題として、醍醐天皇の昌泰二年（八九九）九月九日に重陽の詩宴が催され、紀長谷雄は「廉士は路中に疑ひて拾はず、道家は煙裏に誤つて焼くべし」と作った。文粋九「延喜以後詩序」・紀略参照。→三六〇。

二七二 「翼」は、礼記、月令、孟夏の月に「日在二畢昏翼中一」、同、月令、孟秋の月に「日在翼」とある。

二七三 「松蘿」は、糸状をなして、樹枝状に分岐し、長さ三十センチあまり。黄緑色で、深山の老木に寄生する。

讃州府庁あと、開法寺池のあたりにこうした森林が山からのびてきていたのであろう。あるいは滝の宮あたりでの作か。

二七四 政事要略所載の阿衡事件について、道真が基経を諫める書（六七六）によると、彼は十月初めから上京し、十五日以前に右の書（六七六）「奉二昭宣公一書」を呈し、急ぎ帰任したとみられる。これは讃州に帰ってからの作。

二七五 「玄度」は、許詢、字が玄度。東晋の人。好んで山沢に遊び、登山や沢歩きが得意であった。世説新語、言語に「劉尹曰く、清風明月には、輒ち玄度を思ふ」とあり、蒙求、巻中に「許詢の勝具」（玄度が済勝の具をもっているという意)と誦せられる。

二七六 〔一〕三・四句、和漢朗詠、巻上、冬、雪(本大系[七三]三七九)に出。居字、和漢朗詠坐字に作る。

曹植の聯句に「亀レ手呵二氷硯一、鶴レ頸楽二暖所一」(慶安四年刊国華集所引艶簡集にみえる、ただし全三国詩にみえない)とある。慈本いう、「今この二句亀鶴の対は、曹植に依るに似たり」。

「亀」には、朗詠古訓・前田家本色葉字類抄・類聚名義抄何れもカガマルの訓があるが、カガマルは、新撰字鏡によると「僂」の字を訓み、腰などがまがる意で、手が屈曲してのびない義である。釈文に「亀は拘折なり」とあるから、「ヒビワレズ」とでも訓むべきであるが、しばらく古訓の例にしたがっておく。荘子、逍遙遊に「宋人に不亀手の薬を為(つく)ることを善くする者有り」、白居易の詩に「皮皴似二亀手一」とある。

〔二〕「盈尺」は、宋の謝恵連の雪賦に「尺に盈(み)つれば則ち瑞を豊年に呈(あらは)し、丈に袤(あま)れば則ち沴(わざはひ)を陰徳に表す」とある。謝荘の瑞雪賦に「審伊宮之踰丈、信銅阿之盈レ尺」とある。

〔三〕仁和四年(八八八)は諸国の米作がよくなかったので特に明年の豊穣がつよく祈願されたのである。紀略、寛平五年五月五日の条に、騎射走馬の儀を停止したのは、「去年諸国登(のみ)らざりしに縁(よ)る」とある。

二七八 〔一〕仁和五年(八八九)、四十五歳を迎える感慨である。

「如今」は、ただいま。史記、項羽本紀に「如今人方為二刀俎一、我為二魚肉一」とある。

〔二〕「消息」は、陽気の生ずるを「息」、陰気の死するを「消」という。易経、豊卦に「日中則昃、月盈則食。天地盈虚、与レ時消息、而況於レ人乎。況於二鬼神一乎」とある。

〔三〕「窮通」は、荘子、譲王に「子貢曰、古之得レ道者、窮亦楽、通亦楽」とある。

〔四〕「戸を墐る」は、礼記、月令、季秋の月に「蟄虫咸(みな)伏して内に在り。皆其の戸を墐(ぬ)る」とあるによる。泥を塗って閉じこもるのは冬の殺気を避けるためである。

「雷に驚かず」は、礼記、月令、仲春の月に「雷乃ち声を発し、始めて電(いなびかり)す。蟄虫咸(みな)動(ゆる)きて、戸を啓(ひら)いて始めて出づ」とあるによる。

〔五〕▽古今集、春上、在原元方の「年の内に春はきにけりひととせをこぞとやいはんことしとやいはん」というケース。

二七九 〔一〕仁和四年(八八八)十二月、讃州の国府庁において、国守菅原道真が、下僚をひきい、部内の名僧を屈請して、仏名礼懺を修したときの作。宮中では仁明天皇の承和五年(八三八)以来、毎年清涼殿において主上以下仏名会を修した。ついで承和十三年(八四六)十月太政官符において、五畿内七道の諸国において、国司が仏名懺悔を修すべきことを命じた指令が出ている。それより約四十二年後の讃岐国における仏名懺悔会の実情を伝える、これは貴重な資料である。

「仏名懺悔会」は、十二月下旬、前後三カ夜、宮中清涼殿において主上を始め修せられ、年中の罪障を懺悔して仏の加護を祈願した。地獄変屛風を展示し、菩提流支訳仏名経十二巻を読誦した。

讃岐国府においても、国分寺の僧たちを屈請して修したのである。朗詠鈔に「菅丞相ノ我ガ室ニシテ、仏名経行ハントテ、高野ノ西谷西塔玄昇律師ヲ請ジ玉イケルニ、律師、仏名ヲ行ハンニハ、仏具・香炉入ルベキ物其ノ数アリ、其ノ支度ハ御用意カト申シタリケル御返事也」と注するが、これは文草を読まない人の妄説に過ぎない。讃岐国の府衙において修したか、府中の国分寺において修したか、問題であろうと考えていたが、桃裕行氏・太田晶二郎氏の示教によれば、承和十三年の官符の文中に、「諸国須下毎年自二十二月十五日一迄二十七日一三箇日夜、別於二庁事一、灑掃粧厳、屈二部内名徳七僧一、礼中懺仏名大乗上」とあり、「庁の事に於て」とあるから、この懺悔会は国府の府衙で行われたものとみてよいとのことである。

以下、唱導に用いられたふしがあり、仏家通用の呉音を多く用いた。

〔二〕承和十三年の「応レ行二諸国仏名懺悔一事」の太政官符に「人之在レ世、恒与罪倶。已因二三業一而成レ過、亦従二六根一而致レ咎」とある。

〔三〕「懺悔」は、告白(コンフェッション)の意。「悔過(くゑくわ)」ともいう。梁の簡文帝の文に「今日此衆、誠心懺悔」とある。

〔四〕承和二年(八三五)に禁中で仏名会を修し、ついで同五年十二月十五日より三日三夜に限って修し、内裏仏名会はこれから毎年行われた(続日本後紀・類聚国史、仏名)。

〔五〕諸国に仏名懺悔を修せよという勅が出たのは、承和十三年十月である(続日本後紀・類聚国史・類聚三代格)。

〔六〕内裏ならびに五畿七道の諸国に一万三千の画仏像(かきほとけのみかた)七十二鋪

を安置せしめ、この像をかけてその前で御願懺悔会を修せよという太政官符が貞観十三年(八七一)九月に出たことを指す(類聚三代格、造仏々名事)。

〔七〕はじめは、十二月十五日より十七日まででであったが、文徳天皇の仁寿三年(八五三)以来、十二月十九日より二十一日までの三カ日に変更になった(類聚三代格)。

〔八〕「翹」は、礼記の疏に「翹、起発也」とある。

「北辰」は、北極星。帝居にたとえる。論語、為政に「譬如下北辰居二其所一、而衆星共上レ之」とある。

〔九〕「禅悦」は、華厳経に「若飯食時、当下願二衆生禅悦一為上レ食、法喜充満」とある。

〔一〇〕「遏伽」は、Arghya の音にあてる。「遏伽」の字をあてるのは、慧琳の一切経音義。翻訳名義集、諸水篇に「水を云ふ」とある。「閼伽」または「阿伽」ともいう。ここは、仏に奉る水。大日経疏に「閼伽水、此即香花之水」とあり、水に香花を入れて仏に供養する。文草巻十二に「遏伽水浄、繞二壇場一以有二芳流一」(六五九)の句がある。

〔一一〕「井華」は、本草、井泉水に「集解、頴曰、井水新汲、療レ病利レ人。平旦第一汲、為二井華水一、其功極広」とある。

〔一二〕「菩提」は、Bodhi の音訳。道もしくは覚と訳する。「菩提の念ひ」とは、真実の道を追求する心をいう。

〔一三〕「掃除」は、箒(ははき)を手にもって地を掃うには自心清浄となるなど五つの勝利ありという(毘奈耶雑事)。

「雑染」は、一切有漏(ろう)法の総名で、善と悪と無記とが雑(ま)ざりあっていること。「染」だけならば、煩悩のことで、悪である。

〔一四〕二十一・二十二句は、和漢朗詠、巻上、冬、仏名(本大系七三三九四)に出。

「出善心」、和漢朗詠(御物行成本)「自禅心」に作る。「善心」は、懺悔によっておこる善の自性に相応する心。無量寿経上に「歓喜踊躍、善心生焉」とある。

〔一五〕「合掌」は、ガツシヤウとも訓む。左右の掌を合わせ、十指を合わせて、心を専一にする敬礼法。インドの「敬礼」で、シナでは「拱手」にあたる。

「不開春」、朗詠古鈔本「不因春」に作る。

「香出…出火」、「花開…開春」と用いて、対句にしたてている。和漢朗詠はこれを変えて「香自…用火」、「花開…因春」と改めてしまった。

六五九の「為二平子内親王一先妣藤原氏周忌法会願文」に「善心為レ香、徒云二百和一之普及二一切一。合掌為レ花、不レ採二四種一而近取二諸身一」とあり、六四一の「為二弾正尹親王先妣紀氏一修二功徳一願文」に「香之百和、華之四種、或生二合掌一、或起二善心一者也」とあるのは、これと同じ発想である。

〔一六〕仏名懺悔会には一万三千の仏の画像一鋪をかけ、その宝号を唱えて礼拝帰依したのである。これは十六巻本の仏名経(開元釈経録、馬頭羅刹仏名経十六巻)を所依とする。

〔一七〕承和十三年十月太政官符に「夫万三千之宝号、二十五之尊名、聴レ之者塵労自脱、仰レ之者煩鄣永除」とあり、貞観十三年九月太政官符に「応レ安二置一万三千画仏像七十二鋪一事（中略）南海道六鋪」とある。ここに「経」というのは、延喜以後の略本三千仏名経ではなく、広本たる十六巻本をさす。塵添壒囊抄(巻九、四十三)仏名懺悔に「サレバ御仏名ノ導師、初後ニ唱テ、南無帰命頂礼、万三千仏名ト云云。其故ハ、仁明天皇ノ御宇、承和十三年ニ、仏名ヲ禁中ニ被レ始ヨリ以降、幾外ニ至ル迄、修二スルニ仏名一ヲ、皆十六巻ノ仏名経ヲ用ユ。此中ニ所レ載仏菩薩賢聖等ノ名、一万三千余也」とあり、玄鑒内供が、十六巻を略して、延喜十八年(九一八)に三千仏名経と改修したいきさつをのべる。詳しくは、小林太市郎「大和絵史論」(二九〇頁)参照。

〔一八〕「単貧」は、南斉書、高帝紀に「単貧及孤老、不レ能二自存一者」とある。

〔一九〕「公私を欺許す」は、戸籍に登録しなかったり、病気だといつわったりすること。令義解、賦役令に「其レ詐(イツワ)リ冒(ナタ)ヘシ、隠レ、避ケテ、課役ヲ免サシムハ云云」とある。

〔二〇〕「昔の兄弟」は、「奉レ勅放二却鹿鳥一願文(寛平四年)」(六六三)に「今之禽獣、前之父兄」とある。こういう説話が、今昔物語集や散佚宇治大納言物語にあった。

〔二一〕剪燈新話、令狐生冥夢録に「敢為二狂辞一、誑二我官府一、合レ付二犂舌獄一」とある。

「耕」の訓は、「耕、田反、タカヘス」(論語嘉元点・新訳華厳経音義私記)(奈良末期)による。観智院本類聚名義抄にもある。

〔二二〕「羅刹」は、人を食う悪鬼。Rākṣasa. もとは羅刹娑、または羅叉娑、女を Rākṣasi. 羅叉私。「羅刹」というのは、訛ったのである。

〔二三〕「泥梨」は、「泥犂」ともいう。Niraya の音訳。地獄のこと。五逆十悪の人がここに堕ちて苦患をうける。
〔二四〕「愚癡」は、阿毘曇論に「愚癡邪見」とある。
〔二五〕「懺悔懺悔」と呼びながら、行者が登山するのと同じ口吻である。三宝絵、仏名に「仏名経ニノタマハク、モシコノ三世三劫ノ諸仏ノ名ヲキヽテ、或ハヨクカキウツシ、或ハ仏ノ形ヲカキ、或ハ香花伎楽ヲ供養シテ、心ヲイタシテ礼拝シタテマツラバ、ソノ功徳無量ナリ。（中略）願ハ三途ノヤミヲ息(ヤメ)、国ユタカニ、民ヤスクシテ、邪見ノ人ニ善根ヲ発(オコ)サシメ、（中略）タガヒアヤマタム事ヲバ恐ザレ。無量阿僧祇劫ニアツメタル所ノ諸ノ罪ヲ消ツ」とある。
〔二六〕▽ 懺悔会の席上に誦せられた唱導の作品か。

二八一 〔一〕「藤才子」は、一九〇にみえる「藤秀才」と同人か。文章得業生藤原氏某が、菅家廊下に学んで、仁和二年(八八六)五月、策試をうけたことがみえる。対策及第して、今や地方官に任命されて西海道あたりに赴任の途、海路讃州の府に立ち寄ったとき、紙墨を贈ったのであろうか。

「見過」の「見」は、受身をあらわす助字。
〔二〕「不由」は、よしなく・よしあらずして・卒爾にの意の方向のことば。後世「不レ覚而然」と解する。
〔三〕「目撃」は、瞥見・一目みること。荘子、田子方に「目撃而道存」とある。
〔四〕「松煙」は、晁氏墨経に「古用二松烟石墨二種一。（中略）晋貴二九江廬山之松一」とある。
〔五〕進士に及第したことを謙退して、わずかに桂の一枝を手折ったに過ぎないといった故事。晋書、郤詵の伝に、彼が武帝に「臣賢良に挙げられ、対策天下第一となるも、猶桂林の一枝、崑山の片玉のごときのみ」とこたえたことによる。

☆(三三二頁) 「詞」は、「詩余」もしくは「塡詞」ともいう。詩籔に「楽府之体、古今凡三変、漢魏古詞、一変也。唐人絶句、一変也。宋元詞曲、一変也」とある。

二八三 「春可楽」は、夏侯湛に「春可楽賦」がある。ここの「古人言」とはこれを指す。

「凜」は、「凄清なり」と韻会にいう。人の心のすさまじく、ひきしまってりりしいさま。潘岳の閑居賦に「凜(むさ)き秋に暑退く」とある。

二八四 〔一〕道真は仁和二年(八八六)正月十六日紫宸殿にて行われた踏歌の節に参列して以来、これにあずからないが、この仁和五年(八八九)正月十六日には東宮に於て踏歌があり、申刻に天皇は南殿に出御した(紀略)。

「踏歌」は、新春慶祝の、宮中バレー舞踏会の性格をもち、中宮や東宮から三十人前後の舞妓(ぶぎ)を献じて、紫宸殿南庭で壮大なバレーを展開したもので、その時の唱歌は雑言体の漢詩で、泛声(リフレーン)は参会の王卿文人以下一斉に合唱して、天子の寿を賀した。唐の玄宗皇帝時代の踏歌行事とわが国古代のかがい(歌垣)の行事とが一緒になった宮中年中行事の一。踏歌の模様は、西宮抄・小野宮年中行事・江次第・建武年中行事等に記録され、その行われたことは類聚国史に記録され、その図は年中行事絵・江次第抄に、その楽章は類聚国史や朝野群載にしるされる。仁和五年(八八九)に橘広相は「踏歌記」を著わしたが、その中に「議者多称二踏歌一者、新年之祝詞、累代之遺美也」とある。「踏歌」は、中国に起源がある、朝野僉載に唐の玄宗の先天二年(七一三)正月十五十六十七の三夜、安福楼門にて太上皇が観楽、百千の燃燈下、少女千余人が踏歌したことがみえる。唐会要によると、その前年の先天元年正月に皇太子が女楽をみたが、淫俗を成し、国政をみだすといって諫止されている。
〔二〕論語、為政に「子曰、為レ政以レ徳、譬如下北辰居二其所一、而衆星共上レ之」とある。
〔三〕「宮人」は、宮女。踏歌の節の宮女即ち舞妓の数は四十人あるいは三十二人。朝野群載にある女踏歌章曲第五首に「宮女春眠常嬾レ起、被レ催二中使一絵粧成(千春楽)」とある。

「簪」のカムサシの訓は、「簪、加無左之」(道円本和名抄)による。
〔四〕踏歌の唱歌は、舞妓たちの庭をめぐり舞うこと三べん。それが終って校書殿東庭に退いて、東に向かって合唱する。その時の章曲は漢詩である。
〔五〕「空空」は、おろかなかたち。論語、子罕に「有二鄙夫一、問二於我一、空空如也」とある。

二八五 〔一〕紀略に「仁和五年一月廿一日、内宴、題云、花鳥共逢レ春、序者少内記藤原春海」とある。道真の師匠であり、かつ岳父である前美濃介島田忠臣に贈った作で、田氏家集巻下に「奉レ酬乙讃州菅使君、聞下群臣侍二内宴一、賦中花鳥共逢上レ春見レ寄甲。〈次韻〉」の七律がある。

未堪芬馥応綸言　　未だ芬馥の綸言に応(こた)ふるに堪へず
豈是籠禽詩思温　　豈これ籠禽詩思の温(あたたま)らんや

南郭槁株初著艶　　南郭の槁(か)れたる株初めて艶を著く
北山傷雀擬酬恩　　北山の傷める雀恩に酬いんことを擬(おも)ふ
君魂花発馳宮掖　　君が魂の花と発(ひら)いて宮掖に馳するならん
我意鷗飛到海門　　我が意の鷗と飛びて海門に到らなん
可惜翰華兼綵鳳　　惜(を)しむべし翰華と綵鳳と
逢春不得共林園　　春に逢うて林園を共にすることを得ざることを

〔二〕太公望呂尚が渭水にかくれ、四皓が商山にかくれ、傅説が傅巌にすみ、厳光が厳陵瀬にすんでいたような故事を下に、賈嵩の賦「遺賢谷に在り」という発想に拠る。自ら讃州の江辺にあって、天子求賢のよびごえを待望する意をこめる。

〔三〕捜神後記にいう、丁令威が化して鶴となり、千年後に自分の旧里に帰った故事を思いよそえて、自分も晴れて京に帰還し、中央の要職につきたいとの意をこめる。

二八六〔一〕府庁の前庭の桜花を詠じた作を贈られた返答の作。次韻としないで「押韻」と注するのは、前の詩が桜という下平声八庚の韻字であるに対して、この詩が棠・芳・粮という下平声七陽の韻字を用いているからである。「藤司馬」は、二七七に「藤十六司馬」と見えた人と同人。讃岐掾藤原氏、道真の下僚。

〔二〕「甘棠」は、詩経、召南、甘棠に「蔽芾(へいひ)たる甘棠(かんどう)、翦(き)ること勿れ、伐(き)ること勿れ、召伯の茇(やど)りし所なり」とある。

〔三〕前年諸国の不作、なかでも讃州の旱害はかなり深刻であったと思われる。→二七六・二七七。

「粮」のカリテの訓は、興福寺本日本霊異記による。

二八七〔一〕「亜」は、低の意。白居易の詩に「一樹紅桃亜払レ地」とある。

〔二〕「竜脳」は、竜脳香のこと。酉陽雑俎に見える。南蛮諸国に産する千年の老杉の乾肥絶妙なるもの、「梅花竜脳」とよぶ。また経火飛結せるもの、「熟竜脳」とよぶ。

〔三〕「湘妃」は、「湘夫人」とも。帝堯の二女、帝舜の二妃、娥皇女英。舜の崩後、啼泣して湘水の神となったという。わが唐物語に出。

二八八「令潤」、諸本同じ。不審。あるいは「含潤」の誤字か。

二八九〔一〕「斎日」は、六斎日(ろくさいにち)のこと。月の八日、十四日、十五日、二十三日、二十九日、三十日。「斎」は、梵語。逋沙他 Poṣadha. いもいの日。この日、四天王が人の善悪を伺う日、また悪鬼が人を伺う日として、諸事を慎しみ善を修すべき日で、わが国では敏達天皇七年(五七八)に太子奏聞して、この日殺生を禁ぜしめて以来、栄花物語、うたがひにも六十余国に殺生を禁じたことがみえ、空也の六斎念仏に展開した。摩訶般若経十四・壒嚢鈔十等に見える。

〔二〕「六短」は、六つの短所。しかしここは、「六斎日」を指す。北史、李諸の伝に「諸為レ人短小六指。因レ癭而挙レ頤、因レ跛而緩歩、因レ謇而徐言。人言、李諸善用二三短一」、唐書、王維の伝に「維自表、已有二五短一、縉有二五長一」とある。

〔三〕「獄訟」は、周礼、秋官の注に「争レ財曰レ訟、争レ罪曰レ獄」とある。

〔四〕智度論十三によると、六斎日には悪鬼が人をうかがい、疾病凶衰をもたらす日であるから、一日不食、斎法を行うべき日とされる。訴訟もこの日は停止したのである。

〔五〕天台大師別伝に「但勇二於求一レ法、貧二於資供一、切レ柏為レ香、柏尽則継レ之以レ栗、巻レ簾進レ月、月没則燎レ之以レ松」とある。

〔六〕白居易の詩に「葷腥毎断斎居月、香花常親宴坐時」とある。

〔七〕「摩訶般若経」は、摩訶般若波羅蜜経。二十七巻本と、十巻本とあり、共に羅什訳。摩訶般若波羅蜜、Mahāprajñāpāramitā. 訳して大慧到彼岸という。この経に六斎日のことがみえる。

二九〇〔一〕「備州」は、だいたい今の岡山県と広島県の東部。「備州刺史」は、備前・備中・備後の何れかの国守。誰とも不詳。道真とは旧知で、対岸の讃岐守に敬意を表するため立ち寄ったのである。あるいは秩満ちて交替事務を終り解由をえて海路帰京する中途、船を讃州に停めて別れを告げたのであろうか。

〔二〕「青衫」は、青い色のひとえの衣。年若い書生の衣服。白居易の琵琶行に「就中泣下誰最多、江州司馬青衫湿」、琵琶行鈔に「青衫トハ儒者ノ衣ト云フ義ナリ」とある。

二九一〔一〕二八五の道真の詩は、言・温・恩・門・園字を韻とし、それに対して忠臣の田氏家集の酬和の作も次韻であり、今またそれにこたえる詩もまた同じく言・温・恩・門・園字を韻とする。

〔二〕「形言」は、詩経、大序に「情動二於中一、而形二於言一」とある。

〔三〕「憶昔」は、「憶、憶昨、ムカシ」(類聚名義抄)、「憶宿、ムカシ」(色葉字類抄)とあり、明の劉基の詩に「憶レ昔揚州看二月華一、満城絃管満二人家一」とある。

二九二 「霜露」は、礼記、月令、孟秋の月に「涼風至、白露降」、同、季秋の月に「霜始降」とある。

二九三 〔一〕仁和五年(八八九)四月二十七日、改元、寛平元年となる。この年五月五日丙申、騎射走馬の観を停止した、去年諸国が不作であったためである(紀略)。「端午」というのは、月の初の午日。それが五日と混じて、五月五日の節をよぶようになった。「艾」は、よもぎ。薬草で、詩経、王風、采葛にも「ここに艾を采らん」とうたわれる。荊楚歳時記に「五月五日、荊楚の人、並びに百草を踏み、又百草を闘はすの戯あり、艾(よもぎ)を採りて以て人形(ひとかた)に為(つく)り、門戸の上に懸け、以て毒気を禳(はら)ふ」とあるにもとづく。

〔二〕本朝無題詩巻二の「賦二艾人一」詩(藤敦基)に「採是鳴鶏先報レ暁、待猶端午正来天」、同じく藤茂明詩に「梁鶏報後競相採、簷溜滴時看二雨懸一」とある。これらの詩によると、艾人を作るためのよもぎは、一番どりがなく時刻に、野原で探しもとめて採るものとされていた。

二九四 入矢氏いう、この「為」の用法は、三七にもみえるが破格、仏典にかかる用法がみえると。

「寛平」は、寛仁公平の意。後漢書、郭躬の伝に「躬家世掌レ法、務在二寛平一」、唐書、刑法志に「治以二寛平一、民楽二其安一」とある。改元烏兎記に「宇多天皇、寛平元(己酉)、仁和五(己酉)年四月廿六日、改為二寛平一(依二代始一也)」とある。

二九六 「粟」は、淵鑑類函、五穀部に「李時珍曰、粟即粱世。種類凡数十、有二青赤白黒諸色一」とある。

二九八 是善は元慶四年(八八〇)八月三十日に薨去(類聚国史)。一三六の「同二諸才子一、九月三十日、白菊叢辺命レ飲」の小序に「仲秋翫レ月之遊、避二家忌一以長廃」の句がある。

二九九 〔一〕「見説」は、白居易の石榴樹詩に「見説上林無二此樹一、只教三桃柳占二年芳一」、詩詞曲語辞匯釈に「見猶レ聞也、最著者則為二見説一、見説猶二聞説一也」、馬氏文通、四、受動字に「見説者、聞説也。疑為二唐人方言一」。

〔二〕「黄醅」は、白居易の「戯招二諸客一」詩に「黄醅緑醑迎レ冬熟」(和漢朗詠、巻上、冬、炉火(本大系七三三六二))とある。

この一句は、陶潜の飲酒詩に「秋菊有二佳色一、裛レ露掇二其英一、汎此忘憂物、遠三我遺二世情一」とあるにもとづく。

〔三〕晋書、嵆康の伝に「嵆康字は叔夜」とあり、世説新語、容止に「嵆叔夜の人となりや、巌巌として孤松の独立するがごとし。其の酔ふや傀俄として玉山のまさに崩れんとするがごとし」とある。

三〇〇 〔一〕「芭蕉」は、中国原産の多年生草本、高さ五メートル前後、葉は茎頂にむらがり生じ、長さ三メートル、広さは三十〜六十センチ。その茎も虚軟で、解散して糸の如くになり易い。

〔二〕「悠悠」は、思いの遠くはるかなさま。詩経、邶風(はいふう)、雄雉に「彼の日月を瞻(み)て、悠悠として我思ふ」とある。

〔三〕往生要集巻上に「若存レ略者、如二馬鳴菩薩頼吒和羅伎声唱云一、有為諸法、如レ幻如レ化、三界獄縛、無二一可レ楽、王位高顕、勢力自在、無常既至、誰得レ存者、如二空中雲須臾散滅一。是身虚偽、猶如二芭蕉一。為レ怨為レ賊。不レ可二親近一。如二毒蛇篋一、誰当愛楽、是故諸仏常呵二此身一已上」(寛永板、三十九オ)とある。

別に列子、周穆王に、鹿を得て芭蕉葉でその体をかくして、そのかくし場所をおき忘れ、夢中のことだと思った鄭人の説話を伝え、「芭蕉葉の夢」ということばもあるが、ここではそれに拠らない。

三〇一 〔一〕「歎」は、楽府の曲名の一種。「吟」と同意。「嘆」は、怒哀にかかわり、「歎」は喜楽にかかわるというが、ここは白毛(しらが)をなげく意である。古今楽録に「張永元嘉技録に吟歎四曲あり、一に大雅吟、二に王明君、三に楚妃歎、四に王子喬といふ」(楽府詩集三十、相和歌辞、吟歎曲)とある。

〔二〕文選の潘安仁の秋興賦に「慨として首を俛(うな)だれて自ら省(かへり)みる」とある。

〔三〕文選の潘安仁の秋興賦の序に「晋の十有四年、余(われ)春秋三十有二にして、始めて二毛(じぼう)を見る」とある。

〔四〕文選の潘安仁の秋興賦に「素髪颯(そそ)けて領(えり)に垂れたり」とある。

〔五〕「蔗」は、玉篇に「蔗は甘蔗なり」、唐韻古音には「甘蔗、一名甘藷、南北音異なるなり」、晋書、顧愷之の伝に「毎レ食二甘蔗一、恒自レ尾至レ本。或怪レ之、云、漸入二佳境一」とある。これにより、唐庚の詩に「噉レ蔗入二佳境一、冬来幽興長」とある。また南唐書に、盧絳が病気のとき、夢に白衣婦人に教えられて甘蔗を食べて病がいえた説話もある。

ここは、道真も蒲柳の質ながら甘蔗を食べて悠悠養生した意か。存疑。

〔六〕「冠を弾く」は、楚辞、漁父篇・史記、屈原の伝に「新たに沐するものは必ず冠を弾き、新たに浴するものは必ず衣を振ふ」とある。

〔七〕「行行」は、道中で躑躅としてたちもとおるさま。後漢書、桓典の伝に「行行として且つ止(とま)る」とある。

「世路難」は、二四〇の「三年歳暮、欲二更帰一レ州、聊述レ所レ懐、寄二尚書平右丞一」詩に「夜後将レ論三処二我身一、世路難三於行二海路一」とある。

三〇二 〔一〕「小男阿視(あみ)」は、道真の一男高視(たかみ)の幼名。「留りて東京に在り」は、東の京なる宣風坊の我が家に留守をしているの意。「田大夫が禁中瞿麦花三十韻の詩」は、島田忠臣の内裏の庭に移し植えた瞿麦花(くばくか)即ち撫子(なでしこ)の花を讃えて詠じた五言三十韻の詩。田氏家集巻下に出。二元の「詠二瞿麦花一呈二諸賢一」の七絶参照。また本朝無題詩巻二に通憲の「詠二瞿麦花一」七言六韻がある。「詔に応じて作れり」は、田氏家集の同詩の序に「人臣奉レ勅而賦レ之」とある。「其の足ることを知らず」とは、一唱三歎して飽くことを知らないの意。

〔三〕ここは、左伝、成公九年の条、楚が莒(きょ)の無防備に乗じてこれを征した時の語に「詩に曰く、糸麻有りといへども菅蒯を棄つることなかれ。姫姜(美女)有りといへども蕉萃(せうすい)賤女)を棄つることなかれ」とあり、糸や麻が多いといっても菅(すげ)や蒯(かや)も棄てられない、常に防備をゆるめてはいけないという文による。「菅」は、すが・すげ。茅(かや)の一種。かやつり草科の草本。夏、葉を刈って笠に編む。「蒯(かい)」も、すげの属。

三〇三 〔一〕「為無情」は、道真の心中の愁えに頓着なくの意をこめる。

〔三〕九条家本無名漢詩集の詩題に「再吹二菊酒花一」(寛弘元年閏九月九日、於清涼殿)、「盞酒泛二花菊一」(長元七年九月九日、於勧学院)などがある。

三〇四 〔一〕「早霜」は、礼記、月令、季秋(すえのあき)の月に「是の月や、霜始めて降り、則ち百工休む」、説文に「[illegible](ちゅう)は早霜なり」とある。

〔二〕「蹐」の訓は、小林氏いう、「跼(セククメ)二高天一ニ蹐(ヌキアシス)二厚地一ニ」(世俗諺文)による。群書治要や詩経の古点にもあり、観智院本類聚名義抄にもある。

〔三〕ここは、白居易の「泛二太湖一書レ事寄二微之一」詩「黄纈纈の林は寒うして葉あり、碧瑠璃の水は浄うして風なし」(和漢朗詠、巻上、秋、紅葉(本大系七三三〇二))にもとづく。

〔四〕「君子」は、鶴をいう。白居易の不出門詩に「鶴籠の開くる処に君子を見る、書巻の展ぶる時に故人に逢へり」(和漢朗詠、巻下、閑居(本大系七三六一六))とある。

〔五〕百詠の注に「千年の鶴、霜降れば則ち声を飲んで鳴かず」、芸文類聚、鳥部所引風土記に「鳴鶴露を戒しむ」とある。

〔六〕松柏が万木の凋(しぼ)みに後れて、極寒にも青青としているのを、節操の堅いことに喩える。「含得後凋」の修辞は緊密でない。

三〇五 〔一〕「物才子」というのは、次の詩題にみえる「医師物章才子」を指すであろう。「忠才子」は、誰を指すか明らかでない。残菊の詩宴は、普通九月尽に行われた。→四六一。

〔二〕「端」は、唐代の俗語。詩詞曲語辞匯釈に「端猶準也、真也、究也」とある。類聚名義抄に「無端、スズロニ」とある。

〔三〕この句は解しにくいが、禾・失の二字を合すれば秩字となる。夢中にも秩満つることを待つ意でもあろうか。この年の秋を終れば、道真の秩満ちて帰洛の期を迎えられるからである。

〔四〕この句は、残菊の風情は、筆をもったまま(苦吟したり、吏務をみたりして)、どうかすると泣く人(道真)の姿に似ている意か。

〔五〕蘇味道の詠霜詩に「冷を孕んで鐘に随つて徹る、華を飄(ひるがへ)して剣を逐うて飛ぶ」とある。

三〇六 〔一〕「善淵博士」は、善淵愛成。「物章医師」は、未詳。三〇五の「物才子」と同人であろう。戯れの口号である。三代実録によれば「仁和二年正月十六日丙申、是日以二(中略)従五位上行伊予介善淵朝臣愛成一為二大学博士一」とある。愛成は、貞観四年(八六二)讃岐少目の時六人部だったのが、善淵朝臣の姓を賜わっておる。左京職、少外記、大学助教を歴任し、貞観十七年(八七五)四月二十七日、山城権介の時、都講となり帝に群書治要を進講し、元慶二年(八七八)二月二十五日、日本紀を進講し、寛平二年(八九〇)に宇多天皇に周易を進講した。明経道の博士すなわち大学博士となり、昇殿をゆるされた。道真は讃岐少目を歴任し、かつ伊予介であったところから、親しく交際していたとみえる。なお道真は愛成の兄のために、貞観十四年(八七二)に「為二大学助教善淵朝臣永貞一請二解レ官侍レ母表」(六二四)を書いている。→三五補一。

〔二〕愛成は以前より伊予介を兼ねていたので、讃州にも立ち寄ったのであろうか。

〔三〕「大春堂」は、あるいは大学寮の明経道院の東舎の異称か。春は東方に配する。愛成は仁和二年正月の異動で、道真のあとを襲って大学博士に任ぜられていた(三代実録)。

〔四〕「陶弘景」は、梁の秣陵の人、華陽真人と号する。幼時葛洪の神仙伝を読んで、養生の志を抱き、官を退いて、句容の勾曲山(こうきょくさん)に隠棲した。陰陽・五行・医術・本草に通じた。梁書五十一・南史七十一に出。

〔五〕入矢氏いう、薬餌をせっせと調合して(医師としてのしごとをしながら、)自分は医師のがらではない、医師は性に合わない、性に合うのは詩を調製することぐらいだと自嘲したことばをそのまま詩によみこんだのであろう。

この「医師」は、令の医疾令にみえる「国医師」で、国司の監理下にあったのである。「医師」の訓は、古くは「今の久須理師」(仏足石碑歌)であり、後にクスシとなる。

〔六〕「雕虫」は、虫の形を彫刻するように文章をみがきかざること。顔氏家訓、文章に「童子雕虫篆刻」とある。

〔七〕「応」は、応現。「化」は、変化。「応化」は、応現の化身。西域記七に「天帝釈欲レ験下修二菩薩行一者上、降レ霊応化為二一老夫一」とある。

三〇七 「藤司馬」は、三一七の「藤六司馬」と同人。「司馬」は、国の掾の唐名。讃岐掾藤原某であろう。いわゆる藤六とは別人であろう。

「簡」は、書札・書簡、即ち手紙をかく意。

☆(三五〇頁) 延喜七年(九〇七)九月十日大偃河行幸の時、宇多法皇が文人を召して眺望九詠の詩を賦せしめているが、「九詠」とは、九つの題詠で、もとづくところがあるであろう。

三〇八 〔一〕冬の一夜、こし方行く末を思い、眠られぬままに九首の七絶を連作したのである。

〔三〕私記所引の一説に、この「外孫」は、斉世親王の子源英明であろうかとあるが、紀略によれば、斉世親王は延長五年(九二七)九月、年四十二で薨とあり、逆算すればことし寛平元年(八八九)は四歳であって、英明を生む年ではない。ここは何人かわからない。

三一〇 〔一〕智度論に「大悲抜二一切衆生苦一」、増一阿含に「若打レ鐘時、一切悪道諸苦、並得二停止一」とある。

〔三〕文選の東京賦に「鯨魚を発(あ)げて華鐘を鏗(う)つ」とある。この鯨も海中の大魚で、鮫と同類。東山寺の大鐘が蛟に化し、吉州竜漁観の巨鐘が江竜と戦ったという説話が、山堂肆考や玉堂閑話にみえる。

三一五 「水声」とは、綾川の瀬音をいうであろう。府庁址のすぐ西方に鼓ケ岡があり、この地名も小沢の流れの音が鼓をうつ音にちかいので名をえたというが、その音ではあるまい。

三一六 ▽ 以上九首(三〇八―三一六)、冬の一夜の即興的連作詩、淡淡として水墨のスケッチのようである。

三一八 「平高」は、栄田猛猪らの大字典に「平高(へいかう)、底の深く小さき器」とあるが、その所拠を索出しえない。藁草・詩紀「平商(へいしやう)」に作る。しかし「平商」というのも、商(即ち殷)を周の武王が平定する意で、ここと合わない。板本「平啇(へいてき)」に作る。商に和の意があるから意が通じなくはないが、平商の語例は見出されない。もしくは「平岡(へいかう)」で、平坦な岡の義かとも考えられるが、明らかでない。

☆(三五五頁) ここにいう「僧房」は、何れをさすか明らかでない。道真に教えをうけた僧侶には、滝の宮の宮澄・宝蔵寺の明印・観音寺の日儀・長命寺の増圭などがいたと伝えられる。道真が親しく往来した寺院も少なくなかったと思われる。府衙の附近だけでも、国分寺・国分尼寺のほかに、開法寺・開勝寺・西明寺・弘法寺・常福寺・地蔵寺などが府中にあったと伝えられる。

「近院山水障子詩」(四六一―四六七)と共に、屏風絵に題した、「題画詩」の遺例。

三一九 〔一〕草葺もしくは檜皮葺(ひはだぶき)の草堂の中に主客相対して清談し、一小童が侍坐し、垣根の外に、客を運んできた馬がつながれ、随身・従者が一両人、立ちあるいは腰をおろしているというようなところが想像される。

〔二〕王維の「贈二裴十迪一」詩の「風景日夕佳なり、君と新詩を賦す、澹然として遠空を望む、意の如く方に頤(ごあ)を支ふ、春風百草を動かし、蘭蕙我が籬(まがき)に生ず」というような風情で、多少日本化しているとみられる。

〔三〕▽ 唐絵の骨格をもちながら、多少日本的に和らいだ平遠山水の図様であろうか。連作四首に通じていえることであるが、道士には維摩居士の俤もあり、画面は東寺山水屏風の情景を髣髴させるところもある。

↓四六二―四六七。

三二〇 〔一〕楚辞、東方朔、七諫、謬諫に「蹇驢に駕して、策(むち)うつこと無し」とある。

〔二〕▽ 驢馬を点ずるところは、やはり唐絵的な図様なのであろう。

三二一 〔一〕「茅屋三間」は、陶潜の「帰二田園居一」詩に「方宅十余畝、草屋八九間」、白居易の「香炉峰下新卜レ居草堂初成偶題二東壁一」詩に「五架三間の新草堂、石の堦(きざはし)に松の柱、竹編める牆(かき)」とあり、新唐書、車服志に「六品七品、堂三間五架」とあるが、ここは隠士の草庵をさす。紀長谷雄の山家秋歌に「三間の茅屋残生を送る」、藤原忠通の夏二首の一に「茅屋三間自由を得たり」とある。
〔二〕白居易の前記の「香炉峰下…」詩に「窓を払ふ斜竹は行(つら)を成さず」とある。
〔三〕白居易の前記の「香炉峰下…」詩に「一帯の山泉舎の廻りを遶(めぐ)る」とある。
〔四〕紀長谷雄の山家秋歌に「幽栖何事か且つ営営たる、薬圃荒涼たれども手づから自ら耕せり」とある。

三二　〔一〕「文珠」は、Mañjuśrī.「文殊師利」の略。妙吉祥と訳する。普賢と対して、釈迦の左に侍し、智慧を司る。獅子に乗り、印度の東北方の清涼山に居り、釈迦の滅後も諸の衆生のために説法するという。三二の閑居の道士もしくは居士が方丈の茅屋に居るとすれば維摩居士のおもかげがあるに対して、これは、山中に幽居する禅僧を文珠に見立てているかに思われる。文珠は維摩の疾を問うのであるが、これは逆に文珠を尋ねるところがおもしろい。
〔二〕「徘徊」のタチモトホルの訓は、「徘徊、タヽズム・タチモトホル」（観智院本類聚名義抄）による。
〔三〕▽源英明の「遊二園城寺上方一詩序」（和漢朗詠、巻下、山寺（本大系七三五八一））参照。山居策馬尋訪のモチーフがこの屛風図と共通である。これらは何れも小林太市郎博士の指摘するように東寺山水屛風の意想とかかわりがある。小林太市郎「大和絵史論」（七一頁）参照。

三三　〔一〕「故右丞相」は、故右大臣正二位源多(みなもとのまさる)、二年前の仁和四年（八八八）十月十七日に死す。年五十八。仁明天皇第一源氏（紀略・略記）。
清行の深紅衣服を請禁する奏議によれば、右大臣源多が禁断の火色なる深紅襖子を着用していたため検非違使によって褫去されたことがある。「為二源大納言一請レ被レ返二納職封二百戸一状」（五九一・五九二）によれば、元慶四年（八八〇）六月・七月に、多の職封二百戸を上に返納することを乞う奏状を道真は書いている。

「秩を罷めて京に帰れる」は、文草巻四の巻尾（三六八頁）に「寛平二年不交替入京」と注する。前田家本菅家伝に「仁和二年、出為二讃岐守一。在レ任有レ迹、吏人愛之。三年、進二正五位下一。寛平二年、罷レ秩帰レ洛。三年二（三イ）月、初昇殿」としるす。菅氏録に「寛平二年秋、秩満帰レ京（或春帰レ京）、讃州之民、慕レ公、而家家祭二其霊一（今猶七月廿五日、祭二神霊一為二蹈歌一。俗是謂二滝宮踊一、讃州官府、在二南条郡滝宮邑一）」とある。この秋帰京説と、官府滝宮説は何れも従いがたい。聖廟暦伝に「（寛平）二年庚戌、菅子四十六歳、二月菅讃州、罷レ秩帰二京師一、三月三日、菅子侍二於雅院一、賦レ賜二侍臣于曲水之飲一、応製」とあるのは信ずべきである。

「罷秩」は、朝廷が俸禄の支給を停止するという原意で、一種の処罰措置であるが、ここは「秩満」と同意に用いているようである。
〔二〕「緑柳依依」は、詩経、小雅、采薇に「昔(むかし)に我れ往きし、楊柳依依たり」とある。
〔三〕底本合点をつける。和漢朗詠にはない。何に抄出されるか未詳。
〔四〕閑字、板本開字に作る。
〔五〕「翾肩」は、杜陽雑編下に「仏骨長安に入る（中略）長安の豪家、競ひて車服を飾り、翾肩路に弥(み)つ」とある。

三四　〔一〕紀略に「寛平二年三月三日、太政大臣（基経）於二殿上一命二飲宴一、令レ賦下三月三日於二雅院一賜二侍臣曲水飲一之詩上矣。参議橘朝臣広相作レ序」とある。題詞、あるいは賜字の上に賦字を脱するか。年中行事抄、三月三日曲水宴事に「寛平御記云、二年三月三日、依二御燈事一、諸司廃レ務、太政大臣参入、終日有二宴飲事一、子時有二詩興一、其題、三月三日、於二雅院一賜二侍臣曲水飲一、被レ召二文人一、前讃岐守菅原朝臣、典薬頭島田忠臣等、殿上蔵人堪レ文之者、相二交其中一」とある。「雅院」は、拾芥抄、宮城部に「雅院、或御曹司、倍東宮城内、東前坊、中御門北匣東、西前坊、中御門北匣西」とある。職御曹司の南、紫宸殿の東に当たる。
〔二〕田氏家集下の「三月三日、侍二於雅院一、賜二侍臣曲水之飲一、応製」詩に「大皇歳久しく良辰を廃したりき、聖主初めて臨みて元巳新(あらた)なり」の句があり、三日曲水の御宴が久しく中絶したことがうかがわれる。
〔三〕「晩景」は、張何の賦に「晩景弥秀、晴江転春」とある。
〔四〕班固の両都賦序に「昔成康没して頌の声寝(や)み、王沢竭(つ)きて詩作(おこ)らず」とあるによる。
歌字、板本預字に作るは非。
〔五〕田氏家集のこの時の詩にも「明時還(また)觴(さかづき)を浮ぶる春に侍したてまつらなむ」という句で結ばれる。

三五　〔一〕「大学士」は、不詳。あるいは大学博士の博字脱か。伊予介善淵朝臣愛成は仁和二年(八八六)に大学博士となり、前年の寛平元年(八八九)冬にも愛成は道真に新詩を贈り、道真はこれに戯れに口号を返したりしている。↓三〇六補一。その愛成が宇多天皇に周易を進講しているうち、寛平二年(八九〇)春に病気になり、蔵人が病気見舞に派遣されたりしている。
〔二〕「魚釜に生ず」は、後漢書、順帝紀に「愚人相聚偸レ生、若三魚遊二釜中一」とある。憶良の貧窮問答歌に「かまどにはけぶりふきたてず、こしきにはくものすかきて」とあるような意。
〔三〕「門前雀羅を張る」は、史記、汲鄭の伝に「及レ廃門外可レ設二雀羅一」とあるにもとづく諺。

三二六 〔一〕宋の孝武帝の初秋詩に「夏尽きて炎気微(かす)に、火息みて涼風生ず」、淮南子、淑真訓に「暍(あつさあたり)するものは冷(すず)しき風を秋に望む」とある。万葉集十一、「冷風」をアキカゼと訓む。
〔二〕「蟋蟀」は、詩経、唐風、蟋蟀(しつしゆつ)に「蟋蟀堂に在り、歳聿(ひつ)に其れ莫(く)れぬ」、阮籍の詠懐詩に「開秋涼気兆(きざ)し、蟋蟀牀帷に鳴く」とある。
〔三〕「安禅」は、王維の「過二香積寺一」詩に「薄暮空潭の曲、安禅して毒竜を制す」とある。
〔四〕「小隠」は、隠者に大中小あり、王康琚の反招隠詩に「小隠は陵藪に隠れ、大隠は朝市に隠る」とあり、白居易の中隠詩にも「大隠は朝市に住む、小隠は丘樊に住む、如かず中隠と作(な)りて月に随つて俸銭有らんには」とある。

三二七 〔一〕道真は讃州の国守としての任期がすでに満ち、後任者が決定し、遷任すべき官符が到着して、(普通ならば百二十日以内に、後任者に事務引継ぎをし、諸帳簿の検査をうけ、在任中に犯用した欠負損失のものを弁済し、すべて闕怠のなかったことを確認してもらい、解由(ゆげ)状をうけて帰京するのが例であるが、道真の場合はどうも後任者の来任がまちきれずいち早く帰京したらしく思われる。そこで)京にかえってきているのだが、まだ交替して、後任者に分付する手続中であって、受領し終えていないので、他の役目につくことが認められず、したがって公式に中央政府の官僚諸君に接することができないのである。延喜交替式に「凡国司歴二四年一為レ限」、「凡遷任国司、及新任之人、分付受領、過二百廿日一者、解二却見任一并奪二俸料一」とあり、「分付」というのは、それぞれの部署について事務を引き継ぐこと、「受領」というのは、引継ぎをうけて吏務を領知することの義であろう。文草巻四の巻尾(三六八頁)に「仁和二年正月十六日任讃岐守、寛平二年不交替入京」と注する。
〔二〕「公事」は、国司としての事務。大宝令、職員令に「大国、守一人、掌下祠社、戸口、簿帳、字二養百姓一、勧二課農桑一、糺二察所部一、貢挙、孝義、田宅、良賤、訴訟、租調、倉廩、徭役、兵士、器仗、鼓吹、郵駅、伝馬、烽候、城牧、過所、公私牛馬、闌遺雑物、及寺、僧尼名籍事上」と規定されている。讃岐は大国ではないが、上国で、国司の公事も大国に準じたであろう。
〔三〕「談説得」の対句として「寂寥来」という大まかな表現をする。「野情」は、王績の採薬詩に「野情薬餌を貪り、郊居蓬蓽に倦む」とある。
〔四〕「釈奠」は、大学寮において、春秋二仲の月の上丁の日に文宣王即ち孔子の廟堂に供物を捧げて礼拝すること。延喜式巻二十、大学寮式に、祭式の規定がしるされている。「釈」は、釈菜(しやくさい)、蘋藻を先師の霊位の前に置くこと。「奠」は、奠幣(てんぺい)、幣帛を神前にさだめ置くこと。礼記、文王世子に「凡学春官釈二奠于其先師一、秋冬亦如レ之。凡始立レ学者、必釈二奠于先聖先師一」とある。養老令、学令にある大学・国学の春秋釈奠の規定にもとづく。三二〇に讃州の国学の州廟の釈奠の詩がある。
〔五〕大学寮の東北隅にある廟堂における釈奠の礼にひき続いて、その西隣にある都堂院(文章院)において、諸博士・文章得業生・文章生・明経・明法・算得業生、散位の諸道学生らが参集して、講経・論議・作文などが行われる。
〔六〕来たるべき九月九日に、例により重陽の宴があり、正月二十一日は内宴があるであろうが、まだ後任の讃州刺史に分付受領することが終わっていないからという気持。↓三二七補一。
〔七〕八句は、(大学では釈奠も行わず、私は重陽や内宴の文人の例にも加えられないので、)今年の文章得業生らの文才のほどが思いやられるという意か。自意識過剰のきらいがあるが、文章道を守る気迫がこもるとみるべきか。不審。

三二八 〔一〕紀略に「寛平二年九月九日壬辰、有二重陽宴一、題云二仙潭菊一」とある。探韻して道真は祉字を得たのである。時に宇多天皇は二十四歳、道真は四十六歳であった。九日の節会においては、大臣が勅によって探韻を置くように下命すると、左近衛少将が、韻字を盛った坏(つき)をもって清涼殿の東階より昇殿し、文台の匣の中におく。左近衛将監がその坏をもって陣に進み、庭中の文台の匣に置くのであるが、寛平二年のときは右近将監が探韻を盛った器を置いている(政事要略、九日節会事)。またこの時は巨勢文雄と安倍興行とは本任より放還したが、新たな下命がなかったため、また前讃岐守道真は(分付受領が未済で)放還されないで入京したので、これら三人は式部省の文人簿に記載されていなかったが、勅旨によって召されたのである(撰集秘記、九日条)。

〔二〕南陽の酈県(てきけん)の甘谷の菊を詠じているであろう。風俗通(芸文類聚巻八十一所引)に出。和漢朗詠、巻上、秋、菊(本大系七三三六九)参照。

〔三〕「桂父」は、左思の呉都賦に「桂父練レ形而易レ色」とあり、李善注に「列仙伝曰、桂父象林人也。常服二桂葉一、以二亀脳一和レ之。顔色如レ童。時黒時白時赤。南海人尊二事之一累レ世」とある。

〔四〕「尚薬」は、唐書、百官志に「上監、掌二天子服御之事一、其属有二六局一、曰、尚食、尚薬、尚衣、尚乗、尚舎、尚輦」とある。

〔五〕「麻姑」は、昔の仙女の名。後漢の孝桓帝の時、蔡経の家に天くだってきて神仙の王遠と語るのを見ると、すてきな美人で年十八、九歳ばかり、頭の頂を髻(もとどり・たぶさ)にたばね、垂れ髪は腰に及んだ。麻姑いわく、接待以来東海三たび変じて桑田となったと(晋の葛洪の神仙伝巻七)。

〔六〕菊花酒を飲めば長寿を得るという風土記の説にもとづく。抱朴子によれば、劉生の丹法、白菊花汁に丹を和して一年服すれば五百歳の寿を得るとある。

「賜嘉一束」、板本「賜喜一束」に作る。

〔七〕「天降祉」は、史記、魯周公世家に「天降二祉福一」とある。

〔八〕▽この年の重陽の後節に、「秋叢」と題して応製の探韻詩を島田忠臣は賦している(田氏家集下)。道真も、普通ならば当然これにも参加するはずであるが、この時は分付受領が未済で、前任地讃岐より放還されないままに、帰京しており、式部省は重陽の宴に参加すべき文人簿にすらその名を記していなかったというような事情により、特に勅旨によって九日宴に参加は認められたが、後朝の宴には参加が認められなかったのであろう。こういう風に公式に解由(げゆ)も取らないで、在任中当然中央政府に納付すべき調庸雑物などを欠負未済のままに、帰京したりすることは、道真のみならず、他にもあり、また以前よりこうしたなやみが常にあったことは、政事要略巻五十一、交替雑事、調庸未進の条をみれば明らかであるが、道真が帰京し、かつ式部省は文人簿にチェックしたにもかかわらず、勅旨により九日宴に招かれたことは、やはり当時注目されたことであったかもしれない。この年九月十五日太政官符が出て、「応令後司弁済前司任終年調庸雑物未進事(こうしをしてぜんじのにんはてのとしのてうようざつぶつみしんをべんざいせしむべきこと)」に、左大臣(源融)宣として「法に順(したが)ふもの少し」と注意が喚起され、前任者が責任を果たさない場合には科責を加うべきことが強調されるのは、何かしら、道真の進退行動に微妙なかかわりがあるように思われる。

三九〔一〕源納言が、道真の家の園の竹を所望して移植せられたことをよろこんで作ったのである。「源納言」は、源能有、文徳天皇源氏、第一皇子、母伴氏。寛平二年(八九〇)には中納言正三位、右大将、皇太子傅、按察使、四十六歳であった。能有はこの後の寛平八年(八九六)六月二十八日の太政官符で、任中の調庸雑物を未納する国司に対しては、諸国の解由を勘却せしめよと指令している(政事要略巻五十一)。

〔二〕「此君」は、晋書、王徽之の伝に「徽之字子猷。(中略)嘗寄二居空宅中一、便令レ種レ竹。或問二其故一。徽之但嘯詠、指レ竹曰、何可三一日無二此君一邪」とある。和漢朗詠、巻下、竹(本大系七三四三二)参照。

〔三〕「朱欄」は、高貴のやかたをいう。李嘉祐の詩に「高閣朱欄不レ厭レ遊」、張籍の詩に「綵花廊下映二朱欄一」とある。

〔四〕「地勢」、板本「地褺」に作る。

〔五〕後漢書、呉祐の伝に「青簡を殺して以て経書を写さんと欲す」とある。竹のふだを火にあぶって青をとり、字を写したのである。陸亀蒙の詩に「蠹簡有二遺字一」とある。

〔六〕源納言を「梁王」によそえ、自らを「司馬相如」に比して、勁本堅節の竹にも比すべき道真の忠貞の心を雪のうちの竹によせて披瀝する。漢書に「梁の孝王は兎園(とゑん)を修し、多く竹を植う。即ち修竹園と謂ふ」とある。文選の謝恵連の雪賦に「梁王悦びずして兎園に遊ぶ。乃ち旨酒を置いて、賓友に命ず(中略)。相如末(のち)に至りて、客の右に居り。俄(しばらく)して微霰零(ふ)り、密雪下る。(中略)相如是(ここ)に於て席を避(さ)けて起(た)ち、逡巡として揖して曰く、雪宮は東国に建て、雪山は西域に峙(そばだ)てり。岐昌は詠を来思に発し、姫満(穆天子のこと)は歌を黄竹に申(かさ)ねたり」とある。穆天子伝によれば、天子が黄台の丘に遊んだとき、雪がふり、「我は黄竹を徂(ゆ)き、日に負(そむ)きて閟(と)ぢて寒し」と歌い、黄竹のもとで宿したという。この黄竹や修竹園の縁によって、梁園の故事を点出した。和漢朗詠、巻上、冬、雪（本大系[七三]三七四）参照。

三三〇 〔一〕「前越州巨刺史」は、巨勢文雄。→一九八補一。一九八には「北山南海隔二皇城一云云」の詩を賦して、道真が讃州時代に、巨勢文雄の「秋夜夢二菅讃州一」の詩に酬いている。文雄、もと姓味酒、貞観のはじめ文章得業生、対策及第、大内記となり、改めて巨勢朝臣の姓を賜う。民部少輔・文章博士・備後権介・大学頭を歴任。江談抄によれば道真のライバルたる三善清行は彼の門弟であった。寛平四年（八九二）修理大夫従四位下巨勢文雄が卒した。元慶中右中弁、越前守を兼ねたのである。「詶和」は、「酬和」に同じい。「詶」の訓は、「詶、コタフ・ムクユ」（類聚名義抄）とある。

〔二〕「階除」は、楊炯の幽蘭賦に「循二階除一而下、望二見秋蘭之青青一」とある。

〔三〕「会稽」は、浙江省にある。会稽道の山陰に栖んで悠悠自適していた王子猷のことをいうのであろう。晋書、王徽之の伝・和漢朗詠、巻上、冬、雪（本大系[七三]三七八補一）参照。

〔四〕「迸生余」は、意が明らかでない。「迸」は、「迸筍」とか「迸籜」とか「迸竹」とかいって、勢よく竹の子がのびる意に用いる。李頎の籬笋詩に「迸出依二青嶂一、攢生伴二緑池一」とある。

ここは、源納言殿の苑に竹を移し植えて、そこで勢よく竹が成長し、その残余の竹を私はわが家で愛するばかりだの意か。

三三一 〔一〕「尚書平右丞」は、右中弁平季長。彼は菅家廊下の腹心の門下であろう。さきに仁和三年（八八七）歳暮、一時道真が讃岐守の任中に帰京したときも、感慨をもらす詩をよみ贈っている。→二四〇。

〔二〕菊の花を金銀貨にたとえて、秋風がそれを勘定していると興じたのである。こういう六朝風な技巧は、この数年後の昌泰二年（八九九）九月九日の詩題にも「菊散二一叢金一」（四六〇）とあり、三善清行がこれと同様の発想の詩を作った。和漢朗詠、巻上、秋、菊（本大系[七三]二六九）参照。

〔三〕この二句（三・四句）に、四年の留守の間、京都の文章道の世界がふみあらされて、見るかげもなく凋落したことをいい、「牛羊」「蜂蠆」は、その荒廃に手をかした似而非（えせ）学者どもを諷する。

〔四〕一三五の「題二白菊花一」、一三六の「同諸才子、九月三十日、白菊叢辺命レ飲」などの作参照。

〔五〕五言四十韻は、字数にすれば四百字。

三三二 〔一〕「同日序、幷未旦求衣賦在二別巻一」は、編者の後注。この詩の序ならびに賦は、五二六に収める。紀略に「亭子院、寛平二年閏九月十二日、乙丑、召二儒士於禁中一、令レ賦二未旦求衣賦、霜菊詩等一」とあるように、このとき、文章の士十二人を殿上に召して、「未（未字、味に作ることあり）旦求衣」は主人の政治の道、「寒霜晩菊」は人臣が貞操を貫く情を示すものという意味で、賦と詩とを作ることを命ぜられたのである。

〔二〕「三危」は、西方のはての仙郷の山名。敦煌の南、黒水その山南に出るともいう。水経注に「三危山、在二燉煌県南一、山海経曰、三危之山、三青鳥居レ之」とある。

〔三〕「五美」は、五つの美しい徳。論語、堯曰に「子張曰、何謂二五美一、子曰、君子恵而不レ費、労而不レ怨、欲而不レ貪、泰而不レ驕、威而不レ猛」とある。

〔四〕「豊山」は、山海経、中山経に「豊山（中略）有二九鍾一焉。是知レ霜鳴」とある。和漢朗詠、巻上、秋、月（本大系[七三]二五六）参照。

〔五〕「麗水」は、川の名。浙江省にあり、金を産する。この字不審。韓非子、七術に「荆南之地、麗水之中、生レ金。人多竊采レ金」、千字文に「金生二麗水一」とある。

☆（三六四頁）「玄談云云」は、玄談ばかりしていて、ほかに詩を作ったりして志をいうこともないの意。「玄談」は、老荘の談義。「逍遙一篇」とは、荘子巻首の逍遙遊篇。「三章」とは、逍遙遊篇の首（はじめ）から北溟・小知・堯譲の三章。「格律」は、ここでは古調古体の詩をいう。「格詩」ともいう。「篇の疏」とは、唐の成玄英の荘子疏十二巻をさすであろう。その他荘子疏には、梁の簡文帝講疏三十巻・王穆疏十巻がある。五言八韻の古調詩と、その義理を叙べた小序との措辞や韻字はみな荘子の成文によっている。荘子を暗記しているものは、さらに成玄英の疏に照らしてその可否を決めてほしいの意。

三三三 〔一〕「北溟章」とは、荘子、逍遥遊の第一章「北冥有レ魚…二虫又何知」をさす。「述曰」とは、成玄英疏（以下、「成疏」と記）による。成疏の依拠したと思われる部分を摘記すると「魚為レ鳥、自レ北徂レ南。蜩鳩聞下鵬鳥之宏大、資二風水一以高飛上、故嗤二彼形大而劬労一。雖二復遠近不レ同、適レ性均也」とある。「二虫」とは、鵬と蜩との二つの生物をさす。「小大一致」とは、郭象注に「極二小大之致一」とある。

〔二〕郭象注に「対㆓大於小㆒、所㆔以均㆓異趣㆒也」とある。
〔三〕「決起」は、荘子、逍遥遊に「我決起而飛」とある。
〔四〕「扶揺」は、荘子、逍遥遊に「搏㆓扶揺㆒而上者、九万里」とあり、成疏に「扶揺、旋風也」とある。
「積」とは、風の厚みがあること。荘子に「風之積也不㆑厚則其負㆓大翼㆒也無㆑力」とある。
〔五〕「楡枋」は、荘子、逍遥遊に、補注三の文に続いて、「楡枋を搶(つ)く、時に至らずして、地に控(なげう)つのみ」とあり、荘子因に「楡枋は二木の名」とある。
〔六〕「垂天羽翼」は、荘子、逍遥遊に「其の翼は垂天の雲のごとし」とある。
〔七〕「半歳空し」は、郭象注に「大鳥一たび去れば半歳、天地に至りて息(いこ)ふ」とある。
「不終朝」は、夜明けから朝食までもかからないの意。郭象注に「小鳥は一たび飛べば朝の半(なかば)なり、楡枋を搶(つ)いて止む」とある。
〔八〕「野馬」は、荘子、逍遥遊に「野馬也、塵埃也、生物之以㆑息相吹也」とある。
〔九〕「適性」は、成疏に「雖㆓復遠近不㆒㆑同、適㆑性均也」とある。
「逍遥」は、郭象注に「小大雖㆑殊、逍遥一也」とある。

三三四 〔一〕「小知章」とは、荘子、逍遥遊の第二章「小知不㆑及㆓大知㆒、…聖人無㆑名」をさす。「宋栄」は、栄子、宋鈃。宋の賢人、栄辱を超越した。「禦寇」は、列氏、鄭の人。成疏に「得㆓風仙之道㆒、乗㆑風遊行」とある。「五等殊方」とは、成疏に「国是五等之邦」とある。「冥霊」は、木の名。堯階の蓂莢だとの説もある。また亀だという説もある。荘子に「楚之南有㆓冥霊者㆒、以㆓五百歳㆒為㆑春、五百歳為㆑秋」とある。「彭祖」は、神仙、寿七百歳という。「蟪蛄」は、寒蟬。ひぐらしぜみ。春生ずれば夏死し、夏生ずれば秋死す。荘子に「蟪蛄不㆑知㆓春秋㆒」とある。「朝菌」は、犬芝、糞土に生ずるきのこ。荘子に「朝菌不㆑知㆓晦朔㆒」とある。「安天性」とは、郭象注に「亦各安㆓其天性㆒、不㆑悲㆑所㆓以異㆒」とある。「宰官云云」は、成疏に「笑㆔宰官之徒、滞㆓於爵禄㆒」とある。宰字、板本寄字に作るは非。「列子云云」は、荘子に「列子御㆑風而行、冷然善也」とある。「未得遺無」は、成疏に「栄子雖㆓能忘㆒㆑有、未㆑能㆑遺㆑無」とある。「猶憂有待」は、荘子に「猶有㆓所㆑待者㆒也」とある。待字、板本得字に作るは非。

「無功云云」は、荘子に「神人無㆑功、聖人無㆑名」とある。「六気云云」は、荘子に「若夫乗㆓天地之正㆒、而御㆓六気之弁㆒、以遊㆓無窮㆒者、彼且悪乎待哉」とある。「此章云云」は、荘子の此の章には、このほかに「上古有㆓大椿者㆒、…」とか、「有㆑魚焉、其名為㆑鯤、…」とか、「斥鴳(みそさざい)笑㆑之曰、…」とかの文があるが、それは省略したという意。
〔二〕成疏に「智則有㆑明有㆑闇。年則或短或長」とある。
〔三〕「双遣」は、成疏に「内外双遣、物我両忘」とある。
〔四〕釈文に「彭祖、李云、名鏗、堯臣。封㆓於彭城㆒、歴㆓虞夏㆒至㆑商」とある。
〔五〕「曹后」は、諱は節、魏の曹操の中女である。後漢書、曹皇后紀によると、建安十八年(二一三)に曹操は三人の女を後漢の献帝に進めて夫人とした。建安十九年、伏皇后が弑せられたので、翌二十年正月、節が皇后となった。やがて魏が漢室を奪ってその禅(ゆず)を受けるとき、使を曹后に遣わして、后位のしるしの璽綬を渡せと迫ったとき、曹后は怒ってこれを軒下に擲ったとある。
「秋を知らず」の所拠を知らないが、曹皇后のような高貴権勢の方でも、后位についてもすぐにその后位を奪われて、秋のくることも知らないほどであったの意であろう。
〔六〕「日及」は、朝菌の別名。潘岳の朝菌賦序に「朝菌者、蓋朝華而暮落、世謂㆓之木槿㆒、或謂㆓之日及㆒」とある。
「休」は、「善也」(集韻)、「慶也」(爾雅、釈言)とある。
〔七〕「待つこと有る」は、郭象注に「苟有㆑待焉、則雖㆓御㆑風而行㆒、不㆑能㆘以㆓一時㆒而周㆖也」とある。
〔八〕「六気」は、楚辞、遠遊に「六気を餐(く)らひて沆瀣を飲み、正陽に漱(くちそそ)きて朝霞を含(ふふ)む」とある。

三三五 〔一〕「堯譲章」とは、荘子、逍遥遊の第三章「堯譲天下於許由、…代之矣」をさす。「炬火」は、かがり火。日月の光に比して炬火の光は不十分だというのである。「浸灌」は、水を田にそそぐことで、時雨がふるに比して労力が微小だというので、「炬火浸灌云云」は、堯が炬火浸灌の喩えをいって、日月の光、時雨の恩沢に比すべき政治をしてもらうために許由に譲ろうというのである。これに対してみそさざいは一枝に巣くい、もぐらもちはわずかの水で腹をみたして満足する、天下などいらないという。みな荘子に出。「黄屋」とは、天下の車蓋。転じて天子の敬称。成疏に「許由、寡欲清廉、不レ受二堯譲一。故謂レ堯云、君宜下速還二黄屋一帰中返紫微上」とある。「堯許云云」は、郭象注に「堯許之行、雖レ異、其於二逍遙一一也」とある。
〔二〕釈文に「許由、隠人也。隠二於箕山一。司馬云、潁川陽城人」とある。
〔三〕「疏(蔬)食」は、成疏に「許由、安二茲蓬蓽一、不レ顧二金闈一。楽二彼疏食一、詎労二王食一也」とある。
〔四〕「尸祝」は、荘子、逍遙遊に「庖人雖レ不レ治レ庖、尸祝不下越二樽俎一而代上レ之矣」とある。
〔五〕「鷦鷯」は、荘子、逍遙遊に「鷦鷯巣二於深林一、不レ過二一枝一」とある。
〔六〕「浸灌」は、荘子、逍遙遊に「時雨降矣、而猶浸灌、其於レ沢也、不二亦労一」とある。
〔七〕「優遊」は、淮南子、本経訓に「古之人同二気于天地一、与二一世一而優遊」とある。

巻第五

三三六〔一〕詩経、大序に「詩は志の之(ゆ)くところ、心に在るを志となし、言に発するを詩となす。情(こころ)中に動きて言に形(あらは)る」とある。
〔二〕「縦」を、タトヒ…トモと訓んで逆接(仮定)の意をあらわす例は、東洋文庫蔵春秋経伝集解保延点にある。

三三七「雅院」は、どこを指すか明らかでない。雅楽寮に隣る神祇官の庁か、もしくは内裏の西に隣る中和院あたりで神楽の試楽などを傍聴するのかもしれない。宮城内には七院(朝集・豊楽・中和・真言・穀倉・廩院・乳牛)があり、このうちの一つであろう。

三三八「将」のモチテの訓は、「将、モチテ」(玄奘表啓平安初期点)による。

三三九〔一〕「且指」、詩紀「揖且」に作る。
〔二〕減字、詩紀減字に作る。

三四〇〔一〕「尤物」は、文集、李夫人の「尤物人を惑はし忘るること得ず」は、妖艶な婦人について言うが、文集、真娘墓に「世間の尤物留連し難し、留連し難し、銷歇し易し、塞北の花、江南の雪」(五九五)とあるのは、花や雪についていう。
〔二〕「何況」は、仏教の唱導勧化に多く用いられる。「爰況」とも用いられる。
〔三〕「温樹」は、禁中の温室の木のこと。田氏のいう「禁樹」の意味。文集、渭村退居詩に「温樹四時芳」(八〇七)ともある。
〔四〕この時同じ題で忠臣が詠じた詩に「暗(ひそか)に来り暗に去つて清明に到る、上巳の春光眼精を費(つひや)す、禁樹の花痕に雨脚微(かす)かなり、宮溝の水剤に雪声少し、臥槐起たんとして膏液を添へ、寒草蘇るべく挺生するを見る、此の夕更に知る皇沢の遠きを、朝を迎へなば定(しづま)りて薬園を出でて行かむ」(田氏家集巻下)とある。

三四一 寛平三年(八九一)三月九日に式部少輔、同二十九日に蔵人頭、四月十一日左中弁を兼ねる(補任)。この時の詩序は、島田忠臣が作り、文粋十に収める。忠臣の詩は、田氏家集巻下に収める。
詩題は、文集の格詩「花の枝に就く」の「花の枝に就く酒の海に移る、今朝酔はずんば明朝悔いなむ」の句による。

三四二〔一〕荆楚歳時記に「三月三日、士民並びに江渚池沼の間に出で、流杯曲水の飲をなす」とあり、これは周公の昔洛邑で、流水に酒杯をうかべた故事にもとづくという。

〔二〕「風流」は、後漢書、王暢の伝に「士女は教化に沾(うるほ)ひ、黔首は風流を仰ぐ」とある。

〔三〕ケダシ…ナラシの訓は、平安初期の古訓法。「義者(モ)此(レ)蓋春秋(ノ)新意(ナラシ)」(九条家本文選巻二十三、弘安三年点)とある。

〔四〕荘子、逍遙遊に、藐姑射山の神仙は肌がなめらかで処女のごとく、風を吸い露を飲んでいつまでも老いないとある。

〔五〕▽序と、三・四句は、和漢朗詠、巻上、春、三月三日(本大系七三三九・四〇)に出。本朝続文粋一の大江匡房の「参二安楽寺一」詩に「煙霞桃李の韻、曹娥の碑より絶(す)れたり」とある。田氏家集巻下にもこれと同題の応製詩がある。

三四四 「未レ渠」は、もとは「未二渠央一」と用いた。王融の三婦艶詩に「丈人且安坐、調絃未二遽央一」とあるのも同じ用法。

三四五 寛平四年(八九二)三月、仲平が父の服をぬいで、三月尽の詩の会を催したと思われる。「枇杷殿」は、二中歴、名家歴に「枇杷殿、近衛南室町東、抄云、仲平大臣此殿好植二枇杷一、故号云云。仲平公字」、拾芥抄に「昭宣公家」、即ち時平の父基経の家で、時平の弟仲平の伝領した家。仲平は当時右近衛少将。基経は前年の一月十三日に死んでいる。菅家伝ならびに三六五によればこの直後、寛平四年五月十日に道真は「類聚国史」(二百巻)、「目」(二巻)、「帝王系図」(三巻)を、勅を奉じて撰進した。

三四六 〔一〕顔氏家訓書証に「或ひと問ふ、一夜何の故に五更といふ。更は何(かい)に訓する所ぞと。答へて曰く、漢魏以来、甲夜乙夜丙夜丁夜戊夜、亦云ふ、一更二更三更四更五更、皆五を以て節となす」とある。

〔三〕カケの訓は、「不レ択(エラハ)レ音(カケを)」(大東急記念文庫本文選巻三鎌倉中期点)とある。

三四七 文粋八の紀納言長谷雄の延喜以後詩序に「寛平年中、田大夫、病に臥して遂に死す」とある。島田忠臣は、道真の岳父、彼を「詩伯」とよぶのは、単にそういう姻戚のかかわりからのみでなく、真に詩人として許せる数少ない達人であったからであろう。道真は文章生田達音即ち忠臣について幼くより学び、その門人の俊秀であったといえる。田氏家集に、「春日菅大夫に留別す」と題して「傾蓋猶し骨肉の親のごとし、交りは深浅に非ずただ人に因る、行前限り無く花を憐んで去る、別に恋ふ菅家一日の春」という詩がある。田氏家集が今日残存するのも、道真の詩が残っていることとかかわりがあろう。この詩は文草のなかにあっても真に感動に溢れた抒情詩の佳什である。

三四九 〔一〕紀略、宇多天皇、寛平三年(八九一)九月の条に「十日丁巳、詩宴、題云、秋雁櫓声来」とある。後朝は十日であるが、白居易の詩には「明朝是九朝」の文字がみえる。

詩題は白居易の河亭晴望詩に「晴虹に橋の影出で、秋雁に櫓の声来る」とあるにもとづく。

〔二〕「鏡水」は、鏡湖のこと、元稹が居たところ。文集に「酬二微之誇二鏡湖一」(三三二)の詩がある。

三五〇 「安鎮西」とは、安という字のつく姓をもった太宰府の官人。安倍興行のことであろう。三二注二〇・二一の「野州別駕」。

三五二 文選の曹植の「与二楊徳祖一書」に「霊蛇之珠」の語がある。これは淮南子にもみえる、いわゆる「隋侯の珠」のこと。

三五三 〔一〕「口苦」は、孔子家語に「良薬は口に苦(がに)けれども、病に利あり」とあるをふまえる。

寛平四年(八九二)五月十六日に勅を奉じて鹿島を放却する願文(六六三)を作り、宇多天皇の殺生を諫止したりしている、ここはその前年であるが、諫諍することは度度あったらしいことがうかがわれる。

〔二〕文選の陸機の君子行の「氷を履む人は豈寒を悪まむや」の句に負う。

三五四 梁の劉媛の詩に「仙宮雲箔捲き、露は玉簾の鈎に出づ、清光贈る所無し、相憶ふ鳳凰楼」とある。

三五五 淵鑑類函、月部に「環を破りて積草に投げうち、璧(また)を砕きて流杯に聚む」とある。文集の「和二櫛沐一寄二道友一」にも「高星粲二金粟一、落月沈二玉環一」とある。

三五六 〔一〕寛平四年(八九二)の作。この年九月九日重陽宴があって、群臣は寿を献(たてまつ)る詩を賦した(紀略)。↓三四八。

〔二〕「失ヒ易キハ時也」という文句は人口に膾炙(かいしや)したと見え、今昔物語集・古今著聞集の興言利口の部に引用され、パロディとしてつかわれる。史記、斉太公世家に「逆旅の人曰く、吾(われ)聞く、時は得難く失ひ易しと」とある。

三六〇 文集の「舒員外遊香山寺、数日不帰云云」にも「白頭老尹府中坐、早衙纔退暮衙催」とある。また城上詩では「朝衙」ともいう。

三六一　「四方」のヨハウの訓は、「よほうなる石」(御物本更級日記)とある。
→三三六(1)注五。

三六二　〔一〕「幽人」は、易経、履卦に「道を履むこと担担、幽人貞吉なり」とある。
〔二〕「花不開」のハナサカズの訓は、「花開(ハナサキテ)不成実之樹」(東大寺諷誦文稿)による。
〔三〕文集に「人間の栄耀は因縁浅し、林下の幽閑は気味深し」とある。
〔四〕「訟」のウルタフの訓は、「訴、ウルタフ」(金剛般若経集験記平安初期点)による。

三六四　〔一〕「九霄」は、孫綽の原憲賛に「志は九霄に逸す」とある。
〔二〕「柳花怨」の曲による。教訓抄巻六、舞楽曲、双調、呂に出。天暦の時に「柳花苑」と改名する。官妓が柳花怨曲を内宴に奏したことは一〇三にみえる。源氏物語、花宴(本大系[一四]三〇四頁注一〇)にこの舞のことが見える。
〔三〕「春鶯囀」の曲による。教訓抄巻六、舞楽曲、双調にみえる。

三六五　〔一〕紀略、宇多天皇、寛平五年(八九三)の条に「正月十一日、辛亥、其日、密宴、宮人粧を催すの詩を賦す」とある。艶冶(えんや)を極め、道真の作品におけるジンリッヒな傾向を示す一つの典型。
〔二〕拾芥抄上、日本紀以下目録部に「類聚国史、五十巻、天神御抄、自ニ日本紀一至ニ(三代)実録一部類也」とある。
〔三〕正月の子の日に、人人野山に出て子の日の遊びといって小松を引いた。これは中国より伝来した辟邪の風俗である。
〔四〕荆楚歳時記に「正月七日、人日たり、七種(ななくさ)の菜を以て羹(あつもの)となす」、西宮記、正月、若菜の条に「上子の日、内蔵・内膳、おのおの若菜を供す」とある。
〔五〕親王公卿たち群臣百官に元日の節会において紫宸殿に渡御して、酒を下したまわって宴会をすること(延喜式、太政官)。
〔六〕正月二十一日、うちうちの節会、仁寿殿(じじゅうでん)で文人(もんにん)たちを招き、題を出して詩を作らせ、披講して宴を賜うこと(公事根源)。
〔七〕「志を言ふ」というのは、詩経、大序に「詩は志を言ひ、歌は言を永くす」とあるにもとづく。
〔八〕慈本いう、「道字と義字と平仄不レ調」。
〔九〕矣字、和漢朗詠にはない。
〔一〇〕慈本いう、「粉字と綺字と平仄不レ調」。
〔一一〕「桂殿」は、玄宗の温泉詩に「桂殿山と連なり、蘭湯湧くこと自然」とある。
文粋、「姫娘」の下に、之字がある。
〔一二〕玄宗皇帝が宮女数百を梨園に集めて、音曲を演習せしめ、これを梨園の弟子といったのにもとづく。
〔一三〕「君挙を書す」は、左伝、荘公二十三年の条に「君挙は必ず記す」とある。

三六六　〔一〕紀略、寛平五年(八九三)の条に「二月十六日、乙酉、除目」、補任に「参議従四位下菅道—、〈御年四十九〉二月十六日任。元蔵人頭、左中弁、兼左京大夫、式部少輔。左中弁如レ元。同日兼式部大輔」とある。
〔二〕この年一月二十九日以来熒惑星(けいわくせい)が出たりして、星座に異変がしばしばあった。天寒く地宜しくないわけではないという背後に、このような一種の天変の考えがあったか。
〔三〕韓詩外伝に「四肢を佚して、耳目全し」とある。

三六七　〔一〕ここの「釈奠」は、寛平五年(八九三)二月上丁の釈奠。
詩題は、孝経、士章の「以レ孝事レ君則忠、以レ敬事レ長則順」とあるにもとづく。
〔二〕「君はこれ蒼天」は、礼記、坊記の鄭注に「臣は君を天とす」とあり、左伝、宣公四年の条に「君は天なり、天逃るべからざるか」とある。
「階つべからず」は、文選の張衡の思玄賦に「天は階(はし)つべからず、仙夫稀(まれ)なり」、李善注に「周髀に曰く、天は階ちて升(のぼ)るべからず」とある。
〔三〕「孝水」は、潘岳の西征賦に「孝水に澡(あら)ひて以て纓(えい)に濯(すす)く、美名の玆に在るを嘉(よみ)す」とある。
孝経、士章に「資ニ於事レ父以事レ君而敬同」とある。
〔四〕「将」は、劉淇によれば語助、「惟」とか「伊」とかいうと同じい。

三六八　「藤納言」は、中納言藤原時平をさす。道真が参議を拝した寛平五年(八九三)二月十六日の除目に、参議時平は中納言に昇進した。時に道真は四十九歳、時平は二十三歳。「鄭州」は、今の河南省の州名。今は新鄭県の地で、洛陽がその都。隋の代より置かれた地名。「玉帯」は、玉で装飾をちりばめた中国スタイルの帯。唐書、李光顔の伝に「帝は通化門に御(はお)して送るに臨み、珍器・良馬・玉帯を賜ふ」とある。道真が宰相即ち参議に任じたとき、時平が玉帯を贈ったのである。

三六九〔一〕この寛平五年七月一日に、道真は傑作「書斎記」(五三六)を書いている。紀略に、この日「公宴、七夕の詩を賦す」とある。殿上において探韻の作文会があったときの七絶。

〔三〕荊楚歳時記に「七月七日、牽牛織女の聚会する夜なり、是の夕、人家の婦女は、綵縷(いろえるいと)を結んで、七孔の鍼(はり)を穿つ。或は金銀鍮石を以て鍼となす、瓜果を庭中に陳(つら)ねて、巧を乞ふ」とある。

三七二「文章院」は、道真の祖父清公が入唐留学から帰朝して、大江音人とともに文章院東西両曹をはじめて公許を得て設立し、紀伝道発展の基盤とした。文章院のことは、桃裕行「上代学制の研究」(一五三―一七〇頁)にみえる。

詩題は、漢書竟宴(きようえん)の作文(さくもん)に詠史詩を各自が作り、道真が漢書、公孫弘の伝の、漢武帝の総理大臣に出世した文士あがりの公孫弘を詠じたの意。この公孫弘の人間像は、吉川幸次郎「漢の武帝」(一〇七―一一二頁)にみえる。文章博士から今や参議になった道真にとって、公孫弘はまさしくその理想像であった。

三七三〔一〕冬・従以下は上平声二冬の韻。紀長谷雄のサロンの集会であろう。

詩題は、玉台新詠巻十の劉孝威の古体雑意詩に「朝日大風霜、寄レ事是交傷、葉落枝柯浄、常自起某張」とあるのにちかい。

〔二〕「遇境」は、三四二にも「遇レ境芳情無二昼夜一」とある。

〔三〕文選の曹子建の美女篇に「葉落ちて何ぞ翩翩(へんへん)たる」とある趣。

〔四〕「詎」の訓は、「詎、タレカ・ナンゾ・ナニカ・モシ・アルイハ」(類聚名義抄)による。詎字、板本詛字に作り、詩紀誰字に作る。

韓詩外伝に「鳳乃ち帝(黄帝)の東園に止り、梧樹(きりのき)に集(たい)り、竹の実を食し、身を没(を)ふるまで去らざりき」とある。

〔五〕第三聯は音曲の吹物(ふきもの)即ち管楽器にちなんでいう。笙(しようのふえ)のことを「鳳管」といい、横笛(こうてき)のことを「竜鳴」という。混天図に「笙者、女媧氏所レ作也。十九鳳、浜ニ立テ鳴声種種也。女媧聴レ之、切二澥谷(けつこく)之竹一作レ笙。仍称レ笙。名二鳳管一也」とある。教訓抄巻八、管類の条に「昔、竜ノナキテ、海ニ入ニシヲ聞テ、又此ノ音ヲ聞ハヤト恋ヒワビシホドニ、竹ヲウチ切テ吹タル音、スコシモタガハズ似タリ。此故ニ笛ヲ竜鳴(れうめい)云」とある。白孔六帖、竜に「竜の鳴くこと水中に見ず乃ち竹を截りて吹く声に相似たり」とある。また竜は竹を愛すること、鳳が桐に栖むがごとくであるともいう。

〔六〕「地脈」は、朱徳潤の詩に「池を鑿(ほ)りて地脈を疏(ひら)く」とある。また仙薬の一種に「地脈汁」というものがあり、菊花汁に和してのめば長寿をうるといわれる。

〔七〕「合」をガッスとするのは、鎌倉以後の表記。

〔八〕ヴェルレーヌの「落葉」に「げにわれはうらぶれて　ここかしこさだめなく　とび散らふ落葉かな」(海潮音)とある趣によく似ている。

〔九〕「砕錦」は、潘岳の射雉賦に「毛体摧(だく)け落ちて、霍(くゎく)として砕錦のごとし」とある。

〔一〇〕西京雑記に、漢の匡衡は学に勤めて、燭がなく、隣家の燭光を壁を穿って引き、それで書物を読んだという。元稹の詩に「偸レ光恨レ壁レ堅」とある。

〔一一〕淮南王劉安が仙道を得て昇天したとき、不老長生の薬器を庭中に置いて行った。雞犬がその不死薬をなめてみな昇天したという神仙伝巻四の故事によるであろう。

〔一二〕「高春」は、淮南子、天文訓に「日虞淵(ぐえん)に至る、これを高春といふ」とあるにもとづく。

〔一三〕「攀援」は、劉安の招隠士に「桂の枝を攀援して聊か滞留す」とある。

〔一四〕「星稀」は、魏の武帝の短歌行に「月明星稀、烏鵲南飛」とある。

〔一五〕▽この詩は、二冬の韻を動員して、その韻によって古調詩をしたてたもの。やや遊戯的傾向があって意味のとりにくいものがあり、叙述せんとする事態が必ずしも切実明快でない。

三七四〔一〕「竜門寺」は、大和国吉野郡竜門村(今の奈良県吉野郡吉野町)の山口の上方にある寺。義淵創建。久米の仙人が籠り、宇多法皇が経過した霊験所で、竜門寺の岫(しゅ)下の方丈の仙室の扉は都良香と菅原道真の真跡が書かれていたという(今昔物語集)。道真が竜門寺に遊んで、その岫下の仙房、方丈の室の扉に詩を題したことは、略記、治安三年十月十九日条、道長竜門寺参詣の記に「昔宇多法皇、詠二卅一字於仙室一、…岫下有二方丈之室一、謂二之仙房一、〈大伴安曇両仙之処、各有二其碑一〉菅丞相・都良香之真跡、書二于両扉一、如二白玉之盈レ匣、似二紅錦之在レ機」とある。懐風藻に、葛野王の「遊竜門山」の五絶一首(本大系[六九]八三頁)がある。

〔三〕補任に「寛平五年三月十五日兼ニ勘解由長官一、同年四月一日兼ニ春宮亮一」とある。

三七七 〔一〕「紅粧」は、上巳の清明花柳の宴であり、内教坊の舞妓たちの化粧をさすにちがいない。若き宇多天皇の享楽主義の気分を反映するとともに、道真の諷喩の気持もこもっているであろう。

〔二〕「平弟五人御(ハムベリ)ニ其母ニ従」(東洋文庫蔵古文尚書延喜頃点)とある。

三七八 〔一〕「願糸」は、白居易の七夕詩に「竹竿の頭上に願糸多し」とある。林杰の詩に「家家の乞巧秋月を望む、穿ち尽す紅糸幾万条」とある。

〔二〕「銅雀」は、魏の武帝の銅雀堂の双闕の上に双銅雀のかざりがあった。この銅雀は銅鳳凰であったという。ここでは、宮中の漏刻をしらせる役所のこと。漢の楽府に、長安城西の双闕上に一双の銅雀があり、一鳴すれば五穀生じ、再鳴すれば五穀熟すという。「銅爵」ともいう。

〔三〕「四騶」は、淮南子、原道訓に「天を蓋とし、地を輿とし、四時を馬とし、陰陽を騶となす」とある。

三七九 〔一〕紀略、寛平六年(八九四)九月九日戊辰の条に「重陽の宴有り、題して天澄(よき 一本作ニ修字一)うして賓雁を識ると云ふ」とある。寛平六年五月には渤海使裴頲が入朝しており、また八月二十一日道真は遣唐大使、紀長谷雄が同副使に任ぜられている。「賓鴻」は、毎年秋に渡り来る鴻雁の類をいう。

この詩題には、大陸との交通をはるかに思いやる意がこもっている。

〔二〕「頻・寒・著」の三字は読解できないと、江談抄、第五、詩事の中で匡房や知房もいっている。がんらい「著」は、唐代俗語の助字の一である。しかし、しいて解すれば、張相いう、「着(著)猶加也。添也」とあるから、しきりに寒気が添い加わってくることをいたむ意か。

〔三〕「賓雁」は、杜甫の「九日梓州城に登る」詩に「客心暮序に驚き、賓雁襄州に下る」とある。

〔四〕▽類聚句題抄、天浄識賓鴻の条に、紀長谷雄・三統理平・高岳五常らの作品を収める。

三八〇 〔一〕「紗」は、うすもの。かとり。「紗燈」は、うすいヴェールを透した燈台の光。紀略、寛平六年九月の条に「十日己巳、詩宴、題云、雨夜紗燈」とある。序は文粋九、詩序、燈火部に出。詩は扶桑集十に出。

〔二〕白居易の詩に「朝の餐はただ薬菜、夜の伴はただ紗燈」、同じく「北亭に宿る」の詩に「悄悄たる壁下の牀(とこ)、紗に籠りて残んの燭ぞ耿(あきらか)なる」とある。

三八一 〔一〕「応令」は、令旨に応ずる意で、ここでは東宮(敦仁親王、後の醍醐天皇、時に十歳)の仰せ出されたことにこたえるのであろう。序は文粋十一に題を「秋尽日翫ㇾ菊応ㇾ令」に作って出。寛平六年九月二十七日丙戌の日の作。

〔二〕文集、暮立の七絶の尾聯・千載佳句、秋興部・和漢朗詠、巻上、秋、秋興(本大系[七三]二三三)に出。

「就中」の訓は、「就中(コノナカニ)腸ノ断(ユル)コトハ」(東大国語研究室白氏文集巻十四)による。

〔三〕全唐詩、元稹十六、菊花の七絶の尾聯・千載佳句、菊部・和漢朗詠、巻上、秋、菊(本大系[七三]二六七)に出。

尽字、和漢朗詠後字に作り、全唐詩尽字に作る。

〔四〕「惨懍」は、文選の甘泉賦に「下陰潜(ひそ)みて以て惨懍(さんりん)」とある。

〔五〕「双関法」は、修辞法の一。相対する文句をならべたてて、一篇の骨子とすること。「双扇法」ともいう。後世の用例ながら紅楼夢、三十七回に「賦景詠物双関著」とあり、文集の「奉ㇾ酬ニ淮南牛相公思黯見ㇾ寄二十四韻一」詩の注に「毎ㇾ対双関、分ニ叙両意一」とある。

〔六〕「意之所鍾」は、王戎の語に「情之所ㇾ鍾、正在ニ我輩一」(世説新語、傷逝)とある。

「刀火…」は、白居易の「小弟を祭る」文に「黄壚と白日と、相見るに縁無けれども、一念の至るごとに腸熱し骨酸(たい)めり、刀火をもて心肝を刺し灼くが如し」とある。

〔七〕▽この寛平六年(八九四)十月十八日に公宴、冬日残菊を賦す記事がある(紀略)のに、作品がない。

三八二 〔一〕この「釈奠」は、寛平七年(八九五)二月九日丁酉の釈奠である。この年正月十一日、道真は近江守を兼任、五十一歳。

詩題は、論語、為政の「子曰く、政を為すに徳を以てす」による。

〔二〕「北辰」は、論語、為政、さきに続けて「譬へば北辰の其の所に居て、衆星の之に共(むか)ふがごとし」とある。漢書、天文志に、動かぬ北極星を帝に配し、三星は三公で、十二星は藩臣だと説く。根本朗詠七首の一に帝王をたたえて、「徳は是れ北辰」とある。

「無為」は、論語、衛霊公に、「無為にして治まるものは、其れ舜か」、白居易の詩にも「幸に堯舜無為の化に逢うて、羲皇向上の人となるを得たり」とある。

〔三〕▽この「二月日公宴、春桜花を翫(もてあそ)ぶ詩を賦す」と紀略にあるが、文草にはその作品がない。

三八三　〔一〕紀略、亭子院、寛平七年三月三日庚申の条に「天皇幸二神泉苑一、臨二覧池水一、令下鸕鷀喫中遊魚上、観二騎射走馬一」とある。また江次第、三月三日御燈事に「寛平七年御燈日、行幸曲水宴、内蔵寮供、殿上男女房酒肴」とある、この日の作品である。

〔二〕「水上…」は、王維の詩に「水上桃花紅欲レ然」とある。

〔三〕「煙花」は、杜甫の詩に「煙花山際重」、李白の詩に「煙花三月下二楊州一」とある。

〔四〕「酔顔」は、白居易の詩に「酔貌紅怡怡」とある。

三八四　〔一〕あるいは紀略、亭子院、寛平七年二月某日の「公宴、賦春翫二桜花一之詩」のときの作品であろうか。

〔二〕「承和」は、仁明天皇天長十一年(八三四)正月改元、承和十五年(八四八)六月に「嘉祥」と改元するまでの年号。

〔三〕「庭実」は、文選の東都賦に「庭実千品、旨酒万鍾」、文粋の「庭前早梅を翫ぶ詩序」に「庭実を具瞻すれば、梅樹前に在り」とある。

〔四〕「根荄」は、漢書、礼楽志に「青陽開動、根荄以遂」とある。

〔五〕「勁節」は、苑雲の寒松詩に「凌風知二勁節一、負レ霜見二直心一」とある。

〔六〕「貞心」は、劉孝先の竹詩に「無三人賞二高節一、徒自抱二貞心一」とある。

〔七〕李賀に「五粒小松歌」がある。「五鬣松」のこと、焦氏類林所引名山記に出。

〔八〕「春物」は、何遜の詩に「旅客長憔悴、春物自芳菲」、古今集、恋三、業平に「起きもせずねもせで夜を明かしては春の物とてながめくらしつ」とある。伊勢物語にも出。この「春の物」とかかわりがあろうか。

〔九〕「飛香」は、李賀の詩に「飛香走紅満天春」とある。

〔一〇〕「遊糸」は、風に乗じて飛ぶ蜘蛛の糸。いとゆう。gossamer のこと。杜甫の詩に「落花遊糸白日静」とある。和漢朗詠、巻上、春、春興(本大系七三一九注二)・かげろふ日記(本大系二〇八五頁・一七〇頁注一四)参照。

入矢氏いう、晩帯は帯のように横になびく夕霞のつもりであろうか。かげろうをその帯がわりに桜にまとわせてやろうの意か。

〔一一〕「零落」は、説文に「草枯曰レ零、木枯曰レ落」とある。

〔一二〕道真は前年(寛平六年)十二月十五日「侍従」を兼任した。この官名はもと、君主の気付かない過失を見つけて諫める役。唐書、百官志に「補闕・拾遺、掌二供奉諷諫一」とある。

三八五　〔一〕紀略、亭子院、寛平七年三月其(あるいは某か)日の条に「公宴、月夜翫二桜花一為レ題」とある。開字は、桜花にゆかりのある文字である。「令」は、東宮の仰せ。↓三八二補一。

〔二〕「兎魄」は、李紳の詩に「秋に月満時侵二兎魄一」とある。

〔三〕白居易の詩に「暖熏花口噤初開」とあり、明代ながら楊慎の詩に「画舫亭前花正開、仏桑含レ笑粉紅鰓」とある。

〔四〕司馬遷の「報二任安一書」に「腸一日而九回」とある。

〔五〕三・四句は、今宵の宴楽は東宮の催されるところだという意をこめるであろう。

☆(四一〇頁)　〔一〕「金吾」は、衛門佐の唐名。「亜将」は、金吾将軍の次位の意であろう。源当時は、大納言源能有の一男、寛平四年(八九二)三月二十四日右衛門権佐に任ぜられ、寛平七年(八九五)八月十六日左少弁に転ずるまで在任した。

〔二〕源当時はこの時二十五歳、菅家廊下に学び、道真の門人であったのであろう。

〔三〕「直廬」は、陸機の「贈二尚書郎顧彦先一」詩の注に「済曰、直宿之廬」とある。

〔四〕大納言正三位源能有、寛平七年(八九五)五十一歳。左大将・東宮傅を兼ねる。能有は、文徳天皇第一皇子、母伴氏であった。

〔五〕「紀侍郎」は、紀長谷雄。「侍郎」は、吏部侍郎で、式部少輔のこと。寛平五年(八九三)二月、長谷雄は式部少輔に任じ、翌六年八月右少弁に任じた。

〔六〕「様」とは、図のこと。左相撲司標所記には「画様」ともある。伝教大師将来目録に「三十七尊様一巻」とあるも図の意である。

〔七〕基経五十賀屏風も巨勢金岡が描き、道真が詩を作り、藤将軍が清書した。「大夫」は、五位または五位以上の称。あるいは絵所の長官の称か。

元慶五年(八八一)のころ、大相府(基経)屏風を清書したことは田氏家集巻中にみえ、仁和元年(八八五)に平維範が進献した相国(基経)五十賀屏風にも清書した。↓二四〇頁☆。

〔八〕「右軍」は、将軍のこと。この唐名は六衛府の官人のうち。例えば、王羲之を「王右軍」といった。
職事補任、宇多院蔵人頭の条に「左近中将従四位下藤敏行、寛平七年十月廿九日補」、また三十六人歌仙伝に「従四位上行右兵衛督藤原朝臣敏行、寛平七年十一月兼春宮亮」とある。

〔九〕元稹の「上レ詩啓」に「往往戯排二旧韻一、別創二新調一」とある。

〔一〇〕三八七以下は、出典の漢文が分注されているが、はじめの「廬山異花詩」(三八六)の題下に分注がないのは、脱したのであろう。

三八六 〔一〕「廬山」のことは、白居易の「廬山草堂記」をはじめ、わが国でもつとに知られていた。ここに「異花詩」を賦するのは、やはり本文の出典があったにちがいないが、ぴったり合うものを索出しえない。序に、題脚に本文を注したとあるから、何かの理由で脱落したのであろう。白居易の「廬山草堂記」に「堂北五歩、拠層崖積石、嵌空垤塊、雑木異草、蓋覆其上、緑陰蒙蒙、朱実離離、不識其名、四時一色」とあるのは、「異花」にあたるかもしれない。神仙伝巻六、廬山の董奉の伝に「奉居レ山不レ種レ田、日為レ人治レ病、亦不レ取レ銭。重病愈者、使レ栽二杏五株一、軽者一株、如レ此数年、計十万余株、鬱然成レ林、乃使三山中百禽群獣游二戯其下一」とあるのも、杏花を異花と考えれば、これに合うかもしれない。

〔二〕「採松人」は、述異記に「呉猛、登二廬山一、過二石梁一、見三一老翁坐二桂樹下一、以二玉杯一承二甘露一与レ猛」とあるような仙人のたぐいであろう。寰宇記に、廬山に三宮あり、その下宮に紫芝田があり、つねに二仙童の采芝人がいるという。「採松」は「采芝」とかかわりありや。廬山の三宮は万仞に聳え立って、真人すなわち神仙のすみかという。僧景衡は永明年中に、夢に廬山の神をみたとき、そう告げられた(淵鑑類函、廬山条所引虞義景法師行状)。

〔三〕江淹の香炉峰詩に「此山具鸞鶴、来往尽仙霊、瑤草正翕赩、玉樹信葱青」とある。

〔四〕湛方生の神仙詩序に「廬山(中略)非二人跡之所一レ遊、窈窕沖融、常含レ霞而貯レ気、真可レ謂二神明之区域、列真之苑囿一」とある。

〔五〕芸文類聚、廬山の条にも引くように、神仙伝の董奉を本文として賦したものであろう。神仙伝巻六、董奉の条に、董奉が廬山の下に住んで、病者を治癒せしめ、大旱に雨を降らしめ、平生田を作らず、病人を治めて、なおると杏をうえさせ、数年で十万余株の杏林となり、鳥獣がその下で遊戯した。杏子が熟すると穀を入れる器を置いて、杏子をとりにくるものは、その器に穀物を入れて交換せしめた。杏を多く取り去るものは、虎が後をおって、穀物に見合う分だけ杏子をもたせたという。一日、董奉は雲中に去り、妻と女と残って杏を売り、虎もこれを守った。董奉は人間にあること三百余年で、去る時の顔は三十の時の人のようであったとある。

〔六〕▽寛平七年(八九五)源大納言五十賀屛風絵は巨勢金岡の唐絵に道真の漢詩が題されたもの、何れも中国古典の長寿説話・神仙説話から題材をえている。ほぼ時代は同じときであるが、素性集に、寛平御時后宮の歌合の歌が出ており、「仙人の栖(すみか)にわけて入りたるところ絵に書きたるに　ぬれてほす山路の菊の露のまにいかでか我は千代をへぬらむ」とあるが、これは倭絵の屛風歌であり、唐風から和様への微妙な推移がうかがわれる。貫之集にみる、延長四年清貫民部卿六十賀屛風歌に「鶴の池辺にあそぶ所　さざら波よするみぎはにすむ鶴や君がへむよのしるべなるらむ」などとあるが、もう説話的世界から離れて、類型的な屛風絵、屛風歌になってしまう。

三八七 〔一〕「列仙伝」は、三巻、劉向撰。日本国見在書目録、雑伝家に出。「負局先生」は、鏡を研磨する道具を入れた箱をせおう人の意。「先生」は、美称。「負局」は、箱をせおうこと。劉禹錫の磨鏡篇に「門前負局人、為レ我一磨拭」とある。芸文類聚、仙道部所引列仙伝に「負局先生、語似二燕代間人一。因摩(一本「磨」に作る)レ鏡。輒問二主人一、得レ無下有二疾苦一者上。若有、輒出二紫丸赤薬一与レ之。莫レ不レ愈。数十年後、大疫。毎レ到レ戸、与レ薬、愈者万計。不レ取二一銭一。後止二呉山絶崖一、世世懸レ薬与レ人。曰、吾欲レ還二蓬萊山一。為二汝曹一下二神水崖頭一。一旦、有下水白色、従二石間一来下上。服レ之多レ所レ愈。立レ祠十余年(一本「処」に作る)」とある。

〔二〕「眼」は、泉などを数える語。白居易の詩に「一眼湯泉流向レ東」とある。

三八八 〔一〕「幽明録」は、三十巻、劉義慶撰。旧唐志、雑伝家に出。芸文類聚、天台山部所引幽明録に「漢帝永平五年、剡県劉晨阮肇、共入二天台山一、度レ山出二一大渓一。渓辺有二二女子一、姿質妙絶。遂留半年、懐レ土思レ求レ帰。既出、親旧零落、邑屋改異、無二復相識一。訊問得二七世孫一」とある。蒙求にも「劉阮天台」とあり、補注蒙求では続斉諧記によりて引く。文に異同多く、記事はさらに潤飾せられている。

〔二〕「得」が可能をあらわす助動詞となる場合は、上の活用語を「コト」

でうけ、「ヲ」を取ることなく直ちに接続する。

〔三〕「素意」は、かねてからの願いのこと。次の四句の「黄昏」と色対となっている。

〔四〕「骨録」は、仙人の骨相を有するものの名。春澄善縄の神仙冊問に「骨録の属する所、既にその方に迷ひ、形相の存するところ、亦その法に味(くら)し」とあり、都良香の神仙対策に「骨録の存するところ、好尚は皮竺に分れ、相法既に定まりて、表候は形容に見(あらは)れり」とある。仙の骨録は雲笈七籤に「斐君密(ひそか)に太上鬱儀文と太上結璘章とを受く。仙の骨録と名づくる者有り、乃ち此の二書を見るを得たり、之を見る者は仙、之を為す者は真」(佩文韻府所引)とある。

「放」は、唐代の俗語で、「教」「使」とも同じと張相はいう。しかし今は類聚名義抄の訓によって「神仙に放(なら)はず骨録に離る」と訓んでおく。

〔五〕しかし、その草履をぬぐわが家もなかったのであるの意。

三八九 〔一〕「異苑」は、六朝志怪の雑家書と思うが、新旧唐志に見えず、日本国見在書目録にも見えない。芸文類聚・太平広記引用書の一。「赤松」は、神農氏の時の雨師。「安期先生」は、海辺売薬の仙人。秦の始皇のとき、人人は「千歳公」と言っていた。共に列仙伝に出。鄭緝之の東陽記なる書に「北山有㆑湖。故老相伝。云、其下有㆘居民曰㆓徐公㆒者㆖。常登㆑嶺、至㆓此処㆒、見㆓湖水湛然㆒。有㆘二人共博㆗於湖間㆖。自称㆓赤松子・安期先生㆒。有㆓一壺酒㆒、因酌以飲㆓徐公㆒。徐公酔而寐㆓其側㆒。比㆑醒不㆔復見㆓二人㆒。而宿草攢㆓蔓其上㆒。家人以為㆑死也。擧服三年、服竟徐公方反。今其処、猶為㆓徐公湖㆒」(芸文類聚、湖部所引)とある。文粋十の大江匡衡の「逢花傾㆓一盃㆒詩序」に「王勣郷遙、誰投㆓轄乎倒載之際㆒。徐公湖隔、豈問㆓路乎淵酔之中㆒」とある。

〔二〕「東陽」は、浙江省の県名。浙江の上流の東陽江が県を流れる。

「徐公」は、もと東陽の人。

〔三〕「計会」は、唐代の俗語。

〔四〕「忘機」は、李白の詩に「我酔君亦楽、陶然共忘㆑機」とある。

〔五〕「憶昔」は、懐古・追想を示すことば。杜甫の詩に「憶昔開元全盛日」とある。

「翠微」は、山気のうすはなだ色のこと。爾雅疏に「山気青縹色。故曰㆓翠微㆒也」とある。

三九〇 〔一〕「述異記」は、梁の任昉の撰、二巻。隋・唐志には「祖冲之撰、十巻」としるすが、これは別のものである。現存二巻本は唐人改竄本で原本は佚した。この文も現存本にはない。淵鑑類函、廬山部所引述異記に「呉猛登㆓廬山㆒、過㆓石梁㆒、見㆘一老翁坐㆗桂樹下㆖。以㆓玉杯㆒、承㆓甘露㆒与㆑猛」とある。また潯陽記に、廬山頂の池を呉猛が鉄船に乗り、二竜が挾んで航行した伝説があり、また寰宇記に、廬山上の三宮のうちの上宮に三石梁があり、呉猛が仙に遇ったところがあることを記す。

〔二〕「煙嵐」は、賈島の詩に「浩渺浸㆓雲根㆒、煙嵐没㆓遠村㆒」とある。

〔三〕三・四句は、廬山のいただきのあたりを、展望しながら歩いて行ったところ、巌石が自然の橋梁となってかかっているところが三カ所もあった。この石梁(いわはし)をわたるとき、思いをこらして専念になったとき、丹(あか)い花の咲く桂の木のもとに、神人にであったのであるの意か。「丹桂」は、赤い花の咲くもくせいの木という。

〔四〕「甘露」は、天下が太平のときに降(くだ)るという。論衡に「甘露、味如㆓飴蜜㆒、王者太平則降」とある。

〔五〕「傾蓋」は、車の蓋(きぬがさ)を傾け合って、親しく語り合うこと。後漢書の注に「孔叢子曰、「孔子与㆓程子㆒相㆓遇於途㆒、傾㆑蓋而語」。傾蓋、謂駐㆑車交㆑蓋也」とある。

〔六〕「玉膏」は、仙薬の名。初学記所引十洲記に「瀛洲有㆓玉膏㆒、如㆑酒。名曰㆓玉酒㆒。飲㆓数升㆒輒酔、令㆓人長生㆒」とある。

☆(四一四頁) 〔一〕東宮敦仁親王、宇多天皇第一皇子。母贈皇太后胤子、内大臣高藤公女。仁和元年生。寛平五年立太子。この年(寛平七年)十一歳。寛平九年元服、受禅、即位して醍醐天皇となる。時に十三歳。道真は時に左大弁、侍従で東宮亮を兼ねていた。

〔二〕皇太子よりもとめられることを、「令」という。三浦梅園の詩轍巻六に「応令応教の別、秦法、皇后太子、称㆑令。諸侯王称㆑教。貴人の仰にて作るを応命と云」とある。

〔三〕一日百首応令詩が、唐に行われたことは、李嶠の百廿詠などで類推できるが、その作品は未詳。羅紏に比紅児詩七絶百首があり、和凝に宮詞七絶百首などあるが、これらが一日になったということはしるされていない。むしろ李嶠の百廿詠は五律であるが、毎詩、題を換えたところの詠物詩である点で、道真の十首詩・二十首詩と体式において似ている。十首詩は、皮日休と陸亀蒙の漁具十五詠、樵人十詠、酒中十詠、茶具十詠などの酬和の連作群をはじめ、呉融の即席十韻や徐鉉の柳枝詞十首の応制詩など似ているといえよう。二十首詩は、劉禹錫の深春二十首七絶、元稹の生春二十首五律などの例がある。

詠物の点では、唐太宗・李嶠・董思恭・徐鉉等の詠物題と似ており、ことに李嶠の百廿詠の題とかさなりあうものが多いから、必ずや道真の作にはこれらの投影があろう。

太平記巻十二「大内裏造営事、付聖廟事」に「同年三月廿六日、延喜御門、未ダ東宮ニテ御座有リケルガ、菅丞相ヲ被レ召テ、漢朝ノ李嶠(リケウ)ハ、一夜ニ百首之詩ヲ作リケリト見エタリ。汝何ゾ其才ニ如カザラム。一時ニ十首ノ詩ヲ作リテ、天覧ニ備フベシト被ニ仰下一ケレバ、則チ十之題ヲ給リテ、半時許ニ十首ノ詩ヲゾ作ラセ給ヒニケル。送レ春不レ用レ動ニ舟車一(中略)ト云フ暮春ノ詩モ、其十首ノ絶句ノ内ナルベシ」(西源院本)とある記事は注意すべきである。聖廟暦伝にも「菅子侍ニ東宮一、皇太子有レ令曰、寡人嘗聞、異朝李嶠、有下一日応ニ百首一之詩上(下略)」とある。

〔四〕一時即ち今の二時間のうちに十首の詩を題詠することをいう。二中歴、歳時歴に「時、夜半　鶏鳴　平旦　日出　食時　禺中　日中　日昳　晡時　日入　黄昏　人定」とある。二時間毎の名称。

〔五〕「刻」は、一昼夜を十二支に配した一時の四分の一。「二刻」は、即ち六十分間に当たる。

〔六〕ここは、平凡で鄙俗であるけれども、焼き捨てることもできないの意。土左日記に「とまれかうまれ、とくやりてん」。

「送春」「落花」「夜雨」「柳絮」「紫藤」、何れも文集に同題がある。

三九一 〔一〕一・二句、和漢朗詠、巻上、春、三月尽(本大系七三五三)に出。

〔二〕「韶」は、美。「韶光」は、唐太宗詩に「韶光開ニ令序一、淑気動ニ芳年一」、梁元帝纂要に「春曰ニ青陽一、(中略)景曰ニ媚景、和景、韶景一」(淵鑑類函、春部所引)とある。

三九二 〔一〕「珍重」は、梁書、王僧孺の伝に「握レ手恋恋、難レ別珍重」とある。

〔二〕しかし人間は同じ心に君をしたっても、今年の花はすでに去って再び同じ花にあうよしもないの意をこめる。

〔三〕三・四句、和漢朗詠、巻上、春、三月尽(本大系七三五四)に出。

三九三 「尚書」は、大弁・中弁の唐名。「尚書」の訓は、落葉集、百官唐名に「尚書(じやうじよ)」とある。

三九八 「燕」は、「燕、エン・ツバクロメ・ツバメ　銜泥(カムデイ)・玄乙同」(黒川本色葉字類抄)とある。

三九九 〔一〕芸文類聚、雀部所引続斉諧記に、弘農の揚宝は、ある時一黄雀児が鴟梟(とびふくろう)のために搏たれて樹下に落ち、また螻蟻(けらあり)のためにくるしめられていた。揚宝はあわれんで巾箱(きんそう)坐右の手文庫)のなかに入れて介抱し、黄花を与えて飼育した。百日ほどたつと羽毛もはえそろってきたので放すと、朝とびたち、夕にかえってくる、群雀とともに室のほとりを哀鳴しつつとびめぐること数日。ある夜ふけ彼が読書をしていると、黄衣の童子がやってきて、助けられた恩を謝し、白環四枚を与えて、君の子孫は三公の位に登るであろうと告げた。四世の子孫相次いでその言の如くであったという。この故事による。白氏六帖、雀部には「銜環、後漢揚宝、年六歳、見ニ雀瘡、螻蟻搏レ之。宝憐レ之、因置ニ箱中一、採ニ黄花一而食レ之、瘡愈飛去、一日化為ニ黄衣少年一、持ニ玉環一来報ニ宝恩一」とあって、続斉諧記と多少の異伝がある。

雀が恩を報ずる物語は、童話として幼い十一歳の皇太子も知っていたのであろう。道真はこの連作を皇太子も理会できるように作っているのである。

〔二〕芸文類聚、雀部所引風土記に「六月東南の長風ふけば、海魚化して黄雀となる」とある。

四〇〇 ▽この一時十首の題詠詩は、時節にふさわしく、「送春」にはじまり、「落花」「柳絮」「紫藤」「青苔」とつづき、「鶯」「燕」「雀」と連想が展開し、「残燈」をもって結ぶ。「夜雨」があるところをみると当夜は雨ふりであったであろう。李嶠百廿詠には「雨」「柳」「藤」「鶯」「燕」「雀」「燭」とある。五律と七絶という形式上のちがいもあり、また詩によまれた内容もちがうけれども、題そのものは李嶠の題とよく似ていることは疑われない。

四〇一 〔一〕李嶠百廿詠にも「琴」の詠物詩がある。ともに五言律詩で、同じ体式である。

この詩題は、文選の謝眺の詩「已有ニ池上酌一、復此風中琴」の語にもとづく。その他嵆康の詩に「習習和風、吹ニ我素琴一」、元稹の春晩詩に「風中聆ニ素琴一」、張祐の風詩に「何似ニ琴中奏一」、李嶠の風詩に「松清入ニ夜琴一」などとある。文粋一、音楽に紀納言の「風中琴賦、以ニ風触無レ心、声応有レ信為レ韻」という作がある。

〔二〕「青蘋」は、文選の宋玉の風賦に「夫れ風は地に生(な)つて、清蘋の末より起る」とある。李嶠の風詩に「落日に蘋の末に生(な)る」とある。

〔三〕「玉軫」は、白居易の詩に「玉軫臨レ風久、金波出レ霧遅」とある。

四〇二　張正見の竹詩に「欲レ知抱レ節成レ竜処、当三於山路葛陂中二」とある。李嶠の竹詩に「白花揺二鳳影一、青節動二竜文一」とある。

四〇三　朱余慶の薔薇花詩に「緑は攢(あつま)りて手を傷(きず)くる刺(とげ)、紅は随ひて腸を断つ英(はなぶさ)」とある。

四〇四　〔一〕「勁節」は、梁の范雲の寒松詩に「凌風知二勁節一」、唐の李嶠の松詩に「歳寒知レ不レ改、勁節幸君知」とある。

〔二〕「麈尾」は、陳書に「後主嘗幸二鍾山開善寺一。詔二従臣一坐二於西南松下一。勅張凱竪議時、索二麈尾一、未レ至。後主勅取二松枝一、手以属。凱曰、可レ代二麈尾一」とある。また周景式の廬山記に「石門北巌即松林也。南臨二石門澗一。澗中仰二視之一、離離如レ駢二麈尾一。号二麈尾松一」(芸文類聚)とある。

四〇五　〔一〕芸文類聚所引魏略に「大祖禁酒、而人竊飲レ之、故難レ言レ酒。以二白酒一為二賢者一、清酒為二聖人一」、江統の酒誥に「上自二三皇一、下逮二五帝一、雖レ曰二聖賢一、亦咸斯嘗」とある。これによれば、一・二句は、酒を飲んでみて、はじめて、古の三皇五帝の聖賢でも酒をたしなんだ気持がわかるの意となる。

〔二〕「竹葉」は、文選の張協の七命に「乃有二荆南烏程、予北竹葉一」とあり、注に「(張華)軽薄篇曰、蒼梧竹葉清。宜城九醞醝」とある。同じく張衡の七弁に「元酒白醴、蒲萄竹葉」とある。文集に「竹葉清」または「竹葉春」ともみえる。「紅燎炉香竹葉春」(三三二)の如きである。

〔三〕「梨花」は、文集、杭州春望詩に「青旗沽酒趁二梨花一」、自註に「其俗醸酒趁梨花時熟、号為二梨花春一」とある。

〔四〕陶淵明によれば酒は忘憂物というから「開眉」といい、白居易の北窓三友によれば酒を一友にかぞえるから「杯裏伴」という。

四〇六　〔一〕僧仲殊の越中牡丹序に「越之所二好尚一、惟牡丹。其絶麗者三十二種」とある。

〔二〕「亜」は、杜甫の上巳宴集詩に「花蕊枝に亜(た)るる紅」、文集の「和二松樹一」詩に「願はず枝葉亜(た)れて、低(た)れて槐樹の行(らつ)に随ふことを」とある。→三五注二。

四〇七　〔一〕「孤拳」は、礼記、中庸に「今夫山、一拳石之多」(一本「拳」を「巻」に作る)、菅原文時の織女石賦に「孤拳為レ之被レ刻、仙粧由レ其相尋」(文粋一)、詩経に「我心匪レ石、不レ可レ転也」とある。

〔二〕天中記に「詩人多以二雲根一為レ石。以二雲触レ石而生一也」(淵鑑類函、石部)とある。

四〇八　〔一〕「団団」は、班婕妤の詩に「裁為二合歓扇一団団似二明月一」とある。

〔二〕「細風」は、李嶠の詠扇詩に「熱を禦(ふせ)がんとして風の細(こまやけ)きを含む、秋に臨むとて月の明(あきらか)なるを帯ぶ」とある。

三・四句は、天台智者大師の止観の文句「月重山に隠れぬれば扇を擎(あ)げてこれに喩ふ、風大虚に息(や)みぬれば樹を動かしてこれを教ふ」(和漢朗詠、巻下、仏事(本大系七三五八七))によるか。

四〇九　「屏風」は、釈名に「屏風、障レ風也。扆(注、扆、屏風也)在レ後、所二依倚一也」とある。礼記に「天子当レ扆而立」とある。

四一〇　〔一〕「家兄」は、晋の魯褒の銭神論に「為二世神宝一、親愛如レ兄、字曰二孔方一。失レ之則貧弱、得レ之則富強」、「雖レ有二中人一而無二家兄一、何異二無レ足而欲レ行、無レ翼而欲レ翔」とある。

〔二〕「貨泉」は、国清百録二十、天台山放生碑に「各捨二貨泉一、同成二仏海一」とある。

〔三〕「貪夫」は、史記、伯夷列伝に「語曰、貪夫徇レ財、烈士徇レ名」とある。徇は、そのために命を捨てる意。モトムと訓む。

四一一　〔一〕「烏号」は、風俗通に「烏号弓者、柘桑之枝、枝条暢茂。烏登二其上一、垂下著レ地。烏適飛去、従レ後撥殺、取以為レ弓、因為二烏号一」、李嶠百廿詠の弓詩に「徒切烏号思、攀レ竜遂不レ成」とある。源光行の百詠和歌第十に「黄帝斷湖に出給へるに、竜来て迎奉る。帝乗給て、天に登て仙になれり。群臣七十人、竜髯に取付て、共にのぼりぬ。又帝の弓にとり付てのぼらんとする人あり。のぼる事を得ずして、弓にいだきつきてさけび落ちぬ。この故に烏号と云。又云、烏木の上に集るに、たはまぬ枝を強と知て、弓につくるを烏号と云り」とある。前半の説は史記に見える。後半の説は、風俗通の説の訓み誤りである。

〔二〕「質」は、周礼、天官の注文に「方十尺曰レ侯、四尺曰レ鵠、二尺曰レ正、四寸曰レ質」、荀子、勧学に「質的張而弓矢至焉」とある。

〔三〕漢書、枚乗の伝に「養由基、楚之善射也。去二楊葉一百歩、百発百中、楊葉之大、加レ百中焉。可レ謂二善射一矣」とある。

四一二　〔一〕「繊鋒」は、晋の成公綏の故筆賦に「建二犀角之玄管一、属二象歯於繊鋒一、染二青松之微煙一、著二不泯之永蹤一」とある。

〔二〕「崩雲」は、「妙、崩雲に等し」とか、「崩雲垂露」などという。蔡邕の表に「重似二崩雲一」、封希顔の六芸賦に「万仭崩雲、千巌落石」、李嶠の詠書詩に「垂露春光満崩雲骨気余」とある。
〔三〕孔雀楼文集補遺の海楼先生筆塚銘并序に「其所レ用退筆、永毀不レ翅、嗣子寔、建二筆塚於其埋玉之上一、求二銘於予一」とある。
〔四〕「羊柱」は、古今原始、六に「秦始皇、蒙恬造レ筆、牛亭曰、以二柘木一為レ管、以二鹿羊一為レ柱、以二兎毫一為レ被、此筆之始也」とある。また崔豹の古今注にもみえる。文粋十三の善道統の「為二空也上人一供二養金字大般若経一願文」に「羊柱適畢二書写一」とある。

四一四 〔一〕「手談」は、芸文類聚、囲棊部所引語林に「王中郎、以二囲棊一是坐隠。支公以レ棊為二手談一」、また顔氏家訓に「囲棊有二手談坐隠之名一。頗為二雅戯一。但令二人耽憒一。廃喪実多。不レ可レ常也」とある。
〔二〕「下子声」は、白居易の棊詩に「映レ竹無二人語一、時聞二下レ子声一」。
〔三〕張擬の棊経に「万物之数、従レ一而起。局之路三百六十有一。一者生レ数之始、拠二其極一而運二四方一也。三百六十、以象二周天之数一分為二四隅一、以象二四時一。外周七十二路」とあるが、これは、周制の畿内の王族たちの知行所、王畿の外郭、東南西北、方百里が三十六あるものを「都」というのにかたどっているように思われる。

四一六 ▽ 唐の孟郊の「蜘蛛諷」にみられるように、中国で蜘蛛を詠ずる詩は多く、あみをはって虫を殺す性を憎むことをモチーフとする。蜘蛛が網の上で安らかにしているのをたたえるような詩は管見に入らない。

四一七 〔一〕「壁魚」は、衣服や書物にすくう虫。しみ。壁中に居り、かたちが魚に似ているからいう。「白魚」「蠹魚」ともいう。杜甫の帰来詩に「開レ門野鼠走、散レ帙壁魚乾」とある。
〔二〕「九流」は、漢書、叙伝に「劉向司レ籍、九流以別」、注に「儒・道・陰陽・法・名・墨・縦横・雑・農、凡九家」とある。

四一八 〔一〕「因縁」は、白居易の「与二元九一書」に「自叙二為レ文因縁、与二年月之遠近一也」、同じく老来生計詩に「人間栄耀因縁浅、林下幽閑気味深」とある。
〔二〕白居易の「題二薔薇架一」詩に「晩開春去後、独秀二院中央一」とある。
〔三〕慮思道の美女詩に「京洛多二妖艶一、余香愛二物華一」とある。
〔四〕「来」の用例としては、李義山の詩に「一樹濃姿独看来」とある。

四一九 〔一〕紀略、亭子院、寛平六年十二月二十九日丙辰の条に「渤海国客徒百五人、到二著於伯耆国一」とあり、同時に橘澄清をこの入覲にそなえて、伯耆権掾に任じ、こえて翌七年正月二十二日に備中権掾三統理平と、明法得業生中原連岳らを渤海客存問使に発令している。こえて五月四日に鴻臚館を検閲し、五月七日癸亥、客使らが鴻臚館に来著し、「十一日丁卯、天皇幸二豊楽院一、賜二饗於客徒一、兼叙二位階一」とある。前田家本菅家伝によると「(寛平六年)十二月兼二侍従一。七年正月兼近江守・遣唐大使・左大弁・式部権大輔・侍従・春宮亮如レ故。今年渤海大使裴頲重来朝。別奉勅与二式部少輔紀長谷雄一、到二鴻臚館一聊命二詩酒一、唱和往復、遠及二数篇一。日暮賦二餞別詩一。門生十人、著二麴塵衣一従二其後一焉。後代別学生能属レ文者十人、預二餞客之座一、自レ此之始也」とある。元慶七年(八八三)、裴頲来朝のことについては、一〇四以下、ならびに田氏家集、巻中参照。
〔二〕「風情」は、白居易の詩に「一篇長恨有二風情一、十首秦吟近二正声一」とある。
〔三〕詩経、小雅、白駒に「皎皎(けうけう)たる白き駒(こま)、我が場(はに)の藿(まめのは)を食(は)め。縶(まと)ひ維(なつ)ぎて、以て今夕(このゆふべ)を永うし、所謂(いはゆる)伊(か)の人、焉(ここ)に嘉客たらしめん」とあって、いさぎよき馬をつなぎとめんというのは、珍客賢者をほめて、いつまでもつなぎとめたいといって名残りを惜しむ意である。
〔四〕漢書、揚雄の伝に「雄方草二太玄一、有二以自守泊如一也。或謿レ雄以二玄尚白一。而雄解レ之号曰二解謿一」とある。「揚雄」は、前漢末の人で、友人が地方長官などに立身したのに、「太玄経」などという書物を書いて、世俗の出世を意に解しなかったのを、人人がそしったのに答えて、解嘲・解難の文を書いた。その文は漢書に収められる。

四二〇 〔一〕四一九の詩を道真が贈呈したのに対し、裴頲が次韻して応酬してきた。そこでまた同じ韻によって酬唱したのである。文字即ち下平声三肴韻(かひょうしょうさんこういん)、膠・抛・交・巣・嘲と用字も順序も同一である。このような原唱に対する和篇の押韻のしかたを「次韻」という。元稹と白居易が流行させた唱和の一体で、文草にもところどころに見える。
〔二〕「折寒膠」は、漢書、鼂錯の伝の注に「蘇林曰、秋気至、膠可レ折、弓弩可レ用、匈奴常以為レ候而出レ軍」とあり、駱賓王の詩に「胡地寒膠折」とある。
〔三〕漢書、蘇武の伝に「杖二漢節一牧レ羊、臥起操持、節旄尽落」とある。
〔四〕論語、子罕に「歳寒然後知二松柏之後一レ凋」とある。
〔五〕「忘筌」は、荘子、外物に「筌者所二以在一レ魚、得レ魚而忘レ筌、蹄者所二以在一レ兎、得レ兎而忘レ蹄」とあり、続けて「得レ意而忘レ言」ともある。

〔六〕蜀志、諸葛亮の伝に「先主曰、孤之有㆓孔明㆒、猶㆓魚之有㆑水、願勿㆓復言㆒」とある。
〔七〕「無褐」は、詩経に「無㆑衣無㆑褐、何以卒㆑歳」とある。
〔八〕「有巣」は、韓非子、五蠹に「上古之世、人民少而禽獣衆、人民不㆑勝㆓禽獣虫蛇㆒。有㆓聖人作㆒、構㆑木為㆑巣、以避㆓群害㆒。而民悦㆑之、使㆑王㆓天下㆒、号曰㆓有巣氏㆒」とある。
〔九〕詩文のあそびをやや冷やかに自嘲したことば。白居易の「舎弟に寄する」詩に「詠月嘲風先要㆑減」とある。

四一　〔一〕「知命」は、論語、為政に「五十而知㆓天命㆒」とある。
〔二〕「読易」は、論語、述而に「子曰、加㆓我数年㆒、五十以学㆑易、可㆔以無㆓大過㆒矣」、空海の性霊集に「古文云、知命読㆑易、義趣易㆑入」（本大系[七一]二一五頁）とある。
〔三〕「攀桂」は、功名を求めて努力すること。「桂」は、月中の桂。盧照鄰の詩に「攀㆑桂将㆓安寄㆒、軍中音信稀」とある。
〔四〕「抜茅」は、易経、泰卦に「抜㆑茅如㆑茹」とあり、かやの根を一本引き抜くと、ほかの根も一しょにつづいて抜けてくることから、同類の者が肩を並べて立つことをいう。「茅」は、ちがや。すすきなどの類。
〔五〕論語、陽貨に「子曰、小子何莫㆑学㆓夫詩㆒。詩可㆓以興㆒、可㆓以観㆒。（中略）多識㆓於鳥獣草木之名㆒」とある。
　サダメテ…ムの訓は、地蔵十輪経元慶点による。

四二　〔一〕「瓊茅」は、楚辞、離騒に「索㆓瓊茅㆒以筳篿兮、命㆓霊氛㆒為㆑余占㆑之」とあり、注に「瓊茅、霊草也。楚人結㆑草折卜、曰㆓筳篿㆒」とある。
〔二〕「素交」は、文選の劉峻の広絶交論に「斯賢達之素交、歴㆓万古㆒而一遇」とあり、注に「素、雅素也」とある。
〔三〕「任他」の訓は、「遮莫、サマアラハレ・サモアラハレ、任他、同」（色葉字類抄）とある。
〔四〕「皤皤」は、班固の辟雍詩に「皤皤国老、乃父乃兄」とあり、李善注に「説文に皤、老人貌也」とある。文集にも四皓のことを「皤皤四先生」という。
〔五〕「東膠」は、礼記、王制に「周人養㆓国老於東膠㆒」とあり、注に「東膠、亦大学」とある。
〔六〕「瑚璉」は、論語、公冶長に「子貢問曰、賜也何如。子曰、女器也。曰、何器也。曰、瑚璉也」とある。
〔七〕「竹筲」は、論語、子路に「斗筲之人、何足㆑算也」とあり、鄭注に「筲、竹器、容㆓斗二升㆒」とある。
〔八〕「石火」は、火打ち石の火。短い時間のたとえに使われる。白居易の対酒詩に「石火光中寄㆓此身㆒」（和漢朗詠、巻下、無常（本大系[七三]七九二））とある。潘岳の詩に「頻如㆑敲㆓石火㆒、瞥若㆑截㆓道飇㆒」とあるのも同じ。もとづく所は、古楽府詩の「鑿㆑石見㆑火能幾時」である。

四三　〔一〕「楽郊」は、詩経、魏風、碩鼠（せきそ）に「逝いて将に女（なんぢ）を去（さ）けて、彼の楽郊に適（ゆ）かん」とあり、注に「楽土、有徳之国」とある。
〔二〕「雲竜の庭」は、文選の東都賦に「爾乃盛㆑礼興㆑楽、供帳興㆓雲竜之庭㆒」とある。文粋三の菅三品の太政官謹奏に「天仙之洞雖㆑静、以酔以飽、雲竜之庭猶隆」とある。
〔三〕「包茅」は、左伝、僖公四年、斉侯が楚を伐つ条に、楚からいうに「君北海に処（を）り、寡人南海に処る云云」とあり、また斉が楚をなじっていうに「爾（なんぢ）の貢する包茅、入らず。王の祭に共せず、以て酒を縮（たし）むことなし。寡人これを徴す」といっている。王維の「送㆔晁監還㆓日本国㆒」詩にも「豈甘㆓心于筇杖㆒、非㆑徴㆓貢于包茅㆒」とある。
　一・二句は、詩経、魏風、碩鼠と左伝、僖公四年の斉が楚を伐つことを典故として句をしたてる。碩鼠は魏の国政が傾いて、虐政をさけて徳治の国へ移住したいという希望をたくした詩であり、包茅は楚が斉のために朝貢することを怠って討伐の軍をさしむけられる条のことばである。これは単に渤海国使が本国に帰ることをのべたものではなく、逆に渤海よりわが国に難をさけてうつり来り、わが国に対して朝貢する品物を朝庭に展示することを意味するらしい。この二句の解釈によって、両国の関係が推知せられる資料ともなりうるのである。道真の遣唐使停止のこととともかかわりのあることであろうし、渤海国そのものがこの三十二年後の醍醐天皇延長四年（九二六）に滅亡する運命も予見せられなくもない。
〔四〕「心如結」は、詩経に「其儀一兮心如㆑結」とある。
〔五〕「専夜」は、長恨歌に見える語。もと礼記、内則に出。ここは、夜もすがらの意につかっているが、やや適当でない。
　「相思」は、互いに思う意でなく、対象があれば、ある動作をあらわす語に、「相」字を冠するのである。
〔六〕「賓礼来時」は、礼記、月令に「仲秋白露之日、鴻雁来賓」とあり、「賓礼来時」と「雁」と結びつく。同じく礼記、月令に「季冬之月、雁北郷(一作レ向)」とある。

「懐土」は、論語、里仁に「君子懐レ徳、小人懐レ土」とあり、王粲の登楼賦に「人情同二於懐一レ土兮豈窮達而有異心」とある。
〔七〕「蛟」は、「鮫」と同音、竜の属で、魚身蛇尾、蛟が千年たつと、竜となるという。文選の呉都賦に「淵客慷慨而泣レ珠」とあり、その李善注に「俗伝、鮫人従二水中一出、曾寄二寓人家一。積日売レ綃、綃者竹孚兪也。鮫人臨レ去、従二主人一索レ器。泣而出レ珠満レ盤、以与二主人一」とある。博物志にも出。
〔八〕「区区」の訓は、「区(マチマチニ)別二(ワカテリ)玄儒一」(大慈恩寺三蔵法師伝巻九承徳点)による。

四二四 〔一〕「本韻」というのは、もとの作の韻字、郊・茅・交・蛟・筲をそのまま同じ場所につかって押韻することである。
〔二〕「菅茅」は、詩経、小雅、魚藻之什、白華に「英英白雲、露二彼菅茅一」とある。
〔三〕漢の蕭育と朱博とははじめ親友であったが、後に不和となった。後漢書、王丹の伝に「交通之難、未レ易レ言也(中略)蕭朱隙二其末一、故知、全レ之者鮮矣」とある。
〔四〕おそらく副使より道真や長谷雄に対して、遣唐使として渡海されるならば渤海にも訪問されたいというような話でもあったのであろうか。そういう申し出に対して、渡唐をさえ中止しようと決意していた道真がこういう返事をすることは、当然ありうることと考えられる。
〔五〕▽以上、交字の作六首(四一九―四二四)、何れも客使が京都に到着して、鴻臚館に宿泊した五月七日より十三日ころまでの間に酬唱したものであろう。下平声三肴韻の交というすくない韻字を操作して作るには、相当の苦心があったであろう。

四二五 〔一〕紀略によるに、「五月十四日庚午、於二朝集堂一賜二饗於客徒一」とあり、この日の前後、信物・方物が貢進され、かつ交関貿易もなされたのであろう。さてこのたびは十二年前のような大がかりの盛大な歓迎舞踏会もなく、翌十五日辛未、「参議左大弁菅原朝臣、向二鴻臚館一賜二酒饌於客徒一」とあり、この詩はそのとき餞贈された作品であろう。その翌十六日壬申、あわただしく「渤海客徒帰去」と紀略はしるす。
〔二〕「徳不孤」は、論語、里仁に「子曰、徳不レ孤、必有レ鄰」とあり、坤卦の文言に「君子敬以直レ内、義以方レ外、敬義立而徳不レ孤」とある。道を以て人に接すれば、人もまた道を以て接し、類をもって集り、同志相求めるから、有徳の君子は孤立しないというのである。
〔三〕揚雄の解嘲に「江湖之厓、渤澥之島」とある。また荘子、天運に、泉が涸れて、魚が苦しむときには「江湖を相忘るるに若かず」とある。
〔四〕文集、啄木曲に「我有二双涙珠一、知君穿不レ得」(三〇四)とある。
〔五〕▽薬草所引御伝記に「七年五月十五日、勅止二遣唐使進一」とあり、同じく菅氏録に「五月望、有レ故止二遣唐大使一。〈去年有二奏議一、又是時唐朝大乱。(中略)三鎮挙兵、犯レ闕、殺二宰相一、謀二廃立一、故止レ之。或云、止二発遣一、仍未レ去二遣唐大使之職一〉」とある。

四二六 〔一〕寛平七年(八九五)七月のころの作か。「令」は、皇太子の仰せをいう。↓三六・四一四頁☆・四一九頁☆。
〔二〕「星稀」は、花房氏いう、魏の武帝の楽府詩に「月明星稀」とある。ここはやがて月が出ることを予想させる。
〔三〕楚辞、漁父に「漁父莞爾而笑、鼓レ枻(ふなばた)而去、乃歌曰、滄浪之水云云」とあり、杜甫の秋興賦に「関塞極天惟鳥道、江湖満地一漁翁」とある。
〔四〕淮南子に羿(げい)が西王母に不死の薬を請うとき、羿の妻の姮娥がこれをぬすんで月宮に奔るとある。↓三六注四。

四二七 〔一〕紀略によるに、寛平七年(八九五)七月七日、天皇は綾綺殿に出御、童相撲(わらわすまい)を御覧、二十番の相撲の後に、小童舞を奏している。その夜、殿上において乞巧奠の詩宴が催されたのであろう。しかし相撲の興がつきず、翌八日も追相撲が行われている。
〔二〕「乞巧」は、荊楚歳時記に「七夕、婦女結二綵縷一、穿二七孔針一、或以二金・銀・鍮石(ちゅうせき)一為レ鍼(はり)、陳二瓜果於庭中一、以乞レ巧」、和漢三才図会に「七月七日、祭二河鼓・織女二星一、謂二之乞巧奠一。公事根源云、孝謙天皇勝宝七年、乞巧奠始」とある。
七夕に、月に向かって五色の糸を九孔の針に通しえれば、巧のしるしを得たと占ったのである。淮南万畢術という書に、七夕に守宮(やもり)をとり、これを乾かし調合したものを女の身に塗って文章を生じ、丹をその上に塗っても模様がとれないものは淫でない、とれるものは奸だと占ったとある。七夕には牛女の説話とともにこういう占いの信仰があった。守屋美都雄「校註荊楚歳時記」(一五八頁)参照。
〔三〕史記、天官書の正義に「占に、王者神明に至孝ならば、則ち三星倶に明（あきらか）なり」とある。

〔四〕「文星」は、文集に「看夢得題答李侍郎詩、詩中有二文星之句一、因戯和之」（三三四三）の詩がある。

〔五〕「警策」は、文集、与劉蘇州書に「警策之篇」の語がある。

〔六〕「厚顔」は、詩経、小雅に「巧言如レ簧、顔之厚矣」とある。

四二八 〔一〕紀略、亭子院、寛平七年九月九日の条に「重陽宴、題云、秋日懸二清光一」とある。

詩題は、梁の江淹の「望二荊山一」詩に「奉レ詔至二江漢一、始知二楚塞長一（中略）塞郊無レ留レ影、秋日懸二清光一、悲風撓二重林一、雲霞粛川漲」とあるによる。

〔二〕「無為」は、論語、衛霊公に「子曰、無為而治者、其舜也与」とある。

〔三〕「合璧」は、漢書、律暦志に「日月如二合璧一、五星如二連珠一」とある。

〔四〕「鳥路」は、謝朓の詩に「風雲有二鳥路一」とある。

〔五〕「纊」は、わた。「黈纊（とうこう）」といって黄色の綿を冠から耳の両辺に垂らし、王者は重要な政務以外に不急のよけいなことが耳に入らないように耳を塞ぐべきことが、漢書、東方朔の伝にみえる。「褰」は、かかげる・あげる意だから、その耳わたをかきあげて、何をきいても平和で無事だから、さしつかえないという意か。→四三四。

〔六〕荘子、天地に「子貢南遊二於楚一、反二於晋一、過二漢陰一、見二一丈人一。方将レ為二圃畦一、鑿レ隧而入レ井、抱レ甕而出灌。搰搰然用レ力甚多、而見レ功寡」とある。

〔七〕魏志、陳思王の伝に「若葵藿之傾レ葉、太陽雖レ不二為レ之回一レ光、然向レ之者誠也」とある。

四二九 観智院本作文大体に「破題ノ句ニ用二題ノ字一事　題字多発句可レ作也。而結句作之有二其例一　花有二浅深一題　菅家御作云「蘭為レ送レ秋深紫結、菊依レ臨レ水浅黄凝」是也」とある。しかしこの一聯は破題即ち胸句でなく、述懐即ち落句でもなく、譬喩即ち腰句であるから、これは作文大体の著者の思いちがいであろう。

巻第六

四三〇 〔一〕紀略、寛平八年（八九六）正月二十一日癸酉の条に「内宴、春先梅柳知為レ題」とある。この年道真は五十二歳。補任に「寛平七年十月二十六日、道真中納言に任ず、同日従三位、左大弁、式部大輔、侍従、大使等は元の如し」とある。こえて十一月十三日、春宮権大夫を兼ねる。〈　〉内の自注は、文集の体例を襲う。扶桑集十二に出。

〔二〕「年光」は、楊炯の詩に「年光揺二樹色一、春気繞二蘭心一」とある。

〔三〕「芳菲」は、崔道融の詩に「谿上寒梅初満レ枝、夜来霜月透二芳菲一」とある。

〔四〕「多少」は、孟浩然の春暁詩に「夜来風雨声、花落知多少」とある。

四三一 〔一〕紀略、亭子院、寛平八年閏正月六日戊子の条に「天皇為二遊覧一、幸二北野一。午刻先御各流〈ママ〉幸二雲林院一。皇太子以下王卿陪云云。以二院主大法師由性一、為二権律師一。未時、更幸二船岡一、放二鷹犬一追二鳥獣一」（「各流」あるいは「斎院」のあやまりか）とある。略記にも同日の条に「有二子日宴一、行二幸北野雲林院一。其扈従者、皇太子（中略）中納言菅原道真（中略）殿上六位以上、皆着二麹塵衣一」としるす。またこの時の記録と御製以下の詩の作品は伏見宮家本紀家集巻十四の残巻の「寛平八年閏正月雲林院子日行幸記」（仮称、古簡集影所収）に出。参考附載六七参照。

〔二〕「雲林院」は、大徳寺の東南にあった、もと「紫野院」という淳和天皇の離宮であった。後に「雲林亭」と改名し、ここに詩宴を催したこともある。紀家集所載の御製には「是家本自帝王院、今者変為帥□宮」とあり、紀長谷雄の詩の分注には「伝聞、天長之代、数幸此院」とある。後世「うじゐ」と呼ぶ。

〔三〕貞観のころ、常康親王の居宅となっていたが、親王出家とともにここを遍昭に付嘱して、精舎とし、元慶寺別院とした。

〔四〕遍昭の在俗の時の子、由性法師が院主であったが、権律師に任じ、また弘延・素性の両法師に度者各二人を施したりして、供養したことをさす。

〔五〕大納言源能有・中納言藤原時平・源光・菅原道真・参議藤原高藤・藤原有実・源道・源貞恒・源希らをはじめ殿上六位以上のものが参加したことが略記にみえる。詩の心得のある殿上人たちが作文をしたのである。「随喜」は、法華経にみえる。文句釈に「随、順二事理一、無レ二無レ別。喜是慶レ已慶レ他」とある。

〔六〕ここは、院内を掃除して崇敬し歓迎したの意。

〔七〕ここは、侍臣たちが仏前に供養する香花とて別段これというものがないが、時は春で、花の色と鳥の声とがみちていた(ので、それを詩に詠じて供養にかえた)の意。

〔八〕ここは、また院主と弘延・素性の両僧は、勅旨によってあるいは権律師に任じ、あるいは度者をたまい、彼らはその光栄と歓喜のあまり、感謝のために、仏前において至誠(しじよう)の心を披瀝して合掌礼拝をしたの意。

「稽首」は、頭を地につけて拝礼すること。三十六人歌仙伝、素性法師条に「共起稽首、挙声歓喜」とある。

〔九〕正月の子(ね)の日、この日山に登り、四方を遠望すれば、陰陽の気を調(ととの)え、煩悩を除くことができると信じられ、小松の根をひき、若菜のあつものを食した。和漢朗詠、巻上、春、子日(本大系七三五三頁)参照。

〔一〇〕老いを防ぎはらうの意。

〔一一〕以下の四六文の摘句は本能寺切。和漢朗詠、巻上、春、子日(本大系七三二九)に出。意は、その頭注を参照。

〔一二〕「年之閏月」は、寛平八年(八九六)に閏正月があったことをいう。

イハムヤ…ナラムハヤという訓みは、況字の訓法の古格で、平安中期以後は、イハムヤ…ナルヲヤに規格化される。

〔一三〕ここは、月の六日は百官に休暇を賜わる日であるの意。仮寧令に「凡在京諸司、毎二六日一並給二休暇一日一」とある。この意味と異なるので、ここにいう月の六日休暇の所拠を知らない。

〔一四〕ここは、今日の雲林院行幸のことは、まことに明王無為の化をしき、平和をたのしむ佳遊であったの意。老子に「為二無為一、事二無事一、味二無味一」とある。

〔一五〕ここは、菅家の代代世襲してきた家の学たる文章の道に習熟しているの意。

〔一六〕ここは、鸞輿(らんよ)の還幸になる刻限があって、筆をはせて一一記録する余裕がないの意。

〔一七〕ここは、行事はたくさんあったが、その十分の一だけをあげて記録し、文章に一一点を加えて吟味推敲するいとまもないの意。「一端」は、文選の西都賦に「十分而未レ得二其一端一」とあり、「文不レ加レ点」は、文選の鸚鵡賦に「筆不レ停レ綴、文不レ加レ点」とある。

〔一八〕▽道真の詩序が極めて簡単であったために、紀長谷雄がおそらく道真の意をうけて、やや詳細に記録し、かつ御製以下四首の長句をしるしとどめたのが、紀家集巻十四の残巻所載の子日御幸記であろうと思う。

〔一九〕この句の発想は、文集、香山寺詩(三〇三)の「松蓋」などの語より出。この時の紀長谷雄の「行幸後憶二雲林院勝趣一」詩に「松寒うして奏(かな)づるが猶(ごと)し古の風の声」とある。

「繖蓋」は、類聚名義抄に「繖、キヌガサ」、「蓋、キヌガサ」とある。

〔二〇〕この時の「遊二覧雲林院一御製」に「青き苔は地に満ちて竹林の風」とある。

〔二一〕鶏跖集に「如来慈心如レ彼、大雲蔭注二世界一」とある。

〔二二〕「定水」は、往生拾因に「若定水澄浄、自見二満月尊一、如三浄水為レ縁、見二空中本月一」とある。「定水」の語は、文集にしばしば見える。例えば贈僧五首の二に「心如二定水一随レ形応」とある。

〔二三〕「斗藪」の語は、文集にもしばしば見える。例えば自覚第二首に「斗藪垢穢衣、度脱生死輪」(四八四)とある。

紀家集本に「其後貴賤之□馬闐咽、院門成レ市」とあり、かなり雑閙したのである。「客塵」は、その雑閙にもかかる。

四三二 〔一〕伏見宮家本紀家集巻十四残巻(以下紀家集本という)では、「行幸後、憶二雲林院勝趣一、呈二吏部紀侍郎一。中納言菅原朝臣」と題される。式部少輔紀朝臣長谷雄に呈した作であり、紀家集本によればこれについで「奉レ和下菅納言、行幸後憶二雲林院勝趣一、見上レ寄二長句一。〈次韻〉。式部少輔紀朝臣長谷雄」の作が載っている。参考附載六七参照。

〔二〕「従来」の訓は、類聚名義抄に「従来、モトクキ」とあるが、モトヨリの誤記か。

〔三〕「瀑布」は、「青苔」の「青」に対して、意の上で色対をなす。また「瀑」と「白」と同音で、青字に対するともみられる。

〔四〕紀家集本によると、この時「閏月戊子日、遊二覧雲林院一、因題二長句一。御製」と題して七律一首が出ているが、これは後日追憶したときの御製作品で、当日雲林院において「春遊即事詩御製」がなかったのを遺憾とするのであろう。

猶字、紀家集本唯字に作る。

〔五〕「旧煙」は、楊炯の詩に「粧匣凄二余粉一、薫鑪滅二旧煙一」とある。

四三三 〔一〕詩題は、文集、春江に「炎涼昏暁苦推遷、不レ覚忠州已二年、閉レ閣只聴朝暮鼓、上レ楼空望往来船、鶯声誘引来二花下一、草色勾留坐二水辺一、唯有二春江看未一レ厭、縈レ砂遶レ石緑潺湲」とあるよりとる。

〔二〕「嬌奢」は、張正見の詩に「新豊妖冶地、遊俠競二嬌奢一」とある。

「処処」は、古本説話集上の題名に「或人歴二覧所所一間云云」とある。

〔三〕ここは、詩経、小雅、伐木に「幽(ふか)き谷より出でて、喬き木に遷(のぼ)り、嚶(あう)として其れ鳴くは、其の友を求むる声なり」とあるによる。

〔四〕「綿蛮」は、詩経、小雅、綿蛮(めんばん)に「綿蛮たる黄鳥、丘の阿(くま)に止まる、道のここに遠き、我が労(くるしみ)如何」とある。

〔五〕「新巣」は、杜甫の詩に「暫止飛鳥将二数子一、頻来語燕定二新巣一」とある。

〔六〕「紅樹」は、謝朓の詩に「紅樹岩舒、青莎水被」とある。

〔七〕「千般」は、韓偓の詩に「万樹緑楊垂、千般黄鳥語」とある。

四三四 〔一〕紀略、亭子院、寛平八年二月二十三日甲戌の条に「天皇幸二神泉苑一、召二文人一賦レ詩。其題、花間理二管絃一。又召二学生一奉レ試、賦二同題一、及第者三人也」とある。

詩題の出典、未だ索出しえないが、文集の「何処難レ忘レ酒七首」の二に「何処難レ忘レ酒、朱門美少年、春分花発後、寒食月明前、小院廻二羅綺一、深房理二管絃一、此時無一盞、争過艶陽天」とあり、また春早秋初因時即事に「静任槐花満二地黄一、理レ曲管絃聞二後院一」とある。題の中の文字のうち絃の字を韻字として取り、褰・前・仙・伝・煙・筌・絃と、下平声一先の韻によって押す。

〔二〕四三七の題詞「乗月」の注(→四三七補一)参照。

〔三〕「理」は、おさらいして奏すること。文選の古詩十九首の「当レ戸理二清曲一」の李善注に、如淳を引いて習楽の意となす。

〔四〕「水府」は、水神・水仙の居。水中の都をいう。文選の木華の海賦に「其水府之内、極深之庭、則有二崇島巨鼇(すうとうきょごう)一」とある。なお梁の陶弘景の水仙賦(芸文類聚、仙道部所引)にもみえる。

〔五〕「孤竹」は、一本立ちの竹。転じて竹笛。周礼に「孤竹之管、雲和之琴瑟」とみえる。文選の張協の七命に「吹二孤竹一拊二雲和一」とある。

「羌笛」は、白氏六帖によると、六孔の笛という。

〔六〕書経に「簫韶九たび成れば、鳳凰来儀す」とあり、楽緯に「是以清和上升、天下楽二其風俗一、鳳皇来儀、百獣率舞、神竜升降、霊亀晏寧」(芸文類聚所引)とある。抱朴子に「鸞鳥鬪而舞、則主国安」とある。

〔七〕「魚聞躍」は、韓詩外伝に「瓠巴鼓レ瑟而潜魚出聴」とあり、また漢官典職に「正旦天子行二陽徳殿一、作二九賓楽一、舎利従レ東来、戯二於庭一、入二殿前一。激水、化成二比目魚一跳躍。漱水作レ霧化成二黄竜一」(芸文類聚、論楽所引)とある。

「忘筌」は、四三〇注六参照。

〔八〕今日こんなにもすぐれた管絃を奏せしめられるのは、そういう政治的な意図からではない、風俗をかえなければならないほど、世の中が頽廃しているわけではない。今日の雅楽の楽音は、ひとえに風流を愛し、林泉を楽しむためにほかならないの意。「移風易俗」の語と観念は、礼記、楽記より出る。孝経、広要道章にも「移レ風易レ俗莫レ善二於楽一」とある。刑昺の注に「風俗移レ易、先入二楽声一、変随二人心一、正由二君徳一、正之与レ変、因レ楽彰、故曰レ莫レ善二於楽一」とある。疏に「欲レ移二易風俗之弊敗一者、莫レ善二於聴一レ楽」とある。旧唐書、邢文偉の伝に「武后時、為二内史一、后御二明堂一、詔二文偉一、発二孝経一。(中略)后曰、移レ風易レ俗、莫レ善二於楽一、伯牙鼓レ琴、鍾期聴レ之、知三意在二山水一。是人能移レ風易レ俗矣。何取レ楽邪。文偉曰、聖人作レ楽、平二人心一、変二風俗一、末世楽壊則為二人所一レ移。后喜賜レ帛」とある。この記事によっているであろう。

四三五 〔一〕紀略、亭子院、寛平八年九月九日丁亥の条に「重陽宴、詩題云、菊花催二晩酔一」とある。

詩題の出典未詳。韓翃の「寄二武陵李少府一」詩に「楚歌催二晩酔一、蛮語入二新詩一」とある。

〔二〕九条年中行事、九日節会事によれば、重陽の宴には探韻が行われることがあった。探韻の案をおき、筥のふたをひらき、韻字を入れてある器を天子より順にまわして韻字を探りあてるわけである。

ここにいう「四字」は、その探りあてた韻によって、用うべき同韻の四字(ここでは上平声十灰韻の四字、盃・催・来・廻)を案出して詩をつくることをいうのであろう。

「声に応じて来る」というのは、探韻してすぐその韻字に応じて、四字がうかんできたの意であろう。

〔三〕「酣暢」は、晋書、阮脩の伝に「常歩行、以二百銭一挂二杖頭一、至二酒店一、便独酣暢」とある。
〔四〕「連連」は、詩経、大雅、文王皇矣に「訙(と)ふべきを執(と)ふること連連たり」とある。
重陽の節には「宴訖(をは)りて禄を賜ふこと差(しな)あり」と正史にもしるされるのが常であった。皇太子には三百屯、中納言には百屯、文人(もんにん)すなわち作詩をしたものであれば、四十屯、五位の文人ならば三十屯追賜されるという工合に禄法のさだめがあった(九条年中行事)。

四三六 〔一〕寛平八年(八九六)九月十日の作。
詩題の例は、文集に「秋深夜夜霜」(三一九一)、「秋深無レ熱後」(三三八九)。
〔二〕「季白」は、爾雅に「秋を白蔵となす」とある。一説に、季白は、秋末の白月かとある。初一より十五までは「白月」、十六より三十日までは「黒月」という。九日は白月であるからというのである。
〔三〕王昌齢の詩に「寒雨連レ江夜入レ呉、平明送レ客楚山孤」とある。
〔四〕文子に「日月欲レ明、浮雲蓋レ之。叢蘭欲レ修、秋風敗レ之」とある。
〔五〕白氏六帖、竹部に「貫二四時一而不レ改レ柯易レ葉」「歳寒之心」とある。
〔六〕楚辞、九弁に「何ぞ泛濫とさかんなる浮雲の、猋(ひょう)としてすみやかに、此の明月を擁蔽せる」(芸文類聚所引)とあるによるであろう。
〔七〕これは、おそらく寛平八年(八九六)七月五日に、讃岐守としての地方官の経験に照らして慎重に熟慮した結果、検税使を諸国に派遣するという議に対して、もう一度審議をやり直して、考慮すべきことなどを忠諫した奏状を進献した事件にかかわるものかと思われる。六〇三の「請レ令三議者反二覆撿税使可否一状」参照。また寛平遺誡にも「菅原朝臣、是鴻儒也。又深知二政事一、朕選為二博士一、多受二諫止一、仍不レ次二登用一」とある。

四三七 〔一〕「北堂」は、大学の北堂。「乗レ月弄二潺湲一」は、文選の謝霊運の「華子岡に入る、是れ麻源の第三谷一首」の尾句に「且(しば)らく独往の意(こころ)を申(の)べて、月に乗じて潺湲(せんかん)を弄ぶ、恒(つね)に俄頃(がきやう)の用に充(あ)つ、豈古今のために然らんや」とあるより摘む。「仁寿(じじゆう)」は、文徳天皇の年号、西紀八五一より八五四に至る。仁寿の文選竟宴の年月は未詳。「先君」は、菅原是善。「樵隠俱在レ山」の句は、文選の謝霊運の「田南に園(はに)を樹(た)て、流れを激(そそ)きて援(かき)を植う」(日本所伝、三十巻本文選五臣注の古訓、花房氏指教による)の首句に「樵と隠とは俱に山に在り、由来(もとより)事同じからず、同じからざること一事に非ず、痾(やまひ)を養ふこと亦園中、園中氛雑(ふんざつ)を屏(しり)ぞく。清曠にして遠風を招く」とあるより摘む。
〔二〕文選の三十巻本は、わずかに敦煌資料に佚文があるが、わが国には三十巻本の残巻は各所に散在し、敦煌以上に多くの資料がある。日本国見在書目録、惣集家に「文選卅巻〈昭明太子撰〉」とある。
〔三〕道真は寛平八年(八九六)八月二十八日に民部卿を兼ねた。春宮権大夫・侍従・遣唐大使は元のまま、式部大輔は止めた(補任)。民部卿の唐名は、戸部尚書。
〔四〕「丘園」は、張衡の東京賦など、文選にしばしば用いられ、謝霊運の「九日従宋公詩」などにも用いられる。李嶠の詩にも「伊我懐二丘園一、願心従レ所レ欲」とある。
〔五〕「悠悠」は、詩経、邶風、雄雉に「悠悠として我思ふ」とある。
〔六〕文集、秦中吟十首の「不致仕」に「憐れむべし八九十、歯堕(お)ち双眸昏(くら)し、朝露に名利を貪(むさぼ)り、夕陽に子孫を憂ふ」とあるによりて、句をしたてる。徒然草にも「名利につかはれて云云」、また「夕の陽に子孫を愛して、さかゆく末をみむまでの命をあらまし云云」の句がある。
〔七〕「避喧」は、文選の沈約の和謝宣城詩に「従レ宦非二宦侶一、避レ世不レ避レ喧」とある。
徒然草に「嵆康も山沢にあそびて魚鳥をみれば、こころたのしむといへり。人とほく、水くさきよきところにさまよひありきたるばかり、こころなぐさむことはあらじ」という、嵆康の語も文選からの引用である。

四三八 〔一〕紀略、亭子院、寛平九年(八九七)正月十四日の条に「内宴、題云、新煙催二柳色一」とある。
新しい春のために鑽(き)り出した火の煙が、青柳の緑の色を招きよせるという意。同時に内宴に教坊の舞妓の艶色を柳に寄せて讃える意もこもっている。詩題の出典未詳。
〔二〕「新煙」は、杜甫の清明詩に「朝来の新火新煙を起す、湖色春光客船浄らなり」とある。
〔三〕「火を鑽る」は、唐宋の時、春は楊柳の木で火をきり、新火として清明節に百官に賜う制があった。論語、陽貨の宰我三年の喪を問う条に「火を鑽(き)り火を改む、期にして已(や)むべし」とあり、集疏に「改レ火之木、随二五行之色一而変也。楡柳色青。春是木、木色青。故春用二楡柳一也」とある。
「気を生ず」は、礼記、月令、孟夏の月に「是月也、天気下降、地気上騰」とある。

〔四〕「麹塵」は、楊巨源の折楊柳詩に「水辺楊柳麹塵糸」、牛嶠の楊柳枝詩に「舞裾新染麹塵羅」、白居易の詩に「墻柳誰家曬二麹塵一」とある。

〔五〕「中殿」は、清涼殿。菅原文時の詩に「中殿燈残竹裏音」とある。

〔六〕六朝の楽府、鼓角横吹曲に「折楊柳」がある、それを下にふまえる。陳の岑敬之の折楊柳に「曲城攀折処、唯言怨二別離一」とある。

〔七〕「翠黛」は、白居易の詩に「昭君村柳翠レ於レ眉」とある。

〔八〕兼盛集に「内の御屛風、柳ある家、青柳のまゆにこもれる糸なればくる春のみぞ色まさりける」。

〔九〕「元亮」は、字は淵明。「元亮」は別の字。彭沢の令となり、宅辺に五株の柳をうえて、五柳先生と号し、五柳先生伝を作った(晋書)。

〔一〇〕「武昌」は、湖北省にある。陶淵明の曾祖父、陶侃(もと晋の鄱陽の人、のち尋陽に移る)が街路樹として柳を武昌の道にうえた故事をいう。晋書に「陶侃於二武昌道上一植レ柳。人有下竊植二于家一者上、侃見停レ車識レ之。竊者服レ罪。世美二其明察一」とある。

〔一一〕この二句(十七・十八句)は、文集、種柳三首(三二四―三二六)に「不レ及レ栽二楊柳一、明年便有レ陰」「准擬三年後、青糸払二緑波一」とある発想よりえられたであろう。

〔一二〕「柔条」は、魏の文帝の柳賦に「修幹偃蹇以虹指、柔条阿那而蛇伸」とある。

四三九 〔一〕「第三皇子」は、宇多天皇の第三皇子、斉世(ときよ)親王。昌泰元年(八九八)十一月元服、紀長谷雄がその祝文を作る、延長元年(九二三)二月に無品上総太守斉世親王出家、延長五年九月薨、年四十二(紀略)。出家して法名真寂、園城寺宮または寛平入道親王、法三宮と号した。その子に源英明・庶明があり、その母は道真女である。「花亭」は、花のうえこみのある小亭。

宇多天皇第三皇子、斉世(ときよ)親王の花亭の詩宴に陪して、応教の詩をよんだのである。

〔二〕「忘憂」は、詩経、邶(はい)風、柏舟に「我が酒の、以て敖(がう)し以て遊(いう)するなきにあらず」の伝に「酒は忘憂のもの」と注するにもとづく。陶潜の飲酒詩に「此の忘憂の物に汎(かう)べて、我が世に達(いた)る情(こころ)を遠くす」とある。

〔三〕張詠の旅中感懐詩に「莫レ言酒作二忘憂物一、更有二新詩一両篇一」。

〔四〕王建の詩に「記レ巡伝把一枝花」、湯顕祖の詩に「乱颯花枝記二飲巡一」とある。

四四〇 〔一〕紀略、亭子院、寛平九年(八九七)正月二十四日庚子の条に「内宴、題云、翫二殿前梅花一」とある。諸本、題、翫字を脱するか。この年正月十四日にも内宴あり、前後両度あったか。不審。清涼殿の前庭の梅花を賦する。

〔二〕「非紅非紫」の発想は、文集の「花非花霧非霧、夜半来天明去」(六〇五)にもとづく。史記、天官書の「若煙非煙、若雲非雲、郁郁紛紛」より出る。

西京雑記に、漢初、上林苑に朱梅・紫花梅・紫蔕梅・燕脂梅等が献ぜられたとある。

〔三〕梅は、漢書、東方朔伝に見え、また九疑仙人に比せられたり、緑衣童子を伴った美女の花神となってあらわれたりする説話がある。

〔四〕「羊角」は、荘子、斉物論に「搏二扶揺一羊角而上者、九万里」とある。

〔五〕「鵝毛」を雪に結びつけるのは、白居易の詩、たとえば「門前雪片似二鵝毛一」(二七三)、「可レ憐今夜鵝毛雪」(二七九〇)などの例による。

〔六〕戴叔倫の喜春詩に「鳥は梅花を踏んで落つること已に頻(しきり)なり」。

四四一 〔一〕補任に「寛平九年六月十九日、任権大納言、同月兼右大将、民部卿如レ元、七月三日、止二権大夫一(依二受禅一也)同三日正三位(即位日)。二十六日兼中宮大夫」とある。道真時に五十三歳。醍醐天皇受禅、時に十三歳。

詩題は、文選の江文通が別賦の「秋露如レ珠、秋月如レ珪」による。注によると禹が東海に遊んで、碧色の玉珪(ぎよくけい)を得た、日月のように円く、照らすと幽冥に達したとある。「珪」は、瑞玉、上円下方。

〔二〕前掲の別賦に「月は軒に上りて光を飛ばす」とある。

「軒」は、てすり。色葉字類抄に「軒檻、ケンカン・オバシマ・オホシマ、殿上欄也」とあり、注に「軒は檻版なり」とある。

四四二 〔一〕紀略、醍醐天皇、寛平九年(八九七)九月九日辛巳の条に「天皇御二紫宸殿一、賜二重陽宴一、題云、観三群臣插二茱萸一」とある。「茱萸」は、ぐみではなく、かわはじかみ。「山茱萸」「呉茱萸」ともいう。芸文類聚所引風土記に「九月九日、(中略)尚此月、折二茱萸房一以插レ頭。言辟二除悪気一而禦二初寒一」とある。漢武帝の宮人が茱萸を佩び菊酒をのみ、長寿を祈ったと伝えられる。

詩題は、群臣が邪気を攘(はら)うために茱萸を頭にさしたりするのを天皇が見るという意であって、群臣が山に登って採取するのではない。
〔二〕集韻に「認、識也」とある。「認」の訓は、類聚名義抄に「認、モトム・オモフ・タヅヌ」とあるによる。
〔三〕「湯瀬」は、楚辞、九歌、雲中君に「浴二蘭湯一兮沐レ芳」とある。

四四三〔一〕「太上天皇」、文粋八「太上法皇」に作る。紀略、醍醐天皇、寛平九年(八九七)九月十日壬午の条に「後太上天皇(宇多上皇)於二朱雀院一喚二詩人一、令レ賦下閑居楽二秋水一之詩上。令二権大納言菅原朝臣作一レ序」とある。紀略の「後の太上天皇」というのは、宇多上皇を陽成上皇と区別するためである。八月九日に皇太后班子女王と共に東三条院に遷り、翌昌泰元年(八九八)二月に朱雀院に遷った。この時の紀長谷雄の詩、類聚句題抄に出。

詩題には、退位の新上皇の心境にふさわしい意がこもる。即ち荘子、秋水に「秋水時に至り、百川河に灌(そそ)く。…水端を見ず、…一虚一満、其の形に位せず、年は挙ぐべからず、時は止むべからず、消息盈虚して、終れば則ち始めあり、これ大義の方を語り、万物の理を論ずる所以なり」とあるような思想は、宇多上皇の心境を語るものであろう。本序にも、宇多上皇はひたすら玄談に日をおくり、虚舟を求めて遨遊し、世俗の雑事を超越する日常生活について述べる。
〔二〕俗に「南殿」という。この年七月三日譲位した宇多上皇をさす。
〔三〕ここは、(荘子、秋水にいう)秋水はどこに見えるかといえばの意。
「見」、本能寺切「好、コトムナキ」に作る。
〔四〕「朱雀院」は、三条南、朱雀西四町、四条北、西坊城東にある、累代の後院。宇多上皇はこの朱雀院に移り住む。
「閑居属……新家也」、和漢朗詠、巻下、水(本大系七三五一五)に所収。
〔五〕論語、雍也に「知者は水を楽しみ、仁者は山を楽しむ」とあるによる。
〔六〕「脱屣」は、屣(くつ)を脱(ぬ)ぎ棄てるように国王の位を譲り去ること。孟子、尽心上に「舜の天下を棄つるを視ること、猶敝(やぶ)れたる屣を棄つるが如し」とある。万葉巻五(本大系五五九頁)にもみえる。
〔七〕荘子、列御寇に「巧者は労して、知者は憂ふ。無能なる者は求むるところなし、飽食して遨遊し、汎として繋がざる舟のごとし。虚にして遨遊するものなり」とあるによる。上皇は皇位を去って、「身、国に労する」地位をのがれ、悠悠自適、つながれない空舟(からぶね)のように自在な生活につかれたことをいう。
逐字、文粋遂字に作る。

〔八〕「鏡水」は、会稽山陰の鏡湖。白居易にも鏡湖をうたった詩がある。
「砂岸」、文粋「砂崖」に作る。
〔九〕「松江」は、太湖の支流、呉地の名川、今の呉淞江(江蘇省)。文集にもしばしばその名がうたわれている。蘇軾の「後赤壁賦」にその鱸がうたわれる。ここは、九月十日の月光にきららかに光る朱雀院の庭の流れを鏡水・松江の水になぞらえる。
〔一〇〕魚が水に浮かんで、自由におよぎまわる姿を、上皇の自適の生活に比する。
「不得魚」、文粋「不謂魚」に作る。
〔一一〕雁が秋になって、住みなれた北地からとびうつって、時節にしたがって新しい宿を求めて南下してくるのを、上皇が新居に移ることによそえる。
「垂釣者……之随レ時」、和漢朗詠、巻下、水(本大系七三五一六)に出。
〔一二〕ここは、人それぞれ閑暇ある人もあり、繁忙な人もあるの意。
〔一三〕「青瑣」は、天子の宮門。門扉に連瑣の文を透かし彫りにし、青く塗る。漢旧儀に「黄門郎、日暮入対二青瑣門一、名曰二夕郎一」とあり、夕郎とは、蔵人の唐名。道真は寛平三年三月に宇多天皇の蔵人頭になった。
〔一四〕孟子、公孫丑下に「君子は天を怨まず、人を尤(とが)めず、曰く、彼も一時なり、此も一時なり」とある。
〔一五〕ここは、(今日の詩宴は)人間の形骸を超越し、俗世の係累を断って、言葉で表現できる限界をこえているの意。荘子、徳充符に「今子と我と形骸の内に遊ぶ、而して子我を形骸の外に索(もと)む、亦過(あやま)ちならずや」の語をとる。「形骸」の語、蘭亭序にも見える。
〔一六〕ここは、紙と墨とがあって、自然に興のおもむくままに詩を作るの意。
〔一七〕「瀟湘」は、湖南省洞庭湖の南、零陵附近で瀟水と湘水とが合流してからの川をいう。このあたり風景絶佳、多くの文人が遊んだ。
〔一八〕「故人」は、江家次第、第五、釈奠に「諸道博士、故人、得業生、学生、著レ北」とあり、抄に「故人は文人の宿老を謂ふ」とある。
入矢氏いう、「瀟湘逢二故人一」は、詩人習用の成句。洞庭瀟湘に遊んだ「故人」を、黄帝、舜帝、あるいは屈原などともみることができるが、いずれも「ことの忌み」がある。

四四四〔一〕この年藤原時平、二十六歳。六月十九日任大納言、左大将。次いで正三位、氏長者となった。寛平九年宇多上皇舟遊（大堰河か）のこと、月日未詳。

〔三〕「止足を知る」は、老子に「足ることを知れば辱(はぢ)あらず、止まることを知れば殆(あやふ)からず。以て長久なるべし」とある。

四四五 〔一〕寛平十（昌泰元）年（八九八）の正月中の作。但し正月二十日以前。扶桑集二に出。「帯」の訓は、観智院本類聚名義抄に「帯、オビタリ」とある。観智院本作文大体に「勒韻の事、無題の詩に多く韻を勒(ろく)すること有り。而るを句題に韻を勒する例、春浅くして軽寒を帯(を)びたりといふ題に、初余魚虚を勒せり。菅家の御作なり」とある。「勒韻」とは、一韻の中にいくつかの字を取り、その次第順序をきめて、その順のままに一首の詩を作ること。中国、応制詩の例をおそう。ここは、上平声六魚の韻字である。

〔二〕後漢書、志第一、律暦志上に「気を候(うかが)ふ法」がしるされる。三重に密閉した室の中で、律毎に木で案(つくえ)をつくり、その上に方位に従い律を加え、灰を以て、律の内端をおさえ、暦を案じて之を候(うかが)う。気が至ると灰は去る。気のために動かされて灰が散ずるのである。

〔三〕「上陽」は、漢書、五行志に「上陽、施して下通せず」とある。

〔四〕詩経、小雅、伐木に「木を伐(き)ること丁丁(たうたう)たり、鳥の鳴くこと嚶嚶(あうあう)たり、幽(ふか)き谷より出でて、喬(たか)き木に遷(のぼ)る」とある。

四四六 〔一〕紀略、醍醐天皇、昌泰元年（八九八）正月二十日庚寅の条に「内宴、題云、草樹暗迎レ春」とある。この時の詩序は紀納言長谷雄作、文粋十一に出。

〔二〕「東郊」は、礼記、月令、孟春の月に「立春の日、天子親しく三公九卿諸侯大夫を帥(ひき)ゐ、以て春を東郊に迎ふ」とある。昔、立春の日に、東方の野で天子以下が春を迎える祭事を行なった。

〔三〕和名抄に「広益玉篇云、萱、魚飢反、加夜」。菅(すげ)・茅(ちがや)・蘆(あし)の類。宿根草。「萱」は、わすれぐさでここにはふさわしくない。

〔四〕「萱」により草を、「柳」により樹を代表せしめて題意に応ずる。

〔五〕周代にえんじゅの株をうえて、三公即ち大臣の座位としたことから、「槐林」は、三公の異名。

〔六〕「菅蕢士」は、誤りあるか。藤原氏の大臣家に出入したすげやおもだかのようにつまらない氏のものの意で、菅原の氏をいいこめるか。存疑。

四四七 〔一〕「進士(しんじ)」は、文章生(もんじょうのしょう)の唐名。板本「昌泰元年」と分注する。

〔二〕「宣風坊」は、拾芥抄に「天神御所、高辻北、西洞院東、洞院面」。

四四八 〔一〕紀略、醍醐天皇、昌泰元年（八九八）九月九日丙子の条に「重陽宴、題云、菊有二五美一」とある。

詩題は、芸文類聚、菊部所収の魏の鍾会の菊花賦に「夫菊有二五美一焉。黄（一本円に作る）華高懸、准二天極一也。純黄不レ雑、后土色也。早植晩登、君子徳也。冒レ霜吐レ穎(ほこのさき)、象二勁直一也、流中軽体、神仙食也」とあるによる。扶桑集十五に出。

〔二〕「綺疏」は、古詩十九首其五「交疏(かうそ)結綺(けつき)の窓、阿閣は三重の階(きざはし)」より出。斯波六郎・花房英樹「文選」（筑摩書房、世界文学大系70）参照。

〔三〕「蟹腸」は、蟹の腹部は甲羅のうらに小さく折れまがってついている。腸というほどのものはないので抱朴子などでは無腸公子とよんでいる。ここは、前掲の鍾会の菊花賦にあるごとく、菊の五美の第二美たる「純黄にして雑(まざ)らず、后土の色なり」とあるのをうける。

〔四〕「鵝眼」は、唐書、食貨志に「両京銭に鵝眼有り」とあり、円形の孔(あな)あき銭のこと。ここは、前掲の菊花賦の五美の第一たる「円華高く懸りて、天極に准(なぞら)ふるなり」とあるのをうける。

〔五〕ここは、前掲の菊花賦の五美の第三たる「早く植ゑ晩(おそ)く登(あぐ)るは、君子の徳なり」とあるのをうける。

〔六〕ここは、前掲の菊花賦の五美の第四たる「霜を冒し穎(ほこのさき)を吐くは、勁直に象(かたど)るなり」とあるのをうける。

〔七〕ここは、前掲の菊花賦の五美の第五たる「流中の軽き体(すがた)は、神仙の食なり」とあるのをうける。芸文類聚、菊部所引風俗通に「南陽酈県、有二甘谷一。谷水甘美、云山上大有二菊水一、（中略）悉飲二此水一、上寿百二三十、（中略）菊華軽身益気故也」とある。

四四九 〔一〕紀略、醍醐天皇、昌泰元年（八九八）九月十日丁丑の条に「後太上天皇（宇多）、召二文人於朱雀院一、令レ賦下秋思入二寒松一詩上」とある。有名な片野・宮滝の行幸はこの翌月二十日から催される。文粋十、詩序三、木部に、この時の紀納言長谷雄の応製詩序がある。またこの時の長谷雄の詩は、類聚句題抄に出。

この詩題の文句はもとづくところがあるであろうが、出典を索出しえない。朱雀院前庭に長松があったのを詠ずる。

〔二〕「秋思」は、孟郊の「寄㆓張籍㆒」詩に「黯然として秋思来り、走りて志士の膺(むね)に入る」、斉の陸厥の臨江王節士歌に「秋思不㆑可㆑裁、復帯㆓秋葉㆒来、秋風来已寒、白露驚㆓羅紈㆒」とある。

「低迷」は、李商隠の詩に「低迷不㆑已断還連」とある。

〔三〕「蕭蕭」は、晋の夏侯湛の秋夕哀賦に「木蕭蕭以被㆑風」とある。

〔四〕「舂」は、臼で粟などをつく、転じて日が沈みかかろうとしてたゆとうさまをいう。淮南子、天文訓に「高舂」の語がある。入矢義高「袁宏道」(八〇頁)参照。「舂」と「籤」と、農事の語を対して用いる。

〔五〕李白の詩に「錯落たり千丈の松、虬竜枯根を盤(め)ぐる」、格物総論に「松樹磥柯多節、皮極粗厚、望㆑之如㆓竜鱗㆒」とある。

「織尾」「枯鱗」は、「魚竜」の縁語。

〔六〕「到直」は、草木のすきかえされて、さかしまに芽を出すこと。「到植」に通ずるか。「到」は、倒。「植」は、立つの意。荘子、外物に「草木の到植するもの、半に過ぎて其の然るを知らず」とある。

〔七〕秦の始皇帝が太山に登ったとき、暴風雨にあって松の木の下に避けた。それでその松を封じて五大夫としたという故事による。芸文類聚所引、漢官儀に出。

〔八〕「黄葉」は、上代はモミツと清音、四段活用。古今集、秋に「ものごとに秋ぞかなしきもみぢつつ」とある。

〔九〕秋空の雲ははるかにうかび、松は青く晴れ澄み、尖峰の上にそびえている意か。斉の王倹の高松賦に「山に喬(たか)き松有り、峻(かさ)しくして青葱(あをき)を極む」とある。

〔一〇〕「七里灘」は、浙江省桐盧県厳陵山の西にある急流。七里にわたる難所。後漢書、逸民の伝にみえる厳光が、ここで釣りしたところから厳陵瀬(げんりようらい)と名づける。松風の声を、急湍の瀬音に比している。

〔一一〕「孤山寺」は、浙江省杭県の西湖の波心に独立する山の寺。白居易の銭塘湖春行詩に「孤山寺の北賈亭の西、(中略)浅き草は纔に能く馬蹄を没す」とある。

〔一二〕「孫生」は、蒙求に「孫綽才冠たり」と見える晋の文人孫綽、字は興生のこと。孫綽が斎前に一株の松をうえたところ、枝が高く勢遠く成長した。隣人が、松は鮮明に繁って愛すべきものである、しかし棟梁の材にはならないというのをきいて、彼は楓や柳は大きくなってもとりえがないではないかと反論した故事による(芸文類聚、松部。但し誤脱がある)。

〔一三〕「丁叟」は、蒙求に「丁固松を生ず」と見える呉の司徒丁固、字は子賤のこと。丁固が尚書のとき、暮に松の木が腹の上に生ずると夢見て、松の字を分解すると十八公である、私は十八年後に公となるであろうと人に告げた。ついにその夢の通りになった故事による(芸文類聚、松部所引張勃呉録)。

〔一四〕「有心」は、礼記、礼器に「礼器に其の人在るや、松柏の心有るが如し」とある。

四五〇 〔一〕「由律師」は、律師由性(ゆうしよう)。承和八年(八四一)—延喜十四年(九一四)。華山僧正遍昭が在俗仕官の時の子。叡山で顕密を学び、寛平八年(八九六)に、洛北の雲林院に住した。本朝高僧伝巻八に出。「桃源の仙杖」は、何かわからない。舶来の霊寿杖の一種をそうよんだのであろう。西王母の仙杖は百禄寿を保つといわれた。杖に詩をよみそえて人に贈ることは唐宋に例が少くない。花房氏いう、さだかではないが、王維に「悠然策㆓黎杖㆒、帰向㆓桃花源㆒」の詩がある。「桃源の仙杖」はこれにもとづくか。「雲林院」は、大徳寺の東南、船岡の東にある。はじめは淳和天皇の離宮紫野院、のちに雲林亭と称した。ついで仁明天皇第七皇子常康親王の別荘となり、親王出家の後、貞観十一年(八六九)寺として遍昭に付嘱せしめた。仁和二年(八八六)、元慶寺別院となり、そのあと、遍昭の子由性がついで住した。宇多上皇の北野雲林院御幸はほかに記録がない。おそらく昌泰元年(八九八)秋冬の間であろう。(ちなみに遍昭在俗の時の子に、素性法師がいる、これは大和国良因院に居り、この年の宮滝御幸に供奉しており、兄弟である。)

今・心・尋と押韻する、下平声十二侵の韻字である。

〔二〕「行幸」を、「天歩」といった例は索出しえないが、陸機の弁亡論上に「挟㆓天子㆒以令㆓諸侯㆒、清㆓天歩㆒而帰㆓旧物㆒」とあり、五臣注に「天歩謂㆓帝室㆒」とある。天子の行幸を意味することもあったかと思われる。

四五一 〔一〕「第九皇子」は、「宇多上皇第九皇子敦実親王、一品式部卿、号㆓八条宮㆒、又号㆓仁和寺宮㆒。天暦四年出家、康保三年薨、母同㆓醍醐天皇㆒」(皇胤紹運録)。源雅信、僧寛朝らの父。この時の詩序は紀長谷雄作、文粋十一に出。それによると第九皇子は、近代の皇子に比類のないほど文才にすぐれ、九月十日朱雀院後朝の「秋思入寒松」の作品は非凡だったので、道真が、「我が道の宗」としようとして、その主唱で開催された残菊宴。「残菊」とは、重陽の節をすぎて後の菊をいう。

〔二〕「俗物」は、晋書、王戎の伝に「俗物すでにまた来り、人の意（こころ）を敗る」とある。この時の紀納言序に「世の惑へる者、多く文士を嘲る。彼我観を殊にするなり、誰か敢へて業を改めむや」とある文勢に呼応する。

イハムヤ…ハヤという訓は、長保四年法華義疏点による。→四三一補一二。

〔三〕ことばが強い。紀長谷雄作の詩序（→補一）によると、今夜以後、生涯のかぎり、雪月花の時、詩興を催す時に、酒宴や管絃はなくとも、期せずして、詩の会を催すことを誓おうではないかと約している。

四五二〔一〕紀略、醍醐天皇、昌泰二年（八九九）正月三日丁酉の条に「天皇朝二観太上皇於朱雀院一、以レ入二新年一也。賦二庭中梅花之詩一」とある。このとき上皇の兄本康親王が琴を弾き、雅楽寮が奏楽したことが、御遊抄、朝観行幸の条にみえる。

〔二〕何か諷意のある表現。松竹を何者に思いよそえるのであろうか。藁草は「後離懸記」と注して、後の悲劇の讖（しん）をなすかとみる。

四五三〔一〕紀略、醍醐天皇、昌泰二年（八九九）正月二十一日乙卯の条に「内宴、題云、鶯出レ谷」とある。

詩題は、詩経、小雅、伐木の詩にもとづく。→四五五注五。

〔二〕「妙文」は、妙法蓮華経八巻。羅什訳。「一乗の妙法」とも単に「法華経」ともいう。ここはホーホケキョーという鶯の鳴き声の形容に用いる。

〔三〕「為後」は、これまで、「後ノタメニ」とよんで、後からくるもののための意と解して来たが、「如今」と対して、同じように以後の意とみるべきか。存疑。

〔四〕「玄纁」は、後漢書、逸民列伝、法真の伝に「処士法真、体兼二四業一、学窮二典奥一、幽居恬泊、楽以忘レ憂。将踏二老氏之高蹤一、不下為二玄纁一屈上也」とある。鶯の出谷を、隠士の出山に喩える。

四五四〔一〕ちなみにこの年二月十四日、大納言時平を左大臣、権大納言道真を右大臣に任ぜられた。道真は時に五十五歳、略記によれば「学行才名、鼓二動京師一」とある。

〔二〕「塊を破かず」は、塩鉄論、水旱に「太平之国、（中略）雨不レ破レ塊、風不レ鳴レ条」とある。

〔三〕「呉娃」は、文選の呉都賦に「館娃の宮に幸し、女楽を張（は）けて群臣を娯（たのし）ましむ」とあり、注に「呉の俗、好女を謂ひて娃となす」とある。千載佳句に「花は疑ふ漢女の啼粧の涙、水は似たり呉娃が咲弄の琴」とある。

〔四〕華陽国志、蜀志に「錦江に錦を織り、其の中に濯くときは、〔則〕鮮明なり」とある。

〔五〕「蓬萊」は、海中三神山の一。漢書、郊祀志に、蓬萊・方丈・瀛洲の三神山のことがみえる。

四五六〔一〕「惜春」は、白居易もしばしば題材とする。文集に「惜春」の詩がある。紀略、醍醐天皇、昌泰二年（八九九）三月三日丙申の条に「太上皇（宇多）賜二詩宴於朱雀院柏〈ママ〉梁殿一、令レ賦下惜二残春一之詩上、右大臣（道真）作レ序」とある。この前後、道真は右大臣に任命後、十三日目の二月二十七日と、ついで三月四日と三月二十八日とに、前後三度、右大臣の職を辞したいという上表を奉って、返されている。この序においても極めて簡素な行文で、言を慎しんでいる心持が反映している。またこの年三月、宇多上皇女御菅原衍子が母島田宣来子の五十賀を東五条第に行うために御幸があった。この序は文粋に載せない。

〔二〕文集に「池上篇」がある。

〔三〕三月上巳の日に曲水に杯をうかべて詩を詠ずることは六朝ころからの風流である。晋の王羲之の三月蘭亭詩序に「流觴曲水」の語がある。梁の庾肩吾に「三日侍二蘭亭曲水宴一」詩があり、斉の謝朓に「為二皇太子一侍二華光殿曲水宴一」詩がある。これらのあとをつぐ行事である。

〔四〕「柏梁」は、漢の武帝が長安城中北門内にきずいた台。香柏の梁（はり）をわたしたのでこの名がある。武帝がここで置酒し、群臣と詩宴を催し、毎句韻を用いる七言聯句の詩がこのとき作られ、「柏梁体」といわれる。七言古体の詩はここに始まると称せられるが、それは信ずるに足りない。

〔五〕晋の王羲之が、永和九年三月三日に会稽山陰の蘭亭において、曲水の詩宴を催したことは、彼の「蘭亭詩序」によって有名である。

〔六〕「華林」は、洛陽城内の林泉。魏の文帝が建設した。もと「芳林園」といったが、後に「華林園」と改めた。帝の遊楽の園であった。

「拱木」は、ひとかかえもある大木。文選の左思の魏都賦の「拱木を林衡（山林を司る官）に僝（そな）へ、全模（ぜんぼ）を梓匠（細工人）に授く」による。

これらの工事のために道真は力を尽したと思われる。右大臣辞表に

「封戸二千に満つ」といっていることばは、そういう事情をものがたる。

〔七〕王維の「三月三日曲江侍宴応制詩」がある。「曲江」は、「曲江池」ともいう。漢の武帝が長安の東南に作った宜春園の水流。唐の徳宗がここで宴を賜うた。

☆（四六二頁）「寒食」は、冬至より百五日目、この日火食（煮焚きして食事すること）を禁じ、冷食冷飲する民間習俗。清明節の二日前に当たる。介子推（かいすい）の故事によるという。温故知新書・運歩色葉集に「寒食、カンショク」とある。「介山」は、介子推のかくれた綿（めん）山の別名。山西省万泉県の東にある。介子推は、春秋、晋の人、晋の文公に従って出亡十九年、その股肉を割いて文公にくらわせたりした。還って文公にうとんぜられ、綿山に隠れた。さがし出すため山を焼いたが、子推は木を抱いて焚死していたという。「介山の古意」というのは、子推が文侯の禄を受けなかった高志をいう。左伝・史記・琴操などに見える。

四五七 〔一〕「異代交」は、南史、蕭允の伝に「経二延陵季子廟一、設二蘋藻之薦一、託二異代之交一、為レ詩以叙レ意」とある。

〔三〕「灼灼」は、詩経、周南に「桃の夭夭たる、灼灼たり其の華」とある。

「咬咬」は、嵆康の詩に「黄鳥鳴いて相追ふ、咬咬として好音を弄す」、禰衡の鸚鵡賦に「采采たる麗容、咬咬たる好音」とある。

四五八 昔は人を葬るとき、鬼神に享祀するために束帛を棺に入れたが、魏晋以来、紙銭をもって代え用い、また墓前で焼いた。和名抄、祭祀具に「紙銭、新楽府云、神之来兮風飄飄、紙銭動兮錦繖揺〈紙銭、俗云二賀美勢邇一、一云二勢邇賀太一〉」とある。

四五九 「清明」は、二十四節の一。春分の日から十五日目、四月五日ごろに当たる。その前二日が寒食。唐朝では清明の節に楡柳の火を取って近臣に賜う行事があった。「国子諸生」は、大学の学生の唐名。三月三日曲水応製詩宴、寒食日花亭宴、それから二日後の清明の日学生送別の会とたてつづけに唐風の行事が活溌に行われる。右大臣道真のやや得意な気持が反映しているように思われる。

四六〇 〔一〕紀略、醍醐天皇、昌泰二年（八九九）九月九日庚子の条に「天皇御二南殿一、賜二重陽宴一、題云、菊散二一叢金一」とある。

詩題は唐の太宗の秋日二首の第二首「露は千片の玉と凝り、菊は一叢の金を散ず」より出。この題でよんだ紀長谷雄の詩の摘句は文粋八、延喜以後詩序に、三善清行の詩の摘句は江談抄四に出。この題は菊の花は一むらの黄金の貨幣を散らしたごとくであるとの意。菊を「金英」とか、「金精」とか、「金蓋」とか、「金華」とか称する。

〔三〕漢書、韋賢の伝に、（韋賢の）少子玄成が明経を以て丞相になった、そこで諺に「子に黄金満籯（まんえい）を遺（のこ）すは、一経に如かず」というとある。この諺に拠る。

林梅洞は「史館茗話」にこの詩を引いて、諷諭の意ありといい、江村北海は「日本詩史」に同じくこの詩を引いて、その風雅は尋常の士に類せず、菅家流として子孫が発展したことを指摘する。

☆（四六四頁）「近院」は、拾芥抄、諸名所部に「近院、春日北、烏丸東、号二松殿一、左大臣能有公家。今松殿、或坤四分一」、簾中抄、名所に「近院　能有大臣家、春日烏丸」、二中歴、名家歴に「近院　春日北、烏丸東、未申角四分之一、能有大臣家、今云二松殿一也」とある。今の二条烏丸の北に当たる。能有は、「近院の大臣」といい、文徳天皇の皇子。寛平九年右大臣能有薨、年五十三とある。古今集に「右のおほいまうち君」として歌が見える道真は、能有の家から竹を移植したりして親交があったので、能有没後その家の障子絵に題画詩を依頼されたのであろう。三元に能有に贈った詩が見える。

四六二 〔一〕水中の仙人を「水仙」という。天上の仙人を「天仙」というのに対する。伍子胥や屈原や河伯の馮夷などは水仙である。梁の陶弘景に「水仙賦」があり、唐の温庭筠に「水仙謡」がある。

〔二〕「浮槎（査）」の語は、六朝以来用いられ、唐の駱賓王に「浮槎詩序」があり、「遊二目川上一観二浮槎一、冷冷然若二木偶之乗レ流、迷不レ知二其所レ適」とある。博物志に浮槎で仙境を尋ねた人の説話がある。「査」は、「楂」とも「槎」とも書く。

〔三〕西廂記雑劇に「也（ま）た曾つて浮槎を泛べて、日月の辺りに到る」、白居易の夢仙詩に「須臾にして群仙来りて、相引いて玉京に朝す」とある。

〔四〕これは唐の薛瑩の竜女伝や、李朝威の竜毅伝の中に描かれる構図である。したがって「玉都」は蓬萊の神山もしくは竜宮城とみてよろしかろう。

四六三 〔一〕「家を定めず」は、文集、新楽府、塩商婦に「南北東西不レ定レ家」（神田本による）とある。

〔二〕「褐衣」は、史記、游侠の伝に、原憲の如き高士の生活を「空室蓬戸、褐衣疏食」とのべる。老子に「我を知る者の希（まれ）なるときは、〔則〕我貴し、是れを以て、聖人は褐を被(き)て玉を懐(だい)く」とある。
〔三〕「情竇」は、礼記、礼運に「礼義は（中略）生を養ひ、死を送り、鬼神に事(つか)ふる大端なり。天道に達し、人情に順(したが)ふの大竇(だいとう)なり」とあり、疏に「竇は孔穴なり、孔穴開通し、人これ出入す。礼義もまたこれ人の出入するところ」とある。

四六四 〔一〕「行路難」は、白居易の詩に「行路難、水に在らず、山に在らず、只人情反覆の間にあり」とある。
〔三〕「虚舟」は、荘子、列禦寇に「巧者は労し、知者は憂ふ。無能の者は求むる所なし、飽食して遨遊す、汎として繫がざる舟の虚にして遨遊する者のごとし」とある。

四六五 〔一〕文集の「江楼晩眺」(一三七八)の詩と題との投影がある。
〔二〕杜甫の「望二兜率寺一」詩に「霏霏として雲気重く、閃閃として浪花飜る」。文集、江楼晩眺詩に「風飜二白浪一花千片、雁点二青天一字一行」。
〔三〕「形骸の外」は、荘子、徳充符に「吾夫子と遊ぶこと十九年なり、而して未だ嘗(むかし)より吾が兀者(ごっしゃ　びっこの意)なることを知らざるなり。今子と我と形骸の内に遊ぶ、而して子我を形骸の外に索(もと)む、亦過(あやま)ちならずや」とあるによる。「忘レ言」も荘子の語。

四六七 「支頤」は、中唐より用いられる語。文集にも散見する。例えば「聞二亀児詠一詩」に「憐渠已解詠詩章、揺レ膝支レ頤学二二郎一」(一〇三三)。

四六八 紀略、醍醐天皇、昌泰三年(九〇〇)正月□日の条に「内宴、題云、香風詞」。例年内宴は正月二十一日、まれに二十日のこともある。この年正月三日、朱雀院に朝覲行幸があって、宇多法皇と醍醐天皇とが、天下の政治を道真一人にさせようという相談がなされたと、天神縁起はつたえる。

菅家後集

*(四七一頁)〔一〕花房氏いう、「白氏文集」はもと七十五巻、道真の当時、伝えられた本は七十巻本。現存するものは七十一巻。
〔三〕▽以下四七五にいたるまで菅家後集広兼本(貞享四年板本)首部による。これは前田家甲本系統の原型本に、道真以後の人によって増補されたものである。あるいは広兼によって元永のころに増補されたかもしれない。

四七〇 〔一〕入矢氏いう、「遮莫」「任他」を、サモアラバアレと訓んで用いることは、日本漢文だけの用法。
〔三〕「泉眼」は、劉禹錫の詩に「星居は泉眼を占め、火種は山脊を開く」とある。

四七二 〔一〕紀略、醍醐天皇、昌泰三年(九〇〇)九月九日の条に「重陽宴、題云、寒露凝」とある。
　詩題は、文選の蜀都賦の「白露凝りて微霜結ぶ」による。白氏六帖に「寒露の日、鴻雁来賓す、九月節なり」とある。
〔二〕「鷓鴣」は、鳩の一種、形は鶉(うずら)に似てやや大きい。日に向かって飛び、霜露を畏れる習性がある。中国南方の産。本草に「夜の栖(すみか)にては、木葉を以て身を蔽(おお)ふ」とある。「越雉」とも。

四七三 白居易の「北窓三友」詩に「三友とは誰とかなす、琴罷んでは輙(すなは)ち酒を挙げ、酒罷んでは輙ち詩を吟ず、三友遞(たがひ)に相引いて、循環して已(や)む時なし」とあり、こうした悠悠の生活にもどかしい思いを消そうと思うの意。四八二の「秋思詩篇独断腸〈勅賜二秋思一賦之。臣詩多述レ所レ憤〉」参照。

四七四 〔一〕三代実録、清和天皇、貞観六年(八六四)二月二日、越後介高橋朝臣文室麻呂(ふんやまろ)卒の条に、文室麻呂が、嵯峨上皇より琴を教わり、上達して琴の師となり、文室麻呂の号を賜わり、後、仁明天皇の時、蔵人、常陸大掾となり、勅旨により光孝天皇と本康親王に琴を鼓することを指導したことがしるされる。この本康親王はこの後延喜元年(九〇一)十二月十四日に薨じ、道真は配所で哀悼の詩を作っている。↓四九六。また古今集、七に「もとやすのみこの七十賀のうしろの屛風」の歌を貫之が作っている。香道の名人でもあった。

〔二〕「蕭蕭の曲」は、文集の「寄ニ殷協律一」詩に「呉娘暮雨蕭蕭曲、自レ別ニ江南一更不レ聞」(三五六五)とある。

四七六 〔一〕「蒼天」は、詩経、秦風、黄鳥に「彼の蒼(さう)たるものは天、我が良人(りやうじん)を殲(つく)せり」とある。

〔二〕▽ 江談抄によると、天暦の時、奈良宮において道真の霊(天神)の託宣があって、「我に志あらむものはこの句を詠ずべし」と告げたという。そのほか、天暦元年託宣記・正暦三年託宣記・撰集抄・北野縁起にこの詩出。羅山撰の菅神賛の末に「此則唐詩人杜甫之作、而公亦偶同耳」という。しかし杜詩にこの作があるか否や詳にしない。

四七七 〔一〕「白氏洛中集」は、文集、香山寺白氏洛中集記に「白氏洛中集は、楽天の洛にありしとき著(あらは)せし書なり。太和三年の春、楽天始めて太子の賓客を以て東都に分司となりてより、茲(こと)に及(いた)るまで十有二年なり、其の間、格、律の詩を賦(つく)ること凡て八百首、合せて十巻となす」とある。

〔二〕「北窗」は、晋書、陶潜の伝に「夏月虚閑、北窗の下に高臥す」とある。

「三友」について、白居易は、琴では栄啓期、詩では陶淵明、酒では劉伯倫を吾が師だとうたっている。

〔三〕「好去」は、劉禹錫の柳枝詞に「春尽き絮(わた)飛びて留(とど)まること得ず、風のまにまに、好し去れ、誰が家にか落ちなん」とある。

〔四〕「久要」は、論語、憲問に「子曰く、久要、平生の言を忘るべからず」とある。

〔五〕一種の、詞華選・佳句集といったものを、つれづれのひまに、抄出・撰集したらしい。千載佳句か、和漢朗詠集の先蹤のごときものか。配所のわびしい生活のなかでも、多年しなれた纂修部類のようなしごとをして、生活のペースをみださないようにしたものとみえる。

〔六〕「三間」は、文集、香炉峰下山居草堂詩に「五架三間なり新草堂、石の階と松の柱と竹編める墻」とある。

〔七〕「茅茨」は、史記、秦始皇紀に「堯舜は采椽(さいてん)刮(けず)らず、茅茨翦(き)らず」とある。

〔八〕「生を遂ぐ」は、文集、山雉に「適性遂ニ其生一、時哉山梁雉」(三五二)とある。

〔九〕「而」のシカルモノヲの訓は、西大寺本金光明最勝王経平安初期点(春日政治)による。

〔一〇〕「提某印」というのは、「某官の印をもつ」ことで、その官職になることをいう。文集、同微之贈別郭虚舟詩に「一提ニ支郡印一」とある。

〔一一〕「含香」は、文集、渭村退居一百韻に「対ニ秉ニ鵝毛筆一、倶含ニ鶏舌香一」、応劭の漢官儀に「尚書郎含ニ鶏舌香一奏レ事。旧説、漢侍中刁存(てうそん)、年老口臭、上出ニ鶏香舌一、使レ含レ之。遂為ニ故事一」とある。

〔一二〕栄華物語、月の宴に、左大臣源高明配流を叙して、「三月二十六日に、この左大臣殿に、検非違使うち囲みて、宣命よみののしりて、御門を傾け奉らむと構ふる罪によりて、太宰権帥になして流し遣はす、といふ事をよみののしる。今は御位もなきぞやうなればとて、網代車にのせ奉りて、ただいきに率(ゐ)て奉れば、式部卿の宮の御心地、大かたならむにてだに、いみじと思さるべきに、まいて我が御事によりて、出で来たることと思すに、せむ方なく思されて、われもわれもと出で立ち騒がせ給ふ。北の方、御むすめ、男君達、いへばおろかなる殿の内のありさまなり」(本大系七五五七頁)とあるが、この情景とあまりちがわないと思われる。

「駈将」の二字は、詩経の字だというが、まだ索出しえない。文集には散見する。たとえば、新豊折臂翁に「点得駈将何処去」とある。築島裕「平安時代の漢文訓読語につきての研究」(二〇五頁)に、このほか南海寄帰伝巻二平安後期点・前田本雄略記古点にあることを指摘する。

〔一三〕小林芳規氏いう、この訓法の信頼性について諸説がある。「唯兎は空(しく)還り「トサマ、カウサマ」の訓は古点本に実例がある。「唯兎は空(しく)還り遊-躍(ホトハシルコト)て左右(トザマカウサマ)ニス」(大唐西域記巻七、長寛元年点、中田祝夫氏訳文篇)。神田本文集巻三、天永四年点によると「点じ将(ゐ)て駈向(かりむか)へて何れの処にか去(や)る」とある。「はるばる」「うらうら」と形容詞の語幹で終る用法には疑問がある。「はるばるなり」「うらうらなり」が常用の句法である。しかし、前田本甲本古鈔点本「トサマニユキカウサマニユケバ雲ハル〳〵、二月三月日ウラ〳〵」と点する。

〔一四〕北野天神縁起に「さりながら宿習にひかれて、楽天北窓三友の詩を思いで作せ給たる廿八韻の詩をきくこそ弥御心のうちしられてあはれにおぼゆれ、自従勅使駈将去(以下七句をあぐ)これぞ其中の七句。句ごとにはらわたをたちぬべし」とある。

四七八 〔一〕文集にも「不出門」の詩が前後両度ある。巻二十七の七律と、巻三十六の五言古詩とである。右の巻二十七の七律の体によるであろう。
〔二〕「都府楼の瓦」は、また「天平宝字」の文字が刻まれていたともいう。広瀬淡窓の都府楼瓦詩によると、碧瓦で、質は金石のように堅いとある。
「都府楼」「観音寺」は、筑紫紀行に「観音寺の西南にあたり、太宰府の跡とて、築山といふ所に、今もなほ大きなる礎多く残れりとぞ。また都府楼址はかの築山の北の方にならびて、東西十四間、南北六間にして是もなほ大なる礎あり」とあり、また宗祇の筑紫道記に「境内皆秋の野らにて、大きなる礎の数をしらず。都府楼の月古(いにしへ)を思ふに、きのふの観音寺の鐘又聞くが如し」とある。
道真配謫の居所たる都府の南館は、「通古賀(とほのこが)」の浄妙寺即ち榎寺がそのあとだという。今は天神の御旅所となるという。都府楼は、約七百メートル、観音寺は約一キロメートルの距離。
〔三〕「観音寺」は、天智天皇の時、斉明天皇の御願により開基。続紀に、勅して僧満誓に造らしめたとある。日本三戒壇の一。太宰府水城村(今の福岡県筑紫郡太宰府町)にあり、府址の東方約二百メートルにある。講堂法塔、宝蔵鐘楼、僧坊四十二区、廻廊八十四間、温室、食堂があったが、康平七年(一〇六四)に焼失した。
三・四句の二句は、江談抄に、文集の「遺愛寺の鐘は枕を攲てて聴く、香炉峰の雪は簾を撥(かか)げて看る」という詩にもまさると当時の博士たちが評したとある。和漢朗詠、巻下、閑居(本大系七三六二〇)に出。大鏡、時平の条(本大系二一七四頁)にも出。
〔四〕朝廷から宇佐御幣使を派遣したりして、それとなく道真の動静に対する監視もなされていた。

四七九 〔一〕紀略、醍醐天皇、昌泰四年七月十五日の条に「改二昌泰四年一、為二延喜元年一」とある。「革命」(大日本史料一の二所引)に「詔書云、去歳之秋、老人垂二寿昌之耀一、今年之暦、辛酉呈二革命之符一云云」とある。同時に赦令が発布されたが、道真には及ばなかったのである。延喜の年号は紀長谷雄が勘申した。元秘別録によれば、「或書云、禹錫玄珪文云、延喜」と出典をしるす。「五言」、板本「古調五言」に作る。
〔二〕「蕩滌」のトラカシススキテの訓は、大唐三蔵玄奘法師表啓平安初期点に「罪を蕩(とらか)し滌(すす)けり」とあるによる。

〔三〕▽悲憤の情を抑えようとして、抑えきれないさまが自らににじみ出て悽惨の気さえする。怪魚鯨鯢の語をはっしとばかり、時平に投げかえす概があって鬼気の漂う思いがする。

四八〇 ▽撰集抄第七、北野大臣之御事に「折ふし初雁の雲井の外に聞え侍りしかば(中略)げにも大臣はせんかく雁はらいひん、しかはあれども同じく旅のそらに身をただよはせり。しづかに枕をそばたてて旧里にかへらんことをはかるに、雁は又のとしの春なり、大臣はいづれのとしにかあらんとあはれに侍る」とある。

四八一 〔一〕「口号」は、口すさび。即興的に作る詩のこと。↓四七六頁☆。または「くちつうた」とも訓む。板本「九月」を欠く。
〔二〕「合眼」は、文集、寄行西詩に「春来夢二何処一、合レ眼到二東川一」(五〇七)とある。
〔三〕河海抄に「聖廟宰府御下向之後、不断御精進にて、朝夕法華経を令二転読一給けりと云云、叙意千言(↓四八四)中にも黴々抛二愛楽一漸々謝二葷酒(本文「葷膻」に作る)一などあり」とある。詩の中に「斎戒」とか、「斎月」とか、長斎の語を導入したのは白居易に始まる。文集の「酬夢得以予五月長斎延僧徒絶賓友見戯十韻」(三三五七)などがある。花房英樹「白氏文集の批判的研究」(三六一・三七六頁)参看。

四八二 〔一〕四七三の詩の第三聯「君は春秋に富み臣は漸くに老いにたり、恩は涯岸無くして報いむことはなほし遅し」が名句で、叡感のあまり御衣をぬいで道真に賜わった。↓四七三注四。
「断腸」は、和漢朗詠、巻上、秋、秋興(白)に「就中腸の断ゆることはこれ秋の天なり」(本大系七三二三三)とある。
〔二〕北野天神根本縁起第四巻第三段のこの条の画面に菊花紋がついているみだれ筥すなわち筥が描かれ、緋色の御衣がその中に入っている。もとづくところがあるであろう。
〔三〕▽上の二句は去年禁中でのことをのべ、下の二句は今年鎮西のことをのべる。この詩は道真の代表的な作品として人口に膾炙するが、杜甫の七律「至日遣興二首」によく似ている。「去年の今日竜顔に侍す、…朱衣ただ殿中の間に在り、孤城此の日腸断つるに堪へたり」とある文句はことに似ているし、七陽の押韻まで一致するのは、何か偶然ならぬ気がする。小著「平安朝日本漢文学史の研究(初版本、上巻序文)」(四―五頁)参照。

十訓抄に「いかばかり世もうらめしく、御鬱も深かりけめども、猶君臣の礼は忘れがたく魚水の契も忍得ずやおぼえさせ給けん、都の形見とてかの御衣を御身にそへられたりけり。さて次の年の同日かくぞ詠ぜさせ給ける」としてこの詩を引く。

三浦梅園の天明元年刊「詩轍」巻一にこの詩を評して「此詩ニ由テ菅公ノ心事明ニシテ、他説弁ズルヲ待ズ。詩ハ志ナレバ、内ノ思外ニ発スルナリ、風雅ニ負クハ詩人ニ非ズ、雅ハ正ナリ」といっている。

四八三 〔一〕「男女」について、入矢氏いう、「男女」は唐代の俗語。子供の意。多く自分の子供(複数)についていう。

〔二〕北野根本縁起には「男女御子息廿三人の中、男子四人は同四方に流され、おとなしくおはしましけるひめきみは京のうちにとどめをき、いとけなくおさなき君達うちぐして出給し」とある。一書(北野八嶋記)に、「第三ノ姫公ヲ内侍尚子ト申、第四ノ姫公ハ斉世親王ノ室、第五ノ姫公ハ寛平ノ女御ニテ欣子ト申ス姫宮ノ御母也」とある。栄華物語、月の宴、左大臣源高明配流の条に「男君達の冠などし給へるも、後れじ後れじと惑ひ給へるもあへて寄せつけ奉らず。唯あるが中の弟にて、童なる君の、殿の御懐はなれ給はぬぞ、泣きののしりて惑ひ給へば、事のよしを奏して、さばれ、それはと許させ給ふを、同じ御車にてだにあらず、馬にてぞおはする。十一二ばかりにぞおはしける」(本大系㊆五五八頁)とあるが、情況に通ずるものがある。

〔三〕井上哲次郎いう、肥前肥後の如きにときに菅公の子孫と称するものもあるが、あるいはこの少女の子孫か。

〔四〕後世のものながら、梁塵秘抄に「我が子は二十に成りぬらん、博打(ばくち)してこそ歩(あり)くなれ、国々の博党に、さすがに子なれば憎か無し、負かいたまふな、王子の住吉西の宮」(本大系㊆三三六五)とある。

〔五〕南淵大納言年名は、元慶元年四月八日薨。「年名性聡察有㆓局量㆒、莅(のぞみて)㆑官理㆑事、以㆓清幹㆒聞」(三代実録)と評される人物であった。その子良臣は時に従五位下内蔵助であった。良臣は元慶八年三月九日阿波介に任じたが、母の死にあい、職を去り、こえて仁和三年二月十七日に情を汲んで再び阿波介に任ぜられた。その後零落して博奕の徒となったのである。

〔六〕▽ こうして悲惨の極北にあるときにも、精神のバランスをとろうとして思索をめぐらす、幼少の男女を慰めるよりも自分自身を慰めるに似る。

四八四 〔一〕「軽㆑自㆑芥」は、日本的表現。「軽」に連接する語は、「塵」の字である。

〔二〕「弦の如し」は、がんらい、直ぐなることの形容。漢書、五行志に「直如㆑絃、死㆓道辺㆒、曲如㆑鈎、友㆓封侯㆒」とあり、文集、孔戡にも「其道直如㆑絃」(三)とある。ここは脚韻の関係で、「如㆑箭」というべきところを、「如㆑弦」としたのであろうか、日本的な表現とみるべきである。

白居易の東南行一百韻に、彼が追放せられた日のことを叙して、「即日双闕を辞し、明朝九衢に別る」とある。

〔三〕「牛涔」は、淮南子、俶真訓に「それ牛蹄の涔には尺の鯉なし」とある。

〔四〕「鷹鸇」は、左伝、文公十八年の条に「之を誅すること鷹鸇の鳥雀を逐ふが如し」とある。

〔五〕伝説によると、味酒安行という者が京より随行し、道真の死後五十余年で他界した。晩年白髪白髯の人だったので、白大夫と称し、今も太宰府の末社に祀られる。しかしこれは白女(しろめ)とか白比丘尼とかいう類の一種の長寿者伝説で、道真の悲劇の生涯を講釈して語り歩くものがあったのかもわからない。五〇七に「老僕要㆑綿切」とある人と、ここの老僕はおそらく同一人。

〔六〕「疲駿」は、謝朓の詩に「疲駿まことに返り易く、恩波は越ゆべからず」とある。

〔七〕山城名勝志所引長岡天満宮縁起に「菅丞相、太宰の帥に遷されたまふとき暫馬を西小路石上に駐め給云云。爰に菅氏東小路祐房と云者あり、此処まで随ひ奉りて御余波を惜けるに云云」とある。また道明寺碑に「其の西遷倉皇のとき、猶且つ朝に請ひて来りて別れを告ぐ。留宿依依として、繾綣として去るに忍びざるなり」とある。

「臨岐」は、淮南子、説林訓に「楊朱見㆓岐路㆒而哭之」とあるにもとづく。

〔八〕「望闕」は、文集「与㆓崇文㆒詔」に「望闕之恋、深固難㆑奪㆑志」とある。

〔九〕「冪冪」は、李華の「弔㆓古戦場㆒文」に「鬼神聚りて雲冪冪」、文集、古意に「玉琴声悄悄、鸞鏡塵冪冪」(二九七四)とある。

〔一〇〕「芊芊」は、潘岳の藉田賦に「碧色粛其芊芊」とあり、五臣注に

「芊芊は、蟬玉の色なり」とある。宋玉の高唐賦に「仰視二山巓一、青何千千」とあり、李善は「千と芊とは通字、芊芊は青き也」と注する。

〔一一〕以上二句(十九・二十句)、悲痛をきわめた謫行の旅路、水陸の情景。フラッシュバックの手法でうつしだした二つのショット文。

政事要略巻二十二、年中行事八月上、北野天神会条所引昌泰四年正月二十七日太政官符に、領送使善友益友に対して発遣を命じ、「山城摂津等国、无レ給二食馬一。路次国又宜レ准レ此」と指令している。したがって、太宰府に西下する途中では、陸駅では蹄の破損した馬もとりかえられず、江津では、艫のこわれたぼろ船にのせられたのである。

〔一二〕漢旧儀には「十里に一亭、五里に一郵」とある。西海道、京から太宰府まで五十の駅亭があった。わが国の駅伝の制は延喜式にみえる。

〔一三〕延喜式に「太宰府行程、上二十七日、下十四日。海路三十日」とある。

〔一四〕「阡」は、風俗通に「南北を阡と曰ひ、東西を陌と曰ふ」とある。潘岳の藉田賦に「遐阡繩直」とある。ここは太宰府の条坊のメーンストリート。京の朱雀通りに匹敵する南北の通りをさす。

〔一五〕「虚労」は、漢方医の方でいう、血気の不足から起こる身心衰弱の病状。六朝から用例のある語。

〔一六〕「信宿」は、左伝、荘公三年の条に「凡そ師は、一宿を舎とし、再宿を信とし、信を過ぐれば次となす」とある。

〔一七〕「低迷」は、嵆康の養生論に「低迷して寝ねんことを思ふ」とある。

〔一八〕「倒懸」は、孟子、公孫丑上に「民の之を悦ぶこと、猶倒懸を解くが如し」とある。

〔一九〕一代の鴻儒たる道真が、無名の村落の老翁の昔語りにわれを忘れ、時間を忘れる情景を描いて真に迫る。珍重すべきものである。

〔二〇〕「勝たずき」の訓は、九条本文選の訓例による。

江談抄にみえ、北野天神縁起にみえる天拝山説話はここにもとづくであろう。

〔二一〕道真のこれまでの行実は文字通りの真実であるにも拘わらず、これをすべて権謀とみなしてしまおうとするのである。

「権実」は、止観三下に「権は権謀を謂ふ。暫く用ひて還つて廃す。実は実録を謂ふ。究竟の旨帰なり」とある。「権実二教」「権実二諦」「権実二智」などという。

〔二二〕「官舎」は、都府の南館。都府楼から南へ走る大通りに面した一画、都府から約七百メートルの距離、今の榎寺の地という。→四六補二。

〔二三〕惨憺たる住居で、承久本根本縁起の第四巻第三段恩賜の御衣を拝する場面参照。

〔二四〕「一拳」は、白居易の太湖石記に「百仞一拳」とある。

蘚字、板本蘚字に作る。

〔二五〕「恕己」は、楚辞、離騒の語。文集にも「君に希ひ我を恕(ゆる)して人を取ること寛やかなり」(三九三)とある。

「稍安」は、「稍安、ヤウヤクヤスシ」(大慈恩寺三蔵法師伝巻一永久点)とある。

〔二六〕「蹇剝」は、白氏草堂記に「一旦蹇剝、来りて江郡に佐たり」。

白居易の「楊秘書巨源に贈る」詩に「更に詩をして好きに過ぎしむるを用ゐず、君が官職を折(くじ)くは是れ声名」とある。

〔二七〕「迍邅」は、易経、屯に「屯如邅如」とある。「屯」と「迍」とは通用字。文集、江楼夜吟に「理合命迍邅」(一〇〇九)とある。

〔二八〕殷の賢人傅説(ふえつ)は世を避けて、傅巌の岩のほとりで、流刑人の中にまじって、土木工事に従っていた。その土木工事の版(牆版、板ぎれ)と築(杵、きね)の道具の中から、武丁が見出して、殷の国の宰相に登用した。史記、殷本紀・孟子、告子下に見える。

耦字、一本藕字に作る。藕(ぐう)は、はちす・はちすの根の意。

〔二九〕范蠡(はんれい)は越王のために会稽の恥を雪(す)いだので、扁舟に乗じて五湖にうかんで去ったという。史記、貨殖列伝に見える。五湖は、太湖のこと、潮州の東。

范蠡は事をなし、名を遂げたあとで、罪を主人に得ることをおそれて勇退高踏したところから、道真は自らにひきあててここに引用したのであろう。

五十五・五十六句の二句は、五十一句の「病ひを同じくして朋友を求む」に応ずる。

〔三〇〕前漢の賈誼(かぎ)は、文帝の博士公卿となったが、後、讒にあって長沙王の太傅に左遷せられ、「長沙の卑湿」に謫居した。彼の「鵩鳥賦(ふくちょうふ)」は有名である。長沙の街の沙洲は土地がひくくじめじめしていて、謫居の賈誼は自ら長命を得まいと傷んだ。胡曾詠史、巻中、長沙を参照。

〔三一〕楚の三閭大夫屈原(くつげん)は懐王の相となって国政をとったが、同僚の大夫に妬まれて、讒せられて長沙に左遷された。「離騒」や「漁父」の篇を作り、五月五日に湘水の上流である汨羅(べきら)の水に投じた。

この長沙・湘水の二句(五十七・五十八句)、すなわち賈誼・屈原の故事を点出したのは、五十二句の「助レ憂問二古先一」の句に応ずる。

〔三二〕「故人」「親族」については、もとづく故事があろう。人人は控え目なかに真情溢れる行為で、道真の謫行の苦しみを慰めてくれた。

〔三三〕死の遄(すみやか)ならざることを嫌はずの意。詩経、鄘風、相鼠の「人として礼なくは、胡(なん)ぞ遄(すみやか)に死なざる」にもとづく日本的な表現とみるべきか。

〔三四〕「舂齏」は、日常の食品をいう。「舂」は、「スリコ(磨粉)」。「齏」は、「アヘモノ」。「すり粉」は、米麦の穀粉。「あえもの」は、野菜を細かくきって醤類で和したなますの類。板本「齏虀」に作るが語義未詳。

〔三五〕「忖度」、一本「村度」、一本「艸度」に作る。この一句もまた意が明らかでない。

「陶甄」は、晋書に「万方を陶甄す」とある。

六十五・六十六句の二句、生活のたつき、人間のおもわく、それらを天命にまかせ、自然のなりゆきにゆだねようの意か。

〔三六〕「荏苒」は、潘岳の悼亡詩に「荏苒冬春謝」とある。

〔三七〕配所に到着したのが三月はじめごろであったであろう。それから四月五月にかけて、ようやく土地になじんだころの感慨。

〔三八〕にがりの苦味を取り去るため、木を焚いて塩を焼くのであろうか。塩が空気中の湿気を吸って、とけて分離して液状の苦味質のものになったものを「苦汁」とも「滷汁(にがり)」ともいう。

〔三九〕「邪贏」は、史記、貨殖伝賛に「居の善積を廃し、市の邪贏に倚る」とある。

一句は、布をもとでとして悪辣な商売をして銭もうけをすることか。不当な利得を貨幣の代りに布帛で収めえたことか。

〔四〇〕「魚袋」は、金銀で飾った魚形の符契。魚袋を帯びることは官吏のしるしである。唐では五品以上に新魚袋を賜わった。

〔四一〕楚辞、漁父に「莞爾而笑叩レ枻而去」とある。

〔四二〕「興販」は、隋書、西域伝に「将レ塩向二天竺一興販、其利数倍」とある。

〔四三〕「行」は、堅牢でないもの。「濫」は、ほんものでないもの。「行濫」は、唐律にある語。令義解九、関市令に「凡そ行濫の物を以て交易せらば、没官せよ」、注に「窂(たま)からざるものを行とし、真ならざるを濫となす」とある。

〔四四〕「鮑肆」は、家語に「与二善人一居、如レ入二芝蘭之室一、久而不レ聞二其香一。与二不善人一居、如レ入二鮑魚之肆一、久而不レ聞二其臭一。皆与レ之化矣」に負う語。

一句は、風化がこの鎮西の地に及ばぬことをなげくとともに博多の津の魚市場の実景を描写するであろう。

〔四五〕「改絃」は、隋書、梁彦光の伝に「改レ絃易レ調、庶有二以変一其風俗一」とあり、宋書、楽志に「琴瑟殊未レ調、改レ絃当二更張一、矧乃治二天下一、此要安可レ忘」とある。

一句は、あるいは、市の町のほとりの門づけの乞食法師の琴をひく実景をもうつすか。

〔四六〕以上の十句、太宰府界隈、博多の津のほとりの市場風景をのべて、鎮西の民衆の風俗習慣が、やりきれないほど低俗で紊乱していることを嘆く。白居易の「東南行一百韻」にも、配所の江州の水市の風景を描写している。

〔四七〕「曲肱」は、論語、述而「曲レ肱而枕之」による。

〔四八〕「陰霖」は、六朝以来の語。傅休奕の喜霽賦に「喜陰霖之既霽」とある。

〔四九〕「廝」は、類聚名義抄に「廝、ツカヒ」とある。廝字、板本厨字に作る。

〔五〇〕発想は、琴操の妻とわかれた夫をうたった「別鶴操」にもとづくか。司馬相如の長門賦に「白鶴噭以哀号兮、孤雌跱二於枯楊一」などから得て来たものか。

〔五一〕鵷雛(えんすう)という鳳のひなの大鳥が空を過ぎたので、腐鼠を得た鳶が、自分のともしい食物を奪われはしないかとびくびくしたという、荘子、秋水篇の説話にもとづく。

雛字、一本雄字に作るは非。

〔五二〕以上の謫所の身辺描写は、山上憶良の貧窮問答の延喜版というべき情景。

〔五三〕「翠幕」は、みどり色の幕。もやか雲の形容。青い山をも形容する。潘岳の藉田賦に「翠幕黕以雲布」とある。

〔五四〕「遇境」は、文集・文草に多く見える語。文集の「秋遊二平泉一」詩に「心興遇レ境発、自力因レ行知」（三〇〇）とある。前田家古点本、ヲリニアヒテと訓む。けだし適訓。

荘子、人間生に「彼の闋（むな）しき者を瞻（み）よ。虚室に白を生ず」とある。「室」は、心を喩える。虚心なれば明らかであり、純白だとの意。

〔五五〕「玄」は、老子に「玄のまた玄、衆妙の門」とある。

〔五六〕「老子化レ胡説二泥洹一」などといわれ、西方の流沙にのがれて胡人となって涅槃を説いたという俗説もある。

話字、板本淡字に作る。

〔五七〕「性」は、中庸に「天命これを性といふ」とある。

「常道」は、老子に「道の道とすべきは常の道にあらず」とある。

〔五八〕「宗」は、広雅、釈詁三に「宗、本也」とある。

〔五九〕「斉物論」の思想の根本は、大小とか正邪とか生死というような差別の考えを捨てれば、虚無という真理の世界が実現するという考えであって、悲運の極北ともいうべき限界状況に呻吟するどんぞこの人間―道真にとってはしみじみとした救いだったのであろう。

〔六〇〕斉物論の差別超越の思想をうけついで、さらに深く展開したのが「寓言篇」である。「彼来れば我これとともに来り、彼往けば我これとともに往く、彼強陽すれば我これとともに強陽す、強陽するもの、また何を以てか問ふこと有らむや」などという考えは、藤原氏の摂関権力を向こうにまわした道真の戦いの苦しさを慰めて、なごやかにする霊妙な効用があったのではないか。

〔六一〕「馮衍」は、蒙求巻上、馮衍帰里・後漢書、馮衍伝に出。後漢の馮衍は奇才があり、群書に博通した。外戚の貴顕と親交を結んだが、光武は外戚の賓客に懲りたので、法で罰したので多くの人が死罪もしくは流謫のうきめにあった。馮衍も罪を得て獄にいたり、その後故郡に帰り、門を閉じてひきこもり、親戚知人と交わりを絶った。その後、衍の文は実に過ぎていると評されて、遂に志を得ず、慨嘆して、曰く、少くして名賢につかえ、顕位を経歴し、金印紫綬をつける身となったが、節を持して、利を求めなかったと。いつも凌雲の志があり、富貴を屑（いさぎよし）とせず、貧にして哀しまず、賤にして恨みず、道徳を幽冥の路に修めて、生涯を貫き、後世の手本となった。この伝は道真を強く鼓舞したと思われる。彼には「顕志賦」という作品がある。文選注に引用する。

〔六二〕魏の王粲は失意の後に栄進し、その文章は当代独歩とたたえられた。

「銷憂」は、王粲の登楼賦に「聊か暇日に憂へを銷（け）す」とある。

「仲宣」のことは、三国志、二十一・蒙求、巻中、仲宣独歩に出。魏の王粲は、字は仲宣。博覧多識、蔡邕はその才を奇とし、かつて仲宣が来訪したときくつを倒（さかさま）にはいてこれを迎えたという。乱を避けて、荊州に行き劉表に依り、後太祖に帰して右丞相掾となり、さらに侍中に昇進した。曹植があるとき、仲宣の文章をほめて彼は漢南（荊州）に独歩したといった。彼が、劉表に依り、失意の境遇にあって、「登楼賦」を作ったことを潤色して元曲「王粲登楼」という曲が作られている。文選の王粲の「登楼賦」を参照。

〔六三〕心の中に紀長谷雄の映像がちらついたかもわからない。

〔六四〕「聯句」は、中唐では盛行し、韓愈と孟郊、白居易と劉禹錫などの作品が多くのこっている。「聯句」は、一人が一句もしくは二句を作り、他の一人がこれに対（つい）する一句もしくは二句をつけて楽しむ一種の言語遊戯。

〔六五〕脱俗出家の生活、仏道精進の修行に入ることをいう。

〔六六〕「廻心」は、唯識論十に「次定回心して、無上覚を求む」とある。

〔六七〕「禅」は、「禅那」の略。Dhyāna.「棄悪」とも「思惟修」とも「静慮」とも翻訳する。

〔六八〕「罪網」は、網があらゆるものをさらえることに喩える。「癡網」「惑網」「欲網」「魔網」などともいう。

〔六九〕法華一乗の教えを「妙法」といい、それを蓮華の花に喩える。蓮華には「出水」と「開敷」の二義があり、泥水を超出し、次に真理の教えを開き示す、という。

〔七〇〕仏菩薩が一切衆生を済度しようという誓約は真実のことばだの意。

「誑」のタブレタルの訓は、猿投神社蔵正安本文選に「狂（タフレタル）兕」とある。

〔七一〕むなしくすてることを「唐捐」という。法華経、普門品に「若有二衆生一、礼二拝恭敬観世音菩薩一、福不二唐捐一」とあり、玄応音義に「唐、徒也、空也。捐、棄也」とある。唐字、広兼本虚字に作るは非。

厚字、広兼本亭字に作る。

〔七二〕文集に「これ禅房に熱の到ることなきにはあらず、ただよく心静かなれば即ち身も涼し」（和漢朗詠、巻上、夏、納涼（本大系73一六二））とある。

〔七三〕五音のひびきで陰陽調和の工合をしり、土灰を吹き、その軽重によって、十二律の気がいたったかどうかをうかがい、暦をさだめるのである。後漢書、律暦志上、候気の条参照。十二律、これを十二月に配して、時候の変化を卜する。漢書、律暦志参照。

〔七四〕「斗」は、北斗星。「建」は、指す意。「斗建」は、北斗星の斗柄がある方向をさすこと。斗柄のさす十二辰がそれぞれ月の名となる。斗柄が寅をさせば建寅の月すなわち正月となる。夏暦によるいい方。漢書、律暦志に「斗建下為二十二辰一、視二其建一而知二其次一」とある。

〔七五〕四七七にも「重関警固して知聞断えぬ」とある。

「星躔」は、星の躔次(やどり)。

〔七六〕古詩十九首に「相去ること日びに遠く、衣帯は日びに緩む」とあるにもとづく。

〔七七〕「花」のシロシの訓は、文選に「玄首未だ華(しろ)からず」とある。

〔七八〕「排雲」は、六朝以来の語。劉禹錫の詩に「晴空一鶴排雲上」とある。

〔七九〕法師蟬が秋になって啼く声を「寒吟」というのである。

王褒の洞簫賦の「秋蜩不レ食、抱レ樸而長吟兮」に負う発想。「樸」は、あらき。木皮。李善注に「木皮也」とある。

〔八〇〕貞享板本に所校の鎌倉本に散字に作るとあるが、前田家甲本に一致するが、この敗字、鎌倉本はほとんど前田家甲本に一致するが、前田本には敗字とある。

文子、上徳に「叢蘭脩(がな)からんと欲すれども、秋風これを敗る」とある。

〔八一〕この発想は、張協の雑詩の「望舒(王逸いう、望舒月御)四五円」にもとづく。文集にもしばしば出。

この詩が、延喜元年(九〇一)十月に作られたことがわかる。

〔八二〕「磬」は、うちいし。玉または石で作ったへの字形の楽器。かけてうちならすもの。仏具の一、立秋の楽という。白居易の東南行一百韻に「貧室は磬を懸くるが如し」とある。六二七の小野親王上表に「室無二懸磬一」とある。「磬」は、磬虚(けいきよ)というものに懸ける。

〔八三〕「跛牂」は、あしなえでびっこになった牝羊。史記、李斯の伝に「泰山の高さ百仞、而跛牂はその上に牧す」とある。牂字、一本牂字に作る、牂字をあやまるか。

槷字、一本熱字に作る。

〔八四〕「雀」のスズミの訓は、「雀、ススミ」(類聚名義抄・色葉字類抄)による。

「攣」のテナへの訓は、「攣、手奈戸」(新撰字鏡)による。

塩鉄論、毀学に「況んや跛牂燕雀の属をや」とあり、牂と雀、跛(あしなえ)と攣(えてな)とは対する。

〔八五〕彼自身足疾をわずらい、歩行も不自由で、また瘡も出て、手も不自由だったのであろう。しかもこれは彼の宿痾だったとみえ、早く寛平元年(八八九)、三五の詩に「脚灸無レ堪州府去、頭瘡不レ放故人遇」の句がある。

〔八六〕ここは、身体の精気たる魄(はく)がともすれば都にひかれて、思いを馳せる意。

「悦」は、老子に「悦たり忽たり」とある。

〔八七〕白居易の東南行一百韻に「帰らんことを憶うて恒に惨澹たり、旧(むかし)を懐うて忽ち踟蹰す」とある。

〔八八〕「鑽堅」は、論語、子罕に「顔淵喟然として歎じて曰く、之を仰げばいよいよ高く、之を鑽ればいよいよ堅し」とある。

〔八九〕「正」も「鵠」も、鳥の名。布ばりの的の中心に正を画き、賓射に用い、皮ばりの的に鵠を画き、大射に用いる。射は君子に似ている、もし正鵠を貫くことができないときは、自分の身を反省して欠点を改めると中庸にみえる。前田家本菅家伝に「策を射て鵠に中(あ)つるの徴(しるし)なり」とみえるように、ここは直接には対策及第する意で五〇の末句に照応する。菅家伝や北野天神縁起における都良香邸の弓術を競う説話は、この句にもとづいて、後世組織し直された伝説で、仏伝における悉達太子の弓術を競う説話が投影したもの。

以下二句(百五十五・百五十六句)は、君子として、政治家として、儒家の立場を誤らなかったことをいう。

〔九〇〕老子に「大国を治めんは、小鮮を烹るが如し」とあり、政治家はトリヴィアルなことをつつかないがよろしいということ。

〔九一〕晋の郤詵(げきせん)は武帝から試をうけて、「臣は賢良の策を挙げ天下第一となす。猶桂林の一枝、崑山の片玉のごとし」といった(晋書、郤詵伝)。貞観十二年(八七〇)文章得業生として試を受け、対策及第したことをさして、桂の一枝を折るというのである。

〔九二〕「百城を専にす」とは、(書万巻を座右におくかわりに、)百城を治めたの意。「専城」は、一城の権を専らにすることで、郡守となること。

〔九三〕讃岐より秩満ちて帰京して、道真は寛平三年(八九一)式部少輔に任ぜられた。

〔九四〕道真が、式部少輔に次いで、同年蔵人頭・左中弁・左京大夫、翌年式部大輔・左大弁・勘解由長官・春宮亮・参議というふうに、めざましい昇進ぶりを示したことをさす。

〔九五〕漢書、枚乗の伝に「以二一縷之任一、係二千鈞之重一、上懸二之無極之高一、下垂二之不測之淵一、雖二甚愚人一、亦知二其将レ危也」にもとづく。

道真は、寛平九年(八九七)には(権)大納言右大将となった。こえて昌泰二年(八九九)には右大臣右大将となった。

〔九六〕「具瞻」は、詩経、小雅、節南山の「赫赫師尹、民具爾瞻」にもとづく。魏志、高柔の伝に「公輔の臣は国の棟梁、民具(もと)に瞻(み)るところ」とある。

〔九七〕「僉曰」は、書経に見える用語。文章博士三善清行の直諫忠告した書などがその代表であろう。「奉二右相府一書」(文粋七・政事要略二十二・略記所収)参照。

〔九八〕花房氏の指教によると、九十七句は、私はためしに錦をたちきって衣服にしたてる稽古をするように、国の政治の大事にたずさわりはしたが、美しい錦をむだに傷めやしないかとおそれたの意。「嫌傷錦」、広兼本「傷嫌錦」に作るは非。

九十八句は、私は鉛刀のなまくら刀をふるって廟堂に立って政治に参与したが、そのなまくら刀の鉛をかきやしないかとおそれたの意。採字、広兼本操字に作る。しばしば大臣大将を辞謝する上表などをしたこととかかわりがあろう。

「傷錦」は、劉潛が為江侍中薦士表に「無二傷レ錦製一」の句がある、これは左伝、襄公三十一年の条の「子有二美錦一、不レ使二人学一レ製。大官大邑、身之所レ庇也、而使二学者製一焉、其為二美錦一、不二亦多一乎」にもとづく。秘蔵の美錦を裁縫の稽古にたったりはしまいという意味。

「鉛刀」は、後漢書、陳亀の伝に「至三臣頑駑器、無二鉛刀一割之用一、過受二国恩一、栄秩兼優」とある。鉛刀のなまくらでも一割する力があることを「鉛刀一割」という。

〔九九〕「脱屣」は、漢書、郊祀志に「吾視二妻子一、如レ脱レ屣耳」とある。

〔一〇〇〕「豊沢」は、大きなめぐみ・雨露の潤い。天神もしくは皇帝の恩沢。王粲の公讌詩に「昊天降二豊沢一」とある。

白居易の東南行一百韻に「柏殿に行きて宴に陪し、花楼には走(は)せて酺を看る」とある。

〔一〇一〕書経、説命に「若し巨川を済(わた)らば、汝をもって舟楫となさん」とある。

〔一〇二〕「溝壑」は、戦国策、趙策にみえる語。

〔一〇三〕「潘岳」は、字は安仁。晋書、五十五に伝がある。潘安仁は家が鞏県にあったが、長安の令に任用せられて、西の方の長安に旅行したのが、文選の「西征賦」である。

〔一〇四〕「張衡」は、字は平子。後漢書、八十九に伝がある。彼は文に長じた。当時平和が続き、王侯以下みな奢侈を極め狩猟に興じたのを、彼は「両京賦」を作って諷諫した。文選に出。

〔一〇五〕花房氏いう、前句(百八十一句)、李康の運命論「木秀二於林一、風必摧之、推出二於岸一、流必湍之、行高二於人一、衆必非之」による。後句(百八十二句)、荘子、人間世「山木自寇也、膏火自煎也」によると。

二句(百八十一・百八十二句)は、高く秀でた木は、かえって風に吹きくじけられる。燈火をとぼす膏油は煎られてもえ尽きてしまう。それと同様に才能があり、有用なものはかえって人にそしられ、禍をこうぶるものだの意であろう。

摧字、一本擁字に作る。

〔一〇六〕詩経、小雅、青蠅に「営営たる青蠅、樊(とりかご)に止(と)まる」とあり、ここはこの句による。この青蠅は讒言するにくむべき小人を喩える。

〔一〇七〕「脛脛」は、正直なさま・直ぐなるさま。漢書、楊惲の伝に「事何容易、脛脛者、未二必全一也」とあるによる。

〔一〇八〕「㲉」は、たまご。「蚳蝝」は、蟻の子や蝗(いなご)の幼虫(まだ翅を生じないもの)。前句(百八十五句)は、史記、孔子世家の「覆レ巣毀レ卵則鳳凰不レ翔」とあるにもとづく。後句(百八十六句)は、張衡の西京賦の「上無二逸飛(のがれとぶ)一、下無二遺走(のこりはしる)一、獲レ胎(はらごもり)拾レ卵(かいご)、蚳蝝尽取」とあるにもとづく。二句で、道真の子供たちがそれぞれ配流され、また幼い子供も配所で夭死したことを指す。

〔一〇九〕忌諱の語なるに似る。しかし、抑えようとしても抑え止めることができないで、悲憤がこみあげてこの語をなす。

結字、一本佶字に作る。

〔一一〇〕「黄茅」は、かやの一種。文集の「代書詩一百韻寄二微之一」において、元稹が配所の官舎をうたって「官舎黄茅屋、人家苦竹籬」(六〇八)とある。

〔一一〕「荒荒」は、杜甫の漫成詩に「野日荒荒白、春流泯泯清」、注に「王洙曰、一云茫茫」とある。「荒〻」、広兼本「茫〻」に作る。

〔一三〕太宰府は、玄海灘の博多湾の岸より十数キロを隔てる。

〔一三〕「廬」は、原義は「寄」、春夏だけ耕作のために住む小屋で、秋冬は去る。

〔一四〕「足矣」は、史記、張儀の伝に「儀曰、視二吾舌一、尚在不。妻笑曰、舌在也。儀曰、足矣」とあるにもとづく。

〔一五〕晋書、羊祜伝によるに、羊祜は湖北の襄陽の守となり、山水を楽しみ、常に峴山(けんざん)に登って遠望し、我を忘れた。ある時彼は、百年後になっても、魂魄がやはりこの山に登るであろうといった。百姓はそこに碑を立て、峴山の堕涙碑と名づけた。

〔一六〕「糾纏」は、鶡冠子に「禍は福の倚る所、福は禍の伏す所、禍と福とは糾纏の如し」とある。

〔一七〕文集の「代書詩一百韻寄二微之一」の尾句に「狂吟一千字、因レ使寄二微之一」とある口吻に通ずる。

〔一八〕▽ 井上哲次郎いう、万斛の愁えを懐いて余命を溝壑に委せんとする情に至っては、殆ど卒読に忍びざるものがある。要するに公の筆力を示すに足る最大の傑作であると。花房氏いう、一百韻の詩は文集にもあり、その代表的なものは「代書詩一百韻寄二微之一」(六〇八)・「渭村退居一百韻」(八〇七)・「東南行一百韻」(九〇八)であり、白居易の作品における一特質とも見られていた。道真のこの作は、恐らくこれらを意識して作ったものであろうと。菅家の作品のうちでもきわだった傑作。振幅の大きい凄壮の気をたたえた彫りのふかい自照の抒情詩である。この叙意詠懐の百韻形式はこれ以後の詩人の一つの自照の詩形態となった。

四八五 〔一〕仲秋ではないが満月の夜である。北野天神縁起の本によっては「九月十三日」に作るものもある。

〔二〕「縛」のユヒツナグの訓は、「縛、ユヒツナグ」(書陵部本類聚名義抄)による。

〔三〕「草萊」は、漢書、蔡義の伝に「上疏曰、臣山東草萊之人」とある。

〔四〕「風気如刀」は、文集の「凄風利(とき)如レ刀」(一五四二)など例が多い。

〔五〕文集、燕子楼に「秋来只為一人長」(八六〇)とある。

〔六〕▽ 北野天神縁起(一行本)に「九月十五日の月の光、いつよりも心澄わたる、昔今のことども覚しめしつゞけて、通夜(よもすがら)御目もあはず、皓月の光に秋風来りければ」としてこの詩を出す。北野根本縁起では、「後集の中に、おろかなる耳にもあはれにきこゆるは、九月十三夜皓月心すませ給けるとき作せ給たる」としてこの詩を出す(荏柄本・承久本・弘安本はいずれも「九月十三夜」に作る)。源氏物語、須磨に「須磨にはいとゞ心づくしの秋風に云云」(本大系[一五]三八頁)というのも、配所の秋のあはれに、この詩のような連想があろう。

四八六 〔一〕「藤使君」は、陸奥守藤原滋実。藤原南家武智麿四男巨勢麿五男真作(またなり)流。父左兵衛佐興世、母大中臣実阿女。滋実は、分脈によれば従四下、陸奥守、左近将監、延喜元年月日卒。貞享板本は題の下に注して、「九月廿一日、卅韻五言。滋実。仁和二年、滋実為二蔵人一。陸奥守藤滋実、昌泰四(イ五)年月日卒」。

〔二〕使人に家書をことづけたのであろう。使人の出発の日に間に合わせようと、あわただしくしたためたのであろう。

〔三〕「分憂」は、文集に「典午猶為レ幸、分憂固是栄」(一一〇四)とある。

〔四〕「銅臭」は、後漢書、崔寔の伝に「寔従兄烈、因二傅母一入二銭五百万一為二司徒一。(中略)其子鈞曰、論者、嫌二其銅臭一」とある。銭を出して官を買った者のことを「銅臭」というから、当時の地方属官にはそういうやからが多かったのであろう。臭字、一本衆字に作る。

〔五〕一本、土字を士字に、絶字を施字もしくは絁字に作る。

〔六〕仁和三年六月二日、十九国貢絹麁悪ことに甚だしかったことが三代実録にみえる。

〔七〕「褻」は、性霊集の野陸州に贈る歌にも「猪鹿の褻」とある。

〔八〕「獷俗」は、沈約の安陵王碑文に「彊氏獷俗、反レ志遷レ情」(文選)とある。

性霊集の野陸州に贈る歌にも「羅刹の流(たぐ)ひにして人の儔(ともがら)にあらず」とある。

〔九〕左伝、宣公四年の条に「諺に曰く、狼子の野心」とある。

〔一〇〕「蚩眩」は、文選の張衡の西京賦に「辺鄙のあづまうどを蚩眩とあざむきまどはす」とある。

〔一一〕弊衣も朱衣や紫衣のような高いねだんの意か。「朱紫衣別(わか)ちがたし」という諺があるように、夷族の中にも善者も居れば悪人も居るが、そのみわけがつきにくいという意もあるか。

〔一二〕「贏を兼す」は、文選の張衡の西京賦に「鬻(ひさ)く者は贏(かが)を兼(ま)し、求むる者は匱(とぼ)しからず。爾して乃(すなわ)ち商賈の百の族(やから)、裨販の夫と婦(め)とあり、良きを鬻(ひさ)ぎ苦(あ)しきを雑(まじ)へ、辺鄙のあづまうどを蚩眩とあざむきまどはす」とある。

「意指」は、史記、酷吏伝に「専ら人主の意指を以て獄をなす」とある。

〔一三〕指おりかぞえて、秩満の受領たちから贈物をおくられることを期待しているようなおもむきが言外にある。

注字、一本往字に作る。

〔一四〕「剛腸」は、嵇康の「与㆓山巨源㆒絶交書」に「剛腸疾㆑悪、軽肆直言」とある。文集でも「剛腸」の語がしばしばみえ、白氏の人格の理想の資質である。文集、孔戡詩に「平生剛腸内、直気帰其間」とある。

〔一五〕「冥漠」は、文選の顔延年の拝陵廟作に「衣冠終冥漠」とあり、注に「魏武文曰、悼㆓繐帳之冥漠㆒」とある。

〔一六〕文集の「哀㆓微之㆒詞」に「文章卓犖生無㆑敵、風骨精霊歿有㆑神、哭送咸陽北原上、可㆔能随㆑例作㆓埃塵㆒」(二九三四)とある。

〔一七〕「傷毀」は、文集、杏園中棗樹詩に「幸に傷毀せらるるを免れたり」とある。

〔一八〕「泥沙」は、文集の「答㆓故人㆒」詩に「鄙賤劇㆓泥沙㆒」(三八一)とあり、文選の郭璞の江賦に「或泛㆓瀲於潮波㆒、或混㆓淪於泥沙㆒」とある。杜甫の花底詩に「莫㆑作㆑委㆓泥沙㆒」とある。

〔一九〕この二句(七十九・八十句)は、文集の「寄㆓唐生㆒」詩の「寄㆑君三十章、与㆑君為㆓哭詞㆒」(三三)の口吻に似る。

四八七　「反照」は、文集の「窓中列㆓遠岫㆒」詩に「碧愛㆓新晴後㆒、明宜㆓反照中㆒」とある。

四八九　文集、官舎閑題詩に「禄米麞牙稲、園蔬鴨脚葵」(九二〇)とあって、麞牙を米と結びつけている。

四九〇　〔一〕晋書、王徽之の伝に、王子猷が空宅中に竹を種(う)えて、何ぞ一日も「此の君」なかるべけんやといったという。

〔二〕「仮中書懐詩」(三六〇)に、宣風坊の家の東籬の下に竹が傾斜している情景をよむ。

〔三〕「惨烈」は、張衡の西京賦に「雨雪飄飄、冰霜惨烈」、注に「惨烈は寒きなり」とある。

〔四〕「悃默」は、江淹の哀千里賦に「悄愴憂へを成す、悃默して自ら憐れむ」とある。

〔五〕「碧鮮」は、左思の呉都賦に「玉潤碧鮮」とあり、注に「向曰、玉潤・碧鮮、言竹色如㆓玉碧之鮮潤㆒」とある。

〔六〕文心雕竜に「竹柏異㆑心而同㆑貞、金玉殊㆑質而皆宝也」とある。

〔七〕讃岐在任中にも「思㆓家竹㆒」(三三六)の七律があり、「書斎記」(五二六)にも「東去数歩、有㆓数竿竹㆒」としるす。

〔八〕悲運におしひしがれて、なおかつ忠節を貫こうとしている道真の心を竹に感情移入している。論語、子罕に「歳寒然後知㆓松柏之後凋㆒」とあるによる。

四九一　〔一〕おそらく観世音寺の十二月仏名懺悔会前後のころの鐘の声を早暁に聞いて作ったのであろう。十二月十五日ころから仏名の行事に入るのであろう。題注「二月十七日」は「十二月十七日」の誤脱であろう。広兼本「聴鐘声」に作る。東南〇・七キロに般若寺、西北一・四キロには国分寺、東北二・三キロには安楽寺があるから、どの寺の鐘声かは、甄別(けんべつ)できない。

〔二〕「三塗」は、一は、火途、地獄の猛火に焼かれるところ。二は、血途、畜生道の互いに相食むところ。三は、刀途、餓鬼の刀剣杖でせめたてられるところ。要するに、地獄・餓鬼・畜生の三悪道(さんまくどう)をいう。「塗」は、途の義。

「八難」は、見仏聞法に障難のあるところ。一に地獄、二に餓鬼、三に畜生、四に鬱単越(無苦の世界)、五に長寿天、六に聾盲瘖瘂、七に世智弁聡、八に仏前仏後(二仏の中間仏法なきところ)。

〔三〕入矢氏いう、「大奇」、寒山詩にあるも、意異なると。ここと同意の用法は、円珍の行歴抄にある「多奇々々」の語にみられる。

四九二　北斗七星のうち、第一星から第四星まで、北斗のますがたの部分を「斗魁(とかい)」と名づけ、杓子形の部分の第五から第七に至る三星を「斗杓」または「斗柄(とへい)」という。この斗柄のさす方向によって四時十二辰をさだめるという。

四九三　「礼仏懺悔」は、承和十三年(八四六)の太政官符によると、諸国の国庁の行事として毎年十二月十五日より十七日に至る三日間礼仏懺悔を勤行せよと命ぜられ、仁寿三年(八五三)の官符によると、十二月十九日より二十一日まで三カ日に改められる(類聚三代格、巻二、造仏仏名の事)。この夜、都府において部内の名徳を請じて仏名経を礼懺するのである。↓三九補一・補六・補七。「南館」は、府庁の南にある官舎の意で、道真幽閉の茅屋を指す。すなわち榎寺の地。都府から八百メートルくらいの距離であるから、唱導の声もきこえたのである。元永本「七言」と注する。聞字一本、開字に作る。

四九四 「臘」は、漢書の顔師古の注に、冬至後百神を祭ることをいうとある。史記の正義には、歳の終りに禽獣を狩猟して、先祖をまつるとある。ここは臘月、即ち十二月。

「灰」は、暦を案じて、灰を吹いてそのとび工合で気候の推移をはかる候気の法に用いる灰。白居易の渭村退居詩に「泥レ尾休二揺掉一、灰心罷二激昂一」とあるところの「灰心」の意である。↓四八四補七三。

四九五 〔一〕「宣風坊」は、「書斎記」(五三六)に「又山陰亭と号す、小山の西に在るを以てなり。戸前近き側に一株の梅有り」とある。弘安本天神縁起に「丞相の御家は五条坊門西洞院、めでたき紅梅ありければ、後人紅梅殿とぞ名づけける」とある。

〔二〕その小庭の北、仁寿殿の西に紅梅があったことは、拾芥抄巻中の附録内裏指図に見える。

〔三〕「曲宴」の「曲」は、小小の義、大宴に対して小宴をいう。内苑に臣下を留めて宴を賜うもの。花の宴、曲水の宴、月の宴など四季それぞれの詩宴をさす。「曲水宴」の略だというのは誤り。

四九六 〔一〕「吏部王」は、仁明天皇皇子一品式部卿本康親王、この年(延喜元年)十二月十四日薨。その訃報を得て悼んだ詩。四七四の「感二吏部王弾レ琴、応レ制」参照。

〔二〕「霑潤」は、陸機の文賦に「霑潤に雲雨を配す」とある。

〔三〕三十歳にみたない黄口の時平の思うままになるであろうという憤懣が言外にある。

四九七 〔一〕菊の苗を延暦寺の山僧より分けてもらって、自宅の園に植えたことは、一二五の「題二白菊花一」などに見えていた。こんどのことも、彼の愛菊の癖に出ていることは以前と変らない。

〔二〕「老僧」は、誰かわからないが、政庁を憚って交通するものがなかった中で、敢えて道真に親しく交わったものもいたのであろう。南方三キロには、武蔵寺もあった。

〔三〕文選の陶潜の雑詩に「采レ菊東籬下」とか、「秋菊有二佳色一」とか愛菊の詩が多い。

「未曾」、元永本「非曾」に作る。

四九九 道真の居所である南館は、太宰府神社西高辻宮司によれば、太宰府の二十二条十二坊の条里の中で、右郭十条一坊のあたりにあったと考証せられるので、ここにいう「埒西」は、右郭のことをいうのであろうか。したがって「路北」も、北の十条の路というほどの意であろう。都府正面の南北の大通りに南館も面していたので、かなりにぎやかな街頭風景であったか。二日市とか次田の湯なども遠くない。

五〇〇 〔一〕十訓抄十に「薬師十二の誓願は、衆病悉除ぞたのもしき」とあり、浄瑠璃世界の薬師瑠璃光如来は十二の誓願があって、第七に衆病を除き、第十一に飢渇を救い、第十二に衣服を給するとある(薬師経)。

〔二〕底本「一ツトシテ其レ平坦ナラザラムヤ」と訓む。

五〇一 〔一〕床字、元永本牀字に作り、「通事李彦環所送、七言」と注する。「床」は、籐椅子・安楽椅子。「通事」は、通訳。李彦環(Li Yenhuan)は、博多の津在留の唐人であろう。貞観七年(八六五)に唐商李延孝ら六十三人が着岸して、博多の津の鴻臚館におかれた記事があるが、李彦環もこうした唐商の類で、博多の新津(荒津)に上陸、鴻臚館もしくは津厨あたりにとめおかれたものであり、道真のかねてからの知り合いか。

〔二〕舜が蒼梧の野に崩じたので、その二妃、堯の女である娥皇・女英が悲嘆し、その涙が竹にかかって、竹が斑(まだら)になった。江湘の間に死し、後人これをまつって「湘君」とよぶ。湘夫人斑竹の故事は張華の博物志巻十に出。

五〇二 〔一〕「傷む」とあるのは、「哭する」とある場合よりも切迫していない。「野大夫」は、大内記小野美材(よしき)、篁の孫。文才もあり、和歌も作り、ことに書の名手として知られる。一二五の「勧二野営一住二学曹一」詩に「野相公の孫　独り君有らくのみ」の句がある。大内記は、中務省所属。詔勅起草の役。「大夫」は、五位の通称。

〔二〕文集、与元九書にも「僕嘗つて詩の道の崩れ壊たるるを痛びて、忽忽として憤り発りたりき」(一四八六)とある。

〔三〕「沈思」は、昭明太子の文選序に「事出二於沈思一、義帰二於翰藻一」とある。

「神妙」は、文学に関していわれる語で、文選にも文集にもしばしば見える。例えば、文集、劉白唱和集序に「若二妙与レ神、則吾豈敢如二夢得一、

（中略）真諦、神妙在在処処、応当レ有二霊物護一レ之」（二九三〇）とある。
〔四〕「継ぐものあらず」は、文集の「遊二襄陽一憶二孟浩然一」詩に「清風無二人継一」（四三〇）とある。
　イタイカナヤの訓、底本による。

五〇三　この男の子供を配処に伴って、「少き男女を慰む」（四八三）の詩を作ってはげましたり、読書を指導したりしていたのであろうが、食糧不足、おそらく栄養失調で若死にをさせてしまったのであろう。表現の上層面に悲しみ悼むことばがないだけに、いっそう内にたたえられた悲しみはきびしくいたましい。

五〇四〔一〕太宰府は二十二条十二坊の条里制で区画し、平安京の東京に当たるところを「左郭」、西京に当たるところを「右郭」と称した。また南方に、郭外の条里も接していた。したがって「郭中」は、この左右の郭の中の意。↓参考地図。
〔二〕通古賀の官舎の地は、御笠川・鷺田川の合流三角地帯にある。「潮落地」「潤深家」というのも、そういう低湿の地勢であるからであろう。
〔三〕「荘子」は、蒙の人で、名は周。蒙の漆園の吏となって、「荘子」の書を著わし、空語を勝手にのべ、寓言を気ままに吐いて、孔子の徒をそしった。史記、荘子列伝参照。郭璞の遊仙詩に「漆園有二傲吏一、萊氏有二逸妻一」とあり、文集にも「猶喜蘭台非二傲吏一」とある。道真の「叙意一百韻」（四八四）にも「老君迹を垂る話、荘叟身を処くこと偏なり」とある。斯波六郎・花房英樹「文選」（筑摩書房、世界文学大系70）にいう、「荘子が漆園の役人であった時、楚の威王が迎えようとしたが、荘子は使者に向って「早く帰ってください。私は汚れたようでならない」といって問題にしなかった、という故事にもとづく句」（一三九頁）。文選巻二十一の李善注を参照。
　荘子の、死生を一とし、差別を超越する思想が、悲運の道真の心の支えとなったふしがある。みじめな配謫の環境の中でも、幽閑がとりえで、「自ら誇るに足れり」などというところは、荘子の口吻にちかい。
〔四〕あかざの杖は、質素なものの用いる杖で、漢書、劉向の伝に「老人有り、黄衣して、青き藜の杖を植（た）てて、閣を叩いて進む」とある。晋の山濤のように藜杖を皇帝より下賜される場合もあるが、ここは単なる杖であろう。「病ひに依りて」とあるのは、道真が脚疾を病んでいたことを指す。四八四にも「跛牂重有レ縶、瘡雀更加レ攣」の句がある。

〔五〕文選の陶潜の雑詩に「秋菊有二佳色一、裛露掇二其英一、汎此忘憂物、遠我達二世情一」とある。菊は憂愁を忘れさせるものだという考えはここにもとづくであろう。
〔六〕花房氏いう、この「分」は、平仄からいえば去声である。去声でよめば「さだめ」とか「身分」とかの方向の意味で、配分の意ではない。
〔七〕文選の賈誼の「鵩鳥賦」を参照。賈誼は、洛陽の人。十八歳のとき、河南の太守に見出されて、その文才を買われて博士になったが、人に嫉（に）まれて、しりぞけられて長沙王の溥となった。ここで自分の方がまだしもましだというのは、賈誼のところへ、凶鳥といわれる鵩（みみずく）がとびこんできた。そして長寿を得ないことを予見して鵩鳥賦を作ったのであるが、道真の太宰府ではそういうこともなく幽閑をたのしむことができることを思ってましだといったのであろうか。（しかし実は賈誼よりも道真の方がより悲惨だったようである。）

五〇五　陶淵明が九月九日、酒がなくて、家のめぐりの叢の中で菊を摘んで手にいっぱいにしてぼんやりすわりこんでいると、白衣の使がやってくる、王弘が酒を送ってきたので、さっそく飲んで酔ったという（芸文類聚、歳時部、九月九日所引続晋陽秋）故事による。
　王弘の使にことづけて、博多津から美野・久爾駅を経て、京より都府に至る赦免の使の幻影を空しく思い描いていたかもしれない。

五〇六〔一〕観世音寺四十九院の一か。観世音寺は府址の東約二百メートルにあったが、その支院が東山の高雄山の支脈あたりにあって、南館の居所から二キロあたり東方の山上に一院の堂塔がのぞまれたのであろう。「九月、少陰の中、景物澄みて鮮やかなり」（白氏六帖）とあるころの、ふと軽く興がる心の作。
〔二〕「插著」は、呉均の詩に「君に寄す蘼蕪（ぶび）の葉、叢台の辺に插著す」とある。板本「揷着」に作る。
〔三〕「分張」は、顔氏家訓、風操に「汝と分張す、甚だ心惻愴して、数行涙下る」とある。
〔四〕未字、元永本不字に作る。

五〇七　この前後、シューベルトの「冬の旅」の組曲のような趣に、あるときは軽く興がり、あるときはわびしくうちしおれて、一つながりにつながっている。延喜二年（九〇二）十月ころ、厳冬に向かおうとして寒気が身にしみるころの風雨のわびしさを詠ずる。

五〇八 「晦迹」は、杜甫の岳麓山道二寺行詩に「昔遭衰世皆晦レ迹、今幸楽国養ニ微軀一」とある。元永本「晦跡」に作る。

五〇九 天神記（藁草所引文禄年間感得）に「御身に罪なきよしの祭文をつくりて高山にのぼりて七箇日の程とかや、天道に訴へ申させける時、此祭文漸とびのぼり雲をわけていたりにけり、帝釈宮をもうちすぎ、梵天までものぼりぬらんとぞおぼえし」、江談抄、第六にも「聖廟昔於ニ西府一、造ニ無日之祭文一、於レ山訴。祭文漸々、飛上レ天云云」（水言抄）とある。

五一〇 古楊柳行に「讒邪害ニ公正一、浮雲翳ニ白日一」とある。佞者が君主の明を覆うことの喩え。文集にもしばしばみえる。曹植の楽府に「光景馳せて西流す」とある。日月星辰までも西流することは、太宰府に流されたことを含む。

五一三 〔一〕天台止観一に「四山合来、無ニ逃避処一」とあるに拠る。四山とは、老病死衰の四相を山にたとえ、のがれるところがないという説。
〔三〕▽道真の死を前にしての、切迫した心境がうたわれている。この詩は延喜二年十二月ころに作られたものであろう。後世の伝説によればそのころ都では、池の水が尽く紅水となり、氷は連日にわたって解け、潜んでいた何万という魚が泡をふいて死んで浮かびあがり、神泉苑の水の色が、紫の袍の色になったと伝えられる。こういう伝説をよびおこす契機の一つは、この後集の抒情詩の切迫したいぶきの訴える力にもよるところがあるであろう。

五一四 〔一〕この詩は延喜三年（九〇三）正月、死の一カ月前ころの作品か、澄んだ自然観照。
　十一歳の処女作が梅花の詩、この絶筆の詩また満月の春雪の中に梅花の幻想をよむ、首尾照応せりと評する人もある。
〔二〕「城」も「郭」も、都市を囲繞するくるわで、内側のものを「城」、外側のものを「郭」という。あるいは、「城」は、水城（大野田の南、御笠川の両岸にまたがる）・大野城（四王寺山脈にあり、都府の北を守る要害）あたりを指すかとも思われ、「郭」は、都府の左右両郭をさすとすれば、字義と反対に、府中と府外の意となる。白氏文集巻廿、余杭形勝詩に「遶レ郭荷花三十里、払レ城松樹一千株」。
〔三〕文選の謝朓の「和ニ徐都曹一」詩に「日華川上に動（ゆ）き、風光草際に浮ぶ」とある。斯波・花房訳注「文選」（三七頁）参照。同じく謝朓の休沐重還道中詩に「歳華春に酒あり、初服して郊扉に偃さむ」とあり、「歳華」は、年の始めの義。

日本古典文学大系 72
菅家文草 菅家後集

1966年10月5日 第1刷発行
1988年7月20日 第16刷発行
2016年9月13日 オンデマンド版発行

校注者 川口久雄（かわぐちひさお）

発行者 岡本 厚

発行所 株式会社 岩波書店
〒101-8002 東京都千代田区一ツ橋2-5-5
電話案内 03-5210-4000
http://www.iwanami.co.jp/

印刷／製本・法令印刷

ISBN 978-4-00-730496-5 Printed in Japan